Hobbit Presse

Phantastische Literatur
bei Klett-Cotta www.hobbitpresse.de

Michael de Larrabeiti

Die Borribles

Band 1–3

Aus dem Englischen
übersetzt von Joachim Kalka

Klett-Cotta

Klett-Cotta
www.klett-cotta.de
Die Originalausgabe erschien unter dem Titel
»The Borribles« im Verlag The Bodley Head, London

1. Auflage dieser Ausgabe, 2007

Printed in Germany
Einbandgestaltung: Klett-Cotta-Design
unter Verwendung einer Illustration von Thomas Thiemeyer, Stuttgart
Gesetzt aus der Goudy von Dörlemann Satz, Lemförde
Auf säure- und holzfreiem Werkdruckpapier gedruckt und gebunden
von Bercker Graphische Betriebe GmbH & Co. KG, Kevelaer
ISBN 978-3-608-93787-9

Inhalt

Die Borribles 1
Auf zur großen Rumbeljagd! 7

Die Borribles 2
Im Labyrinth der Wendels 249

Die Borribles 3
Die Schleppnetzfahndung 473

Die Borribles 1

Auf zur großen Rumbeljagd!

Für Whitebonce, Spikey und Fang

»Freunde unter einer Decke
folgen einem um die Ecke.«
Borrible-Sprichwort

1

Die wirbelnden Regenwolken jagten weiter, und der helle Mond leuchtete auf. Die beiden Borribles duckten sich hinter die Büsche und hielten so still wie möglich. Gefahr lag in der Luft, und sie spürten es. Vorsicht war geboten.

»Schau dir das an«, sagte Poch, der wichtigste Späher und Grenzkämpfer des Battersea-Stammes, »eine unglaubliche Frechheit, kommen hier einfach ungefragt rüber.«

Grabscher, Pochs Gefährte, nickte. »Sagenhafte Unverfrorenheit ... aussehen tun sie hübsch hässlich, alles Pelz, wie ein Nylonläufer ... Die Schnauzen haben genau die Form von diesen rot-weißen Warnkegeln. Wie die Ratten, hm?«

»Der Große, der da ins Auto einsteigt, wie der die anderen anbrüllt. Ganz der Chef. Harter Bursche, was?«

»Tjaja«, sagte Grabscher. »Die tun, was man ihnen sagt. Alles spurt, siehste?«

Schließlich sahen die zwei Borribles den großen Wagen im Mondlicht davonfahren, über den glänzenden Asphalt, der zwischen den Baumreihen hindurch zum Ende des Battersea Parks führte. Einen Augenblick lang hielt das Auto an den Parktoren inne, dann bog es links in die Albert Bridge Road ein und verschwand südwärts in die ruhigen Straßen der äußeren Vororte von London.

Die beiden Borribles standen auf und sahen sich um. In Parks fühlten sie sich nicht besonders wohl, sie waren eher im Gedränge der Straßen zu Hause und in verfallenen Häusern. Nur gelegentlich kontrollierten die Späher der Borribles die Grünzonen, und nur um sich zu überzeugen, dass alles noch da war und dass alles stimmte.

Als Poch sicher war, dass sie allein waren, sagte er: »Wir schaun besser mal nach, was die da drüben getrieben haben. Irgendetwas spielt sich da ab, und das gefällt mir gar nicht.«

Ganz plötzlich erzitterte der Boden vor seinen Füßen, Grasbüschel schwankten, lösten sich von ihren Wurzeln. Ein Geräusch wurde hörbar, ein Kratzen und Krabbeln, und eine gedämpfte Stimme fluchte und murmelte vor sich hin. Die Grasdecke schwankte wild auf und ab, bis sich zwischen Gras und Erdboden eine stumpf aufragende Form gebildet hatte. Die Form zögerte, als ob sie nicht recht wüsste, ob sie weiter nach oben vordringen oder sich nach unten zurückziehen sollte. Sie brummte, fluchte wieder und bewegte sich dann wie unentschlossen in der Horizontalen weiter, die Grasnarbe im Dahinkriechen nach oben zwängend.

Beim ersten Anzeichen der Gefahr hatten Poch und Grabscher sich hinter einen Busch zurückgezogen, aber als die Gestalt sich weiter weg bewegte, kamen sie hervor und folgten ihr.

»Das kann nur eins sein ...«, sagte Poch, »da gibt's nur eine Möglichkeit, und hier unten in Battersea, das ist schlimm, doppelt schlimm.«

Die Wölbung hielt nun an und rüttelte, kämpfte, wurde größer. Sie wuchs empor, und Grasbüschel, die Wurzeln voll Erde, fielen von ihr ab.

»Aufgepasst«, flüsterte Poch. »Gleich kommt's. Den schnappen wir uns.«

Grabscher und Poch kauerten wartend, geduldig; tausend Pläne rasten ihnen durch den Kopf. Der Rasenteppich hob sich höher und höher, bis er so groß war wie die Borribles selbst, dann zerplatzte er, und das Gras fiel wie ein abgestreifter Mantel ab und enthüllte eine dunkle, bedrohliche Gestalt, etwa in ihrer Größe.

Sie sah aus wie eine große Ratte, ein Riesenmaulwurf oder ein verwachsenes Kaninchen, aber es war nichts von alldem, denn sie stand auf den Hinterbeinen und hatte eine lange Schnauze und rote Knopfaugen, wie die Dinger, die im Auto davongefahren waren.

Poch pfiff schrill, und bei diesem Signal sprangen er und Grabscher vor. Poch warf einen Arm um den Kopf des Dings und zog es zu Boden, und Grabscher umklammerte die haarigen Beine und bog eins so über das andere, dass bei einer falschen Bewegung das Kniegelenk draufgehen musste. Das Ding brüllte so laut, dass es die ganze Nachbarschaft aufgeweckt hätte, falls der Battersea Park eine besitzen würde. Poch drückte ihm die Kehle zusammen und flüsterte: »Sei still, du Idiot, oder ich erwürg dich.« Das Ding war still.

Poch setzte den Gefangenen aufrecht hin und kroch um ihn herum, sodass er ihm die Arme mit einem Stück Strick auf den Rücken binden konnte, das er um die Hüften gewickelt getragen hatte. Er und Grabscher gingen sehr vorsichtig mit dem Tier um, weil nicht klar war, was es für Kräfte besitzen mochte. Grabscher manövrierte sich in eine Position, dass er auf den Beinen des Dings hockte und ihm in die Augen sah, die wie Murmeln am breiten Ende der Schnauze hin- und herrollten.

»Also dann«, sagte Poch, als er fertig war, »bürsten wir unseren Freund mal ab.«

Grabscher griff ihn am Nackenfell und zog die Schnauze nach vorn. »Name«, sagte er grob.

Die Schnauze bewegte sich ein wenig, und sie hörten eine distinguierte Stimme sagen: »Timbucktu.«

»Tim Wie viel?«, fragte Grabscher und schüttelte die Schnauze kräftig.

»Timbucktu.«

»Und wo kommst du her, du alter Staubfänger?«, fragte Poch, obwohl er wusste, wie die Antwort lauten würde.

Timbucktu schüttelte die beiden Borribles ab und erhob sich; seine Hände waren gefesselt, aber er starrte arrogant auf sie herab. Die roten Augen über seiner langen Schnauze leuchteten.

»Ich bihn natührlich aus dem Rumbelreich, ihr dreckigen kleinen Strahßenköter. Ihr solltet mich lieber freilassen, bevohr ihr ernsthaft in Schwierigkeiten kommt.«

»Ich wusst's doch«, sagte Poch und wandte sich aufgeregt zu Grabscher. »Ein Rumbel aus dem Rumbelreich. Komisch, wie die durch die Nase sprechen, hm?«

»Das ist also ein Rumbel«, sagte Grabscher interessiert. »Ich hab mich oft gefragt, wie die wohl aussehen … verdammt ordinär.«

»Ich hab zum ersten Mal einen so direkt vor der Nase, aber da gibt's keinen Zweifel, so wie dieser Unsympath ausschaut.«

»Ihr wihderlichen kleinen Strahßenläufer«, explodierte der Rumbel, der sich nicht mehr beherrschen konnte, »wie könnt ihr es wahgen, mich so zu behandeln?«

»Weil du auf unserem Terrain bist, du Arsch«, sagte Poch zornig. »Wusstest du wohl nicht mal.«

»Ich weiß nur, was ihr seid«, sagte Timbucktu, »und was ich bihn, und dass ich hingehe, wohin es mir pahßt, und tue, was ich will, ohne die Erlaubnis von ungewaschenen kleinen Ihgnoranten, wie ihr es seid, einzuholen. Und jetzt lässt du mich am behsten frei, Borrible, und wir vergessen diesen bedauerlichen Zwischenfall.«

»Der geht mir auf die Nerven«, sagte Grabscher. »Komm, wir schmeißen ihn in den Fluss.«

Der Mond war wieder frei von Wolken, und sein Licht glitzerte ganz in der Nähe auf der Themse. Den Rumbel schauderte es unwillkürlich. »Das nützt nichts. Ich schwimme wie ein Fihschotter, müsst ihr wihssen.«

»Klar doch«, sagte Poch, »so siehst du auch aus«, und er gab dem Rumbel eine hinter die Ohren und befahl ihm, das Maul zu halten.

Poch dachte angestrengt nach. Dann sagte er: »Eigentlich wär der Fluss wohl die beste Idee, damit er von unserem Terrain verschwindet, aber vielleicht sollten wir ihn mitnehmen und noch mehr rausfinden, was seine Bande da eigentlich vorhat. Gefällt mir nicht, das Ganze. Sehr verdächtig, Rumbels hier unten in Battersea. Zoff sollte sich die Sache am besten mal in Ruhe überlegen.«

»Ich glaube, da hast du recht, Bruder«, sagte Grabscher, und sie zerrten den Rumbel auf die Füße und schoben ihn in Richtung Parktor. Als sie die schlafenden Straßen erreichten, hielten sie sich in den dunklen Schatten zwischen den Straßenlaternen und marschierten rasch zur Battersea High Street.

Borribles sind im Allgemeinen mager und haben spitze Ohren, was ihrer Erscheinung etwas leicht Diabolisches gibt. Sie sehen ziemlich hart und zäh aus und kommen immer abgerissen daher, der Arsch hängt ihnen aus der Hose, aber abgesehen davon sehen sie aus wie gewöhnliche Kinder, auch wenn manche unter ihnen schon seit langen, langen Jahren Borribles sind. Sie haben scharf geschnittene Gesichter, und die Augen glühen hell und huschen hierhin und dorthin, sodass ihnen alles auffällt und nichts entgeht. Sie sind stolz darauf, immer rasch zu schalten. Ja, es ist unmöglich, dumm und gleichzeitig ein Borrible zu sein, weil es zur Definition eines Borribles gehört, dass er schlau ist. Nicht, dass sie einen Haufen nutzloser Sachen wüssten, sie kapieren nur schnell und neigen dazu, alle etwas Langsameren abzulehnen.

Die Einzigen, die hie und da mit einer gewissen Wahrscheinlichkeit mit Borribles in Kontakt kommen, sind gewöhnliche Kinder, weil sich die Borribles unter sie mischen, um der Entdeckung seitens der »Autorität« zu entgehen, die immer versucht, sie einzufangen. Jedes Kind kann schon einmal neben einem Borrible gesessen oder sogar mit einem gesprochen haben, ohne dass es die Ohren bemerkt hat, weil die Borribles Mützen tragen, Wollmützen, die sie über die Ohren ziehen, und manchmal lassen sie sich die Haare lang wachsen, bis sie bis zu den Schultern herunterhängen.

Normale Kinder werden ganz langsam zu Borribles, beinahe, ohne es zu bemerken. Aber eines Tages wachen sie auf, und es ist geschehen. Es ist gleichgültig, wo sie herkommen, wenn sie nur das haben, was man »schlechte Voraussetzungen« nennt. Ein Kind verschwindet aus der Schule, und es spricht sich herum, dass es einfach »unbelehrbar« war; vielleicht hat es genug gelernt, um davonzulaufen. Manchmal heißt es, dass ein Kind irgendwo aus der Straße in ein Heim gekommen ist und dort »versorgt« wird, weil die Wohnung immer leer war, wenn es aus der Schule nach Hause kam; zweifellos ist es unter die Borribles gegangen und versorgt sich selbst irgendwo. Oder es gibt eines Tages Geschrei im Supermarkt, und ein Kind, auf frischer Tat als Ladendieb ertappt, wird vom Hausdetektiv abgeschleppt. Wenn dieses Kind entwischt, wird es sicher ein Borrible und lässt sich nie mehr erwischen. Denn erwischt zu werden ist das Ende für einen Borrible.

Borribles sind also Ausgestoßene. Aber im Gegensatz zu den meisten anderen Ausgestoßenen genießen sie ihr Leben und würden mit niemandem tauschen. Sie freuen sich daran, unabhängig und frei zu sein, und dieses Gefühl ist für sie das Wichtigste. Deshalb gibt es bei ihnen auch keine Anführer, obwohl ab und zu irgendeiner eine führende Stellung einnehmen mag, vielleicht, weil er eine gute Idee hat, der er nachgehen will. Sie kommen ohne Autorität aus und kommen ganz gut miteinander zurecht, obwohl sie sich, wie jedermann, streiten.

Mit Erwachsenen kommen sie überhaupt nicht zurecht, oder ganz allgemein mit irgendjemand anderem, und sie sagen: warum auch? Niemand hat je versucht, mit ihnen zurechtzukommen, ganz im Gegenteil. Man ignoriert sie, und genauso wollen sie's auch haben, denn so können sie tun, was sie wollen, auf ihre eigene verstohlene und listige Art.

Poch und Grabscher hatten die Nachtpatrouille im Battersea Park gehabt, als sie über die Rumbels gestolpert waren, und ihre Entdeckung hatte sie geärgert und geängstigt. Borribles gehen gerne sicher, dass kein anderer Borribles-Stamm ihre Grenzen verletzt, das wäre schon schlimm genug. Immer haben sie Angst, dass sie von ihren Straßenmärkten und aus ihren Häusern vertrieben werden könnten und dass man ihnen ihr Stückchen Unabhängigkeit zerstören könnte, deshalb ist der Dienst des Spähers an den Grenzen eine regelmäßige Pflicht.

Auf einen Rumbel zu stoßen, war äußerst beunruhigend. Sie sind die wahren Feinde der Borribles, und die Borribles hassen sie wegen ihres Reichtums, ihrer Macht, ihres Hochmuts und ihrer Besitztümer. Wenn nun die Rumbels den ganzen Weg vom Rumbelreich herkamen, um den Park in eine Kolonie zu verwandeln, wie stand es dann um die Battersea High Street?

Poch und Grabscher trieben Timbucktu weiter vor sich her. Sie kamen an Morgans Schmelzofenfabrik vorbei, durch die Battersea Church Road und an der St. Mary-Kirche unten am Fluss vorüber, und dann in die High Street. Sie sahen niemand, und niemand sah sie, da es jetzt in den frühen Morgenstunden war. Ihr Ziel war ein leeres Haus gegenüber dem Ende der Trott Street. Es war groß und breit, und die unteren Fenster waren mit Brettern zugenagelt; Wellblech verdeckte den Eingang. Die Fassade war grau gestrichen, und in schwarzen Lettern hieß es: »Bunhams Patentschlösser GmbH Tel. 4828«.

Es war ein typisches Borribleversteck, verlassen und verfallen, und Grabscher wohnte dort. Borribles wohnen, wo sie können, in den Straßen der großen Städte, aber am besten gefallen ihnen diese verfallenen Häuser. Ist ein Haus schon bewohnt, dann benutzen sie häufig den Keller, und sie schlagen ihr Lager nachts auch gerne in Schulen auf, weil die Schulgebäude dann leer und unbenutzt dastehen, wie die Schulen in der Battersea High Street.

Die beiden Borribles hielten auf dem Gehweg an und spähten die Straße hinauf und hinunter. Niemand. Sie öffneten ein kleines Tor in dem Eisenzaun, und Poch stieß Timbucktu ein paar Stufen die Außentreppe zu den Souterrainräumen hinunter. Der Gefangene rollte wie ein großes haariges Kissen hinab und landete am Fuß der Treppe auf der Schnauze. Der Vorplatz zum Souterraineingang lag voller Abfälle, die die Passanten heruntergeworfen hatten, und glücklicherweise fiel der pelzige Rumbel einigermaßen weich. Er setzte sich auf, rieb sich den Kopf; dann bemerkte er den Müll und begann mit nervösen Pfotenbewegungen die Papierfetzen zu betasten.

Poch hielt, mitten auf der Treppe angelangt, inne und drehte sich zu Grabscher um. »Schau ihn dir an, ich glaube, der hat einen Schock weg.«

»Vielleicht hast du ihn zu fest geschlagen«, sagte Grabscher.

»Blödsinn«, antwortete Poch, ging hinunter und hob den Rumbel auf die Füße.

Der Späher öffnete eine Tür, die in die Souterrainräume des Hauses führte, und zerrte den Rumbel am Nackenfell hinein; Grabscher schob von hinten. Sie schlossen die Tür, und Poch machte das Licht an. Borribles haben auch in den verlassenen Häusern immer elektrisches Licht; es sind gute Techniker unter ihnen, und sie zapfen einfach die nächste Leitung an.

Die Borribles hatten einen großen Raum betreten, in dem als Tische und Stühle einige Orangenkisten standen. Zwei Türen gingen von diesem Raum ab, eine in eine Kammer, wo die Borribles Vorräte aufbewahrten, die andere auf eine Treppe, die in das Haus hinaufführte. Vor dem Fenster hingen Fetzen alter Decken, die nicht allzu viel Löcher hatten. Sie sollten verhindern, dass Licht auf die Straße fiel und die Polizei darauf aufmerksam machte, dass in einem angeblich leerstehenden Haus jemand wohnte.

Poch schob Timbucktu auf eine Orangenkiste und schaute sich wie Grabscher die ausdruckslose Schnauze an.

»Und was machen wir jetzt mit ihm, jetzt, wo wir ihn hier haben?«, fragte Grabscher.

»Ja«, sagte der Rumbel und sah mit dunkelrot glänzenden Augen auf, »damiht kommt ihr auf keinen Fall durch, das ist unverahntwortlich. Ihr Borribles müsst völlig wahnsinnig sein. Ich werde daführ sorgen, dass man euch die Ohren stuhtzt.«

Grabscher und Poch zuckten zusammen. Was ihre Ohren betrifft, so sind Borribles äußerst sensibel, denn wenn die Polizei einen Borrible fängt, dann werden ihm zuallererst die Ohren gestutzt, und er fängt wieder an, wie ein gewöhnliches Kind weiterzuwachsen. Wenn sie sich selbst überlassen bleiben, wachsen Borribles nämlich nicht, und ihre kleine Gestalt ist ein großer Vorteil für sie.

»Mir die Ohren stutzen, was?«, sagte Poch und ging, die Lippen zusammengepresst, in die Vorratskammer. Einen Augenblick später kam er mit einer Rolle Klebeband zurück. Er ging zu dem Rumbel, hielt seinen Kopf fest und wickelte das Klebeband immer wieder um die Schnauze des Tiers herum, sodass es nicht mehr sprechen konnte.

Er trat ein paar Schritte zurück und sah sich sein Werk an. Grabschers gespannte Aufmerksamkeit ließ nach; er legte sein Gesicht in die Hände und stützte die Ellbogen auf die Knie.

»Na bitte«, sagte Poch, »so geht man mit einer redenden Matratze um.«

»Ich bin froh, dass nicht alle Tiere sprechen können«, sagte Grabscher, »in einer Woche wären wir verrückt, oder das Klebeband wär alle.«

»Ich geh mal und hol Zoff«, sagte Poch. Er lief die Treppen ins Erdgeschoss hinauf und klopfte an die Tür des großen Zimmers, das auf den Garten hinter dem Haus hinausging. Der war dunkel und verwildert, der Garten, und Poch wusste, dass dort ein Urwald von Unkraut durch den alten zerbrechlichen Rost von Benzinfässern und durch die verbogenen Rahmen kaputter Fahrräder hindurch emporwuchs. Während er wartete, zog Poch einen feuchten Streifen der gemusterten Tapete von der Wand; Gips bröckelte mit ab. Die Tür öffnete sich einen Spalt, und ein anderer Borrible erschien. Er war vielleicht zwei, drei Zentimeter größer als Poch und hatte sehr spitze Ohren. Er trug einen orangenen Bademantel aus neuem, warmem Frotteestoff und bequeme Hausschuhe.

»Wer ist da? Ach, Poch, was willst du denn?«

»Tut mir leid, dich zu wecken, Zoff«, sagte Poch, »aber ich und Grabscher haben im Park was gefunden, und wir meinen, das solltest du dir mal ansehen. Es ist unten.«

»Mein Gott«, stöhnte Zoff, »hat das nicht bis morgen Zeit? Es sind doch nicht die Bullen hinter euch her, oder was?«

»Nein«, sagte Poch unruhig, »nicht so was. Schlimmer. Wir haben einen Rumbel! Ein ganzer Haufen kam an in so einem Luxusschlitten, und den einen haben wir geschnappt, wie er sich aus der Erde rausgewühlt hat. Das ist doch wohl die größte Unverschämtheit, ohne ein Wort hier runterzukommen und rumzugraben, oder?«

Zoff hatte mit immer größerer Konzentration zugehört und schien am Ende ganz außer sich.

»Eine von diesen arroganten, langnasigen Rumbelratten, hm? Geh du nur wieder runter, mein Junge, ich komm gleich nach. Ich such mir nur noch meine Mütze.«

Er schloss die Tür, und Poch sprang wieder die dunkle Treppe hinunter. Er begriff Zoffs Vorsicht: Kein Borrible verließ je sein Zimmer, ohne seine Mütze aufzusetzen, welche die spitzen Ohren verdeckte. Es war nicht so, dass sie sich der Ohren schämten, ganz im Gegenteil, aber sie waren lieber für den Notfall vorbereitet. Ein unvorhergesehener Umstand konnte sie jederzeit auf die Straße treiben, und da wäre es peinlich, wenn man als Borrible erkannt würde.

»Er kommt«, sagte Poch, als er den Raum wieder betrat. »Er ist schon kein schlechter Quartiermeister, manchmal ungeduldig, aber echt gerissen.«

»Da hast du recht, dem macht keiner was vor«, sagte Grabscher. »Es heißt, er ist so schlau, dass er sich noch was aus der eigenen Tasche klaut. Hast du eigentlich gewusst, dass er sich seine ganzen Namen in Kämpfen mit den Rumbels geholt hat? Niemand weiß, wie viele, niemand ... Seltsame Sache. Er hasst sie.«

»Über seine Namen gibt's einen Haufen Geschichten, und einige sind nicht gerade borriblemäßig«, sagte Poch. »Aber da glaube ich nicht die Hälfte davon.« Er setzte sich, betrachtete Timbucktu und dachte an Namen und das Erwerben von Namen: etwas, was ihn sehr beschäftigte.

Ein Borriblename muss verdient werden, weil nur so ein Borrible einen Namen bekommen kann. Er muss irgendein Abenteuer bestehen, und wenn er erfolgreich ist, kriegt er einen Namen. Es gibt da alles Mögliche, was ein Borrible anstellen kann; nicht unbedingt muss er etwas stehlen oder irgendwo einbrechen, obwohl es meistens darauf hinausläuft. Es kann auch ein witziger, lustiger Streich sein, den man jemand spielt, vorzugsweise einem Erwachsenen.

Das Einzige, was Poch gegen die Regeln hatte, war die Tatsache, dass es schwierig war, auf Abenteuer auszuziehen, wenn man seinen Namen schon hatte. Zunächst einmal bekamen immer die ihre Chance, die namenlos waren, und das irritierte Poch, weil er einen geheimen Ehrgeiz hatte – sich mehr Namen zu erwerben als irgendein anderer Borrible.

Ein Geräusch auf der Treppe störte Poch in seinen Gedanken. Er stand auf, und im selben Moment warf Zoff die Tür auf und schritt theatralisch in den Raum. Seinen Kopf schmückte eine bemerkenswerte Mütze aus scharlachroter Wolle, und er hielt den orangenen Morgenmantel dicht vor der Brust zusammen. Zoff hatte das klare Gesicht eines Zwölfjährigen, aber seine dunklen Augen waren voll Erfahrung. Er hielt inne, sobald er den Rumbel sah, und stieß den Atem mit einem flüsternden Pfeifen durch die Zähne.

»Endlich«, sagte er, als spräche er ein Gebet, »endlich. Es ist schon lange her, dass ich eins von diesen übelriechenden Nagetieren direkt vor den Händen gehabt habe.« Er drehte sich um und strahlte Poch und Grabscher wohlwollend an. »Jungs, das habt ihr großartig gemacht. Ihr habt einen lebend und unversehrt gefangen, obwohl er das nicht mehr lange sein wird, das kleine Veilchen. Im Park gefunden, soso. Mit hundert anderen, immerlos Löcher graben, so fängt's nämlich an, Kollegen. Hier auf unserem Territorium, das stört die überhaupt nicht, glauben, sie sind die Herren der Schöpfung. Überall hingehen, tun, was ihnen in den Sinn kommt, wir zählen da gar nicht.« Er stieß und bearbeitete den Rumbel mit einem starren Zeigefinger während seiner Tirade. Zu Poch gewandt sagte er: »Weißt du, was das hier ist?«

»Ein Rumbel.«

»Manche nennen sie Rumbels.« Zoff sprach in bitterem Ton. »Ich jedenfalls weiß, wie man die nennen muss: verdammte Hyänen, nicht besser als du oder ich trotz ihrer ganzen Ach-währen-Sie-soh-guht-Manieren. Seit Jahren kenn ich's, wie sie uns verachten und ihre langen Schnauzen über uns rümpfen. Diebe sind sie, genau wie wir, nur nennen sie's: was finden. Ein Bulle hätte 'nen anderen Namen dafür. Und da sind sie ganz schön flink dabei, mein Junge, ich kann's dir sagen, eine alte Frau braucht bloß mal ihre Tüte mit Pfefferminzbonbons loslassen, um sich zu kratzen, und zack!, weg sind sie. Verdammte Heuchler! Wenn dir ein Rahmbonbon runterfällt, hörst du erst gar nicht, wie's auf den Boden aufschlägt, da hat nämlich schon einer von unseren kleinen Freunden hier sich's aus der Luft geschnappt. Die Gegend sauber halten, heißt das dann. Ha! So sauber, dass für niemand andern was übrig bleibt.«

Poch und Grabscher sahen sich an. Noch nie hatten sie erlebt, dass Zoff so wütend war.

»Ach, hör mal, Zoff«, sagte Grabscher gleichgültig, »so schlimm kann's nicht sein, noch nie haben mir die Rumbels was getan.«

Zoff sprang in die Höhe. »Weißt du gar nichts von den alten Tagen«, rief er, »von den Kämpfen, bis wir endlich frei waren? Das waren entsetzliche Zeiten, Mensch!«

»Ja, schon gut, ich hab das auch gehört, aber das war zu deiner Zeit, nicht zu meiner«, und Grabscher lehnte sich gegen die Wand, kreuzte die Füße und steckte die Hände in die Taschen.

»Wer sich nicht kümmert, hat Kummer davon«, zitierte Zoff, »und die Geschichte wiederholt sich. Beziehungsweise die wiederholt sich nicht, die geht einfach immer genauso weiter.«

»Also, was machen wir jetzt mit dem Karnickel hier?«, fragte Poch.

»Sperr ihn in den Schrank«, sagte Zoff, sich das Kinn reibend. »Ich berufe morgen eine Jahreshauptkrisenversammlung ein. Ihr beiden könnt jetzt gleich mal die Straße runterrennen mit der Nachricht, eh ihr schlafen geht. Ich weiß, den anderen wird's nicht passen, aber das ist ein Notfall, und dieses eine Mal werden wir zusammen handeln und planen müssen!«

Zoff warf einen letzten Blick auf den Rumbel, dann zog er sich seine Borriblemütze tiefer über die Ohren, drehte sich auf dem Absatz um und ging. Poch zog den Gefangenen auf die Füße und schloss ihn in den Vorratsschrank. Dann verließen er und Grabscher das Haus durch die Kellertüre und waren die nächsten Stunden damit beschäftigt, alle Borribles in der High Street zu verständigen, was los war. Die Jahreshauptkrisenversammlung war für zehn Uhr am nächsten Morgen festgesetzt. Schließlich kehrten die beiden erschöpften Späher wieder in ihr eigenes Zimmer oben im Haus von Zoff zurück und kletterten in das Bündel alter Decken und Säcke, das ihr Bett darstellte.

»Ooh-hoo-hoo«, gähnte Poch. »Was für ein Tag.«

»G'nacht«, sagte Grabscher und war sofort eingeschlafen.

Die Hauptaufgabe eines Borribles ist es, zu überleben. Dies ist ein Beruf, der den größten Teil seiner Zeit beansprucht – sich von dem, was herumliegt, was zu essen zu organisieren, etwas zu finden, bevor's verlorengeht, Nahrung von den Marktständen und aus den Lagerräumen der Supermärkte zu besorgen, und solche Sachen. Deshalb leben Borribles in der Nähe von Einkaufszentren und von Straßenmärkten wie Brixton und Petticoat Lane. Auch stammen viele ihrer Vorräte von dem Zeug, das von Lastwagen, sagen wir, herunterrutscht, was auf Londons unebenen Straßen bekanntlich häufig passiert.

So entscheidend ist dieser Teil ihres Lebens, dass sie viele Sprichwörter darüber haben, und die sind alle im *Großen Buch der Borrible-Sprichwörter* gesammelt. Einige dieser Wendungen sind sehr alt, wie zum Beispiel: »Was vom Wagen fällt, gehört dem, der dem Wagen folgt«, oder: »Was gefunden wird, war nie verloren.« Zu den Lieblingssprüchen zählt: »Unmöglich kann man verlieren, was einem nicht gehört«, und die Borribles verwenden ihn gerne Leuten gegenüber, die sich über ihre Diebereien beklagen.

Um acht Uhr, an dem Morgen nach der Gefangennahme von Timbucktu Rumbel, war Hochbetrieb auf dem Markt in der Battersea High Street. Marktkarren und Stände waren auf beiden Straßenseiten aufgereiht, und kein Auto wagte sich in die enge Gasse, die für den Verkehr noch übrig geblieben war. Die Karren standen eng aneinander geschoben, und es war einfach für einen Borrible, vom einen Ende der Straße bis zum anderen unter ihnen hindurchzukriechen und sich so Obst zu holen. Einige Borribles mischten sich unter die Einkäufer auf dem Gehsteig, andere schauten in Einkaufsnetze und stellten Fragen, was für Ablenkung sorgte, während ihre Kumpel »einkauften«. So ließ sich gut ein Frühstück organisieren.

Die Verkäufer schrien aufeinander und auf die Kunden ein und forderten zum Kauf ihrer Ware auf. Von den Karren wurde Obst verkauft, Eisenwaren, Fisch, große Krebse; die Türen der Ladengeschäfte standen weit offen, und Freunde tranken Tee in Notariannis Café und schwatzten sich gegenseitig ein Ohr ab. Der Laden für Aale und Pasteten, Brown's, machte beste Geschäfte, und Leute aus den verschiedenen Häuserblocks, Archer House, Eaton House und White House, schlenderten über die Straße und redeten über ihre Pferdewetten beim Buchmacher Ernie Swash. Der Lärm war so groß, dass er bis oben in das Haus drang, wo Poch und Grabscher schliefen, und sie in ihrem Bett auf dem Fußboden weckte.

Poch setzte sich auf und stieß seinen Gefährten an. »Auf geht's, Frühstück.« Sie waren beide so lange in der Nacht weg gewesen, dass es bei ihrer Rückkehr schon heller Morgen war. Einige der Händler hatten ihre Karren aufgestellt und beladen, sodass die beiden Borribles keine Schwierigkeiten gehabt hatten, sich Vorräte zu besorgen. Das Frühstück lag neben ihnen: eine Grapefruit, zwei Orangen und zwei große Schmalzkringel mit Marmeladenfüllung.

Grabscher rieb sich die Augen, und die Säcke und Decken fielen von ihm ab. Er griff sich eine Orange, biss sie auf und sog geräuschvoll daran. Die Orange war herrlich; auf dem Transport zwischen Covent Garden und hierher war sie zu Eiskristallen gefroren.

»Ooooah«, stöhnte er entzückt, »das ist toll.«

»Wir beeilen uns besser«, sagte Poch, »dass wir die Versammlung nicht verpassen.«

Halbwegs in der Mitte der High Street stand ein altes, leeres Backsteingebäude. Zuletzt war ein Fotoatelier (»Scots-London«) drin gewesen, doch die waren schon lange verschwunden, und nun lag der Laden im Einflussbereich der Borribles. Hierher hatte Zoff die anderen Quartiermeister der High Street bestellt, und da es eine außerordentliche Versammlung war, konnte auch jeder andere Borrible kommen, der Lust hatte, konnte zuhören und dann seine Meinung sagen, wenn ihm danach war.

Innen, im großen Saal, stand Zoff auf der Bühne und redete, so rasch er nur konnte. Etwa zwanzig seiner Kollegen hörten ihm sehr ernsthaft zu. Andere Borribles, abgerissen, schmutzig und mit forschendem Blick, schlüpften durch die Seiteneingänge und standen herum; man fragte sich, was eigentlich los war. Bald wurde es klar.

Zoff schritt an die Rampe der Bühne und hielt beide Arme in die Höhe, wie ein Politiker. Er schrie ein paar Mal laut, und nach und nach wurde der Lärm im Saal leiser und leiser, bis schließlich eine Art erregte Stille herrschte. Die Quartiermeister, die hinter Zoff saßen, rückten sich zurecht und lehnten sich aufmerksam vor. Zoff sah in die Runde und fing dann an zu sprechen, die Situation genießend, denn wenn er eine Schwäche hatte, dann die, dass er es liebte, Reden zu schwingen.

»Borriblebrüder, Borribleschwestern, es freut mich, euch so zahlreich hier zu sehen, denn heute ist ein Tag der Entscheidung. Unsere Art zu leben ist bedroht, und wir müssen entweder zusammen handeln oder untergehen.« Der Saal wurde noch stiller, und die Spannung wuchs. »Um nicht lange drum herumzureden, sag ich euch die Tatsachen, dann sag ich euch, was ich und der Rest der gewählten Vertreter beschlossen haben, und dann werden wir das ordnungsgemäß zur Abstimmung bringen. Gut, also, die Tatsachen. Gestern Nacht haben unser wichtigster Späher und sein Helfer ...«

Alles drehte sich zu Poch und Grabscher um.

»... während einer Routinekontrolle des Battersea-Gebiets entdeckt, dass eine Invasion der Rumbels auf unserem Territorium im Gange ist.«

Die Menge holte tief Atem und stieß den Atemzug in einem langen explosiven Zischen wieder aus. Zoff blickte, mit großer Geste Schweigen fordernd, in die Runde.

»Es hat den Anschein, dass eine starke Truppe hier runtergekommen ist, die ganze Strecke vom Rumbelreich, und den Park mehrere Stunden lang besetzt hielt. Sie haben gegraben! Also, das kann meiner Meinung nach nur die Vorbereitung für eine Machtübernahme in Battersea sein, für eine Aushöhlung unserer Freiheit, eine neue und raffinierte Form der Sklaverei und des Ohrenstutzens! Die Lage war erträglich, solange die Rumbels im Rumbelreich geblieben sind, wo sie hingehören, aber jetzt sieht die Sache anders aus.«

Zustimmendes Murmeln stieg aus der Versammlung auf, aber Zoff hob die Hand und fuhr fort.

»Es gibt nur eine Antwort, meine Freunde, und das ist die Vorwärtsverteidigung. Wir müssen angreifen, bevor wir angegriffen werden. Wir, meine Quartiermeisterkollegen und ich, haben einen Plan entwickelt, wie man die Rumbels vernichten kann, indem man das Herz ihrer Organisation trifft. Jedoch …«

Zoff hielt einen Augenblick inne und drohte mit einem verschmierten Zeigefinger gegen die Decke.

»… um diesen Plan durchzuführen, müssen wir sehr sorgfältige Suche in den Reihen der Namenlosen halten. Unter denen, die ihr erstes Abenteuer noch nicht bestanden haben, müssen wir die Tapfersten, die Listigsten, die Schlausten und die Einfallsreichsten auswählen. Nicht nur den Feind müssen wir fürchten, sondern die enorme Entfernung zwischen ihm und uns, gefährliches Terrain! Der Rumbel sitzt selbstzufrieden in seiner Festung, geblendet von seiner eigenen Eitelkeit, sicher, wie er sich einbildet, durch seinen Reichtum und sein behagliches Nest! Aber genau da werden wir mit einer Hand voll auserwählter Borribles zuschlagen. Wir brauchen Freiwillige, die alles für die Sache einsetzen – bedenkt, die gehen, kommen vielleicht nie wieder. Blut wird fließen.«

Hier entstand eine schreckliche Stille im Saal, und die Borribles sahen sich erschrocken an. Ein Abenteuer war eine, der Tod eine andere Sache.

»Wir sind der Ansicht«, fuhr Zoff fort, »dass Battersea diese Last nicht alleine tragen sollte. Die Borribles von ganz London sind hier betroffen. Deshalb werden wir durch die ganze Stadt Botschaften schicken, und bestimmte Stämme werden aufgefordert werden, die besten namenlosen Kandidaten zu uns zu schicken, zur Ausbildung und Instruktion. Und ebenso werden wir aus den Reihen der Namenlosen in Battersea den Einen auswählen, der das meiste verspricht. Wir wollen uns an die folgenden Gruppen wenden: die Totters von Tooting, die Wendels von Wandsworth, die Stampfer von Stepney, die Whitechapel-Wallopers, die Puncher von Peckham, die Neasden-Nudgers und die Hoxton-Humpers. Einzelheiten des Überfalls werden ausgearbeitet, wenn alle Kandidaten eingetroffen sind.«

Zoff holte Atem, und der Saal füllte sich mit dem Gesumm aufgeregter Gespräche. Wer, fragte man sich, würde Battersea bei dieser Expedition vertreten? Eine Ehre, klar, aber auch eine große Gefahr.

Poch schimpfte vor sich hin. »Hätt ich bloß meinen Namen noch nicht! Das ist mal ein richtiges Abenteuer, könnte ich bloß mit.«

Zoff rief wieder, um sich Ruhe zu verschaffen, und bekam sie auch nach einer Weile. Nun bereitete er den dramatischen Auftritt vor. Er gab ein Zeichen zur Seite der Bühne hin, und der Gefangene wurde hereingebracht, sodass alle ihn sehen konnten. Fassungsloses Schweigen. Der Rumbel hatte immer noch eine zugeklebte Schnauze, aber die Knopfaugen glühten in gefährlichem Rot, und er stand aufrecht und unbewegt da.

»Da«, schrie Zoff, »steht der Feind, nicht tapferer als wir, nicht gefährlicher, aber schwierig ist es, an ihn ranzukommen, wohlgeschützt hockt er in seinem Bau, er ist reich und mächtig und glaubt, er ist von Gottes Gnaden allen Borribles überlegen. Das ist der Feind, der seine Hand um Battersea schließen will. Jetzt, in diesem Moment, graben sie vielleicht schon unter den Straßen und kommen gleich in euren Hinterhöfen zum Vorschein, unterminieren unsere Art zu leben, still und heimlich, wie dreckige Maulwürfe.«

Zoff schöpfte tief Atem und schüttelte seine Arme vor sich, als leerte er einen Sack Zement aus. Die Menge wogte aufgeregt. Zoff wurde noch lauter: »Das ist der Feind, Brüder, und wir wissen alle, dass er um jeden Preis gestoppt werden muss, jawohl, aber mehr noch, er muss ausgelöscht werden, und wer sind die Borribles dazu? Das sind doch wohl wir!«

Ein lautes, begeistertes Hurra prasselte durch den Saal. »In den Fluss mit ihm«, rief eine Stimme aus den hinteren Reihen, »mit einem Fahrrad um den Hals.«

Dieser Vorschlag war so populär, dass man ihn von allen Seiten aufgriff.

»Ja!«, riefen sie. »In den Fluss, geh mal einer und klau ein Fahrrad.«

Zoff lächelte verständnisvoll. »Ich begreife eure Gefühle, Brüder« – er schaute den Rumbel an –, »aber ich habe einen besseren Plan. Lasst es mich erklären. Das eine, was diese Objekte über alles fürchten« (er berührte den Rumbel leicht mit einem verächtlichen Zeigefinger), »ist es, entdeckt zu werden! Es wäre ihnen furchtbar, demaskiert zu werden und als das dazustehen, was sie wirklich sind. In ihrer Mythologie ist die größtmögliche Katastrophe das, was sie die Große Rumbeljagd nennen. Ihre ganze Welt ruht auf einer falschen Sicherheit, Freunde, und die Große Rumbeljagd wird diese Sicherheit zerstören – und wir, die Borribles von Battersea, werden die Rumbeljagd beginnen. Aber –«, Zoff musste schreien, um sich durch den Beifallslärm verständlich zu machen, »dies ist ein Nervenkrieg, wir wollen, dass sie wissen, dass etwas wirklich Unangenehmes auf dem Weg zu ihnen ist ... wir! Und da spielt das kleine Nagetier hier seine Rolle. Wir beabsichtigen, ihm eine Botschaft aufs Fell zu kleben, diese – Reisetasche, und dann schicken wir ihn über eine

Kette von Borribles den Weg zurück, zurück ins Rumbelreich, wo man ihn erschöpft und zerfleddert entdecken wird, als Beweis, dass wir Ernst machen. Die Botschaft wird lauten: *Die Große Rumbeljagd hat begonnen. Hütet euch vor den Borribles!* Alle, die dafür sind, stimmen mit ›Ja‹.«

Wieder stieg enormer Beifall aus der Versammlung empor. Borribles umarmten einander, sprangen auf und ab und schrien: »Denen zeigen wir's, die lehren wir, hier runterzukommen, diese Karnickel.« Nur Poch fühlte sich unglücklich und wünschte, er könnte seinen Namen loswerden.

Die Quartiermeister auf der Bühne zogen sich mit Zoff und dem Gefangenen zurück, und der Saal leerte sich nach und nach, als die verschiedenen Gruppen von Borribles in ihre eigenen Häuser, Keller und Schuppen zurückgingen, um die Versammlung dieses Morgens zu bereden und sich zu überlegen, wer wohl als Champion von Battersea ausgewählt würde, mit den anderen loszuziehen. Diejenigen, die nicht wegen ihres Mutes bekannt waren, waren still und beschlossen, die Aufmerksamkeit möglichst nicht auf sich zu lenken, denn es gibt Borribles, die sich in ihrem ganzen Leben keinen Namen erwerben. Aber es gibt auch ganz andere, und die rannten direkt aus der Versammlung auf den Markt, stahlen dort Papier und setzten sich sofort hin, um einen Antrag zu stellen und Zoff um den Job zu bitten.

Poch ging allein zu seinem Haus zurück. Grabscher war auf einen Streifzug zum Essenklauen gegangen, aber Poch hatte keinen Hunger. Er kam sich hilflos und zurückgesetzt vor. Er wusste, es bestand nicht die geringste Chance, dass man ihn für die Expedition gegen das Rumbelreich in Betracht ziehen würde. Er ging in den Keller des verlassenen Hauses und stieg die Treppe hinauf. Als er an Zoffs Tür vorbeikam, wurde sie aufgestoßen, und der Quartiermeister erschien mit breitem Grinsen.

»Das passt ja, Junge«, sagte er. »Rein mit dir, genau der Mann, den wir brauchen, auf geht's, die anderen wollen was mit dir besprechen.«

Poch trat in das Zimmer und fand es gedrängt voll mit den anderen Quartiermeistern, die mit Zoff die Bühne besetzt hatten. Der Gefangene war verschwunden. Poch nahm seine Wollmütze ab und hielt sie in den Händen; er hatte gute, spitze Ohren, die ein beträchtliches Maß von Intelligenz und Wachsamkeit zeigten. Die Quartiermeister nickten beifällig. Sie saßen, im Zimmer verstreut, bequem auf gepolsterten Orangenkisten oder auf kleinen Fässern. Zoff ließ sich in einen schönen Sessel sinken, der einst von einem höchst exklusiven Möbelwagen gefallen sein musste.

»Setz dich, Junge«, sagte er. »Wir wollten uns für die saubere Arbeit letzte Nacht bedanken, hervorragend war das, hervorragend.« Er sah in einem Bündel Papiere nach: »Und jetzt zur Sache; wir wollen deinen Rat. Wie du vielleicht weißt, sitzen acht Rumbels im Generalstab des Rumbelreiches. Ich hab das Gefühl, wenn wir die eliminieren können, dann bricht der Rest der Gesellschaftsstruktur der Rumbels in sich zusammen, und sie haben keine Zeit mehr, uns in die Quere zu kommen. Deshalb schicken wir nur acht Borribles – einen für jeden Rumbelgeneral. Es kommt einer aus Tooting, Hoxton, Wandsworth – das hast du ja alles gehört. Aber, Poch, wen schicken wir aus Battersea?«

»Der springende Punkt ist«, sagte einer der anderen Quartiermeister, »du kommst viel rum, du siehst viele Borribles in Aktion, was glaubst du, wer wäre eine gute Wahl?«

Poch dachte eine Weile nach. »Nicht ganz einfach«, sagte er schließlich. »Es gibt eine ganze Menge guter Leute. Ein paar ausgeschlafene Jungs sitzen drunten in Morgans Schmelzofenfabrik, einige leben unter der Eisenbahnbrücke am Bahnhof Battersea Park, aber ich glaube, der schlauste von allen, aus dem ganzen Bezirk, ist einer, der oben auf dem Lavender Hill wohnt, dem macht keiner was vor.«

»Wo hängt der so normalerweise rum?«, fragte ein anderer Quartiermeister.

»Unterm Gefängnis«, sagte Poch, der sich seine Überraschung aufgespart hatte.

»Unterm Gefängnis!«, rief ein Dutzend Stimmen. »Der hat sie wohl nicht alle.«

Poch lachte. »O doch. Schlau. Da gibt's 'nen Haufen Räume, die jede Nacht leer stehen. Zentralheizung, jede Menge Decken, immer Strom und heißes Wasser. Was man sich wünschen kann, er hat's. Tatsächlich hat er's so weit gebracht, dass ein paar von den Plattfüßen glauben, er ist ein Nachbarsjunge, und tagsüber macht er schon mal eine kleine Besorgung für sie. Er muss sich nicht mal besonders viel klauen – er hat fast alles, was er braucht, bei sich zu Hause.«

»Hätte ich eigentlich schon früher wissen sollen«, sagte Zoff und schaute ein wenig verärgert drein.

»Tut mir leid«, erklärte Poch. »Ich hab gehofft, aus dem Jungen einen Späher für uns zu machen. Ich hab gewartet, bis das richtige Abenteuer kommt, dass er sich einen Namen holen kann, und ich glaube, es ist soweit.«

Zoff schaute die anderen Quartiermeister an.

»Bin dafür«, sagte er, und sie nickten. »Gut, das wär das. Jetzt, Poch, ich möchte, dass du einen Boten ganz schnell zum Lavender Hill raufschickst und den Dingsda hierherbringen lässt. Sobald die Kandidaten von den anderen Bezirken kommen, müssen wir mit dem Trainingsprogramm beginnen. Außerdem solltest du ein paar Freiwillige zusammenholen, die, wenn sie Zeit haben, noch mal extra klauen gehen. Wir brauchen einen Haufen Zeug für die Expeditionstruppe, Fressalien, wetterfeste Kleider, gute Schleudern, Uhren, Kompasse, alles, was irgendwie nützlich sein kann. Du bist unser bester Späher, also hätte ich gern, dass du die Ausrüstung der Expedition übernimmst. Ich weiß, du hast mit deiner eigenen Stehlerei zu tun, und die anderen auch, aber tu, was du kannst. Diese Expedition darf nicht scheitern.«

Poch nickte. Sein Herz schlug; er platzte beinahe vor Stolz. Er war dabei, mit beteiligt, was mehr war, als er zu hoffen gewagt hatte. »Gibt's noch eine Chance für was anderes, Zoff?«

»Was meinst du? Mitgehn kannst du nicht, weißt du doch, das ist eine Regel.«

»Ich weiß. Es ist nur, also, du sagst doch, sie müssen trainiert werden. Ich bin ein guter Borriblespäher, ich könnte sie trainieren – oder?«

Zoff schaute Poch lange und aufmerksam an, mit einem Blick, der durch den Borrible hindurchging und alles sah. »Hmmm«, sagte er und lächelte verstohlen, »ganz schön eifrig, wie? Wie viele Namen hast du?«

»Nur den einen«, sagte Poch unbehaglich.

Zoff lachte vor sich hin und schaute die anderen Quartiermeister an. »Er erinnert mich an mich«, sagte er. »Na, Brüder, soll er das Team trainieren?«

Der Antrag fand Zustimmung, und Poch freute sich. Er war nicht umsonst der Hauptspäher und wusste sich durchzusetzen. Er stand auf, um sich zu verabschieden, stolz und mit einem Gefühl der Dankbarkeit für Zoff. Der Quartiermeister hielt ihn zurück.

»Hier, nimm den Umschlag, das sind Instruktionen wegen dem Rumbel. Er ist unten im Schrank. Schieb ihn ab, versuch, dass niemand ihn sieht, die schmeißen ihn bloß in den Fluss.«

Poch lief nach unten und öffnete den Vorratsschrank. Tatsächlich, da war der Rumbel, die Pfoten immer noch auf den Rücken gebunden und eine Botschaft auf das mittlerweile ganz schmutzige und zottelige Fell geklebt.

Zwei Hilfsspäher kamen in den Raum und lehnten an der Wand; während Poch seine Instruktionen las, sahen sie zu. Als er fertig war, zog er das Klebeband von der Schnauze des Tieres und setzte es auf eines der herumstehenden Fässer.

»Wir schicken dich nach Hause, Rumbel, lebend. Bring diese Botschaft zu deinen Führern und erzähl ihnen, was du gesehen und gehört hast.«

Poch wandte sich zu den Spähern. »Ihr beide könnt ihn auf der ersten Etappe seiner Reise begleiten. Dieser Umschlag enthält Instruktionen von der Versammlung. Bringt ihn bis zur Kreuzung und gebt ihn weiter. Dann können die Borribles von Honeywell die Sache übernehmen, und die können ihn zu den Wendels bringen, hinter Wandsworth Common, und die bringen ihn von dort zur Merton Road. Der Brief wandert mit und sagt euch, was ihr bei jedem Abschnitt tun müsst. Am Ende sollte er dann so nahe wie möglich an der High Street beim Rumbelreich freigelassen werden; dann kann er selbst heimfinden. Fragen?«

Die beiden Späher schüttelten den Kopf.

»Gut«, sagte Poch, »sobald ihr ihn los seid, kommt zurück zu mir und gebt euren Bericht. Es ist sehr wichtig, dass der in einem Stück heimkommt, obwohl egal ist, wie er aussieht. Je mitgenommener, desto besser. Denen muss das Fell vor Entsetzen zu Berge stehen.«

Timbucktu sprang bei diesen Worten auf die Füße. »Duh jahgst mir keinen Schrecken ein, Bohribble, und deine Freunde auch nicht. Ihr habt keine Ahnung, wen ihr euch vornehmt. Wir werden Wache halten, ihr werdet auf uhnseren Rumbelspeeren aufgespießt, bevohr ihr das Rumbelreich und seinen Hügel auch nur zu Gesihcht bekommt. Hier seid ihr vielleicht sicher, in euren dreckigen Strahßen und stinkenden Hinterhöfen, aber das Rumbelreich ist eine Wildnihs, wo nur wir die Pfahde kennen. Das bedeutet Krieg.«

Poch gab dem Rumbel eine Kopfnuss, beinahe liebevoll. »Auf geht's«, sagte er, »du alter Bettvorleger, bevor ich dir die Schnauze um den Hals wickle.«

Auf ein Zeichen Pochs zogen seine beiden Helfer den Rumbel aus dem Kellerraum; der erste Abschnitt seiner langen und gefährlichen Reise hatte begonnen – einer Reise, auf der er von Hand zu Hand weitergegeben würde, wie ein Einschreibepäckchen in der Londoner Post.

2

Während der nächsten vierzehn Tage war das Zimmer der Späher in dem alten leeren Haus mit der Aufschrift »Bunhams Patentschlösser GmbH« das Zentrum, wo die ganze Ausrüstung zusammengetragen wurde, die sich für die Expedition als nützlich erweisen könnte. Unter Pochs wachsamen Blicken wurde sie sortiert und aufgestapelt. Ob akzeptiert oder abgelehnt, alles wurde in ein großes Hauptbuch eingetragen; was übrig bleiben würde, sollte durch eine Lotterie verteilt werden, sodass in der ganzen High Street großes Interesse herrschte und viele Borribles sich bei der Organisation des Materials selbst übertrafen. Natürlich war es vielen anderen auch völlig egal, und wenn sie auf ihren Beutezügen etwas Brauchbares fanden, behielten sie's selbst.

Es gab Schwimmwesten aus der Sportabteilung von Ardens & Nobbs, dicke, warme Mäntel von Walker, Schlafsäcke, reißfeste Nylonseile zum Erklettern von Bäumen und Häuserwänden, feste Stiefel, Ölzeug, wollene Unterwäsche, scharfe Messer, Südwester, Schneebrillen, Kordhosen mit verstärkten Knien und kleine, als Rucksäcke zu tragende Schultertaschen.

Zufrieden studierte Poch seine Inventarliste: Es war an jede Möglichkeit gedacht. Der Vorratsschrank war voll, und das Zimmer der Späher war mit wertvollem Material vollgestapelt. Der einzige freie Raum war eine kleine Fläche um seinen Tisch herum und eine Art Korridor zu jeder der beiden Türen.

Eines Tages unterbrach Grabscher sein zufriedenes Nachdenken; er betrat das zum Warenlager umfunktionierte Zimmer und schlängelte sich zwischen den Vorräten hindurch, die seinen Kopf überragten.

»Du siehst müde aus«, sagte er.

»Bin ich auch«, sagte Poch. »Ich glaube, ich hab jetzt alles, obwohl ich sicher irgendwas am Ende doch vergessen habe.«

»Na, fertig bist du deshalb noch nicht, Kumpel«, sagte Grabscher. »Zoff möchte dich sehen, jetzt gleich, oben.«

Poch rannte ins Erdgeschoss hoch und klopfte an Zoffs Tür.

»Herein«, rief die raue Stimme, und Poch betrat das Zimmer.

»Ah, Poch, da bist du ja. Setz dich, gute Nachrichten, sie sind eingetroffen.«

»Wer?«, fragte Poch, der sehr müde war und im Geist immer noch Wärmflaschen und Eispickel zählte.

»Na wer schon!«, sagte Zoff. »Die Champions, die Besten der Borribles, die Glorreichen Acht, das Zweidritteldutzend, nenn sie, wie du willst, sie sind da.«

»Wo?«, fragte Poch und setzte sich auf.

»Sie sind im Lagerraum unter der Turnhalle am Rowena Crescent 45, gegenüber von der Kneipe dort, *The Prince's Head*. Ich möchte, dass du mit ihnen das elementare und fortgeschrittene Spähertraining durchmachst, auch wenn sie schon welche sind. Geh sicher, dass es erstklassige Diebe sind, gut im Ladendiebstahl, gut, wenn's darum geht, die Bullen abzuhängen. Schau, dass sie die Borrible-Sprichwörter beherrschen, und so weiter, das Übliche. Dann ein paar Übungen im Battersea Park, ich weiß, dass sie die freie Natur nicht mögen, aber da müssen sie sich dran gewöhnen, im Rumbelreich wird's ungemütlich. Ich geb dir vierzehn Tage, mehr ist nicht. Es kommt noch ein Typ, der hilft dir, von denen an der Northcote Road, war in der Familie eines Fallschirmjägers, bevor's ihn verborriblet hat, der könnte nützlich sein. Übrigens«, Zoff warf ihm ein paar Bücher zu, die Poch im Schoß auffing, »die liest du besser von vorn bis hinten durch, das sind die Rumbel-Handbücher, ihre ganze Geschichte von Anfang an, der Lageplan von ihrem Revier, ihre Befehlsstruktur, die Technik, wie sie mit ihren Rumbelspeeren kämpfen. Hübsch hässliche Geräte, mit einem vierzölligen Nagel am Ende, zum Kitzeln. Alles da drin. Mach voran, Poch. Ich komm in zwei Wochen vorbei und schau mir die Sache an. Wenn du was brauchst, schick einen Eilboten.«

Poch sammelte die Bücher ein und stand auf, aber Zoff hielt ihn noch zurück.

»Ach ja, im ersten Band, da hab ich eine Liste von den Acht Mitgliedern des Generalstabs, den Acht Höchsten Rumbels des Rumbelreiches gemacht, mit den Namen. Wir haben uns gedacht, es wäre keine schlechte Idee, wenn wir jedem von deinen Borribles einen von diesen Namen geben, den er sich verdienen muss; also, wenn sie je so weit kommen, dann wissen deine Leute genau, an welchen Rumbel sich jeder halten muss. Gute Idee, was?«

»Wie soll ich sie verteilen? Habt ihr da was entschieden?«

Zoff lachte geheimnisvoll vor sich hin. »Am besten steckst du die Namen in einen Hut und lässt sie ziehen, dann gibt's keine langen Diskussionen über die Ziele.« Der Quartiermeister zögerte und lachte dann wieder. »Das heißt, außer bei zwei davon, die musst du in einen Extrahut tun. Die sind in der Liste markiert. Also, auf geht's, Poch.«

Poch pfiff auf seinem Weg die Treppen hinunter. Liebend gern wäre er mit auf die Expedition gegangen und hätte sich einen neuen Namen und eine neue Geschichte verdient, aber durchs Leben zu gehen mit einem Rumbelnamen, man stelle sich vor; äußerst merkwürdig. Dann dachte er sich, dass schließlich und endlich nicht der Name selbst zählte, sondern die Geschichte, die daran hing. Er erinnerte sich an manche hervorragenden Borribles mit ausgesprochen seltsamen Namen, aber wenn man die sah oder ihre Namen hörte, dachte man nicht allein an das Wort und seinen Klang, man dachte an das Leben und die Taten dahinter. An die Geschichte.

Geschichten sind sehr wichtig für die Borribles. Meistens können sie nicht richtig auf Abenteuer ausziehen, weil sie zu beschäftigt sind, aber sie lesen Bücher mit aufregenden Sachen, Western oder Spionageromane oder Science Fiction. Nach einem richtigen Abenteuer, das man selbst erlebt, kommt als Nächstbestes für die Borribles das Zuhören, wenn andere Borribles ihre Abenteuer erzählen und wie sie sich ihre Namen verdient haben. Deshalb drehen sie gerne ein ungewöhnliches Ding, damit sie nachher ihre Geschichten erzählen können, und übertreiben, was geschehen ist. Natürlich bestehen sie ihre Abenteuer gerne erfolgreich, aber wie die meisten anderen Leute verlieren sie auch oft, was jedoch egal ist, solange sich eine gute Geschichte ergibt.

Poch verließ das Haus und ging die High Street entlang. Als er sich seinen Weg durch das Gedränge auf dem Gehsteig suchte, gab es keinen Zweifel für ihn: Die acht Champions, die in dieses Abenteuer zogen, würden wunderbare Geschichten zu erzählen haben. Die Rumbelnamen, die sie sich verdienen würden, wären im Verlauf der Expedition eine ständige Erinnerung an ihr Jagdziel, und in den Jahren danach, wenn sie Erfolg gehabt hätten, würde jeder, der die Namen hörte, wissen, wie sie verdient worden wären. »Ja«, schloss Poch, als er in den Rowena Crescent einbog, »eine schlaue Idee.«

Vor der Hausnummer 45 hielt Poch an und vergewisserte sich, dass seine Mütze fest saß. Die Turnhalle war ein langgestrecktes, niedriges Gebäude, das aussah wie eine verlassene Kneipe und grün gekachelte

Wände hatte. Über der Tür und den drei langen Fenstern hing ein Schild; Poch schaute hinauf, obwohl er wusste, was dort stand: »Rowena-Turnhalle. Harte Männer für Film und Fernsehen. Kung Fu. Stuntmen. Inhaberin: Laetitia Martin.«

Poch konnte aus dem Inneren der Halle angestrengtes Stöhnen und Knurren hören. Das dürften Erwachsene sein, die sich den Durchbruch in eine große Karriere versprachen. Auf dem Pflaster sah man an den vergitterten Fensterschächten, wo sich die Kellerräume befinden mussten, in denen die Borribles warteten. Seine Rumbel-Handbücher fester fassend, ging Poch durch den Haupteingang und einen Korridor hinunter, der mit denselben schmutzig grünen Kacheln verkleidet war wie die Fassade des Gebäudes. Ein Pförtner stieß die Tür seines Büros auf und pflanzte sich vor dem kleinen Borrible auf. Er sah riesenhaft aus, die Beine gespreizt, die Hände in die Seiten gestemmt. Er hatte ein Blumenkohlohr, und sein Atem roch abstoßend süßlich nach dunklem Bier.

»Und was glaubst du, wo du hinmarschierst, Bürschchen?«

»Ist schon in Ordnung«, log Poch, »mein großer Bruder ist hier, und dem muss ich die Bücher hier bringen. Ich bin eh schon zu spät dran.«

Der Mann dachte langsam, dann: »Hmmm, also schön, aber häng hier nicht rum. Kleine Jungs ham hier nichts verloren, und schon gar nicht so Winzlinge wie du. Sonst knaps ich dir dein Ohr ab, pass bloß auf.«

Die Vorstellung ließ Poch erschaudern; er zog sich die Mütze tiefer und hüpfte davon.

Am Ende des Ganges sah Poch zwei Treppen: eine nach oben, eine nach unten. Poch ließ eines seiner Bücher fallen, und als er es aufhob, schaute er unter seinem Arm hindurch: Der Pförtner beobachtete ihn immer noch. Poch ging hoch in den ersten Stock, wartete etwas, dann schlich er sich wieder die Treppe hinunter. Nun war der Gang leer, sodass er die feuchten Zementstufen nach unten ging, bis es so dunkel wurde, dass er sich vorantasten musste. Er fühlte sich seinen Weg an der Wand entlang, bis er zu einer Tür aus rauem Holz kam, die nicht nachgab, als er drückte. Er klopfte das Borriblesignal, leise zuerst, und, als nichts geschah, etwas lauter, einmal lang, zweimal kurz, einmal lang – Da … di-di-da …

Ein leises Geräusch drang durch die Tür, ein Riegel klappte, ein Schloss klirrte, und ein Auge sah scharf durch einen Spalt.

»Borrible?«, fragte jemand hinter der Tür.

»Borrible«, gab Poch zur Antwort.

Die Tür öffnete sich weit genug, um Poch einzulassen, und wurde dann hinter ihm wieder geschlossen und verriegelt. Er befand sich in einem langen, staubigen Raum, wo alle Wände von oben bis unten mit Sprossenleitern für gymnastische Übungen bestückt waren. Von den Balken in der Mitte der Decke hingen Kletterseile. Matten stapelten sich auf dem Parkett, und Poch sah alle möglichen Geräte zur Steigerung der Leistungsfähigkeit des menschlichen Organismus. Erleuchtet wurde der Raum durch lange schmale Fenster unter den Gittern, die Poch draußen auf dem Gehsteig gesehen hatte. Das Licht, das schräg in den Raum fiel, war grau und zögernd und verlor sich, bevor es die Ecken erreichte. Es war so trüb, dass Poch kaum die acht Gestalten erkennen konnte, die ruhig auf einer Bank am anderen Ende der Halle saßen.

Der Hauptspäher wandte sich an den Borrible neben sich. »Northcote Road?«, fragte er, und sein Nachbar nickte.

»Ich heiße Hakenschlag«, sagte er und lachte Poch an.

»Das klingt nach einem guten Namen«, sagte Poch. »Du musst ein gutes Abenteuer erlebt haben, als du dir den verdient hast. Eines Tages musst du mir's erzählen.«

»Jeder weiß, wie du deinen Namen bekommen hast, Poch, das ist eine von den besten Borriblegeschichten, die je erzählt worden sind.«

Es ist üblich, dass Borribles, die sich zum ersten Mal begegnen, Komplimente über ihre Namen austauschen und darüber, wie man sie sich verdient hat. Bis sie einen Namen haben, sind Borribles einfach »He, du« oder »Knirps« oder »Dingsda«. Einen Borrible mit einem Namen mit einer dieser Bezeichnungen anzureden ist eine unverzeihliche Beleidigung und führt zum Kampf. Borribles sind große Raufbolde, in erster Linie, weil sie's gewohnt sind.

Eine noch größere Beleidigung eines Borribles mit einem Namen wäre es, anzudeuten, dass er seinen Namen nur besitzt, weil er ihn gefunden hat oder weil jemand anders ihn weggeworfen hat. Und für einen unbenannten Borrible ist es höchst irritierend, wenn man die Vermutung anstellt, dass er bloß deshalb noch keinen Namen hat, weil noch nie jemand in der Lage war, eine Bezeichnung zu ersinnen, die hinreichend schlimm für ihn gewesen wäre.

Poch sah sich den Borrible von der Northcote Road an, und was er sah, gefiel ihm. Sie würden wahrscheinlich miteinander auskommen. Er lächelte zurück.

Anstatt einer Wollmütze trug Hakenschlag ein dunkelrotes Armeebarett, an dem das hell glänzende Abzeichen eines Fallschirmjägerregiments steckte.

»Militärischer Hintergrund«, stellte Poch fest.

»O ja«, sagte Hakenschlag stolz. »Fallschirmjägerregiment und SAS, bis ich Borrible geworden bin. Wär vielleicht gar nicht davongerannt, wenn sie mich nicht in irgendeine Schule hätten abtransportieren wollen. Bis dahin hab ich die ganze Zeit den Soldaten beim Üben zugeschaut. Goldene Zeiten.«

Poch lachte. »Na dann, am besten fangen wir an, wir haben nicht so viel Zeit.« Sie schritten durch die lange Halle; als sie über aufgestapeltes Gerümpel stolperten, stiegen schale Gerüche aus alten Kartons auf.

»Wie kommt ihr hier rein?«, fragte Poch.

Hakenschlag deutete zur Decke. »Ich hab bei ein, zwei von den Gittern die Verschraubung gelöst. Ganz einfach. So müssen wir nicht jeden Tag an dem Boxweltmeister da oben vorbei.«

»Ich merk mir's fürs nächste Mal.«

Die acht saßen bewegungslos auf der Bank. Einige lehnten sich mit geschlossenen Augen gegen die Wand, einige hatten den Kopf in die Hände gestützt, und einige saßen da und schauten geradeaus; sie starrten Poch an.

Auf ein Zeichen von Poch knipste Hakenschlag ein paar Lampen an, und die Borribles blinzelten ins Licht. »Steht auf. Mützen abnehmen.«

Als sie getan hatten, was Poch gesagt hatte, schritt er die Reihe ab und inspizierte die Ohren, um zu sehen, ob sie die Intelligenz zeigten, die er erwartete. Das war ein Manöver, das ihm Zeit zum Überlegen ließ. Keinem gegenüber, außer vielleicht Zoff, hätte er zugegeben, dass er total verblüfft war. Einer der Champions, bemerkte er, war schwarz. Natürlich wusste er, dass viele Borribles Schwarze waren, es wurden immer mehr und mehr. Es gab viele in Battersea, Tooting und selbst in Brixton eine beträchtliche Anzahl; er hatte einfach nicht erwartet, dass bei dieser Expedition einer dabei sein würde. Er hatte nur sich selbst einen Vorwurf zu machen, er war der Hauptspäher und hätte auf alle Möglichkeiten vorbereitet sein müssen, unbeeinflusst von Vorurteilen. Im Geist gab er sich selbst einen Tritt, weil er so blöd gewesen war; aber dieser eine Tritt würde nicht ausreichen: Als er ans Ende der Reihe kam, entdeckte er, dass die letzten beiden Borribles Mädchen waren. Hier überwältigte ihn seine Überraschung beinahe, aber er runzelte die Stirn und tat, als überlegte er. Eines von den Mädchen lächelte, und Poch versuchte, seine Verlegenheit zu verbergen, indem er sich genau ihre Ohren ansah. Sie zeigten ein hohes Maß von Intelligenz und eine ausgeprägte Individualität – und das konnte Schwierigkeiten bedeuten. Jetzt wusste Poch, warum Zoff gelacht hatte und warum er gesagt hatte, die Namen müssten aus zwei verschiedenen Hüten gezogen werden.

Poch ging zurück zu Hakenschlag, gab ihm die Rumbel-Handbücher und zog die Liste mit den Namen aus der Tasche. Er sah sie durch und ließ die acht Champions warten. Schließlich sagte er: »Ihr werdet zwei Wochen hier sein. Wir werden feststellen, wie gut ihr wirklich seid. Wenn Hakenschlag und ich eure Grundkenntnisse überprüft haben, werden wir zu spezielleren Fähigkeiten übergehen, aber vorher möchte ich sicher sein, dass ihr gut seid: gut mit einer Schleuder, gut mit den Händen, gut mit den Füßen. Ich will, dass ihr die besten Läufer seid und die besten Kämpfer, und ich will sehen, wie ihr euch in schwierigen Situationen Erwachsenen gegenüber verhaltet. Wenn ihr auf diesen Zug mitwollt, dann schaut, dass ihr die Besten seid, weil, wenn ich denke, ihr seid's nicht, dann bleibt ihr da.«

Poch schaute die Gesichter entlang und prüfte eines nach dem anderen. »Wenn einer einen Befehl von mir oder von Hakenschlag hört, dann macht ihr's, zack zack. Das ist für einen Borrible ganz ungewohnt, weiß ich, aber so ein Abenteuer hat es seit Jahren nicht gegeben, und wenn ihr dabei sein wollt, tut ihr, was ich sage. Fragen?«

Es gab keine Fragen.

»Gut, jetzt zu den Namen. Bei der Versammlung der Quartiermeister ist beschlossen worden, dass ihr jetzt eure Namen bekommt – provisorisch.«

Eine unruhige Bewegung ging durch die Reihe, und die Augen leuchteten auf.

»So ist die Sache bequemer für mich während der Trainingszeit und für euch alle, wenn ihr auf eurem Abenteuer unterwegs seid. Diese Namen werden erst bestätigt, wenn ihr zurückgekehrt seid – wenn ihr das je schafft. Diese Namen sind euch erst einmal anvertraut. Ein falscher Schritt, irgendwann, und der Name wird zurückgezogen, und ihr kriegt nie wieder ein Abenteuer.«

Schweigend schauten ihn die acht Gesichter an und warteten. Sie waren gespannt und aufgeregt, aber diese Borribles waren zu erfahren, um durch ihre Miene viel auszudrücken. Poch fand das nicht schlecht. Er fuhr fort:

»Das sind gute Namen, Namen, die richtig klingen, und die euch – und andere in Zukunft – an dieses Abenteuer erinnern werden. Aber wichtiger noch: Der Name von jedem von euch ist auch der Name desjenigen Rumbels, auf den ihr angesetzt werdet. Wenn ihr euren Namen behaltet, könnt ihr nie den eures Feindes vergessen.«

Poch machte eine Pause. Er wusste, dass jeder der vor ihm stehenden Borribles es kaum erwarten konnte, bis der Augenblick kam, wo er einen Namen tragen würde; das eine Wort, das ein ganzes Leben zusammenfassen und ausdrücken würde. »Also gut«, sagte der Hauptspäher dann. »Die Namen werden verteilt, indem Lose gezogen werden, sechs Namen im einen Hut, und zwei im anderen. Hakenschlag –«

Hakenschlag und Poch nahmen ihre Mützen ab, und Poch riss jeden Namen einzeln von dem Blatt Papier, das Zoff ihm gegeben hatte. Er legte sechs Namen in seine eigene Wollmütze und zwei in das rote Fallschirmjägerbarett. Hakenschlag hielt seine Mütze, während Poch seine eigene energisch hin und her schüttelte, um die Namen auch richtig zu mischen. »Ich fang an einem Ende an, und dann geht's die Reihe durch«, sagte er. »Alles Glückssache.«

Er betrachtete das Gesicht des Ersten in der Reihe. Zufällig war es der, den er Zoff empfohlen hatte, der Battersea-Borrible aus dem Gefängnis von Lavender Hill. Er hatte Poch schon immer gefallen, obwohl sie einander nicht besonders gut kannten. Er war schmal gebaut, selbst für einen Borrible, hatte eine helle Haut, und sein Haar war dunkel und dichtgelockt, wie Stahlwolle. Er hatte scharfe blaue Augen, die sich rasch, aber nie verstohlen bewegten. Häufig grinste er, und Poch dachte sich, dass es schwer sein würde, den in die Knie zu zwingen. Er schaute Poch an, zwinkerte ihm zu, dann stieß er seine Hand in die Mütze und zog ein Fetzchen Papier hervor. Er öffnete den zusammengeknüllten Zettel, las ihn für sich, dann grinste er den Hauptspäher an. Er rollte die Zunge und schmeckte das allererste Mal seinen neuen Namen.

»Bingo«, sagte er. »Der Name lautet Bingo.«

»Ein guter Name«, sagte Poch und ging einen Schritt weiter. Er stand vor dem schwarzen Borrible. »Wo bist du her?«, fragte Poch.

»Tooting, Mann, Tooting, und du?«

Poch hob abrupt den Kopf. »Ich bin von hier.«

Der Borrible von Tooting, der Totter, hatte Haar, das dicht, voll und ungeschnitten wie ein schwarzer Heiligenschein um seinen Kopf stand. Er hatte leicht vorstehende Zähne, und er schien die ganze Zeit zu lächeln, doch tatsächlich war sein Gesichtsausdruck der einer schlauen Fröhlichkeit, was Poch gut gefiel. Er schüttelte die Mütze wieder, und der Totter nahm seinen Zettel.

»Mein Name wird O-ro-coc-co sein«, sagte er, den Namen sorgfältig in seine Silben zerlegend und sie vorsichtig aussprechend.

Der Nächste war sogar noch kleiner als Bingo. Er hatte ein dreieckiges Gesicht mit einem spitzen Kinn, und sein Maushaar lag ihm flach auf dem Kopf; eine für ihn typische Geste war es, auf höchst wissende Art den Kopf zu wiegen: Es gab keinen Trick, den er nicht kannte, sagten seine Augen. Poch stand vor ihm mit der Mütze, und der Borrible sagte: »Ich komm aus Stepney, dem besten Ort der Welt.«

Poch nickte bloß und hielt ihm die Mütze hin. Der Borrible aus Stepney besah sich den Namen, den er gezogen hatte, und pfiff; dann sagte er: »Gut so. Ich hab den besten von allen gezogen, Vulgarianus, das Oberhaupt der Rumbels. Der hat keine Chance, wenn ich ihm begegne.«

»Wie ich sehe, hast du die Bücher gelesen – ihr wisst also, warum ihr hier seid?«

»Klar, um uns einen Namen zu verdienen, und weil's hieß, das ist das beste Abenteuer, das es überhaupt je gegeben hat.« Und der Borrible schaute die Reihe nach rechts und links entlang, und die anderen nickten zustimmend.

»Erst mal müsst ihr mich davon überzeugen, dass ihr gut genug seid. Dann geht ihr los«, sagte Poch.

»Vielleicht solltest du damit anfangen, uns zu zeigen, dass du gut genug bist, uns zu trainieren«, sagte eine scharfe, spröde Stimme zu seiner Rechten, aber Poch ignorierte sie und ging einen Schritt weiter.

»Ich bin von Peckham«, sagte der Nächste, ungefragt, und er schob seine Hand in die Mütze und zog seinen Namen hervor. Poch beobachtete ihn aufmerksam, während er den Zettel las. Er schien stark und findig, mit dunklen kräftigen Augenbrauen und einem roten Gesicht, festem Kinn und enormen Schultern und Armen. Die Art Typ, die nicht groß daherreden würde, vielleicht nicht besonders witzig, aber störrisch und zielbewusst.

»Na«, sagte Poch, »wen hast du erwischt?«

Der Borrible aus Peckham zeigte nicht einmal seine Freude, als er sagte: »Ich hab den Namen, den ich wollte, Stonkus, den Türhüter an der Großen Tür des Rumbelreiches. Der ist doch der Stärkste, oder? Das wird er auch nötig haben, wenn ich ihm eins verpasse.«

Als Poch direkt vor dem Nächsten stand, verzog er die Nase: Ein nicht zu verkennender Geruch umgab ihn, und Poch erriet sofort, woher er kam.

»Du bist aus Wandsworth, stimmt's? Ein Wendel?«

»Na und? Viele von den besten Borribles auf der Welt sind aus Wandsworth gewesen.«

Poch erkannte gleich die spröd-scharfe Stimme, die sich vorhin so vorlaut geäußert hatte. »Und viele von den schlimmsten«, gab er zurück und lächelte ohne Wärme.

Wie die meisten anderen Borribles hielt er nicht allzu viel von der abweisend-stolzen Brüderschaft in Wandsworth. Die lebten an den Ufern des Flusses Wandle in aufgelassenen Abwasserkanälen und übelriechenden Löchern, die sie unter den Straßen von Wandsworth ausgehoben hatten. Aber niemand wusste genau, wie sie lebten, denn von allen Borribles waren sie die misstrauischsten und kriegerischsten, die keine Besucher schätzten und nur selten mit jemand außerhalb ihres Stammes sprachen. Ihre Haut hatte immer einen Grünschimmer, weil sie im Untergrund lebten und ständig in Berührung mit dem verschmutzten Wasser des Wandle kamen. Einst war der Wandle ein freundlicher Fluss gewesen, aber Jahre der Industrialisierung hatten ihn in tückischen Schlamm und grünen Schleim verwandelt. Der Schlamm war ein Gemisch von giftigen Abwässern, in Auflösung begriffenem Abfall und unverdauten Klumpen von Plastikmaterial, das langsam auf der Oberflächenhaut des Flusses dahinrollte, während er sich langsam wie Gelee zur Themse hinunterschob. Der Schlamm des Wandle sog jeden Fremden ein, der tollkühn genug war, ohne Führung hindurchzuwaten. Nur die Wendels kannten die geheimen Wege am Fluss, und sie brachten den Reisenden nur gegen Bezahlung hinüber. Jeder Wendel trug den Geruch der Marsch von Wandsworth mit sich – und dieser Geruch war der von Verfall und Verrat. Poch hatte nur wenige Wendels gesehen, keiner von ihnen war je so nahe gewesen, und was er jetzt sah, gefiel ihm nicht: der grünliche Farbton der Haut, die dunklen Augen von nicht genau bestimmbarer Farbe, das kalte, stolze Gebaren des geborenen Raufbolds. Der Wendel schien keine spontane Wärme zu besitzen, und Wärme war normalerweise das, was an einem Borrible zuerst auffiel.

»Na, nimm dir jedenfalls mal deinen Namen«, sagte Poch ausdruckslos und hielt die Mütze hoch.

Der Wendel schloss die Augen halb und presste seinen Mund zusammen, um klarzustellen, dass ihm Poch oder sonst jemand scheißegal war, und zog sich seinen Namen. Er nickte, dann lachte er laut auf, froh und feindselig.

»Nun sag schon«, sagte Poch ungeduldig. »Wer ist es?«

»Was für einen Namen ich hab«, rief er. »Mit Ruhm werde ich ihn bedecken!«

»Oder mit Schlamm.«

Der Wendel ignorierte Poch und sah die Reihe der Abenteurer entlang. »Napoleon«, sagte er laut. »Nennt mich Napoleon.«

»Und ich nehme an, du weißt, warum du ins Rumbelreich marschierst?«, fragte Poch.

»Warum ich gehe?« Der andere war wütend. »Hast du sie nicht alle? Weil ich sie hasse, darum. Ich hab sie schon immer gehasst, und wenn du sie immer um die Ecke hättest, wie sie aus ihrem Rumbelreich runter die Nase rümpfen, würdest du sie genauso sehr hassen wie ich. Ich brauch die andern sieben nicht, um zu denen ihrem Fuchsbau zu gehen. Den nehm ich allein auseinander.«

Poch zuckte die Achseln. Er war froh, weiterzukommen, zum Letzten der männlichen Borribles. Er sah sich das Gesicht an, und es gefiel ihm. Es war mehr viereckig, flach, die Augen unter dem borstigen Braunhaar schauten optimistisch drein. Dieser Borrible sah so aus, als könnte er einen Haufen Schläge einstecken und grinsend wieder aufstehen.

»Na!«, sagte er. »Ich bin der Letzte, ich brauch ja meinen Namen kaum mehr ziehen, oder? Ich meine, ich hab die Bücher auch gelesen, selbst draußen in Hoxton, und kenn meinen Namen, es ist Torricanyon.«

Poch gab Hakenschlag die leere Mütze und nahm das Barett mit den zwei Namen. Er stand vor den beiden Borriblemädchen und war verlegen. Natürlich war er Mädchen gewöhnt, aber nicht daran, dass welche als Späher ausgebildet werden sollten. Die Vorstellung, dass Mädchen bei diesem Abenteuer dabei sein würden, gefiel ihm nicht, und er fragte sich, wie das überhaupt gekommen war. Er schaute von einer zur anderen und musste zugeben, dass sie zäh aussahen, und ihre Ohren gehörten zu den am schönsten geformten, die er je gesehen hatte, und zeigten einen starken Charakter, unbeugsamen Willen und große List und Schläue. Insofern konnte er sie nicht kritisieren. Aber, dachte er, das packen die nie mit den Anstrengungen der Expedition, mit den Gefahren, dem Leben draußen im Freien, jede Nacht ein neues Biwak. Und wie würde sich ihre Anwesenheit auf das Team insgesamt auswirken? Das machte ihm echte Sorgen. Er kannte seine Borribles, sie konnten sich zanken und streiten, so gut wie sie stehlen konnten.

Poch sah zurück, die Reihe entlang, und stellte fest, dass die anderen ihn beobachteten. Orococco grinste, die weißen Zähne hoben sich glänzend von seiner schwarzen Haut ab; sogar Napoleon, der Wendel, griente.

»Wo kommt ihr Mädchen her?«, fragte Poch.

»Whitechapel«, sagte die Erste.

»Neasden«, die Zweite. Poch hielt dem Mädchen aus Whitechapel die Mütze hin. »Hier, nimm eins«, sagte er. Das Mädchen nahm einen Zettel und las ihren Namen, ohne Kommentar. »Chaline«, sagte sie einfach, mit ruhiger und kühler Stimme. Ihre grünen Augen flogen über Pochs Gesicht, und sie lächelte. Poch dachte, dass sie schön war; das Haar fiel ihr bis zu den Hüften herab und war blond, ihre Haut leuchtete, und ihre Beine waren lang und wohlgeformt.

Er gab das letzte Stück Papier dem Mädchen aus Neasden. »Sydney«, sagte sie, als sie es angesehen hatte. Poch musterte sie. Ihr Haar war dunkel und glänzte, und sie hatte graue Augen und ein freundliches Gesicht.

»Warum haben Whitechapel und Neasden euch zwei geschickt?«, fragte er und verbarg seine Verlegenheit in einem sarkastischen Ton. »Gibt's da draußen keine männlichen Borribles mehr?«

Chaline sagte: »Die Botschaft, die uns in Whitechapel erreicht hat, bezog sich ausdrücklich auf eine Borrible.«

»Und die für Neasden auch.«

Chaline nickte. »Wenn du dir die Rumbel-Handbücher anschaust, wirst du feststellen, dass zwei im Generalstab weiblich sind. Deshalb hat man uns aufgefordert, glaub ich.«

»Hmmm«, sagte Poch. Er wandte sich ab, dann drehte er sich plötzlich um und erhob die Stimme. »Es gibt keine Bevorzugungen, ihr werdet behandelt wie alle anderen auch, überhaupt kein Unterschied. Ihr marschiert wie die anderen, ihr trainiert wie die anderen und schlaft auf dem Boden wie die anderen, und ihr tragt dieselben Kampfanzüge. Wenn es hier losgeht, müsst ihr euch auf dieselben Bedingungen einrichten – genau dieselben. Ihr lauft so lange, esst so wenig und kämpft so viel wie jedes andere Mitglied der Expeditionstruppe. Ihr geht dasselbe Risiko ein, und vielleicht geht ihr genauso unter. Verstanden?«

Falls Poch gehofft hatte, Chaline und Sydney mit seinem Ausbruch einzuschüchtern, war es ihm misslungen. Sie sahen einander an und dann wieder den Hauptspäher.

»Deshalb sind wir da«, sagte Chaline und zitierte ein Borrible-Sprichwort: »Kein Name verdient sich selbst.«

»Ja«, sagte Sydney, »wir wissen Bescheid. Und wenn du glaubst, wir packen's nicht, kannst du uns jederzeit zurückschicken.«

Poch ging wieder ein paar Schritte zurück und stellte sich so auf, dass er alle für eine kleine Ansprache im Auge hatte. »Gut. Also«, begann er, »jetzt habt ihr eure Namen. Das Training dauert vierzehn Tage, den ganzen Tag und jeden Tag. Morgen sag ich euch die Einzelheiten. Als Erstes müsst ihr den Feind durch und durch auswendig kennen. Wir haben hier die Handbücher, aber wir haben noch was Besseres, Zoffs Notizen und Studien über den Feind, und wie er lebt. Wir werden sofort mit der Lektüre beginnen. In seinen Notizen findet ihr auch die genaue Beschreibung von jedem einzelnen Mitglied des Generalstabs. Jetzt, wo ihr eure Namen wisst, wisst ihr, welcher eurer ist, und ihr müsst euch genau einprägen, wie er oder sie aussieht. Ihr müsst ihn dann von tausend anderen unterscheiden können, mitten in der großen Rangelei. Und noch was, wir werden mit dem Rumbelspeer oder -spieß trainieren, der Waffe des Feindes: ein vierzölliger Nagel am Ende einer Lanze aus Holz. Sie verwenden ihn als Speer, oder als Fechtstab und Dolch zusammen. Der Rumbel kann gut damit umgehen, kriegt ihn schon in die Wiege gelegt – ihr müsst besser sein. Von jetzt an wird hart gearbeitet. Euer Überleben hängt vom Training ab.«

Die nächsten beiden Wochen waren Wochen erschöpfender, ständiger Aktivität. Die acht Mitglieder der Expeditionstruppe hörten keinen Augenblick mit der Arbeit auf. Jeden Morgen um fünf jagte sie Poch auf die Füße, dann kam erst mal eine halbe Stunde Gymnastik, damit das Blut gehörig durchs Gehirn zirkulierte. Nach dem Frühstück kam das Morgentraining in der Turnhalle, wobei Hakenschlag oder Poch eine Übung auswählten. Sie trainierten sich im Kampf mit dem Rumbelspeer, Ausweichen vor Erwachsenen, improvisierten Ausreden. Sie perfektionierten ihre Taktik, zu zweit und zu viert zu stehlen, übten rasche Starts und schnellen Lauf, denn alle Borribles bewegen sich mit großer Geschwindigkeit. Vor dem Mittagessen glitten sie verstohlen ins Freie, um einen kleinen Langlauf zu machen, nur eine Meile oder so für die Atmung. Um sie ständig in Übung zu halten, gab Poch die Anweisung, dass sich jeder sein eigenes Mittagessen zu klauen hatte, und dann aßen sie alle zusammen an irgendeinem ungemütlichen Ort: am Fluss, auf einem winddurchfetzten Bombengrundstück oder in einem zugigen Haus ohne Fenster. So sollten sie sich daran gewöhnen, was sie auf dem Abenteuerweg erwarten würde. Poch beobachtete die Mädchen scharf, aber sie beklagten sich nie und machten alles genauso gut wie die anderen.

Nach der Mittagsmahlzeit ging's zurück in die Turnhalle, wo es eine kurze Pause von etwa einer halben Stunde gab, und dann prüfte sie Poch in Borriblewissen und in Rumbelkunde. Das waren die Informationen, die jedes Mitglied der Expedition sofort parat haben musste. Er prüfte und prüfte sie, sodass schließlich jeder von ihnen einen Verstand hatte, so scharf und hart und nützlich wie ein nagelneuer Büchsenöffner. Sie lernten auch Praktisches: wie man eine Gefangennahme vermied, wie man als Gefangener wieder entkam und wie man anderen Borribles in Schwierigkeiten half. Poch bestand darauf, dass die acht all diese Informationen ständig bereit haben müssten, sodass alles automatisch einrasten konnte. Denn es ließ sich nicht absehen, was ihnen auf dem langen und gefahrvollen Weg zum Rumbelreich zustoßen mochte; sie würden auf alles und jedes vorbereitet sein müssen.

Nach der Sitzung mit den Büchern kam wieder das Körpertraining. Hakenschlag brachte ihnen bei, wie man aus großer Höhe herunterspringt und sich abrollen lässt, ohne sich zu verletzen; wie man Hiebe abfängt, indem man mit dem Schlag mitgeht, wie man boxend hin- und hertanzt, sich duckt und ablenkt. Er erklärte die verwundbaren Stellen der Rumbel-Anatomie und wiederum den Gebrauch des Rumbelspeers. Dann, später am Nachmittag, unterrichtete Poch, der mehr Erfahrung hatte als irgendein anderer Borrible, Taktik im Freien: wie man sich in Parks und auf Wiesen bewegt. Er nahm sie mit in das wildeste Terrain, etwa mitten auf die weite, offene, öde Fläche von Clapham Common – genau der Ort, wo Rumbels im Geheimen graben und sich unbemerkt einrichten konnten. Wie andere Borribles zog Poch bei weitem belebte Straßen mit Märkten und Läden vor, aber im Gegensatz zu den anderen hatte ihn seine Stellung gezwungen, ungeheuer viel Arbeit im freien Gelände zu leisten. Irgendwie hatte er es geschafft, die grundsätzliche Angst in sich zu bezwingen, die Borribles empfinden, wenn sie vor Feldern und Wäldern stehen. So was hassen sie. »Felder«, sagen sie, »sind immer zugig, und man kann sich nirgends verstecken, kann in keiner Menge untertauchen, und nichts kann man auflesen, es kommen keine

Lastwagen vorbei, von denen was runterfällt. Es ist nicht so schlimm, wenn die Sonne heiß ist und ein Borrible im Schatten eines Baumes liegen und zusehen kann, wie der Himmel sich in den Zweigen bewegt, aber selbst da wäre ein Borrible lieber irgendwo anders zugange, auf einer Straße oder so.«

Trotz allem zwang Poch sein Team, immer wieder in den Battersea Park zu gehen und brachte ihnen bei, wie man auf die Untergrundgeräusche lauscht, die einem sagen, ob da unten eine Ratte oder ein Maulwurf oder ein Rumbel ist. Sie lernten, wie man auf Bäume klettert und wieder herunterspringt und wie man durchs Gebüsch kriecht. Aber vor allem und zu allem andern ließ Poch sie stundenlang mit der traditionellen und beliebtesten Waffe der Borribles üben. Die hatten sie schon seit Generationen benutzt, und sie war wegen ihrer Einfachheit, ihrer Reichweite, Kraft und tödlichen Wirkung gewählt worden. Es war eine Waffe, die sehr alt war, aber ebenso effektiv wie irgendeine neue Erfindung. Man konnte sie überall herstellen, und damals, im neunzehnten Jahrhundert, als die Borribles harte Zeiten ertragen mussten und von Ort zu Ort gejagt wurden, war es ihre Lieblingsmethode geworden, sich zu verteidigen, weil die Waffe so einfach und billig hergestellt werden konnte. Diese Waffe war natürlich jene höchst gefährliche: die Schleuder.

Jeder Borrible schießt mit der Schleuder, als wäre er dazu geboren, aber die acht mussten den üblichen Standard weit übertreffen und sich eine langweilige Genauigkeit aneignen, mit der sie bei jedem Schuss einen Rumbel auf die Schnauze treffen konnten.

»Ihr dürft nie euer Ziel verfehlen«, sagte Poch zu ihnen. »Ihr müsst einen Haufen Vorräte mitschleppen, aber wenn jeder von euch zehn Steine als Reserve dabei hat, dann solltet ihr zusammen schon einmal achtzig Feinde erledigen. Wenn ihr belagert werdet, sucht euch immer einen Ort, wo viel Munition rumliegt, dann seid ihr unbesiegbar.« Und so wurde jeder der acht ein Meisterschütze; jeder konnte auf hundert Meter einem Parkwächter eine Fliege von der Nase runterholen, und der würde es nicht einmal merken.

So waren die Tage angefüllt. Nach dem täglichen Üben im Park kehrten sie in die Turnhalle zurück, wo ihnen die Borribles der High Street ein auf dem Markt organisiertes Abendessen hingestellt hatten. Sie aßen mit großem Appetit, und dann, nachdem sie noch ein wenig miteinander geredet hatten, rollten sie sich in ihren Schlafsäcken zusammen und pennten auf dem Boden des langen, staubigen Raumes.

Am nächsten Tag würden sie wieder früh aufstehen und dasselbe tun – ein wenig schneller rennen, ein wenig präziser schießen. Wieder würden sie schwierige Fragen beantworten müssen und neue Antworten auf die Probleme finden, die Poch sich ausgedacht hatte. Er würde mit ihnen die Expeditionsroute auf dem Stadtplan von London durchgehen und Kriegsspiele entwickeln, wo er sie sich in unmöglichen Situationen vorstellte und sie zwang, sich so rasch wie möglich einen Ausweg auszudenken, und wenn Poch nicht zufrieden war, dann mussten sie's noch einmal machen, und noch einmal. Sie waren ständig müde.

Um ein Uhr, an einem grauen Nachmittag gegen Ende der vierzehn Tage, tauchte Zoff mit zwei, drei anderen Quartiermeistern aus der High Street im Lagerraum der Rowena Crescent-Turnhalle auf. Die Pause hatte gerade begonnen, und Zoff lief im Raum herum und redete mit den Borribles, die sich auf ihren Schlafsäcken ausgestreckt hatten und mit halboffenen Augen dösten. Als er mit allen kurz gesprochen hatte, kam er herüber zu Poch und Hakenschlag.

»Tag, Poch«, sagte Zoff und wies mit einem abrupten Nicken auf die beiden Quartiermeister neben ihm. »Das ist Schwarte, und das ist Ziggy.«

Poch stand auf. »Das sind sehr schöne Namen. Ich würde gern einmal die Geschichte dazu hören.«

Die beiden nickten, ohne zu lächeln. Sie sahen übellaunig drein.

»Tja«, sagte Zoff. »Das muss natürlich auf ein andermal warten. Jetzt, Poch, wir sind am Ende der zwei Wochen. Wie bist du vorangekommen?«

Poch streckte die Hand nach einem großen Buch auf seinem Tisch aus, das eine detaillierte Beschreibung des Trainings jedes der acht Borribles enthielt, mit verschiedenen Anmerkungen.

Zoff winkte ab. »Nein, das kann ich mir später ansehen, jetzt reicht ein mündlicher Bericht.«

»Kannst es ganz allgemein halten«, sagte Schwarte säuerlich.

»Nun –«, sagte Poch und warf Hakenschlag einen Blick zu, »sie sind sehr gut, alle. Manche sind in bestimmten Sachen besser als die anderen, aber mit der Schleuder sind sie alle traumhaft. Die würden eine rennende Katze mit geschlossenen Augen wegputzen, die Mädchen auch, tatsächlich ist Chaline besser als alle anderen, außer vielleicht Orococco. Nahkampf gut, Klettern gut, Rennen sehr schnell. Mit dem Rumbelspeer ist es unterschiedlich, aber Bingo ist fantastisch. Mit dem

Spähen draußen klappt es nicht so gut, aber da braucht man auch jahrelange Übung, und es ist halt was Unnatürliches, aber auf den Märkten und auf der Straße sind sie erstklassig, du siehst kaum ihre Hände unter dem Karren hervorkommen, wenn sie sich ihr Essen holen. Wunderbar, und alle äußerst eifrig bei der Sache.« Poch zögerte und senkte die Stimme. »Nur einer macht mir Sorgen, obwohl er so hart wie irgendeiner gearbeitet hat. Härter. Aber ich weiß auch nicht, irgendwas mit Napoleon gefällt mir nicht. Er scheint immer an etwas anderes zu denken, das ist wie so ein schleimiges Gefühl, das ... ach, ich weiß auch nicht, Zoff, so ein Gefühl halt.«

Hakenschlag nickte den drei Quartiermeistern zu, um zu bestätigen, was Poch gesagt hatte.

Zoff schaute die Halle hinunter, wo die Borribles sich ausruhten. Ein paar blätterten in ihren Rumbelbüchern, die anderen entspannten sich und sahen an die Decke. Napoleon studierte die Straßenkarte von Groß-London und lernte Straßennamen.

»Der hört nie auf«, sagte Poch. »Die anderen kennen *Das Große Buch der Borrible-Sprichwörter* auswendig, aber Napoleon kennt das Buch rückwärts und seitwärts. Das Ganze ist zu schön, um wahr zu sein.«

Zoff verzog das Gesicht zu einem Grinsen. »Na, mein Sohn, da können wir jetzt nichts mehr machen. Sie müssen einen Wendel dabeihaben, weil sie über den Wandle rübermüssen. Du weißt ja, wie misstrauisch die sind, wenn jemand über ihren verdammten Fluss will.« Er rümpfte die Nase. »Es sollte eigentlich alles klappen, ich meine, das Abenteuer ist in ihrem eigenen Interesse, oder vielleicht nicht? Die Rumbels könnten mit Leichtigkeit unter Wandsworth Common durchgraben, und von dort runter in die Straßen eindringen. Die Wendels sind in größerer Gefahr als wir, einfach weil sie näher am Rumbelreich liegen, oder? Ach was, das klappt, wirst es schon sehen.«

Schweigen herrschte, als ob keiner seiner Meinung wäre, nicht einmal Zoff selbst. Er wechselte das Thema.

»Na, deine Leute müssen sich auf jeden Fall bald auf den Weg machen, je länger sie warten, umso gefährlicher wird's. Es war ein psychologischer Vorteil, die Rumbels wissen zu lassen, dass wir was unternehmen, aber je länger wir brauchen, da raufzukommen, desto mehr Zeit haben sie, ihre Verteidigung auszubauen. Unsere acht kommen vielleicht gar nicht in den Rumbelbau rein. Man stelle sich vor – den ganzen Weg für nichts und wieder nichts!«

Ziggy, der schon länger versucht hatte, Zoffs Redefluss zu unterbrechen, gelang es jetzt endlich, auch etwas zu sagen: »Mir hat diese Idee nie richtig gefallen, Zoff, das weißt du. Ich denke immer noch, wir hätten alle zusammen rauf sollen, es den Typen besorgen, ihnen einen Denkzettel verpassen.«

»Total gesponnen«, sagte Zoff ungeduldig; er hatte immer recht und wusste es auch. »Die wären uns zehn zu eins überlegen gewesen und hätten ein Heimspiel gehabt. Wir haben eine viel bessere Chance, wenn wir jetzt acht Profis schicken und die Anführer eliminieren, du wirst noch an mich denken.«

»Ja, auf dem Papier sieht so was ganz gut aus«, sagte Ziggy gnädig, »aber ich glaub nicht, dass die acht da drüben das packen. Sie haben noch nichts getan. Eine Schleuder auf einen Bullen abschießen und abhauen, das kann jeder – aber was ist, wenn's ein Rumbel ist, und der Rumbelspeer an deinem Hals?«

»Hör mal«, sagte Poch, der ärgerlich wurde, »die Gruppe hab ich trainiert. Wenn irgendjemand in den Rumbelbau reinkommt, dann die.«

»Quatsch«, schaltete sich Schwarte in den Streit ein. »Die haben nicht die geringste Chance.«

»O doch«, sagte Poch.

»Nein«, sagte Ziggy.

Die Quartiermeister starrten stirnrunzelnd ihre Schuhe an.

Zoff rümpfte wieder die Nase. »Ich hab mir die Karte angesehen, Poch. Ich dachte, die acht sollten die Themse raufgehn, von St. Mary bis Wandsworth Reach. Ich weiß, es ist gefährlich, aber es wird einige Reisetage sparen, und es wird bedeuten, dass die acht aus einer Richtung auftauchen, mit der die Rumbels im Leben nie rechnen. Selbst wenn sie Späher bis zur Eisenbahnlinie auf dem Wandsworth Common und bis Earlsfield haben, umgehen wir ihre Flanke. Was meinst du?«

Poch war von neuem ärgerlich. »Aber Zoff!«, rief er und ergriff den Arm des Quartiermeisters. »Der Fluss ist eine einzige große Mausefalle, all die Schlepper und Kähne und Polizeiboote, da werden sie überfahren oder geschnappt, da haben sie keine Chance. Sie haben kein Training fürs Wasser. Ich weiß nicht mal, ob sie rudern können. Ich dachte, sie marschieren über Land, und du willst sie jetzt in den Fluss schmeißen. Das läuft nicht, Zoff.«

»Was glaubst du eigentlich, wie weit die über Land kommen«, fragte

Ziggy, »mit einer lückenlosen Sperrlinie von Rumbels, von Merton bis zur Themse?«

Schwarte brachte sein Gesicht ganz nahe an das von Poch und legte den Kopf schief. »Wenn deine Schützlinge so spitze sind, warum suchst du jetzt nach Entschuldigungen? Bringen sie's nicht?«

»Das ist eine Zeitfrage, eine Frage des Trainings«, stotterte Poch wütend.

Zoff nickte. »Ganz genau. Ihr kriegt einen zusätzlichen Tag zum Üben mit dem Boot und zum Rudernlernen.«

»Aber wir haben kein Boot«, sagte Poch und sah die Quartiermeister an, als ob sie alle drei wahnsinnig wären.

»Ach was, ihr braucht doch schließlich ein Boot«, sagte Zoff, »um den Fluss raufzurudern. Da braucht ihr dann doch auch eines, um drin zu üben, oder?«

»Und wo finden wir eins?«, fragte Poch verwirrt.

Zoff drehte sich ärgerlich zu ihm um: »Du bist ein Borrible, Menschenskind! Klaut eins – heute Nachmittag – anstatt hier zu pofen.«

»Ja«, sagte Ziggy. »Schaun wir doch mal, wie gut dieses Team ist. Aber ich sag dir eines, wenn ihr dieses kleine Problem nicht lösen könnt, dann setz ich meinen ganzen Einfluss ein, damit dieses Abenteuer abgeblasen wird. Mir hat's nie gefallen.«

Zoff lachte. »Gar nicht hinhören. Ich weiß, das schafft ihr, Poch. Beweis uns einfach, dass deine Leute wirklich so gut sind, wie du sagst, hm?« Und damit kletterten die drei Quartiermeister an der Sprossenwand hoch und verschwanden, einer nach dem anderen, durch die schmalen Fenster, die auf den Rowena Crescent führten.

Poch zitterte vor Wut, als er ihnen nachsah. Er neigte immer dazu, die Dinge sehr ernst zu nehmen, aber diese Kritik seines Teams und seines Trainings war eine persönliche Beleidigung.

»Einfach so, was?«, sagte er zu Hakenschlag. »Sucht euch ein Boot, klaut es, lasst es zu Wasser, lernt, wie man rudert, einfach so!«

»Und nur heute und morgen, um das alles zu tun«, sagte Hakenschlag nüchtern.

Poch ging hinüber zu den wartenden acht, die sich auf ihre Ellbogen gestützt hatten; die Diskussion hatte ihr Interesse geweckt. »Tja«, sagte er, »man lässt uns keine Ruhe. Setzt eure Mützen auf, ich bring euch zum See im Battersea Park, wir klauen ein Boot.«

Nur einer unter den acht zeigte, dass ihm dieser Plan gefiel. Napoleons dunkles Gesicht strahlte. Er erhob sich und sagte: »Ein Boot? Sehr gut, wir kennen uns aus mit Booten, wir vom Wandle.«

Poch spürte Erleichterung. Natürlich, die Borribles von Wandsworth lebten die ganze Zeit auf dem Wasser oder am Wasser. Napoleon konnte eine große Hilfe sein. »Wir müssen ein Boot klauen, das uns die Themse hinauf bis zur Mündung des Wandle bringt. Napoleon, kannst du dem Team beibringen, wie man rudert und steuert?«

»Aber natürlich, Poch«, sagte Napoleon mit leicht höhnischer Stimme, »wird mir ein Vergnügen sein.«

Einer nach dem anderen schlüpften sie aus der Turnhalle auf die Straße und gingen auf verschiedenen Wegen zum Park. Sie trafen sich wieder unter den großen Eisentoren und folgten der Straße durch den Park, bis zum See, wo man Boot fahren konnte. Jeder Borrible hatte die Mütze gut über die Ohren gezogen, seine Schleuder unter dem Pullover und ein paar Steine in der Tasche bereit, für alle Fälle.

Poch war traurig, denn bald würden die acht weg sein. Was für ein Abenteuer stand ihnen bevor! Was würden sie erleben! Und er, Poch, blieb zurück und war vergessen. Täglich hatte er überlegt, aber alles Nachdenken hatte nichts geholfen: Es war ihm nichts eingefallen, wie er einen Platz in dem Team bekommen könnte, das zu der gefahrvollen Reise zum Rumbelreich aufbrechen würde. Er schüttelte den Wunsch ab – es brachte nichts, darüber nachzudenken.

Bald kamen er und die anderen in Sichtweite der kleinen Holzhütte, wo die Besucher, die eine Stunde lang Boot fahren wollten, ein Ticket lösen konnten. Die Hochsommersaison war schon fast vorüber, und die meisten Boote waren an einer der Inseln mitten im See festgemacht, wo ihnen nichts passieren konnte. Nur noch ein Dutzend oder so lagen an dem kleinen Pier neben dem Ticketschalter vertäut. In der Hütte saß ein Parkwächter in brauner Uniform und dunkelbrauner Mütze. Er leckte einen Bleistift an und schrieb dann langsam in einem großen Buch. Keines der Boote rührte sich auf der unbewegten Wasserfläche. Poch und die anderen setzten sich am Rand eines Weges hin und prüften die Lage. Nach einer Weile sagte Poch: »Was hältst du von den Booten, Napoleon?«

»Wir sind ziemlich weit weg, um was sagen zu können«, sagte der Wendel, »aber wie ihr seht, gibt's da ein paar aus Metall, am Pier.« Seine Stimme veränderte sich, wenn er von Booten sprach. Er wurde aufgeregt, und sein Gesicht strahlte, während seine Gefährten verängstigt dreinschauten. Borribles mögen Wasser im Allgemeinen noch weniger als Felder und Wälder. »Die sind im Grunde nichts für eine Flussfahrt, zu kurz und zu breit, wacklig, und nicht groß genug für uns acht. Die da brauchen wir.« Er zeigte zu den Inseln hinaus, und die anderen sahen, dass unter den dutzenden von Metallbooten ein paar alte, lange Boote lagen, aus Holz, mit Sitzen, Kissen und Steuerrudern, die man mit zwei Längen Tau bediente. Sie waren viel größer.

»Herrlich sind die, richtig graziös«, sagte Napoleon enthusiastisch, »liegen tief im Wasser, gleiten über jede Welle hinweg, auch über die Heckwellen von den Lastkähnen auf dem Fluss. Vier Ruderklampen, nehme ich an, zwei Teams zum Rudern … wenn die Mädchen das schaffen.« Er sah sich nach Chaline und Sydney um. Chaline sagte: »Besorg erst mal dein Boot, Wendel.«

»Ganz ruhig«, sagte Poch, der jeden Streit stoppte, ehe er beginnen konnte. »Wenn wir eines von diesen Holzbooten an der Insel brauchen, müssen wir da rüber. Irgendwelche Ideen?«

»Zu weit zum Schwimmen«, sagte Vulgarianus, den jetzt alle Vulgo nannten.

»Und leihen tut er uns keins, weil wir zu klein sind«, sagte Sydney. »Selbst wenn wir das Geld hätten, und wir haben keins.«

»Also müssen wir ein Metallboot klauen, um rüberzukommen«, ergänzte Stonkus.

»Tjawohl – aber ist dir aufgefallen«, sagte Torricanyon, »dass die Ruder extra aufgehoben sind, die geben sie nur aus, wenn sie eins verleihen, verstehst du? Und noch schlimmer, die Boote, die an der Insel liegen, haben überhaupt keine Ruder.«

Sie schwiegen. Poch wartete; dies gehörte alles zum Training. Er wusste, was er getan haben würde; die Situation verlangte offensichtlich ein Ablenkungsmanöver. Jemand musste den Wärter aus der Hütte locken, damit die andern rasch hineinrennen und ein paar Ruder besorgen konnten. Irgendsowas war notwendig.

Plötzlich stand Napoleon auf. »Hört mal«, sagte er, »Boote sind meine Spezialität, warum lasst ihr nicht mich das machen?«

»Gut«, sagte Poch, »wen willst du mitnehmen?«

»Das Ding hier würde ich gerne allein machen.«

»Allein!«, rief Vulgo. »Na, das möcht ich sehen!«

»Wirst du«, antwortete Napoleon, »wirst du.«

»Na, hoffentlich wird das auch was«, sagte der Hauptspäher. »Wir können keine Zeit verschwenden.«

»Gleich nachdem es dunkel wird, kannst du dir von den Booten aussuchen, welches du willst«, sagte Napoleon verächtlich, »und dann darfst du mit diesen Matrosen hier auf und ab paddeln, bis ihnen die Arme abfallen. Wie wär das?«

»Das wäre ganz ausgezeichnet, Napoleon«, sagte Poch grimmig.

Napoleon verließ sie und ging den Weg hinunter zu der kleinen Hütte am Pier. Er stolzierte geradezu daher. Die anderen zogen sich zurück und suchten Deckung hinter Sträuchern. Orococco sagte: »Dieser Napoleon riecht vielleicht etwas streng, Leute, aber spät aufgestanden ist der bestimmt nicht.«

Sie beobachteten, wie der Wendel auf die Holzhütte zumarschierte. Am Ende des Piers hielt er inne, dann zog er sich die Mütze über die Ohren und ging weiter, daran vorbei.

»Was hat der Arsch denn jetzt bloß vor?«, fragte Poch niemand Bestimmten, und bekam keine Antwort.

Als Napoleon in der Ferne ganz klein geworden war, drehte er plötzlich um und wetzte, so schnell er konnte, zur Hütte zurück. Er rannte zum Ticketbüro, riss die Tür auf und schrie, auf und ab hüpfend, auf den Parkwächter ein. Was er sagte, konnten sich die Beobachter nicht vorstellen, aber man konnte sehen, dass Napoleon sehr aufgeregt war. Der Wächter hörte aufmerksam zu, dann stand er rasch von seinem Stuhl auf und trat hinaus auf den Pier, schloss aber doch rasch die Türe ab.

»Ach, das bringt's nicht«, stöhnte Bingo. »Jetzt kommen wir da niemals rein.«

Der Wächter warf zwei Ruder in das nächstbeste Boot, hob den kleinen Napoleon hinein und sprang hinterher. Das Boot wackelte und schwankte gefährlich, aber es kenterte nicht, und Napoleon schien ganz glücklich im Heck zu sitzen, während der Wächter die Ruder in die Klampen legte und sachverständig zu rudern begann. Das kleine Fahrzeug schoss auf den See hinaus, auf die größere der beiden Inseln zu, wo am Ufer die unbenutzten Boote aufgereiht lagen.

Poch schaute Hakenschlag an und schüttelte den Kopf. »Nicht die geringste Ahnung, was der vorhat«, sagte er. Hakenschlag zuckte die Schultern. Das Boot näherte sich der Insel, aber bevor es das Ufer berührte, konnten sie sehen, dass Napoleon aufstand. Dann stieß das Boot abrupt am Ufer an, und der Wendel wurde umgerissen und stürzte ins Wasser.

Torricanyon lachte brüllend. »Jetzt fällt der arrogante kleine Miefer doch tatsächlich rein«, rief er. Die anderen lachten auch.

»Schnauze«, knurrte Poch.

Der Parkwächter stieg ins Wasser, wobei er sich die Hosenbeine bis oben nass machte, und rettete Napoleon; er setzte den Borrible ins Boot und wickelte ihn in eine Decke, die er vom Sitz nahm. Dann band er das Boot an einen Ast, schwenkte mahnend seinen Zeigefinger und verschwand in der dichten Vegetation der Insel. Kaum war er weg, sahen die Beobachter zu ihrem Erstaunen, wie Napoleon aufsprang, das Boot losmachte und zum Ufer zurückruderte, und konnte der Junge rudern! Er war klein, aber unter seinen Händen wurde das Boot zu einem Lebewesen, und es flog über den See wie ein Eisvogel. Poch sah in die Gesichter ringsherum: offene Münder und große Augen.

Napoleon sprang auf den Pier, und ohne das Boot groß festzumachen, rannte er über die Planken, auf den Parkweg und schoss in eine leere Telefonzelle, die gleich in der Nähe stand. Die Borribles sahen, wie er am Rahmen der teilweise zerbrochenen Scheiben hochkletterte, um besser an den Hörer zu kommen, und wie er irgendwo anrief. Danach rannte er, so schnell er konnte, fort und verschwand etwa eine halbe Meile entfernt zwischen Bäumen. Eine ganze Weile geschah nichts, und die Zuschauer im Gebüsch regten sich unruhig.

»Ich glaube, dieser eingebildete kleine Ganove hat sie nicht alle«, sagte Stonkus. »Hat jetzt bloß alles noch schwieriger gemacht.«

»Na, ich weiß nicht recht«, sagte Sydney. »Warten wir's ab.«

Also warteten sie und warteten, und nach einer Zeit, die ihnen sehr lange vorkam, aber tatsächlich nur zehn Minuten gedauert hatte, hörten sie das Lalü-Lalü einer Polizeisirene, und ein Streifenwagen hielt quietschend vor der Telefonzelle.

»Ach du liebe Zeit, jetzt sind die Bullen da«, sagte Hakenschlag ergeben.

Zwei Polizisten stürzten aus dem Wagen, rannten auf den Pier und versuchten, die Tür zur Hütte zu öffnen, die jedoch fest verschlossen war. Dann hörte man Rufe und Pfiffe von der Insel, und die Polizisten blickten auf und sahen, wie der Wächter auf und ab hüpfte, die Arme schwenkte und einen entsetzlichen Lärm vollführte. Er musste ziemlich frieren, denn die Borribles konnten sehen, dass seine untere Hälfte wesentlich dunkler war als die obere, demnach war er noch recht nass.

Die beiden Polizisten suchten in den Booten nach einem Paar Ruder, aber die waren alle in der Hütte. Die einzigen Ruder, die zur Verfügung standen, waren die in dem Boot, das der Wächter und Napoleon benutzt hatten, und das war abgetrieben, sodass es jetzt beinahe schon zehn Meter vom Land entfernt war. Die Polizisten versuchten es mit einer langen Stange heranzuholen, aber die reichte nicht ganz. Ein zweiter Streifenwagen kam, mit einem Inspektor, der das Kommando übernahm und einem seiner Leute befahl, das Boot zu holen. Einer der Wachtmeister zog seine Jacke aus und watete in den See, aber der Grund fiel ziemlich scharf vom Ufer ab, und als er am Boot angelangt war, schwamm er. Prustend und schimpfend nahm er das Tau und zog das Boot zum Pier, und ein trockener Polizist stieg ein und ruderte zur Insel, sodass der Wächter in kürzester Zeit gerettet war. Während das Boot zum Ufer zurückkehrte, kam der Parkaufseher auf seinem Fahrrad angeradelt, hielt an und scherzte mit dem Inspektor. Der Vorfall erschien ihnen äußerst erheiternd, und sie legten die Köpfe zurück und lachten längere Zeit. So wirkt Wasser auf manche Leute.

Bald darauf standen der nasse Polizist und der feuchte Parkwächter auf dem Pier, und der Inspektor schickte sie beide in einem der Polizeiautos weg. Der Aufseher schloss die Hütte auf, stellte die Ruder weg, und schloss wieder ab. Er stand noch ein Weilchen lachend und redend mit dem Inspektor zusammen, dann schüttelten sie sich die Hände, und der Aufseher bestieg sein Rad und fuhr zurück in sein Büro, und der Inspektor zum Revier auf dem Lavender Hill.

Es war alles vorbei. Still war es jetzt, und die Abenddämmerung legte sich auf den Park. Die Rehe, die hinter dem Parkgatter lebten, waren schon in ihre Holzschuppen verschwunden. Nur ein paar Leute schlenderten noch herum, und die waren alle auf dem Weg zu den Ausgängen. Sehr bald würde jetzt die Sperrglocke läuten, und der Battersea Park würde für die Nacht geschlossen werden. Die wartenden und Ausschau haltenden Borribles öffneten ihre Rucksäcke, holten die Mäntel hervor und lagerten sich auf dem Boden, ohne zu wissen, worauf genau sie eigentlich warteten.

»Der Effekt dieser Operation ist mir nun wirklich nicht ganz klar«, sagte Sydney; sie sprach meistens ein wenig pedantisch. »Jetzt ist die Hütte abgeschlossen, und es sind keine Ruder draußen. Ich glaube, Napoleon hat sich an irgendeiner Stelle seines Plans verkalkuliert.«

Genau in diesem Augenblick raschelte es im Gebüsch hinter ihnen und ein überaus feuchter und verschmutzter Napoleon kam angerannt. Er keuchte und lachte so sehr, dass es aussah, als würde ihm gleich schlecht. Sein Haar klebte am Kopf, seine Kleider waren triefnass und lagen an seinem Körper an, und seine Haut dampfte von der Hitze, die sein verrückter Lauf durch den Park erzeugt hatte. Er fiel zu Boden, und die Laute, die er ausstieß, ließen seine Gefährten meinen, er sei möglicherweise recht übel dran. Poch rollte den feuchten Borrible auf den Rücken und schälte die nasse Jacke ab. Dann zog er seinen eigenen Mantel aus und bedeckte den zitternden und zuckenden Körper damit.

»Sieht schlecht aus«, sagte Hakenschlag.

»Mann«, rief Orococco, »wir können uns keine Verluste leisten, eh wir überhaupt aufbrechen.«

Die Borribles standen in einer düsteren Gruppe zusammen und schauten auf Napoleon hinunter. Poch rieb Hände und Füße des Borribles von Wandsworth, so fest er konnte, um den Kreislauf zu unterstützen. Nach und nach bekam Napoleon wieder Luft und setzte sich auf. »Habt euch nicht so«, sagte er zwischen keuchendem Atemholen, »mir fehlt nichts, bloß etwas außer Puste, und ich kann halt nicht mit Lachen aufhören.« Und wie zum Beweis fing er wieder zu zucken und zu zappeln an.

»Hier gibt's nichts zu lachen«, sagte Poch streng, obwohl er erleichtert war, jetzt zu wissen, dass Napoleon überleben würde. »Wir haben den ganzen Nachmittag in den Sand gesetzt und nichts erreicht, außer dass du dich gut amüsiert hast.«

Napoleon tastete in seinen nassen Kleidern herum, es gab ein klirrendes Geräusch, und dann kam seine Hand mit einem großen Schlüsselbund wieder zum Vorschein.

»Schaut mal her«, gluckste er, »und was ist das, hm? Stückchen Nebel vom Fluss?«

Ungläubiges Schweigen, dann fragte Bingo: »Na gut – was ist das?«

Napoleon wälzte sich vor Vergnügen auf dem Boden. »Die Schlüssel zur Hütte natürlich«, stieß er schließlich hervor, als er sich wieder etwas erholt hatte. »Und für den ganzen gottverdammten Park, nehme ich an.«

»Wie hast du das gemacht?«, fragte Hakenschlag.

»Na«, sagte Napoleon, »ich bin zur Hütte hingerannt und hab so getan, als heulte ich mir die Augen aus. ›Mein Hund‹, hab ich gesagt, ›mein Hund ist weg.‹« Er lachte wieder, und die anderen fingen auch zu lachen an. »›Er ist zur Insel rübergeschwommen, und er ist so ein kleiner, lieber, ängstlicher Hund, jetzt kann er nicht zurück.‹ – ›Schon in Ordnung‹, sagt der Wächter, ›den holen wir, kein Problem.‹ Dann habt ihr ja gesehen, was passiert ist. Er schließt zunächst mal die Tür von seiner blöden Hütte ab, Ende von Plan A, kann man nichts machen. Als wir zur Insel kommen, tu ich so, als wär ich ganz aufgeregt wegen dem Hund. Ich hüpf im Boot rum und rufe, da ist er, da ist er, und falle glatt ins Wasser – platsch! Na, da dreht der Wächter natürlich durch und springt hinterher, um sich für eine Medaille für besondere Verdienste zu qualifizieren, sozusagen. Und das war der Angelpunkt für Plan B: Als er mich zurück ins Boot getragen hat, hab ich ihm die Schlüssel aus der Tasche geklaut. Na, er möchte mich am liebsten gleich nach Hause bringen, Hund hin oder her. ›Nein, nein, bloß nicht‹, sage ich, ›ich krieg sonst daheim bloß Prügel.‹ Den Rest habt ihr gesehen. Ich schnapp mir das Boot, ruf diese Flachköpfe in Uniform an und erzähl ihnen, dass Parkwächter 347 auf einer einsamen Insel mitten im Battersea Park verschollen ist, beim Versuch, einen Hund zu retten. Dann hau ich in die Gegenrichtung ab. Jetzt haben wir die Schlüssel«, und er ließ sie vor Pochs Gesicht klappern und klingeln, »wir können uns Boote holen, wann wir wollen, und die ganze Nacht üben, wie ich's gesagt habe, Poch, genau wie ich's gesagt habe.« Und Napoleon rollte sich zur Seite und lachte so laut, dass die anderen ihm einen Mantel übers Gesicht legen mussten, um den Lärm zu dämpfen.

Poch stand auf und schüttelte bewundernd den Kopf. Die anderen taten dasselbe; in der dichter werdenden Dämmerung schauten sie sich an, lachten und fühlten sich zuversichtlich.

Sobald sie ihre Rationen verzehrt hatten, die sie dabeihatten, schlichen sich die Borribles hinunter zu der Hütte am See, wo sie ohne Schwierigkeiten die Türe öffneten und die Ruder stahlen, die sie brauchten. Sie drängten sich in eines der kleinen Metallboote, Napoleon ruderte sie auf die Mitte des Sees hinaus, und sie warteten, während der Wendel die größeren Boote inspizierte. Die waren schön lang und bequem, mit vier breiten Sitzen mit Kissen und mit viel Raum am Heck und im Bug, um die Ausrüstung zu verstauen. Aber sie waren schwer und solide gebaut und erforderten erfahrene Ruderer.

Napoleon suchte das beste aus und kam zurück, um Poch zu berichten. »Nummer siebzehn«, sagte er. »Gut in Schuss.« Während die Borribles sich anschickten einzusteigen, zog er Poch beiseite und hielt ihn am Ellbogen fest. »Ich glaube, für nur vier von uns ist das zu schwer zum Rudern«, sagte er leise. »Wir müssen jedes Ruder doppelt besetzen. Das heißt dann auf der Fahrt, wir können nicht wechseln, wir müssen alle die ganze Zeit rudern.«

Poch dachte einen Augenblick nach. »Ihr müsst nachts rudern und euch tagsüber verstecken und um die Polizeiboote einen großen Bogen machen. Die schnappen euch, sobald sie euch sehen, da brauchen die keine Sekunde, um einen Haufen Borribles in einem geklauten Ausflugsboot auszumachen.«

Aber im Moment machten sie sich noch keine allzu großen Sorgen über die Zukunft. Die neue Erfahrung einer Bootsfahrt beschäftigte und amüsierte sie, und selbst Poch half mit. Napoleon ließ sie sehr hart arbeiten, denn sie hatten nur diese einzige Nacht, um die Kunst des richtigen Ruderns zu lernen. Napoleon saß im Heck und steuerte mit den beiden Tauenden, die an dem Steuerruder hinter ihm festgemacht waren. Hakenschlag saß vorne und gab Acht, dass sie nicht irgendwo aufliefen, obwohl nun der Mond aufgestiegen war und man mit Leichtigkeit weit hinaus über das silberne Wasser sehen konnte.

Sie saßen zu zweit an jedem Ruder, wie Napoleon vorgeschlagen hatte, denn sie würden große Kraft benötigen, wenn sie draußen auf der Themse waren. Nicht nur die Gezeiten waren zu bewältigen, die vorüberfahrenden Lastkähne und Schlepper würden ihre großen Bugwellen ziehen, und ständig würde die Gefahr eines Zusammenstoßes bestehen. Napoleon wies ihnen ihre Plätze im Boot an und sagte, die würden sie dann auch behalten, außer dass er selbst Pochs Platz auf dem Fluss einnehmen würde, weil Poch nicht mitkäme.

»Wenn wir draußen auf dem Fluss sind«, sagte Napoleon, »sind wir bloß acht, also sitzt keiner am Steuer. Das bedeutet, wir müssen durch Rudern steuern. Gebt gut Acht auf meine Kommandos und folgt ihnen sofort. Wenn einer da ein wenig langsam ist, könnte es sein, dass wir angefahren werden, kentern, unsere Ausrüstung verlieren, vielleicht sogar ertrinken.« Und so machte Napoleon weiter: Er brachte ihnen die wichtigsten Kommandos bei, zeigte ihnen, wie man zu rudern anfing, aufhörte, wie man vor dem nächsten Eintauchen des Ruders vermied, das Wasser zu streifen. Sie lernten, stetig und kräftig zu rudern, ohne zu viel von ihrer Energie zu verschwenden. Wenn sie das nächste Mal an Bord gehen würden, dann würden sie sich auf der breiten, von Fahrzeugen wimmelnden Themse befinden.

Die ganze Nacht ruderten sie und lauschten den Anweisungen ihres Steuermanns Napoleon. Wie die Stunden vergingen, wurde ihnen klar, was für eine ernste Sache diese Flussfahrt war, und sie sahen einander besorgt an. Ihre Aufmerksamkeit stumpfte ab unter der ständigen physischen Anstrengung, ihre Hände bekamen Blasen, und immer noch ließ Napoleon sie rudern, bis sie es schließlich so gut wie ein Wendel konnten und in der Lage waren, auf den geringsten Befehl vom Heck augenblicklich den Kurs zu ändern. Erst als der Himmel wieder blass geworden war und die Morgendämmerung über die Wohnblocks am Rande des Battersea Parks stieg, gab Napoleon die Anweisung, zum Ufer zurückzufahren. Dankbar gehorchten die Borribles dem Befehl, die Ruder einzuziehen, und sie seufzten auf, als sie das Boot auf dem Uferkies knirschen hörten. Eine Weile saßen sie reglos, mit hängenden Köpfen, die Muskeln angespannt. Hakenschlag, der in dieser ganzen Zeit wenig getan hatte, stand auf, reckte sich und sprang an Land.

»Auf geht's, Leute«, sagte er, »wir müssen das Boot verstecken, ehe die Parkwächter es sehn.«

In der Nähe wuchs dichtes Gebüsch, und die Borribles zerrten das schwere Boot hinein. Sie stolperten und fielen über ihre eigenen Füße, so müde waren sie, nachdem sie jetzt ohne Unterbrechung vierundzwanzig Stunden wach gewesen waren. Sie rissen Laub von den Sträuchern und Gras vom Boden ab und tarnten das Boot so gut, dass es kaum mehr sichtbar war, nicht einmal auf eine Entfernung von ein, zwei Metern. Als Poch schließlich zufrieden war, gab er den Befehl zum Rückmarsch zum Lager. Es war schon ganz hell, als sie am *Prince's Head* vorbeikamen, und an den Bushaltestellen schwatzten schon lange Reihen von Putzfrauen miteinander, als die Borribles in den Rowena Crescent einbogen. Sie kletterten in den Turnhallenkeller und krochen in ihre Schlafsäcke und Decken, die auf den Matten lagen. Mit lautem Stöhnen und erleichtertem Aufseufzen schlossen sie ihre Augen und streckten die vor Anstrengung brennenden Gliedmaßen, aber Poch konnte noch eine ganze Weile nicht einschlafen. Er fragte sich immer wieder dasselbe: Jetzt, wo wir's haben, wie kriegen wir's vom Battersea Park an den Fluss nach Battersea Reach?

3

Poch hätte sich nicht den Kopf zu zerbrechen brauchen. Als er später am selben Tag aufwachte, war das Problem gelöst.

Es war nicht einfach, aufzuwachen; sein Körper fühlte sich so starr und steif wie ein Kleiderbügel an, und es kam ihm vor, als würde er nie wieder in der Lage sein, sich zu bewegen. Sogar um die Augen aufzuschlagen und die Decke anzusehen brauchte es eine Konzentration seines gesamten Willens auf die hierzu notwendigen Muskeln. Er drehte den Kopf und sah, dass Hakenschlag mit Napoleon durch eines der Fenster gestiegen kam. Sie trugen dampfende Becher, Obst und Brötchen. Sie waren auf dem Markt gewesen und hatten Frühstück geholt.

Poch stolperte auf die Füße, sich bewegend wie eine Holzpuppe mit entzündeten Gelenken. Napoleon landete elegant auf dem Boden und lachte.

»Solltest besser in Form sein, Poch. Na, da ist's wohl besser, dass du nicht mitkommst.«

Hakenschlag lachte auch, und das ärgerte Poch.

»Schon gut, ihr beiden. Wenn das das Frühstück ist, hierher damit, und weckt die anderen.« Poch setzte sich auf eine Bank, goss sich eine Tasse Tee ein und trank. Es war herrlich. Er schenkte sich noch einmal ein und biss von dem Brötchen ab. Hakenschlag kam zurück, setzte sich neben ihn und nahm sich auch etwas zu essen.

»Bingo ist nicht da«, sagte er beiläufig. »Muss weggegangen sein.«

»Natürlich muss er das, wenn er nicht da ist«, sagte Poch gereizt. »Besonders helle bist du nicht heute Morgen.«

»Ich meine, weg, um was zu erledigen«, sagte Hakenschlag, und er stand auf und schaute böse auf Poch herunter. Kein Borrible lässt sich gerne sagen, dass er nicht besonders helle sei.

»Abgesehen davon ist es nicht Morgen, es ist schon Nachmittag.«

Poch erwiderte Hakenschlags Blick. »Tut mir leid, Hakenschlag, ich mein's nicht so. Mir tut alles weh. Vergiss es.«

»Na schön.« Vor einem Streit hatte Hakenschlag keine Angst; das passiert einem Borrible nie. »Chaline und Sydney und Stonkus und Torricanyon sind auch weg«, sagte er, starr geradeaus sehend.

Poch sprang auf und verschüttete seinen Tee. »Was?«, rief er. »Ohne Erlaubnis fortgegangen, ohne zu sagen, wohin?«

»Was hast du denn, Poch?«, fragte Hakenschlag, echt überrascht. »Du kannst doch nicht erwarten, dass Borribles sich wie eine disziplinierte Truppe verhalten. Sind keine Rumbels. Borribles können das schlicht und einfach nicht, deshalb sind wir ja schließlich welche. Ich meine, du hast Glück gehabt, dass du sie bis jetzt zusammengehalten hast; die meisten hätten gestern Nacht auf dem See den Löffel geworfen, aber unsere nicht, die sind zusammengeblieben. Ein halbes Wunder.«

Poch setzte sich wieder. »Ich mach mir Sorgen«, sagte er.

»Ich glaube«, sagte Hakenschlag weise, »du bist eifersüchtig. Du wünschst dir, du könntest mit auf dieses Abenteuer, du möchtest deine zweite Chance, bevor noch andere ihre erste gehabt haben. So geht's nicht, das weißt du.«

Poch schaute seinen Freund an und sog die Backen zwischen die Zähne, um keine Gefühlsregung zu zeigen, es war aber trotzdem sichtbar – obwohl er es Hakenschlag gegenüber nicht zugab, war er schuldbewusst, weil er verschlafen hatte, und er schämte sich, dass ihm alles wehtat, wo er doch besser hätte in Form sein müssen als irgendeiner seiner Gefährten.

»Das Abenteuer macht mir Sorgen«, wiederholte er mit Nachdruck. »Werden sie's schaffen? Werden die Wendels sie ohne Schwierigkeiten durch Wandsworth lassen? Wie wird sich Napoleon verhalten? Macht mir alles Kummer.«

»Das wird alles klappen«, sagte Hakenschlag. »Napoleon wird schon o.k. sein, auch wenn er ein Wendel ist.«

»Jetzt ist er vielleicht in Ordnung, aber was ist, wenn er wieder in Wandsworth ist?«

»Denk an heute, vergiss das Morgen«, sagte Hakenschlag, aus den Sprichwörtern der Borribles zitierend. »Ich bin froh, wenn ich wieder meine Northcote Road sehe. Hab einiges zu erledigen.«

Die Ankunft Chalines unterbrach ihr Gespräch; sie kam durch eines der Fenster gestiegen und lief dann quer durch die Turnhalle und blieb atemlos vor Poch stehen. Die Wangen vom Laufen gerötet, schüttelte sie ihr Haar auf die Weise, die Poch bewunderte.

»Bingo sagt, ob wir ihn alle bei St. Mary treffen können. Der hat vielleicht einen Plan gehabt!«, und sie warf wieder den Kopf zurück und lachte.

»Was für einen Plan denn?«, fragte Poch streng.

»Kann ich dir nicht sagen, das würde den Spaß verderben, das wäre nicht borriblemäßig.«

»Ich befehl dir's«, sagte Poch.

»Du kannst mir befehlen, soviel du willst. Du hast gestern selbst gesagt, dass das Abenteuer so gut wie begonnen hat. Du gehst nicht mit auf die Expedition, also kannst du auch kaum mehr Befehle erteilen.« Sie drehte sich um und schritt hinüber, wo die anderen ihr Frühstück aßen, und ihr Gesicht war jetzt nicht mehr von der Anstrengung, sondern vom Ärger gerötet.

»Du musst bedenken«, sagte Hakenschlag, »dass die unter einer genauso großen Spannung stehn wie du. Sie wissen, morgen Nacht geht's los, und sie wissen, vielleicht kommen sie nicht wieder.«

»Du hast recht, Hakenschlag«, sagte Poch und zwang sich zu einem Lächeln. »Ich werd dich vermissen, wenn du zur Northcote zurückgehst.«

»Na, dann musst du gelegentlich mal vorbeikommen.«

Als Poch sein Frühstück verzehrt und seine Laune einigermaßen wiederhergestellt hatte, brach er mit Napoleon, Vulgo und Orococco auf, und sie folgten Chaline und Hakenschlag durch die Straßen bis zum Friedhof von Battersea. Dort, verborgen durch das hohe Gras, das zwischen den großen, viereckigen Gräbern wuchs, fanden sie die Nummer siebzehn. Bingo und die anderen Verschwörer, als Mitglieder des Pfadfinderfähnleins Battersea gekleidet, standen müßig an der Kaimauer herum.

»Wie habt ihr das gemacht?«, fragte Poch, dem es nicht gelang, die Bewunderung in seiner Stimme zu unterdrücken.

»Kein Problem«, sagte Bingo stolz. »Wir haben diese Uniformen hier bei den Pfadfindern gerettet, haben das Boot auf ein paar alte Kinderwagenräder geschoben, die ich auch befreit hab, und raus mit dem Boot, quer durch den Park und die Straße hinunter, frech wie Oskar. Der Bulle in der Parkgate Road hat uns angehalten, aber wir haben ihm klargemacht, dass wir für die Pfadfinder sammeln und das Boot heute Abend wieder zurückbringen, wir haben doch die Erlaubnis vom Parkaufseher, nicht wahr? Anständiger Bulle, hat den Verkehr gestoppt, damit wir über die Straße können.«

»Das war schon prima«, sagte Torricanyon. »Mich hätt's fast zerrissen.«

Die Kirche selbst war verschlossen und der Friedhof verlassen, genau der richtige Ort für die Borribles und ihr Boot. Es war der stille, staubige Teil des Nachmittags, und die Mittagsgäste hatten schon längst ausgetrunken und das *Old Swan*-Pub verlassen. Die großen Fabriken und ragenden Wohnblocks umstanden den kleinen achteckigen Kirchturm von St. Mary wie ein Haufen Idioten, vom Anblick der Schönheit überrascht, und niemand sah aus ihren hohen, rußigen Fenstern.

Zwei Lastkähne mit hohen Masten lagen an der Kaimauer der Themse, die am Friedhof entlanglief. Es waren robuste Schiffe aus poliertem Holz; die Takelage kletterte an den stämmigen Masten empor, und die Laufplanken, die sie mit dem Ufer verbanden, knarrten und schoben sich an Land hin und her, wenn die Wellen von der Strommitte das Ufer erreichten. Napoleon besah die Schiffe, sein Gesicht noch grünlicher als sonst vor Neid.

»Ich würde gern auf so einem Schiff leben«, sagte er. »Schaut euch die Namen an. *Der Rabe* aus Chester, *Ethel Ada*, Ipswich, herrlich.«

»Wir haben noch keinen Namen für unser Boot«, sagte Bingo. »Ich meine, wir können es ja nicht immer und ewig Nummer siebzehn nennen, oder? Nicht auf einem Abenteuer.«

»Ja, klar«, pflichtete Torricanyon bei. »Nummer siebzehn, das hat viel zu wenig Klasse.«

»Wie sollen wir es nennen?«, fragte Bingo und sah die anderen an.

Chaline, die sich umgeschaut hatte, deutete plötzlich gen Himmel. »Da habt ihr den Namen«, rief sie entzückt. »Schaut mal da oben!«

Direkt hinter der Kirche, die völlig davon erdrückt wurde, stand ein großes Fabrikgebäude aus bleichen, hässlichen Ziegeln. Sie lasen, was quer über die leere Wand in riesigen weißen Lettern geschrieben stand: »Silver Belle Flour, Mayhew«: Reklame für eine Mehlsorte.

»Wir könnten es *Silver Belle Flower* nennen«, sagte Chaline. »Ich weiß auch nicht, irgendwie klingt das gerade falsch.«

»Egal, wie wir es nennen«, sagte Poch. »Ich taufe hiermit dieses Boot auf den Namen *Silver Belle Flower*«, und er trat zeremoniell gegen die Bootswand.

Es war den anderen klar, dass er verärgert war, weil er nicht mit auf die Expedition konnte, und sie ignorierten ihn, aber den Namen behielten sie bei, weil es der einzige war, der ihnen einfiel.

Sie lehnten an der Kaimauer und schauten über den breiten Fluss hinüber auf die Gasometer und die Getreidemühlen von Chelsea. Die Oberfläche der Themse war von einem alarmierenden Graugrün, und nur die dahintreibenden Regenbogenkringel von Dieselöl und Benzin erhellten das stumpfe Wasser. Der Horizont schnitt als schmutzig braune und schwarze Silhouette in einen dünnen ockerfarbenen Himmel, und die Sonne hatte heute noch gar nicht geschienen.

Eigentlich hätten sie deprimiert und ängstlich sein müssen, aber irgendwie erfüllte sie allein die Weite des Panoramas vor ihnen mit Stolz und Entschlossenheit. Das Ziehen der Wellen, die Müllklumpen stromabwärts vor sich herstießen, das Tuten der vorbeifahrenden Schlepper und Kähne, die unbeweglichen Blöcke schwarzen Rauchs über dem Lot's Road-Kraftwerk, der Geruch – wie der von Lack –, den die Themse hier in London ausströmte, all dies hob ihnen das Herz, und sie schauten einander an, bescheiden lächelnd, im Bewusstsein, dass sie allem, was vor ihnen liegen mochte, gewachsen sein würden.

Aber Poch konnte an diesem Gefühl keinen Anteil haben. Er konnte einzig daran denken, dass er nicht mitkonnte, und brach deshalb den Bann, indem er sie anschrie: »Los jetzt, Schluss mit der Träumerei, lasst das Boot ins Wasser.«

Sie zogen ein Ende der *Silver Belle Flower* auf die Kaimauer, dann das andere. Vorsichtig ließen sie es in das mit Dreck und Schaum überzogene Rechteck Wasser zwischen der *Ethel Ada* und der Mauer hinunter. Hier war der Abfall angeschwemmt worden und konnte nicht mehr weiter; es sah aus, als ob er fest genug wäre, drauf herumzulaufen, aber das Boot stieß seinen Kiel hindurch und fand genügend Wasser, auf dem es schwimmen konnte.

»Da ist es sicher«, sagte Poch. »Wir machen es in der Mitte zwischen den beiden Schiffen fest. Die *Ethel Ada* denkt, es gehört zum *Raben*, und der *Rabe* glaubt, es gehört zur *Ethel Ada*.«

Die *Silver Belle Flower* wurde fest an einem Ring der Kaimauer vertäut, und mit einem letzten Blick auf den dunklen Fluss wandten sich die Borribles ab und kehrten zur Turnhalle zurück, zu einem guten Essen und einer frühen Bettzeit. Nur noch etwas über vierundzwanzig Stunden, und die Expedition würde unterwegs sein.

Der letzte Tag war ein Ruhetag für die acht, aber nicht für Hakenschlag und Poch. Sie gingen zuerst zu Zoff, um ihm von dem Boot zu berichten, und Zoff war hocherfreut. Er saß in seinem orangenen Morgenmantel hinter seinem Schreibtisch und blätterte in einem dicken Buch mit Borribleregeln.

»Dieser Ziggy war schon immer ein Pessimist«, sagte er. »Ich wusste doch, dass ihr es schafft. Kleinigkeit, so ein Boot zu organisieren. Jetzt kann er uns nicht mehr aufhalten.«

Er gab ihnen eine Tasse Tee und sagte, sie sollten sie mit runternehmen und unten im Lagerraum trinken.

Dort unten gab es genug zu tun. Poch musste die endgültige Auswahl treffen unter all den großen Stapeln, die die Borribles in den verschiedensten Läden eingesammelt hatten. Am Ende würden er und Hakenschlag dann alles Ausgewählte in die acht Rucksäcke packen, aber zuerst schichteten sie es zu acht einzelnen Haufen, und damit bestimmt kein Fehler gemacht wurde, kontrollierten sie jeden davon zweimal. Jeder Borrible bekam ein zweites Paar Stiefel, und sie hatten wasserdichte Khakihosen und pelzgefütterte Kampfjacken, um sich nachts – wenn sie hauptsächlich unterwegs sein würden – warmzuhalten. Dazu kamen spezielle Borrible-Wollmützen, die man auf beiden Seiten tragen konnte, die eine mit Tarnfärbung, die andere mit hellroter Leuchtfarbe, sodass sie sich, wenn sie wollten, gut füreinander sichtbar machen konnten. Eine Schwimmweste für jeden, für die Flussfahrt, und scharfe Messer mit langen Klingen für den Gürtel. Acht Schleudern, mit Ersatzgummis und Beuteln. Poch und Hakenschlag befingerten die Schleudern liebevoll – es waren die besten, die es gab, so wie Berufswilderer sie hatten, aus blankem Stahl, kräftig und geschmeidig. Sie besaßen eine große Reichweite und schossen Steine, Murmeln oder Metallkugeln mit großer Kraft. Für den Transport eines Munitionsvorrats hatte Zoff einige alte Geldgurte beschafft, die rundherum kleine Taschen hatten; jede Tasche fasste einen runden, gut ausbalancierten Stein. Diese Gurte konnten wie Patronengürtel über die Schulter geschlungen werden, und jeder der Abenteurer sollte zwei davon tragen, was zwanzig Schuss pro Person ergab. Das bedeutete, dass sie insgesamt eine Feuerkraft von hundertsechzig Schüssen hatten; und die Gurte waren außen über den Jacken zu tragen, sodass man sie leicht erreichen konnte und die Feuergeschwindigkeit beträchtlich sein würde.

Zoff hatte auch dafür gesorgt, dass jeder der Borribles eine wasserdichte Armbanduhr am einen Handgelenk und einen Kompass am anderen trug, und in einer Tasche der Rucksäcke war jeweils eine Karte von London mit dem kompletten Straßenverzeichnis. Sie hatten Streichhölzer zum Feuermachen und eine eiserne Ration Lebensmittel, falls einer sich verirrte oder von den anderen getrennt wurde.

Poch war zufrieden mit seiner und Hakenschlags Arbeit. »Alles da«, sagte er, »außer Geld.«

Zur Mittagszeit kam Zoff mit etwas zum Essen ins Zimmer und setzte sich zu ihnen, während sie aßen. Er inspizierte die Rucksäcke und erkundigte sich nach dem Inhalt, bis er zu seiner Zufriedenheit festgestellt hatte, dass auch nichts fehlte. Er fragte nach der Route, machte Vorschläge, lachte, war im nächsten Moment wieder ernst. Er blieb etwa eine Stunde, bevor er sich erhob.

»Na ja, das Leben ist so oder so ein Glücksspiel, Jungs«, sagte er. »Unsere acht haben harte Zeiten vor sich, aber sie könnten nicht besser vorbereitet sein. Möcht mich bei dir bedanken, Hakenschlag, dass du von der Northcote hierhergekommen bist. Ich weiß, dass du nicht gerne weggehst von deinem Revier, also nochmals danke schön, und hier ist was zum Andenken.« Er zog eine von den wasserdichten Uhren aus der Tasche, mit denen die Expedition ausgerüstet worden war. »Die Spezialisten waren da ein bisschen übereifrig und haben zu viele mitgebracht«, fügte er erklärend hinzu. »Hinten ist eine Widmung drauf.«

Hakenschlag drehte die Uhr um und las laut: »Die Große Rumbeljagd. Hakenschlag Borrible, Ausbilder. Viel Glück.« Er war entzückt, Poch konnte es deutlich sehen. Die Uhr war eines von diesen dicken Armeedingern mit verschiedenen Skalen und Zeigern und Stellrädchen.

»Und Leuchtziffern«, sagte Zoff. Dann sah er Poch an. »Mach du dir keine Sorgen, Poch, für dich ist nachher auch noch was da. Ich hab's noch nicht fertig.«

Poch nickte. »Danke, Zoff«, sagte er.

Immer noch nicht ging Zoff durch die Tür, obwohl er schon seit längerer Zeit die Hand an der Klinke hatte. »Ich möchte, dass du die acht auf dem Weg zum Boot hier vorbeibringst«, sagte er. »Ich möchte zum Schluss noch etwas sagen, Lebwohl und viel Glück und so was.«

Poch fühlte sich leer und müde. All das Gerede über die letzten Vorbereitungen und den Abschied gaben ihm die Empfindung, dass sein Leben zu Ende war. Alles begann für die anderen, für ihn kam alles ans Ende. Warum, warum nur, dachte er, hab ich schon einen Namen? Dann dachte er zurück an sein eigenes Namensabenteuer und zuckte die

Schultern. Man muss seinen Namen nehmen, wenn man die Chance kriegt. Wenn man durchs Leben geht und wartet und hin und her überlegt, was wohl die allerbeste Gelegenheit wäre, dann kriegt man am Ende nie einen.

Endlich wandte sich Zoff an Hakenschlag, der immer noch stolz seine Uhr mit der Widmung besah.

»Hör mal, Hakenschlag«, sagte er, »ich will dich nicht loswerden, aber wenn du jetzt zur Northcote aufbrechen willst, kannst du loszittern. Ziemliche Strecke, aber jetzt schaffst du's noch vor der Dunkelheit. Du kannst unterwegs in die Turnhalle reinschauen und dich vom Team verabschieden und ihnen sagen, sie sollen heut Nacht hier vorbeikommen, so gegen elf.«

Hakenschlag stand auf, schnallte sich die Uhr um und sagte: »Passt mir ganz gut, ich hab da was, was ich erledigen möchte.«

»Also«, sagte Zoff. »Alles klar dann, noch mal danke«, und er ging pfeifend aus dem Zimmer.

Als er weg war, hustete Hakenschlag und sah Poch an. »Hmmm«, sagte er, nachdem er sich nochmals geräuspert hatte, »dann geh ich jetzt mal. Mach's gut, Poch. Komm runter in die Northcote, so in ein paar Tagen, bleibst bei mir. Guter Markt da unten. Das wär dann eine Abwechslung für dich, weißt du.«

Als Poch nur seufzte, sagte Hakenschlag: »Kopf hoch, es gehört sich einfach, dass jeder Borrible seine Chance bekommt.«

»Ich weiß schon«, sagte Poch, »aber solche Abenteuer passieren nicht jede Woche. Na ja. Ich fühl mich besser, wenn sie weg sind. In ein paar Tagen komm ich dann runter zu dir. Ich bin schon mal in der Northcote Road gewesen, nie länger allerdings, wir werden Spaß haben. Abgesehen davon, wir haben auch hier unseren Spaß gehabt.«

»Kann man sagen«, stimmte Hakenschlag zu. »Bis bald dann, ja? Und lass dich nicht erwischen.« Und mit diesem traditionellen Abschiedsgruß ging er fort.

Poch verbrachte einen elenden Nachmittag und Abend. Er kontrollierte immer wieder die Ausrüstung, nur, damit er etwas zu tun hatte. Er latschte melancholisch im Lagerraum herum, bis er schließlich nach oben ging und sich auf dem Bett ausstreckte, das er mit Grabscher teilte. Den hatte er seit einer Ewigkeit nicht gesehen. Wie lang das schon her schien, diese Nacht, als sie die Rumbels im Battersea Park entdeckt hatten und den einen fingen. Wie viel seitdem geschehen war. Jetzt war alles bereit. Er starrte an die Decke, bis er schläfrig wurde und die Geräusche der Straße sich mehr und mehr entfernten.

Es war dunkel, als er erwachte, und ihm war sehr kalt, da er vergessen hatte, sich zuzudecken. Er setzte sich auf, schüttelte sich und rieb sich kräftig den Körper, um wärmer zu werden. Er stand auf und tastete nach dem Lichtschalter. Wie spät war es wohl? Nicht, dass die anderen ihn jetzt noch gebraucht hätten, aber er hätte sie gerne verabschiedet. In der Hoffnung, dass sie nicht schon fort waren, lief er zur Treppe und rannte nach unten.

Auf dem Treppenabsatz stieß er mit Zoff zusammen, der mit einigen Papieren in der Hand aus seinem Zimmer kam. »Ach, da bist du ja, Poch«, sagte er und strahlte seinen Hauptspäher an. Er neigte zu banalen Bemerkungen, der alte Zoff, aber nur, wenn er sehr gut aufgelegt oder sehr mit sich selbst zufrieden war.

»Deine Leute sind unten, will ihnen gerade noch ein, zwei Sachen sagen, kannst du mitkommen?«

»Natürlich«, sagte Poch und folgte Zoff in den Keller.

Die acht waren vollzählig und fertig ausgerüstet; auch sie hatten eine Zeit der Unruhe hinter sich, obwohl sie versucht hatten zu schlafen, so gut es ging, um sich für die Belastungen der Nacht vorzubereiten.

Sie sahen sehr militärisch aus, dachte Poch, als er sie betrachtete. Warm angezogen, die Mützen kess schräg aufgesetzt, aber über den Ohren, standen sie aufrecht und angespannt da, gelegentlich einen Blick auf ihre Uhren oder Kompasse werfend. Am eindrucksvollsten und kriegerischsten waren die doppelten Gurte mit den Steinen, die sie trugen, und die glänzenden, tödlichen Schleudern, die aus ihren Taschen hervorsahen. Die geröteten Gesichter der Abenteurer strahlten vor Gesundheit, aber sie konnten ihre Ungeduld nicht verbergen. Sie wollten, dass Zoff jetzt sagte, was er zu sagen hatte, und sie voranmachen ließ.

Zoff raschelte mit seinen Papieren. »Ihr marschiert jetzt gleich ab, also halt ich euch nicht mehr lange auf. Die Rucksäcke sind fertig gepackt, alles, was ihr braucht. Bevor ihr geht, will ich euch nur noch einmal an das Ziel eurer Expedition erinnern. Was immer geschieht, eines dürft ihr nicht vergessen. Es geht darum, den Generalstab der Rumbels zu erledigen, sie zu eliminieren. Von denen wollen wir keine mehr in unserem Teil von London sehen. Die müssen lernen, dass sie nicht einfach hier auftauchen können, wenn es ihnen passt, und sich in unserem Revier breitmachen. Was euch auch passieren mag, und wir kennen alle die Gefahren, denen ihr entgegengeht – wenn ihr euer Ziel eliminiert, wird euer Name bestätigt werden, und man wird sich an ihn erinnern. Ihr habt das Glück, auf das größte Abenteuer zu gehen, von dem man je gehört hat. Ich wünschte, ich könnte mit, aber das ist natürlich nicht möglich. Schließlich möchte ich euch dazu beglückwünschen, wie gut ihr das harte Trainingsprogramm ausgehalten habt – und den Poch hier.«

Alle lachten höflich, und Poch trat von einem Bein aufs andre und wünschte, Zoff würde aufhören, große Reden zu halten, und alle gehen lassen.

Aber Zoff war noch nicht fertig. »Ihr habt einen langen Weg vor euch, einen gefährlichen Weg und eine schwierige, vielleicht unmögliche Aufgabe zu lösen, und ich kann wohl für alle Borribles sprechen, wenn ich sage: Viel Glück, und lasst euch nicht erwischen.«

Poch und Zoff sahen zu, wie die acht Abenteurer erleichtert vortraten, um ihre Rucksäcke aufzunehmen. Mit einem Nicken zu Zoff und einem nervösen Lächeln für Poch verließen sie einer nach dem anderen den Raum. Der Letzte war Napoleon. Er stand neben der offenen Tür, kampfbereit, gefährlich aussehend; seine Augen waren hell und erregt. Sein Gesicht verzog sich zu einem frechen, überheblichen Lächeln. »Tut mir leid, dass du nicht mitkannst, Poch«, sagte er triumphierend und glitt leise in die Dunkelheit hinaus.

Poch rannte hin und kickte die Tür zu, dass sie krachend ins Schloss fiel.

Zoff setzte sich an den Tisch und schaute Pochs Rücken an, während er das enorme Regelbuch aufschlug, das er am Morgen in seinem Zimmer gelesen hatte. »Komm mal her, Poch«, sagte er. »Ich hab dein Geschenk hier.«

»Scheiß aufs Geschenk«, sagte Poch unfreundlich. Aber er drehte sich um, kam an den Tisch und setzte sich Zoff gegenüber, ein kaum hörbares »'Tschuldigung« murmelnd.

Zoff ignorierte die Entschuldigung ebenso wie die Beleidigung. »Also, hier haben wir's«, sagte er. »Ich werd's dir vorlesen, nur einmal, also hör gut zu, es ist ein Gedicht, und ein sehr schönes dazu.« Er leckte sich die Lippen und sah auf in Pochs umwölktes Gesicht. Das ist aus dem *Buch der Borribleregeln*, § 34, Absatz 3a. Ich zitiere: ›Kein bereits benannter Borrible darf auf irgendein Abenteuer ausgehen, nicht einmal auf eins, das den Erwerb eines Namens nicht einschließt, wenn ein namenloser Borrible den Vorzug wünscht. Diese Regel ist unabänderlich, und es dürfen unter keinen Umständen irgendwelche Ausnahmen gemacht werden.‹«

Zoff holte tief Luft und fuhr mit dem Finger zu einer Fußnote.

»›Von den folgenden Ausnahmen abgesehen.‹« Er verzog das Gesicht, um nicht lächeln zu müssen, als Poch abrupt aufsah.

»›Erstens. Ein benannter Borrible kann an einem Namensabenteuer teilnehmen, wenn kein namenloser Borrible zur Verfügung steht. In diesem Fall wird der benannte Borrible durch das Los bestimmt.‹«

Poch starrte wieder auf den Tisch.

Zoff fuhr fort: »›Ein benannter Borrible kann an einem Namensabenteuer teilnehmen, wenn im letzten Moment durch einen Unfall oder eine Verletzung eine Lücke entsteht und keine Zeit ist, das Los bestimmen zu lassen.‹« Zoff sah auf. »Das ist eine höchst nützliche Regel, mein Lieber, sehr, sehr nützlich. Weißt du, dass ich selbst fünf Namen habe, sieht man mir gar nicht an, oder? O ja, man muss sich im guten, alten Regelbuch auskennen, denn Regeln kann man nur umgehen, wenn man sie kennt. Aber kommen wir jetzt zur Ausnahme 7/2. Die hab ich noch nie benutzt.« Er hustete und fuhr in feierlichem Ton fort: »›Wird eine Expedition als außergewöhnlich und bedeutend betrachtet, kann eine hinreichende Anzahl gewählter Vertreter einen Beobachter oder Geschichtsschreiber auswählen, der die Expedition begleitet, um ihre Taten aufzuzeichnen. Er darf lediglich in beratender Funktion tätig werden, nicht selbst am eigentlichen Abenteuer teilnehmen, sei dies Kämpfen oder Stehlen, undsoweiter, undsoweiter ...‹« Er hielt dramatisch inne. »›... bis zu dem Zeitpunkt, da alle Mitglieder des betreffenden Abenteuers ihre Namen erworben haben, indem sie die ihnen übertragenen Aufgaben erfüllt haben. Dann wird der Beobachter oder Geschichtsschreiber den Expeditionsmitgliedern gleichgestellt und kann sich der Expedition völlig anschließen. Es versteht sich, dass während der Expedition der Beobachter die Taten jedes einzelnen Mitglieds aufzeichnet, damit sie bei der Rückkehr in die Chroniken aufgenommen werden können.‹«

Zoff schloss das Buch mit einem Knall und schaute Poch an, der gern gegrinst, gelacht, geschrien hätte, alles auf einmal, aber zögerte, weil er sich nicht sicher war, dass er richtig verstanden hatte.

Zoff blinzelte und ruckte den Kopf in seiner alten, listigen Art. »Wie würde dir das gefallen, als Beobachter oder Geschichtsschreiber, Poch? So was hast du doch noch nie gemacht, hm?«

»Nein«, sagte Poch atemlos; sein Herz klopfte.

»Na, wir brauchen die entsprechende Anzahl Borribles, damit deine Ernennung durchgeht, vier in diesem Fall.« Zoff stieß einen lauten Ruf aus; die Tür öffnete sich, und drei Quartiermeister aus Häusern weiter oben in der High Street kamen ins Zimmer. Ohne den Kopf zu wenden, sagte Zoff: »Wer dafür ist, stimmt mit Ja.«

»Ja«, sagten die drei Borribles, dann machten sie kehrt, verließen den Raum und zogen die Tür hinter sich zu.

»Muss alles legal sein«, sagte Zoff und ruckte wieder mit dem Kopf. Er stand auf. »Also dann, Poch, deine Kleider sind im Schrank und ein Rucksack auch, alles da, hab's selbst gepackt. Zieh dich um. Du willst doch nicht die Abfahrt verpassen, was? Haha!«

Poch rannte zum Schrank, wo er seine Alltagskleider abwarf und die Expeditionsausrüstung anlegte, die hinter der Tür auf ihn wartete. Während er sich in größter Hast umzog, redete Zoff auf ihn ein, denn Zoff hatte noch viel zu sagen, bevor Poch aufbrach.

»Mach dir keine Sorgen«, fing er mit leisem Lachen an. »Die wissen zwar nicht, dass du kommst, aber sie werden nicht ohne dich losgehen. Ich hab Grabscher mit irgendeiner Geschichte runtergeschickt, er lässt sie nicht weg, bevor du da bist.« Zoff war einige Augenblicke still und beobachtete Pochs Vorbereitungen mit größerer Aufmerksamkeit, als der Vorgang verdiente. »Möchtest du den eigentlichen Grund dafür wissen, dass du mitgehst?«, fragte er schließlich.

Es lag etwas in seiner Stimme, das Poch beim Zuschnüren seiner Stiefel innehalten ließ; und er lauschte genau: Die Stimme des Quartiermeisters hatte ihre übliche rhetorische Tonlage verlassen.

»Den eigentlichen Grund?«, fragte er.

»Ja. Den eigentlichen Grund. Also, hör zu, du wirst der Geschichtsschreiber sein, alles aufpinseln, wenn du wieder da bist, und den ganzen Quark, aber das ist völlig egal, es kommt nur darauf an, dass es so wirkt, als gehorchst du den Regeln. Aber sobald die sich ihre Namen verdient haben, oder sobald es den Eindruck macht, dass es unmittelbar bevorsteht, dann, mein Freund, gehst du los.«

»Los?«

»Und zwar mit größter Geschwindigkeit«, sagte Zoff, und sein scharf geschnittenes Gesicht wurde noch schärfer. »Wenn man die Rumbelbücher wirklich ganz genau studiert, wie ich's getan habe und noch tue, dann findet man Andeutungen über irgendwelches Geld, das sie dort versteckt haben, tonnenweise. Wir brauchen das Geld hier unten bei uns, Poch, und du bist der Borrible, um's zu holen. Du hast dasselbe Training hinter dir wie die anderen, bist ein erstklassiger Schütze mit der Schleuder, rennst wie die Straßenbahn, und du hast Erfahrung und kennst dich aus. Du wirst nichts Unbedachtes tun, aber du wirst tun, was getan werden muss. Abgesehen davon weiß ich, dass du mehr als alles andere auf der Welt einen zweiten Namen möchtest. Deshalb gehst du mit, Poch, deshalb hab ich das Regelbuch durchkämmt. Bring das Geld mit zurück, hierher, wohin es gehört, aber was du auch tust, sag keinem, was du vorhast, vor allem nicht dem Napolidingsda. Vielleicht ist er in Ordnung, vielleicht auch nicht. Ich kenn die Brüder am Wandlefluß. Vor allem musst du auf einen namens Eisenkopf aufpassen. Wenn der beschließt, dass ihm deine blauen Augen nicht gefallen, dann ist dein Leben keinen Furz mehr wert.«

Poch wurde bleich, nicht aus Furcht, sondern aus Erregung. »Aber das ist ein Abenteuer im Abenteuer«, sagte er und kam näher.

»Sehr richtig, Poch, das ist es. Ich werde auf jeden Fall zusehn, dass du dann deinen zweiten Namen kriegst, aber die Sache wird beschissen gefährlich, glaub mir das bloß.«

Während Poch den Inhalt seines Rucksacks überprüfte, sagte ihm Zoff noch mehr, Geheimnisse, die nur sie beide wissen sollten und sonst niemand, und Zoff betonte wieder und wieder, dass er diese Geheimnisse mit keinem anderen Teilnehmer der Expedition teilen dürfe, sonst käme es unausweichlich zur Katastrophe.

Schließlich zwängte sich Poch in die Schulterriemen seines Rucksacks und stand ungeduldig an der Tür. »Ein zweiter Name also. Dann brech ich jetzt am besten auf.«

»Ja, so sieht's aus«, sagte der Quartiermeister.

Poch öffnete die Tür und sah draußen die dunkle, erregende Nacht. Er drehte sich ein letztes Mal um. »Gutnacht, Zoff, und danke. Lass dich nicht erwischen.«

»Du bist der, der sich verdammt noch mal bloß nicht erwischen lassen soll«, sagte der Quartiermeister grimmig, und dann trat Poch hinaus und schloss die Tür hinter sich.

Nun stand er auf der Straße und schaute durch den feinen Nieselregen hinauf zu den wenigen am Himmel sichtbaren Sternen und dankte seinem Glücksgestirn. Er holte tief Luft und rannte dann mit großen Schritten die High Street hinunter zur Kirche von Battersea; der Rucksack hüpfte auf seinem Rücken. Die Straßen waren leer und glänzten feucht im spiegelnden Licht der Straßenlampen. Der Hall seiner Schritte sprang in energischem Echo von den nassen Wänden der schwarzen Gebäude zurück, und Pochs Herz sang und sprudelte. Er konnte es immer noch nicht glauben. Er ging mit, ging mit auf die beste Expedition, von der er je gehört hatte.

Etwa zwanzig Meter vor dem Kirchhof hielt er an und lauschte sorgfältig. Jetzt wollte er keine Schwierigkeiten mehr haben. Grabscher wuchs hinter einer Mülltonne hervor.

»Poch«, flüsterte er.

»Ja: Poch«, antwortete der Hauptspäher.

Poch ging zu Grabscher und klopfte ihm auf die Schulter. »Ich gehe auch«, sagte er.

»Weiß ich«, antwortete Grabscher. »Ich glaub, du spinnst. Diese Expedition ist der totale Wahnsinn.«

Poch durchquerte den Friedhof, kletterte auf die Mauer und sah auf das Wasser hinab. Da lag das Boot, sanft in der sachten Strömung schwankend, die aus der Mitte des Flusses herüberzog. Die Ruder waren eingelegt, und Napoleon gab ruhige, leise Kommandos, damit das Boot nicht gegen den *Raben* schlug. Das Wasser klatschte gegen die Seiten der *Silver Belle Flower*, und der Dreck und der Müll auf der Wasseroberfläche schabten gegen die Kaimauer. Sieben weiße Gesichter und ein schwarzes sahen auf, als Poch in das Boot sprang. Er sah ihr Erstaunen, und sein Herz fühlte sich warm an. Wie sie es wohl aufnehmen würden? Er hoffte, es würde ihnen nichts ausmachen, dass er sich ihrem Abenteuer anschloss. Aber im Grunde war es einerlei. Es war jetzt auch sein Abenteuer. Was sie auch sagen mochten, was sie denken mochten, er kam eben mit.

Poch war am Heck ins Boot gesprungen, am Steuerruder, und er setzte sich und sah Napoleon an, der den vordersten Platz eingenommen hatte.

»Ich rudere, dann kannst du steuern«, sagte Poch dicht neben Napoleon.

»Was soll das heißen?«, fragte der Borrible aus Wandsworth, halb von seinem Sitz aufstehend.

»Das soll heißen«, sagte Poch, »dass ich mit euch komme.«

4

Niemand sah ihnen nach außer Grabscher, und der beobachtete, wie das Boot langsam das Heck der *Ethel Ada* umfuhr wie ein großes Insekt mit nur vier Beinen. Dunkelheit hüllte das Fahrzeug ein, und bald konnte Grabscher nur noch die leise Stimme von Napoleon hören: »Rudern, die Schlagseite, langsam am Bug. Hände aufs Dollbord, Nummer fünf. Alle jetzt vorwärts.« Als Grabscher nichts mehr hören konnte, wandte er sich um und ging schnell davon, froh, dass er nichts mit der düsteren und gefährlichen Themse zu tun hatte.

Die *Silver Belle Flower* schlich weiter, bis sie einen großen Abstand von den Lastkähnen gewonnen hatte, die am Südufer vertäut lagen. Napoleon dirigierte sie nicht in die Stromesmitte hinaus: Er wollte in der Nähe des Ufers und seiner vielfältigen Dunkelheit bleiben, damit sie beim Auftauchen eines Polizeibootes rasch in Deckung gehen konnten.

Napoleon ließ das Boot im Halbkreis treiben, bis der Bug genau dahin zeigte, wo er ihn haben wollte, dann spannte er seine Muskeln und zog die beiden Steuertaue fest an. »Auf geht's«, flüsterte er. Die Mannschaft lehnte sich auf ihren Sitzen vorwärts. »Los! Rudert!«, sagte der Steuermann, und das Boot sprang flussaufwärts, begierig, seine Fahrt zu beginnen.

Niemand sprach, außer Napoleon, es gab zu viel zu tun, als dass eine Unterhaltung möglich gewesen wäre. Jeder der Ruderer konzentrierte seinen ganzen Körper, sein ganzes Gehirn darauf, sein Ruder so sauber wie möglich zu bewegen.

Das Wasser zog unter dem Boot hindurch, hob es regelmäßig in die Höhe, versuchte es zurück, hinaus aufs Meer zu tragen. Gelegentlich glitt eine dunkle Masse von Kähnen, mit ihren Leinen zu einer starren schwimmenden Eigenwelt zusammengebunden, an ihnen vorüber, von einem kleinen Schlepper gezogen oder geschoben. Geheimnisvolle Lichter trieben vorbei, und Männer mit tiefen Stimmen riefen sich zu, und von beiden Ufern herüber kam das ferne Seufzen des in den Straßen eingesperrten Verkehrs. Jetzt war es beinahe Mitternacht, aber die Borribles, klein und angsterfüllt auf der Themse, verloren bald das Gefühl für Zeit und Ort.

Nach und nach, als die Ruderer sich immer genauer auf den gemeinsamen Rhythmus einstellten, ging vom einen auf den anderen ein Gefühl der Frische, der Heiterkeit über, und ihre Handhabung des Bootes verbesserte sich. Napoleon, der noch nie auf dem Fluss gewesen war, geschweige denn als Kommandant seines eigenen Schiffes, strömte über vor Erfüllung und Befriedigung. Er hätte ewig so weiterfahren können.

Aber der rasche Sog der Gezeiten war gegen sie, und ihre meiste Anstrengung kostete es bereits, an derselben Stelle zu bleiben. Das war kein dekorativer Anlagensee unter ihnen, sondern ein schlangengleich sich windendes Ungeheuer, mit rollenden Muskelwülsten, die ein Boot zerschmettern konnten wie eine Walnuss in der Ellenbeuge eines Packers.

Sie krallten sich vorwärts, weg von der Kirche in Battersea, hin zum Ransome Dock, wo Eaton House und Archer House hinter dem schmalen Grün eines Spielplatzes am Ende der Battersea High Street aufragten. Unter den graugestrichenen Trägern der Eisenbahnbrücke war es schwärzer als schwarz, und sie kamen sich unbedeutend vor und hatten Angst, aber Napoleon ließ sie rudern und rudern, ihre kleinen Muskeln aufs äußerste fordernd. Im Norden lagen Chelsea Creek und das Elektrizitätswerk. Weit voraus, rot glühend gegen den Nachthimmel, lag am Ende von Battersea Reach das Kraftwerk von Fulham, ein Leuchtturm für die Arbeit dieser Nacht.

Napoleon behielt seine Mannschaft genau im Auge, entschlossen, sie nicht zu sehr zu ermüden, und nach relativ kurzer Zeit beschloss er, Deckung zu suchen und die Borribles sich ausruhen zu lassen; vielleicht etwas von den Rationen essen, die am Vortag an Bord verstaut worden waren. Seine Anweisungen erklangen deutlich, und das Boot glitt an das Südufer und machte zwischen zwei enormen Lastkähnen Halt.

»Ruder einziehen«, kommandierte Napoleon und sprang über die Sitze, um das Haltetau des Bootes an ein Kabel zu binden, das von einem der großen Schiffe zu einer riesenhaften Boje lief. Die Borribles machten sich über das Essen her und fingen an, sich gegenseitig vergnügt zu ihrem Fortkommen zu gratulieren. »Na«, sagte Napoleon, der zurückkam und sich vor Poch aufbaute, mit ärgerlicher Stimme, »mit welchem faulen Trick hast du denn das geschafft?«

Die Frage erregte die Aufmerksamkeit der anderen. Auch sie fragten sich, wie es Poch gelungen sein mochte, sich der Expedition anzuschließen.

»Ich bin nicht als Teilnehmer des Abenteuers hier«, sagte Poch und sah sich unter den neugierigen Borribles um; er hatte das Gefühl, dass eine Erklärung angemessen sei. »In den Regeln gibt es eine Vorschrift für außergewöhnliche Abenteuer, die erlaubt, dass ein Beobachter und Geschichtsschreiber mitgeht, um alles aufzuzeichnen. Zoff hat mich gebeten, mitzugehen, im letzten Moment, das ist alles. Konnte ich nicht ablehnen – nicht, dass ich's gewollt hätte.«

Orococco lächelte breit. »Freut mich, schön, dass du dabei bist.«

»Jawohlja«, sagte Vulgo, »du kennst dich aus mit Parks und der freien Landschaft und so.«

Alle anderen nickten, und Poch schien es, als ob die Sache gutgehen würde, aber Napoleon sagte: »Eines stellen wir besser klar, Poch, deine Funktion als Ausbilder, das ist jetzt vorbei, du gibst keine Befehle mehr, klar? Alle Entscheidungen werden gemeinsam gefällt. Daran änderst du nichts.«

»Nein, natürlich nicht«, versicherte Poch allen. »Ich werde nicht mal meine Meinung äußern, wenn ihr nicht danach fragt. Ich kann nicht am Abenteuer selbst teilnehmen, bis ihr fertig seid, kann nur meine Schleuder zur Selbstverteidigung einsetzen.«

»Also gut, hört sich fair an«, sagte Napoleon, »solang das nur ganz klar ist.« Er dachte eine Weile nach, und als die anderen nicht herhörten, lehnte er sich vor und flüsterte Poch ins Ohr: »Ist das alles, wegen dem du gekommen bist, Poch? Nur als Beobachter?«

Poch zog seinen Kopf zurück und sah den Wendel aus zugekniffenen Augen an. »Wegen des Abenteuers, natürlich, das ist alles. Was sollte es sonst für Gründe geben?«

»Weiß nicht«, sagte Napoleon, »aber könnte ja was sein.« Er schob ein Sandwich in den Mund und kaute, Poch immer noch genau musternd, darauf herum, als ob es ihm zuwider wäre.

Sie blieben beinahe zwei Stunden im dunklen Schatten der Schiffe, und als alle gegessen, sich ausgeruht und Pochs Ankunft diskutiert hatten, ließ Napoleon sie wieder ihre Plätze einnehmen, und mit vorsichtigen Ruderschlägen seitwärts brachten sie das Boot hinaus auf den Fluss. Es blieb ihnen nicht mehr viel von der Nacht, und sie mussten gut versteckt sein, vor allen neugierigen Augen verborgen, bevor das erste Anzeichen der Morgendämmerung sich am Himmel zeigte.

»Viel weiter machen wir nicht mehr«, sagte Napoleon, »dann müssen wir uns ein paar Schiffe aussuchen, zwischen denen wir uns verstecken können, so in der Gegend vom Kraftwerk.«

Sie ruderten weiter. Einige große Formen kamen gefährlich nahe in der Dunkelheit vorüber, und die *Silver Belle Flower* schwankte so stark, dass sie ein wenig Wasser nahm, aber niemand bemerkte die Borribles, und kein einziges Mal sahen sie ein Polizeiboot. Napoleon spähte in die Dunkelheit mit schmalen, scharfen Augen wie ein Matrose auf hoher See und suchte nach einem Versteck. Eben vor Anbruch der Morgendämmerung fand er, wonach er Ausschau gehalten hatte – eine Gruppe von vier, fünf Lastkähnen, unterhalb der Ebbmarkierung festgemacht, und in der Mitte zwischen ihnen – hoffte er – ein Stück ruhiges Wasser, groß genug, um sich den Tag hindurch dort zu verbergen. Danach würde sie ein kurzes Stück Flussfahrt zur Mündung des Wandle bringen, wo sie das Boot verstecken und ihren langen Marsch über Land antreten konnten.

Napoleon steuerte das Boot durch die Ebbströmung.

»Noch einmal in die Riemen gelegt«, sagte der Steuermann, »und dann können wir uns ausruhen.«

Die Borribles arbeiteten bereitwillig, und das Boot schoss quer über den Fluss; die öligen Wellen klatschten grob gegen die Wandung.

»Weiter, weiter«, rief Napoleon. »Eins, zwei, eins, zwei.« Mit einem scharfen Ruck an den Steuertauen brachte er das Boot so in Position, dass der Bug direkt auf die dunkle Masse zeigte, und seine Augen fanden die schmale Lücke zwischen den Schiffen.

»Ruder einziehen.«

Die Ruderer gehorchten erleichtert, und die *Silver Belle Flower* trieb ruhig und elegant in einen kleinen Hafen unbewegten Wassers, wo Napoleon das Boot vorn und hinten festmachte.

»Na, was meinst du, wie war das?«, fragte Stonkus und massierte seinen Bizeps.

»Sehr gut«, sagte Napoleon. »Wir können den ganzen Tag hier bleiben und uns ausruhen, und auch die halbe Nacht. Wir müssen dann nur noch unter der Wandsworthbrücke durch und ein bisschen weiter, dann sind wir da.«

Man beschloss, zwei der Borribles als Wachen zu postieren, während die anderen schliefen. Poch meldete sich zur ersten Wache, und Orococco übernahm mit ihm zusammen die erste Runde. Der Rest der

Mannschaft breitete die Schlafsäcke aus, und sie rollten sich, so gut es eben ging, im Rumpf des Bootes zusammen.

Poch hielt seine Wache und schaute hinüber in den grauen Morgen, der über dem Fluss dämmerte. Orococco starrte flussaufwärts und summte ein Lied, ein trauriges Lied, und Poch fühlte sich weiser und größer, wie er dem Lied zuhörte, obwohl es traurig war.

»Fluss, alter Fluss, der Morgen bricht an,
Bald treibt er die Schatten in ihren Stall,
Und bald kommt die Sonne ganz riesengroß, Alter,
Wie'n roter Ball.

Fluss, alter Fluss, wart doch mal, halt mal,
Ich weiß, du denkst immer an andere Sachen,
Aber jetzt steht wieder die ganze Stadt auf,
Alle erwachen!

Fluss, alter Fluss, hör mal, wie sie gähnen,
Die Träume zerfließen, mal grausig, mal heiter,
Die Milchflaschen klirren auf Treppenstufen,
Die Welt macht weiter.

Fluss, alter Fluss, schwimmst ewig so weiter,
Klar, du kennst alles, was kommen mag.
Was ist für dich das Ende der Nacht, Fluss?
Bloß wieder ein Tag.«

Auf der Themse herrschte jetzt große Geschäftigkeit. Die beiden Posten konnten das Tuten der Schlepper hören und das Rauschen und Klatschen der von vorbeifahrenden Schiffen aufgewühlten Wellen; die Schiffe, tief im Wasser liegend, sanken fast unter den Tonnen über Tonnen ihrer Fracht: Kohle für die Kraftwerke und Container, für die Docks von London bestimmt.

Die erste Stunde der Wache war vorbei, und Poch begann sich schläfrig zu fühlen, als er ein ganz schwaches Geräusch über sich an Deck des zunächstliegenden Schiffes hörte. Er horchte angespannt, ließ die Schleuder aus seiner hinteren Hosentasche gleiten und lud sie mit einem Stein aus seinem Munitionsgurt. Langsam stand er auf und zog das dicke Gummiband zurück, sodass es schon halb schussbereit war. Er blickte rasch zum anderen Ende des Bootes, aber Orococco schaute in die entgegengesetzte Richtung; sein Kopf nickte. Er schien zu schlafen. Poch wartete.

Das Boot schwankte hin und her, und die Borribles schliefen. Ein leises, sehr vorsichtiges Kratzgeräusch kam von oben. Es schien Poch, als ob jemand versuchte, einen Weg unter der Persenning hervor zu finden, mit welcher der Lastkahn bedeckt war, der ihr Boot auf der Uferseite schützte. Poch ließ seinen Blick am Rand der Eisenwand des Schiffes entlanggehen, den sich kreuzenden Tauen folgend, die das Tuch festgezurrt hielten. Er konnte nichts sehen. Wieder schaute er hinüber zum anderen Bootsende: Orococcos Kopf nickte immer noch vor sich hin.

Das Kratzen hörte auf. Dann vernahm Poch das Geräusch eines Messers, das durch Segeltuch schnitt. Er zog das Gummi seiner Schleuder straffer, aber bis jetzt hatte er noch nichts, auf das er hätte zielen können. Plötzlich gab es ein platzendes Geräusch, und eine kleine Gestalt, grün und braun gekleidet, tauchte direkt am Rand des Schiffes über der *Silver Belle Flower* auf. Wer es auch war, er hatte seinen Rücken zu Poch, der, auf die Nieren zielend, die Schleuder voll spannte und schoss. Er hörte ein schmerzhaftes Schnappen nach Luft, und der Eindringling schwankte von einer Seite zur anderen, als könne er sich nicht entscheiden, wohin er fallen wollte. In diesem Augenblick fuhr Orococco herum, die Schleuder in der Hand. Er hatte sich schlafend gestellt und nur darauf gewartet, dass der unsichtbare Feind auftauchte. Er überblickte die Situation, sah sein Ziel und schoss, aber glücklicherweise – wie sich herausstellen sollte – verfehlte er sein Opfer. Wie Orococcos Stein flog, verlor der Neuankömmling das Gleichgewicht und fiel kopfüber und mit seinem ganzen Gewicht mitten in die Bootsladung Borribles hinein, als zerknüllter Haufen zwischen Poch und der ersten Sitzbank landend.

Poch warf seine Schleuder ins Boot und stürzte sich auf den Fremden, ihn festhaltend, während Orococco über die schlafenden Gefährten heranstolperte, um ihm zu helfen.

Trotz des Schusses und trotz des Sturzes vom Kahn herunter leistete der Neuankömmling erbitterten Widerstand. Er schrie in einer fremden Sprache, und zweimal gelang es ihm, auf die Füße zu kommen, ehe er schließlich von den beiden Wachen auf das Deck gedrückt wurde. Jetzt waren auch Stonkus und Torricanyon aufgewacht, und das Gewicht der vier zusammen war zu viel für den Ausländer. Seufzend und fluchend hörte er auf, sich zu wehren.

»Schon gut, schon gut, ich bin ja still«, sagte er mit einem dicken, starken Akzent, obwohl sein Englisch fließend und leicht verständlich war.

»Gib mal ein Seil her«, sagte Poch schnell zu Napoleon, der nun auch hinzugekommen war, »dann binden wir ihn und schaun uns an, was wir da erwischt haben.«

Auch Bingo hatte sich aus seinem Schlafsack geschlängelt und schlug vor, dass er und Vulgo die anderen Kähne absuchen sollten, um zu sehen, ob sich sonst noch jemand dort aufhielt.

Sydney und Chaline machten mit den Händen einen Steigbügel für ihn, und Bingo sprang nach oben, zog sich hoch und verschwand. Vulgo folgte ihm, aber beide waren beinahe sofort wieder da und brachten die willkommene Nachricht, dass die Luft rein sei. Niemand sonst auf den Kähnen, nichts Verdächtiges auf dem Fluss.

Die Borribles schauten auf ihren Gefangenen hinunter.

»Ist es ein Normaler – ein Kind?«, fragte Chaline.

Napoleon beugte sich vor und zog die lederne Fliegermütze weg, die der Gefangene trug. Die Ohren waren spitz, sehr spitz sogar. Sie hatten einen Borrible gefangen, und zwar einen ausländischen.

»Könntet ihr mich vielleicht hier massieren, am Rücken?«, sagte der Ausländer mit seiner seltsamen Stimme, so gut es ging mit seinen gebundenen Händen gestikulierend. »Der Stein aus der Schleuder hat mich richtig hart erwischt.«

Stonkus, der ebenso gutmütig wie kräftig war, hob den Gefangenen hoch und massierte ihm eine Weile den Rücken.

»O danke, danke, so ist's besser.«

»Borrible?«, fragte Poch.

»Borrible«, bestätigte der andere.

»Gut, also, ich stelle hier die Fragen, ich bin der Kapitän«, sagte Napoleon. Er hockte sich vor den Gefangenen. »Wenn du ein Borrible bist, wo kommst du dann her? Nicht aus London, möchte ich wetten.«

»Nein«, sagte der Fremde und lachte tatsächlich. »Ich komm aus Hamburg.«

»Jetzt geht's aber los«, sagte Orococco. »Ein Einwanderer.«

»Lass den Quatsch, Orococco«, sagte Napoleon ärgerlich, »wir haben keine Zeit für blöde Witze.«

»Wer macht hier Witze?«, sagte der schwarze Borrible, von einem Ohr bis zum anderen grinsend. Chaline lachte auch.

»Wie ist dein Name?«, fragte der Steuermann.

»Mein Name«, sagte der Gefangene und versuchte, sich stolz aufzurichten, obwohl er an Händen und Füßen gebunden dalag, »ist Adolf Wolfgang Amadeus.«

»Mensch«, sagte Torricanyon ungläubig, »drei Namen! Habt ihr nicht die gleichen Regeln in Hamburg?«

»Doch«, sagte Poch, »Borribles sind überall gleich organisiert.«

»Das bedeutet, dass er drei Abenteuer gehabt hat, und zwar erfolgreiche«, sagte Sydney und schaute Adolf mit neuem Interesse an.

»Alles schön und gut, aber er ist einfach lästig«, sagte Napoleon. »Er ist im Weg. Er muss an Land schwimmen und dann selber nach Hamburg zurückfinden.«

Adolf lachte wieder. »Ihr seht das ganz falsch, meine Freunde. Ich bin nicht überflüssig, ich bin eine Ergänzung. Der Ersatzreifen. Ich bin gekommen, um mich euch anzuschließen. Ich bin ein hervorragender Kämpfer, ein erfahrener Stratege, schieße wunderhübsch mit der Schleuder und hab eine gute Überlebensrate. Das beweisen meine drei Namen, *verdammt.*«

»Was soll das heißen … dich uns anschließen?«, fragte Napoleon. »Wir gehen nirgendwo hin, das ist einfach … ein Ausflug.«

»Ausflug«, spottete Adolf. »Ihr seid die Besten der Borribles, die Glorreichen Acht – obwohl ich in der Tat neun vor mir habe –, und ihr zieht zum Rumbelreich, um diesen Karnickeln eine Lektion zu erteilen.« Und Adolf lachte so laut, dass sie ihm zureden mussten, doch still zu sein, damit sie niemand entdeckte.

Die Sieger schauten nun wesentlich unbehaglicher drein als der Gefangene. »Woher weißt du das alles?«, brach Poch das Schweigen. Er nahm den Deutschen beim Kragen und schüttelte ihn. »Woher weißt du's? Los, pack aus, du kleiner Sauerkrautfresser.«

Adolf schien unbeeindruckt. »Hamburg ist ein Hafen. Wir kriegen oft englische Borribles rein, die als blinde Passagiere mitfahren, um sich ihren Namen zu verdienen. Drüben sind wir gastfreundlich zu ausländischen Borribles. Wir fesseln sie nicht und geben ihnen keins über den Kopf.«

»Los, weiter«, drängte Poch.

»Vor nicht allzu langer Zeit kam ein Borrible aus Battersea an, sehr müde, sehr hungrig. Ich hab ihn in mein Haus geholt und ihm was zu essen und ein Bier gegeben. Wir sind gute Freunde geworden; er hat unter den Bögen der Eisenbahnbrücke am Battersea Park gewohnt, sagte er. Vielleicht kennt ihr ihn, nein? Jedenfalls war der bei einer Versammlung, wo Poch, das bist du, hahaha, hohoho« – Adolf Wolfgang Amadeus lachte über den verdutzten Poch –, »einen Rumbel geschnappt hatte und wo man beschloss, eine Expedition ins Rumbelreich zu entsenden. Mein Freund, der Name, den er sich verdient hat, ist übrigens Dampfer, gut, nicht? Jedenfalls hat Dampfer mir alles erzählt, und ich hab gesagt, verdammt, was für ein Abenteuer, was für eine Chance für mich, mir einen vierten Namen zu holen, und auch noch in England, mit englischen Borribles! Was für einen Namen werde ich dann haben: Adolf Wolfgang Amadeus Winston.« Er sah stolz in die Runde und freute sich. »Na, was meint ihr, ist das nicht ein dickes Ei von einem Namen?«

»Nein!«, sagte Napoleon, dem der Name überhaupt nicht gefiel.

»Also bin ich zur Battersea High Street gekommen, um zu schaun, was ihr treibt, aber ich dachte mir, da lassen sie dich nie aufs Boot, die fahren einfach ohne mich ab, aber aufs Boot muss ich, und um aufs Boot zu kommen, muss ich auf den Fluss, also hab ich bei Flut auf der Batterseabrücke gewartet, und als unten ein Kahn durchkommt, mit einer schönen weichen Ladung, da spring ich runter, und hier bin ich. Ich wollte Ausschau halten, bis ihr vorbeifahrt, und rüberschwimmen, damit ihr mich nicht an Land setzen könnt, aber die Arbeiter haben mich mit dem Segeltuch zugedeckt – hab ich Glück gehabt, dass ihr hierhergekommen seid.«

»Wir können dich auch hier an Land setzen«, sagte Napoleon, »ganz einfach geht das.«

»Würd ich nicht tun«, sagte Adolf, der sich ganz gelassen in seine Fesseln zurücklehnte.

»Und warum nicht?«

»Ach, ihr wollt doch nicht, dass irgendjemand weiß, aus welcher Richtung ihr anrückt, und wenn ihr mich gehen lasst, dann kann es doch sein, dass ich überall herumtratsche, was ich auf dem Fluss gesehen habe, und am Ende hören's noch die Rumbels, und das Überraschungselement … hmm … weg … jammerschade. Stimmt's?«

»Wir könnten dich einfach so in den Fluss werfen«, sagte Bingo fröhlich, »mit einem bequemen Sack Zement dran.«

Adolf stieß ein ironisches »Ooooh« aus: »irgendjemand sonst, na ja, aber doch nicht einen Borriblefreund.«

Alle schwiegen, und weil niemandem einfiel, was man hätte sagen oder tun können, richteten sich schließlich alle Augen auf Poch.

»Wir besprechen uns da besser mal«, sagte er. »Am anderen Ende vom Boot.«

Sie vergewisserten sich, dass Adolf gut gefesselt war, und gingen dann zum Heck, wo sie sich flüsternd unterhielten.

»Ich hab den Eindruck«, sagte Poch, »dass seine Geschichte stimmt. Ich meine, er ist der Typ, der ein viertes Abenteuer haben will – ich meine, verrückt genug. Sozusagen. Aber wie man's auch dreht, wir können ihn nicht gehen lassen, damit er uns nicht verpfeift. Wir müssen ihn mitnehmen und ihn die ganze Zeit beobachten, schaun, ob er ein Spion ist, ob er Nachrichten zurücklässt, so was alles. Wenn er keiner ist, dann haben wir jetzt noch einen Schützen und einen verdammt gewieften Nahkampfprofi. Wir müssen nur die Augen offenhalten, das wär alles.«

»Wir müssen den beobachten, wie du uns beobachtest«, sagte Napoleon höhnisch.

»Dann lasst's«, sagte Poch. »Ich hab nur einen Ratschlag gegeben. Ich halt jetzt den Mund.«

Bingo sprach schnell, um den Bruch zu verwischen. »Stimmen wir doch ab, alle außer Poch. Sollen wir Adolf behalten oder ihn in den Fluss werfen? Wer ist dafür, ihn zu behalten?«

Sieben Hände gingen hoch. Nur Napoleon enthielt sich der Stimme, damit er, falls später etwas schieflaufen sollte, sagen konnte: Ich hab's euch gesagt.

»Ich hoffe, dass ihr da keinen großen Fehler macht«, sagte er säuerlich. »Geht sicher, dass er seine Schleuder nicht mehr hat, und lasst ihm auf alle Fälle die Hände gebunden.«

Bingo ging ans andere Ende zu dem Gefangenen und band ihm die Füße los. Adolf wurde durchsucht, und aus seinen Taschen kamen eine Schleuder und ein Messer zum Vorschein.

»Du kannst zunächst mal bleiben«, sagte Napoleon. »Aber ich bin gar nicht so scharf drauf, und wenn du auf diesem Boot irgendwelche Schwierigkeiten machst, dann werf ich dich über Bord, dass du so rasch auf den Grund rauschst, dass die Fische meinen, du bist der Anker.«

»Britisches Understatement, hm?«, sagte Adolf und lachte, und nachdem er allen zugelächelt hatte, rollte er sich unter einer Sitzbank zusammen, und bald schnarchte er.

»Ich glaube, der bringt's«, sagte Poch. »Zeit für die zweite Wache, ich bin ganz erschöpft.«

Torricanyon und Stonkus nahmen die zweite Wache, und die anderen folgten Adolfs Beispiel, krochen in die Schlafsäcke und schliefen bald; und das Boot stieg und sank leise, den Morgen hindurch, den Mittag, den Abend, und half so, dass ihr Schlaf nicht unterbrochen wurde.

Die nebelverhangene Sonne war schon lange hinter den Horizont gesunken, als das Boot wieder lebendig wurde. Napoleon weckte alle mit einem groben Schubs und wies sie an, sich mit dem Essen zu beeilen. Er wollte so früh wie möglich weiterrudern. Der Wandle war nicht mehr weit, aber vor Tagesanbruch gab es noch viel zu tun.

Die Borribles streckten sich, rieben sich gegenseitig den Rücken und teilten das Essen aus den Rucksäcken untereinander; der letzte Rest Tee floss aus den Thermosflaschen. Poch nahm seine Ration und setzte sich zu dem Deutschen.

»Da hast du, Adolf, altes Ross«, sagte er. »Wir hätten dich eigentlich ganz gern in den Fluss geworfen, aber wo du nun schon mal hier bist, isst du am besten auch was.«

Adolf setzte sich auf und langte voll Appetit zu. *»Danke«*, sagte er zwischen zwei Bissen. »Ausgezeichnet.«

»Wie kommt's, dass du drei Namen hast?«, fragte Poch neidisch.

»Ha«, sagte Adolf, »es kommt drauf an, dass man die Regeln kennt. Du musst da auch ein paar kennen, sonst wärst du nicht hier, oder?«

»Das war eigentlich Zoff, mein Quartiermeister, nicht ich«, sagte Poch.

»In Deutschland«, fuhr der Ausländer fort, »sind die meisten Borribles damit zufrieden, daheimzubleiben und sich ihre Namen auf normale Weise zu verdienen – eine Serie guter Diebstähle, irgendsowas, aber wenn man bereit ist, ein bisschen ins Ausland zu gehen, wie ich, und die anderen nichts dagegen haben, na, dann kannst du dir so viel Namen holen, wie du willst, und ich wollte einen englischen Namen – Winston, weißt du ja.«

»Wo hast du die anderen her? Wolfgang, Amadeus, und natürlich Adolf.«

»Adolf hab ich mir daheim verdient, Wolfgang kommt aus Dänemark, und Amadeus in Wien. Einbruch.«

»Das sind gute Namen«, sagte Poch, »sehr gute Namen, und ich wette, dass da auch gute Geschichten dranhängen.«

»Jeder Name hat seine Geschichte«, sagte Adolf philosophisch, »aber es freut mich, dass sie dir gefallen, und Winston, das ist dann noch was ganz Spezielles. Deiner ist auch ein schöner Name. Wirst du mir mal die Geschichte erzählen? Aber wie sind eigentlich die Namen von den ganzen anderen?«

»Sie haben sie noch nicht«, sagte Poch, »aber ich kann dir sagen, wie sie heißen werden, wenn das Abenteuer vorbei ist.« Und er erklärte den Grund für die Rumbelnamen.

Adolf lauschte mit großem Interesse. »Wir haben auch Rumbels daheim«, sagte er. »Wir nennen sie Gormutliks. Sie haben große Macht und sind gefährlich und schlau.«

Sie hätten noch lange so weiterreden können, aber die Befehle Napoleons unterbrachen ihr Gespräch.

»Auf geht's«, rief er, »wir haben noch zu rudern, sonst kommen wir nie an. Das ist kein Urlaub, Herrschaften.«

Sie gingen an ihre Plätze, Napoleon machte die Leinen los, und das Boot glitt aus seinem Versteck. Wieder überquerten sie den Fluss rasch, und nachdem sich der Rhythmus der Plätze eingespielt hatte, ruderten sie wie die Experten das Südufer entlang, auf dem letzten Abschnitt ihrer Flussfahrt. Bei Anbruch des Morgens würden sie, wenn Napoleon richtig steuerte und kalkulierte, an der Mündung des Wandle landen, des schlammigen Flusses, wo nur Napoleons eigene Leute einen Weg durch die tückischen Sümpfe kannten, die sich meilenweit bis unter die Straßen von Wandsworth erstreckten.

5

Die weite Biegung des Flusses lag leer und still. Die kleinen Kräuselwellen des schweren grünen Wassers waren dreckig und wie gefroren. Auf der Fulham-Seite hockten die Öllager, gesichtslose Orte, die an gesichtslosen Straßen warteten, die nirgendwo hinführten und wo niemand lebte. Kurz vor der Morgendämmerung ging die Wandsworthbrücke über das Boot aus Battersea hinweg, einen dunkleren Schatten werfend als die Nacht, und alles, was die Ruderer sahen, waren die mächtigen, reglosen Wellen, die standen und an den steinernen Brückenpfeilern nagten.

Sie waren nun schon in Wandsworth Reach, und das Südufer entlang erstreckte sich ödes Land; obwohl die Abenteurer nichts sahen, spürten sie die Existenz eines großen, wilden Raumes am formlosen Pfeifen des Windes. Am Nordufer standen die Zementfabrik und die Trinidad Asphalt Company, aber die Borribles konnten nicht erkennen, wo die Gebäude den Himmel berührten, weil der Himmel teerschwarz und undurchdringlich war.

Es war so düster, dass Napoleon überzeugt war, er würde die Wandlemündung nie finden, und seine Gefährten anfingen zu verzweifeln. Nach einigen fruchtlosen Versuchen kniete er sich vorne ins Boot, um in die Schwärze zu spähen. Hier lagen dutzende von Lastkähnen, tief beladen mit dem alten Gerümpel von ganz Wandsworth, denn das Land um das Mündungsgebiet war ein einziger großer Müllabladeplatz, und irgendwo durch die Hügel von Abfall mäanderte der schleimige Fluss.

Ein überwältigender Gestank braute sich am Ufer zusammen, eine Mischung aus scharf riechenden Abwässern, faulendem altem Papier und dem modernden Fleisch von toten Seevögeln. Das Wasser, das von den aufgestellten, erwartungsvollen Rudern der Mannschaft tropfte, verursachte kein Geräusch, so dick und ölig war es. Die Borribles, auf den Bänken zusammengesackt, husteten und würgten und waren kaum in der Lage, Napoleons Anweisungen zu befolgen, wenn er sie das Boot hierhin und dorthin fahren ließ und mit seiner Taschenlampe in die furchteinflößende Nacht stach.

Endlich drehte er sich um und sagte, mit einem geflüsterten Schrei, scharf vor erregter Erschöpfung: »Ich hab's.«

Das Boot trieb weiter. Die Ruderer drehten sich auf ihren Sitzen um, um zu schauen, und ihre Herzen schrumpften zur Größe von Erdnüssen. In der glatten Kaimauer der Themse, verborgen hinter einer Flottille von Kähnen, erschien eine Öffnung im schwachen Licht von Napoleons Taschenlampe.

»Das muss der Wandle sein«, sagte Napoleon. »So oder so, es gibt nur einen Weg, um das herauszufinden, und das ist der, das Ding da raufzufahren.« Es war den anderen klar, dass er unter großer Spannung stand und selbst nicht ganz sicher war.

Das Boot schwang langsam herum, bis es gegen die kräftige Strömung des Wandle stieß, und sobald er seinen Kurs hatte, befahl Napoleon der Mannschaft, flussaufwärts zu rudern. Rasch rannte er in die Mitte des Bootes, befreite Adolfs Hände und sagte ihm, er solle das Steuerruder halten. »Wenn du versuchst, zu entkommen, verpass ich dir eins mit der Schleuder, direkt auf den Hinterkopf.«

Adolf schaute überrascht drein. »Entkommen? Du bist gut, deshalb bin ich euch gefolgt, jetzt werdet ihr mich nicht los.«

Napoleon rannte wieder zum Bug, um mit leiser Stimme die Weiterfahrt des Boots zu lenken, und die Borribles legten sich stetig in die Ruder, nur allzu froh, dass sie in der übelriechenden Düsternis nicht sehen konnten, wo sie waren.

Sie hatten nur eine kurze Strecke zurückgelegt, als der kleine Fluss sich gabelte, und nach einem Augenblick des Zögerns lenkte Napoleon sie nach links, und sie ruderten weiter, die Ruder unter Mühen aus einem Wasser hebend, das so dick und klebrig wie Sirup schien. Nach zehn Minuten hörten sie Napoleon laut fluchen, und dann rief er ihnen erregt zu, anzuhalten. Er schlug wütend gegen die Bootswand. »Verdammte Scheiße, ich hab die Wehre vergessen.«

Die Besatzung des Borriblebootes war zutiefst erschrocken. Durch die Nachtstille kam ein Geräusch jenseits ihrer Erfahrung, ein elementares Rauschen und Brüllen. Sie drehten sich wieder an ihren Plätzen um und sahen eine schäumende, im Lampenlicht schräg auf sie herabstürzende Wasserfläche. Dahinjagende gelbe Schaumklumpen drängten sich durch eine schwarz glänzende Oberfläche hinauf, die unaufhaltsam auf sie zuglitt, wie die abschüssigste Rolltreppe der Londoner Untergrundbahn. Plastikcontainer, leere Farbenbüchsen und Plastikflaschen sprangen und tanzten um das Boot und stießen gegen die Seiten, wie böse Geister auf einem Fluss in die Hölle.

»W-was ist das?«, fragte Bingo und versuchte, seine Lippen nicht zittern zu lassen.

»Ein Wehr ist das, ein gottverdammtes Wehr, zu hoch, um dran vorbeizukommen. Wir müssen die andere Gabelung nehmen. Da ist auch eins, aber nicht so steil.« Napoleons Stimme war erschöpft und resigniert. Er fühlte sich am Rand seiner Kräfte, aufgerieben von der Verantwortung der Flussfahrt, und nun von diesem Hindernis am Ende.

»Wenn uns hier draußen das Tageslicht erwischt, dann sehn uns die Müllmänner, und wir werden auf jeden Fall von den Bullen kassiert.« Er dachte einen Augenblick nach, und die anderen warteten; das Boot schaukelte immer noch unter dem Ansturm des strudelnden Wassers.

»Rein mit den Rudern«, sagte er schließlich, und sobald die Ruder an Bord waren, nahm er eines und fing an, das Boot denselben Weg zurückzustaken, während die Mannschaft untätig auf den Bänken der *Silver Belle Flower* saß, angestrengt nach rechts und links starrend, aber kaum etwas sehend. Es war alles zu ruhig und zu hässlich.

»Passt bloß auf, wann die Gabel kommt«, knurrte Napoleon, »sonst verpass ich die, und wir sind wieder auf der Themse draußen. Beim Morgengrauen müssen wir versteckt sein. Tagsüber wimmelt's hier von Erwachsenen.«

Die anderen teilten seine Angst. Schon zeichneten sich die hohen Ufer des Wandle deutlicher ab, mit schleimig-grünen Eisenbahnschwellen und rostzerfressenen Eisenplatten abgestützt, und der schwarze Himmel war nicht mehr ganz so schwarz.

»Die Gabel! Die Gabel!«, rief Adolf.

Napoleon ließ das Boot in den anderen Arm des Wandle treiben.

»Die Ruder, rasch«, befahl er und zerrte seines von einer Schlammbank los, die es nur widerwillig freigab. Ein schlüpfriges, saugendes Geräusch entstand, als das Ruder sich löste, und große, klumpige Tropfen Schlick rollten zögernd das Holz hinunter und stahlen sich in den Fluss zurück.

Napoleon trieb seine Mannschaft an. Der Sog der Ebbe war hier nicht so stark, und bald kamen sie unter einer Eisenbahnbrücke durch, wo das

Boot durch dahintreibende Atolle aus Müll klackte wie ein Fischdampfer durchs Packeis.

Wieder tauchte eine Gabelung vor ihnen auf, aber diesmal zögerte Napoleon nicht.

»Rechts rudern«, rief er, »linke Seite ruht, eins, zwei, rudern.« Und das Boot trieb nach links.

»Letztes Mal sind wir auch nach links, und das war falsch«, sagte Torricanyon laut und aggressiv.

»Ja, genau«, sagte jemand anders.

Napoleons Gesicht wurde so weiß vor Wut, dass es in der dunklen Morgendämmerung wie phosphoreszierend leuchtete. »Und jetzt fahren wir wieder links, und das ist richtig«, sagte er.

Plötzlich gab es ein hallendes, nachdröhnendes Klingen, und Napoleon wurde umgeworfen und stürzte ins Boot, das mit einem Ruck angehalten wurde; man hörte ein Kratzen, als der Bug mit irgendetwas in Berührung kam. Napoleon sprang wieder auf und rieb sich den Kopf.

»Verdammt, labert mich nicht voll, wenn ich steuere«, rief er. »Jetzt sind wir gegen ein Abflussrohr gelaufen, hätten alle dabei ertrinken können.«

Dicht über der Wasseroberfläche lief in der Nähe eines Übergangs eine dicke Rohrleitung über den Wandle; ihr Aufprall hatte Napoleon umgeworfen.

»Ihr am Heck, kräftig rudern«, rief er. »Das Rohr ist so tief über dem Wasser, dass wir das Boot drunter durchzwängen müssen. Fallt mir nicht rein, da hat's Aale, die nehmen euch glatt ein Bein ab.«

Die Ruderer hinten im Boot strengten sich an, während die vorderen sich auf den Rücken legten und die *Silver Belle Flower* unter dem Rohr hindurchschoben und -zerrten. Als sie auf der anderen Seite wieder herauskamen, war es einfach, den Rest des Bootes hindurchzuziehen, während die hinteren Ruderer sich duckten.

»Das ist noch nicht durchgestanden«, sagte Napoleon, »hier gibt's noch einen richtigen Wasserfall, direkt unter dem Damm. Um den zu umgehen, müssen wir das Boot rausziehen und über die Brücke damit.«

Über ihren Köpfen war ein hoher Zaun, den die Müllmänner aus alten Bettrosten, Eisenrahmen und verschiedenen Metallstücken gebaut hatten. Napoleon zog eine Drahtschere aus der Tasche und forderte Bingo auf, ihm den Steigbügel zu machen. Er klammerte sich an die Böschung und schnitt aus einem der Bettroste sämtliche Sprungfedern heraus, sodass ein Loch entstand, groß genug, um das Boot hindurchzumanövrieren.

»Werft mir die Leine rauf«, befahl er dann, und als er das Tau in der Hand hatte, wies er die Mannschaft an, ihr Gepäck fest unter die Sitzbänke zu klemmen und zu ihm hinauf auf die Böschung zu klettern.

»Wir müssen das Ding hier raufholen«, erklärte Napoleon, dessen Müdigkeit in der Erregung seiner Befehlsgewalt verschwunden war, »und es dann über diese Insel, auf der wir jetzt sind, rüberschleifen, dann haben wir beide Wehre hinter uns, aber wir müssen uns beeilen.«

Die Abenteurer versammelten sich um das Tau und zogen, zogen – und langsam hob sich die *Silver Belle Flower* aus dem Wasser und hing senkrecht über dem Wandle. Napoleon schlang das Tau einige Male um eine Warntafel, auf der stand: »Gemeindeverwaltung Wandsworth/Gefahr/Betreten verboten«. Die anderen ergriffen den Bug und zogen und zerrten das Boot schließlich auf den Damm hinauf. Sie keuchten und stöhnten und warteten, bis sich ihr Atem wieder etwas beruhigt hatte.

»Gut, jetzt vier auf jede Seite«, sagte Napoleon. »Ich ziehe, der Jerry kann schieben.«

»Aber immer«, sagte Adolf.

Sie schleppten und schoben das Boot über einen abfallübersäten Weg, wo Glassplitter und die Trümmerfragmente längst verlassener Häuser unter ihren Schuhen knirschten. Etwa fünfzig Meter mussten sie überwinden; es war Schwerarbeit, und sie rutschten aus und fluchten und stolperten, aber endlich kamen sie zum Hauptarm des Wandle, ein gutes Stück oberhalb der beiden gefährlichen Wehre.

Blasses Tageslicht herrschte bereits, und die Gefahr, in dieser offenen und öden Landschaft entdeckt zu werden, stieg von Minute zu Minute. Eilig setzten sie das Boot am Ufer ab, und Napoleon ordnete die Gruppe.

»Wenn ich das Kommando gebe, dann müssen wir wie die Idioten schieben. Es muss flach auf dem Wasser landen. Sonst säuft es ab.«

Auf seinen Befehl hin schoben alle mit gewaltigem Schwung, und die *Silver Belle Flower* flog durch die Luft und machte eine Bauchlandung, die wie ein Schuss durch das Niemandsland des leeren Mündungsgebietes krachte und widerhallte. Ehe es davontreiben konnte, stürzte Napoleon hinterher, flog zwischen die Bänke, rappelte sich auf und warf die Leine nach oben in die Hände von Torricanyon.

»Alles wieder an Bord«, schrie der Wendel. »Macht schon, macht schon.«

Während die anderen einstiegen, sah Poch den Weg zurück, den sie gekommen waren, und jetzt, im schwachen Licht, konnte er die Szene erkennen.

Zwei schwarze, dampfbetriebene Kräne bewachten die Mündung des Wandle; eckig und hässlich, mit dünnen Metallplatten bedeckt, liefen ihre eisernen Räder auf eisernen Schienen. Diese Maschinen waren es, welche die Lastkähne mit Müll beluden, der stets neu aufgefüllt wurde, der nie abnahm. Verstreut warteten Lastwagen darauf, Wandsworth nach neuen Abfällen zu durchstreifen; große Kipplaster und Loren standen müßig zwischen Haufen ausrangierter Öfen und Eisschränken ohne Eingeweide. Weiter hinten, zwischen dem Wandle und der Wandsworthbrücke, lag eine Meile schlammfarbener, in Wellen auf- und absteigender Einöde, nur von weißen Flecken belebt: Möwen, groß wie Schwäne, rissen mit gigantischen Hakenschnäbeln an Aas.

Poch erschauerte vor der furchtbaren Schönheit des Anblicks. »Meine Fresse«, sagte er. »Was für ein Ort.«

»Mach zu.« Napoleons Stimme war hart. »Beeil dich.«

Poch sprang in das Boot und ergriff sein Ruder.

»Los jetzt, rudern«, sagte Napoleon gehässig. »Der Wandle hier ist der steilste Fluss in London, wie wenn man den Lavender Hill raufrudert, bei Gegenverkehr.«

Die Abenteurer legten sich in die Ruder. Ihre Hände brannten, ihre Rücken schmerzten, die ängstliche Spannung der Nacht hatte sie erschöpft. Mit Augen, die ihnen zufielen, und glühenden Muskeln ruderten sie weiter und weiter, durch eine winddurchjagte Landschaft ohne Bäume oder Gebäude, bis sie schließlich, hinter Armory Way, an Fabrikhinterhöfen vorbei zu Youngs Brauerei kamen und endlich Napoleons leises Kommando hörten.

»Vorsicht jetzt, Ruder einziehen.«

Sie ließen ab, und das Boot kam leise zur Ruhe. Hinter ihnen lag der Morgendämmer wie ein müdes Tier auf den Straßen von Wandsworth, und die geraden Seiten der Gebäude, in rauchig gelben Ziegeln aufsteigend, ragten in den staubigen Himmel. Ganz hoch oben zeigte ein hellerleuchtetes Fenster, wo ein Busfahrer auf Frühschicht schläfrig schimpfend aus einem warmen Bett in eine kalte Küche schlappte.

Napoleon ließ seiner Mannschaft nicht lange Ruhe. »Also dann, ihr Figuren, wir sind da!«, sagte er, mit einer gewissen Befriedigung in der Stimme, und die Borribles drehten sich um: und nicht einer unter ihnen, der nicht entsetzt aufstöhnte. In einer wie ein Kliff aufschießenden Fabrikmauer war ein tiefes Loch sichtbar, ein aus Ziegeln gemauerter Abzugskanal, kaum groß genug, die Durchfahrt des Bootes zu gestatten, kaum so hoch, dass er nicht die Köpfe der Ruderer streifte. Er troff vor grünem Schleim, und Napoleons Stimme warf ein schwaches Echo, das sofort erstarb, ins Nichts aufgesogen. Der Gestank war abstoßend und dicht, er rollte in dunstigen Wolken auf den sich vorbeimühenden Fluss hinaus, wie die letzten Atemstöße eines verfaulenden Tieres.

»Sag bloß, Mann«, sagte Orococco, dessen Augen und Zähne in dem seltsamen Licht, das vom Wasser aufstieg, grün wirkten, »wir gehn doch da nicht rein, hoffe ich.«

Napoleon stand am Bug, breitbeinig und die Hände in die Hüften gestemmt, wie ein abgerissener Piratenkäpt'n. »Das ist der Wandle«, sagte er. »Ein ganz gewöhnliches kleines Flüsschen, das unter den Häusern dahinfließt.«

»Es stinkt«, sagte Bingo.

»Ihr habt's zu gut gehabt«, gab Napoleon zurück. »Jetzt sind wir in Wandsworth, wo die besten Borribles herkommen.«

Poch grinste wider Willen vor sich hin, trotz der unruhigen Angst, die er wie seine Gefährten empfand. Was immer man sonst über Napoleon denken mochte, man musste zugeben, dass der Wendel genug Courage und seinen eigenen Stil hatte.

»Jetzt fahren wir mit dem Boot da rein«, sagte der Steuermann, »und wem's nicht passt, der kann heimschwimmen.« Er beugte sich vor, schöpfte eine Hand voll des Flusswassers auf und warf sie mitten in das Boot. Die übel aussehende Flüssigkeit zog die Augen der Borribles auf sich, während sie sich körperlich abgestoßen fühlten. Das Wasser zerfloss kaum; grünliche Kügelchen rollten in die Fugen des Holzes und blieben leuchtend dort liegen.

»Also dann«, sagte Napoleon, im Bug niederkauernd. »Vorsichtig ... lasst die Köpfe drunten, und ich stoß uns mit den Händen ab.«

Unter den vorsichtigen Ruderschlägen schob das Boot seine Nase in den klammen Dampf des Abwasserkanals, und Napoleon leuchtete mit seiner Taschenlampe hierhin und dorthin, was aber wenig nützte, da die anrollenden Nebelwolken den schmalen Lichtstrahl verschluckten und verdauten, ehe er auch nur einen Meter zurückgelegt hatte.

Die Ruderer lehnten sich auf ihren Sitzen zurück und gruben die Ruder in die Wasseroberfläche. Adolf saß im Heck und leuchtete mit seiner

Taschenlampe zurück, sodass die Abenteurer in ihrem Licht das tropfende Dach der Höhlung und manchmal die aufgerissenen Mäuler von seitlichen Tunneln sehen konnten, wo dickes Wasser langsam herausglitt, um sich an den Hauptstrom zu heften. Der Deutsche summte leise, um allen ein wenig Mut zu machen. »Ho … ho … zuu … gleich.« Er wiederholte seinen Sang. »Ho … ho … zu-gleich. Auf geht's, Brüder, ho … ho … zugleich.«

Napoleons Kommandos kamen regelmäßig und ruhig. »Langsam links, zwei Schläge. Warten rechts, jetzt einen Schlag.« Und so tasteten sie sich voran, manchmal vor Tunneln zögernd, die nach rechts oder links abzweigten. Manchmal wusste Napoleon genau, wie es weiterging, manchmal riet er.

Es schienen Stunden des Ruderns vergangen zu sein, als die Ruder schließlich an den Wänden klemmten und ins Boot eingeholt werden mussten. »Ist zu eng zum Rudern«, sagte Napoleon. »Jetzt muss jemand ins Wasser und das Boot ziehen.«

Schweigen herrschte unter der Borriblemannschaft. Napoleon bückte sich und zog unter einem Sitz ein Paar hüfthohe Gummistiefel hervor. Er lachte vor sich hin, wie die anderen im Licht seiner Taschenlampe sehen konnten.

»War klar, dass ich's selber machen muss«, sagte er. »Die besten Borribles kommen eben wirklich aus Wandsworth.«

Adolf lachte leise. »Ach, da bin ich nicht so sicher, wir haben auch ganz schön viel dreckiges Wasser in Hamburg, mein Freund. Gib mir mal die Stiefel, ich zieh euch, ich hab beim Rudern nicht mitgeholfen.« Der Deutsche lief rasch nach vorn; er nahm dem verblüfften Napoleon die Gummistiefel ab, zog sie über und sprang, ohne zu zögern, in den Fluss. Die Ruderer drehten sich auf ihren Sitzen um, um erstaunt zuzusehen. Bingo kniete sich hin und leuchtete mit seiner Taschenlampe direkt vor den unerschrockenen kleinen Deutschen, aber Adolf hatte sich seine eigene Taschenlampe an einen Jackenknopf gehängt. Er ergriff die Leine mit beiden Händen und mit »Ho … ho …« zog er mit kräftigem Ruck das Boot voran, als habe es kein Gewicht.

»Seht euch das an«, sagte Sydney.

Napoleon schüttelte den Kopf. »Es kommt eine Art Pfad neben dem Kanal, noch etwas weiter!«, rief er. »Da kannst du dann raufgehn.«

Diese Information stellte sich als richtig heraus, und bald marschierte Adolf fröhlich auf einer Ziegelböschung entlang, die ursprünglich für die Kloakenmänner von Wandsworth angelegt worden war, die einzigen Erwachsenen, welche von den Borribles von Wandsworth mit Respekt betrachtet wurden.

Plötzlich hörte Adolf auf, gleichzeitig zu summen und zu ziehen. Das Tau wurde schlaff, und die *Silver Belle Flower* stieß gegen die Böschung. Die Bootsbesatzung sah auf und fragte sich, was den Deutschen angehalten haben mochte, und entdeckte einen zum Angriff gegen die gewölbte Wand des Abzugskanals geduckten, bewaffneten Wendel.

Es war eine kleine, drahtige Gestalt, und sie trug dieselben Gummistiefel, wie Napoleon sie Adolf geliehen hatte. Statt der normalen wollenen Borriblemütze trug der Wendel, wie andere Kämpfer seines kriegerischen Stammes, einen metallenen Helm, der seine Ohren bedeckte und den Kopf schützte; aus einer alten Bierdose geformt, glühte er kupfergrün im Taschenlampenlicht. Er trug eine dicke feste Wolljacke, bedeckt mit Plastik, um das Wasser abzuhalten, und das Plastik glänzte orange leuchtend wie die Schutzjacken von Autobahnarbeitern. Denen war das Material auch in der Tat gestohlen worden. Das Gesicht des Wendels war hart und zäh, viel härter noch als selbst das von Napoleon, und seine Augen bewegten sich rasch. Er hatte keine Angst, obwohl er wusste, dass er allein gegen zehn stand. Mit einem Schrei stieß er den Rumbelspeer vorwärts, den er in den Händen hatte.

Hier zeigte Adolf, was für ein Kämpfer er sein konnte. Auch unbewaffnet war es nicht seine Art, einem Kampf aus dem Wege zu gehen; wie er gesagt hatte: Er kämpfte gern. Der Speer stach auf ihn zu, und er glitt geschickt zur Seite und fiel ins Wasser. Seine Gefährten, die nach allem den Deutschen mochten und bewunderten, sprangen erschrocken auf. Aber Adolf war keineswegs geschlagen, denn im Fallen tauchte er unter der tückischen Waffe hindurch und ergriff den Fuß des Wendels. Sobald seine Füße den Grund des Kanals berührten, zog er, so fest er konnte, und der Wendel verlor das Gleichgewicht und landete platt auf dem Rücken am Rand des Pfades; der Speer war seinem Griff entfallen. Der Deutsche packte den Kopf seines Gegners, zog ihn rasch ins Wasser und hielt ihn unter die dreckige Wasseroberfläche.

»Haha!«, brüllte er, mit im Triumph leuchtendem Gesicht und mit blauen Augen, die wie sich drehende Polizeisignale blitzten.

Weiter hinten im Tunnel klapperten Waffen und Fußtritte, drei weitere Wendels erschienen, mit starken Schleudern bewaffnet, die sie schussbereit auf Adolf gerichtet hielten.

Napoleon schwenkte seine Arme und seine Lampe. »Wendel hier, Wendel, Wendel!«, rief er, so laut er konnte. »Nicht schießen! Borrible! Adolf, lass ihn los. Rasch, oder du bist hin, du bist tot wie ein Bückling.«

Der Deutsche hielt den Blick auf die gespannten Schleudern gerichtet und hob vorsichtig den schlaffen Körper seines Angreifers aus dem schwarzen Wasser. Er hielt ihn wie einen Schild vor sich und, ohne dass es – von Poch abgesehen, der jetzt mit Napoleon im Bug stand – jemand bemerkt hätte, zog er eine Schleuder aus der Tasche des bewusstlosen Wendels und schob sie heimlich in seine eigene.

»Nicht schlecht«, sagte Poch bei sich. »Dieser Sauerkrautspezialist ist ein echter Fund.«

Einer von den drei Wendels rief mit rauer Stimme, die an den Wänden des Tunnels entlangkratzte: »Du da, leg den Wendel auf den Pfad zurück, die anderen verhalten sich völlig still. Von uns stehn noch fünfzig hinter der nächsten Biegung.«

Adolf trug seine Last zum Kanalrand und ließ sie dort ohne besondere Rücksicht hinplumpsen. Dann stellte er sich so hin, dass Poch im Bug des Bootes direkt hinter ihm war und nun leicht ein paar Schleudersteine in die Rechte des Deutschen hätte gleiten lassen können, die er, in der Hoffnung, man werde verstehen, was er wollte, hinter dem Rücken hielt.

Napoleon rief besorgt: »Ich bin selber ein Wendel, auf der Großen Rumbeljagd! Eisenkopf weiß darüber Bescheid, hat er euch nichts gesagt?«

»Er hat es uns gesagt«, kam die Antwort, »aber wenn ihr Haipfund hier ertränkt habt, dann kriegt ihr ernste Schwierigkeiten.« Einer von ihnen trat näher und kniete sich neben den halberstickten Wendel, drehte den durchnässten Körper um und stieß das Wasser aus dem Leib; es war bald klar, dass dieser Krieger noch für viele andere Kämpfe der Zukunft bereitstehen würde. Er nickte den anderen zu, und sie schienen zufrieden.

Als Haipfund in die *Silver Belle Flower* gelegt worden war, damit er sich erholen konnte, wurde Adolf erlaubt, das Boot weiterzuziehen.

»Geh im Fluss weiter und folg uns langsam«, befahl man ihm, »und tu alles, was wir dir sagen. Wenn einer von euch nach der Schleuder greift, dann … erzähl's ihnen besser, du Wendel im Boot. Wir könnten euch aushungern, ohne einen Finger zu rühren. Fünfzig sind hinter euch und fünfzig vor euch.«

Poch, wie seine Freunde, drehte sich um, und Gestalten tauchten auf, die hinter ihnen durch das Wasser wateten, vielleicht mehr als fünfzig, und alle mit Rumbelspeeren. Die Abenteurer waren hoffnungslos in der Minderzahl, sie konnten nur gehorchen.

»Wer ist der Borrible, der hier das Wort führt?«, fragte Poch Napoleon, der beunruhigt aussah, als ob er befürchtete, die Wendels könnten ihn für dieses Eindringen in ihr Territorium verantwortlich machen.

»Der ist ein Borrible mit zwei Namen«, flüsterte Napoleon. »Aber man sagt immer nur Tron. Wenn er einen Namen für all die Sachen hätte, die er schon gemacht hat, dann wär er ein Hundert-Namen-Borrible, das kann ich dir sagen. Hart wie ein Nagel, und Eisenkopf, unser Führer, der ist genauso. Hier kommt niemand rein oder raus, ohne dass die einverstanden sind.«

»Ich dachte, das ist alles mit Zoff abgesprochen. Ich dachte, wir hätten die Erlaubnis«, sagte Poch.

»Zweifellos haben wir die«, sagte Napoleon und schaute Poch recht erstaunt an. »Wenn wir keine Erlaubnis hätten, dann wären wir schon längst erledigt.«

»Aber du bist selbst ein Wendel …«

»Tut nichts zur Sache. Ich war weg, draußen; sie müssen aufpassen. Ist auch nur richtig so, wenn man's bedenkt, oder? Ich meine, ihr habt euch auch sofort die Rumbels geschnappt, als sie in euer Revier gekommen sind.«

»Wo haben die Wendels denn die ganzen Rumbelspeere her, zum Teufel?«, fragte Bingo mit großäugigem Erstaunen.

»Manche erbeuten wir, die anderen machen wir selber«, sagte Napoleon. »Aber wir haben auch Schleudern, wisst ihr, und wir sind nicht schlecht damit. Tron, der schießt um zwei Ecken und holt immer noch einem Polizisten den Helm runter.«

Der Tunnel wurde nun etwas breiter. Auf jeder Seite lief ein Weg entlang, und beide waren überfüllt mit Kriegern, die ohne Freundlichkeit auf ihre Borriblebrüder im Boot hinunterschauten. Adolf stießen sie unsanft mit ihren Speeren; die Abenteurer saßen still da und hofften, dass er nicht die Beherrschung verlieren und wieder einen Kampf beginnen würde. Es war ihnen elend, und sie hatten Angst. Obwohl Borribles häufig in Streitereien miteinander verwickelt sind, empfinden sie doch alles in allem viel Sympathie füreinander. Die Abenteurer hatten gewusst, dass die Wendels von allen Stämmen der wildeste waren, hatten aber nicht gedacht, dass sie so martialisch und misstrauisch sein würden. Napoleon versuchte, seinen Gefährten während der Weiterfahrt die Lage zu erklären.

Die Wendels, argumentierte er, lebten in ständiger Furcht vor den Rumbels. Ihr Territorium lag dem der Rumbels am nächsten, und beide Reiche hatten eine lange Grenze gemeinsam. Entlang dieser Grenze waren die Rumbels den Wendels mindestens im Verhältnis fünf zu eins überlegen, und die Borribles von Wandsworth hatten ihre Freiheit nur verteidigen können, indem sie sich an ein ständiges Kriegerleben gewöhnt hatten. Im Lauf der Jahre waren sie entsprechend misstrauisch, verschlagen und hart geworden.

»Trotzdem, die sehn mir wirklich wie ein Sortiment allerfeinster Galgenvögel aus«, sagte Vulgo, »und ich weiß Bescheid, wir haben ein paar drüben in Stepney.«

Die Unterhaltung wurde durch die laute Stimme von Tron unterbrochen, der zu dem erschöpften Adolf hinunterbrüllte.

»Halt da unten, Knirps!«

»Ich hab einen Namen, Wendel«, sagte Adolf, mit seinem schlamm- und schweißverschmierten Gesicht aufsehend. »Tatsächlich habe ich sogar drei Namen, Adolf Wolfgang Amadeus, und dir würde ich nie und nimmer die Geschichte erzählen, wie ich sie bekommen habe.« Und dieser Beleidigung fügte Adolf seinen Lieblingsfluch hinzu: *»Verdammt noch mal.«*

»Hast du dir wahrscheinlich aus zweiter Hand besorgt«, höhnte Tron grinsend und eröffnete damit eine weitere Folge von Borrible-Beleidigungen.

»Immer noch besser, als den Namen in einer Mülltonne zu finden«, sagte Adolf kampflustig. »Dingsbums wär ein guter Name für dich, wenn auch etwas schmeichelhaft.«

»Schluss jetzt«, schrie Poch, »das kann nicht gutgehen. Denkt mal daran, dass wir hinter den Rumbels her sind, nicht hinter uns selbst.«

Adolf wandte sein schmutziges Gesicht zu Poch; sogar unter dem Dreck und der Müdigkeit glitzerten die blauen Augen spöttisch. »Ja, großer Häuptling«, sagte er ironisch. »Zuallererst kommt unser Abenteuer.« Dann flüsterte er so leise, dass nur Poch ihn hören konnte: »Aber diese Burschen würde ich mir eines Tages auch gern näher ansehen. Denen hau ich ihre Blechhelme auf die Halskrause runter.«

Man befahl den Abenteurern, am Ufer zu warten, während man das

Boot fest vertäute und Haipfund heraushob. Er hatte sich genügend erholt, um wieder aufrecht stehen zu können, obwohl er noch etwas angeschlagen aussah und sein Gesicht grüner als sonst war, von dem vielen stinkenden Wasser, das er geschluckt hatte. Er sah sich um, bis er Adolf erblickte, eine nasse und schlammbeschmierte Gestalt, die von Stonkus und Torricanyon hochgezogen wurde. Haipfund stolperte weg von den beiden Wendels, die ihn stützten, und bahnte sich grob seinen Weg durch die kleine Gruppe der Abenteurer, die auf dem Pfad warteten. Vor Adolf blieb er stehen und schob sein grünes Gesicht ganz nahe vor das mit Schleim und Schweiß bedeckte des Deutschen.

»Wir sind noch nicht fertig miteinander«, zischte er, und sein wütender, übelriechender Atem umfing Adolf und ließ ihn das Gesicht verziehen. »Eines Tages treffen wir uns wieder, wo du keine Tricks im Ärmel hast, und dann bring ich dich um.«

»Ein Borrible ohne Tricks ist kein Borrible«, sagte Adolf freundlich, ein altes deutsches Sprichwort zitierend. »Geh besser und leg dich erst mal hin; du brauchst mehr Kraft, Mädelchen. Im Augenblick könntest du mir wahrscheinlich hundertmal eins verpassen, und ich würde gar nicht merken, dass es dich auch noch gibt.« Und der Deutsche wandte sich ab und folgte seinen Gefährten einen schmalen, aber trockenen Kloakentunnel entlang, der aufwärts und vom Hauptfluss fortführte.

Die Abenteurer wurden von einer bewaffneten Wendel-Wache eskortiert, und überall um sich herum hörten sie den quietschenden, saugenden Tritt derer, die sie am Fluss gefangen hatten. Auf ihren Patrouillengängen am Fluss tragen die Wendels stets Gummistiefel, und wenn sie marschieren, gibt es ein seltsames Geräusch, dass man eine Gänsehaut bekommt – und wenn ein paar Hundert auf dem Marsch sind, hört es sich an, als wäre ein nasser Tausendfüßler auf dem Kriegspfad.

»Wo ist Napoleon?«, fragte Poch Bingo, der neben ihm ging.

»Den haben sie allein voraus mitgenommen«, antwortete Bingo. »Ich hoffe, der hält zu uns.«

Poch war voller Unruhe, aber er tröstete sich mit dem Gedanken, dass die Wendels zwar so misstrauisch wie nur möglich gegenüber allen Fremden sein mochten, dass es aber in ihrem eigenen Interesse lag, dass die Große Rumbeljagd stattfand. Die Erfolgschancen dieses Unternehmens waren gering, aber wenn es gelang, dann wären die Wendels auf Jahre hinaus in Sicherheit. Schließlich hatten sie einen von ihren eigenen Leuten ausgeschickt, um ihn für das Projekt vorbereiten zu lassen.

»Es wird alles in Ordnung gehen«, sagte Poch laut genug, dass ihn alle Gefährten hören konnten, »sie haben wahrscheinlich Napoleon nur mitgenommen, um zu kontrollieren, ob wir auch keine Typen sind, die irgendwelche Schwierigkeiten machen. Der kommt zurück.«

Sie marschierten weiter, und der Tunnel stieg an und wand sich nach einer Seite und dann nach der anderen; die Taschenlampen erhellten den unregelmäßigen, zum Teil zerbrochenen Boden.

»Bleibt nahe beieinander«, sagte Poch. »Wenn etwas passiert, bilden wir zwei Reihen, Rücken an Rücken.«

Einige Minuten später kamen sie in eine große unterirdische Kaverne, deren Fußboden steil zur Mitte, von ihnen weg, abfiel. Einst, im neunzehnten Jahrhundert, musste das die Herzkammer des Abwassersystems von Wandsworth gewesen sein. Jetzt war die Halle trocken, und die schön geschwungenen Backsteinbögen fingen an zu zerfallen.

Dutzende von Wendels waren da und standen auf der einen Seite der Halle; Nachzügler kamen aus den vielen Korridoren, die von allen Teilen des großen Distrikts hierherführten. Jeder Wendel hatte eine Taschenlampe, und zusammen warfen diese Lichter einen halb unheimlichen Schein über die Szenerie. Trons Stimme erklang hinter ihnen. »Weitergehen, geradeaus, dort drüben hin, wo ihr die Plattform seht. Ihr kommt jetzt vor Eisenkopf.«

Auf der anderen Seite der Halle stand ein kleines Podium, darauf ein Stuhl, und darauf saß Eisenkopf persönlich; neben ihm stand Napoleon, der rasch auf seinen Anführer einredete, welcher ihn zu ignorieren schien.

Eisenkopf starrte hinunter auf die Abenteurer, die sich in einer Reihe aufstellten. Seine Augen regten sich nicht, und obwohl Poch ihn angestrengt beobachtete, schien der Führer der Wendels nie zu blinzeln. Poch dachte sich, dass dies vielleicht so war, weil er immer im Dunklen lebte und nie die Sonne sah – obwohl es hieß, dass er immer genau wusste, was sich überall abspielte. Eisenkopf war der schlaueste, der erbarmungsloseste und der unberechenbarste aller Wendels. Jeder Wendel lebte in tödlicher Furcht vor ihm, und doch konnte er auf eine seltsame Loyalität zählen, eine Loyalität, geboren aus der Bedrohung, die die gesamte Gemeinschaft umgab.

Poch schaute zu Napoleon, um einen Hinweis aufzuschnappen, was jetzt geschehen würde, aber Napoleon konnte nur rasch die Augenbrauen hochziehen und wieder senken, um anzudeuten, dass sie alle warten mussten, was Eisenkopf tun würde. Immer noch sagte der Führer der Wendels nichts.

Alles, was sich im Boot befunden hatte, wurde nun herbeigebracht und vor der Reihe der Gefangenen ausgelegt; während sie warteten, setzte Poch sein Studium des Wendel-Anführers fort. Seine Augen waren wie die undurchdringlichen Riffelglasscheiben von Toilettenfenstern – kein Glanz, kein Glitzern, immer noch keine Bewegung; es war unheimlich. Das Gesicht hatte etwas Gummiartiges und schien, beleuchtet von den Hunderten von Taschenlampen, grau und dunkelgrün fleckig. Die Nase war wie eine falsche Plastiknase, mit der er zu nahe ans Feuer gekommen war und die geschmolzen war. Eine üble Nase, eine gefährliche Nase, eine Nase, die Verrat und Täuschung selbst da noch riechen konnte, wo sie gar nicht existierten. Auf dem Kopf trug er einen aus einzelnen Segmenten zusammengenieteten Kupferhelm mit einem besonderen Ansatz, der zwischen den Augen herabführte und seine Nase schützen oder verdecken sollte, die allerdings zu groß war, als dass er sie hätte verbergen können. Sein Körper war klein und drahtig, wie der anderer Borribles, und er trug warme, wollgefütterte Gummistiefel und eine mit Goldfarbe angestrichene Plastikjacke.

Sein Kopf bewegte sich endlich, und die Augen bewegten sich mit, als verfügten sie über keine eigene Regung. Er sah die Reihe der Abenteurer entlang und betrachtete ihre Habseligkeiten, dann hielt der Kopf wieder still. Napoleon fuhr fort, seine Geschichte in Eisenkopfs Ohr zu haspeln, deutete auf einen nach dem andern von den Gefährten, nannte ihre Namen und berichtete, welche Ausrüstung sie dabeihatten. Eisenkopf begann zu nicken, während die Geschichte erzählt wurde.

Was für Macht der hat, dachte Poch und sah sich in der großen Halle um. Jetzt mussten hunderte von den Wandsworth-Borribles in der Kaverne versammelt sein, und obwohl sie sich leise unterhielten, war nichts von der fröhlichen Anarchie zu spüren, die man bei den Hauptversammlungen der Borrible-Stämme erwarten würde, die ihm bekannt waren.

»Sind die bei dir eigentlich auch so?«, fragte er Chaline, die neben ihm stand.

»Aber ganz und gar nicht«, gab sie zur Antwort. »Gespenstisch, nicht wahr?«

Es erstaunte Poch zutiefst, wie Eisenkopf diese Macht hatte an sich ziehen können. Eine Borrible-Gemeinschaft hat in der Regel kaum eine

Organisation über die des Hauses oder, wenn es hoch kommt – und auch nur in Notfällen –, die der Straße hinaus.

Pochs Gedanken wurden unterbrochen, als Eisenkopf langsam die linke Hand hob, was alle Unterhaltungen in der großen Halle sofort verstummen ließ. Jeder Borrible musste zumindest mit einem Auge Eisenkopf beobachtet haben, jeder mit Ausnahme von Bingo und Adolf, die völlig darin versunken waren, sich gegenseitig mit Geschichten aufzumuntern, was sie mit den Wendels anstellen würden, wenn sie nur Gelegenheit dazu hätten.

»Jawohl«, dröhnte Adolfs Stimme durch die schweigende Halle, »mit diesem Haipfund angefangen, werde ich's ihnen besorgen.«

»Und ich kümmere mich um den Eisenkürbis dort, nur für den Anfang«, schrie Bingo, und hielt inne, als ihm klar wurde, dass etwa zweihundert Ohren ihn gehört hatten, dass hundert Taschenlampen nun auf ihn gerichtet waren und dass zweihundert Augen ihn gesehen hatten und sich seiner erinnern würden. Schlimmer noch, die leeren Augen von Eisenkopf selbst ruhten auf Bingo wie die schwere Hand des Todes.

Eisenkopf wartete, und die Halle wurde stiller und stiller, und mit jedem bisschen Stille mehr wurde es schwieriger zu atmen. Dann sprach er, und als seine Stimme hörbar wurde, kam sie wie ein Schock. Es war eine freundliche Stimme, warm und sympathisch, wie ein netter Onkel, der sich nach der Gesundheit seines Lieblingsneffen erkundigt. Sein Mund lächelte, aber kein anderer Zug seines Gesichts hatte an diesem Lächeln teil; seine Gedanken waren woanders, vielleicht überlegte er sich, wie man der Gesundheit schaden könnte, die eben Gegenstand seiner Frage gewesen war. Er sprach zu der Reihe der Abenteurer.

»Willkommen, meine Freunde«, sagte er und schaute dabei, als wünschte er Adolf und Bingo sechs Fuß tief in den Schlamm des Wandle. »Willkommen in Wandsworth. Ihr müsst uns verzeihen, ihr Borriblefreunde, wenn wir so … defensiv erscheinen. Ihr lebt weit entfernt von diesen wilden Grenzen, während wir ständig unter der Drohung des Rumbelreiches und seiner gierigen Bewohner leben müssen. Es wäre so einfach für sie, versteht ihr, die Hügel herab und durch Southfields in diesen Distrikt zu kommen, in einer großen Angriffswelle, hierher, wo wir … ein ärmliches Leben fristen. Mag der Himmel wissen, warum ihnen der Sinn nach dem steht, was wir haben, aber die Gier ist eben etwas Entsetzliches, und obwohl die Rumbels uns jenseits unsrer kühnsten Träume reich erscheinen, finden wir sie überall, und sie nehmen sich mehr und mehr. Ihr habt nur einen Rumbel an eurer Grenze gefangen, und doch habt ihr sofort aus ganz London eine Elitetruppe zusammengestellt, um sie zu bestrafen. Bedenkt, wie viel mehr wir die Notwendigkeit empfinden, uns zu verteidigen, wo wir tausende von Rumbelkriegern vor unserer Türe haben. Aber lasst uns die Misslichkeiten vergessen, die eure Ankunft bereitet hat. Nun, da wir genau wissen, wer ihr seid und wohin ihr geht, steht unsere gemeinsame Sache fest. Euer Feind ist unser Feind, euer Kampf unser Kampf.«

Er räusperte sich, dachte einen Moment nach und fuhr dann fort: »Napoleon, ein Krieger, der unser Vertrauen ebenso wie unsere Zuneigung besitzt, hat mir von euch erzählt und wer ihr seid und was ihr zu tun beabsichtigt, wenn ihr das Rumbelreich erreicht. Es ist ein guter, wenn auch gefährlicher Plan, und wir hoffen, dass er euch gelingt. Zunächst werden unsere Krieger sich um euch kümmern. Schlaft wohl, und morgen wird Tron euch euren Weg zur Merton Road zeigen; dort verlasst ihr unser Territorium. Auch sollt ihr gut essen. Wir werden unser Bestes auftischen.«

Poch trat vor, verneigte sich tief und erhob dann seinen Blick und sah direkt in die kalten Augen. »Was«, fragte er und ließ seine Stimme gleichmäßig und erfahren klingen, »geschieht mit unserem Boot? Wir werden es für die Rückfahrt brauchen.«

Ein Lächeln lag eine Sekunde auf Eisenkopfs Gesicht und starb. »Wir werden euer Boot so sorgfältig bewachen, als wäre es unser Eigentum. Schließlich werdet ihr es benötigen, um eure Beute zu transportieren.«

»Wenn es da überhaupt welche gibt«, erwiderte Poch. »Kannst du uns bei unserer Rückkehr eine ungehinderte Passage den Wandle hinab garantieren, bis wir wieder sicher auf der Themse angelangt sind?«

»Meine eigene Leibwache soll mit euch gehen, bis ihr abreist, und soll euch zur Verfügung stehen, wenn ihr zurückkommt. Das zeigt euch, wie wichtig es für uns ist, dass eure Mission gelingt, und wird zeigen, wie dankbar wir sein werden, wenn das geschieht. Das nächste Mal kennen wir euch, und euer Willkommen wird etwas ... liebenswürdiger sein. Für jetzt wird Tron euch alle zu einem behaglichen Raum bringen, den wir vorbereitet haben.«

Eisenkopf machte eine Handbewegung, und Tron und Haipfund traten vor und bedeuteten den Abenteurern, ihnen zu folgen. Nachdem sie sich gegen das Podium verbeugt hatten, drehten sie sich um und gingen ihren Führern hinterher durch die große Halle. Die Masse der Wendels wich zurück und machte ihnen Platz, als ob sie fürchteten, ihre Körper zu berühren, aber sie schauten ihre Vettern neugierig an, denn es war selten, dass sie Borribles aus einem anderen Bezirk trafen.

Poch folgte den anderen nicht sofort. Er trat dichter an die Plattform heran und schaute wieder zu Eisenkopf hinauf.

»Kommt Napoleon mit uns, oder bleibt er hier bei dir?«, fragte er den Häuptling.

Der Führer der Wendels lächelte wie ein Grabstein. »Am besten bleibt er bei euch, denke ich, dann könnt ihr am Morgen zusammen weiterziehen. Er hat mir alles erzählt, was ich wissen möchte, vor allem dich betreffend, Poch. Ich glaube, das Abenteuer könnte gelingen, mit dir an der Spitze.«

»Ich bin nicht der Anführer des Abenteuers, Eisenkopf«, protestierte Poch und sah Napoleon ärgerlich an.

»Ich weiß«, sagte Eisenkopf wegwerfend, »du bist ein – wie war das? – Geschichtsschreiber. Wir alle wissen, wie man die Regeln dehnen kann, besonders dieser Zoff. Nun, was immer du bist, ich hoffe, du kommst an dein Ziel. Ich bitte nur um eines, und ich möchte, dass du das versprichst – dass ihr zurückkommt zu uns und all die Einzelheiten und Gefahren eurer Expedition und eurer Abenteuer erzählt. Eines der wenigen Vergnügen, die ich habe, ist es, den Geschichten von denen zuzuhören, die ausgezogen sind, um sich ihre Namen zu verdienen. Ich will hören, wie es euch ergangen ist, einschließlich des Napoleon hier; einen schönen Namen wird er haben.«

»Das wird nur eine kleine Gegengabe sein, gemessen an der Gastlichkeit, die wir von deinen Händen empfangen haben«, sagte Poch höflich, obwohl er innerlich durch Eisenkopfs Gebaren zutiefst beunruhigt war. Er wusste von Zoff, dass der Wendelführer im Ruf der Gemeinheit und des raffinierten Verrats stand. Aber im Augenblick war das Einzige, was Poch tun konnte, sich so zu stellen, als glaubte er alles, was man ihm sagte. Poch schaute zu Napoleon. Er war auch ein Wendel, und wenn es zu einer Krise kam, dann würde er zu den Wendels stehen und mit ihnen kämpfen, das war nur natürlich. Man durfte ihm keine Geheimnisse anvertrauen; diese Geheimnisse würden Eisenkopf zu Ohren kommen, und wenn die Geheimnisse wertvoll waren, dann war Pochs Leben und das der anderen keine Handvoll Wandleschlamm mehr wert.

Eisenkopf stand auf, bereit zu gehen. »Zu liebenswürdig«, sagte er und hob dann ohne ein weiteres Wort die Hand, und die Wendels begannen, die Halle zu verlassen. Eisenkopfs Leibwache versammelte sich hinter der Plattform, und der Führer ging die Stufen hinunter und verschwand zwischen seinen Leuten. Die Leibwache bestand aus gut bewaffneten und erfahrenen Wendel-Kämpfern, etwa fünfzig an der Zahl. Es würde beinahe unmöglich sein, an den Führer ohne ihre Komplizenschaft heranzukommen, und wahrscheinlich waren sie ihm bis auf den letzten Mann ergeben. Napoleon sah zu, wie sein Führer verschwand, und kam dann an den vorderen Rand der Plattform, von wo er herabsprang und sich neben Poch stellte.

»Das ist ein großer Borrible«, sagte er verächtlich, »kein kleiner Zoff im Morgenmantel, sondern ein Krieger, der denkt und plant und Sachen weiß. Er sieht, was du denkst, sobald es dir auch nur in den Sinn kommt.«

»Zoff ist auf seine Art genauso listig und so schlau«, sagte Poch. »Komm, lass uns jetzt zu den anderen gehen, ich sterbe vor Hunger.«

Napoleon zuckte die Achseln und wandte sich ab, um durch die Halle voranzugehen, die sich nun beinahe geleert hatte. »Sie hätten ein halbes Dutzend von uns auf diese Expedition schicken sollen«, sagte er. »Wir hätten's leicht geschafft.«

»Du magst denken, dass die Wendels besser als alle anderen sind, aber wir sind der Ansicht, dass wir auch nicht so schlecht sind.« Poch sprach ohne besondere Betonung, um eine Auseinandersetzung mit Napoleon zu vermeiden.

Napoleon holte tief Luft, als ob er eine zornige Rede beginnen wollte, aber er hielt inne, als wäre ihm etwas eingefallen. Halb lächelte er. »Ja«, sagte er schließlich, »wir müssen einfach mit dem durchkommen, was wir haben.«

Sie rannten einen trockenen Tunnel entlang und hatten bald ihre Gefährten erreicht, die von Tron, Haipfund und etwa zwanzig anderen bewaffneten Wendels eskortiert wurden. Nach einer Weile wurden sie in einen gut ausgestatteten und bequem eingerichteten Raum geführt, der nach Borrible-Maßstäben geradezu luxuriös war, mit Teppichen auf dem Boden, einigen Sesseln und einer Fülle von Kissen und Decken, um sich darauf auszuruhen und zu schlafen.

Die Rucksäcke wurden hereingebracht, und die Wachen eilten davon, nur Tron und Haipfund blieben einen Augenblick an der Türe stehen und sahen den Abenteurern zu, die sich auf den Boden fallen ließen, um auszuruhen. Dann gingen auch sie und schlossen die Tür hinter sich ab.

Orococco stand schnell auf. »Sie haben die Tür abgeschlossen«, sagte er ärgerlich und schaute Napoleon an.

»Jawohlja«, sagte Bingo, »was soll denn das heißen? Kannst du mir das erklären?«

»Das geht in Ordnung«, sagte Napoleon, »ich … hab Eisenkopf gesagt, er soll das doch machen, damit wir ungestört essen und schlafen können.«

»Hier könnten wir glatt drin ertrinken, wenn die Flut kommt«, sagte Vulgo. »Passt mir gar nicht. Wir Borribles hassen es, wenn wir irgendwo eingeschlossen sind.«

»Du hast vielleicht Nerven«, verteidigte sich Napoleon. »Mensch, das hier gehört zu Eisenkopfs privaten Zimmern.«

»Traut uns ja nicht sehr weit, was?«, sagte Vulgo, der im Zimmer auf und ab ging. »Lässt uns nirgendwo hin und sperrt uns für die Nacht ein. Ich hasse es einfach, wenn ich eingesperrt bin. Schlimmer hier als im Gefängnis, unter der Erde, mir wird ganz schlecht.«

»Das Ganze ist richtig unnatürlich«, fuhr Bingo fort. »Diese ganze Verbeugerei und Stiefelleckerei vor Eisenkopf, ein Borrible verbeugt sich vor überhaupt niemand. Euer Verein hier kommt mir nicht besonders borriblemäßig vor.«

»Willst du vielleicht sagen, ich bin kein Borrible?«, schrie Napoleon wütend und zog seine Mütze vom Kopf und zeigte auf seine Ohren.

»Wir wissen noch nicht Bescheid mit dir«, warf Poch leise ein.

»Und *wir* wissen noch nicht Bescheid mit *dir*!«, gab Napoleon zurück und starrte den Späher von Battersea an.

»Wie kommt ein Typ wie Eisenkopf zu all der Macht?«, fragte Orococco. »Das würde mich interessieren.«

»Weil er gesehen hat, was getan werden muss, und weil er's getan hat, weil er zäher und schlauer ist als sonst irgendeiner«, antwortete Napoleon wild. »Ihr seid jetzt nicht daheim! Wir haben diese Fahrt begonnen, um die Rumbels fertigzumachen, nicht um auf Urlaub zu gehen. Warum esst ihr nicht was und schlaft euch aus. Das mach ich wenigstens.« Und damit begann er sich zu bedienen, denn es stand im Zimmer reichlich zu essen überall herum, und ließ sich in dieser Nacht auf kein Gespräch mehr ein.

Die anderen schimpften vor sich hin, aber da sie genauso hungrig und müde waren wie Napoleon, langten sie bei dem vorzüglichen Essen zu, suchten sich ein paar Kissen und Decken aus und waren bald eingeschlafen.

Sie schliefen lang und tief und erwachten erst spät. Man brachte ihnen wieder zu essen und zu trinken, und als sie abmarschbereit waren, klopfte es laut an die Tür, die aufgerissen wurde. In der Türöffnung und in dem hohen Gang hinter der Tür stand eine dicht gedrängte Gruppe von etwa dreißig Wendels: die Elite der Wachmannschaft, mit Taschenlampen ausgerüstet, bewaffnet und für einen Vorstoß auf das Gebiet außerhalb der unterirdischen Höhlen gekleidet. Jeder trug einen Rumbelspeer und eine Schleuder und hatte Munitionsriemen um die Schultern geschlungen. Die Abteilung wurde wiederum von Tron und Haipfund angeführt.

»Kommt«, rief Tron in den Raum, »wir sollen euch zum King George's Park bringen, dann habt ihr nur noch ein kleines Stück, bevor ihr die Merton Road überquert und unser Territorium verlasst.«

Die Abenteurer kontrollierten ihre Schleudern und Steine, traten auf den Gang und stellten sich beieinander auf. Die Wendelwache schloss dicht auf, und die ganze Gruppe schritt den Tunnel hinunter, ihren Schritten mit den Lichtkreisen der Taschenlampen vorausleuchtend.

Nach raschem Marsch erreichten sie die große Halle, wo sie Eisenkopf getroffen hatten. Das kleine Podium stand immer noch da, war aber nicht besetzt; kein Wendel war zu sehen. Sie durchquerten die Halle und betraten einen Tunnel, der bald in den Lauf des Wandle mündete, und sie folgten dem Treidelpfad am Rand. Sie trafen niemand, und Tron erklärte ihnen die Lage.

»Vergesst nicht, dass es jetzt Nacht ist, etwa vier Uhr morgens, oben, und die Nachtstehler sind noch nicht von ihrer Arbeit zurück, und die Tagstehler schlafen noch. Die Tagesschicht zieht sich wie die anderen Borribles an, als normale Kinder. Wir haben ständige Posten die ganze Merton Road entlang; da beginnt das Niemandsland. Es gibt ein System, um rasch Botschaften hierher zurückzuschicken, obwohl wir nach und nach genügend Teile klauen, um uns ein eigenes Frühwarnsystem mit Funkgeräten zu bauen. Wir holen sie aus alten Taxis.«

Die Abenteurer mussten sich selbst eingestehen, dass die Wendels an diesem Morgen einen viel freundlicheren Eindruck machten. Sogar

Haipfund sagte, es täte ihm leid, dass er und Adolf sich bei ihrem ersten Treffen so missverstanden hätten, und hoffte, sie würden in Zukunft gute Freunde sein.

»Komm sicher zurück, dass du mir die Geschichte deiner Abenteuer erzählen kannst«, mahnte er den Deutschen fürsorglich.

»Das werde ich, Haipfund«, brummte Adolf spöttisch, »das werde ich.«

Plötzlich hielt die Truppe auf ein Kommando von Tron hin an. Sie waren ans Ende des unterirdischen Laufes des Wandle gekommen. Alle Lampen wurden gelöscht, und die Krieger standen bewegungslos im Dunkeln und warteten geduldig, bis ihre Augen sich an das fast lichtlose Dämmer gewöhnt hatten. Erst dann gab Tron ein Zeichen, und einer seiner Späher glitt lautlos aus dem Tunnel, langsam durch den Schlamm und das Wasser watend.

Draußen angelangt, pfiff er leise; ein Pfiff des Wachtpostens antwortete ihm. Wieder hob Tron die Hand, und zwei weitere Leibwächter gingen in den Fluss hinaus. Tron wiederholte dies mehrere Male, bis die Hälfte seiner Truppe verschwunden war. Dann erschien der erste Wendel wieder und versicherte Tron und Haipfund, dass alles in Ordnung sei. Wachen hatten sich den Wandle hinab verteilt und hatten nichts Verdächtiges bemerkt; die Morgendämmerung würde noch etwas auf sich warten lassen, und sie würden ihre Borribles zum King George's Park bringen und wieder im Untergrund zurück sein können, bevor es heller Tag wäre und die Leute zur Arbeit gingen.

Tron winkte die Abenteurer hinaus, und einer nach dem anderen glitten sie das steile, schlüpfrige Ufer hinunter, bis sie bis zu den Hüften in klebrigem Schlick standen. Sie schritten steif davon, geschützt in ihren Gummistiefeln, aber den entsetzlichen Gerüchen des Schlamms ausgeliefert, die in sichtbaren Wolken aufstiegen, während sie Beine und Füße vorwärtsschoben. Sie mussten jedoch nicht weit waten. Sobald sie den Tunnelausgang hinter sich hatten, zogen die Wachen sie auf einen schmalen Pfad hinauf, der östlich des Flusses verlief und wo die Eskorte sie erwartete.

»Und wie gefällt dir Wandsworth, Freund Adolf?«, fragte Haipfund, als er den Deutschen aufs Ufer zog. Adolf spuckte in den schmutzigen Fluss. »Na, es stinkt genauso sehr wie Hamburg, ich komm mir wie zu Hause vor«, sagte er und grinste.

Die Truppe formierte sich wieder, die halbe Leibwache vorneweg mit ein oder zwei angeschalteten Taschenlampen, um den Weg zu zeigen, die Abenteurer in der Mitte, der Rest der Leibwache dahinter. Tron gab das Kommando, und sie schritten in ordentlichen Reihen aus. Die Wendels sangen eifrig während des Marsches, ein schnelles, rhythmisches Kampflied, das sie am liebsten hatten:

»Wir sind die Wendels! Wir sind ganz groß!
Wir siegen! Die andren verlieren bloß!
Wir sind zäh und hart, wir sind hundsgemein,
Wir sind die Elite vom ganzen Verein!
Schüttelt nur eure Rumbelspeere!
Kommt uns mit all euren Tricks in die Quere!
Niemand kann uns je unterkriegen,
Niemand wird uns hier je besiegen,
Ein falsches Wort, und es geht los!
Wir sind die Wendels! Wir sind ganz groß!

Wir sind hier unten im Dreck daheim,
Und uns gefällt es im Schlick und im Schleim!
Der Gestank der Kloaken, der tut uns gut!
Der Schmutz der Kanäle, der geht uns ins Blut!
Ihr wollt richtige Borribles sein?
Ach was, für uns Wendels seid ihr *so* klein!
Wir sind die echten: scharf, unerbittlich,
Stinkend und schwarz und unappetitlich!
Ein falsches Wort, und es geht los!
Wir sind die Wendels! Wir sind ganz groß!«

Napoleon sang energisch mit und zeigte seinen Gefährten, dass er den Text kannte und überhaupt jedem gewöhnlichen Borrible weit überlegen war.

Sie waren auf der Südseite der Wandsworth High Street aus der unterirdischen Festung hervorgekommen, Tron und die anderen führten sie nun in raschem Schritt nach Südwesten. Der Himmel wurde heller, und die Taschenlampen wurden ausgeknipst, als das Tageslicht nach und nach den Reisenden zeigte, wohin sie ihre Füße setzen mussten. Sie waren noch nicht lange gegangen, als die grünen Rasenflächen in Sichtweite kamen. Tron hob die rechte Hand, und die Marschgruppe hielt.

»Was läuft?«, fragte Bingo Napoleon, der direkt vor ihm stand.

»Warten wir's ab«, sagte Napoleon. »Die wissen, was sie tun, ist ihr Revier hier, ist doch klar.«

»Will froh sein, wenn wir hier weg sind und wieder unter uns«, flüsterte Vulgo, der klein war, aber Wert auf seine Unabhängigkeit legte.

Wie als Antwort auf ihre Ungeduld kam Tron die Marschkolonne entlang zu ihnen nach hinten und sagte: »Wir müssen hier über den Fluss. Aber es gibt da geheime Trittsteine, direkt unter der Wasseroberfläche, also solltet ihr nicht mal nass werden. Haipfund wird vorgehen und euch zeigen, wo sie sind. Ich muss zurück unter die Erde, ehe es heller wird. Wir sind hier zu auffällig, nicht wie auf der Straße.«

Haipfund stieg von dem Treidelpfad hinunter und stocherte mit seinem Speer, bis er unter dem Schlamm die Trittsteine gefunden hatte. Er wusste genau, wo sie lagen, wollte aber ihre Position für die Abenteurer eindeutig bezeichnen. Jeder von ihnen bekam einen Speer von einem Angehörigen der Leibwache geliehen, und sie folgten Haipfund über die weite Fläche des Schlamms mit seiner harten Oberfläche und seinem weichen Untergrund. Schließlich ging der Schlamm in schleimiges Wasser über, und auch das durchquerten sie, bis sie an das Gatter des Parks kamen. Hier hatte Haipfund sich an einen Gitterstab angebunden und lehnte sich nun weit vor, um jeden der Expeditionsteilnehmer heraufzuziehen, wenn er oder sie ankam.

Niemand rutschte auf den unter dem Wasser wartenden Steinen aus, und bald gesellte sich Tron wieder zu ihnen, um ihnen Instruktionen für den nächsten Abschnitt ihrer Reise zu geben. Die Leibwache war auf dem Ostufer zurückgeblieben und wartete, auf dem Boden kauernd, gehorsam auf die Rückkehr ihrer Anführer.

»Gut!«, sagte Tron, sobald er zwischen ihnen stand. »Jetzt müssen wir euch verlassen. Der nächste Teil eurer Reise wird einfach. Wir haben während der Nacht Botschaften ausgeschickt, und unsere Späher wissen, dass ihr hier durchkommt. Ihr werdet sie nicht sehen, aber sie euch, weil sie aber wissen, wie ihr ausseht und wie viele ihr seid, werden sie euch in Ruhe lassen, solange ihr euch an die Route haltet. Wenn ihr davon abweicht, übernehmen wir keine Verantwortung für die Folgen. Ihr geht jetzt dem Fluss durch den Park hindurch nach, bis ihr zum Ende der Wiesen kommt. Da geht der Fluss unter eine Brücke. Über euch ist eine Straße, Mapleton Road. Die führt euch nach Westen, durch ein anderes Stückchen Park, am Musikpavillon vorbei, und am Ende der Mapleton

Road biegt ihr in die Longstaff Road ein, dann am Ende rechts, dann links, dann rechts. Dann seid ihr in der Merton Road, da endet unser Einfluss, und wir haben keine Möglichkeit mehr, euch zu helfen. Geht nach Süden auf der Merton Road, bis ihr zur Replingham Road kommt. Da haben wir unseren äußersten Vorposten in einer Schule. Nehmt die Straße nach Westen, bis ihr nach Southfields kommt, das liegt unter dem großen Hügel, den ihr hochsteigen müsst, um zum Rumbelreich zu kommen. Sobald ihr unseren Vorposten passiert habt, warten viele Gefahren auf euch. Nach Southfields wird hinter jedem Baum ein Rumbelspäher sitzen. Ihr müsst euch irgendwas überlegen, damit ihr unbemerkt durch ihre Linien kommt, oder ihr kommt nie lebend zum Rumbelreich, oder erreicht gar euer Ziel. Ich wünsche euch Erfolg, und dass ihr euch einen guten Namen verdient und … lasst euch nicht erwischen.«

Mit diesen Worten verließen Tron und Haipfund die Abenteurer und nahmen die überzähligen Rumbelspeere und die Gummistiefel mit. Sie sprangen ohne Zögern über den Wandle, flitzten über den Flussschlamm hinweg wie über das feste Pflaster der Wandsworth High Street. Auf der anderen Seite scharten sie die Leibwache um sich, und mit einem letzten Winken rannten sie im Trab davon, zurück in die Sicherheit ihrer Untergrundfestung.

Als sie verschwunden waren, klopfte Vulgo freundlich auf Napoleons Schulter. »Jetzt sind die Spielkameraden weg, musst dich wieder mit uns abfinden, hm?«

Napoleon schaute traurig. »Ist ein guter Borrible, der Tron«, sagte er, »und er hat uns gute Ratschläge gegeben.«

Torricanyon schulterte seinen Rucksack und blickte über den verlassenen Park. »Na, liebe Gemeinde, ich glaube, wir packen's möglichst rasch und gehen, soweit wir können, bevor hier zu viele Leute übereinander stolpern.« Und ohne ein weiteres Wort zogen die zehn Abenteurer durch die grüne Stille davon, bepackt mit ihrer Ausrüstung.

Unter Napoleons Führung und mit ihren Stadtplänen blieben sie exakt auf der Route, die Tron genannt hatte, und sie führte, wie er gesagt hatte, zur Merton Road. Es war eine geschäftige und geräuschvolle Straße, mit vorbeizischenden Autos und Erwachsenen, die, den Blick nach unten gerichtet, vorüberhasteten. Andere standen in den Schlangen der Bushaltestellen, von einem Fuß auf den anderen tretend oder hilflos den Bussen hinterherstarrend, mit denen sie nicht mehr mitgekommen waren.

Als die Borribles zur Replingham Road gekommen waren, schlossen sie sich zusammen und überquerten in einer Gruppe die Straße, dem dichten Verkehr ausweichend. An einer Ecke stand eine große, fünfstöckige Oberschule. Viele Schüler standen in Grüppchen vor dem Eingangstor herum und warteten auf das Klingeln zur ersten Stunde. Dicht neben einer solchen Gruppe standen zwei Wendels, verkleidet in der Schuluniform. Napoleon ging zu ihnen und fragte: »Borribles?« Sie nickten und warteten, bis die anderen des Zuges herangekommen waren; bevor sie sprachen, entfernten sie sich ein Stück von den Schulkindern.

»Wir sind der letzte Vorposten. Wenn ihr uns verlasst, seid ihr auf euch selbst angewiesen. Ihr geht direkt hier rauf. Seht ihr die Kurve da? Der müsst ihr folgen. Es ist ein langer Weg, sagen sie, einsam, eine Art Niemandsland. Keine Borribles, keine Rumbels ... soweit wir wissen. Die Sache sieht dann anders aus, wenn ihr nach Southfields kommt und eine weite zugige Strecke durch die Augustus Road geht, die steigt dann rasch an, steil, sehr steil. Dann wieder Bäume und ein Haufen klotzige Häuser. Da oben haben sich einige Wendels ihre Namen verdient. Die Geschichten sagen, es gibt keine Läden, ihr werdet euch also nicht von dem ernähren können, was das Land bietet, und in jedem Garten hockt wahrscheinlich eine Rumbelpatrouille. Ich hab keine Ahnung, wie ihr da durchwollt, ohne dass man euch erkennt und schnappt – aber das ist euer Problem, nicht wahr?«

Die beiden Wendelspäher sahen sich an, als ob sie sagen wollten, dass niemand sie auf eine so idiotisch tollkühne Mission kriegen würde. Es war mutig genug von ihnen, an diesem Ort zu wachen, wo sie jeden Augenblick erwischt werden konnten.

Die Abenteurer dankten ihnen und schritten weiter; es wurde ihnen klar, dass ihr Abenteuer vielleicht sehr viel verzweifelter war, als sie es sich zuerst vorgestellt hatten, und dass viele Gefahren zwischen ihnen und ihrem Ziel lagen.

Jetzt, dachte Poch, beginnt das Abenteuer wirklich, mit Gefahren überall, und es wird lange, lange dauern, bis wir wieder in Wandsworth in Sicherheit sind.

6

Wie die beiden Wendelspäher angedeutet hatten, war der Weg die steile Replingham Road hinauf zeitraubend und ermüdend. Die Häuser sahen unbewohnt und gelangweilt aus, und es waren kaum irgendwelche Bewegungen von Erwachsenen zu beobachten. Es war nach halb zehn Uhr morgens, und die Kinder waren in der Schule, die Eltern bei der Arbeit. Dies war der erste Marsch bei Tageslicht auf dieser Expedition, und die Borribles blieben dicht beisammen, bereit, davonzulaufen, sich zu verstecken, zu kämpfen. Ihre Augen fuhren nervös nach links und rechts; die Schleudern hatten sie in den Taschen umklammert, und die Steine hielten sie zum Schuss bereit.

Sie trotteten weiter, hinauf zu den Vorhügeln des Rumbelreiches; ihre Rucksäcke wurden schwerer und schwerer bei jedem Schritt. Gelegentlich öffnete sich eine Tür in der toten Fassade eines Hauses, und eine Frau kam heraus, um einen Fußabstreifer auszuschütteln oder die Treppenstufen zu putzen. Manchmal eilte ein Mann vorbei, der sich zur Arbeit verspätet hatte oder etwas Besonderes erledigen musste, und der drehte sich dann um und schaute der seltsamen Gruppe entschlossen dreinblickender Kinder mit Rucksäcken, Schleudern und Wollmützen nach. Aber obwohl der Anblick ihn befremdete, war der Mann dann doch zu spät dran und zu beschäftigt, um über diesen bizarren Vorfall nachzudenken, und eilte weiter.

Der stetige Trott ihres Marsches wurde unterbrochen, als ein Auto, das dicht am Gehsteig entlangfuhr, sie überholte und fünfzig Meter weiter mit quietschenden Bremsen hielt. Ein Polizist, stämmig gebaut, in blauer Uniform, sprang aus dem Wagen und pflanzte sich mitten auf den Gehsteig, Arme und Beine gespreizt, als gehöre ihm die Straße, und die Vorgärten, die Häuser und die ganze Welt drumherum. Sein Gesicht war rot und strahlte vor Vergnügen.

»Mensch Meier, ein Bulle in einem Zivilauto auf Tarnstreife«, sagte Bingo, der sich in der Polizeiterminologie auskannte, weil er unter einem Gefängnis wohnte. »Hinter uns ist dann bestimmt noch einer.«

Über die Schulter schauend sahen die Borribles einen anderen Wagen, der hundert Meter hinter ihnen parkte, und ein zweiter Polizist stieg aus, übers ganze Gesicht grinsend.

»Verdammt«, fluchte Adolf, »wir hauen besser ab.«

Zu ihrer Linken öffnete sich eine der von der Replingham Road abführenden Nebenstraßen; sie hieß Engadine Street, und die Borribles sollten diesen Namen nie vergessen. Langsam, ihre Schleudern spannend, zogen sich die Abenteurer rückwärts in die Straße zurück. Sobald sie um die Ecke waren, rannten sie los und liefen, so schnell sie konnten, etwa zwanzig oder dreißig Meter weiter.

»Bingo«, rief Poch, »du kennst dich mit den Bullen aus, du übernimmst besser das Kommando.«

Die beiden Polizisten erschienen an der Ecke und blieben einen Augenblick stehen. Sie winkten den ersten Wagen heran, der andere schoss hügelan davon.

Bingo sagte: »Der zweite Wagen fährt jetzt um den Block und riegelt die Straße ab. Ich nehme an, die wissen, dass wir Borribles sind, nicht bloß Normale. Das hier gibt einen Kampf, und selbst dann haben wir eine gute Chance, dass sie uns schnappen.«

»Oh, ich bin froh, dass das passiert ist«, grinste Stonkus und spannte prüfend seine Schleuder. »Die Lauferei wird rasch langweilig, wenn nichts dazwischenkommt.«

»Vorsicht«, sagte Bingo, »da kommen sie. Tut so, als ob ihr weglauft, verteilt euch über die Straße. Wenn ich das Kommando gebe, umdrehen und schießen. Die links von mir nehmen den linken Bullen aufs Korn, die rechts von mir den rechten. Auf die Knie zielen.«

Die Borribles taten, als ob sie höchst verängstigt wären, und wichen vor den näher kommenden Polizisten zuerst langsam, dann immer schneller zurück, bis sie rannten, so rasch sie konnten – was sehr rasch war. Die Polizisten strengten sich gewaltig an und holten auf, als Bingo mit aller Kraft schrie: »Borrible!«, und die Abenteurer sich in einem Luftsprung umdrehten und mit gespannten Schleudern landeten. Sie schossen, und beide Polizisten fielen, als ob die Beine unter ihnen weggemäht worden wären. Fünf Steine, die mit der Kraft von Gewehrkugeln alle zugleich beim schnellen Lauf auf eine Kniescheibe aufschlagen, wirken wie eine Amputation.

Der Fahrer des Polizeiwagens hatte, vom näheren Ende der Straße aus, den Kampf durch das offene Fenster seines Wagens beobachtet, aber als er sah, wie seine Kollegen sich auf dem Boden wälzten und sich die Knie vor Schmerzen hielten, trat er aufs Gas und fuhr mitten auf der Engadine Street seinen Kameraden zu Hilfe.

Chaline rannte flink in die Deckung eines Vorgartens. Wie der Wagen vorbeikam, schoss sie einen Stein ab, der auf der Kühlerhaube entlangsauste: herrlich berechnet, überzog sich die Windschutzscheibe plötzlich mit einem millionenfachen Netz aus kühlem Silber, und der Fahrer sah nichts mehr. Er fuhr zu schnell, und um seinen hilflosen Freunden, die noch auf der Straße lagen, auszuweichen, lenkte er zur Seite. Der Wagen, völlig außer Kontrolle, hüpfte über den Gehsteig, verfehlte Stonkus nur knapp und schleuderte Adolf in den Rinnstein. Es gab ein Geräusch zerfetzenden Metalls und splitternden Glases, als das Auto seine Nase in die Backsteinmauer grub, die eine der Häuserfassaden schützte. Der Fahrer, der vorher – unvorsichtigerweise – seinen Sicherheitsgurt gelöst hatte, schoss durch die brüchige Windschutzscheibe wie eine Lokomotive und holte sich am Rest der Mauer eine Gehirnerschütterung.

»Yippiii!«, schrie Bingo, und: »Yippiiii!«, schrien die anderen, aber Vulgo rief warnend: »Der macht an seinem Walkie-Talkie rum, wir haben gleich ein paar Hundertschaften hier, wenn wir nicht aufpassen.«

Richtig: einer der gelähmten Polizisten hatte ein Gegensprechgerät aus der Uniformjacke gezogen und wollte gerade hineinsprechen.

Die schnellste von allen beim Laden und Schießen war vielleicht Chaline. Ein Stein war ihrer Schleuder entflogen, beinahe, ehe Vulgos Ruf verklungen war. Er schlug gegen das Radio und warf es zu Boden, zerbrochen und nutzlos.

»Wir müssen rasch hier weg«, sagte Bingo und spähte zum entfernteren Ende der Straße hinunter. »Der andere Wagen wird gleich hier sein.«

»Würde mir nichts ausmachen, hierzubleiben und es denen zu zeigen«, sagte Torricanyon. »Hat mir Spaß gemacht. Ich hoffe, die Rumbels fallen auch so einfach um.«

»Es werden tausende und tausende von Rumbels sein«, sagte Orococco, »und die werden auf uns zupreschen, als ob sie am Verhungern sind und wir ihr Lieblingsmüsli.«

»Wir brauchen ein Versteck«, sagte Sydney vernünftig. »In zehn Minuten sind die Straßen total mit Recht und Ordnung verstopft.«

Die Gruppe schwieg. Was Sydney gesagt hatte, stimmte, aber wo konnten sie sich verstecken? Alle Häuser in der Engadine Street sahen bewohnt aus, und die Polizei würde bald an jeder Tür klingeln und fragen, ob man die Borribles gesehen hätte.

In diesem Augenblick schlug ihr Glück um.

Sie standen auf dem Gehsteig neben dem zerstörten Wagen und sahen zu, wie die verletzten Polizisten sich fortschleppten, als sie zu ihren Füßen ein leises Geräusch hörten, ein Knirschen, ein Kratzen. Sie drehten sich halb um und schauten den metallenen Deckel eines Kohlenkellers an, der direkt hinter ihnen in den Gehweg eingelassen war: Er bewegte sich. Sie sahen die Straße hinunter: Jedes Haus, das sie sehen konnten, hatte einen ähnlichen Deckel, rund und aus schwerem Eisen. Nützliche Deckel, denn die Kohlenmänner konnten sie wegheben und ihre Zentnersäcke runterkippen und so, ohne Dreck und Kohlenstaub in die Häuser zu tragen, ihre Ware anliefern – aber dieser Deckel drehte sich, von selbst.

»He, he, he«, sagte Vulgo, »was soll das bedeuten, Untergrundbullen?«

Plötzlich hob sich der Kellerdeckel einen Zoll, auf einem menschlichen Kopf balancierend. Er zögerte, dann hob er sich vorsichtig ein Stückchen weiter. Nach einer weiteren Sekunde glitt er auf die Seite, und eine Nase erschien. Es war eine große und krumme Nase, voller Kohlenstaub sowie einem schweren, unten dranhängenden Tautropfen, der aussah, als müsste er sich jeden Moment von der Nase lösen, dies aber nicht tat.

Vulgo bückte sich schnell hinunter. »Was treibst du da für Spielchen, du kleiner Sonnenschein? Hm?«

Eine Stimme drang aus dem Kohlenloch; sie war brüchig und mürrisch, aber die Worte waren freundlich. »Borribles seid ihr doch, oder? Haha, nur Borribles können so mit den Bullen umgehen, ich hab's von meinem Wohnzimmerfenster aus gesehn. Ich bin ein guter Freund der Borribles, immer gewesen. Sie helfen mir, ich helf ihnen. War selber mal einer, klar, bis sie mich geschnappt haben. Schlimme Sache, wenn man älter wird. Ihr wollt euch doch nicht erwischen lassen, oder?«

Vulgo schaute über seine Schulter die anderen an. »Weiß nicht genau, was wir hier aufgetan haben«, sagte er, »aber er kann uns vielleicht aus dem Schlamassel helfen.«

»Beeilung, Beeilung«, sagte Bingo, »ich kann am anderen Ende der Straße den zweiten Wagen sehen, die machen sich bereit.«

»Ihr kommt ruhig mal hier runter, Kollegen«, sagte die Stimme aus dem Kohlenloch, und der Tautropfen zitterte ekstatisch, dass er Gefahr lief, den innigen Kontakt mit der Nase zu verlieren. »Ihr kommt einfach hier runter, ich sag nicht, wo ihr seid, in ein paar Tagen könnt ihr dann weiterziehn, wo ihr hinwollt.«

»Viel Auswahl haben wir nicht«, sagte Torricanyon. »Niemand von uns möchte sich erwischen lassen, mindestens nicht, bevor wir zum Rumbelreich kommen und getan haben, was wir tun wollten.«

»Also gut, du da unten«, rief Vulgo, »Platz gemacht, wir kommen runter.« Er schob den Deckel beiseite, bis er auf dem Gehsteig zu liegen kam, und sah, wie ein schmaler Kopf, mit einem dünnen Schopf grauer Haare, in die Dunkelheit zurückwich.

»Gut denn«, sagte Vulgo, »wer will zuerst?«

»Mann, wenn wir hier den ganzen Tag rumstehen und labern, schlafen wir heut Nacht schon im Gefängnis, mit gestutzten Ohren«, sagte Orococco, »ich hab keine Angst vor dem Dunkeln.« Und er streifte seinen Rucksack ab, warf ihn in das Loch und zwängte sich dann durch die enge Öffnung.

Die anderen folgten rasch, einer nach dem anderen, bis Poch allein war. Er sah sich um. Der Fahrer war immer noch bewusstlos, und die beiden verletzten Polizisten waren in die Replingham Road gehumpelt, außer Sichtweite. Die Straße war leer, und niemand hatte das Verschwinden der Borrible-Abenteurer beobachtet. Die ganze Schlacht hatte nicht mehr als zwei oder drei Minuten gedauert, und der Unfall hatte noch keine Aufmerksamkeit erregt. Jedoch am anderen Ende der Engadine Street konnte Poch den zweiten Polizeiwagen sehen. Er war immer noch zu weit entfernt, als dass man hätte sehen können, was vor sich ging, aber in Kürze würden die Polizisten angefahren kommen. Er musste unter die Erde.

Poch ließ sich nach unten rutschen, bis seine Füße einen unter ihm nachgebenden Kohlehaufen berührten. Das Licht von oben wurde kleiner und kleiner, als er den Eisendeckel in seine Halterung zog. Ein klirrendes Dröhnen, als ob sich eine Gruft schlösse, und Poch und die anderen neun Abenteurer waren in völliger Dunkelheit, unter der langen Engadine Street, London S.W. 18, in Sicherheit.

Poch rutschte und balancierte auf dem Kohlehaufen hin und her, dann verlor er das Gleichgewicht, fing sich einen Moment wieder, fiel aber dann nach vorn. Zwei drahtige Erwachsenenarme fingen ihn auf und pressten ihm den Atem aus der Brust. Er wehrte sich, aber die Arme waren zu stark. Er trat und wand sich, konnte sich aber nicht befreien. Heißer Atem glühte ihm ins Gesicht, als sein Angreifer ihn forttrug; der Atem war schwer und stank, und Poch drehte sein Gesicht zur Seite.

Der Atem wurde zu Worten. »Wehr dich doch nicht, mein kleiner Liebling. Wir sind auf deiner Seite. O mein kleiner Süßer, du bist jetzt in guten Händen, nicht wahr?«

Poch hörte auf zu treten und wartete. Die Stimme, die er nahe an seinem Ohr hörte, war die Stimme, die sie in das Kohlenloch eingeladen hatte; eine schwache Winselstimme mit einem scharfen Krächzen. Poch spürte, wie er in einen anderen Teil des Kellers getragen wurde; nicht eine Sekunde lockerten die starken und sehnigen Hände, die ihn hielten, ihren Griff. Poch gefiel das Ganze überhaupt nicht. Er schob seine Hand rasch nach hinten, um seine Schleuder zu packen, aber seine Hand traf auf eine andere Hand, eine große Erwachsenenhand, die gerade die Schleuder wegzog – und doch hielten ihn immer noch zwei Hände fest. War noch ein zweiter Erwachsener in dem dunklen Keller, oder hatte das Monstrum, das ihn trug, drei Hände? Poch schauderte; wo waren bloß die anderen?

Plötzlich verschob sich der Griff, und Poch wurde am Kragen gepackt und dann grob ins Leere geworfen. Er landete auf einem anderen Körper und hörte Torricanyon schreien: »Aua! Warum macht denn niemand Licht?« In diesem Moment gab es einen klingenden Schlag, als jemand eine Eisentür ins Schloss warf.

Nach einem Augenblick Schweigen wurde ein Licht angeknipst, das eine traurige Szenerie erleuchtete.

Poch blinzelte, auf Händen und Knien; das helle Licht aus der Dunkelheit blendete ihn beinahe völlig. Er schüttelte den Kopf. Er konnte nicht glauben, was er sah. Er und die anderen neun waren in einem großen Käfig gefangen, wie man ihn vielleicht im Zirkus sehen mochte, nur waren die Gitterstäbe hier viel enger beieinander, so dicht, dass nicht einmal ein Borrible hindurchkonnte. Tatsächlich sah der Käfig aus, als wäre er speziell für Borribles angefertigt worden. Außerhalb, in einem großen Kellerraum, standen zwei Männer, einer mittleren Alters, der andere alt. Der alte Mann, eine knochige Kreatur, rieb sich die Hände, grinsend und freudig an seinem Tautropfen schniefend. Der jüngere

Mann – Tautröpfchens Sohn – stand da, töricht vor sich hin nickend und ein ungewisses Lächeln lächelnd, als ob er sich in etwas Feuchtes gesetzt hätte und nun nicht genau wüsste, was er unternehmen sollte. Er war ein Idiot, stämmig gebaut; ein Ungeheuer von großer Stärke.

Poch stand auf und schaute seine Gefährten an. Sie standen bewegungslos und starrten den höhnisch grinsenden Alten an. Ihre Gesichter waren weiß vor Hass und Furcht.

»Nein!«, rief Sydney und wandte den Kopf weg von diesem schrecklichen Anblick. »Ein Borribleräuber.«

Stonkus packte die Gitterstäbe und versuchte sie mit all seiner Kraft zu schütteln. »Du dreckiger alter Bastard«, brüllte er aus Leibeskräften, »lass uns hier raus! Ich bring dich um! Ich bring dich um!«

Der alte Mann rieb sich nur noch energischer die Hände und schniefte noch glücklicher. Er stieß seinen Sohn mit dem Ellbogen an und nickte so heftig mit dem Kopf, dass es schien, als müsse der Tautropfen seiner Nase auf immer Lebwohl sagen, aber der haftete wie angeklebt, vor- und zurückschwingend und gegen seine Nasenlöcher klatschend.

»Schau dir die kleinen Süßen an«, gluckste er, »zehn herzige kleine Borribles. So einen Fang hab ich mein Lebtag noch nicht gemacht; wir sind reich, Herbie, so reich, dass unser Pferd und unser Wagen gar nicht alle unsere Sächelchen fortbringen können. Oh, mein Gott, ist das nicht himmlisch? Ein bisschen Überredungskunst, und sie arbeiten Tag und Nacht für uns, nicht wahr? Die besten kleinen Einbrecherchen auf der ganzen Welt, was? Herbie?«

Herbies Gesicht veränderte seinen Ausdruck nicht im Geringsten, aber er nickte langsam und sagte: »Ja, Papa, ja«, während Gedanken langsam durch sein trübes Gehirn trieben wie vergiftete Fische im Wandle.

»Verdammt noch mal, jetzt sitzen wir aber ganz schön drin«, sagte Bingo. »Ein Borribleräuber, Tautröpfchen und Sohn. Wir können von Glück sagen, wenn wir hier lebend rauskommen, und wenn wir nicht tot sind, dann schnappen sie uns, so sicher, wie das Ei in der Pfanne zischt.«

»Keine Panik«, sagte Poch ruhig, obwohl ihm genauso angstvoll zu Mute war wie den anderen. »Hat jemand hier eine Schleuder?«

Tautröpfchen gackerte vor Lachen und hieb seinen Sohn so fest auf den Rücken, dass der Kretin ein, zwei Schritte vorwärts taumelte und sein törichtes Lächeln verlor, das jedoch bald zurückkam, leer wie zuvor.

»O nein, mein Liebling, wir haben alle eure Schleudern, diese gefährlichen Dinger, da könnte direkt jemand damit verletzt werden, wie diese armen Wachtmeister da draußen, die sich auf dem Boden wälzen, mit gebrochenem Knie, hm? Und mein Junge, der Herbie, hat auch die Steine alle aufgeräumt, wir bewahren sie gut auf, zerbrecht euch nicht eure kleinen Köpfchen ... und die Rucksäcke auch. Ich werd mich schön um euch kümmern, solang ihr hier seid. Und ihr werdet hübsch lange hier sein, meine lieben Kleinen, und wir werden gute Freunde werden, hmm?«

Napoleons Gesicht war weiß vor Zorn. Er hob die Faust und schüttelte sie zu Tautröpfchen und seinem Sohn hinüber. »Du kannst uns nicht ewig einsperren, du stinkender alter Bock!«

»Nicht ewig, nein, mein Liebling«, pflichtete Tautröpfchen ihm bei, »aber so lange, wie ich lebe, oder wie ihr lebt, oder bis ihr erwischt werdet, meine Lieben«, und er grinste und schlug sich auf den Schenkel, und Herbies Lächeln wurde um eine Winzigkeit breiter.

Sein Entzücken wurde durch ein lautes Klopfen an der Tür im Erdgeschoss unterbrochen. Tautröpfchen schaute hinauf zur Decke. »Komm, Herbie«, sagte er, »wir gehen besser rauf und erzählen diesen netten Plattfüssen, dass wir überhaupt nichts gesehen haben. Wir könnten einen Borrible von einem normalen Kind nicht unterscheiden, hmm?« Und er drehte den Kopf zum Käfig und weidete sich an den eingesperrten Borribles, die verzweifelt die Köpfe hängen ließen.

»Auf geht's, Herbie«, und er nahm seinen Sohn am Kragen und zog ihn fort. »Wir kommen zu diesen lieben Kinderchen zurück, sobald die Bullen fort sind, und du kannst dann ein bisschen überzeugend wirken, wenn sie mit unserem kleinen Plan nicht einverstanden sind, mein Lieber, genauso machen wir's.« Herbies Lächeln verstärkte sich; seine Augen fuhren über die Körper der Borribles wie feuchte Finger, und er folgte seinem Vater willig durch die Tür, die hinter ihm verschlossen wurde.

Die Abenteurer schwiegen; niemand machte einen Vorschlag, weil niemandem auch nur das Geringste einfiel. Es gab keinen Ausweg. Der Käfig war fest gebaut, keiner seiner Stäbe rührte sich. Der Boden war aus Eisen und das Dach des Käfigs ebenso. Selbst, wenn sie dem Käfig entkommen wären – die beiden Türen zum Keller waren verschlossen. Es schien hoffnungslos. Es war hoffnungslos.

»Na, verdammt«, sagte Orococco endlich, »wir sind angeblich die

Weltbesten, und kaum sind wir auf der Straße, lassen wir uns von einem Kidnapper kassieren. Das ist das Ende, Mann. Aus, Ende.«

»Was wird er mit uns machen?«, fragte Sydney, den Tränen nahe.

»Was sie immer machen«, antwortete Napoleon, wütend über sich selbst und über alle anderen. »Er hält uns gefangen, schlägt uns oder gibt uns seinem verrückten Sohn, und dann teilt er uns in zwei Teams auf und lässt eines raus, während das andere als Geisel hier bleibt. Und wir müssen für ihn stehlen, Tag für Tag, Nacht für Nacht. Stehlen, nicht zum Essen oder Sachen, die er braucht, sondern Zeug, das er verkaufen kann, für Geld, damit er reicher und reicher wird.«

»Wir müssen in Geschäfte rein, Häuser, Postämter, Banken, was er sich nur ausdenken kann, bloß damit er reich wird«, fügte Bingo hinzu, »und wenn eins von den Diebesteams nicht zurückkommt, na, dann schlägt er die anderen halbtot und zwingt sie weiterzustehlen, und wenn wir ihm nichts mehr nützen, dann übergibt er uns den Bullen.«

»Also kannst du nicht gewinnen«, sagte Poch und beschloss die Erklärung für das Mädchen aus Neasden. »Du bleibst für immer hier und klaust für ihn, oder du klaust, bis du erwischt wirst, oder du läufst weg, und deine Kumpel erwischt's. So ist das. Keine Lösung.«

Nach dieser Zusammenfassung ihrer verzweifelten Lage waren die Borribles wieder still. Es bedurfte keiner weiteren Worte, damit ihnen der Ernst ihrer Situation klar war. Borribleräuber waren zwar selten, aber sie waren die gefährlichsten Feinde, denen ein Borrible begegnen konnte. Solche Diebe hatte es im neunzehnten Jahrhundert viele gegeben; sie hatten Borribles von den Straßen, manchmal aus ihren Betten geraubt und dann gezwungen, für sie zu stehlen, nicht um zu überleben, sondern um reich zu werden. Diese Räuber holten sich manchmal auch normale Kinder, aber sie zogen Borribles vor, weil sie schneller liefen, schlauer waren und vor allem nicht alterten und sich endlos durch schmale Fenster zwängen konnten. In der Gegenwart waren nur einige wenige Borribleräuber bekannt geworden, aber ihre Beschreibung und der Ort, wo sie lebten, war Gemeinwissen aller Borribles, und sie mieden sie immer. Aber in diesem fremden und unbekannten Teil von London, unterhalb des Rumbelreiches, hatte Tautröpfchen sich eingenistet. Er hatte geduldig gewartet, und nun hatte er mit einem Griff mehr Borribles gefangen, als er es sich in seinen kühnsten Träumen hätte wünschen können. Bald würde er reich sein.

»Sieht aus wie das Ende unseres Abenteuers«, sagte Torricanyon schließlich. »Jetzt kommen wir nie zu den Rumbels, und keiner wird je wissen, was mit uns geschehen ist.«

»Gib nicht die Hoffnung auf, *verdammt*«, sagte Adolf, aber es war nicht sein übliches ironisches Brummen, und es hörte sich nicht an, als ob er glaubte, was er sagte.

»Es gibt einen Ausweg«, sagte Poch, »einen Weg, der die Expedition retten wird, aber er bedeutet ein Opfer.«

»Hol uns hier raus«, sagte Napoleon bitter, »und ich opfere alles und jeden.«

»Es geht so«, sagte Poch, und er sprach langsam, als ob die Worte nicht kommen wollten. »Die Hälfte von uns wird immer hier sein und die anderen fünf draußen beim Stehlen, immer im Wechsel. Eines Tages könnten wir losen, und die fünf, die grade draußen sind, also, die kommen dann eben nicht zurück, die hauen ab. Das ist alles, was wir tun können.«

Die Abenteurer sahen sich an. Es war eine Lösung, aber eine drastische. Fünf würden gehen und sich den Gefahren des Rumbelreiches stellen, noch schlimmer in der Minderzahl; fünf würden von Herbie auseinandergenommen werden und dann der Polizei übergeben und nie mehr Borribles sein. Der Gedanke war entsetzlich. Erwischt zu werden war die Auslöschung der Identität, war der Tod. Schlimmer als der Tod; es war der Verlust von Schönheit, von Freiheit, ein Abstieg in das Hässliche. Man musste sich nur ansehen, was mit Tautröpfchen passiert war, er war ein Borrible gewesen, und dann war er erwischt worden, und man hatte etwas Normales aus ihm gemacht.

»Keine besonders attraktive Wahl«, sagte Stonkus. »Da haben wir zwei Chancen, eine beschissene Chance und gar keine Chance.«

»Warten wir noch«, schlug Adolf vor, »warten wir noch, bevor wir uns zu einem solchen traurigen Schritt entschließen.« Er versuchte zu lächeln. »Sie werden uns schlagen und uns nicht viel zu essen geben, so machen es die Räuber, heißt es in den alten Büchern, aber zum Stehlen muss er uns rauslassen. Lasst uns versprechen, immer zurückzukommen, für den Anfang zumindest. Vielleicht finden wir einen Ausweg.«

Schweren Herzens stimmten sie alle zu, dass sie erst einmal das tun würden, was Tautröpfchen befahl. Sie würden abwarten, so gut es ging, und wider besseres Wissen hoffen, dass ihr Glück sich eines Tages wieder wenden würde.

So begann eine Zeit der Qual für die zehn Borrible-Abenteurer, vielleicht die schlimmste ihrer ganzen Expedition, denn obwohl noch viele Gefahren sie bedrohen sollten – das Gefühl der Niedergeschlagenheit, der Machtlosigkeit, des Kleinseins sollte nie wieder so stark werden.

Tautröpfchen und sein Sohn Herbie taten so, als verdienten sie ihren Lebensunterhalt, indem sie mit einem Pferdekarren von einer Straße zur anderen zogen und Lumpen, Knochen und Alteisen sammelten. Auf der Seite des Karrens stand in tiefroter Farbe: »D. Bunyan & Sohn, Abfallbeseitigung u. Handel«. Das arme alte Pferd, das die ganze Arbeit tat und den Karren mit den beiden Männern die steilsten Hügel hinaufzog, hieß Sam.

Tautröpfchen und Herbie nahmen durchaus auch Abfall und Alteisen mit, wenn man es ihnen unter die Nase hielt und sie nicht umhin konnten, aber sie machten sich nicht die Mühe, danach zu suchen. Sie fuhren nur durch die Straßen, um nach Sachen zum Stehlen und Häusern zum Einbrechen Ausschau zu halten. Alles, was sie fanden oder stahlen, verkauften sie für Geld, das an einem geheimen Ort in dem alten Haus in der Engadine Street versteckt wurde. Tautröpfchen Bunyan hatte schon früher Borribles zum Einbrechen geraubt, aber er hatte sie nur zu zweien oder allein erwischt. Nun hatte er plötzlich zehn auf einmal, und er nahm sich vor, sie jeden Tag und jede Nacht hart arbeiten zu lassen, damit er noch rascher reich würde. Er würde sie in die großen Häuser auf der anderen Seite von Southfields einbrechen lassen, und sogar in ein paar auf den Hügeln, die unmittelbar vor dem Rumbelreich lagen. Er würde der reichste Mann Londons werden.

Tautröpfchen hatte den Polizisten, die die Borribleschlacht untersuchten, erzählt, dass die Angreifer glatt entkommen wären.

»Ich hab sie gesehen«, sagte er dem naiven Inspektor. »Die sind um die Ecke gerannt, runter zur Merton Road, schon Meilen weiter, nehme ich an, die gemeinen kleinen Kreaturen.« Natürlich glaubte der Inspektor die Geschichte; es gab keinen Grund, warum er es nicht hätte tun sollen – Tautröpfchen Bunyan war ein in der Nachbarschaft bekanntes Original.

Als die Polizisten ihre Suche aufgegeben hatten und der Lumpensammler sich ganz sicher fühlte, begann er, die Borribles auszuhungern, und ermunterte seinen schwachsinnigen Sohn, sie mit einem spitzen Stock durch die Gitterstäbe des Käfigs hindurch zu stoßen. Herbie zog oft einen der Gefangenen an einer Hundeleine ums Haus und quälte den Borrible, bis er oder sie es nicht mehr aushielt und den stupiden Erwachsenen angriff. Aber Herbie war so stark, dass die Attacken eines kleinen Borribles ihn nur kichern machten, obwohl er den Angreifer erbarmungslos schlug, bis das Blut floss. Dann zerrte er den halb bewusstlosen Gefangenen zurück in den Käfig, und Herbies verrücktes fixes Lächeln explodierte in ein merkwürdiges und furchteinflößendes Gelächter.

Tautröpfchen schloss sich immer dem Gelächter an, rieb sich die Hände und warf den Kopf hin und her, sodass sein Tautropfen im Licht der nackten Glühbirne, die den Keller erleuchtete, hin- und herflog. Jeder der Abenteurer erlitt diese Quälereien, und nach einigen Tagen waren sie alle abgemagert und bedeckt mit blauen Flecken, Schürfwunden und hatten blaue Augen.

»Eines Tages bring ich ihn um«, murmelte Napoleon, auf und ab gehend, vor sich hin. »Ich töte diesen großen blöden Idioten, und dann töte ich seinen Vater, und wenn nicht, dann hoffe ich, dass die Wendels von denen hier erfahren und kommen und sie mitnehmen und sie draußen auf den Schlammbänken des Wandle anbinden und drum herumsitzen und singen, während diese beiden Wahnsinnigen langsam untersinken und ersticken, herrliche Vorstellung.« Napoleon wurde zum echten Wendel, wenn man ihn reizte.

Etwa eine Woche nach ihrer Gefangennahme begann Tautröpfchen, die Borribles auf Raubzüge mit hinauszunehmen. Manchmal gingen sie nachts zum Einbruch in große Häuser, manchmal tagsüber, um in Supermärkten und Kaufhäusern zu stehlen. Der Lumpensammler behielt immer mindestens fünf von seinen Gefangenen im Keller unter den wahnsinnigen Augen seines Sohns Herbie. So exzentrisch und grausam waren die Vergnügungen dieses Blöden, dass es eine größere Belastung für die Borribles war, im Käfig eingesperrt zu sein, als zum Stehlen geschickt zu werden.

Sie stahlen gut für ihren Herrn und Meister, aus verschiedenen Gründen; hauptsächlich deshalb, weil das Stehlen für alle Borribles etwas ganz Natürliches ist, obwohl es für sie ungewöhnlich ist, Zeug zu stehlen, das sie nicht brauchen. Aber es war ihnen auch völlig klar, dass Tautröpfchen sie von Herbie halbtot schlagen lassen würde, wenn sie in einem Haus oder Geschäft keinen guten Erfolg hatten. Er würde sie sogar der Polizei übergeben, nur um des Vergnügens willen, ihre Ohren gestutzt zu sehen.

Der Schlüssel für den Käfig war immer in Tautröpfchens Tasche, und er hing an einer langen Kette an seinen Hosenträgern. Nie ließ er ihn aus den Augen oder gab ihn auch nur für eine Minute seinem Sohn, denn Tautröpfchen traute niemand. Er war schlau, und er war raffiniert.

Wochen vergingen, und die Abenteurer waren ihrer Flucht nicht näher. Sie stahlen und verübten Einbrüche; nach jeder Operation kamen sie zurück, um Tautröpfchen auf seinem Karren sitzen zu sehen, während Sam in seinem Futtersack herumkaute, seinen Kopf gen Himmel warf, um die Heuhalme zu erreichen. Müde luden sie ihre Beute hinten in den Karren und kletterten hinterher, versteckten sich unter einer Plane, damit neugierige Augen sie nicht sehen konnten. Dann rückte Tautröpfchen sich auf seinem Sitz zurecht, ruckte an den Zügeln, und das alte Pferd lehnte sich ins Geschirr und brachte sie heim. Heim! Zurück in das düstere Haus in der Engadine Street und in den schrecklichen kalten Keller mit einem Käfig darin, und in dem Käfig zehn verzweifelte und einsame Borribles.

Lustlos, wie Leute ohne Bewusstsein, bewegten sie sich jetzt. Es gab keinen Hoffnungsschimmer, und sie redeten kaum miteinander, was für Borribles das Zeichen eines Persönlichkeitszerfalls ist. Sie wurden immer und immer deprimierter, und schließlich redeten sie gar nicht mehr. Die zehn Gefährten verloren den Überblick über die Zahl der Wochen, die sie im Käfig verbracht hatten, und in Wandsworth vergaßen die Wendels die Expedition; selbst die Borribles in Battersea gaben die Abenteurer auf und glaubten, sie seien tot. Die Gefangenschaft schien endlos. Pochs ursprünglicher Vorschlag, dass sie losen sollten und dass eine Gruppe der Borribles einfach verschwinden sollte, wenn Tautröpfchen sie zum Stehlen schickte, kam ihnen mehr und mehr verlockend vor. Jeder der Abenteurer glaubte schließlich bei sich, dass dies der einzige Weg sei. Alles, was sie davon abhielt, wieder davon zu sprechen, war der düstere Gedanke, dass sie zurückbleiben könnten, allein mit Tautröpfchen und Herbie. Aber da, als es dringend nötig war, griff ihr Glück wieder ein. Es geschah etwas.

An einem späten Abend, gegen elf Uhr, wurden Poch und Adolf, Chaline, Bingo und Torricanyon von Tautröpfchen herausgeholt und im Karren den Hügel hinter Southfields fast bis zur Hälfte hinaufgefahren. Die fünf Borribles hockten schweigend unter dem Segeltuch hinten im Karren und lauschten dem Tritt von Sams Hufen auf dem Asphalt. Es war ein kalter Abend, denn der Winter war nahe, und sie zitterten umso mehr, als sie alle hungrig waren. Sam zog langsam, der Anstieg war lang und steil. Gelegentlich hörten sie Tautröpfchen rufen: »Nun komm schon, Sam, mein guter Alter«, und dann hörte man das Klatschen der Peitsche, wenn der Lumpensammler das alte Pferd schlug, so hart er konnte. Früher einmal hätten die Borribles gesagt: »Armer alter Sam«, denn Borribles mögen Pferde sehr gern, aber jetzt hatten sie kein Mitgefühl mehr übrig, nicht für ein Tier, nicht für einen Borrible.

Sam zog den Karren hinauf und immer weiter hinauf, an vielen schweigenden Häusern in großen Gärten vorbei, bis Tautröpfchen vor einer sehr großen Villa anhielt, die zwischen weiten Rasenflächen und Blumenrabatten hinter einer hohen Hecke verborgen lag. Die Borribles hörten die Bremse des Karrens, und dann wurde die Plane weggerissen, und die kalte Luft fuhr zu ihnen herein. Tautröpfchens Tautropfen sah aus wie gefrorenes Gelee, grün im blassen Sternenlicht.

»Nun, meine kleinen Lieblinge«, krächzte die böse Stimme, »heute Nacht werden wir was ganz besonders Schönes machen. Hier haben wir ein hübsches, großes Haus, und was seh ich? Die Familie ist verreist, zweiter Urlaub, hmm? Skifahren und solche Geschichten, hoffentlich brechen sie sich sämtliche Beine. Aber deshalb sind wir nicht hier, hm? Um uns über ihre Gesundheit zu unterhalten. Dies ist eine höchst wohlhabende Familie, ihr Geld haben sie zweifellos mitgenommen, nun, man kann nicht alles mitnehmen, nein, das geht nun einmal nicht, zu schwer und zu lästig. Man kann keinen Skiurlaub machen mit dem Klavier unter dem Pullover, hm? Ich werde hier warten mit meinem Pferd Sam. Ihr drei …« Er stach plötzlich seinen Finger schmerzhaft in den Leib von Chaline, Bingo und Torricanyon. »Ihr drei konzentriert euch aufs Erdgeschoss, sollte mich wundern, wenn da nicht hübsches Silberzeug liegt, Messer und Gabeln, georgianische Blumenvasen und so weiter und so fort. Ach, meine lieben Kleinen, ich schätze die schönen Dinge, die Schönheit hat mich doch auf diesen Weg gebracht!«

Er drehte sich um und stach Adolf und Poch. »Und ihr beide geht nach oben, schaut in die Arbeitszimmer, Schlafzimmer, hübsche Antiquitäten gibt's da oben wahrscheinlich, Keramik, und wenn das nicht klappt, geht ins Kinderzimmer. Reiche Familie, nicht wahr, geben ein Vermögen für ihre verwöhnten Rotzgören aus. Nun, der Diebstahl macht uns alle gleich, hm? Wir nehmen ein wenig von diesen schönen Spielsachen mit und geben sie jemand anders, der damit dann glücklich wird. Und jetzt los, und vergesst nicht zurückzukommen, sonst seht ihr eure Freunde nicht wieder.«

Die Borribles sprangen herunter vom Karren, nahmen jeder einen Sack und rannten flink durch den Garten der Villa nach hinten, weg von der Straße. Es war still und dunkel, und nichts auf der ganzen Welt bewegte sich. Poch hatte bald ein Fenster offen, und sie verloren keine Zeit, ins Haus zu klettern. Die anderen drei im Erdgeschoss zurücklassend, rannten Adolf und Poch die Treppen hinauf und plünderten im Licht ihrer Taschenlampen die Schlafzimmer, alles in ihre Säcke raffend, was ihnen irgendwie wertvoll erschien.

Als die Säcke beinahe gefüllt waren, kamen sie in einen großen Raum, der offensichtlich das Kinderzimmer war; überall lagen Spielsachen und Modellbaukästen herum. Ohne ein Wort begannen Adolf und Poch, einige der kleineren und teureren Gegenstände einzusammeln.

Nach einer Weile sagte Adolf: »Ich glaube, wir haben alles, was wir tragen können.« Seine Stimme klang tonlos und traurig. »Wir gehn jetzt besser zu Tautröpfchen zurück, oder er schlägt uns wieder, weil wir zu langsam sind.«

»Und wenn wir nicht genug finden, dann schlägt er uns auch«, sagte Poch und dachte, dass er so nicht mehr lange leben konnte. Er ging an den letzten Spielschrank und sagte: »Ich schau nur noch hier rein.«

Adolf stand auf der anderen Seite des Zimmers, als Poch den Schrank öffnete. Er konnte nicht sehen, was Poch sah, aber er hörte ein Aufstöhnen und dann ein Lachen und einen Pfiff, vergnügt und glücklich und hoffnungsvoll. So lange war es her, dass Adolf einen so fröhlichen Laut gehört hatte, dass er sofort aufsah, hinüberlief und rief: »Was ist es? Was ist es?« Und als er es sah, stieß er seinen Lieblingsfluch aus. *»Verdammt«*, und dann noch einmal: *»Verdammt«*, und schließlich: *»Millionenverdammt.«*

Vor den beiden Borribles, auf dem zweiten Fachbrett, direkt vor ihren Augen, lagen zwei der schönsten Stahlschleudern, die sie je gesehen hatten. Die Gummibänder waren schwarz und kräftig und sahen neu aus und höchst elastisch.

Adolf und Poch schauten sich an, mit glänzenden Augen, in denen ein heller Funke glühte, der schon viele Wochen lang erloschen gewesen war.

»Wie kriegen wir die bloß zurück in den Käfig?«, fragte Adolf. »Dieser verdammte Irre von einem Tautröpfchen durchsucht uns jede Nacht.«

»Das tut er«, sagte Poch, dessen Lippen sich zu einem engen Lächeln verzogen, »das tut er, aber er schaut nie unter unsere Füße.«

»*Verdammt*«, schrie Adolf, »du hast recht. Ich hab Klebeband da drüben liegen sehen, genau das Richtige, aber wir müssen uns beeilen, sonst denkt er, es geht was Verdächtiges vor.«

Beide Borribles klebten sich mit laut schlagendem Herzen eine Schleuder unter die Fußsohle. Mit ein wenig Glück müsste es gelingen, die Waffen zurück in den Käfig zu schmuggeln.

»Wo kriegen wir ein paar Steine her«, sagte Poch, der seine Schleuder nun verstaut hatte, »und wie könnten wir die verstecken, wenn wir welche hätten?«

Adolf schlug sich mit der flachen Hand gegen die Stirn. »Ich hab drüben im Schrank ein paar große Murmeln gesehen. Ich sag dir, die Kinder hier haben einfach alles, was es an Spielsachen gibt.«

Es stimmte. In einer großen Keksdose fanden sie eine schöne Sammlung farbiger Murmeln, alle so groß wie ein Schleuderstein und alle schön schwer.

»Mehr als fünf können wir nicht mitnehmen«, sagte Poch und zählte sie ab. »Wir transportieren sie im Mund.«

»Wenn Tautröpfchen uns nur nicht zwingt, was zu sagen, wenn wir zurück in der Engadine Street sind«, sagte der Deutsche.

»Gehn wir«, sagte Poch, »und hoffen wir das Beste.«

Sie verließen das Haus und rannten über die im Sternenlicht liegenden Rasenflächen zurück zu Tautröpfchen, der mit hochgezogenen Schultern auf seinem Karren saß und dessen Kopf beim leisesten Laut herumfuhr.

»Wo seid ihr gewesen?«, schnappte er. »Die anderen sind schon seit Stunden zurück! Versucht ihr, mich verdächtig zu machen, hm? Na, dann denkt nur dran, meine kleinen Lieblinge, wenn ich erwischt werde, werdet ihr auch erwischt, da will ich verdammt gute Sorge tragen. Rein mit euch in den Karren mit euren Säcken, und deckt euch zu.« Und als das geschehen war, klatschte Tautröpfchen mit der Peitsche, und der alte Sam lehnte sich ins Geschirr, wendete den Karren und brachte sie wieder nach Hause.

Hinter dem Haus in der Engadine Street lag ein großer Hof, wo der Lumpensammler sein Alteisen lagerte und wo das Pferd seinen Stall hatte. Man erreichte ihn von der Parallelstraße hinter der Engadine Street, und Tautröpfchen benutzte nach einem seiner Streifzüge immer diesen Eingang.

Nachdem Sam für die Nacht im Stall eingeschlossen worden war, stieß Tautröpfchen die Borribles vor sich her ins Haus, die unter ihren Säcken voll Diebesgut schwankten.

»Auf geht's, macht schon, meine Lieblinge, meine kleinen Meisterdiebe«, murmelte er ungeduldig. »Ich will doch sehen, wie gut ihr für meinen vorzeitigen Rückzug vom Geschäftsleben gearbeitet habt. Ja, ja, ja, das ist doch meine Altersversicherung, hmm? Beeilt euch, meine Süßen, bevor ich euch erschlage.«

Die fünf Borribles sagten nichts. Jeder hielt eine kostbare Murmel im Mund und wagte nicht zu sprechen.

Innen im Haus luden sie die Säcke im Korridor ab und gingen dann hintereinander die schmale Kellertreppe hinunter. Da stand Herbie, sabbernd und lächelnd und nickend, als sie in den Kellerraum gingen und sich in einer Reihe aufstellten, wie sie es stets tun mussten.

»Mach zu, Herbie, mein liebes Kind«, sagte Tautröpfchen, der jetzt auch in den Raum trat. »Es liegt ein derartiger Haufen Zeug oben, dass wir heute die ganze Nacht beschäftigt sind, das alles auch nur anzusehn. Schließ mir diese kleinen Lieblinge sicher und sauber ein und gib ihnen ein klein wenig mehr Brot, damit sie wissen, wie sehr ich sie schätze.«

Herbie ging die Reihe entlang und fuhr unter dem wachsamen Blick seines Vaters mit seinen heißen schweren Händen die schmalen Gestalten der Borribles entlang. Er fühlte überall, grinsend und kichernd, und vergewisserte sich, dass sie nichts aus den Säcken gestohlen hatten, um es für sich zu behalten. Die Borribles standen mit fest zugepressten Mündern da; die Murmeln fühlten sich an wie Fußbälle. Als Herbie mit seinem Suchen und Drücken und Streicheln fertig war, ging Tautröpfchen zum Käfig und stellte sich mit einem Gummiknüppel in der Hand neben die Tür. Er öffnete sie und stieß die Borribles rasch hinein. Die Tür klirrte zu, und Herbie warf etwas trockenes Brot durch die Gitterstäbe, und dann liefen er und sein Vater aus dem Raum, um lange, habgierige Stunden mit ihrer Beute zu verbringen.

Sobald Tautröpfchen und Herbie oben im Erdgeschoss waren, wurden die Murmeln aus ihrem Versteck geholt und erregten großes Interesse; aber als die Schleudern erschienen – da gab es Grund zur Freude und zur Hoffnung.

»Ach du dickes Ei«, lachte Vulgo, der liebevoll eine Schleuder betastete, »wisst ihr wohl, wer mit diesem kleinen Wunderding eine Beule hinters Ohr kriegt? Pusten ihm das Hirn aus dem Schädel, wenn er welches hätte – hmm?«, fügte er hinzu, ihren Gefangenenwärter nachahmend.

»Mann, o Mann«, rief Orococco, auf und ab hüpfend und sich mit der rechten Faust in die Linke schlagend, »jetzt kommt's. Die werd ich pulverisieren, die werf ich den Spatzen zum Fraß vor.«

»Wie ging das zu?«, fragte Napoleon. »Wie habt ihr das gemacht?«

»Poch hat sie gefunden«, sagte Chaline mit strahlenden Augen. »In dem Haus, das wir ausgeräumt haben, und Adolf hat die Murmeln entdeckt. Es sind nur fünf, aber die reichen.« Sie wurde rot und fügte hinzu: »Poch hat's uns auf dem Heimweg im Karren erzählt.« Dann lächelte sie Poch zu und entschuldigte sich damit sozusagen, dass sie seine Geschichte erzählt hatte, aber zeigte ihm auch, dass sie stolz auf ihn war.

»So war's«, sagte Poch und warf sich ein wenig in die Brust. »Es war einfach. Hört mal, morgen seid ihr dran mit dem Rausgehn. Wenn ihr zurückkommt, dann halten Adolf und ich die Schleudern bereit. Wir sind aus der Übung, aber es sollte trotzdem klappen, und wir haben fünf gute, schwere Murmeln. Und so machen wir's: Wenn ihr in der Reihe steht und Herbie drauf wartet, dass sein Alter kommt und die Durchsuchung kontrolliert, dann schlagen wir zu. Wir schießen, um zu töten«, sagte Poch und schaute ernst zu Adolf hin, der bloß grinste und seine Blauaugen aufleuchten ließ. »Nach dem, was wir hier durchgemacht haben, geht es nur so.« Die Abenteurer murmelten ihre Zustimmung. »Wir müssen Tautröpfchen schnappen, er hat die Schlüssel. Ihr anderen schließt den Käfig auf. Dann gehen wir alle in den Hof, nehmen das Pferd und den Karren und was wir sonst wollen. Einverstanden?« Alle nickten. Zum ersten Mal seit Wochen waren sie glücklich und voll Hoffnung.

Der nächste Tag war ein langer Tag, und ihm folgte ein noch längerer Abend, als Poch und Adolf auf Tautröpfchens Rückkehr warteten. Zwei Schleudern und fünf Murmeln, das war alles, was sie hatten, um ihnen zur Rückkehr in die Freiheit zu verhelfen. Poch ging im Käfig auf und ab und erprobte seine Muskeln, beobachtet von den Gefährten.

»Sie kommen sicher bald«, sagte Chaline, um ihn zu beruhigen. »Wirst schon sehen, es klappt.«

»Adolf«, sagte Poch schließlich, »du hast mehr Abenteuer hinter dir als ich. Wir haben nur fünf Steine; nimm du drei, ich nehm zwei. Du zielst auf Tautröpfchen, ich übernehme Herbie. Wir schießen, ohne was zu sagen, sobald Tautröpfchen in den Keller kommt.«

Adolf sagte: »Du erweist mir große Ehre, Freund Poch, denn du schießt gut mit der Schleuder.«

»Ich hab gesehen, wie du auf die Polizisten geschossen hast«, sagte Poch. »Das hast du gut gemacht.«

»Horcht«, sagte Bingo flüsternd, »da kommen sie.«

Und in der Tat: Oben tönten Schritte, und Herbie schob sich seitwärts in den Keller wie ein bleicher Krebs. Er glitt zum Käfig hinüber und stieß ein paar Mal mit einem spitzen Stecken durch die Stäbe. Die Borribles zogen sich, so weit es ging, vor dem Idioten zurück.

»Besorg dir lieber schon mal ein Aspirin, Sohnemann«, murmelte Bingo, »weil du bald bedeutende Kopfschmerzen haben wirst. Du glaubst, du bist jetzt schön blöd, aber warte nur, bis du ein bisschen was auf den Kopf bekommst.«

Oben schlugen Türen zu, und dumpfe Geräusche zeigten, dass die Borribles hereingekommen waren und ihre Beutesäcke auf den Boden hatten fallen lassen. Dann schob Tautröpfchen sie nach unten; man hörte ihn schimpfen, weil der Ertrag der Diebesnacht mäßig gewesen war.

Die Kellertür stand offen, und die Borribles stolperten herein.

»Weiter, ihr faulen kleinen Schwachköpfe«, schrie Tautröpfchen. »Nichts, nichts habt ihr mir gebracht. Wie soll ich da mein Leben fristen? Ungeheuer, undankbare kleine Monster, wenn's so weitergeht, muss ich weiterarbeiten, bis ich ein altersschwacher Greis bin, kann nie auf Rente gehen.«

Er kam in den Keller gerannt und sah sich um. Sein Gesicht war zorngerötet, beinahe purpurn war die gespannte Haut um seine Mundwinkel. »Keiner von euch soll heute essen, keiner von euch«, knurrte er wütend.

Adolf und Poch kauerten mit dem Rücken zur Türe im Käfig, die Schleudern fest umklammert, die Ersatzmurmeln lagen in der Hand eines Genossen bereit. Sie sahen sich an, nickten sich zu und wandten sich langsam um, die Schleudern so weit wie möglich spannend, zu mörderischer Länge, und dann schossen sie, jeder auf sein Ziel.

Pochs Murmel schlug hart auf Herbies linker Schläfe auf. Herbie schwankte, sein Lächeln versteinerte; steif wie ein gestürzter Pudding fiel er jedoch nicht um, irgendeine absonderliche Balance hielt ihn bewusstlos aufrecht.

Adolf hatte nicht so viel Glück. Als er das Gummi der Schleuder fahren ließ, bewegte Tautröpfchen sich vorwärts, um die Borribles in seiner schlimmen Laune zu verprügeln, und die Murmel knallte gegen seinen Hinterkopf, was seine Wut und seine Wachsamkeit nur verstärkte.

Er schaute in den Käfig und griff nach dem Gummiknüppel, der stets hinter der Kellertür bereitstand; die Feuchtigkeit am Ende seiner Nase glühte blau, grün und mauve.

»Steine schmeißen, hmm?«, brüllte er, dann sah er die Schleuder und erschrak.

»Herbie, wir müssen diese Gossenratten hinter der Kellertür einschließen, bis sie zur Vernunft kommen.«

Doch es war zu spät. Napoleon kickte den Knüppel außer Reichweite. Adolf lud wieder und fehlte kein zweites Mal. Das Geschoss krachte splitternd mitten auf die Stirn des Lumpensammlers, und er taumelte gegen die Mauer zurück, schwer verletzt, und der Tautropfen, jenes vielfarbige Schleimkügelchen, löste endlich seine leidenschaftliche Verbindung mit der Nase und fiel zu Boden.

»O Herbie«, rief Tautröpfchen mitleiderregend. »O Herbie, hilf mir, mein Junge, meine Freude, mein Sohn.«

Aber der arme Herbie war nicht in der Lage, irgendjemand zu helfen. Chaline hatte eine zweite Murmel in Pochs Hand gestoßen, sobald er die erste verschossen hatte. Er lud wieder und schoss auf Tautröpfchens verrückten Sohn, der immer noch auf seinen Füßen hin- und herschwankte. Das schwere Glasgeschoss versetzte Herbie einen tödlichen Schlag oberhalb des Herzens, und er fiel rückwärts, demoliert, wie ein alter Fabrikschornstein.

Tautröpfchen konnte nicht glauben, was er sah. Er fuhr mit verstörter Hand zu seiner blutenden Stirn, das Blut tropfte ihm in die Augen und verwirrte ihn. Napoleon hob den Gummiknüppel und stand bereit, aber er wartete, bis Adolf seinen letzten Schuss abgeben würde.

Der Deutsche, Veteran vieler Kämpfe und Überlebender aus vielen schier ausweglosen Lagen, ließ sich Zeit.

»O mein Sohn, mein armer kleiner Herbie, was haben sie dir getan, mein kleiner Liebling, der keiner Fliege was zuleide tun würde? O was für eine grausame Welt, mein Junge. Herbie, sag doch was, sprich doch ein bisschen mit deinem Vater.«

Adolfs dritte Murmel flog gerade und so tödlich wie ein Pfeil gegen die Schläfe des Borribleräubers. Er schwankte und presste beide Hände gegen seinen Kopf, dann, selbst leblos, fiel er mit gewaltigem Krachen vorwärts über den leblosen Körper seines Sohnes.

»So mögen alle Borribleräuber enden!«, sagte Poch großartig, und die anderen sahen sich mit wildem Entzücken an. Sie waren frei.

Es war das Werk weniger Augenblicke, die Schlüssel zu finden und die Tür des Käfigs zu öffnen. Sie entdeckten ihre Rucksäcke im nächsten Keller, wo sie vor so vielen Wochen in das Haus von Bunyan und Sohn gekommen waren; auch ihre Schleudern und Munitionsgurte lagen dort. Bald waren die Abenteurer wieder ausgerüstet und marschbereit. Sie fanden oben in der gut ausgestatteten Küche Lebensmittel und aßen, wie sie schon seit vielen Tagen nicht mehr gegessen hatten. Dann, lachend und vor Glück beinahe weinend, gingen sie hinaus in den Hof.

Poch ging zum Karren und warf seinen Rucksack hinein; Napoleon, der sich dicht hinter ihm hielt, tat dasselbe.

Die anderen zögerten einen Moment und stellten dann ihre Rucksäcke auf dem Boden ab.

»Wohin«, fragte Sydney, »wollt ihr mit dem Karren?«

»Was soll das heißen?«, fragte Poch mit großen Augen, völlig überrascht. »Zu den Rumbels, natürlich.«

»Wir denken«, sagte Chaline, »dass es bereits ein Abenteuer ist, einem Borribleräuber zu entkommen, und schon gar einen zu töten. Wir haben unsere Namen verdient.«

»Aber deshalb sind wir doch nicht ausgezogen!« Poch sah sich im Kreis der ihn umgebenden Gesichter um und suchte nach Unterstützung. Und die kam auch sofort, von unerwarteter Seite.

»Nein«, sagte Napoleon und trat vor, »deshalb sind wir nicht ausgezogen. Ich bin auf der Seite von Poch.«

»Ich glaube, meinen englischen Namen hab ich mir verdient«, sagte Adolf. »Ich versteh Chaline, sie hat recht, wir haben genügend getan, aber ich geh mit Poch. Das kommt, weil ich leicht verrückt bin, ich hab's nun mal mit den Abenteuern.«

»Wir wollen eigentlich alle mitkommen«, sagte Bingo, der auf seinem Rucksack saß, »aber … ich meine … der Herbie hat uns dermaßen im Viereck herumgeschlagen, und wir haben seit ewigen Zeiten nicht richtig gegessen.«

»Wir sind jetzt einfach nicht in der Verfassung für unseren Job«, sagte Torricanyon. »Vielleicht sollten wir uns ein bisschen ausruhn, hm?«

»Was meinst du denn damit?«, fuhr Napoleon ihn an. »Wir können doch jetzt nicht zurück, wie würde das aussehen?«

Sieben Borribles schauten verlegen drein und traten von einem Bein aufs andere.

»Wie schlecht wir uns jetzt auch fühlen«, sagte Poch mit Betonung, »wir müssen weiter. Wir sind jetzt wieder frei, das ist schon an sich eine Erholung. So oder so, ihr könnt's halten, wie ihr wollt, wir drei gehen. Hol das Pferd, Nap.«

Chaline sagte: »Wenn Poch und Nap sich wundersamerweise einmal einig sind, dann steckt etwas höchst Merkwürdiges dahinter, also müssen wir einfach schon deshalb mit, um zu sehen, was die beiden da auskochen«, und sie richtete einen langen durchdringenden Blick auf Poch und Napoleon.

Bingo zuckte die Schultern, warf seinen Rucksack in den Karren und zitierte, zu niemand im Besonderen gewandt, ein Sprichwort: »Freunde unter einer Decke folgen einem um die Ecke.«

Die anderen machten es ebenso und tauschten ein grimmiges Lächeln mit Poch. Das Pferd wurde aus dem Stall herausgeführt, und Sydney ging zu ihm und sprach liebevoll zu ihm.

»Also gehen wir jetzt alle ins Rumbelreich, Sam, trotz allem, und du gehst mit. Rumbels mögen keine Pferde, aber wir, du wirst unser Kumpel und unser Maskottchen, und wir werden dich beschützen.« Und alle streichelten das Pferd und gaben ihm Würfelzucker, den sie aus dem Haus mitgebracht hatten, und sie spannten ihn ein und bereiteten die Abfahrt vor. Sie holten sich auch einen langen Regenmantel aus dem Haus, ein gutes Stück, das Tautröpfchen immer in Regennächten getragen hatte, und Bingo, der Leichteste, setzte sich auf Stonkus' Schultern, der der Kräftigste war, und Stonkus hockte sich auf den Fahrersitz des Karrens, und sie legten Bingo den Regenmantel um die Schultern – und es sah ganz genauso aus, als würde ein Erwachsener den Karren fahren. Der Rest der Abenteurer versteckte sich unter der Plane hinten, und mit einem Peitschenklatschen und einem »Hüüh, Sam, mein alter Liebling, hmm?«, lenkte Bingo den Karren aus dem Hof, und sie begannen den letzten Abschnitt ihrer Reise zu den Grenzen des Rumbelreichs, London, S.W. 19.

»Eines ist nicht schlecht«, sagte Poch, als sie alle warm und zufrieden unter der Plane saßen, »wir waren so lang in der Engadine Street, dass die Rumbels wahrscheinlich glauben, wir sind tot. Und wenn sie keine Pferde mögen, umso besser. Sam kann uns direkt an die Haustür fahren und sie eintreten.«

7

Es war dunkel.

Die Nacht war gerade am dunkelsten, aber Sam kannte den Weg ins Rumbelreich und zog seinen Karren voll Borribles freudig, da ihm irgendwie klar war, dass er nicht mehr geschlagen und beschimpft werden würde. Er zog sie fort von den hassenswerten Erinnerungen der Engadine Street, und Bingo, auf Stonkus' Schultern, sang ein martialisches Borriblelied vor sich hin, ein Lied, das von vergangenen und zukünftigen Gefahren erzählte:

»Alle Gefahren sind uns gleich,
Wir fahren, wir fahren ins Rumbelreich.
Mit Tautröpfchen und mit Herbie ist Schluss,
Wir tun jetzt, was getan werden muss.
Auf zu den Rumbels! Besorgt es ihnen!
Wir wollen uns unsere Namen verdienen!
Mit Trara und Rumbum, Fanfaren! Zuu-gleich!
Wir fahren, wir fahren ins Rumbelreich!

Vielleicht, Kameraden, gelingt unser Streich!
Wir fahren, wir fahren ins Rumbelreich!
Die Sache wird sicherlich kein Genuss,
Wir tun jetzt, was getan werden muss.
Uns erwartet der Kampf und vielleicht der Tod,
Na schön, wir fahren, was uns auch droht.
Na, Rumbels, werdet ihr nicht schon bleich?
Wir fahren, wir fahren ins Rumbelreich!

Rumbels! Passt auf hinter eurem Deich!
Wir fahren, wir fahren ins Rumbelreich!
Und gibt uns der dämliche Tod seinen Kuss,
Wir tun jetzt, was getan werden muss.

Peckham, Stepney, Tooting, voran!
Wandsworth, Whitechapel! Drauf und dran!
Neasden! Von uns wird keiner weich!
Wir fahren, wir fahren ins Rumbelreich!«

Bingos Gefährten fielen ein in das Lied, ihre Herzen voll einer göttlichen Aufregung, eines Gefühls, das sich seltsam mit der heiteren Freude verband, dass sie Borribles waren, dass sie am Leben waren und zusammen auf ihr Abenteuer ausgingen, auf ein Abenteuer, von dem noch nach Jahren wieder und wieder gesungen werden würde.

Sam führte sie durch viele verlassene Fahrwege und Gärten und seltsame stille Straßen; er zog beharrlich den alten Karren die steilen Hügel hinauf, die die Grenzen des Rumbelreiches bewachten. Zielbewusst schritt das Pferd aus, den Kopf gesenkt und die Beine energisch voreinandersetzend, und sein Fell wechselte zwischen tiefem Purpur und Gold, wie es die ruhigen Lichtteiche betrat und verließ, die sanft aus den Schwanenhälsen der Straßenlampen auf ihren Betonsockeln fielen. Sam zog sie von der Brookwood Road über die Elsenham Street in die Augustus Road, wo der steile Anstieg nun im Ernst begann. Den Albert Drive hinauf und durch Albyn Road, durch Thursley Gardens hindurch, die Seymour Road und die Bathgate Road entlang, endlich die Somerset Road hinauf, und die Steigung flachte ab, und der Himmel wurde heller und fleckig wie das Porridge von gestern, und ein kalter, dunkler Wind drang aus einem grenzenlos offenen Raum auf sie ein und lähmte die Unternehmungslust der Abenteurer, die unter ihrer warmen Segeltuchplane hervorspähten. Die scharfe Luft schlug ihnen die Lungen mit Eis aus, und die Kälte drang durch ihr Blut bis ins Herz. Sam zögerte. Noch eine letzte Straße war zu überqueren – die Parkside Road. Er schüttelte den Kopf, wieherte mutig und schritt hinein in das grüne und schwarze Schweigen des Rumbelreiches.

Bingo lenkte das Pferd und den Karren zu einer großen Baumgruppe, die noch am Rande der Wildnis stand. Das morgendliche Winterlicht schien unfreundlich auf eine Wasserfläche in der Nähe. »Bluegate-Kiesgrube (aufgelassen)« sagte die Karte.

»Wir lagern am Ufer dort«, sagte Poch zu Bingo, »dann können wir wenigstens nicht von hinten angegriffen werden, und wir können Posten bei diesen Bäumen aufstellen.«

»Niemand in der Nähe«, sagte Bingo, »es sieht so aus, als hätte man uns nicht entdeckt. Wenn wir's zu den Bäumen rüber schaffen, sind wir in Sicherheit.«

Sam zog sie zu dem Wäldchen. Der Karren schwankte und hüpfte, und die Borribles, die nun standen, mussten sich mit aller Kraft festhalten, um nicht abgeworfen zu werden und unter die Räder zu fallen. Sie spähten scharf in alle Richtungen, ob sich irgendwo ein Zeichen ihres Feindes erkennen ließ, aber kein Vogel flog über ihnen, kein Hund schnupperte durch die Grasbüschel, nicht einmal am Horizont regte sich etwas, wo jetzt der graue Himmel sich aufhellte.

»Komm, Sam, mein alter Liebling«, rief Bingo müde, »sind gleich da, hmm? Dann ruhen wir uns aus und essen was, den ganzen Tag, mein kleiner Süßer.«

Sam zog den Karren tief in das Wäldchen hinein und hielt an. Sein Fell dampfte, und seine Beine zitterten nach der langen Flucht von der Engadine Street hinauf. Bingo zog die Bremse fest, und die Abenteurer sprangen vom Karren. Sie verteilten sich in alle Richtungen und durchsuchten das Unterholz, um sicherzugehen, dass keine Rumbels sich versteckten und dass – was noch gefährlicher wäre – kein Eingang zu einem Bau hier lag, einem jener großen unterirdischen Höhlensysteme, wo die Rumbels sicher und komfortabel wohnten.

Sie fanden keine Spur des Feindes, und so hoben Napoleon und Vulgo Bingo von Stonkus' Schultern und stellten ihn auf den Boden. Bingo reckte sich und rieb sich die Beine. »Was für eine leere und unbehagliche und langweilige Gegend, dieses Rumbelreich«, sagte er. »Was liegt denn auf der anderen Seite?«

»Nichts Besonderes«, sagte Poch. »Da gibt's kein London mehr, nur noch Land, einzelne Häuser, ziemlich komisch.«

»Und die leben unten«, flüsterte Vulgo, »grade unter unseren Füßen, was?«

»Richtig«, sagte Orococco, »die sitzen da unten in ihrem Bau, und wir stehen über ihren Köpfen hier droben. Noch.«

»He, Leute«, rief Napoleon, »kommt mal her und helft mir mit dem armen alten Stonkus. Der ist total steif, nachdem er Bingo die ganze Zeit getragen hat. Krampf in allen Muskeln. Das arme Schwein kann sich nicht mehr regen.«

Die Borribles versammelten sich und blickten im Kreis prüfend auf ihren im Krampf erstarrten Gefährten.

»Nicht schlimm«, sagte er und konnte kaum den Mund bewegen.

»Alles klar, ehrlich. Haltet lieber Ausschau, anstatt hier wegen mir rumzuglucken; die könnten sich anschleichen.«

»Chaline und ich gehen auf Wache«, sagte Sydney, und die beiden Mädchen gingen zum Rand des Wäldchens und starrten hinaus über die weite, hügelige Grasfläche.

Die anderen hoben Stonkus vorsichtig vom Karren. Er ließ sich steif wie ein Küchenstuhl vom Fahrersitz heben. Sie legten ihn auf die Seite ins Gras, aber sein Körper blieb in der sitzenden Haltung.

»Braucht mich bloß 'n bisschen massieren.« Er versuchte zu lachen. »Ich bin bald so gut wie neu.«

Sie wechselten sich ab, Stonkus' Beine, Arme und Rücken fest zu massieren, und als seine Muskeln sich ein wenig gelockert hatten, deckten sie ihn mit Schlafsäcken zu, um ihn warmzuhalten. Dann setzten sie sich zu einem Kriegsrat.

Kein Laut drang aus der Leere des Rumbelreiches herüber, aber von der Parkside Road her winselte der Straßenverkehr, nun, wo die Leute langsam zur Arbeit zu gehen begannen. Nur eines bewegte sich in der öden Landschaft in ihrer Nähe, der kühle schwarze Dunst, der von der Wasseroberfläche der alten Kiesgrube aufstieg.

Es war leicht zu entscheiden, was sie jetzt brauchten – Nahrung und Ruhe. Sie öffneten ihre Rucksäcke und hielten ein Festmahl mit den Lebensmitteln, die sie aus Tautröpfchens Haus mitgebracht hatten. Es gab Bohnenkonserven, Brotschnitten, Kekspackungen, Dosen mit Steak-and-Kidney-Pie, Reispudding, Schokoladenriegel (Milch, Bitter, Trauben-Nuss). Es gab Käse und Leberwurst und Flaschen mit dunklem Guinness und Dosen mit hellem Bier. Tautröpfchen und Herbie hatten nicht schlecht gelebt, und nach den Wochen der Entbehrungen im Keller in der Engadine Street war dies ein Bankett.

Dann, während immer zwei Wache hielten, schliefen sie den ganzen Morgen. Den Nachmittag lang dösten sie vor sich hin oder saßen einfach herum und unterhielten sich müßig, beim Gespräch ihre Schleudern an der Wasserfläche erprobend. Immer wieder schliefen einige ein, wachten wieder auf und beteiligten sich an der Unterhaltung. Sie redeten über die Rumbels, über ihre bis jetzt bestandenen Abenteuer und über das Training, das Poch und Hakenschlag mit ihnen durchgezogen hatten. Und darüber, ob sie je alle heil und gesund nach Hause kommen würden.

»Sie bleiben gerne im Warmen«, sagte Poch von den Rumbels. »Jetzt hat der Winter schon richtig angefangen, also werden sie die meiste Zeit in ihren Höhlen verbringen. Wir haben so lang gebraucht, um hierherzukommen, dass sie uns wahrscheinlich vergessen haben und nicht besonders viele Patrouillen ausgeschickt haben, die nach uns suchen sollen. Andererseits, doof sind die auch nicht; sie sind schlau. Vielleicht haben sie uns schon gesehen. Möglicherweise sind sie hinter dem Horizont und ziehn ihre Kräfte zusammen.«

»Hat je schon jemand, von den Rumbels abgesehen meine ich, das Innere eines Baues gesehen?«, fragte Chaline.

»Nein«, sagte Poch, »aber wenn man Zoff zuhört, der mehr über sie weiß als irgendein Borrible, dann kannst du die Vorstellung vergessen, dass es ein gemütlicher kleiner Bau ist, in Wirklichkeit ist das wie ein Bunker, ein Gefechtsstand, allerdings ganz luxuriös, Teppichboden, Bilder an der Wand, Einzelzimmer, Betten, Decken und Badezimmer, mit Zentralheizung natürlich, Werkstätten. Denen fehlt nichts, und sie essen gut, obwohl du das nicht essen könntest, was die essen, merkwürdiges Zeug, wird dir übel von. Die Bunker sind kompliziert, angelegt wie ein Spinnennetz, solide gebaut, Haufen Beton. Die Rumbels kennen jeden Zentimeter. Von euch werden sich welche verlaufen, werden in einer Sackgasse angegriffen werden. Aber denkt daran, es gibt einen Ort in der Mitte, wo alle Tunnel hinführen, die Zentrale. Wenn ihr in den Bunker kommt, seid ihr auf euch selbst angewiesen, jeder von euch schaut nach seinem Namensvetter, erledigt ihn und ab. Ihr wisst, wie sie aussehen, haben wir in der Ausbildung durchgenommen.«

»Rein, Zielperson erledigen, wieder raus«, sagte Sydney.

»Richtig«, antwortete Poch. »Hier treffen wir uns wieder. Wenn jemand gefangen wird, oder verwundet, oder getötet, warten die anderen nicht. Die Überlebenden nehmen Pferd und Wagen und hauen ab, bei Tag oder bei Nacht. Es können tausende von Rumbels hinter uns her sein, und kämpfen können die auch. Könnten uns leicht überrennen und uns allein durch ihre Überzahl vernichten.«

»Wüsste gern, was die vorhaben«, sagte Vulgo; er stand auf und schoss mit seiner Schleuder auf einen Plastik-Eisbecher, der auf dem Wasser schwamm. Der erste Schuss versenkte ihn. »Es ist zu verdammt ruhig!«

In diesem Moment schob Orococco seinen Kopf durch die Zweige. »Da kommt ein hübscher kleiner Rumbel anmarschiert, schnüffelt mit seiner Schnauze und stochert mit dem Nagel am Ende von einem langen, langen Stock im Gras herum! Ich könnte den kleinen Ungut aus fünfzig Metern umnieten.«

»Junge, Junge«, sagte Vulgo und schob sich den Munitionsgurt über die Schulter, »wenn er allein ist, dann kassieren wir ihn und fragen ihn mal ein paar Sachen, was seine Kumpel so vorhaben.«

Napoleon, der geschlafen hatte, rollte sich auf die Seite und sagte faul: »Ja, geh mal einer und bring den Kleinen her.«

»Tu ihm nichts«, sagte Poch zu Orococco. »Wir brauchen ihn lebend. Denk dran, mit Kindern reden sie. Wenn er nicht draufkommt, dass du ein Borrible bist, dann sag ihm, er soll sich hier mal was ansehn, unter den Bäumen.«

»Da kriegt er's vielleicht mit der Angst und rennt meilenweit davon«, sagte Orococco augenzwinkernd und ließ seine Zähne blitzen.

»In dem Fall gib ihm eine übern Kopf und zieh ihn an den Füßen hier rüber«, sagte Napoleon und schlief wieder ein.

Die, die wach waren, sprangen auf und rannten durchs Gebüsch, bis an den äußeren Rand des Wäldchens. Über das im Wind wehende Gras hinweg erblickten sie den Rumbel, der sich langsam einen Weg durch den Ginster bahnte. Er schnüffelte vorsichtig umher, und häufig schossen seine Augen zur Seite, als fürchte er einen Angriff oder das Entdecktwerden. Orococco war bereits in einiger Entfernung und hüpfte herum, zielloses Kindervergnügen mimend.

»Tut so wie ein Normaler«, sagte Poch, und alle sahen zu.

Orococco ließ so lange wie möglich die Ginsterbüsche zwischen sich und dem Rumbel, aber schließlich bemerkte ihn dieser. Der Rumbel hielt an und schaute sich mit nervösen Drehungen seines Kopfes um. Aber er sah niemand, nur Orococco, der vergnügt herumsprang wie ein Kind, das die Schule schwänzt.

Der Rumbel sank hinter einen niedrigen Ginsterstrauch, bis nur noch die Schnauzenspitze sichtbar war. Orococco tat, als hätte er nichts gesehen, und schien schon vorbeizuhüpfen, aber da hielt er inne, und die Beobachter sahen, wie er dem Rumbel zuwinkte, der zögernd hinter den Büschen hervorkam und zu dem schwarzen Borrible ging.

Orococco klatschte in die Hände und redete eine Weile mit ihm; er deutete auf das Wäldchen, wo seine Gefährten versteckt lagen, dann winkte er wieder dem Rumbel zu und sprang davon.

»Ob's funktioniert?«, sagte Vulgo.

»Kommt drauf an, was er ihm erzählt hat«, sagte Chaline.

Der Rumbel stand minutenlang an seinem Platz und wartete, bis Orococco am Horizont verschwunden war. Sobald er glaubte, allein zu sein, drehte er sich um und lief auf die Borribles zu.

»*Verdammt*, es hat geklappt«, rief Adolf und rieb sich die Hände.

»Verteilt euch«, sagte Poch. »Hinter einen Baum oder was, und wenn der kleine Ganove vorbeikommt, auf ihn.«

Aus ihren Verstecken heraus beobachteten die Borribles, wie der Rumbel näher kam. Die Schnauze des Tiers pulsierte misstrauisch, die kleinen roten Augen schnellten von einer Seite zur anderen, bohrend, spähend, was hinter den Bäumen liegen mochte. Es hob seinen Rumbelspeer, es konnte riechen, dass etwas nicht stimmte, aber seine Gier war durch Orococcos Geschichte gereizt worden. Die weichen Pfoten brachten es näher und näher. Am Rand des kleinen Wäldchens blieb der Rumbel stehen und wandte sich um, über das wilde Hügelland hinzublicken. Nichts bewegte sich in der Landschaft. Der Rumbel schob die Tragetasche zurecht, die er über die Schulter geworfen hatte, holte tief Atem mit seiner langen Schnauze und drang in den Wald ein. Nicht besonders weit. Als er zwischen zwei Bäumen hindurchging, wuchsen Vulgo und Torricanyon wie zwei schnell aufblühende fleischfressende Pflanzen vor ihm und hinter ihm aus dem Boden.

»Aaaaaa«, quiekte er überrascht; der Laut begann kräftig, verging dann aber zu einem schwachen und zusammenhanglosen Wimmern.

»Aaaaa«, machte Vulgo ihn nach. Dann schnappte er den Rumbel beim Kragen und schüttelte ihn, als wollte er alle Knochen durcheinanderwirbeln. »Du schimmliges altes Federbett, wir haben einen langen Weg zurückgelegt, um uns mit dir zu unterhalten. Namenlosen Gefahren haben wir ins Auge gesehen, um einen fruchtbaren Gedankenaustausch einzuleiten, und du kannst bloß ›Aaaaaa‹ sagen.«

»Jawoll«, fiel Torricanyon ein und gab dem Tier einen leichten Schlag auf die Schnauze. »Du Ratte du.« Er besaß nicht den fantasievollen Wortschatz, über den Vulgo verfügte.

Das Tier richtete sich auf. »Ich bihn keine Rahtte«, sagte es. »Ich bihn ein Rumbel.«

»Und ich bihn Tohrricanyon, ein ganz bedrohlicher Borrihble«, sagte Torricanyon und ergriff den Rumbelspeer. »Schau dir das an«, sagte er zu Vulgo. »Ein höchst peinvolles Gerät.«

»Jawohlja«, stimmte der Borrible aus Stepney zu, »und da drunten sitzen tausende von Rumbels, und alle haben sie so was. Komm, zurück zur Lichtung.«

Sie fassten den Gefangenen bei den Armen und zerrten ihn in die Mitte des Wäldchens, wo die anderen sich versammelt hatten. Der Rumbel wurde vor den Karren gesetzt und an eines der Räder gefesselt.

»Ach du meine Gühte«, sagte der Rumbel und sah sich nervös um, »ich kann tatsächlich ein Pfehrd riechen! Ihr könnt euch nicht vohrstellen, wie entsetzlich Pfehrde sind.«

»Ist das nicht erstaunlich, wie die nicht vernünftig reden können?«, sagte Vulgo und zog fest an den Fesseln, um sicher zu sein, dass der Gefangene nicht entkommen konnte.

Die Borribles saßen im Halbkreis um den Gefangenen, und selbst die, die noch ein Schläfchen gemacht hatten, erwachten und kamen zum Karren, um den Gefangenen zu begutachten.

»Also dann«, sagte Bingo fröhlich zu dem Rumbel, »wir werden dir jetzt ein paar höchst interessante Fragen stellen, und du wirst uns ein paar höchst interessante Antworten geben. Wenn du uns nicht bei Laune hältst, wenn wir auch nur ein klitzekleines bisschen Langeweile bekommen, dann verfüttere ich dich an Sam. Der mag Heu.«

»Sam ist das Pferd«, sagte Chaline mit bedrohlicher Freundlichkeit.

»Aaaaaaach«, stöhnte der Rumbel schwach.

»Na, das ist ja schon mal unerhört langweilig für den Anfang«, sagte Vulgo. »Wenn der die ganze Zeit nichts anderes als ›Aaaach‹ sagt, können wir ihn gleich an Sam weitergeben.«

Sam, das Pferd, kam nun, da sein Name so häufig gefallen war, langsam zu der Gruppe Borribles herübergelaufen und stellte sich, zufrieden über ihre Schultern schauend, mampfend auf. Er sah sich die Pelzkreatur mit einem gewissen Appetit an, denn es ist tatsächlich so, dass Pferde gerne gelegentlich einen Rumbel verspeisen – da er wie gut abgelagertes Heu schmeckt, würzig und nahrhaft. Der gefesselte Rumbel schrak zurück. Obwohl er für gewöhnlich durchaus Mut hatte, konnten verständlicherweise weder er noch sonst jemand seiner Art Anblick oder Geruch eines Pferdes ertragen.

»Lasst ihn nicht an mich heran«, schrie er, »ich werde reden, ich werde euch ahlles erzählen, aber lasst ihn nicht zu mir.«

Vulgo sah sich im Halbkreis seiner Freunde um. »Na«, sagte er, »wenigstens besser als ›Aaaach‹.«

»Wie viele Rumbels sind in eurem Bunker?«, fragte Torricanyon.

Eine dünne gelbe Zunge tauchte einen Augenblick auf und fuhr den Spalt in der Rumbelschnauze entlang. »Huhnderte, sicherlich, vielleicht mehr, aber wihr sind nur ein Bunker, auch davohn gibt es Huhnderte, alle verbunden miteinander.«

»Und der Generalstab, die obersten Acht, wo sitzen die?«, fragte Sydney mit kühler Stimme.

»Ihr wisst vohn den Acht?«, fragte der Rumbel, sie mit wachsender Angst anblickend. »Dann seid ihr keine gewöhnlichen Kinder, ihr seid …«

»Gahnz richtig, ahlter Freund«, sagte Vulgo spöttisch, »wir sind die gefürchteten Bohhhribbles. Hör doch zu, wenn man dir was erzählt.«

Das Verhör setzte sich den ganzen Nachmittag lang fort, wobei dem Rumbel nach und nach klar wurde, dass dies die prophezeite Große Rumbeljagd war.

Die Borribles fanden vieles heraus. Der Rumbel, den Poch und Grabscher vor langer Zeit gefangen hatten, war lebend ins Rumbelreich zurückgekehrt. Seine Geschichte hatte die Herzen aller Rumbels mit Furcht und Entsetzen erfüllt – Alt und Jung, männlich und weiblich. Doch die Furcht war zum Zorn geworden, und aus dem Entsetzen war Entschlossenheit hervorgegangen, und die Rumbels hatten sich bereitgemacht.

Zuerst hatte der Generalstab, wie es der allgemeinen Stimmung entsprach, in einer übertriebenen Reaktion alle tauglichen Tiere zur Truppe der Krieger eingezogen. Man hatte intensiv trainiert, und Rumbelspäher waren regelmäßig bis nach Southfields und sogar bis zum Wandsworth Common ausgeschickt worden. Einige waren in ununterbrochener Reihe entlang der Eisenbahnlinie aufgestellt worden, welche, wie man glaubte, die Borriblearmee überschreiten musste, denn die Rumbels hatten eine Masseninvasion erwartet. Diesen Eindruck hatten die Erzählungen Timbucktus hervorgerufen, des Rumbels, den Poch im Battersea Park so grob behandelt hatte. Er brachte seine Mitbürger zu der Annahme, dass eine riesige Horde Borribles im Anmarsch wäre und dass sich alle Borribles Londons im Kriegszustand befänden.

Aber die Wochen waren vergangen, und vom Feind war nichts zu sehen gewesen. Die Borribledrohung trat im Bewusstsein des durchschnittlichen Rumbels zurück. Die Späher verließen ihre Posten und nahmen wieder ihr allzu gewohntes Leben der problemlosen Bequemlichkeit auf. Patrouillen zogen immer noch nach Southfields und so weiter, aber Rumbels mögen die Straßen ebenso wenig wie die Borribles das freie Feld, und so waren die Patrouillen weniger regelmäßig und aufmerksam geworden. Die meisten Rumbels vergaßen die Gefahr der Großen Rumbeljagd vollständig, andere vertraten die Ansicht, dass es sich um eine leere, im Zorn ausgestoßene Drohung handelte, eine, die die Borribles niemals einlösen könnten. Und jedenfalls, dachte der gewöhnliche Rumbel, wenn er überhaupt daran dachte, diese Borribles sind dreckige, kleine, ärmliche Rotzfiguren, die würden nie die lange und gefährliche Strecke zum Rumbelreich zurücklegen können, denen fehlen die Mittel, das Wissen, der Verstand. Eine solche Expedition auszurüsten steht einfach nicht in ihrem Vermögen. Die leben in schmutzigen Seitenstraßen und kratzen kaum ihren kümmerlichen Lebensunterhalt zusammen. Sind vollauf damit beschäftigt, zu überleben. Nein, dachte man, das große Reich der Rumbels oben auf dem großen Hügel, beinahe der Gipfel der Welt – das ist nicht in Gefahr.

Der Generalstab der Rumbels sah dieses Problem jedoch nicht in ganz derselben Weise. Sie waren bedroht worden, und obwohl diese Drohung vielleicht erst eine Idee war, war es doch eine Idee, die ihren Untergang zum Gegenstand hatte, und es lauerte darin eine große Gefahr. Wenn nichts getan würde, konnte diese Vorstellung nur zu einer Katastrophe führen. Im Übrigen, dachten sie sich, hatten sie das völlig unbestreitbare Recht, hinzugehen, wo sie wollten, waren niemand verpflichtet – und dieses Recht galt es zu verteidigen.

So arbeitete der Generalstab einen Plan aus, der in der Hauptsache vom Oberhaupt und Diktator der Rumbels stammte, von Vulgarianus. Sie mussten zuschlagen, bevor der Schlag gegen sie geführt werden würde; sie mussten die Borribles von Battersea zerstören, bevor deren Idee sich einwurzeln und verbreiten konnte. Eine große Rumbeltruppe aus Eliteeinheiten würde für einen Nachtangriff auf die Battersea High Street ausgerüstet werden, um alle Borribles aufzuspüren und zu vernichten, die sie finden konnten, und um die Kriegsmaschinerie zu zerstören, die dort nach den Versicherungen von Timbucktu entstand.

Krieger bereiteten sich in speziellen Trainingseinheiten vor und waren für die lange Reise gerüstet. Sie hatten keinesfalls die Absicht, diese vielen Meilen zu Fuß zurückzulegen; es stand bereits ein Auto bereit, und man wartete nur noch auf die Lieferung weiterer Wagen, bevor man aufbrechen würde. Sie beabsichtigten, mit großer Geschwindigkeit und gleichzeitig an mehreren Stellen zuzuschlagen und die größtmögliche Panik und Zerstörung unter der Borrible-Bevölkerung hervorzurufen.

Zusätzlich zu diesen Angriffsmaßnahmen hatten die Rumbels ihre eigene Verteidigung in allen Einzelheiten noch einmal überprüft. Es gab nur zwei Eingänge in den zentralen Bunker, und beide wurden Tag und Nacht bewacht. Rumbels, sagte man, ließen nie wieder etwas los, was in ihrem Besitz war – und das Rumbelreich würden sie verteidigen bis zuletzt. Ein Gedanke, auf den sie nie gekommen waren, war die Möglichkeit, dass eine kleine, auserwählte Borrible-Streitmacht ihr Territorium infiltrieren könnte und versuchen würde, den Generalstab zu ermorden und so die Rumbels führungslos und ohnmächtig zu machen. So entdeckten die Abenteurer, dass das Überraschungsmoment auf ihrer Seite war: Niemand rechnete mit ihrer Ankunft. Das war die gute Nachricht. Die schlechte kannten sie schon: Sie waren hoffnungslos in der Minderzahl, und ein Rückzug würde, selbst wenn ihnen ihr Vorhaben gelänge, unmöglich sein.

Als die Borribles schließlich das Verhör zu ihrer Zufriedenheit beendet hatten, entfernten sie sich ein Stück von ihrem Gefangenen, um ungestört reden zu können. Sie standen, prüfende Blicke auf den Horizont werfend, an die Bäume gelehnt und besprachen die Lage.

»Also –«, fragte Bingo, »wie legen wir das Spielchen an?«

»Was unser Freund zu erwähnen vergessen hat«, sagte Poch, »ist, dass es zwar nur zwei Eingänge in den Bunker gibt, aber dass da außerdem noch ein Lüftungsschacht über den Küchenräumen rauskommt. Steht in einem von den Büchern. Ich glaube, das ist der Weg, den wir – ich meine ihr – nehmen solltet.«

»Einen Moment mal«, unterbrach Stonkus. »Mein Ziel ist der Pförtner. Ich muss durch die Tür rein, sonst find ich ihn vielleicht nie.«

»Ich hab eine Idee«, rief Torricanyon. »Wir können einen Ablenkungsangriff auf beide Türen machen, nur ein paar von uns, und die anderen, die Hauptstreitmacht, geht durch den Luftschacht runter.«

»Da kommt 'Rococco«, sagte Stonkus, »der rennt ja förmlich.«

»Kann der laufen!«, sagte Sydney. »Hoffentlich keine schlechten Nachrichten.«

Orococco hielt ein paar Meter vor dem Wäldchen an, sah sich um, ob ihn niemand beobachtete, und glitt dann zwischen die Bäume.

»Hallo«, keuchte er. »Alles in Ordnung?«

»Wir besprechen gerade, wie wir angreifen sollen«, sagte Napoleon. »Stimmt was nicht?«

»Keine Probleme«, antwortete der Borrible aus Tooting. »Bin nur mal kurz durch die Gegend gekurvt, mal schaun, was es zu sehen gibt ... Habt ihr den Rumbel, den ich euch geschickt hab?«

»O ja«, sagte der Wendel. »Was hast du rausgefunden?«

»Na, ich glaube nicht, dass sie wissen, dass wir hier sind«, sagte Orococco. »Ich hab einige von ihnen mit diesen komischen Speeren, die sie haben, rumwandern sehen, aber die sahen nicht irgendwie besorgt aus, haben halt pro forma ihre Runde gedreht. Ich hab die beiden Eingänge gefunden und hab mir gemerkt, wo die Lüftung rauskommt, oben auf einem Hügel. Klare Sache.«

Napoleon, der dem Totter zugehört hatte, drehte sich jetzt misstrauisch zu Poch. »Und was machst du während des Angriffs?«

»Adolf und ich, wir helfen, indem wir so viel Verwirrung stiften wie möglich«, sagte Poch, ohne den Wendel anzusehen.

»Da kannst du Gift drauf nehmen, *verdammt*«, stimmte der Deutsche ihm zu.

Nach einer kurzen Fortsetzung der Diskussion wurde Torricanyons Plan einstimmig angenommen, und die Abenteurer gingen zur Lichtung zurück. Dort erwartete sie eine Überraschung. Der Rumbel war verschwunden, sogar die Stricke, mit denen er gefesselt gewesen war, waren weg.

»Wer hat ihn festgebunden?«, Napoleon brüllte Vulgo an; sein Gesicht war zornig verzerrt.

Vulgo sah schuldbewusst drein. »Ich hab mich vergewissert, dass er sich nicht losmachen konnte.« Er sah zu den anderen. »Echt.«

»Sieht ja ganz danach aus!«, sagte Napoleon. »Wenn der seinen Bunker erreicht, sind wir geliefert.«

»Keine Panik«, lachte Sydney. »Schaut euch Sam an.«

Das Pferd lag am Rand der Lichtung, einen Ausdruck törichter Zufriedenheit auf dem langen Gesicht. Aus dem Maul baumelte ein kleines, fransiges Endchen Strick, das mit der Bewegung der kauenden Kiefer hin- und herschwang.

»Jetzt will ich doch gleich doppelt verdammt sein«, rief Adolf, »Sam hat ihn verspeist!« Und er ließ sein Spottlachen hören.

»Ist es die Möglichkeit?«, sagte Stonkus ungläubig. »Hat er wirklich, schaut's euch an, dieses raffinierte Unschuldslämmchen.«

»Ein Rumbel weniger«, sagte Napoleon praktisch. »Ich hab mir schon den Kopf zerbrochen, was wir mit ihm machen sollen.«

Sam wieherte befriedigt, rollte sich auf die Seite, streckte die Füße von sich und versank prompt in einen tiefen Schlaf.

»Genau das mach ich jetzt auch, Mann«, sagte Orococco, »besorg mir was zu essen, und dann schlaf ich ausgiebig. Schließlich ist heute ja die Nacht der Nächte, was?«

Das schien allen die beste Idee; nach einem leichten Imbiss rollten sie sich in ihren Schlafsäcken zusammen. Poch, Adolf und Chaline übernahmen die erste zweistündige Wache; zwei Stunden lang über die kalte grüngraue Weite des ungastlichen Rumbelreiches hinaussehen.

Es war nun mitten im Winter, und hoch oben auf diesem Hügel war die Luft scharf und schneidend. Kein Wunder, dass diese Rumbels Pelzmäntel haben, dachte Poch, als er schaudernd Wache hielt. Nichts bewegte sich draußen in der öden Weite, nichts außer ein paar Erwachsenen, die ihre Hunde ausführten, oder Kindern, die auf Fahrrädern dahinsausten. Es war seltsam, dachte er bei sich, wie diese Schlacht nun geschlagen werden würde, und kein Erwachsener, kein Polizist würde je etwas davon wissen – aber schließlich gab es eine ganze Menge, was die nicht wussten und auch nicht wissen sollten.

Chaline kam herüber und lehnte sich an einen Baum. Sie sah Poch zuerst nicht an, sondern schaute über das grüne Land hinaus, wo der vorrückende Nebel der Abenddämmerung es schwierig machte, zwischen Bäumen und Ginstersträuchen, Wegen und Gras zu unterscheiden.

»Es wird gefährlich, nicht wahr«, sagte sie. Es war keine Frage.

»Wir haben immer gewusst, dass welche von uns es nicht überleben«, antwortete Poch.

»Manchmal denke ich«, sagte Chaline, »dass so ein Abenteuer gar nicht das Richtige für uns ist. Es wäre schön, jetzt einfach wieder ein Borrible zu sein und in unseren Abbruchhäusern zu leben. Du weißt doch: ›Obst vom Karren, das reicht dem Borrible‹? Ich meine, dieses Abenteuer ist doch am Ende etwas, was weit über das hinausgeht, was wir sonst machen, es ist Selbstmord.«

»Moment mal«, protestierte Poch überrascht, »das ist das größte Abenteuer, auf dem wir je sein werden oder von dem wir auch nur hören werden.«

»Hmmm.« Es klang, als wäre Chaline nicht überzeugt. »Du solltest den anderen wirklich klarmachen, dass sie wahrscheinlich morgen um diese Zeit tot sind. Wer will für seinen Namen sterben? Das ist nie und nimmer borriblemäßig.«

»Obst vom Karren ist schön und gut, aber wir brauchen auch unsere Abenteuer. Schau mal, wenn du bei dem hier nicht mitgekommen wärst, hättest du nie Tautröpfchen und Herbie gesehen und erfahren, wie es uns geht, wenn wir gefangen werden. Wir hätten davon gehört, aber jetzt haben wir's gesehen, wir wissen es.«

»Ja, aber nimm mal an, Zoff hat sich da total geirrt, nimm an, diese Rumbels haben sich einfach mal umgesehen, sind einfach mal runter in den Park gekommen. Nicht um ganz Battersea zu erobern, wie er gesagt hat. Was dann? Das wäre dann schön blöd, wir haben Angst vor denen und sie vor uns.«

»Ach, das ist doch Unsinn«, sagte Poch und lachte kalt. »Der alte Zoff macht keine solchen Fehler, dem passiert so was einfach nicht. Er hat die Rumbels seit Jahren studiert, er kennt sie durch und durch. Ich meine, glaubst du, die Wendels wissen nicht, womit sie's zu tun haben? Eisenkopf ist Eisenkopf, weil es die Rumbels gibt, auf die geht das alles zurück ... das ist doch offensichtlich!«

»Du bewunderst Zoff zu sehr«, sagte Chaline. »Je mehr ich von dieser Expedition sehe, desto mehr denk ich daran, zurückzugehen, wo wir hingehören. Ich meine, wie wichtig ist ein Name? Du hast einen, und doch machst du jetzt wegen eines zweiten bei dem Himmelfahrtskommando hier mit.« Sie schüttelte den Kopf, schaute Poch an und sprach dann aus, was sie wirklich beschäftigte: »Da ist noch was, das stimmt doch? Ein Geheimnis, das du kennst und das Zoff kennt. Normalerweise sind Expeditionen schöne Abenteuer, und man hat Spaß, aber hier werden wir wie die Wendels. Das kann doch nicht gut sein, oder? Was wir machen, sieht jetzt richtig aus, aber am Ende könnte es ganz falsch sein.«

Poch wurde streng; lange und komplizierte Argumentationen schaffte er nicht. »Du und Sydney, ihr habt wirklich euren Platz ausgefüllt, die ganze Zeit. Ich hab's am Anfang nicht glauben wollen, aber ihr wart voll da. Willst du das jetzt alles kaputtmachen und Angst kriegen?«

Chaline wurde nicht ärgerlich, sie lächelte sogar. »Ich hab dir's gleich gesagt, wir sind so gut wie irgendjemand sonst. Und was die Angst angeht, na, jeder hat Angst vor etwas. Du hast Angst, dass du keinen zweiten Namen bekommst, und danach wieder einen und so immer weiter.« Sie legte ganz leicht ihre Hand auf seine und nahm sie wieder weg.

Poch errötete und drehte den Kopf, um sie anzusehen, aber sie war durch die Bäume verschwunden, zurück zu ihrem Posten. Über den sonnenlosen Wiesen des Rumbelreiches lag der Nebel in großen Ballen; keine Menschenseele war zu sehen. Bald würde es dunkel sein; er wäre froh, wenn es losging.

Die Borribles wachten und schliefen abwechselnd, den ganzen Abend jenes Tages hindurch, aber um Mitternacht fanden sie keinen Schlaf mehr und standen auf, um ein letztes Mal gemeinsam zu essen. Sie drängten sich unter dem Karren zusammen und hielten ihr Festmahl im Licht von Taschenlampen, die sie an die Speichen der Räder gebunden hatten. Sie waren ziemlich still, aber dann erzählte Adolf ihnen von seinen Reisen, und wie er sich seine Namen geholt hatte, wie das hier das beste Abenteuer war, das er je gehabt hatte, und wie glücklich und froh er war, mit einer solchen Bande zusammen loszuziehen. Er schlug Napoleon auf die Schulter und sagte, er sei »gar nicht so übel für einen Wendel«, und selbst Napoleon musste lachen und gab dem Deutschen noch eine Dose von Tautröpfchens Guinness.

In der schwärzesten Stunde der Nacht begannen sie ihre Vorbereitungen. Sie bestückten ihre doppelten Munitionsgurte mit sorgfältig ausgewählten Steinen und tauschten die abgenutzten Gummis ihrer Schleudern aus. Adolf und Poch nahmen sogar als Reserve die Schleudern mit, die sie bei ihrer Flucht aus Tautröpfchens Haus eingesetzt hatten. Sie entfernten alle glänzenden Teile von ihren Jacken, stopften die Hosenbeine in die Socken und schnürten ihre Stiefel fest, ohne baumelnde Schnürsenkel, damit sich nichts an Nägeln oder Türkanten oder sonst irgendwo verfangen konnte. Sie führten Sam ins Geschirr und luden ihre Rucksäcke auf den Karren, um zur Flucht bereit zu sein, falls sie je wieder aus dem Bunker herausfinden würden. Als alles getan war, schaufelten sie einen großen Haufen Steine von dem kiesbedeckten Ufer der Grube zusammen und warfen auch die in den Karren. Wenn sie ihren raschen Rückzug verteidigen müssten, würde es von Vorteil sein, wenn sie einen guten Munitionsvorrat dabeihätten. Ganz zum Schluss nahm Poch eine Dose aus der Tasche, öffnete sie und fing an, sein Gesicht mit dem Inhalt einzureiben. Es war schwarze Schminke, die seine weiße Haut im frostigen Sternenlicht vor dem Feind verbergen sollte. Orococco lachte, als die anderen es ihm nachtaten.

»Mann o Mann, jetzt hab ich aber wirklich alles gesehen. Wenn wir mal bei Tag angreifen, sorgt ihr dann dafür, dass wir ein bisschen weiße Farbe für mich dabeihaben, damit mein Gesicht nicht so peinlich auffällt?«

Seine Freunde, die sich ein wenig blöd vorkamen, sagten, er sollte 's Maul halten, aber er lachte weiter, und immer wieder im Verlauf der Nacht lachte er leise vor sich hin, wenn er die anderen mit ihren schwarzen Gesichtern sah.

Als sie bereit zum Aufbruch waren, standen sie in einer Gruppe zusammen und sahen sehr angriffslustig und entschlossen aus. Einer nach dem anderen gingen sie zu dem Pferd hinüber, streichelten Sam und baten ihn, geduldig zu sein und im Geschirr zu warten, und Sam wieherte wie ein Schlachtross und stampfte mit dem Huf. Sie verglichen ihre Uhren, peilten den Kompass auf das Wäldchen und marschierten dann, ohne ein Licht, hintereinander davon. Orococco führte sie, denn, wie er sagte, er kannte nicht nur den Weg, sondern war nach wie vor der Schwärzeste von allen.

8

Es war eine kalte und klare Nacht; der Reif ließ ihre Tritte knirschen, als sie über das starre weiße Gras dahingingen. Sie sprachen nicht, aber es war keiner unter ihnen, der sich nicht in diesem Augenblick nach dem freundlichen Gedränge seiner Heimatstraßen sehnte. Nach etwa einer Meile hielt Orococco an, und die Abenteurer bildeten einen Kreis. Der Borrible aus Tooting konnte selbst jetzt der Situationskomik nicht widerstehen. »Freunde«, lachte er, »ihr schaut mich an, als wären wir die zehn kleinen Negerlein.«

»Mach schon, mach schon«, sagte Stonkus ungeduldig, der wie alle anderen angespannt und begierig war, zu beginnen.

»Na gut, du Sarottimohr«, sagte Orococco. »Seht ihr die Erhebung, die da drüben langsam gegen den Himmel anwächst? Das ist der Bunker, sieht nur wie ein Hügel aus. Rechts stehn ein paar junge Bäumchen und Sträucher, die verdecken das Große Tor. Wenn wir den Hügel raufklettern und in gerader Linie drübergehn, kommen wir zum Abzug des Lüftungssystems, und in gerader Linie davon weiter, etwa eine halbe Meile, kommt die Hintertür – kleiner und nicht so gut gebaut. Und stampft nicht mit dem Fuß auf, wenn ihr auf dem Hügel seid, oder ihr weckt alle Ratten im Rumbelreich.«

»Also!«, sagte Stonkus. »Ich steig hier aus. Mein Ziel ist grade auf der anderen Seite von der Tür da.«

»Mit hunderttausend Freunden«, fügte Napoleon sarkastisch hinzu.

»Das Risikoverhältnis ist für einen Borrible grade richtig, da schlaf ich nicht ein dabei«, antwortete Stonkus, der auch eine freundschaftliche Spitze nicht kommentarlos vorbeiließ … und bei einem Wendel wusste man ohnehin nie so genau.

»Wer soll dich begleiten?«, fragte Poch. »Wir müssen weiter, wir müssen bei Morgengrauen wieder draußen sein.«

»Torricanyon, wenn der mitkommt«, sagte Stonkus und drehte sich nach seinem Freund um.

»Klar doch komm ich mit«, antwortete Torricanyon und setzte sich leise vom Rest der Gruppe ab. »Wir geben euch zehn Minuten, dann gehen wir rein.«

Der Rest ging weiter. Sie liefen in leisem Trab die Seite des Hügels hinauf, der sich über dem Bunker wölbte. Und tatsächlich: oben auf der Anhöhe, von dichtem Ginster verborgen, öffnete sich der Hauptschacht des Belüftungssystems der Bunkerstadt. Die Öffnung war mit einem schweren, soliden Eisengitter bedeckt, zur Tarnung grün bemalt. Orococco sagte: »Da habt ihr's. Und nun, wer kommt mit mir zur anderen Tür? Kann ich sehr empfehlen, ziemlich schwächlich und nur von fünfhundertfünfzig Rumbels bewacht. Wer bietet?«

Bingo sprang auf. »Battersea und Tooting zusammen!«, rief er. »Was für ein Team! Ich schnapp dich an den Beinen, du alter Totter, und hau sie mit deinem Dickschädel zu Klump.«

Orococco wandte sich zu Poch. »Gebt uns fünf Minuten«, sagte er, »und wenn ihr dann Teewasser aufgesetzt habt, sind wir bei euch drin.« Und er und Bingo rannten davon.

Nun waren noch sechs von ihnen um den Ventilationsschacht versammelt: Chaline, Sydney, Adolf, Napoleon, Vulgo und Poch. Sie hockten sich hin und warteten.

»Freunde«, sagte Vulgo nach einer Weile, »die fünf Minuten sind in die Ewigkeit gegangen. Sollen wir den Tanz beginnen?«

Napoleon zwängte sein Messer unter die Kante des Lüftungsgitters und schob die Klinge hinein, soweit es ging. Dann versuchte er mit allen seinen Kräften, das Gitter hochzuhebeln und zu drehen; es verschob sich ganz leicht in seiner Halterung.

»Es geht«, sagte Sydney und schob einen Stein in den Spalt, sodass das Gitter nicht gänzlich zurückfallen konnte. Adolf und Poch ergriffen die Kante und zogen zusammen, und das schwere Eisenquadrat stand einen Moment aufrecht, bevor sie es zu Boden gleiten ließen. Chaline beugte sich über die dunkle Öffnung und spähte hinunter. »Sieht so aus, als ob es eine schöne Strecke abwärtsgeht«, sagte sie.

Napoleon riskierte einen raschen Lichtstrahl seiner Taschenlampe: Der Luftschacht fiel zehn Fuß vertikal ab und bog dann rechtwinklig zur Seite.

»Es gibt nur einen Weg, herauszufinden, wo der hinführt«, sagte Vulgo, »und zwar reingehen.«

Sie hatten jeder ein starkes Seil mitgebracht, das sie um die Hüften gewickelt trugen; Vulgo nahm seines und band es an einem nahen Ginsterstrauch fest.

»Ich geh zuerst«, sagte er. »Ich pfeif euch dann, wenn alles in Ordnung ist.« Er prüfte das Seil und sah noch einmal in die Gesichter seiner Abenteuergefährten. »Los geht's – und lassen wir uns nicht erwischen.«

Und er glitt über den Rand des Schachtes und war verschwunden. Im einen Augenblick war er noch da gewesen, lächelnd und den Kopf wiegend, und nun war nur noch ein Abschnitt des straff gespannten Seils zu sehen. Einen Augenblick später wurde das Seil locker, und sie hörten den vertrauten Borriblepfiff.

»Ich geh als nächste«, rief Chaline, und sie packte das Seil, trat rückwärts in die Leere und stieg gelassen die Wand des Schachtes hinab.

»*Verdammt*«, sagte Adolf und stieß Poch an, »das Mädchen ist nicht schlecht.«

Napoleon entschied, dass Sydney Chaline folgen sollte; dann würde er selbst gehen. Zu Poch und Adolf sagte er nur: »Ihr beide kommt hinterher, und denkt daran, das Abenteuer ist jetzt wirklich auf seinem Höhepunkt. Ihr mischt euch bei keinem von uns ein, nur wenn wir euch auffordern. Das ist unser Abenteuer. Klar?«

Adolf beobachtete, wie der Wendel das Seil hinabglitt und ihn und Poch allein auf dem Hügel zurückließ, wo der Wind pfiff. »Er kann dich nicht allzu sehr leiden, mein Lieber«, sagte er zu Poch. »Er glaubt, du hast etwas vor.«

Poch grinste und flüsterte dem Deutschen zu: »Und ich hab auch was vor, Sportsfreund, und du wirst dir's mit mir zusammen vornehmen. Was Napoleon betrifft, der ist einfach von Natur aus misstrauisch, sind die Wendels immer.«

»Oho!«, machte Adolf. »Lass mal gut sein. Wenn ich wo was gerne habe, dann vor mir. Los, Beeilung.«

Stonkus und Torricanyon robbten vorsichtig durch die Ginsterbüsche und näherten sich langsam der Großen Tür. Ein vorzeitiger Alarm würde die Verteidiger warnen und die Lage der Borribles nicht nur schwierig, sondern unmöglich machen. Gras und Gestrüpp waren schon feucht; der Morgentau kündigte sich an, und bald waren die beiden Angreifer und ihre Kleider durchnässt.

»Wir sind gleich wieder trocken, wenn wir mal drin sind«, sagte Torricanyon. »Ich nehm meinen Rumbel als Badetuch.«

»Irgendwie komisch, was?«, sagte Stonkus. Er kroch nicht mehr weiter und sah seinen Gefährten an. »Ich meine, hinter einem Typ mit demselben Namen her sein. Wie wenn man hinter sich selbst her ist. Die Namen, die wir haben, sind nicht wirklich unsere, sind eigentlich die von denen, und wenn wir sie ausgelöscht haben – dann sind die Namen für immer unsere, und das Abenteuer, auch wenn wir getötet werden, das können sie uns nicht nehmen.«

»Das nimmt man uns, wenn wir alle sterben und keiner zurückkommt, um die Geschichte zu erzählen. Wenn es nie aufgeschrieben wird, ist es für immer weg, hast du da schon mal dran gedacht?«

»Ja. Vielleicht hätte Poch nicht so weit mitkommen sollen. Er kann kein Chronist sein, wenn er gefangen oder getötet wird.«

Torricanyon hielt Stonkus' Arm einen Moment fest. »Ja!«, sagte er, »aber wenn er nicht bis hierher mitgekommen wäre, hätte er keine Geschichte zu erzählen.«

Etwa zehn Meter vor dem Tor hielten sie an und kontrollierten ihre Uhren.

»Noch mal fünf Minuten.«

»Schau dir die Tür an«, sagte Stonkus respektvoll, »absolut un-ein-nehm-bar, verdammt noch mal.« Es stimmte. Obwohl nicht sehr groß (denn Rumbels haben etwa dieselbe Größe wie Borribles), war sie aus massiver, harter Eiche und mit Eisenstäben verstärkt. Die schweren, soliden Türangeln waren so gefertigt, dass sie den Rammstößen eines Angreifers lange Widerstand leisten konnten. Bis man diese Tür zu Fall brachte, hatten wahrscheinlich schon alle Rumbels des Rumbelreiches hinter ihr Aufstellung genommen.

»Hier kommt man nur mit List weiter«, sagte Torricanyon weise, »aber mit welcher List, das ist mir unklar.«

Stonkus sah auf die Uhr. »Komm«, sagte er. »Ich hab eine Idee. Wickeln wir unsere Seile ab.«

Stonkus band die beiden Seile aneinander und lief dann gebückt zu den Bäumen, die ein wenig entfernt von der Bunkertür wuchsen. Torricanyon folgte ihm. Am Fuß eines kräftigen jungen Baumes sagte Stonkus: »Du kletterst jetzt mal hier rauf, damit sich das Bäumchen unter deinem Gewicht beugt. Hier ist das Seil, in der Mitte um den Baumwipfel binden und die Enden runterfallen lassen. Kapiert?«

»Ja doch«, sagte Torricanyon, »klar hab ich kapiert.« Und er hangelte sich den Baum hoch, der sich weiter und weiter unter ihm neigte, je höher er stieg.

Der Baum schwankte und vibrierte, als Torricanyon das Seil um den schmalen Stamm band und die losen Enden Stonkus zuwarf, dessen Umrisse er nur schwach in der Dunkelheit unten ausmachen konnte. Dann spürte Torricanyon, wie er näher und näher an den Boden hinabgezogen wurde, als der stärkste der Borribles an dem Seil zerrte, bis die obersten Zweige die Grasspitzen berührten.

»Bleib, wo du bist, Torri«, sagte Stonkus atemlos. »Halt dein Gewicht drauf, bis ich das Ganze hier an der Wurzel festgebunden hab.«

In einem Augenblick hatte Stonkus den jungen Baum sicher festgebunden, und als er fertig war, durfte Torricanyon von seinem Hochsitz herabsteigen.

»Was immer du tun willst, mein bester Stonkus, tust du besser jetzt, weil die anderen genau in diesem Moment einmarschieren.«

Wie Torricanyon das sagte, gab es ein Geräusch hinter der Großen Tür. Stonkus blinzelte seinem Gefährten zu und ergriff das andere, das freie Ende des Seils, das von dem Baumwipfel herabhing. Er trat vor die Große Tür, klopfte und sagte dann nachdrücklich in einer Rumbelstimme: »Tuht mir leid, dich zu stöhren, ahlter Junge, aber ich habe hier etwas gahnz ungewöhnlich Hervorragendes, und ich dachte, du bist vielleicht interessiert, ich meine, man wührde dich allgemein bewundern. Mach zuh, Stonkus, mach die Tür auf, es lohnt sich wirklich.«

Einen Augenblick zögerte man auf der anderen Seite der Tür, und dann hörten Stonkus und Torricanyon, wie die Riegel zurückgeschoben wurden und wie sich der Schlüssel in dem großen Schloss drehte.

»Torri«, flüsterte Stonkus, »wenn ich dir das Zeichen gebe, besorg's dem Seil da«, und Stonkus machte eine Geste mit der Hand.

Torricanyon kauerte sich hin, und Stonkus stand hinter der Tür, die sich nun langsam öffnete.

Dann sprach Stonkus, der Borrible, zu Stonkus, dem Rumbel; beide die stärksten ihres Stammes.

»Es ist mir klahr, mein guter Stonkus, dass du überaus stahrk bist, aber ich möchte wetten, das kannst du nicht halten.« Und der Borrible schob das Seilende um die Tür und drückte es in die gierige Hand des Rumbels. »Festhalten«, sagte der Borrible, »denk darahn: Wir Rumbels lassen nie wieder etwas lohs!«, und er gab Torricanyon das Zeichen, der das andere, hemmende Seilende mit einem Schwung seines Messers durchtrennte. Der Baum wurde frei und sprang mit enormer, schneller Kraft nach oben, das kurze Seilende mit sich reißend. Der Pförtner der Rumbels, am Ende des Seils, hielt fest, seiner Erziehung treu, und schoss wie die erste Rumbelrakete zum Mond durch die Türöffnung; die Große Tür wurde mit solcher Wucht aufgeschleudert, dass sie Stonkus getötet hätte, wäre er nicht zur Seite gesprungen.

Der Rumbel schoss mit bedeutender Geschwindigkeit über den Kopf des Borribles hinweg und schwang in weitem Bogen davon. Er hielt sich immer noch fest, und wenn er weiter so festgehalten hätte, hätte er vielleicht noch ewig gelebt – aber so änderte der Baum, als er den Scheitelpunkt seiner Bewegung erreicht hatte, plötzlich tückisch die Richtung, und es kam ein Augenblick, als der Rumbel sich mit einer bedenklichen Geschwindigkeit von der Türe entfernte, der Wipfel des Baumes sich jedoch mit derselben Geschwindigkeit zur Tür zurückbewegte. Das Seil spannte sich, und selbst die große Stärke des Rumbels Stonkus konnte es nicht halten: Es wurde seinem Griff entrissen. Er verschwand in die dunkle Nacht, eine sich rasch bewegende Silhouette gegen den sternübersäten Himmel.

»Beim Wiedereintritt in die Atmosphäre verschmort«, sagte Stonkus und spuckte erleichtert aus. Sie warteten längere Zeit schweigend.

»Der lässt sich ja wirklich Zeit da oben«, sagte Torricanyon irritiert.

In diesem Augenblick hörte man einen Schrei und das Krachen von Ästen, etwa dreihundert Meter entfernt. Dann ein dumpfer Schlag, und der Boden, wo die Borribles standen, zitterte und dröhnte.

»Ah, das hört sich nach einer befriedigenden Landung an«, sagte Torricanyon, der sich aus der Hocke erhob und endlich sein Messer in die Scheide schob.

Er ging hinüber zu Stonkus und nahm seine Hand; er schüttelte sie.

»Ich möchte als Erster«, sagte er, »dir zu deinem Namen gratulieren – den du als Erster von uns verdient hast. Gut gemacht, Stonkus ... keiner außer dir trägt jetzt den Namen.«

Die Große Tür zum Bunker stand nun unbewaffnet offen. Die zwei Borribles gingen auf Zehenspitzen hin und spähten hinein. Im Schein elektrischen Lichts sahen sie einen Flur, mit einem bequemen Sessel für den Wachhabenden. Ein paar Decken lagen bereit, und daneben stand ein Tischchen mit Essen und Büchern, für die lange Nacht des Wachtpostens. Auf der anderen Seite des Flurs führte ein hellerleuchteter Tunnel ins Herz des Baus. Flur und Tunnel waren aus Ziegeln gemauert, auf dem Boden lag ein Teppich, an der Wand hingen Bilder. Es sah schön warm und behaglich aus, heimelig.

»Niemand da«, sagte Stonkus, und sie betraten den Flur und zogen die dicke Tür hinter sich zu.

»Tolle Einrichtung hier«, sagte Torricanyon. »Lassen sich nichts abgehen, was?«

»Das brauchen die auch nicht, Kumpel, die nicht«, sagte Stonkus, schob die Riegel zu und drehte den Schlüssel. »Hör mal«, sagte er dann, »ich hab meinen Typ erledigt, ich bleibe hier und bewach den Ausgang, so haben wir eine Rückzugslinie.« Er hob einen Rumbelspeer auf, der dem Wachtposten gehört hatte, welcher so übereilt von seinem Posten gewichen war; prüfend wog er ihn in der Hand. »Jeder Rumbel, der mir hier an die Tür will, kriegt vier Zoll Nagel unter den Pelz. Sag's den anderen, wenn du sie siehst. Ich schlag auch ein paar Backsteine aus der Wand und bau Barrikaden quer durch den Tunnel. Wenn ihr diesen Weg zurückkommt, müsst ihr pfeifen, und ich lass euch durch.«

»Gute Idee«, sagte Torricanyon. »Ich sag's allen, die mir über den Weg laufen.« Dann: »Ich geh jetzt besser. Leb wohl, Stonkus – und lass dich nicht erwischen, hm?« Seine Stimme schwankte ein wenig.

Stonkus zog seinen Freund zu sich und umarmte ihn. »Pass auf dich auf, mein Alter. Verdien dir deinen Namen gut. Lass dich nicht erwischen, du würdest mir fehlen.«

Und Torricanyon drehte sich rasch um, Tränen in den Augen, und rannte so schnell, wie er konnte, den hellen, sich windenden, gefährlichen Tunnel hinab, begierig, seinen Namen zu holen.

Orococco und Bingo, halb sitzend, halb gleitend, schlitterten über das triefende Gras den unebenen Hang hinunter, fielen, da der Abhang abrupt endete, ein Stück durch die Luft und landeten in einem Knäuel auf der freien Fläche am Fuß des Hügels.

»Still, Bingo«, flüsterte Orococco, »wir sind direkt auf ihrer Türschwelle gelandet.«

»Spart uns die Lauferei«, sagte der Abgesandte von Battersea.

Sie krochen auf allen vieren weiter, bis zu der Kleinen Tür. Wie der Name sagte, war sie weniger wichtig als die Große Tür auf der anderen Seite des Hügels; selbst ein Borrible musste durch diese hier hindurchkriechen. In der Tür war ein Spion angebracht, sodass der Wachtposten, ohne zu öffnen, nach draußen sehen konnte. Immer noch auf den Knien schauten sich die beiden Borribles an und zurück zum Guckloch.

»Da hilft nur List«, sagte Bingo.

»Das ist alles, was wir haben, Mann«, sagte Orococco. Er klopfte an die Tür; es kam keine Antwort.

»Der pennt«, sagte Bingo und klopfte, diesmal mit dem Griff seiner Schleuder, was großen Lärm machte.

Hinter der Tür erklang ein gedämpftes Schnarchen, das plötzlich abrupt, wie beim Erwachen, abbrach. Orococco schüttelte den Kopf. »Unglaublich, schläft im Dienst, den werd ich zur Rede stellen.« Er schob sein Gesicht nahe an den Spion. Es war sehr dunkel hier am Fuße des Abhangs, wo die Tür versteckt war.

Das kleine Fenster in der Türe flog auf, und eine schläfrige Stimme sagte: »Wer da, Rumbel oder Feind?«

»Ein ehchter Rumbel«, sagte Orococco, und seine Zähne blitzten auf.

»Ehs gibt keine schwahrzen Rumbels«, sagte der Posten, und seine Schnauze schob sich dicht an die Öffnung und zitterte misstrauisch. »Wie heißt du?«

»Mein Name ist Orococco«, sagte Orococco und blinzelte Bingo zu, der dicht vor der Tür stand, aber von innen nicht zu sehen war.

Ein schockiertes Schweigen folgte, dann sagte der Rumbel: »Eihnen Mohment, das kann nicht dein Nahme sein, es ist meiner.«

»Tuht mir fuhrchtbar leid«, sagte Orococco, »da musst duh dich irren, alter Junge. Orococco ist mein Nahme, ahber ahbsolut, immer gewehsen.«

»Ich möchte keihnesfalls unhöflich sein«, sagte die Stimme hinter der Tür, »ahber ich sollte schließlich meinen eigenen Nahmen kennen. Tuht mir schrecklich leid, aber ich bihn Orococco.« Und die Schnauze kam näher an die kleine Öffnung und schnüffelte und schnüffelte. »Du riechst nicht einmal wie ein Rumbel«, sagte die Schnauze.

»Nun«, sagte der Totter von Tooting, »ich kann nur sahgen, mach die Tür auf und schau mich an, und duh wirst in mihr auf jehden Fall einen von den echten erkennen.«

»Das kann ich nicht«, sagte der Wächter. »Das ihst gegen die Regeln, und nach meiner Lihste sind heute Nacht alle drinnen.«

»Nun guht!«, sagte der schwarze Borrible. »Streck deine Nahse mal richtig raus und schnüffel mal ohrdentlich, dass du mich erkennst, und dann lass mich rein. Ich bin mühde, und ich habe wichtige Nachrichten für den Generalstab.«

»Ich gehöhre zum Generalstab«, sagte der Rumbel mit plötzlichem Interesse, »duh kannst mir alles erzählen.«

»Ich erzähle nichts, wenn duh mich nicht hineinlässt«, sagte Orococco eigensinnig. Die Schnauze schob sich weiter vor und versuchte, das Gesicht des Borribles zu beriechen, aber der trat einen halben Schritt zurück, und die Schnauze war gezwungen, sich noch ein wenig weiter vorzuschieben, und wieder ein bisschen weiter, immer noch schnüffelnd und vibrierend. In diesem Moment sprang Bingo hoch und ergriff die Schnauze mit beiden Händen und hielt sie mit aller Kraft fest. Orococco wickelte das starke Seil von seinem Leib ab und schnürte es mehrere Male um die Schnauze; das freie Ende band er sehr fest an die Wurzel eines kräftigen Busches. Der Rumbel konnte kaum atmen, aber Bingo ließ nicht los, und das Seil gab nicht nach, so sehr das Tier hinter der Tür sich auch abkämpfte. Orococco kam nahe an die Schnauze heran. »Sei jetzt still«, flüsterte er, »wenn du nicht mit dem Gezappel aufhörst, schlag ich dir eins auf die Nase, dass sie wie ein alter Socken herunterbaumelt.«

Die Bewegungen wurden schwächer, dann hörten sie auf.

»Und nun hör zu«, fuhr der schwarze Totter fort. »Du kannst an die Riegel, und du kannst an das Schloss. Aufmachen. Wir haben ein Ultimatum für deine Kollegen, und die bekommen's jetzt, so oder so, ob du deine Schnauze behältst oder nicht.«

Orococco Rumbel zögerte, eine kleine Weile hörte man wieder das Stampfen der pelzigen Füße, das Hin- und Herfliegen der Arme, aber die gefangene Schnauze rührte sich nicht. Dann hörten die Borribles die Riegel zurückgleiten, hörten den Schlüssel im Schloss knirschen, und Orococco warf sich mit solcher Wucht gegen die Tür, dass das Seil, welches die Schnauze hielt, mit lautem, schnarrendem Klingen riss und beinahe den Kopf des Rumbels durch die kleine Öffnung gezerrt hätte. Dieser wilde Angriff schleuderte den Körper des Wächters gegen die Korridorwand – ein unangenehm dumpfer Aufschlag.

Bingo sprang in den Korridor, ließ sich abrollen und kam mit schussbereiter Schleuder wieder auf die Füße, aber er schoss nicht: Dies war Orococcos Jagd. Orococco ergriff den Rumbelspeer, der neben dem Eingang lehnte, und warf die Tür mit seiner Spitze zu. Der Totter holte aus, bereit, den tödlichen Stachel in die haarige Brust seines Namenspartners zu stoßen, aber ehe seine Muskeln noch reagierten, fiel der Rumbel vornüber zu Boden, und das Gewicht seines Körpers ließ die Kleine Tür ins Schloss schnappen.

Bingo sprang auf und drehte den Leichnam um. »Meine Güte«, sagte er, »du musst ihm das Genick gebrochen haben, als du die Tür aufgestoßen hast.«

»Stell dich nie hinter eine Tür, wenn jemand von der anderen Seite kommt«, sagte Orococco. »Altes Sprichwort aus Tooting, zwar nicht im Buch, sollte aber eigentlich drin sein.«

»He!«, sagte Bingo und kam herbei und stellte sich vor seinem Kameraden auf, »du hast deinen Namen schon. Toll. Ich gratuliere«, und er schlug dem Totter auf die Schulter.

»Danke, Mann«, sagte Orococco, »jetzt schaun wir mal besser nach deinem.« Und er drehte sich um und verschloss und verriegelte die Tür, bevor er den Schlüssel in seine Tasche schob. »Denk dran, Bingo, ich hab den Schlüssel, erinnere dich, falls ich's nicht schaffe. Und jetzt schaun wir doch mal, ob die anderen schon den Teekessel aufgesetzt haben.« Den Speer quer vor sich haltend, rannte er, so rasch er konnte, den Tunnel hinab, und Bingo lief dicht hinter ihm.

Vulgo lag lang ausgestreckt in dem schmalen Lüftungsschacht und schob sich Zoll um Zoll mit den Ellenbogen vorwärts. Die Decke des Tunnels kratzte seinen Rücken entlang. Hinter sich hörte er das angestrengte Atmen der anderen, die ihm folgten. Nach einigen Metern, die ihm wie Meilen vorkamen, erreichte er ein fettiges Gitter, das im Boden eingelassen war. Er griff unter großer Anstrengung hinter sich und zog seine Taschenlampe aus einer Tasche seiner Jacke. Den Lichtstrahl mit der Hand abblendend, sah er, dass er am Ende des Tunnels war. Etwas stieß gegen seine Füße.

»Chaline«, hörte er sie sagen.

Er leuchtete mit seiner Taschenlampe auf das Gitter und sah, das es mit vier Schrauben befestigt war. Er griff nach seinem Messer und begann sie langsam aufzudrehen.

»Was ist los?«, fragte Chaline.

Vulgo drehte den Kopf, soweit das ging. »Schachtgitter zur Küche, vier Schrauben«, flüsterte er und arbeitete dann weiter. Es dauerte lange, aber schließlich war das Gitter frei, und er schob es unter seinen Körper und steckte den Kopf nach unten, um in die Küchenräume zu sehen.

Unter ihm lag eine enorme, höchst modern ausgestattete Anlage, riesige Edelstahlflächen, Herde und endlose Arbeitsplatten, denn hier mussten die hunderte von Rumbels versorgt werden, die im Bunker lebten, und vom glatten Funktionieren dieses Zentrums hingen ihre Gesundheit und ihr Wohlbefinden ab. Die Verwaltung und Organisation eines solchen Apparats setzte besondere Fähigkeiten voraus, und die Versorgung der Rumbels konnte nur von Mitgliedern des Generalstabs selbst kontrolliert werden.

In diesem Moment waren nur drei Rumbels von einem gewissen Rang in Vulgos Blickfeld, zwei weibliche und ein männlicher, und die waren offenbar noch nicht lange in der Küche, da sie sich die Augen rieben und gähnten. Die beiden weiblichen Rumbels fingen an, Anweisungen zu brüllen, und Mägde und Küchenjungen, etwa ein Dutzend, eilten zu ihren Pflichten. Riesige Töpfe flogen klappernd und klirrend auf die Herde, die Platten glühten rot, und Kräuter und Pflanzen wurden gewaschen und zerhackt; bald köchelte die Morgengrütze in den Töpfen.

Mit einem Zusammenzucken, das ihn beinahe verraten hätte, erkannte Vulgo den männlichen Rumbel: Es war das Oberhaupt, der Wichtigste, sein eigenstes Ziel. Vulgo zog hastig den Kopf zurück und kletterte über die Öffnung hinweg in den letzten, ausgangslosen Tunnelabschnitt, sodass Çhaline etwas aufrücken konnte. Er ließ seine Taschenlampe kurz hinter Chaline leuchten und sah Sydney. Wieder steckte er den Kopf durch das Loch und wartete. Die Stabsrumbels standen in der Mitte der Küche, trieben die anderen zur Eile an, kosteten die Suppen und überwachten das Backen des Rumbelbrotes. Vulgo zog seine Schleuder hervor und schob vorsichtig einen Stein aus seinem Gurt, als der Oberrumbel, Vulgarianus selbst, zu den Frauen sprach. Er hörte sich gereizt und ungeduldig an.

»Ich wührde es begrühßen, wenn ihr zwei euch beeiltet. Wenn ich sahge: ein zeitiges Frühstück, dann meine ich auch ein zeitiges Frühstück. Ich hab das dumme Gefühl, dass etwas nicht stihmmt. Letzte Nacht ist einer unserer Rumbels nicht zurückgekohmmen, und das macht mich besohrgt … Lohs, beeilt euch.«

»Es hat keinen Sinn«, schnappte Chaline Rumbel, »ehrst in einer halben Stuhnde kann es fertig sein.« Und sie hob mit einem kleinen Ruck ihre Schnauze etwas in die Höhe, um zu zeigen, dass die Diskussion beendet war.

»Hmm«, sagte Vulgarianus. »In diesem Fahll werde ich jetzt ehrst einmahl mein Bad nehmen. Mahn soll mir mein Frühstühck, sobald es fehrtig ist, auf einem Tablett schicken.« Und er zog seinen Morgenmantel fest um sich und stolzierte ohne ein weiteres Wort davon.

»Dieser Sklahventreiber!«, sagte die Verpflegungschefin zu ihrer Kollegin. »Was glaubt der eigentlich, wehr er ist? Wir leiten diese Abteilung!«

»Achte einfahch nicht drauf, wahs er sahgt«, sagte Sydney Rumbel. »Eines Tages wihrd der schon noch eine böhse Überraschung erlehben.«

»Ja, und der Tag ist heute«, sagte Vulgo grimmig bei sich. »Ich hab da gerade eine Chance verpasst, verdammtnocheins.« Er zog seinen Kopf ins Dunkel des Tunnels zurück, wo Chaline wartete.

»Meiner nimmt jetzt ein Bad«, sagte Vulgo. »Aber deine ist genau unter dir, und die von Sydney auch. Braucht sie nur noch aufs Kreuz legen.«

Chaline drehte sich um und sprach mit Sydney, dann kauerte sie sich über das Loch und sah nach unten. Es waren gut zehn Fuß bis zur Platte eines breiten weißgeschrubbten Küchentisches; eine enorme Distanz für einen Borrible. Sie zog ihre Schleuder aus der hinteren Hosentasche, wickelte das Gummi sorgfältig um den Griff und klemmte sich die Waffe zwischen die Zähne. Dann ließ sie sich, mit einem Nicken zu Vulgo, fallen und verschwand. Sofort kroch Sydney hastig vor, ihre Schleuder bereits fertig verstaut, und sprang mit dem Eifer einer Katze durch die Öffnung des Schachts. Napoleon war noch in einiger Entfernung, kroch aber Stück um Stück näher. Vulgo wartete nicht auf ihn. Er saß auf der Kante der Schachtöffnung, ließ sich an den Armen herunter, bis sein Körper in voller Länge herabhing, und dann löste er seinen Griff.

Seine Füße trafen auf die hölzerne Oberfläche, und er folgte den Regeln von Hakenschlags Fallschirmjägertraining und ließ seine Beine unter sich abknicken und rollte sich ab, dass seine gerundete Schulter die Wucht des Falls abfing. Er glitt an der Tischkante ab und landete in der Hocke auf dem Küchenboden. Von da wurde er Zeuge eines Kampfes, der ihn blinzeln ließ.

Chaline und Sydney waren vielleicht zehn Sekunden vor Vulgo in der Küche angelangt, hatten aber keine Zeit verschwendet. Die beiden Rumbels des Generalstabes waren zuerst vor Chalines unerklärlichem Auftauchen erstarrt, hatten sich aber bald gefasst; beide ergriffen einen Rumbelspeer aus einem Gestell an der Wand und riefen den Küchenhelfern zu, sie sollten sich bewaffnen und Alarm schlagen. Aber Chaline war eine Zauberin mit ihrer Schleuder: Sie hatte zweimal geladen und geschossen, ehe die beiden Rumbels ihre Speere schleudern konnten, und sie zog sich ans andere Ende der Küche zurück, zu den heißen Öfen und dampfenden Herden. Der Laut, wie Chalines Steine durch die Luft pfiffen, machte die Rumbels unsicher, und als sie ihre Speere warfen, klapperten sie harmlos über den Kachelboden.

Nun war Sydneys Schleuder bereit: Die Rufe der Küchengehilfen und die Gefahr eines geschleuderten Rumbelspeers ignorierend, stand sie da und zog das Gummiband bis zurück an ihr Ohr – ein wohlgezielter Stein flog und traf ihre Feindin mitten gegen die Stirne. Sydney Rumbel fiel leblos zu Boden und riss einen Stapel Suppenteller um.

Chalines Gegnerin war ein eher makaberes Schicksal beschieden. Bei dem Geräusch des zerklirrenden Geschirrs bekam es das Mitglied des Rumbelstabes mit der Angst, denn sie war nun allein gegen drei; die entsetzten Gehilfen aus dem Weg stoßend und tretend, rannte sie ans andere Ende der Küche, wo riesenhafte Kessel leise auf tiefen, viereckigen Öfen kochten und die Tagesbrühe wärmten. Gegen das Größte dieser Gefäße lehnte eine Trittleiter, die man aufgestellt hatte, damit man ohne Schwierigkeiten Zutaten hinzufügen konnte und damit die Chefköche die Suppe von Zeit zu Zeit abschmecken konnten. Aber jetzt wollte Chaline Rumbel nur noch fliehen. Wenn sie die Leiter erkletterte und einen Schritt über den Kessel hinweg machte, konnte sie sich in einen großen Schacht zwängen, der in einen anderen Teil des Bunkers führte, und so entkommen, Alarm schlagen und später weiterkämpfen. Chaline Borrible jedoch, deren Blut in der Erregung des Kampfes pochte, war eine rasche und gewandte Läuferin und folgte ihrer Namenspartnerin dichtauf. Als die Rumbel die oberste Sprosse erreichte, erreichte sie die unterste, packte die Leiter und stemmte sie mit aller Kraft hoch. Ein winziges Schweigen entstand, als die arme Rumbel im Leeren taumelte, einen Augenblick gewichtslos, dann zerriss ein Kreischen den Küchendampf, und das Kreischen klang laut und lange weiter, bis es, aufklatschend, tief in der heißen, klumpigen Suppe unterging, doch selbst dann setzte sich das Kreischen fort, in quirlenden Blasen zur Oberfläche der Suppe getragen, wie ein Furz im Badewasser.

Vulgo rannte durch den Raum und tat einen großen, schweren Deckel auf den Kessel. »Mann o Mann«, krähte er, »jetzt sitzt sie aber tüchtig in der Soße!«

Napoleons Beine erschienen in der Öffnung der Decke; er ließ sich auf den Tisch fallen und sprang zu Boden. Dann rannte er in eine Ecke und holte sich einen Rumbelspeer. Er wog ihn in der Hand und besah sich die Gruppe der in einer Ecke kauernden Küchengehilfen.

»Na denn, ihr Kaninchen da drüben«, knurrte er, »eine Bewegung, und ich reiß euch die Ohren ab.«

Sydney zog den Leichnam ihres Ziels in einen Besenschrank, schloss die Tür und drehte den Schlüssel um. »Menschenskind«, keuchte sie, »das ging irgendwie zu schnell, als ob's nicht richtig wäre.«

»Rein war einfach«, bestätigte Chaline, »raus wird schwierig.«

»Was machen wir mit der Küchenbrigade hier?«, fragte Vulgo.

»Sperren wir hier in der Anrichte ein«, schlug Sydney vor, »die sind kein Problem.«

»Das macht mal«, sagte Napoleon, schon auf dem Weg zur Tür. »Ich und Vulgo, wir gehn jetzt besser, wir haben noch was vor. Bevor ihr hier abhaut, dreht die Elektroherde alle ganz auf, soll alles verdampfen, bis es qualmt und schmort und Feuer fängt. Hungrige Rumbels können nicht kämpfen.«

»Nicht schlecht.« Vulgo durchquerte die Küche, um mit Napoleon den Raum zu verlassen. »Wenn ihr fertig seid, versucht ihr am besten, euch zur Großen Tür durchzuschlagen, und schaut, ob ihr Stonkus und Torri trefft.«

»Vielleicht sehen wir uns wieder im Zentrum«, sagte Napoleon, »und vielleicht auch nicht. Wartet auf niemand. Von jetzt an folgt jeder seiner eigenen Chance.« Und damit schlüpften er und Vulgo durch die Tür und waren verschwunden.

Sydney und Chaline trieben die Küchengehilfen mit ihren scharfen Speeren in die Anrichte. Nachdem die Rumbels versorgt waren, rannten die beiden Mädchen durch die Küche und drehten alle Öfen und Herde voll auf – und dann, auf ihre Speere gelehnt, sahen sie einander an, und ein langsames Lächeln zog von ihren Augen zu den Lippen und wurde zu einem Grinsen.

»He! Wir haben unsere Namen«, sagte Sydney, »stell dir das vor.«

Torricanyon lief den Haupttunnel hinab. Es war seltsam, nach so langer Zeit in der Gesellschaft der anderen allein zu sein, aber jetzt gab es kein Anhalten mehr. Irgendwo vor ihm lag das Zentrum, von dem spinnennetzartig die Korridore ausstrahlten. Der Bunker war verlassen, denn die Rumbels schliefen noch, aber in kürzester Zeit würden sie aus den Schlafräumen hervorkommen und sich in den Speisesaal begeben, um ein umfangreiches Frühstück zu sich zu nehmen.

Gelegentlich sah Torri einen Wegweiser, der, wie er annahm, den jungen Rumbels zur Orientierung diente, bis sie gelernt hatten, sich zurechtzufinden. Für seinen Geschmack hätte es ruhig mehr Wegweiser geben können; es wurde ihm klar, was für eine Aufgabe das Borribleteam sich hier vorgenommen hatte. Plötzlich erkannte er, dass er großes Glück haben musste, um sein Ziel aufzuspüren, und noch weit größeres, um dieses Labyrinth wieder lebend zu verlassen. Fest hielt er seine Schleuder umklammert, einen Stein schussbereit, und schritt mutig aus. Am besten weiter und den Gefahren begegnen, wie sie kamen; zwecklos, sich vorzeitig Sorgen zu machen. Hinter ihm bewachte der gute alte Stonkus die große Tür, und es würde schon eine ganze Lawine von Rumbels brauchen, um ihn von seinem Posten zu vertreiben.

Torricanyon schlich an einigen Türen vorbei, die vom Korridor abgingen. An jeder hing ein Schild: »Schlafraum«; er lauschte, konnte innen aber keine Geräusche hören. So weit, so gut. Er ging weiter, an jeder Abzweigung des Korridors innehaltend und horchend, und spähte um jede Ecke, bevor er weiterging, und spähte dann zurück, um sicher zu sein, dass er nicht verfolgt wurde.

»Mensch!«, sagte er öfters. »Ich wünschte, ich könnte mein Ziel finden und dann wieder raus hier, das ist unheimlich, so ganz allein.«

Schließlich hatte er Glück. Er wäre beinahe an einem schmalen Gang vorbeigelaufen, der links abzweigte, aber sein Fuß rutschte aus, und als er zu Boden sah, entdeckte er einen Ölfleck. Er ging in die schmale Passage und leuchtete mit seiner Taschenlampe gegen die Wände, denn hier war es dunkler. In Augenhöhe waren Wörter mit blauer Farbe hingepinselt, und obwohl sie verblasst und schwierig zu entziffern waren, konnte man sie doch noch lesen: »Garage und Werkstätten. Kein Zutritt. Gez. Torricanyon Rumbel.«

»Junge, Junge!«, sagte Torricanyon. »Ich hab's geschafft, ich hab's richtig gemacht. Ich warte in der Garage auf ihn.« Er wusste aus seiner Lektüre der Rumbelgeschichtsbücher, dass die Werkstätten ein lebenswichtiges Nervenzentrum des Untergrundsystems waren, und es gehörte zum Plan der Borribles, nach der Eliminierung ihrer Ziele so viel Verwirrung zu stiften wie möglich. Torricanyon hoffte, dass die Kontrolle über die Werkstätten es ihm ermöglichen würde, im ganzen Bunker großen

Schaden anzurichten, einfach indem er den einen oder anderen Schalter umlegte. Wenn er dort einbrechen konnte, ehe die Rumbels erwachten, würde er sich in einer starken Kampfposition befinden.

Der dunkle Korridor fiel nun weiter ab, führte tief unter den Hügel des Rumbelreiches. Es war schlüpfrig und ölig unter seinen Schritten, weil so viele Maschinen diesen Weg transportiert worden waren, aber Torricanyon tastete sich mit Hilfe seiner Taschenlampe Stück um Stück vorwärts. Endlich kam er zu einer schweren Holztür, die ungefüge in ihren Angeln hing. Sie war zerkratzt und zerstoßen von den vielen Metallecken und -kanten, die gegen sie geprallt waren. Zu Torricanyons Verblüffung war die Tür offen, und innen schien ein Licht.

Er schob die Taschenlampe zurück in seine Jacke und zog prüfend am Gummi seiner Schleuder. Er war bereit. Wie viele Rumbels auch in den Werkstätten sein mochten, er würde ihnen entgegentreten und ihre Anlagen zerstören, ehe sie ihn vernichten konnten. Aber er musste sichergehen, sein Ziel zu erwischen: Keiner aus dem Generalstab der Rumbels durfte übrig bleiben, um die Verfolgung oder einen Rachefeldzug zu organisieren. Torricanyon holte tief Luft, dachte kurz an die anderen und fragte sich, wo sie wohl waren, dann stieß er die Tür mit einem wuchtigen Tritt auf und sprang in den Raum – im Stil der Abenteuergeschichten, die er gelesen hatte, oder der Spionagefilme, die er sich angeschaut hatte, als er in den Kellern des Imperial Cinema (Clapham Junction) gewohnt hatte. Die Tür schwang zurück und knallte gegen die Wand. Torricanyon schoss durch die Türöffnung und landete in der Hocke; seine Augen flitzten durch die Werkstätten, sein Kopf wandte sich suchend nach allen Seiten, aber es war kein Feind da, auf den er hätte schießen können. Torricanyon entspannte sich.

Er war in einem großen rechteckigen Raum. An allen Wänden liefen Regalbretter entlang, auf denen jedes nur erdenkliche Werkzeug, das für die Untergrundfestung benötigt werden könnte, verstaut war; dazu kamen lange, lange Reihen von Ersatzteilen für die Maschinerie, die das glatte Funktionieren des großen Bunker-Uhrwerks ermöglichte. Werkbänke, Bohrmaschinen, Lötkolben, Drehbänke, Winden, ein Fließband. Es war ein höchst funktioneller, gut ausgestatteter Raum und gefiel Torricanyon sehr.

»Schau dir das an«, sagte er und sah sich voll Bewunderung und Respekt um, »was könnten wir mit der Kiste hier alles anfangen!« Aber dann fiel ihm ein, weshalb er hier war, und er schüttelte das Gefühl der

Bewunderung ab. Er verriegelte die Tür und inspizierte die Räumlichkeiten, sodass er sicher sein konnte, dass kein bisher unsichtbarer Rumbel zwischen den Werkbänken oder hinter den Regalfächern lauerte. Je mehr er sich umsah, desto stärker war er beeindruckt. Er war selbst recht praktisch veranlagt, und wie er all die glänzenden Werkzeuge sah, in perfekter Ordnung aufgereiht, und die sinnreichen Werkbänke, das Holz, die Tischlerei, die halbfertigen Arbeiten, fühlte er, dass es ein großer Jammer war, solche Ordnung zu zerstören. Warum, warum hatte er daheim in Hoxton keine solche Werkstatt? Er wusste, dass er etwas damit hätte anfangen können.

Er seufzte und kam an eine Ecke, wo er dachte, die Werkstatt sei zu Ende, aber da entdeckte er einen weiteren Abschnitt des großen Raumes und sah mit einem Blick, dass es die Garage war. Er erinnerte sich, dass die Rumbels ein Auto gebaut und es in der Tat für ihre Reise nach Battersea benutzt hatten, damals, als Poch einen von ihnen gefangen nahm. Und hier stand es, er hatte das Auto entdeckt. Er ließ seine Schleuder sinken; dieser Ort schien auch verlassen. Der Wagen selbst war lang und glatt und wirkte mächtig, aber was Torricanyon bei seiner Inspektion auffiel, waren die Änderungen an der Karosserie. Jemand war dabei, den Wagen in ein Panzerfahrzeug zu verwandeln, eine Kriegswaffe. In den Seiten waren kleine Schlitze, sodass man von innen Geschosse abfeuern konnte, während die Insassen geschützt blieben. Und auf die noch nicht lackierte Stahlplatte der Karosserie hatte ein Rumbel mit Kreide gekrakelt: »Tod den Borribles«. Torricanyon musterte noch einmal die weiten Werkstatträume hinter sich. Das war es also; diese Werkstatt sah nicht länger schön aus, sie wirkte drohend und hässlich, und das Mitgefühl verließ sein Herz.

Seine Gedanken wurden durch das klingende Geräusch unterbrochen, mit dem ein Schraubenschlüssel auf den Zementboden fiel, und Torricanyon hörte einen Rumbelfluch. Er hob die Schleuder, stellte sich kampfbereit geduckt auf und schaute zu dem Panzerwagen hin – alles in einer Bewegung. Unter der Hinterachse schauten zwei Pelzfüße hervor. Ein Rumbelmechaniker hatte schon eine Frühschicht eingelegt, und der Wagen war hinten hochgehebelt, damit man bequem arbeiten konnte.

Torricanyon überlegte rasch. Wenn der Rumbel der einzige Anwesende war, schön und gut, aber gab es noch einen anderen Eingang, und waren andere Rumbels in der Nähe? Er ging zum Wagen.

»Na«, fragte er in höflichem Ton, »ihrgendwelche Problehme?«

»Wer ist das? Was machst du hier? Gihb mir mal den Vierzehner«, sagte der Mechaniker, ohne die Antworten abzuwarten.

»Ich bihn Bingo«, sagte Torricanyon, den ersten Rumbelnamen benützend, der ihm einfiel.

»Bingo«, rief die zu den beiden Füßen gehörende Stimme. »Höhr mal, wenn du mihr ein paar Stuhnden helfen kannst, können wir heut nahcht den Prohbelauf machen. Dieser Wahgen wird unbezwinglich sein, der fährt uns in einer halben Stuhnde zuhr Battersea High Street, wir besohrgen es diesen Borribles gründlich und sind zum Frühstück wieder da.«

Der Borrible spannte seine Muskeln und wollte schon den Rumbel unter seinem Auto hervorzerren, als ihm ein Gedanke kam. »Wehr ist das eigentlich da drunten?«, fragte er. »Ich kann dich nicht an deinen Fühßen erkennen, die sind nicht besonders einprägsahm.«

»Torricanyon natührlich – wer sonst würde hier um drei Uhr morgens arbeiten, wenn alle ahnderen Rumbels noch im Bett sind? Wir vom Generalstahb haben eben unser Verantwortungsgefühl, wir ergehben uns unserer Pflicht.«

Torricanyon stand auf und lächelte vor sich hin. Was für ein Glück. Unglaublich – sein Ziel war direkt hier, mit ihm zusammen, und sie waren allein.

Die Stimme unter dem Auto sagte: »Geh mal nach hinten und hol mihr die Lampe, die ihst ganz außer Reichweite. Zeit ihst entscheidend! Je eher wir diesen Bohribbles eine Lektiohn erteilen, desto besser. Wir werden denen eine Abreibung verpassen.«

»Guht, Augenblick«, sagte Torricanyon und ging um den Wagen herum, in der Hoffnung, dass Torricanyon Rumbel nicht bemerken würde, dass seine Füße nicht behaart waren, wie es sich gehört hätte. Aber der Rumbel sagte nichts dazu und redete weiter, während er mit Schrauben und Schraubenschlüsseln kämpfte.

»Wenn duh jetzt hinten um den Wahgen herumgehst, sei ganz vohrsichtig, der Griff vom Wagenhehber steht vohr, den darfst du nicht berühren, hörst du, Bingo? Sehr gefährlich, Autos und Wahgenheber und so, vor allem, wenn man drunter liegt. Autos sind eine hübsche Sache, aber nicht aus dieser Pehrspektive, wie vieles eigentlich, kommt stahrk auf die Pehrspektive an.«

Torricanyon bewegte sich verstohlen in den hinteren Teil der Garage. Hier stand der riesige Wagenheber, hier lag Werkzeug kreuz und quer auf dem Fußboden, und da stand die Lampe, vor dem zweiten Eingang zur Werkstatt: einer Schiebetür aus Stahl, groß genug, um den Panzerwagen hindurchzulassen. Zweifellos, dachte Torricanyon, war die Tür auf der anderen Seite verborgen, getarnt, sodass sie aussah wie eine abschüssige Grasnarbe hinter Ginstersträuchern oder Bäumen.

Die Stimme unter dem Wagen fuhr fort: »Wenn ich meine Hahnd ausstrecke, kannst du die Lampe druntersteIlen, da, hier bei dem Vohrderrad, und dann kann ich …« Die Stimme brach ab und kam dann wieder, stockend: »Bingo … du trägst Schuhe, du hast Füße, richtige Füße. Du kannst nihcht Bingo sein … du bihst ein Mensch … oder …«

»Ein Borrible«, rief Torricanyon. Er sprang zum Wagenheber, schlug die Sicherung weg und löste den Mechanismus, der die Hubwirkung außer Kraft setzte. Der mächtige Wagen, das massive Vernichtungswerkzeug, senkte sich langsam und unbeirrbar auf den öligen Boden und zerdrückte das kleine Leben des Rumbels, der ihn so liebevoll gepflegt hatte. Ein Schrei, dann Stille; und Torricanyon schob sich die Schleuder hinten in die Hose. Er sprach laut zu sich selbst, und seine Stimme hallte von den harten Wänden der Garage wider: »Gratuliere dir, Torricanyon«, sagte er »zum Erwerb deines Namens. Und jetzt kannst du aus dem reichhaltigen Material, das du um dich herum siehst, ein bisschen Randale basteln.«

Poch ließ sich hinab in die Küche fallen, wie die anderen es getan hatten. Adolf folgte ihm, und beide griffen sich Rumbelspeere aus dem Gestell in der Ecke.

»Aha«, sagte Adolf. »Gute Waffen für den Nahkampf.« Die Tür ging auf, und sie erstarrten, aber es waren Chaline und Sydney, die vom Korridor zurückkamen.

»Draußen ist alles ruhig«, sagte Chaline, »aber wer weiß wie lange noch.«

»Was soll dieser unangenehme Gestank und Dampf?«, fragte Poch und schaute sich in der Küche um. Sydney wies auf die großen Töpfe, die immer noch auf den Herden kochten und blubberten. »Chaline hat ihre Namensvetterin in den Brei geworfen«, sagte sie.

Adolf lachte sein spöttisches Lachen. »Da müssen wir dir also zu deinem ersten Namen gratulieren. Ich bin sicher, du wirst in Zukunft noch viele andere haben.«

»Ich hab meinen auch«, sagte Sydney. »Im Schrank.«

»Ihr habt wirklich keine Zeit verloren«, sagte Poch. »Was ist mit den anderen?«

Die beiden Mädchen erzählten, dass Napoleon und Vulgo bereits weitergelaufen waren und vorgeschlagen hatten, dass man sich im Herzen des Bunkers, wo die meisten Tunnel zusammenliefen, treffen sollte.

»Das hört sich ganz gut an«, stimmte Poch zu. »Adolf und ich werden versuchen, die Sache etwas in Schwung zu bringen; was wir brauchen, ist ein bisschen Heulen und Zähneklappern. Inzwischen könntet ihr Mädchen mal eine Rückzugsroute vorbereiten.«

Als Chaline und Sydney gegangen waren, lehnte sich Adolf auf seinen Rumbelspeer und schaute Poch unter hochgezogenen Augenbrauen hervor an. »Nun, mein Freund aus Battersea«, fragte er mit einem hellen Leuchten in seinen blauen Augen, »was ist es denn, was wir vorhaben?«

Poch lachte, glücklich und aufgeregt. »Davon hol ich mir einen zweiten Namen, und du kannst mir dabei helfen, Adolf. Irgendwo in diesem Labyrinth von Tunneln und Gängen ist eine Schatzkiste. Geld. Meine Aufgabe ist es, sie zur Battersea High Street zurückzubringen, damit das Geld unter alle Borribles verteilt werden kann.«

»Bist mir ja ein schöner Geschichtsschreiber und Beobachter«, sagte Adolf. »Wo ist sie?«

»Ich weiß nicht«, sagte Poch, der seine Schleuder fertigmachte und den Nagel am Ende seines Speeres prüfte. »Das Zimmer des Herrn Oberrumbel scheint mir eine gute Möglichkeit, und da geh ich hin.«

»Verzeihung.« Adolf hielt abwehrend die Hand hoch. »Da gehen *wir* hin.«

»Dann komm! Los!«, schrie Poch, und sie rannten aus dem Raum.

Vulgo hielt an einer Stelle inne, wo sich der Korridor teilte. Ein Hinweisschild zeigte ihm den Weg, den er gehen musste: »Hauptquartier«. Er wandte sich zu Napoleon.

»Bis dann, im Zentrum oder an der Großen Tür.«

»Oder gar nicht«, sagte der Wendel mit ironischem Lächeln.

»Traurig, ohne ein gutes Abenteuer durchs Leben zu gehen«, sagte Vulgo, eines der ältesten Borrible-Sprichwörter zitierend, und rannte mit verrücktem Eifer voran.

»Und denk außerdem daran«, sagte Napoleon vor sich hin, als er zusah, wie die kleine, energische Gestalt in der Ferne kleiner wurde, »es ist töricht, schneller zu rennen als deine Beute.«

Dann zog er sich die Munitionsgurte auf den Schultern zurecht und marschierte den anderen Korridor hinunter.

Vulgo hatte nicht weit zu gehen. Er umrundete eine Kurve des Tunnels und kam zu einer hellerleuchteten und geräumigen Halle, die mit einem üppigeren Teppich ausgelegt war als irgendein anderer Teil des Bunkers. Reihen von Sesseln warteten auf die geringeren Rumbels, die hier einer Audienz bei ihrem Chef entgegensehen mochten, und Vulgo gegenüber befand sich eine kräftige Eichentür. Sie wurde von zwei stämmigen, mit Speeren bewaffneten Rumbels bewacht.

Ohne Warnung schlug Vulgo zu; seine Schleuder war geladen, und der erste Schuss betäubte den einen Posten. Er fiel zu Boden, und der weiche Körper verursachte keinen Laut auf dem Teppich. Vulgo lud schnell wieder, doch schon hatte die zweite Wache ihren Rumbelspeer mit aller Macht geschleudert. Er traf den Borrible an der linken Schulter, und er taumelte gegen die Wand. Er spürte Blut seinen Arm hinunterlaufen, und der Schmerz ließ ihn mit den Augen zwinkern.

»Verdammt«, sagte er, aber er zog das Gummi seiner Schleuder so weit zurück, wie die Wand und der Schmerz es zuließen.

Sein Gegner griff nach einem neuen Speer und hob ihn über die Schulter; er war ein großer Speerwerfer, aber er sollte keinen Wurf mehr tun. Der zweite Stein aus Vulgos Schleuder schlug ihm glatt gegen die Schläfe, er stürzte vornüber, und der Speer entfiel seiner Hand.

Vulgo schob die Schleuder in den Gürtel und zog, mit konzentrierter Anstrengung, den vierzölligen Stachel aus seiner Schulter und warf den Speer zu Boden.

»Da hoff ich nur, dass das Biest nicht rostig war«, sagte er bei sich und durchquerte den Vorraum, »und dass nicht allzu viel Wachen innen warten.«

Er klopfte mit dem Speergriff der toten Wache an die Eichentür.

»Wer ist da?«, fragte von der anderen Seite eine dickliche, pompöse Stimme.

»Ich brihnge dahs Frühstühck«, sagte Vulgo, dessen Nachahmung eines Rumbels perfekt war.

Die Tür fuhr auf, und Vulgo sah den Kammerdiener des Oberhaupts vor sich stehen. Ein arroganter Zug verzerrte seine Schnauze; sein üppiges, beiges Fell war mit einer grün-weiß-goldenen Schärpe geschmückt; das waren die Farben des Rumbelreiches.

»Da hast du dein Frühstühck«, sagte Vulgo und stieß den majestätischen Domestiken mit dem scharfen Ende des Speers in den Solarplexus. Der Diener krümmte sich zusammen und hielt sich den Bauch, und Vulgo hieb ihm den Schaft des Speeres über den Kopf. Der Rumbel brach am Boden zusammen und rollte auf den Rücken: Seine Schnauze flog auf wie eine Zugbrücke, deren Seile man kappt.

»Das wär's für dich, Wieselgesicht«, sagte Vulgo.

Er stieg über die Leiche und betrat einen schönen, luxuriös eingerichteten Wohnraum. Der Teppich war von makellosem Weiß, und das große Sofa aus cremefarbenem Leder fand seine Entsprechung in Sesseln aus demselben Material; an den mattgrünen Wänden hingen geschmackvolle Originale. Ein Farbfernseher stand da, Telefone aus Messing mit elfenbeinernen Muscheln, und Ausgaben der wichtigsten britischen Tageszeitungen und Zeitschriften lagen aristokratisch auf kleinen lederbezogenen Tischen verstreut.

Vulgo zerrte eine Leinendecke von einem der Tischchen, sodass eine Majolikavase auf den Boden fiel und zersprang. Er faltete den Stoff zusammen und schob ihn in seine Jacke, um die Wunde zu schützen und das Blut zu stillen.

»Je früher das hier vorbei ist, desto besser«, murmelte er, »sonst wird mir der Arm steif wie eine Rumbelschnauze.«

Er öffnete eine weitere Tür und sah, dass er nun im Büro des Oberrumbels angelangt war. Hier fand er einen großen Schreibtisch, der mit seiner grünen Saffianlederoberfläche Besucher beeindrucken sollte, eine Weltkarte an der Wand, Bücherregale, elektrische Schreibmaschinen, Fotokopiergeräte, und wiederum war alles in Weiß und mattem Grün gehalten. Es war ein teures und deprimierendes Zimmer, aber was Vulgo suchte, war nicht da.

Als Nächstes betrat er ein kreisrundes Schlafzimmer, ausgestattet wie für einen berühmten Popstar. Ein riesiges, rundes Bett stand in der Mitte weißer Ziegenfellteppiche, die Bettdecke war aus grüner Seide, die Farbe von Ginster in der Morgendämmerung. Das Licht strömte sanft aus verborgenen Lampen.

»Scheiße«, sagte Vulgo durch die Zähne, »am liebsten würde ich den ganzen Segen anzünden.« Er verzog das Gesicht vor Schmerzen, denn seine Wunde machte ihm zu schaffen. Er ging um das Bett herum, und Blut tropfte von ihm auf den Boden. Am anderen Ende des Zimmers stand eine Tür offen; parfümierte Luft schwebte hindurch. »Das Badezimmer«, dachte Vulgo und trat ein.

Durch die Wolken des süßriechenden Dampfes sah Vulgo seinen Namensvetter und Feind, Vulgarianus Rumbel. Der Chef, der Häuptling, lag ausgestreckt in einem ovalen Bad aus grünem Marmor, groß genug, um darin zu schwimmen. Die Wasserhähne waren aus Gold, geformt wie Rumbelschnauzen, und duftendes Wasser ergoss sich aus ihnen über den pelzigen Körper und strömte durch ein Überlaufgitter, ebenfalls aus Gold, wieder ab. Der Boden zeigte, wo er nicht mit Frotteeteppichen bedeckt war, italienische Kacheln von warmem, südlichem Farbton. Neben dem Bad hingen einige Telefone an Schwenkarmen, die sich in jede Richtung verstellen ließen. Zwei riesige Elektroöfen waren vor den Marmorstufen aufgebaut, die von dem prächtigen Bad ins Zimmer herunterführten, sodass Vulgarianus sich nach dem Verlassen des Bades sogleich wärmen konnte. Gleich daneben lag ein Föhn auf einer Stellage bereit, um das üppige Fell des Anführers zu trocknen.

Vulgo schritt durch das Zimmer und zog die blutige Lanzenspitze geräuschvoll über den gekachelten Boden hinter sich her. Die Schnauze des Rumbels drehte sich her; Bewegung entstand im Badewasser.

»Ich hohffe dohch, dass das jetzt endlich mein Frühstühck ist«, begann er ärgerlich, und dann sah er – nicht den unterwürfigen Kammerdiener, nicht einmal eine seiner Wachen: Er sah einen Borrible.

Vulgo bot in diesem Moment keinen beruhigenden Anblick. Sein Gesicht war noch immer mit Pochs Schminke schwarz verschmiert. Seine Jacke war schmutzig und zerrissen vom Durchkriechen des Lüftungsschachtes, und, was besonders dramatisch wirkte, ein Blutfleck breitete sich von seiner Schulter aus. Doch die Borriblemütze saß ihm frech auf dem Kopf, und in seinen Augen stand ein triumphierendes Glitzern. Vulgarianus Rumbel ließ sich ins Wasser hinuntergleiten, bis nur noch die Schnauze sichtbar war. Seine kleinen roten Augen, intelligent und listig, suchten blinzelnd den ganzen Raum ab, aber sie fanden keinen Ausweg. Eine Weile war das Gurgeln des Badewassers der einzige Laut.

»Ein Borrible?«, fragte der Rumbel schließlich.

»Ein Borrible«, sagte Vulgo, »den ganzen Weg von Stepney her, ein verdammt langer Anmarsch.«

»Fluhch nicht«, sagte der Rumbel.

»Leck mich«, antwortete Vulgo und spuckte in das Badewasser. »Dies ist die Große Rumbeljagd, Kollege. Ihr habt hier alles, was ihr braucht, ihr hättet euch aus Battersea raushalten sollen.«

Vulgarianus erhob sich ein wenig. »Als ob wir eure stihnkigen Märkte und zerfallenen alten Häuser wollten, aber das eine sage ich dir, wir werden hingehen, wo wir wollen, und …«

»Wollt ihr nicht, so? Und die ganze Graberei, die ihr da im Battersea Park angefangen habt? Wie steht's denn damit? Ihr habt angefangen, Rumbel.«

»Wir haben angefangen! Ich weiß, Timbucktu ist manchmal etwas übereifrig, möchte immer graben und so weiter, aber er ist harmlos. Nein, das zählt nicht. Diese Geschichte ist allein eure Schuld, Borrible.«

»Quatsch«, sagte Vulgo und näherte sich dem Bad.

»Wie viel seid ihr?«, fragte der Chef.

»Wir sind nur acht, aber das reicht, um das Ganze hier auseinanderzunehmen.« Vulgo stand zwischen den beiden Elektroheizgeräten und wärmte seine schmerzende Schulter. Er wurde von Augenblick zu Augenblick schwächer und steifer. Er wusste, er musste seine Aufgabe rasch beenden; er fühlte sich kaum in der Lage, sich gegen Verstärkung, die jeden Augenblick auftauchen konnte, zu verteidigen.

Vulgarianus erhob sich plötzlich, und das Wasser troff in Kaskaden von seinem Fell. Er war von allen Rumbels am größten gewachsen, beeindruckend und gebieterisch. Mit befehlendem Blick sah er seine lange Schnauze entlang auf den kleinen, dreckigen Borrible hinunter.

»Acht!«, rief er. »Ihr unverschämten kleinen Wichte, ihr winzigen, unbedeutenden Pimpfe! Ich sage euch, dass die Rumbels hingehen werden, wohin immer ich es sage, von Hampton Wick bis zu Arnos Park und vom Golfplatz in Ealing bis nach Bexley Heath! Wir werden uns nicht von einer Hand voll ignoranter Straßengören aufhalten lassen. Dieben, die in schleimigen Slums und feuchten Kellern hausen, die sich kein Stück Seife leisten können und sie selbst dann nur auffressen würden, die stinken, deren Ohren als Folge billiger bäuerischer Verschlagenheit eine spitze Form angenommen haben und die nur dazu taugen, unsre Sklaven zu sein. Du Batterseagöre, ich muss nur diesen Alarmknopf hier drücken, und meine Leibwache macht ein Nadelkissen aus dir. Gib mir das Handtuch, du schäbiges kleines Knechtlein. Gib mir das Handtuch, sage ich, Borrible!«

Vulgo lächelte und rührte sich einen Augenblick lang nicht. Dann schob er das Ende seines Rumbelspeers durch den Griff eines der beiden Heizgeräte, und er hob den Speer, und das Gerät drehte sich an seinem

Ende. Er schob seine Füße vorsichtig die Stufen empor, die Augen stetig auf Vulgarianus' Gesicht gerichtet, und er hielt seinen Speer vor sich, sodass das Feuer über dem Wasser glühte, dicht am Fell des Oberrumbels. Ein versengter Geruch stieg auf, und Vulgarianus machte einen Schritt zurück, nun statt Verachtung den Ausdruck des Schreckens auf der Schnauze.

Vulgo lächelte den Rumbel ironisch an. »Keine Sorge wegen des Handtuchs«, sagte er freundlich, »gleich hab ich dein Fell trocken.« Und er ließ seinen Speer sich zum Wasser hinabsenken, und der Heizkörper plumpste zischend ins Bad. Der Strom sprang vom Heizkörper im Bogen über das Wasser und fuhr blitzartig durch das Fleisch des Anführers der Rumbels. Er brannte durch sein Herz und verglühte es wie einen alten Sicherungskasten, und Vulgarianus' Stimme rief, aber er hörte es nicht mehr. Sein Leib zuckte, aufrechtstehend, die toten Augen starrten erstaunt, dann fiel er, steif wie ein Brett von einem Baugerüst, vornüber in das Badewasser, und eine Flutwelle strömte über den Rand des herrlichen Bades und schoss das geäderte Grün der Marmorstufen hinab.

Vulgo schniefte prüfend und stieß mit der Speerspitze gegen den Körper. Er dümpelte leblos in dem farbig getönten Schaum.

»So ist das, mein alter Rumbel«, sagte Vulgo nachdenklich. »So macht man das, wenn man den Pelz gründlich trockenlegt. Mit Kilowatt kommt man dem Wiesel bei. Also …«, fügte er hinzu, »ich hab jetzt meinen Namen. Abgesehen davon, so wie ich mich fühle, werd ich ihn nicht lange tragen. Lebend.«

Er ging die Stufen hinunter und zog die Kabel aus dem anderen Heizkörper und dem Haartrockner. Dann zerrte er die Kabelschnur durch den Raum zur Tür, die er schloss, und wickelte die blanken Drähte um die metallenen Türklinken. Er schaute sich seine Arbeit an und fuhr fort, vor sich hin zu reden. »Glaub nicht, dass ich mich mit dieser Wunde hier rauskämpfen könnte, kann ich also ebenso gut gleich hier anfangen. Da spart man Zeit.«

Wieder durchquerte er das Zimmer und drückte den roten Alarmknopf im Bad. »So, jetzt sollten eigentlich die Herren von der Leibwache anrücken«, sagte er und zog ein paar Stühle und Kissen als provisorische Barrikade über die unteren Stufen des Bades. Der tote Vulgarianus schwamm hinter ihm.

Vulgo streifte die Munitionsgurte ab und legte sie griffbereit. Er nahm sein Messer und legte es sich zurecht, und seinen Speer legte er auf die

Barrikade. Dann lehnte er sich auf ein Kissen zurück, wartend und auf seine verletzte Schulter achtend, die jetzt ganz steif war, obwohl sie weniger schmerzte. Er wiegte den Kopf und dachte an ein paar alte Borrible-Sprichwörter, um sich die Zeit zu vertreiben.

»Besser jung sterben, als sich erwischen lassen«, zitierte er aus dem Gedächtnis, und er lächelte und hoffte, dass die anderen Glück hatten.

Poch und Adolf rannten gemeinsam aus dem Tunnel in die Halle, die vor den Gemächern des Oberrumbels lag. Alarmglocken klingelten und Warnlampen blinkten über ihnen an der Decke. In der Ferne heulte eine Sirene, und eine Tonbandstimme rief alle Rumbels an ihre Gefechtsstationen. Poch und Adolf spannten ihre Schleudern, aber sie hätten sich nicht zu bemühen brauchen. Die Körper der beiden Rumbelwachen an der Tür bewegten sich nicht. Poch steckte seine Schleuder weg und hob einen Speer auf. »Schau«, sagte er und zeigte Adolf die Spitze. »Blut.«

»Vulgo?«, fragte Adolf mit besorgtem Gesicht. »Verdammt, ich hoffe, er lebt noch.«

»Schaun wir nach«, sagte Poch. Hinter der Tür fanden sie die Leiche des Dieners. Blut färbte den weißen Teppich, Blut, das schon braun wurde.

»Moment mal«, Poch pfiff durch die Zähne, »schau!«

Im Wohnzimmer des Hauptquartiers lagen mehrere Rumbels mit verkrümmten Körpern und versengtem Fell. Die beiden Borribles schnupperten die Luft und sahen sich an.

»Was Elektrisches«, sagte Adolf, »hübsch hässliche Sache. Gefährlich.«

»Rühr die Leichen nicht an«, sagte Poch und ging zur Tür. Dort fanden er und Adolf noch mehr Rumbels, alle angesengt und zusammengekrümmt, und alle tot.

»Das muss die Elitewache sein«, sagte Poch, »sieh dir die Uniformen an, und die Waffen.«

»Die Reihe führt zu der Tür dort drüben«, sagte Adolf, mit seiner Schleuder deutend.

»Ist dir aufgefallen, wie die alle einander berühren?«, sagte Poch, und mit dem Schaft seines Speers schlug er die verkohlte Pfote des Ersten in der Reihe der verbrannten Leibwachen von der Tür weg. Im Badezimmer erzählten die an der Klinke festgewickelten Drähte ihre eigene Geschichte. Der erste Krieger, der aufgetaucht war, hatte versucht, die Tür zu öffnen, und war daran gestorben. Ein zweiter hatte versucht, seinen Kameraden von der Klinke wegzuziehen, und er war gestorben. Viele waren auf diese Weise untergegangen, ihre Körper wie aneinandergelötet, das Fell rau und schwarz. Dann hatten sie die Tür eingeschlagen, aber im Badezimmer lagen dutzende weiterer Leichen, auf der Schwelle vom Stromstoß ereilt, von Steinen erschlagen, als sie den Raum durchqueren wollten, erstochen beim Versuch, Vulgos kleine Barrikade zu erstürmen. Der Raum war ein Chaos.

»O *verdammt*«, sagte Adolf ehrfürchtig, »was für ein Raufer, dieser Vulgo. Wer hätte gedacht, dass so ein kleiner Borrible so viel Mut in sich hat?«

Die Fährte der Leichen führte durch das Zimmer bis zum Rand der Badewanne. Unten an den Stufen lag ein halbes Dutzend der Leibwache auf einem Haufen. In diesem Badezimmer hatte ein ungeheurer Kampf getobt, aber von dem Borrible aus Stepney war keine Spur zu finden.

Poch kletterte über die Leichen und die Barrikade und entdeckte die halb unter Wasser treibende Gestalt des Oberrumbels.

»Er hat ihn erwischt«, schrie er. »Vulgo hat seinen Namen.«

»Postum, fürchte ich«, sagte der Deutsche traurig.

»Warte«, sagte Poch, »ich seh seinen Fuß.« Und es stimmte. Unter dem Haufen von Rumbelleichnamen ragte ein Borriblefuß hervor. Poch und Adolf zogen die toten Körper beiseite, und unter allen lag ein zerbrechlich wirkender kleiner Borrible, ein Messer in einer Hand und die abgebrochene Spitze eines Speeres in der anderen. Sie knieten sich neben ihn.

»Ist er schon fort?«, fragte Poch.

Adolf legte seinen Kopf an Vulgos Brust. »Nein«, sagte er, »ich kann sein Herz hören.«

Liebevoll hoben sie den Borrible aus Stepney in eine sitzende Position und rieben seine Hände und Wangen. Vulgos Augenlider zuckten und öffneten sich dann schwach. Er war mit Blut bedeckt, obwohl das meiste nicht sein eigenes war. Er leckte sich die Lippen. »Da kann man sich ja drauf verlassen, dass ihr ankommt, wenn alles vorbei ist«, sagte er und versuchte zu grinsen. »Holt mir was zu trinken.«

Adolf war gleich wieder da, mit einem Zahnbecher aus Jade, den er mit kaltem Wasser gefüllt hatte, und Vulgo trank gierig. »Schon besser«, sagte er und schaute sich im Zimmer um. »War kein schlechter Kampf«, fügte er hinzu, »aber ihr verschwindet jetzt besser. Mit diesem Alarmgeklingel sind die Tunnel bald dicht an dicht mit Rumbels voll.«

»Gut«, sagte Poch, »wir gehen. Ich hab nur noch was zu erledigen. Adolf, pass auf die Tür auf.«

Vulgo ergriff Pochs Arm. »Gib mir einen von deinen Gurten. Ohne ein paar Steine fühl ich mich einsam.«

Poch streifte einen Munitionsgurt über den Kopf, hob eine Schleuder vom Boden auf und gab sie Vulgo. »Hier, bitte«, sagte er. »Lass uns aber noch ein paar Rumbels übrig.«

Poch verließ das Badezimmer und kam in einen großen Arbeitsraum. Dies war ein privaterer, intimerer, zurückgezogenerer Raum als das Büro. Hier stand nur ein leerer Schreibtisch; es gab ein paar Bücher, an der Wand hing ein Aquarell: eine Landschaft des Rumbelreiches. Poch warf das Bild zu Boden und fand, was er sich erhofft hatte: einen großen Safe. Verblüfft schaute er ihn an: Der Safe war fest verschlossen, und außen befand sich ein kompliziertes Kombinationsschloss. Er drehte daran herum, horchte, zog an dem großen Messinggriff, aber die Safetür rührte sich nicht. Er rannte zurück ins Badezimmer und rief Adolf verzweifelt zu: »Verflucht, ich krieg den Safe nicht auf. Wir sind verratzt.«

Der Deutsche schob den Kopf um die Tür herum, die er bewachte. »Ein Safe«, rief er, »ist das alles? Hab ich dir nicht erzählt, wie ich meinen dritten Namen bekommen hab? Amadeus? Indem ich Diamanten von dem geschicktesten Einbrecher ganz Österreichs geklaut hab. Komm, sieh zu. Ich überrede deinen kleinen Safe, dass er lieb zu uns ist.«

Im Augenblick hatte Adolf sein Ohr gegen die Tür des Safes gepresst, und seine agilen Finger bewegten das Schloss. Es klickte; noch einmal und noch einmal, bis schließlich ein Klicken ertönte, das endgültiger klang als die anderen, und Adolfs Augen leuchteten wie ein Spielautomat, der den Hauptgewinn anzeigt. Er ergriff das Schloss mit beiden Händen und zog die massive Stahltür auf.

»Ins Schwarze!«, rief er. »Ach, *verdammt*, ich hab noch das Gefühl dafür.«

Poch schaute in den Safe und entdeckte eine große Kiste mit Messingbeschlägen. »Du musst der beste Safeknacker der Welt sein«, sagte er. »Adolf Wolfgang Amadeus *Winston*!«

»*Danke*«, sagte Adolf auf Deutsch. »Ich bin stolz auf meinen neuen Namen und werde gerne erzählen, wie ich ihn bekommen hab. Wenn wir hier je rauskommen.«

Sie zogen die Kiste aus dem Safe, und sie krachte auf den Boden. Poch riss den Deckel auf und hockte sich verblüfft hin: Bis zum Rand war sie mit raschelnden neuen Banknoten gefüllt.

»Brat mir einer 'nen Storch«, sagte er. »Das ist ja ein Vermögen.«

»Nützt nichts, wenn du's nicht wegschaffen kannst«, sagte Adolf.

»Warte«, sagte Poch und hielt den Deutschen an der Schulter zurück. »Wir müssen sie zu zweit tragen. Vulgo müssen wir zurücklassen.«

Adolf stand auf; sein Gesicht war ärgerlich. »Mach, was du willst«, sagte er. »Aber ich nehm' Vulgo mit.«

Poch stellte sich vor seinen Freund. Seine Stimme war hart und gepresst. »Der einzige Sinn dieser Expedition ist das Geld. Ich hab den eindeutigen Befehl, die Kiste rauszubringen. Vulgo hat sein Risiko auf sich genommen wie wir alle auch. Der ist ja schon halb tot!«

»Und der ist halb noch mehr wert als du ganz, Poch, und das Geld dazu«, rief Adolf und kickte den Deckel der Kiste zu, die sich krachend schloss.

»Dieses Geld«, sagte Poch mit leiser Stimme, »könnte das Leben von Tausenden von Borribles verändern. Es ist wichtig, wichtiger als irgendwer von uns, deshalb wollte Zoff, dass ich es nach Hause bringe, egal wie.«

»Wen kümmert dein Zoff! Ich will mein Leben nicht verändert haben!«, rief Adolf leidenschaftlich. »Und die anderen Borribles auch nicht. Die Leben, um die es mir im Augenblick geht, sind meines und das von Vulgo, und deines, wenn du aufhörst, den Idioten zu spielen.«

Poch zögerte. Er wusste, dass das, was der Deutsche sagte, viel für sich hatte, aber hier gab es anderes zu bedenken.

»Vulgo hat seinen Namen durch seinen tapferen Kampf bekommen«, argumentierte er. »Dir war es bestimmt, den Safe aufzumachen, meine Rolle ist es, das Geld hier rauszuschaffen und mir so einen Namen zu verdienen. Kannst du das nicht sehen?«

»Sehen, ja«, sagte Adolf, »aber ich brauch nicht hinzuschauen. Du trägst dein Geld, wenn du kannst, ich trage Vulgo, wenn ich's schaffe. Der Rest ist Glück. Lass uns Freunde bleiben, auch wenn wir verschiedener Ansicht sind. Ich stehle auch gern, weißt du, aber manchmal haben andere Sachen Vorrang.«

In diesem Augenblick kam ein Schrei von Vulgo aus dem Badezimmer. Beide Borribles ergriffen ihre Schleudern und luden sie, während sie durch die Tür rannten.

Zwei mit Speeren bewaffnete Rumbels kamen eben durch den Eingang, ein dritter lag betäubt auf der Schwelle. Vulgo lud seine Schleuder nach. Ein Rumbel warf seinen Speer auf Adolf, der zur Seite sprang; der Speer grub sich in die Wand. Poch schoss, Adolf schoss, und die beiden Rumbels fielen. Es wurde still, und Adolf ging zur Tür, um hinauszusehen. »Nur die drei«, sagte er, »aber andere sind sicher schon unterwegs. Gehen wir.« Er kam durchs Zimmer und kniete sich neben Vulgo. »Du kommst mit mir, mein Freund«, sagte er. »Ich nehm dich auf den Rücken, wird zwar wehtun, ist aber etwas sicherer, als hierzubleiben.«

»Du kannst mich nicht mitnehmen«, sagte der verwundete Borrible und zog ein Gesicht. »Lasst mir noch einen Gurt da, und ich kümmere mich noch um ein paar Rumbels.«

»Blödsinn«, lachte der Deutsche, »bist du damit zufrieden, mit nur einem Namen zu sterben?«

Vulgo wiegte den Kopf wie früher. »Also gut, alter Dummkopf, ›Wahnsinn, sich mit einem Wahnsinnigen zu streiten.‹«

Adolf ignorierte das Sprichwort, hob seinen verwundeten Kumpel auf und trug ihn zur Tür. Poch rannte währenddessen zurück in das Privatzimmer und hob mit ungeheuerlicher Anstrengung die Kiste auf die Schultern. So beladen, wie wir beide sind, dachte Poch, haben wir kaum eine Chance, rauszukommen. Adolf hatte recht, aber ich auch. Wir müssen einfach sehn, wie's weitergeht.

Ihr Vorwärtskommen war langsam und mühevoll. Häufig hielten sie an, um auszuruhen, und Vulgo hatte starke Schmerzen, obwohl er nichts sagte.

Das Beleuchtungssystem hatte offensichtlich ernsthafte Beschädigungen erlitten, denn die Lichter gingen häufig aus. Klingeln und Sirenen klapperten und heulten, wie sich der Großalarm durch das Labyrinth der Korridore ausbreitete, und Rufe und Schreie hallten aus Seitengängen. Irgendwo brannte etwas, und Rauch fing an vorbeizutreiben, von den Ventilatoren der Entlüftung angesogen. Der Qualm aus den Kesseln, die in der Küche weiterkochten, mengte der Atmosphäre einen stechenden Geruch bei, und die Temperatur im Bunker stieg rasch.

Die Flüchtlinge trafen mehrmals auf Gruppen verwirrter und panisch daherstolpernder Rumbels, aber es waren keine trainierten Krieger, und eine bloße drohende Geste reichte aus, um sie in eine andere Richtung fliehen zu lassen. Aber jedes Mal, wenn sie eine Kreuzung passierten, kamen Rumbels lautlos auf ihren gepolsterten Pfoten hervor und folgten ihnen in sicherer Entfernung, auf den richtigen Moment wartend, um sich auf die Abenteurer zu stürzen.

»Ich muss rasten«, sagte Poch zum fünften Mal. »Geld belastet.«

»Ich könnte auch eine Pause brauchen«, sagte Adolf keuchend und ließ Vulgo zu Boden gleiten.

»Wie geht's dir, mein Freund?«, fragte der Deutsche.

Vulgo war beinahe ohnmächtig vor Schmerzen, aber er sagte: »Darf nicht klagen. Müssen weitermachen, bis es nicht mehr weitergeht, oder?«

Sie hatten am Eingang eines dunklen Seitenkorridors angehalten, und plötzlich sprangen zwei speerschwingende Gestalten mit einem Schrei hervor. Adolf und Poch traten zurück und griffen nach ihren Waffen; dann hielten sie inne. Vor ihnen standen Bingo und Orococco, eifrig und frisch.

»Na, hallo, Seemann!«, sagte Orococco. »Sag mal, was macht denn ein anständiges Kind in einem so fragwürdigen Seitensträßchen?«

Poch lächelte erleichtert. Er deutete auf Vulgo und die Kiste. »Wir versuchen, Vulgo rauszubringen. Er hat den Chef erwischt, aber die Leibwache hat ihn beinahe fertiggemacht.«

»Er hat sie schön durcheinandergewirbelt«, lachte Adolf. »Hat sich zwanzig Namen verdient.«

»Gut sieht er nicht aus«, sagte Bingo, »das steht fest.«

»Wie ging's bei euch?«, fragte Poch und setzte sich auf die Geldkiste.

Bingo kniete sich neben Vulgo und fühlte seinen Puls; er sagte: »'Rococco hat seinen an der Tür erwischt. Er ist mitgekommen, um mir Gesellschaft zu leisten. Ich bin durch die ganze Bude gerannt, aber ich kann meinen einfach nicht finden. Ich hoff nur, dass der niemand anders in die Quere gekommen ist. Dann sitz ich ohne Namen da.«

Die Lichter im Korridor flackerten und erloschen, und die Borribles ergriffen ihre Speere und standen Rücken gegen Rücken. Sie hörten das schnüffelnde Geräusch sich nähernder Rumbels, aber dann strahlten die Lichter wieder auf, und die Abenteurer sahen ihre Feinde hastig fliehen, um außer Reichweite der Borriblewaffen zu gelangen.

Poch kam zu einem Entschluss. »Ihr könntet dann mit uns kommen. Mir mit der Kiste helfen und abwechselnd Vulgo tragen.«

»Nichts dagegen«, stimmte Bingo zu, »solange klar ist, dass ich jederzeit meinem Typ hinterherkann.«

Die fünf Borribles brachen wieder auf und gingen weiter, an jeder Kreuzung anhaltend. Man folgte ihnen, schniefte und schnuffte hinter ihnen her, griff sie aber nicht an. Die Gefahr würde größer werden, wenn sie den großen offenen Raum des Zentrums erreichten. Dort konnten die Massen zorniger Rumbels sie überrennen, gleichgültig, wie gut sie sich verteidigten.

Schließlich hielt Bingo, der vorausging, an und hob die Hand. »Das Zentrum«, flüsterte er.

Sie sammelten sich am Ende des Ganges und schauten hinaus in die weite Höhle, von der die Hauptkorridore des Bunkers ausgingen. Ein bedrohlicher Anblick bot sich. Hunderte von Rumbels rannten durch den immensen Raum hin und her. Blaue Lichter zuckten an der Decke, und die Alarmglocken schrillten. Der Weg, der zur Großen Tür führte, war gedrängt voll mit Rumbelkriegern, die sich mühten, in den Tunnel zu kommen und mit dem, was immer am anderen Ende sein mochte, zu kämpfen. Dicker Rauch quoll aus einem Korridor, über dem »Küche« geschrieben stand. Einige Rumbels verschwanden in einem mit »Krankenstation« bezeichneten Tunnel, verwundete Genossen auf Bahren tragend.

Bingo überblickte die Szene und wandte sich zu den anderen. »Ich hab eine Idee«, sagte er. »Da drüben geht ein Tunnel ab, da ist niemand drin, es scheint zumindest so; der, wo es heißt ›Bibliothek‹. Ich renne jetzt durch die Halle, schmeiß ein paar Speere, und ein paar von den Kriegern werden mir nachgehen. Die anderen müsst ihr euch vom Hals halten. Keine besonders gute Idee, aber viel Auswahl gibt's ja nicht, was?«

Poch sprach für alle. »Es ist die einzige Möglichkeit.«

Bingo nahm sich einige Speere von seinen Gefährten, und ohne Abschied rannte er leichtfüßig in die Halle hinaus. So plötzlich war sein Auftauchen, dass er drei Viertel seines Weges zurückgelegt hatte, bevor ihn einige nicht als Kämpfer ausgerüstete Rumbels bemerkten, die zu den Kriegern hinüberriefen, welche sich in dem Tunneleingang drängten, der zur Großen Tür führte.

Bingo stellte sich fest und breitbeinig hin und warf einen Speer nach dem anderen auf den Feind. Er zielte gut und warf mit Wucht; jeder seiner Speere traf ein Ziel, und ein halbes Dutzend Rumbels fiel tot oder schwerverletzt zu Boden. Die anderen zogen sich etwas zurück und zögerten, sodass Bingo seine Schleuder ziehen konnte, und zwei weitere

Rumbels stürzten, ehe er sich umdrehte und mit bemerkenswerter Geschwindigkeit in den Bibliothekstunnel rannte, mit dem herausfordernden Kriegsschrei: »Ein Borrible! Ein Borrible!« Dutzende von Rumbelkriegern rannten hinter Bingo her, ihrerseits wilde Rufe ausstoßend, und in wenigen Sekunden lag der Eingang zur Großen Tür verlassen da.

»Vulgo«, sagte Poch, der neben ihm kniete, »schaffst du's durch's Zentrum? Wir brauchen alle unsere Hände, um uns rüberzukämpfen.«

»Stellt mich auf die Füße«, sagte Vulgo und richtete sich auf, »und gebt mir einen Speer, auf den ich mich stützen kann, dann mach ich das im Walzerschritt.«

Sie zogen ihn auf die Füße und schoben einen Speer in seine Hand. Er steckte sich den Schaft unter die Achsel seiner unverletzten Schulter und gebrauchte ihn als Krücke. »Na bitte«, hauchte er, »kleidsam und praktisch.«

Poch hob sich wieder die Kiste auf den Rücken, und Orococco und Adolf flankierten ihn. Sie hatten nur noch wenige Rumbelspeere, aber hier gab es Platz genug für den Einsatz der Schleudern.

»Geh du voraus, Vulgo«, sagte Poch. »Wir übernehmen dein Tempo.«

Wegen der entsetzlichen Verwirrung und Panik, die auf Bingos Verschwinden gefolgt war, legten die Borribles auf ihrem Rückzug durch die große Zentralhalle ein gutes Stück zurück, ohne dass man sie bemerkte; und als man sie sah, wussten die Rumbels nicht, was sie tun sollten, da in dieser unerwarteten Situation keinerlei Truppen mehr zur Verfügung standen. Sie wussten, dass Borribles die Tunnel durchstreiften, aber sie hatten keine Ahnung, wie groß die Invasionsstreitmacht war. Vor allem hatten sie nicht damit gerechnet, dass eine Gruppe von Borriblekämpfern so plötzlich mitten unter ihnen auftauchen könnte. Sie schrien und quiekten, und aller Mut zerrann ihnen. Sie rannten in alle Richtungen, nur nicht auf die Feinde zu; sie stießen sich gegenseitig um und schlugen aufeinander ein, alles, nur um den tödlichen Steinen zu entgehen, die so rasch den Schleudern der Borribles entflogen. Sie schrien nach ihren Kriegern, aber die Krieger waren tief in den Tunneln beschäftigt oder jagten Phantome oder andere Rumbels, im Glauben, dies seien Borribles. Der Rauch machte Verfolgung und Orientierung schwierig, und die Verwirrung pflanzte sich bis zu den äußersten Vorposten des Rumbelbunkers fort.

Langsam bewegten sich die Borribles über die gefährliche offene Fläche hinweg voran. Vulgo stolperte und hinkte mannhaft weiter, mit zusammengebissenen Zähnen gegen den Schmerz ankämpfend, seinen ganzen Willen darauf konzentrierend, nicht zu fallen und die Flucht zu verhindern. Die Rumbels hielten sich immer noch zurück und unternahmen keinen Angriffsversuch, bis plötzlich ein Trupp ihrer Krieger aus einem Seitentunnel an der Flanke der Borribles hervorbrach.

»Wo kommen denn die ganzen Rumbels her?«, sagte Orococco.

»Das ist jetzt nicht der Zeitpunkt für blöde Bemerkungen«, keuchte Poch, der unter dem Gewicht seiner Kiste schwitzte und wünschte, er hätte die Hände frei.

»Das Sprichwort sagt«, zischte Orococco, während er schoss und seine Schleuder wieder lud. »Blöde Situationen verlangen nach angemessenen Bemerkungen. Aber so blöde Bemerkungen fallen mir gar nicht ein.«

Ein Wurf Speere pfiff von den Rumbels herüber, aber der Beschuss durch die Schleudern, rasch und stetig, lenkte die Zielgenauigkeit ab, und die Speere verfehlten ihre Ziele und fielen harmlos zu Boden; alle außer einem, der die Kiste traf, den Deckel durchstieß und zitternd stecken blieb. Die Wucht des Einschlags ließ Poch taumeln, und er fiel auf ein Knie und musste sich wieder auf die Beine helfen lassen.

Die Rumbels suchten nach neuen Speeren, aber die Steingeschosse der Borribles behinderten sie, und sie zogen sich in die Sicherheit der Tunnel zurück. Ein Rumbel jedoch, mutiger und schneller als die anderen, rief seine Kameraden auf, wieder hervorzukommen, und er fing an, die unbewaffneten Rumbels in einer großen Einheit zu organisieren, die sich bereitmachte, auf die kleine Borribletruppe einzustürmen. Wenn es ihm gelänge, alle zu einer gemeinsamen Aktion zu bringen, wäre es mit dem Rückzug der Abenteurer aus – aber Orococco sah das anders.

Einen Speer vom Boden aufhebend, rannte er vor: ein Borrible, der hundert Rumbels angriff. Etwa zwanzig Meter vor dem tapferen, gefährlichen Rumbel schleuderte er den Speer wie einen Wurfspieß. Er verließ seine Hand mit der Wucht einer Flintenkugel, und der vierzöllige Nagel grub sich tief in das dichte Fell des Kriegers. Ein Stöhnen stieg aus den Reihen des Feindes auf, und dutzende von Speeren flogen Orococco um den Kopf, aber er duckte sich, sprang hierhin und dorthin und kehrte unversehrt zu seinen Freunden zurück; sie erreichten die momentane Sicherheit des Tunnels zur Großen Tür.

Vulgo fiel ohnmächtig zu Boden. Poch warf seine Kiste ab, zerrte den Speer aus dem Deckel und warf die Waffe zurück in die Halle.

»Und setzt euch drauf!«, schrie er, zitternd vor Wut.

Adolf kniete sich hin, um Vulgos Verletzung zu untersuchen, und hob die Jacke hoch, sodass die mit Blut vollgesogene Bandage sichtbar wurde.

»Unser Vulgo hat viel Kraft verloren«, sagte er, »aber die Wunde hat zu bluten aufgehört. Er kommt vielleicht durch, wenn er Ruhe hat.« Er faltete die Bandage wieder richtig und schloss die Jacke.

Orococco, der vom Tunneleingang aus Ausschau hielt, rief warnend: »Ein Haufen von diesen Kriegerknaben versammelt sich da draußen. Sie kommen rüber.«

Poch sah die anderen an und sagte: »Ruhn wir uns aus, nur einen Augenblick. Wir haben's noch nicht geschafft. Ich höre vor uns Kampfgeräusche; noch sind wir nicht aus diesem kleinen Ferienlager raus.«

»Ein wunderschöner Ort«, sagte Vulgo, der langsam in ein Delirium eintrat. »Jede Menge Rumbels hier.«

Bingo rannte wie der Wind den Korridor entlang. Soweit er sehen konnte, waren vor ihm keine Rumbels, aber hinter sich hörte er Rufe, als die Krieger aus dem Zentrum ihm nachjagten.

Bingo rannte leichtfüßig, seine Kräfte sparend. Wo immer diese Bibliothek liegen mochte, sie schien weit entfernt. Er rannte weiter und vergrößerte den Abstand zu seinen Verfolgern, bis er sie schließlich nicht mehr hören konnte. Er verlangsamte den Schritt und trabte dahin, einen Speer locker in der Rechten schwingend, eine Schleuder im Gürtel. Er war in den entlegensten Zonen des Bunkers, und es war seltsam still; hier hingen auch kein Rauch und kein stechender Qualm in der Luft.

Nach einer Entfernung, die Bingo wie Meilen vorkam, gelangte er an eine mit grünem Flanellstoff bezogene Tür, die in groteskem Winkel von einer Angel hing. Mehrere Lanzen steckten darin; zwei Rumbelkrieger lagen mit durchgeschnittener Kehle über der Schwelle.

»Wendelmethoden«, stellte Bingo fest; er ging an den Leichen vorbei und schlüpfte in den Raum, der hinter der Tür lag. Es war in der Tat die Bibliothek, die jedoch stark mitgenommen aussah. Der hohe Raum mit großen, massiven Bücherschränken stieg zu einer eichengetäfelten Decke auf, die in leuchtenden Farben mit den Wappen der reichsten und ältesten Rumbelfamilien bemalt war. Kleine Holzgalerien liefen an den Wänden entlang, und schön geschwungene Wendeltreppen führten in jeder Ecke von der Decke zum Boden. Ruhige Nischen mit bequemen Tischen lagen zwischen den Regalen, und kleine Lampen mit grünen Schirmen verbreiteten ein freundliches akademisches Licht. Es war ein Ort der Ruhe und des Studiums, reich geschmückt in den Farben der Rumbels, und es hatte offensichtlich eine Menge Geld gekostet, die Bibliothek über lange Jahre hinweg aufzubauen und einzurichten. Hier waren all das Wissen und die Macht und die Weisheit versammelt, die die Rumbels über viele Jahrhunderte hinweg zusammengebracht hatten, und nun wurde all dies von einem höchst geschäftigen Borrible zerlegt. Napoleon war eifrig bei der Arbeit, mit der kalten Wildheit eines Wendels, der eine Rechnung zu begleichen hat.

Bingo sah sich im Zimmer um, um zu sehen, ob kein Feind da war; es gab keinen lebenden. Die Leichen von etwa einem Dutzend besiegter Rumbelkrieger waren auf dem grünen Teppich verstreut, meist beinahe ganz unter Haufen von Büchern verborgen. Napoleon setzte seine Arbeit fort, ohne sich durch Bingos Ankunft stören zu lassen, die er mit einem kurzen Nicken zur Kenntnis nahm. Der Wendel hatte bereits zwei, drei der enormen Bücherschränke umgestoßen, und die großen Bücher hatten sich über den Boden verstreut. Am anderen Ende des Raumes stand eine lange Leiter so, dass ihr oberes Ende das Gitter eines Luftschachts erreichte: Napoleon hatte seinen Rückzug vorbereitet, aber er würde nicht gehen, ehe er nicht den größtmöglichen Schaden angerichtet hatte. Der Wendel ließ sich nichts vormachen.

Bingo sah zu, wie Napoleon einige weitere Bücherschränke umstieß und wie die dicken Bücher herunterprasselten und die Rumbelleichen noch gründlicher bedeckten. Er kam näher und kletterte über die tückische Oberfläche der wild aufgehäuften Bücher.

»Wie geht's so?«, fragte er.

»Nicht schlecht, danke«, sagte der Wendel knapp und beschäftigt. »Und du?«

»Ich kann meinen nirgends finden. Wo ist deiner?«

»Unter diesem Stapel von Enzyklopädiebänden. Netter kleiner Typ, keinerlei Schwierigkeiten.«

»Wie?«, fragte Bingo in derselben knappen Weise wie der Wendel.

»Er stand oben auf einer langen Leiter«, erklärte Napoleon, der gerne die Gelegenheit ergriff, die Geschichte seines Namens zum ersten Mal zu erzählen. »Ich kam unten an und sagte ganz höflich: ›Verzeihung, bist du Napoleon Rumbel?‹, und er sagte: ›Ja, der bin ich.‹ Sag ich: ›Würdest du freundlicherweise mal runterkommen, ich hab mit dir zu reden.‹ Der

Typ schaut mich nicht mal an, eingebildeter kleiner Lackaffe, ›O nein‹, sagt er, ›ich bin zu beschäftigt. Da musst du warten. Ich bin auf der Suche nach einem Buch über Anti-Borrible-Taktik, für den Genehrahlstahb – dem ich angehöre, wie ich bemerken darf. Also verschwinde.‹ Also sag ich: ›Du kommst so oder so runter, Kollege, die Schwerkraft ist dir allemal überlegen.‹ Das war eine Bemerkung, die ihn hat aufschauen lassen, beziehungsweise nach unten. ›Aaaaach!‹, sagt er, wie sie's zu tun pflegen, und lässt sein Buch fallen, mir beinahe auf den Kopf, scheißgefährlich, und hält sich oben am Bücherschrank fest. Gleichzeitig kick ich die Leiter beiseite, also hat er keinen festen Standpunkt mehr zu vertreten, hm? Nun, das plötzlich vergrößerte Gewicht lässt den Bücherschrank gewaltig schwanken, was mich auf eine Idee bringt. Ich rum um den Schrank, eine andere Leiter am nächsten Bücherschrank hoch und mit dem Speer tüchtig Druck ausgeübt: Und alles fällt einträchtig um, Bücherschrank, Bücher und Rumbel. Gute Nacht, Napoleon Rumbel. Zack!«

Bingo schüttelte den Kopf. »Was für ein Abgang.«

»Vom Gewicht seiner Studien überwältigt, könnte man sagen«, sagte Napoleon und grinste wie ein kalter Luftzug. »Hast du Streichhölzer dabei?«, fragte er plötzlich.

»Wozu?«, fragte Bingo.

»Sei nicht so langsam«, sagte Napoleon seufzend. »Feuer anmachen natürlich, bisschen Ablenkung, unseren Rückzug decken. Hast du die anderen gesehen?«

Bingo erzählte ihm, was er wusste.

»Aha!«, rief der Wendel und nickte. »Wusste ich doch, dass dieser Poch etwas im Schild führt. Eine Kiste hat er sich organisiert, so. Da ist Geld drin. Nun, da werden wir dann ja mal sehen.«

»Wir sind noch nicht draußen«, bemerkte Bingo nüchtern.

»Ich schaffs nach draußen, Kumpel«, sagte Napoleon und deutete auf die Leiter. »Ich drück mich in den Lüftungsschacht, und kein Rumbel auf der Welt hält mich auf, nach Hause zu gehen. Wenn du mal da oben bist, können nur zwei Rumbels an dich ran, einer vorne, einer hinten. Jeder Borrible sollte es eigentlich mit zwanzig Rumbels aufnehmen, und ein Wendel schafft die doppelte Anzahl.«

»Hast du die geschafft?«, fragte Bingo und deutete auf die reglosen Rumbelkrieger.

»Na, Selbstmord haben die nicht begangen«, sagte Napoleon. »Wohlgemerkt, sie sind immer nur zu fünft oder zu sechst in den Raum reingekommen. Im Grunde einfach, so einfach wie … wie man vom Bücherschrank fällt.«

Bingo zog eine Schachtel Streichhölzer hervor und gab sie Napoleon. »Mir tut es leid um die Bücher. Ob da gute Abenteuergeschichten dabei sind?«

Napoleon warf ihm einen Blick zu wie eine alte Jungfer, der man etwas Unanständiges zumutet. »Ich habe in der vergangenen halben Stunde keine Zeit zum Lesen gehabt«, sagte er und ging zu einem Bücherstapel. Er hielt ein Streichholz an die Bücher: alt, staubig, trocken, standen sie bald in hellen Flammen.

»Ich meine«, bestand Bingo auf seinem Empfinden, »es ist jammerschade. Bücher sind eine hübsche Sache.«

»Hübsche Sache! Du hörst dich an wie ein verdammter Rumbel. Bei einem Angriff wie unserem kann man keine halben Sachen machen, Bingo, man muss es richtig machen, oder es funktioniert nicht. Was würde geschehen, wenn wir die Bücher hier unangetastet lassen? Ich sag dir's, es würde in fünf Minuten einen neuen Rumbel-Generalstab geben. Darum dreht sich's, mein Sohn: um Macht!« Und er warf wieder ein Buch ins Feuer.

»Du hast wohl recht«, sagte Bingo, »so hab ich nie drüber nachgedacht.«

»Natürlich hab ich recht«, sagte Napoleon. »Also! Für mich ist es jetzt Zeit, nach Haus zu gehen. Feuer sagt mir nichts, mein Element ist Wasser. Kommst du mit?«

»Kann nicht«, sagte Bingo bedrückt. »Ich sag's dir doch, ich hab meinen Typ nicht gefunden.«

»Bedauerlich. Aber ich pack's jetzt. Ich möchte mal nach diesem Poch sehen; das Geld gehört nicht dem allein.« Napoleon zwinkerte geheimnisvoll und schritt dann von dem jetzt gut brennenden Feuer weg zu seiner Leiter, die er zu erklettern begann. »Könntest mit mir kommen, Bingo, und an einem anderen Punkt wieder aus dem Luftschacht springen. In dieser Bibliothek wird es in Kürze zu einer beträchtlichen Hitzeentwicklung kommen.«

»Hier wird es heißer, als du dir vorstellst«, sagte Bingo. »Mich haben etwa zwei Millionen Rumbelkrieger den Korridor da draußen runtergejagt. Die können ja nun wirklich nicht sehr schnell laufen, aber sie müssten doch jeden Augenblick hier sein.«

Napoleon blieb bewegungslos auf seiner Leiter stehen und schaute hinunter. »Wie viele? Die kannst du nicht alle allein für dich haben, man muss auch was abgeben können.« Er stieg wieder herunter und warf noch ein paar Bücher aufs Feuer.

Sie warteten, und das Feuer kroch über die Bücherhügel und fing an, zu der hohen Decke hinaufzuklettern. Bald hörte man das Geräusch von Schreien aus dem Tunnel hinter der grünbezogenen Tür, und Bingo und Napoleon stellten sich so auf, dass der Eingang in Reichweite ihrer Speerwürfe lag.

»Wir geben's den Ersten mit diesen Speeren«, sagte Napoleon, »dann gehen wir hinter diesen Bücherstapel, da hinter dem Feuer, und zeigen's ihnen mit den Schleudern, wenn sie versuchen, reinzukommen. Wenn wir keine Munition mehr haben, hüpfen wir die Leiter hoch. Ja?«

»Gut«, sagte Bingo. Er hob zwei Speere vom Boden auf und wog einen in der rechten Hand. Zwei atemlose Rumbels brachen in den Raum, und Bingo und Napoleon warfen ihre Waffen wie ein Mann; die beiden Krieger fielen.

Andere Rumbels drängten sich in einer dichten Menge in den Raum, von ihren erregten Gefährten hinter ihnen vorangetrieben und geschoben, und die Borribles warfen weiter ihre Speere, bis sie ihren kargen Vorrat erschöpft hatten. Einige Rumbels waren tot, aber ihre Zahl war so groß, das es unmöglich war, ihr Eindringen in die Bibliothek und ihre Verschanzungen hinter Bücherschränken und Tischen zu verhindern.

Napoleon und Bingo zogen sich zurück und kauerten hinter einem riesigen Bücherstapel, die Schleudern gespannt.

»Ich hab noch kaum einen Stein abgeschossen«, sagte Bingo. »Bisher ging's ja immer mit den Speeren.«

Napoleon spähte durch den Rauch, der von dem kräftig brennenden Feuer zwischen ihnen und dem Feind aufstieg. »Dieser Rauch hilft ihnen, sich auf uns zuzuschleichen«, sagte er zu Bingo. »Nicht so gut.« Er brach ab und gab einen Schuss zur Tür hin ab. »Sieh mal«, sagte er. »Da kommen ganze Scharen.«

Bingo sah, dass eine große Zahl weiterer Rumbels in den Raum gerannt kam. Ein schlanker, aber athletisch gebauter Rumbel führte sie an, mit glattem braunem Fell und einem harten Ausdruck seiner gefährlich aussehenden Schnauze. Er trug drei oder vier Speere und hatte, um seine Stellung als Kommandant der Krieger zu bezeichnen, eine gold-grün-weiße Schärpe. Er sah stolz und ungeduldig drein, und Bingo wusste, dass er endlich sein Ziel gefunden hatte.

Der Kommandant rannte am anderen Ende der Bibliothek hin und her, sammelte seine Truppen und zog sie aus ihren Verstecken zwischen den umgestürzten Bücherschränken zusammen. Er rief und schwenkte die Arme, und langsam rückten die Rumbels vor und warfen Speere nach den beiden Borribles, die hinter ihrer Bücherbarrikade saßen und nur hie und da aufstanden, um einen Schuss abzugeben. Es wäre den beiden Borribles schlimm ergangen, wenn die Rumbels noch über eine größere Anzahl von Speeren verfügt hätten, aber die meisten Geschosse hatten sie zu Beginn des Gefechts recht ziellos verschwendet. Nun wuchs ein großer Haufen von Speeren auf der Seite der Borribles, und bald kam ein Augenblick, wo Napoleon und Bingo aufstehen konnten, voll sichtbar für den Feind, weil die Rumbels keine Speere mehr hatten.

Mit einem Zeichen schickte der Rumbelkommandant einige seiner Truppen in den Korridor zurück, um neue Waffen zu besorgen, und der Rest seiner Krieger nahm Defensivpositionen zwischen den Bücherschränken und den Stapeln brennender Bücher ein. Es fiel schwer, in diesem Raum zu atmen, als das Feuer sich nun ausbreitete und der Rauch dichter wurde. Einige Rumbels versuchten, das Feuer auszutreten oder auszuschlagen, aber meist versengten sie sich ihr Fell oder setzten sich selber in Brand, und ihre Freunde mussten ihnen zu Hilfe eilen und sie vor dem Verbrennen retten.

Napoleon kontrollierte seine Munitionsgurte. »Nicht mehr viel Steine da«, sagte er. »Wie sieht's bei dir aus?«

»Ich hab noch eine Menge, aber ewig reichen die auch nicht«, sagte Bingo, und er schoss einen Stein auf einen Rumbel ab, der versuchte, an der Seitenwand entlang zu einem fehlgeworfenen Speer zu kriechen. »Aber ich kann jetzt nicht weg. Ich muss versuchen, ob ich nicht an mein Ziel rankomme, und das mach ich am besten, bevor seine Kumpel mit einem Haufen neuer Speere zurückkommen.«

Bingo griff hinter sich und hob zwei scharfe Rumbelspeere auf. Er schob seine Schleuder sorgfältig in die hintere Hosentasche und ging langsam den weiten Bücherabhang hinunter. Der Rumbelkrieger mit der Schärpe stand an der Tür der Bibliothek und wartete auf seine Männer mit den Speeren, denn selbst er war waffenlos.

Bingo bog sich zurück und schleuderte mit all seiner Kraft den einen seiner Speere. Er hätte sich seinen Namen in diesem Augenblick verdient, hätte der Stabsrumbel nicht genau dann einen Schritt in den Korridor gemacht, um zu schauen, ob seine Leute zurückkehrten.

Der Speer grub sich tief in das grüne Flanellpolster der Bibliothekstür und hing dort summend. Bingo fluchte und umklammerte fest seinen zweiten Speer; aber er warf ihn nicht, denn es gibt zwei Arten, mit dem Rumbelspeer zu kämpfen. Die eine ist einfach die, ihn aus der Entfernung zu werfen; bei der anderen gebraucht man den Schaft wie beim Klopffechten, bis der Kämpfer einen Augenblick findet, in dem er mit der Spitze seinen betäubten oder bewusstlosen Gegner töten kann. Bingo ging auf die Tür zu, und die Rumbels wichen zurück. Er sah über die Schulter und entdeckte, dass Napoleon ihm gefolgt war und seine Schleuder bereithielt, um alle eines besseren zu belehren, die meinten, sie könnten in den Kampf zwischen Bingo dem Borrible und Bingo dem Rumbel eingreifen.

Der Stabsrumbel sprang in den Raum zurück, sah, wie die beiden Borribles auf ihn zukamen, und sah auch den Speer, der immer noch in der Tür sang. Er zog ihn mit beiden Händen heraus und ging auf Bingo zu. Sie sprachen kein Wort, diese beiden, und kein Rumbel versuchte, sich einzumischen; sie schauten aus ihren sicheren Verstecken hervor, die Schnauzen und Augen gerade eben sichtbar durch den Vorhang des roten Rauches.

Bingo hielt seinen Speer mit einer Hand an jedem Ende und benutzte den langen Schaft, um die Hiebe seines Gegners abzuwehren, der den Kampf begann, indem er seine Waffe wie ein beidhändiges Schwert führte, in der Hoffnung, einen lähmenden Schlag auf dem Borrible landen zu können, um ihn dann aufzuspießen. Aber Bingo hatte, damals vor so langer Zeit in der Rowena-Turnhalle, den Gebrauch des Rumbelspeers gut gelernt, er schützte seinen Kopf und seine Schultern und gab sich damit zufrieden, sich zu verteidigen, während er den Stil seines Feindes beobachtete und seine Kräfte schonte.

Der Kampf fand auf tückischem Boden statt. Die Bücher glitten hin und her, ließen einen stolpern und verbrannten die Füße. Wer in diesem Kampf als Erster fiel, würde nur schwerlich wieder aufstehen. Plötzlich änderte der Rumbel seine Taktik und begann, nachdrücklich und kräftig, mit stetigen Stichen, auf Bingo einzustechen, sodass dieser wie ein Fechter die Stöße parieren musste. Der Rumbel war ein Experte, vielleicht der beste Speerkämpfer seines Stammes.

Typisch, wie ich wieder Glück hab, dachte Bingo, und verdoppelte seine Anstrengungen, aber sein Gegner zwang ihn rückwärts und immer weiter rückwärts. Die anderen Rumbels kamen aus ihren Verstecken hervor, riefen »Hurra«, und einige erstiegen die Bücherschränke, von wo sie, sich mit einem Arm festhaltend, mit dem anderen winkten, und die zwei Borribles, so sehr in der Minderzahl und allein, verspotteten.

Der Schweiß strömte über Bingos Gesicht und lief ihm in die Augen, seine Arme schmerzten, und seine Hände waren zerstoßen und blutig. Er duckte sich, wich aus, parierte. Er versuchte, sich an all das zu erinnern, was er je über den Kampf mit dem Rumbelspeer gelernt hatte, aber es schien nicht genug. Bis jetzt war es ihm gelungen, die meisten Hiebe und Stöße abzuwehren, aber er hatte noch keinen Schlag gelandet, und sein Antagonist schien frisch und kräftig und lächelte grimmig mit seiner langen Schnauze, die roten Augen triumphierend, als er den Borrible von Lavender Hill vor sich hertrieb.

Die Schlacht entfernte sich weit von Napoleon, aber der Wendel blieb in Position und hielt mit seiner Schleuder die Zuschauer zurück, obwohl ihm klar war, dass, sollte der Rumbel Bingo besiegen, seine eigenen Fluchtchancen gering waren. Auch Bingo war sich darüber im Klaren und kämpfte umso verbissener, und er dachte an seine anderen Freunde und ihre lange Fahrt und an all das, was sie zusammen durchgestanden hatten. Kurz stieg vor ihm die Vision auf, wie sie von den scharfen Zähnen der Rumbels alle zerfetzt und zerrissen wurden, und die Vorstellung machte ihn zornig, und er wich nicht mehr weiter zurück. Er bückte sich abrupt und ließ den Speer des Rumbels pfeifend über seinen Kopf hinwegkreisen. Er stieß auf seinen Gegner ein und verwundete ihn endlich am Knie.

Der Rumbel taumelte, und nun war es an ihm, sich zu verteidigen. Bingo stieß und focht und kämpfte, den Speer jetzt mit einer Hand, jetzt wieder mit zwei Händen haltend. Sie umkreisten einander und rangen, und immer noch ging der Kampf weiter und weiter, und immer noch fand Bingo es unmöglich, die Abwehr seines Gegners zu durchbrechen. Aber Bingo hatte jetzt Zeit gehabt, nachzudenken; nur List konnte ihn diese Schlacht gewinnen lassen. So zwang er, immer noch angreifend, seinen Namenspartner langsam die Bücherhalde hinunter und versuchte dann einen Trick. Er tat, als stolpere er. Er glitt aus, und dann, ständig ein wachsames Auge auf seinen Gegner gerichtet, ließ er sich zurückfallen, vor Schmerz über einen imaginären verrenkten Fuß schreiend.

Die zuschauenden Rumbels brachen wieder in Jubelrufe aus, und Napoleon fluchte und näherte sich der Leiter. Er hatte nur eine Chance, so rasch wie möglich aus der Bibliothek hinauszuklettern, während die

Rumbels ihren Sieg feierten. Aber Napoleon beschloss eines: wenn dieser Rumbel Bingo schaffte, würde er nicht lange genug leben, um sich damit zu brüsten. Er, Napoleon, würde sichergehen, dass im Schädel dieses Kriegers ein Stein klapperte, ehe noch sein Gehirn sich des Triumphes voll bewusst werden konnte.

Bingo lag auf den Büchern, stöhnend und sich windend, aber seine Augen beobachteten immer noch den Rumbel, der, in seiner Erregung, nicht bemerkt hatte, dass der Borrible trotz aller seiner Schmerzen den Griff um seinen Speer nicht gelockert hatte.

Der Rumbel trat einen Schritt vor, ein Grinsen breitete sich über die ganze Länge seiner Schnauze aus. Rasch hob er den Speer, bereit, Bingos Brust zu durchbohren. Er stieß voller Kraft nach unten, wie ein Mann, der sich auf einen Spaten lehnt. In diesem Moment rollte Bingo zur Seite, sich mit Händen und Füßen wegschnellend. Er kam auf die Knie, und wie die Spitze der Waffe des Rumbels sich in den Seiten eines umfangreichen, geschlossenen Buches vergrub, schwang er den Schaft seines Speeres und schlug den Rumbel hinters Ohr. Das Tier fiel zurück, seine Beine versagten. Er wandte sich halb, wie um fortzulaufen, aber Bingos Speer, der immer noch um seinen Kopf kreiste, traf den Rumbel zum zweiten Mal, und er fiel auf die Knie. Dann ergriff Bingo den Speerschaft, sodass er die Waffe wie ein Schwert halten konnte, warf sich auf die schwankende Gestalt des Feindes und stieß ihn zu Boden, und die vier Zoll Stahl fanden das Herz des Kriegers.

Das Feuer prasselte durch den Raum, und die Rumbels stöhnten auf, ihrer Hoffnung beraubt, als ihr größter Krieger erschlagen lag. Der Rauch wirbelte röter und röter in dem Zug, der zwischen der Tür und dem offenen Lüftungsschacht entstand. Napoleon drehte den Kopf und sah, dass sein Genosse, den er tot geglaubt hatte, sich tatsächlich von dem reglos ausgestreckten Körper des Rumbels aufrichtete. Bingo schwankte, sein Gesicht war rußverschmiert und seine Kleider zerrissen. Blut lief an seinem linken Arm hinunter, und an der Seite seines Gesichts, wo der Rumbelspeer den Kopf gestreift, die Mütze abgerissen und sein spitzes Ohr zerschnitten hatte. Er sah elend aus, schwarz vor Schmutz, Rauch und Schweiß.

»Alles klar?«, rief der Wendel, der die Augen nicht von den Rumbels ließ, die bewegungslos und traurig dastanden.

»Ja«, log Bingo, »prächtig, aber ich glaube, wir sind hier nicht mehr willkommen.«

Napoleon gab keine Antwort, sondern ging zum Leichnam des Rumbels, nahm die Schärpe ab und legte sie um Bingos Schultern.

»Da, Bingo«, sagte er lächelnd, »wenn du heimkommst, kannst du's an die Wand hängen und drunterschreiben ›Souvenir an glückliche Tage im Rumbelreich‹.«

Bingo sah auf die Trophäe hinunter. »He«, sagte er stolz, »ich hab tatsächlich meinen Namen. Ich hoffe, alle andern auch ...«

Sie zogen sich langsam zurück, das Büchergebirge empor, und die Rumbels machten keinen Versuch, sie aufzuhalten; sie waren jetzt führer- und waffenlos. Die Gefahr würde kommen, wenn die beiden Borribles die Leiter erstiegen und die Rumbels vordringen und sich wieder der Speere bemächtigen konnten, die sie vorher geworfen hatten. Sie konnten dann die Borribles während des Kletterns abschießen, oder, noch wahrscheinlicher, sie konnten die Leiter umwerfen und ihre stürzenden Feinde auf den erhobenen Speerspitzen aufspießen.

Am Fuß der Leiter überlegten Napoleon und Bingo ihre Lage.

»Am besten wär's, wenn erst einer hochgeht«, sagte Bingo, »der kann dann dem anderen mit der Schleuder Schutz geben.«

Der Borrible aus Battersea war durch seinen Kampf stark geschwächt, und Napoleon konnte sehen, dass er einen weiteren Kampf nicht durchstehen würde, also schickte er Bingo zuerst die Leiter hinauf.

Bingo kletterte langsam, wie eine schwerverwundete Schnecke. Sein Kopf schmerzte, und seine linke Hand besaß nur noch einen schwachen Griff. Die Öffnung in der Decke schien nicht näher zu kommen, aber er stieg weiter, Schritt für Schritt, mit großer Vorsicht. Ein Fall aus dieser Höhe wäre tödlich. Auf die Bibliothek hinabsehend, erblickte er eine chaotische Szenerie. Die großen Bücherschränke waren umgestürzt, und die einst säuberlich geordneten Bücher waren auf dem Boden verstreut oder von den Rumbels zu Barrikaden gehäuft. Der dichte Rauch trieb in schmutzigen Schleiern über den Boden und war an der Wand hoch bis zum Luftschacht gekrochen. Bingo konnte von seinem Punkt aus sehen, wie dutzende von Rumbels hinter ihren Barrikaden und unter den Tischen in den kleinen Nischen zu ihm emporsahen. Ihre Schnauzen reckten sich nach oben, zuckend, gierig nach Blut. Alles, was sie zurückhielt, war der unerschütterliche Blick Napoleons.

Als Bingo sich dem Loch in der Decke näherte, hörte er zu klettern auf und schob seinen linken Arm fest um eine Sprosse. Er nahm mit der Rechten die Schleuder aus seiner hinteren Hosentasche, lud sie mit einem Stein und zog das dicke schwarze Gummi straff, bereit, auf jeden sich bewegenden Rumbel zu schießen.

»Auf geht's, Nap«, rief er, und der Wendel begann, nach einem letzten drohenden Blick durch den Raum, rasch zu klettern, die Schleuder zwischen den Zähnen. Er hatte kaum ein Dutzend Sprossen hinter sich, als im Korridor vor der Bibliothek Bewegung entstand. Die Rumbelkrieger, die ihr Anführer ausgeschickt hatte, kehrten zurück, die Arme voller Speere. Ihre Gefährten in der Bibliothek rafften sich auf, kamen aus ihren Verstecken hervor und schwärmten auf die Leiter zu, nach Rache schreiend.

Bingo schoss seine Schleuder ab, so rasch er konnte, aber an einem Arm hängend, war die Sache schwierig und ermüdend, und er wurde immer schwächer. Ein paar Rumbels waren jetzt dicht bei Napoleon, Speere trafen die Leiter nahe an den Händen des Wendels, einer riss ein Stück Fleisch aus seinem Bein. Er stolperte und fiel beinahe. Die Rumbels schrien, aber Napoleon biss die Zähne zusammen und zog seinen Körper noch schneller nach oben, und Bingo schoss mit seiner Schleuder am Kopf seines Freundes vorbei und zerschmetterte manchen Rumbelschädel mit Steinen aus der Kiesgrube von Bluegate.

Aber endlich musste Bingo sich in den Luftschacht zurückziehen, um Napoleon genügend Raum zu lassen, zum Nachkommen. Nicht länger von Geschossen von oben gestört, liefen die Rumbels herzu und ergriffen die Leiter und schüttelten sie. Die Leiter zitterte und wackelte und begann sich dann zur Seite zu neigen, und es schien, als würde Napoleon bald auf die tödlichen Speerspitzen unten stürzen. Bingo ergriff die oberste Sprosse und zog gegen die etwa ein Dutzend Rumbels, die mit aller Macht vom Boden der Bibliothek aus zerrten, aber, wie Napoleon vorher bemerkt hatte, die Schwerkraft ließ sich nicht ignorieren, und nun war sie auf der Seite der Rumbels.

Im Schacht kämpfte und fluchte Bingo, sich den Kopf anschlagend und seine Wunden stoßend, bis das Blut lief. Napoleon hastete aufwärts, Hand über Hand, die glänzenden Speere unter sich nicht ansehend.

Als der Wendel noch einige Sprossen von seiner Zuflucht entfernt war, wurde der erschöpfte Bingo beinahe durch einen gewaltigen Ruck der Rumbels unten aus dem Schacht herausgezerrt. Es gelang ihm zwar, sich festzuhalten, aber sein Körper ragte jetzt aus der Schachtöffnung, halb drinnen, halb draußen. Er kämpfte mit der Leiter, die nun in Kreisbewegungen versetzt worden war – ein letzter entschlossener Versuch der Rumbels, Napoleon ins Leere zu schütteln. Ein großer Schrei stieg von den Rumbels auf; der Wendel konnte sich nur mit Armen und Beinen gleichzeitig an der Leiter festhalten, aber er fand noch die Zeit, hinunterzuspucken.

»Ihr schieläugige Wieselbande«, brüllte er. »Ihr schielenden Maulwürfe.«

Die Rumbels zogen nur noch stärker, entschlossen, den armen Bingo zurück in die Bibliothek zu zerren. Die oberste Sprosse wurde seinen blutenden Händen entwunden, und Napoleon schien für immer von seinem Freund fortzuschwanken, zu fallen. Aber Bingo streckte Napoleon seine Arme entgegen, und, als die Rumbels die Leiter mit furchtbarem Schrei umwarfen, stieß der Wendel seine Füße ins Leere, schwebte einen Sekundenbruchteil in der Luft und ergriff dann mit beiden Händen Bingos rechten Arm. Da hing er, Speere flogen um ihn, und er sah hinauf in das schmerzverzerrte und verzweifelte Gesicht seines Abenteuergefährten.

»Werd mir jetzt nicht ohnmächtig, Bingo!«, rief er. »Sonst werd ich wie ein Schinken aufgespießt.«

Bingo glitt und rutschte in dem engen Schacht; ein Glück, dass er so eng war. Wäre der Schacht etwas weiter gewesen, hätte sie das Gewicht Napoleons, der baumelte und sich zum Rand der Öffnung emporzukämpfen versuchte, beide in die Tiefe gezogen. Bingo keilte sich in der Öffnung fest und ließ, obwohl der Schmerz fürchterlich seine Schulter durchbohrte, Napoleon seinen Arm hinaufklettern. Als der Wendel eine Hand in der Schachtöffnung hatte, verschob Bingo seinen Griff ein klein wenig und zerrte Napoleon nach oben und herein, und beide fielen erschöpft übereinander.

Sie brauchten lange Zeit, um sich zu erholen. Sie schnappten nach Luft, obwohl jeder Atemzug mehr Rauch als Luft enthielt, und sie husteten und würgten in schrecklichen Krämpfen. Endlich zwang sich Napoleon auf Hände und Knie und spähte vorsichtig aus dem Loch. Etwa ein Dutzend Rumbels versuchten, die Leiter wieder aufzurichten. Andere rannten aus der lichterloh brennenden Bibliothek und befahlen ihren Kameraden, von Raum zu Raum und durch alle Korridore zu rennen, um die Flucht der beiden Borribles zu verhindern.

Napoleon trieb den von seiner Schwäche überwältigten Bingo an. »Komm«, sagte er liebevoll, das erste Mal, dass Bingo (oder irgendjemand sonst) ihn so hatte sprechen hören. »Wir müssen dich hier wegbefördern.«

»Lass mich besser hier«, sagte Bingo, mit Anstrengung den Kopf aufrichtend. »Ich kann sie oben von der Leiter runterschmeißen, wie sie kommen. Und du hast Zeit, zu verschwinden.«

»Ich lass dich nirgendwo«, sagte Napoleon mit Nachdruck, »und hier gefällt's mir nicht, die Luft ist schlecht. Du brauchst bloß kriechen.«

Bingo richtete sich auf Hände und Knie auf. »Also gut. Ich versuch's. Wohin?«

Das war ein Problem. Der Schacht erstreckte sich auf beiden Seiten der Öffnung ins Dunkel. In welcher Richtung, wenn überhaupt, Sicherheit zu finden war, ließ sich nicht erraten.

»Gehn wir den Weg, den der Rauch nimmt«, schlug Napoleon vor, »führt uns vielleicht nach draußen. Wenn nicht, dann ersticken wir.«

So brachen sie auf, hustend und spuckend, mit brennenden, tränenden Augen, den metallenen Tunnel entlang, sich rechts und links die Köpfe anschlagend, wie Pingpongbälle in einer Regenröhre.

Torricanyon lehnte sich gegen den Panzerwagen und war mit sich zufrieden, er hatte genügend Schaden für drei Abenteuer angerichtet. Der Motor des gepanzerten Fahrzeugs war unter den Schlägen einer Eisenstange, die er unter den Werkzeugen gefunden hatte, in kleine Teile zerschmettert worden. Überall in der Werkstatt hatte er dutzende von Benzinkanistern ausgeleert und die Werkbänke und die Regale mit dem Werkzeug und den Ersatzteilen damit getränkt. In den Benzintank des Wagens hatte er einen langen Lappen versenkt, und das Benzin hatte den Lappen getränkt und sich auf dem Boden gesammelt. Er brauchte nur noch ein Streichholz, und die ganze Kiste würde wie ein Christbaum aufflammen und die Kriegsanstrengungen der Rumbels ein Jahrzehnt zurückwerfen. Aber ein Streichholz hatte er nicht; seine Schachtel musste ihm irgendwo aus der Tasche gefallen sein.

Während seiner Arbeit hatten ihn die Rumbels häufig gestört. Die Krieger hatten die Tür aufgebrochen und ihn durch die Werkstatt mit ihren Speeren verfolgt, aber Torricanyon hatte von einer Abfalltonne den Deckel genommen und als Schild benutzt. Nicht ein Speer hatte ihn getroffen, obwohl ihn an mehreren Stellen Streifschüsse geritzt hatten. Er hatte sich in der Garage, gerade vor dem Panzerwagen, wie ein Löwe verteidigt und viele Angriffe abgeschlagen. Dutzende bewusstloser Rumbels lagen auf dem Boden herum, andere waren davongekrochen, um ihre Wunden zu lecken. Torricanyon war beinahe zufrieden, alles, was er noch wollte, war ein Streichholz, damit er seinen Beitrag zu dem Rauch leisten konnte, den es aus der Küche und der Bibliothek zu ihm hierhergetrieben hatte.

Er lehnte am Wagen und genoss das Gefühl des Soliden hinter sich. Er war müde. Zwanzig Meter entfernt standen die Rumbelkrieger und warteten auf Verstärkung und neue Speere. Es war nur eine Frage der Zeit, bis sie ihn zermürbten und gefangen nahmen oder töteten, aber er konnte nur an sein Streichholz denken; er wollte im Glanz eines Feuerwerks abtreten. Ein Streichholz an den Lappen im Wagen, eine Berührung mit dem Boden, und das Feuer würde rascher durch die Werkstatt jagen, als ein Borrible rennen konnte. Es wäre ihm dann gleich, was mit ihm geschah; vielleicht würde er sich durch die Garagentür retten können. Es gab da einen roten Knopf mit der Aufschrift »Einmal drücken«, aber draußen konnten auch noch mehr Rumbels auf ihn warten. Der Morgen würde jetzt langsam über dem Rumbelreich dämmern. Zeit, zu verschwinden.

»Geh doch mal einer von euch Rumbels und hol mir ein Streichholz, hm? Ich würde mir gern die Zähne reinigen.« Er lehnte sich auf seine Eisenstange und wechselte den Griff an seinem Abfalltonnendeckel. Er lachte laut wegen seiner eigenen Dummheit. Er hoffte, dass die anderen mittlerweile in Sicherheit waren und nicht ihre Zeit an Witzchen mit dem Feind verschwendeten.

Ein plötzliches Geräusch über seinem Kopf ließ ihn lebendig werden. Also deshalb waren die Rumbels so ruhig gewesen. Sie hatten eine Möglichkeit entdeckt, ihm über das Dach in die Flanke zu fallen. Wenn sie von zwei Seiten kämen, würde er nicht lange durchhalten. Er kletterte auf den Wagen und schaute prüfend an die Decke. Ein quadratischer Deckel wurde zur Seite geschoben. Torricanyon sah zu der Gruppe von Rumbels hinüber, die am Eingang der Werkstatt standen. Sie hatten sich nicht gerührt. Er schwang die Eisenstange über die Schulter – wenn irgendein Rumbel auch nur seine Schnauze aus diesem Loch streckte, würde er die platter hauen als eine tote Katze auf der Autobahn.

Der Deckel hob sich, und eine Hand erschien, die die Unterseite fest hielt und den Deckel ganz wegschob, sodass ein schwarzes Loch sichtbar wurde, aus dem dichter Rauch flatterte. Aus dem Schacht ertönte Husten und Würgen, jemand sog tiefe Atemzüge Luft ein. Torricanyon machte sich bereit, zuzuschlagen.

»Dir bring ich schon das Husten bei, mein Myxomatosekaninchen«, sagte er, »du langschnauziger alter Iltis.«

Die Hand kam wieder zum Vorschein, und Torricanyon ließ die Stange sinken. Es war eine kleine Menschenhand, gar keine Pfote. Am anderen Ende dieser Hand musste ein Borrible sein.

Ein verrußtes und blutiges Gesicht erschien. Die rotgeränderten Augen zwinkerten, und der Mund war weit geöffnet und nahm so viel Luft auf, wie er nur konnte. Und dann, beinahe erstickt und leblos, fiel der kleine Körper Bingos wie ein entgräteter Fisch aus dem Schacht in Torricanyons Arme.

Torricanyon legte seinen Kameraden auf einen der Sitze des Autos und sah nach dem Feind. Sie schlichen näher, sodass er mit einem gewaltigen, furchterregenden Brüllen seine Eisenstange schleuderte, die über den Zement hüpfte und schlitterte und den Rumbels die Füße wegriss. Sie zogen sich zurück; sie hatten genug von diesem verrückten Borrible und wollten ihn erst wieder attackieren, wenn er vor Müdigkeit umfiel.

Bingos Augenlider flatterten; er sah auf. »Oh, Torri«, stöhnte er. »Da bin ich froh, dass du es bist. Ich könnte keinen Schritt weitergehen, meine Knie sind völlig wund, und meine Lungen fühlen sich an wie zwei Räucherheringe.« Und der arme Bingo fing wieder an zu husten.

Wieder kam ein kratzendes Geräusch über Torricanyons Kopf, und er zog seine Schleuder und nahm einen Stein aus Bingos Gurt. Aber wieder sah er eine Hand, und der Kopf von Napoleon folgte bald. Er war nicht besser dran als Bingo. Seine Augen strömten vor Tränen, und Schnitte von einem Dutzend Speerwunden hatten ihn mit Blut bedeckt, welches wiederum mit Schmutz und Fett und Ruß verschmiert war. Seine Kleider waren völlig zerrissen, und seine wundgeriebenen Knie ragten aus großen Löchern in seinen Hosenbeinen. Torricanyon half ihm herunter und setzte ihn neben Bingo bequem auf einen anderen Sitz.

»Schaut so aus, als hättet ihr die *ganze* Schlacht allein bestritten«, sagte Torricanyon, »aber ihr müsst noch ein bisschen weitermachen, wenn ihr wieder atmen könnt.«

Napoleon sagte nichts; er lag keuchend zurückgelehnt. Bingo, etwas leichter atmend, setzte sich auf und schaute über das zwanzig Meter breite, mit Leibern übersäte Niemandsland zu den Rumbels hinüber.

»Worauf warten die, Torri?«, fragte er.

»Neue Munition, neue Freunde«, antwortete Torricanyon. »Irgendwie haben die was gegen mich.«

»Hast du einen Plan?«, fragte Bingo, etwas verwirrt.

»O ja«, sagte Torricanyon. »Hinaus!« Und als Antwort auf Bingos verwundertes Kopfschütteln sagte er: »Hier gibt es eine Garagentür, aber ich weiß nicht, ob sie aufgeht; na ja, ich nehm's an. Das Problem ist, ich weiß nicht, was auf der anderen Seite liegt. Wahrscheinlich noch mehr Rumbels. Es muss Tag sein, wisst ihr – ungünstige Sache.«

»Es ist die einzige Chance, die wir haben«, sagte Napoleon, der zu sich kam und aufstand, obwohl er taumelte und schwankte. »In den Schacht zurück bringt nichts, das ist der sichere Tod.«

»Na, in dem Fall, passt ihr mal auf die Häschen auf, und ich geh runter und probier die Tür. Wenn sie sich bewegen, gebt's ihnen mit den Schleudern. Ihr habt glücklicherweise noch ein, zwei Steine, ich nicht mehr.«

Er sprang hinunter auf den Garagenboden, nahe der großen Schiebetür. Er ging auf den roten Knopf zu, leckte sich die Lippen und schaute, als wollte er den Knopf hypnotisieren. Während seine Hand in der Luft zitterte, wandte er sich mit einem plötzlichen Ruck zu Bingo und Napoleon um.

»He!«, sagte er scharf. »Hat einer von euch Borribles ein Streichholz zur Hand?«

Poch stolperte weiter den Korridor zur Großen Tür hinunter; das Gewicht der Geldkiste schnitt tief in seinen Rücken. Seine Muskeln schmerzten, der Schweiß lief unter seiner Borriblemütze hervor und in seine Augen, und der beißende Rauch schmerzte in seinen Lungen. Orococco ging voran, spähte um jede Ecke und Kurve und winkte die anderen weiter. Vulgo hinkte und wankte hinterher, von Adolf gestützt, wenn der Deutsche nicht ein Rückzugsgefecht mit den Rumbels, die den Tunnel entlang folgten, auszumachen hatte. Wenn die Lichter erloschen, konnten sie spüren, wie die Feinde näher kamen und im Dunkeln mit den scharfen Speerspitzen nach ihnen stachen. Pelzige Körper strichen vorbei und versuchten, sie voneinander zu trennen und zu Fall zu bringen, aber sie blieben zusammen und griffen mit solcher Wildheit immer wieder ihrerseits an, dass die Rumbels viele Opfer zu beklagen hatten.

Ohne Warnung hielt Orococco an einer scharfen Biegung des Tunnels an und winkte Poch zu sich. Was Poch sah, ließ ihn seine kostbare

Kiste abwerfen und vorwärtsspringen. Etwa zwanzig Meter weiter standen Sydney und Chaline im Tunnel, von feindlichen Kriegern umzingelt. Sie waren in einer Art Nische des Korridors eingeschlossen, und ein Kreis von Speeren mit stählernen Spitzen hielt sie gefangen. Ihre Munitionsgurte waren leer, und sie kämpften mit erbeuteten Rumbelspeeren gegen zehn ihrer Feinde; ganz offenbar waren sie am äußersten Rand ihrer Kräfte. Ihre Mützen waren verschwunden, und ihr Haar war fleckig von Ruß und hing in starren Strähnen in ihre rußgefurchten Gesichter. Chalines Speer war zerbrochen; sie benutzte ihn wie einen Dolch und hieb mit verzweifelter Wut um sich.

Orococco und Poch erreichten die Szene gleichzeitig und stachen von hinten mit vom Boden aufgehobenen Speeren auf die Rumbels ein. Sie schrien und riefen, und die Rumbels flohen in einen Seitentunnel, im Glauben, dass ihnen die ganze Borriblenation auf den Fersen sei. Drei lagen auf dem Boden und würden nie wieder kämpfen.

Chaline und Sydney lehnten an der Wand und wischten sich den Schweiß aus den Augen.

»Eine Minute später, und ihr wärt eine Minute zu spät gekommen«, sagte Chaline atemlos und zitternd.

»Ich dachte, ich sehe den Himmel nie mehr«, sagte Sydney. »Wie viel sind wir noch?«

»Nur wir«, sagte Poch, »und wir sind nicht besonders gut in Form. Die anderen haben's wahrscheinlich nicht gepackt.«

»Gehn wir weiter«, sagte Adolf. »Hinter uns sind genauso viele Rumbels wie vor uns.«

Sydney übernahm die Nachhut mit dem Deutschen, Chaline marschierte mit Orococco an der Spitze der kleinen Prozession, die sich langsam ihren Weg zur Großen Tür erkämpfte. Rumbels kamen in großer Zahl aus den Seitentunneln, sobald die Borribles vorbei waren, und drängten hinterher, auf einen günstigen Moment für den Angriff wartend. Was vor ihnen lag, daran wagten die Borribles nicht zu denken. Selbst wenn Stonkus immer noch den Ausgang bewachte, würden draußen hunderte von Rumbels, alle gut bewaffnet, im kalten grünen Gras des Rumbelreiches auf sie warten.

Endlich kamen sie zu einer der Ziegelbarrieren, die Stonkus nach der Einnahme der Großen Tür gleich dahinter errichtet hatte. Nichts von der Barriere war jetzt mehr zu erkennen; das meiste war in irgendeinem großen Kampf zertrampelt und niedergerissen worden. Was noch blieb, war von den Leibern gefallener Rumbels bedeckt, beinahe halb bis zur Decke des Tunnels übereinandergehäuft. Es war auch merkwürdig still, und die Borribles hielten ein paar Meter vor dem Schlachtfeld an. Nichts bewegte sich vor ihnen, und sie sahen einander erstaunt an.

»Ob wohl der alte Stonkus unter dem Haufen da liegt?«, fragte Chaline.

»Er kann das keinesfalls überlebt haben«, sagte Poch und setzte wieder seine Kiste ab. »Er muss hunderte von Rumbels geschafft haben. Was für ein Künstler!«

»Na, lebhaft sehn sie nicht gerade aus«, sagte Orococco. »Vielleicht gibt es wirklich keine mehr zwischen hier und der Tür.«

In diesem Moment kam ein Rumbel von enormer Größe über die zerbrochene Barrikade gesprungen und kletterte auf sie zu. Er hatte in jeder Hand einen Speer und stieß seltsame gedämpfte Rufe aus.

»Hat noch jemand Steine?«, fragte Poch dringlich und zog seine nutzlose Schleuder hervor. Es kam keine Antwort.

»Die mit den Speeren nach vorn«, sagte Poch und warf den Speer, den er hielt, auf das nahende Ungeheuer. Er riss einen weiteren Speer vom Boden und bildete eine Linie mit Orococco und Chaline. Der große Rumbel kam in einem seltsam unbeholfenen, unregelmäßigen Gang näher. Er war der größte, den sie je gesehen hatten, und wahrscheinlich auch der stärkste. Vielleicht, dachte Poch, hatte Stonkus die Rumbels erledigt, die sie hier sahen, und dann hatte ihn diese mächtige Kreatur von hinten überwältigt, während er im Tunnel kämpfte. Aber was auch geschehen war, die mächtige Gestalt näherte sich ihnen immer noch, furchtlos, frohlockend.

In einer gewissen Entfernung von den Borribles hielt der riesige Rumbel an und schwenkte die Speere in seinen Händen; er tanzte von einem Fuß auf den anderen, dann drehte er sich im Kreis und schrie fröhlich. Die undeutliche Stimme wurde etwas klarer.

»Ein Borrible! Ein Borrible!«, rief der Rumbel. »Keine Sorge, ich bin es, Stonkus. Stonkus, ihr Blödköpfe, ich hab die Große Tür gehalten, oh, kommt doch!«

»Vorsicht«, sagte Poch. »Das muss ein Trick sein.«

»Kein Trick, Poch«, sagte die haarige Gestalt. »Schau!« Und der große Rumbel ließ seine beiden Speere fallen und hob zwei Hände – und es waren wirklich Hände –, mit denen er hinten an seinem Nacken an etwas nestelte. Dann hielten die Hände die Schnauze fest und zogen, und der ganze Fellmantel fiel ab und enthüllte keinen anderen als Stonkus den Borrible. »Da bitte«, rief er und tanzte wieder, »ich bin's nur.«

Erstaunt ließen die Borribles ihre Waffen sinken und umdrängten ihren Freund, alle auf einmal Fragen stellend.

»Wartet doch mal«, sagte Stonkus, der sich an ihrer Verblüffung freute. »Ich erklär's euch.«

Und er erzählte ihnen, wie er die Tür mit dem Baumstammtrick erobert hatte, und das gefiel ihnen. Und wie Torricanyon in das Tunnellabyrinth hineinmarschiert war, während er, Stonkus, es für eine gute Idee gehalten hatte, zu bleiben und die Tür als Rückzugsmöglichkeit zu bewachen, aber ehe er das tat, suchte er nach dem Pförtner der Rumbels, um sicherzugehen, dass der sich nicht erholte und zurückkam. Nachdem er etwa dreihundert Meter gegangen war, fand er die Überreste des Pförtners – aber alles, was er entdecken konnte, war die Haut des Rumbels. »Ein großer Mantel sozusagen mit nichts drin, ich kann mir nicht vorstellen, was mit dem Rest von ihm passiert ist«, sagte er zu den anderen. »Vielleicht ist in keinem von denen was drin, wer weiß?« Jedenfalls kam es Stonkus so vor, als ob es seiner Verteidigung der Großen Tür nützen könnte, wenigstens für eine Weile, wenn man ihn für einen Rumbel hielt, und er hatte sich die Haut übergestreift, und es hatte funktioniert, wie sie an der Anzahl der herumliegenden Rumbels sehen konnten.

»Ich hab mich so an das Fell gewöhnt«, fuhr Stonkus fort, »dass ich vergessen hab, dass ich es trage, als ihr aufgekreuzt seid. Erst als Poch seinen Speer auf mich geworfen hat, fiel mir's ein. Jedenfalls ist die Tür in unserem Besitz, obwohl ich annehme, dass sich auf der anderen Seite zwanzig Brigaden Rumbels versammelt haben.«

So müde sie waren, gratulierten die Borribles ihrem Stonkus und schlugen ihm auf die Schulter und lachten wieder und wieder über seine Geschichte. Obwohl ihre Lage hoffnungslos war, half es auf jeden Fall, eine gute Geschichte zu hören. Sogar Vulgo hinkte heran, lehnte sich an die Wand, wiegte den Kopf energisch und sagte: »Nimm das Fell mit und benutz es daheim als Bettvorleger, es sieht dann aus wie diese Tigerfelle, die sie manchmal in Nobelvillen rumliegen haben.«

Sie marschierten weiter über die Barrikaden, die Stonkus so tapfer verteidigt hatte und mit so viel List, und kamen schließlich an die Große Tür. Hier ruhten sie sich eine Weile aus und besprachen ihre Lage. Hinter der nächsten Barrikade versammelten sich die Horden von Rumbels, die hinter ihnen her durch die Tunnel geschnüffelt hatten. Sie griffen nicht an, das war nicht nötig. Sie wussten, früher oder später mussten die Borribles die Tür öffnen, und sie wussten auch, dass auf der anderen Seite hunderte ihrer Krieger aus anderen Bunkern warteten, frisch und kampfbegierig. Die Borribles wären dann zwischen zwei Fronten; einer nach dem andern würden sie sterben oder gefangen genommen werden. Das wäre die Rache der Rumbels. Poch schaute seine mitleiderregende, erschöpfte Gruppe an. Alle waren mehr oder weniger schwer verletzt, bei den meisten mischte sich Blut mit dem Schmutz auf den Gesichtern. Sie hatten keine Munition mehr für ihre Schleudern, sodass keine Chance bestand, sich den Weg durch die Rumbels mit wohlgezielten Schüssen zu bahnen. Sie hatten so viel Speere, wie sie tragen konnten, denn Speere bedeckten den Boden um die Große Tür, wo Stonkus gekämpft hatte. Aber ein Speer konnte nur einmal geworfen werden oder im Nahkampf Gebrauch finden, und aus der Nähe würden sie durch die bloße Zahl des Gegners erdrückt und überwältigt werden; dann wären sie gefangen. Poch erschauderte bei dem Gedanken, was ihnen dann geschehen würde. Weiter hatten sie keine Nahrung und nichts zu trinken. Je länger sie blieben, wo sie waren, desto schwächer würden sie werden. Ihre Situation war schlimm.

Hinter der Barrikade hervor beobachteten die roten Augen der Rumbels sie, glühend, sich in die Borribles bohrend, sie hassend, voll Sehnsucht nach ihrem Tod. Sie fingen einen leisen Gesang an, der sich lauter und lauter erhob und von Hunderten anderer aufgenommen wurde, die durch die Tunnel herbeiströmten, vereint jetzt und organisiert für die letzte Schlacht.

»Zerbeißt die Borribles«, sangen sie. »Zerbeißt die Borribles.« Und dann schlug es gegen die Tür, bis sie in ihrem Rahmen zitterte, und derselbe Sang wurde draußen aufgenommen, und etwas rammte regelmäßig gegen die Tür, wahrscheinlich ein alter Baumstamm, den sie aus den Wiesen des Rumbelreiches herangerollt hatten.

»Ruht euch aus, bis die Tür fällt«, sagte Poch, »dann müssen wir kämpfen.«

»Nun«, sagte Vulgo, der sich etwas erholt hatte und dem Adolf die Wunde frisch verbunden hatte, »jedenfalls haben wir's geschafft. Wir haben fünf von ihren Namen geholt – wahrscheinlich die ganzen acht, wenn wir die Geschichten der anderen hören könnten.«

»Torricanyon, Bingo und Napoleon«, sagte Stonkus. »Ich hoffe, sie sind in Sicherheit.«

»Na, Mann«, sagte Orococco, »wir haben nie damit gerechnet, durch das ganze Abenteuer durchzukommen, ohne jemand zu verlieren.«

Das Hämmern gegen die Tür hielt an.

»Sieht so aus, als verlieren wir alle«, sagte Vulgo, gegen die Wand gelehnt, und betastete seine Schulter mit steifen Fingern.

»Ist es nicht komisch«, sagte Chaline, die auf dem Boden saß, die Füße vor sich ausgestreckt. »Ist es nicht komisch, erst vor kurzer Zeit haben wir uns abgemüht, hier reinzukommen. Jetzt sind wir drin, und die wummern gegen die Tür, um uns rauszuholen. Die Dinge ändern sich, hm?«

Die Große Tür begann sich in ihren massiven Angeln zu lockern. Nicht mehr lange, und sie würde aufbrechen; die Rumbels würden sich am Eingang versammeln, um ihre Speere zu schleudern. Die Borribles mussten sich verteidigen, bis sie fielen.

Man beschloss, dass Stonkus, Poch und Chaline die Tür verteidigen sollten, während Adolf, Sydney und Orococco die Barrikade übernahmen. Vulgo würde sie mit Waffen versorgen, Speeren oder Ziegelsteinen. Sie entschieden alle, sich nicht lebend fangen zu lassen, nicht die Schande der Gefangenschaft zu erdulden, geschlagen zu werden, vielleicht gefoltert und als Sklaven mit gestutzten Ohren sich zu Tode arbeiten zu müssen.

Als schließlich die Tür keine Attacken mehr aushielt, schob Stonkus rasch die Riegel zurück und öffnete das Schloss. Der nächste Stoß des Rammbocks fand keinen Widerstand, und sechs Rumbels und ein Baumstamm stürzten durch die Öffnung, als die Tür zu Boden krachte. Drei Borribles sprangen mit Speeren auf sie zu und erledigten sie, ehe sie sich erheben konnten. So weit, so gut; über die Schwelle blickend sahen sie jedoch, was dem mutigsten Borrible das Herz sinken lassen musste.

Eine graue, düstere Morgendämmerung hatte sich über das dunkle, feuchte Grün des Rumbelreiches gebreitet. Die Bäume waren schwarz und unbelaubt, und ihre Zweige bewegten sich in einem stoßweise daherfegenden, nassen Wind. Dichter Regen fiel und trieb in Vorhängen durch die stürmische Luft, als ob Wolkenfetzen zur Erde gesunken wären; aber nicht das Wetter fesselte Pochs Aufmerksamkeit, als er hinaussah. So weit sein Blick reichte, über die ganze schmutzige Morgenlandschaft hinweg, standen Reihen hinter Reihen dicht gedrängt Rumbels, und der Stahl ihrer Speerspitzen spiegelte das kalte Morgenlicht. Da standen sie, kompakt und reglos, den Pelz vom Regen an die Haut geklebt, die Schnauzen kriegerisch in die Höhe gestreckt. Weder schrien sie noch schüttelten sie ihre Waffen. Sie warteten geduldig, dass die Borribles herauskämen und ihrem Ende entgegenträten.

Die Rumbeltruppen waren in Abteilungen aufgestellt, und als der Trupp mit dem Rammbock besiegt war, löste sich die vorderste Abteilung von der Masse der Armee und näherte sich, um die Große Tür anzugreifen. Hinter ihnen war jeder andere Rumbel bereit, vorzurücken, entschlossen, diese Schlacht zu gewinnen, wie tapfer die Borribles auch kämpfen mochten und wie lange es dauern sollte.

Poch schluckte schwer; den dicksten Kloß, der ihm je im Hals gesessen hatte.

»Alles was recht ist«, sagte er zu Stonkus. »Rumbels bis zum Horizont, und alle bewaffnet.«

»Jetzt heißt es aber wirklich Gute Nacht«, sagte Stonkus. »Da hat jeder noch Onkel und Tante mit eingeladen.«

Die erste Abteilung der Rumbels war nun in Wurfweite und schleuderte Geschosse, um sich sogleich wieder zurückzuziehen. Eine zweite Abteilung rannte vor und warf ihre Speere. Poch, Stonkus und Chaline pressten sich gegen die Seite des Eingangs und warteten, bis die Speere gefallen waren; dann rannten sie hinaus und warfen jeder zwei Speere nach den abrückenden Kriegern. Viele der Feinde gingen zugrunde, aber die Rumbels konnten diese Verluste ignorieren, die nächste Abteilung rannte schon herbei, die Speere zum Wurf balancierend. Mit ihrer zahlenmäßigen Überlegenheit konnten die Rumbels so tagelang weiterkämpfen, wenn es nötig war; am Ende würden ihre Speere ein Ziel finden, und die Verteidiger wären verletzt und geschwächt. Dann würden die Rumbels sie überrennen.

Die Borribles liefen zurück und suchten Deckung. Hinter sich hörte Poch, wie Adolf und Orococco und Sydney um ihr Leben kämpften; er sah, wie der verwundete Vulgo zwischen den beiden Gruppen hin- und herhinkte, so viel Speere wie möglich aufsammelnd. Der Kampf tobte weiter. Die Borribles wurden immer erschöpfter. Die Rumbels griffen unermüdlich an. Nach kurzem waren alle Verteidiger zumindest leicht verletzt worden, und Stonkus hatte einen Speerstoß in den Oberschenkel abbekommen und konnte nicht länger zur Tür hinaus und zurückrennen, sodass er seine Speere aus dem Schutz der Pforte herauswarf.

»Ach, hätten wir Steine«, murmelte er immer wieder. »Ach, ein

Haufen Steine, groß wie ein Haus. Da würde bald meine Schleuder wie ein Banjo aufspielen.«

Die Rumbels waren jetzt nähergerückt. Ihre Krieger machten sich nicht einmal mehr die Mühe, in Abteilungen anzugreifen, sondern blieben stehen, wo sie aufmarschiert waren, und warfen ihre Speere, bis sie verwundet waren. Dann trat ein Rumbel vor, um den Platz des gefallenen Kameraden einzunehmen. Sie kämpften mit einem stummen Hass, und an Mut fehlte es ihnen nicht. Pochs Arm war müde; schließlich war ihm klar, dass er keinen Speer mehr hochheben, schon gar nicht mit nennenswerter Kraft werfen konnte.

»Die Messer heraus, Freunde«, sagte er, und er und Stonkus und Chaline zogen sich hinter die Tür zurück und fanden sich Rücken an Rücken mit Adolf, Sydney und Orococco. Hinter denen sah Poch hunderte von Rumbels, die den Korridor entlang von ihren blutdürstigen Freunden vorwärtsgeschoben wurden.

Vulgo zwängte sich in eine Ecke und wischte die lange Klinge seines Messers am Ärmel ab. »Nahkampf liegt mir«, sagte er und zuckte zusammen, als der Schmerz durch seine Schulter schoss.

Dann waren die Rumbels über ihnen, und ein furchtbarer Kampf entstand unter der Türe; doch die Angreifer waren den wilden Widerstand nicht gewohnt, den die verzweifelten Borribles leisteten, und fielen für den Augenblick unter den Hieben und Stößen der Messer zurück.

»Hoho!«, schrie Adolf, so laut er konnte. »Kalter Stahl, das ist euch so nah doch etwas unbehaglich! Adolf Wolfgang Amadeus Winston wird mindestens hundert von euch mitnehmen! Macht schon! Kommt doch!« Und er brüllte und lachte sein Spottlachen, und die anderen lachten und schrien mit ihm, obwohl ihre Muskeln schmerzten, ihre Augenlider brannten und das Blut ihnen an Armen und Beinen aus tausend kleinen Verletzungen herunterlief.

Doch die Rumbels kamen nicht wieder heran. Draußen, wo eben noch ruhige und kalte Entschlossenheit geherrscht hatte, war nun totale Panik entstanden, Hilferufe wurden laut. Gleichzeitig stieß eine Welle dumpfer Luft aus den Korridoren hervor, gefolgt von dem gedämpften Dröhnen einer großen Explosion tief im Bunker. Eine riesige Feuerzunge leckte aus dem Tunnel hervor und tötete alle, die im Wege standen. Sie berührte die kampfesmüden Borribles, brannte aber hier nicht mehr – doch die Wucht des schlagartig ausströmenden Gases hob sie empor und warf sie gewaltsam wieder zu Boden. Die Rumbels im

Bunker waren still, und der Geruch von versengtem Fell und Fleisch schwebte über allem.

Stonkus erholte sich als Erster, zog sich auf Hände und Knie und kroch zur Tür. Die Rumbels waren immer noch draußen, aber quer durch ihre Reihen lief ein tiefer Schnitt, und hindurchgepflügt hatte ihn ein Pferd mit einem Karren. Sam trampelte direkt durch die Masse der Rumbels, und ihre Angst vor Pferden, ihre Furcht und ihr Ekel bei dem Gedanken, wie ein würziges Bündel Heu zermampft zu werden, hatten ihren Hass auf die Borribles überwältigt, und sie waren in Panik zurückgewichen.

»Es ist Sam«, rief Stonkus den anderen zu. »Es ist der gute alte Sam!«

Wer weiß, was einem Pferd durch den Kopf geht, wenn es allein gelassen wird und nicht zu arbeiten hat? Sam hatte die Nacht im Geschirr dösend verbracht, und als er am Morgen erwacht war, hatte er die Gesellschaft und die Zuneigung der Borribles vermisst, die freundlich zu ihm gewesen waren. In seinem Leben hatte es wenig Liebevolles gegeben, gar nichts bei Tautröpfchen, und er wollte seine neuen Freunde nicht verlieren. Er hatte etwas Gras gefressen, aber das war ihm langweilig und fad vorgekommen nach dem delikaten Geschmack des Rumbels, den er verspeist hatte, sodass er den Karren an den Rand des Wäldchens gezogen hatte und von da aus sehnsüchtig über die nassen Wiesen hingeschaut und geschnuppert hatte. Er hatte keinen Borrible, nicht einmal einen Menschenerwachsenen gerochen, aber den Rumbelgeruch aufgefangen. Dieser Verführung folgend, war er über die Wiesen hinweg aufgebrochen. Der Geruch war so stark gewesen, dass er sich ein ganzes Feld voller Rumbels vorgestellt hatte – und seine Ahnung hatte nicht getrogen. Er sah die Rumbels, tausende, und schnaubend und aufstampfend war er zum Angriff vorgegangen; den Karren hinter sich spürte er gar nicht, und die Rumbels schmolzen zu seiner Linken und Rechten fort. Dann hörte er eine Stimme, die seinen Namen rief, und erkannte sie: Sie rief ihn dankbar und liebevoll. Schließlich riefen mehrere Stimmen, und vor sich sah er seine Freunde, eingezwängt in eine Art Loch im Hang des Hügels, und alles, was zwischen ihm und seinen Freunden lag, waren ein paar hundert Rumbels, also griff er wieder an und galoppierte weiter.

Poch und die anderen krochen und schleppten sich zur Schwelle der Großen Tür und sahen einen breiten, freien Weg, der sich bis zum Horizont erstreckte. Sam kam im Galopp den Abhang herunter und schwang den Karren herum, sodass er schleuderte und in einem Tropfenschauer zum Stehen kam, direkt vor der Tür.

»Oh«, rief Sydney, Tränen der Erleichterung in den Augen. Sie rannte zu dem Pferd und küsste es. »Guter alter Sam, du hast uns gerettet, uns alle. Oh, Sam!«

So schnell sie konnten, kletterten die Borribles in den Karren. Vulgo wurde von unten geschoben, von oben gezogen, weil seine Wunden seine Glieder so steif hatten werden lassen, dass er ohne Hilfe nicht über die Wagenräder steigen konnte. Alle hatten nur den einen erregten Gedanken, mit Sam loszufahren und wieder die Straßen zu erreichen; alle bis auf Poch, der mit unglaublicher Beharrlichkeit durch die Große Tür zurückging, um die Schatzkiste der Rumbels zu holen.

Es war eine tollkühne, törichte Aktion. Rauch quoll aus der Öffnung, und die großen Balken des Türrahmens bogen und lösten sich unter der Wirkung der immensen Hitze. Innen sah Poch, dass die Eingangshalle ein Inferno von Flammen und fallenden Deckenbalken war; das Feuer ließ die Ziegel sich ausdehnen, die wie Kanonenkugeln aus der Wand hervor explodierten. Von Sekunde zu Sekunde neigte sich die Decke des Bunkers mehr; das ganze Rumbelgebäude begann einzustürzen, doch Poch beachtete all dies nicht und rannte weiter, sein Leben riskierend, um das Geld zu holen.

Adolf und Orococco folgten ihm wider Willen, nicht wegen des Schatzes, sondern um Poch zu helfen, falls sie konnten, denn trotz seiner Fehler liebten sie den Hauptspäher und waren bereit, ihr Leben aufs Spiel zu setzen, um ihn zu retten.

Poch kam auch tatsächlich zu der Kiste – doch er fand sie fast begraben unter brennenden Balken und weißglühenden Backsteinen. Als er die Kiste durch Tritte von dem Schutt befreit hatte, entdeckte er, dass sie glühte, dass sie mit trotzigem Rot hell zu brennen schien. Die Griffe waren heiß, als er sie berührte, und die Kiste selbst würde jedem, der versuchte, sie zu tragen, die Haut versengen, aber er ergriff sie und zog die entsetzliche Last auf seine Schultern. Der Griff brannte sich tief in das Fleisch seiner Handflächen, und die messingbeschlagenen Ecken der Kiste glühten durch seine Kleider in den Rücken. Er stolperte, glitt aus; Adolf fing ihn auf und schob ihn auf die Tür zu, die Poch vor Schmerzen nicht mehr sah.

Orococco brüllte: »Hierher, Poch, verdammdich!« Dann: »Adolf! Pass auf!«

Die Warnung kam zu spät. Ein sterbender Rumbel hatte sich unbemerkt auf die Knie aufgerichtet und fiel, einen Speer umklammernd, auf Adolf und riss ihn nieder. Der Deutsche kam sofort wieder auf die Füße, doch der Speer war in seinem rechten Oberschenkel abgebrochen.

»*Verdammt*«, schrie er vor Schmerz; er zog den zerbrochenen Schaft aus seinem Bein, trat den Rumbel vor den Kopf und tötete ihn endgültig.

Orococco schleuderte Poch aus dem Weg und lief zu dem Deutschen, der, von dem dichtflatternden Rauch geblendet, ins Herz des Feuers taumelte.

»Adolf«, rief er, und sein Herz brach, »hierher!«

In diesem Augenblick stürzte die Decke über dem Eingang der Großen Tür ein. Mit einem Dröhnen wie dem einer Lawine fielen die großen, rotglühenden Deckenbalken und rissen einen tödlichen Hagel glühender Steine mit sich. Ein vor Hitze schmelzender, leuchtender Wall türmte sich zwischen Orococco und Adolf, und der mutige Totter musste aus dem rauchenden Rumbelbau fliehen, seine Kleider in Flammen, die Haare brennend wie eine Fackel. Adolf war verschwunden: verloren im Herz eines Vulkans.

Draußen warf sich Orococco zu Boden und rollte auf dem Boden hin und her. Sydney sprang vom Wagen und schlug die Flammen auf seinem Kopf aus, die ihn sonst getötet hätten. Sie half ihm auf die Füße, und er sah, wie Poch, mit den Kräften eines Wahnsinnigen, die Kiste empor und in den Karren stemmte. Chaline lehnte über ihm, mit der flachen Hand auf seine rauchenden Schultern schlagend. Ein zorniger Schrei kam von den Rumbels. Sie hatten die Kiste gesehen, und ein Regen von Speeren flog herüber, von denen einige das Pferd verwundeten, das im Geschirr stolperte. Sydney und Orococco rannten herbei, ergriffen den vor Schmerzen verrückten Poch und stießen ihn wütend in den Karren. Dann streckte ihnen Stonkus seine Hand entgegen und half ihnen, über die Speichen des Rades hinaufzusteigen.

»Wo ist Adolf?«, schrie Chaline. »Wo ist Adolf?«

»Den gibt's nicht mehr«, sagte Orococco, das Gesicht schmerzvoll verzerrt. »Die Decke ist runtergekommen. Ich konnte ihn nicht erreichen. Wir können nichts tun; verschwinden wir. Da drin lebt nichts mehr, nichts.«

»Willst du damit sagen, dass Adolf wegen einer gottverdammten Kiste umgekommen ist?«, fragte Stonkus. »Was zur Hölle ist da überhaupt drin?«

Poch sprang auf die Füße. »Es ist der Schatz der Rumbels«, rief er, die Augen seltsam leuchtend vor Schmerz und vor etwas anderem. »Es ist Geld.«

Die anderen sahen ihn voll Entsetzen an und wussten nun, dass Poch die ganze Zeit einen Auftrag gehabt hatte, von dem er nichts gesagt hatte; dass Zoff ihn geschickt hatte, um diesen Schatz zu stehlen und heimzubringen – und dass für Poch nichts anderes zählte.

»Diese Kiste ist etwas Schlimmes«, rief Chaline. »Sie hat Adolf getötet und wird noch mehr von uns töten. Sie bringt Unglück. Werfen wir sie raus!«

»Ja«, sagte Orococco, »das reicht jetzt. Die Rumbels lassen uns vielleicht leichter ziehen, wenn sie sehen, dass wir das Geld hier lassen. Wir haben getan, was wir tun sollten. Lasst uns gehn, solang wir noch eine Chance haben.«

»Nein!«, brüllte Poch, und seine Hand fiel auf das blutige Messer an seinem Gürtel. Er sah wild aus; seine Mütze war weg, und das Haar fiel ihm über die Augen. »Ihr habt alle eure Namen, aber ich krieg einen zweiten, wenn ich die Kiste nach Battersea zurückbringe. Ich nehm sie mit, sag ich euch, und ich bring jeden um, der mich daran hindert.« Und um die Diskussion zu beenden, hob er einen Stein vom Boden des Karrens auf und warf ihn hart gegen Sams Hinterteil; und ohne dass jemand hätte lenken müssen, zog das tapfere Pferd die Abenteurer fort von den zerschmetterten Überresten der Großen Tür.

Die Rumbels waren durch das plötzliche Auftauchen von Sam mit seinem Karren zutiefst erschrocken und hatten sich in Panik zurückgezogen, aber als sie sahen, wie der Schatz aus dem Bunker geschleppt wurde, kamen sie entschlossen wieder zurück, um, selbst jetzt, die Flucht der Borribles zu verhindern.

Sich dem Pferd von vorne zu nähern, davor schraken sie zurück, aber es machte ihnen nichts, von den Seiten auf den Karren zuzurennen und mit aller Macht ihre Speere zu werfen. Die tapfersten rannten nebenher und versuchten verzweifelt, in den Karren zu klettern, und ein paar warfen ihre Speere auf Sam, in der Hoffnung, ihn zu verwunden, vielleicht ein Bein oder einen Huf zu verletzen. Doch die Lage hatte sich zugunsten der Borribles verändert. Im Karren lagen die hunderte von Steinen, die sie in der Nacht aufgeladen hatten, und dieses Geschenk war beinahe so wichtig wie die Ankunft von Sam selbst. Nun zogen die Borribles ihre Schleudern hervor, um Salven von Steinen abzuschießen, die ihre Wirkung nicht verfehlten, und die Rumbels hielten zwar ihre ständigen Angriffe aufrecht, wurden jedoch in eine respektvolle Entfernung zurückgezwungen.

Sam zog den Karren am Fuß des Hügels entlang, der den Bunker überlagerte. Der Grund schwankte und erbebte unter seinen Hufen, da immer noch Feuersbrünste und Explosionen die Rumbelfestung verwüsteten. Hunderte gelber Rauchfahnen hingen übelriechend gegen den Himmel, verformt und verloren wie die Wolken brennenden Staubes über hundert Londoner Krematorien. Das Herz des Rumbelreiches, des Imperiums, war durch eine mysteriöse Detonation verschlungen worden, und es würde viele Jahre dauern, bis es wiederhergestellt und wiederaufgebaut sein würde.

Sam steuerte direkt in die dichte Menge der Krieger hinein, die wütend ihre Speere schwenkten. Ein Straucheln des Pferdes unter der zornigen Attacke dieser fliegenden Speere, und ihre Flucht wäre zu Ende.

»Lauf weiter, Sam«, betete Poch, »so schnell du kannst.«

Aber Sam schwenkte plötzlich ab, so abrupt, dass die Borribles beinahe über den Rand des Karrens geschleudert worden wären.

»He, was ist da los?«, rief Stonkus.

»Ich weiß nicht«, schrie Poch zurück, »es ist Sam …« Er brach ab und stellte sich auf den Führersitz. »Schaut! Schaut!«, schrie er laut. »Da drüben!«

Da drüben war hinter ihnen, am Hügel, den sie gerade unter so viel Gefahr und Mühe hinter sich gelassen hatten, und Sam war nun aus guten Gründen wieder in diese Richtung eingeschwenkt.

»Na, gute Fahrt«, sagte Orococco. »Jetzt sind wir dran.«

Die Rumbels schrien, und auch sie blickten zum Bunker, und dann rannten sie, um den Borribles den Weg abzuschneiden, denn sie hatten eine Siegeschance erkannt. Am Rand des Hügels, in der Mitte einer umkämpften Eingangstüre im Zentrum der Explosionen, waren drei Gestalten aufgetaucht, deren Silhouetten sich vor den großen Flammen abzeichneten, die hinter ihnen sprangen und tanzten. Wenn sie nicht in wenigen Augenblicken gerettet wurden, würden Torricanyon, Bingo und Napoleon gezwungen sein, den Rückzug in das Feuer anzutreten oder auf den Speeren der zornigen Rumbels zu sterben.

Poch trieb Sam zum Galopp an. »O mach doch zu, Sam«, bettelte er. »O Sam, lauf, lauf, oder wir kommen zu spät. Dass keine mehr sterben, nicht jetzt, nicht jetzt!«

Das Pferd galoppierte, und die Borribles drängten sich vorn in dem hin- und herschleudernden Karren zusammen, nach vorne und nach den Seiten schießend, um die Feinde so weit fernzuhalten, dass ihre Speere das Pferd nicht treffen konnten. Sam wieherte, so laut er konnte, und die Rumbels fielen zurück, Angst ergriff sie vor diesem zweiten Angriff, der sie wieder des Bluts der Borribles beraubte, das sie gerne vergossen hätten.

Als Sam vor der brennenden Garage rutschend und schleudernd zum Stehen kam, war nur Torricanyon in der Lage, ohne Hilfe in den Karren zu steigen. Bingo und Napoleon, von den in der Bibliothek empfangenen Wunden geschwächt und mit Lungen, die während ihrer Wanderung durch den Lüftungsschacht, wo sie beinahe erstickt wären, nachhaltig demoliert worden waren, musste man hastig hinaufzerren. Besinnungslos fielen sie auf den ebenfalls bewusstlosen Vulgo und kamen erst einige Stunden später wieder zu sich.

Poch lenkte das furchtlose Pferd noch einmal zurück, den feindlichen Truppen entgegen, doch der Mut entsank nun den Rumbels. Sie wussten jetzt, dass ihr Generalstab vernichtet war, und die Reihen begannen sich aufzulösen. Ihr wichtigster Bunker war völlig ruiniert und stand in Flammen. Die Werkstatt, der Panzerwagen, die Laboratorien, die Bibliothek, die Küche, die Schlafräume – das ganze System war zerstört, und ihre besten Krieger waren tot, im Kampf von Mann zu Mann erschlagen oder durch verstohlene List überwältigt. Sie hatten alles versucht, und sie hatten tapfer gekämpft, aber nun waren sie unter Rädern und Hufen zugrunde gegangen oder waren dem zielsicheren Schuss der Borribleschleudern zum Opfer gefallen. Demoralisiert fielen sie zurück, und obwohl sie mit dem Karren Schritt hielten, blieben sie außer Reichweite, und ihre Zahl nahm ab, als Sam im Kanter zu den äußersten Grenzen des Rumbelreiches lief, bis zu der Hauptstraße, wo es endete.

Sam hielt an. Es war die Stoßzeit eines kalten, winterlichen Morgens. Die Autos und Busse zischten auf der nassen Straße vorbei und besprühten die Borribles mit Feuchtigkeit. Kein Erwachsener war irgendwo zu Fuß zu sehen, und niemand schien die große Schlacht bemerkt zu haben. Die Borribles versammelten sich am hinteren Ende des Karrens und hielten sich am Rückbrett fest; selbst Poch verließ seinen Sitz und kam, um zu schauen. Da, im Morgennebel und im strömenden, treibenden Regen standen ein paar Hundert Rumbels, niedergeschlagen auf ihre Speere gelehnt. Weiter konnten sie nicht; in den Straßen würde man sie erkennen und fangen. Die Borribles waren ihnen entkommen, schwerverwundet zwar, aber die Flucht war ihnen gelungen. Nun mussten die Rumbels zu ihrem zerstörten Bunker zurückgehen und retten, was sie retten konnten.

Die Borribles stimmten keinen Jubelschrei an, schwenkten nicht ihre Schleudern, sondern sahen einfach zu, wie die Rumbels sich langsam abwandten und zwischen Ginsterbüschen und Bäumen verschwanden oder über die Hügel oder in die Senken davongingen, bis nichts mehr zu sehen war außer dem blaugrauen Regen, der die Umrisse des Schwarz und des Grün des Rumbelreiches verwischte. Es war, als hätte es nie einen Rumbel auf der Oberfläche des Planeten gegeben, und Trauer füllte die Herzen der siegreichen Borribles.

»Oh«, seufzte Chaline, blinzelnd, »ich wünschte, es hätte einen anderen Weg gegeben.«

»Vielleicht gab's einen, vielleicht gab's keinen«, sagte Torricanyon. »Eins ist sicher, als wir mal drin waren, mussten wir wie die Irren kämpfen, um wieder rauszukommen. Schwächlinge sind's nicht gerade.«

Der Moment des Nachdenkens wurde durch Sam beendet, der eine Lücke im Verkehr entdeckte und die Parkside Road überquerte und hinein in die Queensmere Road lief. Die Borribles fuhren in die breite Ruhe des Villenviertels, wo Tautröpfchen sie stehlen geschickt hatte. Sie waren nun sicher vor den Rumbels, aber wenn man die Leichen von Tautröpfchen und seinem Sohn gefunden hatte, würde die Polizei scharf Ausschau nach ihnen halten, und natürlich nach Sam.

9

Poch saß, in Tautröpfchens alten Regenmantel gehüllt, auf dem Führersitz. Für das Auge eines Erwachsenen sah er etwas klein geraten aus, um ein Pferd zu lenken, aber es regnete stark, und die wenigen Leute, die sich durch die Straßen bewegten, liefen mit zu Boden gewandten Gesichtern vorbei. Die anderen Abenteurer hatten die Plane wie ein Zelt über den Karren gebreitet, und in diesem geschützten Raum versorgten sie einander die Wunden und aßen ihre Vorräte.

Es war herrlich, sich hinzulegen, den Schmerz in den Gliedern nachlassen zu fühlen und von einem Freund die Wunden reinigen zu lassen. Sie wechselten sich ab, und schließlich nahm Stonkus den Platz von Poch auf dem Sitz ein, und Poch aß etwas, während Chaline die Schnitte an seinen Armen und Beinen verband und die Verbrennungen auf seinen Schultern und Händen.

»Das sind böse Wunden«, sagte sie. »Du bist ein Narr, du hast dich um das Geld gesorgt, als du hättest fliehen können – und schlimmer noch, Adolf ist deswegen verloren.«

Poch antwortete nicht. Es war warm und trocken unter der Leinwand, und die Bewegung des Karrens lockte die Borribles in einen tiefen Schlaf. Napoleon und Bingo und Vulgo waren gesäubert und gefüttert worden, hatten aber währenddessen kaum die Augen geöffnet und waren nun wieder ohne Bewusstsein. Sydney hielt Wache am hinteren Ende des Wagens, aber auch sie war so müde, dass Poch sehen konnte, wie ihr Kopf nach vorne sank, als ob er jeden Augenblick abfallen wollte.

Torricanyon berichtete seine Abenteuer einem Orococco, dem alle fünf Sekunden die Augen zufielen, und Torricanyon (der sich »frisch wie ein Schneeglöckchen auf der Rumbelwiese« fühlte) hörte zu reden auf und ließ den Totter wegdämmern.

Sydney drehte sich um und sagte: »Torri, wenn du so frisch bist, dann komm und halt Wache und lass mich auch schlafen.«

Poch wartete. Als es im Karren still geworden war, wandte er sich zu der Schatzkiste der Rumbels und berührte sie mit seiner verletzten

Hand. Sie war rußig und immer noch warm. Vorsichtig, sodass niemand erwachte, schob er die Kiste an die Seite des Karrens hinter sich und verdeckte sie mit einem Stück alter Plane und ein paar abgestreiften Kleidern. Dann lehnte er seinen Rücken dagegen, damit niemand sie bewegen konnte, ohne dass er es sofort bemerken musste.

Er versuchte, wach zu bleiben, die Kiste zu bewachen und die Ereignisse der vergangenen Stunden noch einmal zu durchleben, aber sein Kopf fiel ihm auf die Brust, und das Pferd stapfte weiter durch den Regen. Sam ging ruhig am Rand des Verkehrs dahin, durch die Augustus Road, an der Bahnstation von Southfields vorbei, die Replingham Road hinunter und am Eingang zur Engadine Street vorüber, wo sie angegriffen und in die Hände von Tautröpfchen und Herbie getrieben worden waren. Und alle Borribles schliefen, selbst Torricanyon, der Wache halten, und Stonkus, der Sam hätte lenken sollen, doch Sam schritt weiter, ohne Anweisungen zu brauchen. Er hatte vom Wandlefluß und vom King George's Park reden hören, also ging er dorthin. Er kannte London so gut wie irgendein Pferd, und er ging in gleichmäßigem, ruhigem Schritt, weil er wusste, dass die Borribles erschöpft waren. Sanft hielt er an Verkehrsampeln an und gab besonders Acht, wenn er die Spur wechselte oder sich im Kreisverkehr einordnete. Weiter und weiter trottete er, und Stonkus schnarchte auf dem Führersitz, und die anderen träumten hinten, der Gnade des Zufalls ausgeliefert. Doch ihr Glück blieb ihnen treu, und der Regen fiel weiter in schweren Tropfen, und kein Erwachsener nahm sich die Zeit, den Pferdekarren genau anzusehen oder als auffällig zu bemerken, wie er langsam die Straßen entlangfuhr und die Borribles fort vom Rumbelreich der dubiosen Sicherheit des Wendelterritoriums entgegentrug.

Der Abend war hereingebrochen, als sie erwachten. Sam stand in einer verlassenen Seitenstraße am King George's Park, im Geschirr schlafend, völlig erschöpft, als sei alle Energie aus ihm herausgeströmt.

Als die Borribles dazu kamen, ihre Gliedmaßen zu bewegen, entdeckten sie, dass dies beinahe unmöglich war. Starre und Müdigkeit schienen sie für immer gelähmt zu haben. Stonkus war auf dem Führersitz zur Seite gesunken und lag in Tautröpfchens Regenmantel zusammengerollt da. Torricanyon steckte als Erster seinen Kopf hinaus in die feuchte Abendluft.

Der Regen hatte aufgehört, und die Straßenlampen schimmerten golden auf der nassen Straße und machten sie schwarz, glänzend und tief. Torricanyon sah auf die Uhr: fünf. Er schaute auf den Straßennamen und duckte sich unter die Plane, um mit seiner Taschenlampe auf dem Stadtplan nachzusehen.

»Longstaff«, sagte er. »Alter Sam, du hast uns direkt in die Nähe vom King George's Park gebracht.«

Die anderen setzten sich einer nach dem anderen auf, stöhnend, als sie merkten, wie zerschlagen ihr Körper war. Sie rückten eng zusammen, um sich zu wärmen, und aßen einen kalten Imbiss, ehe sie ihre Reise fortsetzten. Während des Essens diskutierten sie, welche Route sie für den Rückweg nach Battersea nehmen sollten. Das Einfachste war natürlich, wieder mit dem Boot durch das Land der Wendels zu fahren, zur Themse, den Weg, den sie gekommen waren. Aber einige der Abenteurer hatten ihre Zweifel.

»Ich glaube, wir sollten auf irgendeinem anderen Weg zurück«, sagte Chaline.

»Was soll das heißen?« Napoleon schaute scharf auf.

»Das hat nichts mit dir persönlich zu tun, Nap«, antwortete sie, ein wenig verlegen. »Nur, dass Eisenkopf mir irgendwie zuwider ist, ich hab so ein blödes Gefühl.«

»Jeder andere Weg ist sicherer«, sagte Poch, »muss sicherer sein.«

Napoleon lachte kühl. »Zu spät, Freunde, da hättet ihr wach bleiben sollen. Sam hat uns direkt zum King George's Park gebracht. Wir sind gesichtet worden, sobald wir über die Merton Road gekommen sind. Ich nehme an, dass um uns rum überall Wendelposten stehen.«

Unruhiges Schweigen herrschte unter der Plane.

»Ach was, wir drehen ja durch«, sagte Sydney schließlich. »Die Wendels sind schließlich Borribles, sie werden sich freuen, dass unsere Expedition erfolgreich war.«

»Auf jeden Fall sind wir so mitgenommen, dass wir es bloß auf dem kürzesten und einfachsten Weg schaffen«, sagte Napoleon. »Überlegt mal, in zwei, drei Tagen seid ihr daheim.«

»Werden wir ja sehen«, sagte Poch.

Napoleon lachte wieder. »Machst dich ja lächerlich«, sagte er.

Nach einer kurzen weiteren Diskussion beschloss man, dass es nur die Möglichkeit gab, bis zum Ufer des Wandle zu marschieren und dort zu lagern. Napoleon würde Kontakt mit einem Posten aufnehmen und die Bitte weitergeben, dass die Abenteurer zur *Silver Belle Flower* geführt und zur Themse hinuntergeleitet würden. Danach hing alles von den Wendels ab.

Als sie bereit waren, kletterten sie über die Räder des Karrens auf den nassglänzenden Bürgersteig hinunter und kämpften sich in die Riemen ihrer Rucksäcke. Sie boten einen bejammernswerten Anblick, wie sie sich stolpernd und hinkend in Marschordnung aufstellten; die Behelfsbandagen um ihre Köpfe und Glieder sahen grotesk aus. Vulgo und Stonkus hatten sich Krücken aus Rumbelspeeren gemacht und konnten, mit ein wenig Hilfe der anderen, vorwärtskommen. Alle bewegten sich unsicher, und jeder Schritt war eine Tortur.

Trotz seiner ernsten Verwundungen und trotz der Gefühle seiner Gefährten ging Poch hinten an den Karren und warf die Hülle ab, welche die Schatzkiste den Blicken entzogen hatte. Er zog sie zu sich heran und zerrte sie auf seinen verletzten Rücken. Obwohl er unter dem Gewicht strauchelte und beinahe fiel, hätte ihn nichts auf der Welt dazu bringen können, sie zurückzulassen.

»Du bist sehr hartnäckig, Poch«, sagte Chaline. »Wie kannst du die Kiste mitnehmen, nach allem, was geschehen ist?«

»Du wärst auch hartnäckig, wenn's um deinen Namen gehen würde, oder?«, antwortete Poch, ungeduldig wegen seiner Schuldgefühle.

»Also mir passt das eigentlich auch nicht besonders«, sagte Torricanyon, »aber ich glaub sicher, Adolf hätte das verstanden mit deinem zweiten Namen.« Und er nahm einen von den Griffen und half Poch, die Kiste von seiner Schulter herunterzuheben, sodass sie sie zwischen sich tragen konnten.

»So!«, rief Napoleon und drängte sich heran. »Da haben wir's ja, hinter dem warst du die ganze Zeit her, du Ganove. Und wir gehen leer aus, was? Ohne uns hättest du's nie rausgeholt. Es gehört auch uns.«

»Ach, lasst es uns wegschmeißen, eh es noch mehr Ärger gibt!«, sagte Sydney.

»Das wär nicht besonders schlau, jetzt wo wir's schon hier haben«, mischte sich Torricanyon ein. »Ich meine, das ist Geld, oder? Eine ganze Menge. Schaut euch doch mal an, wie die Rumbels gelebt haben. Die hatten einfach alles da droben, und noch ein paar Sachen dazu.«

»Wir können jetzt nicht teilen«, sagte Poch und schob sein Gesicht dicht an das Napoleons. »Zoff wollte es gerecht unter alle Stämme verteilen, von denen Mitglieder bei der Expedition waren. Jeder von euch nimmt seinen Teil mit, wenn er zurückgeht.«

»Ha! Glaubst du, ich bin so blöd und schluck diesen Unsinn?«, fragte Napoleon; sein Gesicht war grün im Licht der Straßenlampe. »Du traust Zoff vielleicht, ich nicht.«

Ein schlimmes Schweigen herrschte unter dieser Straßenlaterne, und einigen wurde es schwach und schlecht bei dem Gedanken, dass sie so weit gezogen waren und so viel zusammen getan hatten und jetzt über eine dreckige Kiste Geld streiten konnten. Stonkus sprach es aus; Chaline und Sydney, Bingo, Vulgo und Orococco unterstützten ihn.

»Steckt euch das Geld sonst wohin«, schrie Stonkus. »Hier stehen wir da und fallen gleich tot um vor Schwäche, und ihr beide streitet euch rum. In den Park, bevor uns diese verdammten Moneten alle umbringen. Wir brauchen Schlaf, einen schönen langen Schlaf. Morgen können wir über das Geld reden.«

Seine Stimme weckte Sam, der beinahe umfiel. Er wieherte und wandte den Kopf. Sydney lief zu ihm, und die anderen folgten, das Geld war für den Augenblick vergessen. Sie leuchteten das Pferd mit ihren Taschenlampen an und sahen, dass sein Fell blutverkrustet und mit Kratzern und Stichwunden bedeckt war.

»Ihr labert hier rum mit eurem Geld«, rief Sydney ärgerlich und wies mit dem Finger auf Napoleon und Poch, »und um das Pferd, das uns alle gerettet hat, da kümmert sich kein Mensch.«

Sie befreiten Sam aus dem Geschirr, wischten ihn ab und versicherten ihm, wie leid es ihnen täte, ihn so lange vernachlässigt zu haben. Dann führten sie ihn zum Park, und wie Sam sich vorwärtsbewegte, sahen sie, dass er schlimm hinkte, wegen einer tiefen Wunde in einem seiner Hinterbeine.

»Schaut euch das an«, schrie Sydney sie alle an, als ob jeder Einzelne direkt verantwortlich war. »So verwundet und hat uns den ganzen Weg hierhergebracht. Ihr solltet euch was schämen. Mit dem Geld sollte man für Sams Alter sorgen.«

Die Parktore waren bei Einbruch der Dunkelheit geschlossen worden, aber Napoleon hatte bald das Schloss aufgemacht, und das Borribleteam, Sam an der Spitze, ging in den King George's Park. Er lag schwarz und still da, und das Gras war feucht, aber die Borribles hatten ihr Segeltuch mitgebracht, und als sie das Ufer des schweigsam und trüb dahinfließenden Wandle erreicht hatten, breiteten sie die Plane auf dem Boden aus und setzten sich darauf, um nicht nass zu werden. Bald verschwanden die Wolken vom Himmel, die Sterne erschienen, und die Nacht wurde kalt, aber die Abenteurer wickelten sich in ihre gefütterten Jacken und in ihre Schlafsäcke und saßen im Kreis herum, außer Sydney, die lange mit Sam sprach und sich streichelnd um ihn kümmerte, bis sie ihren Ärger verlor und zu der Gruppe zurückkehrte.

Dann fing das Geschichtenerzählen an, jener Augenblick, den die Borribles über alles lieben. Sie wollten wissen, wer was getan hatte, und wie, und in welcher Reihenfolge, und wem. Bingo wollte wissen, wie es Vulgo ergangen war, Vulgo wollte wissen, was mit Torricanyon passiert war, und Torricanyon wollte wissen, was Chaline und Sydney erlebt hatten. Napoleon erzählte Orococco seine Geschichte, und Orococco seine Poch, und Pochs Stimme zitterte, als er, beinahe wie eine Buße, berichtete, wie Adolf den Safe geöffnet hatte. Und sie hatten Tränen in den Augen und einen Kloß im Hals, als sie an den Deutschen dachten und an seine verrückte, fröhliche Stimme, und wie er sie spöttisch angelacht hatte. Niemand sagte direkt etwas zu Poch, aber es fielen Blicke, und es entstand ein Schweigen während der Geschichte mit dem Safe, und Poch schaute auf den Boden zwischen seinen Füßen.

Doch die Geschichten gingen weiter, und die früheren Streitigkeiten gerieten langsam in Vergessenheit, als die Borribles einander ansahen und sich darüber klarwurden, was für ein Glück sie hatten, noch am Leben zu sein. Noch nie hatten Borribles so ein Abenteuer gehabt, und sie fingen sogar an, ein wenig über die Übertreibungen ihrer Erzählungen zu lachen; denn Übertreibung ist ein wesentliches Element beim Erzählen einer Geschichte vom Namenverdienen.

Sie sprachen immer noch miteinander, als Napoleon plötzlich aufstand. »Ich hör einen Wendelspäher, auf der anderen Seite vom Fluss«, sagte er.

Napoleon sagte, sie sollten ihre Taschenlampen löschen, und ging zum Geländer am Flussufer. Er pfiff leise, eine leichte Variante des gewöhnlichen Borriblepfiffs, und nach zwei Sekunden kam die Antwort. Die anderen hörten, wie er sich mit einer Stimme über den Fluss hinweg besprach.

»Ich geh rüber«, kündigte er an, als er zurückkam. »Muss Eisenkopf sehen. Ihr sollt hier warten; am besten schlaft ihr etwas. Ihr seid ganz sicher hier, um euch rum sind Nachtstreifen von den Wendels. Ich bin bei Morgengrauen zurück. Seid dann abmarschbereit. Versucht nicht, irgendwo hinzugehen. Ihr wisst, die – wir mögen das nicht.« Dann drehte er ihnen ohne ein Wort des Abschieds den Rücken und verschwand in der Nacht.

»Ein komischer Typ ist das«, sagte Bingo. »Du weißt nie, wo du bei ihm dran bist, einmal ist er nett und freundlich, rettet dir das Leben und kämpft mit dir, und in der nächsten Minute ist er kalt und fremd wie der Nordpol.«

»Ich glaube«, sagte Poch mit besorgtem Gesicht und mit einem Blick auf seine Kiste, »es fällt ihm so langsam wieder ein, dass er eben doch ein Wendel ist.«

Napoleon kam wie versprochen kurz vor der Morgendämmerung zurück, und die anderen wälzten sich in ihren Schlafsäcken auf die Seite und sahen ihn, ohne aufzustehen, an. Die großen Umrisse der Gebäude auf der anderen Seite des Wandle hoben sich dunkel vom Himmel ab. Napoleon war nur ein noch dunklerer Umriss. Sie konnten seine Augen oder seinen Ausdruck nicht sehen, nur seine Stimme zeigte ihnen, dass er müde und angespannt war.

»Wir sollen hierbleiben, bis es beinahe hell ist«, begann er, »und dann soll ich euch über den Wandle führen, am Ufer entlang und dann unter die Erde. Wir können uns ausruhen, wie damals, so lange wir wollen, und dann führen sie uns zum Bootsversteck, sagt Eisenkopf. Dann können wir gehen – könnt ihr gehen –, wenn wir unsere Geschichten erzählt haben, alle.«

»Und was«, fragte Poch und stellte damit die Frage, die sie alle beschäftigte, »ist mit dem Geld?«

Napoleon zögerte, dann sagte er: »Eisenkopf hat's nicht erwähnt, ich auch nicht«, und er ging zu seinem Schlafsack, entrollte ihn und schlüpfte hinein.

Eine lange Zeit herrschte Stille. Der Himmel wurde heller. Poch stand steifbeinig auf, ging zu Napoleon und setzte sich hin. Nach einer Weile berührte er den Wendel sanft an der Schulter. Er konnte jetzt Napoleons Augen sehen, sie waren geöffnet und starrten in den Himmel.

»Eisenkopf hat nichts von dem Geld gesagt, hm?«, sagte er.

Napoleon blinzelte und sagte: »Stimmt. Ich hab ihm nichts davon gesagt, oder meinst du das?« Und er wollte sich auf der Schulter wegdrehen, aber Poch hielt ihn fest.

Bingo kam zu ihnen herüber. Seit der Borrible aus Battersea Napoleon das Leben gerettet hatte und mit ihm aus der Bibliothek entkommen war, war er dem Wendel näher als irgendeiner der anderen, und er wollte sich zwischen Poch und Napoleon stellen, falls ein Streit beginnen sollte. Poch begann wieder, leise und deutlich, und alle hörten zu. »Ich glaub dir nicht. Ich glaube, wir sollten einen anderen Weg nach Haus nehmen.«

Die Stille wurde noch ein, zwei Grad tiefer. Napoleon setzte sich abrupt auf und ergriff Pochs Arm.

»Ich hab's euch doch gesagt – ihr habt keine gottverdammte Wahl«, sagte er, zwischen den Zähnen hindurch. »Ihr sitzt hier fest, alle, um euch rum sind überall Wendels. Es gibt nur einen Weg hinaus, und das ist den Wandle hinunter, wie wir gekommen sind.«

Poch ließ sich nicht beirren. Die anderen warteten mit angehaltenem Atem auf den Ausgang.

»Wenn du sagst: ihr«, sagte er zu Napoleon, »schließt dich das ein oder aus?«

Napoleon antwortete nicht. In ihm fand ein großer Kampf statt, und er konnte währenddessen nicht sprechen. Im Gebäude gegenüber gingen die Lichter an, und der Himmel war nun grau. Bald würden sie losgehen müssen, einen Weg oder den anderen.

»Sag uns, was wirklich war«, sagte Poch. »Komm, ohne Faxen.«

»Du schuldest uns die Wahrheit«, sagte Bingo.

Napoleon stand auf und ging zum Geländer hinüber; er starrte auf die Oberfläche des Wandle, der unter seiner Decke aus Müll vorbeifloß. Einen Moment dachte Bingo, der Wendel würde davonlaufen.

Schließlich drehte sich Napoleon um und sprach zu ihnen allen, mit einer leisen Stimme, damit man ihn jenseits der Gruppe nicht hören konnte. Seine Worte drängten sich schnell.

»Ich sag euch die Wahrheit. Ich weiß, ihr traut Eisenkopf nicht, und Haipfund nicht oder Tron, oder sogar mir«, fing er an. »Ich weiß, ihr könnt die Wendels nicht leiden, obwohl sie Borribles sind wie ihr alle, aber denkt an die Bedrohung, unter der wir schon immer gelebt haben. Ich schwör euch, Eisenkopf will bloß eure Geschichten hören, wird dafür sorgen, dass ihr ausruhen könnt und zu essen bekommt. Er wird euch nichts wegnehmen, er ist stolz auf uns. Schließlich wird er nun auf Jahre hinaus nicht mehr von den Rumbels bedroht. Er hat mir gesagt, wie … wie dankbar er ist … wirklich.«

Schweigen, und die anderen sahen zu, wie Bingo zur Kiste ging und sagte: »Ich wünschte, wir hätten das Ding da nie gesehen. War sonst ein gutes Abenteuer.«

Poch spuckte aus. »Meine Aufgabe ist es, die Kiste zurückzubringen, und das mach ich, und wenn ich sterbe.«

»Und wenn wir alle sterben«, sagte Chaline.

»Der Trick«, sagte Torricanyon, »liegt darin, sie zurückzubringen, ohne dass einer stirbt.«

»Sie werden sie uns nicht nehmen«, beharrte Napoleon. »Sie warten, bis sie ihren Anteil kriegen. Ich komm mit euch zurück nach Battersea, damit ich den Anteil der Wendels nach Wandsworth holen kann.«

»Ist doch nur fair, es unter allen zu teilen«, sagte Chaline. »Ich bin sicher, dass sie das auch so sehn.«

»Ja«, stimmte Vulgo zu. »Sie werden uns nicht angreifen, Napoleon hat recht, es wäre Borrible gegen Borrible.«

»Soll schon vorgekommen sein«, sagte Orococco. »Ich bin für faires Teilen, hoffen wir, dass es so kommt.«

Napoleon hob den Kopf. Das Blut war aus seinem Gesicht gewichen, und er hatte lila Flecken unter den Augen. Er schüttelte, sie ansehend, traurig den Kopf.

»Wenn sie's hätten nehmen wollen, hätten sie's schon genommen – aber ihr hört ja nicht. Sie wollen es nicht haben. Es wird alles gutgehen.«

Napoleons Gefährten erkannten die Überzeugungskraft dieses Arguments, und doch hatte sie die Diskussion unsicher gemacht, und sie sahen sich vorsichtig um. Kein Wendel war zu sehen.

»Ach kommt«, sagte Chaline und lachte gezwungen, »sind wir so weit gereist und haben so viel überstanden, um jetzt vor einem Schatten zu erschrecken?«

Die anderen stimmten zu, aber Poch schüttelte den Kopf und zitierte ein dunkles Sprichwort: »Der Schatten, den ein Wendel wirft, ist zweimal so lang wie sein Leib«, und er starrte Napoleon prüfend an und versuchte, in den Augen des Wendels die Wahrheit zu lesen, doch Napoleons Augen wanderten hin und her und schauten anderswohin.

»Wir müssen uns bald aufmachen«, sagte der Wendel, »ich kann die ersten Autobusse auf den Straßen hören, und es ist schon beinahe hell.«

Nach einigen Minuten waren sie fertig, und sie gingen nacheinander an Sam vorbei, um ihn ein letztes Mal zu tätscheln und zu streicheln. Die vor ihnen liegende Unsicherheit bedrückte sie etwas, und die Traurigkeit, die hinter ihnen lag, und sie hassten sich selbst, weil sie das Pferd verließen, das ihnen durch so viele Gefahren geholfen hatte. Sydney zwängte sich als Letzte durch eine Lücke im Gitter. Sie war noch zurückgeblieben, um eine Handvoll frisches Gras für Sam zu sammeln, sie wollte ihm allein Lebwohl sagen.

»Mach's gut, alter Sam«, sagte sie, und es war ihr sehr traurig zumute. »Wir können dich nicht weiter mitnehmen, wegen des Flusses, aber ich sag dir, Sam, wenn ich je auf der anderen Seite lebend rauskomme, dann find ich heraus, wo du bist, und komm zurück, wie weit es auch sein mag, und eines Nachts stehl ich dich, und dann kommst du mit mir, und du musst nie mehr arbeiten, Sam, nie mehr.«

Als sie weggegangen war, lief Sam zum Geländer und streckte seinen Kopf drüber, um die kleinen Gestalten zu beobachten, wie sie den Uferpfad entlang auf das dunkle, halbkreisförmige Loch zumarschierten, wo der Wandle unter den Straßen von Wandsworth verschwand.

Napoleon ging voran, aber sein Schritt war nicht rasch oder energisch. Er sah unglücklich aus, gar nicht wie ein Borrible, der ruhmbedeckt heimkehrt.

Poch und Torricanyon folgten mit der Kiste, und die anderen kamen hinterher. Sie waren immer noch in einem ziemlich schlimmen Zustand, und ihre Erscheinung würde sicherlich den Wendels eher Grund zu Gelächter als zum Mitgefühl sein.

Die Stille über dem Uferpfad war unheimlich, und sie sahen keine Menschenseele, zumindest zu Anfang. Erst, als sie einmal über die Schulter sahen, entdeckten sie, dass der Pfad sich dicht mit schwerbewaffneten Kriegern gefüllt hatte, die, wie aus der Uferböschung hervorgewachsen, plötzlich da waren. Auf der anderen Seite des Flusses sahen sie, wie noch mehr Wendels geheimnisvoll sich aus dem Schlamm aufrichteten und standen und schauten, wie die Borribles vorbeimarschierten.

Bingo, der das Gefühl hatte, dass seine Gefährten sich von den Wendels zu sehr beeindrucken ließen, stimmte ein Lied an, und diese Londoner Stimme, hell und trotzig, klang über den Fluss.

»Hurra! Die Sieger marschieren zurück!
Welch Abenteuer! Welch Meisterstück!
Wir haben die pelzigen Schufte versohlt,
Wir haben uns unsere Namen geholt.
Ganz London soll die Geschichte hören!
Nie wieder werden die Rumbels uns stören.
Blutig, lädiert, doch wir hatten Glück –
Hurra, die Sieger marschieren zurück!

Freut euch! Die Sieger marschieren zurück!
Den Borribles winkte das Schlachtenglück!
Wir haben getan, was getan werden muss,
Und dafür ist mit den Rumbels jetzt Schluss.
Alle Borribles sind uns zutiefst verpflichtet!
Wir haben das Rumbelreich vernichtet!
Nichts schreckt uns mehr! Noch ein kurzes Stück –
Die Sieger, die Sieger marschieren zurück!«

Mit dem Beispiel Bingos vor sich beschlossen die Abenteurer, den Wendels zu zeigen, dass sie nicht niedergeschlagen waren, und jeder sang von seinem Londoner Bezirk: Lieder, die von schönen verlassenen Häusern erzählten und von guten Tagen der Diebszüge und des Essens.

Poch lachte über die Lieder. Er fühlte sich jetzt glücklicher, nachdem sie sich für einen Kurs entschieden hatten. Einen Weg zurück gab es nicht, also mussten sie das Beste daraus machen.

Nur zu bald stießen sie am Eingang des Kanals, wo der Wandle unter die Erde ging, auf Haipfund. Er erwartete sie, lächelte und neigte den Kopf. Die frühe winterliche Morgensonne glänzte auf seinem Helm.

»Willkommen, Borriblebrüder«, sagte er. »Napoleon hat uns ein wenig von eurem großen Abenteuer erzählt. Gut habt ihr euch eure Namen verdient. Eisenkopf wartet mit Ungeduld darauf, eure Geschichten von euren eigenen Lippen zu hören. Ein großes Festmahl erwartet euch.«

»Da«, sagte Napoleon zu Poch, »was hab ich euch gesagt?« Poch antwortete nicht.

Sie folgten Haipfund und seinen Männern in den Untergrund und setzten ihren Weg beim Licht der Taschenlampen fort, wie bei ihrem vorigen Besuch. Wieder rochen die Abenteurer den Geruch des Wandle, eingezwängt in seine schmalen Tunnel, und der Schweiß der Wendels, die sie auf allen Seiten bewachten, stieg auf und stach ihnen in die Nase. Sogar Napoleon verzog die seine, er hatte so viele Monate in der Fremde verbracht, dass er den Gestank nicht mehr gewöhnt war.

Sie verließen den Fluss, und der Gang, den sie einschlugen, führte sie direkt in die große Halle, und dort saß, wie zuvor, Eisenkopf, die Augen trüb und undurchsichtig. Die Halle war diesmal nicht überfüllt, nur die Leibwache war angetreten, schwerbewaffnet und zahlreich, die Gesichter ernst unter den Kriegshelmen. In einer Reihe vor Eisenkopfs Podium standen neun Sessel, und davor ein langer Tisch, beladen mit allen möglichen Speisen aus den Vorräten der Wendels.

Hintereinander schritten die Abenteurer durch die Halle, rechts und links von der Wache begleitet. Man wies sie zu den Sesseln und nahm ihnen die Rucksäcke ab, die hinter ihnen aufgeschichtet wurden. Torricanyon und Poch ließen die verbrannte, wertvolle Kiste vor ihren Sesseln zu Boden fallen, und als sich auf ein Zeichen von Eisenkopf alle setzten, stellte jeder von den beiden einen Fuß auf den Schatz der Rumbels. Eisenkopf sah die Bewegung und lächelte nachsichtig. Als alles in der Halle still war, begann er zu sprechen, und seine Stimme war wie immer: freundlich, warm und fürsorglich.

»Willkommen zurück«, sagte er und lächelte wieder. »Euer Abenteuer war ein Erfolg, und wir sind stolz darauf und ein wenig neidisch, obwohl wir um euren Verlust trauern. Wenn ihr nicht zu müde seid, würde ich gerne von euren Taten hören, in allen Einzelheiten, denn wir Borribles lieben alle die Geschichte, die erzählt, wie jemand seinen Namen verdient hat, und ich glaube, nie wurden Namen verdient wie die euren. Napoleon hat mir schon etwas erzählt, aber ich wünsche, alles von euren Lippen zu hören. Vor euch liegt Essen. Erzählt mir eure Geschichten einer nach dem anderen, die anderen mögen essen, bis sie an der Reihe sind.« Er deutete mit einem Finger auf das Ende der Reihe auf der anderen Seite von Poch. »Du«, befahl er, »fang an.«

Also begann Stonkus. Er erzählte, wie er und Torricanyon die Große Tür eingenommen hatten, wie er sie verteidigt hatte und wie er später die Rumbelhaut angelegt hatte, und was für einen Schrecken das erregte. Die anderen aßen oder halfen der Geschichte mit Bemerkungen weiter, ihren Fluss berichtigend oder erweiternd. Dann kam Vulgo, und Eisenkopf lehnte sich mit großem Interesse in seinem Sessel vor, als er hörte, wie der Oberrumbel sein Ende gefunden hatte. Sydney und Chaline erzählten von dem Angriff auf die Küche und dem Rückzug, der folgte; dann kam Orococco und nach ihm Bingo, der berichtete, wie er in der großen Bibliothek Napoleon getroffen hatte und wie er den größten Krieger des Rumbelreiches im Zweikampf besiegt hatte. Napoleon nahm die Geschichte auf und erzählte, wie er seinen Namenspartner von der Leiter geschüttelt hatte, wie Bingo ihm das Leben gerettet hatte und wie sie, schwer verwundet, sich kriechend und sich durch den Schacht windend in Sicherheit gebracht hatten, um Torricanyon zu entdecken, der nun von seinem einsamen Kampf in der Garage erzählen musste, und wie er die große Explosion ausgelöst hatte, in der der ganze Bunker untergegangen war. Danach erkundigte sich Eisenkopf nach Adolf und seinen Taten, und Poch berichtete, wie der Deutsche und er Vulgo gefunden hatten, von den Leichen seiner Feinde umgeben, und wie man den Safe geöffnet und die Kiste entdeckt hatte. Und die Wendels hörten den Geschichten zu und lehnten sich auf ihre Speere, und bei allen ließ die Spannung nach, nur nicht bei Poch, und Torricanyon flüsterte, dass doch alle einen friedlichen und freundlichen Eindruck machten und dass am Ende alles in Ordnung gehen würde. Aber Poch verzog das Gesicht und flüsterte zurück, dass man Dinge erst beurteilen konnte, wenn sie passiert waren, und auch dann nicht immer richtig.

Doch Eisenkopf wandte sein ausdrucksloses Gesicht wieder zu Poch und sagte: »Und nun musst du weiterreden und uns deine eigene Geschichte erzählen, eine Geschichte, die sicherlich von großem Interesse sein wird und der ich gespannt entgegengesehen habe, denn du warst doch der Geschichtsschreiber und Beobachter und hast sicher Dinge gesehen und gewusst, die die anderen nicht wussten.«

Es war Poch sehr unbehaglich; er sah die Reihe seiner Gefährten entlang. Sie lehnten geschwächt in den bequemen Sesseln, die Gesichter vom reichlichen Essen und Trinken gerötet. Sie waren zu gelassen, zu entspannt, unfähig, sich nötigenfalls zu verteidigen. Poch selbst saß nervös auf der Kante seines Sessels, die Füße unter sich gezogen, bereit, bei der geringsten Gefahr aufzuspringen.

»Mein Anteil war eigentlich gering«, hörte er sich sagen. »Adolf und ich folgten den anderen und entdeckten Vulgo erst, nachdem er seinen großen Kampf allein ausgefochten hatte. Später war es eine Frage des langsamen Rückzuges, wir mussten uns in der Gruppe unseren Weg durch die Tunnel zurückkämpfen bis zur Großen Tür, wo Adolf umgekommen ist, aber wenn Sam nicht gewesen wäre, das Pferd, würde keiner von uns jetzt hier sitzen.« Und Poch fuhr fort, das Pferd zu rühmen, und erzählte von der Gefangenschaft bei Tautröpfchen und seinem Sohn, wie sie entkommen waren und Sam mitgenommen hatten.

Eisenkopf hatte das Kinn in die rechte Hand gestützt, den Ellbogen auf dem Knie. Er wiegte sich leicht vor und zurück und lauschte mit einer Aufmerksamkeit, die keine Sekunde nachließ. Jede Einzelheit der Geschichte prägte er sich fest ein. Als die Erzählung vorbei war, lehnte er sich im Sessel zurück, faltete die Hände im Schoß und zeigte allen ein kaltes Lächeln, ein brüchiges Lächeln, das lediglich eine Muskelbewegung ohne irgendeine Wärme war.

»Ich hoffe, Poch«, sagte er, »dass du all diese Abenteuer aufzeichnen wirst, sobald du Zeit hast. Es gibt nur noch so wenige gute Geschichten. Ich freue mich darauf.« Er hielt inne und schaute zu seiner Leibwache, dann sah er wieder hinunter zu Poch, lächelte und schnalzte mit Daumen und Mittelfinger, einmal, Waffen klirrten, und Soldaten sprangen hinter die Abenteurer, um sie festzuhalten, tief in den weichen Sesseln, Messer an ihren Kehlen. Festgehalten, außer Poch: Er, auf der Kante seines Sessels hockend, war bereit gewesen. Er sprang vorwärts, schlug einen Krieger in den Magen und entriss ihm den Speer.

Doch noch ein anderer Abenteurer war nicht gefangen genommen worden, Napoleon. Auch er sprang aus seinem Sessel, als hätte er den Kampf erwartet, aber er brauchte seine Lanze nicht jemand wegzunehmen, man drückte sie ihm in die Hand, und ein Trupp Wendels, der von der Seite von Eisenkopfs Podium her angerannt kam, schloss sich ihm an.

Poch wartete zusammengekauert mit gesenktem Speer. Ein bitterer Zorn durchraste ihn. So weit zu kommen, solche Taten zu vollbringen, und dann alles durch Verrat zu verlieren!

Napoleon stand ihm gegenüber, hochmütig, zuversichtlich. »Lass den Speer fallen, Poch, du hast keine Chance. Wenn du dich widersetzt, töten wir dich.«

»Du Ding ohne Namen«, schrie Poch, so laut er konnte, »du Lügner, Heuchler, Verräter. Den Namen soll man dir nehmen und dich verfluchen und deine Geschichte mit einem Fluch erzählen.« Und Poch schwang den Arm und warf den Speer auf den Wendel mit jenem letzten Rest Kraft, der ihm zur Verfügung stand, denn mit jeder Faser seines Wesens hasste er Napoleon. Doch Napoleon war bereit. Er wusste, dass Poch den Speer werfen würde, und er duckte sich, und ein Wendel hinter ihm wurde getroffen; mit solcher Wucht, dass der Speer den Krieger durchbohrte und die Spitze ihm eine Handbreit aus dem Rücken ragte.

Der Wendel kreischte auf und fiel leblos zu Boden. Aber seine Genossen sprangen Poch an, warfen ihn um, und man schlug ihn, band ihm die Hände und zerrte ihn dann auf die Füße. Blut rann über sein Gesicht, und auf seiner Stirn schwoll ein Fleck an, braun und purpurn. Er schwankte vor Schwäche, aber er fluchte auf Napoleon.

»Du tötest mich jetzt besser, du namenloser Wendelbastard«, sagte er zischend, »denn wenn ich überlebe, dann bring ich dich um. Ich werde eine ganze Rasse von Borribles ausbilden, die dich aufspüren und durch den Wolf drehen.«

Napoleon ignorierte ihn und gab ein Zeichen: Man zog die anderen Abenteurer auf die Füße und band ihnen die Hände. Eisenkopf erhob sich und schritt zum Rand des Podiums.

»Nun, da wären wir alle säuberlich versorgt.« Wieder schnippte er mit den Fingern, und die Kiste wurde aufgestemmt, sodass die Banknoten sichtbar wurden. »Hmm«, sagte Eisenkopf, »wie praktisch. Napoleon, du hast dich gut gehalten, du wirst zur Leibwache befördert, als Kommandant mit Tron zusammen, und … äh … such dir einen zweiten Namen aus, wo wir schon dabei sind. Ich möchte, dass du dich darum kümmerst, dass deine … Freunde sicher eingesperrt sind. Was die Kiste betrifft, die muss Tag und Nacht von Angehörigen der Leibwache bewacht werden, aber du bist dafür verantwortlich – mit deinem Leben, versteht sich. Nimm dir so viele Wendels, wie du brauchst.« Eisenkopf sah auf die Gefangenen hinunter und lächelte nochmals sein tödliches Lächeln, aber sie sahen ihn nicht an. Sie schauten zu Boden, von unerträglicher Scham erfüllt, Tränen der Wut in den Augen. Nur Poch hielt seinen Kopf hoch und rief hinter dem fortgehenden Wendelhäuptling her: »Lass dich gut bewachen, Eisenkopf. Ich schieb dir das Geld in deinen Hals, bevor ich mit dir fertig bin, ich zieh dir die Haut ab, dir und deiner Leibwache aus namenlosen, blödsinnigen, rotzfressenden Idioten.«

Doch Eisenkopf winkte nur gelangweilt ab und verließ, ohne sich umzusehen, die große Halle, wie immer von der Elite seiner Leibwache umgeben.

Als Eisenkopf fort war, ging Haipfund zu Napoleon und gab ihm den Helm eines Kriegers und eine besondere Jacke. Napoleon legte sie an und zog den Speer aus der Leiche am Boden; mit der blutigen Spitze schlug er leicht gegen Pochs Brust. »Du hältst das Maul, mein Junge«, sagte er. »Du bist ein Niemand, und niemand will was von dir hören.«

Als Antwort spuckte Poch direkt in Napoleons Gesicht, dass ihm der Speichel die Nase hinabrann. Wütend wirbelte Napoleon den Speer geschickt in einer Hand und zog Poch einen Hieb über die Stirn, dass er auf die Knie sank.

Obwohl sie gefesselt und der Leibwache zahlenmäßig weit unterlegen waren, traten Pochs Gefährten furchtlos zwischen Napoleon und sein Opfer.

»Lass das mal«, sagte Stonkus gelassen. »Lass das mal, du magerer Furz, oder ich bring dich um.«

»Ja«, sagte Sydney, »bist du mit deinem Tagewerk noch nicht zufrieden, Wendel?«

Napoleons Gesicht verdüsterte sich einen Augenblick, dann schüttelte er sich leicht und sagte zu Haipfund: »Also, raus hier mit ihnen.«

Man führte die Abenteurer nur eine kurze Strecke in einen der Korridore, ehe Napoleon sie anhielt und eine schwere Eisentür öffnete. Während Schläge auf ihre Köpfe regneten, wurden sie gezwungen, einen kleinen, feuchten Kerker zu betreten, wo grüner Schleim von den Wänden glitt und troff. Eine schwache Glühbirne erhellte den Raum, es gab keine Betten oder Sitzgelegenheiten, nur ein paar schmutzige, schimmlige Säcke in einer Ecke.

Als sie in der Zelle waren, kam Haipfund hinterher und schnitt, von den anderen Leibwächtern gedeckt, die Fesseln von den Händen der Borribles.

»Ist doch richtig gemütlich«, sagte er, als er fertig war, und fügte, Orococco höhnisch angrinsend, hinzu: »Schön sicher aufgehoben seid ihr jetzt alle.«

Orococco zeigte dem Wendel die Zähne, sodass er einen Sprung rückwärts machte.

»Dich halt ich das nächste Mal unters Wasser, Freund, und hör erst wieder auf, wenn sich dein Mundgeruch endgültig verflüchtigt hat. Kannst du dir nicht mal etwas Deodorant auf deine Cornflakes schütten? So Gewinnen Sie Neue Freunde.«

Haipfund hob die Hand, um Orococco zu schlagen, erinnerte sich aber rechtzeitig daran, dass der Totter nun die Hände frei hatte, und begnügte sich mit einem Hohnlachen. Er ging rückwärts zur Tür und zog sie hinter sich zu; das Geräusch ihres Schließens und Versperrens hallte in den Tunneln auf und ab und hallte immer noch nach, lange, nachdem die letzten Schritte der Wendels in der Ferne verklungen waren.

Die Borribles standen trostlos in ihrem Gefängnis. Sie konnten einander nicht einmal ansehen, und es dauerte einige Zeit, ehe sie reden konnten. Scham und Wut, Hass und ungläubige Verzweiflung verschlugen ihnen die Sprache. Eine Viertelstunde, eine halbe Stunde ging vorbei, und die Stille wurde hart und massiv. Schließlich brach Poch in einen Strom von Flüchen aus, die er minutenlang aneinanderreihte. Er verwendete jedes Schimpfwort der Borribles, das ihm nur einfallen wollte, und variierte alle und schmückte sie aus. Er pflügte vor- und rückwärts durch das *Große Buch der Borrible-Sprichwörter* und verwandelte alle in Verwünschungen auf das Haupt von Napoleon. Er wob Girlanden aus schlimmen Namen um den Namen dieses Wendels, und als er fertig war, atemlos und mit leerem Kopf, fühlte er sich besser, und so ging es denen, die zugehört und mit eigenen Beiträgen eingestimmt hatten.

»Ich kann es immer noch nicht glauben«, sagte Chaline. »Warum hat er das getan?«

»Einmal ein Wendel, immer ein Wendel«, sagte Poch bitter; diese Erklärung genügte ihm, und weiter sagte er nichts.

»Ich glaube nicht, dass wir uns zu sehr bekümmern sollten«, sagte Stonkus in seiner direkten, nüchternen Art. »Schließlich sind wir hingekommen und zurückgekommen und haben getan, was wir gesagt haben, wir würden's tun.«

»Ich mach niemand einen Vorwurf«, sagte Chaline und sah Poch an, »aber wenn's nicht wegen diesem Geld gewesen wäre, wären wir jetzt auf dem Weg nach Hause.«

Alle schwiegen, aber Poch sah nicht auf und sagte nichts.

»Na, jetzt ist es passiert«, sagte Vulgo. »Keiner hat Schuld, es ist eben passiert. Schließlich sind wir noch am Leben.«

Orococco lachte scharf. »Nicht mehr lange sind wir das.«

»War so ein übler Trick, von einem Abenteurer, und nach all dem, was er gesagt hat«, sagte Torricanyon, und wieder verfielen sie in ein langes, melancholisches Schweigen.

Viele Tage und Nächte hielt man sie von jedem Kontakt fern. Man brachte ihnen zu essen, aber es waren nur schlechte, kalte Fetzen, die man ihnen durch die kaum geöffnete Tür hinwarf. Der Mangel an Nahrung schwächte sie, und wie die Tage vergingen, wurden sie immer niedergeschlagener. Selbst wenn es ihnen gelänge, die schwere Eisentür des Kerkers zu öffnen, würden sie sich mit Sicherheit im Gewirr der Abzugskanäle und Korridore verirren, die das Wendelterritorium umschlossen, und auf den Fersen hätten sie die Krieger vom härtesten aller Stämme Londons. Die kannten jeden Tunnel, jeden Zentimeter des Flusses und jeden Meter der Kloakenkanäle im Umkreis von Meilen. Die Vorstellung einer Flucht wich im Bewusstsein der Gefangenen weiter und weiter zurück, und ihr Hass auf Napoleon stumpfte sich ab zu einem Glimmen.

Eines Tages – oder Nachts – einige Wochen später öffnete sich die Zellentür leise und fiel nach einigen Momenten wieder ins Schloss. Die Borribles sahen nicht auf; das war nur wieder eine nicht essbare Mahlzeit in einem Eimer.

Als Vulgo sich in seiner Decke umdrehte (die, wie alle anderen, grün vor feuchtem Schimmel war), sah er zu seiner Überraschung die schmale Gestalt Napoleons. Napoleon sah prächtig aus. Sein Blechhelm war poliert, und sein orangefarbenes Jackett glänzte im Schein der Glühbirne. Seine Hüftstiefel waren neu und leuchteten schwarz und saßen eng um seine Waden und Schenkel. Er hatte zwei Stahlschleudern im Gürtel und einen doppelten Munitionsgurt voll ausgewählter Steine. Er sah stolz und wohlgenährt aus, obwohl sein Gesicht wieder jenen grünen Ton angenommen hatte, der die Haut aller Wendels färbte.

Napoleon hob den Finger an die Lippen. Der Borrible aus Stepney traute seinen Augen nicht.

»Was ist los?«, fragte er.

»Wir hauen ab«, sagte Napoleon mit ruhiger, aber vor Erregung gespannter Stimme.

Bei dieser seltsamen Unterhaltung sahen die anderen auf und rollten von ihren feuchten Lagerstätten.

»Seid ganz, ganz still«, sagte Napoleon flüsternd, »oder ihr seid bloß noch tot.«

Die Gefangenen kamen auf die Füße und sahen sich verwundert an.

»Ist das ein neuer Trick?«, fragte Sydney. Sie hatte Napoleon seit jenem Tag gut leiden mögen, als er das Boot im Battersea Park gestohlen hatte, und seine Täuschung hatte sie sehr getroffen.

»Ich hab jetzt keine Zeit für Erklärungen«, sagte Napoleon. »Ihr müsst mir trauen.«

Poch lachte leise. »Dem ehrlichen Wendel trauen und im Gefängnis landen?«

»Töten wir ihn«, sagte Torricanyon und tat, als mustere er seine Fingernägel.

Napoleons Gesicht verzog sich vor Angst und Schmerz. »Es ist nicht viel Zeit, seid keine Idioten.«

»Was gibt's denn diesmal?«, fragte Poch. »Lasst ihr uns in den Tunneln los, und die Leibwache kann am lebenden Objekt üben? Einen nach dem anderen fangen und uns unter den Wandleschlamm stecken, wenn sie uns haben? Wie ich höre, ist das eine eurer bevorzugten Sportarten.«

»O hört mir doch zu«, sagte Napoleon rasch, »und hört mir gut zu. Jeder Augenblick, den wir verschwenden, ist kostbar. Eisenkopf hat die ganze Zeit von dem Geld der Rumbels gewusst, sogar ehe die Expedition startete. Er hat mich von Anfang an auf das Abenteuer geschickt, um auf euch alle Acht zu geben und das Geld zu finden – und darauf aufzupassen.«

»Das konnte man auch sehen«, sagte Poch höhnisch, »so viel war klar.«

»Auf dem Rückweg war es meine Aufgabe«, fuhr Napoleon fort, »euch zum Wandle zu führen, dafür zu sorgen, dass ihr keinen Verdacht schöpft, damit Eisenkopf euch fangen und das Geld erbeuten konnte.«

»Hast du auch ganz gut gemacht, stimmt's?«, sagte Bingo. »Du hast mich völlig getäuscht – aber ich hab ja auch bloß Seite an Seite mit dir in der Bibliothek gekämpft. Ich dachte, wir sind Kumpel …«

»Still doch«, sagte Napoleon unbehaglich. »Als wir zurück zum King George's Park gekommen sind, wusste ich nicht, was ich machen soll. Auf der einen Seite wart ihr, auf der anderen mein Stamm. Ich hab's mir die ganze Zeit überlegt. Auf jeden Fall hätten wir an dem Punkt nicht mehr wegkönnen, Eisenkopf hatte schon überall Patrouillen. Der lässt sich nichts entgehen, wisst ihr. Ich konnte also nur eines tun – mit Eisenkopfs Plan weitermachen. Das war nicht leicht, von euch allen gehasst zu werden … und jetzt, wenn ich euch helfe zu fliehen, hasst mich mein eigener Stamm. Möchte euch mal in meiner Situation sehen. Was würdet ihr da wohl tun?«

»Wenn das alles stimmt«, sagte Torricanyon, »warum hast du dir's denn so lang überlegt?«

»Ich hab auf die richtige Gelegenheit gewartet«, sagte Napoleon. »Es wird nicht einfach sein, hier herauszukommen – und heute ist ein guter Tag.«

»Was ist heute so besonders?«, fragte Chaline.

»Gestern war ein großer Diebszug«, sagte Napoleon, der nun freier redete. »Die meisten von uns waren draußen und schwer beschäftigt. Jetzt schlafen sie. Bald gibt es eine große Feier, und wie Poch sagte, wahrscheinlich werdet ihr einer nach dem andern in die Tunnel rausgelassen, und die Leibwache jagt euch. Ich … ich … wär da dabei gewesen, das hätt ich nicht ausgehalten … also … da bin ich.«

»Nun«, sagte Orococco, »mir ist's egal, ob er die Wahrheit sagt oder lügt. Ich sage, raus hier. Alles ist besser, als in diesem Loch zu bleiben, selbst ein Kämpfchen mit der Leibwache, und ein schlammiges Grab im Wandle.«

»Würde Eisenkopf das wirklich tun, bloß wegen der Kiste Geld?«, fragte Chaline.

»Seltsame Dinge sind mit diesen Borribles geschehen«, sagte Stonkus. »Wir wissen nicht, wie weit sie gehn würden.«

»Ihr müsst mir glauben«, bat Napoleon, »dies ist eure einzige Chance zu entkommen. Ihr wisst doch, was sie mit mir machen, wenn sie mich lebend fangen, oder?«

Sie schauten ihn schweigend an.

»Sie binden mich draußen auf der Schlammbank an, an der Flutmarke, und lassen mich jeden Tag ein bisschen weiter ertrinken, bis eines Tags das Wasser und der Dreck noch ein wenig weiter vordringen, und dann bin ich ertrunken. Wenn ich's bedenke, am Ende bin ich dem Abenteuer treuer als irgendeiner sonst.«

Die acht Gefangenen sahen sich an und dachten nach, und schließlich schniefte Bingo, trat einen Schritt vor und warf die Arme um Napoleon. Einer nach dem andern folgte, selbst Poch, der als Letzter kam und sagte: »Nun, was immer du dir gedacht hast, als du uns an Eisenkopf verraten hast, hoffen wir, dass du jetzt zu einem endgültigen Entschluss gekommen bist. Sag uns, was wir tun sollen, Napoleon. Ich wenigstens sehn mich danach, den Himmel wiederzusehen und über einen Markt zu laufen.«

Napoleons Spannung ließ nach, als Poch zu Ende war, und er sagte ihnen seinen Plan. Normalerweise standen zwei Wachen vor der Tür, aber er hatte sie fortgeschickt, in eine Wachstube zum Ausruhen. Die mussten zuerst außer Gefecht gesetzt werden. In der Wachstube würden sie Wendelkleider, Hüftstiefel, Waffen und Munition finden. Sie würden stehlen, was sie brauchten, und sobald sie verkleidet und bewaffnet waren, würde er sie zur *Silver Belle Flower* bringen. Wenn sie auf Wendelkrieger stießen, müssten sie kämpfen. Selbst wenn sie es schafften, mit dem Boot loszufahren, wären sie noch nicht sicher, aber sie hätten immerhin eine gute Chance. Die Gefahr wäre in dem Augenblick vorbei, wo sie auf die Themse hinauskämen, auch wenn sie dann noch einen langen Weg bis nach Battersea Reach hätten.

Die Borribles stimmten dem Plan zu und versammelten sich an der Tür, während Napoleon aufschloss und in den Tunnel spähte. Nach einem Augenblick des Wartens trat er hinaus und winkte den anderen, ihm zu folgen; wieder zusammen, schlichen sie in die Wachstube. Sie überwältigten die beiden Wachen, die sich dort außer Dienst ausruhten, und waren in kurzer Zeit als wild aussehende Wendelleibwächter gekleidet, mit schwarzen Hüftstiefeln und orangefarbenen Jacken. Sie bewaffneten sich mit Stahlschleudern und doppelten Munitionsgurten; auch Rumbelspeere wurden in dem Raum aufbewahrt, und jeder Borrible nahm einen.

»Jetzt müssen wir nur eines tun«, sagte Napoleon, »in ordentlicher Formation dahermarschieren, und wenn alles klappt, marschieren wir dann auch gleich zum Boot, und keiner schaut uns zweimal an. Es wird einfach so aussehen, als ob ich eine Wachablösung zu einem von den Ausgängen führe.«

Poch schob sich den Blechdosenhelm auf den Kopf und sagte: »Ich will das Geld.« Einfach so, ruhig, tonlos.

Napoleon starrte ihn verblüfft an. »Sei nicht verrückt«, protestierte er. »Das wird direkt neben Eisenkopfs Zimmern aufbewahrt. Tag und Nacht hockt eine Abteilung von der Leibwache da drauf.«

»Sehr richtig«, sagte Poch, »und du bist der Hüter der Kiste, oder? Ich glaub doch, du kannst ihnen befehlen, mal fünf Minuten aufzustehen.«

»Ganz recht«, sagte Stonkus. »Ich hab von Anfang an mit dem Geld nichts am Hut gehabt, genauer gesagt, ich hasse das Zeug, aber ich lasse mich ungern ins Gefängnis stecken, halb zu Tode hungern und dann wie einen ausgestopften Hasen beim Hunderennen von einem Haufen Arschlöcher mit Blechhelmen durch Tunnel jagen. Hier geht's ums Prinzip.«

»Ich bin auch der Meinung, Mann«, sagte Orococco. »Wenn wir das

Geld dalassen, dann geht's dem alten Eisenkürbis doch gut, der sitzt da und lacht sich eins. Dem würd ich's gerne zeigen, dass es so nun mal nicht geht.«

»Ja«, sagte Sydney, »dem muss man klarmachen, dass Borribles Borribles fair behandeln sollen, zum allermindesten.«

»Es ist so gefährlich«, sagte Napoleon.

Poch sagte: »Ist jemand gegen die Idee?«

»Niemand nimmt mir die Schleuder ab und sagt zu mir, auf geht's, verpiss dich«, sagte Bingo. »Niemand.«

»Hört, hört«, machte Torricanyon.

Vulgo sagte: »Sagen wir einfach, diese Runde spielen wir für Adolf.«

Diese letzte Bemerkung ließ keine weitere Diskussion zu, nur Chaline hatte noch etwas hinzuzufügen. Sie zuckte die Schultern und lächelte erschöpft. »Ich glaube, ihr seid alle verrückt«, sagte sie, »aber wie kann ich jetzt zurückbleiben?«

Napoleon seufzte, sah sie an und gab nach.

Sie reihten sich zu zweien auf, und dann, jeder Zoll genauso militärisch und wild wie Wendelleibwachen, stampften sie aus der Wachstube und durch die langen, langsam steigenden und fallenden Tunnel. Sie summten das Marschlied der Wendels, und alle Nicht-Krieger, die sie trafen, schoben sich hastig aus ihrem Weg, um sie vorbeizulassen.

»So gehört sich's abzuhauen«, sagte Bingo zu Poch, der neben ihm und hinter Napoleon marschierte, »mit Stil und Bravado. Da werd ich ein Lied drüber schreiben, wenn ich wieder in Battersea bin.«

Sie marschierten lange Zeit, aber Napoleon führte sie sicher diesen und jenen Weg im Labyrinth der sich kreuzenden Korridore. Nicht einmal rief man sie an, nicht einmal warf man ihnen mehr als einen kurzen desinteressierten Blick zu. Die Macht der Kriegerkaste war über lange Zeit hinweg von Eisenkopf aufgebaut worden, und nun arbeitete das gegen ihn: Krieger sprachen nur zu Kriegern, gewöhnliche Wendels hielten Distanz.

Bald wurden die Tunnel geräumiger, ihre Wölbungen waren sorgfältig und elegant ausgebaut, der Boden war trocken. Dies war der alte viktorianische Teil der Kanalisation, den nur noch die Wendels benutzten. Es war ein warmer und bequemer Abschnitt, deshalb hatte Eisenkopf dort sein Quartier aufgeschlagen; und der Raum mit der Schatzkiste kam jeden Moment näher. In einem verlassenen Teil des Tunnels hielt Napoleon seine Truppe an und erklärte, wie er sich die Sache dachte.

»Es ist fast Zeit für den Wachwechsel«, sagte er und schaute auf die Uhr. »Ihr tut, als wärt ihr die neue Wache. Ihr marschiert rein, folgt exakt meinen Befehlen, und dann marschiere ich mit der alten Wache ab. Ich komm zurück, sobald ich kann, unter einem Vorwand, wir haben nur ein paar Minuten, bevor die echte Wache auftaucht und nach mir sucht. Sie werden feststellen, dass die Kiste weg ist, und Alarm schlagen. Wir müssen laufen wie die Eisenbahn, damit wir zum Boot kommen. Wenn jemand versucht, dazwischenzugehn, verpasst ihm eins und lauft weiter. Denkt daran, hier kämpft ihr nicht gegen Rumbels, sondern gegen Wendels, und zwar die besten.«

Sie formierten sich wieder und marschierten weitere fünfzig Meter, um dann mit militärischer Präzision in eine große, komfortabel ausgestattete Wachstube einzuschwenken. Am anderen Ende lag eine Eisentür, ähnlich der Tür, die ihr Gefängnis verschlossen hatte, nur war diese größer und schwerer und mit dicken Nieten bedeckt.

Napoleon rief: »Wache – halt!«, und die acht schlugen wie ein Mann die Gummisohlen ihrer Hüftstiefel auf den Boden auf. »Na gut, recht schneidig«, sagte Napoleon, dessen Gesicht nichts verriet, und er ging zu der Tür hinüber, die in den Panzerraum führte.

Er klopfte mit dem Schaft seines Speers – und es war ein spezielles Klopfsignal –, und die Borribles standen steif in Habachtstellung. Eine Klappe in der Eisentür schwang sofort auf, und ein behelmtes Wendelgesicht war durch die Öffnung sichtbar.

»Ich habe die Ablösung dabei, Sergeant«, sagte Napoleon, und bevor der andere noch die in ihm aufsteigende Frage in Worte fassen konnte, fügte Napoleon hinzu: »Ich weiß, ich bin früh dran, aber ich habe einen Sonderauftrag von Eisenkopf.«

Die Wendelwache nickte, schloss die Klappe, und die Tür schwang auf; der Sergeant ließ seine Leute herausmarschieren und sich in einer Reihe gegenüber den Neuankömmlingen aufstellen. Er gab Napoleon die Schlüssel und bemerkte: »Es fehlt ein Mann.«

»Ich weiß«, sagte Napoleon ungerührt, »der kommt gleich nach. Er war nicht rechtzeitig fertig. Ich konnte nicht warten.«

Der Sergeant der Wache setzte sich an die Spitze seiner Leute und wartete auf Napoleons Befehle.

Napoleon führte seinen Trupp in die Panzerkammer und gab Poch die Schlüssel. »Schließ die Tür sofort ab, Wendel«, sagte er mit seiner strengsten Stimme. »Lass niemand herein außer mir.« Und ohne einen weiteren Blick auf die Abenteurer machte er kehrt und marschierte mit dem Sergeanten und den Soldaten ab.

Sobald Napoleon draußen war, schloss Poch die Tür ab und lehnte sich dagegen; der Schweiß lief ihm aus den Achselhöhlen.

Die Panzerkammer war klein; in der Mitte stand auf einem Tisch die Kiste. An den Wänden standen bequeme Sessel für die Wachen und ein paar Tischchen mit Essen und Getränken. Den Wendelkriegern ging nichts ab.

»Bedient euch und spachtelt was«, sagte Poch. »Kann lange dauern, bis wir wieder was essen.«

Die Abenteurer brauchten keine zweite Aufforderung; sie nutzten die Zeit, um sich den Magen – und die Taschen – zu füllen.

Nur allzu schnell ertönte das Klopfsignal an der Tür, und Poch öffnete die Klappe. Sein Herzschlag stockte. Nicht Napoleon, sondern Haipfund stand draußen. Glücklicherweise war er allein und erkannte Poch nicht unter seinem Wendelhelm.

»Ja?«, sagte Poch.

»Du meinst wohl: ›Ja Sir?‹«, sagte Haipfund.

»Ja, Sir«, sagte Poch.

»Aufgemacht«, sagte Haipfund höhnisch. »Ich hab euch hier anmarschieren sehen, und ich möchte wissen, warum ihr nur acht seid und nicht neun wie gewöhnlich. Dieser eingebildete kleine Napoleon hat diesmal Scheiße gebaut. Über meinen Kopf weg befördert, dem besorg ich's jetzt.«

Während dieser Unterhaltung hatte sich Orococco an die Wand gepresst; jetzt nickte er Poch zu. Poch schloss die Tür auf, öffnete sie, und machte respektvoll einen Schritt zurück, um den Wendel eintreten zu lassen. Wie Haipfund über die Schwelle trat, ergriff ihn Orococco an der Kehle und schob ihn dicht an die Wand.

»Mein Freund Adolf ist nicht da«, sagte er zwischen den Zähnen, »aber ich weiß, er würde es gerne sehen, wenn ich mich um dich kümmere, eh wir gehen.«

Er verlagerte seinen klammernden Griff und schnappte sich den Wendel an Kragen und Hosenboden, ihn wie ein schlaffes Sofakissen hochhaltend. »Denk immer dran, Haipfund«, zischte Orococco. »Geld allein macht nicht glücklich.« Und er warf den Wendel wie einen Sack Kartoffeln zu Boden.

»Überlasst ihn mir!«, rief er, sein schwarzes Gesicht vor Freude wie trunken, und die Augen rollend wie nur damals bei der Schlacht im Rumbelreich. Doch Haipfund stand nicht auf. Orococco hatte ihn so lustvoll mitten in den Raum geschleudert, dass der Wendel sich den Kopf an der Geldkiste eingeschlagen hatte. Sein Blechhelm war wie eine verrottete Orangenschale geplatzt. Er war über das Gesicht gekeilt, und seine ingwerfarbenen Haare sprossen durch den Riss wie rostige Sprungfedern aus einer weggeworfenen Matratze. Blut tropfte von der Kiste zu Boden.

»Da«, sagte Orococco und atmete tief, »habt ihr gehört, wie sein Hirn wie eine trockene Linse geklappert hat, als ich ihn geschüttelt hab?«

Es war Napoleon, der als Nächster klopfte, und Poch führte ihn in den Raum. Er fuhr zusammen, als er die Leiche Haipfunds sah.

»Alles in Ordnung«, sagte Poch, »er war allein und hat keinen Lärm gemacht. Hatte keine Zeit, zu schreien, Orococco hat ihn erwischt.«

Napoleon nickte. »Es ist Zeit zu gehn«, sagte er. »Die meisten Krieger schlafen noch. Es ist jetzt oben auf den Straßen etwa ein Uhr morgens, aber bald werden sie zur Arbeit aufwachen. Und die Patrouillen kommen und gehen. Jetzt ist es eine Frage des Glücks. Sobald sie die Kiste sehn, wissen sie, was los ist, und was wir vorhaben.«

Die Abenteurer verließen die Panzerkammer im Laufschritt, Stonkus und Torricanyon trugen das Geld. Sie folgten Napoleon, hurtig und gleichmäßig den breiten, backsteingemauerten Tunnel hinunterrennend, der zum Wandlefluß, zum Boot und in die Sicherheit führte. Sie rannten und rannten, ihre gestohlenen Stiefel machten nur wenig Geräusch mit den Gummisohlen. Sie kamen an ein, zwei gewöhnlichen Wendels vorbei, aber sie bewegten sich so schnell, dass die Kiste nicht gesehen wurde und niemand Alarm schlug. Sie waren schon halb am Fluss, als sie Pech hatten. In vollem Laufschritt eine Kurve umrundend, trafen sie auf eine Nachtpatrouille von Kriegern, die aus der Außenwelt zurückkehrten.

»Bleibt, wo ihr seid«, rief Napoleon. Die Krieger waren so sehr an Gehorsam gewöhnt, dass sie sofort anhielten und einen Augenblick nichts taten. Dieser Augenblick war genug, und die Abenteurer sprangen sie an und rissen sie zu Boden. Das Geräusch des Kampfes erregte jedoch die Aufmerksamkeit einer anderen Patrouille in einem der Seitentunnel, und sie sahen sofort, was geschah, und schlimmer, sie sahen die Kiste.

Sie schossen ihre Schleudern ab und trafen Stonkus an den Nieren und Orococco am Arm, sodass beide Borribles einige Momente gelähmt waren. Die Abenteurer erwiderten das Feuer, und die Wendels rannten davon, doch der Lärm, den sie schlugen, ließ die Wände erzittern.

»Das war's«, schrie Napoleon. »Jetzt sind sie schneller da, als man in Covent Garden eine Kartoffel klaut. Rennt um euer Leben.«

Poch und Bingo nahmen die Kiste, und sie rasten weiter. Der Geruch des Wandle wurde stärker, und der Tunnelboden neigte sich steiler und steiler.

»Wir sind gleich da«, keuchte Napoleon, »macht zu.«

Von hinten und aus den Hunderten von Seitentunneln überall um sie her kam Waffengeklirr. Überall in dem riesigen Kanalisationskomplex schlichen Wendels, die in einem Notfall schneller aus dem Bett gesprungen und angezogen waren als die Besatzung eines Londoner Feuerwehrautos.

»Wenn wir nicht zuerst zum Fluss kommen«, sagte Napoleon, »stecken wir bis zum Hals im Schlamm, bevor die Nacht vorbei ist.«

Sie verdoppelten ihre Anstrengungen und rannten, obwohl ihre Lungen beinahe barsten, noch schneller. Nun ergriffen Chaline und Orococco die Kiste, nicht einmal ihren Lauf unterbrechend, als sie die Last übernahmen.

Endlich, mit einem Schrei der Erleichterung, erreichten sie das unterirdische Ufer des Flusses, der wie immer dunkelgrün vor ihnen lag und wo man den zähen Schlamm gleich unter der Wasseroberfläche glucksen hörte. Der Treidelpfad war an diesem Punkt breit, und da lag ihr Boot, die *Silver Belle Flower*, am Ufer vertäut. Napoleon zog sein Messer und hieb das Seil durch.

»Rein mit der Kiste. Stonkus, nach vorne mit dir ins Wasser, du musst jetzt echt schnell ziehen, bis es breit und tief genug ist zum Rudern, und dann müssen wir's bringen, wie wenn Oxford und Cambridge zusammen verrückt geworden sind.«

Er blickte den Tunnel hinauf. Der Lärm der Verfolger wurde lauter, jeden Augenblick würde man sie eingeholt haben. Napoleon nahm Poch am Arm.

»Poch«, flüsterte er drängend, ohne ein Wort zu verschwenden, »siehst du den Tunnel direkt hinter uns? Der geht geradewegs zur Themse; und der Fluss hat viele Windungen. Wenn wir jetzt alle ins Boot gehen, laufen die Wendels einfach den Tunnel runter, sind vor uns am Ausgang, schneiden uns den Weg ab, und wir sind erledigt. Zwei von uns müssen hier bleiben und verhindern, dass sie in den Tunnel reinkommen, damit die anderen zehn Minuten, eine Viertelstunde Vorsprung haben, dann kommen sie raus. Sonst nicht. Du und ich?«

Poch sah sich um, zurück in den Tunnel, aus dem die Verfolger hervorbrechen würden. »Du nicht«, sagte er. »Du bist der Navigator, du kennst den Wandle, und du kennst die Themse. Ich bleibe.«

»Nicht allein«, sagte Torricanyon und schob sich zwischen die beiden. »Poch hat recht: Du musst gehen. Zwei von uns genügen. Gerade den Tunnel runter, sagst du? Wenn wir's den Wendels besorgt haben, kommen wir nach.«

»Wartet eine Viertelstunde«, sagte Napoleon, »aber seid vorsichtig, wenn ihr den Tunnel runterlauft, da unten gibt es auch eine Wachstube. Ich bleibe besser doch, drei ist besser als zwei.«

»Dann bleib ich hier«, sagte Orococco, der wieder aus dem Boot gesprungen war, um zu sehen, was sie machten. »Nur um sicherzugehen, dass Tootings Anteil an dem Geld auch wirklich in Tooting ankommt.«

Napoleon nahm seine Munitionsgurte ab und gab sie Poch, und die anderen im Boot lösten, als ihnen klar wurde, was geschah, jeweils einen von ihren Gurten und warfen ihn ans Ufer. Dann standen sie traurig im Boot und schauten ihre drei Kameraden bloß an.

»Oh, mach zu, Stonkus, mach zu, renn los«, rief Poch, und das Boot fuhr mit einem Ruck davon, und Napoleon sprang an Bord, als es das Ufer verließ. Poch sah zu, wie das Boot um die erste Kurve fegte und außer Sicht geriet, stetig vorangezogen von dem unermüdlichen Stonkus. Es war keine Zeit zum Abschied gewesen und keine für Mitleid.

»Die sehen wir nie wieder«, sagte Poch.

»Na, wir haben ja noch uns«, sagte Orococco und hob die Munition auf.

»Liefern wir denen noch einen guten Kampf«, rief Torricanyon aufgeregt.

»Ja«, sagte Poch. »Was auch kommt, wir haben gewonnen, und Eisenkopf mit seinem spitzen Schädel und seinem gefrorenen Grinsen wird nicht so lachen, wie wir heut Nacht lachen.«

»Wir verziehen uns besser in den Eingang von diesem Abkürzungstunnel«, sagte Orococco, »hier können wir sie unmöglich aufhalten.«

Sie überquerten den Wandle, bis zu den Hüften im stinkenden Schleim des Flussbettes, und suchten sich ihre Verteidigungspositionen.

Als sie Stellung bezogen, kam ein Vortrupp von Wendels aus dem Hauptkorridor herausgerannt, und ein Hagel wohlgezielter Steine prasselte um das Versteck der Borribles.

»Mann«, sagte Orococco, »da wird man ja weiß vor Schreck.«

»Das ist jetzt nicht der Zeitpunkt …«, fing Poch an, und dann unterbrach er sich und lachte stattdessen, und sie knieten sich im Dämmer hin und legten ihre Munitionsgurte und Speere neben sich.

Innerhalb weniger Sekunden hatte sich die offene Fläche an der Landestelle dicht mit Wendelkriegern gefüllt, und Tron erschien mit zorngerötetem Gesicht in ihrer Mitte.

Sofort beorderte er eine große Abteilung seiner Leute den Fluss hinab, damit sie dem Boot folgen sollten. Kleinere Streifen schickte er in die Seitentunnel, um sicherzugehen, dass sich die Flüchtlinge nicht dort versteckt hielten, doch den Hauptteil seiner Truppen beorderte er in den Abkürzungstunnel, um die Wandlemündung mit einer beträchtlichen Streitmacht blockieren zu können, ehe die *Silver Belle Flower* dort auftauchen konnte.

»Sie können nicht entkommen«, rief er. »Die lassen wir noch im Schlamm des Wandle ersticken.«

»Nicht schießen, bis sie halb über den Fluss sind«, flüsterte Poch, »und dann werden wir ja sehen, wer zuerst Schlamm schluckt …«

Schon hatten sich die Wendels eifrig, fanatisch in das dreckige Wasser gestürzt und wateten hindurch. Tron selbst wurde von zweien seiner persönlichen Wächter auf den Schultern getragen.

Die drei Abenteurer luden ihre Schleudern im Dunkeln und warteten, bis Poch zischte: »Jetzt!«

Drei wohlgezielte Steine trafen, und drei Wendels verschwanden unter dem Schlamm. Die Abenteurer schossen wieder und wieder, und die Frequenz ihrer Salven war unwahrscheinlich, aber die Wendels rückten trotz ihrer Verluste vor, denn an Mut fehlte es ihnen nicht.

»Zielt auf Tron«, rief Orococco, »oder seine Wächter.«

Poch zielte auf den einen von Trons Trägern; sein Stein schlug dem Leibwächter dröhnend gegen den Helm, und er verlor seinen Halt auf dem Flussboden, und Tron klatschte mit dem Gesicht voraus in den Wandle.

»Hast du was zu schlucken!«, sagte Poch genüsslich.

Tron wurde von seinen Leuten ans Ufer gezogen, und man wischte den Schlamm von ihm ab. Dieser Sieg gab den drei Verteidigern eine kurze Atempause, aber Tron war nicht der Wendel, seinen Feinden eine lange Erholung zu gönnen. Eine Welle von Kriegern nach der anderen schickte er in den Fluss, und obwohl die Abenteurer schossen, bis ihnen die Arme schmerzten, konnten sie es nicht verhindern, dass die Krieger in großer Zahl über den Fluss kamen und sich rechts und links vom Tunneleingang sammelten.

Als er mit seinem Brückenkopf zufrieden war, befahl Tron den Wendels anzugreifen. Glücklicherweise konnten nur drei Krieger auf einmal den Abkürzungsgang betreten, und im Dunkel fand tödliche Arbeit mit Messer und Speer statt, als Torricanyon und Poch und Orococco Seite an Seite um ihr Leben und das Leben ihrer Gefährten kämpften.

Plötzlich hörte man die Stimme von Tron, der seinen Soldaten zurief, den Kampf einen Augenblick einzustellen, und die Angreifer zogen sich zurück. Die drei Borribles lehnten sich gegen die Wand des Tunneleingangs, erschöpft und beinahe am Ende.

»Wie lange geht es jetzt schon?«, fragte Poch. »Meine Uhr ist kaputtgeschlagen.«

»Viertelstunde«, sagte Orococco triumphierend. »Wir haben's geschafft.«

Tron rief wieder: »Ihr Borribles da drüben, ihr könnt jetzt ebenso gut rauskommen, ihr seid umzingelt. Wir haben das Boot, und wir haben die Kiste wieder. Ihr kämpft umsonst, sage ich euch. Rettet euer Leben.«

»Glaubt ihm nicht«, sagte Poch. »Es muss ein Trick sein. Sie haben's sicher geschafft.«

»Lass uns den auf jeden Fall in ein Gespräch verwickeln«, sagte Orococco. »Wesentlich weniger anstrengend als zu kämpfen.«

»Zeig uns die Kiste«, schrie Poch heiser. »Dann glauben wir dir vielleicht, Tron.«

Tron lachte. »Deine Freunde werden bald hier sein, in Ketten, dann siehst du die Kiste. Ergebt euch, macht keine Schwierigkeiten mehr, und wir sind vielleicht gnädig mit euch. Ihr habt gut gekämpft, das reicht.«

»Wir kämpfen lieber hier, als in eure Kerker zurückzugehen«, schrie Poch.

»Es wird keine Kerker für euch geben, Freund«, rief Tron, und seine Stimme wurde hart.

»Das glaub ich ausnahmsweise sofort«, sagte Orococco leise.

In diesem Augenblick kam ein Bote angerannt und sagte etwas zu Tron. Die Menge der Krieger trat zurück, und die Beobachter sahen, wie

Eisenkopf selbst erschien, von seiner Wache umgeben. Sein Gesicht war ernst und grausam, und er war für den Krieg gerüstet.

Eisenkopf erfasste die Situation mit einem Blick. Er erteilte Befehle, und seine Wachen schauten zur Decke der Höhle hinauf, wo sie standen, dann rannten sie vor, und einer kletterte auf die Schultern des anderen, bis der Letzte die Decke erreichte und verschwand. Eine Strickleiter wurde herabgeworfen, und ein halbes Hundert Wendels kletterte rasch hinauf und war nicht mehr zu sehen.

»Was hat das zu bedeuten?«, fragte Poch.

»Das bedeutet nichts Gutes«, sagte eine Stimme hinter ihnen, und die Abenteurer fuhren herum, ihre Waffen bereithaltend.

Da stand Napoleon, schlammbedeckt, eine tiefe Wunde im Kopf, ohne Helm und mit zerrissener Jacke.

»Was ist passiert?«, rief Poch entsetzt.

»Alles klar«, sagte Napoleon schwer atmend. »Sie sind entkommen, ich hab dafür gesorgt. Sie sind jetzt draußen auf der Themse, würde ich sagen.«

Er sank zu Boden und lehnte sich mit dem Rücken gegen die Wand.

»Wie bist du hierher zurückgekommen, Mann?«, fragte Orococco, kniete sich neben den Wendel und besah sich seine Kopfwunde. »Da hast du dir wirklich was besonders Schönes geholt.«

»Als das Boot weg und in Sicherheit war«, erklärte Napoleon, »bin ich die Abkürzung gelaufen. Die Wache war alarmiert worden, aber sie wussten nicht, dass ich zu den Flüchtlingen gehörte. Wie wir redeten, kamen ein paar Krieger den Wandle entlang und schrien der Wache zu, sie sollten mich festhalten. Ich musste mir den Weg freikämpfen. Sie können nicht mehr weit hinter mir sein; nicht viele, aber genug.«

»Und was treibt Eisenkopf für ein Spielchen?«, fragte Poch.

»Er schickt Krieger nach oben, aus der Kanalisation heraus. Dann kommen sie durch einen Kanaldeckel hinter uns wieder runter. Wenn er uns umzingelt hat, kann er kommen und mit uns reden, oder uns einfach aushungern. Er kann warten. Er kann noch nicht wissen, dass das Boot schon weg ist.«

»Sehr nett, diese Nachrichten zu hören«, sagte Orococco, »aber warum riskierst du dein Leben und kommst zurück und erzählst uns das?«

Napoleon zögerte und redete dann weiter: »Ich hab euch noch nicht alles gesagt. Es gibt schlechte Nachrichten. Auf halbem Weg zur Wandlemündung runter ist eine große Nachtpatrouille, die von draußen zurückkam, über uns hergefallen. Die haben die Kiste gesehen und erraten, dass da was nicht stimmt, und haben nicht groß Fragen gestellt. Stonkus ist unter dem Wasser verschwunden, fünf davon auf dem Rücken, aber er ist wieder hochgekommen. Allein. Etwa zwanzig von ihnen waren um das Boot herum. Sie haben die Kiste rausgezerrt, und wir haben sie wieder reingezerrt. Wir haben gekämpft, als ob wir doppelt so viele gewesen wären. Ehrlich, Poch, wir haben gekämpft wie die Tiger.«

»Sie haben die Kiste erwischt«, sagte Poch qualvoll.

»Nein, haben sie nicht«, sagte Napoleon mit Nachdruck. »Eher wäre ich gestorben … nach allem.«

»Dann habt ihr sie rausbekommen?«

»Auch das nicht. Wir haben auf den Schlammbänken gekämpft, sie hatten sie schon halb zum Ufer gebracht, wir hinter ihnen her, wir haben sie bis auf den Letzten erledigt, und als wir wieder nach der Kiste geschaut haben, um sie ins Boot zurückzuholen, da lag sie da und versank im Schlamm. Wir konnten nicht einmal mehr den Griff erreichen, so rasch ist die runter. Du weißt, wie der Schlamm da ist, wie etwas Lebendiges, mit einem Würgegriff wie eine Pythonschlange. Der Schlamm ist dort tief, tiefer als irgendwo sonst am Wandle. Die alten Geschichten sagen, er geht hinunter bis zum Mittelpunkt der Erde.«

Es gab ein langes Schweigen. Dann fing Napoleon wieder an: »Ich musste zurückkommen und es euch sagen. Ich wollte, dass ihr wisst, bevor irgendetwas passiert, dass ich mein Bestes getan habe. Das Geld ist für immer weg, und nicht einmal Eisenkopf kann es sich da holen, wo es hingegangen ist. Aber die andern sind entkommen, Poch, vergiss das nicht. Wir haben's den Rumbels gezeigt – und unser Abenteuer war sicher das beste, das es je gegeben hat. Das ist doch, was zählt, hm?«

Poch kniete sich zu dem verwundeten und schlammverschmierten Wendel und nahm sanft seine Hand. »Du hast recht. Scheiß auf das Geld. Wir haben große Taten vollbracht, und es war ein großes Abenteuer. Sie werden Lieder über uns alle singen.«

»Eisenkopf wird gleich das erste anstimmen«, sagte Orococco, der den Feind beobachtet hatte. »Da kommt er. Zweifellos will er uns sagen, was er alles Schönes für uns vorbereitet hat.«

»Der wird völlig durchdrehen und verrückt werden, wenn er das mit dem Geld erfährt«, sagte Napoleon, und die vier gingen langsam zum Eingang des Tunnels, und sie wussten, ohne dass sie es sagten, dass sie ein zeitiger und unangenehmer Tod erwartete.

10

»Wir müssen weiter. Wenn wir noch länger warten, greift uns noch jemand auf.« Bingo sprach mit Widerwillen.

Die anderen drehten sich auf ihren Sitzen herum und schauten über den Bug der *Silver Belle Flower* hinweg zum jenseitigen Ufer. Die andere Seite der Themse war klar zu sehen, und die Silhouetten von Fabriken und Gaskesseln zeichneten sich scharf gegen den Morgenhimmel ab. Von Zeit zu Zeit brachten die Ruderer mit einem Schlag das langsam abtreibende Boot wieder in seine Stellung gegenüber der Mündung des Wandle. Boote und Kähne zogen in zunehmender Anzahl vorüber, und jeden Moment konnte ein Polizeiboot auftauchen, um zu kontrollieren, ob am Wandsworth Reach alles in Ordnung war. Die Stadt war wach. Von hoch oben, auf der Straße über die Wandsworthbrücke, kam das ununterbrochene Summen des Berufsverkehrs.

Die Überlebenden wandten den Blick ab und sahen niedergeschlagen über das Ödland, das sich zu beiden Seiten der Wandlemündung erstreckte. Ihre Augen suchten nach irgendeinem Zeichen ihrer Gefährten, aber sie sahen keine Bewegung. Selbst die Patrouillen der Wendels waren wieder unter die Erde verschwunden, die Fäuste zu den fünf Borribles hinüberschüttelnd, die vor dem Ufer in ihrem Boot saßen, wartend und hoffend, das Herz schwer von großer Traurigkeit.

»Sie hatten keine Chance zu entkommen«, seufzte Vulgo. »Aber ich wette, sie haben denen am Schluss noch einen interessanten Kampf hingelegt.«

»Ich hoffe, Napoleon hat es bis zurück geschafft«, sagte Bingo. »Ich hoffe, sie waren alle zusammen, als dann …« Seine Stimme wurde leiser, und er hatte Tränen in den Augen. »Los, wir müssen weg. Hat keinen Sinn, wenn wir auch noch erwischt werden.«

Sydney, Chaline, Stonkus und Bingo lehnten sich in die Ruder; Vulgo saß im Heck und steuerte, nach einer Gruppe von zwei, drei Lastkähnen Ausschau haltend, wo sie sich während der Tagesstunden verstecken und von dem Wandleschlamm säubern konnten, der sie immer noch bedeckte. Die Gezeitenströmung, stark wie ein Wasserfall, trug das Boot durch die Kathedralenbögen der Wandsworthbrücke, und Vulgo sah beinahe sofort das vor sich, was er suchte. Er dirigierte die *Silver Belle Flower* in einen kleinen Hafen bewegungslosen Wassers, und die Borribles kauerten sich unten im Boot zusammen, kaum Anstalten machend, den verkrusteten Schleim von ihrer Kleidung zu kratzen, nur mit dem Versuch beschäftigt, einen Funken Wärme im dichten Aneinanderdrängen lebendig zu halten.

Es war tiefer Winter; sie hatten weder Nahrung noch Decken, und der feuchte Wind des Flusses nagte an ihren erschaudernden Körpern. Den ganzen Tag über versuchten sie zu schlafen, aber die Schmerzen des Hungers und die verhasste Kälte beunruhigten sie immer, und ihre Wunden pochten ohne Unterlass.

Die Nacht rettete sie. Sie sahen zu, wie die Sonne unterging, verwischtes Karmesin in schwarzem Qualm, und nahmen noch einmal die Ruder auf und wärmten sich beim Rudern. Obwohl sie nun nur zu viert waren, unterstützte die rasche Strömung der Themse sie auf dem Weg nach Hause, und obwohl sie vor Müdigkeit und Hunger stumpf und unbeholfen geworden waren, brachten sie die *Silver Belle Flower* sicher den Fluss hinab. Kurz vor dem Morgen des nächsten Tages glitt das Boot zwischen die Segelschiffe mit ihren hohen Masten und die Kaimauer und beendete seine Reise auf dem dort dümpelnden Keil massiven Mülls, der schon so lange von der Strömung abgeschnitten war. Sie waren zum Friedhof von Battersea zurückgekehrt. Sie sanken über den Rudern zusammen, erschöpft, dreckig, abgerissen.

»Battersea«, sagte Bingo und weinte beinahe vor Freude, »ich kann's kaum glauben, das herrliche Battersea.«

Sie halfen einander über die hohe Kaimauer und standen auf dem stillen Friedhof und schauten zu der grünen Kirchturmspitze hinauf.

»Fühlt sich gut an«, sagte Vulgo, »wenn du wieder da bist, wo du hingehörst, mit einem guten Abenteuer hinter dir, und Freunden, an die du dich erinnern kannst.«

»Muss eins von den besten Gefühlen sein, die es gibt«, stimmte Chaline ihm bei.

Sie verließen den Friedhof und gingen hinaus in die Church Road. Es war nicht viel Verkehr, und es liefen wenig Leute vorbei, was den Borribles nur recht sein konnte, denn als gewöhnliche Kinder hätte man sie nicht angesehen. Sie hatten ihre Mützen in den vielen Kämpfen verloren, und die spitzen Ohren waren deutlich sichtbar. Trockener Schlamm von den Wandlesümpfen bedeckte sie, und am seltsamsten sahen die Hüftstiefel der Wendels aus, die sie trugen, und die orangefarbenen Straßenarbeiterjacken.

»Wir gehn besser von der Straße runter«, sagte Bingo, »eh man uns schnappt.«

Gegenüber dem Old Swan Pub, in der Nähe der Kirche, standen ein paar Borriblehäuser, verfallen und verlassen, die Fensterhöhlen mit groben Brettern und Wellblech versperrt.

»Die leihen uns ein paar Kleider und Mützen«, sagte Bingo und wies über die Straße, »bloß bis wir zum Haus von Zoff kommen.«

Jeder Borrible in London hatte von der Expedition gegen die Rumbels gehört, aber jeder Borrible in London hatte, schon vor langer Zeit, die Abenteurer als tot aufgegeben. Bingo und die anderen brauchten eine halbe Stunde, diesen Battersea-Haushalt davon zu überzeugen, dass sie nicht versuchten, mit irgendeiner grotesken Strategie Kleider zu klauen. Sobald sie überzeugt waren, liehen sie ihnen jedoch die Kleider mit großem Eifer und waren hocherfreut, als Erste die Überlebenden des Großen Abenteuers, des größten aller Zeiten, zu sehen, und waren stolz, die ersten kurzen Andeutungen ihrer Geschichten zu hören.

Die Abenteurer warteten bis nach acht Uhr, bevor sie wieder auf die Straße gingen. So war es sicherer, denn auf den gedrängt vollen Bürgersteigen konnten sie sich unter die Kinder auf dem Schulweg mischen und fielen nicht auf. Der Verkehr nahm zu, denn viele Autos benutzen die Church Road als Abkürzung zwischen der York Road und der Batterseabrücke und überqueren den Fluss, um ins Zentrum zu fahren. Es war eine vielbefahrene und gefährliche Straße, aber für die Borribles war sie freundlich und schien sie willkommen zu heißen. Es war Zuhause.

Sie gingen weiter, bis sie zu der Kreuzung von Vicarage's Crescent und Battersea High Street kamen. An der Sinjen-Schule vorbei gelangten sie in die Trott Street und zu dem leeren Gebäude, wo Zoff wohnte und wo Poch, vor all der Zeit, als Hauptspäher von Battersea gelebt hatte. Aber ehe sie hineingingen, liefen sie – einig, ohne dass sie sich hätten absprechen müssen – am Haus vorbei und auf den Markt.

Die Standinhaber bauten ihre Ware auf, die Läden waren geöffnet, und alles war so geschäftig und freundlich, dass jeder der Abenteurer froh war, dass er lebte. Der Laden mit den Aalpasteten bereitete sich auf das Mittagsgeschäft vor, und der Geruch nach pikanter Soße und nach Alkohol war stark. Der Laden mit Fisch und Fritten wurde gerade aufgewischt von einem Inder, der bei der Arbeit sang, ein seltsames, gewürzduftendes Lied; und der Surplus-Laden sah beruhigend unverändert aus: eine Kreuzung zwischen einer Pfandleihe und einem Trödellager. Die Marktverkäufer von Battersea pfiffen und schrien einander über die Straße Sachen zu, zerrten ihre Karren in Position oder stapelten ihre Ware aus Lieferwagen, die kreuz und quer über die Straße geparkt waren, auf ihren Stand. Selbst wenn die Verkäufer die Borribles anbrüllten und sie aufforderten, sich in die Schule zu verziehen, lächelten sich die Borribles nur an.

»Poch hat's hier immer toll gefunden«, sagte Chaline, und sie verließen den Markt, wobei sie ein paar Sachen fürs Frühstück mitbrachten, da sie außerordentlich hungrig waren. Sie nahmen ihre Vorräte und gingen, um Zoff Bericht zu erstatten.

Er erwartete sie. Ihre Ankunft war bemerkt und gemeldet worden, und man wartete begierig auf ihre Geschichte. Eine Menge Borribles drängte sich im Haus, und von Minute zu Minute drängten noch mehr hinterher. Die Abenteurer mussten sich mühsam ihren Weg in den Keller bahnen und sich durch eine aufgeregte Menge zu Zoffs Zimmer vorkämpfen. Er war da, und er sah aus wie immer, in seinem orangefarbenen Morgenmantel, eine Tasse Tee vor seinem scharfgeschnittenen Gesicht.

Er hieß die Abenteurer sich setzen und das vom Markt mitgebrachte Essen verzehren. Seine Augen betrachteten sie prüfend und bemerkten, wer fehlte; aber sein Gesichtsausdruck ließ wenig erkennen, und er sagte nichts.

Andere Quartiermeister kamen und setzten sich auf den Boden oder lehnten an den Wänden. Alle warteten, bis Zoff das Zeichen geben würde, dass die Geschichten erzählt werden sollten. Man würde mit großer Konzentration zuhören und noch am selben Tag die Geschichten in den verschiedenen Häusern weitererzählen, und wieder und wieder würde ein Borrible einem anderen die Geschichten weitersagen, und so würden die Geschichten der Abenteurer eine Legende werden, eine der größten Legenden, die man je erzählt hat. Und neue Sprichwörter und Aussprüche würden im Borrible-Buch eingefügt werden, und ein neuer Ehrgeiz würde in den Herzen von noch namenlosen Borribles geboren werden, und einige würden sich danach sehnen, auch so ein Abenteuer zu bestehen. Viele aber würden das Abenteuer unglaubhaft finden und sagen, solche Taten hätte nie ein Borrible vollbringen können, und die ganze Expedition sei eine Fiktion, eine Erfindung, eine gelungene Geschichte, aber nicht wahr. »Hat je jemand mit denen geredet, die auf der Reise waren?«, würden dann die Skeptiker fragen. »Wer hat je mit Poch und Napoleon gesprochen? Wer hat je Orococco und Vulgo gesehen? Ach ja, man hört von Leuten, die haben jemand gekannt, der hat jemand getroffen, der Chaline gesehen hat oder Sydney oder Torricanyon, aber wirklich gekannt hat die niemand.«

Aber in Zoffs Zimmer waren an diesem Tag die Zuhörer und die Erzähler eines großen Abenteuers versammelt, und die Erzähler trugen noch die Zeichen ihres Abenteuers an sich. Ihre Narben waren noch nicht ganz verheilt, ihre Muskeln schmerzten noch, und die Zuhörer konnten dies sehen und wussten, dass die Geschichten wahr waren, und sie würden sie als wahre Geschichten weitererzählen, und man würde ihnen glauben. Erst in späteren Jahren würden die Geschichten im Prozess ihres Erzähltwerdens sich vergröbern und ihren scharfen Umriss verlieren, um eine große Borriblelegende zu werden.

Die Abenteurer beendeten ihr Frühstück, und als Zoffs Zimmer gedrängt voll war mit Quartiermeistern und die Borribles sich im Flur und unter der Türe drängten und auch in allen anderen Räumen, gab er das Zeichen, und Bingo begann die Geschichte am Anfang, von dem Moment an, wo sie vom Battersea-Friedhof fortgerudert waren. Seine Gefährten lauschten und fügten etwas hinzu, wenn sie dachten, dass er etwas vergessen hatte, und manchmal erzählten sie selber weiter, und sie warfen sich die Geschichte zu, einer dem anderen, und sie wuchs und wuchs. Und jeder erzählte von seinem Anteil an der Zerstörung des Bunkers unter dem Rumbelreich, und die Geschichte von der großen Explosion und von Adolfs Tod entlockte den Quartiermeistern respektvolle, leise Pfiffe, und sie sahen die Abenteurer voll Achtung an und nickten.

Dann erzählten die Abenteurer ernst und traurig von ihrer Gefangenschaft bei den Wendels und von dem großen Dilemma Napoleons, und wie seine List sie am Ende gerettet hatte. Sie erzählten vom Verlust ihrer vier Freunde, die zurückgeblieben waren, damit ihre Gefährten überleben und Eisenkopfs Gier besiegen konnten, indem sie mit dem Schatz der Rumbels entflohen, und wie sie am Ende Glück hatten, dass sie mit ihrem Leben davonkamen.

Als die große Geschichte zu Ende war, entstand eine tiefe Stille im Zimmer, und die Abenteurer schauten zu Boden und dachten an die fünf, die nicht zurückgekommen waren. Die Quartiermeister waren tief beeindruckt von dem Abenteuer und bedeuteten Zoff durch Zeichen und Kopfnicken, dass sie meinten, er solle der Gelegenheit mit einigen wohlgewählten Sätzen gerecht werden.

Zoff, der der Versuchung nie widerstehen konnte, eine Rede zu halten, dachte nach. Er nahm seine Teekanne vom Stövchen, goss sich eine Tasse ein, nahm Zucker, rührte kräftig um, bevor er sich herbeiließ, ein Wort zu sagen. Schließlich stand er auf und räusperte sich.

»Ein großes Abenteuer!«, begann er. »Die Drohung der Rumbels – verflogen; ihre Macht vernichtet. Ihre Überheblichkeit und ihr Stolz sind nachhaltig getroffen worden – es wird viele Jahre dauern, ehe sie sich hier wieder blicken lassen, wenn sie es überhaupt je wieder wagen. Ein Tag der Freude und auch einer der Trauer. Vier von euch sind nicht zurückgekehrt, und ein Deutscher, der sich, nur um des Ruhms des Abenteuers willen, euch angeschlossen hat, ist ebenfalls zugrunde gegangen. Was können wir für sie tun, außer zu versuchen, uns ihrer Namen zu erinnern und ihre Geschichten zu erzählen – gute Namen: Torricanyon, Napoleon, Orococco, Adolf Wolfgang Amadeus Winston – und natürlich unser eigener Hauptspäher, Poch. Welcher zweite Name ist seines Abenteuers würdig?«

Chaline sah auf und unterbrach ihn; sie hatte Tränen in den Augen. »Er ist in die Eingangshalle der Großen Tür zurückgegangen, um die Kiste zu holen, als er hätte fliehen sollen, und obwohl sie ganz in Flammen stand und die Deckenbalken in einem Funkenregen heruntergestürzt sind, hat er die Kiste aufgehoben und sie herausgetragen, und sie war glühend heiß, der Griff brannte ihm in die Hand – bis zum Knochen –, und es war ihm gleich. Seine Kleider standen in Flammen, und ich dachte, er brennt selbst. Ich glaube, du solltest ihn Poch Brandhand nennen. Es ist ein guter Name.«

Ein zustimmendes Murmeln kam von allen Seiten, und viele sagten den Namen vor sich hin, um zu erproben, wie er klang.

»Brandhand soll es sein«, sagte Zoff ernst, »und es soll in das Buch geschrieben werden.«

Er sah auf die fünf Überlebenden vor sich auf ihren Stühlen. »Auch eure Namen sind bestätigt. Ihr habt sie mehr als verdient. Ihr seid hier mit leeren Wörtern als Titel abgezogen, aber ihr kommt zurück mit Namen voller Bedeutung, und jedes Mal, wenn man sie hört, wird man an große und mutige Taten denken. Große Namen sind es, die jeden Borrible nun an Mut und List, Treue und Verstohlenheit, Individualismus und Zuneigung denken lassen werden, wann immer er sie hört.« Und Zoff, der seine theatralische Rede etwas übertrieb, rezitierte die Namen wie eine Litanei: »Chaline, Sydney, Vulgo, Stonkus und Bingo vom Lavender Hill.«

Zoff machte ein Zeichen, und die Quartiermeister begannen sich an den Stühlen vorbeizuzwängen und den Raum zu verlassen. Sie verließen das Haus und rannten die geschäftige High Street entlang, zurück zu ihren eigenen Wohnungen, sodass sie gleich beginnen konnten, ihre Geschichte zu erzählen. Auf den Fersen folgten ihnen alle Borribles von Battersea, begierig, die Einzelheiten des Großen Abenteuers zu hören, und bald war es ruhig geworden in Zoffs Haus.

Er trank seinen dunklen Tee und schaute die Abenteurer an, die immer noch auf ihren Stühlen zusammengesunken dasaßen.

»Ihr müsst alle müde sein«, sagte er. »Warum geht ihr nicht in die Zimmer oben und ruht euch aus? Ich sorg dafür, dass ihr was zu essen habt, wenn ihr aufwacht. Wäre sicher keine schlechte Idee, wenn ihr mal gründlich ausschlafen würdet.« Die fünf standen lustlos auf und gingen aus dem Zimmer. Das erhebende, glückliche Gefühl, das sie bei ihrer Heimkehr und beim Erzählen ihrer Geschichte gehabt hatten, war verschwunden, und stattdessen hatten sie nun ein schlimmes Gefühl der Melancholie, gemischt mit Selbstmitleid. Auch fühlten sie sehnsüchtige Liebe für die Gefährten, die sie zurückgelassen hatten, damit sie am Wandlefluß ihren Untergang fanden, und die Ungeheuerlichkeit ihres Verlusts stand als furchtbare Lücke in ihrem Bewusstsein.

Sie stiegen die Treppe wie alte Krüppel hoch. Auf dem zweiten Treppenabsatz drehte sich Chaline, die voranging, um und hielt so die anderen an; ihre Augen waren nass.

»Oh«, sagte sie, mit Mühe das Schluchzen zurückhaltend, »es scheint jetzt alles so sinnlos. Wir haben unseren Namen verdient, unsere Freunde verloren. Ist es nicht alles so dumm?«

»Sei still«, sagte Bingo, »mach's nicht noch schlimmer.«

Sie gingen nach oben ohne ein weiteres Wort.

Als er allein war, goss sich Zoff seine Tasse wieder voll und sann über das, was er gehört hatte, nach, und über den Verlust von Poch und den anderen.

»Mag gar nicht dran denken, was Eisenkopf mit ihnen angestellt hat, als er sie in die Finger gekriegt hat«, sagte er vor sich hin. »Was für ein Schwein der ist.« Er rührte Zucker in seinen Tee. »Schade um das Geld. Die Rumbels haben mir eigentlich nie Sorgen gemacht. Piepegal. Das Geld war's, damit hätt ich was anfangen können. Die gewöhnlichen Borribles kennen den Wert von dem Zeug nicht, wissen nicht, worum sich's eigentlich dreht. Werden wohl nie so richtig viel Geld hier unten bei uns zu Gesicht kriegen. Jammerschade! Ach ja, die Zeit vergeht, es kommt schon wieder mal eine Gelegenheit.«

Die Borribles 2

Im Labyrinth der Wendels

Für Celia, Aimée, Phoebe und Rose

*»Wenn ein Borrible nicht die Ohren spitzt,
hat man sie ihm bald gestutzt.«*

Borrible-Sprichwort

1

Es war der heißeste Sonntag im heißesten Juli seit hundert Jahren, und Chaline Borrible hatte sich in den kühlen Schatten unter dem Karren eines Obst- und Gemüsehändlers auf dem Straßenmarkt in der Petticoat Lane gekauert und kaute an einem gestohlenen Apfel. Gerade war es Mittag geworden, und in ganz London öffneten die Pubs ihre Türen, obwohl die Straßen noch still und leer waren. Fast alle Bewohner der großen Metropole verbargen sich vor der Hitze, lagen ohne Kleider auf ihren Betten und stierten ins Leere, weil es zu heiß war, um aufzustehen, und sie zu träge waren, um zu überlegen, was sie eigentlich tun könnten.

Aber in der Petticoat Lane war es anders. Das war der betriebsamste Ort der Welt. Chaline spähte zwischen den hölzernen Rädern des Karrens hindurch und sah zu, wie die Füße vorbeiliefen, die Füße von Tausenden von Londonern, die von allen Enden der Stadt eine kleine Morgenfahrt hierher gemacht hatten, früh dran, damit sie nun einander weiterschieben und -drängen konnten, schwitzend und warm von Stand zu Stand, wo sie überall die Ware prüften. Sie riefen und schoben und kämpften, und die Standinhaber schrien auch und rissen ihre schlaffen Münder auf, dass man verfärbte und abgebrochene Zähne sehen konnte.

Chaline liebte die Petticoat Lane, die für einen Borrible der herrlichste Ort war – ein Ort, wo man an einem einzigen Markttag genügend zu essen stehlen konnte, um durch die ganze Woche zu kommen. Sie schob ihre Hand nach oben und nahm, unbeobachtet, noch einen Apfel. Die Frucht fühlte sich warm an, als ihre Finger sich um sie schlossen; das süße Fleisch war warm im Mund, als sie zu kauen begann.

Sie aß den Apfel auf, auch das Kernhaus und die Kerne, dann duckte sie sich unter dem Karren hervor und stand einen Moment angespannt da, bereit, fortzurennen, aber niemand hatte sie bemerkt. Auf dem Gehsteig gegenüber stand eine Gruppe von Männern vor der grün gekachelten Fassade eines Pubs, mit großen Gläsern voll starkem bitterem Bier in den Händen. Ihre Augen glänzten vor Vergnügen, als sie die bernsteinfarbenen Gläser stemmten und sich die Flüssigkeit die Kehle hinablaufen ließen. Als das Bier ihren Magen erreichte, gaben sie laute Glücksseufzer von sich und schauten einander überrascht an, als hätte man erst heute Morgen das Bier erfunden.

Nicht weit von dem Karren mit den Äpfeln verkaufte ein Mann in einem Hauseingang gestohlene Uhren aus einem Koffer; etwas weiter entfernt sah Chaline einen Taschendieb den Geldbeutel aus der Schultertasche einer Frau ziehen. Das Geräusch der redenden und hin- und hergehenden Menschen wurde vom Lärm zerbrechenden Geschirrs übertönt – ein Mann zerschlug ganze Services, seine Methode, um die Passanten auf sich aufmerksam zu machen. Chaline lächelte vor sich hin, stahl sich einen letzten Apfel und ging davon.

Beim ersten Schritt wand sich eine grobe Hand in ihr langes blondes Haar und hielt sie fest. Eine Stimme schrie in ihr Ohr. »Du diebisches kleines Stück«, sagte sie, »dich hab ich erwischt, hm!?«

Chaline drehte mühsam den Kopf und sah zu dem Erwachsenen auf, der sie gefangen hatte. Der Anblick ließ ihren Herzschlag stolpern: Ein Polizist in Zivil hatte sie gestellt; sie war sich ganz sicher. Es brauchte keine Uniform, dass sie sah, wer ein Bulle war und wer nicht. Sie kämpfte gegen den Griff der Hand, der jedoch nicht nachließ, und verwünschte sich selbst wegen ihrer Achtlosigkeit. Ein kurzer Moment der Unaufmerksamkeit, und jetzt war ihre ganze Existenz in Gefahr.

»Au, loslassen, Sie tun mir weh«, sagte sie und unterdrückte die ihr in die Augen steigenden Tränen nicht, weil sie hoffte, dies würde den Beamten vielleicht umstimmen, sodass er sie gehen ließ. Um den Karren stockte der Verkehr in der geschäftigen Straße; die Neugierigen blieben stehen, um zu glotzen und sich zu amüsieren, sie schauten auf das schlanke Mädchen mit seinen alten Kleidern und seinem schmutzigen Gesicht hinunter und grinsten.

»Komm, Mädchen, lauf weg«, sagte ein Mann, aber die Menge grinste nur weiter und wartete, was der Polizist unternehmen würde. Aber der unternahm nichts, und aus den Nebenstraßen kamen ungeduldige Rufe von Leuten, die nicht erkennen konnten, was vor sich ging, und sich am Weitergehen gehindert sahen.

»Geht doch mal weiter, los«, hieß es hier und dort; das Gedränge und Geschiebe wurde heftiger.

Der Polizist zog Chaline zum Ende des Standes. »Wie heißt du?«, fragte er, und Chaline hatte als erfahrene Borrible ihre Antwort bereit.

»Charlotte Jenkins«, sagte sie, »und meine Mutti wartet unten an der

Straße auf mich und macht sich Sorgen, wenn ich zu spät komm … tut mir leid wegen dem Apfel, ehrlich, sie bezahlt ihn. Tut mir leid, Mister, ich hab Durst gehabt.« Dies zu dem Straßenhändler, dem ohnehin der Diebstahl eines seiner Äpfel mehr oder weniger egal war.

»Ach, lassen Sie sie los«, sagte er, »kann noch einen haben, wenn sie will.«

»Jawohl«, sagte jemand anders, »esst mehr Obst und haltet euch die Bullen vom Leib.«

Der Polizist zögerte, und Chaline spürte, wie sich der Griff seiner Hand in ihrem Haar lockerte: Er würde sie freilassen. Sie schniefte und bemühte sich, so unglücklich wie möglich dreinzusehen, aber da griff der Polizist, dem plötzlich etwas einfiel, wieder fest zu. Er hob seine freie Hand und wischte mit einer zuversichtlichen Bewegung Chalines Haare zurück, dass er und die umstehende Menge ihre Ohren sehen konnten. Die Neugierigen stöhnten überrascht auf: Chalines Ohren waren lang und spitz, Ohren, die große Intelligenz und großen Mut bedeuteten – Borribleohren.

Der Polizist stieß einen entzückten Schrei aus. »Schaut euch das an«, rief er. »Ich hab eine davon erwischt, einen Borrible, einen richtig lebendigen Borrible«, und aus der hinteren Tasche von Chalines Hose zog er eine Schleuder. »Und schaut euch *das* an«, fügte er mit rotem, selbstgefällig strahlendem Gesicht hinzu, »die typische Borriblewaffe.«

»Ein Borrible«, sagten die vorn in der Menge, und die, die weiter hinten standen, nahmen das Wort auf: »Ein Borrible.«

»Die lass ich nicht gehen!«, schrie der Polizist. »Ich lass sie nicht weg! Los, Straße freimachen, Sie behindern den Verkehr, weitergehen! Weitergehen!« Und er stieß die neugierig starrenden Zuschauer aus dem Weg, drängte sich zwischen zwei Karren hindurch und erreichte den Gehweg.

Chaline heulte laut. Sie wand sich und hämmerte mit ihren Fäusten auf den Polizisten ein, doch er war zu stark für sie. Er schritt weiter, sich durch alle einen Weg bahnend, seine Gefangene neben sich herzerrend.

»Aus dem Weg, Platz«, brüllte er, »Polizei, Polizei, weg da, aus dem Weg!«

Chaline schrie weiter, so laut sie konnte, aber es gab niemand, der ihr geholfen hätte. Der Polizeibeamte brach durch die Käufer und Spaziergänger, trieb die Gruppen, die vor den Pubs schwatzend herumstanden, auseinander, dass sie sich verdutzt Bier über die Hand und übers Hemd gossen. Und wie Polizist und Gefangene über die Gehsteige und Querstraßen der Petticoat Lane kreuzten, beruhigte sich langsam der aufgeregte Lärm, und Männer und Frauen drehten sich nach ihnen um und lachten. Warum nicht? Keiner von ihnen wusste, wie ernst die Sache war; sie wussten nicht, dass Chaline eine Borrible war – und dass es für einen Borrible das Ende ist, wenn man ihn fängt.

Borribles sind für gewöhnlich dünn, und alle haben spitze Ohren. Davon abgesehen sehen sie aus wie normale Kinder, auch wenn sie schon seit langen Jahren Borribles sind. Sie kommen abgerissen daher und machen einen zähen, streitlustigen Eindruck; berühmt sind sie aber für ihre rasche Intelligenz und ihre schnellen Beine – dafür sorgt ein Leben auf den Straßen.

Normale Kinder werden ganz langsam zu Borribles, ohne dass sie es bemerken. Eines Tages wachen sie auf, und es ist geschehen, die Verwandlung ist vollzogen. Es spielt überhaupt keine Rolle, wo sie herkommen, wenn sie das haben, was man gewöhnlich einen »ungünstigen Hintergrund« nennt. Ein Kind verschwindet aus der Schule; gut möglich, dass es weggelaufen und ein Borrible geworden ist. Manchmal heißt es, dass einer in irgendeiner Anstalt »versorgt« worden ist – wahrscheinlich hat er sich verborriblet und sorgt irgendwo für sich selbst. Oder man hört eines Tages Geschrei im Supermarkt, und ein Kind mit gestohlenen Sachen wird vom Hausdetektiv gestellt. Wenn es diesem Kind gelingen sollte zu entkommen, geht es zu den Borribles und lässt sich bestimmt nie wieder erwischen.

Deshalb sind Borribles also Ausgestoßene, Weggelaufene, und ihre Unabhängigkeit geht ihnen über alles, weil es ihnen ein großer Genuss ist, das zu sein, was sie sind. Erwachsene meiden sie; sie mögen sie nicht und bemühen sich auch nicht besonders um sie. Tatsächlich sind normale Kinder die Einzigen, die näher mit Borribles in Berührung kommen, weil Borribles sich oft unter sie mischen, um der Entdeckung durch die sogenannten Autoritäten zu entgehen. Jedes Kind hat vielleicht schon einmal neben einem Borrible gesessen oder hat sogar mit einem gesprochen, ohne dabei die spitzen Ohren zu bemerken – wegen der langen Haare oder der Mützen, die sie tragen, Wollmützen, schön tief über den Kopf gezogen.

Ihre größten Feinde sind die Polizisten – die Plattfüße. Plattfüße stehen für die Autoritäten, und den Autoritäten sind Borribles unerträglich. Sie können die lockere und einfache Art, in der die Borribles sich zu leben entschlossen haben, nicht ausstehen. Von daheim wegrennen, heimlich in verlassenen Häusern wohnen und von niemandem Befehle entgegennehmen – das ist ungewöhnlich und geradezu unordentlich.

Für einen Polizisten ist der Fang eines Borribles eine seltene, bedeutende Tat. Aber es ist das Ende der Freiheit für den Gefangenen. Deshalb wehrte sich Chaline mit aller Kraft. Wenn der Polizist sie einmal auf die Wache gebracht hatte, war Sense.

Der Polizist erreichte das Ende der Brick Lane und hielt an der Ecke der Whitechapel Road an, um zu warten, bis die Verkehrsampel grün zeigte. Er lockerte den festen Griff in Chalines Haar nicht, und sie schrie immer wieder vor Schmerzen. Eine kleine Gruppe von Männern, die sanft von einem Pub zum nächsten schwankten, versammelte sich an der Ecke und starrte die beiden an.

»Hör mit dem verdammten Lärm auf«, sagte der Plattfuß und beugte sich hinunter, sodass sein großes Gesicht dicht vor dem Chalines war. Sie fuhr mit dem Kopf zurück: Der Atem des Polizeibeamten war feucht und übelriechend, wie verschimmeltes Brot. Er lachte, dass Speicheltröpfchen Chaline übersprühten.

»Wehr dich, wie du willst, Borrible«, sagte er, »das nützt dir nichts. Dafür werd ich befördert, das kannst du mir glauben.«

»Was machen Sie mit mir?«, fragte Chaline.

»Ach«, sagte der Polizist, »das ist ganz einfach, da haben wir spezielle Anweisungen wegen euch Borribles. Denn, denk mal an, vor etwa sechs Monaten, da ist drüben in Southfields ein Lumpensammler umgebracht worden, und sein Sohn, in ihrem eigenen Haus, mit Schüssen aus Schleudern ermordet, und wir wissen doch alle, wer mit Schleudern so gut umgehen kann, oder?« Der Polizist hielt Chaline ihre Waffe vor die Nase und zog so brutal an ihrem Haar, dass ihr die Tränen übers Gesicht liefen und Spuren durch den Schmutz ihrer Wangen zogen. Der Polizist lächelte. »Drei von unseren Leuten sind verletzt worden, einer ist beinahe gestorben, seitdem sind Borribles bei uns das Problem Nummer eins … mach dir da keine Sorgen, Mädel, wir werden uns gut um dich kümmern. Dich werden wir zu Inspektor Snuffkin bringen!«

Die Ampel sprang von Rot auf Grün, und der Polizist richtete sich auf und eilte zu der Verkehrsinsel mitten auf der breiten Straße, Chaline so hastig mit sich fortzerrend, dass ihre Füße kaum den Asphalt berührten.

»Wer ist Inspektor Snuffkin?«, fragte Chaline und wischte sich mit dem Handrücken die Tränen ab.

Der Polizist hielt auf der Verkehrsinsel an und sah auf sie hinunter. »Snuffkin«, sagte er, »ist ein großartiger Mann, und nach den Morden in Southfields hat er eine Gruppe von speziell ausgebildeten Beamten zusammengestellt, die sich alle der Vernichtung der Borribles verschrieben haben! Sie stellen den Borribles nach, sie studieren die Borribles, sie wissen mehr über Borribles als ihr Borribles selbst. Und zu dem kommst du jetzt, und wenn er mit dir fertig ist und dir jede Frage gestellt hat, die ihm nur einfällt, und dich gezwungen hat, alle zu beantworten – na, dann stutzt er dir die Ohren, und das ist dann schon mal ein Borrible weniger, um den wir uns kümmern müssen, was?«

Der Polizist lachte mit tiefempfundenem Vergnügen, und als er eine Lücke im Strom der Autos sah, zerrte er Chaline wieder voran und zog sie auf die andere Seite der Straße.

»Du Arsch«, sagte Chaline, »du Arsch.« Aber mit ihren tapferen Worten leugnete sie nur die Angst, die sie empfand. Der Gedanke, zu diesem Inspektor Snuffkin geschickt zu werden, war furchtbar. Wenn er ihr die Ohren stutzen würde, würde sie in das Leben eines ganz normalen Kindes zurückfallen – sie würde erwachsen werden. Überlässt man Borribles sich selbst, werden Borribles nie erwachsen, und ihre kleine Gestalt ist ihr Stolz und die Voraussetzung ihrer Freiheit. Sie bedeutet, dass sie sich immer als Kinder bewegen können, und doch sind sie oft so erfahren wie nur der älteste Mensch, den es gibt.

»Sag du mir bloß keine Unanständigkeiten«, sagte der Polizist, »du kleine Wilde. Ich hab meine strikten Anweisungen, du kommst zur SBE, und das wär's dann.«

»SBE«, sagte Chaline. »Was ist das?«

»Die SBE«, sagte der Polizist, »ist die Spezial-Borrible-Einheit, der Haufen von Snuffkin, drüben in Fulham. Und da geht's jetzt hin mit dir, schön im eigenen Polizeiwagen. Wenn du Glück hast, komm ich auch mit.« Und er lachte über seinen eigenen Scherz und trabte nur noch schneller voran, und Chaline lief an seiner Seite dahin, mit wirbelnden Gedanken.

Was der Bulle nicht wusste, war, dass diese kleine Borrible, die er da zufällig gefangen hatte, alles über die Morde in Southfields wusste und dass sie am meisten Angst vor einem unnachgiebigen Verhör hatte. Unter Druck würde sie vielleicht wichtige Borriblegeheimnisse verraten –

eine Katastrophe für sie, eine Katastrophe für ihre Freunde. Sie hatte gesehen, wie Tautröpfchen Bunyan und sein blödsinniger Sohn den Tod gefunden hatten, sie kannte die Verantwortlichen, aber selbst wenn sie ihren Häschern erzählen würde, wie verdient dieser Tod gewesen war, würde das nichts nützen. Man würde ihr niemals glauben.

Chaline und neun andere Borribles waren von diesem widerlichen Borribleräuber gefangen genommen und Monate als Sklaven gehalten worden. Geschlagen, ausgehungert, hatten sie nur durch einen glücklichen Zufall wieder ihre Freiheit gefunden. Ihre Freunde Poch und Adolf, der Deutsche, hatten Tautröpfchen und Herbie getötet, erschossen mit Schleudern und wohlgezielten Murmeln, um selbst der Quälerei und einem langsamen Tod zu entkommen. Nun waren Poch und Adolf auch tot, auf dem Abenteuer der Großen Rumbeljagd umgekommen, und tot waren auch Orococco, Torricanyon und Napoleon – gute Borribles, weg vom Fenster, und weg würde auch sie bald sein. War jeder Borrible, der auf die Große Rumbeljagd gezogen war, dem Tod geweiht? So schien es tatsächlich.

Verzweiflung stieg in Chalines Herz auf und verwischte ihre Gedanken. Sie stolperte, und der Bulle fing sie mit seiner rauen Hand auf.

»Auf geht's, Freundchen«, sagte er, und dann hörte Chaline sich selbst schreien, wie von weit her, um Hilfe schreien, weil sie wusste, dass ihr jetzt nur noch jemand von ihren eigenen Leuten helfen konnte.

»Borrible«, schrie sie schrill. »Borrible!« Und weit drüben auf der anderen Seite der Whitechapel Road hörte ein anderer Borrible sie. Es war Zwielicht, der schwarzhaarige Bangladeshi von der Folgate Street, oben in der Nähe von Spitalfields.

Zwielicht war dünn und sah zerbrechlich aus, aber er konnte rennen wie ein Güterzug. Seine Kleider waren zerrissen, und sein Haar war ungleichmäßig geschnitten, lang und dick und so schwarz, dass es geradezu blau aussah. Er hatte eine scharfe Nase, und eine Augenbraue saß etwas höher als die andere, sodass er gleichzeitig neugierig und schlau aussah. Seine Augen waren dunkel und groß und oft sehr nachdenklich; er war fröhlich und entschlossen; er ließ sich von niemand was bieten.

Zwielicht durchstreifte die Straßen immer mit einer kleinen Bande von Bangladeshi-Freunden, etwa ein halbes Dutzend, und sie hielten sich zum gegenseitigen Schutz eng beieinander. Er kannte Chaline nur vom Sehen, aber er hatte ein paar von den Geschichten gehört, die man sich über sie und ihren Teil am Abenteuer gegen die Rumbels erzählte. All das war jetzt gleichgültig: Der Anblick eines Borribles – irgendeines Borribles –, den die Polizei abschleppte, reichte, um seinen Zorn zu entfachen. Er rief seine Freunde zu sich, und sie rannten, so schnell sie konnten, die Whitechapel Road auf der Chaline gegenüberliegenden Seite entlang, liefen schließlich etwa dreihundert Meter vor ihr über die Straße und nahmen ihre Positionen in einem Hinterhalt ein – zwischen dem Gesetzeshüter und seiner Polizeiwache.

Für komplizierte Planungen war keine Zeit. Zwielicht wusste, dass Chaline, wenn er sie nicht sofort retten konnte, in einer Zelle verschwinden und nie mehr zum Vorschein kommen würde, zumindest nicht als Borrible. Hinter einer Ecke – wo die Stanton Street in die Hauptstraße einmündet – warteten er und seine Freunde. Als der Polizist nur noch ein, zwei Schritte entfernt war, gab Zwielicht das Zeichen, und er und seine Bande liefen mit Höchstgeschwindigkeit und mit aller Energie, die ihnen zur Verfügung stand, auf die große Straße hinaus. Sie rannten direkt gegen den Bullen, schreiend und höhnisch kreischend.

»Aufgepasst, Bulle! Auf-ge-passt, Bulle!«

Zwielicht rammte seinen harten Kopf fest in den weichen Bauch des Polizisten, wo er, wie eine Faust in einem Sofakissen, beinahe verschwand. Seine Freunde folgten ihm wie ein Rudel wildgewordener Straßenhunde – kratzend, stoßend und auch lachend. Alle fielen um – die Borribles ließen sich nach vorn fallen und benutzten ihre Geschwindigkeit und ihr Gewicht, um den großen Polizisten zu fällen. Sie hingen an ihm, boxten ihn, stießen ihn und bedeckten seine Augen mit den Händen – so rollte dieser seltsame, sich drehende und windende Brocken Lärm den Gehsteig entlang, und Passanten sahen sich gezwungen, einen Satz auf die Fahrbahn zu machen, um nicht verletzt zu werden. Hände, Füße und Köpfe tauchten auf und verschwanden, als der Kloß sich ein paar Mal drehte, dann lösten sich ganze Körper. Chaline fand sich unter den Achseln gegriffen, auf jeder Seite war ein Bangladeshi, ein Dritter lief vorneweg, um den Weg freizumachen. Der Polizist lag stöhnend auf dem Boden, mühevoll nach Atem ringend, von der Schnelligkeit des Angriffs total verwirrt. Nur zehn Sekunden waren nötig gewesen; Chaline war frei.

Wieder berührten ihre Füße kaum den Boden, aber diesmal eilten Freunde mit ihr dahin, und in ihr war Hoffnung, nicht Verzweiflung. Niemand sagte ein Wort: Jeder Atemzug wurde für die Flucht aufbewahrt. Sie waren einfach eine dicht verknotete Gruppe brauner Borribles, die eine weiße Borrible in die Freiheit trugen.

Der Bulle kam schwankend auf die Füße und blickte sich rasch um; seine Arme hingen steif und gerade – dann setzte er dem Flüchtling nach, und seine Stiefel knallten auf die Platten des Gehsteigs. Aber das Rennen war schon gelaufen; als er die Ampel erreicht hatte, waren die Borribles verschwunden. Sie waren wieder zurück über die Hauptstraße gerannt und hatten sich tief im Gewimmel des Markts versteckt, wie immer dort verborgen, wo die Menge am dichtesten war. Der Polizist wusste nur zu gut, dass er jetzt keine Chance hatte, sie zu finden: Sie konnten überall sein, unter Marktständen, in ihren verfallenen Häusern, in Nebenstraßen, und sie würden nach ihm Ausschau halten. Die Nachricht hatte sich verbreitet, und jeder Borrible in einem Umkreis von zehn Meilen würde sich einen Schlupfwinkel suchen.

Der Polizist stand da und verfluchte sein Missgeschick. Er hatte sich schon vorgestellt, wie er stolz mit seinem Fang in die Polizeiwache einmarschieren würde. Dann hätte er Inspektor Snuffkin angerufen und wäre bedankt und beglückwünscht worden – vielleicht hätte man ihn sogar eingeladen, der SBE beizutreten, ein echtes Beförderungsbonbon für jeden Angehörigen der Polizei von London. Ach ja! Es hatte nicht sollen sein. Am besten, er sagte gar nichts über den Zwischenfall. Die lachten ihn sonst bloß aus. Traurig drehte er sich um und schritt wieder zurück. Nichts zu berichten.

Wieder im unruhigen Treiben des Marktes untergetaucht, verlangsamten die Borribles ihre Fluchtgeschwindigkeit, erst im normalen Schritt, dann müßig schlendernd, um zu sehen, ob der Bulle noch hinter ihnen her war.

»Am besten trennen wir uns 'ne Weile«, sagte Zwielicht zu seiner Bande. »Ich bring Chaline zurück nach Spitalfields, und ihr haltet mal die Augen offen wegen diesem Plattfuß, vielleicht ist er zurückgegangen und holt sich Hilfe.«

Chaline bedankte sich bei den Bangladeshis und verließ sie dann; sie folgte Zwielicht. Es war kaum zu glauben, dass sie wieder in Sicherheit war, und sie lächelte voll Vergnügen beim Anblick des geschäftigen Markts und beim Gefühl der Menschenleiber, die sich an ihr vorbeischoben. Die Sonne, hoch am Himmel, durchwärmte die ganze Straße, und der Geruch seltsamer Gewürze schwebte in der Luft. Inderinnen in

Sandalen gingen leise vorbei, in goldglitzernde Saris gehüllt. Die Straßenhändler brüllten die Passanten an, vulgär, unglaublich frech und mit Stimmen, die unter der Anstrengung des stundenlangen Schreiens brachen. Chaline berührte Zwielichts Arm. Sein Hemd war grell-orange und phosphoreszierte etwas kränklich. Seine blauen Hosen waren ihm zu groß und an mehreren Stellen zerrissen: gestohlene Hosen. Seine Füße waren nackt, aber das zog er im Sommer auch vor – schließlich waren die Gehsteige warm und weich vor Staub.

»Ja?«, sagte er.

»Danke für die Rettung«, sagte Chaline. »Ich hab mir gerade all das hier angesehen und mich gefragt, wo ich ohne euch jetzt wohl wäre.«

Zwielicht gab sich ungerührt. »Na, ich hab dich doch rufen hören, oder? Dem kann kein Borrible widerstehen. Außerdem sollte ich nach dir schauen.«

»Nach mir schauen«, wiederholte Chaline verblüfft, »ich hab dich noch nie gesehen, weiß nicht einmal deinen Namen. Wenn du einen hast.«

»Klar hab ich einen«, sagte der braune Borrible.

»Wie heißt er?«

»Zwielicht«, sagte Zwielicht.

»Zwielicht«, sagte Chaline. »Das ist ein guter Name, ich wette, da steckt ein gutes Abenteuer dahinter. Musst mir einmal erzählen, wie du dir den geholt hast.«

So zu reden wie Chaline jetzt zu Zwielicht war ganz normal; Namen und wie man sich Namen holt, das ist sehr wichtig für Borribles, weil bei ihnen niemandem einfach ein Name gegeben wird, man muss ihn verdienen. Nur so geht's. Irgendein Abenteuer muss an sein Ende geführt werden, und aus dieser Tat erwächst der Name. Es ist gleich, welches Abenteuer herhalten muss. Es muss kein Diebstahl oder Einbruch sein, obwohl das oft vorkommt, weil es den Borribles am meisten liegt.

Chaline betrachtete ihren Begleiter. »Und wo wir gerade dabei sind: Woher kennst du meinen Namen?«

»Deinen Namen«, sagte Zwielicht, »kenne ich aus dem einfachen Grund, dass jeder deinen Namen kennt und weiß, wo du ihn herhast. Das ist eine von den größten Borriblegeschichten, die man sich je erzählt hat, aber ich hab noch nie vorher jemand getroffen, der auf der Großen Rumbeljagd war. Wenn wir daheim sind, wäre es schön, wenn du mir davon erzählst. Ich hab Sachen gehört, die schwer zu glauben sind.«

Chalines Gesicht wurde ernst und streng. »Wahrscheinlich waren sie wahr«, sagte sie, »es wurde alles am Ende ziemlich schlimm ... Borribles hätten sich auf so was gar nicht einlassen sollen. Fünf sind umgekommen, fünf gute Borribles. Für nichts und wieder nichts. Ich erzähl dir schon die Geschichte, dafür, dass du mich gerettet hast, aber es ist keine frohe Geschichte.«

Zwielicht lächelte, und seine Zähne standen leuchtend weiß gegen seine dunkle Haut. Wie alle Borribles liebte er Geschichten, liebte es, sie zu hören und zu erzählen, aber im Augenblick war keine Zeit, und er führte Chaline weg vom Markt in weniger betriebsame Straßen. An Reihen von Abbruchhäusern vorbei geleitete er sie und an schäbigen Häuserblocks, wo Bangladeshi-Familien, halb verborgen hinter den bunten Farben der wöchentlichen Wäsche, auf den Balkonen standen und mit einem Auge auf die Kinder aufpassten, die auf den mit Glassplittern übersäten Straßen spielten. Aber die Borribles gingen weiter über ein verlassenes Grundstück, das im Krieg von Bomben leergefegt worden war und auf dem man seither nicht gebaut hatte. Hier schmissen die Leute ihren Abfall hin, und hier kämpften die schwächlichen blassen Grashalme gegen die Sonne und gingen aus Mangel an Wasser ein.

Am anderen Ende des Bombengrundstücks stand eine Schar baufälliger Reihenhäuser, die sich wie lebensmüde und auf den Abriss wartend gegeneinander lehnten. Wie ein hageres, zerfressenes Kliff ragten sie gegen den Halbkreis des blauen Himmels empor. Die Fenster waren mit Brettern zugenagelt, und Wellblech versperrte die Türen. Die Schächte der Kellertreppen vor den Eingängen waren halb voll mit Müll, die Keller rochen nach toten und lebenden Katzen. Die Stufen zu den Haustüren waren mit zerbröckelten Ziegelsteinen und Mörtelklumpen bedeckt; gefährliche Splitter zerbrochener Milchflaschen glänzten wie Silber in der Sonne. Der Ort war eine einzige Staubwüste und roch nach Kot und Gefahr.

Es war ein typisches Borribleversteck. Borribles müssen wohnen, wo's eben geht, und sie ziehen diese verlassenen und zerfallenden Gebäude vor, von denen es meistens oder immer eine große Auswahl gibt. Wenn ein Haus bereits bewohnt ist, benutzen sie manchmal den Keller – auch lagern sie nachts in Schulgebäuden, vor allem während der Ferien, wenn sie länger leer stehen und nicht benutzt werden.

In der Mitte des Bombengrundstücks hielt Zwielicht an. »Ich hab auf den Straßen nach dir gesucht«, sagte er, »weil wir jemand gefunden haben, die gesagt hat, sie sei hergekommen, um dich zu sehen.«

»Mich sehen?«

»Tja eben. Wir haben da ein Mädchen getroffen, die ist auf der anderen Seite von Spitalfields rumgelaufen, weißes Mädchen, kommt quer durch ganz London hierher, meint sie. Wir haben die Ohren kontrolliert, ist schon eine richtige Borrible – haben wir sie heimgenommen und sind dann raus, um nach dir zu schauen.«

»Wie heißt sie?«

»Was Komisches«, sagte Zwielicht, »aber jetzt hab ich's vergessen, so was wie Harry oder Charlie.«

Chaline holte tief Atem. »War es Sydney?«

»Richtig, das war's, da läutet das Glöckchen. Genau. Klingklang.«

»Die Große Rumbeljagd«, sagte Chaline. »Sie war auch mit, bei dem Abenteuer aller Abenteuer.«

Zwielicht legte eine Hand auf Chalines Schulter. »Dann gehn wir doch zu ihr«, sagte er und ging voran, die beschädigten und abfallübersäten Stufen zu seiner Haustür hinauf.

Die Tür fuhr krachend auf; der gelockerte Holzrahmen schwang ein Stück mit. Innen lag, halb verschüttet in einem Haufen von Flaschen, Säcken und schmuddeligen Päckchen mit haarig zerfaserten Schnüren, ein alter Mann. Er war unrasiert, und sein formlos offenstehender Mund schnarchte. Zwielicht schritt behutsam um die besinnungslose Gestalt herum und führte Chaline an einem splittrigen Loch in den Fußbodenbrettern vorbei.

»Ich kapier nie, wie der nicht in den Keller fällt«, sagte der Bangladeshi, »aber er tut's nun mal nicht.«

»Wer ist das?«

»Irgendein Penner«, sagte Zwielicht, »der ist harmlos. Abgesehen von seinem Geruch, sagen wir mal.«

Die nackten Holztreppenstufen waren auch zersplittert und gaben hie und da nach; Gipsbrocken und Scherben von zerbrochenen Fensterscheiben ließen einen leicht ausrutschen. Ganz oben kam man auf einen schmalen Treppenabsatz, von dem drei Türen abgingen. Zwielicht öffnete eine und wies Chaline in eine Abstellkammer, wo ein Sack das Fenster verdeckte. Auf dem Boden lagen drei alte Matratzen mit dunklen Flecken. Ein paar zerfetzte Decken waren darübergebreitet, und alte Zeitungen als wärmende Unterlage. In einer Ecke auf einer der

Matratzen saß Sydney, mit dem Rücken gegen die Wand gelehnt, den Kopf in den Händen, die Ellbogen auf den Knien; sie trug abgewetzte Hosen und ein grünes, löchriges T-Shirt. Ihre Augen waren geschlossen.

Chaline ging zu ihr und kauerte sich neben sie. »Sydney«, sagte sie. »Sydney.«

Sydneys Augenlider flatterten ein-, zweimal, sie versuchte, zu sich zu kommen. Todmüde starrte sie vor sich hin. Chaline begann wieder: »Du bist doch wohl nicht den ganzen Weg von Neasden hierhergelatscht?«

Sydney gähnte und rieb sich das Gesicht. Ein freundliches Gesicht: Chaline hatte es immer gern gehabt. »Was ist denn los, Syd?«, fragte sie. »Du bist doch nicht durch ganz London gewandert, um mal Hallo zu sagen ... Was gibt's denn?«

Sydney schaute zu Zwielicht hinüber, der an der Tür lehnte und zuhörte. Sie zögerte.

»Der ist in Ordnung«, sagte Chaline. »Red nur zu.«

»Ich hab eine seltsame Botschaft bekommen«, sagte Sydney, »eine Borriblebotschaft, von Hand zu Hand weitergegeben, weißt du. Den Typ, der sie mir gegeben hat, den hab ich nie vorher gesehen und nachher auch nicht wieder. Er hat gesagt, die käme ganz von der anderen Seite von London, aber er wüsste nicht woher. Dann ist er abgehauen.« Sydney griff in die Hosentasche und zog einen mitgenommenen Zettel liniertes Notizpapier hervor. Sie gab ihn Chaline, die ihn auf ihrem Knie glättete und laut las:

»Sam lebt noch. Zuletzt in Fulham gesehen. Braucht Hilfe. – Ein Borrible.« Sie stieß einen Pfiff aus. »Na, das ist eine gute Nachricht ...« Sie sah Sydney an. »Oder etwa nicht?«

»Weiß ich eben nicht, kommt mir etwas geheimnisvoll vor. Weiß nicht, was ich davon halten soll.«

»Wer ist Sam?«, fragte Zwielicht.

»Sam ist ein Pferd«, sagte Chaline. »Er hat uns allen das Leben gerettet, im Rumbelreich.«

Sydney rollte sich auf der Matratze herum und setzte sich auf. »Das Pferd hat einem Borribleräuber gehört«, erklärte sie. »Wir mussten den Mann umbringen, bevor wir weg konnten. Ich meine, Poch hat's getan.«

»Poch und Adolf«, sagte Chaline.

»Und Sam mussten wir zurücklassen, als wir auf dem Rückweg in den Untergrund sind«, fuhr Sydney fort. »Das war mir sehr zuwider, so viel, wie er für uns getan hat, und ich hab mein Versprechen gegeben, wenn ich je lebend aus dem Abenteuer heimkomme, geh ich zurück und hol ihn … und das war mir auch ernst. Aber ich hab nie gewusst, wo er hingegangen ist oder was mit ihm passiert ist, das ist die erste Nachricht überhaupt.«

»Und?«, sagte Chaline.

»Also …«, sagte das Mädchen aus Neasden, »ich hab diese Botschaft etwa vor zwei Wochen bekommen, und ich hab nicht gewusst, was ich damit anfangen soll … das Beste schien mir dann, rüberzukommen und dich zu treffen, damit wir uns besprechen können. Ich meine, wir schulden es Sam, zu schaun, dass alles mit ihm in Ordnung ist. Wenn wir irgendwie können. Vielleicht schindet ihn einer zu Tode.«

Chaline streckte sich auf der Matratze aus und schwieg. Sydneys Worte hatten sie an die ganze entsetzliche Expedition erinnert. Was als großes Abenteuer begonnen hatte, bei dem man sich Namen verdienen konnte, hatte sich verändert, war schlimm geworden, und fünf Borribles waren gestorben. Eigentlich sollten Borribles nicht sterben, aber die fünf waren tot. Poch, den Chaline vor allem gemocht hatte, Orococco, der schwarze Junge aus Tooting, Torricanyon, der Borrible mit dem eckigen Gesicht aus Hoxton, und der gefährlichste von allen, der doppelte Verräter, der Wendelkrieger, Napoleon. Und dann war da noch Adolf, ein Borrible mit vier Namen aus Hamburg, lebendig verbrannt in den Hallen des Rumbelreiches. Alle tot. Chaline seufzte. Die Große Rumbeljagd war Wahnsinn gewesen. Nie wieder würde sie an einem solchen Unternehmen teilnehmen.

»Tut mir leid wegen Sam«, sagte sie schließlich, »tut mir wirklich leid. Aber ich sag's dir ganz offen, ich marschier nicht den ganzen Weg nach Fulham raus und zurück wegen so einem komischen Zettel von nirgendwoher. Läuft nicht.«

»Ja«, sagte Sydney, »aber ich hab mein Versprechen gegeben, ein ganz klares Versprechen an Sam.«

Chaline zuckte die Achseln und zitierte das *Große Buch der Borrible-Sprichwörter.* »Wenn man ein schlechtes Versprechen hält, wird es nicht besser.«

Sydney wandte sich ab und schaute auf den Boden. Es herrschte Schweigen.

Zwielicht wartete, aber die Mädchen setzten ihr Gespräch nicht fort. Er nahm seine gekreuzten Arme auseinander und stieß sich von der

Wand ab. »Schaut mal«, sagte er, »Sydney muss arg müde sein, sie sollte sich den Nachmittag lang ausruhn, wirklich, und während sie schläft, geh ich mal mit ein paar von meinen Kumpels auf den Markt. Wenn sie aufwacht, steht ein Festessen bereit.«

»Für mich auch?«, fragte Chaline.

»Aber klar«, sagte Zwielicht. »Beim Klauen von Spezialitäten bin ich besonders gut.« Er ging zum Fenster und hob das Sackleinen hoch, um über das Chaos der zerfallenden Häuser und steilen Schieferdächer hinauszuschauen. Alles lag in flirrender Hitze da. »Ich sag dir mal eins, Sydney«, fuhr er fort, »Chaline hat vielleicht schon genug Abenteuer hinter sich, aber ich nicht. Wenn du je beschließt, nach deinem Pferd zu suchen, dann komm ich mit dir.«

Sydney schaute Chaline an und lächelte. »Dank dir, Zwielicht«, sagte sie. Sie rollte eine Decke zu einem Kopfkissen zusammen, legte sich auf der Matratze zurecht und war in wenigen Sekunden fest eingeschlafen.

»Und so«, sagte Chaline, »wurden acht Borribles ausgewählt, die besten Läufer und Kämpfer und Schleuderschützen in ganz London.«

Zwielicht schöpfte etwas Curry in Chalines Suppenteller, und sie lehnte sich gegen die Wand. Sydney und Chaline saßen Seite an Seite auf zwei metallenen Milchflaschenkästen. Zwielicht und sechs von seinen Bangladeshi-Freunden hockten um einen großen schwarzen Topf. Sie waren gekommen, um zu essen und die Geschichte der Großen Rumbeljagd zu hören.

Zwielicht hatte nicht zu viel versprochen. Während Sydney geschlafen und Chaline gewartet hatte, war er auf den Markt zurückgegangen. In weniger als einer Stunde war er mit allem wieder da gewesen, was man für ein üppiges und scharf gewürztes Curry braucht. Die Zubereitung war kein Problem: Die meisten Borribles sind gute Elektriker, und Zwielicht war keine Ausnahme. Im feuchten Keller seines Hauses stand ein alter Elektroherd, und die Bangladeshis hatten ihn schon vor langer Zeit repariert und an der nächsten Leitung angeschlossen – Elektrizität war nun wirklich kein Problem.

»Wo waren die her«, fragte Zwielicht, den Mund übervoll, »diese acht Borribles?«

»Von überall«, fuhr Chaline in ihrer Erzählung fort. Sie redete langsam, zwischen den einzelnen Happen. Das Curry war scharf; an ihren

Augenbrauen hingen winzige Schweißtröpfchen, und ihre Stirn glänzte. Sydney war so mit dem Essen beschäftigt, dass sie sich kaum die Mühe machte, sich am Erzählen der Geschichte zu beteiligen, aber hin und wieder nickte sie energisch.

»Ein Humper aus Hoxton war dabei, ein Totter aus Tooting, Sydney ist von den Nudgers von Neasden, ich war dabei, und ein Wendel aus Wandsworth ... die leben im Untergrund, die Wendels, sind ganz raffiniert und gemein.«

»Ich hab schon von denen gehört«, sagte Zwielicht, »aber noch nie einen gesehen.«

»Hast du nicht viel versäumt«, sagte Chaline. »Jedenfalls haben wir uns alle oben in Battersea getroffen, und Poch hat uns trainiert. Am Ende ist er mitgekommen, obwohl er das gar nicht sollte, weil er sich ja schon seinen Namen verdient hatte und wir noch nicht ... Zoff hat das gedeichselt, das ist ein ganz Durchtriebener.«

Sydney bewegte, so schnell sie konnte, ihren Kopf auf und ab.

»Zoff?«, fragte Zwielicht.

»Ganz recht«, antwortete Chaline, »Zoff. Ein Borrible aus Battersea, so scharf, mit dem kannst du dir die Nägel schneiden. Ich mag ihn nicht. Jedenfalls haben wir uns ein Boot besorgt und sind damit die Themse rauf ... dann in den Untergrund zu den Wendels, die haben grüne Visagen und sind überaus unfreundlich. Der, den wir dabeihatten, Napoleon, also wir wussten nicht, ob wir ihm trauen können oder nicht, also haben wir ihm nicht getraut. Später, als wir auf der anderen Seite vom Revier der Wendels rausgekommen sind, sind wir gefangen worden, von einem Borribleräuber und seinem Sohn. Das war furchtbar. Er hat uns halb verhungern lassen, und wir mussten stehlen. Wertsachen. Wir sind ihm nur entkommen, indem wir ihn getötet haben. Als wir fort sind, haben wir Tautröpfchens Pferd und Wagen mitgenommen, so kamen wir mit Sam ins Rumbelreich, und da haben wir auch weiß Gott Glück gehabt, dass er dabei war. Am Ende gab es eine schreckliche Schlacht, und wir waren von Hunderten von Rumbels eingeschlossen und wären sicher hin gewesen, aber Sam hat uns gerettet. Rumbels können Pferde nicht ausstehen, weißt du, Pferde fressen nämlich Rumbels. Schmeckt denen, erinnert sie an Heu und so. Aber Adolf ist da umgekommen, das war schon das totale Chaos, überall Rumbels mit Gebrüll und die Speere geschwenkt. Wir waren alle verwundet, und diese große Eingangstür ist zusammengestürzt, und Adolf konnte sich nicht mehr in Sicherheit bringen. Das war ein wirklich guter Typ ... den haben wir nie wiedergesehen, tot, eingeäschert. Orococco stand ganz in Flammen, und Poch hatte tiefe Brandwunden über beide Handflächen.«

»Das ist sein zweiter Name«, fügte Sydney hinzu. »Brandhand.«

Chaline sprach weiter. »Wir sind dann entkommen, und eigentlich könnte man meinen, da war's dann zu Ende, war's aber nicht. Wir waren alle nicht gut beieinander, und Sam hat uns runter nach Wandsworth gebracht, aber Poch und Napoleon haben sich gestritten, und Napoleon hat uns verraten, und die Wendels haben uns eingesperrt. Die haben einen Häuptling, nicht wie normale Borribles, heißt Eisenkopf, ganz gierig und hart. Das ist der schlimmste Wendel von allen Wendels, und das will schon was heißen. Er hätte uns sicher umgebracht, wenn Napoleon es sich nicht anders überlegt und uns geholfen hätte, zu fliehen. Aber leicht sind wir nicht davongekommen, das kann ich dir sagen. Vier von uns sind nicht zurückgekommen, Poch, Napoleon, Orococco und Torricanyon. Sie sind zurückgeblieben, um einen Tunnel zu schützen, damit wir Zeit hatten zum Abhauen. Wir haben sie nie wieder gesehen, Eisenkopf hat sie abserviert. Weißt du – ich hab nie jemand töten wollen, aber den würd ich umbringen. So sind nur fünf von uns davongekommen und können die Geschichte erzählen: Sydney und ich, Bingo aus Battersea, Stonkus von Peckham, und Vulgo, gleich hier die Straße runter, aus Stepney. Später nannten es die Borribles das Abenteuer aller Abenteuer, aber ich nenne es Wahnsinn. Wir haben fünf gute Freunde verloren, Napoleon mal mitgezählt, und nichts ist so viel wert, nicht das größte Abenteuer der Welt, nicht einmal der beste Name, den man sich je verdienen könnte.«

»Deine Geschichte gefällt mir«, sagte Zwielicht. »Ich habe noch nie die wahre Geschichte gehört, aber die Gerüchte sagen noch etwas anderes, was über einen großen Schatz, eine Kiste voll Geld von den Rumbels.«

Chaline löffelte sich noch etwas Curry auf ihren Teller und legte den Deckel wieder auf den schwarzen Kochtopf. Dann sah sie Zwielicht an, und ihre Augen wurden zu einer dünnen, harten Linie.

»Das war die Ursache für all das Unglück«, sagte sie. »Wenn es nicht wegen dem Schatz gewesen wäre, wäre Adolf nicht umgekommen, Napoleon hätte uns nicht verraten, und Eisenkopf hätte uns ohne weiteres durch die unterirdische Festung der Wendels durchgelassen. Ohne das Geld wäre niemand gestorben. Nur Rumbels.«

»Also, Eisenkopf hat den Schatz«, sagte Zwielicht.

»Nein, hat er nicht«, sagte Sydney. Sie beschloss ihre Mahlzeit und stellte den leeren Teller neben den Topf.

Chaline gestattete sich ein ironisches Lächeln. »Wir haben den Schatz mit dem Boot rausgeschafft; wie wir uns einig wurden, das Geld mitzunehmen, weiß ich nicht – wollten es Eisenkopf zeigen, nehm ich an. Wir haben die großen Schlammbänke des Wandleflusses überquert, das ist gleich, nachdem er unter die Erde geht … Hunderte von Wendelkriegern sind über uns her, die sind echt furchterregend, haben Rumbelspeere, Schleudern, angezogen sind sie mit Hüftstiefeln und diesen kleinen orangenen Jacken, die sie den Straßenarbeitern klauen. Sie haben uns den Schatz abgenommen. Stonkus, der stärkste Borrible, den ich je gesehen habe, hat ihn zurückgeholt, aber während des Kampfs ist die Kiste über Bord gerutscht, und das Geld ist in den Schlamm runtergefahren, ist eine Viertelmeile tief dort, also heißt das, dass nicht einmal Eisenkopf es wieder rausholen kann. Und der Schlamm ist auch der beste Platz dafür, Borribles sollten kein Geld haben, das hat's nie gegeben.« Chaline blickte auf und zitierte ihr Lieblingssprichwort: »Obst vom Karren, das reicht für den Borrible.«

Zwielicht wischte sich den Mund mit dem Handrücken ab. »Dieser Vulgo«, sagte er, »der ist doch, wie du sagst, auch einer, der's überlebt hat, und der wohnt in Stepney, das ist nicht weit. Warum gehen wir morgen nicht mal bei dem vorbei? Könntet ihn fragen, was er meint wegen dem Pferd. Wegen der Nachricht.«

Chaline schwieg, aber Sydney sah ihr gerade in die Augen. »Das würd ich schon machen, es wäre auf jeden Fall schön, ihn wieder mal zu sehen. Den hat's damals kräftig am Bein erwischt, hinkt jetzt ein bisschen.«

»Wie ist er so?«, fragte Zwielicht.

Sydney lachte. »Vulgo ist was ganz Besonderes. Klein, mausfarbenes Haar, spitzes Kinn – wiegt den Kopf so hin und her, als wüsste er alles. Schaut aus, als könnte er keinen Wackelpudding umwerfen, aber der ist zäh wie Leder, gibt nie auf. Vulgo war's, der den Obersten Rumbel getötet hat, in seiner Badewanne … und noch ein paar dutzend. O ja, Vulgo wird dir gefallen.«

2

Der folgende Tag war genauso heiß, und die Hitzewelle, die vor zwei Monaten Mitte Mai begonnen hatte, dauerte an ohne ein Zeichen der Veränderung. Zwielicht weckte die beiden Mädchen zeitig, und als sie sich aufsetzten, gab er jeder eine Orange. »Esst die mal«, sagte er, »die sind toll.«

Das war das Frühstück, und zehn Minuten später verließen die drei Borribles das Haus und machten sich nach Whitechapel auf den Weg, wo plötzlich die Hauptstraße mitten im brüllenden Lärm des Stoßverkehrs am Montagmorgen lag. Fußgänger hasteten den Gehsteig entlang und rannten mit besorgten und unglücklichen Gesichtern zu ihren Arbeitsplätzen, als ob sie sich außerhalb ihrer Büros und Werkshallen unsicher und elend gefühlt hätten. Das schwere Trappen der Füße ließ Staubwolken aufsteigen, und obwohl es noch nicht neun Uhr war, knallte die Sonne auf den grauen Asphalt der Straße, dass er bereits zu schmelzen begann. Jeder vorbeijagende Autoreifen hörte sich an wie ein sich öffnender Reißverschluss.

Chaline sah sich rechts und links nach Polizisten um. Sie entdeckte keinen. »Vulgo wohnt unten in Limehouse Fields«, sagte sie. »Wo genau, weiß ich nicht.«

»Das ist hinten am Unionskanal«, sagte Zwielicht, »am besten gehen wir da rüber und fragen auf dem Weg einen Borrible.«

Sie überquerten die Hauptstraße, wichen dem Verkehr aus und ließen dann den Lärm und den Autogestank hinter sich auf ihrem Weg in die Fieldgate Street und weiter den Stepney Way entlang. Nach einer Viertelstunde kamen sie zu einem großen Wohnblock mit braunen und schwarzen Backsteinhäusern. Im inneren Hof waren schon dutzende von Kindern zu sehen, die müßig im Schatten herumhingen, Gefangene der aufsteigenden Hitze.

»Schulferien find ich gut«, sagte Sydney. »Da hüpfen so viele normale Kinder rum, dass die Bullen keine Chance haben, uns zu erkennen.«

»Sei dir nicht zu sicher«, antwortete Zwielicht. Er ging in den Hof, und die Mädchen folgten ihm. »In dem ganzen Gedränge hier muss sich doch *ein* Borrible verstecken«, sagte er. »Wie wär's mit dem da in der Ecke, der da auf der untersten Stufe hockt?«

Chaline und Sydney sahen hinüber. Der Junge auf der Treppenstufe trug einen halben mauvefarbenen Strumpf als Mütze über den Kopf gezogen, schön weit über die Ohren.

»Muss wohl«, sagte Sydney, »nur ein Borrible würde an einem solchen Tag eine Mütze tragen.«

»Schaun wir doch mal nach«, sagte Zwielicht. »Aber schön langsam, oder er haut ab.«

Sie durchquerten den Hof; über ihnen spähten Augen über Balkonbrüstungen, und jemand spuckte hinunter, aber es war schlecht gezielt, und niemand wurde getroffen. Chaline sah die Spucke am Boden zerplatzen und streckte spöttisch, ohne aufzusehen, zwei Finger in die Luft.

Die Geste erregte die Aufmerksamkeit des mauvebemützten Borribles, der hinter sich griff und eine Schleuder aus seiner Tasche zog. Borribles sind nie gleich zu Anfang freundlich, nicht einmal mit ihren eigenen Leuten. Sie streiten sich regelmäßig, kämpfen häufig und trauen nie einem Fremden. Rasch und ruhig lud der Borrible seine Schleuder, dann pfiff er schrill durch die Zähne, und der Kopf und die Hände eines Kollegen erschienen auf dem ersten Balkon: Auch er hatte eine Schleuder.

Ein, zwei Meter vor den Stufen hielt Zwielicht an und zog betont langsam seine eigene Schleuder aus der Tasche, um sie dann wieder verschwinden zu lassen.

Was Zwielicht getan hatte, war von Bedeutung. Die Schleuder ist die traditionelle Waffe der Borribles – sie haben sie seit Generationen benutzt, wegen ihrer tödlichen Einfachheit. Man kann sie überall herstellen, und vor langer Zeit, im neunzehnten Jahrhundert, als die Borribles viel durchzustehen hatten, wurde die Schleuder ihre beliebteste Verteidigung. Durch das Hervorholen der Schleuder hatte Zwielicht gezeigt, dass er ein Borrible war, und durch das Zurückstecken, dass er mit friedlichen Absichten gekommen war.

»Bin ein Borrible«, sagte Zwielicht, »und ich und die beiden hier sind auf der Suche nach einem Borrible namens Vulgo, der wohnt hier irgendwo. Diese Mädchen waren mit ihm auf der Großen Rumbeljagd.«

Der Borrible aus Stepney steckte seine Schleuder wieder weg. Er winkte kurz, und sein Freund auf dem Balkon verschwand. »Lasst mich mal 'n Ohr sehen«, sagte er.

Chaline zog ihr langes Haar etwas nach oben. Der Borrible nickte zufrieden.

»Große Rumbeljagd, die zwei hier? Schaun aus, als ob sie nicht mal allein über die Straße kommen. Na, ich will's dir glauben, andre wären da nicht so gutmütig … lasst mal hören, wie Vulgo aussieht, wenn ihr Freunde von ihm seid.«

Chaline beschrieb ihn so, wie Sydney es getan hatte. »Und jetzt hinkt er«, schloss sie, »wo er im Rumbelreich verwundet worden ist.«

Der Stepney-Borrible nickte. »Also gut. Hier ums Haus rum, über die Helly Street, am Kanal rauf zum Oceans-Wohnblock, und dann seht ihr gegenüber der Grünanlage ein paar verlassene Häuser. Das dritte ist das, was ihr sucht … Ich weiß wirklich nicht, Mädels.«

Chaline funkelte ihn an. »Dir könnt ich mit meiner Schleuder auf hundert Meter das Ohr abnehmen«, sagte sie.

»Und ich treib dir aus derselben Distanz einen Stein ins Nasenloch«, sagte Sydney.

Der andere Borrible lachte, ein kalter Laut im glühend heißen Viereck des schwarzen Hofs. »Ich hab die Geschichte von Vulgo gehört«, sagte er. »Du musst die sein, die den Rumbel im Suppentopf ertränkt hat.«

»Ganz recht«, sagte Chaline. »Bin ich.«

»Na, es ist und bleibt schwer zu glauben, und ihr könnt's Vulgo ausrichten, wenn ihr ihn seht.«

»Von wem? Wie heißt du denn?«, fragte Zwielicht.

»Garderobo«, sagte der Borrible. »Und dein Name?«

»Zwielicht«, sagte Zwielicht.

»Passt auch verdammt gut zu dir«, sagte Garderobo. Es war offensichtlich, dass er Bangladeshis nicht ausstehen konnte, und er sagte nichts weiter. Zwielicht zwang sich zu einem Kompliment.

»Garderobo ist ein guter Name«, sagte er, »ich würde gern eines Tages die Geschichte dazu hören«, und dann drehte er sich um und ging mit Chaline und Sydney aus dem Hof hinaus.

Bald hatten sie Vulgos Haus gefunden, und nachdem sie sich vergewissert hatten, dass sie nicht beobachtet wurden, schlüpften die drei Borribles in eine Gasse hinter dem Gebäude. Es war kein Laut zu hören, die Häuserzeile schien verlassen; in den Fenstern war auch kein Glas mehr und in den Türöffnungen keine Tür. Der Abfall der Straße hatte sich in die Häuser verlagert und türmte sich bereits zu großer Höhe auf, und meistens waren auch die Decken eingebrochen; der Schutt ging einem bis zu den Knöcheln, und alles roch nach Verfall.

»Ich geh als Erste«, sagte Chaline. Vorsichtig führte sie die anderen eine Treppe hinauf, deren Stufen sich unter dem Gewicht der drei leicht verschoben. Im Hinaufgehen pfiff Chaline: Sie hoffte, dass Vulgo – wenn er da war – das Signal erkennen würde, das sie auf der Großen Rumbeljagd vereinbart hatten.

Sie blieb stehen. Irgendwo über ihnen öffnete sich eine Tür, und eine Stimme sagte: »Verpisst euch, ihr seid im falschen Haus.«

Chaline schaute nach oben, konnte aber niemand entdecken.

»Ich bin gekommen, um Vulgo zu besuchen«, sagte sie. »Wir sind's, Chaline und Sydney.«

»Da stutz mir doch einer die Ohren«, sagte Vulgo und ging oben auf dem Treppenabsatz ein paar Schritte weiter, sodass man ihn sehen konnte. »Rauf mit euch und lasst euch anschauen.«

Die beiden Mädchen rannten die restlichen Treppenstufen hinauf und warfen die Arme um Vulgos Schultern.

»Hilfe, loslassen«, sagte er. »Kommt mal in mein Zimmer und trinkt 'nen Tee mit, und euer Freund da auch, wenn's einer ist.«

In seinem Zimmer ließ Vulgo alle sich hinsetzen und holte eine Teekanne und ein Päckchen Tee. Dann knipste er einen elektrischen Wasserkessel an. »Ist immer voll«, erklärte er. »Tee trink ich jede Menge.«

Chaline sah sich im Zimmer um – es war wie die meisten Borriblezimmer, die sie gesehen hatte, ihr eigenes eingeschlossen. Die Fenster waren mit einer alten Decke zugehängt, und ansonsten gab's eine nackte Glühbirne, eine Matratze, ein paar Orangenkisten als Schränke und ein paar von den kleinen Traubenfässern, umgekehrt aufgestellt, als Sitzgelegenheiten.

Vulgo hockte neben dem Kessel und wartete darauf, dass das Wasser kochte.

»Das ist Zwielicht«, sagte Sydney.

»Ein guter Name«, sagte Vulgo.

»Wenn Zwielicht nicht gewesen wäre«, erklärte Chaline, »dann hätten sie mir jetzt die Ohren gestutzt.« Sie erzählte die Geschichte ihrer Rettung und wie Sydney hergekommen war.

Vulgo musterte den Bangladeshi mit zusammengekniffenen Augen. »Wer einen Freund von mir rettet, ist auch mein Freund«, sagte er. Dann kochte das Wasser, und er goss den Tee auf, den er schließlich, als er fertig war, in vier Marmeladegläser goss, in denen er den Zucker mit einem Messer umrührte. Er hinkte durch den Raum und verteilte die Gläser.

»Wie geht's dem Bein?«, fragte Chaline.

»Ist besser als gar keins«, sagte Vulgo, und er berührte seine alte Wunde und grinste. »Komm ganz gut zurecht damit. Kann immer noch rennen, obwohl ich dann wie ein Hund auf drei Beinen ausseh. Trotzdem, ich halt mich möglichst raus. Mit Abenteuern bin ich bedient, die Rumbeljagd hat mir gereicht.« Vulgo runzelte plötzlich die Stirn, und seine Augen wurden misstrauisch. »Du bist eine ganz schöne Strecke von daheim weg, Sydney, was hast du vor?«

»Sag's ihm«, sagte Chaline.

Sydney holte ihren Papierfetzen aus der Tasche und gab ihn Vulgo. »Was hältst du hiervon?«, fragte sie.

Vulgo las die Botschaft laut. »Sam lebt noch. Zuletzt in Fulham gesehen. Braucht Hilfe. – Ein Borrible.« Er gab das Papier zurück und schwieg einige Augenblicke. Sein Gesicht wurde finster. »Es könnte eine Falle sein«, sagte er schließlich.

»Eine Falle!«, sagte Sydney.

Vulgo schlürfte einen Schluck aus seinem Marmeladeglas. »Schon mal was von der SBE gehört«, fragte er, »und von Inspektor Snuffkin?«

Chaline nickte. »Der Bulle, der mich gestern geschnappt hat, hat was davon gesagt. Die wollen uns alle kassieren.«

»Wollen sie stets und immer«, sagte Zwielicht.

»Ja«, sagte Vulgo, »aber das ist was anderes. Das Auge des Gesetzes war äußerst schockiert, als man Tautröpfchen und Herbie gefunden hat, vor allem, als man sie mausetot gefunden hat. Dem Snuffkin hat man den Auftrag erteilt, eine Spezial-Borrible-Einheit zu organisieren, vor allem, um rauszukriegen, wer Tautröpfchen auf dem Gewissen hat, aber auch, um möglichst viele Borribles zu fangen, ihnen die Ohren zu stutzen und sie in normale Kinderchen zurückzuverwandeln. Die wissen alles über uns, die haben das *Große Buch der Borrible-Sprichwörter*, die haben ein paar Borribles gefangen und sie zum Reden gezwungen. Tag und Nacht fahren die kreuz und quer durch London, in blauen Mannschaftswagen mit dunklen Fenstern. Wenn sie 'ne Schleuder sehen oder eine Wollmütze oder ein Kind in der Nähe von einem Haus wie dem hier, dann in Sekundenschnelle raus aus dem Auto, und zack, ins Gefängnis und ward nicht mehr gesehen.«

»Gut, wissen wir alles«, sagte Sydney, »was hat das mit der Nachricht hier zu tun?«

»Hör nur gut zu«, sagte Vulgo. »Wenn dieser Snuffkin das mit Tautröpfchen und Herbie weiß, dann kann es durchaus sein, dass er auch über die große Schlacht im Rumbelreich Bescheid weiß. Vielleicht weiß er sogar, dass Sam uns geholfen hat, und dann braucht er bloß ein paar Zettel wie den hier in der Gegend verstreuen, und wenn er weiß, wie Borriblebotschaften von Hand zu Hand weitergegeben werden, dann weiß er auch, dass so eine Botschaft eine gute Chance hat, am Ende jemand zu erreichen, der tatsächlich auf der Großen Rumbeljagd war. Und wenn derjenige, welcher blöd genug wäre, in Fulham nach Sam zu suchen, und wenn Snuffkin ihn schnappt, dann könnte die SBE doch ziemlich sicher sein, dass sie jemand haben, der mit dem Southfields-Mord in Verbindung steht, hm?« Und Vulgo lehnte sich zurück, wiegte den Kopf und trank seinen Tee mit dem Gebaren eines Borribles, der die Gedanken eines Polizisten über den halben Planeten hinweg mühelos lesen kann.

Sydneys Gesicht zeigte deutlich ihre Enttäuschung; sie tat Chaline leid; sie wusste, wie viel Sam, das Pferd, dem Mädchen aus Neasden bedeutete.

»So hab ich mir's noch nicht überlegt«, sagte Sydney. »Aber es *muss* ja keine Falle sein, oder? Ich meine, Borriblebotschaften kommen schließlich auf diese Art und Weise durch ganz London, sie könnte von einem Borrible in Fulham sein, der Sam gesehen hat und die Geschichte kennt. So könnte es doch auch sein. Oder?«

»Schon«, sagte Vulgo, »aber wenn wer geht und nach Sam sucht, soll er sich am besten ein gutes Fernglas mitnehmen, weil unter dem Pferdeschwanz bestimmt ein Bulle wartet.«

»Ich würde mit ihr mitgehen«, sagte Zwielicht. »Ich hab da keine Angst.«

Vulgo drehte sich auf seinem Fass herum und lächelte. Sein glattes braunes Haar und sein spitzes Kinn ließen sein Gesicht freundlich-boshaft erscheinen. »Hier geht's nicht ums Angsthaben, hier geht's darum, dass man nicht die Ohren gestutzt kriegt, eine Frage des Überlebens, wie immer. Wenn du die Hälfte von dem gesehen hättest, was wir auf der Großen Rumbeljagd zu sehen bekommen haben, würdest du gern in der Nähe von deinem Markt bleiben, in deinem Haus wohnen und einen großen Bogen um die Plattfüße machen.«

»Aber genau das ist's«, sagte Zwielicht und zog die Schultern nach oben, »ich hab nicht einmal die Hälfte von dem gesehen, was ihr gesehen habt, und werd's auch nicht, wenn ich nicht was unternehme.«

»Also, was ich meine, was ich empfinde«, sagte Sydney, »ist: Wir schulden Sam unser Leben. Ich hab's ihm versprochen, ich komm zurück und hol ihn. Das Versprechen hab ich nie vergessen, und seit ich die Nachricht hier bekommen hab, muss ich immer dran denken.«

»Na, du bist nicht die Einzige, die an Sam gedacht hat«, sagte Vulgo. »Ich hab das auch, und wahrscheinlich die anderen auch. War mir ganz gegen den Strich, ihn da am Wandleufer zurückzulassen, aber heutzutage ist das Reisen gefährlich, und es wird ständig noch gefährlicher, wir sollten nicht einfach so durch London flattern und uns von der SBE einsammeln lassen. Das würde Sam selbst auch nicht wollen.«

Sydney starrte auf den Zettel in ihrer Hand. Sie wollte so gerne daran glauben, und jetzt hatte Vulgo ihre Zuversicht zerstört.

»Na gut«, sagte sie. »Ich weiß, Chaline will nicht mitgehen, aber ich nehm an, Zwielicht und ich können zusammen gehn, nur mal uns umsehen, meine ich.«

Vulgo schüttelte den Kopf. »Ich will mir keine Namen mehr verdienen. Den Ehrgeiz, wie ihn Poch hatte, den hab ich nicht. Er wollte sich mehr Ruhm holen als jeder andere Borrible, und wo ist er jetzt? Tot und tief im Schlamm des Wandle. Wie geht das Sprichwort … ›Ein guter Name ist genug, ist nur der Name gut genug.‹ Na, meiner ist's.«

Keiner sagte mehr etwas; es war lange still. Sie konzentrierten sich darauf, ihren Tee zu Ende zu trinken. Vulgo stand sogar auf und machte frischen Tee, und die ganze Zeit waren seine Gäste still. Sydney starrte immer noch auf ihren Zettel, und Chaline fiel nichts ein, womit sie ihre Freundin hätte trösten oder aufheitern können. Zwielicht hielt sich zurück, weil es nicht seine Angelegenheit war: das hier betraf drei alte Freunde, Veteranen eines wilden und gefährlichen Erlebnisses, an dem er keinen Anteil hatte.

Zehn Minuten waren vergangen. Chaline konnte sehen, dass Vulgo angestrengt nachdachte, seine oberen Zähne auf die Kante seines Marmeladeglases voll Tee gestützt. Schließlich stand er auf, hinkte zu einer Orangenkiste hinüber, holte einige Äpfel hervor und verteilte sie.

»Also, ich hab folgende Idee«, sagte er. »Jetzt sind Schulferien, für uns ist das Reisen jetzt sicherer. Ich bin nicht für irgendwas Gefährliches, aber was wir tun könnten, ist, die anderen Überlebenden zusammenzuholen; fehlen nur noch der alte Stonkus aus Peckham und Bingo aus Battersea, dann könnten wir uns alle besprechen. Wir suchen uns jemand, der grade nach Peckham rübertigert, und schicken Stonkus eine Nachricht und sagen, wir treffen uns in Bingos Haus. Auf dem Weg nach Battersea fragen wir dann alle Borribles, die wir sehen, ob sie irgendwelche Botschaften wegen Sam bekommen haben. Wenn nicht, ist die Botschaft wahrscheinlich echt, wenn man ein paar davon gesehen hat, ist's wahrscheinlich eine Falle. Auf die Weise müssen wir uns nicht festlegen wegen Fulham, bis wir gehört haben, was jeder zu sagen hat. Wie kommt dir das vor, Sydney, ist das besser?«

Sydney schaute auf und lächelte, ihr Gesicht hellte sich auf. »Ach Vulgo«, sagte sie, »das ist wunderbar, verdammt noch mal, wunderbar.«

Die vier Borribles wollten keine Zeit vergeuden und beschlossen, am nächsten Morgen aufzubrechen. Die Nachricht nach Peckham ging über das Borriblenetz hinaus, und Zwielicht meldete sich freiwillig zum Organisieren der Vorräte, die sie für den langen Marsch nach Battersea brauchen würden. Er verließ Vulgos Haus am Nachmittag und versprach, bis zum Einbruch der Nacht wieder zurück zu sein.

Vulgo kontrollierte seine Schleuder. Außerdem gab er Chaline eine, die er übrig hatte, als Ersatz für die, die ihr von dem Polizisten abgenommen worden war. Später verschwand er für ein, zwei Stunden, »ein paar ordentliche Steine besorgen«, wie er sagte.

Diese Nacht schliefen alle vier in Vulgos Haus, und beim ersten Frühlicht standen sie auf und frühstückten ausgiebig.

»Wir gehen auf die Straße, sobald der Berufsverkehr einsetzt«, sagte Vulgo, »da fallen wir nicht so auf. Denkt dran, das leiseste Anzeichen, dass irgendwas nicht sauber ist, und wir rennen los. Wenn wir getrennt werden, Treffpunkt bei Bingo.«

»Großartig«, sagte Zwielicht. »Ist dir eigentlich klar, dass ich noch nie aus dem East End draußen war, geschweige denn übern Fluss?«

»Nun ja«, sagte Chaline, »hoffen wir, dass es einfach ein kleiner Spaziergang wird und sonst nichts.«

Es war dann auch ein schöner Spaziergang. Die Route führte weit am Fluss entlang, und das Wasser der Themse blitzte und glänzte im Sonnenlicht. Schlepper und Lastkähne dampften mit der Flut an ihnen vorbei; Möwen schwangen sich auf den kreisenden Strömen der warmen Luft dahin, und ihre langen, klagenden Rufe ließen das Themseufer exotisch wie eine Schatzinsel erscheinen. Busse und Autos glänzten und dampften in der Hitze, und der blaue Qualm der Abgase schwebte als blasses Rinnsal einen Meter oder so über dem blasenwerfenden Teer der Straßen.

Das war das Zentrum Londons im Sommer, und so zufrieden waren es die Borribles, ein Teil ihrer Stadt zu sein, dass sie leise vor sich hin zu singen begannen, wie sie den heißen Gehsteig entlang daherkamen – ein Lied, das von ihrer Art zu leben erzählte, und wie sie dieses Leben genossen, eines der berühmtesten Borriblelieder, die je geschrieben worden waren:

Wer lässt sich gern an die Kette legen?
　Wer latscht Tag für Tag ins Büro?
Ängstlich grinsen und dienern? Von wegen!
　Wer will still und sparsam sein Lohntütchen pflegen?
Wer möchte Direktor sein oder so,
　Mit Chauffeur in den Aufsichtsrat alle Tage?
Wenn ihr uns fragt, nicht ums Verrecken,
Die Jobs, meine Herrn, könnt ihr euch sonst wohin
　stecken,

　Als Beruf kommt für uns nur die Freiheit in Frage!
Freiheit! Uns kriegt ihr nie zu fassen!
　In ganz London füllen wir unseren Bauch,
Im Hin und Her der Straßen und Gassen,
　Die wir so lieben! Die wir nie lassen!
Der Fluss zieht wie im Traum durch den Rauch –
　Geht nur verbissen zur täglichen Plage,
Wir schleichen souverän durch die Stadt,
Das Lumpengesindel, das alles hat,
　Als Beruf kommt für uns nur die Freiheit in Frage!

So marschierten sie am Nordufer entlang, bis sie zur Albert Bridge kamen; dort kreuzten sie den Fluss. Als sie drüben waren, gingen sie rechts und an den Busdepots vorbei, dann in die Church Road, wo eine große Veränderung sie erwartete. Die hohen schwarzen Mauern von Morgans Schmelzofenwerken, die hohen Schornsteine, die sich immer gegen die Wolken abgezeichnet hatten, die Quadratkilometer rußiger Fenster, alles war verschwunden. Die Fabrik war abgerissen worden.

»Schaut euch das an«, sagte Chaline. »Seltsam, nicht?«

Sie gingen weiter und blieben kurz bei St. Mary's Church und dem Pub *The Old Swan* stehen.

»Da sind wir gelandet, nachdem wir den Wendels davon sind«, sagte Sydney, »und wir sind dann in die Borriblehäuser gegenüber. Haben sie auch abgerissen; alles verschwindet.«

Schließlich kamen sie an ihr Ziel, bogen in die Battersea High Street ein und gingen weiter in Richtung Straßenmarkt … aber sie blieben nicht unbeobachtet. Als sie an der Ecke Granfield Street vorbeikamen, trat ihnen ein Borrible mit einem alten Blazer der Sinjen-Schule und zerknitterten grauen Hosen in den Weg und sagte: »Was treibt ihr denn hier alle?«

Es war Grabscher, Pochs Freund, und Chaline erkannte ihn.

»Wir sind Borribles, ist schon in Ordnung«, sagte sie. »Drei von uns waren auf der Rumbeljagd.«

Grabscher zeigte sich unbeeindruckt. »Wenn schon«, sagte er, »ich will immer noch wissen, was ihr hier treibt, ist nicht euer Revier.«

»Mach keine Zicken«, sagte Vulgo, »wir wollen zu Bingo, nicht zu dir. Warum machst du uns nicht Platz?«

Grabscher machte einen Schritt auf Vulgo zu. »Wenn ihr bloß nicht hergekommen seid, um wieder so ein hirnrissiges Abenteuer anzuleiern. Wo ist jetzt Poch, hm, wo ist mein Freund? Tot, ja?« Grabscher ballte die Fäuste, und er stand da, als ob er gegen alle vier antreten wollte.

»Spinn doch nicht rum«, sagte Chaline. »Wir wollen was mit Bingo bereden, das ist alles.«

»Ich sag's ihm«, sagte Grabscher. »Und was euch betrifft, ihr geht mal besser und meldet euch bei Zoff.« Und damit drehte er sich auf dem Absatz um und rannte davon. Die vier Reisenden sahen ihm nach.

»Freundlicher kleiner Typ, was?«, sagte Zwielicht. »Kann's nur nicht so zeigen.«

»Er hat Poch sehr gemocht«, sagte Chaline, »kann also wohl nicht der Schlechteste sein. Vielleicht hasst er uns, weil wir zurückgekommen sind und Poch nicht.«

»Wie steht's mit Zoff?«, wollte Sydney wissen. »Komisch, aber keiner von uns hat dran gedacht, zu ihm zu gehen, oder?«

»Was hat der damit zu tun?«, fragte Zwielicht.

»Der hat das Borriblehaus, wo Poch gewohnt hat«, erklärte Chaline. »War eigentlich er, der damals alle überredet hat, auf die Rumbeljagd zu gehen. Er hat Poch den geheimen Auftrag gegeben, den Rumbelschatz zu holen und zurückzubringen. Wenn ihr mich fragt, der war bloß auf das Geld scharf.«

»Können wir nicht wissen«, sagte Vulgo und wiegte den Kopf.

»Nein, können wir nicht«, gab Chaline zu, »aber wie ich das sehe, ist Zoff gerissen, dem trau ich nicht so weit, wie ich ein Klavier werfen kann. Na ja, wo wir jetzt hier sind, sagen wir's ihm besser, sonst gibt es noch Stunk.«

Zoffs Haus stand auf halber Höhe der High Street, hoch, breit und verlassen, alle Fenster zugenagelt und ein schweres Stück Wellblech über dem Haupteingang. Die Fassade des Gebäudes war schmutzig grau gestrichen, und in schwarzen Lettern verkündete eine Aufschrift »Bunhams Patentschlösser GmbH Tel. 4828«.

Die vier Borribles hingen einige Minuten vor dem Haus herum, bis die Straße in der Nähe frei von Passanten war; kein Borrible lässt sich gern beim Betreten eines verlassenen Hauses beobachten. Als die Luft rein war, gingen sie die steile Treppe zur Kellertür hinunter, die sie offen fanden; sie betraten einen feuchten, grün schimmeligen Raum ohne irgendwelche Möbel. Der Gips war in zahlreichen Klumpen von der Decke abgebröckelt und lag überall herum.

Vulgo betrachtete die Wände und zog scharf die Luft durch die Nase. »Hier sind wir abmarschiert«, sagte er zu Zwielicht, »direkt hier in diesem Raum, wir acht. Zoff wohnt oben, auf geht's.«

Auf dem ersten Treppenabsatz hielt Vulgo vor einer ungestrichenen Tür und klopfte mit dem Borriblesignal: lang, kurz, kurz, lang. Die Tür öffnete sich sofort, und Grabscher erschien. Er deutete mit dem Daumen über die Schulter und drängte sich an ihnen vorbei.

»Er weiß, dass ihr da seid«, sagte er, »ich hab's ihm gesagt.« Sich in den Schultern vor und zurück wiegend ging er die Treppe hinunter.

»Ist nicht so schlimm, wie er aussieht«, sagte eine Stimme. Zoff stand unter der Tür.

Chaline betrachtete ihn genau. »Der kleine Arsch hat sich kein bisschen verändert«, sagte sie zu sich selbst. »Nicht das kleinste bisschen.« Es war sein Gesicht, an das sie sich erinnerte: klar und hell wie das eines Zwölfjährigen, mit Augen, die ständig leuchteten, dunkel, mit einem Funken tiefer List, einer Verschlagenheit, die jahrhundertealt hätte sein können. Er trug denselben orangenen Morgenmantel und dieselbe rote Strickmütze.

»Kommt doch lieber alle mal rein«, sagte er und winkte sie ins Zimmer.

Innen ließ sich Zoff in seinen alten Sessel sinken. Trotz der sommerlichen Hitze brannte ein Paraffinkocher auf kleiner Flamme, und obendrauf brodelte eine große braune Emailleteekanne. Zoff stellte vier Tassen auf eine Orangenkiste und goss eine Flüssigkeit ein, die wie Schießpulver schmeckte und der man löffelweise Zucker zusetzen musste, damit man sie trinken konnte.

»Na, das muss ich sagen«, sagte er nach dem ersten Schluck, »das ist wirklich nett von euch, den ganzen langen Weg herzukommen, um mal Guten Tag zu sagen. Sydney, Vulgo und Chaline, stimmt's? Muss sechs oder sieben Monate her sein, seit ich euch gesehen habe. Wer ist der schwarze Junge? Kenn ich nicht, oder?«

»Mein Name ist Zwielicht«, sagte der Bangladeshi nicht ohne Stolz.

»Ein ungewöhnlicher Name«, sagte Zoff. »Ich hoffe, dass du Zeit finden wirst, mir deine Geschichte zu erzählen, solang du hier bist.«

Zoff schlug nun vor, dass die vier Borribles sich mit ihren Tassen auf die Traubenfässer setzen sollten, die an einer Wand des Zimmers aufgereiht standen. Das taten sie, machten sich's bequem und tranken und schwitzten in der überheizten Luft des Zimmers, obwohl keiner etwas sagte. Diese Stille wurde peinlich, und Chaline fragte sich, ob ihre Ankunft Zoff irgendwie aus dem Konzept gebracht hatte. Es war immer schwierig, seine Reaktionen genau einzuschätzen. In dem kleinen harten Schädel lagen lange Korridore der List voll hallender Echos.

»Grabscher sagte, ihr wollt zu Bingo«, sagte er schließlich über den Rand seiner Teetasse hinweg. Der Dampf strömte nach oben über sein Gesicht und verhüllte das Leuchten seiner Augen. Er wartete und lächelte, als hätte er den Verdacht, seine Gäste wüssten etwas, das sie lieber nicht wissen sollten, ginge es nach ihm – und als wünschte er doch, herauszufinden, wie viel sie wussten, ohne dass er selbst etwas preisgeben musste.

Sydney sah ihre drei Gefährten an, wischte sich etwas Schweiß von den Augenbrauen, hustete und sagte: »Wir … das heißt, ich … ich bin zu Chaline gegangen, weil ich mir wegen Sam Sorgen gemacht habe.«

»Sam?«, fragte Zoff, und seine Stirn legte sich in Falten, als bedeute ihm der Name überhaupt nichts. Chaline kniff verächtlich den Mund zusammen. Sie war überzeugt, dass Zoff sich an jedes Detail der Expedition gegen die Rumbels erinnerte und dass er darüber hinaus einen großen Teil seiner Zeit damit zubrachte, über die Rumbeljagd nachzudenken, darüber, was damals passiert war und was deswegen noch alles passieren mochte.

»Sam«, sagte sie und gab sich keine Mühe, den sarkastischen Ton zu unterdrücken, »war das Pferd.«

»Ach ja«, sagte Zoff. »Das Pferd, natürlich.« Er lächelte. »Wie töricht von mir.«

»Also«, fuhr Sydney fort. »Ich hab ihm das Versprechen gegeben, dass ich zurückkomme und ihn hole ... und neulich bekomm ich das da.« Sydney gab Zoff die Botschaft; er studierte sie genau und betrachtete beide Seiten des Papiers prüfend.

»Hmmm«, sagte er schließlich, als er fertig war. »Fulham – werdet ihr hingehen?«

Vulgo lehnte sich vor und stützte die Ellenbogen auf die Knie, die Tasse zwischen den verschränkten Händen. »Der springende Punkt ist, Zoff, ich glaub, diese Botschaft ist ein Lockvögelchen, ich glaube, da hat sich die SBE was ausgedacht.«

Zoff beschaute wieder den Zettel. »Das ist ein Gedanke«, sagte er. »Diese Plattfüße von dem Snuffkin werden langsam regelrecht lästig. Zweimal haben sie hier das Haus durchsucht, hab's beim zweiten Mal grade noch geschafft, abzuhauen. Jetzt haben wir Borribleposten an jedem Ende der Straße. Sobald einer von diesen blauen Wagen angeeiert kommt, Kollegen, sind wir ruckzuck verschwunden.«

Vulgo nickte. »Wäre ein Kinderspiel für die SBE gewesen, weißt du, so einen Zettel hier zirkulieren zu lassen ... obwohl ich zugeben muss, dass wir auf dem Weg hierher mit einer Menge Borribles gesprochen haben, und keiner hatte eine Botschaft wegen Sam je gesehen, insofern könnte sie natürlich auch echt sein. Andererseits, wenn wir zu dem Ergebnis kommen, dass es eine Falle ist, sollten wir uns das Pferd ganz aus dem Kopf schlagen.«

»Mein ich aber auch«, sagte Zoff. Falls er vorher nervös gewesen sein sollte, entspannte er sich jetzt sichtlich. »Was meinst du, Chaline?«

»Ich meine überhaupt nichts. Ich bin nur so mitgekommen – und um Bingo und Stonkus zu sehen. Sydney hat ein Versprechen gegeben, aber ich nicht.« Sie zuckte die Achseln.

Zwielicht unterbrach: »Ich würde sofort nach Fulham gehen, wie nichts.«

Zoff lachte. »Wie Poch. Der ist wie Poch.«

»Genau«, sagte Chaline, »und Poch ist tot, und das war deine Schuld. Du bist so raffiniert, dass du dir noch mal selbst im Dunkeln begegnest, das sag ich dir ins Gesicht.«

Zoffs Gesicht verfinsterte sich. »Ich wollte nur das Geld unter allen verteilen.«

»Borribles sollten mit Geld gar nicht erst anfangen«, sagte Vulgo.

Zoff schnitt eine Grimasse. »Na, bis jetzt hatten sie ja auch kaum Gelegenheit dazu, wir haben ja nie welches«, sagte er. Er schaute Chaline direkt in die Augen. »Du hast mich nie leiden können, Chaline, selbst bevor Poch tot war, aber du kannst nicht bestreiten, dass wir von den Rumbels seit dem Angriff keinen Mucks mehr gehört haben. Keinen Mucks.«

»Richtig«, sagte Chaline, »dafür haben wir jetzt die SBE.«

»Die Welt tut uns keinen Gefallen«, sagte Zoff, und dann zitierte er aus dem Buch der Borrible-Sprichwörter: »Der Borrible kriegt nur das Geschenk, das er sich nimmt.« Er betrachtete seine Besucher einen Augenblick lang prüfend. »Was macht ihr jetzt?«

»Wir besprechen das mit Bingo«, sagte Vulgo, »und Stonkus.«

»Na denn«, sagte Zoff. »Ich meine im Übrigen, ihr solltet herausfinden, wo das Pferd ist. Wenn es wirklich in Fulham steckt, und wenn ihr zu dem Schluss kommt, dass es keine Falle ist, dann könnten wir doch einfach mal vorbeigehn und uns die Sache ansehen.«

»Wir?«, rief Sydney.

»Ja, warum soll ich nicht auch mitkommen, bin seit einer Ewigkeit nicht mehr auf eine kleine Reise gegangen. Möchte nicht die ganze Zeit hier rumsitzen, außerdem tut's mir gut, mal hier wegzukommen.«

Sydney und die drei anderen starrten sich an. Diese Entwicklung der Situation verblüffte sie vollständig. Niemand konnte sich erinnern, dass Zoff sein Zimmer je für einen nennenswerten Zeitraum verlassen hätte.

»Mit dir würd ich nicht mal die Straße runtergehen«, sagte Chaline.

Zoff zog die Augenbrauen hoch. »Tut nichts zur Sache, du hast gesagt, du gehst ohnehin nicht mit. Sydney, Zwielicht und ich packen das allein, selbst wenn Bingo und Stonkus nicht mitwollen.«

»Nun mal einen Moment«, sagte Vulgo errötend. »Ich hätte nichts dagegen, zu gehn, wenn ich sicher wäre, dass es keine Falle von der SBE ist.«

Zoff lehnte sich vor. »Es hat gar keinen Sinn, jetzt was entscheiden zu wollen, solange wir nicht mehr Informationen haben. Ich hab ein paar

Freunde in Fulham, ich versuch mal rauszufinden, ob an der Botschaft was Wahres dran ist.«

Chaline knallte ihre leere Tasse auf den Boden.

»Hast du je irgendwelche Nachrichten aus dem Revier der Wendels gehört?«, fragte sie.

In Zoffs Augen glomm tief hinten Hass auf. »Nee«, sagte er, »nur Gerüchte, aber aus dem Revier von den Wendels kommen auch zu den besten Zeiten nicht besonders viel Nachrichten.«

Chaline zeigte mit dem Finger auf ihn. »Dir ist es schnurzegal, was mit Poch passiert ist.«

Zoff goss sich noch eine Tasse Tee ein. »Ich bin seit Jahren ein Borrible, seit langen Jahren«, sagte er, »mehr Jahre als der Rest von euch zusammengenommen. Pass auf, was du sagst, Chaline, oder ich verpass dir eine, dass du nächste Woche wieder zu dir kommst.«

»Nicht, solang ich hier bin«, sagte Vulgo ruhig.

»Oder ich«, sagte Sydney.

»Oder selbst ich«, fügte Zwielicht hinzu.

Zoff hob seine Tasse und neigte spöttisch den Kopf. »Gut denn«, sagte er. »Das Zimmer oben steht leer. Markttag ist jeden Tag in der Woche, bedient euch, kommt mir nicht in Schwierigkeiten und macht mir keine Battersea-Borribles kopfscheu, während ihr hier seid.«

»Herzlichen Dank«, sagte Chaline und ging rasch aus dem Zimmer. Die anderen folgten nacheinander, nur Vulgo hielt noch einmal auf dem Weg nach draußen an.

»Nicht so wild mit Chaline«, sagte er. »Es geht ihr nahe, wenn sie sich an das Abenteuer erinnert, Poch und das alles. Sie glaubt, es ist nicht richtig, wenn sich Borribles auf irgendwelche Schwierigkeiten einlassen.«

Zoff lächelte sein listigstes Lächeln. »Schwierigkeiten? Auf die braucht sich niemand einzulassen«, sagte er. »Die kennen den Weg zu jeder Tür ganz von selbst, der Trick ist, dass man nicht zu Hause ist, wenn sie anklopfen.« Und er warf den Kopf zurück, und sein Lächeln zerbrach in Stücke und wurde zu rauem Gelächter. Vulgo sagte nichts mehr, sondern wandte sich ab und ging; er schloss die Tür leise hinter sich und folgte seinen Freunden nach oben.

Oben stand Bingo. »Hab den alten Miesepeter Grabscher auf dem Markt gesehen«, sagte er und schlug Vulgo auf die Schulter. »Hallo, du Krüppel, hinkst du jetzt besser?«

Bingo war schmal gebaut, selbst für einen Borrible; er war etwa so groß wie Zwielicht, aber dünner. Seine Haut sah gesund aus; seine blauen Augen waren ständig in Bewegung, aber nie verstohlen, sein Haar war dunkel und kräuselte sich wie Stahlwolle. Wenn er redete, lächelte er. Es musste schon schlimm kommen, damit er sich schlecht fühlte.

»Das Hinken geht ausgezeichnet«, sagte Vulgo und schob seinem Kumpel sanft die flache Hand ins Gesicht.

»Wer ist der Bimbo hier?«

»Mein Name ist Zwielicht«, sagte der Bangladeshi, richtete sich zu seiner vollen Größe auf und sah Bingo direkt in die Augen.

Bingo schrie entzückt auf. »Zwielicht ist ein großer und hervorragender Name, o Borrible von jenseits des Wassers, erzähl mir die Geschichte.«

»Jenseits des Wassers«, sagte Zwielicht, der wütend wurde, »red keinen Scheiß, das ist das erste Mal, dass ich aus Whitechapel raus bin.«

Bingo zwinkerte. »Na, da musstest du doch über den Fluss rüber, um hierherzukommen, oder?«

»Der zieht dich auf, Zwielicht«, sagte Chaline. »Lass ihn, Bingo. Zwielicht hat mich neulich vor einem Bullen gerettet.«

Bingo wurde einen Augenblick ernst. »Wer meinen Freund rettet«, sagte er, »ist mein Freund«, und er schlug Zwielicht auf die Schulter.

Der Bangladeshi freute sich so über diesen Empfang, dass er einen Kloß im Hals spürte. Er fand keine Worte, aber er nickte und lächelte.

»Jedenfalls«, fuhr Bingo fort, »gibt's das nicht, dass ihr hier bleibt, furchtbar ungemütlich. Ich hab auf dem Lavender Hill einen leeren Keller neben einem Supermarkt, hab ein paar Steine aus der Wand gelöst, Essen ist keinerlei Problem mehr. Ich biete euch ein Festessen, und Matratzen gibt's zuhauf. Wie wär's?«

Der Entschluss war leicht gefasst, und die fünf Borribles klapperten die hölzernen Treppenstufen hinunter und hielten nur kurz im Erdgeschoss an, damit Vulgo Zoff Bescheid sagen konnte, wo sie hingingen, und auch für Stonkus eine Nachricht hinterlassen konnte.

»Alsdann«, sagte Zoff, »ich sag's ihm, und wenn ich irgendwas höre wegen dem Pferd, schick ich einen Läufer rüber. Aufgepasst, und lasst euch nicht erwischen.«

»Nein«, sagte Vulgo, »keinesfalls«, und er hinkte davon.

Die Wartezeit verging angenehm. Wie Bingo versprochen hatte, gab es in seinem Keller einen beträchtlichen Essensvorrat, und an den meisten Tagen wanderten die fünf Borribles zusammen durch die geschäftigen Straßen um Clapham Junction, unterhielten sich mit anderen Borribles und machten bei den Spielen normaler Kinder mit. Zwielicht erzählte die Geschichte seines Namens, und im Gegenzug erzählte Bingo noch eine weitere Version der Großen Rumbeljagd, erzählte von seinem Kampf in der Bibliothek gegen den besten Krieger des Rumbelreiches, einem Kampf bis zum Tod mit den Rumbelspeeren, und wie Napoleon dutzende von Rumbels getötet und die große Bibliothek in Brand gesteckt hatte.

»Dieser Napoleon«, sagte Bingo, den Kopf schüttelnd, als könne er gar nicht recht glauben, dass er so jemand je getroffen hatte, »was für ein Raufbold war das – war einfach sein Größtes. Ich weiß, er hat uns bei den Wendels reingeritten, aber ich hab ihn gemocht, und man muss auch bedenken, dass er uns am Schluss wieder rausgeholt hat. Niemand sonst hätt's geschafft, nicht einmal Poch ... und niemand sonst hätte Eisenkopf überlistet.«

»Wie war der, der Eisenkopf?«

»Der Wendelhäuptling! Das ist das härteste, kälteste, grausamste, gemeinste Schwein von einem Borrible auf der ganzen Welt«, sagte Bingo. »Wenn du je das bedauernswerte Pech hast, ihn zu treffen, dreh dich um und lauf, was du laufen kannst. Versuch nicht, mutig zu sein oder irgend so einen Blödsinn, lauf einfach zu. Eisenkopf ist die Art Typ, dem es Spaß macht, Nadeln in einen Regenwurm zu stecken und zu schaun, wie er sich krümmt.«

An einem frühen Morgen, nach einer Woche des Schlenderns und Redens, kam eine Botschaft, auf ein Blatt Papier gekrakelt, von Zoff. »Stonkus ist da«, hieß es. Das war, wie Zoff wusste, ausreichend, damit die fünf Borribles eilig in die Battersea High Street kamen, und er hatte recht. Sie verließen Lavender Hill im Trab und behielten den ganzen Weg ihr Tempo bei. Stonkus wartete am oberen Ende des Markts auf sie, an eine Ampel gelehnt.

Für einen Borrible war Stonkus groß; er sah stark aus, mit dichten schwarzen Augenbrauen und einem roten Gesicht, das nur langsam seine Gefühle erkennen ließ. Stonkus redete nie um was herum; witzig war er nicht, aber stur, zäh und verlässlich. Ein guter Freund neben einem, wenn's mulmig wurde.

»Ich wart jetzt schon einen halben Tag auf euch Vagabunden«, sagte er, und obwohl er versuchte, streng dreinzuschauen, ließ sein Gesicht wider Willen erkennen, wie er sich freute. »Sind ja Meilen von hier bis Peckham.«

»Schnauze«, sagte Bingo, »oder ich lass dir von Chaline die Nase flachbügeln.«

Nach dieser Begrüßung tauchten die sechs Freunde in den Markt, nahmen sich im Vorbeigehen was zu essen mit und folgten weiter der High Street, bis sie einen offenen, staubigen Platz zwischen der Eisenbahnböschung und einem Alteisenlager erreichten, wo die kaputten Karosserien alter Autos aufgetürmt lagen, vier, fünf übereinander, in bedenklichem Gleichgewicht. Dort setzten sich die Borribles auf schmutzigen Steinen im Schatten eines Lattenzauns hin; der heiße Himmel spannte sich straff über ihnen. Alle zehn Minuten oder so ratterte ein dunkelblauer Elektrozug vorbei, dessen Geräusch sich veränderte, wenn die Räder dumpf über die Battersea-Eisenbahnbrücke klirrten. An diesem Ort waren die Borribles sicher, und er gefiel ihnen. Sie aßen das gestohlene Obst und besprachen sich.

»Die SBE, dieser Haufen, lässt mich völlig kalt«, sagte Stonkus. »Ich meine, die wissen nicht, dass wir uns Sorgen um Sam machen oder dass Sydney ein Versprechen gegeben hat. Ich meine, wir schulden dem Pferd zumindest mal den Versuch, es zu finden … hab immer ein blödes Gefühl gehabt, wie wir ihn da zurückgelassen haben.«

»Dann sind wir vier«, sagte Zwielicht. »Ich, Sydney, Bingo und jetzt Stonkus.«

»Fünf, wenn du Zoff mitzählst«, sagte Chaline.

In diesem Moment wurde das Gespräch durch ein raschelndes Geräusch unterbrochen, und Zoff in Person sprang durch ein Loch im Zaun. Nicht länger der Tee schlürfende Borrible in einem orangefarbenen Morgenmantel, sondern für die Straße angezogen, sah er jetzt hart und zu allem bereit aus.

»Dich sieht man nicht oft draußen«, sagte Bingo.

»Jetzt bin ich draußen«, antwortete Zoff und drängte sich in die

Gruppe, hockte sich hin und begann ohne Einleitung zu reden, als führte er einfach die Diskussion von voriger Woche weiter.

»Ich hab gerade von einem Borrible an der York Road gehört, der sagt mir, als Tautröpfchen getötet worden ist, kam was in der Zeitung drüber … wie die Bullen den ganzen Diebskram im Haus gefunden haben und dass sie der Ansicht sind, Borribles haben das alles gestohlen und dann Tautröpfchen im Streit um die Teilung der Beute umgebracht. Diese Zeitung berichtete auch, wie man das Pferd gefunden hat, aus Schnitt- und Stichwunden blutend, im King George's Park. Man hat es als das Pferd von Tautröpfchen identifiziert, aber niemand hat Anspruch drauf erhoben. Scheint so, dass Tautröpfchen außer seinem Sohn keine Verwandten gehabt hat, und der war weniger interessant, weil er auch tot war, deshalb kam das Pferd zum Tierschutzverein.«

»Das war vor sechs Monaten«, sagte Sydney. »Wo ist das Pferd jetzt?«

»Nun«, sagte Zoff, »ich hab mal ins Telefonbuch geschaut, und der Tierschutzverein hat ein Büro in der Battersea Bridge Road, bei den Ampeln an der großen Kreuzung. Ich würde sagen, dass ein paar von euch da mal vorbeigehen sollten, sagt, ihr seid entfernte Verwandte von Tautröpfchen. Versteht ihr, irgendwas labern, ihr habt von dem Pferd gehört, würdet es gerne mal sehen, sichergehn, dass es in Ordnung ist. Bingo ist gut für so was, mit seinem Unschuldsgesicht.«

Bingo, lang ausgestreckt auf dem Bauch liegend, kratzte ein Muster in den Dreck. »Gegen einen kleinen Sprint die Straße runter hätt ich nichts einzuwenden«, sagte er. »Könnte in einer halben Stunde dort und wieder zurück sein.«

»Ich komm mit, wenn du magst«, sagte Stonkus.

»Ich auch«, fügte Zwielicht hinzu.

»Gut«, stimmte Bingo zu, »der Rest von euch kann hier warten.« Er stand auf, und Stonkus und Zwielicht taten es ihm nach.

»Passt bloß auf«, sagte Chaline, »wir brauchen keine Komplikationen.«

»Keine Sorge«, sagte Zwielicht, »ich beweg mich sehr schnell, man nennt mich die Schwarze Mamba der Whitechapel Road, müsst ihr wissen.«

Die Battersea Bridge Road glühte unter ihren Füßen, breit und mit heißem Straßenverkehr vollgestopft. Die Hitzewelle hing wie blaues Emaille über der Stadt, und das Atmen war wie ein Ertrinken in warmem Wasser.

»Mein lieber Mann«, sagte Zwielicht, »da will ich bloß froh sein, dass ich nicht in irgend so einem tropischen Ausland daheim bin«, und er streifte sich den Schweiß mit dem Handrücken aus den Augen.

Stonkus blickte in die Ferne. »Auf eines kannst du wetten«, sagte er, »wenn du eine Nummer in einer Straße mit einem Haufen Nummern suchst, dann ist die Nummer, die du brauchst, garantiert die Nummer am anderen Ende der Straße.«

»Jawohl«, sagte Bingo.

Sie latschten immer weiter, meilenweit, wie es schien, bis sie schließlich zu einer Reihe Läden an der Ampel Ecke Westbridge/Parkgate kamen. Und hier fanden sie unter anderem eine trübe Schaufensterfront, deren Glas mit giftig grüner Farbe zugestrichen worden war. Über dem Fenster stand in schwachen gelben Lettern: Tierschutzverein – Ortsbüro.

»Na, da wären wir«, sagte Bingo, »und ich geh da jetzt rein. Ihr zwei wartet besser hier, falls es Stunk gibt.«

»Stunk? Stunk?«, fragte Zwielicht. »Niemals. An Kindern sind die überhaupt nicht interessiert, haben keine Zeit, ist doch alles Miez-Miez und Hierher, Waldi bei denen.«

Bingo sah Stonkus an, der sagte: »Wir sind genug. Sollte schon in Ordnung gehen.«

Bingo öffnete die Tür, und die drei Borribles betraten ein düsteres Büro, ausgestattet nur mit einem billigen Schreibtisch und ein paar Stühlen. Es gab eine Schreibmaschine, ein Telefon, eine Dame in einer braunen Strickweste und einen dicklichen, untersetzten Mann in einem glänzenden schwarzen Anzug. Das merkwürdige Licht durch das gestrichene Fenster ließ alles gespenstisch grün aussehen, besonders die beiden Erwachsenen. Sie sahen aus, als hätte man sie vor kurzem auf einem ausgesprochen feuchten Friedhof ausgegraben.

Die Dame blickte von den Papieren auf ihrem Schreibtisch hoch und lächelte wie ein Zahnarzt. Der Mann, dessen Hintern die kleine Fläche seines Stuhlsitzes großzügig überlappte, lächelte ebenfalls. Bingo gefiel keines der beiden Lächeln.

»Jaa«, sagte die Dame, »und wie können wir euch drei kleinen Jungs behilflich sein?« Sie tätschelte die Spraykruste auf ihrem leblosen Haar, und ihre Augen glitzerten. Der Mann stülpte seine Lippen vor und sagte nichts. In seinem schweren Anzug kochte sein Leib wie ein Hähnchen in einem Mikrowellenherd, und Schweiß glänzte und rann über die weite Fläche seiner bleichen Haut. Bingo sah auf den Boden und erwartete beinahe, dort eine Schweißpfütze zu sehen. Er wurde enttäuscht. Verwirrt schaute er wieder zu der Dame. »Ist das hier der Bund für Naturschutz?«, fragte er.

Das Lachen der Dame klirrte wie ein Handgelenk voller Blecharmbänder durchs Zimmer. »Aber nein, mein Kleiner«, sagte sie, »wir sind der Tierschutzverein. Wir kümmern uns um die Tiere, also natürlich auch um die Natur sozusagen, aber nicht um den Wald oder so.«

»Dann bin ich hier richtig«, sagte Bingo, »das bring ich immer durcheinander ... meine Eltern schicken mich her ... ich soll fragen wegen dem Pferd.«

»Dem Pferd?«, sagte der Mann plötzlich, »was für einem Pferd?«

»Also«, erklärte Bingo, »da hat man doch dieses Pferd gefunden, im King George's Park, vor etwa sechs Monaten, und meine Mutti und mein Vati, die sind mit dem verwandt, dem das Pferd gehört hat. Verstehen Sie?«

Die Dame nickte. »Aber natürlich, Jungs«, sagte sie und schnurrte wie eine wenig Vertrauen erweckende Katze.

Bingo sprach weiter. »Sehn Sie, meine Mutti ist ganz verrückt mit Pferden, und ich bin jetzt hier in der Gegend, um meine Freunde zu besuchen, und da sagt sie, ich soll doch mal bei Ihnen fragen, was mit dem Pferd ist, das heißt, wenn Sie das wissen, verstehen Sie.«

»Und wo wohnst du, mein Junge?«, fragte der Mann und zwang, so sehr er nur konnte, den Anschein von Freundlichkeit in seine Gesichtszüge.

»Clapham Common, Süden«, sagte Bingo. »Wir haben im Telefonbuch nach Ihnen geschaut.«

»Ah, ja«, sagte der Mann, »äußerst findig, muss ich sagen.«

Die Dame kicherte wie ein Spielzeugklavier und zog eine Schublade auf. »Es ist eigentlich nicht unser Teil von London«, sagte sie, und ihre Hand kam mit einem Adressbuch zum Vorschein, »aber ich ruf mal für dich in der Zentralregistratur an, die wissen sicher was davon.«

Bingo nickte und trat von einem Fuß auf den anderen. Etwas an diesen beiden Erwachsenen gefiel ihm nicht. Zwielicht ging ein paar Schritte zur Tür und starrte die Dame an, während sie wählte. Ihr Gesicht wurde leer, als sie den Hörer ans Ohr hielt, und ihre Augen verdrehten sich, sodass nur das nackte Weiß sichtbar war; doch als sich am anderen Ende jemand meldete, leuchtete das Gesicht in einer Folge von kleinen Blitzen auf, dass sie aussah wie ein Spielautomat.

»Ah, hallo, Zentralregistratur … aber natürlich sind Sie das. Hier ist Battersea, Battersea. Ich habe hier drei entzückende kleine Jungs in meinem Büro, die sich große Sorgen wegen eines Pferdes machen. Ja. Im King George's Park vor etwa sechs Monaten verlorengegangen … ja, sicherlich.« Ihre Augenlider flatterten, und ihr Blick fand Bingo. »Sie holen die Akte«, sagte sie, »wir müssen jetzt warten«, und sie spitzte ihre Lippen in einer Geste des Mitgefühls, sodass ihr Mund hart und hässlich wie ein Hühnerarsch wurde.

»Gefällt mir nun gar nicht«, flüsterte Stonkus, »da ist 'ne Bullenfirma gleich hier die Straße rauf, wenn jetzt die alte Zimtzicke denen das Stichwort gegeben hat?«

»Hallo«, sagte die Dame und lächelte wild in den Telefonhörer, als ob der am anderen Ende sich dadurch erhoben fühlen würde, »ja, Name Samson, im King George's Park gefunden, gravierende Verletzungen, jetzt bei guter Gesundheit und bei den Parkwächtern auf dem Eel Brook Common eingesetzt … sehr schön, haben Sie vielen Dank. Ich tu, was ich kann, adieu!«

»Ich hoffe, ihr habt nichts damit zu tun, wie dieses arme hilflose Tier verletzt worden ist«, sagte der Mann, der immer noch versuchte, freundlich dreinzusehen, aber nicht in der Lage war, einen bösen, brutalen Ton zu unterdrücken. »Jedem Kind, das ich erwische, wie es einem Pferd wehtut, würde ich die Peitsche geben.«

»Ich liebe Tiere«, sagte Bingo, »und meine Mutti auch, die wird sich so freuen, dass alles in Ordnung ist. Wir können doch jetzt hingehen und das Pferd besuchen, oder?«

»Aber natürlich«, kreischte die Dame, und dann kicherte sie wie ein wahnsinniger Babywürger.

»Gehn wir mal besser«, sagte Stonkus, »wir kommen sonst zum Tee zu spät.« Der Borrible aus Peckham zog Bingo am Ärmel und nickte zur Tür hinüber, wo Zwielicht fluchtbereit und gespannt stand.

»Ach, ihr könnt doch nicht schon gehen«, flötete die Dame, »ich hab ein paar Bonbons hier irgendwo, und ich muss euch noch einiges über dieses Pferd erzählen!«

»Ja«, knurrte der Mann, »einen Augenblick mal!« Er sprang auf, und das steife Lächeln fiel von seinem Gesicht wie der Deckel von einer Luke. »Ich will eure Adressen haben«, sagte er, und mit plötzlicher Behändigkeit tat er einen langen Schritt, faltete das Fleisch seiner feuchten Rechten um Bingos Hals und fing an, zuzudrücken.

Zwielicht warf die Tür auf, und Sonnenlicht flutete herein. Stonkus zögerte verzweifelt. Wie könnte er Bingo zurücklassen – aber was konnte er tun?

Der Mann quetschte Bingos Halsmuskeln noch fester, und die Füße des Borribles verloren den Boden.

»Lauf zu, Stonkus«, schrie er unter Schmerzen, »renn so schnell du kannst.«

Immer noch zögerte Stonkus. Die Dame schickte sich an, aufzustehen, immer noch lächelnd. Stonkus warf sich gegen den Schreibtisch und schob ihn auf sie zu.

»Uuuuh!«, sagte sie und fiel in den Stuhl zurück. »Du kleines Scheusal, ich leg dich übers Knie.«

In diesem Moment öffnete sich im hinteren Teil des Büros eine Tür, und ein Polizist in Uniform kam in den Raum gerannt. Um seine Mütze lief ein kariertes Band, und auf der Schulter stand in silbernen Buchstaben: SBE.

»Rennt«, stöhnte Bingo, »rennt.« Die Luft drang kaum mehr durch seine Kehle, und seine Glieder bewegten sich nicht mehr. Sein Gesicht war purpurn angelaufen.

Stonkus zögerte nicht mehr. Bereits drei Erwachsene waren in dem Büro und vielleicht noch mehr Polizisten hinten im Haus. Er schob Zwielicht durch den Eingang und sprang mit ihm auf den Gehsteig hinaus. Sie wollten nach rechts davonlaufen, aber das Aufheulen einer Polizeisirene stoppte sie. Dreihundert Meter weiter, auf sie zukommend, das Blaulicht wie ein böses Einauge im Kreis herum blinkend, rollte ein blauer Mannschaftswagen heran, ein Wagen der SBE.

»Scheiße«, sagte Zwielicht, »Zeit, mal ein bisschen die Gegenrichtung einzuschlagen.« Und er und Stonkus drehten sich um und rannten wie nie zuvor, mit Armen und Beinen arbeitend, so schnell ihr Herzschlag es nur zuließ, fort, um die Ecke und in die Westbridge Road.

»Ein paar Sekunden haben wir, bis der Wagen uns einholt«, keuchte Stonkus, »wir müssen runter von der Straße und außer Sicht, sonst sind wir diesmal echt geliefert.«

Vulgo sah sie zuerst, und wie sie liefen, gefiel ihm gar nicht: schnell, wie in Panik. Er saß als Wache am Loch im Zaun; die anderen hinter ihm knöchelten, und Zoff gewann. Vulgo sah besorgt aus und sagte: »Oh, nein.«

Die Borribles ließen ihre Knöchel fallen und sprangen auf die Füße, eben als Stonkus und Zwielicht durch den Zaun kamen. Chaline sprach als Erste, und sie war wütend.

»Wo ist Bingo?«, rief sie. »Was zum Teufel ist passiert?« Stonkus sah zu Boden.

»Er ist gefangen«, sagte Zwielicht. »Es war ein großer Mann vom Tierschutzverein da, und eine Dame, und ein Bulle. Wir sind gerade noch entkommen ... sie müssen das Ganze mit der SBE arrangiert haben.«

»Wir konnten nichts machen«, sagte Stonkus. »Ein Wagen kam, und wir mussten abhauen. Wir haben uns im Somersetblock versteckt.«

»Entsetzlich«, sagte Vulgo. »Bingo gefangen ... verdammter Tierschutzkackverein.«

»Werden sie ihm die Ohren stutzen?«, fragte Zwielicht leise.

»Was sonst werden die verdammt noch mal machen«, sagte Zoff, zornig die Fäuste ballend. »Das heißt, wenn wir ihn nicht rasch genug rausholen.«

»Was meinst du?«, fragte Vulgo. »Ihn retten?«

»Wir müssen was unternehmen«, sagte Zoff. Er sah so unglücklich aus, wie man ihn nur je gesehen hatte. Sein Gesicht zeigte tiefe, angestrengte Sorgenfalten.

Chaline fuhr auf Sydney los. »Ich hab's dir gesagt, das war eine schlechte Idee mit dem Pferd, jetzt haben wir wieder einen Borrible verloren, und einen von den besten.«

»Gut!«, rief Sydney. »Es ist meine Schuld, von mir aus, sag was du willst, aber streiten nützt jetzt nichts. Wir müssen ihn retten, wenn wir können.«

»Natürlich müssen wir das«, sagte Zoff. »Jetzt geht's nicht um Abenteuer oder Pferde. Nur um Bingo. Bingo allein, und je eher, je besser. Wer nicht helfen will, soll's gleich sagen.« Er schaute Chaline direkt an.

»Ich wollte keine Schwierigkeiten mehr«, sagte sie, »aber jetzt ist es anders. Bingo ist Bingo. Ich bin dabei.«

»Also gut«, sagte Zoff. »Folgendes hab ich zu sagen, wer glaubt, er hat einen besseren Plan, kann das nachher erzählen ... Haben sie gesagt, wo das Pferd ist?«

»Sie sagten was vom Eel Brook Common«, sagte Stonkus, »arbeitet für die Parkwächter.«

»Gut«, fuhr Zoff fort. »Ich hab ein paar gute Schleudern daheim, noch welche von denen aus Stahl, die von der Rumbeljagd übrig geblieben sind, eine für jeden, Steine brauchen wir, Nahrung brauchen wir, gute Schuhe zum Laufen. Wir gehn heute Nacht in die Sinjen-Schule und holen uns jeder einen Blazer, dass wir wie ordentliche Kinder aussehen. Wenn wir auf der Straße angehalten werden, tun wir so, als ob das irgendeine Ferienunternehmung ist. Wir brechen heut Nacht auf, sobald es dunkel ist. Wir knacken unterwegs das Tierschutzbüro, mal sehen, ob wir irgendwas rausfinden können, was mit Bingo passiert ist. Wenn nicht, weiter zum Eel Brook Common, ich weiß, wo's ist, Richtung Fulham. Ich rechne nämlich damit, dass sie Bingo dorthin schaffen, sobald sie können, ihn dem Pferd zeigen und schaun, wie das Pferd reagiert. Wenn es ihn erkennt, wissen die von der SBE, dass sie jemand geschnappt haben, der in den Southfields-Morden mit drinhängt, und dann werden sie ihn bald zum Reden gebracht haben und sind sofort auf unserer Spur. Wir müssen vor der Polente dort sein. Ein Rettungsversuch ist das Letzte, was die erwarten. Hat jemand eine bessere Idee?«

»Nein«, sagte Vulgo. »Aber ein Fernglas besorgen.«

»Ein Fernglas«, sagte Zoff, »gut. Runter zum Markt, ihr alle, und holt, was wir brauchen, bevor die zumachen. Ich geh zurück zu meinem Haus und schau nach den Schleudern und seh mal nach, was ich sonst noch habe. Ich treff euch dann dort, und wir ruhn uns aus und essen, bevor wir gehen. Und hört mal, lasst euch bloß nicht erwischen, eine Rettungsaktion pro Tag ist genug.«

Um halb elf in dieser Nacht glitt ein Fenster an der Rückseite der Sinjen-Schule auf, und Zoffs Bein schob sich heraus, dem eine Sekunde später sein Gesicht folgte. »Alles klar«, flüsterte er, »niemand da.« Er zog seinen Körper über den Fenstersims, wand sich hinaus und ließ sich fallen. Die anderen kamen hinterher, einer nach dem anderen, alle in gestohlenen Blazern und grauen Flanellhosen, selbst die beiden Mädchen. Ihre Füße steckten in leichten Turnschuhen, hervorragend zum schnellen Lauf geeignet. In ihren Taschen hatten sie Taschenlampen verstaut, hochwertige Stahlschleudern und genügend Steine, um es einer ganzen Armee von Polizisten zu besorgen. Sie waren vielleicht nicht die am besten ausgerüstete Expedition aller Zeiten, aber für einen Abstecher nach Fulham und zurück waren sie mehr als genug ausstaffiert.

Zoff führte seine fünf Gefährten in die Dunkelheit des Schulhofs und dann hinaus in das gelbe Licht der Straßen. Die Borribles verteilten sich in Abständen von drei Metern hintereinander, bereit, sich beim ersten Zeichen von Gefahr davonzumachen. Es war schon spät, und der Verkehr nahm zu: Die Leute fuhren heim aus den Kinos und Bingosälen, die Kneipen setzten ihre Gäste vor die Tür, und überall sah man Betrunkene heimwärts stolpern, die die Füße über unsichtbare Gehsteigkanten hoben oder rückwärts nicht existierende Abhänge hinuntertaumelten. Auch Polizeiautos lauerten in den dunklen Seitenstraßen, tief in die Straßenrinnen geduckt, wie Raubkatzen, die auf Aas warteten.

Entschlossen und wachsam trabten und marschierten die Borribles daher, und als sie nach etwa einer Viertelstunde die Ampel Ecke Westbridge/Parkgate erreichten, schlich sich Zoff in den dunklen Eingang des Tierschutzbüros und probierte den Türgriff. Die Tür war fest verschlossen. Er trat zurück und betrachtete das Schaufenster und dann die beiden kleineren Fenster oben im ersten Stock.

»Kein Problem für mich, da einzusteigen«, sagte er. »Ihr anderen geht mal rüber zur Bushaltestelle und tut so, als wartet ihr in der Schlange. Wenn ihr was Verdächtiges seht, pfeift ein bisschen.«

Die Haltestelle war zwar nur zwanzig Meter von dem Büro entfernt, aber als die Borribles dort ankamen, war Zoff verschwunden.

»Schaut euch das an«, sagte Vulgo, »der ist schon drin. Muss einer der besten Borribleeinbrecher sein, die's je gegeben hat.«

»Die Geschichten erzählen, dass er fünf Namen hat, weißt du«, sagte Stonkus. »Ich hab sogar gehört, dass er schon seit hundert Jahren ein Borrible ist, aber das kann ich kaum glauben.«

»Jedenfalls steckt mehr hinter Zoff, als man denkt«, stimmte Chaline zu, »obwohl keiner weiß, was genau mit ihm los ist. Ich trau ihm keinen Zentimeter über den Weg. So glatt wie der ist, kann er den Aalen Unterricht geben.«

»Ganz ruhig«, sagte Zwielicht, »da kommt er.«

Zoff gesellte sich zu den anderen an der Bushaltestelle. »Nicht besonders viel zu finden da drin«, sagte er, »aber sieht schon aus wie von der SBE kontrolliert. Hab auf dem Schreibtisch einen Notizblock mit Snuffkins Adresse und Telefonnummer gefunden. Und das Datum von morgen, und der Eintrag: Eel Brook Common, neun Uhr.«

»Na«, sagte Sydney, »wenn Sam Bingo sieht, muss er ihn einfach erkennen, und dann ist's Sense für Bingo.«

»Und für uns auch«, sagte Zoff.

»Mit anderen Worten«, sagte Stonkus, »selbst wenn wir Bingo nicht rausholen wollten, was wir ja wollen, müssten wir's so oder so machen, um uns selbst zu retten.«

»Ganz verdammt richtig«, sagte Zoff, »entweder das, oder wir müssen alle ein schönes Stück von da wegziehen, wo wir jetzt wohnen.«

»A ist scheiße, und B ist scheiße«, sagte Zwielicht. »Die übliche Wahl.«

»Wir packen's jetzt besser«, sagte Zoff und sah sich um. »Es wär keine schlechte Idee, wenn wir uns irgendwo beim Eel Brook Common verstecken würden, bevor die Plattfüße morgen früh angerollt kommen. Wenn's dann wie eine Falle aussieht, können wir uns ruhig verhalten und im Versteck bleiben.«

Und die Borribles verließen die Bushaltestelle und begannen die lange Strecke rauf zur Battersea Bridge zu wandern, ein langer, steiler Marsch. Wenn sie erst jenseits der Brücke waren, begann das unbekannte Territorium, wo überall Gefahr lauern konnte. Das wussten sie alle, aber sie marschierten mit energischer Entschlossenheit; sie wussten nur zu gut, dass sie Bingo retten mussten, aber was sie nicht wussten, war, dass das zweite große Borribleabenteuer begonnen hatte.

3

Das Hauptquartier der SBE befand sich nicht in einer Polizeistation und war gar nicht einfach zu finden, und genau so wollte Inspektor Snuffkin es auch haben. Sein Ziel war es, unbemerkt von der Öffentlichkeit durchs Leben zu gehen; darin lag seine Stärke. Er wollte ruhig und insgeheim arbeiten. Nur die Männer, die ihre Befehle von ihm erhielten, wussten, wo er zu finden war, und seine Befehle lauteten, dies niemandem mitzuteilen.

Mit dem Hauptziel, sich verborgen zu halten, hatte die SBE ein Haus im zerfallenden Hinterland des Fulham Broadway besetzt, ein unauffälliges Gebäude in der Micklethwaite Road, einer Straße, die nirgendwohin führte. Von außen sah es abbruchreif aus, ein wackliges Gebilde, wo die Farbe von der Eingangstür blätterte und gesprungene Fensterscheiben sich hinter einer weißen Farbschicht versteckten, sodass niemand hinein- und hinausschauen konnte. Aber innen sah die Sache anders aus: Alles war antiseptisch, sauber und systematisch. Dafür sorgte Inspektor Snuffkin. Er mochte es, wenn die Sachen blank geputzt und ordentlich waren.

Hinter der Eingangstür, mit dickem, kotzgrünem Linoleum ausgelegt, lief ein schmaler Flur zu einer schmalen Treppe, die steil zu drei Stockwerken hinaufführte. Auf jedem Stockwerk lagen zwei Räume, jeder Raum hatte einen Schreibtisch, ein Telefon und ein paar tiefe plastikbezogene Sessel. Hinten im Erdgeschoss lag eine enorme Küche, überall rostfreier Stahl, kombiniert mit einer Art kleiner Kantine, wo die Männer der SBE sich Mahlzeiten zubereiteten und Tee tranken. Im Garten hatte man eine große Turnbaracke aufgeschlagen, mit Duschen, Mensch-ärgere-dich-nicht-Spielen, Tischtennisplatten und Expandern. Inspektor Snuffkin bestand darauf, dass die Männer seiner Einheit in Form blieben und ihrer Tätigkeit eifrig und makellos nachgingen.

Im ersten Stock waren die beiden Räume für den Inspektor und seinen Assistenten und Helfer, Sergeant Hanks, reserviert. Der Inspektor hatte einen größeren Schreibtisch als sonst irgendjemand, einen aus

Holz, das so oft lackiert und poliert worden war, dass es glänzte wie ein schwarzer Spiegel. Er hatte auch den weichsten Sessel und einen Farbfernseher. Hinter dem Fernsehgerät, in der am weitesten von der Tür entfernten Ecke, war der Eingang zu der privaten Toilette des Inspektors, seinem ganzen Stolz, die er jeden Tag reinigte und desinfizierte; niemandem sonst war es gestattet, sie zu benutzen. Jede Wand in der Toilette war mit weißem Porzellan gekachelt, ebenso die Decke. Auf dem Boden lag ein grüner Kordsamtteppich, und der Toilettensitz selbst war gepolstert und mit Plüsch überzogen, »genau wie für die königliche Familie«, sagte Snuffkin immer, stolz und selbstzufrieden. Unter einem stets geöffneten Fenster und in bequemer Reichweite des Plüschthrons stand ein Bambustischchen, auf dem ein Stapel kräftiges, Wasser abstoßendes Toilettenpapier immer bereitlag sowie einige Ausgaben der *Polizeinachrichten*. Dies war Snuffkins Sanktum, hierher zog er sich zurück, um nachzudenken.

Im Zimmer des Sergeanten stand nur ein kleiner Schreibtisch, aber dafür gab es drei Telefone und ein Funkgerät. Hanks hatte keinen eigenen Fernseher, aber er sah sich häufig mit dem Inspektor zusammen Sendungen an. Tatsächlich war es erstaunlich – wenn man bedachte, wie grundverschieden sie waren –, wie gut die beiden Polizisten miteinander auskamen. Manche sagten, dass Snuffkin sich Hanks nur hielt, um sich (und seine Männer) daran zu erinnern, wie grobschlächtig und unangenehm die Welt eigentlich war. Andere, vielleicht mit mehr Bosheit ausgestattet, sagten, der Sergeant könne sich nur deshalb in der SBE halten, weil er es verstand, Snuffkin bis zum Exzess zu schmeicheln und seine Aufträge auszuführen, bevor er sie noch erteilen konnte. Wie immer es damit bestellt sein mochte, sie verließen sich beide hundertprozentig aufeinander.

Am Tag von Bingos Gefangennahme und nicht viele Stunden nach diesem Ereignis saß Inspektor Snuffkin an seinem Schreibtisch im Haus in der Micklethwaite Road und malte abwesend auf einem Blatt Papier herum, sein Gesicht im Ausdruck tiefster Konzentration verkniffen, während vor ihm der Dampf einer Tasse Tee aufstieg; keine Milch, kein Zucker und sehr stark. Der Inspektor kleidete sich gut, und seine Uniform war elegant wie die eines Grenadiers; sie war sauber gebügelt, und die Knöpfe glänzten wie Sterne gegen den dunkelblauen Sergestoff. Sergeant Hanks, servil und salbungsvoll wie immer, hockte bequem in einem Sessel und wartete darauf, dass sein Anführer sich äußern würde.

»So!«, sagte der Inspektor, als er seine Gedanken geordnet hatte, »wir haben also einen verdächtigen Borrible gefangen, endlich, aber das ist erst einer, Hanks. Das ist nur der Anfang, wir müssen noch viel, viel mehr leisten.«

»Das müssen wir in der Tat, Sir«, sagte Hanks und nickte längere Zeit, »und wir werden es auch, da bin ich sicher.«

Der Inspektor hob seine Tasse mit zwei grazilen Fingern und nahm ein Schlückchen. Das Getränk war genau so, wie er es mochte, und er lächelte. Er hatte ein seltsames dünnes Gesicht, das durch das Lächeln noch seltsamer wurde, und in dem Gesicht schlug jeder Zug die falsche Richtung ein. Sein scharfes Kinn verlief nicht so, wie es hätte sein sollen, seine Nase krümmte sich in der Mitte und versuchte, mit der Nasenspitze zur Seite zu zeigen, während seine Ohren sich energisch nach vorn warfen, anstatt sich mit Anstand nach hinten zu legen. Snuffkins Gesicht war wie ein dreiarmiger Wegweiser, den ein Witzbold so verdreht hat, dass alles in die falsche Richtung weist.

Seine Stirn war schmal, seine Augenbrauen dunkel und gut ausgeprägt. Sein strähniges, fettiges Haar fiel ihm in einem festen Klumpen in die Stirn. Die Augen versteckten sich mürrisch tief in den Höhlen und hatten, wenn sie sichtbar wurden, die Farbe gebrauchten Spülwassers, das man über Nacht hat stehen lassen und das nun am Morgen grau und fettig war. Unter seiner Nase wohnte ein kleiner schwarzer Schnurrbart, etwa von der Größe einer Sondermarke; der hatte ein Eigenleben, dieser Schnurrbart, und zuckte, wann immer es ihm in den Sinn kam. Snuffkin war nur einssechzig groß, mit einem schlanken Körper. Ob er saß oder stand, immer bewegten sich seine Füße mit ruheloser Nervosität. Er stampfte auf, wenn er sich ärgerte, er steppte hin und her, wenn er zufrieden war. Er war stur, und er hatte seinen Stolz, sein Blut kochte mit wahnsinnigem Eifer, er war ein Prophet der Sitte und des Anstands, ein kriegerischer Missionar für Recht und Gesetz.

Sergeant Hanks war im Gegensatz hierzu ein riesiger Mann mit breiten Schultern und mit Händen, die so groß waren, dass es, wenn er sie ineinander verschränkte, so aussah, als käme er mit einem sechspfündigen Bündel Fleischwürste daher. Seine Arme waren so muskulös wie die Schenkel anderer Leute und über und über bedeckt mit krausem ingwerfarbenem Haar, steif wie Draht. Sein Bauch schwang sich weit nach vorn, er begann gleich unter den Schultern und endete kurz über den Knien, aber er hatte nichts Weiches oder Schlaffes. Es war ein machtvoller Bauch, auf dessen sehniger Oberfläche sich ständig die Muskeln bewegten, und seine Uniform bebte und verschob sich, als ob eine Pythonschlange unter seinem Jackett hauste.

Das Jackett war vom Kragen bis zum unteren Saum und von Schulter zu Schulter mit Eigelbflecken übersät, wie Orden auf einer Generalsuniform. Es gab nur eines, was Hanks mehr liebte als seine regelmäßigen Mahlzeiten, und das waren seine Zwischenmahlzeiten. Sein Lieblingsgericht waren vier Eier und zehn Streifen Speck, zusammen gebraten und mit so viel gebratenem Brot, wie sich auf einem Teller stapeln ließ; er nannte das Ganze »Einen Doppelfetten«. Sein fleischiges, rundes Gesicht leuchtete auf, wenn er ein solches Festessen roch und das heiße Fett in der Pfanne zischen hörte. Bei solchen Anlässen glänzten und glitzerten seine pastellblauen Augen vor Gier, aber seine silbernen Knöpfe waren immer stumpf und trübe.

Der Inspektor nippte behutsam an seinem Tee, wie der kostende Spezialist eines Teeimporteurs. »Morgen früh«, sagte er, »befördern wir diesen kleinen Übeltäter zum Eel Brook Common und schaun uns mal an, was das Pferd dazu zu sagen hat.«

»Das werden wir«, sagte Hanks. »Werden wir zweifellos.«

»Und die beiden Bürschchen, die uns entwischt sind, die werden doch wohl davongerannt sein und ihren kleinen Freunden alles erzählt haben, was passiert ist, oder?«

Sergeant Hanks rollte den Kopf hin und her.

»Und wir wissen doch wohl, was Borribles tun, wenn einer von ihnen gefangen wird, nicht wahr?«

»Na«, sagte Hanks, »die versuchen, ihren Freund rauszuholen, bevor wir uns mit seinen Ohren befassen.«

»Ganz recht, Hanks, ganz recht. Und deshalb können Sie Ihren nächsten Doppelfetten wetten, dass wir morgen am Eel Brook Common eine ganze Reihe Borribles antreffen werden. Sie werden da sein ... aber wir ebenfalls.« Snuffkin sprang auf, kippte sich den Rest Tee in den Mund und hockte sich säuberlich wie ein Briefbeschwerer auf die Kante seines Schreibtischs. »Holen Sie die Männer hier runter«, befahl er. »Ich will ihnen ihre Anweisungen erteilen.«

Sergeant Hanks drückte einen Knopf, und überall im Haus begann es zu klingeln. Einen Augenblick später ertönte das Geräusch schwerer Stiefel in den Zimmern über ihnen und unten in der Küche. Das Geräusch bewegte sich ins Treppenhaus, und die Tür zu Snuffkins Büro öffnete sich. Zwölf blauuniformierte Männer bauten sich vor ihrem Kommandanten auf, nicht in Habtachtstellung, sondern locker und voll Selbstvertrauen.

»Freut mich, euch Truppführer bereit zu sehen«, begann Snuffkin. »Nun hatten wir heute also das Glück, einen zu fangen. Morgen, wenn wir ihn zu dem Pferd bringen, erwarte ich einen Befreiungsversuch. Wir müssen vorbereitet sein.« Er lehnte sich vor und stampfte zweimal auf den Fußboden. »In der Nacht werden die Männer der Wagen zwei, fünf und elf die Umgebung des Common besetzen. Ich möchte, dass einige von euch sich in den Häusern postieren, andere auf die Dächer gehn. Männer aus den Wagen drei, sechs und neun werden alle Straßen bewachen, die als Fluchtwege dienen könnten. Ihr lasst jeden rein, der ein Borrible sein könnte, aber ihr lasst niemand hinaus, der auch nur im allerentferntesten wie ein Borrible aussieht. Um genau acht Uhr dreißig werde ich im Wagen eins mit dem Gefangenen eintreffen. Dieser Hinterhalt muss unbedingt klappen. Um Mitternacht werdet ihr alle auf euren Posten sein. Ich möchte auch nicht den leisesten Verdacht riskieren, dass ihr in der Gegend sein könntet ... ich habe dafür gesorgt, dass die Wagen in verschlossenen Garagen abgestellt werden können, bis man sie braucht. Irgendwelche Fragen?«

Keine Fragen.

»Gut, Männer«, fuhr Snuffkin fort, »es bleibt mir nur noch, meiner Genugtuung hinsichtlich der von euch in der Vergangenheit geleisteten Arbeit Ausdruck zu verleihen ... und zu hoffen, dass ihr in Zukunft euch noch besser schlagt. Denkt daran, dies ist unsere große Stunde. Der kleine Vagabund, den wir aufgegriffen haben, weiß, was wir wissen wollen, und ich werd's aus ihm herausquetschen, sobald wir seine Kumpane geschnappt haben.« Der Inspektor glitt von seinem Schreibtisch und breitete beide Arme aus. »Ich habe nur einen Ehrgeiz, und ich weiß, ihr teilt ihn mit mir: diese Stadt frei von Borribles zu machen! Sie sind eine Bedrohung für jegliches normale, anständige Leben. Sie sagen immer, dass sie nicht viel brauchen, und ich sage, dass schon das zu viel ist. Sie sagen, sie wollen auf ihre Art leben, und ich sage, sie sollen leben wie alle anderen auch.«

Snuffkins Augen kreisten, und er ließ die Arme fallen. Aufrecht und steif stand er da und schaute seine Männer an. »Geht jetzt und bereitet euch vor«, sagte er. »Das ist alles.«

Die Polizisten salutierten, nickten Sergeant Hanks zu und verließen das Zimmer; einer nach dem anderen stampfte die Treppe hinab. Als sie weg waren, fiel Snuffkin in seinen Stuhl, erschöpft von seiner Ansprache. Er tastete nach seiner Tasse und hielt sie, den Arm ausgestreckt, dem Sergeanten hin. Jetzt brauchte er Nachschub.

»Oh, Sir«, sagte Hanks und nahm die Tasse wie einen Abendmahlskelch entgegen. »Sie verstehen es wirklich, Ihre Männer zu inspirieren, Sie bringen ihr Blut in Wallung, Sir, ihre Herzen schlagen schneller. Ich seh's genau.«

Der Inspektor schaute verträumt auf seinen Schreibtisch. »Das kommt nur, weil ich ihnen immer die Wahrheit sage«, sagte er, »und die Wahrheit, das ist es, was Männer hören wollen.«

Schwerfällig stieg die Morgendämmerung über dem Eel Brook Common auf, und die Borribles waren schon zeitig wach. Die Nacht war warm gewesen und das Schlafen schwierig. Mitten in der Dunkelheit waren die Reisenden angekommen und hatten sich in dem kleinen Vorgarten eines Hauses, das dem Common gegenüberstand, versteckt, den Blicken durch eine kleine Backsteinmauer und eine struppige Ligusterhecke verborgen. Die ganze Nacht hindurch hatten die Fenster in der Straße offen gestanden, und aufgeschwemmte Erwachsene hatten in ihren Betten sich durch den Schlaf geschnarcht und gedröhnt, im Traum grunzend und aufschreiend.

»Einfach irre«, sagte Zwielicht, »wenn man die ganze Energie und das Gas bändigen könnte, was da zum Fenster rausgeht, wäre die SBE in fünf Minuten weggepustet.«

Langsam wurde der Himmel über London blasser und färbte sich purpurn. Der Verkehr begann wie ein altes Monstrum in den Straßen zu knurren und zu fauchen, die Sterne glitzerten ein letztes Mal, und Haustüren knallten, als die Busfahrer zur Arbeit aufbrachen. Schlafzimmerlampen leuchteten hell auf und vergingen, wie der Tag stärker wurde; das Grunzen und Schnarchen wurde milder und hörte auf. Die Borribles rieben sich die Augen, setzten sich auf und spähten durch die Hecke über die gelbe Leere des Common.

»Gottverdammte Parkanlagen«, sagte Zoff, »zugige alte Steppen. Seht euch das bloß mal an, meilenweit nichts zu stehlen. Mir unverständlich, wie das jemand gefallen kann.«

Es stimmte, dass es wenig zu sehen gab – außer, auf der anderen Seite der Wiese, ein paar kleine Holzhütten hinter einer Hecke und einem

Eisengeländer; die Art Hütte, wo Parkwächter ihre Geräte aufbewahren und ihre Butterbrote essen.

»Ich wette, da haben sie das Pferd untergebracht«, sagte Sydney.

»Das Pferd zu finden«, sagte Vulgo, »ist kein Problem. Es den Parkwächtern abzunehmen und zu verhindern, dass sie sich's wiederholen, das ist das Problem.«

»Schwierig, ein Pferd zu verkleiden«, sagte Zwielicht. »Ich meine, man kann's nicht auf Räder stellen und wie ein Riesenspielzeug die Straße runterrollen, oder? Dann äpfelt es grade, wenn ein Bulle um die Ecke kommt.«

»Ruhig«, flüsterte Zoff, »SBE.«

Die anderen schauten dorthin, wohin er deutete, und sahen einen blauen Mannschaftswagen, der aus der Wandsworth Bridge Road kam und auf der Südseite des Common anhielt. »Vollgepfropft mit Gesetzeshütern«, sagte Stonkus.

Zoff schob eine Hand in die Tasche und zog ein kleines Teleskop hervor, das sich zusammenschieben ließ.

»Mensch, ich staune«, sagte Vulgo, »du hast tatsächlich eins besorgt.«

»Hab's in der Sinjen-Schule gefunden«, sagte Zoff. »Wie du sehr richtig bemerktest: recht praktisch.« Er hob das Fernrohr und steckte es zwischen den Blättern der Hecke durch. Das Auge ans Glas gepresst, studierte er den Polizeiwagen. Zwei Polizisten stiegen aus.

Zoff brummte. »Zwei draußen, aber ich schätze, es sind noch etwa acht weitere drin. Kann's nicht genau sehn, die haben Drahtgitter an den Fenstern.«

»Schau die Schultern an«, sagte Chaline. »Was für ein Dienstgrad?«

»Jetzt geht's aber los«, sagte Zoff, »das ist ein Inspektor, der Winzling da. Muss Snuffkin persönlich sein, hässliches Exemplar, schau's dir mal an.« Zoff reichte das Teleskop an Vulgo weiter, der hindurchstarrte, während seine Gefährten ihn gespannt beobachteten.

»Mein lieber Alter«, sagte er nach einer Weile, »hässlich ist kaum das richtige Wort, da läuft ja Frankensteins Monster erbleichend davon. Und der Sergeant, den er dabeihat, ist auch nicht gerade ein Kunstwerk, aber kräftig gebaut, schaut dich bloß an, und du hast eine Gehirnerschütterung.« Vulgo gab Zoff das Teleskop zurück.

Die beiden Polizisten standen ein, zwei Minuten neben dem Wagen, bis ein Parkwächter in brauner Uniform und brauner Mütze zu ihnen trat. Nachdem man sich die Hände geschüttelt hatte, entfernten sich die drei Beamten von der Straße und gingen über den Common in Richtung der Holzhütten. Als sie dort angekommen waren, zog der Wächter einen Schlüssel aus der Tasche, öffnete ein Vorhängeschloss an dem Eisengittertor und verschwand hinter der Hecke. Die Polizisten mussten nicht lange warten. Wenige Augenblicke später kam der Parkwächter zurück und führte ein kleines Pferd hinter sich her, ein schäbiges Pferd, das den Kopf hängen ließ und die Hufe durchs Gras schleifte. Ein unglückliches Pferd.

»Ist es Sam?«, fragte Sydney. »Ich kann's aus der Entfernung nicht sehen.«

Zoff gab ihr das Teleskop. »Schau's dir an«, sagte er. »Ich könnte dein Pferd nicht von einer Milchkuh unterscheiden.«

Sydney hob das Glas ans Auge. »Oh!«, stöhnte sie auf, das Gesicht freudestrahlend. »Er ist's, es ist Sam. Das Pferd, das uns das Leben gerettet hat.«

»Mir hat er nicht das Leben gerettet«, sagte Zoff.

Chaline schnaufte höhnisch. »Würde auch niemand einfallen, der noch bei Sinnen ist«, sagte sie.

»Spart euch das jetzt mal«, sagte Stonkus, »es passiert was.«

Während die Borribles geredet hatten, hatte der Wächter einen kleinen Abfallkarren aus einer der Hütten hervorgezerrt und legte Sam nun das Geschirr an, damit er den Karren ziehen konnte. Gleichzeitig glitt eine Seitentür des Polizeiwagens auf, und zwei weitere Polizisten erschienen. Zwischen sich hielten sie an den Armen die kleine traurige Gestalt von Bingo Borrible. Seine Mütze fehlte: Die Ohren waren deutlich zu sehen.

Zoff riss Sydney das Teleskop aus der Hand. »Er hat seine Ohren noch«, sagte er, »es gibt noch eine Chance.«

»Sie nehmen ihn mit rüber zu dem Pferd«, sagte Chaline.

Die sechs Borribles kauerten hinter ihrer Hecke und schauten. Der Verkehr am Common vorbei war jetzt dicht und zahlreich, und Fußgänger eilten mit langen Schritten hin und her, zu Bushaltestellen und zu den Stationen der Untergrundbahn. Inzwischen stieg die Sonne steil in den Himmel, bereit, die Stadt einen weiteren Tag lang durchzuglühen.

Bingo wurde grob über den Common gestoßen. Weder wehrte er sich, noch ging er bereitwillig. Sein Kopf war gesenkt, und seine Füße streiften über die trockene Grasnarbe. Näher und näher zerrte man ihn zu Sam heran, und er sah klein und bemitleidenswert aus neben der Größe der ihn begleitenden Männer und verletzlich inmitten dieses weiten leeren Raumes.

»Wenn er nur wüsste, dass wir hier sind«, sagte Chaline.

Aber Bingo wusste es nicht. Man zog ihn zu dem Pferd hin und zwang ihn, sich davorzustellen.

»Tu gar nichts, Sam«, flüsterte Sydney, »tu gar nichts.«

Es nützte nichts. Sam war einsam und geplagt gewesen, als er für Tautröpfchen und Herbie hatte schuften müssen, und er hatte keinerlei Zuneigung gekannt, bis ihn die Borribles befreit hatten. Er hatte nie das große Abenteuer vergessen und nie das Gesicht oder den Geruch eines der Abenteurer. In vielen traurigen Nächten hatte er von ihnen geträumt in all den Monaten, seit sie gezwungen gewesen waren, ihn zurückzulassen. Jetzt hob er seinen Kopf, und seine Nüstern blähten sich und zitterten. Er sah die Uniformen und wandte seinen Hals zur Seite, denn Uniformen konnte er nicht leiden; dann fing er Bingos Geruch auf, und er schwang seinen Kopf zurück. Er sah den Borrible – er schüttelte den Kopf und stampfte mit dem Fuß hart auf den Boden. Ein lautes Wiehern des Glücks brach aus ihm, und er lehnte sich eifrig vor und zog den Karren mit sich.

Bingo versuchte einen Schritt rückwärts zu machen und drehte sich weg, aber die beiden starkknochigen Polizisten hielten ihn fest und standen unerschütterlich in ihren massiven Stiefeln. Sam kam nahe zu Bingo her, leckte ihm das Gesicht, stieß zärtlich den Kopf gegen seine Schulter, und obwohl der Battersea-Borrible verzweifelt versuchte, keinerlei Gefühlsregung zu zeigen, war es klar, dass das Pferd ihn kannte, und zwar gut kannte. Am Ende gab Bingo alle Verstellung auf und warf dem Pferd die Arme um den Hals. Obwohl ihn diese Handlung in große Gefahr brachte, erinnerte er sich doch dankbar an Sam und wusste, er schuldete dem Pferd sein Leben. Er wusste auch, dass Freundschaft nie wertvoller ist, als wenn sie sich in der größten Gefahr ausdrückt. Und außerdem, dachte er, warum sollte er sich von den Bullen zu einem unnatürlichen Benehmen zwingen lassen, das gar nicht dem entsprach, wie er war.

»Sam«, sagte Bingo nur zu dem Pferd, »es gibt andere, die dich befreien werden. Was auch geschieht, wir haben unser Versprechen nicht vergessen.«

Aus ihrem Versteck beobachteten die Abenteurer, wie Inspektor Snuffkin Bingo von dem Pferd trennte, und sie sahen auch, wie die Polizeieskorte den Gefangenen ergriff und ihn an Armen und Beinen, mit dem Kopf nach unten hängend, fortschleppte. Snuffkin und Hanks schüttelten dem Parkwächter nochmals die Hand und verließen ihn dann. Die Türen des Kombiwagens öffneten sich, und sechs weitere Polizisten kamen hervor. Sie reckten die Arme gegen den Himmel und lächelten.

Sobald Bingo wieder am Wagen angekommen war, warf man ihn rein, und die Türen wurden verschlossen. Sein weißes Gesicht erschien sofort am Fenster, und er versuchte, durch das Gitter zu Sam hinüberzuschauen, der nun sein Tagewerk beginnen musste: um den Common herumlaufen, an den Rändern entlang, auf Kommando immer anhaltend und weitergehend, während der Parkwächter den Karren mit all dem Abfall belud, den er finden konnte.

Die Polizisten standen jetzt in einer formlosen Gruppe herum und beglückwünschten ihren Vorgesetzten. Snuffkins Gesicht verzerrte sich vor lauter Lächeln; sein Schnurrbart schoss nach rechts und links, und seine Füße zuckten fröhlich auf dem Boden hin und her. Sergeant Hanks war ebenfalls zufrieden. Er wog seinen prächtigen Bauch in beiden Händen und hob und senkte ihn, um leichter lachen zu können.

Es brauchte seine Zeit, bis sich die Fröhlichkeit der Polizei etwas gelegt hatte, aber schließlich war es so weit, und der Sergeant deutete über die Hauptstraße, auf eine kleine Imbissstube, wo gerade ein Mann in einem schmutzig weißen Overall die Schutzläden abnahm. Die Polizisten überquerten die Fahrbahn in geschlossener Formation, und der Mann im weißen Overall öffnete die Tür und ließ sie rein. Die SBE würde nun ihren Erfolg mit Eiern und Speck und großen Tassen Tee feiern.

»Bingo ist allein im Wagen«, sagte Sydney. »Können wir jetzt nicht was machen?«

»Sieht scheißgefährlich aus«, sagte Chaline.

Zoff stieß sein Teleskop durch die Hecke und suchte sorgfältig den Common ab. »Natürlich ist es scheißgefährlich«, sagte er, »und erschwerend kommt hinzu, dass ich nicht das Allergeringste entdecken kann, was verdächtig wäre, was höchstwahrscheinlich das genaue Gegenteil bedeutet.«

»Eine andere Chance wie die kriegen wir nicht mehr«, sagte Stonkus, »wir müssen's versuchen, wir müssen einfach.«

»Jetzt mal einen Moment«, unterbrach Zoff, »wir brauchen nicht alle da rüberrennen. Vulgo bleibt am besten hier, wegen seinem Bein, Sydney auch und Zwielicht. Chaline und Stonkus kommen mit mir. Also, wenn wir Bingo rausholen können, laufen wir in die kleinen Seitenstraßen zwischen hier und dem Fluss. Ich mach den Wagen auf dieser Seite auf, weg von dem Imbiss, das bedeutet, ihr drei hier müsst auf den Parkwächter aufpassen. Wenn er aufschaut, sieht er uns. Wenn er versucht, die Bullen zu warnen, müsst ihr halt rüberrennen und ihm eins verpassen. Sollte das so laufen, schnappt ihr euch das Pferd und den Karren und fahrt wie die wilde Jagd davon über den Common, macht so viel Lärm wie ihr könnt, lenkt ab. Danach müsst ihr in die Nebenstraßen und euch trennen, versteckt euch, in einem Haus oder was.« Zoff holte tief Atem und sah sich im Kreis der ängstlichen Gesichter um. »Weiß auch, dass das kein besonderer Plan ist, aber einen besseren haben wir nicht.«

»Wie willst du das Schloss aufkriegen?«, fragte Stonkus.

Zoff lächelte. »Was meinst du, wie ich das Tierschutzbüro versorgt hab?«, sagte er und zog ein kleines Bündel starrer Drahtenden aus der einen Tasche und einen Bund abgefeilter Autoschlüssel aus der anderen. »Ich bin ein kleiner Pfadfinder«, sagte er, »allzeit bereit.« Zoff grinste nun und schaute Zwielicht unter seinen Augenbrauen hervor an: »Du nimmst am besten das Teleskop, und schau nicht durchs falsche Ende. Wenn du was siehst, was du nicht so gut findest, dann pfeifst du.« Und Zoff stieß die Hände in die Hosentaschen und schlenderte, kampfeslustig und zäh, aus dem Garten hinaus und über den Gehsteig. Stonkus kam hinterher, und Chaline folgte, nachdem sie Sydney eine ängstliche Grimasse geschnitten hatte.

Zwielicht hob das Teleskop und beobachtete ein, zwei Minuten den Parkwächter. Nichts Besonderes zu erkennen. Dann wandte er seine Aufmerksamkeit dem Imbiss zu, aber die Fenster waren dick mit dem Schmutz der vorbeirollenden Lastzüge verschmiert, und der Bangladeshi konnte nichts erkennen. Er betrachtete die Häuser gegenüber, die Gärten, die Dächer. Alles schien normal.

Zoff erreichte das Auto. Chaline kniete sich am Vorderrad hin und beobachtete die Imbissstube, und Stonkus stellte sich in der Nähe der rückseitigen Tür auf und spähte über den Common. Zoff, der lässigste und mutigste Einbrecher der Welt, lehnte sich an das SBE-Fahrzeug und attackierte die Schiebetür mit seinen Schlüsseln. Er war ein guter Arbeiter: Er war nicht übereilig und geriet nicht in Panik, er wurde nicht einmal nervös, als Bingos Gesicht dicht vor seinem erschien, getrennt von ihm nur durch anderthalb Zentimeter schalldichtes Sicherheitsglas. Der Gefangene bewegte seinen Mund, aber Zoff konnte nur ein Gemurmel hören. Er neigte den Kopf und arbeitete weiter und sagte bloß: »Keine Sorge, Bingo, keine Sorge, gleich hab ich's.«

»Alles ruhig auf dem Common«, sagte Stonkus mit angespannter Stimme.

»Alles ruhig im Imbiss«, sagte Chaline, »aber mach voran.«

Zwei Minuten verstrichen, drei. Chaline behielt weiter die Tür der Imbissstube scharf im Auge, als ob sie mit bloßer Willenskraft erreichen könnte, dass sie geschlossen blieb. Sie hörte Zoff fluchen, aber sie weigerte sich, den Kopf zu drehen; dann kam das Geräusch des einrastenden Schlüssels, die Tür glitt auf. Bingo war frei.

Sie erhob sich halb aus ihrer kauernden Position und wandte sich um: Bingo, bleich und mitgenommen, sprang aus dem Wagen in Zoffs Arme und schrie: »Ihr Idioten, ihr blöden Idioten, es ist eine Falle, der ganze verdammte Common wimmelt von Bullen.«

Chaline sah über die Straße, und ihr Mund wurde trocken, und ihr Blut schoss zu einem runden Stein zusammen, der in ihrem Herzen stecken blieb. Die Tür der Imbissstube war aufgeflogen, und die Polizisten verteilten sich auf dem Gehsteig, stießen Fußgänger beiseite, blockierten alle Fluchtmöglichkeiten für die Borribles in die Straßen zur Themse.

»Jetzt stehn wir aber im Regen«, sagte Zoff, »wir müssen versuchen, über den Common wegzukommen.«

Hinter der Hecke sprang Zwielicht auf und ließ das Teleskop sinken. »Die Bullen kommen aus dem Imbiss!«, rief er. »Sydney, Vulgo, auf geht's. Pferd und Wagen heißt die Parole.«

Ihre Schleudern ladend rannten die drei aus ihrem Versteck ins Freie und machten so viel Lärm, wie sie konnten. Der Parkwächter sah sie kommen und wandte sich um; stramm aufgerichtet stellte er sich dem Angriff, den er schon erwartet zu haben schien.

Vulgo zögerte. »Er weiß Bescheid«, sagte er, »er weiß, was los ist.«

»Ist mir gleich, was der alles weiß«, schrie Zwielicht. »Das ganze Wissen auf der Welt hält keine Schleuder auf.« Der Bangladeshi kniete sich hin und schoss einen Stein auf den Parkwächter ab, der ihn genau am Ellenbogen traf; er blutete.

»Komm her, Sam«, schrie Sydney, »ich bin's, Sam, ich bin's.«

Das musste man Sam nicht erst sagen. Er war ein Veteran der Großen Rumbeljagd, und er roch Gefahr ebenso gut wie den Geruch seiner Borriblefreunde. Er wieherte wie ein Schlachtross, begierig zu kämpfen, ließ seinen Schwanz hin- und herfegen und rannte auf seine geliebte Sydney zu, die Lippen in wilder Lust über die blanken Zähne zurückgestülpt.

Für eine Begrüßung war keine Zeit, nicht jetzt, nicht inmitten dieses Chaos. Sydney sprang auf den Karren und ergriff die Zügel; Vulgo und Zwielicht sprangen mit bereitgehaltenen Schleudern neben ihr auf.

»Ich bin zurückgekommen und hab dich geholt, Sam«, rief Sydney atemlos, »wie ich's gesagt habe.«

Zoff und seine Gruppe rannten schräg über die Ecke des Common. Sie rannten schnell, und in einem regelrechten Rennen hätten sie ihre Verfolger bald hinter sich gelassen, aber die Falle war kunstvoll aufgebaut. Der Schweiß rann Zoff in die Augen.

»In die Straße dort drüben«, keuchte er, »die haben wir gleich abgehängt«, doch ehe er das gesagt hatte, kam ein blauer Mannschaftswagen quietschend um die erwähnte Ecke geschlittert. Alle seine Türen sprangen auf, und ein weiteres Dutzend Bullen hüpften in die Schlacht. »Teufel«, sagte Zoff, »wir sind in der Falle.« Er schlug einen Haken, die anderen folgten ihm, und sie rannten am Rand des Parks entlang zur nächsten Straße. Wieder erschien ein blauer Wagen, und die Borribles waren gezwungen, weiterzurennen.

»Wie ist's mit der anderen Parkseite?«, fragte Chaline.

»Schau dir's doch an«, sagte Stonkus. Chaline sah und hörte, wie drei Wagen mit kreischenden Reifen angesaust kamen. Sie hielten auch nicht an der Gehsteigkante an, sondern fuhren weiter, hüpfend und schwankend, über das gelbe Gras.

»Scheiße«, sagte Zoff, »heute haben sie's wirklich auf uns abgesehen.«

»War schön, zu fliehen«, sagte Bingo, »wenn's auch nur 'ne Minute war.«

Sydney sah ihre Freunde und lenkte den Karren zu ihnen hinüber.

»Sam«, klagte sie, wie das Pferd dahinrannte, »so sollte das nicht sein, jetzt sind wir wirklich gefangen, jetzt stutzen sie uns die Ohren, und wir werden erwachsen und die ganze entsetzliche Scheiße.«

Die Polizisten rückten von drei Seiten her vor, zu Fuß und in ihren Autos, aber Sams Blut glühte in dem Wunsch, seinen Freunden zu helfen, und er galoppierte dahin wie einst im Rumbelreich. Er drehte, hielt halb an, der Karren war vor Zoff und den anderen, und sie warfen sich hinein, und Sam war schon wieder auf und davon, auf die Höhe des Common zu, wo die weiten Wiesen zu einem Punkt zusammenliefen und kein Polizeiauto zu sehen war.

Die sieben Borribles, nun vereint, schossen, so schnell sie konnten, mit ihren Schleudern, und die zu Fuß vorrückenden Polizisten fielen unter dem Hagel dieser tödlichen Geschosse zurück – aber vier der Autos setzten sich neben den Karren und hielten die gleiche Geschwindigkeit mit dem tapferen Pferd.

»Auf die Windschutzscheiben zielen!«, schrie Zoff, aber es war nicht so einfach. Die SBE-Wagen hatten dickeres Glas als gewöhnliche Fahrzeuge, und die Steine sprangen harmlos von ihnen ab.

Sam galoppierte weiter und versuchte, nach rechts und nach links auszubrechen, versuchte, die Straßen zu erreichen. Noch mehr Wagen fuhren auf den Common, erst schnell, dann wurden sie langsam und umkreisten den Karren, näher und näher kommend, sodass sie Sam vom Rand der Wiese immer weiter in die Mitte zwangen.

Sam drehte wieder um und suchte einen Fluchtweg. Es gab keinen. Die blauen Wagen kamen rutschend auf dem trockenen Gras zum Stillstand, die Türen knallten auf, und dutzende von Polizisten brachen in das Sonnenlicht – Snuffkins Männer, sein Stolz und seine Freude, in vollem Kampfanzug. Sie hielten Schilde vor ihre Leiber, und ihre Helme spiegelten einen schwarzen Sonnenschein. Vor ihren Gesichtern trugen sie durchsichtige Schutzschirme, in den Händen lange Knüppel. Die SBE marschierte auf den Karren zu: Die Welt gehörte ihnen, und an den Borribles würde das exemplarisch demonstriert werden.

Sam kurvte hin und her, aber die Autos schlossen ihn vollständig ein, und das Ende kam rasch. Ein Polizist sprang auf und ergriff den Zaum; Sam stieg auf den Hinterbeinen empor, aber der Mann hielt fest, auch als er vom Boden hochgehoben wurde. Ein anderer rannte herbei, noch einer. Die Borribles schossen Steine auf ihre Knie, ihre Knöchel; viele stürzten, aber andere umringten sie und schützten die Verletzten mit ihren Schilden. Es war ein wilder Kampf, aber die SBE ließ sich nicht einschüchtern und gab nicht nach. Wieder richtete Sam sich auf; der

Karren krachte gegen einen der geparkten Polizeiwagen. Das Pferd wieherte mitleiderregend, als es so um seine Freiheit kämpfte; es stieß, es schlug aus.

»Lasst ihn in Ruhe!«, schrie Sydney und schoss einen Stein auf einen Polizisten, der Sam auf die Nase schlug.

Der Karren wurde hin und her geworfen und fiel um; Zoff, der gerade seine Schleuder spannte, wurde zu Boden geschleudert und war halb betäubt. Stöhnend rollte er sich auf den Rücken. Chaline wurde an einem Knöchel gepackt und zu Boden gerissen. Ihr Rücken schlug gegen die Wand des Karrens; die Männer ergriffen sie grob, und einer warf sie dem anderen zu. Jemand gab ihr eine auf den Kopf und ließ sie neben den bewusstlosen Zoff fallen. Schreiend bedeckte sie ihre Ohren mit den Händen.

»Nicht die Ohren«, schrie Chaline, »nicht die Ohren!«

Stonkus war stark. Man hielt sein Bein fest. Er trat, und die Hand ließ los. Er sprang über die Seite des Karrens und rannte jemandem mit dem Kopf in den Magen. Vor ihm lag ein Weg frei, aber als er sich in Bewegung setzte, erhielt er einen Schlag mit einem Knüppel über den Rücken, und der Atem schwand ihm, seine Lungen sanken in sich zusammen. Er fiel auf die Knie, und das war das Ende des Kampfes.

Sydney hatte nicht daran gedacht, zu kämpfen. Sie weinte innerlich, weil es ihre Idee gewesen war, überhaupt nach Sam zu suchen, und das hatte sie nun alle in diese Niederlage geführt. Noch nie war so etwas in der Geschichte der Borribles vorgefallen, noch nie hatte man so viele mit einem furchtbaren Schlag gefangen.

Vulgo sprang vom Karren, aber zwei Polizisten fingen ihn in der Luft auf, schnappten seine Beine und Handgelenke, und sein magerer Körper wand sich zwischen ihnen in der Luft. Zwielicht lag auf dem Boden, Bingo auch. Alle waren sie gefangen.

Mit brechendem Herzen sprang Sydney auf Sams Rücken, ließ sich auf seinen Nacken fallen und umschlang ihn eng. »Oh, Sam«, rief sie, »es war alles für dich, und es ist alles falsch gelaufen, jetzt siehst du uns Borribles nie mehr.« Aber es war keine Zeit mehr, noch etwas zu sagen. Brutale Hände zogen sie vom Pferd herab und warfen sie zu Boden.

Willenlos schaute sie in den Himmel. Er war immer noch blau und versengte die Erde. Ihr Körper schmerzte und war schweißüberströmt. Die Erde presste hart gegen ihren Rücken, und sie konnte spüren, wie sie sich drehte, immer schneller. In geschlossenem Kreis um sie herum starrten behelmte Köpfe herab, sich bewegend und doch bewegungslos, wie der Rand eines Kaleidoskops. Leere Masken, keine Augen, keine Nasen, keine Münder. Nichts.

Plötzlich fiel ein Abschnitt des Kreises weg, und in die Lücke trat ein kleiner Mann in der Uniform eines Polizeioffiziers. Er hatte verzerrte Züge und einen schwarzen Schnurrbart. Neben ihm stand ein fetter Polizist mit einem glänzenden Gesicht, das durch leuchtende Schweißtropfen unregelmäßig und höckrig wirkte. Es waren Inspektor Snuffkin und Sergeant Hanks.

Der Inspektor klatschte hohnlachend in die Hände und schaute die gesichtslosen Gesichter seiner Männer an. Sydney sah, wie er ein kleines, glückliches Tänzchen aufführte, von einem Fuß auf den anderen pirouettierend. Der Sergeant starrte liebevoll auf die am Boden liegenden Gefangenen und leckte sich die Lippen, als betrachte er seine Lieblingsmahlzeit.

»Nun! Nun!«, sagte Snuffkin, als sein Tanz vorbei war, und ein krummes Lächeln nistete sich in seinem hässlichen Mund ein. »Was für einen wundervollen Fang Borribles hab ich da. Willkommen daheim, ihr kleinen Nichtsnutze, willkommen im normalen Leben.«

Nach ihrer Gefangennahme wurden die Borribles in einer langen Reihe mit Handschellen aneinandergefesselt und in einen der Wagen eingeschlossen.

Eel Brook Common sah aus wie das Niemandsland eines Kriegsschauplatzes. Zwei Polizeiwagen waren zusammengestoßen, einer davon lag zerbeult und zerstört auf der Seite. Polizeiausrüstung lag über eine immense Fläche verstreut, und viele von der SBE, erschöpft von der Hitze des Tags und der anstrengenden Jagd, lagen da, wo sie hingefallen waren, wie Leichen auf einem Schlachtfeld. An der Hauptstraße standen kleine Menschengruppen herum, die verständnislos das Panorama nach dem Kampf anstarrten. Einige fragten die Polizisten nach der Ursache des gewaltsamen Geschehens, aber sie bekamen keine Antwort. Da gingen sie wieder weiter, aber sie hielten noch einmal an, um ein letztes, erregtes Aufflackern der Ereignisse zu beobachten.

Sam, das Pferd, war noch nicht am Ende. Sein Körper zitterte über und über, und seine Beine bebten, Schaum bedeckte seine Lippen. Er stand niedergeschlagen zwischen den Deichselstangen des Abfallkarrens, sein Kopf sank elend ins Gras, und der Parkwächter (mit einem

Verband um den einen Ellenbogen) kam heran und zog das Pferd gewaltsam am Zügel.

»Los, du altes Vieh«, sagte er, »jetzt geht's zurück an die Arbeit, was glaubst du wohl.«

Es lässt sich nur schwer erahnen, was in einem Pferd vor sich geht, aber in Sam zerriss etwas. Einige Minuten lang hatte er den Geschmack der Freiheit verspürt, hatte eine Weile seine Freunde gesehen, aber am Ende war ihm alles wieder weggenommen worden. Es war mehr, als er ertragen konnte. Er sprang vorwärts und bäumte sich auf den Hinterbeinen in die Höhe, und er schnaubte herausfordernd, dem Mann in Braun und allem, wofür der stand, seine Drohung entgegenschleudernd. Seine Vorderhufe schlugen durch die Luft, und der Parkwächter ließ die Zügel los und kauerte am Boden, seinen Kopf mit dem gesunden Arm schützend. Im Gefangenenwagen presste Sydney ihr Gesicht gegen die drahtvergitterte Scheibe.

»Schaut«, sagte sie. »Sam flieht.«

Sam trat mit den Hinterhufen gegen den verhassten Karren. Holz splitterte, und eine Deichselstange brach, als Sam sich noch einmal herrlich hoch aufbäumte, und sein Wiehern schallte über den Common, eine Herausforderung an jedermann, es nur noch einmal zu versuchen, ihn zu versklaven.

Der Wächter machte einen letzten Versuch, die flatternden Zügel zu ergreifen, aber Sam sprang auf ihn ein, zwang ihn zurück, und die zweite Stange gab nach, und das Geschirr zerriss. Nun war er ganz frei von dem Karren; nun, ungehindert und ohne Fessel, wirbelte er herum wie ein Wildhengst – und dann wählte er seine Richtung und galoppierte davon, der Hals langgestreckt und Schwanz, Mähne und zerfetztes Zaumzeug hinter ihm herflatternd.

Die erschöpften Polizisten erhielten den Befehl, aufzustehen, und sahen sich gezwungen, mit verschränkten Armen eine menschliche Kette quer über den Common zu bilden. Andere rannten zu ihren Autos, aber Sam ließ sich nicht fangen. Er warf sich dem Kordon der SBE entgegen, der auf ihn zukam, er rannte schneller und schneller, seine Hufe donnerten über das Gras, und die Polizisten vor ihm stockten – dieses Pferd war verrückt, es würde nicht anhalten. Immer weiter raste Sam, und als er nur noch ein paar Meter von der Menschenbarrikade entfernt war, sprang er hoch in die Luft, beinahe schwebend, elegant und kraftvoll wie nur je ein Jagdpferd, und landete geschickt weit außerhalb der Reichweite jener, die versuchten, ihn zu Boden zu ziehen. Über die Hauptstraße hinweg lief er und fort in die Freiheit der kleinen Seitenstraßen, wie es jeder Borrible getan hätte.

»Er hat's geschafft«, sagte Sydney. »Stellt euch das vor, er ist weg.«

Vulgo trat gegen die Wand des Wagens. »Und wir haben's nicht geschafft«, sagte er, »und was wird jetzt aus uns?«

Die Frage blieb nicht lange unbeantwortet. Die Federung des Wagens stöhnte auf und drei Polizisten bestiegen den Vordersitz. Einer ließ den Motor an, und seine Kollegen drehten sich um und behielten die Gefangenen genau im Auge. Langsam fuhr der Wagen über die Wiese, hüpfte über den Gehsteig und kroch dann langsam in Richtung Fulham Road davon. Zwei andere Wagen gaben ihm Geleitschutz. Diesmal sollte es keine Flucht geben.

Es war kein weiter Weg, und nach wenigen Minuten fegte die Kolonne blauer Fahrzeuge mit heulenden Sirenen in einen grauen, von hohen Ziegelmauern umgebenen Hof; das war die Polizeiwache von Fulham. Die Wagen kamen zum Stehen, und die SBE-Männer kollerten heraus, um sich in geraden Reihen auszurichten, während sich Inspektor Snuffkin und sein Sergeant strahlend vor ihnen aufbauten. Eine kurze Zeit herrschte Schweigen, dann hob der Inspektor die Arme und öffnete den Mund.

»Man hält's nicht für möglich«, sagte Vulgo, der die Polizisten durch die Fenster des Polizeiwagens beobachtete, »der fängt an zu singen, wie ein gottverdammter Fußballfan, wenn seine Mannschaft den Pokal gewinnt.«

Und der Inspektor sang in der Tat, ein strammes Marschlied, ein Lied, das die Herzen höher schlagen ließ, und während Snuffkin sang, salutierten seine Männer und marschierten trampelnd auf der Stelle, und jedes Mal, wenn ihr Anführer eine Strophe beendet hatte, brüllten sie laut und sangen mit freudiger Energie den Refrain. Doch das Lied ließ die Borribles frösteln, denn die Worte enthielten für sie keine Hoffnung.

Die Menschheit wird jetzt reformiert,
auf! Alles unter einen Hut!
Sind alle endlich so wie ich,
dann geht's der Welt auch wieder gut.

CHOR:
Der Ungehorsam macht mich wild:
Recht und Gesetz sind's, die ich liebe,
und bist du gut, dann hast du Glück,
und bist du bös: eins auf die Rübe.

Was, der gehorcht nicht? Idiot!
In jeder Regel hockt die Strafe,
man läuft nicht von der Herde weg –
die guten Bürger sind wie Schafe!

Die Obrigkeit hat immer recht,
die Ketzer werden ausradiert –
da hilft nur eiserne Moral,
so wird die Disziplin saniert!

Wir wissen schließlich, wie es läuft!
Wir schreiben doch das Protokoll!
Wenn einer unsere Regeln bricht,
dem hauen wir die Hucke voll.

Und ganz speziell die Borribles,
das spitzbeohrte Lumpenpack –
schlagt sie ans Kreuz mit ihren Mützen!
Die kriegen eines auf den Sack!

CHOR:
Der Ungehorsam macht mich wild:
Recht und Gesetz sind's, die ich liebe,
und bist du gut, dann hast du Glück,
und bist du bös: eins auf die Rübe.

Nachdem der SBE-Marsch gesungen worden war, verlor man keine Zeit mehr. Die Gefangenen wurden aus ihrem Wagen getrieben und durch die Hintertür der Polizeistation gestoßen, dann an einigen Betonstufen vorbei, die zu den Zellen führten, in den Verhörraum geschoben. Einige Polizisten gingen mit den Borribles und stellten sie vor einem großen Schreibtisch auf. Auf dem Schreibtisch lagen Stapel von Papieren; dahinter saß die bedrohlich-bösartige Gestalt von Inspektor Snuffkin, und neben ihm stand, unterwürfig wie immer, Sergeant Hanks.

Inspektor Snuffkin ordnete seine Papiere sauber rechtwinklig an und zerrte sein Gesicht in ein halbwegs normales Arrangement. Er räusperte sich. »Wie ich sehe, tragt ihr Sinjen-Schulblazer und -hosen«, begann er, »soll wohl eine Art Verkleidung sein, nehme ich an, bemitleidenswert … Nun wollen wir mal sehen.« Er studierte ein Formular. »Ich kann's euch besorgen wegen Einbruch, Beschädigung von Polizeieigentum, Widerstand bei der Verhaftung, körperlichem Angriff auf Polizeibeamte, schwerer Körperverletzung, Gebrauch obszöner Formulierungen, Pferdediebstahl … war früher ein Kapitalverbrechen, jammerschade … Unterstützung eines Gefangenen beim Ausbruch aus der Untersuchungshaft. Ich hab hier genug, um euch bis zum Ende des Jahrhunderts ins Erziehungsheim zu bringen, und mit gestutzten Ohren, da würdet ihr bestimmt ein entzückender Haufen Musterknäbchen und braver Mädelchen … Aber an eurer Zukunft bin ich nicht interessiert, ich hab Wichtigeres vor.« Snuffkins Gesicht zuckte und verschob sich wütend. »Ihr da wisst was über die Morde von Southfields, ihr wart dort, und bevor ich mit euch fertig bin, da steht ihr Schlange, um mir nur recht schnell alles erzählen zu dürfen.«

Zoff sah an der Reihe der Mitgefangenen entlang. »Weiß einer, wovon der redet?«, fragte er. »Ich nämlich nicht.«

Snuffkin machte eine Handbewegung, und der Polizist, der direkt hinter Zoff stand, gab ihm eine Kopfnuss. Zoff schwankte, aber nahm den Schlag mit philosophischem Gleichmut hin.

»Ich war noch nie in Southfields«, fuhr er fort, »weiß nicht einmal, wo das ist.«

»Ich will dir was sagen«, sagte Snuffkin, »ich könnte euch gleich jetzt die Ohren abschneiden, wenn ich wollte, aber ich geb euch allen eine Chance. Wer von euch mir die Information gibt, die ich haben will, kann hier als freier Borrible hinausgehen, mit ungestutzten Ohren. Ein faireres Angebot ist kaum denkbar.«

Vulgo machte sofort einen Schritt vorwärts. »Dann hab ich Ihnen was mitzuteilen«, rief er.

»Ja«, sagte Snuffkin eifrig und lehnte sich über seinen Schreibtisch nach vorn, »und was?«

»Folgendes«, sagte Vulgo. »Ich weiß auch nicht, wo Southfields ist.«

Inspektor Snuffkin fand es nicht lustig. Er verengte seine Augen, und seine zusammengekniffenen Lippen wurden länger. »Ein kleiner Witzbold, hm?«, sagte er. »Nun, es wird nicht mehr lang besonders viel zu lachen geben. Heute Abend werden eure Ohren behandelt, und dann sehn wir ja, wie mutig ihr seid.«

Sergeant Hanks wuchtete seinen Bauch auf den Schreibtisch und lehnte sich darauf. »Vielleicht«, schlug er vor, »könnte es eine gute Idee sein, Sir, wenn wir ihnen bis morgen früh Zeit geben, sich alles mal zu überlegen. Sie sind jetzt alle noch ziemlich von sich überzeugt, aber ein Tag und eine Nacht in den Zellen, ohne Essen und Trinken, das müsste ihnen doch eigentlich helfen, die Dinge etwas anders zu sehn.«

Snuffkins Gesicht blitzte genüsslich auf. »Vorzügliche Idee, Sergeant«, sagte er. »Sie werden dafür sorgen, dass der Polizeiarzt morgen früh hier auf der Matte steht. Dieses rotzfreche Gesindel wird bald ein anderes Liedchen pfeifen.« Seine Augen glitten an der Reihe Borribles entlang und prüften jedes Gesicht, auf der Suche nach einer Schwäche. Bei Zwielicht hielt er inne.

»Na, mein Junge«, sagte der Inspektor, »hast du was, was du mir sagen möchtest? Du würdest doch gern deine Ohren behalten, oder?«

»O ja«, antwortete Zwielicht. »Das würde ich. Ich möchte hiermit kategorisch feststellen, dass mir die Lage von Southfields ebenfalls völlig unbekannt ist.«

Ein schreckliches Schweigen hing im Raum, und die Spannung stieg. Unter dem vorne offenen Schreibtisch konnten die Borribles sehen, wie sich die Beine des Inspektors vor Wut verformten. Er sog seinen Atem ein und hielt die Luft in den Lungen zurück, wie um seinen Zorn abzukühlen. Seine Nase drehte sich wie ein Korkenzieher in der Luft.

»Bringt sie runter und schließt sie ein«, kreischte er, »bevor ich mich nicht mehr kenne! Ich stehe für nichts ein, wenn die hierbleiben! Morgen sehn wir uns, und dann nehm ich ihnen Stück für Stück die Ohren ab! Die ganze Nacht freu ich mich drauf.«

Die Polizisten griffen sich die Borribles von hinten, zerrten sie aus dem Raum, und dann wurden sie eine Treppe hinunter zu einem Flur gebracht, an dem entlang die Zellen lagen. Ein Polizist suchte irgendeine aus, und die Gefangenen, immer noch mit Handschellen aneinandergefesselt, wurden hineingeworfen, und die große Stahltür fiel klingend ins Schloss. Ein Schlüssel klapperte dreimal, und die Männer der SBE stampften davon, endlich fertig mit ihrer Morgenarbeit.

Sich selbst überlassen, streckten die Borribles sich, so gut es ging, auf dem Betonboden aus und legten, in Ermangelung von Kissen oder Decken, ihre Köpfe auf den jeweils nächsten Freund.

»Hübsch«, sagte Bingo, »sehr hübsch. Kein Essen, keine Hoffnung und ab morgen keine Ohren.«

»Hier stinkt's nach Pisse«, sagte Vulgo.

»Von Katzen?«, schlug Zwielicht vor.

»Nein«, sagte Chaline und versuchte, ihren Kopf einigermaßen bequem auf Stonkus' Bauch zu legen, »von Menschen.«

4

Der Gestank kam aus der Gefängniszelle nebenan. Dort lag der alte Ben, und Ben war der schmutzigste Mann der ganzen Welt. Ein ehemaliger Tramp, der nicht mehr auf die Walze ging, lebte er auf Feather's Wharf, einer riesigen Müllkippe auf der Südseite von Wandsworth Bridge. Er war Nachtwächter, Müllsortierer und Müßiggänger und wohnte in einem wackligen Häuschen in der Mitte einer wilden Gebirgskette aus Abfall. Er hatte nur einen einzigen Freund, den Stallwächter in der Young-Brauerei, und nur zwei Beschäftigungen: Sachen zu sammeln, die andere Leute weggeschmissen hatten, und Bier zu trinken.

Manchmal trank Ben zu viel und torkelte aus Feather's Wharf hervor in die Straßen hinaus, im Zickzack über die Gehsteige, wo er an Laternenpfählen abprallte, alte Lieder sang und jedermann, der vorbeikam, mit dem Finger drohte. Wenn das vorkam, wurde Ben verhaftet und in einer Polizeizelle ausgenüchtert, und da lag er auch an dem Tag, als die Borribles in die Polizeistation gebracht wurden, obwohl er ihre Ankunft nicht bemerkte, weil er fest schlief, flach auf dem Rücken am Boden ausgestreckt und schnarchend. Die Tür zu seiner Zelle war offen, aber die war immer offen, weil niemand Ben ernst genug nahm, um hinter ihm abzuschließen. Die Faustregel für die Polizisten im Süden Londons war, über Ben zu lachen und ihn einfach wieder vor die Tür zu setzen, wenn er seinen Rausch ausgeschlafen hatte. Sie sagten ihm dann, er solle zu seinem Müllberg zurückgehen; »lass dich nicht blicken«, sagten die Bullen zu ihm, »und du kommst nicht in Schwierigkeiten.«

Ben roch wirklich streng, es war ein ganz spezielles Aroma: ein Gebräu aus Körpergerüchen, verfaultem Abfall, getrocknetem Urin, Holzrauch und stagnierendem Themsewasser. Ben wusch sich nie, und sein Nacken war kreuz und quer von tiefen Schmutzfalten überzogen und übersät mit den Narben alter Pickelvulkane. Jede Pore seines Körpers war verstopft vom Ruß des immerwährend von den ewigen Feuern aus Abfall und Müll aufsteigenden Rauchs, die er an der Schwelle seiner Hütte in Gang hielt.

Sein Haar war schwarz und lang und glänzte fettig, wo er sich die Hände abgewischt hatte; es war seit Jahren nicht mehr geschnitten worden, und die wilden Zotteln verfingen sich in den Rändern eines großen Bartes, der, sich selbst überlassen, von einer Seite seines Gesichts bis zur anderen üppig florierte. Durch diese Hecke stach eine enorme Nase, und weiter unten lag (wenn auch wohlversteckt) ein großer Mund mit vorstehenden braunen Zähnen, die das Bier und das Nikotin, der Speichel und die Zeit zu sinistren Formen ausgeschliffen hatten. Auch Bens Fingernägel waren gezackt und breit wie Schaufeln, jeder mit genügend Schmutz beladen, um darin Kartoffeln zu ziehen.

Er war groß und hager, wenn er aufrecht stehen konnte, mit hohlen Schulterblättern, höckerigen Händen und weise-müden Augen. Auf dem Kopf trug er immer einen breitkrempigen, weichen schwarzen Hut, aber Kleider trug er nicht wie andere Leute ihre Kleider tragen, er bewohnte sie, ganze Schichten davon. Wenn seine Kleidungsstücke so alt oder verschmutzt waren, dass andere Tramps sie weggeworfen hätten, suchte sich Ben einfach eine neue Schicht Kleider und stieg hinein, ohne vorher etwas abzulegen. Er war wie eine archäologische Grabungsstätte, und irgendwo, tief unten in der Nähe seiner Haut, mussten seine Kleider in einem epochenalten Kontinuum von Schweiß und Staub zusammengewachsen sein. Über all den Hemden, Jacken und Hosen trug Ben zwei oder drei alte Mäntel, jeder davon ein Labyrinth von zerrissenem Futter, verborgenen Wilderertaschen und Geheimfächern. Darin trug Ben alles bei sich, was er brauchte: Bier, Tabak, Brot und Streichhölzer.

All sein Besitz stammte von der Müllkippe, auf der er lebte, und es fehlte ihm an nichts. Die Welt war Ben scheißegal. Arbeit war ihm gleichgültig, Autoritäten waren ihm gleichgültig, Wasser und Seife waren ihm gleichgültig. Auch sich selbst stand er einigermaßen gleichgültig gegenüber.

Letzte Nacht war er auf der Wandsworth Bridge aufgegriffen worden, wie er *Shenandoah* sang, sein Lieblingslied, und versuchte, oben auf dem Geländer hoch über dem Fluss entlangzugehen. Passanten hatten ihn davon abgehalten und nach der Polizei telefoniert, die ihn in seine Zelle gebracht hatte. Ben war's egal, ihm war alles egal. »Kann genauso das eine wie das andere tun«, pflegte er zu sagen, »in hundert Jahren sieht's alles gleich aus, oder?«

In seiner Zelle stöhnte Ben auf, öffnete die Augen, hörte auf zu schnarchen und setzte sich aufrecht. Er fühlte sich nüchtern, und er fühlte sich entsetzlich. Es war Zeit, heim zu gehen. Er war sich sicher, dass er in seinem Haus ein paar Flaschen *Young's Special Brew* versteckt hatte; genau das, war er jetzt brauchte.

Er versuchte, die Tür ins Auge zu fassen, und obwohl seine Augen zuerst abglitten und die Tür sich verschob, wurde sein Blick schließlich fest. Die Tür war offen, und er wusste, wenn er ruhig den Flur entlang- und die Treppen hinaufgehen würde, dann käme er schließlich ins Erdgeschoss der Polizeiwache. Vielleicht war jemand vorn im Büro, vielleicht nicht, es machte keinen Unterschied, sie ließen ihn immer gehen.

Ben kämpfte sich auf die Füße und befühlte seine Taschen. Alle seine Besitztümer waren noch vorhanden. Ein Vorteil dabei, dreckig zu sein, war, dass niemand einen durchsuchen wollte, nicht einmal die Bullen. Jemand in einer Heilsarmee-Schlafstube hatte einst versucht, ihm ein Bad aufzuzwingen, aber nach dem ersten Paar klebriger Hosen hatte man das Experiment aufgegeben.

Ben ging hinaus in den Korridor und schlurfte in Richtung Treppe. Es war ein wenig kühler, obwohl die Luft immer noch bedrückend schwer war.

»Muss mitten in der Nacht sein«, sagte er. »Gotteswillen, hab den ganzen Tag gepennt, ein Wunder, dass ich nicht vor Durst eingegangen bin.«

Er kam an die Tür der nächsten Zelle, öffnete rasch das vergitterte kleine Beobachtungsfenster und schaute hinein. Er sah immer gern nach, wer verhaftet worden war, wenn man ihn ins Gefängnis gesteckt hatte, aber diesmal traute er seinen Augen kaum. Im Licht einer einzigen Glühbirne sah er sieben Kinder auf dem Betonfußboden liegen, aneinander gedrängt, nicht wegen der Wärme, sondern um es bequemer zu haben.

»Das ist nicht recht«, sagte Ben und rückte mit skrupulöser Sorgfalt seinen Hut zurecht. »Kinder hier drin, fragt man sich, was sie getan haben, andererseits … geht mich nichts an, hm? Geht mich nichts an.«

Ben schlurfte weiter und ließ die Borribles schlafend zurück; ihre bedauerliche Lage entsank seiner Aufmerksamkeit. Er stieg die Stufen zum oberen Korridor hinauf und ging zur Hintertür der Polizeistation.

»Hmm«, sagte Ben. Er starrte hinaus. Es war dunkel, die dunkelste Strecke der Nacht, und dichter weißer Sommernebel rollte wie eine

Giftgaswolke von der Themse herauf und lag in den Straßen wie lange Streifen schmutziger Watte.

»Hmm«, sagte Ben noch einmal und lehnte sich gegen den Türrahmen. »Sehn tu ich ja nicht viel, hätte in meiner Zelle bleiben sollen, verlauf mich garantiert auf dem Weg nach Haus … aber hier gibt's natürlich kein Bier, jedenfalls keins für mich.«

Ein stetiges Summen von Stimmen und Maschinen drang aus den geschäftigen oberen Stockwerken des Gebäudes. Etwas stampfte in einer Ecke des Hofes, und Ben versuchte, durch die weichen Nebelfetzen zu sehen.

»Gibt's doch nicht«, sagte er, »hab scheint's Illuminationen.« Er starrte genauer hin und erkannte den ungewissen Umriss eines Pferdes, das an die Eisengitterstäbe eines Fensters angebunden war. »Jetzt beginnt's, ist ja fast unheimlich, was immer es ist.«

Er machte sofort kehrt und schlappte in seinen zerrissenen Stiefeln den Flur hinunter. Die Tür zum Verhörraum stand offen, und das vordere Büro war ebenfalls sichtbar. Er konnte den Sergeanten, der Nachtdienst hatte, an seinem Schreibtisch sitzen sehen.

»Ich sag ihm mal Gute Nacht«, sagte der Tramp, »kann ich vielleicht ein paar Shilling abstauben. Der war doch immer gut für 'ne kleine Spende.«

Als Ben näher kam, klingelte das Telefon des Polizisten; er hob ab, lauschte einen Augenblick und stand dann auf. Als Ben das Zimmer erreichte, war es leer; nur die schwingende Tür zeigte, dass der Sergeant nach oben gegangen war.

»Hm«, sagte Ben, »da wart ich eben ein bisschen.« Er ging zum Schreibtisch hinüber und sah mit bewunderndem Erstaunen auf die Tischplatte hinab – solch saubere Ordnung bekam er nicht oft zu Gesicht. Sauberkeit und Präzision verwirrten ihn jedes Mal.

»Ist es nicht toll«, überlegte er, »all das Aufschreiben, Zeug in Büchern, Sachen zusammenzählen, ausrechnen, dass alles aufgeht, Zeugs rot unterstreichen … seltsame Art, die Zeit zu verbringen.« Seine Augen wanderten zu den Regalen hinter dem Schreibtisch: Dort standen Reihen von Aktenordnern und Drahtkörbe mit Protokollen. Ben schüttelte den Kopf. »Und ich soll blöd sein«, sagte er.

In diesem Moment erblickte er die Schlüssel, die an einem Haken hingen, der in eines der Regalbretter geschraubt war. Er sah sich um, nach rechts, nach links – er war allein, und von oben kam kein Geräusch. Bens Gesicht brach in einem breiten Grinsen auf, das sich, groß und braun, durch seinen Bart zwängte.

»Na …«, sagte er, »die Schlüssel, hm, alle schön säuberlich nummeriert, Zellen und Handschellen, jerum, jerum. Mich geht's natürlich nichts an, aber das macht ja nichts, weil mich so oder so nichts angeht, und selbst wenn – dann auch nicht, hm? Jedenfalls ist's jetzt mal wieder an der Zeit, dass ich mir einen kleinen Scherz erlaube, hab ich seit Jahren nicht mehr, das wird mir guttun, etwas Abwechslung.« Ben hob die Rechte und hakte zwei Schlüsselringe ab. »Klappert jetzt bloß nicht«, sagte er zu ihnen. »Wagt es bloß nicht, zu klappern.«

Er schob die Schlüssel in eine seiner Manteltaschen, damit sie nicht klirren konnten, und ging seinen Weg zurück, so leise, wie es seine locker sitzenden Stiefel ohne Socken erlaubten. Bei der Zelle der Borribles angekommen, spähte er wieder durch den Spion.

»Immer noch da, schau mal an, ist irgendwie nicht recht. Nette Kinderchen wie die.« Ben schmatzte laut, nahm die Schlüssel aus der Tasche, wählte den, der dieselbe Nummer hatte wie die Tür und ließ ihn ins Schloss gleiten. Dann drehte er ihn herum, bis er sich nicht mehr drehen ließ, und die Tür sprang auf, stumm in gut geölten Angeln gleitend.

Ben betrat die Zelle und fing an, die Handschellen zu öffnen, die den schlafenden Borribles in die Handgelenke kniffen. »Schau dir diese roten Stellen an«, sagte er, als er fertig war, »wirklich furchtbar. Jetzt müssen sie aber rennen wie der Teufel, wenn sie hier draußen sind, dem Auge des Gesetzes wird das gar nicht gefallen.«

Chaline öffnete die Augen und hob erstaunt den Kopf. Sie konnte sich nicht erinnern, wo sie war. Langsam krauste sich ihre Nase, und ihre Lippen zogen sich zu einer schmalen Acht zusammen. »Meine Fresse«, sagte sie, »du stinkst ja wirklich nicht schlecht.«

Ben lächelte, zeigte seine gotischen Zähne und hielt eine Handvoll Handschellen in die Höhe. »Verspotte nicht diesen Geruch«, sagte er theatralisch, wie ein Entdecker, der einem neuen Kontinent den Namen gibt, »dieser Geruch ist der Geruch der Freiheit.«

Chaline hob ihre befreiten Hände und starrte sie an. Dann bemerkte sie die offene Tür. »Wer bist du?«, fragte sie.

»Ich bin Ben«, sagte Ben, »und ich bin auf dem Heimweg, kommt ihr mit?«

Chaline sprang auf und schüttelte ihre Freunde wach. »Wir hauen ab«, flüsterte sie. »Fragt mich nicht, wie's geschehen ist, aber es ist so.«

»Wer ist dieses Bündel Lumpen?«, sagte Zoff und rieb sich die Augen.

»Das ist Ben«, sagte Ben wieder. »Folgt mir.«

Der alte Tramp führte die Borribles aus der Zelle und den Korridor entlang. »Wartet hier«, sagte er, »oben ist vielleicht ein Bulle.« Ben stieg die Treppe hinauf, bis seine Augen die Höhe des Erdgeschosses erreicht hatten, dann schob er seinen Kopf um das Geländer herum und sah, dass das Büro immer noch leer war. Er streckte seine Hand nach hinten aus und winkte. »Kommt rauf«, sagte er.

Einer nach dem anderen schlichen die Flüchtlinge zur Hintertür, während Ben Wache stand und aufpasste, ob der Sergeant zurückkam.

»Und was ist mit dir?«, fragte Chaline, die als Letzte von unten kam. »Alles klar?«

»Mach dir wegen mir keine Sorgen«, sagte Ben. »Diese Plattfüße denken, ich bin die ganze Zeit halb betrunken, wobei ihnen nicht klar ist, dass ich bloß die halbe Zeit ganz betrunken bin.«

»Dank dir, dass du uns rausgeholt hast, Ben«, sagte Chaline. »Ich hab noch nie erlebt, dass ein Erwachsener so was für einen Borrible macht.«

»Borribles, hm?«, sagte der Tramp und zog seine buschigen Augenbrauen hoch. »Hab ein paar getroffen, als ich auf der Landstraße war, haben mich immer anständig behandelt ... Warum kommt ihr nicht mal nach Feather's Wharf runter, hab 'ne tolle Wohnung dort, haufenweise Platz.«

Chaline überlief es kalt. Auf der Großen Rumbeljagd war sie durch das Gebiet von Feather's Wharf gekommen, und für sie war es einfach eine Quadratmeile Einöde, wo der Wandle sich durch eine Mondlandschaft wand, ehe er unter die Erde in die Kloaken verschwand – hinab in den Schlamm des Reviers der Wendels.

»Ja, Ben«, sagte sie, »machen wir vielleicht einmal. Und jetzt rennen wir besser wie die Affen. Leb wohl, und danke«, und sie verließ den Tramp und ging zu ihren Gefährten im Hof der Polizeistation.

Die Borribles blieben vor Erstaunen wie angewurzelt stehen, aber nur ein, zwei Sekunden: Überall umgab sie der Nebel, feucht und warm und an allem haftend, was er berührte, und die ganze Welt mit dem Geruch des faulenden Flusses erfüllend. Das war ein Nebel, der in Locken und Wellen daherzog und sich zu drohenden Klippen dreckiger weißer Wolken auftürmte, die, wie sie langsam ihre Gestalt veränderten, große Schluchten tiefer Dunkelheit unter sich entstehen ließen.

»Das hilft uns, den Bullen zu entwischen«, flüsterte Chaline, »oder?«

»Nicht, wenn wir den Weg nach Haus nicht finden«, sagte Zoff.

Plötzlich erblickte Sydney das Pferd auf der anderen Seite des Hofs. »Schaut«, sagte sie erregt, »es ist Sam, sie müssen ihn eingefangen und hierhergebracht haben.«

»Wir haben jetzt dafür keine Zeit«, sagte Zoff. »Wir müssen so weit weg von Fulham wie möglich, und das geht nicht mit einem Pferd am Hals.«

»Macht, was ihr wollt«, sagte Sydney, »ich lass so eine Gelegenheit nicht vorbei. Ich bitte keinen von euch um Hilfe. Es wär mir sogar lieber so, wenn ich's recht überlege, wenn dann was schiefgeht, könnt ihr mich nicht verantwortlich machen, wenn ihr geschnappt werdet.« Und Sydney warf ihr Haar zurück, ging zu Sam hinüber und fing an, den Strick aufzuknüpfen, mit dem er am Fenster angebunden war.

»Rennen wir los, solang wir können«, sagte Vulgo. »Wir müssen das Pferd ein andermal ...«

Vulgos Bemerkung wurde durch das Erscheinen von Ben unterbrochen, der als Silhouette in dem Lichtrechteck stand, das die Hintertür der Polizeistation bildete.

»Ihr Kinder solltet mal die Mücke machen«, rief er, »wollt euch doch nicht zweimal an einem Tag von den Bullen kassieren lassen ... auf geht's, zieht Leine, nach Hause.«

Dann traten einige Ereignisse ein. In diesem Moment kehrte der diensthabende Sergeant von seinem Auftrag zurück und betrat das vordere Büro. Er hörte Ben reden und ging, durch das Benehmen des Tramps neugierig geworden, zur Hintertür, um nachzusehen, was da los war. Als er näher kam, hörte er, wie ein Pferd durch den Hof geführt wurde, dann das Geräusch trappelnder Füße, Geflüster und schließlich Bens Stimme, der laut rief: »Passt auf, passt auf, da kommt ein Bulle.«

Mit einem wütenden Brüllen sprang der Sergeant Ben an und schleuderte ihn mit aller Kraft von seinem Platz unter der Tür weg. Der alte Mann wirbelte auf einem Absatz herum, verlor einen Stiefel und stolperte mit großer Geschwindigkeit den Flur entlang, bis er gegen das eiserne Treppengeländer krachte und langsam zu Boden glitt. Ben starrte seinen nackten Fuß an und wackelte mit seinen schmutzigen Zehen. »Hab meinen verdammten Stiefel verloren«, sagte er.

Der Sergeant spähte in den Nebel. Er sah ein Kind auf einem Pferd im selben Augenblick, als es ihn sah. Das Pferd fletschte die Zähne und wieherte wie ein fleischfressendes Ungeheuer; mit einem Aufblitzen stahlbeschlagener Hufe klapperte das Tier durch das Hoftor davon, und dann drang aus den leeren, hallenden Straßen Fulhams das dröhnende Echo sich rasch entfernender Hufschläge und des triumphierenden Lärms befreiter Kinder.

»Verdammich«, sagte der Sergeant, »die Gefangenen«, und er rannte in das Gebäude zurück und die Treppe zu den Zellen hinab. Er sah die offenen Türen, er sah den Haufen von Handschellen. »O mein Gott«, sagte er, »Snuffkin reißt mir die Eingeweide raus«, und er rannte in den ersten Stock hinauf, um seinen Kollegen zu berichten, was sich für eine Katastrophe ereignet hatte.

Sich selbst überlassen zog Ben seinen Stiefel wieder an und latschte in das Büro zurück, die Hände tief in zweien seiner zahlreichen Taschen vergraben. Er spürte das Metall der Schlüssel gegen seine Knöchel schlagen.

»Du liebe Zeit«, sagte er, »die werden sie wieder brauchen.« Und er zog die Schlüssel hervor und hängte sie wieder an ihre richtigen Haken. »So!«, verkündete er mit einer gewissen Befriedigung, »alles hübsch ordentlich, genau wie sie's gern haben. Ich geh jetzt heim, die ganze Aufregung hier geht mich nichts an.« Und leicht schwankend marschierte Ben sehr vorsichtig quer durchs Zimmer, durch den Haupteingang, die Stufen hinunter und in das Dunkel der Fulham Road, wobei er im Gehen sein eigenes spezielles Lied sang:

Mensch, was bringt sie, die Maloche?
Geld ist doch ein Scheiß-Verhängnis,
Latscht man treu in sein Gefängnis,
Jeden Tag und jede Woche.

Lieber sachte Leine ziehen!
Freiheit als *die* Kunst erkennen!
Was zu gurgeln, wo zu pennen,
Reicht doch, bist du weit gediehen.

Lass die blöde Welt rotieren,
Steigst du aus, hast du's gegessen –
Geil aufs Geld und pflichtbesessen
Können alle sich blamieren.

Mensch, da lass ich einen streichen,
Für die ganzen Karrieren!
Dürft euch nur mit nichts beschweren,
Wollt ihr Onkel Benny gleichen!

Keine zwei Sekunden, nachdem der Tramp die Polizeistation verlassen hatte, rannte der diensthabende Sergeant aus dem ersten Stock herunter und lief gleich zum Telefon.

»Rasch«, sagte er in den Hörer, »allgemeiner Alarmzustand. Rufen Sie die SBE und jeden Wagen hier im Revier, jeden Beamten draußen auf Streife, die Borribles sind entkommen, ausnahmslos, jawohl. Woher ich das weiß? Weil sie nicht mehr hier sind, sehr einfach, aber ich weiß auch, dass wir sie besser wieder einfangen. Snuffkin dreht sonst durch.«

Der Sergeant knallte den Telefonhörer auf die Gabel und schaute auf das Fach, wo die Schlüssel hingen. Er starrte genauer hin. Bildete er sich das ein, oder schwangen die Schlüssel ganz leicht an ihrem Haken? Er sah zur Tür – kein Luftzug, nicht das leiseste Lüftchen rührte sich. Trotz der Sommerhitze fühlte er einen kalten Schauder seinen Rücken hinunterrinnen.

»Hier geht etwas Verqueres vor«, sagte er, »etwas ganz unbestreitbar Verqueres.«

Ben schlenderte die Fulham Road entlang, und London lag still um ihn, so wie er's mochte; düster und verlassen, ohne Autos und ohne Menschen. Selbst so konnte er die Millionen Leute um sich herum spüren, nervös zuckend unter der Last ihrer schlechten Träume, ihre warmen Zehen steif unter den zerknitterten Betttüchern hervorgestreckt, mühsam nach der kühlen Nachtluft tastend. Ben seufzte glücklich. Es war ein echter Luxus, eine ganze Stadt für sich allein zu haben.

Er rieb sich mit dem Handrücken die große Nase. Unter den Straßenlampen glänzten die Pflastersteine feucht und dunkelgelb, und der Nebel fegte in großen rollenden Wolkenbänken über den schwarzen Asphalt. Hinter und zwischen den schwachen Lichtkreisen der elektrischen Lampen lagen tiefe Korridore der Düsternis, die überallhin hätten führen können.

Ben hielt an und lauschte der Stille. Er spuckte aus. »Nee«, sagte er, »so was wie die alten Nebel von früher haben die heut nicht mehr, richtige Erbsensuppe, wo man die Hand nicht vor Augen gesehen hat, und die Leute husten und röcheln und fallen an den Bushaltestellen tot um, und die Leichenbestatter brechen vor Erschöpfung zusammen, tolle Zeiten.«

Wie der alte Tramp sich anschickte, weiterzugehen, verschlangen sich die Nebelfetzen ineinander und dünnten einen Moment aus, und er erkannte, dass er an einer Straßenecke stand. Gleichzeitig wurde ein Namensschild sichtbar: »Rumbold Road«, las Ben, »na also, das bringt's doch, da kann ich gleich durchgehen.«

Nachdem er einmal die Lampen der Hauptstraße hinter sich gelassen hatte, konnte Ben nichts mehr sehen, und er musste seinen Weg ertasten, indem er im Rinnstein entlanghinkte, ein Fuß unten, ein Fuß oben, sein ganzer Körper hob und senkte sich, wie er weitertappte. Er kam langsam voran, aber er machte geduldig weiter, bis er schließlich in das Labyrinth schmaler Sträßchen kam, das nördlich der Themse beim Kraftwerk Fulham liegt, da, wo die großen Metallcontainer der Öldepots massig und hoch aufragen, wie versteinerte Riesen.

In dem Maße, in dem Ben sich dem Fluss näherte, wurde der Nebel dick und ranzig, und der Geruch wurde immer abstoßender. An den Stephendale-Werken kam er vorbei, an Pearscroft Court und Parnell House, sich instinktiv seinen Weg suchend, vor sich hinredend und ausgiebig fluchend, wenn er entdeckte, dass er sich in eine ihm unbekannte Sackgasse verlaufen hatte.

Schließlich kam er nach einer etwa einstündigen oder noch längeren Wanderung in die Townmead Road, eine weiträumige und gespenstische Straße mit einer eintönigen Mauer, die auf der südlichen Seite nach oben ins Unsichtbare hochschoss, eine Ziegelmauer, unterbrochen von Eisentoren, hinter denen die Eingänge zu den hässlichen Öldocks lagen. Die ganze Hemisphäre schien zu schlafen, und Ben hielt wieder an, um zu horchen. Er hörte etwas. Durch die Nacht und die friedhofseinsamen Straßen kam der Laut eines beschlagenen Pferdes, das langsam, unsicher, im Nebel des Flusses verirrt ging.

Der alte Tramp spürte eine Gänsehaut, er hatte völlig das Tier vergessen, das er vorher bei der Polizeiwache gesehen hatte. Sein verfilztes Haar bewegte sich auf seiner Kopfhaut, und ein paar der Strähnen trennten sich sachte voneinander.

»Mensch«, sagte er, »ein Pferd. Ist das der Geist von Tautröpfchen und Herbie, immer noch auf der Suche nach Trödel unterwegs ...«

Ben griff sich an den Hals und zog die losen Kragen fest zusammen. Er hatte den Lumpensammler aus Southfields nie getroffen, aber er hatte die Geschichte von Tautröpfchens Ermordung gehört, und die Geschichten, die sagten, sein ruheloser Geist ginge immer noch nachts durch die Straßen von Süd-London und suche immer noch nach größeren und immer größeren Reichtümern.

Wieder rollte eine Welle Nebel vom Fluss herüber und brach langsam und stumm gegen eine Häuserreihe. Ben erschauderte und schlurfte weiter. »Unheimlich, das Ganze«, sagte er, »unheimlich.«

Die Hufschläge kamen näher, nachdrücklich, nicht zu leugnen. Wohin Ben sich auch wandte: Der Laut schien auf ihn zu warten. Lauter und lauter wurde das Geräusch, bis sich schließlich da, wo die Townmead Road auf die Kilkie Street trifft, eine Nebelwand emporschob und Ben plötzlich und ohne Warnung einem der Kinder gegenüberstand, die er vorher befreit hatte. Das Mädchen sah bleich und verängstigt aus und hielt einen Strick in der Hand, der hinter ihr in den Nebel verschwebte.

Ben sprang verblüfft zurück, so rasch, dass seine Füße beide Stiefel auf dem Pflaster stehen ließen.

»Meine Güte«, rief er, »was treibst du denn hier, Teufel noch eins, schleichst hier rum wie ein kleiner Albtraum, wo kommst du denn auf einmal her?«

»Ich hab mich verirrt«, sagte Sydney, ebenso erschrocken wie Ben. »Ich bin nicht von hier, aus diesem Teil von London, ist dir das klar? Das könnte für mich genauso gut der Arsch des Mondes sein.«

Ben wollte gerade antworten, als er ein großes Tier schnauben hörte, und obwohl er es nicht sehen konnte, hörte es sich überaus nahe an.

»Mein Gott«, sagte er, »der Reiter ohne Kopf, was? Das teuflische Tautröpfchen!«

»Red keinen Blödsinn«, sagte Sydney, »das ist bloß Sam, der gehört zu mir«, und als Sam seinen Namen hörte, kam er her, wurde sichtbar und stieß Ben freundlich mit dem Kopf gegen die Brust.

Diese Geste beruhigte den Tramp; er warf sich mutig in die Schultern und steckte seine nackten Füße zurück in die Schuhe.

»Ist mir sehr recht«, sagte er, »bin ich ganz erleichtert, ich hab gedacht, das ist so ein menschenfressendes Nachtvieh, wenn man so oft wie ich ein kleines Delirium einlegt, weiß man nie, was einem auf der Straße begegnen kann.«

»Bist du nicht der Typ, der uns aus der Zelle gelassen hat?«, fragte Sydney.

»Der bin ich in der Tat«, sagte Ben und tätschelte Sam den Hals, »obwohl ich es im Ernstfall bestreiten würde.«

»Gibt es irgendeine Chance, dass du mich über den Fluss bringen kannst?«, sagte Sydney. »Ich muss vor Tagesanbruch außer Sicht sein, und ich muss irgendwas finden, wo ich das Pferd verstecken kann. Mir kommt's so vor, als lauf ich seit Stunden im Kreis rum.«

Ben legte jetzt eine Hand auf Sams Rücken, und obwohl das Pferd bei dem Geruch, der den Tramp umwaberte, die Oberlippe verzog, rührte es sich nicht.

»Wenn du mir nur auf dieses Tier hinaufverhelfen könntest«, sagte Ben, »könnten wir mit Grandezza weiterreisen. Unsere Ziele liegen ganz offensichtlich in derselben Richtung.«

Sydney zögerte nicht; weit entfernt, auf den Hauptstraßen, konnte sie das Geräusch von Polizeisirenen unter dem tiefhängenden Nachthimmel hören, und wenn sie sich nicht beeilten, wären ihre Fluchtwege blockiert und das Morgengrauen würde sie immer noch auf der Straße finden, leichte Beute für die SBE.

Sie ließ Sam rückwärts an eine kleine Backsteinmauer gehen und half Ben, auf das Mäuerchen zu steigen. Dann schob und wuchtete sie von hinten, bis er rittlings auf dem Pferd saß, die Zügel in der Hand.

»Hier«, sagte sie, »halt die, obwohl du sie nicht brauchen wirst. Sam versteht jedes Wort, das du sagst. Glaubst du, du bist da oben in Ordnung?«

»Aber sicherlich«, sagte Ben stolz, »zu meiner Zeit war ich ein bedeutender Reitersmann«, und als er eine Hand hochreckte, um seine Worte mit einer Geste zu unterstreichen, schwankte er bedrohlich in den Hüften, und nur ein rascher Griff nach der Mähne Sams bewahrte ihn vor einem abrupten Sturz. »Brrr«, rief der Tramp gebieterisch, obwohl das Pferd sich keinen Zentimeter bewegt hatte, »alles was recht ist, ein lebhaftes Tier.«

Sydney hatte ernsthafte Zweifel, ob Ben überhaupt in der Lage sein würde, seinen Weg aus den Nebenstraßen herauszufinden, aber sie sprang hinter ihm aufs Pferd, holte vor dem furchtbaren Geruch schnell noch einmal tief Atem und schlug mit den Absätzen leicht gegen die Flanken des Pferdes. Die leichte Berührung genügte, und Sam, den Befehlen Bens folgend, setzte sich in würdevollem Schritt Richtung Wandsworth Bridge in Bewegung.

Der alte Tramp war restlos glücklich – selten, in der Tat, hatte er sich glücklicher gefühlt. Er saß mit locker herabhängenden Armen und seinen steif gestreckten langen Beinen auf Sams Rücken, während seine Stiefel riskant von seinen gekrümmten Zehen baumelten und die zerfledderten Mäntel sanft in den Nebel schwebten wie das Cape eines Straßenräubers. Doch wie die Ausgestoßenen dahinritten, kam wieder – und diesmal nicht so weit entfernt – das Geräusch eines durch die Nacht rasenden Polizeiautos.

»Scheiß-Gesetz und Ordnung«, sagte Sydney, »ich hoffe nur, die anderen kommen zurecht.«

Die anderen kamen nicht zurecht. Sie tappten, verirrt und ohne Hoffnung, durch dasselbe Chaos gesichtsloser Straßen wie Sydney und Sam, nur hatten sie keinen Ben, der ihnen den Weg zeigen konnte. Sie waren zusammengeblieben und folgten Zoff, im Wesentlichen deshalb, weil er allen versichert hatte, dass er den Weg nach Battersea wie seine Hosentasche kannte, aber im Lauf der Zeit schien das weniger und weniger wahrscheinlich. Die Borribles waren um hundert Ecken gebogen und hatten tausende ihrer Schritte wieder zurückverfolgt; nun hatten sie keinerlei Vorstellung mehr, wo sie eigentlich waren. Sie waren müde, mutlos und nahe daran, aufzugeben.

Eine Sirene heulte seltsam durch die Nacht, und ein SBE-Wagen fuhr in der Nähe vorbei. Die Borribles duckten sich hinter eine niedrige Mauer, aber es wäre eigentlich nicht nötig gewesen. Hier unten am Fluss war der Nebel zu dicht, als dass Licht ihn hätte durchdringen können. Nichts, was der Polizei zur Verfügung stand, weder das sich drehende Blaulicht noch die gelben Scheinwerfer des Autos, war mehr als ein, zwei Meter sichtbar. Als der Wagen in der Ferne verschwunden war, marschierten die Flüchtlinge weiter, und da kam ein anderer Laut aus der großen Höhle der Dunkelheit, die sie umgab – der seltsame und drohende Hufschlag eines unsichtbaren Pferdes, der die Straße entlang vorrückte.

»Das muss Sydney sein«, sagte Chaline, »mit Sam. Pfeifen wir mal!«

Sie hob die Finger an den Mund, aber Zoff hob seine Hand ebenfalls und schloss sie fest über dem Mund des Mädchens, ihren Kopf herumdrehend, dass er ihr in die Augen starren konnte.

»Du einmalige Idiotin«, zischte er, »das kann genauso gut ein berittener Bulle sein, und eine Falle. Du pfeifst, und schon sind wir wieder im

Bau, so was gibt's mit tödlicher Sicherheit. Alle ruhig bleiben! Selbst wenn es Syd und Sam sind, das Letzte, was ich jetzt gebrauchen kann, ist ein gottverdammtes Pferd, das klipp-klapp hinter mir drein trabt und jedem Plattfuß in London verrät, wo ich bin.«

Chaline wehrte sich, aber sie konnte Zoffs Griff nicht brechen, und keiner von den anderen machte Anstalten, sich einzumischen. Was sie betraf, so hatte Zoff recht. Es mochte Sam sein, aber es konnte genauso gut die Polizei sein, und niemand wollte ein zweites Mal ins Gefängnis einrücken. So standen die Borribles reglos da, hielten den Atem an und lauschten, wie die gespenstischen Hufschläge vorbeizogen.

»Wir warten hier«, sagte Zoff, »bis alles wieder schön ruhig ist.«

Ben genoss die Situation. Sydney nicht. Ben sang immer mal wieder ein Stückchen von seinem Lied, um sich die Zeit zu vertreiben. Sydney versuchte, zu überleben, ohne Atem zu holen. Natürlich mochte sie den Tramp ganz gut leiden und war ihm dankbar für das, was er zu ihrer Befreiung getan hatte, aber hinter ihm zu reiten, die Arme um seine Hüften und die Nase immer wieder gegen seinen Rücken stoßend, war wirklich kein Vergnügen. Niemand in der gesamten Geschichte der Zivilisation hatte je wie Ben gerochen, und er trug nicht nur diesen Geruch mit sich, er fügte alle Augenblicke noch geräuschvoll eine besondere Note hinzu.

»Kann ich nichts dafür«, erklärte er, »muss all das Bier sein, was ich trinke.«

Sydney war ein tapferes Mädchen. »Wie weit noch?«, keuchte sie.

Ben schaute nach rechts und dann nach links. Er konnte nichts sehen. »Sieht aus wie die Morgan Road«, sagte er, »gleich kommen wir um die Ecke, und dann sind wir auf der Wandsworth Bridge.«

»Wandsworth Bridge!« Sydney bekam Angst. Die Wandsworth Bridge war genau an der Ostgrenze des Wendel-Territoriums. Dahinter lagen der Wandle und die tiefen Kloakenkanäle, wo der gewalttätigste Stamm der Borribles lebte, dem man am wenigsten vertrauen konnte: die Wendels.

»Könntest du mich nicht zur Battersea Bridge bringen?«, fragte Sydney. »Irgendeine andere Brücke, nur nicht die Wandsworth Bridge.«

Ben drehte sich mühsam um, damit er seine Begleiterin ansehen konnte. »Hör zu, mein kleiner Sonnenschein«, sagte er, »du hast doch gewollt, dass ich dich über den Fluss bringe, und das mach ich grade. Ich geh da rüber, wo ich mich am besten auskenne, nicht wahr, muss ich wohl, es ist stockdunkel, und ich hab kein Radargerät in der Tasche.«

»So mein ich's nicht«, sagte Sydney verlegen, weil sie undankbar schien, »aber die Wendels leben hier in der Gegend, und die können uns nicht leiden.«

Ben spuckte aus, und eine massive Speichelmuschel überschlug sich einmal in der Luft und klatschte in der Dunkelheit zu Boden. »Diese Wendels sind doch auch nur so Gören wie ihr, Borribles, oder? Ich seh sie von Zeit zu Zeit, einen oder zwei, in Feather's Wharf. Die tun dir nichts, wenn du bei mir bist.«

»Ich hoff's nicht«, sagte Sydney, »aber es gefällt mir nicht hier unten.«

Ben hörte nun nicht mehr hin und drehte sich wieder um. »Auf geht's, altes Ross«, sagte er. »Hier runter noch'n bisschen und dann nach links.«

Sam schritt eifrig vorwärts, den Kopf in einen Nebel vorausstreckend, der jetzt mit jedem Schritt dichter und wärmer wurde, einen Nebel, der am Fluss nun so undurchdringlich wurde, dass die beiden Reiter nicht bemerkten, dass sie schon auf einer Brücke waren, bis sie den Boden unter sich abrupt ansteigen fühlten.

»Da wär'n wir«, sagte Ben, »jetzt sind wir gleich drüben überm Wasser.«

Hinauf und hinauf führte die Straße, und Sam setzte seine Hufe hart auf den Asphalt auf und ging weiter, bis er den höchsten Punkt auf der Mitte der Brücke erreichte; dort, wo die Südseite wieder steil abzufallen begann, hielt er einen Moment inne.

In weitem Kreis um ihn lag die Stille, nur von einem gelegentlichen beiläufigen Wellenklatschen tief unten durchbrochen, wo der schwarze Fluss zum Meer dahinrollte und sich zwischen den großen Steinpfeilern hindurchdrängte, die die Brücke ruhig aufrecht hielten. Sydney konnte nichts sehen. Einen Sekundenbruchteil lang kam es ihr vor, als schwebe sie hoch über einer schlafenden Stadt, die machtlos vom schweren, muskulösen Gewicht der warmen Nacht zu Boden gepresst wurde.

Ben hatte keine solchen Gedanken. »Komm schon, Sam«, trieb er das Pferd an. »Ich bin durstig. Und wie. Bin durstig geboren, was?«

Das Pferd setzte sich wieder in Bewegung, und bald (obwohl sie es nicht sehen konnten) kamen Ben und Sydney zu dem großen neuen Kreisverkehr, der den Anfang des Einbahnstraßensystems von Wandsworth bildete.

»Gehn wir gleich rechts hier«, sagte Ben, »falsche Straßenseite natürlich, aber wir Nachtreiter brauchen uns nicht um die Verkehrsregeln zu scheren.«

Weiter gingen sie, unter der Eisenbahnbrücke durch und an ein, zwei Pubs vorbei, aber kein Auto überholte sie, kein Fenster war erleuchtet, und die Straßenlampen standen blind und erloschen. Nur das Jaulen einer Polizeisirene hob sich gelegentlich durch die Schwärze, schwach und von weit, weit weg, über die breite Wasserfläche herüber. Sam stockte keinen Augenblick; direkt an dem prächtigen Eingang zum Rathaus von Wandsworth zweigte er vom Armoury Way ab und lief hinein in die High Street, und die entlang bis schließlich zur großen Kreuzung an der Garrat Lane, wo das *Spread Eagle Pub* verschlossen und stumm an der Ecke stand.

»Brrr«, sagte Ben und schwang ein Bein über Sam's Nacken und ließ seine Füße zu Boden rutschen. »Jetzt bleib nur schön sitzen, Mädchen«, sagte er zu Sydney, »ich zeig dir mal was, müssen ja das Pferd hier verstecken, hm?«

Trotz des furchterregenden Geruchs des Mannes spürte Sydney, wie ihr Herz für ihn schlug. »Weißt du, Ben«, sagte sie, »du bist beinahe wie ein Borrible, aber doch irgendwie erwachsen, und das ist eigentlich unmöglich.«

»Wie die meisten Sachen, Sonnenschein«, sagte Ben und ging weiter, das Pferd hinter sich herführend.

Auf der anderen Seite der Kreuzung kam Ben an eine hohe Mauer aus glasierten Ziegeln; sie troff von der Nässe des Nebels. Hier ging er links und schlurfte einige Meter weiter, bis er zu zwei enormen hölzernen Türflügeln kam. Sydney folgte ihm mit offenem Mund, verblüfft von der prächtigen Größe dieses Anblicks: Es war, als stünden sie vor dem Prunktor einer alten befestigten Stadt.

Bens Finger tappten an einem Mauervorsprung herum, bis er einen Klingelknopf fand. Er blinzelte Sydney zu, dann drückte er die Klingel, und hinter dem Tor und auf der anderen Seite der Innenhöfe und Lagerhäuser erklang die Glocke, und ihr Klang hallte in Echos vom Ufer eines Flusses zurück, und Sydney wusste, wo sie war: Mit einem raschen Atemzug erinnerte sie sich – sie stand vor Youngs Brauerei am Wandleufer – mitten im Wendelterritorium.

»Gottverdammt«, rief sie aus und sprang von Sams Rücken, um sich gegen die Mauer zu drücken und in die Dunkelheit zu starren. »Ben«, fragte sie, »warum sind wir hierhergekommen?«

»Muss mir schließlich was zu trinken holen, oder?«, sagte Ben. »Das ist die Young-Brauerei hier. Die stellen ein ausgesprochen feines Bierchen her, aber davon einmal abgesehen haben sie Pferde, um ihren Kram auszufahren, ja? Und für Pferde braucht man einen Stall, und für einen Stall braucht man jemand, der sich drum kümmert und was von Pferden hält, und ganz zufällig ist der, den ich meine, ein Kumpel von mir. Waren zusammen auf der Walz früher, sind zusammen gewandert und haben zusammen gequatscht und gebettelt, wie die Grafen. Das heißt leben, Sonnenschein, wenn man jung genug ist. Sam ist hier sicher, sicher wie die Bank von England, und kein Bulle auf der ganzen Insel wird je drauf kommen, ihn in einem Stall zu suchen, hm?«

Während Ben redete, kam der klingende Schritt von genagelten Stiefeln, die über die unebenen Steine eines kopfsteingepflasterten Hofes gingen, näher und näher. Schließlich hielten sie ganz nahe an, und eine tote Stimme drang plötzlich aus dem Nichts, und ihre Worte hingen in der Dunkelheit wie feuchte Geschirrtücher, die man über Nacht auf der Leine hängen lassen hat.

»Wer sucht mich zu dieser mitternächtlichen Stunde?«

Sydney schauderte, als die Worte sie berührten, aber Ben war unbesorgt. »Ich bin's, Ben«, sagte er, »brauch deine Hilfe.«

Die Stimme antwortete nicht, aber Sydney hörte, wie zwei Eisenriegel kratzend zurückgeschoben wurden; eine kleine, in das Haupttor eingelassene Tür öffnete sich, und der Kopf eines Mannes erschien, in der Nachtluft schwebend. Das Gesicht glänzte bleich unter flachem, borstigem Haar. An den Seiten einer harten, knochigen Nase bewegten sich zwei ernste Augen hin und her. Unter der Nase wuchs ein Schnurrbart.

Sydney presste ihren Körper eng gegen den warmen Schweiß der Ziegelmauer. Der Mann schaute Ben blinzelnd an, als ob er ihn noch nie im Leben gesehen hätte, dann drehte er seinen Kopf, um sich Sydney anzusehen. Sein Gesichtsausdruck veränderte sich zunächst nicht, aber als seine Augen über die Borrible hinweg weiterglitten und Sam erblickten, überzog ein Lächeln sein ganzes Gesicht, das sich erwärmte und gänzlich veränderte. Der Mann sprach durch sein Lächeln hindurch, und sein Ton war nicht länger abstoßend, sondern freundlich und gastlich.

»Na, Ben«, sagte er, »wo hast du denn so ein Pferd aufgegabelt? Eine kleine Schönheit. Aber ganz schön abgearbeitet, hm? Nicht gut behandelt, würde ich sagen.«

Ben schüttelte seinen Bart. »Hast du recht, Knibbs, hast du ganz recht. Heißen tut er Sam, das Pferd von dem Mädchen hier. Und die heißt ...?«

»Sydney«, sagte Sydney.

»Es sieht folgendermaßen aus«, sagte Ben, »wir sind hier, nachdem wir aus dem Polizeigewahrsam abgehauen sind, und wir müssen das Pferd hier mal unterstellen, während wir uns ein Weilchen unsichtbar machen.«

Knibbs betrachtete Sydney aufmerksam, mit scharfen Augen. »Ich schau schon nach dem Pferd«, fing er an, »ich mag Pferde. Euch kann ich aber nicht hier verstecken, euch würde man bemerken. Dann rufen sie vielleicht die Bullen, und die werden dann auf mich aufmerksam. Aber ein überzähliges Pferd in einem Stall voller Pferde, das merkt kein Mensch. Den Klingelbeutel versteckt man am besten in der Kirche, sag ich immer.«

»Tschüss, Knibbsie«, sagte Ben und wollte Sams Leitseil dem Stallwächter geben – aber das Pferd verdrehte seinen Kopf und machte einen ausweichenden Schritt, verängstigt durch das große Tor und die ausladenden Mauern.

»Na, komm doch«, sagte Knibbs mit seiner freundlichen Stimme, »hier bei mir bist du richtig.« Ein weiterer Riegel schob sich auf und langsam öffneten sich die großen Tore, bis der Spalt groß genug war, um Sam durchzulassen. Sydney legte die Arme um den Pferdehals. »Du musst dich verstecken, Sam«, sagte sie, »nur ein oder zwei Tage. Ich komm zurück, sobald ich kann, und dann verlass ich dich nie wieder, ehrlich.«

Knibbs schnalzte mit der Zunge und streichelte Sam behutsam die Nase. »Hier lebst du wie Graf Koks, mein Alter«, sagte er. »Das ist ein Fünf-Sterne-Ställchen, kannst's mir glauben.«

Und das Pferd, endlich ermutigt, schritt durch den Türspalt und in den Hof der Brauerei.

Sobald Sam sicher drinnen war, schloss Knibbs die großen Torflügel, aber die kleine Tür ließ er offen. Ben streckte die Arme aus, Glas klang auf Glas, und Sydney hörte mehr als dass sie es sah, wie drei Bierflaschen zwischen den Freunden den Besitzer wechselten.

Ben verstaute das Bier in den verschiedenen Schichten seiner Kleidung. »Ah, danke, Knibbsie«, sagte er, sich die Lippen leckend, »ein durstiges Geschäft, das Leben, ein durstiges Geschäft.«

Knibbs nickte. »Ich sorg schon für das Pferd«, sagte er und schloss endgültig die Tür, obwohl sie seine Stimme immer noch hören konnten. »Aber in Zukunft immer hinten reinkommen, klar?«, und das war alles, außer dem Geräusch, wie Sam über die Pflastersteine davongeführt wurde.

»So, auf geht's«, sagte Ben und schlurfte davon in den Nebel; Sydney ging neben ihm.

»Bist du wirklich ganz sicher, dass es Sam da gutgehen wird?«, fragte sie, jetzt, wo ihr Pferd weg war, doch etwas ängstlich.

Ben fummelte in seinem Mantel herum und zog eine von seinen Bierflaschen und einen Öffner hervor. »Klar bin ich sicher«, sagte er. »Knibbs mag nichts lieber als ein Pferd. Der schaut nach ihm wie nach 'nem Baby, den erkennst du nicht wieder, so dick und verwöhnt.«

Ben hob den Kronkorken von seinem Bier ab und betrachtete die Flasche, als hätte er nie zuvor eine gesehen. »Mein Gott«, sagte er, »ein ganzes Leben lang hab ich darauf gewartet.« Er hob die Flasche an die Lippen, und Sydney sah zu, wie er einen tiefen Zug nahm. Aus meilenweiter Entfernung über den Fluss kam das Auf und Ab einer heulenden Polizeisirene, die wie ein Schlossgespenst durch die Nacht schrie.

Ben senkte die Flasche und stieß einen Seufzer der Befriedigung aus der Mitte seines Bartes hervor. »Das ist die richtige Medizin«, sagte er, »das gibt Haare auf die Brust, Mark in die Knochen und Tinte in den Füllhalter.«

»Gehen wir jetzt wohin?«, fragte Sydney.

»Wohin? Das würde ich aber doch meinen«, sagte Ben, »wir gehen zu meiner Wohnung. Kannst deine Mütze wetten, dass die Bullen die Straßen nach dir absuchen, und wenn sie dich finden, dann nicht mit einem freundlichen Hallowiegeht's.«

Ben lachte über seinen Witz, hob wieder die Flasche an den Mund und leerte sie im Weitergehen. Als das Bier zu Ende war, gab er einen üppigen Rülpser von sich. »Mensch«, sagte er, »das hab ich gebraucht, hab mich ganz schwach und zittrig gefühlt vorher.«

»Glaubst du, mit meinen Kumpels ist alles klar?«, fragte Sydney, die sich dicht an den Tramp hielt, um ihn nicht aus den Augen zu verlieren. »Ich hoffe bloß, sie sind alle entwischt.«

Ben sah unter seinem Augenbrauengebüsch hervor auf die kleine Borrible hinab. »Deine Freunde«, sagte er, »sind am Leben oder tot, frei oder gefangen, und alles, was wir jetzt grade tun können, ist, dass es heißt: Jeder für sich«, und damit trabte er rasch voran, und Sydney lief mit, so gut es ging, da sie nicht allein und verlaufen mitten im gefährlichen Wendelgebiet zurückbleiben wollte.

5

Zoff schlich auf Zehenspitzen in den Hof der Tankstelle. Um ihn herum standen die großen Zapfsäulen, ihre Computergesichter halb in den Schatten verborgen, wie zur Erde herabgestiegene Marsianer. Der Borrible hielt an und spähte sorgfältig nach links und rechts. Nichts. Unter ihm glänzte der ölfleckige Beton im Licht von etwa einem halben Dutzend Neonröhren; das war ein merkwürdiges malvenfarbenes Licht, das sich über Millionen Nebeltröpfchen verteilt hatte und nun in der Luft hing wie schmutziger Regen in einem staubigen Spinnennetz. Der Morgen dämmerte noch nicht, und der Himmel hinter der Tankstelle war dunkel und einheitlich.

Zoff sah sich noch einmal um und überzeugte sich, dass die Tankstelle auch wirklich für die Nacht zugemacht hatte, dann pfiff er den Borriblepfiff, und seine Gefährten traten einer nach dem anderen aus den Schatten hervor.

»Wo sind wir?«, fragte Vulgo.

»Keine Ahnung«, sagte Zoff, »aber wo immer, wir sind nicht weit vom Fluss. Riecht doch mal.«

Alle zogen die Luft durch die Nase, und der seltsame Geruch der Themse in London, diese Mischung aus Lack und Essig, drang in ihre Nasenlöcher.

»Also«, sagte Bingo, »wo ein Fluss ist, ist auch eine Brücke, und über die gehen wir besser rasch rüber. Wenn wir nicht bei Tagesanbruch von der Straße runter sind, dann können wir auch gradsogut unsere eigenen Ohren stutzen und Snuffkin das Geschäft abnehmen«, und er tastete sich zur anderen Seite des Hofes durch; die anderen folgten ihm.

»Schaut mal«, sagte Zwielicht, »das ist doch 'ne Hauptverkehrsstraße, kennt die jemand von euch?«

Keiner antwortete, aber nach einem Moment sagte Zoff, der angestrengt auf den Boden gestarrt hatte: »Ich glaub, es geht gradeaus, schaut euch an, wie die Straße in der Richtung leicht ansteigt, als ob sie auf eine Brücke zuläuft.«

»Also dann los«, sagte Stonkus. »Zeit zum Rumhängen haben wir nicht, auf einer Brücke kannst du dich nicht verstecken, gehn wir rüber, ehe der Nebel verfliegt.«

Doch der Nebel schien sich durchaus nicht verflüchtigen zu wollen, und als die Borribles aufbrachen, dampfte er immer noch unter ihren Füßen empor, wobei er seltsam schwerer wurde, als er aufstieg, in Wirbeln hin und her treibend, sodass die Flüchtlinge unmöglich sehen konnten, wo sie waren oder wohin sie gingen.

Plötzlich hob Zoff, der voranging, eine Hand und hielt. Sie waren auf dem höchsten Punkt der Brücke angelangt, gerade da, wo die Straße wieder nach unten fiel und unsichtbar wurde, als ob sie am Rand der Welt zu einem abrupten Ende käme.

»Also eine Brücke ist es auf jeden Fall«, sagte Zoff, »seht her, auf dieser Seite geht's wieder runter, hinter der Wölbung in der Mitte.«

»Ja«, stimmte Stonkus zu, »aber welche? Ich erkenn sie nicht wieder.«

»Battersea Bridge ist's schon mal nicht«, sagte Bingo.

»Und Albert Bridge oder Chelsea Bridge auch nicht«, sagte Vulgo.

»Und nicht Westminster, Lambeth oder Vauxhall Bridge«, sagte Stonkus.

»Oder Hammersmith Bridge oder Putney Bridge«, sagte Zwielicht.

Chaline drängte sich durch die Gruppe und schob ihr Gesicht, starr vor Wut, dicht an das von Zoff. »Du weißt, welche es ist, nicht wahr, Zoff?«, sagte sie. »Es kann nur eine sein ... du hast gewusst, die ganze Zeit gewusst, dass du uns hierherbringst. Auf, sag's ihnen.«

Zoff lachte. »Macht doch nichts, welche Brücke es ist«, sagte er, »solang wir auf die andere Seite kommen, oder? Also ist's die Wandsworth Bridge, was weiter?«

»Was weiter!«, rief Chaline höhnisch. »Nur, dass Wandsworth Wendelgebiet ist, dass die uns das letzte Mal, als wir hier waren, beinahe getötet haben, und vier von unseren Kumpels tatsächlich. Du hast irgendwas vor, Zoff, und ich wüsste verdammt gern, was. Was spielst du für ein kleines Spielchen?«

»Mein Spielchen«, sagte Zoff und zeigte seinerseits Chaline die Zähne, »ist: mit intakten Ohren nach Hause kommen.«

Wie die beiden einander zornig anstarrten, kam von irgendwo in der Nähe das Lalülalü einer Sirene, und für einen Streit war keine Zeit mehr. Alle sechs Borribles rannten die Südseite der Brücke hinunter, so schnell sie nur konnten. Wenn sie es bis zu dem großen Kreisverkehr schafften, könnten sie nach links in die York Road einbiegen und wären auf dem direkten Weg nach Battersea. Mit ein wenig Glück wären sie dann nach kurzer Zeit daheim, von ihren Freunden beschützt und versteckt.

Aber so einfach sollte es nicht sein. Zwei undeutliche und drohende Figuren, eine große und eine kleine, wuchsen aus dem Nebel hervor, direkt im Weg der dahinrennenden Borribles. Zoff schlitterte und blieb stehen, und die anderen stolperten gegen ihn.

»Snuffkin und Hanks«, sagte Zoff, »und kein Mensch hat eine Schleuder.«

»Borrible«, sagte eine Stimme.

»Scheiße!«, sagte Vulgo. »Wendels, noch schlimmer.«

»Red keinen Blödsinn«, sagte die Stimme wieder. »Ich bin's, Sydney, und ich hab Ben dabei, ihr wisst doch, der Typ, der uns aus dem Bau rausgelassen hat.«

»Klar, ich bin's, ganz recht«, sagte der Tramp, und in seiner Kleidung klirrte eine Flasche. »Kleine Welt, was?«

»Einen Moment mal«, sagte Zoff misstrauisch, »habt ihr dieses dämliche Pferd dabei? Wir können das nicht brauchen, dass der uns nachläuft, klippklapp und so.«

»Da mach dir mal keine Sorgen, Freund«, sagte der Tramp und zog eine Flasche Bier aus dem Mantel, »der ist sicher aufgehoben.«

»Das ist jetzt alles ganz gleich«, sagte Zwielicht, »schaut euch mal um.«

Die Borribles drehten sich um, und da, gerade am Beginn der Brücke, sahen sie einen grellen Kreis weißen Lichts, der sich an der Unterseite des dunklen Himmels brach. Die Scheinwerfer eines Autos waren das, das sich auf der Nordseite der Brücke in Position begab, der Seite, welche die Flüchtlinge erst vor Minuten verlassen hatten.

Wie sie noch schauten, wurde es hinter ihnen wieder laut: Reifen kreischten, Wagentüren fielen krachend ins Schloss, Männer schrien. Sie wandten sich um – wieder ein helles Licht, wieder ein silberglänzender Bogen, der sich an den tiefliegenden Nebel heftete, diesmal auf dem südlichen Ufer der Themse, und nur dreihundert Meter von dort entfernt, wo die Borribles standen.

»Das ist dieser gottverdammte Snuffkin«, sagte Zoff, »ich wette, er hat jede Brücke zwischen Richmond und der Küste blockiert.«

»Und jetzt hat er uns im Freien«, sagte Bingo, »wenn's Tag wird, ist die Sache gelaufen.«

Ben lehnte sich gegen das Brückengeländer und trank aus der zweiten Flasche, die Knibbs ihm geschenkt hatte. »Na«, sagte er, sobald die Flasche leer war, »ich glaube, Kinder, ihr kommt am besten mal mit mir nach Hause.«

»Ach ja?«, sagte Zoff. »Und die Bullen, die stehen wohl stramm und grüßen, wenn wir vorbeikommen?«

Ben kratzte in seinem Mantel herum und ignorierte Zoffs sarkastische Bemerkung. »Hinter mir«, sagte er, »wie ich hier vor euch stehe, ist – obwohl ihr's nicht sehen könnt – das Ende der Brücke. Dahinter läuft ein schmaler Weg, direkt am Fluss, und drunten ist ein Pub, steht ganz allein auf 'nem leeren Grundstück, heißt *The Ship*. Hinter der Kneipe, etwa acht Fuß hoch und mit bloß 'nem bisschen Stacheldraht oben drauf, ist eine Mauer, und hinter der Mauer ist die Müllkippe von Feather's Wharf. Inmitten dieser Müllkippe liegt mein Eigenheim, ein Palast, wo's für jeden Platz hat.«

»Und was kommt hinter deinem Palast?«, fragte Zoff.

»Der Wandle«, sagte Ben, »wo die Kräne die Lastkähne mit Müll volladen, bevor die dann den Fluss runterfahren. Exportindustrie.«

»Da, wo der Wandle in die Themse fließt«, sagte Sydney, »wisst ihr nicht mehr, da ist es schrecklich.«

»Und wenn's zehnmal so schrecklich wäre«, sagte Zoff, »nur so kommen wir von der Brücke runter.«

»Eins ist sicher«, sagte Chaline, »wir kommen immer tiefer ins Reich der Wendels … beinahe als ob jemand wollte, dass wir da hingehen.«

Zoff lächelte geheimnisvoll. »Schau mich nicht an«, sagte er, »wir haben jetzt keine Wahl mehr.«

Sie brauchten nicht weit zu gehen. Ein paar Schritte, und sie kamen an einen Abhang, der steil von der Brücke weg nach unten fiel; der Abhang wurde bald zu einer Straße, und als sie der etwa hundert Meter gefolgt waren, rechts am *Ship* vorbei, kamen sie zu einer massiven Ziegelmauer, die oben, wie Ben gesagt hatte, mit Stacheldraht besetzt war, der sich in Ringen dahinwand.

»Jetzt sind wir direkt am Fluss«, erklärte der Tramp. »Wenn ihr also die kleine Böschungsmauer hier raufsteigt, könnt ihr um das Ende von der großen Mauer reichen, und dann fühlt ihr einen Eisenring auf der anderen Seite. Da haltet euch fest, schwingt raus mit den Beinen übers Wasser, und siehe da, ihr seid in Feather's Wharf.«

»Und wenn wir in den Fluss fallen …?«

Ben schnaubte verächtlich. »Ich hab das hundertmal gemacht, wenn ich besoffen war, da werdet ihr Kinder das ja wohl noch in nüchternem Zustand schaffen. Hier, schaut mal zu«, und der alte Mann zog sich hoch auf die kleine Böschungsmauer, ergriff etwas Unsichtbares, stieß sich mit den Füßen ab, warf sich ins Leere und verschwand. Nach diesem Auftritt herrschte eine kurze Stille, gerade lange genug, dass die Borribles einander besorgt ansahen, dann hörten sie, wie ein Körper auf festem Boden aufkrachte.

»Ich hoffe, es ist alles klar«, sagte Sydney, doch in diesem Moment tönte Bens Stimme laut durch die Nacht.

»Autsch, oooh, mein Rücken, Scheißspiel! Kommt mal rüber, ihr da, ich fang euch hier auf dieser Seite auf.«

»Ich möchte nicht reinfallen«, sagte Zwielicht, »ich kann nicht schwimmen.«

»Peinlich«, sagte Zoff, »ich geh trotzdem. Ich fall lieber in die Themse als in die Hände der SBE«, und er sprang auf die kleine Mauer und lehnte sich mit dem Ausdruck großer Konzentration im Gesicht zur Seite. »Ich kann den Ring spüren«, rief er hinunter. »Ihr müsst euch hier rumschieben und gut festhalten. So.« Und damit verschwand auch Zoff.

Stonkus kam als nächster, und er folgte Ben und Zoff ohne das leiseste Zögern. Dann kam Sydney, und dann die anderen. Chaline wartete bis zuletzt, und als sie die Füße über die rollende Schwärze des Flusses hinausschwang, schaute sie nach oben und sah, dass der Himmel blasser wurde; sie konnte sogar ein, zwei schwache Sterne sehen. Der Nebel verzog sich, und die Morgendämmerung brach an – Zeit für die Borribles, sich zu verbergen.

Unten auf dem Boden gab es kein Licht. Als Chaline durch die Luft geschwungen und auf einem Fleck mit hartem, staubigem Dreck gelandet war, zeigte es sich, dass der schwache Schein, den sie am Himmel gesehen hatte, nicht die Düsternis von Feather's Wharf zu durchdringen vermochte.

Bens Stimme wurde hörbar, von irgendwoher aus der toten Luft neben der Ziegelmauer. »Aah … was machen wir jetzt? Ja, am besten folgt ihr mir im Gänsemarsch, alle Mann, und geht mir nicht den falschen Weg, sonst landet ihr noch im Müllzerkleinerer.«

Nach dieser Warnung machte sich der alte Tramp auf den Weg durch die weite, lichtlose Mülllandschaft. Dies war die Einöde, die sich zwischen der Wandsworth Bridge und dem Wandle erstreckte, ein verlassenes Land, das in bröckelnden Hügeln emporstieg und in tiefe Täler brauner und schwarzer Erde abfiel. Es war ein Ort der vollständigen Einsamkeit, wo nichts im Dunkel sichtbar war, doch wo die Borribles die Gefahr einer nahen Leere spürten, wie einen verborgenen Klippenrand, einen Abgrund vor ihren Füßen.

Schweigend marschierten sie weiter, dicht hinter Ben, der auf einem schmalen Pfad dahinging, dessen Oberfläche in vielen Monaten und Jahren von den langsamen Tritten seiner zerrissenen Stiefel festgepresst worden war. Der Pfad wand seinen verschlungenen Weg durch das Land, durch weite Höhlungen, wo knietief halb zerquetschte Blechbüchsen und verrottete Pappkartons lagen, und über Hügel, die so steil waren, dass die Borribles gezwungen waren, sie auf allen vieren zu überqueren, genau wie die Ratten, die überall trappelten und quiekten.

Und es gab entsetzliche Gerüche, welche die von der Themse herüberwehende Luft suppendick machten; ein infamer Gestank aus scharfen Abwässern, schimmelnder Pappe und dem verfaulenden Fleisch toter Wasservögel. Die Gerüche stachen Chaline in die Nase, und als sie dahinschritt, erinnerte sie sich an den früheren Aufenthalt in dieser Landschaft und an ihre groteske Hässlichkeit: eine Quadratmeile der Eintönigkeit, bestreut mit den weißen Rechtecken rostiger Waschmaschinen und ausgenommener Gasherde – ein Ort voll Maden.

Chaline biss die Zähne zusammen und folgte der Gestalt vor sich, auf und ab, hin und her. Endlich hielt die Gestalt – und die anderen Gestalten vor ihr – an, und sie hörte Bens Stimme vom Kopf der Marschsäule.

»Wir sind da«, sagte er. »Trautes Heim!«

In die Dunkelheit starrend konnte Chaline gerade eben die Umrisse eines Schattenrechtecks ausmachen, das vielleicht ein kleines Gebäude sein mochte. Bens große Silhouette verschmolz damit, und man hörte den kreischenden Laut von knochentrockenen, auf Rost kratzenden Türangeln. Langsam, Schritt für Schritt, drückten sich die Borribles durch eine Tür, bis sie – immer noch ohne etwas zu sehen – in dem unbekannten Raum von Bens Versteck standen, und da warteten sie und wagten kaum zu atmen.

Eine Weile horchten sie, wie Ben im Dunkel herumtastete und fluchte, dann hörten sie das Anreißen eines Streichholzes, eines zweiten, und eine kleine Flamme flackerte auf. Ben hielt eine Kerze an das Flämmchen, das Licht schoss einen Augenblick lang empor, als der

Docht zu brennen begann, und dann leuchtete die Flamme groß und ruhig. Der Tramp war seltsam still. Er stellte die Kerze ab, immer noch ohne ein Wort zu sagen, und ging schweigend durch das Zimmer, bis er alle Kerzen angezündet hatte, die er besaß. Als das getan war, holte er drei große Öllampen von einem Regalbrett und zündete auch sie an. Und nun füllte goldenes Licht die ganze Hütte, und die Borribles holten erstaunt Atem und schauten sich verblüfft und bewundernd um. Sie waren in der bemerkenswertesten Wohnung, die sie je gesehen hatten – es war ein Palast, genau wie Ben gesagt hatte, aber ein Palast mit einem ganz ureigenen Stil. Niemand außer Ben hätte solch ein Haus erbauen können.

Der Tramp lachte über das Erstaunen, das sich in den Gesichtern der Abenteurer zeigte, und ließ sich am Kopf eines langen Tisches mitten im Raum in einen Stuhl fallen. Dann tastete er unter seinem Sitz herum und begann, Flaschen *Young's Special Brew* hervorzuziehen, die er eine neben der anderen aufreihte, bis genug für alle da war.

»Da ist was für euch, Freunde. Jetzt pfeift ihr euch mal besser was von dem hier rein, feiert sozusagen eure Ankunft bei Ben, was?« Er sah im Raum umher, bis er seinen Stolz nicht mehr länger unterdrücken konnte. »Na«, fragte er, »was haltet ihr davon? Hm? Ich sag's euch, wie's ist, die gute Königin selbst hat so was nicht, na ja, könnte auch nichts damit anfangen, wenn sie's hätte.«

Die Borribles nickten. Da hatte Ben zweifellos recht.

Sie standen in einem großen Raum, der entstanden war, indem man geteerte Holzplanken in den Boden geklopft und dann als Dach Wellblechplatten drübergenagelt hatte. Es war ein höchst wackliges Gebäude, das aussah, als wollte es jeden Moment einstürzen, aber nicht das Gebäude selbst erstaunte die Borribles so sehr wie sein Inhalt.

Der Tisch, an dessen Haupt nun Ben sein Bier wie ein Wikingerhäuptling trank, hatte elegante geschweifte Beine und ein Tischtuch aus burgunderrotem Chenillestoff. Alle Kerzen brannten in schönen, kompliziert gebogenen alten Leuchtern, deren Silberauflage sich abgenutzt hatte und das Messing, heller als Gold, hindurchleuchten ließ.

An einem Ende des Zimmers stand ein bauchiger emaillierter Holzofen mit drei als Löwenklauen geformten Füßen. Die Türen waren offenbar früher einmal abgefallen, aber nun hingen sie wieder in Scharnieren, die aus dem Draht eines Kleiderbügels improvisiert worden waren. Der Erdboden der Hütte war mit mehreren Teppichschichten bedeckt, warm und behaglich für die Füße. Auch an Sesseln fehlte es nicht – alle abgewetzt, formlos und gemütlich. Gegen eine der langen Wände lehnte eine riesige Anrichte, über und über beladen mit buntglasierten Tassen und Tellern; sie waren gesprungen und beschädigt, aber meistens noch durchaus zu gebrauchen.

Ben hatte auch genug zu essen, obwohl seine Nahrungsmittel ebenso aus zweiter Hand schienen wie sein Mobiliar – sie ergossen sich in einer Kaskade aus einem großen Küchenbüffet: eingerissene Cornflakes-Schachteln, zerbrochene Dosen mit Milchpulver, Beutel mit zerbröselten Keksen, Büchsen mit Fleischpasteten und Packungen Schnittbrot, schimmlig an den Rändern und sich wie beschmutzte Spielkarten aus ihrem Wachspapier auffächernd, sich auf dem Boden ausbreitend, in die Teppiche hineingetreten.

Dies jedoch war nur der Anfang. Um den ganzen Raum herum liefen Bretter aus rohem Holz, in jeder Höhe, lose in die Wände gehängt und mit gefährlichen Neigungswinkeln. Das waren Bens Regale, und hier stapelte er die Sachen, die er nützlich hieß, die Sachen, die er in den Müllbergen von Feather's Wharf gefunden hatte: altmodische Radios mit Röhren, Magazine, Besteck, Sardinendosen, gefüllt mit Schrauben und Muttern und Federn, Fahrradketten, Taschenlampen, Schraubenschlüssel, Schraubenzieher. Die Borribles schauten und schauten. Unter dem Tisch stand sogar ein Bierkasten, bis zum Rand angefüllt mit alten Schuhen, und auf einer wurmstichigen Kommode war ein archaisches Aufzieh-Grammofon zu sehen, mit einem Stapel alter Achtundsiebziger-Platten daneben. Das war Bens Hütte.

Zufrieden nickte der Tramp mit seinem langen Bart, vergnügt über die erstaunten Gesichter ringsherum. Er kratzte sich in der Achselhöhle und machte eine weitere Flasche Bier auf.

»Ich hab hier von allem was«, sagte er. »Es ist absolut teuflisch, was die Leute alles wegschmeißen, und das ist noch gar nicht alles, kommt mal und schaut euch das an.« Ben zog sich auf die Füße, nahm eine Öllampe und ging zu einem Vorhang, der eine Ecke des Raums verhüllte.

»Seht ihr«, erklärte er, »die Hütte, wo wir jetzt sind, die war da, als ich gekommen bin, die brauchte ich bloß noch einzurichten, aber dann gab's so eine Menge guten Müll, der hier verkommen ist, dass ich gar keinen Platz mehr hier drin hatte, da hab ich immer wieder andere Hütten angebaut. Kommt mal und seht's euch an, wenn ihr mögt.«

Ben zog den Vorhang beiseite, hielt die Lampe hoch und trat durch eine schmale Türöffnung; die Borribles folgten ihm. Wieder seufzten sie überrascht auf. In diesem Anbau türmten sich Stapel alter Kleider bis zum Dach. Kleider aller Art: Hosen, Mäntel, Hemden, Pullover, Tuchmützen. Es war kaum mehr Platz, um sich zu bewegen.

»Weiß gar nicht, was ich damit anfangen soll«, sagte Ben. »Manches tausch ich schon mal, bloß für was zu essen und 'n Bier, aber die Leute schmeißen ihr Zeug schneller weg, als ich's einsammeln kann ... ist auch noch verdammt viel mehr da als das hier.«

So war es. Ben hatte mindestens sechs oder sieben Anbauten an der ursprünglichen Hütte angebracht, und jede von diesen Konstruktionen lehnte sich erschöpft an ihre Nachbarn und schien bereit, beim ersten Windstoß in sich zusammenzufallen. Es war alles bedrohlich wacklig, aber Ben hatte sein Haus aus dem Material errichten müssen, das ihm gerade in die Hände fiel: zersplitterte Türen, Asbestpappe, Teile zerbrochener Fensterscheiben, Reklametafeln aus emailliertem Blech, das Holz aufgebrochener Versandkisten, alles nun zusammengenagelt und mit Draht aneinandergebunden, dass ein labyrinthischer Kaninchenbau entstanden war, in dem nicht einer von den Räumen und Korridoren im rechten Winkel zu den anderen stand, sondern alles dalag, wie es gerade kam, und innen überall unerwartete asymmetrische Ecken und außen dreieckige kleine Höfe entstanden – Formen, die ideal waren, um die tausende von Dingen aufzustapeln, die Ben im Lauf der Jahre gesammelt hatte.

Im dritten Raum lagen zahllose Flaschen in allen Farben, Reihe um Reihe aufgestapelt und nach schalem Alkohol riechend, bedeckt mit Staub und dicken schwarzen Spinnweben: Weinflaschen, Bier-, Apfelwein- und Limonadenflaschen.

Im nächsten Anbau bewahrte Ben die Stücke und Einzelteile von Hunderten von Öllampen auf, alten und modernen, und zwischen den krummen Regalbrettern waren Messinghaken, und von jedem hing ein bunter Henkelbecher oder ein blümchenverziertes Nachtgeschirr. Im fünften Raum lagen die Wände verborgen hinter Tausenden von Blechbüchsen, gesäubert und mit einem Hammer plattgeschlagen, und dann angenagelt, sodass das Zimmer strahlte und blitzte wie eine Kneipe in der Woche vor Weihnachten. Hier gab es auch Betten und Sofas mit Decken, Daunenkissen und Federbetten, genug, um eine Armee für eine Übernachtung auszustaffieren.

»Hier penn ich immer«, sagte Ben und hob seine Lampe hoch, um seinen Gästen ein großes Bettgestell aus Messing zu zeigen, das mit fünf oder sechs Sprungfedermatratzen bestückt war, sodass das Bett insgesamt so hoch aufragte, dass der Tramp eine Trittleiter brauchte, um es zu besteigen.

Der sechste Raum war mannshoch mit Zeitungsbündeln, Magazinen und Büchern vollgestapelt. Der siebte war eine Art Werkstatt, wo Ben Werkzeug verwahrte und ein paar Liegestühle stehen hatte.

»Im Sommer schau ich gern zu, wie die Schlepper und die Lastkähne vorbeikommen«, sagte er, »und wie die Leute in ihren Autos über die Brücke fegen, damit sie zur Arbeit kommen. Macht einen ja schon nachdenklich, all die Rumgaloppiererei, damit sie dann das Zeug hier rausschmeißen können, damit ich hier sitzen und sie beobachten kann«, und er schüttelte seinen haarigen Kopf und schwieg, erstaunt über dieses große Lebensrätsel.

Als die Führung beendet war, geleitete Ben die Borribles wieder zurück in das Hauptgebäude, ließ sie sich hinsetzen, goss jedem einen Becher Bier ein und machte sich daran, eine Mahlzeit zuzubereiten. Er begann damit, seinen Ofen mit Feuerholz in Gang zu setzen, das er von einem Stapel neben der Tür holte, und sobald das Feuer kräftig brannte, nahm er eine eiserne Bratpfanne vom Haken, dick mit altem Fett verkrustet, und füllte sie mit dem, was ihm in die Finger kam.

Milchpulver, Eipulver, Dosentomaten, Cornflakes und ein paar Büchsen Bohnen – alles vermengte der Tramp zu einer Art Brei und kochte es, so heiß es ging. Als es fertig war, stellte er weiße Suppenteller auf den Tisch, holte ein paar Löffel, und während sich alle um den Tisch versammelten, rumorte er in seinem Büffet, bis er ein paar Packungen Schnittbrot gefunden hatte, die noch nicht allzu grün an den Rändern waren.

»Langt nur kräftig zu«, riet er den Borribles, »auf dieser Welt hat man nie eine Ahnung, was morgen passiert, und man weiß nie, wo die nächste Mahlzeit herkommt.«

Die Abenteurer brauchten diesen philosophischen Zuspruch nicht und fielen mit großem Appetit über das Essen her. Ben lehnte seinen Stuhl gegen die Wand, stützte die Füße auf den Tisch und beobachtete zufrieden seine Gäste, wobei er, wann immer es akut war, einen Zug aus seiner Bierflasche in den Mund kippte. »Tolle Sache«, sagte er immer wieder, »verdammt tolle Sache. Hab noch nie Besuch gehabt.«

In kürzester Zeit waren die Teller leer, und die Borribles reckten sich und entspannten sich nach und nach und vergaßen für einen Augenblick die Gefahren, die sie umgaben. Alle, heißt das, außer Zoff. Er wischte seinen Teller mit einem Stück Brot sauber, leckte seine Finger ab, stand auf und ging, ohne ein Wort zu irgendjemand, nach draußen.

»Wo ist der hin?«, fragte Ben.

Chaline kniff ein Auge zu. »Unser Zoff ist immer wachsam. Traut niemand und überlässt nichts dem Zufall.«

»Na, da hat er recht, oder?«, fragte Vulgo. »Wenn ein Borrible nicht die Ohren offenhält, hat er bald keine mehr.«

Zwielicht grinste und verschränkte die Arme. »Hier könnt ich's aushalten«, sagte er, »das beste Haus, wo ich je drin war ... jetzt brauchen wir nur noch vierundzwanzig Stunden Schlaf, und wir sind wieder obenauf.«

»Betten gibt's hier genug«, begann Ben, »wenn ihr in den anderen Raum wollt, könnt ihr ...«, aber er wurde unterbrochen, als Zoff plötzlich wieder auftauchte und die Tür der Hütte hinter sich zuwarf.

»Jetzt wird nicht geschlafen«, sagte er dringlich, »wir müssen hier raus, so schnell wir können. Wenn wir können.«

»Was soll das heißen?«, fragte Stonkus.

»Die Bullen«, sagte Zoff. »Draußen ist's schon hell, und ich hab sie gesehen, durch den Nebel, wie sie über die Mauer peilen. Hab auch mal die andere Richtung gecheckt, da stehn ein paar Polizeiwagen am Ausladedock, mit Blaulicht. Wir sind umzingelt, und wir sind in der Minderzahl.«

Die Borribles starrten sich an; das Essen wurde in ihrem Magen zu einem harten Knoten. Ben rülpste, nahm die Füße vom Tisch und senkte die Vorderbeine seines Stuhls auf den Boden.

»Schaun wir mal nach«, sagte Vulgo, »es muss einen Ausweg geben.«

Die Borribles eilten zur Tür, ließen sich auf alle viere fallen und krochen hinaus, um sich hinter dem nächsten Müllhaufen niederzukauern. Sie sahen eine stille Landschaft: Kein Auto war zu hören, auf dem Fluss ließ sich kein Tuten eines Schleppers vernehmen. Die Nacht hatte sich halb in den Himmel hinauf zurückgezogen, und obwohl über ihnen noch die Schwärze hing, war der Boden schon deutlich sichtbar, bis auf die Stellen, wo der Nebel in den Senken große Teiche gebildet hatte, wo weiße Fetzen immer noch wie Irrlichter nach oben tanzten, begierig, sich aufzulösen.

Zoff deutete auf die Sperrmauer, die Feather's Wharf von dem Wirtshaus *The Ship* abschnitt. »Schaut da rüber«, sagte er, »über der Mauer, die müssen auf den Autodächern stehen, kannst die Köpfe von etwa zwanzig Bullen zählen, stehn da und beobachten die Szene.«

»Meinst du, die wissen, dass wir hier sind?«, fragte Zwielicht.

»Könnte schon sein«, sagte Bingo, »vielleicht waren sie im Nebel in unserer Nähe, haben uns reden hören, als wir über die Brücke gekommen sind.«

»Jetzt kommt mal mit auf die andere Seite von der Hütte«, sagte Zoff, »da sieht's noch schlimmer aus.«

Langsam, um kein Geräusch zu verursachen und keine Aufmerksamkeit zu erregen, krochen sie auf die andere Seite von Bens Hütte und spähten vorsichtig über das Niemandsland hinweg. Es war unverkennbar, was das für eine Reihe grimmiger Gestalten war, die darauf warteten, dass am Ufer des Wandle die Morgendämmerung anbrach. Die Polizeibeamten standen wie Schatten, übergroß in den letzten Schleiern des dahintreibenden Morgendunstes; hinter ihnen standen drei, vier Polizeiautos, deren rotierendes Blaulicht die ganze Landschaft kalt und unschön beleuchtete – eine Farbe, die das Leben aus allem Lebendigen sog. In diese Richtung war eine Flucht unmöglich.

»Gehn wir ins Versteck«, sagte Zoff, »bevor es noch heller wird.«

In der Hütte herrschte Verzweiflung.

»Es gibt nur einen Weg«, sagte Zoff, »und das wäre, zum Fluss rüberzurennen, und da gibt's 'ne gute Chance, dass Snuffkin schon Patrouillenboote dort hat. Vielleicht kommen wir den Wandle rauf …«

»Dieser verdammte Snuffkin«, sagte Chaline.

»Wer ist Snuffkin«, fragte Ben, der gerade eine frische Flasche *Special Brew* aufmachte, »und was hat der gegen euch?«

Die Borribles erklärten ihm die Lage.

»Oh«, sagte Ben und schwenkte sein Bier in der Luft, »SBE, hm, da macht euch keine Gedanken. Meine Freunde sind auch meine Freunde.« Ben wurde wieder betrunken, und wenn er einmal angefangen hatte, ging's rasch weiter.

Bingo rief von der Tür herüber, wo er Posten gestanden hatte: »Sie kommen über die Mauer. Ich kann Sergeant Hanks sehen, jetzt Snuffkin, und … nicht zu glauben, jetzt reichen sie ein Riesenvieh von einem Schäferhund rüber.«

Ben schwankte aus seinem Stuhl empor. Er schnaubte in seinen Bart und knallte seine Flasche auf den Tisch wie eine Kriegserklärung. »Jetzt reicht's«, knurrte er. »Ich mach ja nicht oft was, aber wenn ich was mache, dann ja. Hunde! Hunde? Ich schieb dem Snuffkin so viele Hunde in die Nase, dass er nicht mehr weiß, ob er ein Pudel oder ein Pekinese ist.«

Damit ließ sich der alte Mann vorwärts auf Hände und Knie fallen und fing an, an den Rändern seiner Teppiche zu zerren.

Sydney ging besorgt zu ihm hin, weil sie dachte, dass ihn die Erregung überwältigt hätte und dass er vielleicht einen Herzschlag bekommen könnte. »Bist du in Ordnung, Ben?«, fragte sie.

Ben wandte sein Gesicht ins Licht, seine rotgeäderten Augen leuchteten zornig. »Klar bin ich das, Sonnenschein, und ihr auch, nur ein Momentchen. Fasst mal mit an, helft mir mit den Teppichen.«

Als Sydney das hörte, beugte sie sich zu Boden und schälte mehrere Schichten Teppich zurück, bis der eisenbeschlagene Deckel eines Abzugskanals sichtbar wurde. Trotz des Rosts konnte man am Rand noch deutlich die Worte lesen: *Tiefbauamt Wandsworth.*

Zoff lachte in sich hinein und tappte mit dem Fuß auf den Deckel. »Die Kanalisation«, sagte er. »Na, da hinein folgen uns die Bullen nicht, so viel steht fest.« Er schaute zu Bingo hinüber. »Was treiben sie jetzt?«

»Sie warten, bis alle rüber sind«, antwortete Bingo. »Jetzt sind vielleicht zehn oder so auf dieser Seite, die anderen kommen nach. Nicht mehr lange, und sie sind hier drin bei uns.«

Zoff nahm einen spitzen Schürhaken aus der Ofenecke und reichte ihn Stonkus. »Na dann«, sagte er, »machen wir's mal auf.«

Stonkus zwängte die Spitze in den schmalen Spalt, der um den Deckelrand herumlief. Zoff kniete neben ihm und hebelte mit einem Messer vom Tischbesteck. Sie stießen und drehten mit aller Kraft, bis es Zoff gelang, einen Spalt zu schaffen und das Messer, soweit es ging, hineinzuschieben. Dann stieß Stonkus mit dem Schürhaken nach und schob den Griff nach unten, und die große gusseiserne Scheibe klaffte vom Boden weg. Zoff ließ entschlossen das Messer fallen und schloss seine Finger um den Deckel, das ganze Gewicht stützend, bis Stonkus seinen Griff verlagern konnte und ihm zu Hilfe kam. Zwielicht und Vulgo langten nun auch zu, und auf Zoffs Kommando schoben und zogen die vier Borribles zusammen, und der Deckel schwang an zwei steifen Scharnieren hoch, bis er aufrecht stand, und ließ ein großes, gefährlich wirkendes Loch sichtbar werden.

»Die Bullen kommen hier rüber«, sagte Bingo, »und untersuchen jeden Quadratzentimeter. Sie haben eine Kette gebildet, Taschenlampen, Knüppel, Schnüffelhunde. Beeilt euch bloß.«

Stonkus betrachtete die dampfende Dunkelheit zu seinen Füßen. Er verzog die Nase und hob dann ein besorgtes Gesicht zu seinen Gefährten. »Den Geruch erkenn ich wieder, ihr auch?«

»Allerdings«, sagte Vulgo. »Das ist der Gestank nach Wendels und Schlamm und Blut.« Während er sprach, wurde der Geruch merklich stärker und strömte aus der Tiefe auf einem sichtbaren, sich krümmenden Schwall grüner Luft empor. Die Borribles starrten ihn an, vor Furcht wie gebannt, bis Zoff das Schweigen brach.

»Jawohl«, sagte er, »und hier draußen ist es der Geruch nach Bullen und Ohrenstutzen. Ich geh runter. Mir machen ein paar Wendels keine Angst.«

»Du weißt, was Eisenkopf mit uns macht, wenn er uns erwischt«, sagte Chaline.

»Dann darf er uns halt nicht erwischen«, gab Zoff zurück. »Das Wendelreich ist groß, wir müssen uns verstecken dort drunten und ihnen aus dem Weg gehen.«

Ben lachte, und sein Kopf rollte locker auf seinen Schultern hin und her. Er hatte jetzt eine Menge Bier vertilgt. »Geht alles klar, ihr steigt einfach runter in das Loch da, nur nicht weit weg. Sobald die Bullen da waren und sich wieder verrollt haben, lass ich euch raus, höchst einfach.«

»Ben hat recht«, sagte Zoff, »wir müssen vielleicht nur eine halbe Stunde drunten bleiben.« Er ging zur Tür und schaute Bingo über die Schulter, sodass er sehen konnte, was vor sich ging.

Außen hatte sich alles verändert. Der Morgen hatte sich bis oben in den Himmel vorgekämpft und hellte sich von Grau zu Blau auf. Der Nebel hatte sich verflüchtigt, und die Reihe der Polizisten war deutlich sichtbar, wie sie stetig über den Müllplatz vordrangen, mit Stöcken den Boden kontrollierend und mit ihren Taschenlampen die dunklen Ecken ableuchtend. Zoff erkannte die kleine Gestalt von Inspektor Snuffkin, dem sein langer Mantel um die Knöchel flappte; neben ihm ging Sergeant Hanks.

»Wir müssen so oder so gehn«, sagte er zwischen zusammengebissenen Zähnen, »die Plattfüße finden uns sonst in der nächsten Minute.«

Ben schwenkte seine Flasche. »Verpisst euch, jawohl, was bringt's, wenn ich dem Snuffkin sage, ich hab euch nie gesehn, wenn er hier reingefahren kommt und euch da stehn sieht. Wäre doch irgendwie widersprüchlich, oder?«

Zoff drängte sich zwischen seinen Gefährten durch und ging zum

Rand des schwarzen Abgrunds. »Danke, Ben«, war alles, was er sagte, und dann setzte er den Fuß auf die breite Strebe der eisernen Leiter, die in die Seite des Schachts eingebaut war, und ohne einen Blick zu irgendjemand kletterte er rasch in den aufwirbelnden Dampf hinunter. Ein Augenblick, und er war verschwunden.

»Als ich von der Rumbeljagd zurückgekommen bin«, sagte Vulgo, »hab ich geschworen, dass ich mich nie wieder einem Wendel auch nur auf zehn Meilen nähern würde ... na, da wären wir also wieder. Ich werde mich glücklich schätzen, wenn ich nach diesem Besuch nur auf zwei Beinen hinke«, und den Kopf zur Seite werfend stieg auch er in den stinkenden Dampf hinab.

In diesem Augenblick schrillte draußen eine Polizeipfeife, und Rufe wurden laut, der lauteste der von Sergeant Hanks: »Wir wissen, dass ihr da drin seid! Das Beste ist, ihr kommt mit hinter dem Kopf verschränkten Händen heraus!«

Die übriggebliebenen Borribles warteten nicht länger. Zwielicht warf sich die Leiter hinunter, Sydney folgte, dann Bingo und Stonkus. Chaline ging als Letzte. Sie kletterte hinab, bis sie auf der zweiten, dritten Sprosse der Leiter stand, sodass ihr Kopf auf Bodenhöhe war. Sie sah zu Ben hinüber. Er wurde in seinem Stuhl von Augenblick zu Augenblick betrunkener; in einigen Momenten würde er eingeschlafen sein, aber wenn er hinter ihr nicht den Kanaldeckel wieder schließen würde, wäre es für die Polizei klar, wohin die Flüchtlinge verschwunden waren.

Draußen brüllte es wieder: »Ihr kommt jetzt besser raus, ihr Kinder, oder es wird umso schlimmer für euch.«

Chaline streckte einen Arm aus, ergriff Bens Knöchel und schüttelte sein Bein. Der Tramp riss die Augen auf, mit einem Zucken, das durch sein ganzes Gesicht lief, und starrte auf Chaline hinunter. Ihm erschien sie als körperloser Kopf, der auf dem Boden herumrollte und trotzdem noch sprach.

»Meine Güte«, sagte Ben und lehnte sich vor, die Ellbogen auf die Knie gestützt, »verdammt kräftiger Stoff, dieses *Special Brew.*«

»Oh Ben«, bat Chaline erregt, »spiel jetzt nicht den Idioten, ich bin es. Draußen sind die Bullen. Jede Sekunde sind sie hier drin, und deine einzige Chance ist es, dass du sagst, du hast uns nie gesehen. Du musst den Deckel zumachen, den Teppich wieder drüberrollen und den Tisch draufstellen. Tu's, Ben, jetzt gleich, oder Snuffkin nimmt dich total auseinander. Schnell.«

Ben blinzelte. Der sprechende Kopf war weg, aber er war genügend erschrocken, um, halbwegs nüchtern, das Nötige zu tun. Er ließ die Bierflasche fallen und stürzte auf die Teppiche, auf allen vieren landend. Er holte tief Atem, um Kraft zu schöpfen, und kroch herum, bis er hinter dem Kanaldeckel war. Dort angekommen, drückte er fest mit der Schulter dagegen, mehrere Male, stöhnend und fluchend, bis der Deckel an seinem Schwerpunkt vorbeischwang und mit einem gedämpften Krachen zuschlug, das durch die Kanalisation hallte, oben jedoch beinahe unhörbar blieb.

Ben war der einzige Mensch der Welt, der auf Händen und Knien immer noch torkeln konnte. Das tat er nun, rückwärts schwankend und die Teppiche hinter sich herziehend, die er dann glättete. Ein weiterer Kommandoschrei kam aus dem Polizeikordon, und Polizeiknüppel schlugen gegen die Hüttenwände. Ben unternahm eine letzte Anstrengung, ergriff ein Tischbein und zerrte es zu sich herüber. Als dies geschehen war, lächelte er und tastete nach der Flasche, die er vorher hatte fallen lassen. Sobald er sie gefunden hatte, rollte er auf den Rücken und sah gegen die Decke, die stützende Wirkung des Bodens gegen seinen Rücken genießend.

»Bin ich müde«, sagte er und sank in tiefen Schlaf.

Sergeant Hanks platzte als erster Beamter in die Hütte, wie ein Fünfzigtonnentank durch die Tür krachend, mit geschwungenem Knüppel. Ihm auf den Fersen folgend kamen ein halbes Dutzend Polizeibeamte hereingetrampelt, schwer und groß, die Arme steif an den Körper gepresst.

»Ihr kommt besser ohne Widerstand mit«, schrie Hanks, »die Hütte ist umstellt. Ihr könnt nicht entkommen, und wenn ihr's versucht, schlagen wir euch den Schädel ein.«

»Hier ist niemand«, sagte ein Polizist, nachdem er sorgfältig in jede Ecke des Raums geschaut hatte.

Hanks hieb seinen Knüppel auf den Tisch. »Dann durchsucht die anderen Räume«, rief er, »sie können nicht fort.«

Der Sergeant ging um den Tisch herum und stolperte über Bens Körper. »Da ist einer«, sagte er, und während seine Leute die Anbauten durchsuchten, setzte er sich auf einen Bierkasten und schaute in das schmutzige Gesicht des Tramps.

Immer mehr Polizisten stürmten in die Hütte, stampften überall herum und durchsuchten alles. Schließlich kam Inspektor Snuffkin und blieb in der Nähe der Tür stehen, wo er sich von Zeit zu Zeit auf den

Zehenspitzen aufrichtete und seinen Hals wie ein Gockelhahn reckte. Hanks zog seinen rechten Zeigefinger aus seinem linken Nasenloch und schmierte ein gelbes Rotzklümpchen an das Bein von Bens Tisch. Dann salutierte er.

»Niemand hier, Sir«, sagte er, »außer diesem Exemplar hier auf dem Boden«, und er trat Ben in die Rippen, um Snuffkin zu zeigen, wo der Tramp lag.

Der Inspektor warf sich in die Schultern, schnüffelte, und sein kleiner Schnurrbart tanzte unter seiner Nase, während er versuchte, die verschiedenen in der Hütte eingesperrten Gerüche zu sortieren.

»Hier drin herrscht ein äußerst bedenklicher Mief«, sagte er, »ein höchst gemeiner Mief. Ich habe den starken Verdacht, dass er von diesem provisorisch als Übeltäter einzustufenden Individuum in Rückenlage ausgeht.« Snuffkin verschränkte die Hände auf dem Rücken wie ein regierendes Oberhaupt bei einem Staatsbesuch und quetschte sich die Finger, bis es wehtat. Er sah in seinem wallenden Mantel und seiner karierten Mütze geradezu elegant aus. Mit einem behutsamen Schritt kam er um den Tisch herum und besah sich Ben, der immer noch zufrieden auf dem Boden schlief. »Wecken Sie ihn«, sagte der Inspektor, »und stellen Sie fest, ob er uns bei unsren Ermittlungen behilflich sein kann.«

Hanks lächelte. Das war die Art Aufgabe, die er schätzte. Er schnappte sich den Tramp an den Aufschlägen seiner Jacke, zog ihn hoch in eine sitzende Stellung und fing an, ihn kräftig zu schütteln, wie ein Federkissen, das man morgens rauslegt. Nach einigen Momenten dieser Behandlung blinzelte Ben, dann öffneten sich seine Augen.

»Ooooh«, sagte er. »Mir ist ein wenig übel.«

Snuffkin beugte sich herab, schnippte dem Tramp den Hut vom Kopf und ergriff eine Hand voll Haare, die er zu einer Strähne anzog und verdrehte, bis Ben die Tränen in die Augen traten.

»Ich möchte den augenblicklichen Aufenthalt dieser Kinder wissen, die du als Komplize bei ihrer Flucht unterstützt hast«, rief der Inspektor. »Wo sind diese Borribles?«

»Bobbirols«, sagte Ben, »was sind denn das für welche, wenn sie daheim sind? Bobbirols.«

Snuffkin zog noch fester an Bens Haar und schlug ihm mit seiner freien Hand ins Gesicht. »Borribles«, sagte er bloß.

»Die Kinder, die du in Fulham auf der Wache gesehen hast«, sagte Hanks, »du weißt schon, wen wir meinen.«

»Ach die«, sagte Ben und versuchte, seine Tränen durch die Nase hochzuschniefen, »die sind Bobbirols, wie? Na, die hab ich im Nebel gehört, die sind regelrecht hinter mir hergelaufen. Hab gehört, wie sie sich rumbewegt haben, ich hab wahnsinnige Angst gehabt, dachte, die überfallen einen gleich, weiß man ja, wie Kinder heutzutage sind. Wo war da die Polizei, frage ich mich. Diese jungen Ganoven hätten mich glatt überrollen können. Ich bin ein alter Mann, in meinem Alter brauch ich den Schutz der staatlichen Organe.«

Snuffkin schlug Ben noch einmal. »Du kommst schon zurecht«, sagte er.

»Ich bin auf dem Nachhauseweg über die Brücke gekommen«, erklärte der Tramp, »und die sind weiter Richtung Battersea, glaub ich, die York Road runter.«

»Du lügst!«, kreischte Hanks und trieb Ben seinen Knüppel tief in den Magen. Die Luft schoss aus Bens Lungen hervor, und das Blut verließ augenblicklich sein Gesicht. »Du Lügner«, schrie Hanks wieder, »wir haben da die Brücke schon abgeriegelt gehabt, unsere Männer haben dich schwatzen gehört, du redest doch nicht mit dir selbst, oder?«

»Natürlich tu ich das, verdammt noch mal«, gab Ben zurück und versuchte trotz seiner totalen Atemlosigkeit indigniert auszusehen, »zu wem würde ich, Himmel Arsch verdammt noch eins, denn sonst reden, es ist doch, verfluchte Scheiße, niemand da, oder?«

»Zum letzten Mal«, sagte Snuffkin ruhig, »diese Kinder sind aus dem Polizeigewahrsam entwichen und haben behördliches Eigentum entwendet, nämlich: ein Pferd. Eigentümer: die Stadt London, Abteilung öffentliche Grünanlagen. Wo sind sie?« Bei jedem Wort versuchte der Polizist, Bens Kopf von seinen Schultern zu drehen, daran zerrend, als ob er sich abschrauben ließe.

»Aaaah!«, schrie Ben vor Schmerzen. »Aufhören! Was soll's denn! Ich würd's euch doch sagen, oder? Kann doch Kinder nicht ausstehen!«

Der Inspektor ließ Bens Haar los und stand auf. Er stampfte ärgerlich mit den Füßen auf den Boden, sein Körper zuckte missgelaunt. »Wir kommen mit diesem Kretin nicht weiter, Hanks«, sagte Snuffkin. »Diese Kinder können nicht verschwunden sein, und das Pferd auch nicht. Sie können nicht auf dem Fluss sein, sie sind nicht im Norden, und sie können nicht durch den Kordon nach Battersea entwischt sein. Es gibt nur einen Ort, wo sie sein können, der einzige Ort, wo wir nicht hinkönnen, ohne uns blutige Nasen zu holen.«

Hanks rappelte sich konsterniert auf und ließ dabei Bens Jacke so abrupt los, dass der Tramp, der ohnehin kaum wusste, wie ihm geschah, zurück auf den Boden fiel und so hart mit dem Kopf aufschlug, dass er bewusstlos wurde.

»Sie meinen doch nicht, die sind nach unten gegangen?«, fragte der Sergeant.

Der Inspektor betrachtete prüfend seine Männer, die die sieben Räume der Hütte durchsucht hatten und nun seine Befehle erwarteten. »Sie sind das Pferd irgendwo losgeworden und sind runter zu den Wendels«, sagte er mit endgültiger Überzeugung. »So viel ist hier dem Detektiv ganz eindeutig klar. Und wenn wir sie pflichtbewussterweise verfolgen würden, stünden wir knietief in Schlamm und Dreck, und das werde ich niemals tolerieren. Wenn die giftigen Dämpfe uns nicht umbringen, dann steht hinter jeder Ecke ein Wendel, der nur darauf wartet, uns mit seiner Schleuder den Schädel zu zerschmettern.«

»Wie lauten Ihre Befehle, Herr Inspektor«, fragte Hanks, der nun die Arme kreuzte und sich mit einer dicken Hinterbacke auf den Tisch lehnte, um auszuruhen.

»Ich weiß ganz genau, was jetzt zu tun ist«, sagte Snuffkin, dessen Schnurrbart zuckend von einer Seite auf die andere fuhr, die komplizierten Wendungen seines eigenen Scharfsinns genießend. »Ich habe eine Karte vom Tiefbauamt Wandsworth, eine Karte, die jeden Kanalschacht in Wandsworth verzeichnet. Ich werde an jeden Ausgang eine Wache stellen, ich werde einen Ring von Männern um das ganze Gebiet ziehen … und dann werde ich warten. Die Wendels werden nicht rauskönnen, um sich Vorräte zu holen, und werden sehr bald zu der Schlussfolgerung gelangen, dass etwas Irreguläres sich abspielt. Wendels schätzen fremde Eindringlinge durchaus nicht, sie werden unsere Flüchtlinge sehr bald finden, und wenn sie das tun, werden sie sie mit einem Tritt in unsere wartenden Arme befördern.«

Mit dem Schluss dieser Rede straffte Snuffkin seinen Rücken und machte sich so groß, wie er nur konnte. Er sah seine Männer an, und ein schwarzes Feuer brannte in seinen Augen. Er grüßte, und jeder der anwesenden Beamten erwiderte den Gruß in respektvollem Schweigen, das vielleicht eine ganze Zeit lang angehalten hätte, wenn Ben sich nicht im Schlaf auf die andere Seite gerollt und laut gerülpst hätte.

Snuffkin errötete und trat verlegen von einem Bein auf das andere;

sein Schnurrbart zitterte. Hanks stieß Ben mit dem Schuh gegen den Bauch.

»Was sollen wir mit dem Gefangenen tun?«, fragte er.

Der Inspektor machte seine Nasenlöcher schmal, um den ihn von allen Seiten attackierenden Gerüchen so weit wie möglich zu entgehen. »Der Mann ist eine verdächtige Person«, sagte er, »ein Komplize, Behinderung der Polizei bei der Erfüllung ihrer Pflichten, Trunkenheit, grober Unfug, Mitführen gefährlicher Waffen, diese Flasche da beispielsweise, obszönes Auftreten, schon mal gleich, Verstoß gegen die guten Sitten, Verstoß gegen die gesundheitspolizeilichen Vorschriften – alle –, Stadtstreicherei, kein fester Wohnsitz, Herumlungern, Diebstahl – meine Güte, es gibt ja genug, um ihn bis zum Jahr dreitausend hinter Schloss und Riegel zu bringen. Nehmt ihn mit zurück nach Fulham und sperrt ihn in eine Zelle, aber diesmal abschließen, und steckt ihn wohin, wo ich ihn nicht rieche.«

»Jawohl, Sir, gewiss, Sir«, sagte Hanks, »aber sollten wir ihm nicht eine Lektion erteilen?«

Snuffkin machte einen Schritt weg vom Geruch des Tramps. »Ausgezeichnete Idee, Hanks«, sagte er. »Lassen Sie die Männer das Mobiliar umwerfen, alle Flaschen zerschlagen, die Regalbretter abreißen, die Matratzen aufschlitzen, sollen sich ein wenig vergnügen, sie haben es verdient nach dieser anstrengenden Nacht. Wenn wir das nächste Mal diesen ungepflegten Menschen auffordern, uns bei der Erhaltung des Stadium quo zu unterstützen, dann ist er vielleicht eher geneigt, den Kronzeugen zu machen.«

Hanks schob seinen Hintern vom Tisch und stand fest auf seinen dicken Beinen aufgepflanzt. Er rieb sich fröhlich die Hände. »O ja, Sir!«, sagte er und gab seine Befehle, und zwei Polizisten ergriffen den bewusstlosen Ben an den Beinen und zerrten ihn aus seiner Hütte. Als der Geruch des Tramps verschwunden war, folgte Snuffkin, die Beine steif bewegend und mit kaltem Gesichtsausdruck. Als er davonging, den schwach erkennbaren Pfad entlang, der sich zwischen den Müllbergen hindurchwand, hörte er hinter sich den Lärm stürzender Bretter, das Zerklirren von Geschirr und das Geschrei und Gelächter seiner SBE-Männer. Ein langsames Lächeln kroch über das Gesicht des Inspektors. Endlich lief die Sache in die richtige Richtung.

6

Das Geräusch des zufallenden Kanaldeckels hörte sich unter der Erde furchterregend laut an. Chaline hing an der Eisenleiter, direkt unter dem Boden von Bens Palast, und lauschte. Sie glaubte, ein langes Stimmengemurmel zu hören, und dann, wie jemand Ben schlug. Später kam das Krachen umgeworfener Möbel und zerbrechenden Geschirrs, und sie fühlte die Erde um sich leicht erzittern. Dann war alles still.

Immer noch an die Leiter geklammert, wandte sich Chaline halb um und starrte ins Dunkel hinab. Die Luft strich dicklich um ihren Körper, und ihre Nase verzog sich beim Gestank der Kloaken. Sie wusste aus ihren früheren Erfahrungen, dass es ein paar Tage im Untergrund dauerte, bis man sich daran gewöhnte.

»Hört sich an, als ob sie die Wohnung demoliert haben«, sagte sie, »und Ben ziemlich hergenommen.«

»Sind sie weg?«, fragte Bingo.

»Sieht so aus«, sagte Chaline.

Von weiter unten im Tunnel kam Zoffs Stimme: »Wartet noch ein wenig.«

Sie warteten eine gute halbe Stunde, wobei sie wussten, dass sie einander nahe waren, sich aber vorkamen, als wären sie durch meilenweite Entfernungen getrennt, weil sie nichts sehen konnten. Endlich sagte Zoff: »Versucht's jetzt mal.«

Chaline legte das Ohr gegen das kühle Metall des Kanaldeckels. Sie konnte nichts hören. Sie krümmte ihre Schulter und drückte, zuerst leicht, dann mit all ihrer Kraft. Der Deckel rührte sich nicht. Bingo stieg die Leiter hoch und half ihr.

»Eins, zwei, drei«, sagte er, »und zuu-gleich.« Sie drückten, bis ihre Augen weiß vor Anstrengung hervortraten, doch das massige runde Stück Gusseisen rührte sich nicht von der Stelle. Am Ende machte Chaline Stonkus Platz, doch selbst er, mit all seiner Kraft und Ausdauer, hatte keinen Erfolg.

»Wir brauchen mehr Hilfe«, sagte er und schnappte nach Luft.

»Ich weiß«, sagte Bingo, »aber auf der obersten Leitersprosse ist nur Platz für zwei.«

Zwielicht kam schließlich heraufgeklettert und versuchte, Bingo von unten hochzudrücken, aber auch dieser letzte verzweifelte Versuch machte keinen Unterschied. Was die Flüchtlinge nicht wussten, war, dass Bens Küchenbüffet, seine Sessel und sein Tisch zerbrochen in einem Haufen oben auf dem Deckel lagen – hier gab es keinen Ausweg mehr. Die Borribles waren genau dort eingesperrt, wo sie nicht hin wollten: im Territorium der Wendels. Langsam kletterten Stonkus, Bingo und Zwielicht die Leiter hinunter und kauerten sich mit ihren Gefährten in einer stummen traurigen Gruppe zusammen. Sie waren den Männern von der SBE entkommen, sicherlich, aber sie waren nun in einer Gefahr, die sich als viel, viel schlimmer erweisen mochte.

»Ach, zum Teufel«, sagte Sydney, »ich wollte nie, dass das alles passiert.«

»Jetzt ist's passiert«, sagte Vulgo, »und es bringt nichts, darüber zu jammern. Wir müssen beschließen, was wir tun wollen … irgendwelche brillanten Ideen?«

»Es gibt nichts, was wir tun könnten, außer irgendwo anders wieder rauszuschlüpfen«, sagte Zoff. Seine Stimme kam aus der Dunkelheit, leise und gleichmäßig. Es klang, als wäre er einige Meter entfernt in einem Tunnel. »Der Kanaldeckel ist ganz offensichtlich verschlossen, oder Snuffkin hat ein verdammt schweres Gewicht obendrauf gelegt. Wir müssen weiter.«

»Tatsächlich«, sagte Chaline. »Und wie viel Proviant haben wir dabei? Überhaupt nichts. Wir haben keine Taschenlampe und wissen nicht, wo wir sind. Wir wissen nicht einmal, ob wir nicht überhaupt schon von Wendels umzingelt sind.«

»Stimmt«, sagte Stonkus, »wir haben weder eine Schleuder noch einen Rumbelspeer, nichts, wir sind aber auch restlos geliefert.«

Nach den Worten Stonkus' herrschte wieder ein langes Schweigen, und jeder der Borribles dachte über sein Schicksal nach, aber dann, als genügend Zeit verstrichen war, räusperte sich Zoff und fing an zu reden, als ob er wüsste (und schon lange Zeit gewusst hätte), was genau er nun sagen würde.

»Ich kann euch hier rausholen«, sagte er und wartete, um diese Bemerkung erst einmal wirken zu lassen. »Ich kann ganz gut im Dunkeln sehen«, fügte er hinzu, »fast wie ein Wendel.«

»Was soll das heißen?«, fuhr Chaline auf, sofort misstrauisch. Nie war ihr Zoff verdächtiger erschienen als jetzt, und sie war überzeugt, in seiner Stimme einen triumphierenden Ton zu entdecken, als ob er zwar ein Risiko eingegangen wäre, dann aber alles so gelaufen wäre, wie er gehofft hatte.

Zoff seufzte. »Ich habe eine lange, lange Vergangenheit«, sagte er, »und ein Teil davon liegt hier, weil ich vor Jahren, als noch keiner von euch ein Borrible war, hier gelebt habe. Um eine lange Geschichte abzukürzen: Ich bin ein Wendel.«

»Ich hätte es mir denken können«, sagte Chaline, und die Worte zischten durch ihre Zähne. »Ich hätte es mir denken können.«

Zoff ignorierte sie. »Ich hab gegen die Rumbels gekämpft und hab mir fünf Namen verdient, was nicht viele Borribles tun, aber ich bin weggelaufen aus Wandsworth, bin nach Battersea gegangen, war seitdem immer dort.«

»Einmal ein Wendel, immer ein Wendel«, zitierte Chaline.

»Es bleibt die Tatsache«, fuhr Zoff fort, »dass ich euch leicht hier rausbringen kann, wenn ihr tut, was ich sage. Ein Wendel vergisst nie die Wege der Wendels.«

»Das ist genau das, was mir Angst macht«, sagte Chaline.

»Was tut's zur Sache«, sagte Zwielicht, der das Gespräch unterbrach, damit kein Streit daraus wurde. »Ein Wendel ist schließlich auch ein Borrible. Wenn Zoff uns hier rausholen kann, umso besser.«

»Hat irgendjemand einen anderen Vorschlag?«, fragte Bingo. »Ich nämlich nicht.«

Es kam keine Antwort, nicht einmal von Chaline.

»Gut«, sagte Zoff, »erst mal Folgendes grundsätzlich. Ich geh davon aus, dass Snuffkin so viele Ausgänge aus der Kanalisation blockiert, wie er kann. Wir müssen uns jetzt vierundzwanzig Stunden lang ruhig verhalten, vielleicht länger.«

»Aber die Wendels schnappen uns«, sagte Vulgo, »wir sind nicht mal so gekleidet wie die.«

»Ganz genau«, stimmte Zoff ihm zu. »Also ist das Erste, was wir machen müssen, einen Lagerraum von den Wendels zu finden und was von ihrer Ausrüstung zu klauen, Schleudern und Munition auch. Und wir brauchen was zu essen.«

»Junge, Junge«, sagte Zwielicht, »das ist endlich ein Abenteuer, genau, was ich mir gewünscht hab.«

»Sei nicht so ein Idiot, du Idiot!«, sagte Vulgo. »Wenn ich dich sehn könnte, würd ich dir eins auf den Kopf geben.«

»Sobald wir Wendelkleider und Waffen haben«, fuhr Zoff fort, »können wir uns unter die anderen Wendels mischen … sie werden uns nicht mal bemerken. Wir werden sie beobachten, schauen, ob sie durch die verschiedenen Schächte raus- und reingehen, und wenn ja, na, dann schleichen wir uns einfach zur rechten Zeit raus auf die Straße, und heimwärts geht's. Alle einverstanden?«

»Mir recht«, sagte Zwielicht.

»Ja«, sagte Bingo. »Es ist die einzige Möglichkeit.«

Und so stimmten die anderen dem Plan zu, selbst Chaline, obwohl sie sich im Grunde sicher war, dass Zoff einen geheimen Plan verfolgte. Der Triumph in seiner Stimme war deutlicher hervorgetreten, war geradezu zu einer gewissen Fröhlichkeit geworden. Es schien ihr, als hätte Zoff sie mit einer verborgenen Absicht zur Wandsworth Bridge gebracht, als wäre er froh darüber, wieder hier im Untergrund zu sein, wo der grüne Schleim unablässig die gewölbten Wände hinabglitt. Sie erschauerte; große Gefahren lagen vor ihnen. Dort draußen in der Dunkelheit entfaltete sich langsam etwas Entsetzliches, Widerliches, das sich anschickte, sie und ihre Gefährten zu verschlingen, einen nach dem anderen. Sie beschloss, Zoff sehr genau im Auge zu behalten. Er sprach wieder, und sie lauschte.

»Bis wir wieder draußen sind«, fuhr er fort, »müsst ihr tun, was ich sage, auch wenn es nicht sehr borriblemäßig ist. Jetzt soll mal jeder sich an dem oder der vor sich festhalten, und nicht loslassen. Wenn du dich hier unten verirrst, zerbeißen dich die Ratten bis zum letzten kleinen Fetzchen, bleiben nicht mal deine Zehennägel übrig.«

Als sie Zoff folgten, weg von der Leiter, blind in die Tunnel hinein, merkte Chaline, dass sie die Letzte in der Reihe war und sich an Bingos Hemd festhielt. Sie ging etwas schneller und lief neben ihm.

»Gefällt mir nicht«, flüsterte sie. »Zoff ist hier unten zu gut aufgelegt, ich wette, er hat irgendeinen Plan im Ärmel. Der Typ ist so raffiniert, dass er sich mit der rechten Hand selbst was aus der linken Hosentasche klaut.«

Zoff unterbrach sie plötzlich; seine Worte fegten, scharf vor Zorn, zurück durch den Gang: »Wer das auch ist da hinten, Schnauze! Wollt ihr, dass jeder Wendel in Wandsworth weiß, wo wir sind? Haltet den Mund, oder Eisenkopf stopft ihn euch! Mit Schlamm!«

Niemand antwortete Zoff, und Chaline spürte, wie ihr Gesicht im Dunkeln heiß und rot wurde. Ohne ein weiteres Wort marschierte das kleine Häuflein der Abenteurer weiter.

Zoff führte sie mit optimistischem Selbstvertrauen. Stonkus, der hinter ihm kam, sagte später, als alles vorbei war, dass er sich sicher sei, er hätte Zoff leise zwischen den Zähnen vor sich hinpfeifen hören – als wenn er die ganze Welt hätte auffordern wollen, doch zu kommen und sich ihm entgegenzustellen.

Chaline konnte natürlich davon nichts hören, und ihre Gedanken beschäftigten sich mit der Frage, wie man wohl beschaffen sein mochte, wenn man sich mit solcher Leichtigkeit an die Tunnel seiner lange zurückliegenden Vergangenheit erinnern konnte. War Zoff in all den Jahren seit seiner Flucht je nach Wandsworth zurückgekehrt? Hatte er eine Karte in Battersea, die er jede Nacht heimlich in seinem Zimmer studierte? Sie konnte keine befriedigende Antwort finden. Zoff war verschlagen und unberechenbar, selbst für einen Wendel.

Plötzlich hielten sie an, und Zoff flüsterte vom Kopf der Reihe: »Ich kann ein Licht sehen. Könnte einfach die erste Wendelkreuzung sein, könnte aber auch eine Wache sein. Ihr bleibt mal besser hier, und ich schleich mich vorsichtig ran und schau nach.«

Zoff ließ sie stehen, und die wartenden Borribles hörten nur noch das hartnäckige Tropfen des Schleims überall um sich herum und das ferne Rauschen der Abwässer in den Hauptkanälen. Sie starrten auf das ferne Licht und beobachteten Zoffs Silhouette, die sich zwischen dem Licht und ihnen bewegte. Endlich sahen sie, wie die kleine Gestalt beide Hände über dem Kopf verschränkte; das Signal, dass es sicher war, weiterzugehen.

Sie trafen Zoff in einem offenen Raum, wo drei Korridore aufeinandertrafen. In der Decke, eingelassen in eine durch schmale Metallstäbe geschützte Vertiefung, brannte ein blasses elektrisches Licht.

»Hier fängt's an«, sagte er. »Von hier an könnt ihr mit Lampen an beinahe jeder Kreuzung rechnen, also folgt mir und seid doppelt vorsichtig«, und er drehte sich auf dem Absatz um und lief, ohne das geringste Zögern, in einen anderen Tunnel hinein.

Weiter und weiter gingen die Borribles, und während des Marsches gewöhnten sich ihre Augen immer mehr an die Dunkelheit, in der sie sich bewegten. Ein Tunnel nach dem anderen vereinigte sich mit dem ihren, und der Laut träge strömenden Wassers kam von beiden Seiten. Die Abenteurer tasteten sich durch ein gigantisches Labyrinth voran, und diejenigen, die schon auf der Großen Rumbeljagd dabei gewesen waren, erkannten keine Strecke davon wieder. Zoff führte sie einen weiten Umweg und vermied absichtlich die dichter bevölkerten Zentren der Untergrundfestung.

Gelegentlich hörten sie die fernen Stimmen von Wendelpatrouillen, die sich etwas zuriefen, und manchmal hielt Zoff an und legte die Hand hinters Ohr, um genauer horchen zu können. Ein- oder zweimal stoppte er den Marsch an geheimnisvollen Kreidezeichen, die auf die Ziegelwände gekrakelt worden waren, studierte sie und bewegte tonlos die Lippen, als lese er geheime Botschaften, die ein Freund hier hinterlassen hatte, um ihn in die richtige Richtung zu leiten.

Schließlich – nachdem sie eine Stunde oder so gelaufen waren – brachte Zoff seine Gefährten zu einem offenen Platz, wo fünf, sechs große Tunnel sich trafen. Die Deckenbögen waren hoch und elegant geschwungen; sie stammten noch aus viktorianischen Zeiten. Hier ging ein Hauptabzugskanal durch, breit und tief, mit einem Sims auf beiden Seiten, den die Kanalarbeiter entlanggehen konnten. In diesem Kanal floss ein massiver Strom aus Schmutz, ein öliges Wasser, das dickflüssig wie Lava daherrollte und in dem sich seltsame Formen, dicht unter der Oberfläche zappelnd, wanden. Graue Schleier aus Dampf entströmten großen, trägen Blasen, und ein Geruch durchdrang den anderen Geruch. Die Luft fühlte sich faulig an und ließ die Haut sich prickelnd zusammenziehen.

Zoff kauerte am Rand und griff sich einen halben Ziegelstein, der aus der Decke gefallen war. »Bisschen schwimmen, Zwielicht?«, fragte er und warf den Stein ins Wasser. Kein Aufklatschen, kein Laut: Der Stein verschwand einfach – wie eine hypnotisierte Maus in der Schlange.

Zwielicht gab keine Antwort, aber er starrte die Kloake an und schluckte. Er begann zu verstehen, was es hieß, im Reich der Wendels zu leben.

»Genug gescherzt«, sagte Vulgo, »warum sind wir so weit gelatscht, nur um hierher zu kommen?«

Bevor Zoff antworten konnte, hörte man das Kratzen eines Fußes auf unebenem Grund. Zoff sah über seine Freunde hinweg und lächelte. Langsam drehten sich die Borribles um; die Haare sträubten sich ihnen. Im Eingang zu einem der Tunnel standen zwei Wendels, der eine mit einem glitzernden Speer (einem sogenannten Rumbelspeer), der andere mit einer Schleuder bewaffnet, deren Gummiband straff gespannt war und deren Stein auf Stonkus' Kopf zielte.

»Keine Bewegung«, sagte der Wendel mit dem Speer. Sein Lächeln war so entgegenkommend wie ein zerbrochener Flaschenhals.

Trotz der Warnung schaute Chaline zu Zoff hinüber, der immer noch am Rand des Kanals hockte. Er lachte leise, und sein Gesicht wirkte belustigt. Langsam, ganz langsam, und dabei immer seine Hände zeigend, stand er auf, und die Wendels sahen ihn.

»Zoff«, sagte einer von ihnen, »endlich.«

Zoff schob sich durch die reglosen Borribles und trat zu seinen Genossen aus Wandsworth.

»Wie steht's mit denen hier?«, fragte der Wendel mit dem Speer. »Sind sie bewaffnet?«

Zoff stand zwischen den beiden Wendels und grinste. »Die sind in Ordnung«, sagte er, »und unbewaffnet.« Dann setzte er zu einer kleinen Erklärung an. »Diese Wendels sind alte Freunde von mir. Der mit dem Speer heißt Kladoch, der mit der Schleuder heißt Skug. Wenn die Zeit kommt, werden sie euch erzählen, wie sie sich die Namen verdient haben. Sie sind gekommen, um uns zu helfen.«

Kladoch und Skug senkten ihre Waffen, aber sie ließen die Augen nicht von den Borribles, abwägend, sich trotz Zoffs Versicherung fragend, ob sie ihnen trauen konnten.

»Was soll das alles heißen?«, fragte Vulgo. »Was läuft hier eigentlich, Zoff?«

»Nicht reden hier«, sagte Skug mit rauer, grober Stimme, »wir müssen euch hier verschwinden lassen.« Skug hatte ein viereckiges Kinn voller Aggressivität und eine rechte Schulter, in der es alle paar Sekunden zuckte, als ob er allzu gern einen Schlag landen wollte, bei jemand bestimmtem oder auch bei irgendjemand. Seine Augen spähten ständig in alle Weltecken, und es lag nicht der kleinste Funken Zutrauen in ihnen.

»Stimmt«, sagte Kladoch, »ihr seid nicht sicher, bis ihr nicht in Wendelkleidern steckt. Ich bin dabei, dir zu helfen, Zoff, aber ich lass mich für niemand im Schlamm ersticken. Deine Freunde sind bloß ein Haufen Schwierigkeiten.«

Kladoch war untersetzt und klein und hatte ein Gesicht wie eine ausgepresste Zitrone, breiter als hoch. In seinem Mund drängelten sich die

Zähne, und seine Haut hatte eine grünliche Färbung, wie bei allen Mitgliedern seines Stammes. Wie Skug – wie alle Wendelkrieger – trug er Hüftstiefel aus Gummi, einen Metallhelm, hergestellt aus alten Bierdosen, und eine dicke Wolljacke, bedeckt mit wasserabstoßendem orangenem Plastikmaterial; das Plastik leuchtete wie die Jacken von Straßenarbeitern.

»Ist gut«, sagte Zoff, »geht voran, wir folgen euch.«

Die beiden Krieger nickten und zogen sich vorsichtig rückwärts in einen Tunnel zurück, und Zoff folgte ihnen, als ob er bereit sei, seine Gefährten allein zurückzulassen, wenn sie auch nur einen Augenblick zögerten – was sie auch taten: Sie schauten sich zweifelnd und verwundert an.

Zwielicht, dem die Wendels neu waren und der sich nach einem Abenteuer sehnte, war unbesorgt. »Na, kommt doch schon«, sagte er, »steht hier nicht rum, ohne die Hilfe von denen kommen wir nicht durch, oder?«

»Stimmt«, sagte Chaline, »und wo wir mit der Hilfe von denen hinkommen, ist mir auch nicht ganz klar.« Aber wie die anderen hatte sie keine Wahl, als Zoff in den Tunnel zu folgen.

Diesmal hatten sie nicht weit zu gehen und marschierten nur eine Viertelstunde oder zwanzig Minuten, obwohl sie häufig die Korridore wechselten und die Richtung änderten, bis sie schließlich durch eine Öffnung in der Wand geführt wurden und in einen kleinen Wachraum kamen, der schon lange von den regulären Wendelpatrouillen aufgegeben schien.

Die Wände waren aus uralten Ziegeln, von denen bei der geringsten Berührung der rote Staub absprang, und der Raum war mit grobgezimmerten Stühlen und einem Tisch eingerichtet. Auch gab es einen Stapel zerrissener Decken, aber am wichtigsten war der in einer Ecke hingeworfene Haufen Wendelkleider und Waffen: Speere, Messer, Schleudern und etwa zwanzig Munitionsgürtel, gefüllt mit guten runden Steinen. Chaline sog scharf den Atem ein, und das Blut pochte ihr in den Schläfen: Alles war für sie vorbereitet.

Sie sprang auf Zoff zu und ergriff ihn vorn am Hemd. »Warum sagst du uns nicht, was du im Schild führst, du hinterhältiger kleiner Bastard?«, rief sie. »Diese Wendels wussten, dass wir kommen würden, oder etwa nicht? Und das war mehr, als wir selbst gewusst haben … aber du, du hast es gewusst, nicht wahr? Du gemeiner Hund.« Chaline war in wütender Erregung und hob ihre freie Hand, um den Borrible aus Battersea ins Gesicht zu schlagen.

Kladoch stieß sich von der Wand ab, an der er gelehnt hatte, und hob seinen Speer, aber so schnell er war, Zoff war schneller. Mit einer brutalen Aufwärtsbewegung seines linken Arms befreite er sich von Chalines Griff und gleichzeitig stieß er ihr die andere Handfläche so rasch und hart ins Gesicht, dass das Mädchen rückwärts stolperte und Bingo in die Arme fiel. Stonkus stellte sich vor Zoff hin, ohne Kladochs Speer zu beachten.

»Langsam, langsam, Jungchen«, sagte er. »Stoß mich mal, wenn du unbedingt jemand schubsen musst, schaun wir mal, ob ich umfalle.«

Vulgo setzte Chaline auf einen Stuhl, und sie befühlte ihre gerötete Nase und wischte sich die Schmerzenstränen aus den Augen. Es war still, als ihre Freunde sie betrachteten, ohne zu wissen, was sie jetzt sagen sollten, angespannt, kampfbereit.

»Du sagst uns besser, was gespielt wird«, sagte Stonkus zu Zoff nach einer Weile. »Wir sind nicht hierhergekommen, um uns umbringen zu lassen, nur damit du deinen Spaß hast.«

»Richtig«, sagte Vulgo, »unsere Abenteuerzeiten sind vorbei.«

Zoff lächelte verächtlich vor sich hin und fing an, die Wendelkleidung prüfend zu sortieren, auf der Suche nach Stücken, die ihm passen würden. Als er gefunden hatte, was er brauchte, zog er sich an: den Blechhelm, das orangene Jackett, die Hüftstiefel. Diese Tracht veränderte ihn vollkommen, und die Borribles starrten ihn an, vergaßen ihre Wut, trauten kaum ihren Augen. Nun war Zoff jeder Zoll ein Wendelkrieger: Gewalttätig sah er aus, listig und herzlos. Er grinste kalt, als er sich eine Schleuder aussuchte und einen Gürtel mit Steinen über seine Schultern schwang; er war zu allem bereit und sah aus, als gäbe es in keiner Lage für ihn irgendwelche Skrupel.

»Du wolltest uns hier unten haben«, sagte Chaline, »und jetzt hast du uns hier, ich hab's die ganze Zeit gewusst. Und du hast hier diese Freunde. Du musst seit Monaten Botschaften reingeschickt und welche bekommen haben. Du weißt eine Menge, was wir nicht wissen, wie immer. Und ich möchte wissen, was du weißt.«

Zoff zuckte die Achseln. »Es gibt nichts zu erzählen«, sagte er, »und so oder so, du würdest mir ohnehin kein Wort glauben. Wenn's dir hier nicht passt, schlage ich vor, dass du den nächsten Ausgang hochkletterst, direkt in die Arme von Snuffkin und Co.«

»Genauso wär's«, sagte Kladoch. »Unsere Streifen haben gemeldet, dass auf jedem Kanaldeckel in Wandsworth ein Bulle steht.«

»Seht mal«, sagte Zoff, »das Einzige, was ich möchte, ist heimgehn. Aber da wir hier eine Weile eingeschlossen sind, können wir die Lage geradeso gut ausnützen. Ich und die anderen beiden gehn jetzt mal und holen was zu essen. Während wir fort sind, zieht ihr euch besser auch Wendelkleider an ... und stellt jemand auf Wache.«

»Passiert euch schon nichts«, sagte Skug. »So weit raus kommt fast niemand mehr.«

»Gehen wir«, sagte Zoff, und seine Stimme klang gebieterisch. Er duckte sich durch das Loch in der Wand und war verschwunden. Die beiden Wendels gehorchten wortlos, als ob er sie immer angeführt hätte und nie fort gewesen wäre.

Chaline schauderte, und sie erinnerte sich an Eisenkopf, den Wendelhäuptling; plötzlich erinnerte Zoff sie an ihn: Er hatte sich verändert und war nicht mehr der bequemliche, schlaue Spitzbube, den sie in Battersea gekannt hatte. Nun standen seine Augen kalt und hart im Gesicht, wie blassblaue Murmeln in einem großen Kloß bleichen Teigs.

Bingo seufzte, setzte sich einen passenden Helm auf und schnitt eine Wendelgrimasse. »Der Zoff«, sagte er, »tut nie etwas umsonst. Die ganz Kiste riecht höchst suspekt.«

Chaline nickte. »Weißt du, was ich glaube ... ich glaube, er ist hier runtergekommen, um nach der Schatzkiste der Rumbels zu schnüffeln ... deshalb stand er in Kontakt mit Kladoch und Skug, deshalb wollte er überhaupt mit uns kommen.«

Stonkus sah überrascht auf. »So blöd kann er doch nicht sein«, sagte er. »Die Schatzkiste ist an der tiefsten Stelle des Wandle versunken, du weißt es doch, warst doch dabei. Die muss jetzt meilentief vom Schlamm bedeckt sein.«

»Ja, Mensch«, sagte Vulgo, »die Wendelsagen erzählen, dass genau dort der Schlamm bis zum Mittelpunkt der Erde runterreicht.«

»Ich weiß, was die Sagen erzählen«, sagte Chaline, »aber Zoff hat so eine Art, seine eigenen Sagen entstehen zu lassen.«

»Ach, komm«, unterbrach sie Zwielicht, »er kann uns nicht zu etwas zwingen, was wir nicht wollen, oder?«

Chaline lachte. »Zoff kann herbeiführen, dass bestimmte Sachen geschehen, und dann dafür sorgen, dass sie aussehen, als seien sie einfach so passiert«, sagte sie, »da ist er ganz groß drin.«

Die Borribles warteten drei Stunden auf Zoffs Rückkehr, und während sie warteten, zogen sie sich die Wendeluniformen an und suchten sich jeder eine Schleuder und einen Gurt aus. Die Waffen in der Hand zu spüren, beruhigte sie sehr – sie fühlten sich zuversichtlicher, als hätten sie ihr eigenes Schicksal besser im Griff.

Bingo stand Wache an der ersten Biegung des Tunnels, als er hörte, wie sich Schritte näherten und wie die Ziegelwände hallende Echos zurückwarfen; dann kam das Trillern des Batterseapfiffs, und einen Augenblick später schob sich Zoff selbst ins Sichtfeld. Er sah nun müde aus, und seine Stiefel waren schlammbedeckt. Auf seinen Schultern lag ein schwerer Sack.

»Hallo, junger Mann«, sagte er. »Freut mich zu sehen, dass jemand Wache hält«, und er ging an Bingo vorbei in den Wachraum, wo er seine Last auf den Tisch fallen ließ. »Hier gibt's was zu essen«, sagte er, »also langt zu.« Er stülpte den Sack um, und eine Kaskade gestohlener Lebensmittel rasselte heraus: Brotlaibe, Marmeladengläser, Schinken, Bier, Bonbons.

»Hat man dich gesehen?«, fragte Vulgo.

Zoff lachte leise. »Natürlich, aber mit ein wenig Schlamm in der Visage und in Begleitung von Skug und Kladoch hat mich keiner zweimal angeschaut.«

»Und hockt die SBE immer noch auf den Kanaldeckeln?«

»Laut Kladoch: ja. Die Wendels haben ein, zwei Schächte, wo die Bullen nichts von wissen, aber die werden von ausgewählten Kriegern bewacht, und niemand kommt ohne die persönliche Genehmigung von Eisenkopf dort rein oder raus. Wir müssen warten, bis die Bullen weg sind.«

»Mir egal, was Zoff uns glauben machen will«, sagte Chaline, »ich sage, wir sollten uns das mal selbst ansehen.«

Zoff zuckte die Achseln. »Ganz wie du meinst«, sagte er, »aber es gibt eins, was du dir auf jeden Fall ansehen solltest … drüben auf der anderen Seite der Festung … drüben, wo ihr den Schatz verloren habt. Das glaubst du nie, was es da zu sehn gibt.« Er riss mit den Zähnen ein Stück weißes Fett aus einer Scheibe Schinken, rollte es in seinen Mund und kaute zuversichtlich, als hätte er für alle Fragen der Welt die richtige Antwort.

Alles schwieg. Niemand wollte Zoff eine Frage stellen, außer vielleicht Zwielicht, und er war still, weil ihm klar war, dass hier etwas vor sich ging, das er nicht begriff, etwas, wo er nicht dazugehörte. Zoff wartete und lächelte höchst provozierend, bis er schließlich sagte: »Na gut, na schön, den Stolz hab ich gar nicht, dass ich gebeten werden will. Also – man muss es Eisenkopf lassen, er gibt nie auf. Direkt da draußen, inmitten von all dem Schlamm und Wasser, hat er eine Grube gegraben, wie ein Bergwerksschacht, und drüber steht so was wie ein Ölbohrturm draußen in der Nordsee. Eine Plattform aus Brettern, eine Tretmühle und eine Eimerkette, die den Dreck raufholt … und unten Sklaven, die graben. Fantastisches technisches Geschick, echt borriblemäßig. Ich kann euch sagen … dieser Eisenkopf.«

Stonkus schnaubte verächtlich. »Er ist verrückt, er kann nicht mehr an die Schatzkiste ran, die ist zu tief.«

»Der ist nicht verrückt«, beharrte Zoff, »der ist nur äußerst geduldig, gibt niemals auf.«

Chaline stand auf und streckte den Arm aus, um auf Zoff zu deuten. »Und du auch nicht, du Ratte«, sagte sie mit vor Wut zitternder Stimme. »Jetzt wissen wir, warum du so vergnügt warst, als wir alle hier drunten gelandet sind, es war die ganze Zeit der Schatz.«

Zoffs Gesicht rötete sich. »Sei doch nicht so sackdoof«, sagte er, »wie hätte ich denn sicher wissen können, dass das mit Sam eine Falle war, wie hätte ich wissen können, dass Snuffkin im Eel Brook Common wartet oder dass Ben uns befreien würde? Ich bin doch kein Zauberer.«

»Vielleicht nicht«, sagte Chaline und sah sich im Kreis ihrer Freunde nach Unterstützung um, »aber dir war egal, was passierte, solange es uns näher nach Wandsworth brachte. Du hattest Angst, allein hier runterzusteigen, und deshalb hast du verdammt gut dafür gesorgt, dass wir auch dabei sind.« Sie nickte zu Zwielicht hinüber: »Ich hab dir gesagt, er kann herbeiführen, dass bestimmte Sachen passieren.«

Stonkus rollte eine Scheibe Schinken zwischen den Fingern zusammen und schob sie in den Mund. »Ist alles scheißegal, dieses Geld hat genügend Tod und Verrat gebracht. Wir sind aufgebrochen, um ein Pferd zu holen, das ist alles, Geld läuft nicht.«

»Ganz richtig«, sagte Vulgo, »das Geld hat Poch umgebracht, Napoleon, Orococco, Torricanyon und Adolf, und mich beinahe auch. Es stinkt nach Tod, schon immer.«

Zoff sah sich langsam im Raum um, überlegen und amüsiert, wie ein Erwachsener, der streitenden Kindern zuschaut. Er griff sich eine Bierflasche vom Tisch, öffnete sie und nahm einen langen Zug. »Aah, ausgezeichnet«, war alles, was er sagte.

»Ein paar von uns sollten hingehen und die Sache selbst anschauen«, sagte Chaline, »damit wir wissen, dass Zoff uns wirklich die Wahrheit sagt wegen der Ausstiegsschächte. Wir müssen hier raus, bevor er uns in irgendeine Sache verwickelt.«

Zoff hob seine Flasche. »Natürlich, Mädchen«, sagte er. »Ich bring euch gleich zu den Schlammbänken am Wandle, und ich zeig euch die Ausgänge, die die Wendels benutzen. Ich zeig euch sogar den Schacht, wo Eisenkopf nach Schätzen gräbt, und eines Tages – wenn ihr mich überlebt, heißt das –, dann werdet ihr zurückschauen und sagen: ›Der alte Zoff war gar nicht so ohne, der hat schon das eine oder andere gewusst.‹« Er lachte wieder und schwenkte seine Bierflasche im Kreis, alle in einen Trinkspruch einbeziehend. »Auf uns«, sagte er, »auf uns Borribles.«

Sobald sie gegessen hatten, beschloss man, dass Chaline, Stonkus und Bingo mit Zoff gehen sollten, um einige der Aus- und Eingänge zum Reich der Wendels zu kontrollieren. Sie sollten so viele wie möglich überprüfen und die Chancen abwägen, die bestanden, wieder auf die Straßen hinauszugelangen, die Chancen, heimzukommen.

Zoff führte die drei zum Zentrum der Festung und schärfte ihnen ein, die ganze Zeit dicht bei ihm zu bleiben, wenn sie sich nicht verirren wollten. Wieder wunderte sich Chaline, wie er seinen Weg in solch einem unterirdischen Labyrinth nach dem Gedächtnis fand. Nur lange Jahre als Wendel konnten Zoff diese detaillierte Kenntnis des Reviers verschafft haben. Hier nach links, da nach rechts, über diesen Abzugskanal, an dem hier entlang, jetzt in vollständiger Finsternis, nun im Dämmerlicht – es war wirklich erstaunlich, und es wurde Chaline klar, dass es immer noch viel mehr an Zoff kennenzulernen gab, als man jeweils verblüfft kennengelernt hatte.

Auch merkte sie, dass trotz der sommerlichen Dürre und der Hitze oben in der Stadt hier in den Kanälen und Rinnen tief das schmutzbeladene Wasser floss. Sehr oft mussten die vier Borribles, wenn keine Wege entlangführten, mitten in den Kanälen entlangwaten, bis zu den Hüften im Dreck, während der grüne Schleim von hoch oben in den Gewölbedecken schwerfällig auf ihre Helme triefte und während sie überall um sich her flüsternde Stimmen und das klatschende Schlurfen von Wendelstiefeln hörten.

Als sie weitergingen, trafen sie nach und nach auf die Wendels selbst, obwohl es nicht alles Krieger waren, doch Zoff kannte die Sitten dieses seltsamen unterirdischen Stammes und zwängte sich, ohne zu zögern, mitten durch die Gruppen, die ihren Weg kreuzten. Seine drei Gefährten, die sich zuerst fürchteten, entdeckt zu werden, lernten rasch, dass ihre beste Chance darin lag, ein mürrisches Benehmen zu markieren und mit niemandem zu sprechen. Zoff ließ sie auch etwas Schlamm auf ihren Gesichtern verreiben, als wären sie auf einem langen Marsch gewesen und hätten viele Flüsse überqueren müssen. So bestand im Dämmer dieser Unterwelt keine Gefahr, dass die Eindringlinge als Fremde entdeckt werden würden.

Zoff war glücklich. Häufig stieß er Chaline in die Seite, und seine Zähne glänzten, wenn er lächelte.

Jedes Mal, wenn er unter einem Kanaldeckel vorbeikam, hielt er an, wartete, bis die anderen sich um ihn versammelt hatten, und zeigte dann nach oben – und dort, mit Kreide auf die Unterseite jedes Eisendeckels gemalt, sahen die Borribles einen Kreis mit einem X hindurch, das Wendelzeichen für »Gefahr!«

»Bittschön«, sagte Zoff, »und so sind sie alle.« Er lächelte über Chalines beunruhigt-enttäuschte Miene. »Ich versprech dir, auf dem Deckel hier stehen Bullenstiefel, Größe fünfzig, und in denen steht wiederum ein Bulle, ebenfalls Größe fünfzig.«

Sie marschierten in raschem Schritt weiter zum Wandle und waren nicht weit von ihrem Ziel entfernt, als zwei Krieger aus einem Seitenkorridor herausgerannt kamen und mit lauten Rufen weiterliefen.

»Auf geht's, ihr da«, brüllten sie, »allgemeine Versammlung. Befehl von Eisenkopf, habt ihr's nicht gehört?« Ihre Schritte verhallten.

»Was tun wir jetzt?«, fragte Bingo mit bleichem Gesicht. »Uns verstecken?«

»Wohl kaum«, sagte Zoff. »Wenn Eisenkopf eine Versammlung einberuft, dann kommen alle, außer den Toten und den Wachen. Wenn wir nicht das tun, was alle anderen auch tun, hält man uns an und schleift uns ins Licht, und dann erkennt er uns gewiss. Wir müssen auch mitgehn, und zwar im Galopp.«

Und sie liefen, was sie konnten, in Richtung der Großen Halle, und im Lauf trafen sie hunderte von Wendels, die alle in dieselbe Richtung rannten. Die Tunnel wurden breiter und höher, und die Menge der

Wendels nahm von Augenblick zu Augenblick zu, sodass bald eine dichtgedrängte Masse, sich gegenseitig zur Seite drängend, sich eilig voranschob, um gehorsam Eisenkopfs Befehl zu befolgen.

Zoff und die anderen wurden mit klopfendem Herzen mindestens eine halbe Meile in diesem gewaltsamen Sog vorangetrieben; dann verlangsamte sich die Geschwindigkeit der Menge um sie zum Trott, zum Dahingehen, schließlich zu einem langsamen Voranschieben. Überall waren nun Wendels, zusammengepfercht, unfähig, sich als Einzelne zu bewegen. Plötzlich stürzten sie wieder mit neuer und furchterregender Kraft voran, und von einer unwiderstehlichen Gewalt mitgerissen wurden die vier Abenteurer, deren Füße den Boden nicht mehr berührten, in eine immense Höhle hineingeschleudert, deren Ziegeldecke sich hochwölbte und sich den Blicken entzog.

Dies war einst im neunzehnten Jahrhundert die Zentralkammer des Abwassersystems von Wandsworth gewesen, bis der Ort – der seine Bedeutung durch die Einführung modernerer Techniken verlor – unter Eisenkopfs Herrschaft geraten war. Da war er nun, auf einer großen, erhöhten Plattform sitzend, lässig in einem großen, hölzernen Sessel zurückgelehnt, der bei allen bedeutenden Anlässen als Thron des Wendelhäuptlings diente. Neben ihm stand sein Adjutant, Tron, und in Rufweite standen mindestens fünfzig Mitglieder der Leibwache: harte Kämpfer, aus den Wendelkriegern wegen ihrer unbeirrbaren Loyalität ausgewählt.

Die Abenteurer quetschten und drängelten sich durch die Menge und schlugen sich zur Seite der Halle durch.

»Haltet still«, flüsterte Zoff, »und schaut nicht auf. Was ihr auch tut, schaut Eisenkopf nicht in die Augen, er hat euch sonst sofort am Wickel.«

Chaline nahm Zoffs Warnung ernst und verbarg sich hinter der gedrängten Masse von Wendels zwischen sich und der Plattform; sie zog sich den Helm tiefer ins Gesicht, damit sie die Ereignisse beobachten konnte, ohne befürchten zu müssen, dass sie selbst entdeckt wurde. Wie sie sah, hatte Eisenkopf sich überhaupt nicht verändert, seit sie ihn zuletzt gesehen hatte. Er hatte nichts mit Helmen im Sinn, die aus alten Bierdosen gefertigt waren; sein Helm, und seiner allein, war aus getriebenem Kupfer und trug einen Beschlag, der vorn vertikal über sein Gesicht herablief und seine Nase schützte – aber diese Nase war nicht dazu geschaffen, verborgen zu werden. Es war eine üble Nase, eine große

Nase, weich und verformbar und voller Eifer, jeden herauszuschnüffeln, der Eisenkopf oder seine Herrschaft bedrohte. Die Jacke des Häuptlings war mit leuchtender Goldfarbe bestrichen, und seine Hüftstiefel waren weich und wollgefüttert, um seine Füße warmzuhalten.

Doch Eisenkopfs Macht lag nicht in seinen Kleidern – sie hockte in seinen Augen. Sie waren wie leer und glitzerten oder glänzten nicht. Auch bewegten sie sich nur, wenn der Kopf sich bewegte; sie waren matt und undurchdringlich wie zerschmetterte Windschutzscheiben.

Nach und nach erstarb der Lärm in der Großen Halle. Langsam hob Eisenkopf eine Hand, um Stille zu gebieten, aber es war nicht mehr notwendig. Die Menge war allein durch den Blick des Häuptlings ruhig geworden. Er wartete noch einen Augenblick, bevor er zu reden begann, und als er sprach, war seine Stimme wie ein Schock. Es war eine freundliche Stimme, und er lächelte dazu, aber sein Hirn lag weit entfernt von seinem Lächeln, sein Hirn war ein kaltes metallisches Ding, das schweigend seine eigenen geheimen Ziele bearbeitete.

»Wendels«, fing Eisenkopf an, »ich habe euch hierher zusammengerufen, weil große Gefahr herrscht. Die Polizisten der SBE bewachen jeden Ausgang in Wandsworth ... ich will wissen, warum. Ich muss wissen, warum. Wir haben natürlich beträchtliche Vorräte, aber wenn die Blockade lange genug fortgesetzt wird, sehen wir uns dem Hunger, vielleicht gar dem Hungertod gegenüber ... Warum, frage ich mich, sind wir plötzlich das Ziel dieser hektischen Aktivität seitens der SBE geworden ... ihr werdet es für mich herausfinden. Ihr wisst alle, was ich für eine Arbeit auf den Schlammbänken des Wandle betreibe, es ist ein wichtiges Werk, und es darf nicht unterbrochen werden. Ich wünsche keine Polizisten hier unten bei uns, ich möchte nicht einmal, dass sie die Kanalarbeiter herunterschicken. Ihr werdet euch erinnern, was für Gefahren wir schon zu bestehen hatten, wegen irgendwelcher Außenseiter. Wir wollen so etwas nicht noch einmal erleben. Der Wandle gehört den Wendels. Seid wachsam, ihr Krieger, seid alle auf der Hut vor Fremden. Eine Zeit der Bewährung kommt, ich kann es riechen. Der Feind ist überall um uns. Macht bei jedem ungewöhnlichen Anzeichen Meldung an mich oder an Tron. Seid misstrauisch, seid vorsichtig, traut niemandem. Haltet Wache an jedem Ausgang, bewacht den Schacht, wo das große Werk vor sich geht. Ich wache Tag und Nacht für euch, Wendelbrüder; seid auch ihr wachsam für mich. Etwas, jemand hat sich in unsere Untergrundfestung eingeschlichen, meine Nase sagt es mir. Schärft eure Messer, tragt einen Speer mit euch und eine Schleuder, immer. Wendels, gebt acht, es wird Blut fließen.«

Abrupt erhob sich Eisenkopf, und das Licht der Taschenlampen, die beinahe jeder Wendel trug, leuchtete auf seinem Helm. Er starrte in den Hintergrund der Halle, seine Nase zuckte. Niemand regte sich, und niemand sprach. Langsam wandte Eisenkopf das Gesicht und musterte mit seinen stumpfen Augen Wendel um Wendel, dass sie erschraken, wobei er ständig nervös schnüffelte wie ein in die Stadt verschlagener Fuchs. Zoff, Chaline, Stonkus und Bingo standen regungslos, kaum atmend, als Eisenkopfs starrer Blick in ihrer Nähe ruhte. Er flackerte hin und her, die Nase hob sich nach oben und sog einen langen, tiefen Atemzug ein. Chalines Knie zitterten, und sie war dankbar, dass Zoff sie angewiesen hatte, ihr Gesicht mit Schlamm unkenntlich zu machen.

»Vieles liegt im Argen«, rief Eisenkopf, aber seine Augen wanderten weiter und suchten anderswo, und er gab sich nicht mehr sehr lange Mühe. Nach wenigen Augenblicken hob er die Hand und entließ mit einem Zeichen die große Versammlung. Tron schrie einen Befehl, und die Leibwache umgab ihren Häuptling mit einer Stachelhecke aus Speeren und eskortierte ihn hinaus, wobei sie eine Art Hymne sangen:

Ehre sei Eisenkopf! Preis unserem Herrn,
König der Unterwelt!
Singt seinen Ruhm,
Sein Heldentum,
Das unser Reich erhält.

Ehre sei Eisenkopf! Preis seiner Güte!
O Wendel unvergleichlich!
Keinen größeren Helden
Die Sagen vermelden,
Und alles schenkt er uns reichlich.

Ehre sei Eisenkopf! Führer und Vater!
Der beste Freund auf der Welt!
Er hat die Macht,
Die unsere Nacht
Mit ihrem Lichtschein erhellt.

Sobald die vier Eindringlinge der Halle entronnen und wieder allein waren, hielt Zoff an und fragte Chaline grob: »Glaubst du mir jetzt?« Er zischte förmlich. »Auf jedem Kanaldeckel steht ein Bulle.«

»Ich glaub's dir«, antwortete Chaline, obwohl andere Gedanken sie beschäftigten – die Hymne der Wendels wollte ihr nicht aus dem Kopf. »Diese Leibwächter sind verrückt, ja?«, fragte sie. »Die glauben wirklich an diesen wahnsinnigen Anführer, mit denen könnte Eisenkopf alles machen.«

»Das lass jetzt mal gut sein«, sagte Stonkus mit gepresster Stimme, »was ist mit dem Wachzimmer, wo wir uns verstecken, werden sie das jetzt nicht finden?«

»Weiß nicht«, sagte Zoff, »viele Wendels leben in solchen alten Kämmerchen. Ich glaube, Skug und Kladoch sollten in der Lage sein, sie abzuwimmeln. Etwas anderes macht mir größere Sorgen.«

»Etwas anderes!«, rief Bingo. »Was könnte noch schlimmer sein?«

Zoff rieb sich das Kinn und kam zu einem Entschluss. »Kommt mit«, sagte er. »Ich zeig euch was, das ihr sehen solltet.«

Chaline, Stonkus und Bingo prüften einen Augenblick Zoffs Miene. Er lächelte sein überhebliches Lächeln.

»Also gut«, sagte Chaline. »Wir sehen's uns an, aber das ist alles. Lass bloß nicht wieder irgendeinen Scheiß passieren.«

Zoff schüttelte beruhigend den Kopf, und wieder ging er voran in die dunklen, abfallenden und ansteigenden Seitentunnel, und seine Gefährten folgten ihm. Wieder lenkte er seine Schritte mit Präzision und Selbstvertrauen, und es dauerte nicht lange, bis die kleine Gruppe am Ufer des Wandle stand.

»Ja«, sagte Chaline, »ich erkenne es wieder. Hier in der Nähe lag unser Boot, und da drüben auf der anderen Seite irgendwo haben wir Poch und die anderen zurückgelassen, damit wir mit dem Schatz entkommen konnten.« Und in der Erinnerung an ihre Freunde sah sie ins Wasser des Flusses, und es war immer noch so dick und übelriechend wie Fischleim. Mit einer langsamen und unaufhaltsamen Gewalt kroch der Wandle zu ihren Füßen vorbei, die rollenden Schlammbänke gerade bedeckend, die unter der Oberfläche sich hin- und herschoben und kräuselten.

Zoff spie ins Wasser, und der Speichel machte kein Geräusch. »Alles sehr rührend«, sagte er, »aber jetzt gehn wir besser weiter, ehe irgendein Wendel uns fragt, was wir hier eigentlich treiben.«

Sie gingen rasch weiter, dem Wandle in Richtung seiner Strömung folgend, auf einem ausgetretenen Uferpfad. Von Zeit zu Zeit kamen sie an kleinen Gruppen von Wendels vorbei, die da- und dorthin eilten, aber man sah sie nicht zu genau an und warf ihnen nur die üblichen misstrauischen Blicke zu.

Je weiter sie vordrangen, desto breiter und höher hob sich das Gewölbe über ihren Köpfen, bis es beinahe unmöglich war, die andere Seite des Flusses zu sehen. Nun tauchten die Schlammbänke hie und da aus dem Wasser auf, und der Strom floss langsam und zögernd durch ein weites Gebiet schwarzer Dünen, die in dem halben Licht feucht glänzend wie gestrandete Meeresungeheuer zu pulsieren schienen. Dies waren die tückischen Sümpfe des Wandle – Schlammbänke, wo ein unerbittlicher Sog jedes Lebewesen, das vom Wege abkam, bedrohte, jeden Reisenden, der auch nur einen Fuß falsch setzte.

Von Minute zu Minute waren mehr Wendels um die Abenteurer, die meisten davon Krieger, und alle nahmen Eisenkopfs Befehle außerordentlich ernst, spähten in Tunnel und Höhlungen und schauten sich gegenseitig prüfend ins Gesicht. Aber Zoff ließ sich durch diese Taktik nicht aus dem Konzept bringen und tat dasselbe, seine Schleuder kriegerisch schwenkend und jedem Wendel, der vorbeikam, in den Weg tretend und ihn aggressiv anstarrend, unter Fragen, wer er sei, woher, wohin. Was immer Zoff für Fehler haben mochte, seinen Mut und seine Kühnheit konnte niemand bezweifeln.

Chaline wusste das und wollte es gerade zu Bingo sagen, als ihr und den anderen scharfe und unnatürliche Geräusche in der Ferne auffielen. Zuerst hörten sie ein in regelmäßigen Abständen wiederholtes Klatschen, dem manchmal ein Aufschrei folgte, dann ein tiefes Rumpeln wie von Holz auf Holz, mit dem Knirschen und Klirren von Metall, und diese sich ineinander verwirrenden Geräusche verbanden sich mit dem stetigen Schlürfen von Wasser und Schlamm. Chaline fühlte, wie ein Finger aus Eis ihr Herz anrührte, und sie streckte ihre Hand aus, um Stonkus' Arm zu berühren, aber das Gesicht, das er ihr zuwandte, war genauso angsterfüllt wie das ihre.

Die Geräusche schlugen und dröhnten fort – klirrend, rumpelnd, schlürfend – lauter und lauter, bedrückend, furchterregend. Plötzlich, als die vier Borribles auf dem Pfad eine Ecke umrundeten, schwoll der Lärm in einem Crescendo an, und ein höchst merkwürdiger Anblick bot sich ihnen. Zoff hob den Arm und deutete mit dramatischer Geste voraus.

»Da«, sagte er, mit sich zufrieden, »ist das nicht wunderbar?«

Weit von dem Punkt entfernt, an dem sie nun standen, zwischen zwei breiten Schlammbänken und direkt in der Mitte des unterirdischen Flusses, war eine schwimmende Plattform verankert, gezimmert aus langen, rohen Planken gestohlenen Bauholzes. In der Mitte stand ein großer Förderturm, und an seinem Fuß, mit ihm verbunden durch eine schwerfällige hölzerne Achse, erhob sich eine Tretmühle, groß genug, dass ein Borrible – oder gar zwei – darin laufen konnten. Irgendein armer Kerl, schlammbedeckt, war gerade in der Mühle, und wie Chaline hinstarrte, knallte eine von den Wendelwachen auf der Plattform mit der Peitsche, und das große Rad drehte sich, und Eimer ratterten an einer langen Kette nach oben zur Spitze des Turms. Dort drehten sie sich um und entleerten ihre Schlammfracht in den Wandle, um dann wieder ihre lange Fahrt in die tiefsten Tiefen des Schachtes anzutreten.

Zoff streckte sich bequem auf dem Boden neben dem Flusspfad aus und strahlte; die anderen hockten sich neben ihn. »Herrliches Stück Technik, das da«, sagte er, »ganz hervorragend.«

Chaline sah das Flussufer entlang. Dutzende von Wendels taten, was Zoff tat; einige schwatzten, andere ruhten sich bloß aus, aber alle behielten die Vorgänge in der Flussmitte genau im Auge, als warteten sie auf ein bestimmtes Ereignis.

Stonkus sagte zu Bingo: »Das ist exakt der Punkt, wo uns der Schatz über Bord ist.«

Chaline fluchte. »Stimmt. Verdammt noch mal.«

»Aber wie kann man sich durch einen Fluss hindurchgraben?«, fragte Bingo.

»Klar kann man das, machen Ingenieure die ganze Zeit. Man fängt auf einer von diesen Schlammbänken an, gerade über der Wasseroberfläche, oder man wartet, bis Ebbe ist, und wie du dein Loch gräbst, machst du schön säuberlich Bretter drumrum, am besten Nut und Feder, hübsch dicht. Was glaubst du denn, wie man früher Brücken gebaut hat, kein Stück anders.«

»Schon verdammt geschickt«, sagte Bingo, »muss man zugeben.«

»Erfindung von Eisenkopf«, sagte Zoff, »und was immer man sonst über ihn sagen kann, doof ist er nicht gerade.«

»Und wer ist der arme Typ in der Tretmühle«, sagte Stonkus, »was hat der angestellt, dass ihm das passiert ist?«

Zoff ließ seinen Kopf nach hinten fallen und schaute zur Decke, und er ließ seine Kameraden auf die Antwort warten, sodass ihre Gedanken sich mit dem Problem beschäftigten. »Na«, sagte er endlich, »er hat genau dasselbe getan, was wir gerade tun, er hat sich mit Eisenkopf angelegt, oder? Geh mal und schau genauer hin, Stonkus.« Zoff lachte, kalt wie der Tod, und sein Gelächter verspottete den Gedanken, der sich gerade in den Köpfen seiner Gefährten zu formen begann.

Stonkus sprang auf die Füße, und der Ausdruck des Begreifens, ansatzweise erst, breitete sich langsam über das Gesicht des schwerfälligen Borribles aus Peckham. Er ging am Ufer entlang zu einem Punkt, wo das Land ein Stück in den Fluss hineinragte und ihn näher an die Tretmühle brachte. Eine lange Weile starrte er zu dem Sklaven hinüber, der in dem Rad vorwärtsstolperte. Er zuckte jedes Mal zusammen, wenn die Peitsche niedersauste. Dann fiel Stonkus' Kopf in großer Trauer nach vorn auf seine Brust. Er kam zurück und setzte sich wieder zu den anderen. Das Blut hatte sein Gesicht verlassen, und seine Lippen waren weiß vor Zorn. Er schloss die Augen, dass er nichts sehen konnte.

»Mein Kumpel ist da draußen«, sagte er. »Es ist Torricanyon, das arme Schwein, lebt immer noch, nach all der Zeit.« Stonkus' Stimme brach, und es schien, als würde selbst der stärkste aller Borribles zusammenbrechen und vor seinen Freunden weinen, offen und ohne Scham.

»Es ist wer?«, sagte Bingo, der seinen Ohren nicht traute.

»Torricanyon!«, rief Chaline. Ihre Stimme hob sich vor Erregung, und sie hatte Glück, dass die Gruppen der Wendels in der Nähe selbst laut redeten und sie nicht bemerkten. Sie sah Zoff hasserfüllt an, wieder fassungslos vor seiner tiefen Hinterlist, aber er verengte nur die Augen, das Gesicht blieb ausdruckslos.

»Mach keinen Blödsinn«, sagte er. »Wenn du hier Aufsehen erregst, steckt uns Eisenkopf alle runter in den Schacht.«

»Du hast es gewusst«, fuhr Chaline fort, und der Atem schoss ihr aus den Lungen wie Dampf aus einem Kessel, »die ganze Zeit hast du's gewusst.«

»Ich war nicht sicher, bis ich hierhergekommen bin«, sagte Zoff, und seine Augen irrten ein wenig ab, »ich konnte nicht sicher sein.«

»Und die anderen?«, fragte Chaline und senkte den Kopf, um ihre Tränen wegzuwischen, »was ist mit Poch?«

»Ah ja, dein spezieller Freund Poch, ja, der lebt auch noch. Er ist unten im Schacht mit Napoleon, und Orococco arbeitet hinter ihnen her und baut die Planken an den Wänden des Schachts ein, damit die Sache nicht eingedrückt wird.«

»Woher weißt du das alles?«, fragte Bingo.

»Kladoch und Skug haben mir's gesagt, natürlich«, sagte Zoff, »als wir ankamen.«

»Und kommen die Gefangenen nie heraus?«, fragte Stonkus, der seinen Zorn mit einer gigantischen Anstrengung zügelte.

»Die arbeiten da, die essen da, und die schlafen da«, erklärte Zoff. »Das Essen wird in einem alten dreckigen Eimer runtergelassen.«

»Diese Schweine«, sagte Chaline, »und du auch, Zoff. Du hättest uns sagen sollen, dass sie noch leben, wir wären freiwillig gekommen.«

»Klar doch«, sagte Zoff höhnisch, »freiwillig. Kein Wort hättet ihr mir geglaubt, nicht eine Sekunde. Ihr hättet gedacht, das ist ein Trick von mir. Ich musste es anders deichseln.«

»Damit wir dir den Schatz besorgen«, sagte Chaline. »Komm mir bloß nicht damit, dass du Poch und die anderen retten willst, ich kenn dich zu gut.«

»Nichts hindert uns daran, beides zu tun«, sagte Zoff.

Niemand konnte hiernach lange Zeit etwas sagen. Chaline dachte nur daran, was die Gefangenen während der langen Monate gelitten haben mussten, und Bingo und Stonkus saßen da und schauten zu, wie die Tretmühle sich drehte und drehte. Torricanyon war der Kumpel von Stonkus gewesen, sie hatten Seite an Seite an der Großen Tür des Rumbelreichs gekämpft, und je mehr Stonkus über die Gefangenschaft seines Freundes nachdachte, desto stärker fühlte er in sich den Hass auf Zoff aufsteigen. Aber es gab nichts, was er sagen oder tun konnte; er wagte es nicht, seinen Gefühlen freien Lauf zu lassen. Er war von Wendels umgeben, Wendels, die jetzt mit größter Wachsamkeit die kleinste Abweichung vom Normalen beobachten würden.

Schließlich kam Stonkus zu einem Entschluss. Er stand auf. »Gehn wir jetzt in den Wachraum zurück«, sagte er, »ich glaube, die anderen wollen Zoff ein paar Fragen stellen und ihm vielleicht den Kopf gegen die Mauer schlagen.«

Die vier Borribles schlenderten möglichst gelassen in einen Seitentunnel, um nicht die Aufmerksamkeit irgendwelcher wachsamer Wendels zu erregen. Als sie jedoch außer Sicht waren und vom Flussufer aus auch nicht mehr gehört werden konnten, hob Stonkus den Arm und versetzte Zoff mit seiner bloßen Hand einen tönenden Schlag über den

Helm. Der Helm bog sich unter diesem Hieb, und der Hall pflanzte sich als Echo zwischen den feuchten Ziegelwänden fort. Zoff sank auf die Knie und schüttelte betäubt den Kopf – ein Schlag von Stonkus war keine Kleinigkeit.

Erregt durch die Gewalt zog Chaline, deren Blut kochte, ihr scharfes Messer. »Ich schlitz ihm den Hals auf«, sagte sie.

»Würde ich auch gern«, sagte Stonkus, »aber wenn wir das tun, finden wir nie wieder zurück … es ist nur, dass ich es nicht ausgehalten hätte, ihm nicht wenigstens einmal eine zu verpassen.« Er schob die Knöchel seiner Rechten in den Mund und leckte die aufgeplatzte Haut.

Bingo half Zoff auf die Füße und schob ihn vorwärts. »Auf geht's, Zoff«, sagte er, »bring uns heim, und wir werden sehn, was die anderen zu sagen haben.«

So taumelte Zoff, dem der Kopf immer noch von dem mächtigen Schlag summte, durch die Tunnel des Wendelreiches. Chaline, Bingo und Stonkus folgten, einerseits irgendwie froh, dass Poch und seine Mitgefangenen noch lebten, und doch voller Trauer über die Sklaverei, die sie durchlitten hatten, und die fortdauernde Gefahr ihrer Lage.

7

In dem geheimen Haus, das der SBE als Hauptquartier diente, stippte Sergeant Hanks ein halbes Brötchen in den Eigelbtümpel auf seinem fettigen Teller, und als das Brot hinreichend durchsaftet war, faltete er es zusammen und schob es in den Mund. Das lose Fleisch seines Gesichts wackelte vor Genuss, und seine blauen Augen glitzerten vergnügt.

»Sie sollten etwas mehr essen, Inspektor«, sagte er, die Worte durch seinen vollen Mund zwängend, sodass sie feucht klangen, »dann würden Sie sich nicht solche Sorgen machen.« Hanks rülpste wild und fing an, mit dem Ausdruck äußerster Konzentration in der Nase zu bohren.

Inspektor Snuffkin stellte seinen Becher Tee auf Hanks' Schreibtisch ab und schritt in die andere Ecke des Zimmers. Wie immer waren seine Bewegungen nervös und elastisch, wie die eines Tänzers, der auf seinen Auftritt wartet.

»Das ist alles schön und gut für Sie, Hanks«, begann er, »aber bei mir liegt die letzte Verantwortung. Die Geschichte wird auf diese Krise zurückblicken und fragen: Wie bin ich ihr begegnet? Ich habe die gesamte SBE in Wandsworth eingesetzt, wie Sie wissen, mein Ruf steht auf dem Spiel. Der stellvertretende Polizeipräsident hat mich heute Morgen angerufen, wollte wissen, was wir treiben.«

»Ich hoffe, Sir, Sie haben es ihm klargemacht.« Hanks zog etwas Grünelastisches aus seiner Nase, betrachtete es aufmerksam und klebte es unter seinen Stuhl.

»Natürlich hab ich das«, sagte Snuffkin und drehte sich wie ein Blechspielzeug auf dem rechten Zeh.

»Ich habe ihm gesagt, wir seien drauf und dran, die gefährlichen Missetäter zu verhaften, die im Verdacht stehen, die Morde in Southfields begangen zu haben. ›Noch einige Tage‹, hab ich ihm gesagt, ›und dann hat der lange Arm der SBE sie beim Schlafittchen.‹«

»Wenn wir nur nach unten runter könnten«, sagte Hanks und bestrich sich ein weiteres gewaltiges Brötchen mit Butter und Honig.

Snuffkin stach mit seinem Absatz auf den Fußboden ein. »Ich weiß, aber die Kanalarbeiter haben uns immer wieder gesagt, wie gefährlich das ist. Sie gehn nur runter, wenn sie müssen, und selbst sie trauen sich nicht überallhin, das wissen Sie doch. Ich frage Sie, Hanks, was hätten wir für eine Chance? Es ist ein Labyrinth. Jedes Mal, wenn man einen Kanaldeckel hochhebt, hört man das zehn Meilen weit. Wendels können noch in beinah totaler Dunkelheit sehen, wir nicht. Wenn wir in diese Tunnel vordringen würden, die würden uns Mann für Mann mit ihren Schleudern fertigmachen. Es gibt Zeiten, wo entschlossene Diskretion geboten ist, und das ist eine davon. Wir müssen sie aushungern.«

Hanks dachte nach und rieb sich die Nase. »Warum sie nicht ausräuchern«, schlug er vor. »Gas. Das würde klappen.«

»Liebend gern«, sagte Snuffkin, dessen Schnurrbart bei der Idee glücklich zitterte, »aber stellen Sie sich das Getue und Gemache von den ganzen humanen Schlappschwänzen vor, man würde uns als Ungeheuer hinstellen.«

Hanks zerquetschte das Brötchen zwischen seinen Zähnen, und Honig tropfte hervor, um in einem goldenen Wasserfall über seine Uniformjacke zu fließen.

»Uns sind die Hände gebunden«, stimmte er durch den halbzerkauten Bissen hindurch zu, »diese Borribles zerschießen mit ihren Schleudern unseren besten Beamten das Knie, sie stehlen, sie hocken in alten Häusern, alles, aber wenn wir sie auch nur mit dem kleinen Finger anrühren, gibt es einen Aufschrei in der Öffentlichkeit.«

»Keine Sorge, Hanks«, sagte Snuffkin, die Hände auf den Rücken legend und sich auf den Zehen aufrichtend, »ich schnapp sie schon. Unsere Männer werden in selbstloser Pflichterfüllung an diesen Kanaldeckeln Wache halten, bis die Hölle zufriert. Wenn die Wendels so richtig Hunger bekommen, schmeißen sie diese kriminellen Existenzen rasch raus, und wir kassieren sie. Jeden Einzelnen.«

Die beiden Beamten wurden durch Schritte draußen auf dem Treppenabsatz unterbrochen. Es klopfte an der Tür; sie öffnete sich, und ein SBE-Wachtmeister wurde sichtbar.

»Verzeihung, Sir«, sagte er, »ich hab den Gefangenen.«

»In Ordnung«, sagte Hanks, »bringen Sie ihn rein.«

Die Tür öffnete sich etwas weiter, und Ben schlurfte herein. Er sah müde und hungrig aus, bleich unter seinen verschiedenen Schmutzschichten, auch verängstigt; seine Schultern krümmten sich beim Anblick von Snuffkin, und seine Hände zitterten in den stählernen Handschellen, die er trug.

Sobald er den Raum betreten hatte, schloss sich die Tür hinter ihm, und Ben lehnte sich dagegen. Dieses Benehmen konnte Snuffkin nicht dulden.

»Du stehst ordentlich stramm, mein Freund«, sagte er, »hier in der Mitte!«

»Wie wär's mit was zu essen, Herr Inspektor?«, sagte Ben. »Wie wär's mit was zu essen, oder einem kleinen Drink, hm, wie, Inspektor?«

Snuffkin ignorierte die Frage. »Zum letzten Mal«, sagte er und bohrte Ben den Finger in den Magen, »wie sind diese Vandalen aus der Polizeiwache von Fulham entwichen? Und was noch wichtiger ist, wo sind sie anschließend hin?«

Hanks schluckte den Rest seines Honigbrötchens hinunter, stand hinter seinem Schreibtisch auf (wobei er seine Arme mehr als seine Beine betätigte) und kam gemächlich um den Schreibtisch herum, bis er direkt neben dem Gefangenen stand.

»Hör mal zu, du stinkendes Stückchen Dreck«, sagte er und begann, den erschöpften Tramp mit seinem Bauch zu stoßen, ihn mit jedem Schubs gegen die Tür zurückzudrängen, »weißt du, was wir mit deiner Rumpelkammer gemacht haben? Nicht … na, wir haben für dich mal Großputz gemacht, im Auftrag der städtischen Behörden.«

»Du musst wissen«, sagte Snuffkin und schaute nach oben in Bens Gesicht wie ein kleiner Tourist, der ein großes Denkmal betrachtet, »dass du eine wandelnde Gefährdung der öffentlichen Gesundheit bist. All diese dreckigen Flaschen, in denen sich Spinnen versteckt haben: weg. All diese uralten Konservenbüchsen mit Fressalien: in den Fluss geworfen. All diese Lampen und Blechdosen: zum Altwarenhändler. All die Möbel und die Matratzen: ins Feuer.«

Snuffkin tanzte einen kleinen Stepp zum Fenster hinüber und wieder zurück, wobei er auf dem Rückweg geschickt auf Bens ruinierte Stiefel trat.

»Wir haben dir ein Bett, einen Stuhl und einen Tisch übrig gelassen«, fuhr er fort. »Das Sozialamt hat alles desinfiziert, riecht jetzt wie eine Salmiakfabrik bei dir. Ja, ja, Ben, da hast du wirklich Glück!« Und damit nahm der Inspektor Bens Nase und zog daran, dass dem alten Mann die Tränen in den Bart liefen.

»Und ich will dir mal sagen, was ich noch mache, wenn du mir nicht sagst, was ich wissen will … ich hol mir einen Bescheid vom Gesundheitsamt, dass deine Bude abgebrochen werden muss. Da solltest du eigentlich gar nicht wohnen. Feather's Wharf ist eine Müllkippe und kein Ferienlager. Wie würde dir das gefallen, wenn ein Bulldozer mal kurz über dein trautes Heim drüberbügelt, hm? Antworte mal auf diese Frage.«

Ben schüttelte den Kopf und rang die Hände. »Oh, Herr Inspektor, tun Sie mir das nicht an, meine Wohnung … Bitte nicht, ich hätte ja nirgends hinzugehen.«

»Da haben wir auch schon dran gedacht«, sagte Hanks, und er packte Ben beim Bart und zerrte ihn an eine freie Stelle im Zimmer, sodass er ihn wieder von vorn mit seinem Bauch bedrängen konnte. »Siehst du, wir werden ganz nett zu dir sein. Unser Polizeiarzt wird uns genau sagen, wie krank du bist, wenn wir das von ihm wollen, und dann können wir dich mal so richtig in die Mangel nehmen, du wirst fumigiert, eingesperrt und renoviert. Wir tun dich für Monate in ein Krankenhaus. Du wirst jede Woche gewaschen, kriegst saubere Kleider, überall nette Krankenschwestern, die dafür sorgen, dass du kein Bier zu Gesicht bekommst, und am Schluss bringen wir dich ins Altersheim, wo's eine Vorsteherin mit einem Schnurrbart gibt, die dir den ganzen Tag lang sagen wird, was du tun musst. Das wär doch was, wie, Ben?«

Und als der Sergeant am Ende seiner Ansprache angelangt war, führte er einen scharfen Schlag mit seinem Bauch, und Ben, aus dem Gleichgewicht geraten, fiel auf die Knie. Der Tramp versuchte nicht, sich zu erheben, sondern hob nur flehend die Hände.

»O lasst mich doch in Frieden«, jammerte er. »Schickt mich nicht so wohin. Es geht mich alles doch gar nichts an, das Ganze, wirklich nicht. Meine Zelle war offen wie immer. Die Kinder waren schon draußen, als ich dazukam, die haben mich gezwungen, ihnen zu helfen, echt.«

»Man hat gehört, wie du in Wandsworth auf dem Kreisverkehr mit einem Mädchen gesprochen hast«, sagte Snuffkin, »und ich schwör dir, wenn du mir nicht erzählst, was du weißt, dann expediere ich dich so rasch in ein Altersheim, dass die glauben, du bist mit dem Fallschirm gelandet.«

»Also gut«, sagte Ben, »also gut. Es war so. Ich kam aus der Zelle, und sie waren draußen im Hof, ja? Da war ein Mädchen … hat das Pferd geführt, aber ich hab versucht, an ihnen vorbei fortzukommen, oder nicht?

Ich meine, mich ging das nichts an, so wie immer ... Sie kennen mich doch ... aber das haben die nicht zugelassen, und es waren etwa ein Dutzend, harte kleine Arschlöcher ... Die Kinder heutzutage machen doch mit einem, was sie wollen, oder?«

Ben schaute auf, aber Snuffkin sagte nichts.

»Also, die merken, dass es sozusagen neblig ist, und sagen, wenn ich sie nicht zum Fluss runterbringe, verprügeln sie mich. Battersea Bridge, da wollten sie hin, aber ich hab gesagt, ich weiß den Weg nur zur Wandsworth Bridge, und das stimmt auch.«

»Warum hast du nicht um Hilfe gerufen?«, wollte Snuffkin wissen. »Es waren genügend Polizisten in Hörweite.«

»Rufen!«, sagte Ben verblüfft. »Menschenskind, wenn ich auch nur den Mund aufgemacht hätte, hätte ich gleich ein halbes Dutzend Schuhspitzen drin gehabt, die fackeln nicht lange, die Borribles.«

Hanks griff in Bens Bart und schlug seinen Kopf gegen die Wand.

»Wo sind sie hin, du stinkender alter Bock?«

»Wie soll ich das wissen«, sagte Ben, »als wir über die Brücke waren, haben sie mich umgeschmissen, mir einen Tritt gegeben und ab damit in den Nebel, mit ihrem Pferd. Sagten was, sie müssten rasch nach Battersea, bevor die Plattfüße kommen.«

Snuffkin umrundete sein Büro, hüpfend und seitwärts springend. »Hmmm«, sagte er, »Battersea, es läuft immer wieder darauf hinaus, aber mich überzeugt das nicht. Ich bin ein Detektiv, schließlich und endlich. Es wäre irgendwie sinnvoller gewesen, wenn sie in einen Kanalisationsschacht runter wären, sich bei den Wendels verstecken, sind ja alles zusammen Borribles.«

»Ich hab was gehört«, sagte Ben, »ich sag's Ihnen, wenn ich nicht fortgebracht werde ... ich würd's nicht aushalten.«

»Also«, sagte Snuffkin, »was ist es?«

»Ich hab sie was sagen hören, dass sie nicht zu den Wendels gehen wollen, als ob sie mal einen Kampf mit denen gehabt hätten, irgendwann früher, und ihnen nicht trauen. Ich glaub nicht, dass sie runter sind.«

»Es könnte stimmen«, sagte Hanks, »erinnern Sie sich an den Borrible, den wir mal gefangen haben, der uns erzählt hat, es hätte irgendeinen Krieg zwischen den Mördern von Southfields und den Wendels gegeben.«

Snuffkin rieb sich das Kinn. »Ich weiß, aber ich habe so ein Gefühl, und meine Gefühle stimmen immer. Ich habe nämlich ein paar SBE-Männer, als Straßenhändler verkleidet, mit einem Karren auf dem Battersea-Markt stationiert. Die haben genaue Beschreibungen von diesen Schuften, und die benachrichtigen mich sofort, wenn sie gesehen werden.«

»Ja«, sagte Ben, »aber die würden sich erst mal verstecken, oder? Gut verstecken«, und er lehnte sich gegen die Wand und schob sich auf die Füße hoch.

Inspektor Snuffkin ging zu dem Tramp hinüber und beroch ihn. »Mein Gott«, sagte er, »du riechst, also wirklich …« Er ging an das andere Ende des Zimmers, um sich so weit entfernt wie möglich von Ben aufzustellen. »Jetzt hör mal zu«, fuhr er fort, »ich gebe dir eine letzte Chance. Du kannst in deinen Slum zurück …«

Ben lächelte.

»… aber nur unter einer Bedingung. Du musst uns in jeder nur möglichen Weise behilflich sein, musst deine Augen offenhalten und uns jeden Tag Bericht erstatten.«

»Ich möchte gern helfen, Sir«, sagte Ben und dienerte ein-, zweimal mit dem Kopf, »aber wie kann ich?«

Snuffkin erklärte: »Du latschst überall herum, in jeder Straße, in jeder Gasse in deinem Teil von Wandsworth, wühlst im Abfall rum, bettelst, beides strafbare Handlungen natürlich. Du siehst eine Menge Sachen, die wir nicht sehen. Die Leute verschwinden von der Straße, wenn sie einen Polizisten kommen sehen, aber nicht bei einem betrunkenen alten Vagabunden, wie du einer bist, da nicht.«

»O ja, Sir, mir vertrauen sie«, sagte Ben und nickte weise. »Ich weiß und sehe einen Haufen Sachen, o ja, die mich gar nichts angehn.«

»In Zukunft wird es so sein, dass sie dich was angehen, und dann rufst du mich an und sagst es mir, wir geben dir auch schönes Geld dafür. Tummel dich, Ben. Um die Ecken spionieren, mit Kindern reden, Borribles vor allem, und uns dann alles berichten! Mach das, und ich sorge dafür, dass man dich in Ruhe lässt. Ich kann dafür sorgen, dass du's leicht hast, Ben, leicht.«

Snuffkin gab Hanks ein Zeichen, und der fischte einen Schlüssel aus seiner Tasche hervor und öffnete dem Tramp die Handschellen. Ben rieb sich die Handgelenke.

»Sie haben nicht zufällig ein paar Shilling dabei, oder, Sir?«, fragte er Snuffkin mit einer kleinen Verbeugung. »Für die Anrufe und so, und ich bin auch so furchtbar hungrig, wissen Sie. Ich krieg ja nichts zu essen sonst, bis ich zurück auf dem Müllplatz bin und anfange, den Abfall wieder zu sortieren.«

Inspektor Snuffkin lachte und sah in seiner Jackentasche nach. »Was für ein Schnorrer«, sagte er und gab Hanks ein paar Silbermünzen, der sie an Bens dreckige Hand weiterreichte.

»Eines noch«, sagte Hanks. »Wenn du uns die Information bringst, mit der wir die Southfields-Mörder fangen, da gibt es eine spezielle Belohnung, Ben, da ist ein Haufen Geld ausgesetzt.«

Bens Gesicht strahlte. »Wirklich, Sir, das ist gut zu hören, o ja, zählen Sie auf mich. Ich würde alles tun, um mal ein paar Pfund in die Hand zu kriegen.«

Hanks riss die Tür auf. »Gut, also, raus hier, und denk dran, ich lass dich Tag und Nacht bewachen. Versuch bloß mal, mich hinters Licht zu führen, und ich lass dich an den Füßen aufgehängt durch unsere Autowaschanlage durch.«

Ben nickte und dienerte wieder. »O Gott, jawohl, Sir«, sagte er, »was ich nur höre, verlassen Sie sich auf mich.« Und er schob sich rasch seitwärts in den Korridor.

»Zum Erbrechen, diese Typen«, sagte Snuffkin, als der Tramp fort war. »Verkaufen ihre eigene Großmutter für ein Glas Bier, Schweine, Tiere, das sind die.«

»Ich teile Ihre Ansicht, Sir«, sagte der Sergeant, öffnete einen Schrank und zog eine große Schokoladentafel heraus, »aber unsere Aufgabe ist es, mit dem zur Verfügung stehenden Material zu arbeiten. Etwas Trauben-Nuss?«

Inspektor Snuffkin nahm ein Stück Schokolade und schob es abwesend in den Mund. »Sie haben wohl recht, Hanks«, sagte er, »selbst dieser dreckige Alte kann uns vielleicht bei unserem Kreuzzug behilflich sein.«

Eine Viertelstunde später schob Ben seine Gabel in einen dampfenden Teller Würstchen und Kartoffelbrei, in einer Arbeiterwirtschaft an der Fulham Road. Er saß in einer Ecke am Fenster und sprach während des Essens mit sich selbst.

»Der ist wahnsinnig, der Inspektor«, sagte der Tramp. »Wahnsinnig! Helfen? Dem helfen, Sonnenschein, kannste was von halten, dem furz ich nicht mal ins Gesicht, wenn er am Ersticken ist. Aber Geld hab ich ihm was abgeknöpft, wie? Greif zu, Ben, bist sicher hungrig. O ja, bin ich, bin ich, und das geht mich nämlich was an. Wie's wohl den Kindern geht, wie's denen wohl grade geht. Mensch, ich komm um vor Durst. Keine Panik, in wenigen Augenblicken werd ich einen inhalieren, werd auf Snuffkins Gesundheit trinken, seine schlechte Gesundheit natürlich.« Und Ben erstickte vor Gelächter beinahe an einem Mund voll Wurst und goss sich rasch einen kräftigen Zug heißen Tee in die Kehle.

Zoff saß mit gefesselten Händen auf einem der Stühle im Wachraum. Fünf seiner Borriblegefährten saßen oder standen unentschlossen in seiner Nähe. Skug und Kladoch waren immer noch mit eigenen Unternehmungen beschäftigt; Sydney stand im Tunnel Wache.

»So kommt ihr nicht weiter«, sagte Zoff. »Mich zu fesseln ist Blödsinn. Ihr werdet nur erwischt werden, das ist alles.« Niemand antwortete.

Zoff versuchte es anders. »Skug und Kladoch werden das nicht hinnehmen, wisst ihr, die werden dem gleich ein Ende machen. Wenn ich's denen sage, geben sie euch nichts mehr zu essen, und was dann?«

»Das überleg sich mal einer«, sagte Vulgo, »schuften unsere vier Kumpel die ganzen Monate in dem Schacht, aber er sagt's uns nicht.«

»Ich hab's nicht genau gewusst«, sagte Zoff, »und wenn ich's euch gesagt hätte – wer hätte mir geglaubt? Hm? Du wolltest nicht mal Sydneys Pferd rausholen, was für eine Chance hätte Poch gehabt?«

»Und die hätten jederzeit umkommen können«, sagte Stonkus. »Der Schlamm wird bloß von dem bisschen Bretterverschalung zurückgehalten, könnte leicht einstürzen. Wir müssen sie so rasch wie möglich rausholen.«

»Ihr schafft es nicht ohne mich«, sagte Zoff, »ihr baut nur Scheiße sonst.«

»Wir haben es den Rumbels besorgt«, sagte Chaline, »ohne dich.«

»Rumbels, lieber Gott«, sagte Zoff verächtlich. »Hier geht's um was anderes, hier geht's um Wendels, und Eisenkopf.«

»Du hast kein Recht, ein Borrible zu sein«, sagte Chaline. Sie warf ihr wildes Haar aus dem Gesicht. Einen Augenblick hielt sie inne und sprach dann das aus, was sie schon die ganze Zeit gedacht hatte: »Wir sollten dir selber die Ohren stutzen.«

Zoff erbleichte und zerrte an seinen Fesseln. »Du Aas«, sagte er,

»und du wagst es, zu sagen, ich sei kein Borrible. Begreifst du denn nicht, alles was ich an Botschaften von hier bekommen habe, das waren nur Gerüchte. Erst war der Schatz gerettet, dann war er verloren; dann war Poch tot, dann war er am Leben. Ich dachte, wenn wir nach Fulham gehn, wegen dem Pferd, dann kommen wir nahe genug an Wandsworth vorbei, dass ich ein paar echte Nachrichten sammeln kann. Vielleicht einen Wendel fangen, ihn ausfragen. Dann kam der Kampf mit der SBE, und was dann passiert ist, ist ganz ohne mein Zutun passiert.«

»Wir stutzen keine Ohren, Chaline«, sagte Stonkus, »was Zoff auch geplant haben mag. Es wird genug gestutzt auf der Welt, wir brauchen nicht auch noch anfangen.«

»Eisenkopf macht das«, verteidigte sich Chaline. Sie spürte, dass ihre Freunde sie seltsam ansahen.

»Eben«, sagte Bingo, »und deshalb tun wir's nicht. Wir halten zusammen, heißt es, auch wenn wir uns streiten.«

»So kommen wir kein Stück weiter«, sagte Vulgo. »Fest steht, dass unsere vier Freunde am Leben sind. Holen wir sie hier raus, und uns selbst ebenfalls. Jetzt haben wir einen Grund, hier bei den Wendels zu sein, schon das hebt meine Stimmung etwas. Ich zeig's schon noch dem einen oder anderen Wendel.«

»So ist's besser«, sagte Bingo. »Und wir brauchen jeden, der kämpfen kann.« Er zog sein Messer und hielt es bereit, um den Gefangenen freizulassen. »Was meint ihr?«

»Ich sage Nein«, sagte Chaline, aber wie sie es sagte, war ihr klar, dass sie die anderen gegen sich hatte.

Stonkus sah in die Gesichter der anderen Abenteurer und las ihre Gedanken. »Gut«, sagte er, »schneid ihn los. Aber er gibt keine Befehle mehr, jetzt sind wir's selber.«

Bingo schnitt die Schnur durch, die Zoff an den Stuhl fesselte, und schob sein Messer in den Gürtel zurück. Zoff erhob sich und grinste Chaline an. »Na dann«, sagte er, »was habt ihr denn für einen Plan, ihr braucht nämlich einen, und einen guten.«

Stonkus räusperte sich. »Ich hab drunten an den Schlammbänken eine Menge Wendelboote gesehen«, sagte er. »Wir stehlen eins und gehn rüber zu dem Förderturm – sind nur vier Wachen dort, wir verpassen denen eins und werfen sie in den Schacht. Ein paar von uns können ihre Stelle einnehmen, damit niemand misstrauisch wird. Ich geh in den Schacht runter und befrei die anderen. Dann in die Boote und den

Wandle runtergerudert, bis wir auf die Themse rauskommen. Wenn wir's nachts machen, sehen uns die Bullen auf dem Fluss nicht. Wir überqueren den Fluss und gehn am anderen Ufer vor Tagesanbruch in die Straßen, oder wir rudern nach Battersea rauf, wenn die Flut richtig läuft. Seh keinen Grund, warum das nicht klappen sollte.«

Zoff lehnte sich gegen die Wand und klatschte ironisch langsam in die Hände. »Ach, ist ja toll«, spottete er, »ist ja einfach toll. Und während ihr das alles abzieht, liegen die ganzen Wendels am Ufer, haben die Arme hinter dem Kopf verschränkt und sagen: ›O schau mal, unsere Gefangenen fliehen, wird sich Eisenkopf aber freuen.‹ Lächerlich. Was passiert, wenn sie eure Boote versenken? Was passiert, wenn ihr in die Tunnel abgedrängt werdet? Tragt ihr Poch und die anderen auf dem Rücken davon? Ihr habt gesehen, wie schwach Torricanyon ist, die anderen drei werden genauso sein, eher noch schlimmer. Die können nicht mal laufen, geschweige denn kämpfen. So geht das nicht.«

»Was würdest du denn tun?«, fragte Stonkus.

»Was würde ich tun? Ich würde warten, bis der Schatz gefunden ist und die Wendels das feiern, dann würde ich reingehen und die Gefangenen befreien. Ihr wärt schon halb daheim, bis Eisenkopf merkt, dass ihr hier wart.«

»Nein!«, rief Chaline. »Ich seh genau, worauf das hinausläuft. Er will warten, bis der Schatz gefunden ist, damit er versuchen kann, ihn mitzunehmen, und wir sollen ihm helfen, sich den Weg hinaus freizukämpfen. Läuft nicht.«

»Chaline hat recht«, sagte Vulgo. »Der Schatz hat uns schon damals im Rumbelreich alles versaut, machen wir das nicht noch mal.«

»Gut, die Sache ist entschieden«, sagte Stonkus, »wir greifen morgen Nacht an. Wir rudern zur Plattform raus, als ob wir eine Botschaft von Eisenkopf hätten oder die Wache ablösen wollten. Ich versuch, die Wachen unter einem Vorwand in den Schacht zu locken und dort mit ihnen fertig zu werden. Wenn ich mit den Gefangenen wieder rauskomme, müssen wir mit den Booten so schnell wie möglich stromabwärts und hoffen, dass die Wendels am Ufer nichts merken, bis wir loszischen. Vulgo, Bingo und Sydney können mit mir zur Plattform kommen. Zwielicht und Chaline bleiben am Ufer. Wenn irgendetwas schiefläuft, Chaline, musst du ein Ablenkungsmanöver in den Tunneln starten. Kurzschluss, Gebrüll, irgendetwas, damit die Wendels dich jagen.«

»Warum sollen wir zurückbleiben?«, fragte Chaline.

Stonkus grinste, was bei ihm selten war. »Ist doch klar«, sagte er. »Zwielicht sehn sie nicht im Dunkeln, und du kannst Zoff nicht ausstehen, also bist du die ideale Bewachung für ihn. Wir wissen nicht, wie weit wir ihm jetzt trauen können.«

»Wir konnten es nie«, sagte Chaline, »wir haben es nur nie gewusst.«

Die verletzenden Worte prallten an Zoff wirkungslos ab. Er lächelte ironisch und nahm sich etwas zu essen. »Ihr langt jetzt besser zu«, sagte er, »denn ihr werdet jeden letzten Rest Kraft brauchen, den ihr habt, und schlaft auch, vielleicht kommt ihr ein, zwei Tage lang nicht mehr dazu. Ich kann euch aber eines verraten. Ich werde euren Befreiungsversuch mit großem Interesse beobachten, und ich werde keinen Finger rühren, euch zu helfen.«

Es war mitten in der Nacht; Bingo konnte nicht schlafen. Der Boden war hart, aber daran war er gewöhnt. Seine Decke war dreckig und roch entsetzlich, aber er war auch daran gewöhnt. Ein Lied ging ihm im Kopf herum, und er konnte es nicht aus seinen Gedanken vertreiben. Es war das Triumphlied der Wendels:

Wir sind die Wendels! Wir sind ganz groß!
Wir siegen! Die andren verlieren bloß!
Wir sind zäh und hart, wir sind hundsgemein,
Wir sind die Elite vom ganzen Verein!
  Schüttelt nur eure Rumbelspeere!
  Kommt uns mit all euren Tricks in die Quere!
  Niemand kann uns je unterkriegen,
  Niemand wird uns hier je besiegen,
Ein falsches Wort, und es geht los!
Wir sind die Wendels! Wir sind ganz groß!

Bingo seufzte und hoffte, dass dieses Lied nicht ein böses Vorzeichen war. Er warf die Decke von seinen Schultern und setzte sich auf. In der stockfinsteren Dunkelheit kniete er sich hin und kroch so zur Tür und hinaus. Weiter nach links, und sofort stieß er mit dem Kopf gegen einen Speerschaft. Da saß jemand, ein Wachtposten. Bingo fuhr zurück und starrte in die Leere. Er konnte nicht das Geringste sehen; es war, als wäre man blind.

»Wer ist das?«, flüsterte er.

Eine Stimme tönte zurück, eine Wendelstimme: »Du sagst mir, wer du bist, mein Veilchen, oder du kriegst einen Meter Speer durch den Bauch.«

»Ich bin Bingo«, sagte Bingo.

»Na gut«, sagte die Stimme, »aber kriech hier nicht in der Nacht rum, kann man rasch tot sein. Ich bin Kladoch.«

»Ich konnte nicht schlafen«, sagte Bingo, »es ist so heiß. Dachte, die Luft ist vielleicht hier im Tunnel kühler.« Er lehnte sich gegen die Wand, streckte die Beine aus und schaute hinüber, wo er Kladoch vermutete. »Kann ich dich was fragen?«

Kladoch lachte, und es war kein freundliches Lachen. »Du kannst es versuchen ... wir Wendels sind nicht bekannt für müßige Schwätzchen.«

»Müßig ist das auch nicht«, sagte Bingo, sein Ton blieb so gutgelaunt wie zuvor. »Ich hab mich nur gefragt, wie lange du Zoff schon kennst. Ich meine, warst du hier, als er verborriblet wurde?«

Kladoch antwortete lange Zeit nicht. Bingo glaubte bereits, er sei weggegangen, als der Wendel sprach.

»Er war schon hier, als ich gekommen bin, schon eine Ewigkeit, hatte mehr Namen als sonst irgendeiner, Eisenkopf eingeschlossen. Viele mochten Zoff damals, wie ich und Skug immer noch, aber Eisenkopf hat ihn gehasst, insofern merkwürdig, als es da Geschichten gab, dass sie zusammen verborriblet worden sind, kamen vom selben Ort und alles.«

»Haben sie sich gestritten?«

»Ständig«, sagte Kladoch, »aber Zoff war immer so clever, dass Eisenkopf anfing, Gerüchte über ihn zu verbreiten, war eifersüchtig, verstehst du. Dann hat er einen Haufen von seinen Freunden zusammengetrommelt und die als Leibwache organisiert, und eines Tages hat er Zoff gefangen nehmen lassen und hat ihn draußen auf dem Schlamm angebunden und ihn da zum Ertrinken bei der Flut liegen lassen. Und eine Wache stand dabei, um sicherzugehn, dass er nicht entkam, und niemand konnte was machen, zu viel Angst, die meisten.«

»Außer vielleicht du und Skug«, sagte Bingo, der anfing, ein wenig von der Freundschaft zwischen den beiden Wendels und Zoff zu begreifen.

»Ich und Skug, wir haben gewartet, bis die Flut fast am höchsten Punkt war, und die Wache dachte, es wär alles vorbei ... Zoff war beinahe tot, hatte den Mund voll Schlamm, die Nasenlöcher, bis über den Kopf. Dann, wie der Wachtposten weggehen wollte, hab ich ihn geschnappt, und Skug hat Zoff aus dem Wasser gezogen: Wir haben ihn wieder auf die Beine gebracht, und er ist nach Battersea.«

»Und die Wache?«

»Tot. Wir haben seinen Körper an Zoffs Stelle gelegt, die Aale haben ihn sich geholt. Bei der nächsten Ebbe nur noch ein Skelett. Eisenkopf war vergnügt wie ein Hund mit zwei Schwänzen … niemand mehr, der ihn aufhalten konnte, jetzt kam der ganze Stamm unter seine Kontrolle. Später hat er erfahren, dass Zoff am Leben ist, aber er ist nie dahintergekommen, wie es zugegangen war. Deshalb hat er immer mindestens fünfzig von seiner Leibwache um sich. Weiß nicht, wem er trauen kann. Nicht alle Wendels mögen Eisenkopf, weißt du, haben nur Angst vor ihm. Sogar Tron, glaub ich, und der ist nicht grade ein Feigling.«

»Tron scheint mir kein so schlechter Typ«, sagte Bingo.

»Er ist, was er sein muss, aber was kann er machen? Eisenkopf traut niemand. Er hat drei Männer, die Tron bewachen, und wieder drei für jeden von denen, die Tron bewachen … und so geht's weiter.«

»Hat Zoff einen Plan, was glaubst du?« Bingo erwartete nicht, dass Kladoch die Frage beantworten würde, aber er tat es. Jetzt, wo er angefangen hatte, schien er gerne die Nacht hindurch zu reden.

»Na«, sagte er, »wenn du zu schwer von Begriff bist, dir das selber zusammenzuzählen, dann musst du harmlos genug sein, dass man dir's erzählen kann. Zoff hasst Eisenkopf, und vielleicht glaubt er, wenn er den Schatz in die Hand bekommt, dann gehen die meisten Wendels auf seine Seite über – das wäre Eisenkopfs Ende.«

»Ja, aber wenn Zoff den Schatz bekommt, wird er vielleicht genauso schlimm wie Eisenkopf«, sagte Bingo, »und so oder so, Geld ist nicht borriblemäßig.«

»Ich weiß«, sagte Kladoch, »aber Zoff denkt, jede Methode, um Eisenkopf loszuwerden, ist eine gute Methode. Zoff ist raffinierter als alle, die ich je gekannt hab. Der sieht um die Ecke und sagt dir, was morgen passiert. Das Mädchen da von euch sagt, er sei gar kein richtiger Borrible, aber er ist verdammt eher ein Borrible als Eisenkopf. Wie man's auch dreht, den Schatz in die Finger zu kriegen, ist die einzige Möglichkeit, eure Kumpels lebend rauszuholen. Borriblemäßig oder nicht, der Schatz ist eine mächtige Waffe.«

»Ist das sein Plan?«, fragte Bingo rasch, erregt.

Kladoch ließ seine Zähne verneinend aufeinanderklicken. »Nee, das ist bloß, was ich meine. Wenn du mehr wissen willst, fragst du ihn lieber selbst, ich hab schon zu viel geredet. Gehst jetzt besser zurück.«

Bingo spürte, wie der Wendel ihn im Dunkeln musterte. Er riss die Augen so weit auf, wie er nur konnte, aber er sah nichts außer dem Pulsieren seines eigenen Blutes.

»Braucht Jahre, bis man sich dran gewöhnt, hier unten zu leben«, sagte Kladoch. »Deshalb sind wir so, wie wir sind, nehm ich an.«

Bingo setzte sich auf Händen und Knien auf und schickte sich an, in den Wachraum zurückzukriechen. »Danke, Kladoch«, sagte er, als er ging, »hab vielen Dank.«

Kladoch machte sich nicht die Mühe, zu antworten.

Am nächsten Abend, als es Zeit war, versammelten sich die Borribles und rüsteten sich zum Aufbruch. Sie hatten ihre Schleudern kontrolliert; jeder trug einen zusätzlichen Munitionsgurt und einen Rumbelspeer dazu. Sie waren von einer Gruppe Wendelkrieger nicht zu unterscheiden.

»Also«, sagte Stonkus, »wir marschieren jetzt einfach rotzfrech durch die Tunnel, dann hält man uns für eine Wachablösung, die zu einem Außenposten unterwegs ist.«

Zoff lachte spöttisch. »Und mich lasst ihr am besten vorneweg gehen«, sagte er, »sonst verirrt ihr euch.«

»Einen Moment mal«, sagte Vulgo, »wo sind Kladoch und Skug?«

Zoff hob die Augenbrauen. »Wie soll ich das wissen – können uns ja nicht die ganze Zeit bemuttern, oder? Wenn wir gehen, dann los jetzt.«

Es war ein langer Weg durch die unterirdische Festung, und die sieben Borribles kamen an vielen Wendels vorüber, aber keiner fragte nach ihrem Ziel oder hielt sie an, um nach ihrer Funktion zu fragen. Als sie von Zoff an das Ufer des Wandle gebracht worden waren, wussten die Borribles, dass ihre Verkleidung perfekt war, und waren erfüllt von entschlossenem Selbstvertrauen.

Sie hielten in der Nähe eines kleinen Landungsstegs an, wo zwei Boote vertäut lagen. Dies waren die Boote, die die Wachtposten benutzten, um zum Förderturm und zurück überzusetzen. Überall an beiden Ufern des Flusses standen kleine Gruppen von Wendels, die alle darauf warteten, dass der Schatz gefunden würde. Auf der Plattform selbst drehte sich knarrend das große Rad, die Eimer klirrten, und die schlammbedeckte Gestalt Torricanyons stolperte ewig vorwärts.

»Menschenskind«, sagte Vulgo, »es ist zu entsetzlich, um überhaupt dran zu denken. Unsere Kumpels schuften Monate und Monate in dieser Scheiße. Der Eisenkopf hat einiges auf dem Kerbholz.«

»Schluss jetzt«, sagte Stonkus, der wie ein Kommandeur, der seine Truppen inspiziert, vor seinen Gefährten auf- und abging, »denkt dran, dass hier jeder uns beobachtet, versucht also, den Eindruck zu machen, dass ihr wisst, was ihr treibt. Wenn ich das Kommando gebe, steigen Bingo, Vulgo, Sydney und ich hier in das Boot. Ihr anderen drei setzt euch in einen von diesen Tunneln ab. Von da könnt ihr hier alles sehen, und was du auch machst, Chaline, lass Zoff nicht aus den Augen.«

»Ich bleib schön hier«, sagte Zoff, »ich möchte mir doch ansehen, wie ihr das versaubeutelt«, und er machte rechtsumkehrt, salutierte wie ein Wendel und stapfte auf den nächsten Korridor zu, gefolgt von Chaline und Zwielicht.

Stonkus sah ihnen nach und beorderte dann sein eigenes Kontingent in das größere der beiden Boote. Vulgo und Bingo nahmen die Ruder; sie stießen sich ab und ruderten auf den Fluss hinaus.

Sydney biss sich auf die Lippen, als das Wasser vorüberglitt. »Haben wir eine Chance, Stonksy?«, fragte sie.

Stonkus saß im Heck und schaute zu dem näher kommenden Förderturm hinüber. »Ja«, sagte er, »wenn wir Glück haben mit den vier Wachtposten und wenn wir die Gefangenen aus dem Schacht raufbekommen, bevor wir entdeckt werden, kommen wir raus.«

Bingo und Vulgo ruderten noch ein paar Züge, und das Boot erreichte die Plattform. Einer der Posten trat an den Rand, und Vulgo drehte sich auf dem Sitz um und warf ihm ein Seil zu. »Mach uns fest, Freund«, rief er, und die Wache kniete sich hin und hakte das Seil an einem großen Nagel fest; doch da endete seine Hilfsbereitschaft. Sobald Vulgo sich anschickte, aus dem Boot heraufzusteigen, senkte der Wendel seinen Speer, sodass die Spitze nur wenige Zentimeter vom Gesicht des Borribles aus Stepney entfernt war.

»Was glaubst du denn, wo du hingehst, du Tüte? Du brauchst ein spezielles Papier von Eisenkopf, um hier raufzukommen.«

Vulgo zögerte, er wusste nicht, was er sagen sollte.

Stonkus stand stirnrunzelnd im Heck des Bootes auf. »Darum geht's genau«, rief er. »Wir sind direkt von Eisenkopf, Sonderkommando. Die Schicht von vorher hat gemeldet, dass die Verschalung im Schacht schwach sei, könnte einbrechen und alles verschütten, wir müssen das begutachten.«

»Davon weiß ich nichts«, knurrte die Wache. »Hab eindeutige Anweisungen.«

Stonkus hob die Arme. »Mach, was du willst, Sportsfreund, aber du weißt, wie Eisenkopf reagiert, wenn wir zurückkommen und nicht gemacht haben, wozu wir hergeschickt worden sind. Wenn der Schatz unter tausend Tonnen Schlamm verschwindet, kannst du deine Ohren wetten, dass du mit runtergehst.«

Der Wachtposten wurde bleich, und Stonkus dachte – nicht zum ersten Mal –, dass Eisenkopfs Stärke auch seine Schwäche war. Die Wendels hatten so große Angst vor ihm, dass sie wenig Selbstvertrauen besaßen. »Liegt ganz bei dir«, fuhr Stonkus fort, »aber in deinen Stiefeln möcht ich nicht stecken, Kumpel, wenn du uns wieder abziehen lässt.«

»Na gut«, sagte der Posten, »aber keine Zicken, oder ich spieß euch auf.«

Vulgo sprang trotz seines Beines leichtfüßig auf die Plattform und streckte eine Hand aus, um die anderen drei hochzuziehen.

»Danke«, sagte Stonkus, der als Letzter kam, und ging zu der großen Tretmühle hinüber. Von nahem gesehen, war das ein Riesending, und innen torkelte die zerquälte Gestalt von Torricanyon wie ein Trunkener dahin, in einem bedrohlichen Winkel nach vorn geknickt; immer war er am Rande des Falls, aber irgendwie schaffte er es, seine Füße weit genug hinter sich zu lassen. Das schwerfällige Rad drehte sich, der schwere Schlamm klatschte in den Fluss hinab, und die gelben Lampen oben warfen auf alles ein trüb trauriges Licht. Wie Stonkus dem Rumpeln der Tretmühle und dem Klappern der Eimer lauschte, begannen seine Augen vor Mitleid zu brennen, und ein entsetzlicher Zorn nagte hinten in seinem Kopf.

»Ich bring sie um dafür«, sagte er vor sich hin, »ich bring sie um bis zum letzten Mann.«

Während er dastand, trat einer der Wachtposten zu ihm und lachte. »So muss man die behandeln«, sagte er und ließ seine Peitsche knallen, dass sie sich um Torricanyons Schultern schlang. Der gefangene Borrible verlor das Gleichgewicht, taumelte einen Moment und rannte dann weiter, ein winziges bisschen schneller.

Stonkus schluckte hart. Sein Freund war ein Gespenst, ein Schatten. Seine Kleider waren in Fetzen, er war barfuß und von Kopf bis Fuß von einer dunklen, klebrigen Schicht bedeckt, einer Mischung aus Schweiß, Schlamm und Blut. Schleim war in seinen Augen, Schleim in seinem Haar. Er war nicht weit entfernt vom Tod, beinahe zu einem Nichts zerrieben, und alles wegen des Schatzes der Rumbels.

»Wie heißt der?«, fragte Stonkus, nur um etwas zu sagen.

»Torricanyon«, sagte die Wache, »und das ist der, der noch Glück hat, bisschen wie ein Maskottchen, wie er da läuft in seinem Rad. Solltest die anderen sehen, da unten, das glaubst du sonst nicht. Keine frische Luft, schnappen nur so nach Atem. Wenn du ihre Haut sehen könntest, was du wegen dem Schlamm nicht kannst, dann wär alles grün vor Schimmel. Ich glaub nicht, dass die's noch lange machen, sie leben vielleicht nicht mal, bis sie den Schatz finden.«

»Hochinteressant«, sagte Bingo und schluckte seine Wut hinunter, »aber wir sind schließlich wegen der Verschalung da.«

»Ja«, sagte Stonkus, »wir machen besser weiter mit unserem Job.« Und er ging an der Tretmühle vorbei und schaute in die Öffnung des Schachts hinunter. Der Anführer der Wache stand neben ihm.

»So sieht's aus«, sagte der Wendel, »etwa eine Viertelmeile sollen sie jetzt drunten sein, Holzplanken außendrum, und alle fünfzehn Fuß oder so zwei große Streben quer durch, damit die Bretter nicht nach innen kommen, weil der Druck von dem Schlamm und der Erde dahinter ist enorm, presst ständig dagegen. Wenn das Zeug in Bewegung gerät, weiß ich auch nicht, was passieren würde, eine gottverdammte Explosion wahrscheinlich.«

Die Befreier waren still. Der Schacht war etwa zehn Fuß im Durchmesser, und, wie der Posten gesagt hatte, die Sicherheit der Anlage hing von den massiven Streben ab, die sich im rechten Winkel zueinander in regelmäßigen Abständen bis ganz hinunter kreuzten. Große Keile hielten die Ersten davon in ihrer Position, sie ragten massiv bis über die Plattform hinauf empor. Sydney schob sich vorsichtig zum Rand und sah hinunter. Unter sich sah sie eine elektrische Lampe und eine weitere Plattform, und darunter wieder eine und wieder eine, bis sie so schmal wurden, dass sie verschwanden.

»Kann nicht sehn, dass sich was bewegt«, sagte Sydney.

»Wirst du auch nicht«, sagte der Anführer der Wache, »sind zu tief unten, waren schon seit Monaten außer Sicht. Zwei sind ganz drunten und graben, was das Zeug hält, und einer arbeitet ihnen nach. Ein Schwarzer!«

»Schwarz ist der jetzt allerdings«, sagte eine andere Wache und lachte.

»Der muss den ganzen Schacht sauber in Ordnung halten«, fuhr der Anführer fort, »sonst, wenn die Streben da nachgeben, an irgendeiner Stelle, dann haut's die ganze Scheiße runter und tötet sie alle, vom Schatz ganz zu schweigen.«

»Immer noch genügend Holz?«, fragte Vulgo.

»Wird jetzt etwas schwierig, seit die SBE draußen kampiert, aber wir haben erst mal noch genug zum Weitermachen.«

Stonkus sah zu den Ufern hinüber. Niemand schien mit besonderem Interesse zu beobachten, was auf der Plattform vor sich ging. Es war Zeit, anzufangen, er musste die Wachen loswerden. »Gut«, sagte er, »dann fangen wir besser mal mit der Inspektion an.« Er schaute den Führer der Wache an. »Komm mal mit auf die erste Plattform da unten, da seh ich, glaub ich, bereits was, was nicht so gut aussieht.«

»Na gut«, sagte der Wendel, »aber ich sag's dir gleich, auf keinen Fall geh ich weiter. Kann's nicht aushalten da drin, fühl ich mich ekelhaft.«

Stonkus flüsterte Vulgo mit einem Blinzeln zu: »Du bleibst hier und schickst mir wieder einen, wenn ich's sage.«

Vulgo hockte sich auf den Rand des Schachts und beobachtete, wie Stonkus der Wache die Leiter hinunter folgte. Bingo behielt die Uferpfade im Auge, und Sydney stellte sich neben der Tretmühle auf. Was immer mit ihr geschehen würde, sie hatte beschlossen, dass der Posten mit der Peitsche im Schlamm enden würde. Ihr scharfes Messer war bereit.

Sobald Stonkus unten ankam, ging er zu dem Wendel hinüber und lenkte seine Aufmerksamkeit auf einen Riss in den Planken. Die Wache beugte sich vor, um die Beschädigung zu betrachten, und Stonkus schob ihn sanft ins Leere. Einen Sekundenbruchteil lang lief der Wendel in der Luft wie eine Trickfilm-Katze; sein Speer entstürzte seinem Griff, seine Augen traten hervor, und dann fiel er, überrascht, und ließ nur einen leisen und rasch verhallenden Aufschrei zurück.

Stonkus sah zu Vulgo hinauf und hob zwei Finger: Er wollte noch einen.

»Ich glaube, euer Kumpel ist ausgerutscht«, sagte Vulgo ruhig. »Schaut besser mal nach.«

Die beiden Wachen, die am nächsten standen, kamen zum Schacht und beugten sich vor, um hinabzuschauen.

»Er ist auf die nächste Plattform gefallen«, rief Stonkus, »kommt mal runter, ihr müsst mir helfen, ihn raufzuholen.«

»Verdammt«, sagten die Wendels, aber sie legten ihre Speere auf den Boden und stiegen die Leiter hinunter.

»Meine Fresse«, sagte Bingo, »der erste Wachtposten war ja leicht zu überzeugen.«

»Red jetzt keinen Scheiß«, sagte Vulgo. »Schnapp dir die Speere und tu, als stehst du Wache. Die Wendels am Ufer brauchen nicht misstrauisch werden. Ich schau nach Stonkus.«

Aber es gab nicht viel für Vulgo zu sehen. Die beiden Wachen kamen auf der Plattform an. Stonkus lotste sie zum Rand, die Wendels starrten nach unten, und als Nächstes fielen sie schon, starr vor Entsetzen, sich aneinanderklammernd in der Hoffnung, irgendwie die Gesetze der Schwerkraft ändern und sich so retten zu können. Der Aufschlag war schließlich massiv und unangenehm. Stonkus sah auf und hob vier Finger in die Höhe: Er wollte die Wache mit der Peitsche.

»He, Freundchen«, sagte Vulgo, »deine beiden Kumpel wollen was von dir, kann nicht recht verstehn, was sie sagen, haben die einen Sprachfehler oder was?«

Die Wache warf die Peitsche auf einen Haufen Werkzeug, das neben der Tretmühle aufgestapelt lag, und schlenderte zu Vulgo hinüber. »Ist das eine Bande von Idioten«, sagte er und lehnte sich über die Brüstung. Sydney hatte über die Plattform hinweg mit ihm Schritt gehalten, und sobald er innehielt, hieb sie ihm in die Nieren, was seinem Körper allen Atem nahm, sodass er nicht rufen oder schreien konnte, dann bückte sie sich rasch nach seinen Füßen, ergriff sie fest und stülpte ihr Opfer einfach in den Schacht. Glücklicherweise machte er erst ein Geräusch, als sein Kopf auf den Brettern der nächsten Plattform aufschlug. Dort rollte er stöhnend hin und her, bis Stonkus ihm auf den Weg half, mit einem leichten Tritt, der den bewusstlosen Wendel in den Schacht beförderte, wo er sich seinen Kollegen zugesellte.

»Tja«, sagte Vulgo, der schaute, wie der Körper vogelgleich hinabschoss und in seinen Drehungen hin- und herschwenkte, »tief gesunken.«

»Sollen wir's jetzt Torricanyon sagen?«, fragte Sydney.

Vulgo schaute auf die Ufer hinüber. Alles war ruhig. »Nein«, sagte er endlich, »er könnte sich zu sehr erregen und uns verraten. Los, wir schieben jetzt Wache, die Wendels am Ufer werden misstrauisch, wenn hier nicht dauernd jemand hin- und hertrabt. Und knall immer mal wieder mit der Peitsche.«

So nahmen die drei Borribles ihre Speere und standen grimmig stramm oder marschierten auf der Plattform auf und ab.

»Ich kann's kaum glauben«, murmelte Sydney, »es scheint so, als ob alles nach Plan geht.«

Zwielicht und Chaline überblickten den Fluss aus der Sicherheit des Tunnels, besorgt auf den Wandle hinausstarrend, wo der hölzerne Förderturm auf dem langsam sich hebenden und senkenden schwarzgrünen Schlamm schwamm. Ströme von Dunkelheit fluteten zwischen den gelben Lichtern herab, die die Wendels montiert hatten, und es war eine Dunkelheit, die eins war mit den schmutzigen Wassern des Flusses. Etwas hinter Chaline saß Zoff, der nicht herschaute, seltsam melancholisch, allein.

»Es läuft gut«, sagte Zwielicht, »Stonkus hat schon drei im Schacht, und keiner am Ufer hat was gemerkt, und Bingo und Sydney tun so, als wären sie die Wachen.«

»Ich weiß«, sagte Chaline, Hoffnung in der Stimme, »aber es wird etwas anders aussehen, wenn sie die Gefangenen rausbringen, dann müssen sie rennen wie die Idioten.«

Plötzlich ergriff Zwielicht Chalines Arm. »Hör mal«, sagte er, »was ist das für ein Geflüster in den Tunnels?«

Chaline lauschte, und das Geflüster, erst noch ganz schwach, fing an, deutlicher zu werden. Es war ein drohender und beharrlicher Laut, ein weiches Gleiten, ein Geräusch, das Furcht mit sich führte. Chaline war ratlos, dann wurde ihr klar, was es war: Es war der Laut von vielen Dutzend Wendels in geschmeidigen Hüftstiefeln, die mit gnadenloser Geschwindigkeit angerannt kamen. Es war der Laut, den Eisenkopfs Leibwache machte, wenn sie auf dem Marsch war: direkt, ergeben, unbeirrbar, brutal; und wenn die Leibwache unterwegs war, war Eisenkopf auch dabei, und seine formlose Nase schnüffelte den Weg aus.

»Oh, das kann nicht sein«, jammerte Chaline, »es darf nicht sein.«

Ihre Wünsche blieben unerhört. Innerhalb weniger Augenblicke ergoss sich eine Menge schwerbewaffneter Wendels aus den Tunneln auf beiden Seiten des Flusses, und das Licht blinkte auf ihren Speeren und Helmen. Viele von ihnen trugen leichte Boote, und sie hielten am Ufer des Wandle nicht an, sondern liefen weiter, warfen sich in die Boote und wechselten mit gleichbleibender Geschwindigkeit vom Lauf zum Rudern, sodass sie wie schwarz-orangene Wasserkäfer über den Schlamm flogen. Eine große Zahl anderer Krieger verteilte sich an den Ufern und vertrieb die gewöhnlichen Wendels mit ihren Speerschäften von den Pfaden. Waffen klirrten, ein lauter Ruf ertönte, und inmitten von fünfzig auserlesenen Soldaten erschien Eisenkopf, dessen goldene Jacke leuchtete und dessen Augen in der Kälte seines Triumphes matt schimmerten.

»Verdammt«, fluchte Chaline, und sie hob die Finger an den Mund, um den Befreiern auf der Plattform eine Warnung hinüberzupfeifen, aber kräftige Arme packten sie von hinten, und einen Augenblick dachte sie, sie sei gefangen – bis sie sich an Zoff erinnerte.

»Halt den Mund«, sagte er. »Tut niemand gut, wenn du Eisenkopf benachrichtigst, dass du hier bist. Ganz ruhig bleiben und bereit, ums Leben zu laufen.«

Auf der Plattform standen Bingo, Vulgo und Sydney kampfbereit und erwarteten die anrückenden Krieger. Es war sinnlos, die Plattform war zu groß, als dass drei sie gegen so viele hätten halten können, und die Wendelkrieger überrannten die Eindringlinge nach kürzestem Kampf. Sie wurden entwaffnet, gebunden und auf den Boden geworfen. Als alles gesichert war, ließ Eisenkopf sich hinüberrudern, und Tron half ihm auf die Plattform, Tron, Kommandant der Leibwache, der grimmige Kämpfer, der den Angriff geleitet und angeführt hatte.

Dann warteten die Wendels schweigend und geduldig, bis schließlich Stonkus am Rand des Schachtes auftauchte; er zog drei erschöpfte und schleimbedeckte Sklaven hinter sich her. Es hatte seiner ganzen großen Kraft bedurft, um sie vom Boden der Grube heraufzubringen, und so versunken war er in diese Arbeit, dass er die erregten Gesichter über sich nicht bemerkte. Er streckte seine Hand hinauf, damit man ihm helfen solle, und die Wendels ergriffen sie, ehe noch Stonkus klargeworden war, dass sich die Dinge geändert hatten. Rasch war er selbst gefangen, mit Stricken gefesselt und neben seine Freunde zu Boden gestoßen.

»O Zwielicht«, sagte Chaline mit tränenüberströmtem Gesicht, »wie entsetzlich, alle gefangen. Schau, die drei, die mit Schlamm bedeckt sind, die die Wendels aus dem Schacht herausziehen … das sind Poch und Napoleon und Orococco. Zum Teufel, sie sind so schwach, dass sie kaum stehen können.«

Es stimmte, was Chaline sagte. Die Gefangenen schwankten und blinzelten töricht in das Licht. Sie waren vom Schlamm überzogen, monatealtem Schlamm, der wie Grafit in die Poren ihrer Haut gerieben worden war. Ihr Herz hatte sich bei Stonkus' unerwartetem Erscheinen mit Freude gefüllt, und in einem unerkannten und entschlossenen Teil ihres Bewusstseins hatten sie noch so viel Kraft entdeckt, dass sie die langen Leitern hatten hinaufsteigen können – nur um zu entdecken, dass Eisenkopf dort auf sie wartete. Es war einer der beschissenen Witze des Lebens, und ihre Niedergeschlagenheit war vollständig.

Der Wendelhäuptling lachte wie ein Müllzerkleinerer. »Ich wusste doch, dass hier etwas vor sich geht«, krähte er, »und was haben wir denn da? Noch mal vier, von der Gier hierhergelockt, versuchen zu stehlen, was rechtmäßigerweise uns gehört ... Nun, Wendelbrüder, jetzt werden sie uns helfen, helfen bei unseren Bemühungen, den Schacht zu graben.«

Stonkus begann mit seinen Fesseln zu kämpfen und fluchte auf Eisenkopf. »Du rotzfressender kleiner Scheißelutscher«, schrie er, »du namenloses Schwein.«

Eisenkopf war entzückt, und einer seiner Leibwächter trat Stonkus in die Rippen.

»Das ist der Stärkste, nicht wahr?«, fragte der Häuptling. »Ich erinnere mich an seinen Namen, vom letzten Mal ... Stonkus. Der hat die Große Tür des Rumbelreichs aufgebrochen, gerade richtig für die Tretmühle. Stellt einen guten Mann an die Peitsche. Ich hab zu lange auf meinen Schatz gewartet, vielleicht läuft es jetzt etwas schneller.«

»Was soll mit den alten Arbeitern geschehn?«, fragte Tron. »Sollen wir sie nicht gehen lassen? Sehen aus, als ob sie keinen Tag mehr durchhalten.«

»Wieder runter damit«, sagte Eisenkopf, »die können arbeiten, bis sie sterben. Legt ihnen die Ketten an, und dann hinab.«

Die neuen Gefangenen traten nach den Siegern, als ihre Füße mit schweren Ketten aneinandergefesselt wurden, aber die anderen, die zu befreien sie gekommen waren, hatten kein Wort mehr zu sagen. Ihre Muskeln waren jenseits des Schmerzes, und ihr Bewusstsein war unter die Schwelle der Gedanken gesunken. Sie wussten, wie man gräbt, und sie wussten nichts anderes mehr. Als man ihnen befahl, wieder in den Schacht zu steigen, taten sie es in unterwürfigem Schweigen. Eisenkopf sah zu und lächelte: Dieses Schweigen war sein Ruhm. Wie die Großen doch erniedrigt waren!

»Und lasst euch gesagt sein«, warnte er, »wenn diese Eimer leer oben ankommen, dann werde ich an den beiden in der Tretmühle ein Exempel statuieren. Ich schick sie euch kopfüber hinunter, wie ihr es mit meinen Wachen getan habt. Ich will den Schatz, und ich will ihn schnell. Ihr lernt es rasch – kein Schlamm nach oben, kein Essen nach unten.«

»Eines Tages kriegen wir dich«, schrie Bingo, als er mit den anderen die Leiter hinuntergetrieben wurde, »und ich schneid mir deine Nase ab, scheibchenweise, wie eine Speckschwarte.«

Eisenkopf hielt sich nicht mit dem Austausch von Beleidigungen auf. »Verdoppelt die Wachen überall«, rief er. »Zwanzig auf jedem Uferweg, zusätzlich.« Dann trat er in sein Boot und wurde zum Ufer gefahren, immer noch von seiner Leibwache umringt.

An Land begrüßte ihn eine Menge aufgeregter Wendels. Die Nachricht von dem Befreiungsversuch und seiner Vereitelung hatte sich rasch verbreitet. Hochrufe auf Eisenkopf ließen die Deckenwölbung widerhallen, und die Menge flutete wirr hin und her, um ihren Führer zu berühren, zu sehen, sich ihm zu nähern.

Chaline und Zwielicht hatten bei dieser Wendung der Ereignisse jeden Mut verloren, aber nun traten sie aus ihrem Tunnel und starrten auf die Leibwache, die einen Pfad durch die Menge bahnte. Chaline befingerte das Messer in ihrem Gürtel und fragte sich, ob sie hier und jetzt den Häuptling der Wendels ermorden sollte, aber Zwielicht sah ihre Handbewegung und erriet, was sie dachte.

»Es würde nichts nützen«, sagte er, »und würde deinen Freunden nicht helfen, daran müssen wir nun denken.«

Chaline wollte etwas entgegnen, als die Menge sie mit einer plötzlichen Flutbewegung von den Füßen riss und gegen das feste Fleisch der Leibwache drängte. Sie schaute auf und entdeckte, dass sie nur etwa einen Meter von Eisenkopf entfernt war, gefährlich nahe an jener feuchtgrünen Haut, jenen leblosen, machtvollen Augen und der großen formlosen Nase. Chaline schauderte trotz des warmen Drucks der Menge um sie herum. Sie wandte den Kopf weg von diesem abstoßenden Antlitz, und sofort sah sie zwei Gesichter, die sie kannte. Da, direkt vor dem Häuptling, marschierten Kladoch und Skug, in glänzenden neuen Uniformen. Sie hatten sie nicht gesehn, sie waren zu beschäftigt, stolz zu lächeln.

»Marschiert voran!«, rief Eisenkopf. »Ihr habt gute Dienste geleistet,

Kladoch und Skug, ich werde daran denken, wenn der Schatz kommt. Weitermarschieren, sage ich, und singt das Lied der Wendels.«

Chaline drehte sich um, um nicht gesehen zu werden, und schob sich durch die Menge zurück, bis sie Zwielicht erreichte. Die Verzweiflung schoss durch ihren Körper, und inmitten all der Jubelrufe und des Geschreis rannen ihr die Tränen über die Wangen.

»Um Gottes willen, lass das jetzt bloß«, sagte Zwielicht, »die Wendels werden sich fragen, was mit dir los ist, das ist ihr großes Fest.«

Chaline versuchte es, aber sie konnte ihre Tränen nicht unterdrücken, und Zwielicht führte sie in einen Tunnel.

»Ich hab Kladoch und Skug gesehen«, sagte sie elend, »in Eisenkopfs Leibwache. Sie waren vorher nicht dabei, also sind sie befördert worden ... das bedeutet, die müssen Eisenkopf gesagt haben, dass wir Poch befreien wollen ... und das kann nur eines bedeuten.«

Nun war es an Zwielicht, nach seinem Messer zu tasten. »Natürlich«, sagte er, »es bedeutet, dass Zoff ihnen von Stonkus' Plan erzählt hat, jetzt sind wir also nur noch zwei gegen alle andern.«

Eine kühle Stimme kam aus der Dunkelheit. Zoffs Stimme. »Wenn ihr auf mich gehört hättet, wäre all das nicht geschehen. Ich hab euch gesagt, ihr sollt warten.«

Chaline wischte sich die Augen und versuchte, ihren Feind auszumachen; es war unmöglich. »Du hast deine Freunde verkauft«, sagte sie, »und jetzt sind sie unten in der Grube, und wir kriegen sie nie mehr raus.«

»Ich kann sie rausholen«, sagte Zoff, »allein, wenn's sein muss.«

»Hast du Kladoch und Skug gesagt, sie sollen Eisenkopf von dem Befreiungsversuch erzählen?«, fragte Chaline. »Weil, wenn das so ist, ich schwör's dir, dann bring ich dich bei der ersten Gelegenheit um.«

Zoff lachte. »Du erschreckst mich zu Tode. Ja, ich hab Stonkus' Plan verraten, und ich hatte gute Gründe dafür. Eisenkopf wusste, dass irgendetwas vorging, er wusste, dass jemand von draußen hier war. Er hatte schon die Wachen an allen Ausgängen und am ganzen Wandle entlang verdoppelt. Stonkus hat nie eine Chance gehabt, sich irgendwo durchzuschlagen, mit den Gefangenen oder ohne. Er wäre getötet worden; so lebt er wenigstens, und die anderen auch.«

»Als Sklaven«, sagte Chaline, und sie zog ihre Schleuder aus dem Gürtel und lud sie.

»Ist dir nicht klar«, fuhr Zoff fort, »dass ich meine Rache an Eisenkopf seit Jahren geplant habe, jeden Zug, jede Einzelheit? Das wollte ich mir nicht verderben lassen, deshalb hab ich sobald wie möglich Sand ins Getriebe gestreut.«

»Ja«, sagte Chaline wütend, »und unsere Freunde waren egal, solange dein Plan nur intakt blieb.« Sie spannte langsam das Gummi der Schleuder. Wenn sie Zoff sah, würde sie ihn umbringen.

»Ich hol sie dort raus. Schau dir die positive Seite an. Klar hab ich Kladoch und Skug die Information an Eisenkopf weitergeben lassen, aber jetzt sind sie in der Leibwache, und ich weiß alles, was Eisenkopf auch weiß. Aber das Beste ist, dass er jetzt denkt, er hat alle geschnappt. Er hat aufgehört, zu schnüffeln, er weiß nichts von uns, wir sind eine Überraschung.«

»Was meinst du damit, wir?«, sagte Chaline. Sie zog das Gummi bis hinters Ohr und versuchte, Zoffs Position von seiner Stimme her abzuschätzen. Sie würde nur einen Stein abschießen, dachte sie, und dann mit dem Messer losgehn.

Zoffs Stimme schwebte wieder durch die Dunkelheit, doch kam sie nun aus einem anderen Teil des Tunnels. »Wenn du die Schleuder runternimmst, Chaline, sag ich's dir … du auch, Zwielicht.«

Chaline fluchte und senkte ihre Waffe. Als sie nach rechts sah, erhaschte sie einen Blick, wie Zwielicht dasselbe tat.

»Du Arsch«, sagte sie, »du bist so gradeaus wie ein linkshändiger Korkenzieher. Warum hast du uns nicht vertraut?«

»Ich traue niemand«, sagte Zoff. »Wenn man hier drunten nur gegen die Wand pisst, weiß es auch schon Eisenkopf, eh du fertig bist. Ich sag dir eines und nur eines. Du willst deine Freunde draußen haben, und das wirst du, ich versprech es. Was du entscheiden musst, Chaline, ist Folgendes: vergisst du deinen Plan, mich zu töten, oder töte ich dich, jetzt gleich? Ich kann es. Ich brauch dich nicht, ich führ meinen Plan allein durch.«

Chaline kauerte sich auf den rauen Boden. Hinter ihr das Licht vom Flussufer und der Lärm der sich zerstreuenden Wendels; vor ihr die Dunkelheit und Zoffs Stimme. Zweifellos konnte er sie sehen, während sie überhaupt nichts sah. Sie musste lügen. Sie war entschlossen, zu überleben, und wäre es nur, um sicherzugehen, dass Zoff seine Strafe erhielt. Sie steckte die Schleuder weg.

»Ich wäre mit allem einverstanden«, sagte sie, »wenn ich wirklich dächte, dass du sie befreien kannst.«

»Ich auch«, sagte Zwielicht.

»Ihr müsst beide genau tun, was ich sage«, sagte Zoff, »und keine Fragen. Was mein Plan ist, erfährt niemand von mir.«

»Sag mir nur eins«, sagte Chaline, »aus reiner Neugier. Hast du dafür gesorgt, dass die Borriblebotschaft in Neasden auftauchte, die, wo Sydney sich so um Sam, das Pferd, gesorgt hat, dass sie dann zu mir nach Whitechapel gekommen ist?«

»Ja, das war ich«, sagte Zoff. »Ich wollte euch alle zusammenholen, aber es war mir nicht ganz klar wie, bis dann Sam und Snuffkin und der alte Ben es für mich getan haben.«

»Wenn dein Plan nur dich betrifft, warum dann wir?«, fragte Zwielicht.

Zoff lachte, diesmal echt amüsiert.

»Zwielicht«, sagte er, »du bist hell wie der lichte Tag. Deshalb, weil mein Plan den Schritt enthielt, Eisenkopf einzulullen, was keineswegs einfach ist. Ich brauchte jemand, der gefangen genommen werden konnte, damit er sich sicher fühlt. Na, jetzt tut er's, ich brauch nur noch den richtigen Moment abzuwarten.«

»Und wann ist das?«

»Sag ich nicht. Ihr könnt mitkommen dabei, oder ihr könnt euch solang in einer Ecke verstecken, bis es vorbei ist.«

»Und der Schatz«, fragte Chaline, »wo kommt der ins Spiel?«

»O ja, der spielt eine Rolle«, sagte Zoff. »Das ist Macht, nicht sonst bei normalen Borribles, weiß ich, aber hier drunten schon. Ich will offen sein: Erst kommt Eisenkopf, dann eure Freunde, dann die Schatzkiste der Rumbels … alle drei zusammen wären vorzüglich, aber ich geb mich gern mit dem Ersten zufrieden.«

Chaline zögerte. Sie wünschte, sie hätte Zeit nachzudenken, Zeit, sich mit Zwielicht zu besprechen, aber die Zeit gab es nicht. Sie seufzte und sagte: »Gut, Zoff. Ich hab keine Wahl, oder? Beziehungsweise die übliche: Scheiße und Scheiße. Ich mach mit, aber wenn wir hier rauskommen, wenn – könnte es sein, dass ich dir mein Messer verpasse.«

»Ich auch«, sagte Zwielicht.

»Was anderes würde ich gar nicht erwarten«, sagte Zoff, und sie hörten, wie er sich herumdrehte und aufstand.

»Der Sack, der schlaue«, dachte Chaline, »hat auf dem Boden gelegen«, und sie sahen Zoff ins Licht treten, einen Speer vor dem Leib.

»Was machen wir jetzt?«, fragte Zwielicht.

»Wir gehen zum Wachraum zurück und warten«, sagte Zoff. »Ich werde Kladoch sagen, dass er uns Karten bringt, wir können ein paar Patiencen legen.«

»Und die anderen«, sagte Chaline, »die lassen wir wohl einfach in ihrem Schacht, beim Graben, bei der Sklavenarbeit für Eisenkopf, bis es dir mal irgendwann passt.«

Zoff lächelte sein ironisches Lächeln. »Nun«, sagte er, »zumindest wissen wir, wo sie sind, wir werden sie nicht aus dem Auge verlieren, und verlaufen können sie sich auch nicht.«

8

Es verging mehr als eine Woche – eine Woche, die für Chaline durch Zoffs Zuversicht und gute Laune unerträglich war. Als sähe er die Zukunft mit vollständiger Klarheit vor sich, schien er zu wissen, dass seine langgehegten Pläne nun endlich an ihr Ziel gelangen würden. Doch Chaline war noch nie so unglücklich gewesen. Jede Sekunde ihres wachen Zustandes dachte sie an die Gefangenen, die in der Feuchte des Schachtes sich plagen mussten, ihre Tage und Nächte immer nur grabend, knietief im schleimigen Dreck. Sie hatte Heimweh und fühlte sich tausend Meilen entfernt von Whitechapel. Wäre nicht die Hoffnung gewesen, ihre Freunde befreien zu können, dann wäre sie zum nächsten Ausstieg gegangen und zurück auf die Straße geklettert, SBE oder nicht – alles, nur um in das normale Leben zurückzugelangen.

Und so wartete sie, unwillig und ungeduldig. Sie verabscheute Kladoch und Skug mehr und mehr und wandte sich von ihrem Anblick ab, wenn sie Vorräte oder Neuigkeiten in den Wachraum brachten. Das war alles, was sie tun konnte: Sie war hilflos und wusste es auch. Sie musste die Situation hinnehmen, solange sie dauern mochte – aber sie würde sich nicht damit abfinden. Zwielicht antwortete sie höchstens einsilbig und brummend; Zoff ignorierte sie völlig. Ihre Zeit verging im Schlaf und in bösem Vorsichhinstarren. Ihre gewöhnlich ausgeprägte Vernunft hatte sie verlassen, von ihren Gefühlen der Ohnmacht und des Hasses verbannt.

Und doch wusste Chaline im letzten Grunde, obwohl ihr das Warten endlos erschien, dass es bald zu Ende sein würde und dass – wenn es eine Chance gab, ihre Freunde zu befreien – diese Chance bei Zoff lag, bei den gewundenen Plänen seines Hirns, das so kompliziert war und dem man so wenig vertrauen durfte. Am Morgen des achten Tages nach der Gefangennahme von Stonkus erwachte Chaline schließlich und fühlte sich besser: Sie seufzte tief auf und entschied, dass nur eines zählte: die Befreiung der versklavten Borribles.

Und auch was Zoff betraf, gab es nur eines. Sie sah hinüber, wo er lag, und betrachtete sein Gesicht, so listenreich im Schlaf wie im Wachen. Sie konnte ihn nicht hier und jetzt bekämpfen, und wenn der Rettungsversuch scheiterte, würde Eisenkopf ohnehin sie alle töten. Wenn er gelang, würde eine Zeit kommen, wo die Rechnung beglichen werden könnte. Sie musste abwarten, was geschah.

Als sie so ihren Gedanken nachhing, schlug Zoff ein Auge auf und lächelte. Er hatte eine Art zu lächeln, die Chaline überzeugte, dass er durch sie hindurchschauen konnte, und sie wusste, dass ihm in der ersten Sekunde seines Erwachens klargeworden war, dass sie zu einem Entschluss gelangt war.

»Kommt alles in Ordnung«, sagte er, »lass mich nur machen.«

Ob ihr stillschweigendes Einverständnis etwas damit zu tun hatte, wusste Chaline nicht, aber von diesem Tag an begann Zoff, seine Pläne in die Tat umzusetzen. Von da an hörte die Arbeit nicht mehr auf. Zoff zog mit Chaline und Zwielicht kreuz und quer durch das Labyrinth der Wendels, machte sie mit dem Terrain vertraut und organisierte in systematischen Diebstählen überall kleine Vorrats- und Waffenverstecke, an allen möglichen und unmöglichen Punkten.

»Nun«, sagte er auf Chalines Fragen, »ich wünsch mir die Schwierigkeiten nicht herbei, aber wenn sie einmal anfangen, dann weiß man nie, wohin es sich entwickelt – wer weiß, wo wir hinlaufen müssen, wir haben vielleicht keine Waffen, nichts zu essen, müssen uns womöglich Tage oder Wochen verstecken. Diese Vorräte stehen für uns möglicherweise zwischen Leben und Tod.«

»Aber nur du kannst dich erinnern, wo sie sind«, sagte Zwielicht, »nützt nicht viel, wenn wir getrennt werden.«

»Mir nützt es«, sagte Zoff.

Und so fuhr er fort, an seinen Vorbereitungen zu arbeiten, bis zum vierzehnten Tag – dann erklärte er, genug sei auch genug. Er und seine zwei Gefährten waren gerade damit fertig geworden, ihr letztes Wendelboot zu verstecken, als Chaline merkte, dass in dem gelben Halblicht sich eine Gestalt über sie beugte. Rasch drehte sie sich im Wasser, wo sie stand, herum und zog ihre Schleuder aus dem Gürtel. Zoff watete an Land und lachte, Chaline nun so bereit zu sehen, an seiner Seite zu kämpfen. »Du kannst immer noch nicht im Dunkeln sehn«, sagte er, »das ist Kladoch.«

Der Wendel warf drei nagelneue orangefarbene Jacken auf den Boden. »Ich werde euch heute in die Leibwache aufnehmen«, sagte er, »alle drei, nur müsst ihr sofort mitkommen.«

»Das ist gut«, sagte Zoff. »Plan A.« Und er streckte seine Hand aus, um Chaline aus dem Wasser zu helfen, aber er gab keine Erklärung.

»Zieht die Jacken an«, befahl Kladoch, »und sobald ihr könnt, macht ihr besser eure Helme und Stiefel sauber. Wenn ihr so rumlauft, fallt ihr Eisenkopf garantiert auf. Und am besten denkt ihr euch auch einen Wendelnamen aus, falls ihr gefragt werdet.«

Zoff schmiss seine alte Jacke in den Fluss. »Gut also«, sagte er, »ab sofort sind wir in der Leibwache. Das heißt, man macht, was man gesagt bekommt, Chaline, sofort, wenn man's gesagt bekommt, ohne Frage. Wir laufen jetzt auf Messers Schneide ... wenn sie uns entdecken, ist Sense.«

Als Kladoch mit dem Aussehen seiner Rekruten zufrieden war, ließ er sie sich in einer Reihe aufstellen und stromaufwärts marschieren, bis sie zum Landeplatz kamen, der ebenen Fläche gegenüber der Plattform und dem Schacht. Wie immer füllte der Lärm der Tretmühle und der Eimer die ganze Höhle. Chaline konnte Stonkus im Rad erkennen; er hatte einen Arm um Torricanyon gelegt und half ihm voran. Gelegentlich war das Peitschenknallen zu hören, und Chaline öffnete die Lippen zu einem Fluch, aber Zoff beobachtete sie und schüttelte den Kopf. »Nicht jetzt«, sagte er, »nicht jetzt.«

Etwa zwanzig von Eisenkopfs Leibwächtern hatten hier in der Gegend Dienst; ihre Uniformen waren fleckenlos und ihre Waffen sauber. Sie lehnten lässig gegen die Ziegelmauern oder hockten auf dem Boden. Von Zeit zu Zeit, wenn ihnen das notwendig erschien, vertrieben sie die gewöhnlichen Wendels vom Uferpfad, sodass der Weg für Eisenkopf frei war, sollte er kommen. Abgesehen davon taten sie nichts, obwohl sie den Eindruck machten, dass sie augenblicklich zu allem bereit wären. Unter den blanken Helmen waren ihre Gesichter hart; sie taten, was man ihnen befahl, und sie taten es rasch.

Kladoch ließ die Neuankömmlinge sich auf einem ebenen Platz am Ufer aufstellen. Er schnippte mit den Fingern, und ein Krieger brachte ihm eine Auswahl scharfer Speere; er gab jedem der drei Borribles einen.

»Ihr wurdet ausgewählt, um in Eisenkopfs Leibwache zu dienen«, sagte er, laut genug, damit die nächsten der herumstehenden Wendels es hören konnten, »und was das bedeutet, wisst ihr. Ihr werdet für augenblicklichen Gehorsam belohnt, bringt ihr weniger als das, werdet ihr draußen auf den Schlammbänken angebunden … weggetreten … und macht eure Waffen und Uniformen sauber.«

Zoff grüßte und Chaline und Zwielicht taten es ihm nach, dann drehten sie sich um und gingen weg, um eine weniger belebte Stelle auf dem Uferpfad zu suchen, nicht zu weit von ihren neuen Kollegen.

»Ich hab ja schon einige Borriblestämme gesehen«, sagte Zwielicht, »aber so was wie die Wendels ist einmalig. Ich meine, Befehlen gehorchen, Kleider putzen … wie schafft Eisenkopf das nur?«

Zoff spuckte auf die Spitze seines Speers und polierte sie mit seinem Ärmel. »Weil es ihm gleich ist, was er tut oder wem er es antut, solange er kriegt, was er will. Viel hat's auch zu tun damit, dass sie so nah am Rumbelreich leben. Bis zur Großen Rumbeljagd hat der normale Wendel nie von einem Augenblick zum nächsten gewusst, ob er überrollt wird oder nicht, es gab ständig Grenzkämpfe. Das hat sie misstrauisch gegen alle von draußen gemacht und immer bereit, loszuschlagen, aber das«, und hier zwinkerte Zoff ihnen zu, »bin ich auch.«

Während der folgenden Tage lernte Chaline mehr über Selbstdisziplin, als sie je für möglich gehalten hätte. Sie zwang sich eisern, das Klatschen der Peitsche zu ignorieren, sie gab vor, mit den anderen der Leibwache zu höhnen und zu lachen, wenn Stonkus oder Torricanyon in der Tretmühle auf die Knie fielen, und sie zwang sich auch, nicht an ihre Freunde zu denken, die immer noch in dem tiefen Grubenschacht fronten, vor allem nicht an Poch.

Die meiste Zeit lehnte sie gegen die gewölbte Wand des Abzugskanals und sah so wild und herzlos drein, wie sie konnte, oder sie hockte mit gekreuzten Beinen auf dem Boden und knöchelte mit Zwielicht, wobei sie allem gegenüber, was um sie herum vorging, eine Gleichgültigkeit annahm, die der besorgten Ungeduld widersprach, die ihr im Blut kochte. Dann, eines Tages, als sie beinahe vergessen hatte, wer sie war und warum sie überhaupt im Reich der Wendels war, kam Zoff herbei und setzte sich zu ihr und Zwielicht, seinen Speer über seine Knie gelegt.

»Es wird jetzt bald etwas geschehen«, fing er an, »ich spür's im Urin. Kladoch glaubt, dass sie jetzt jeden Tag auf den Schatz stoßen können, und wenn, dann nimmt er an, dass Eisenkopf persönlich runtergehn wird, um ihn zu holen, weil er keinem traut, das für ihn zu machen. Er kommt hier vorbei, am Landeplatz, lässt sich zur Plattform rüberrudern, und dann runter.«

»Allein?«, fragte Zwielicht.

»Na, wohl kaum, da wär er nicht sicher. Bingo, Vulgo und Sydney sind noch ziemlich frisch, die könnten ihre Fußketten um seinen Hals schlingen und ihn erdrosseln. Er muss ein paar Leibwächter mit runternehmen … und wir sind welche. Was immer geschieht, wir müssen mit Eisenkopf auf die Plattform rüber. Kladoch und Skug haben hier das Kommando, die werden uns in das Ruderboot beordern. Wir müssen zur Plattform.«

»Und wenn das nicht klappt?«, fragte Chaline.

Zoff verwarf den Gedanken. »Es muss einfach, selbst wenn wir ein zweites Boot nehmen, das Risiko müssen wir eingehen. Wenn wir drüben sind, stellt ihr beide euch mit den Wendels auf und tut, was man euch sagt. Mein Job ist es, dafür zu sorgen, dass ich eine der Wachen bin, die ausgewählt werden, mit ihm runterzugehen.«

»Mensch«, sagte Zwielicht, »das kannst du nicht machen, da bist du allein gegen die alle.«

Zoff wandte sehr langsam den Kopf und sah den Bangladeshi an; seine blauen Augen leuchteten, verliebt in die Gefahr, ein helles, vom Hass genährtes Licht, in dessen Grelle Chaline blinzeln musste.

»Du bist verrückt, Zoff«, sagte sie ganz leise, »du hast vollkommen durchgedreht«, aber obwohl sie das auch meinte, klang ein Ton der Bewunderung in ihrer Stimme auf. Sein Mut strahlte wie ein Leuchtturm.

»Das bin ich vielleicht«, sagte Zoff, »aber wenn ich mal da unten bin, dann können sich zwei, drei kleine Wendels nicht mehr zwischen mich und das stellen, von dem ich seit Jahren geträumt hab.«

»Und wenn du wieder hoch kommst?«, fragte Zwielicht. »Wir müssen an der ganzen Wendelnation vorbei, bedenke. Du hast selbst gesagt, die lehnen sich nicht zurück und lassen uns kampflos abziehen.«

»Ihr braucht nicht mehr zu wissen als das, was ich euch gesagt hab, nicht zu diesem Zeitpunkt«, sagte Zoff. »Führt euch auf wie reguläre Leibwächter, bis ich mit den Gefangenen rauskomme – dann folgt meinen Befehlen, und alles wird glattgehn.«

Es war nichts weiter aus ihm herauszuholen, und er verließ sie und ignorierte sie beide in den folgenden Tagen, wo er seine gesamte Zeit mit den Truppen der Leibwache verbrachte, lachend, Witze reißend und sich anfreundend. Tatsächlich wurde Zoff sehr beliebt bei der Wache, obwohl es Chaline klar war, dass er nötigenfalls in jeden Wendel, der seine Pläne zu durchkreuzen drohte, sein Messer stecken würde. Das war

Zoff, und er war nicht zu ändern. Chaline gab ihr Grübeln über den seltsamen, unborriblemäßigen Borrible auf und begnügte sich mit dem Zählen der Tage: achtzehn … neunzehn … zwanzig … einundzwanzig …

Ein elektrisches Licht flackerte, und Chaline hob den Kopf, der zwischen ihren Händen geruht hatte. Sie saß auf dem Uferpfad, nahe bei Zwielicht. Trotz ihrer Bemühungen hatte sie den Überblick über die Zeit verloren – etwa vierundzwanzig Tage waren es wohl, dachte sie, seit Stonkus' Angriff gescheitert war.

Chaline sah in die Deckenwölbung empor. Wieder flackerte das Licht. Es stimmte etwas nicht in der unterirdischen Festung, es fehlte etwas. Dann begriff sie: Überall war Stille, die Eimer klirrten nicht, die Tretmühle knarrte nicht. Chaline schaute über den Fluss: Torricanyon war zu einem schlaffen Bündel zusammengesunken, und Stonkus kniete neben ihm. Die Wachen standen wie aus Stein gemeißelt, ihre Speerspitzen waren reglos. Alle, stehend oder sitzend, bewegten sich nicht, mit lauschenden Ohren, aufgerissenen Augen. Es war ein Geräusch gewesen, und sie lauschten. Chaline selbst, mit ihren eigenen Träumen beschäftigt, hatte den Laut zuerst an sich vorbeihallen lassen, aber dann fand ihr Gedächtnis ihn wieder und brachte ihn zurück, und in ihrem Ohr trat er mit einem realen Echo zusammen, und Chaline erkannte den Laut und das Echo als das, was sie waren, und ebenso jeder andere in der Wendelfestung.

Eine Viertelmeile unter der Oberfläche des Wandle, tief, tief unten im Grubenschacht, in einem Tümpel aus Schlamm und Dreck, war Pochs Spaten auf den Stahldeckel der Rumbelschatzkiste gestoßen, und der Klang hatte in das Herz aller Wendels gehallt und hallte dort immer noch, als allen das Herz stockte.

Die Korridore und Tunnel hinab verbreitete sich der bittere Klang, und keiner bewegte sich, als er vorbeizog, aber wie er dünner wurde und erstarb, kam endlich ein anderer Laut: so schaudererregend und schrecklich wie der erste. Ein kreischender Freudenschrei stieg aus Eisenkopfs Kehle auf und jagte die dunklen Gänge seines Reichs entlang. Eisenkopf hatte seinen Willen.

Wieder rief er, und der Teil seiner Leibwache, der Dienst hatte, scharte sich um ihn, und alle zusammen rannten zum Fluss. Das Gesicht des Häuptlings war vor Gier verzerrt, und keiner wagte, es in diesen ersten Augenblicken anzusehen. Aus den Öffnungen aller Tunnel aber kamen alle Wendels, die sich bewegen konnten, eifrig ihrem Führer folgend, sich begierig gegenseitig zur Seite drängend, um als Erste die Schatzkiste zu sehen, von der sie glaubten, dass sie ihr Leben verändern würde.

Zoff rannte zu Chaline und Zwielicht hinüber und schüttelte sie, ihre Schultern ergreifend, den Bann der Furcht brechend, der auf ihnen lag. »Los jetzt«, schrie er, »der Tag ist gekommen, folgt mir und denkt mit.«

Dann drang Kladochs Stimme über die durcheinanderhastende Menge auf dem Uferpfad. »Macht das Ufer frei!«, schrie er. »Eisenkopf kommt.«

»Platz da«, rief Skug von irgendwoher.

»Folgt mir«, sagte Zoff, und mit dem Schaft seines Speers bahnte er sich den Weg durch eine dichte Masse von Wendels, und Chaline und Zwielicht gingen, schiebend und tretend, mit ihm.

»Platz für die Wache«, brüllte Zoff. Chaline sah ihn an, er grinste, und sie schnitt ihm auch ein Gesicht und schlug einen Wendel mit ihrem Speer. »Platz für die Wache«, schrie sie.

Die drei Borribles kamen endlich am Landeplatz an, wo Kladoch und Skug und ihre Wachmannschaft alle Hände voll zu tun hatten, um einen offenen Platz freizukämpfen. Kladoch, der in der Mitte stand, war nervös; sein Gesicht hatte unter der grünlichen Haut eine kranke Blässe. Er blies erleichtert seine Backen auf, als Zoff und seine Gefährten in Sicht kamen.

»Ihr drei da«, kommandierte er, »zu dem großen Boot dort drüben, ihr rudert Eisenkopf zur Plattform.«

Zoff, Chaline und Zwielicht rannten zum Rande des Wassers und stellten sich neben dem Boot auf. Von überall kam das Geräusch trampelnder Schritte, von überallher ständig lauter werdendes Geschrei. Zoff band das Boot los und watete bis zu den Knien in den Schlamm, das Tau in der Hand.

»Steht stramm, jeder auf einer Seite«, sagte er. »Schaut Eisenkopf nicht an, befolgt nur die Befehle; hoffen wir, dass er so aufgeregt ist, dass seine Nase uns nicht wahrnimmt.«

Und dann nahm der tobende Lärm nochmals zu, kam wie der Wind aus den Tunneln hervorgebrochen, und der Wendelhäuptling, der an der Spitze seiner Männer rannte, kam ins Blickfeld und schritt jetzt zum Landeplatz, den er sofort überquerte, und ging direkt zum Fluss, wo Zoff das Boot am Ufer festhielt.

»Ihr Wendels«, rief Eisenkopf, zu seiner Leibwache gewandt, »ihr werdet den Landeplatz hier bis zu meiner Rückkehr besetzen.« Er starrte mit brennenden Augen zur Grube hinüber. »Wer rudert mich zur Plattform?«

»Diese drei, Eisenkopf«, sagte Kladoch mit schwankender Stimme, »und ich.«

»Gut«, sagte der Häuptling, »ich brauche noch sechs oder sieben Krieger, die mit mir in die Grube hinuntergehen und mir mit den Gefangenen helfen.«

»Es sind jetzt acht Mann auf der Plattform«, sagte Kladoch, »seit du befohlen hast, dass die Posten verdoppelt werden ... acht von deinen besten Leuten.«

Eisenkopf sah die Ruderer an und Zoff senkte den Kopf und zog das Boot näher an das schlammige Ufer heran. Auch Chaline und Zwielicht kamen ein wenig näher, ihre Körper starr vor Furcht.

Eisenkopf stieg in das Boot; es schwankte. Er schritt über die Sitze und setzte sich im Bug nieder. Chaline sah, dass er im Gürtel ein langes Messer trug; er hielt es ständig mit einer Hand fest.

»Beeilung«, sagte Eisenkopf, »oder ich frage nach dem Grund.«

Zoff rief Zwielicht und Chaline zu: »Rasch, ihr beiden«, und sie nahmen ihre Plätze an den schlanken Rudern ein. Kladoch folgte, und Zoff stieß das Boot hinaus in den dahinziehenden Schlamm und hüpfte geschickt an Bord, wie der Wendel, der er war.

»Rudert, ihr Idioten«, schrie er und griff sich selbst ein Ruder, »rudert, es ist keine Sekunde zu verlieren.«

Das Boot hob sich gegen die Strömung und drehte sich langsam, bis es zur Flussmitte gerichtet stand. Auf ein Kommando hin legten sich die vier in die Ruder, und das Boot schoss über den Fluss. Eisenkopf drehte sich auf seinem Platz um und starrte geradeaus, als der Förderturm näher kam, mit stetigem Blick.

Nach wenigen Augenblicken schlug das Boot an die Plattform an, und die acht Wachtposten drängten sich vorwärts, um ihrem Herrn zu helfen. Zoff war nur einen Schritt hinter ihm, leichtfüßig und angespannt wie ein Hinterhofkater.

Das Boot war fest vertäut, und Chaline, Zwielicht und Kladoch kletterten auf die hölzerne Insel, während Eisenkopf selbst über den Fluss rief, dorthin, wo Tron und seine Männer in einer säuberlichen Reihe am Ufer standen.

»Tron«, rief der Häuptling, »während ich unten bin, hast du hier die Verantwortung; komm rüber mit deinen drei Adjutanten. Jeder, der aus der Reihe tritt oder einen Befehl missachtet, ist mir persönlich verantwortlich, sobald ich zurück bin, und keiner bewegt sich, solange ich fort bin, ist das klar?«

Tron hob die Hand, um zu sagen, dass er Eisenkopfs Befehle verstanden hatte, dann stieg er mit drei Kriegern in ein Boot, und sie fingen an, zur Plattform zu rudern. Inzwischen wandte sich Eisenkopf zu den acht Wachtposten und gab ihnen ihre Anweisungen.

»Zwei von euch bleiben hier«, sagte er, »die anderen sechs kommen mit, ihr braucht eure Speere nicht, nur Messer und Schleudern. Kladoch, du hilfst Tron und schaust zu, dass meine Befehle befolgt werden.« Und mit einem letzten düsterstarrenden Blick aus seinen leeren Augen schwang der Häuptling ein Bein über den Rand des Schachts und begab sich auf die Suche nach seinem Schatz.

Sobald Eisenkopfs Gesicht unter der Schachtoberkante versunken war, drängte sich Zoff in die Gruppe der Wendelwachen vor.

»He, he«, sagte einer, »sechs von uns hat er gesagt, nicht sieben.«

»Ich hab schon vorher meine Befehle bekommen«, log Zoff, »ich hab eine besondere Aufgabe.«

»Na, das ist was anderes«, sagte der Wendel, »dann kannst du als Erster gehn.«

»Im Gegenteil«, gab Zoff zurück, »ich geh als Letzter, ich soll aufpassen, dass ihr euch nicht im Wald verlauft.« Dies klang so sehr wie eine von Eisenkopfs Taktiken, dass der Posten es ohne weiteres glaubte und rasch den Abstieg begann, von seinen fünf Kollegen gefolgt, so schnell sie konnten. Zoff ging als Letzter.

Chaline sah zu, wie er verschwand. In dem kurzen Moment, als er gerade noch sichtbar war, sah er sie an, und sie hob eine Hand zum Abschied. Sie wollte etwas sagen, aber sie wagte es nicht, denn Tron näherte sich der Plattform und kam in Hörweite. Statt dessen lächelte sie, denn schließlich und endlich und trotz ihrer Abneigung gegen ihn wollte sie, dass er Eisenkopf besiegte und die Gefangenen befreite. Aber es bedurfte keiner Worte, Zoff wusste, was sie dachte, und er lächelte zurück – sein Gesicht war so glücklich, wie sie es nur je gesehen hatte. Die Gefahr machte ihm Spaß, die schlechten Chancen Vergnügen: So wollte er leben, und jetzt zwinkerte er nur kurz, senkte den Kopf und war weg.

Tron kletterte mit seinen Leuten auf die Plattform und stellte sich am

Eingang der Grube auf. An den beiden Ufern des Flusses standen die Leibwächter und Krieger in Reih und Glied und hielten die Tunneleingänge frei. Viele hunderte von Wendels warteten nun, und über der ganzen Szene wuchs die Spannung. Chaline hielt den Atem an und wartete auf ihren nächsten Herzschlag, konzentrierte ihren ganzen Willen darauf, ihn herbeizuführen, hatte Angst, was er bringen würde. Die Welt war aus ihrer Achse gerutscht und stürzte hinab, hinab, bis an das Ende des Universums.

Zoff erreichte die erste Plattform im Schacht und spähte über den Rand. Weit unten konnte er das Licht auf Eisenkopfs Kupferhelm glänzen sehen. Der Wendelhäuptling war seinen Wachen bereits zwei oder drei Stockwerke voraus und bewegte sich voran, so rasch er konnte. Zoff schwang sich auf die zweite Leiter, hinterher.

Die Grube war verschalt mit rohen Holzbrettern, die die Wendels aus alten Kisten genommen hatten; die schwarzen schablonierten Bestimmungsorte waren noch sichtbar: Cardiff, New York, Kalkutta. Etwa alle fünfzehn Fuß waren lange, starke Querstreben quer durch den Schacht gezogen, festgehämmert und -gekeilt, die die Verschalung festhielten und die Plattformen stützten. Die vertikal übereinander angeordneten Planken der Verschalung hielten unter riesigem Druck den Schlamm zurück. Hunderttausende von Tonnen Schlamm pressten sich auf der anderen Seite gegen die Bretter, und Zoff konnte hören, wie er wie ein großer Aal in den langsamen, die Grube umgebenden Strömungen sich gleitend und schlüpfrig bewegte. Jedes Holzteil der Konstruktion knarrte und stöhnte, jedes Brett und jeder Balken. Dicker Schleim troff durch die Fugen und Astlöcher und rann überall hernieder, alles durchtränkend, langsam von einer Fläche zur anderen tropfend, bis er den tiefsten Grund des tiefen, tiefen Lochs erreichte.

Die Luft war stickig und wurde immer bedrückender, je tiefer Zoff hinabstieg. Sie war zu feucht und legte sich wie ein durchnässtes Kleid auf seine Glieder. Der Schweiß rann ihm über das Gesicht und stach ihm salzig in die Augen, und der alles bedeckende Schlamm fing an, auch ihn zu bedecken und ließ ihn riechen wie eine Latrinenratte. Weit oben verdämmerte schrittweise das kleine Lichtglühen, das die Schachtöffnung bezeichnete; dann verschwand es ganz.

Zoff spuckte aus. »Ich muss die Wachen einholen«, sagte er vor sich hin, »ihnen beim Abstieg helfen.«

Bei der nächsten Gelegenheit ruhte er sich aus und starrte in die Düsternis hinunter. Alle zwanzig oder dreißig Fuß hatten die Wendeltechniker eine elektrische Lampe angeschlossen, und Zoff konnte erkennen, wie die Gestalten der Leibwächter eilig hinabkletterten, ihrem Herrn hinterher.

»Das bringt's nicht«, sagte Zoff, »ich muss jetzt mal loszittern. Ich muss springen.« Mit diesem Entschluss ließ er sich über den Rand der Plattform hinabgleiten, hing an den gestreckten Armen und ließ sich dann fünfzehn Fuß tiefer auf die nächste Plattform fallen.

Er krachte auf den Brettern auf und wälzte sich auf den Bauch. Der dumpfe Aufschlag seines Sturzes dröhnte in die Tiefe, und die Leibwachen sahen furchtsam nach oben. Ein Klumpen Schlamm taumelte und schlappte durch die Luft und schlug einem der Wendels ins Gesicht. Er kreischte entsetzt auf, überzeugt, die Grube würde nun einstürzen und ihn unter sich begraben, dann stand er einen langen Augenblick bewegungslos da und ließ seine Gefährten weitergehen; sobald sie außer Sicht waren, begann er, wieder nach oben zu steigen, die Knie zitternd, mit bebenden Lippen. Aber Zoff war unerbittlich und donnerte von einem Stockwerk zum anderen herunter, und der Lärm und der Schlamm sausten wieder und wieder hinab – es war wie die titanischen, regelmäßigen Schritte eines Riesen.

Zoff bewegte sich schnell voran, und bald überholte er den letzten Wachtposten, an ihm vorbeitauchend, wie er sich zitternd an die Leitersprossen klammerte, erstarrt beim Anblick der schlammbedeckten Gestalt, die aus dem Nichts herabgeschossen kam.

Mit einem erneuten Krachen landete Zoff und rollte sich ab; er stand auf und winkte dem Wendel aufs freundlichste zu.

»Was hast du denn Angst?«, sagte er. »Sind doch alle zusammen Kumpels hier.«

»Die Grube stürzt ein, oder?«, sagte der Wendel und kletterte mit fahrigen Bewegungen zu Zoff hinunter. »Und es ist so unheimlich, mir ist es normalerweise egal, was ich mache, aber ich wäre lieber nicht für den Job hier ausgesucht worden.«

»Das versteh ich gut«, sagte Zoff und stieß mit dem gestreckten rechten Arm die Wache rückwärts von der Plattform.

Der Wendel schrie, und der Schrei stand wie ein grelles Licht gegen die Dunkelheit. Selbst hoch oben an den Ufern des Wandle hörten sie ihn, und es gab keinen, dem sich nicht bei diesem Laut der Magen zusammengezogen hätte. Zoff selbst lauschte dem Schrei befriedigt, aber er hatte keine Zeit für lange Zufriedenheit, zwischen ihm und Eisenkopf befanden sich immer noch fünf Wendels.

Wenig später stieß er auf zwei von den fünfen. Zoffs erstes Opfer, ein totes Gewicht, das mit großer Geschwindigkeit herabstürzte, war wie ein Kartoffelsack auf sie gefallen und hatte ihre Leiber so gründlich wie bei einem Autounfall gebrochen. Nun lagen alle drei halb zerquetscht beisammen, stöhnend, als das Blut aus ihren Wunden kroch, um zwischen den rohen Holzbrettern hindurch nach unten zu tropfen, wo nicht weit entfernt die übrigen Wachen die klebrige Berührung auf ihren Händen und Gesichtern spürten.

Sie waren auf Zoff vorbereitet, als er auf der Plattform über ihnen erschien, und sie waren misstrauisch. Seltsames Krachen und Dröhnen hatten sie gehört und warmes Blut auf ihrer Haut gefühlt – irgendetwas stimmte nicht, stimmte durchaus nicht. Sie luden ihre Schleudern und zielten auf Zoffs Kopf.

»Macht keinen Scheiß«, sagte Zoff, »ich bin auch bloß von der Leibwache. Ihr habt mich droben gesehn.«

»Was ist der ganze Lärm da?«, fragte der größte der drei Wendels. »Und was soll all das Blut bedeuten?«

»Tja«, sagte Zoff, »wisst ihr, einer von euren Kumpels hat durchgedreht und ist wieder raufgeklettert. Und die anderen beiden, na ja, einer ist ausgerutscht und ein paar Stockwerke runtergeflogen, und im Vorbeiflug hat er noch den anderen mitgenommen. Sind beide nicht mehr ganz intakt, deshalb kommt es hier zu einem gewissen Blutgetröpfel.« Zoff grinste, und ohne darauf zu warten, dass die Wendels zu einem Entschluss kamen, kletterte er weiter zu ihnen herunter.

»Tun einem ganz schön die Beine weh bei diesem Sport, was?«, sagte er fröhlich. »Wie weit haben wir denn noch?«

»Noch beschissen viel, meilenweit«, sagte der große Wendel, als Zoff bei ihnen angekommen war, »und wir machen besser voran, oder Eisenkopf zieht uns die Haut ab.« Er betrachtete Zoff eingehend. »Wer bist du also? Hab's immer noch nicht gehört.«

Zoff kniff ein Auge zu und legte den Kopf auf die Seite. »Mein Name ist Rattfang«, sagte er, »ich bin erst vor kurzem zur Leibwache gekommen.«

Der große Wendel schien zufrieden mit dieser Antwort, und er und seine beiden Kollegen verstauten die Schleudern unter ihren Jacken und schickten sich an, weiterzugehen. Zoff ging mit ihnen zum Kopf der nächsten Leiter und ließ die anderen vor, sodass er der Letzte beim Abstieg war. Als dann der große Wendel begonnen hatte, hinabzusteigen, zog Zoff sofort sein Messer, presste seine Hand über den Mund der Wache, die vor ihm stand, und schnitt ihm leise die Kehle durch.

Nun war der große Wendel auf der Plattform drunten angekommen und rief den anderen zu, zu folgen. Zoff ließ die Leiche seines Opfers auf den Boden gleiten und wartete, bis der Zweite Wendel den Fuß auf der ersten Sprosse hatte, dann beugte er sich vor und tippte ihm auf die Schulter.

»Ja?«, sagte der Wendel und hob den Kopf; er hockte in einer gekrümmten ungünstigen Stellung.

»Bist du nicht der mit der Peitsche«, fragte Zoff höflich, »der, der Torricanyon und Stonkus so kräftig verprügelt hat?«

»Ja«, antwortete der Wendel, »ich bin gut mit der Peitsche, jawohl.«

»Er-staun-lich«, sagte Zoff. »Nun, das Leben ist voller kleiner Überraschungen, und hier wäre dann also eine für dich.« Und er schlug mit der Faust zu; ein Hieb, der seinen Feind betäubte. Als der Körper von der Leiter fiel, bog er sich rückwärts und fiel in einer eleganten Kurve auf den Kopf des großen Wendels, dem es den Helm aufschlug und den Schädel zersplitterte und der in das Halbdunkel hinabstürzte. Diesmal kamen keine Schreie, nichts außer einem schweigenden glatten Flug, gefolgt von einem fernen, tödlichen Aufschlag.

Zoff steckte sein Messer ein. »Wunderschöne Flugexperten die beiden«, sagte er, »wie die Tauben im Battersea Park … und jetzt haben wir nur noch Eisenkopf. Er hat den Schatz, und ich hab ihn.«

Zoff sah die Lichter am Ende des Ganzen, lange bevor er dort anlangte. Er schätzte, dass die Wendels mindestens vier oder fünf Glühbirnen am Grubenboden angebracht haben mussten, damit die Schatzgräber sehen konnten, was sie taten; wo immer sie ihren Strom klauten, wenig war es nicht.

Zoff bewegte sich jetzt langsam vorwärts, über die Leitern und ohne zu springen, und alles war wieder still, außer dem Brüllen von Eisenkopf, der in Abständen nach seinen Wachen schrie und ihnen Eile befahl.

Endlich sah Zoff den Kupferhelm des Häuptlings. Eisenkopf wartete auf der allerletzten Plattform, direkt über dem Ende des Schachts, und unter ihm konnte Zoff die Gestalten der Borriblesklaven erkennen. »Mensch!«, sagte Zoff bei sich. »Das ist's. Darauf hab ich gewartet.«

Eisenkopf hörte das Scharren von Stiefeln auf Holz und sah auf. »Wo wart ihr, ihr Idioten?«, schrie er, aber dann sah er nur eine Wache statt der erwarteten sechs. »Wo sind die anderen? Was wird hier gespielt?«

Zoff zog seinen Helm tiefer in die Stirn und wischte sich mit einer schlammigen Hand übers Gesicht; der Versuch, sich noch etwas besser zu tarnen, war kaum notwendig. Er war bereits von Kopf bis Fuß vom Dreck eingehüllt.

»Es tut mir leid, Eisenkopf«, sagte er mit einer verstellten rauen Wendelstimme, »ich bin gekommen, so schnell ich konnte. Einer von den anderen hatte einen bösen Unfall, und das hat uns aufgehalten.«

Eisenkopf fluchte und wandte den Blick ab, und Zoff setzte seine Füße auf die Sprossen der Leiter, die allein ihn noch von dem Häuptling der Wendels trennte. Hinab.

Hier, wo der Schacht endete, hatte die schützende Verschalung ein vorläufiges und zerbrechliches Aussehen. Die letzte Plattform war erst zur Hälfte fertig, die Bretter saßen locker und warfen sich, und nur eine Planke, mit Quersprossen benagelt, führte auf den letzten Grund der Grube.

Zoff sah mit Entsetzen auf die Szenerie, die zu sehen er so weit gekommen war. Sie war hell beleuchtet und schwarz vor Schlamm, das Ende des Abgrunds, ein grausamer Kreis im schweigenden Zentrum der Erde, von giftiger Hitze triefend.

Die Sklaven standen oder saßen im Schleim, der von allen Seiten knietief hereingurgelte. Zoffs Augen suchten Poch und dann Napoleon und Orococco. Sie waren schwer zu unterscheiden, beinahe eins geworden mit dem Schlamm; ihre Kleiderfetzen waren mit ihren Gliedmaßen verwachsen, ihr Haar klebte flach an ihren Köpfen, und sie kauerten dünn und schwarz an den Wänden, mit zusammengesunkenen Körpern. Zoff verzog die Nase, und selbst sein Magen hob sich: Hier flossen alle Abwässer von Wandsworth zusammen.

Poch hob den Kopf, starrte Eisenkopf einen Augenblick an, senkte ihn dann wieder. Zoff biss sich auf die Lippen, dieses eine Mal wirklich berührt. Pochs Gesicht war leblos, es war kein Blut mehr in ihm. Napoleon und Orococco waren in demselbem erbarmungswürdigen Zustand.

Bingo und Vulgo lehnten gegen die Bretterwand mit ihren Spaten. Sydney saß auf einem halb versunkenen Stück Holz und versuchte, einigermaßen trocken zu bleiben. In der Mitte des herankriechenden Schleims, an der Ecke glänzend, wo zuerst der Spaten aufgeprallt war, war der mit Stahlbändern verstärkte Deckel der Rumbelschatzkiste zu sehen.

Eisenkopf hockte sich an den Rand der Plattform und zeigte mit dem Finger.

»Du da, Vulgo, oder wie du heißt, nimm deinen Spaten und grab die Kiste vollends aus.«

Vulgo ging zu einem Stapel Bauholz hinüber, setzte sich und hob seine Füße aus dem Wasser. Die Eisenketten klirrten an seinen Knöcheln.

»Grab sie selbst aus«, sagte er.

Eisenkopfs Stimme wurde härter. »Ich hab immer noch deine beiden Freunde oben, denk daran, und kann ihnen immer noch wehtun. Außerdem kommt gleich die Verstärkung hier runter … du wirst bald machen, was ich sage, du kleine Ratte.«

Diese Drohungen änderten Vulgos Haltung nicht. Er war jenseits jeder Furcht und machte keinerlei Anstalten, sich zu bewegen. Es war Bingo, der wusste, dass es am Ende doch geschehen musste, der durch den Schlamm schlurfte und mit seinem Spaten die Kiste ausgrub.

Eisenkopf drehte den Kopf, sah Zoff ins Gesicht und dann hinauf in den Schacht. »Wo sind diese anderen Wachen?«, fragte er. »Sollten jetzt längst hier sein.«

»Sie können nicht mehr weit sein«, sagte Zoff und stand stramm wie ein braver Wendel.

Eisenkopf senkte seine Stimme zu einem Flüstern. »Sobald sie kommen«, erklärte er, »möchte ich, dass ihr alle nach unten geht und die Gefangenen tötet. Die haben getan, was sie mussten, unnötig, sie auch noch mit nach oben zu nehmen.

»Jawohl, Sir«, sagte Zoff, »und die beiden in der Tretmühle?«

Eisenkopf lachte. »Die brauch ich auch nicht mehr, wenn wir zurückkommen, schmeißen wir sie hier runter, dann sind sie bei ihren Freunden.« Er schaute nun wieder zu, wie Bingo und Sydney die Kiste aus dem Schlamm zerrten. »Gut«, sagte er, »bringt sie hier rauf, nur ihr zwei, niemand sonst.«

»Lasst es sein«, sagte Napoleon, »er bringt uns doch um.«

Eisenkopf hob den Arm und zeigte auf ihn. »Du wirst sterben, Napoleon, sicherlich, denn du bist ein Verräter an den Wendels. Die anderen werde ich freilassen, wenn sie tun, was ich sage; schließlich haben sie gut gegraben und meinen Schatz für mich gefunden.«

Napoleon hob sein hageres Gesicht und starrte seinen Häuptling an. Einen Augenblick lang war es still, und in dieser Stille fiel ein großer runder Tropfen dicken Blutes von hoch oben im Grubenschacht herunter, landete auf Eisenkopfs Handrücken und färbte ihn rot.

Eisenkopf hob die Hand nahe vor seine Augen und starrte den Spritzer Blut an. Die Stille wuchs. Langsam hob sich jeder Kopf, um in die Dunkelheit hinaufzuschaun, außer dem von Zoff. Er lächelte stattdessen ein Engelslächeln und setzte seinen Wendelhelm ab; ein Lebenswerk näherte sich seiner Erfüllung.

»Ich enttäusche dich nur ungern, Napoleon«, sagte er in seiner alten Batterseastimme, »aber Eisenkopf bringt hier niemand um. Nur ich.«

Bei diesen Worten fanden selbst Poch, Napoleon und Orococco die Kraft, sich auf die Füße zu stellen. Ihre Münder klappten vor Verblüffung auf. Nun erkannten sie Zoffs Gesicht: dieses freche, listige Gesicht, in dessen Züge Trug und kunstvolle Täuschung sich eingegraben hatten, und Leben strömte wieder in ihre Herzen zurück.

Auch Eisenkopf erkannte das Gesicht und wusste, wie verletzlich er in seiner kauernden Stellung war. Seine Hand fuhr zum Messer, aber Zoff war bereit: Sein Fuß glitt unter Eisenkopfs Hintern, und dann trat er fest zu.

Der Wendelhäuptling griff verzweifelt in die Luft – aber es war nutzlos. Er schoss wie eine Kugel quer durch den Schacht, und sein behelmter Kopf krachte auf der anderen Seite gegen die Verschalung. Ein tiefes metallisches Klingen, ein Schrei des Schmerzes, und Eisenkopfs Körper knickte zusammen und stürzte dann an der Wand hinab in den Schlamm und den Schleim, schwer auf die Schatzkiste aufschlagend.

Sydney und Bingo fielen ebenfalls, freudig nach rechts und links stürzend, um dem herabfallenden Wendel auszuweichen. Dann schlugen sie begeistert mit den Händen in den Schlamm, bewarfen sich damit und alle anderen auch. Schlamm spritzte überall.

»Zoff!«, schrie Bingo. »Aus dem Nichts!«

»Wurde auch langsam Zeit«, sagte Poch, »er hat uns hier reingebracht, nur recht, dass er uns auch rausholt.«

»Es ist noch nicht zu Ende!«, kreischte eine Stimme, und die Borribles schauten auf und sahen, dass Eisenkopf aufgestanden war, und er stand, zwar mit Schlamm bedeckt, breitbeinig über der Schatzkiste, sein langes Messer in der Hand.

»Machen wir ihn fertig«, schrie Napoleon, »rasch!«

»Nein«, rief Zoff, »ihr alle, hier herauf, aus dem Weg, er gehört mir! Nur mir.«

»Meine Wachen werden gleich hier sein«, sagte Eisenkopf, »dann pfeift ihr ein anderes Liedchen.« Aber Eisenkopf redete sich selbst etwas ein. Im selben Moment kam wieder ein Tropfen Blut von oben herabgeregnet und klatschte auf seinen verbogenen Helm, und das Geräusch klang ihm in den Ohren wie eine Totenglocke.

»Ganz recht«, höhnte Zoff, »da kam schon mal ein Stückchen von ihnen als Stoßtrupp.«

Das Blut fiel dichter, und Eisenkopf wusste, dass er allein stand, aber er hatte keine Angst. »Selbst wenn ihr mich tötet«, sagte er, »kommt ihr nie lebend davon. Die ganze Wendelnation wartet auf diesen Schatz.«

»Lasst ihn plappern«, sagte Zoff, »ihr Borribles kommt jetzt mal hier hoch und aus dem Weg.«

Die schwächsten, Poch, Napoleon und Orococco, kamen als Erste aus dem Dreck nach oben; sie zogen ihre Körper unter Schmerzen von einer Sprosse zur anderen, ihre Ketten klirrten. Bingo, Vulgo und Sydney behielten Eisenkopf im Auge, falls er mit seinem Messer angreifen sollte, aber Zoff hatte seine Schleuder gezogen, und ein großer massiver Stein zielte auf Eisenkopfs Gesicht.

»Ich hab ihn unter Kontrolle, Bingo«, sagte er. »Du kannst jetzt raufkommen, und die anderen beiden auch!«

Als Bingo neben ihm stand, gab Zoff ihm die Schleuder und die zwei Munitionsgurte. »Du bist ein guter Schütze, nicht wahr, Bingo?«, sagte er. »Wenn ich diesen Kampf verliere, tötest du ihn.«

Napoleon hob den Kopf, er lag ausgestreckt und erschöpft neben Poch und Orococco. »Nach dem, was ich durchgemacht hab«, sagte er, »könnte ich ihn mit meinen Zähnen töten.«

Zoff lief an Bingo vorbei und zu Poch hinüber. Er wog das Gewicht der Fußeisen in der Hand und sah, dass Pochs Knöchel völlig wund gescheuert waren. Er schaute in Pochs müde Augen. »Tut mir leid, Kumpel«, sagte er, »wirklich … kommt jetzt alles in Ordnung, du wirst sehn.« Und tief Atem holend und die Leiter ignorierend sprang er von der Plattform hinab.

Die Borribles kamen an den Rand, um zuzusehen, sie lagen oder saßen auf den losen Planken. Ein angemessenerer Ort für das Aufeinandertreffen zweier solcher Feinde war kaum vorstellbar – über ihnen eine Viertelmeile Dunkelheit, unter ihnen der schleimige, tückische Schlamm, und an den Schachtwänden, stetig im grellen Licht herabrieselnd, schwarzes Wasser, rotes Blut.

Zoff fiel, auf Händen und Knien landend mit der Wucht seines Sprungs. Eisenkopf wich einen Schritt von der Schatzkiste zurück, in seiner rechten Hand blitzte es stählern auf, und sein langes Messer pfiff durch die Luft.

Zoff wusste, dass das Messer kommen würde, und warf sich nach vorn; der Dolch verfehlte ihn, schlug klappernd gegen die Wand des Schachts und verschwand unter der Wasseroberfläche. Zoff stand auf, vor Dreck triefend.

Eisenkopf sah sich nach einer anderen Waffe um und entdeckte einen der Spaten, halb im Schlamm versunken. Der Wendel zog mit aller Kraft daran, und langsam löste er sich mit einem langgezogenen schlürfenden Geräusch.

»Pass auf, Zoff«, rief Vulgo, »schnapp dir den anderen, der ist direkt hinter dir.«

Zoff drehte sich um und ergriff den zweiten Spaten. Er grinste, und seine Zähne strahlten weiß in dem verdreckten Gesicht auf. Die Waffe in der Hand wiegend, ging er langsam rückwärts.

»Na, Blümchen«, sagte er, »endlich sind wir allein, nach all den Jahren.«

»Nenn du mich nicht Blümchen«, sagte Eisenkopf, und auch er prüfte das Gewicht seines Spatens.

»Das mag er nicht, wenn man ihn Blümchen nennt«, sagte Zoff. »Das war sein Spitzname als Kind, bevor er noch ein Borrible war, alle haben's lange vergessen, außer mir, stimmt doch, Blümchen?«

Eisenkopf lehnte sich gegen die Wand und hielt den Spaten zur Abwehr quer vor die Brust. Sein blasses grünes Gesicht leuchtete vor Hass, zeigte aber keine Furcht. »Du stehst allein, Zoff«, sagte er, »und ich war schon immer der bessere Kämpfer. Die paar da oben halten mich nicht auf, die sind zu schwach und ihre Füße gefesselt. Du wirst verlieren, Zoff, von deinem eigenen Bruder getötet.«

»Nenn du mich nicht Bruder«, sagte Zoff.

Poch hob sich auf die Ellenbogen. »Bruder!«, rief er. »Bruder!«

Zoff lachte, aber er ließ die Augen nicht von Eisenkopf. »Ihr könnt's geradeso gut wissen«, sagte er, »es macht keinen Unterschied mehr. Mein Bruder, ganz richtig … Wir kamen aus derselben Familie, sind in den Tagen der alten Königin weggelaufen, sind zusammen Borribles geworden. War schwierig, zu überleben in diesen Zeiten, deshalb sind wir hier runtergekommen und haben die Tunnel besetzt. Wir machten alles zusammen, aber dann wollte das kleine Blümchen alles beherrschen und über Borribles regieren, wie es nie sein sollte bei den Borribles. So wurden sie zu Wendels und ich zu einem Störenfried, und er hat mich auf die Schlammbank gebunden, sein Fleisch und Blut, aber ich bin entkommen, und jetzt bin ich wieder da.«

»Wieder zurück, damit du stirbst«, sagte Eisenkopf.

»Nun, das müssen wir jetzt eben sehn«, sagte Zoff. Er hob den Spaten; ein dicker Schlammklumpen glitt ab und klatschte ins Wasser, und die furchtbare Spatenklinge lag plötzlich frei, glänzend nach den Monaten des Grabens, in denen der weiche Sand und der Schlamm an dem Metall gearbeitet und es zur Schärfe eines Rasiermessers abgeschliffen hatten.

»Nun, Bruder«, sagte Zoff, »damit kann ich dein Herz ausgraben.«

»Und meiner ist genauso scharf«, antwortete Eisenkopf, und die beiden Borribles bewegten sich aufeinander zu in die Mitte der Arena. Zoff hielt seinen Spaten mit beiden Händen, die rechte umklammerte den Griff, die linke den Schaft, und er zielte wie mit einem Bajonett auf Eisenkopfs Kehle. Er trat vorsichtig auf und studierte jede Bewegung seines Gegners.

Der Wendelhäuptling hielt seinen Spaten anders; er schwang ihn wie ein beidhändiges Schwert und zielte wieder und wieder auf Zoffs ungeschützten Kopf. Die Waffen erklangen und schlugen krachend aufeinander. Zoff verteidigte sich gut gegen Eisenkopfs wuchtige Schläge, sich duckend und seinen Feind wie ein Boxer umtanzend, plötzlich zustoßend, immer versuchend, ihn mit der Schneide zu verletzen. Zweimal klang seine Klinge über dem Kopf seines Gegners, und zweimal rettete Eisenkopf sein Helm. Dreimal kam Eisenkopf mit der Flachseite seiner Waffe zum Schlag, und dreimal ging Zoff mit dem Schlag und warf sich zur Seite, ehe der Wendel seinen Vorteil nutzen und zum tödlichen Hieb ausholen konnte.

Von dem Gerüst herab verfolgten die Sklaven jede Bewegung des Kampfes; das Herz pochte ihnen gegen die Rippen. Napoleon war auf seine Knie gekrochen, und seine Schultern schwangen mit jedem Schlag Zoffs in geheimem Einverständnis mit. Alle die Monate seiner Gefangenschaft stiegen vor ihm auf, und der Hass, den er für seinen Häuptling empfand (denn einst war Napoleon ein treuer Wendel gewesen), war so groß wie der von Zoff.

»Töte ihn«, schrie er, »töte ihn.«

Zoff verstärkte seine Angriffe, schlagend, hauend, schneidend, stoßend, und er kämpfte so hartnäckig, dass eine Lücke des Zögerns in der Verteidigung seines Gegners entstand, und dann, mit jeder Faser seiner Kraft, schleuderte er seinen Spaten in Schulterhöhe nach vorn, ihn gerade haltend, auf das Herz zielend.

Eisenkopf schrie auf, und Zoffs Waffe traf ihn mit wildem Schwung gegen die Brust; es gab ein lautes knirschendes Geräusch, wie von einer überbelasteten Türangel. Aber es war umsonst, der Wendel blieb unverletzt, und Zoffs Spaten bog sich und zitterte, sprang wie ein lebendiges Wesen aus seiner Hand, drehte sich über seinem Kopf und verschwand aufklatschend unter dem Schlamm. Zoff taumelte zurück, betäubt, beide Arme wie gelähmt, unter Schock.

Auch Eisenkopf geriet unter der Wucht des Stoßes ins Stolpern, aber er erholte sich rasch und rückte vor. Er sah, dass der Sieg vor ihm lag.

»Der Bastard«, rief Vulgo, »er hat irgendeine Spezialjacke, schaut.«

Es stimmte. Eisenkopfs goldene Jacke war aufgeschlitzt, wo Zoff ihn getroffen hatte, und die Zuschauer konnten sehen, dass er darunter einen dichtgewirkten Schuppenpanzer trug.

»Ich hab davon gehört«, sagte Napoleon bitter, »aus Dichtungsringen ist das, alles zusammengefügt, kugelsicher.«

»Den schnapp ich mir«, schrie Bingo, und er zog das Gummi seiner Schleuder straff; aber so einfach war Eisenkopf nicht zu fassen. Er hielt seine Waffe so, dass das Blatt sein Gesicht verdeckte, und mit seinen Beinen tief im Schlamm und seinem von der Rüstung bedeckten Körper gab es keinen Teil an ihm, der Bingo ein Ziel geboten hätte. Der Wendelhäuptling grinste höhnisch und triumphierend und ging auf den hilflosen Zoff zu, dessen Tod nun sicher schien.

Doch Napoleon sprang auf. »Nein«, schrie er schrill, »niemals.« Und er warf sich von dem Gerüst hinunter auf Eisenkopfs Schultern und klammerte sich mit Armen und Beinen, so fest er konnte, am Leib des Häuptlings an.

Napoleon war nicht mehr stark. Der Nahrungsmangel hatte ihn beinahe gewichtslos werden lassen, aber eine Sekunde lang verlieh ihm seine Wut eine wilde Energie, und er warf Eisenkopf um und in den Schlamm.

Selbst so brauchte Eisenkopf nur einen Augenblick, um sich von seiner Last zu befreien, und er schlug Napoleon hart in die Nieren und stieß ihn in den Schlamm. Er wirbelte herum, dass der Dreck spritzte, begierig, den Kampf mit Zoff zu beenden, aber es war ein wenig zu spät. Napoleons Eingreifen hatte dem Battersea-Borrible Zeit gelassen, unter Wasser nach seinem Spaten zu tasten, Zeit genug, ihn zu finden. Als Eisenkopf wieder zum Angriff überging, fand er Zoff bereit.

»So«, sagte Zoff, »eine Panzerweste tragen wir also. Gehst nie ein Risiko ein, was, Blümchen?« Und mit neuer Entschlossenheit, die dem Gefühl entstammte, glücklich entkommen zu sein, rückte Zoff vor. Nun erwischte er Eisenkopf mit seinem hölzernen Spatengriff an den Vorderzähnen, jetzt wieder stach er mit der scharfen Stahlkante auf ihn ein.

Der Wendelhäuptling zog sich an der Grubenwand entlang zurück, und Zoff folgte ihm, Schritt für Schritt, kalt und tödlich, hasserfüllt zuschlagend und stoßend, bis endlich in Eisenkopfs leblosen Augen ein ferner roter Funke der Furcht aufglomm. Der Angstschweiß begann ihm aus den Achselhöhlen zu rinnen, seine Knie bebten, er stolperte. Verzweifelt hob er schließlich seine Waffe über den Kopf und hielt sie so. »Genug«, rief er, »ich ergebe mich.«

Zoff zögerte den Bruchteil einer Sekunde, und da schwang Eisenkopf seinen Spaten wirbelnd durch die Luft, um ihn mit aller Macht auf den Schädel seines Gegners herabsausen zu lassen.

Zoff hatte Glück, dass er seinen Feind kannte. Er hatte gezögert, aber im selben Moment war er einen Schritt zurück und zur Seite getreten, sodass Eisenkopfs Spatenklinge harmlos durch den aufgewühlten Schaum des zusammengetrampelten Schlammwassers pflügte und die Wucht des Schwungs den Wendel von den Füßen riss und auf die Knie warf. So blieb er, besiegt, keuchend.

Zoff lehnte sich auf seinen Spaten wie ein Straßenarbeiter nach einem harten Tag. »Na bitte, Blümchen«, sagte er, »du hast einfach zu gut gelebt, das hat dich langsam gemacht, und unzuverlässig. Du musst uns jetzt ein wenig entschädigen, musst uns freien Abzug garantieren … mit dem Schatz natürlich.«

Plötzlich bäumte sich eine gewaltige Welle im Schlamm auf, und Napoleon schoss wie ein Torpedo hervor. Er war unkenntlich, schwankend kratzte er schichtweise den Dreck mit seinen schmutzigen Handrücken vom Gesicht. Er spuckte Schlamm aus dem Mund.

»Lasst das jetzt mit dem Abziehen«, sagte er. »Tötet ihn.«

»Napoleon hat recht«, sagte Poch vom Gerüst herab, »ist mir egal, wenn ich nicht mehr wegkomme, hier hilft nur das Töten.«

»Wartet doch«, sagte Sydney, »es geht nicht nur um euch, denkt dran, oben sind noch Stonkus und Torricanyon und Chaline.«

»Chaline«, sagte Poch, »ist sie hier?«

»Hört mir mal zu«, sagte Zoff, »die beste Chance, die wir haben, rauszukommen, ist es, diesen Sack hier als Geisel zu benützen. Wenn wir ihm ein Messer an den Hals halten, kann uns nichts passieren, oder?«

»Sei dir nicht zu sicher, dass die Wendels ihn zurückhaben wollen«, sagte Napoleon. »Wenn sie sehen, dass er gefangen ist, dann merken sie plötzlich, dass sie ihn loswerden können, und bügeln uns einfach alle zusammen weg.«

»Andererseits lassen sie uns vielleicht gehn, wenn wir ihn sauber gefesselt abliefern«, sagte Sydney, »was meint ihr dazu?«

»Red keinen Unsinn«, sagte Zoff, »du musst an die Leibwache denken, ein paar Hundert davon, ohne Eisenkopf sind die gar nichts, die wollen ihn lebend, und sei's nur um ihre eigene Haut zu retten, und ich kann euch sagen, die warten alle auf der Plattform und am Ufer aufgereiht. Nein, wir brauchen ihn als Geisel, vor allem wenn wir den Schatz auch mitnehmen wollen.«

»Der Schatz!«, sagte Sydney. »Ich sage: Lasst den Schatz, wo er ist.«

»Ich auch«, sagte Vulgo.

»Ja, ich auch«, fügte Bingo hinzu.

»Ich sage immer noch: ihn töten«, sagte Poch, »und zur Hölle mit dem Schatz. Ich hab meine Lektion verdaut.«

Zoff schaute zu Poch hinauf. »Ich würde den alten Arsch gerne töten«, fing er an, »aber ohne ihn und den Schatz haben wir keine Chance, rauszukommen, und außerdem …«

Zoff kam nicht weiter mit seiner Erklärung; Eisenkopf stieß einen lauten Schrei aus, warf sich nach vorn und zielte, den Spaten in beiden Händen, auf Zoffs Kehle. Er wusste, wenn er seinen Bruder aus Battersea töten konnte, hatte er eine gute Chance, sich an den anderen vorbeizukämpfen.

Aber Zoff war nicht umsonst bekannt als der verschlagenste aller Borribles. Während er mit den anderen sprach, hatte er seinen Gegner nicht vergessen; mit gespitzten Ohren hatte er die Bewegung im Schlamm gehört, als Eisenkopf aufsprang. Automatisch hob er seinen eigenen Spaten, um sich zu schützen, und Eisenkopfs Schlag prallte daran ab, funkenschlagend, als Stahl gegen Stahl klirrte. Sich umdrehend sah Zoff, dass Eisenkopf nur einen Meter entfernt war, durch den wilden Sprung aus dem Gleichgewicht gekommen. Zoff hob die Arme, den Spaten vorsichtig zwischen den Händen haltend, als würde er ihn gleich mit leichtem Schwung über eine Mauer werfen. Er stand fest, ruhig, eine kurze Zeit bewegungslos, er nahm sich Zeit, er wartete, während Eisenkopf taumelte und versuchte, seiner Reichweite zu entkommen – aber nun war es zu Ende.

Mit mörderischem Gesichtsausdruck balancierte Zoff seine Waffe in Augenhöhe und stieß dann mit all seiner Kraft zu, mit der Linken den Spaten leitend und ihm vom Griff in der Rechten aus Schwung verleihend, dass die helle Klinge in Eisenkopfs Adamsapfel fuhr, durch die Luftröhre und die Halsschlagader, und durch das Rückgrat wieder hinaus; und der Schlag klang wie ein Axthieb in eine nasse Grasnarbe.

Und der Kopf des Häuptlings explodierte von seinen Schultern und hing überrascht in der Luft. Eisenkopf war erschlagen, und doch glühten, einen Augenblick lang, die matten Augen des Wendels endlich auf, erleuchtet vom Feuer des Todes, und ein roter Schein erhellte die ganze Höhle. Dann kam ein tiefes Stöhnen aus den hellroten Lungen, und der Körper fiel, das Blut vermischte sich mit dem Schlamm und dem Wasser unten.

Der abgetrennte Kopf schien eine Ewigkeit in der Luft zu hängen, aber schließlich fiel er in den Schlick, das Gesicht nach oben, blicklos in die gelbe Schwärze des Schachtes hinaufstarrend, starrend auf eine Art, dass Zoff den Blick nicht ertrug; er hob einen Fuß und schob den Kopf langsam unter den Schmutz, und die dicke, widerliche Flüssigkeit kroch über die Augen und schloss sie für immer. In seiner Ecke, wo er sich vor Schwäche schwankend anklammerte, erbrach sich Napoleon.

Zoff aber brannte vor Stolz, herrlich überzeugt von seiner eigenen Größe und vor Freude über den Sieg berauscht. Er warf den Spaten hin und schüttelte seinen Gefährten die Fäuste entgegen, dass sie erschrocken zurücktraten, so entsetzlich war sein Gesicht, so verzerrt von einer schrecklichen Freude. Und Zoffs Stimme erklang mit einem harten, durchdringenden Schrei des Triumphs: »Ich bin Zoff, der Zorneszahn, Töter Eisenkopfs, Räuber des Schatzes, ich habe jetzt sechs Namen.«

Nach seinem Schrei war es sehr still, und Napoleon kroch zur Leiter und zog sich nach oben zu seinen Freunden auf dem Gerüst. Währenddessen ergriff Zoff Eisenkopfs Helm, der gerade noch aus dem Schlamm herausragte, und setzte ihn auf.

»Schaut euch das an«, sagte Bingo, »sie waren Brüder, und jetzt kann man's sehn, wo er seinen Hut aufhat. Man könnte sie nicht unterscheiden, was?«

Bingos Worte ließen die anderen aufmerksam werden, und sie mussten ihm zustimmen. Der kupferne Helm machte es beinahe unmöglich, den einen Bruder vom anderen zu unterscheiden, den Lebenden vom Toten, und Zoff stand wie eine Statue; er wusste, wie der Eindruck war, den er machte, wusste, wie viel von Eisenkopf in ihm war. Dann sah er auf, und langsam verließ der Ausdruck des Irrsinns sein Gesicht.

»Es ist vorbei«, sagte er, »der lange Kampf zwischen uns ist beendet, wir müssen gehen.«

»Wie zum Teufel sollen wir hier rausklettern?«, fragte Sydney. »Wo Poch, Orococco und Napoleon so schwach sind, dass sie kaum stehen können?«

»Es gibt keinen anderen Weg«, sagte Zoff, »aber wir gehen langsam, die Stärkeren ziehen die Schwächeren mit.«

»Wir schaffen's«, sagte Poch, »wir müssen.«

»Ja, vielleicht«, sagte Orococco, »aber was machen wir, wenn wir oben angekommen sind, Mann?«

»Überlasst das mir«, sagte Zoff und wühlte unten im Schlamm; er drehte Eisenkopfs Leichnam um. Dann richtete er sich wieder auf, und sie sahen, dass er die goldene Jacke hielt, die dick mit Schleim bedeckt war. Er lachte und warf sie auf die Plattform hoch. »Hier, Bingo«, sagte er, »mach sie sauber, während ich das Geld hol.«

»Kein Geld«, schrie Poch laut. »Als Vulgo im Rumbelreich verwundet war, wollte ich ihn zurücklassen, damit ich den Schatz tragen konnte. Adolf wollte nichts davon wissen und hat Vulgo auf den Schultern getragen und ihm das Leben gerettet. Ich hab das Gegenteil getan, ich hab den Schatz gerettet und dafür gesorgt, dass Adolf umgekommen ist. Er war ein echter Borrible, ich nicht. Den Fehler mach ich nicht noch einmal.«

»Wir helfen dir nicht mit der Kiste«, sagte Bingo.

»Also gut«, sagte Zoff, »haltet das, wie ihr wollt, aber hat irgendeiner von euch Schlaubergern eine Idee, wie wir rauskönnen? Oben wartet ein ganzer Stamm von Wendels. Und was glaubt ihr, was die machen, wenn sie uns ohne den Schatz ankommen sehen? Die klatschen wohl Beifall und spendieren uns eine Bootsfahrt nach Battersea.«

Alle schwiegen. Die Borribles wussten, dass Zoff recht hatte, aber niemand wollte ihm beipflichten.

Zoff lachte. »Wirf die Jacke runter, Bingo.«

Bingo tat, was er sagte, und Zoff zog sich das Kleidungsstück über die Schultern. »Jetzt«, sagte er triumphierend, »wer bin ich?«

»Du bist Zoff«, sagte Vulgo, »aber von hier könntest du Eisenkopf sein, ähnlich wie ein Klacks Spucke dem andern.«

»Richtig«, fuhr Zoff fort, »und wem gehorchen die Wendels, ohne zu fragen?«

Napoleon schaute auf. »Alle Wendels gehorchen Eisenkopf, vor allem, wenn er den Schatz hat.«

»Wieder richtig«, sagte Zoff. »Und damit wir jetzt hier rauskommen, müssen wir ihnen was hinlegen, was ihre bösen kleinen Köpfchen beschäftigt ... Wenn sie den Schatz sehen, werden sie so glücklich sein, dass sie mich nicht genauer betrachten, sie werden nur sehen, was sie erwarten.«

»Aber sie werden sehen, dass die Wachen fehlen, wir werden nicht genügend sein«, sagte Sydney.

»Durchaus nicht«, sagte Zoff. »Auf halbem Weg nach oben werden wir ein paar Uniformen der Leibwache finden, immer noch an Leibwachen befindlich, wie ich zugebe, und leicht zerknittert. Aber die können Bingo und Vulgo anziehen, der Rest benimmt sich wie Gefangene. Die Wendels werden zu beschäftigt sein, Hurra zu schreien und auf und ab zu hüpfen, als dass sie anfangen, zu zählen, wie viele Wachen oder Gefangene dabei sind.«

»Also gut«, sagte Vulgo, »du bist Eisenkopf, und was geschieht dann oben?«

»Eine leichte Übung«, antwortete Zoff. »Ich gebe Befehle, alle anderen führen sie aus. Der Schatz wird in meinen Gemächern eingeschlossen, die Gefangenen ebenfalls, bereit für die Hinrichtung. Aber tatsächlich werden wir, sobald ihr euch ausgeruht und was Anständiges gegessen habt, die Mücke machen.«

»Und das Geld?«, fragte Sydney.

Zoff grinste. »Oh, das nehm ich mit, würde sonst keinen Spaß machen.«

Napoleon lachte höhnisch. Er war jetzt monatelang ein Sklave gewesen, aber er hatte nichts vom alten Misstrauen der Wendels verloren. »Du erwartest, dass wir glauben, du nimmst Eisenkopfs Platz gerade ein paar Tage ein, und dann gehst du weg, lässt diese ganze Macht fahren und nimmst das Geld nach Battersea, verteilst es und ziehst dich dann ins Rentnerdasein zurück?«

Zoff zuckte die Achseln. »Mir ist es gleich, was ihr glaubt, ihr müsst tun, was ich sage, oder ihr kommt überhaupt nicht raus.«

»Oh, ich glaub dir schon, dass du uns rausbringst«, sagte Napoleon, »aber ich glaube auch, du bleibst und wirst Eisenkopf.«

Zoff ignorierte die Bemerkung und zog an einem der Griffe der Schatzkiste. Sie kam langsam und widerwillig aus dem Schlamm hervor, aber sie kam. »Ich schätze, ich kann die Wendels wieder zu richtigen Borribles machen«, sagte er, »auch wenn ich ihnen auf dem Weg dorthin ein bisschen gut zureden muss.« Er kniete hin und hievte sich die schwere Kiste auf die Schulter; dann begann er die Leiter hochzuklettern. Niemand rührte sich, um ihm zu helfen, und Zoffs Gesicht wurde rot vor Anstrengung, aber er bat nicht um Hilfe.

Napoleon und Poch schauten sich an. »Mir gefällt's nicht besonders«, sagte Poch, »aber er hat recht. Als Plan ist das das Einzige, was wir haben.« Er kratzte den Schmutz von seinen Handflächen und den Narben, welche die rotglühende Schatzkiste dort eingesengt hatte, als er sie aus den brennenden Hallen des Rumbelreiches herausgeschleppt hatte.

»Du hast einen zweiten Namen bekommen, Poch, weißt du«, sagte Zoff, als er auf der Plattform anlangte. »Chaline hat ihn ausgewählt, Poch Brandhand.«

»Das sieht ihr ähnlich«, sagte er, »ein Name, der mich ewig dran erinnert, was ich für ein Idiot war.«

»Gut denn«, sagte Bingo, »wir helfen dir mit dem Schatz bis nach oben, aber nur, weil es Teil des Plans ist. Nichts hinterher.«

Zoff nickte und hielt etwas Kleines und Glänzendes hoch. »Gut«, sagte er, »und ich geb euch dafür diesen Schlüssel. Er wird, wie ihr gleich sehen könnt, diese ärgerlichen Fußfesseln öffnen. Klettert sich's leichter.«

»Du Arsch«, sagte Napoleon, aber er lachte.

Orococco lachte ebenfalls. »Einmal ein Wendel, immer ein Wendel«, sagte er.

Als alle zum Aufstieg bereit waren, gab Zoff seine letzten Anweisungen. »Poch und Napoleon und Orococco gehn als Erste«, sagte er, »sie sind am schwächsten, und wir übernehmen ihr Tempo. Wir anderen vier wechseln uns mit der Kiste ab. Wenn wir droben sind, benehmen sich die Gefangenen als solche. Die beiden als Wachen gekleideten tun wie die Wachen. Auf der letzten Plattform nehm ich die Kiste und komme hinter euch hoch, da haben die Wendels was zum Draufwarten, zum Jubeln. Vergesst nicht, oben angelangt bin ich Eisenkopf, also tut ihr, was ich sage. Ab die Post.«

Die sieben Borribles legten die Köpfe in den Nacken und schauten den Schacht hinauf, den langen schweren Weg, der vor ihnen lag. Schlamm und Blut tropfte ihnen ins Gesicht; die Leitersprossen waren eckig und rau.

»Ich wünschte«, sagte Poch, »der alte Torri würde noch seine Tretmühle bedienen, dann hätten wir wie Schlammklumpen in den Eimern hochfahren können.«

»Warum auch nicht«, sagte Napoleon, »so sehn wir auch aus.«

9

Auf der Plattform über der Grube stand Chaline neben Zwielicht und Kladoch. Sie war so angespannt, dass sie kaum in der Lage war stillzustehen. Über ihr in den höhlenhaften Deckengewölben hingen die großen Blöcke Schatten, massiv und schwarz. Nahebei schritt Tron auf und ab, nur gelegentlich innehaltend, um in den Schacht hinunterzublicken; die Zeit verging, und er sah nichts. Seine drei Adjutanten lehnten sich auf ihre Speere und schauten ihm mit leeren Gesichtern zu.

Auf den beiden Ufern des Flusses hielten die Leibwächter immer noch die Pfade frei und kontrollierten die dort wartenden Massen. Meistens war es still, von Zeit zu Zeit kamen Rufe. Von Außenposten und Spähern abgesehen war jeder einzelne Wendel anwesend, alle versammelt, um Zeugen der erfolgreichen Rückkehr Eisenkopfs zu sein. In der Tretmühle konnte Chaline Torricanyon auf dem Boden liegen sehen, erschöpft schlafend; neben ihm saß Stonkus, den Kopf gegen eine der groben Holzspeichen gelehnt.

Chaline seufzte. »Warum dauert es so lange?«, flüsterte sie Zwielicht zu, und Tron hörte sie.

»Weil der Schacht tief ist«, sagte er. »Sie sagen, eine Viertelmeile, obwohl das schwer zu glauben ist.« Tron betrachtete ihr Gesicht, und Chaline hoffte, er würde sie nicht aus der Zeit der Großen Rumbeljagd wiedererkennen. Nein, nach einem Moment begann er wieder, auf und ab zu gehen, und das Warten ging weiter, eine Stunde, zwei, dann drei.

Wieder trat Tron an den Rand des Schachtes, und Chaline und alle anderen beobachteten ihn genau. Diesmal wurde die Haltung des Wendels starr, er hatte etwas gesehen. »Sie kommen«, sagte er ruhig, und seine drei Adjutanten richteten sich gerade auf und schwangen die Speere über den Köpfen. Ein Jubelruf stieg am Ufer auf: »Der Schatz! Der Schatz!«

Auf die Kommandos von Tron hin nahmen alle auf der Plattform Haltung an, und eine summende Stille herrschte an den Flussufern, aber es galt immer noch eine Weile zu warten. »Zweifellos«, dachte Chaline,

»klettern sie langsam hoch wegen der gottverdammten Schatzkiste mit ihrem Gewicht.«

Der Gedanke an den Schatz machte sie krank vor Schmerz und Wut. Sie hasste ihn mehr als irgendetwas oder irgendjemanden auf der Welt. Er hatte das letzte Abenteuer verdorben; er hatte Adolf getötet, und nun kehrte er zurück, um wieder die Art und Weise, wie die Borribles ihr Leben lebten, zu bedrohen. Sie biss sich auf die Lippen; wer würde vom Grunde dieses Höllenlochs wiederkehren, Eisenkopf oder Zoff?

Etwas regte sich am Rande des Schachts, und Chaline stieß Zwielichts Ellenbogen an. Eine schwarze Hand, mit trockenem Schleim überkrustet, ergriff die oberste Leitersprosse, und Orococco zog sich herauf ins Blickfeld und stolperte auf die Plattform, um, anscheinend bewusstlos, zusammenzubrechen.

Sein Auftauchen wurde von den zuschauenden Wendels mit höhnischem Jubel begrüßt und mit Gelächter. Sie schüttelten ihre Speere und stampften freudig mit den Füßen. Jetzt standen Trons drei Helfer am Ausgang des Schachtes und zerrten Sydney aus der Grube und ließen sie neben Orococco sinken.

Dann kamen zwei Wachen, die Gesichter schlammverschmiert und mit Blut bespritzt. Sie stolzierten zum Rand der Plattform und hielten ihre Rechte mit dem nach oben gereckten Daumen in die Höhe, und die Menge am Fluss entlang begann vor Freude zu toben. Trons Männer lehnten sich noch einmal in den Schacht hinunter, und als sie Napoleon ins Licht heraufhoben, schwoll ein hasserfülltes Hohngeschrei an und hallte zwischen den Schlammbänken und der hohen Decke wider, denn Napoleon war ein abgefallener Wendel, ein Renegat. Trons Adjutanten hielten ihn hoch, dass die Menge ihn sehen konnte, und dann, nachdem sie ihm einige Schläge versetzt hatten, warfen sie ihn zu Boden.

»Tötet ihn, tötet ihn«, schrien die Wendels und schüttelten ihre Speere.

Es brauchte mehr als nur Worte, um Napoleon einzuschüchtern: Er kroch an einen gut sichtbaren Punkt, kämpfte sich aufrecht und zeigte der ganzen Wendelnation seinen ausgestreckten Mittelfinger. Und als die Geste mit Schreien und Drohungen beantwortet wurde, ignorierte er das und schwankte zu seinen Freunden zurück, über deren Körpern er zusammensank. Er seufzte und schloss die Augen, unter dem Schmerz extremer Übermüdung stöhnend, aber sein Gesicht trug ein hartes, boshaftes Grinsen.

Schließlich kam Poch, und Chalines Herz machte einen Sprung, denn sie mochte Poch mehr als jeden anderen Borrible, den sie je getroffen hatte, doch ihre Freude verwandelte sich sogleich in Mitleid, denn Poch war zerlumpt und mit Schlick bedeckt; seine Knochen standen durch die Haut wie zerbrochene Stecken in einem Sack, und die Falten in seinem Gesicht waren tief genug, dass man einen Finger hätte hineinlegen können.

Trons Adjutanten kannten keine solchen Gefühle. Sie packten Poch bei den Haaren, zerrten ihn hoch und prügelten ihn zu Boden und traten ihn. Die Wendels unter Eisenkopf hatten gelernt, Poch zu hassen, denn er war tapfer und unnachgiebig in seinem Kampf gegen den Häuptling gewesen, und es war ihm beinahe gelungen, den Schatz ganz zu stehlen, nur durch einen unglücklichen Zufall war es misslungen. Wieder stieg der Ruf von den Ufern auf: »Tötet ihn, tötet ihn!«

Plötzlich hob Tron die Hand, und all der Lärm verstummte. Poch zog sich aus dem Weg wie eine halbzertretene Kakerlake, eine Blutspur hinterlassend, und Eisenkopfs Kupferhelm erschien am Rand der großen Grube. Endlich sahen alle die Wendels ihren Häuptling wieder auftauchen; auf seinem Rücken trug er die große versengte Kiste mit dem Schatz der Rumbels, und sie hoben die Speere hoch in die Luft und schrien wie mit einer Stimme: »Eisenkopf! Eisenkopf!«

Der Lärm war überwältigend. Chaline konnte nur noch Geschrei hören. Sie schaute Zwielicht verwirrt an. »Es ist Eisenkopf«, rief sie. »Er muss Zoff erledigt haben, er hat auch den Schatz, jetzt bringt er uns alle um.«

Zwielicht konnte Chalines Worte durch den Krach des Freudentaumels nicht hören, der an den Ufern entlangbrauste. Er deutete auf das Land hinüber. »Es sind zu viele«, rief er, »sei einfach still und hoff auf das Beste.«

Chaline beobachtete Kladochs Gesicht. Würde er sie jetzt verraten? Es schien recht wahrscheinlich, er lachte und schrie mit den anderen. Er drehte sich halb zu ihr um. »Ist alles klar, es ist Zoff«, sagte er, aber Chaline verstand in dem Aufruhr die Worte nicht. Sie sah zu der Tretmühle hinüber, wo ihre Freunde kauerten, zerschlagen, geschlagen. Es war, dass einem das Herz brechen wollte. Sie starrten Eisenkopf willenlos an, wie Sklaven, die gleich verkauft werden würden.

Chaline knirschte mit den Zähnen und fasste einen Entschluss: Was auch geschehen mochte, ob sie sterben würde oder nicht, sie würde

Eisenkopf nicht seinen Triumph lassen. Der Schatz durfte nicht zurückkehren, um die Lebensweise der Borribles zu zerstören. Sie und ihre Gefährten waren ohnehin so gut wie tot, aber wenn sie sterben mussten, war es besser, dass Eisenkopf mit ihnen starb.

Ein weiterer lauter Jubelruf rollte über den Fluss. Eisenkopf stand auf der letzten Leitersprosse, ein verrücktes Lächeln auf seinem blutbedeckten Gesicht, und mit Spuren von Blut auf seiner goldenen Jacke. Chaline hörte, wie er die Stimme hob.

»Ich bin Eisenkopf, dies ist der Rumbelschatz, und er ist wieder mein … nun können die Gefangenen sterben.«

»Und du auch«, rief Chaline und, unbemerkt in der allgemeinen hin- und herwogenden Erregung, sprang sie vor und ergriff einen Hammer, der auf einem Haufen Werkzeug lag. Zwielicht ging treu mit ihr, ohne zu wissen, was sie wollte, aber eifrig bereit, zu helfen. Tron fuhr auf dem Absatz herum, aber Chaline war über ihm, und er hatte keine Gelegenheit, sich zu verteidigen. Sie schlug den Hammer gegen die Seite seines Helms, und Eisenkopfs Stellvertreter brach bewusstlos zusammen. Ehe Trons Adjutanten klargeworden war, was sie beabsichtigte, hatte Chaline den Rand des Schachtes erklommen und schlug mit ihrer ganzen Kraft zu, einen der Keile lockernd, die die großen Querstreben in ihrer Position hielten. Der Keil drehte sich, Chaline versetzte ihm noch einen Hieb, und der Holzblock flog heraus, klapperte gegen die Schachtwand und fiel dann in einem undeutlichen Kreiseln in das Dunkel.

»Chaline«, brüllte Zoff, »mach keinen Scheiß, ich bin es!«

Einen Augenblick lang begriff Chaline nicht. »Verdammt sollst du sein, Eisenkopf«, schrie sie, »ich lass nicht zu, dass du das Geld zurückbringst.« Dann dachte sie, Eisenkopf sei vielleicht nicht Eisenkopf, dass sie vielleicht einen Fehler gemacht hätte, aber im selben Augenblick entschied sie, dass es kein Fehler war, dass alles, selbst Zoffs Tod, selbst ihr eigener, besser war als die Wiederkehr des Rumbelschatzes. Mit grausamer Entschlossenheit schwang sie den Hammer über den Kopf, um wie mit einer Hacke auf die schwankenden Balken unter ihren Füßen einzuschlagen.

Trons Männer griffen sie an, aber Zwielicht warf sich dazwischen und schlug zu, zerrend, ihre Füße zum Stolpern bringend, boxend. Bingo und Vulgo, die immer noch ihre Rolle als Wachen spielten, hielten vor Schreck den Atem an und reckten ihre Arme, um Chaline dort, wo sie auf einem Querbalken stand, wegzuziehen. Sie schrien ihr zu, aufzuhören, zerrten sie endlich in die Sicherheit der Plattform zurück, aber diese schweren Schläge hatten genügt. Der Hauptbalken sprang seitwärts, und die Spannung, die ihn Monate gehalten hatte, wurde frei, die Balken des Grubenschachtes erbebten, der Schlamm drängte heran, und dem Innersten des Holzes entriss es ein wildes, knarrendes Schluchzen. So laut war es, dass der Jubellärm erstarb und die Zuschauer auf den Uferpfaden begriffen, dass ihr Triumph zu etwas Schlimmem geworden war: Gefahr war da, das Vergnügen war zu Ende.

Bingo schüttelte Chaline, so hart er konnte, Wut und Furcht mengten sich in seinem müden Gesicht. »Du verdammte Idiotin«, sagte er, »jetzt sind wir alle tot.«

Chaline starrte Bingo wie töricht an, erschrocken und angstvoll. Sie öffnete den Mund, um zu sprechen, aber es war keine Zeit mehr. Wieder zwängte sich ein kreischendes Kratzen aus der Masse des splitternden Holzes hervor; das Holz barst in seinen innersten Fasern und wurde zerrissen und zerrieben, und die großen Balken stürzten endlich hinab; ihr riesiges Gewicht drehte sich schneller und sammelte Kraft, um die Plattformen und Gerüste unten zu zerschmettern.

Zoff rief nach Hilfe, aber seine Leiter schwang von der Wand des Grubenschachtes weg und stockte, eine Sekunde lang reglos, auf nichts mehr ruhend, am Rand des Sturzes. Das Blut wich aus seinem Gesicht, er klammerte sich krampfhaft mit einer Hand an die Sprosse und hielt mit der anderen die Schatzkiste fest. Es war ein langer, in sich ruhiger Moment – beinahe sein letzter, und Zoff wusste es.

»Verdammt! Chaline!«, schrie er.

Wieder ein berstendes Krachen, und wieder ein Dröhnen, als weitere Gerüstteile in den Schacht fielen und die Verschalung, die den Schlamm zurückhielt, wegzugleiten anfing und große Ströme schwarzen Schlicks hereinquollen. Der Schlamm war dick und muskulös; er konnte erwürgen und ersticken, er wollte alles in die Dunkelheit im Zentrum der Erde hinabziehen.

Der oberste Teil der Verschalung brach nun völlig und fiel nach innen zusammen, die großen Planken schlossen sich wie starre Finger und zerschmetterten Zoffs Leiter zu Splittern und pressten seinen Körper in der Luft zusammen. Zoff schrie vor Schmerz auf, und die Schatzkiste entfiel seinem Griff; sie verschwand in dem gierigen Mund des Schlamms. Zoff kämpfte mit den Balken, versuchte, das Holz wegzuschieben, versuchte, zu verhindern, dass es ihn zerdrückte. Seine Anstrengungen waren vergeblich – es hielt ihn zu fest, wie einen Wurm in einer Pinzette. Er hob den Kopf in unerträglichem Schmerz, aber er konnte nicht schreien. Er hatte keinen Atem. Seine Augen wurden trübe, bis kein Blick mehr in ihnen zurückblieb, und dann glitten die Balken langsam in den Schlamm hinab und nahmen Zoff, Zentimeter um Zentimeter, mit sich. Er war fort.

Nun gab es überall, abgesehen vom weichen Wellenschlag des dicken Wassers, kein Geräusch. Die Wendels an den Ufern starrten ungläubig, als der Borrible, den sie für ihren Anführer hielten, vor ihren Augen starb, während die Abenteurer nur zu gut wussten, dass es Zoff gewesen war, der dort den Tod gefunden hatte, die Augen blind vor Entsetzen, die Lungen leer.

Chaline schüttelte Bingo ab. »Oh, Zoff«, weinte sie, »oh, Zoff.« Und die heißen Tränen liefen ihr über das Gesicht für das, was sie getan hatte.

»Zurück«, warnte Vulgo, »zurück, oder es zieht dich auch rein.«

Bingo stürzte sich auf den bewusstlosen Tron und zog ihn auf die Füße. Der Wendel rieb sich die Augen.

»Wo ist Eisenkopf?«, fragte er.

»Tot«, sagte Bingo, »wie wir alle in einer Minute.«

Tron sah sich um und begriff die Lage. Die Plattform sank, und der Schlamm rollte unaufhaltsam herein. Nur die Tretmühle schien solide zu stehen, und selbst sie ging langsam unter.

»Rasch«, rief Tron, »das Rad. Holt diese beiden Gefangenen raus und dreht es um, es schwimmt.«

Plötzlich wieder ein kratzendes Schwanken, und die Plattform glitt einen Fuß tiefer in den Schlamm. Trons Adjutanten und die beiden Wendelwachen warfen ihre Speere weg und sprangen panisch in den Fluss, um ans Ufer zu schwimmen.

»Kommt zurück, ihr Narren«, brüllte Kladoch, »der Schlamm verschlingt euch!«

»Lass sie«, sagte Tron, »drehen wir das Rad um.«

Es war nicht einfach. Als Stonkus und Torricanyon zwischen den Speichen herausgekrochen waren, war die Plattform schon so weit gesunken, dass die Borribles bis zu den Hüften in einem Treibsand steckten, der bei jeder Bewegung an ihnen sog. Doch irgendwie, und alle zusammen, wühlten sie sich gebückt unter der Oberfläche an die Basis der Tretmühle heran, ergriffen sie und hoben sie so energisch in die Höhe, dass sie einen Augenblick über dem Schlamm hing, bevor sie auf die Seite klatschte.

»Los jetzt, kommt«, rief Tron wieder, sobald das Rad schwamm, »alle an Bord, es ist unsere einzige Chance.« Und eben als sie die Plattform unter ihren Füßen weggleiten spürten, gelang es den Borribles auf die massiven Streben ihres improvisierten Floßes zu klettern. Kaum hatten sie diese momentane Sicherheit erreicht, als eine neue Gefahr sie bedrohte: Die Öffnung der Grube, jetzt frei von Treibgut, war zu einem Maul geworden, das klaffte und pulsierte, der Mittelpunkt eines langsamen Mahlstroms – ein schwarzer Strudel, der darauf wartete, alles einzuschlingen, Schlamm, Holz, Borribles und all den Rest.

»Wir müssen was tun«, sagte Poch, »in einer Minute sind wir ertrunken.«

»Gibt es irgendeine Chance, dass eure Leute uns ein Boot rausschicken?«, fragte Bingo.

Tron stand am Rand des Rades und sah zum Ufer. »Es gibt keine Boote«, sagte er nach einer Weile. »Die Strömung hat die Ufer leergefegt, die meisten meiner Männer sind auch weg.«

»Und ein langes Seil?«, fragte Stonkus. »Könnten sie uns nicht reinziehen?«

Tron schüttelte den Kopf. »Ein so langes Seil haben sie nicht, und selbst wenn sie ein paar aneinanderbinden, wir wären am Grunde des Schachts, bevor sie sie geholt haben. Der Fluss fällt in die Grube, und wir mit ihm.«

Ein erstickter Aufschrei kam von irgendwoher, ein zweiter. Kladoch deutete hinaus. »Die Leibwachen«, sagte er, »mit denen ist Schluss, da draußen zu schwimmen muss sein wie Schwimmen in Zement.«

Aber die Borribles hatten keine Zeit, an andere zu denken, ihre eigene Lage war zu verzweifelt. Der Strudel wühlte sich weiter, im Kreis herum, und die Mühle trieb mit. Luftblasen flohen von unten empor, zerplatzten und schleuderten Schlick in die Luft, der mit brutaler Kraft herniederregnete und die Oberfläche des Wandle schäumen und kochen ließ wie einen Lavasee. Es war eine Szenerie aus dem Herzen der Hölle.

Und der Schlamm strömte weiter in die Grube, manchmal gleitend, manchmal strudelnd, aber mit welcher Geschwindigkeit auch immer, eines war sicher: Das Rad, an dem die Borribles hingen, fiel stetig auf den Mittelpunkt zu, und keine Macht der Welt konnte seine Bewegung umkehren.

»Wir sind geliefert«, sagte Vulgo, »es ist endgültig aus.« Aber während er sprach, ließ die Strömung nach, und nach einer kleinen Weile war sie ganz zum Stillstand gekommen.

»Das Loch muss sich gefüllt haben«, sagte Bingo, ein wenig Hoffnung in der Stimme, »wir bewegen uns nicht mehr.«

»Es kann nicht voll sein«, sagte Napoleon, »dieser Schacht ist eine Viertelmeile tief.«

»Was ist es dann?«, fragte Zwielicht. Er schaute zum Land hinüber. Dort hatte die Strömung nicht ausgesetzt, und das mächtige Auf und Ab der Wellen hatte die Wendels hoch auf die Ufer zurückgedrängt, wo sie schweigend zusahen und wo die Krieger auf ihren Speeren lehnten.

»Das ist unsere einzige Chance«, sagte Napoleon, »wir sollten losschwimmen.« Aber bevor sich jemand bewegen konnte, öffnete sich der Mund der Grube wieder; wieder stürzte der Schlamm in den Sog, und die Tretmühle fiel und bäumte sich wie auf einer Achterbahn.

Die Abenteurer schrien laut, überzeugt, dass der Augenblick ihres Todes gekommen sei, und das große hölzerne Rad stürzte in das Auge des Sturms, und dort, halb versunken, kippte es zur Seite, und die Borribles hingen über dem Abgrund – doch wie sie auf dem Rand schwankten, stieg eine Flutwelle unter ihnen empor, und wieder drehte sich das Rad, glitt hinab und blieb schließlich in dem breiten Grubenschacht verkeilt stecken.

»Was ist geschehn?«, fragte Zwielicht, dem die Zähne aufeinanderschlugen. »Leben wir noch?«

»Ja«, sagte Napoleon, »aber die Zukunft sieht nicht berühmt aus.«

Schlamm und Wasser rasten wie ein Wasserfall vorbei, zerrten an den Borribles, versuchten, sie in den Strom zu schmettern. Die Tretmühle stand unter ungeheurem Druck; sie krachte und ächzte, die Balken begannen nachzugeben, und Nägel und Schrauben lösten sich und fielen ab. Dann, genauso plötzlich wie sie begonnen hatte, hielt die hinabfallende Strömung inne. Der offene Mund des Schachtes bedeckte sich, und der Wandle trieb wieder darüber hinweg.

»Ist es jetzt voll, was meinst du?«, fragte Sydney.

»Ich hab's dir schon gesagt«, sagte Napoleon, »es kann nicht voll sein.«

»Ich weiß, was es ist«, sagte Poch, »es muss eine Luftblase sein. Ich glaube, die erste Ladung Schlamm ist so schnell da runtergefahren, dass sie unten eine große Blase eingeschlossen hat ... Wenn es lang genug so bleibt, dann haben wir vielleicht Zeit, an Land zu kommen.«

»Wir sind zum Schwimmen zu schwach«, sagte Orococco, »das ist der sichere Tod da draußen.«

»Und was glaubst du ist das hier«, gab Napoleon zurück. »Schöner wohnen?«

»Ich will euch was sagen«, sagte Tron ernst, »wenn dort unten eine Luftblase hängt, dann explodiert sie früher oder später, und wenn das passiert, ist's wie eine Atombombe. Dann haut's Kacke und Dreck in jede Richtung auf einmal, und dazwischen kleine Stückchen von uns.«

Niemand antwortete dem Wendel – es war nicht nötig, und es war keine Zeit. Aus einem fernen Teil der Erde drang ein lautes, rumpelndes Dröhnen. Die gewölbte Decke der Höhle bebte, und Ziegelsteine sausten herunter. Der Fluss kochte wie heißes Pech, schneller und schneller, und ihm entströmte ein schlimmes Gas, das, seinem Geruch nach zu schließen, monatelang im stinkenden Fleisch eines alten Leichnams sich hätte bilden können.

»Ich kann nicht atmen«, rief Sydney, »krieg keine Luft.«

»Keine Angst«, sagte Vulgo und wischte sich den rauchigen Dunst aus seinen Augen, »recht bald ist das auch überflüssig.«

Das Rumpeln wurde lauter. Eine Flutwelle aus Schlick und Sedimenten bäumte sich und wölbte sich über die Ufer, und die Wendels, die dort standen, drehten um und rannten in die Tunnel, einander niedertrampelnd bei ihrer wilden Flucht – in wenigen Augenblicken waren alle verschwunden, und nur die Verletzten und Bewusstlosen blieben zurück; einige, um sich davonzuschleppen, einige, um von den wütenden Wassern fortgewischt zu werden.

Immer näher kam das rauschende Brüllen, die ganze Welt erzitterte, und eine große Explosion raste den Grubenschacht empor wie eine Lokomotive, und die Borribles krochen auf dem Rad zusammen und warfen ihre Körper gegeneinander, um sich zu schützen.

Dann brach die Explosion mit einem riesigen Schwall hervor, und die Tretmühle wurde wie ein Kieselstein in die Höhe geschleudert, auf einer sich windenden Schlammsäule nach oben getragen, die kreiste und wirbelte und wie ein Tornado schwankte, sank und sich hob – und die Borribles rangen nach Atem in dem kreiselnden Schlamm und kämpften noch verzweifelter darum, nicht von dem Rad herunter in die wirbelnde Dunkelheit geworfen zu werden.

Höher, immer höher wurden sie getragen, hundert Fuß hoch schwebend und gleitend, bis das Rad leicht auf dem äußersten, höchsten Rand einer großen Schmutzsäule ruhte, und da schwebte es eine unendlich lange Zeit, zwischen oben und unten balancierend. Dann schließlich, wieder hüpfend und dahinschießend, sauste es auf dem Kamm einer breiten, lässigen Welle davon, die es zu den Schlammbänken des Wandle trug, wo es sich tief in den Fluss bohrte und einen Moment später mit einem Sprung wieder zum Vorschein kam, und die schleimdurchtränkten Borribles hingen immer noch daran: arme, schwarze Vogelscheuchen, überzogen vom Dreck.

Eine der Vogelscheuchen hob den erschöpften Arm und versuchte, das Prasseln des Schlammsturms zu überschreien. Es war Poch, und seine Stimme war kaum noch ein Krächzen: »Schaut, schaut, wo wir sind!«

Die anderen kratzten den klebrigen Kot aus ihren Augenhöhlen und sahen, dass die Welle sie mehr als zweihundert Meter flussabwärts getragen hatte, nahe an das nördliche Ufer. Als sie mit ihren Beinen im Schlamm nach unten stießen, entdeckten sie, dass ihre Füße das Flussbett berührten.

»Wir sind in Sicherheit«, rief Chaline, die endlich sprach, und jetzt mit glücklicher Stimme, als ihr klar wurde, dass sie ihre Freunde doch nicht getötet hatte.

Napoleon stolperte von der Tretmühle weg. »Verschwendet keine Zeit!«, rief er. »Haut ab, ehe die Explosion vorbei ist.«

Er hatte recht. Sobald der große Geysir in sich zusammensank, würde der Schlamm mit noch größerer Wucht in die Grube zurückströmen, und alles im Wandle würde mit davonfließen, bis der Schacht wieder voll war.

Stonkus war immer noch der stärkste der Borribles. Einen nach dem anderen ergriff er die schwächsten der Abenteurer und zog sie an Land, wo er sie das Ufer hinaufschob. Zuerst Napoleon, dann Torricanyon und Orococco; zuletzt Poch. Währenddessen wateten die anderen ins Trockene, so gut sie eben konnten, strauchelnd, rutschend, sich aufeinander stützend, bis sie schließlich alle in einem Haufen zusammenbrachen.

»Ausruhen ist jetzt nicht wichtig«, sagte Napoleon dringlich, und irgendwie fand er die Kraft, sich auf die Knie zu kämpfen und den Klumpen Schlamm zu packen, der dicht neben ihm lag. »Das ist Tron, schnappt euch den andern Wendel, rasch!«

Stonkus wusste sofort, was Napoleon meinte, aber es war unmöglich, die Schlammgestalten zu unterscheiden. Kladoch selbst verriet sich, indem er in Panik aufsprang, und Stonkus nahm ihn beim Kragen und drückte fest zu.

»Lasst die Wendels nicht fort«, brüllte er, »oder es ist aus mit uns.«

Trotz Napoleons Anstrengungen, ihn unten zu halten, stand Tron mühelos auf. »Wart einen Moment, Napoleon«, sagte er. »Eisenkopf ist jetzt tot, und es gibt keinen Krieg mehr zwischen Borrible und Borrible.«

»Ich glaub's, wenn ich hier draußen bin, nicht vorher«, sagte Poch.

»Seid doch keine Idioten«, sagte Kladoch und kämpfte gegen Stonkus' Griff. »Ich habe doch Zoff die ganze Zeit geholfen, oder? Warum sollte ich euch verraten?«

»Alles ist jetzt anders«, sagte Tron, »außerdem kannst du wetten, dass die ganze Wendelnation glaubt, wir wären tot, niemand ist dageblieben, um sich's anzusehen, oder?«

Poch und Napoleon schauten sich an. Der Schlamm klatschte um sie herum zu Boden, der Tornado donnerte.

Napoleon schüttelte den Kopf. »Wir haben zu viel durchgemacht, um jetzt noch ein Risiko einzugehn ... haltet sie fest und passt gut auf sie auf.«

Tron zuckte die Achseln. »Ich nehm's euch nicht übel«, sagte er, »aber ich kann euch beweisen, dass ich euch nichts Böses will. Ich bring euch auf einem geheimen Weg hier raus, ein sicherer Weg, den haben nur Eisenkopf und ich gekannt.«

»Wo ist das?«, schrie Vulgo durch den Sturm.

Tron deutete mit dem Daumen über die Schulter. »Da lang, in dem Tunnel hier ist ein Kanalausstieg, der bei den Kränen von Feather's Wharf rauskommt. Ist nicht weit.«

»Müssen wir uns ansehen«, sagte Stonkus und half seinen Freunden beim Aufstehen; aber ehe sie aufbrechen konnten, vibrierten die Tiefen des Schachtes, und man hörte eine zweite Luftblase dröhnend nach oben fegen. Der sprudelnde Geysir stockte und sank einen Augenblick, als wollte er in sich zusammenstürzen, doch dann schoss er mit vermehrter Kraft herauf, und die Borribles wichen weiter zurück, die Arme über den Köpfen verschränkt, um sich vor dem Schlamm zu schützen, der mit der Wucht eines Hagelschlages auf sie niederprasselte.

Chaline schrie. »Seht«, stöhnte sie, »seht dort!«

Ihre Gefährten spähten durch den stetig herabregnenden Schlamm, und was sie sahen, ließ ihr Blut gefrieren und trieb sie, nach allem, was sie ertragen hatten, in die Nähe des Wahnsinns.

Mit müheloser Leichtigkeit an der Seite des großen Wirbelsturms emporsteigend, sich langsam drehend wie bei einem grotesken Totentanz, erschien der Leichnam von Zoff, und dicht neben ihm tauchte der kopflose Körper seines Bruders Eisenkopf auf. Gemächlich zogen sie nach oben, ohne Eile ihre Position wechselnd, und direkt unter ihnen schwebte die Kiste mit dem Rumbelschatz, so nahe, dass zuweilen die beiden Leichen wie Statuen auf ihr zu stehen schienen. In langsamer Spirale emporsteigend, bewegte sich die Szene auf die andere Seite des Wirbels, nur um nach einigen Sekunden wieder aufzutauchen; sie bewegte sich mit dem Tempo des Tornados voran, erschien den Augen der Zuschauer jedoch unheimlich unbewegt.

Chaline berührte ihr Gesicht mit bebenden Fingern. »Es ist ein Albtraum«, sagte sie, »ein schrecklicher Albtraum.« Keiner antwortete. Sie standen alle ganz still, doch der Horror war noch nicht zu Ende. Wie Eisenkopf und Zoff sich in ihrem Todestanz drehten, öffnete sich der Deckel der Schatzkiste, und Stück für Stück und bald zu hunderten erschienen glänzende Gold- und Silbermünzen und verteilten sich in glitzernden Formationen auf der Außenseite des Zyklons, wo sie leuchtend hingen.

Dann fuhr der Deckel der Kiste ganz auf, und tausend Banknoten platzten in bunten Luftschlangen hervor und hefteten sich an die hohe, sich drehende Wand aus Dreck, die kreiste und kreiste und alles unwiderstehlich an sich zog. Und das Papiergeld glänzte in den hellsten Farben: grün und orange, violett und gelb, bernsteinfarben und blassblau, und der ganze Wirbel war festlich damit behangen, und die Leichen von Eisenkopf und Zoff auch. Es war schön. Chaline kreischte auf, und der Laut riss die Abenteurer aus ihrer Trance.

»Wir werden eingesaugt, wenn wir hier bleiben«, rief sie. »Wir sind zu nahe, rennt weg.« In diesem Augenblick stieß die Grube einen langen, unruhigen Seufzer aus. Der letzte Rest der eingepferchten Luft entkam dem tiefen Schacht, und der Tornado stand endlich still, seine Gewalt war dahin. Dann begann sein äußerer Mantel aus Schleim abzusacken und wegzugleiten, bis er mit einem lauten Krachen in die Tiefe zurückstürzte und die Leichen und den Schatz für immer im Wandle unter ungezählten Tonnen Schlamm begrub, und große Kotklumpen regneten herab und überschütteten die Borribles mit so hartnäckiger

Wucht, dass sie gewaltsam zu Boden geworfen wurden. Welle auf Welle bäumte sich aus dem Wandle auf und drohte sie davonzutragen, aber sie krampften die Hände in die Erde und klammerten sich ums liebe Leben aneinander, so eng, dass das Rasen und Zerren und Schieben des Flusses die Abenteurer trotz ihrer Schwäche nicht übermannte.

Langsam erstarb das Prasseln, und die Strömung des Flusses beruhigte sich. Die Flut wich vom Ufer zurück, und die Borribles konnten den Kopf heben und sich umsehen. Poch schob sich auf Hände und Knie; Wasser und Schleim strömten von seinen Gliedern herab.

»Ich hab Monate im Wandleschlamm verbracht«, sagte er. »Ich muss jetzt raus, bevor ich wirklich verrückt werde.« Er stolperte zwischen den anderen herum, auf der Suche nach Tron.

»Tron, welcher bist du, steh auf.« Tron erhob sich, und Poch ging zu ihm. »Bring uns hier raus, so schnell du nur kannst.«

Die anderen Borribles kämpften sich auf die Füße, und Kladoch stellte sich neben Tron. »Ihr könnt uns trauen«, sagte er, »ehrlich.«

»Ja«, sagte Tron, »folgt mir, es ist nicht weit.« Er legte den Arm um Kladochs Schultern, und die beiden Wendels gingen nebeneinander voran in den schmalen Tunnel.

Wie Tron gesagt hatte, war der geheime Ausstieg nicht weit. Nach einem Marsch von weniger als einer Viertelstunde ließ Tron alle anhalten und deutete auf die Decke. »Da ist es«, sagte er.

»Ich seh keinen Ausgang«, sagte Bingo.

»Sollst du auch nicht«, sagte Tron. »Er ist geheim, aber er ist da, und obendrauf steht auch keiner von der SBE.«

»Kann schon so sein«, sagte Stonkus, »aber ich geh besser mal raus und schau mich um. Wenn ich in zehn Minuten nicht zurück bin, wisst ihr, dass was nicht stimmt.«

»Wie ihr wollt«, sagte Tron, »aber pass auf, es könnte schon Tag sein.«

»Rausfinden kann man das nur auf eine Weise«, sagte Vulgo, »komm, Bingo und ich machen den Steigbügel.«

Als sie bereit waren, stieg Stonkus auf ihre verschränkten Hände, und sie hoben ihn zur Decke des Tunnels. Es war still, während Stonkus über seinem Kopf hin- und hertastete, aber bald verlagerte er sein Gewicht, und der Klang von Eisen, das auf Eisen knirscht, drang herab.

»Ich hab's«, stieß Stonkus hervor, und mit seinen Worten kam ein kühler Luftzug, der die stinkende Atmosphäre der Unterwelt zerschnitt.

Jeder der Borribles holte tief Atem. Es schien Jahre her zu sein, dass einer von ihnen saubere Luft geatmet hatte.

»Mensch«, sagte Torricanyon, »das ist herrlich, wie kaltes Wasser trinken, haut dich beinahe um, was?«

Stonkus' Füße verschwanden, und eine Sekunde später hörten sie seine Stimme. »Ich bin in ein paar Minuten zurück«, flüsterte er, »und wenn nicht, haut ab.«

Die Borribles warteten, ohne etwas zu sagen. Sie waren zu sehr mit dem beschäftigt, was sie gesehen und gelitten hatten, um einfach etwas zu sagen, aber schließlich sprach Chaline doch und fragte Tron etwas – etwas, von dem sie dachte, sie sollten darüber reden, bevor sie sich trennten, vielleicht für immer.

»Warum lässt du uns so gehen, Tron«, fragte sie, »warum rufst du nicht deine Krieger?«

»Schau uns doch an«, antwortete der Wendel, »halbtot – fast wären wir's wirklich gewesen – mit Schleim bedeckt, und wofür? Das Sprichwort sagt, ›Obst vom Karren, das reicht dem Borrible‹, aber wir haben das offenbar ganz vergessen, wir haben jetzt etwas ganz Beschissenes durchgemacht, was nie hätte geschehen dürfen. Aber es ist geschehen, und wir sind schuld, nehm ich an, jeder von uns.«

»Komisch eigentlich«, sagte Poch, »als es mal begonnen hatte, war es kaum mehr aufzuhalten, aber ich muss schon zugeben – der Schlamm hat mir ein, zwei Sachen beigebracht, die ich nicht vergesse.«

Tron nickte. »Eisenkopf wollte Macht und Geld, so fing's an, und hat einen Haufen Wendels so zurechtgebogen, dass sie auch so dachten, mich eingeschlossen … und Zoff wollte seine Rache an Eisenkopf, wegen Sachen, die vor langer Zeit geschehen sind, Sachen, von denen wir nicht mal was gewusst haben, verdammt lächerlich, wenn man's bedenkt.«

»Immerhin«, sagte Chaline, »der Rumbelschatz ist jetzt weg, und das ist auf jeden Fall gut. So sollte es bei uns sein. Typen wie Eisenkopf fangen die ganze Scheiße an, gieriger Sack, und Zoff war auch gierig, auf andere Art. Ich glaub nicht, dass er nur seine Rache wollte, könnte vieles sein, Ruhm, ein neuer Name, vielleicht wollte er wirklich nehmen, was Eisenkopf hatte, und es behalten. Soweit wir wissen, wollte er möglicherweise tatsächlich das Geld zurückbringen und es zu Hause an alle verteilen, aber selbst das wäre keine gute Idee gewesen, nicht borriblemäßig.«

»Gibt genug Rumbels zu bekämpfen, als dass wir's untereinander tun müssten«, sagte Tron, »der reine Wahnsinn. Jedenfalls, jetzt wo Eisenkopf weg ist, schätze ich, dass eine ganze Menge Wendels erkennen, dass sie jetzt wieder ganz gewöhnliche Borribles werden können, Kladoch hier zum Beispiel, und Skug, und andere.«

»Eine ganze Menge, das kannst du aber sagen«, meinte Kladoch. »Sie haben sich vorher nicht getraut, wegen Eisenkopf und der Leibwache, wisst ihr, bloß wegen dem, wie die Dinge waren.«

»Aber das ist's dann auch«, sagte Napoleon, »ich bin ein Wendel, denk dran, oder war einer. Ich kenne die Leibwache, die werden sich da nicht einfach ausbooten lassen.«

»Wir müssen mal sehen«, sagte Tron seufzend, »wir anderen sind schließlich mehr – ich sag dir aber eins, ich lass es nicht zu, dass einer weitermacht, wo Eisenkopf aufgehört hat, das steht fest.«

Und das war das Ende der Unterredung. Stonkus' Stimme fiel in die Dunkelheit herunter und unterbrach das Gespräch. »Der Morgen dämmert beinahe«, sagte er, »aber es sieht nicht so aus, als ob jemand um die Wege wäre. In Bens Hütte ist Licht, wir gehn am besten mal leise rüber, man weiß nie, vielleicht hat Snuffkin einen Bullen postiert, der auf uns wartet.«

Tron und Kladoch verschränkten ihre Hände, und die Abenteurer sagten, einer nach dem anderen, den Wendels, nun ihren Freunden, Lebwohl; und dann sprangen sie nach oben, um den kalten Rand des Kanalschachtes zu umklammern und sich in die Kühle des dämmernden Sommermorgens hinaufzuziehen.

Ganz am Schluss kam Poch. Müde hob er den Fuß und stellte ihn in die Hände der Wendels. »Vielleicht«, sagte er, »sehen wir uns wieder.«

»Irgendwann«, sagte Tron, »wenn die Sache so oder so gelaufen ist. Wenn ich noch lebe, komm ich vorbei und erzähl dir die Geschichte, was ich getan habe.«

»Tu das«, sagte Poch, »ich mag eine gute Geschichte.« Er wandte sich an Kladoch. »Hab dich nicht kennengelernt, Kladoch, aber danke … denk dran, echte Freunde kommen, wenn man sie ruft … also, ihr beiden, lasst euch nicht erwischen.«

»Du auch nicht«, sagte Kladoch und stieß die Hände nach oben, und Poch wurde durch den Kanalschacht gehoben und oben von den starken Armen von Stonkus herausgezogen. Dann hörte er ein Klirren, und der Eisendeckel glitt in seine Vertiefung zurück.

10

Lange Zeit lagen die Borribles auf dem unebenen und abfallübersäten Boden. Sie horchten, und sie hörten das Geräusch des Wandle, wo er in die Themse mündete; ein Schlepper tutete drüben bei Wandsworth Reach, und auf dem Armoury Way huschte ein frühes Auto vorüber. Es war warm. Die Hitzewelle über London hatte nicht nachgelassen, aber die Luft hier draußen fühlte sich herrlich kühl an nach den Backofentemperaturen der Grube im Untergrund.

Poch lag entspannt auf dem Rücken und schaute in den Himmel – den Himmel, den wiederzusehen er schon aufgegeben hatte. Er lächelte, und der trocknende Schlamm platzte auf seinen Wangen. Es machte ihn froh, die blassgelben Sterne und das tiefe Blau der Nacht zu sehen, das mit der Dämmerung am Horizont zu Grau ausbleichte. Seine Brust schwoll in einer Freude, die unerträglich war: der einfachen Freude, am Leben zu sein, dankbar dafür zu sein, dies zu wissen. Die Tränen rannen an seinem Gesicht herab und in sein Haar, aber niemand konnte sie sehen, sie verloren sich im Schmutz.

Er setzte sich auf. Der sich vermengende Geruch von Müll und Fluss war nach dem Kloakengestank frisch und gesund. Er wandte den Kopf und sah, dass er und die anderen direkt bei den beiden Dampfkränen lagen, die Feather's Wharf bewachten.

Napoleon setzte sich auch aufrecht. »Na, wie fühlt sich das an?«, fragte er niemand im Besonderen.

»Mann«, sagte Orococco, »es ist, als ob man zum allerersten Mal Luft atmet.«

Die Borribles schauten nach oben. In der kurzen Zeit, seitdem sich der Kanaldeckel geschlossen hatte, waren die Sterne vom Himmel verschwunden, leiser Verkehrslärm schwoll an, und helle Rechtecke elektrischen Lichts erschienen in hohen, fernen Gebäuden; Löcher, aus den schwarzen Wänden Wandsworths ausgeschnitten. Ein Luftzug ritt auf dem Fluss heran, und eine Wellblechbahn klappte irgendwo gegen eine Schuppenwand. In wenigen Minuten würden die Müllmänner anrücken, um hier mit ihrer Arbeit zu beginnen, würden in den lockeren Gebirgen von Müll graben und schaufeln und die Flusskähne beinahe bis zum Sinken beladen; und von ganz London würden die Kipplaster angeröhrt kommen. Es war ein neuer Tag.

»Gehen wir zu Ben«, sagte Sydney. »Ich möchte gern wissen, was aus Sam geworden ist.«

»Ben?«, sagte Poch.

»Sam?«, sagte Torricanyon, der das Pferd ganz vergessen hatte.

Chaline zog Poch auf die Füße. »Wir erzählen dir die Geschichte später, es geht um Zwielicht hier, und Ben und Sam. Und um Snuffkin und Hanks und die SBE.«

»Snuffkin«, Napoleon spie das Wort aus, »der Name gefällt mir schon gleich mal nicht.«

Stonkus fluchte. »Und seine Visage wird dir auch nicht gefallen«, sagte er, »vor allem nicht, wenn er uns hier draußen schnappt. Verziehen wir uns.« Und er schritt aus in die öde Meilenstrecke, die zwischen dem Wandle und der Wandsworth Bridge lag, gefolgt von den anderen. Sie gingen den verschlungenen Pfad zwischen den Bergen ausrangierter Waschmaschinen und kaputter Eisschränke dahin, still im Gänsemarsch, bis sie Bens Hütte vor sich sahen – und dort flackerte ein Licht hinter dem fadenscheinigen Sackleinen, das als Vorhang in einem der windschiefen Fenster hing. Sie versteckten sich und warteten, während Stonkus zur Tür ging. Vorsichtig drückte er die Klinke auf und steckte den Kopf durch die Tür; nach einem Moment winkte er seinen Gefährten zu, dass alles in Ordnung sei.

»Hier sind wir bei Ben«, erklärte er, als die, die noch nicht hier gewesen waren, hereinkamen, »und Ben ist der einzige erwachsene Borrible der Welt.«

Das Innere der Hütte war düster, nur von einer Öllampe erhellt. Sie fanden Ben schlafend in einen niedrigen Sessel mit gebrochenem Rücken geflätzt, und er sah genauso aus, wie er immer ausgesehen hatte: in viele Mäntel gehüllt, seinen Bart über die Brust ausgebreitet, das schwarze lange Haar verworren auf die Schultern fallend und die Haut mit kleinen Narben übersät und schmutzig. Auch roch er wie gewöhnlich: furchtbar.

»Sag bloß«, meinte Orococco, »der ist schwärzer als ich's bin.« Sydney schloss die Tür, und das leichte Geräusch ließ Ben sich in seinem Schlaf rühren. Er rülpste und öffnete ein Auge, dann das andere. Langsam erwachte er und rührte sich im Sessel, sein schmutziges Gesicht mit einer schmutzigen Hand reibend.

»Na«, sagte er, »brat mir einer 'nen Storch.« Der alte Tramp schüttelte verblüfft den Kopf, aber dann wuchs ein breites Lächeln hinter seinem Bart. »Verdammt noch mal«, fuhr er fort, »ich dachte, Snuffkin hätte euch auf jeden Fall geschnappt. Ging mich natürlich nichts an, hat mir aber gar nicht gefallen, überhaupt nicht gefallen.« Er griff nach der Bierflasche auf dem Tisch und tat einen langen Zug, um sicherzugehen, dass die Welt noch am selben Platz war. »Aber ihr seid jetzt mehr«, sagte er, »paar Freunde aufgelesen, was? Was ihr Kinder treibt, geht niemand was an, aber wen geht's was an, wenn's niemand was angeht?«

Sydney, die die meiste Zeit von allen mit Ben verbracht hatte und ihn daher am besten kannte, ging zu ihm und berührte seine Hand. »Wir haben eine schreckliche Zeit durchgemacht, Ben«, sagte sie. »Könnten wir uns hier verstecken, vielleicht für ein paar Tage, uns ausruhen, wir fallen gleich um.«

Ben wühlte in seinem Mantel und fing an, Bierflaschen hervorzuholen, eine nach der andern. »Hier bleiben, Sonnenschein«, brüllte er, »aber natürlich, immer«, und sein Bart nickte auf und ab, als kaue er ein zähes Stück Fleisch. »Gießt euch mal dieses Likörchen in den Hals, das wird euch bisschen reorganisieren ... Schaut euch bloß an, wie dreckig ihr seid, und diese merkwürdigen Kleider, Hüftstiefel und orangene Jacken – ihr habt wieder geklaut.«

Stonkus fand einen Öffner und gab die Flaschen weiter. Die Borribles tranken und ließen das starke Bier ihre Kehle hinabrinnen, aber sie standen unbeholfen in der Hütte. Schließlich und endlich war Ben ein Erwachsener, und Poch und Napoleon hielten sich in der Nähe der Tür, falls sie wegrennen mussten.

Der Tramp zog sich aus dem Sessel hoch. »Mensch«, sagte er, »ihr müsst müde sein, hab euch noch nie so still erlebt. Seht aus wie die wandelnden Leichen, geht doch einfach in die anderen Zimmer und streckt euch auf den Matratzen aus, erst mal eins ratzen. Sieht alles besser aus, wenn ihr aufwacht, sollt mal sehen.«

Zwielicht schaute sich um. »Du hast alle die Möbel anders aufgestellt«, sagte er, »und deine ganzen Sachen sind anders.«

Ben stemmte die Hände in die Hüften. »Das war euer Freund Snuffkin«, sagte er, »der macht gern mal ein Späßchen. Als ihr weg seid, an dem Tag hat er alle meine Sachen zusammengeschlagen, meine Flaschen zerbrochen, meine Schlösser und Nägel in die Alteisenkähne geschmissen. War eine Menge Essen wert, das Zeug, er hat gesagt, er lässt mich sauberschrubben, rasieren, ins Heim stecken, gottverdammter kleiner Hitler, der Typ. Hat gefragt und gefragt, wo ihr hin seid.«

»Und was ist passiert?«, fragte Vulgo.

»Na, ich hab immer gesagt, dass mich das nichts angeht, und am Ende hat er mich mit einem Tritt in den Arsch ziehen lassen.«

»Und all die Sachen hier«, sagte Chaline, »wo kommt denn das her?«

»Na, das ist doch einfach«, sagte Ben, »wenn man mitten auf der größten Müllkippe der Welt lebt, fehlt's einem an nichts, oder? Haufen Betten und Decken, ich hab jetzt mehr Flaschen als vorher, ich bin reich, Snuffkin kann mir überhaupt nichts.«

»Wo ist er jetzt?«, fragte Stonkus.

»Ja!«, sagte Ben. »Das ist das Blöde, hat ganz Wandsworth abgeriegelt. Er weiß, dass ihr noch nicht nach Hause zurück seid. Weiß nicht, wie er das weiß, aber er weiß es eben. Der sorgt halt dafür, dass er Sachen weiß, was?«

»Dann ist alles so schlimm wie vorher«, sagte Bingo.

»Das kann gut sein«, sagte Ben, »aber wir müssen auch die gute Seite sehn, hm? Was darf's sein, schlafen oder essen?«

»Schlafen«, sagten die Borribles.

»Gut«, sagte Ben, »ihr wisst, wo das Bettzeug ist, genau wie vorher, zeigt's euren Kumpels. Wenn ihr aufwacht, hab ich ein Festessen für euch fertig, ein richtiges Festessen, ihr werdet euren Augen nicht trauen, was euch da auf den Teller geflogen ist, wartet nur ab. Und jetzt marsch und an der Matratze gehorcht.«

Die Borribles brauchten keine erneute Aufforderung. Sie gingen hintereinander aus dem Zimmer, und nach ein, zwei Minuten schliefen sie alle fest, mitsamt Schmutz und Schlamm. Nur Sydney blieb noch zurück.

»Ben …, wie geht es Sam, dem Pferd, ist alles klar? Hat Snuffkin ihn gefunden?«

Ben schwang seine hängenden Schultern hin und her, als ob er lache. »Dieses Pferd«, sagte er, »befindet sich wie der sprichwörtliche Mops im Paletot, Fünf-Sterne-Hotel, erstklassiger Hafer und Heu, frisches Wasser, Haufen anderer Pferde zur Gesellschaft. Hab ihn erst gestern gesehen und kaum wiedererkannt! Knibbsie mag ihn so, dass er ihn gar nicht mehr aus den Augen lässt, und Snuffkin, wie ich gleich gesagt hab, ist nie drauf gekommen, in einem Pferdestall nach ihm zu suchen, zu raffiniert.«

Sydney schniefte. »Danke, Ben«, sagte sie und hielt den Kloß in ihrem Hals mit Mühe drunten, »danke.«

Ben spuckte in einen Kohlenhaufen. »Ich lass nicht oft mich was angehen«, sagte er weise, »aber wenn – dann schon.«

Sydney lächelte und suchte sich einen Platz zum Schlafen. Als nun die Anspannung der Flucht von ihr gewichen war, entdeckte sie, dass sie kaum mehr stehen konnte. Ben wartete, bis er allein war, und suchte dann lange in seinen Taschen nach einer Pfeife. »Diese verdammten Kinder«, brummelte er, »sind was ganz Besonderes, die da, was ganz Besonderes.«

Und so schliefen die Abenteurer, und schliefen wieder. Sie blieben mehr als eine Woche bei Ben, und die meiste Zeit wachten sie nur auf, um zu essen. Wann immer sie die Augen aufschlugen, stand Ben mit neuen Vorräten da.

»Langt zu«, drängte er, »schön alles aufessen, ihr seid alle so mager. Da hat's noch mehr, wo das hergekommen ist, hier ist der ganze Abfall der Welt«, und aus den Tiefen seines Mantels erschienen Pakete von dem und Flaschen von jenem.

Während dieser Zeit waren es die Borribles zufrieden, ihre Sicherheit in den Händen des Tramps zu lassen. »Snuffkin lauert draußen«, sagte er, »der und die SBE, aber die kümmern sich nicht mehr um den alten Ben.« Und dann nahm er einen Zug aus der Flasche und erklärte ihnen, sie sollten sich keine Sorgen über den trockenen Schlamm machen, der von ihnen abbröckelte und sich in die Decken setzte. »Bisschen Dreck ist mir doch egal«, sagte er, »bisschen Dreck hat noch niemand was geschadet, außer der alten Dame, die sich beim Parkettpolieren das Rückgrat gebrochen hat.«

Am Ende der Woche begannen die Borribles langsam, sich zu erholen. Poch, Napoleon, Torricanyon und Orococco kamen als Letzte wieder auf die Beine, aber ihre Gefangenschaft war auch lang und schwer gewesen. Als sie schließlich in das Tageslicht von Feather's Wharf hinaustraten, war der Schlamm von ihrer Haut, wenn auch nicht von ihren Kleidern verschwunden. Sie sahen blass und dünn aus, aber in ihren Augen leuchtete es wieder, und die Funken einer neuen Energie waren in ihren Bewegungen und Gedanken zu erkennen; sie fingen an, ihre Geschichten auszutauschen, wie es die Borribles lieben.

Vulgo erzählte, wie Sydney nach Whitechapel gekommen war und wie Zwielicht am selben Tag Chaline vor einem Bullen gerettet hatte. Sydney sprach von der seltsamen Botschaft über Sam, das Pferd, und darüber, wie sie und die anderen aufgebrochen waren, ihn zu finden; Stonkus erklärte Poch die Sache mit dem Aufbau der SBE, und wer Inspektor Snuffkin war und wie die Abenteurer in der Schlacht vom Eel Brook Common gefangen genommen worden waren. Dann nahm Bingo den Faden der Erzählung auf und berichtete, wie Ben sie alle gerettet hatte, und die Neuankömmlinge sahen Ben mit tiefer Bewunderung an.

»Das war das Beste«, sagte Chaline, »aber das Schlimmste war, was ich herausbekommen hab, als ich mit Zoff geredet habe, wie ihr alle im Schacht wart. Wisst ihr, er hat das alles geplant, er hat dafür gesorgt, dass die Botschaft zu Sydney kommt, nur um die Dinge in Gang zu bringen und irgendwie an Eisenkopf ranzukommen.«

»Ja, der war verschlagen«, sagte Poch, »ungeheuer verschlagen.«

»Weiß nicht so recht«, wandte Torricanyon ein, »was man über ihn sagen mag, er hat uns lebend da rausgeholt, schätze, das hätte sonst wohl keiner geschafft.«

»Stimmt schon«, sagte Napoleon, Respekt in der Stimme, »er hat Eisenkopf die ganze Zeit hinters Licht geführt, und das ist nicht einfach, und was für ein Kampf mit den Spaten, der war schon Zoff, der Zorneszahn, da gibt's nichts.«

»Jetzt mal einen Moment«, sagte Poch finster, »ohne Zoff wären wir gar nicht erst drunten im Schacht gewesen. Er hat uns die Rettung geschuldet ... und wir wären vielleicht nie wirklich weggekommen, wenn Chaline nicht die Keile rausgeschlagen hätte.«

»Klar wären wir das«, sagte Napoleon, »Chaline hat uns beinahe alle umgebracht ... Zoff brauchte nur zu tun, als wär er Eisenkopf, dann hätte er uns rausgebracht, wann immer er wollte.«

»Ja«, sagte Poch, »genau das ist's. Hätte Zoff das getan? Wer weiß, was er gemacht hätte, wenn er erst an der Macht gewesen wäre? Er hätte uns vielleicht rausgelassen, vielleicht auch nicht. Und nichts hätte ihn gehindert, uns mit einem Tritt auf die Straße zu befördern und selbst zurückzubleiben und Eisenkopf zu werden, Identitätswechsel, sozusagen.«

»Das hätte er doch nicht gemacht«, fragte Zwielicht mit runden Augen, »wie? Oder?«

»Zoff war zu allem fähig«, sagte Poch, »das war ein Teil seiner Stärke. Darum war er so gefährlich. Und dieser Schatz hat den Leuten auch was angetan, hat sie verändert. Er hat Eisenkopf schlimmer als zuvor gemacht, er hat Napoleon einmal in Versuchung geführt, er hat mich sicherlich ehrgeizig nach mehr und immer mehr Namen gemacht. Wer weiß, was er mit Zoff gemacht hat, wer weiß?«

Es gab so viel zu überdenken nach dem, was Poch gesagt hatte, dass es eine Weile still war. Dann hob Sydney den Blick und sagte leise: »Also hat Chaline als Einzige von uns das alles durchschaut, und als sie es erkannt hat, hat sie den Schacht zerstört, hat das Geld zerstört ... und Zoff getötet.«

Chaline starrte zu Boden; sie wurde rot. »Ich hab nicht gewusst, was ich tat«, begann sie, »und ich will mir das nicht anrechnen lassen. Ich wollte Zoff nicht töten, er war tapfer, er hat uns am Ende alle gerettet, aber er hat uns nie gesagt, was er tun würde, man hat nie gewusst, wo er hinhüpft. Als ihr aus der Grube kamt, war ich mir mit gar nichts mehr sicher. Einen Augenblick lang dachte ich, Eisenkopf kommt heraufgeklettert, dann war es mir wieder unklar. Es war so ein Lärm, so ein Geschrei, ich hatte Angst vor dem, was geschah und was geschehen könnte. Ich weiß nur genau, dass ich nicht wollte, dass das Geld wieder unter die Borribles kommt ... die Keile loszuschlagen war das Einzige, was ich tun konnte, schien da das Richtige.«

»Ich glaube, das war es auch«, sagte Poch, »ich glaube es, obwohl es uns fast alle umgebracht hat.«

»Jedenfalls war sie verdammt couragiert«, sagte Vulgo, »flog eine ganze Menge Todeskuss durch die Luft in der nächsten Viertelstunde.«

»Ich war nicht couragiert.« Chaline schüttelte den Kopf. »Nur verrückt vor Angst.«

»Was für eine großartige Geschichte das sein wird«, sagte Zwielicht, »es wird das größte Borribleabenteuer sein, das man je erzählt hat, vielleicht sogar besser als die Große Rumbeljagd.«

Poch sah streng drein. »Ich weiß nicht, wie's euch anderen geht«, sagte er, »aber einiges an diesem Abenteuer mag ich nicht. Vielleicht sollten wir die Geschichte nicht erzählen, sollten sie als Geheimnis unter uns bewahren.«

»Eine geheime Geschichte«, sagte Chaline, »ja, vielleicht das Richtige. Vielleicht nicht. Wir werden's uns überlegen müssen.«

Poch schaute die in seine Handflächen eingebrannten Narben an. »Weißt du, Chaline, ich bin froh, dass du mir diesen zweiten Namen gegeben hast, Poch Brandhand. Ich bin stolz drauf, in einer komischen, verdrehten Weise … aber einen weiteren Namen will ich nicht. Ich hab genügend Abenteuer erlebt für ein ganzes Borribleleben.«

Und so sprachen sie weiter, und Ben saß dabei und lauschte mit großem Interesse und reichte Flaschen mit süßem dunklem Bier herum, damit die Erzähler sich stärken konnten; die Borribles akzeptierten den Tramp schließlich ganz als einen der ihren. Tatsächlich war es schon ein Beweis ihres Vertrauens, dass sie ihre Geschichten überhaupt vor einem Erwachsenen erzählten, denn das war noch nie zuvor geschehen.

Es wurde ihnen bald klar, dass Ben die Borribles für immer in seinem Anbau hätte wohnen lassen wollen, aber wie die Abenteurer ihre Glieder kräftiger werden spürten, begannen sie sich Sorgen zu machen, wie sie nach Hause finden konnten, zurück zu ihren verfallenen Häusern in den verschiedenen Stadtteilen von London.

»Wird nicht einfach sein«, sagte Stonkus, als er Poch erklärt hatte, wie entschlossen und gut ausgebildet Inspektor Snuffkin und seine Männer waren. »Die SBE weiß, dass wir etwas mit Tautröpfchens Tod zu tun hatten, und die geben nicht auf, bis sie uns geschnappt und unsere Ohren gestutzt haben.«

Ben klopfte seine Pfeife gegen die Seite seines Sessels aus und ließ die Asche auf den Boden fallen. »Jedes Mal, wenn ich rausgeh«, sagte er, »seh ich überall Horden von Bullen, wie bei einer gottverdammten Krönungsfeier, nur dass sie nach euch suchen, und die sehen aus, als ob sie ewig warten würden, Tag und Nacht, und zwar vor allem zwischen hier und Battersea, wo ihr gerade hinwollt, wie? Wir müssen uns diesmal wirklich was Besonderes ausdenken.«

Sie diskutierten weiter und weiter und kamen zu keinem Ergebnis. Einige meinten, es wäre eine gute Idee, ein Floß zu bauen und in der Dunkelheit sich den Fluss hinabtreiben zu lassen. Andere schlugen vor, es wäre sicherer, am Rand des Flusses entlangzugehen und so den Polizeikordon zu umrunden. Ein, zwei meinten, sie sollten bleiben, wo sie waren, und warten, bis Snuffkin sein Vorhaben aufgab und sich zurückzog, aber man wies darauf hin, dass es keine Garantie gab, dass die SBE Ben nicht einen erneuten Besuch abstatten würde und sie alle, etwa mitten in der Nacht im Schlaf, fangen würde. Es war gefährlich, aufzubrechen, und es wurde jede Stunde gefährlicher, zu bleiben; die Situation schien hoffnungslos, bis Ben eines Tages aus der Außenwelt zurückkehrte, seine Taschen von Vorräten leerte, eine Flasche auf den Tisch knallte und um Ruhe rief.

»Ich hab nachgedacht«, sagte er, »und, verdammt noch mal, das hat zu einer Idee geführt. Keiner eurer Pläne ist besonders gut, nicht einer, aber ich glaube, ich krieg euch sauber und bequem aus Wandsworth raus, das Pferd auch.«

»Das Pferd auch«, sagte Sydney glücklich, »und wie?«

Ben kniff die Augen zusammen und schaute höchst geheimnisvoll.

»Ha«, sagte er, »da müsst ihr noch ein bisschen abwarten. Sagen wir – übermorgen, in aller Frühe, ruht euch gut aus, ihr könnt's vielleicht brauchen.«

Die ganze restliche Zeit konnten sich die Borribles kaum beruhigen. Ben kam und ging und brachte eine Menge Lebensmittel und hob unermüdlich die Bierflasche an den Mund. Als er wieder einmal zurückkam, trug er schwankend ein großes Bündel gebrauchter Kinderkleider in die Hütte und warf es auf den Boden.

»Am besten zieht ihr mal das Wendelzeug aus«, keuchte er, »ihr seht wie eine Horde Banditen aus. Hab wunderbare Klamotten hier, da seht ihr lecker drin aus, wie gottverdammte Chorknaben … und -mädchen natürlich.«

Bingo hielt ein Hemd hoch, das früher einmal sehr teuer gewesen sein musste. »Wo hast du das denn her?«, fragte er.

Ben hob die Augenbrauen. »Na, was meinst du denn? Ist per Zufall von einem Lastwagen gefallen, wunderbare Sache, die Schwerkraft, ich glaube, ohne die könnten wir nicht überleben.«

Um fünf Uhr früh am Tag des Aufbruchs schlich sich Ben in den Raum, wo die Borribles schliefen, und schüttelte sie sanft wach.

»Auf geht's, Freunde«, flüsterte er, »es ist Zeit.«

Wie gewöhnlich hatte der Tramp die ganze Nacht in seinem Sessel am Feuer gesessen, trotz der Hitzewelle, trinkend und nachdenkend, und obwohl der dämmernde Morgen warm und feucht war, trug er wie üblich immer noch alle seine Mäntel.

Die Borribles reckten sich, rollten von ihren Matratzen, zogen rasch ihre neuen Kleider an und gingen in die Küche.

»Hab Tee für euch«, sagte Ben, als sie nach und nach auftauchten, »und da steht noch ein Kessel Wasser auf dem Feuer, wenn ihr mehr wollt. Schinkenbrote auf dem Teller … greift zu.«

Es war gerade hell geworden, als sie eine kleine Weile später die Hütte verließen. Zwei, drei Möwen zerrten an einem Haufen von Abfällen am Fluss, und Ben schaute in den Himmel.

»Heute wird's wieder heiß wie die Hölle«, sagte er und zog seine Kragen enger um den Hals.

Im Gänsemarsch folgten die Borribles dem Tramp über das holprige Terrain von Feather's Wharf. Durch zerstörte und verlassene Fabrikhallen, durch aufgegebene Häuser hindurch, wo unter ihren Schritten Glasscherben knirschten und wo verrottete Fußbodenbretter zu platzen und zu stürzen drohten, schritt Ben voraus und wanderte sicher auf Wegen, die vergessen und auf keiner Karte verzeichnet waren – Wegen, die nur er kannte und die kein gewöhnlicher Erwachsener oder Polizist je zu Gesicht bekommen hatte. Über die Eisenbahnlinie gingen sie, den Damm am Wandle entlang, und endlich stolperten sie über ein staubiges Feld voll bröckelnder Ziegelsteine und Wellblech und fanden sich am Rand der breiten Straße wieder, des Armoury Way.

Ben schaute sorgsam nach rechts und links; die Borribles warteten hinter ihm. Die Gehsteige waren grau und leer und erstreckten sich meilenweit. Ben gab das Kommando, und er und die Borribles rannten alle dichtgedrängt über die Straße. Als er sich zu seiner Zufriedenheit überzeugt hatte, dass niemand zusah, grinste er und drückte gegen ein Brett in der hohen Plakatwand neben sich. Die Planke drehte sich an einem losen Nagel, und die Borribles sahen, wie sich ein großes Loch auftat.

»So komm ich immer in Youngs Brauerei rein«, lachte Ben gackernd. »So besuch ich meinen Kumpel, Knibbsie, und so hol ich mein Bier raus. Hinein mit euch.«

Als alle durch waren, brachte Ben das Brett wieder an seinen Platz und atmete erleichtert auf. »Jetzt sind wir sicher«, erklärte er, »wir sind hinten in der Brauerei, privates Grundstück, keine Plattfüße hier. Knibbsie und ich waren mal Bierkutscher zusammen, nicht bloß gemeinsam auf der Walz. Jetzt schaut er nach den Pferden, weil das Bier, das liefern sie immer noch mit Pferdefuhrwerken aus, schon mal gesehen?«

»Gesehen!«, sagte Bingo. »Will ich meinen, unglaublich große Viecher, groß wie Doppeldeckerbusse.«

Ben nickte. »Also kommt, keine Zeit zu verlieren.« Er schlurfte weiter durch die Höfe und Gassen der Brauerei, und die Borribles gingen mit ihm. Überall kamen sie an riesigen hölzernen Fuhrwerken vorbei, hoch wie Kutschen für Könige, mit massiven stahlbeschlagenen Rädern, die in leuchtenden Jahrmarktsfarben gestrichen waren.

Der Tramp hielt neben einem der Fuhrwerke an und deutete auf den polierten Sitz, der gut fünfzehn Fuß vom Boden entfernt war.

»Da sitzen der Kutscher und sein Kumpel«, sagte er, »das ist wie fliegen. Kann man alles auf Meilen hinweg sehen. Da schaust du in die Fenster im ersten Stock, gar kein Problem, und siehst die Typen beim Frühstück sitzen … und der ganze Verkehr muss warten, wenn du kommst. Und die Hufe gehn klippklapp, das Ledergeschirr knarrt, die Beschläge klirren und schwingen, ich sag euch, wenn man arbeiten muss, und das will ich wirklich niemand wünschen, aber wenn man muss, dann ist das der beste Job der Welt, und das Bier ist auch umsonst. Brauchst die Luft hier drin nur einatmen, zum Beispiel – merkt ihr's – Mensch, diese Luft ist so voll Bier, die ist gut genug, um das Atmen zu einer strafbaren Handlung zu machen«, und wie zum Beweis sog Ben tief und philosophisch die Luft durch die Nase, bevor er weiterging.

Sie waren beinahe am Ende ihrer Reise, und Ben führte sie in einen weiten Stallungshof – da stand auf der anderen Seite ein Mann in einer langen Lederschürze, auf einen Besen gelehnt. »Das«, sagte Ben, »ist mein Partner Knibbsie.«

Knibbs hatte sie offensichtlich erwartet, denn er zeigte keinerlei Überraschung bei ihrer Ankunft. Sydney, die ihn zuletzt in der nebligen Nacht ihrer Flucht aus der Polizeiwache in der Fulham Road gesehen hatte, schaute ihn genau an.

Sie erinnerte sich nun an sein Gesicht: bleich, mit merkwürdig borstigem Haar, das horizontal unter einer flachen, speckigen Mütze hervorstach. Seine Nase war hart und knochig, seine Augen dunkel. Er trug einen großen weich-buschigen Schnurrbart, von dunkelbraunem Bier gefleckt. Sein Gesicht wirkte mürrisch, bis er lächelte, aber jetzt lächelte er, und es wurde warm und freundlich. Er winkte sie herbei, und die Borribles und Ben gingen zu ihm.

Auf jeder Seite des Hofes, den sie durchschritten, waren große, horizontal geteilte gelbe Doppeltüren, und die obere Hälfte jeder Tür stand offen, und die großen Zugpferde, die zu den Fuhrwerken gehörten, standen massig und schwer wie Mammuts da.

»Meine Fresse«, sagte Vulgo, »schaut euch die großen Viecher an, stellt euch vor, so was tritt dir auf den Zeh.«

»Und schaut mal die Zähne«, sagte Zwielicht, »ein Haps, und du bist weg.« Aber die Pferde reagierten überhaupt nicht feindselig, eine Gruppe kleiner Kinder bedeutete ihnen nichts. Sie schwenkten bloß die Köpfe, schnaubten, stampften und warteten auf ihr frühmorgendliches Futter.

Als die Abenteurer vor Knibbs standen, lehnte er seinen Besen an die Wand und kreuzte die Arme. Er schaute Ben an und dann die Borribles. »Borribles, hm? Ja, ich hab von denen gehört, hätt nie gedacht, dass ich mal welche seh, bewusst sehe, mein ich.«

Die Borribles standen angespannt da. Knibbs war immerhin ein Erwachsener.

»Keine Sorge«, sagte er, »Ben hat mir alles erzählt. Ich will euch jetzt bloß mal außer Sicht befördern, bevor sonst jemand kommt. Macht mir nichts aus, zu helfen, aber ich möchte deswegen nicht gefeuert werden, was, Ben? Wo wären wir dann, was die Bierversorgung betrifft?«

»Wo, in der Tat«, sagte Ben weise, »wo?«

»Einen Moment noch«, sagte Sydney, »erinnerst du dich noch an mich? Ich hab dich schon einmal gesehen, in der Nacht mit dem Nebel. Ich hab ein Pferd hergebracht ... was ist mit Sam?«

Knibbs schaute auf Sydney hinunter. »Sam«, sagte er, »na, Sam geht's vorzüglich. So ein Pferd hast du noch gar nie gesehn, nicht in deinem ganzen Leben«, und er ging zu einer Stalltür in der Nähe und schob die Riegel der unteren Hälfte zurück. »Muss ich unten aufmachen«, erklärte er, »Sam ist nicht groß genug, um drüberzuschauen, nicht wie die anderen.« Damit öffnete der Stallwächter die Klappe, und da stand Sam. Aber welch ein Sam! Er war so glatt und wohlgenährt, seine Hufe glitzerten wie Anthrazit, und sein Fell war so glänzend gebürstet, dass Sydney ihr Gesicht darin sehen konnte. Nicht länger die schäbige, niedergeschlagene Mähre, die einst Tautröpfchens Karren gezogen hatte. Sam hatte sich in einen Aristokraten von einem Pferd verwandelt, klein, aber distinguiert.

Die Borribles schrien vor Erstaunen auf und schoben sich näher, um das Tier zu streicheln und zu tätscheln, und Sam wieherte leise und beschnüffelte sie liebkosend, einen nach dem anderen wiedererkennend.

Sydney drehte sich zu dem Stallwächter um. »Ja, das ist wirklich Sam«, sagte sie, »und er sieht wunderbar aus, aber er war doch immer braun, jetzt ist er schwarz.«

»Mensch, stimmt«, sagte Chaline, »hab ich gar nicht bemerkt.«

»Ha!«, sagte Knibbs. »Das ist seine Tarnung. Wir müssen ihn heute an Snuffkin vorbeischmuggeln, und so werden wir's tun. Denn wenn Snuffkin das Pferd erkennt, weiß er, dass ihr nicht weit weg seid, so sieht's doch aus. Und jetzt, ihr alle, raus mit euch aus dem Stall und ins Versteck.«

Draußen im Hof führte Knibbs sie zu einem der großen Fuhrwerke, das neben seinem Arbeitsraum bei den Ställen stand. »Das ist schon beladen«, sagte er, »und ich und Ben liefern heut aus, weil wir mit Leuten knapp sind. Jetzt schaut die Leiter da, die geht's rauf! Beeilung!«

Die Borribles taten, wie man ihnen sagte, und fanden sich auf dem obersten Gipfel eines Gebirges von hölzernen Fässern, welche die ganze Länge und Breite des Karrens entlang aufgestapelt waren – nur in der Mitte hatte Knibbs Raum gelassen, gerade so viel, dass die Abenteurer hinunterspringen und sich verstecken konnten.

»Keinen Laut mehr jetzt«, rief Ben, »kommt nicht eher raus, bis ich euch sage, dass alles klar ist.« Er warf eine Segeltuchplane zu ihnen hinauf. »Und deckt euch damit zu, dass man euch nicht von einem Haus oder Bus runter sieht.«

»Wo fährt das Fuhrwerk denn hin«, fragte Orococco, »nicht zufällig nach Tooting?«

»Nein«, sagte Knibbs, »Battersea High Street, da bringen wir euch hin. Wir liefern beim Pub *The Ancient Woodman* an, und jetzt keinen Lärm mehr.«

Die Borribles grinsten sich an und kletterten in die Mitte des Fuhrwerks, wo sie von allen Seiten durch die riesig aufragenden Bierfässer verdeckt wurden. Sie setzten sich hin und zogen sich die Plane über die Köpfe.

»Denkt bloß«, flüsterte Zwielicht, »wir sind auf dem Heimweg.«

»Noch bist du nicht daheim«, sagte Stonkus, »noch müssen wir an Snuffkin und Hanks vorbei.«

»Ja, Mensch«, sagte Vulgo, »und stell dir mal vor, was die mit Ben und Knibbs anstellen, wenn sie entdecken, dass die Borribles schmuggeln ... kommen wahrscheinlich jahrelang ins Gefängnis.«

Draußen, jenseits der Fässer, ging die Brauerei ihrem Geschäft nach, und die Geräusche, die sie hörten, sagten den Borribles, was vor sich ging. Erst wurde eine der Stalltüren geöffnet, und Knibbs und Ben kamen mit zwei Zugpferden heraus und schirrten sie an die Deichselschäfte des großen Fuhrwerks. Dann kam der leichtere Schritt Sams, der nun auch herausgeführt und hinten angebunden wurde. Etwas später entstand mehr Lärm, als andere Kutscher und Pferdeknechte ankamen, um ihre Pferde zu striegeln und sie zu den Fuhrwerken zu geleiten, die für die Arbeit des Tages bereitstanden. Dann kam der Vormann, kontrollierte die Ladungen und sagte den Kutschern, welchen Teil von London sie zu beliefern hatten, und er las die Namen der Pubs aus seinem Auftragsbuch vor: *Zum gestürzten Baum, Zum alten Bock, Zum fröhlichen Matrosen, Der Augapfel, Das Paradies, Zum Kohlenbrenner*, und viele andere.

Als der Vormann an das Ende seiner Liste gekommen war, rollte er ein Fässchen Bier heraus, hob es auf einen hölzernen Bock, stach es an und gab jedem der anwesenden Männer ein großes Glas Bier, damit sie auf den neuen Tag trinken konnten. Sobald die Gläser geleert waren, schmatzten die Kutscher mit den Lippen, riefen sich Lebwohl zu, stiegen auf die hohen Sitze ihrer Fuhrwerke, knallten mit den Peitschen in die Luft und ließen endlich die riesigen Pferde sich voranbewegen.

Nun schlug Knibbs mit der Peitsche und sprach zu seinen Pferden: »Auf geht's, Donner, mein Schöner, los jetzt, Blitz, meine Gute«, rief er, und Ben packte seine Beine in eine große Lederschürze, und das große Fuhrwerk rumpelte über die Pflastersteine.

»Wir sind unterwegs!«, rief Ben, und die Beschläge des Geschirrs klirrten, und die Hufeisen machten einen Heidenlärm, als der Wagen zum Hof hinausrollte und wie eine Kampfmaschine auf dem Weg zum Schlachtfeld aus den Toren der Brauerei hervorbrach.

»Jetzt kommt's drauf an«, sagte Bingo, so durchgeschüttelt, dass seine Stimme schwankte, »wenn sie uns diesmal hier drin finden, gibt es keine Flucht. Dann heißt's Ohren ade.«

Poch lächelte. »Wie das Sprichwort sagt: ›Manchmal kann man bloß noch die Daumen drücken und den Mund halten‹ ... Der Zeitpunkt ist jetzt da.«

Es war nun halb neun Uhr, und der Berufsverkehr auf der Wandsworth High Street war gewaltig, nicht, dass das für Knibbs irgendeinen Unterschied machte. Das Gesetz gibt den Pferdefahrzeugen Vorfahrt vor Automobilen, und so mussten die allesamt anhalten und warten, während die Bierfuhrwerke aus der Brauerei herausgeklappert kamen, um sich in verschiedene Richtungen über London zu verteilen. Knibbs gab den Pferden die Zügel, und die großen Tiere schritten stolz aus, und hinter dem Wagen ging Sam, elegant wie ein Vollblut. Sie kamen über Wandsworth Plain, fuhren durch die Einbahnstraßen, zurück in den Armoury Way, an der Ampel vorüber und hinein in den großen neuen Kreisverkehr, wo Sydney im Nebel mit Ben gegangen war; endlich in die York Road, auf die Grenze von Wandsworth und Battersea zu, wo Inspektor Snuffkin mit Sergeant Hanks und der SBE im Hinterhalt lag.

Auf jeder Straße ließ der Verkehr die stetig dahinmarschierenden prächtigen Pferde vorbei, und die Fahrer lehnten sich auf ihr Lenkrad und spähten durch die Windschutzscheibe, um einen Augenblick der Schönheit zu genießen und mit zur Arbeit zu nehmen; die Fahrgäste in den heißen, verqualmten oberen Etagen der Busse starrten töricht zu Knibbs und Ben hinüber und fragten sich erstaunt, warum sie so frei und piratenhaft ausschauten, und ahnten keinen Augenblick, dass in einem geheimen Versteck tief zwischen den Fässern die Abenteurer lagen und über eine Grenze entwischten.

Auf halber Strecke in der York Road verlangsamte sich der Strom der Autos und Busse und kam zum Stehen, und auch die Pferde hielten an. Ben stand auf seinem Sitz auf und versuchte zu erkennen, was in der Ferne vorging. Einen Augenblick später drang seine Stimme nach hinten zu den Borribles.

»Aufgepasst, Freunde, ich sehe vorne einen blauen Wagen ... das sind sie, klar. Durchsuchen alle Autos, haben eine Straßensperre. Bleibt unten mit den Köpfen.«

Schritt für Schritt rückte das Fuhrwerk voran, und die Borribles bissen sich auf die Lippen und warteten. Sie konnten nichts sehen und wagten es nicht, nachzuschauen, aber Ben hatte gesagt, dass ein dunkelblauer Mannschaftswagen zur Hälfte quer über die Straße geparkt war und zwei, drei Polizisten den Verkehr an ihm vorbei stadteinwärts durch eine Kontrolle filterten. Langsam schritten die Pferde dahin, geduldig auf Knibbs' Kommandos reagierend, bis sie schließlich zu den Polizisten kamen, und da stand auch Inspektor Snuffkin auf dem Gehsteig und beobachtete alles mit seinen glänzenden dunklen Augen. Sein langer Mantel streifte den Boden, seine Knöpfe funkelten, und die beiden Seiten seines rechteckigen Schnurrbarts zuckten auf und ab wie die Flügel eines sterbenden Falters. Neben ihm, stets getreu, stand Sergeant Hanks, stets dick und fett, seine Uniform immer noch mit Schichten fettiger Speisereste von Monaten bekleckert. Snuffkin machte eine Geste, und einer seiner Polizisten trat an die Seite des Fuhrwerks heran und schaute hoch in Knibbs' Gesicht.

»Fahren Sie den Wagen hier rüber, aus dem Weg«, sagte der Polizist grob. »Sie behindern den Verkehr.«

»Wär nicht der Fall, wenn ihr eure blöde Karre nicht halb über die Straße gestellt hättet«, sagte Knibbs. »Panne gehabt, wie?«

»Vorsicht, Freundchen«, sagte der Polizist, und er ließ Knibbs sein

Fuhrwerk an den Gehsteig heranfahren, wo Snuffkin mit hinter dem Rücken verschränkten Händen stand.

»Und wo wollt ihr mit der Ladung hier hin?«, fragte er in überlegenem und aggressivem Ton. Er stand da und ließ den Kopf gefährlich auf den Schultern kreisen.

»Wir wollen zu einer Party«, schlug Ben vor, »und wollten nicht kleinlich wirken, jeder sollte was mitbringen.«

»Keine Witze hier«, sagte Snuffkin, dann sah er noch einmal hin. Sein Gesicht wurde hart. »Nun, nun, nun«, sagte er, »der alte Tramp Ben. Mit dir hab ich mich schon abgeplagt. Hätte nicht gedacht, dass du arbeitest, Ben, ich hab immer geglaubt, du bist einer von diesen Wohlfahrtspennern, ein halbes Jahr Sozialhilfe, das andere halbe Jahr im Alkoholnebel.«

»Ich bin im Nebenberuf Bierkutscher«, sagte Ben hochnäsig und fühlte sich sicher auf seinem hohen Sitz, »das hab ich gelernt.«

»Trinkst selber mehr, als du ausfährst, nehm ich an«, sagte Hanks und zog ein Bonbon aus der Tasche, wickelte es mit den Zähnen aus und ließ es in den Mund rutschen. Dann leckte er das Papier ab und ließ es, nass vor Speichel, zu Boden flattern.

»Ich hab gefragt, wo ihr hinfahrt«, sagte Snuffkin unnachgiebig, »und wenn ich keine vernünftige Antwort bekomme, dann bleibt ihr hier stehn, bis euer Bier sauer ist.«

Knibbs sagte: »Wir liefern in der Battersea High Street, *The Ancient Woodman*, die Church Road runter zum *Swan*, und dann die Battersea Bridge Road wieder rauf.«

»Hmmm«, machte Snuffkin, nicht überzeugt, und die Borribles hörten seine kleinen Tanzschrittchen näher rücken. Hinter ihm stampfte Sergeant Hanks, dessen Backen geräuschvoll an seinem Bonbon schlabberten. Es hörte sich an wie jemand mit einer schweren Erkältung, der den Rotz hochzieht.

Plötzlich nahm Snuffkin einem seiner Polizisten den Knüppel ab und begann, gegen alle Fässer zu schlagen, die er erreichen konnte, eines nach dem anderen. Die Furcht schlug über den Borribles zusammen, und sie hielten den Atem an. Langsam arbeitete sich Snuffkin an dem Fuhrwerk entlang – eine Seite hinunter, die Rückseite, die andere Seite nach vorn zurück. Als er fertig war, stand er auf der Straße, zwergenhaft neben den Pferden – so klein, dass er unter ihren Bäuchen hätte hindurchgehen können, ohne den Hut abzunehmen.

»Was treibt das Pferd dahinten bei euch? Gestohlen, was? Kommt mir bekannt vor.«

»Nun«, sagte Knibbs, »ein Pferd sieht ziemlich wie das andere aus.«

»Das ist das Problem«, sagte Ben mit schlauem Gesicht, »hat man eines gesehen, hat man alle gesehen«, und er nickte vor sich hin, als hätte er ein Leben lang mit diesem Problem gerungen.

»Und warum ist es so klein?«, fragte der Inspektor. »Könnte so ein Fuhrwerk doch gar nicht ziehen! Was macht es also bei euch?«

»Mensch«, sagte Ben und blies empört die Backen auf, »man muss doch einem Pferd auch eine Chance geben ... er ist noch klein, sicherlich, aber er lernt, wie man größer wird, wie? Wächst noch, lernt noch. Ich meine, Sie sind doch auch auf die Abendschule gegangen, oder?«

»Werd bloß nicht frech«, sagte Snuffkin ärgerlich, und ein dunkler Schatten ging über sein Gesicht. »Wenn das Pferd nicht schwarz wäre, hätte ich geschworen, es wär dieser kleine braune Gaul, den die Borribles geklaut haben.« Während er das sagte, kam ihm eine Idee, und er ging wieder zum Ende des Fuhrwerks und betrachtete Sam eingehend. Er wischte mit beiden Händen an den Pferdebeinen hinunter, und Sam zitterte vor Angst und Widerwillen. Er hätte sich aber nicht zu fürchten brauchen: die Farbe, die Knibbs verwendet hatte, ging nicht ab unter der Hand des Polizisten, obwohl er rieb, so stark er konnte. Der Stallwächter war ein listiger alter Rosstäuscher und hatte in seiner Jugend lange bei den Zigeunern gelebt. Er wusste alles, was es über die Tarnung eines Pferdes zu wissen gab.

Enttäuscht und immer noch misstrauisch kam Snuffkin zum Kopf des Fuhrwerks zurück und stellte sich am Schwanz des linken Zugpferds auf, der Stute, die Knibbs »Blitz« nannte.

»Jetzt hör mal zu, du Vagabund«, sagte er zu Ben, »hast du irgendetwas von diesen Kindern gehört, seit ich dich zuletzt gefragt hab? Es gibt eine Belohnung für sie, fünfhundert Pfund, mein Lieber ... denk mal, was du dir da alles zu trinken kaufen könntest.«

»Oh!«, sagte Ben, die Hände faltend und zum Himmel emporschauend. »Fünfhundert Pfund, solch ein Geld. Wissen Sie, ich träum von Geld, jede Nacht, Banknoten vor allem, da seh ich dann, wie ich meine Matratzen damit vollstopfe und die Kissen ... Ich hab die Augen sperrangelweit offen wegen der Kinder, Inspektor, Sir, ehrlich, ich find sie noch für Sie, können Sie Ihre Stiefel drauf wetten.«

Snuffkin dachte einen Moment nach, und Sergeant Hanks steckte den Fingernagel in die Nase. Es herrschte Schweigen, und alles wartete darauf, dass der Inspektor zu einer Entscheidung kam. Der Rest des morgendlichen Verkehrs floss langsam durch die Sperre.

In diesem Moment hob Blitz mit langsamer Eleganz ihren massiven Schwanz zu einem schön geschwungenen Bogen, und ein weiches breites Tau aus frisch geflochtenem Dung erschien, sich aus dem großen Körper zu einem schweren, dampfenden Klumpen rollend, braun, durchsetzt mit Stroh. Er klatschte feucht zu Boden und explodierte über Inspektor Snuffkins Schuhe und Hosenbeine.

Der Inspektor schrie auf und sprang abrupt zurück, wobei er den Sergeanten mit seinem scharfen Ellenbogen in den Magen stieß.

»Autsch!«, brüllte Hanks, und sein Bonbon glitt ihm in den Hals und blieb dort stecken, und sein Fingernagel kratzte den Rand seines Nasenlochs, das zu bluten begann. Unfähig, auch nur ein Wort zu sprechen, taumelte er zu dem nächsten Polizisten und bat ihn – röter und röter im Gesicht – durch Gesten, fest auf seinen Rücken zu klopfen, eh ihn der Schlag träfe.

Snuffkin wurde hysterisch. Er konnte Schmutz nicht ausstehen. Er stampfte und schabte seine Schuhe an der Gehsteigkante, er schüttelte seine Hosenbeine, er schrie, und er kreischte.

»Weg mit diesen Pferden, meinen Wagen, fahrt mich heim, ich muss mich umziehen, ich brauche eine neue Uniform. Ich brauche ein Bad. Weg mit diesen Tieren, erschießt sie! Sie sind widerlich, unhygienisch, man muss ein Gesetz erlassen ... Ich lass sie zu Katzenfutter verarbeiten! Fort mit ihnen!«

Knibbs blinzelte Ben zu und gab mit den Zügeln das Zeichen. Blitz wandte ihren großen Kopf und schaute angewidert auf die zappelnde, hüpfende Gestalt von Inspektor Snuffkin, und als die Stute in den Verkehrsstrom hinaustrat, schwenkte sie noch einmal den Schwanz und furzte laut wie ein Kanonenschlag.

Snuffkins Beine zitterten vor Wut, der vulgäre Charakter der ganzen Szene ließ es ihm schwindlig werden, und er bedeckte sein Gesicht mit den Händen. »Hanks«, stöhnte er, »Hanks, meinen Wagen, fahr mich weg, ich bring das Pferd sonst um, ich steh für nichts mehr ein.«

Knibbs hob die Peitsche, der langsame Verkehr stoppte, und das Fuhrwerk umrundete den SBE-Wagen und zog in die frei vor ihnen liegende Straße davon. Die Sperre war passiert, die Grenze überschritten. Hinten zwischen den Fässern umarmten sich die Borribles begeistert.

»Wir haben's geschafft«, sagte Chaline.

»Und noch mit Sam«, sagte Sydney, »wir sind mit Sam geflohen.«

Poch grinste und grinste. »So gut hab ich mich noch nie gefühlt«, sagte er, »teure Heimat«, und er warf den Kopf zurück und sang ein Triumphlied, nicht laut, denn er wollte außerhalb der Fässer nicht gehört werden, aber mit viel Gefühl und Dankbarkeit in der Stimme. Und seine Freunde schlossen die Augen, um sich auf den Text zu konzentrieren und auch, um ihre Freudentränen zurückzuhalten. Dies war Pochs Lied:

Hipp hipp hurra! Wir haben gesiegt!
Sie haben uns nicht zu fassen gekriegt!
Hoch die Gläser für Knibbs auf dem Kutschersitz,
Ein Hoch für Donner! Und eines für Blitz!
Für den alten Ben nun ein ganz spezielles!
Auf jeden leern wir ein kleines Helles –
Könnt ihr auch nicht richtige Borribles sein,
Ihr seid ehrenhalber bei unsrem Verein!

Donner und Blitz klirrten wie als Antwort mit ihrem Geschirr und liefen in raschem Tempo weiter. Über die Ampeln am Ende der Plough Road ging's, an Prices Kerzenfabrik vorüber und endlich den Vicarage Crescent entlang und in das untere Ende der Battersea High Street. Erst dann hielten Knibbs und Ben das Fuhrwerk an und stellten sich, zum Erstaunen der Passanten, auf ihre Sitze, zogen voreinander den Hut und riefen ein dreifaches Hurra.

»Ben, du bist ein Gentleman«, sagte Knibbs.

»Und du bist ein Gelehrter, mein lieber Knibbsie«, sagte Ben.

Während die beiden Erwachsenen diese Komplimente austauschten, kletterten die Borribles aus ihrem Versteck hervor und setzten sich oben auf die Fässer, um sich in ihrer Freiheit umzusehen.

»Und, Ben«, sagte Sydney, »du bist ein echter Borrible.«

»Und du auch, Knibbsie«, sagte Chaline, »ein waschechter Borrible.«

»Danke«, sagte Knibbs, »ich muss sagen, ich bin mir immer wie einer vorgekommen.«

Ben schwenkte seinen Bart auf und ab. »Werdet ihr mir jetzt bloß nicht unvorsichtig«, sagte er, »ihr haut jetzt besser ab, bevor man euch entdeckt.«

»Aber sehen wir euch je wieder?«, fragte Chaline, ihr Gesicht in besorgte Falten gelegt.

Knibbs lächelte. »Das glaub ich doch. Ich pfeif immer mal, wenn ich hier mit einer Ladung runterkomme, und manchmal bring ich den Ben hier mit, wenn er gerade nüchtern ist, heißt das.«

»Gut!«, sagte Napoleon, eine konspirative Grimasse schneidend. »Und wenn ihr beiden je Hilfe braucht, egal was, Napoleon ist euer Mann.«

»Und wir auch«, sagten die anderen, und sie kletterten an den riesigen Rädern hinunter und standen auf dem Gehsteig in einer Gruppe beisammen, während Sydney zu Sam, dem Pferd, hinüberging, ihn losband und seinen Hals streichelte. Die Abenteurer schauten sich an, plötzlich betroffen.

»Sagt mal«, sagte Vulgo, »was machen wir mit dem? Daran haben wir noch gar nicht gedacht, oder?«

»Ach, kein Problem«, sagte Bingo, »gibt haufenweise leere Häuser hier drunten. Wir stellen ihn erst mal so irgendwo ab und dann …«, seine Stimme stockte.

»Ganz genau«, sagte Napoleon, »und dann machen wir was?«

Sydney warf ihre Haare zurück. »Macht ihr euch keine Gedanken«, sagte sie. »Ich nehm ihn mit zurück nach Neasden, sobald es geht. Ich hab schon eine spezielle Unterkunft für ihn vorbereitet.«

»Neasden!«, rief Torricanyon. »Du liebes bisschen, das ist auf der anderen Seite von London.«

»Ich weiß schon, wo das ist«, sagte Sydney. »Ich lebe da, abgesehn davon hab ich euch nicht um Unterstützung gebeten, oder?«

Ben rief von seinem Sitz oben auf dem Fuhrwerk herab: »He, ihr da, wenn ihr fertig seid, euch zu streiten, dann packen wir's jetzt.«

Poch winkte. »Wir sind fertig, und wir gehn jetzt auch. Macht's gut, ihr beiden, und lasst euch nicht erwischen.«

Ben lachte lauthals. »Passt ihr mal besser auf, dass sie euch nicht erwischen«, rief er. »Meine Ohren können sie nicht mehr stutzen, nur eure. Haltet scharf Ausschau nach diesem Snuffkin, und gebt mir acht auf Sam, der ist in Ordnung.«

Poch sah Chaline an und lächelte. »Keine Angst, Ben«, sagte er, »auf Snuffkin haben wir ein Auge.«

Dann sprach Knibbs zu Donner und Blitz – die großen Pferde legten sich ins Geschirr, ihre Hufe schlugen dem schwarzen Asphalt weiße

Narben, und der Wagen zog die Straße hinauf, um mit seinen Lieferungen zu beginnen; die Borribles blieben allein mit Sam auf dem Gehsteig zurück.

»Auf geht's«, sagte Bingo. »Wir müssen irgendwo dieses Pferd verstecken, bevor ein Bulle uns beobachtet.«

»Hinter dem Alteisenlager war doch immer eine alte Fabrik«, sagte Poch. »Da könnten wir ihn verstecken, jede Menge Platz dort.«

»Aber am Markt oben ist noch ein besserer Platz«, wandte Bingo ein, »wäre geschickter zum Mohrrübenklauen und so.«

»Ist gleich, wo wir hingehen«, sagte Stonkus, »solange wir jetzt bloß mal überhaupt gehen. Ich hab euch Typen doch nicht deshalb gerettet, damit ich mich hier wieder von den Bullen kassieren lassen kann.«

»Ganz recht«, sagte Napoleon, »und bedenkt mal, was das heißt, wenn wir am hellen Tag ein Pferd nach Neasden zu schieben versuchen. Wahnsinn. Ich dachte, wir lassen's jetzt mal ein bisschen ruhig angehen, keine Abenteuer mehr.«

»Sam kannst du nicht im Stich lassen«, protestierte Zwielicht. »Er hat euch das Leben gerettet auf der Großen Rumbeljagd, ihr schuldet ihm was. Er ist so eine Art Pferdeborrible, und Borribles halten zusammen, haben wir gesagt.«

»Ein Pferdeborrible«, höhnte Napoleon, »also, ich hab ja gewusst, dass die Pakis alle eine Meise haben …«

»Nenn mich bloß nicht Paki«, gab Zwielicht zurück, »ich bin kein Pakistani, ich bin ein Bangladeshi, und ich bin wenigstens braun und nicht grün wie ein Wendel.«

Und so überquerten sie die High Street in einer unordentlichen Gruppe und gingen weiter in Richtung der verlassenen Fabrik, stritten sich unterwegs, in welchem Gebäude sich am besten ein Pferd verstecken ließ und wie unmöglich es war, ein Pferd durch ganz London hindurchzuschmuggeln, vor allem wo Snuffkin und die SBE um die Wege waren, von den ganzen anderen Gefahren abgesehen, wie Borribleräubern und unbekannten Rumbelstämmen, die in unerforschten Parks lauern mochten.

Sydney weigerte sich, sich vom Gehsteig wegzurühren. Sie legte die Arme um Sams Hals, und die Tränen liefen ihr über das Gesicht. »Ich hab keine Angst«, sagte sie zu Chaline, die neben ihr stehen geblieben war, »ich bring ihn den ganzen gottverdammten Weg allein heim, wartet nur ab.«

Chaline lachte, lachte wirklich herzlich. »Sei doch nicht blöd«, sagte sie. »Du weißt doch, wie sie sind, ist doch nur geredet, damit was geredet ist.«

»Aber hör sie dir an, streiten sich, brüllen rum, sie können sich auf nichts einigen.«

»Aber der Borrible, der sich nicht rumstreitet, ist kein Borrible«, sagte Chaline. »Schau mal, ich war auch nicht so scharf drauf am Anfang, nach Sam zu schauen, oder? Und jetzt haben wir ihn, das ist dann was anderes. Wie Zwielicht sagt, er ist einer von uns, wir müssen uns einfach um ihn kümmern, hm? Das ist die Regel.« Sie grinste und stieß Sydney mit dem Ellenbogen an. »Außerdem, es ist nicht eilig, es ist ein langer Weg nach Neasden, Kumpel, ein sehr langer Weg.« Und ohne ein weiteres Wort nahm sie ihrer Freundin Sams Halfter aus der Hand und führte das Pferd über die Straße, den anderen nach.

Die Borribles 3

Die Schleppnetzfahndung

Für Celia, Aimée, Phoebe und Rose

»Und falls ich dich nicht mehr sehe – ein gutes Leben.«

Borrible-Sprichwort

1

Sergeant Hanks von der Londoner Polizei, Vizekommandant der Anti-Borribles-Spezialeinheit, saß vor der Tür zum Büro des Stellvertretenden Polizeipräsidenten auf einem Stuhl und bohrte in einem Zustand seliger Selbstvergessenheit in der Nase. Zehn Minuten lang hatte er mit schönem Erfolg in seinem linken Nasenloch Ausgrabungen angestellt, nun befasste er sich mit dem rechten. Und wie der gekrümmte Nagel seines Zeigefingers sich in etwas Schwammig-Weiches grub, schlossen sich seine Augen vor reiner sinnlicher Lust. Als sich schließlich der feuchte, üppige Popel von seiner zähen Verwurzelung löste und vorsichtig ans Tageslicht gezerrt wurde, öffnete Hanks nur ein Auge zur Hälfte und betrachtete seine Trophäe mit dem prüfenden Blick langer Erfahrung.

»Hmmm!«, sagte er. »Erstklassiges Exemplar, schaut aus wie eine junge Auster«, und er klebte ihn unter den Stuhl und kreuzte die dicken Knöchel in einem Gefühl vollkommener Zufriedenheit. Das war das wahre Leben.

Drinnen im Büro fühlte sich Sergeant Hanks' Vorgesetzter, Inspektor Snuffkin, durchaus nicht behaglich. Ganz im Gegenteil – er stand in steifer, korrekter Haltung vor einem breiten, lederbezogenen Schreibtisch, die Lippen fest zusammengepresst, und sein briefmarkengroßes Schnurrbärtchen summte vor Entrüstung. Snuffkin war in großen Schwierigkeiten, und der Stellvertretende Polizeipräsident sorgte gründlich dafür, dass ihm das auch klarwurde.

»Nicht gut genug«, sagte der SPP, »Ihre Arbeit ist einfach nicht gut genug. Vor zwei Monaten wird mir versichert, Sie haben diese Borribles sicher in Wandsworth eingekesselt. Keinerlei Ausweg. Das waren Ihre Worte. Und das Pferd auch! Und wo sind sie jetzt, wenn ich fragen darf?«

Inspektor Snuffkin öffnete den Mund zu einer Antwort, schloss ihn aber sogleich wieder, als der SPP mit einer Schweigen gebietenden Geste die Hand hob.

»Geflohen sind sie, so sieht es aus, entwischt.« Die Stimme des SPP war spitz und wie durchsichtig, stach wie Splitter teuren Porzellans. Er war elegant gekleidet: ein sorgfältig geschnittener dunkelgrauer Anzug und ein makelloses Hemd, weiß und glatt wie frisch gefallener Schnee. Seine Krawatte bedeutete dem Betrachter dezent, dass er einst einem sehr exklusiven Regiment angehört hatte, und seine Schuhe glänzten so strahlend, dass es unmöglich war, ihre Farbe festzustellen.

Er betrachtete einen dieser Schuhe einen Augenblick lang, am Ende eines steif ausgestreckten Beines, und erhob sich dann, zufrieden mit dem leuchtenden Glanz, behände aus seinem Drehsessel. »Also, Snuffkin«, fuhr er fort, »es läuft darauf hinaus, dass ich Ihnen die prächtigste Truppe unterstellt habe, die man bei irgendeiner Polizei der ganzen Welt finden könnte, und alles, was Sie erreicht haben, ist: Versagen auf der ganzen Linie.« Der SPP schnaubte angewidert und fing an, auf dem olivgrünen Teppich hin- und herzuschreiten, der sein weiträumiges Büro bis in die fernsten Ecken ausfüllte.

Snuffkin sah aus dem Fenster hinab auf die chaotische Silhouette von London. Es war nass da draußen und kalt. Es hatte zu regnen aufgehört, aber nur, damit es bald wieder anfangen konnte. Der Nachmittag war erst zur Hälfte vorüber, doch schon drang der Lichtschein aus tausend Bürofenstern in hundert Hochhäusern durch das Dämmerlicht.

Snuffkin seufzte. London war sein Revier, die ganze Stadt. Wieder seufzte er: Es war auch das Revier der Borribles. Die ganze Stadt wimmelte von ihnen. In ebendiesem Augenblick waren draußen auf den Straßen Borribles zugange und klauten links und rechts, was ihnen in die Finger kam, und wenn sie nicht stahlen, dann lungerten sie müßig in leeren Häusern herum und taten gar nichts: alles Verhaltensweisen, denen ein Ende zu setzen Snuffkin geschworen hatte.

Der SPP kehrte von seinem Gang zurück und war wieder hinter seinem Schreibtisch angelangt. Groß, in lässiger Haltung, stand der SPP dem Inspektor gegenüber, und sein Gesicht war hochmütig, hochherrschaftlich und rosa, wie das eines Richters in weißer Perücke. Auch er seufzte tief, als erschöpfe ihn das Leben: Sein Weg führte an so vielen Idioten vorbei.

»Das Einzige, was Sie zu Wege gebracht haben, Snuffkin«, sagte er, »ist, ein paar Transportfahrzeuge auf dem Eel Brook Common zu demolieren, etwa zwanzig Ihrer Leute mit Verletzungen in Pension zu schicken und dann die Anführer dieser Borribles großzügig entkommen zu lassen.« Er hob die Hand, als Snuffkin mit einem tiefen Atemzug zum Reden ansetzte. »›Völlig sicher, Sir‹, höre ich Sie noch sagen, ›völlig sicher abgeriegelt dort in Wandsworth. Die können nicht entkommen.‹ Können nicht entkommen, was? Ja? Wie? Die sind nicht nur entkommen, die sind mit einem Pferd zusammen entwischt. Mit einem Pferd, Mann! Das ist aus Ihrem eigenen Polizeirevier verschwunden. Alles hat über Sie Tränen gelacht!«

Snuffkin trat gequält von einem Fuß auf den anderen, sagte aber nichts.

»Ich gebe zu«, fuhr der SPP fort und machte sich wieder zu einem kleinen Gang auf, »Sie haben ein paar Borribles eingefangen und ihnen die Ohren gestutzt, aber die sind unerheblich, es sind nicht die, die wir haben wollen. Konzentrieren Sie sich auf die Rädelsführer.«

Snuffkin zuckte nervös mit dem Kopf. Er ertrug es nicht, so lange stillstehen zu müssen. Er sehnte sich danach, sich zu regen: stampfen, marschieren, kehrt und geradeaus.

»Ist Ihnen denn nicht klar, Snuffkin, dass diese Borribles, je mehr man ihnen durchgehen lässt, desto entschlossener das Fundament unserer Gesellschaft unterwühlen? Wir können es nicht zulassen. Es ist unsere Verantwortlichkeit, dass die Gesellschaft da bleibt, wo sie ist. Es ist einfach ein Ding der Unmöglichkeit, dass Borribles tun, was ihnen gerade einfällt, leben, wie es ihnen behagt, hingehen, wo es ihnen gerade passt. Sie müssen diese Borriblebande aufspüren und liquidieren. Und vor allem müssen Sie ihr Pferd finden, das für sie eine Art Maskottchen zu sein scheint, und Sie werden dafür sorgen, dass Katzenfutter aus ihm wird. Und wenn Sie bei dieser Aufgabe versagen, Snuffkin, dann fürchte ich sehr, dass ich mich gezwungen sehen würde, Ihre Aufgabe dem Superintendenten Birdlime von Abteilung C zu übertragen. Ein energischer junger Mann, wie Sie wissen, der geht richtig ran. Scharf wie ein Rettich.«

Snuffkin durfte endlich auch etwas sagen. »Ich hab ja alles versucht, Sir, aber London ist so groß. Es ist keine leichte Arbeit, diese Missetäter dingfest zu machen.«

Der SPP schenkte Snuffkin ein mitleidiges Lächeln; er hatte sich dekorativ neben den Kamin gelehnt. »Mein lieber Snuffkin«, sagte er, »sie dingfest zu machen, ist einfach Ihre Pflicht, und dafür Sorge zu tragen, dass sie – einmal dingfest gemacht – keine Fluchtmöglichkeit mehr haben. Wenn die alten Methoden versagen, müssen Sie neue anwenden, Sie müssen flexibel sein, listig; tückisch, wenn erforderlich. Glauben Sie denn, dass Caesar und Alexander ihre Position durch großzügiges Benehmen ereicht haben? Denken Sie nach, Snuffkin, denken Sie nach! Sie müssen den Borriblealltag infiltrieren, Sie brauchen eine Fünfte Kolonne, Spione, Verräter. Tun Sie alles, alles, was Sie ans Ziel bringt … aber sagen Sie's mir nicht. Ich wünsche, über Ihren Erfolg informiert zu werden, nicht über Ihre Mittel.«

Snuffkins Schnurrbart begann zornig zu zucken, doch er beherrschte sich. Er nickte energisch. »Jawohl, Sir. Infiltrieren, bestechen, korrumpieren. Jawohl!«

Der SPP schlenderte zu seinem Sessel zurück und ließ sich langsam hineinsinken. Er stellte die Ellenbogen auf die Schreibtischplatte und verschränkte die Finger der rechten Hand mit denen der linken. »Bedenken Sie doch, Snuffkin, das Leben ist eine ständige Prüfung … Wenn wir Erfolg haben, Sie und ich, dann winkt uns eine Beförderung. Wir würden beide eine Stufe aufsteigen, wir hätten bestanden. Ich könnte nächstes Jahr um diese Zeit Polizeipräsident sein und Sie … nun, für einen Mann mit ihrer Intelligenz und Energie … die Möglichkeiten sind unbegrenzt. Unbegrenzt.«

Der SPP lächelte abgeklärt und drehte sich gemächlich auf seinem Sessel im Kreise, um aus dem großen Fenster sehen zu können. Die regenschweren Sturmwolken hatten sich auf den nur schwach erkennbaren Horizont gesenkt, und das endlose Gewirr der Gebäude und Dächer von London verschwamm zu einem einzigen stumpfen Schwarzblau.

Der SPP reckte sich und breitete die Arme aus. »Es kommt der Winter«, sagte er, als sei dies eine philosophische Einsicht, »und das kann uns nur recht sein. Nicht so viel Leute auf den Straßen, die Borribles werden leichter zu erkennen sein. Es liegt jetzt bei Ihnen, Snuffkin. Völlige Ausmerzung dieser kriminellen Bande von Borribles, mit etwas anderem werde ich mich nicht zufriedengeben. Ich erwarte von Ihnen nur gute Nachrichten, verstehen Sie, was ich meine? Ja? Oder Sie werden in Kürze eine schlechte erhalten. Birdlime wartet nur darauf. Birdlime wartet.«

»Jawohl!«, sagte Snuffkin. »Selbstverständlich, Sir.« Er stand immer noch da, zögernd; er wusste nicht, ob er gehen konnte oder nicht. Er wartete darauf, dass der SPP sich wieder vom Fenster wegdrehen würde, doch der starrte immer noch auf das sich stetig verdunkelnde Panorama unten, wo die Lichter immer heller funkelten.

Snuffkin entschied sich zu gehen. Sein Schnurrbart hüpfte und zuckte, und er salutierte und machte mit derselben nervösen Bewegung gleichzeitig kehrt, um über den Teppich zu der polierten Eichenholztüre des Büros zu marschieren. Er öffnete sie, trat hinaus, schloss sie mit ehrfürchtiger Vorsicht, die Gesichtsmuskeln starr vor Hass.

Inspektor Snuffkin verklammerte die Hände auf dem Rücken und stolzierte zwischen dem Fenster seines Büros und dem Schreibtisch auf und ab wie Lord Nelson auf dem Deck seines Flaggschiffs. Sergeant Hanks hatte seinen massiven, wabbligen Hintern auf den Schreibtisch gehievt, die Arme über der eigelbverschmierten Uniform gekreuzt und sperrte nun die fleischigen Ohren auf, damit ihm ja kein Wort entging, welches sein Vorgesetzter aussprechen mochte. Die beiden befanden sich im Hauptquartier der Spezial-Borrible-Einheit, dem SBE-Büro in der Micklethwaite Road in Fulham.

»Wir hatten eine höchst bedeutungsvolle Konferenz in Scotland Yard«, sagte Snuffkin. »Sehr eindringliches Gespräch.«

Hanks öffnete seine dicken Lippen und lächelte leer. Seine Hand glitt in die Jacketttasche und zog einen Schokoladenriegel hervor. »Das freut mich zu hören«, sagte er. »Vielleicht etwas Trauben-Nuss?«

Snuffkin winkte ungeduldig ab und drehte sich auf dem Absatz um hundertachtzig Grad – etwa neunzig Grad mehr, als er eigentlich beabsichtigt hatte, sodass er mit einem gewissen Erstaunen nun durchs Fenster auf die Straße hinuntersah. »Es geht im Leben um mehr als um Trauben-Nuss«, sagte er ernst. »Wir haben Probleme, Hanks, große Probleme.«

Hanks betrachtete den Rücken des Inspektors und steckte sich den halben Schokoladenriegel zwischen die Lippen, wobei ihm der Speichel so reichlich im Mund zusammenlief, dass die Nässe sein Kinn hinabrann, braun und mit halbzerkauten Rosinen gesprenkelt.

»Der SPP und ich«, fuhr der Inspektor fort, »haben entschieden, dass die Situation betreffs der Borribles als ebenso kritisch wie chronisch einzuschätzen ist. Eine neue Initiative unsererseits muss eingeleitet werden. Wir werden unsere Anstrengungen auf die hauptsächlichen Kriminellen, die Bande vom Eel Brook Common, konzentrieren. Diese Lumpen, diese Vagabunden müssen in Gewahrsam genommen werden, und es müssen unverzüglich ihre sämtlichen Ohren gestutzt werden. Ihre Unterschlüpfe sind zu zerstören. Sie müssen gezwungen werden, sich so zu benehmen wie alle anderen auch, müssen Geld verdienen wie alle anderen auch und erwachsen werden. Wie alle anderen auch. Wir sind für die Gesellschaft verantwortlich, Hanks.«

»Das sind wir in der Tat allemal, Sir«, pflichtete Hanks ihm bei, langsam kauend und schmatzend.

»An der Basis macht sich eine schlappe Haltung breit, Hanks. Der SPP und ich haben dies ausführlich erörtert. Diese Borribles sägen an den Stützen unserer Gesellschaft, und am Ende bricht unsere ganze Zivilisation zusammen. Die Freiheit führt zur Anarchie. Die müssen einfach lernen, sich ruhig und ordentlich zu verhalten.«

»So ist es, Ruhe und Ordnung«, sagte Hanks. Er hob seinen schweren Körper vom Schreibtisch und ging mit schwerem Tritt zu einem Speiseschrank, der direkt an der Tür des Büros stand. Den öffnete er, holte ein Brötchen heraus, schnitt es auf, bestrich es mit Butter und dann dick mit Honig.

»Das Zeug mag ich einfach«, erklärte er und presste sich das Brötchen zwischen die Zähne, dass der Honig über sein Kinn lief und auf die Uniform träufte.

Snuffkin ignorierte diese Bemerkung und fegte mit rascher Kehrtwendung durchs Zimmer und hinter seinen Schreibtisch. Er setzte sich und fuhr sofort wieder auf, als hätte er sich auf etwas Feuchtem und Abstoßendem niedergelassen. Sein Gesicht nahm einen strengen Ausdruck an, und sein Schnurrbart zuckte von einer Seite zur anderen, die Bewegungen seiner Füße nachahmend.

»Die Männer müssen gerügt werden«, sagte er, »und dann eine neue, stramme Ausbildung. Wir müssen uns diese Borribles schnappen, und vor allem das Pferd. Die Lage ist kritisch. Es muss uns etwas Neues einfallen. Spitzel, Unterwanderung.«

»Das wär nicht neu, Sir.«

»Wenn alles klappt, riecht's nach Beförderung, Hanks. Sie werden Inspektor, ich werde SPP, und der SPP wird geadelt. Stellen Sie sich das vor, Hanks. Adelstitel! Sir Sergeant Hanks. Lord Snuffkin von Fulham. Unfassbar.«

»Unfassbar!«, wiederholte Hanks. Snuffkin führte eine Hand an die Stirn und ließ sich in seinen Sessel fallen. »Das ist unsere letzte Chance. Wenn wir's nicht schaffen, ist Birdlime dran, und wir können wieder Streife gehen. Wir müssen einfach Mittel und Wege finden, um in die Infrastruktur der Borribles einzudringen.«

»Geheimagenten!«

»Genau.«

»Was wir brauchen«, sagte Hanks, »ist jemand auf der anderen Seite. Das brauchen wir.«

Snuffkin fuhr wieder aus seinem Sessel hoch, stampfte mit beiden Füßen gleichzeitig auf den Boden und lief zum Fenster. Seine Hände, immer noch auf dem Rücken verschränkt, machten einen entschlossenen Versuch, einander zu erwürgen. »Ganz genau«, sagte er, und leidenschaftliche Erregung strömte dampfend aus seinen Ohren, als kochten in seinem Schädel zwei Teekessel.

Hanks stand mitten im Zimmer und hob einen Finger zur Nase, um ihn, soweit es nur ging, in ein Nasenloch zu bohren – etwa bis zum zweiten Gelenk. »Was wir brauchen«, sagte er, »wäre eine gottverdammte Kompanie Zwerge.«

Schweigen glitt durch den Raum wie eine Wagenladung nasser Zement. Snuffkin kauerte sich plötzlich zusammen und wandte sich sehr langsam vom Fenster weg, Zoll um Zoll, mit einem starr ausgestreckten Finger auf seinen Untergebenen deutend, der in aller Unschuld versunken dastand und mit einem Popel kämpfte. Snuffkin lachte ein zufriedenes Lachen.

»Ha! Hanks, ha! Mir ist eben eine unglaublich brillante Idee gekommen.« Snuffkin näherte sich seinem Sergeanten, immer noch in gebückter Haltung und mit ausgestrecktem, deutendem Finger. »Wussten Sie, dass ich auf der Polizeischule in Hendon Jahrgangsbester war? Mein Hirn ist ein Computer, der nie mit seinen Berechnungen innehält, der Informationen über Informationen aufnimmt, bis eines Tages, wenn der Druck übermächtig wird, beim rotglühenden Schein der unerbittlichen Notwendigkeit … ›Heu Riga!‹ Und die ersehnte Antwort liegt vor uns. Mit anderen Worten, was wir brauchen, ist eine Kompanie Zwerge.«

Ein Ausdruck der Verblüffung zog über Hanks' Gesicht, und er nahm den Finger aus der Nase, ohne ihn auch nur zu betrachten. »Das hab ich eben gesagt«, sagte er. Er nahm eine Teekanne aus dem Schrank und löffelte Teeblätter hinein. »Ich möchte schwören, ich hab das gesagt.«

Snuffkin richtete sich auf und ließ den Arm herunterfallen. Er hüpfte hinter seinen Schreibtisch und setzte sich. »Seien Sie nicht töricht, Hanks«, sagte er, »ich würde es bedauern, wenn Sie Ihren lebenslangen Gewohnheiten untreu würden, Gewohnheiten, welche Ihrer Karriere stets förderlich waren. Ihr Job ist niemals die Formulierung, stets nur die Aktualisierung einer Strategie.«

»Oh«, sagte Hanks und knipste den Schalter des elektrischen Wasserkessels an.

»Deshalb befinde ich mich in meiner Stellung und Sie in der Ihren«, sagte Snuffkin mit der säuerlichen Strenge eines Pfarrers. »Und jetzt hören Sie her. Wir werden diskrete Anzeigen in die Zeitungen setzen, insbesondere in die Fachblätter – *Die Bühne*, *Zirkusnachrichten*, *Jahrmarkt und Schaubude*, all so was, und bieten darin Liliputanern und Zwergen eine Stellung an, sie müssen aber noch jugendlich sein. Klar, Hanks? Wir wollen nur die haben, die jung ausschauen.«

Hanks stöpselte den kochenden Kessel aus und goss das Wasser in die Teekanne. Er reichte dem Inspektor einen Becher mit dem heißen, schwarzen, starken Getränk.

»Wir können Liliputaner aus allen Kreisen brauchen«, sagte Snuffkin, nachdem er einen kleinen Schluck genommen hatte. »Wir bilden sie aus, wir bereiten sie vor, die kriegen einen Kursus in Borriblegebräuchen, alles. Sie werden stehlen und in Abrisshäusern wohnen wie die Borribles und werden alle ihre Sprichwörter kennen. Sie werden sie infiltrieren, unterminieren und auf subversive Weise ihr Leben penetrieren.«

Hanks schlürfte seinen Tee und erzeugte Geräusche, die an ein Abflussrohr im Gewitter denken ließen. »Zwerge haben keine spitzen Ohren«, bemerkte er. »Borribles aber.« Der Sergeant lächelte wie ein Fleck Treibsand beim Laut nahender Schritte: Darauf gab es keine Antwort.

Snuffkin schlug mit der Faust auf den Schreibtisch und stampfte mit dem Fuß auf den Boden. »So kann man mich nicht besiegen«, sagte er. »Jahrgangsbester in Hendon, das war ich! Wir werden Spezialohren aus Plastik anfertigen lassen, schön spitz, und werden sie dranheften.«

Hanks' gewaltiger Bauch wogte unter seiner bekleckerten Uniform wie Wasser in einem Luftballon. »Ich glaube nicht, dass das hinhauen wird, Sir. Wenn ein Borrible einen Verdacht fasst und einen von Ihren Spionen an den Ohren zieht, na, dann gehen die Lauscher ab, und es heißt adieu ihr Zwerge. Die Borribles würden die zur Minna machen.«

Snuffkin nippte an seinem Tee. »Schwierigkeiten«, sagte er, »sind ausschließlich dazu da, dass sie von überlegenen Gehirnen wie meinem überwunden werden. Wenn Heftklammern unseren Zwecken nicht entsprechen, dann werden wir die Ohren mit einem Patentkleber fixieren, den bringt nichts von der Stelle, wie fest die Borribles auch daran herumzerren mögen.«

»Patentkleber ...«, sagte Hanks. »Die Zwerge würden ihre neuen Ohren nie mehr runterkriegen. Ich seh noch nicht, dass die sich darauf einlassen. Ich würd's nicht.«

»Sie sind kein Liliputaner, der dringend Geld braucht«, sagte Snuffkin und betrachtete prüfend seine Fingernägel, »außer natürlich im bildlichen Sinne. Für genügend Moneten lässt sich die menschliche Spezies zu beinahe jeder Handlungsweise überreden. Alles hat man schon für Geld gemacht und wird's auch wieder tun.«

»Nicht die Borribles«, sagte Hanks. Er schob beleidigt seine dicken Lippen vor.

»Das war in der Tat immer das Problem«, stimmte ihm Snuffkin zu, »aber die Zwerge, die zu bestechen wir beabsichtigen, sind keine Borribles. Ich werde sie zu Spitzenkräften ausbilden, und dann werde ich auf jedem Straßenmarkt einen stationieren, und wenn die Borribles sich in Bewegung setzen, werde ich Bescheid wissen, ehe sie's selbst richtig merken. Wir werden ihnen die Ohren stutzen, und sie werden erwachsen und alt werden wie wir auch ... und werden arbeiten müssen! Und was dieses zerfranste, verlauste Pferd angeht, das wird in einer langen Reihe von Katzenfutterdosen enden. Diesmal gilt's, Hanks, der Vorhang fällt«, und die beiden Polizeibeamten grienten und hoben ihre Teebecher und ließen sie gegeneinanderklacken.

»Wir werden das Ganze ›Unternehmen Katzenfutter‹ nennen«, fuhr Snuffkin fort, »so heißt die Sache«, und er war so zufrieden mit sich selbst, dass er sogleich ein improvisiertes Liedchen anstimmte. Es war ein schmissiger kleiner Song, und die Melodie ließ den Inspektor höchst energisch hin- und herstolzieren und springen.

»Katzenfutter – die Parole
deckt zunächst bescheidne Ziele:
dass ich mir die Wühler hole,
wenn auch noch nicht allzu viele.

Rasch greift mein Programm dann breiter –
erst wird mal das Pferd zerstückelt,
aber dann geht's machtvoll weiter,
wenn mein Heilsplan sich entwickelt.

All die asozialen Penner,
die mein England ruinieren,
prüf ich jetzt auf einen Nenner:
auf die Marke Herz & Nieren.

Katzenfutter aus den Stänkern,
die die Wirtschaft untergraben,
aus den unverfrornen Denkern,
die noch eine Meinung haben.

All die tückischen Proleten,
Simulanten, Arbeitslosen,
werd ich in den Hintern treten:
Rein in die Konservendosen!

Flegel, Nörgler, freche Kinder –
will wer nicht im Gleichschritt gehen,
bin ich gern bereit, die Sünder
gründlich durch den Wolf zu drehen.

Terroristen, Kritikaster,
Borribles, ihr schlauen Füchse!
Widerspruch, Krawall und Laster
landen sauber in der Büchse.«

Am Ende des Liedes grinste Hanks und schüttelte voll Bewunderung den Kopf. »Wundervoll, Sir«, sagte er, »einfach wundervoll.« Er grinste wieder und goss sich einen Schluck Tee in den Mund.

In diesem Moment prasselte, vom Wind getrieben, der Regen gegen die Wand des Hauses, und Snuffkin hüpfte ans Fenster. Er versuchte, in die Nacht hinauszuspähen, aber es herrschte beinahe undurchdringliches Dunkel auf der Straße, und das Licht einer ein Stück weiter stehenden Laterne erreichte kaum den Gehsteig.

Snuffkin machte entzückt ein paar Tanzschrittchen. »Schaut euch diesen kalten Regen an«, krähte er.

»Jetzt möchte ich kein Borrible in einem alten Abbruchschuppen sein, Hanks, nicht jetzt und überhaupt niemals.«

Hanks lachte. »Jetzt kommt der Winter«, sagte er, »ein langer, harter Winter.«

»So wird es den Borribles vorkommen«, sagte Snuffkin, und sein Schnurrbart schob sich von einer Seite auf die andere wie ein Scheibenwischer. »Ein langer, harter Winter für die Borribles. Darauf trinke ich noch einen Schluck Tee.«

»Sicherlich, Sir«, sagte der Sergeant und schob seinen riesigen Leib in Richtung des Teekessels durchs Zimmer.

Bingo Borrible zog sich die Wollmütze tief über die Ohren, schlug den Kragen seiner Militärjacke hoch und landete mit einem Klimmzug oben auf dem Bahndamm. Der Wind biss ihn scharf; der Regen stach ihm ins Gesicht wie Nadelgeschosse einer Schleuder. Er drehte sich um und sah angestrengt hinunter. »Auf geht's, Stonkus«, sagte er. »Auf dem Gleis drüben stehn ein paar Waggons.«

Ein kratzendes, scharrendes Geräusch drang empor, und aus dem wirbelnden Regendunkel tauchte Stonkus' Kopf auf. Stonkus war großgewachsen für einen Borrible, und sein Gesicht ließ nur langsam erkennen, was er dachte. Doch alle, die ihn kannten, mochten ihn: Man vertraute ihm bis in den Tod, und er war stark wie ein Mann. Hinter Stonkus zog sich Zwielicht herauf, der Bangladeshi aus Whitechapel.

»Wirklich das Letzte«, sagte er, »nach diesem Sommer so ein Winter. Ich brauch 'nen neuen Regenmantel.«

»Das Erste«, unterbrach ihn Bingo, »ist jetzt mal, Futter für Sam zu finden. Der hat heut früh bloß ein paar Möhren gehabt.«

»Glaubst du, in den Waggons da ist was Brauchbares?«, fragte Stonkus. Er schaute sich nach den schwächlichen Straßenlampen der Battersea High Street unter ihnen um. »Bisschen exponierte Lage hier droben.«

»Keine Angst«, antwortete Bingo. »Mir hat einer gesagt, dass hier oben eine Ladung Futterkuchen steht. Ich schau mir mal die Güterwagen an, bleibt ihr hier und passt auf.«

Bingo kletterte vorsichtig auf der anderen Seite des Bahndamms hinunter und lief geduckt über andere Geleise bis zu den abgestellten Waggons. Bald hatten Stonkus und Zwielicht ihren Gefährten aus den Augen verloren, aber nach ein, zwei Minuten hörten sie seinen Ruf und liefen ihm nach.

»Was ist da drin?«, fragte Stonkus. Er stand neben einem der großen Eisenbahnräder, Zwielicht neben sich.

»Ist mir nicht ganz klar«, sagte Bingo. Seine Stimme kam aus dem Inneren des Güterwagens; der Wind zerriss die einzelnen Wörter. »Hier liegt irgendein Zeug in Plastiksäcken, ich hab kurz mal mit meiner Taschenlampe reingefunzelt, sieht aus wie Tierfutter.«

»Schmeiß einen runter«, sagte Stonkus, »ich trag ihn zur Fabrik zurück.«

»Mir auch gleich einen«, sagte Zwielicht, »dann ist Sam ein paar Tage lang versorgt.«

Als der erste Sack auf den Boden plumpste, drang ein lauter Schrei von unten auf der anderen Seite der Bahnlinie zu ihnen. »Bleibt da stehen!«, brüllte eine Männerstimme. »Ihr seid verhaftet!«

»Bahnpolizei«, sagte Zwielicht. »Los, Bingo, raus aus dem Wagen.« Der Bangladeshi zog eine Schleuder aus dem Gürtel, lud sie mit einem Stein und schoss in die Richtung des Gebrülls. Noch ein Schuss; die Stimme erhob sich wieder, andere fielen ein.

»Ihr kommt hier nicht weg! Wir haben Posten auf beiden Seiten der Strecke!«

Bingo sprang herab. »Gelogen«, sagte er, »sonst hätten sie's uns nicht gesagt. Auf geht's, zur High Street rüber.«

»Was ist mit dem Viehfutter?«, fragte Stonkus, gelassen wie immer. »Das Pferd hat Hunger.«

»Wir können's jetzt nicht abschleppen«, sagte Zwielicht, »da sind wir langsamer.«

Stonkus bückte sich und warf sich einen Sack über die Schulter. »Ich versuch's mal«, sagte er.

Das war das Ende der Diskussion. Die drei Borribles rannten davon und stolperten im Dunkel auf ihrer Seite den Bahndamm hinunter. Drunten kamen sie an die hintere Mauer der Höfe, die zu den Ladengeschäften der Battersea High Street gehörten. Bingo hatte recht gehabt: Hier lauerte keine Polizei auf sie. Einen Augenblick lang standen sie still und lauschten. Die Stimmen erklangen nun über ihnen, bei den Güterwagen.

»Über die Mauer«, sagte Bingo. Er verschränkte die Hände fest zum Steigbügel, und Zwielicht setzte seinen Fuß darauf und stieß sich ab, um oben auf der Mauer zu landen. Sogleich schwangen Stonkus und Bingo den Sack zu ihm hinauf, und Zwielicht lenkte ihn über die Mauer, wo er auf der anderen Seite mit sanftem Klatschen aufschlug. Dann stieg Stonkus auf die Mauer, streckte den Arm aus und zog Bingo zu sich empor.

Ein Weilchen saßen alle drei auf der Mauer und hielten den Atem an – sie lauschten, wie die Schreie und Pfiffe der Polizei in der Ferne schwächer wurden, lauschten, um sicherzugehen, dass niemand unten ihnen auflauerte. Sie saßen geduldig da, reglos und stumm. Das waren sie gewohnt; in einer solchen Dunkelheit wusste man nie, wer in der Nähe sein mochte, um einen unverhofft anzufallen. Und während sie warteten, drang ihnen der Geruch des Hinterhofs in die Nase – getrockneter Urin und Ziegelstaub, Schimmel und toter Hund.

Als nach zehn Minuten die ganze Gegend wieder ruhig war, rutschten die drei Borribles von der Mauer, und Stonkus wuchtete sich den Sack Viehfutter auf die Schulter. »Alles klar«, sagte er, »wir können zur Fabrik zurück.«

Die Fabrik stand am Ende der Battersea High Street, in der Nähe des Vicarage Crescent, und indem sie sich im Schatten hielten und über Hinterhofmauern kletterten, erreichten die Borribles ihr Ziel ohne weitere Schwierigkeiten. Neben dem Fabrikgebäude – zwischen der Fabrik und dem Bahndamm – lag ein leeres Stück Land, übersät mit Schrott und Abfall. Die Borribles durchquerten es und kamen zu einer großen Tür aus breiten, schweren Brettern.

Hier hielt Bingo an und klopfte das Borriblesignal: lang, zweimal kurz, lang; er kratzte sich dabei ein wenig die Knöchel auf. Nach einer kleinen Weile öffnete sich die Tür an frischgeölten Angeln, und ein weißer Fleck erschien in der Dunkelheit: Sydneys Gesicht. »Also?«, sagte sie.

»Bingo, Zwielicht und Stonkus«, sagte Bingo.

Sydney sagte billigend »Hmm« und öffnete die Tür gerade so weit, dass die drei Borribles eintreten konnten. Sobald sie drinnen waren, schloss sie die Tür wieder. Innen war es dunkler als draußen.

Sie fragte: »Habt ihr was gefunden?«

Stonkus schlug auf den Sack über seiner Schulter. »Halben Zentner Futterkuchen«, sagte er. »Das dürfte reichen.«

»Gut«, sagte Sydney, »dann geht mal gleich und füttert ihn«, und sie hörten sie zum nächsten Fenster gehen, um ihre Wache fortzusetzen.

Die drei Borribles entfernten sich in der schwarzen Dunkelheit – ihre Füße waren den unebenen Boden gewohnt, der mit Schutt und Mörtel bedeckt war. Als sie das Ende des Gebäudes erreicht hatten, gingen sie durch ein schmales Türchen in der Mauer, um eine Ecke und dann eine breite Rampe hinunter in einen tiefen Keller.

Dieser Keller war ihr Heim. Die Fabrik hatte seit Jahren leer gestanden und war eigentlich zu riesengroß und zugig für Borribles. Borribles ziehen gewöhnlich kleine Räume vor, die sich leichter warmhalten und einrichten lassen. Dieses Mal hatten die Abenteurer jedoch keine große Wahl gehabt. Nach der Rückkehr aus Wandsworth vor etwa zwei Monaten mussten sie auf der Flucht vor Inspektor Snuffkin und der SBE sofort untertauchen und außerdem einen Ort finden, der geräumig genug war, um das Pferd Sam dort zu verbergen. Die Fabrik war für diesen Zweck ideal gewesen.

Am Fuß der Rampe angekommen gingen sie auf dem Kellerboden in entgegengesetzter Richtung weiter bis zum Ende des großen Kellerraumes, wo eine einsame Glühbirne von einem zerzausten Kabel baumelte und schwaches Licht gab. Dort, unter dem höchsten Punkt der Rampe, warf Stonkus den Sack hin, kniete sich daneben, zog sein Messer und schlitzte das Plastikmaterial auf.

»Sieht aus, als ob's in Ordnung wäre«, sagte er. »Komm, Sam, versuch das mal.«

Ein kleines Pferd, das nach nichts Besonderem aussah und halb braun, halb schwarz war, als könne es sich nicht für eine Farbe entscheiden, regte sich in einer Ecke des Kellers und warf elend den Kopf hin und her. Das war Sam.

Er kam herüber und senkte das Maul in den offenen Sack, wo er zu kauen begann. Der Geschmack gefiel ihm nicht, und schon nach einer kleinen Probe schnob er kräftig durch die Nüstern und machte ein, zwei Schritte rückwärts.

»Ach, Sam«, sagte Zwielicht, dem die eine seiner Augenbrauen besorgt nach oben fuhr, »du musst doch was fressen, du siehst gar nicht gut aus.«

Bingo hob einen Eimer mit klarem Wasser vom Boden hoch. Er ließ ihn kreisen, dass das Wasser aufrauschte. »Vielleicht hat er Durst«, sagte er.

Während seiner Worte ging ein weiteres Licht an und ließ erkennen, dass an der einen Seite des Kellers zwei, drei Stockbetten standen und auf dem Boden noch drei oder vier Matratzen lagen. Unter der Rampe hatten die Borribles eine Art grobschlächtiges Wohnzimmer mit zwei, drei alten Lehnstühlen improvisiert, bei denen man die Polsterfüllung und die Sprungfedern sah. Dabei stand ein langer Tisch aus Planken von einem Bretterzaun, die über Sägeböcke gelegt worden waren. Als Schemel dienten Orangenkisten und kleine Fässer, in denen die Trauben auf den Markt gebracht werden. Schmutzige Decken und zerfetzte Kissen boten nur spärliche Behaglichkeit.

Bingo schaute auf, als das Licht anging. Gesichter tauchten aus der Dunkelheit auf. Poch warf seine Decke zurück und erhob sich, vollständig angezogen, aus seinem Bett. Er stellte sich zu den anderen neben das Pferd.

»Sieht nicht so gut aus, was?«, sagte er.

Chaline stützte sich auf den Ellenbogen und schaute aus ihrem Bett herüber. »Er kriegt keine frische Luft«, sagte sie. »Das braucht er, und Auslauf.« Unter ihrem Kopfkissen lag eine Orange. Sie holte sie hervor und fing an, sie zu schälen.

Nun hörte man ein lautes Gähnen und eine Salve von Flüchen, und Vulgo kroch unter einem großen Haufen von Decken und Säcken hervor. »Na gut«, sagte er, »wenn nun schon mal das Licht an ist und ihr alle ein Schwätzchen halten wollt, dann kann ich uns auch gleich mal einen Tee machen.« Er füllte einen Elektrokessel an einem Wasserhahn in der Mauer und schob den Stecker in die Leitung. »Wie spät ist es überhaupt?«

Chaline schaute auf die Uhr. »Drei Uhr ist es«, sagte sie. »Am Morgen.«

Napoleon erwachte als Nächster. »Sagt mal«, sagte er, »was spielt sich hier eigentlich ab, wenn ich fragen darf?«

»Wir haben Futterkuchen für Sam gebracht«, sagte Bingo. »Mögen Pferde Futterkuchen?«

Eine Weile war es still, und alle sahen zu, wie Vulgo den Tee machte. Als er fertig war, nahm sich Poch einen Becher und setzte sich an den Tisch. »Wer hat Wache?«, fragte er.

»Sid und Torri«, antwortete Vulgo. »Ich bring ihnen ’nen Schluck rüber.« Er griff sich zwei Becher und verschwand, ein wenig hinkend, in der Dunkelheit.

»Das Pferd gefällt mir gar nicht«, sagte Poch zwischen kleinen Schlucken, »gefällt mir überhaupt nicht. Er sieht krank aus. Schaut euch das Fell an, halb braun, halb schwarz, sieht aus wie ein Teppich.«

»Das ist die Farbe, mit der ihn der gute Knibbs getarnt hat«, sagte Chaline. »Das Schwarz geht ab.«

»Er frisst die Möhren, die wir finden«, sagte Bingo, »und die Äpfel und den Kohl.«

»Klar, das frisst er«, sagte Zwielicht, »aber er ist ja schließlich, verdammt noch mal, keine Ziege, oder? Er braucht Heu und so Zeug.«

»Es ist der Mangel an frischer Luft.« Das war Sydneys Stimme, und alle drehten sich nach ihr um. Sie war eben vom Fuß der Rampe ins Licht getreten. Ihr Gesicht trug tiefe Sorgenfalten: Alle die Abenteurer hatten Sam gern, aber Sydney liebte ihn. Für sie war Sam etwas ganz Besonderes.

Orococco ließ sich geräuschlos aus einem der oberen Betten auf den Fußboden fallen, nahm eine Tasse Tee und setzte sich zu Poch. »Wie lang verkriechen wir uns jetzt schon«, fragte er, »zwei Monate? Drei?«

»Lange genug«, sagte Napoleon mit noch bittererem Tonfall als sonst, »lange genug, dass ein langer Sommer zu einem langen Winter werden konnte.«

Es war wieder still, als alle Abenteurer ihren eigenen Gedanken nachhingen. Wenige Wochen hatten genügt, dass ihnen dieses Gefühl des Gefangenseins vertraut geworden war. Es war wie ein Belagerungszustand. Und sie waren in so herrlicher Laune aus Wandsworth zurückgekehrt, mit Ben, dem Penner, und dem Stallmeister Knibbs. Nur als Notbehelf waren sie in der Fabrik untergetaucht, nur um sich zu verbergen, bis die Fahndung vorbei und vergessen war, bis es möglich sein würde, Sam sicher nach Neasden zu bringen.

Aber es war alles schiefgegangen, bedenklich schief. Die Fahndung der SBE hatte nicht nachgelassen, wie die Borribles gehofft hatten, und sie fanden sich in ihrer Bewegungsfreiheit schlimm eingeschränkt. Von allen Seiten engte man sie ein. An jeder Themsebrücke standen Polizisten. Polizisten hatten sich als Straßenhändler auf den Märkten verkleidet. Polizisten bewachten jede Kreuzung, und die SBE-Transporter kreisten wie Aaskrähen ständig durch die Straßen. Auf der York Road und vor dem Prince's Head stoppten Bullenpatrouillen wahllos die Kinder und überprüften ihre Ohren. Jeder Borrible, jede Borrible, die man so durch Zufall erwischte, bekamen sofort nach dem Verhör die Ohren gestutzt. Es war sogar schwierig geworden, auf dem Markt zu stehlen – ihre einzige Nahrungsquelle, und Sam zu füttern, war das allergrößte Problem. Die Borribles waren gezwungen, sich beinahe ausschließlich bei Nacht zu bewegen, wo weniger Lebensmittel erreichbar waren. Die Gefahr der Gefangennahme wich nie von ihnen und schien von Tag zu Tag größer zu werden. Sie fühlten sich, als würden sie langsam erwürgt. Sie waren mittlerweile niedergeschlagen und sehnten sich nach dem alten Borribleleben in Unabhängigkeit und Freiheit; sie waren sogar zum Streiten zu deprimiert.

Chaline schwang ihre Beine aus dem Bett und warf die Orangenschale in eine Ecke des Kellers; mit dem Handrücken wischte sie sich den Mund ab.

»Es ist schon zwei Monate zu lange«, sagte sie. »Wir müssen hier raus und ein ruhiges Plätzchen für den Winter finden. Snuffkin weiß, dass wir hier sind, irgendwo in der Gegend, und je länger wir hier bleiben, desto besser wird seine Chance, uns zu schnappen. Es wird Sam nichts nützen, wenn wir alle die Ohren gestutzt bekommen und als ein Haufen braver Bubis und Mädels zu netten Adoptiveltern gesteckt werden. Nach ein paar Monaten würden wir uns nicht einmal mehr an Sam erinnern. Das Gedächtnis läuft aus, sagen sie, wenn man erst die Ohren behandelt kriegt.«

»Wenn wir nun Sam zurücklassen würden, nur für eine Weile«, schlug Napoleon vor, »uns für den Winter verdrücken und ihn dann wieder befreien?«

Niemand antwortete. Poch schaute zu Chaline hinüber, und dann blickten beide Sydney an. Sie war es, die für das Pferd sprach.

Sydney saß in sich zusammengekauert auf einem Traubenfass; sie hob zum Sprechen nicht den Kopf, und ihre Stimme war leise und traurig.

»Also«, sagte sie, »ich weiß, ihr habt alle schon mehr als genug für Sam getan ... die ganze Geschichte mit Zoff und die Kämpfe in den Abflusskanälen und der Schacht im Schlamm. Ich hab gedacht, wenn wir hierher zurückgekommen sind, ist alles vorbei. Ich hab gedacht, ich nehme Sam mit nach Neasden, und damit hat sich's. Vielleicht hat Napoleon recht, es hat keinen Sinn, wenn wir uns alle fangen lassen. Vielleicht solltet ihr alle bis nächstes Frühjahr heimgehen, und ich bleibe bei Sam, ich füttere ihn weiter und hoffe, dass man mich nicht erwischt.«

»Es geht nicht darum, Sid«, sagte Chaline, »es geht um Sam. Er ist seit zwei Monaten in diesem Keller eingesperrt, das kann ihm nicht guttun. Er stirbt, wenn wir ihn nicht hier rauskriegen.«

Sydney senkte den Kopf in die Hände. »Und wir auch, so oder so. Snuffkin hat uns so gut wie in der Hand, wir können nur noch davonlaufen.«

Poch stand auf und kam aus dem Schatten in das Licht. »Wir können nicht so weitermachen«, sagte er und zitierte dann aus dem *Großen Buch der Borrible-Sprichwörter*: »›Ein Borrible, der nicht so lebt wie ein Borrible, ist auch kein Borrible.‹ Wir müssen fort, anderswohin.«

Orococco goss sich noch Tee ein. »Wir müssen mal die positive Seite sehn«, sagte er. »Erstens weiß Snuffkin nicht, wo wir sind, jedenfalls nicht genau. Zweitens wird's jetzt Winter. In einem Monat oder so wird's um drei Uhr mittags dunkel … und die meiste Zeit regnet es, die Leute latschen mit dem Gesicht nach unten rum. Man wird uns nicht bemerken, wenn wir einmal aus der Gefahrenzone raus sind.«

»Und ich nehme an«, sagte Napoleon, den alten Hohn in der Stimme, »ein Riesenvieh von Pferd, das hinter uns hertrabt, das bemerken sie auch nicht. Was willst du ihnen sagen, hm? Ach, das ist unser Bernhardiner mit dem großen Kopf?«

»Wir schulden ihm unser Leben«, rief Sydney, »vergiss das nie, Napoleon Wendel.«

»Es hat keinen Sinn«, sagte Zwielicht, »wenn wir unsere Freiheit aufgeben und es dann doch nicht sicher ist, dass Sam seine bekommt. Das wäre bloß blöd.«

»Das wäre es«, stimmte ihm Chaline zu, »deshalb müssen wir hier schlau vorgehen, wir müssen diese Runde gewinnen. Das Pferd ist wichtig. Wir müssen es nach Neasden schaffen, damit Sydney es dort versorgen kann und damit wir heimgehen und ein normales Leben führen können.«

»Neasden«, sagte Napoleon, »ist dir klar, wo das ist? Das ist auf der anderen Seite vom Mond, verdammt noch eins. Und alle fünf Fuß auf dem ganzen Weg steht ein Bulle, und Rumbels, Borriblediebe und Inspektor Snuffkin mit Sergeant Hanks und den blauen Jungs von der SBE. Warum nach Neasden?«

Sydney stand auf, stemmte die Hände in die Seiten und schaute den Wendel an. »Ich will dir sagen, warum«, sagte sie, »weil ich in Neasden lebe und mich um Sam kümmern kann, und weil dort ein alter Typ lebt, der auf einem Riesen-, Riesenstück Ödland an den Bahngleisen wohnt. Erwachsene gehen da kaum je hin, die denken, der Typ ist nicht ganz richtig. Mick der Spinner heißt er bei denen, aber der spinnt nicht, durchaus nicht. Er rettet Pferde und Esel vor dem Schlachthaus, lässt sie nicht umkommen. Manche Leute geben ihm Futter und Heu und Stroh und so. Sie werfen Zeug aus den Eisenbahnfenstern auf dem Weg zur Arbeit. Wenn Sam da mit all den anderen Pferden wäre, dann würde Snuffkin ihn niemals finden, und ich könnte ihn immer sehn, wenn ich wollte ... deshalb nach Neasden. Das ist der Grund.«

Poch hob die Hand. »Wie ich das sehe, ist unser schlimmstes Problem, aus Battersea rauszukommen, weil dies der Ort ist, den Snuffkin am schärfsten beobachtet. Wenn wir ein paar Meilen weiterkämen, in vorsichtigen Etappen ... also ... wir könnten's schaffen. Wenn wir im Dunkeln marschieren, müssen wir uns nur im Tageslicht verbergen, und das dauert im Winter nur sechs oder sieben Stunden.«

»Wir könnten vom Fluss wegziehen«, schlug Stonkus vor, »erst mal für den Anfang, weil wir wissen, dass Snuffkin die Brücken bewachen lässt, das macht er immer.«

Zwielicht sprang auf und sah sich im Ring der Gesichter um. »Eine Herausforderung«, sagte er, »ein neues Abenteuer. Ein langer Marsch quer durch London. Ein zweiter Name. Ich werde mich Zwielicht Nachtgänger nennen, wenn ich aus Neasden zurückkomme.«

Poch drohte dem Bangladeshi mahnend mit dem Finger. »Wir haben alle schon genügend Ruhm und Abenteuer hinter uns, dass es für ein ganzes Borribleleben langt«, sagte er. »Nur keine Aufregung.«

Chaline senkte den Kopf, damit Poch ihr Lächeln nicht sehen konnte. Wie Poch sich doch verändert hatte, seit sie ihn zuerst kennengelernt hatte! Da war er nur ein lauter, selbstsüchtiger Borrible gewesen, der sich mehr Namen erobern wollte als sonst irgendjemand auf der Welt. Jetzt hatte er sich bis zur Unkenntlichkeit verwandelt: Die Erfahrung hatte ihn verändert.

»Wir müssen die Sache organisieren«, sagte Orococco. »Rasch.«

»Ja«, sagte Vulgo, »wir brauchen jede Menge Ausrüstung für einen langen Marsch wie in diesem Plan, vor allem in der Winterkälte. Warme Kleidung, Regenmäntel, Stiefel.«

»Taschenlampen«, sagte Zwielicht.

»Neue Schleudern«, setzte Napoleon hinzu, »und Munitionsgurte – je zwei mit vierzig Steinen, mal zehn, macht eine Feuerkraft von vierhundert Schuss. Olé!«

»Und Futter für Sam«, sagte Sydney besorgt, und alle lachten, hörten abrupt auf und lachten dann wieder, weil das Gelächter sich so schön anhörte.

Poch gab mit einer leichten Bewegung seines Kopfes Napoleon ein Zeichen. Nach den langen Monaten, die sie zusammen im Schlamm von Eisenkopfs Schacht grabend verbracht hatten, war eine tiefe

Freundschaft zwischen den beiden entstanden, die an die Stelle des alten Hasses und der Rivalität getreten war, die sie einst empfunden hatten. »Ich hab da eine Idee«, sagte er, »ein kleines Spähtruppunternehmen, um eine sichere Route hier raus zu finden, für uns und das Pferd. Kommst du mit mir?«

Der Wendel nickte. »Ich komme«, sagte er.

»Ich komm auch«, sagte Stonkus. »Vielleicht braucht ihr 'ne starke Schulter.«

»Alles klar«, sagte Vulgo. »Während ihr das abwickelt, holen wir unsern Bedarf aus den Läden.«

»Wisst ihr«, sagte Orococco, »leicht wird es nicht sein, nach Neasden zu kommen. Ich hab so ein Gefühl, als würde das unsere ganzen anderen Abenteuer etwa so gefährlich wie ein Spielchen im Sandkasten ausschaun lassen.«

2

Nach drei Tagen und Nächten kamen Poch, Napoleon und Stonkus müde und dreckig, aber voll Optimismus von ihrem Erkundungsunternehmen zurück. »Wir haben jetzt einen Weg gefunden«, erklärte Poch.

»Ist zwar gefährlich, aber wenigstens führt er in die genau andere Richtung als dorthin, wo Snuffkin es erwartet.«

Auch die anderen waren nicht müßig gewesen. Verkleidet in gestohlenen Schuluniformen der Sinjen School war es ihnen gelungen, den SBE-Patrouillen in der Falcon Road auszuweichen, und in diesen drei Tagen hatten sie das meiste, was für den Großen Marsch nach Neasden benötigt werden würde, in die Fabrik geschafft. Es gab nun sogar eine Decke für Sam, und Sydney hatte dafür gesorgt, dass auch eine Dose Schuhcreme gestohlen worden war, mit der man die braunen Stellen auf dem Fell des Pferdes wieder verschwinden lassen konnte. Sam war nun wieder am ganzen Leib glänzend schwarz.

Orococco schlug sich mit der flachen Hand auf den Schenkel, als er das sah, und meinte: »Mensch, das seh ich jetzt auch zum ersten Mal, dass man Schuhe blank wienert, bevor sie zugeschnitten sind.« Aber er lachte laut dabei und klopfte dem Pferd den Hals und fügte hinzu, er könne eben keinem schlechten Witz widerstehen.

Die Borribles hatten Glück, dass sie sich für diese Vorbereitungen rasch entschieden hatten und nun beinahe aufbruchbereit waren, denn es dauerte nicht mehr lange, bis ihnen weitere Entscheidungen abgenommen wurden.

Kurz vor dem Dämmern des Morgens – etwa eine Woche nach Pochs Kundschaftergang – kamen Chaline und Vulgo, die Wache gestanden hatten, die Rampe heruntergerannt und liefen von Bett zu Bett, um ihre schlafenden Kameraden zu wecken.

»Rasch!«, sagte Chaline und rollte Poch von der Matratze. »Aufstehen, es kommen Arbeiter. Sie haben den Zaun umgewalzt, es kommt ein Bulldozer, der ganze Laden hier wird abgerissen.«

In wenigen Minuten waren alle für den Marsch gerüstet, sie trugen Rucksäcke und steingefüllte Munitionsgurte auf der Brust. Sie machten die Lichter aus und versammelten sich mit Sam unter den Stützpfeilern der Rampe, wo sie warteten und kaum zu atmen wagten.

Von oben hörte man eine Menge Lärm. Das Dröhnen des Bulldozers, das Klirren zerbrechenden Glases, das Krachen von Vorschlaghämmern und die Rufe der Männer. Zwei Arbeiter kamen in genagelten Stiefeln die Rampe in den Keller hinuntergestapft und unterhielten sich laut. Auf halbem Wege hielten sie an; es war zu dunkel.

»Duster hier wie im Negerarsch«, sagte eine Stimme. »Ob hier wohl noch was Wichtiges ist?«

»Nee«, kam die Antwort, »bloß der alte Keller, wir füllen's dann einfach mit Schutt auf und hauen einen Fuß hoch Zement drauf für die Basis. Dauert nicht lang. Alles plattmachen, hat's geheißen, und mehr ist nicht nötig.«

Die Schritte entfernten sich wieder nach oben. Die zweite Stimme gab weitere Instruktionen. »Aber das kann warten«, sagte sie dann, »erst mal 'n Tässchen Tee. Macht die Kacheln ab und schmeißt sie hinten auf den Laster, und dann hauen wir die Wände klein.«

Den ganzen Tag hindurch standen die Borribles zusammengedrängt mit Sam daneben, und der Lärm der Zerstörung dröhnte um ihre Köpfe und über ihnen. Große Beton- und Ziegelbrocken krachten auf den Kellerboden. Riesige Balken und Stahlträger zerquetschten die Betten unter sich. Es hagelte Fensterrahmen und Türsimse. Nur die massive Backsteinrampe rettete die Borribles davor, wie bei einem Erdbeben zu Tode gedrückt zu werden. Staub wölkte auf und verklebte ihnen Nasen und Lungen; sie husteten und spuckten; es wurde ihnen schlecht von dem ganzen Dreck, und ein paar von ihnen erbrachen sich auf den Lehmfußboden. Und den ganzen Tag lang wuchs die Flut von Schutt und Steinbrocken höher und höher, und sie fürchteten schon, dass sie lebendig begraben würden, wenn die Arbeit noch lange voranginge, dass sie die Trümmer über sich nicht würden beiseiteschieben können, dass sie vor Durst und Hunger zugrunde gehen müssten, ehe der Marsch noch begonnen hatte.

Erst als das Licht, das von draußen schmal hereinfiel, schwächer wurde, wagten sie, Hoffnung zu schöpfen, und sie warteten nun bange darauf, dass die Bauarbeiter mit dem sinkenden Abend aufhören und nicht mit Flutlicht in die Nacht hinein weiterarbeiten würden. Sie hatten Glück. Als es dunkel wurde, ertönte ein enormes Krachen, als wäre eine Bombe explodiert, und der Keller und der Schutt bebten, und der Staub wirbelte wie in einem Tornado umher. Die Westmauer war in ihrer ganzen Länge mit einem riesigen Eisengewicht niedergelegt worden, das vom Arm eines Krans schwang. Aber dies war das Ende der Zerstörung an diesem Tage; es wurde ruhig über der Ruine, und auch der erstickende Staub legte sich still.

Die Borribles warteten noch eine gute Stunde, bis es ganz dunkel war und sie sicher sein konnten, dass alle die Baustelle verlassen hatten. Dann setzten sie sich in Bewegung. Es war nicht einfach, freizukommen. Unter der Rampe hatten sie nur den kleinen Raum, der ihnen das Leben gerettet hatte. Um sie her lag der Schutt mehr als schulterhoch; manche Brocken waren zentnerschwer oder noch gewaltiger. Zunächst mussten sie Steine und Mörtel mit den bloßen Händen beiseiteräumen und eine Art schiefer Ebene für Sam bauen, auf der das Pferd auf den Schutt hinauf und dann auf den Rest der Rampe klettern konnte, um schließlich auf ebener Erde anzulangen.

Stonkus pfiff durch die Zähne und rollte sich die Ärmel hoch. »Na denn, auf geht's«, sagte er. »Hier gibt's nur einen Weg raus, und wenn wir heute Nacht nicht gehn, sind wir morgen schon ins Fundament einzementiert.«

Es brauchte drei Stunden harter Arbeit, bis es den Abenteurern gelungen war, einen Weg für Sam zu bahnen. Nachdem sie ihn bis ins Erdgeschoss gezerrt und geschoben hatten, sammelten sie ihre Habe und trafen sich im Fabrikhof, der nun voll Lastwagen und großer Maschinen stand. Licht drang vom Vicarage Crescent herüber und fiel vom Bahndamm herunter: Es zeigte ihnen, was von der Fabrik noch übrig war, die ihnen als Fluchtort gedient hatte.

Das Dach war verschwunden, und das erste und zweite Stockwerk waren zerschmettert, und der Schutt füllte nun den Keller oder lag auf dem Erdboden verstreut. Überall lagen die Kacheln der Fassade; sie knackten unter den Füßen wie Eis auf Pfützen. Metallrohre und Stromkabel lagen herum, zerbrochenes Glas, das wie kostbare Juwelen aufglitzerte, und unordentliche Stapel bröckelnder Backsteine. Von dem Gebäude selbst blieben nur noch drei wie ein Knochengerüst aufragende Wände, von formlosen Fenster- und Türöffnungen durchlöchert; ein hingemetzeltes Gesicht ohne Mund und Augen.

»So eine Schande«, sagte Chaline. »Schaut euch bloß an, was die angerichtet haben.«

Ja, die Borribles waren traurig. Die Fabrik war nur ein paar Monate lang ihre Heimat gewesen, aber sie hatten sich den Keller einigermaßen gemütlich gemacht und hatten sich recht sicher gefühlt. Nun waren sie wieder Vagabunden. Wo würden sie wohl in dieser Nacht schlafen, und wo in den nächsten hundert Nächten?

Poch brach den Bann. »Bringt nichts, so hier rumzustehen«, sagte er. »Wir müssen vor dem Morgen noch eine ordentliche Strecke zurücklegen.«

»Wohin also?«, fragte Torricanyon. »Du hast's uns noch nicht gesagt.«

Poch hob einen Arm über den Kopf. »Da rauf!«, sagte er. »An der Bahn entlang. Es ist eine Zweiglinie, Olympia bis Clapham Junction. Ich glaube nicht, dass die SBE sie beobachtet.«

»Aber der Zugverkehr?«, fragte Orococco. »Möchte da droben nicht zu Johannisbeermarmelade werden.« Er warf zwei zusammengeknotete Säcke mit Futterkuchen über Sams Rücken.

»Es gibt nur vier Züge pro Tag«, sagte Napoleon, »wir haben den Fahrplan am Bahnhof gecheckt.« Auch er warf zwei Säcke auf den Pferderücken.

»He«, sagte Sydney, »warum soll er das tragen? Ist das was zu fressen für ihn?«

Napoleon lächelte so, dass deutlich wurde: Hier ließ er nicht mit sich reden. »Sydney«, sagte er, »wir brechen gerade zur größten Expedition auf, die Borribles je unternommen haben. Mit dem Pferd oder ohne, unsere Chancen sind verdammt abenteuerlich. Ich bin ein Wendel, ich gehe sehr ungern solche Risiken ein. Und in den Säcken sind noch ein paar Hundert Steine für die Schleudern. Ich bin sicher, Sam wird nichts dagegen haben.«

Es gab keine weitere Diskussion. Die Abenteurer stolperten vorsichtig durch das Geröll, das den Fabrikhof bedeckte, krochen durch ein Loch im Zaun und standen vor dem steilen Anstieg des Bahndamms. Es war nicht leicht, hinaufzuklettern, und ihre Reise begann schlecht. Die Seiten der Böschung waren mit scharfem, regenschlüpfrigem Schotter bedeckt, mit Steinen, die den Borribles in die Hände und Knie stachen, als sie sich mit ihren Gepäcklasten hinaufkämpften. Für Sam war es noch schlimmer. Er strengte sich an, so gut er konnte, mit seinen Freunden die Dammkrone zu erreichen, aber es war zu schwierig für seine harten glatten Hufe, und er stürzte mehrmals und zerkratzte sich böse die

Beine; die Borribles versuchten ihn mit ihren verletzten Händen nach oben zu ziehen und zu schieben.

»Wenn wir weiter so 'nen Lärm machen«, sagte Torricanyon, »haben wir bald Snuffkin hier, der hilft uns dann weiter.«

»Wartet«, sagte Chaline und nahm ein dickes Gewinde Nylonseil von ihrer Schulter. »Ich binde hier das eine Ende um Sams Brust, ihr anderen ans andere Ende, geht nach oben und auf der anderen Seite wieder runter und zieht wie blöd, dann wird Sam hier hochspazieren.«

Es gab keine Einwände; sie versuchten es, und es klappte. Fünf Minuten später stand Sam auf den Schienen, und Chaline rollte ihr Seil wieder über Hand und Ellenbogen auf, wobei sie zuhörte, wie Poch flüsternd erklärte, wie der erste Abschnitt ihres Marsches aussehen sollte.

Sein Plan war einfach. Der Marsch bis Clapham Junction würde nicht lange dauern, aber dort würden sie im Versteck warten müssen bis nach Mitternacht. Clapham Junction war ein riesiger Bahnhof, wo sich die Hauptstrecken von den Victoria- und Waterloo-Bahnhöfen trafen, um nebeneinander weiterzulaufen. Hunderte von Zügen fuhren hier in der Stunde vorbei, und es wäre der sichere Tod, die Geleise zu überqueren, ehe die stromführenden Schienen nicht abgeschaltet waren und man den ganzen Zugverkehr eingestellt hatte. Nur so konnten sie das Pferd hinüberbringen, ohne getötet oder verletzt zu werden.

Auf der anderen Seite von Clapham Junction würden sie dann das Gleis zum Bahnhof Wandsworth Common nehmen. Dort würden sie den Schienenstrang verlassen und sich für die Tagesstunden einen Unterschlupf suchen. Poch, Napoleon und Stonkus hatten auf ihrer dreitägigen Erkundungsfahrt genau das richtige Plätzchen gefunden. In der nächsten Nacht würden sie dann weiter nach Osten gehen, in der Hoffnung, im Morgengrauen immer ein Versteck zu finden – und auch, dass sie stets einen hilfsbereiten Borriblestamm finden würden, der sie unterbringen konnte, und am Ende einen, der wusste, welche Brücke (wenn es eine gab) über die Themse nicht von der SBE belauert wurde.

Nachdem Poch dies alles erklärt hatte, formierten sie sich zur Marschkolonne. Stonkus und Napoleon gingen als Späher voraus, um mögliche Gefahren zu entdecken, da sie den Weg kannten. Poch und Bingo bildeten die Nachhut. Sydney führte wie immer das Pferd, und die anderen Abenteurer schlossen sich zum Schutz gegen Angriffe um sie zusammen. So, mit tiefempfundenen gegenseitigen Wünschen: »Lass dich nicht erwischen!«, nahmen sie ihre Positionen ein und brachen auf, die Schleudern schussbereit. Der Große Marsch nach Neasden hatte begonnen.

Die Eisenbahnlinie verschwand in weitem Bogen in der windbrausenden Dunkelheit. Die stählernen Schienen blinkten nur hie und da auf, wenn ein paar schwach strahlende Sterne durch tiefhängende Wolken drangen, welche der Wind brutal einhertrieb. Es war ein schweigsamer Marsch. Wenig wurde gesprochen; es war nicht nötig. Alle wussten, dass die Reise, die sie nun angetreten hatten, das gefährlichste unter all ihren Unternehmen war. Wahrscheinlich war es das gefährlichste Unternehmen in der ganzen langen Geschichte der Borribles.

Aber wie groß auch die Gefahren sein mochten, sie wollten sich nicht den Schneid abkaufen lassen. Leichtfüßig, auf den Zehen, liefen sie über die Eisenbrücke mit den hohen Seitenwänden, welche die Battersea Park Road überquert; unter ihnen zischten Busse und Autos über den Asphalt. Die Zweiglinie führte sie weiter, erst im Bogen weg von der Clapham Junction, dann in weiter Kurve wieder darauf zu.

Der hohe Bahndamm, auf dem die Borribles entlangzogen, hatte sich nun über die höchstgelegenen Reihen der endlosen Arbeiterhäuser emporgeschwungen und lief über den kohlschwarzen Schieferdächern dahin. In den Wohnküchen hinten in Tausenden von Häusern waren die Gardinen nicht zugezogen, und im dünnen elektrischen Licht konnten die Borribles ganze Familien an Esstischen mit Plastiktischtüchern sitzen oder erschöpft in Polstersesseln hängen sehen. Bald aber wurde der Bahndamm wieder niedriger, und die Schienen liefen mit einem anderen Gleis zusammen, und hinter großen Bretterwänden stand direkt am Eingang zum Bahnhof Clapham Junction ein Stellwerk. Hier mussten sie warten, bis die ratternden Züge verstummten.

Das Stellwerk war ein hohes Gebäude mit einer breiten, hölzernen Außentreppe, und da nach Mittag keine Züge die Olympia-Strecke befuhren, war es dunkel und verlassen. Die Fenster lagen alle im oberen Stockwerk und waren mit einem Schmutzfilm überzogen; ein Schild trug die Aufschrift *Clapham Junction/Nord.*

Sydney führte Sam direkt unter die Treppe, wo er ein wenig geschützt war. Sie warf ihm die bunte Decke über, und dann drängte sie sich mit den anderen Abenteurern um das Pferd, um es etwas wärmer zu haben und vor dem Wind sicher zu sein. Während sie warteten, dass die langen

Stunden vorbeigingen, aßen und tranken sie von ihrem Proviant, gegen die Mauer gelehnt, ausruhend, reihum Geschichten erzählend.

Langsam, langsam nahm die Zahl der Züge ab, die durch den großen Bahnhof fuhren, und der Lärm der Lastwagen in den Straßen verklang. Der Regen fiel sanft und unermüdlich. Die Borribles drängten sich enger aneinander und zogen sich die Regenhäute über die Köpfe. Sie schwiegen; sie dösten. Die Köpfe sanken ihnen auf die Knie. Sie schliefen.

Als das Leuchtzifferblatt seiner Uhr drei zeigte, rüttelte Torricanyon, der mit der Wache an der Reihe war, seine schlafenden Genossen wach, und wieder machten sie sich marschbereit. Diesmal ging Poch voran, und die anderen folgten im Gänsemarsch, nie zu dicht aufeinander, aber immer in Sichtweite: So begannen die Abenteurer das gefährliche Gewirr von Geleisen zu überqueren, welches das Labyrinth von Clapham Junction bildete.

Schließlich kamen sie nach einem mit langsamer Vorsicht zurückgelegten Weg auf der Südseite an. Sie hatten zwanzig oder dreißig Gleise ohne einen Unfall gekreuzt und befanden sich jetzt am Rand einer steilen Böschung, von der aus sie die Kreuzung sehen konnten, an der die Falcon Road auf Lavender Hill traf.

Es war gespenstisch, diesen Ort so leer zu sehen; nicht einmal eine Katze oder ein Hund regten sich. Nur das Licht der riesigen Uhr oben am Kaufhaus von Arding und Hobbs belebte die Szenerie, es beschien das Schmiedeeisen der Bedürfnisanstalt auf der Verkehrsinsel und glänzte auf dem schwarzen Asphalt der regenüberrieselten Straßen.

Poch marschierte weiter. Er spürte den Boden glatt und hart unter seinen Füßen ansteigen. Er war am Beton des südlichsten Bahnsteigs angelangt: Bahnsteig siebzehn. Er winkte den Nächsten hinter sich herbei, dann rannte er geduckt vorwärts und hielt erst inne, als er vor jedem Lichtstrahl wohlverborgen unter der Treppe angelangt war, welche die Reisenden hinüber zu den anderen Bahnsteigen brachte. Dort wartete er, bis seine Freunde bei ihm angekommen waren, und dann trieb er sie weiter – denn obwohl der Bahnhof nachts eigentlich verlassen sein sollte: Wer konnte wissen, wie viele Polizisten oder Wächter in den Schatten lauern mochten?

Die Eisenbahnroute aus Clapham Junction hinaus lag in einer tiefen Schlucht, die durch einen Berg gehauen ist, auf dessen Höhe das Granada-Kino mit seinem Bingo-Saal stand. Die beiden Seiten dieses Einschnitts waren hoch wie Burgmauern und wurden durch Millionen

Ziegelsteine befestigt, die sich im Lauf der Jahre mit einer so dicken Schmutzschicht bedeckt hatten, dass auch der wildeste Regen sie nicht mehr durchdringen oder die Millionen Ziegelsteine sauberwaschen konnte. Über der Schlucht verliefen keine Straßen, und es gab außer dem Kino keine hohen Gebäude; kein Lichtschein drang auf den Grund dieses Canyons.

Als die Borribles das westliche Ende von Bahnsteig siebzehn verließen, traten sie in diese dichte Finsternis ein. Sie konnten nicht einmal sehen, wohin sie ihre Füße setzen mussten. Sie stolperten und stürzten und nahmen nichts als den Regenvorhang einen Zoll vor ihren Augen wahr. Es war, als bewegten sie sich auf den Erdmittelpunkt zu, aber sie schimpften nicht – die Dunkelheit war ihre Freundin, ihre Beschützerin. Je länger sie dauerte, desto sicherer konnten sie sich fühlen.

Wegen dieser Finsternis waren die Borribles gezwungen, sich näher beieinander zu halten, als normalerweise als klug galt. Niemand wollte abirren und sich allein und verletzlich morgens auf der Hauptstrecke wiederfinden, wo die starr-bleichen Gesichter der Pendler aus wartenden Zügen herabglotzen würden. So folgte jeder Borrible blindlings dem vor ihm Gehenden, und erst als der Himmel etwas aufhellte, bemerkten sie, dass die hohen Wände abfielen und dass, je weiter sie vordrangen, die Böschung rechts und links niedriger wurde, bis sie schließlich – nachdem sie unter einer metallenen Fußgängerbrücke hindurchgezogen waren – nach beiden Seiten durch Drahtzäune hindurch über den weiten Wandsworth Common schauen konnten.

»Nicht mehr viel weiter.« Pochs Stimme kam, vom Wind getragen, nach hinten. »Aber passt auf die Züge auf, die fangen jetzt bald wieder an zu fahren.«

Poch hatte recht. Kurz nach seinen Worten begann der Boden unter den Füßen der Borribles zu zittern und zu beben. Die Steinchen zwischen den Schwellen fingen zu klappern an.

»Mein lieber Mann«, sagte Orococco. »Ein Erdbeben.«

»Weg vom Gleis«, brüllte Stonkus, »haltet Sam fest!«

Die Abenteurer warfen sich gegen den Abhang neben der Bahnlinie und pressten sich in das Gras. Sydney hielt Sams Kopf und redete leise und beruhigend auf ihn ein. Stonkus blieb auch neben dem Pferd und streichelte ihm die Flanke.

Die Borribles hatten keinen Augenblick zu früh reagiert. Ein höllischer Pfiff ertönte gellend und hallte in Echos die Strecke entlang; die

Abenteurer fuhren zusammen, erschrocken über den furchtbaren Lärm. Eine massive Wand warmer Luft raste vor dem Zug her die Schienen entlang wie ein mächtiger, unsichtbarer Extra-Waggon. Sie riss und zerrte an den Borribles und wollte ihre Körper ergreifen und unter die Räder schleudern, aber die Borribles gruben ihre Hände in die nasse Erde und hielten sich fest.

Dann erhob sich der Zug selbst aus dem Nichts, war auf einmal gefährlich nah, und das Licht aus den Fenstern strömte über die Flüchtigen. Der Boden erzitterte, und die Borribles sahen eine lange Reihe von Erwachsenengesichtern durch den Himmel über ihnen dahinziehen und wie Statuen ins Dunkel starren. Ein regelmäßiger Rhythmus schlug rasch und hart und unnachgiebig, und dann war der Zug plötzlich vorbei, aufjaulend, der letzte Wagen schwankte rührend-hilflos, und hinterher zerrte der Zug ein Vakuum, das einmal schnell an den Borribles sog und dann vorüberfegte und, sich entfernend, nach Bäumen und Sträuchern schnappte.

Poch lehnte sich hin, wo er gerade lag, und lauschte erleichtert dem verschwindenden Geräusch des Zuges. »Das bringt's nicht«, sagte er dann einen Moment später. Er rappelte sich auf und winkte mit weit ausholendem Arm seinen Gefährten. »Bald kommen hier hunderte von Zügen vorbei, hunderte, und man wird uns sehen, könnt ihr Gift drauf nehmen.«

Wieder hatte Poch recht. Die ersten Züge des Berufsverkehrs am Morgen fuhren nun in rasch zunehmender Zahl vorbei. Immer, wenn wieder einer vorübergedonnert war, rannten die Borribles weiter, und die Lichter des Wandsworth Common-Bahnhofs kamen näher. Der Umriss der Straßenbrücke zeichnete sich ab, und als sie dort angekommen waren, ließ Poch den Trupp halten.

»Wer hat die Drahtschere?«, fragte er.

Napoleon langte in seine hintere Hosentasche. »Ich«, sagte er. »Ich hab immer eine dabei.« Und ohne auf Anweisungen zu warten, kletterte er die Böschung hoch und fing an, ein Loch in den Drahtzaun zu schneiden, groß genug, dass Sam hindurchgehen konnte.

Einer nach dem anderen stiegen und stolperten die Borribles hinauf und betraten den Common. Sie verteilten sich und suchten Deckung hinter Büschen und Bäumen, witterten nach Gefahr. Als sie sich sicher waren, dass niemand sie beobachtete, pfiffen sie das Zeichen, und Sydney und Stonkus kamen mit dem Pferd herauf. Die weiten Grasflächen von Wandsworth waren still und leer, silbergrün im Regenrieseln. Auch die Straßen lagen schweigend, nur wenige Autos fuhren dann und wann vorbei. Die Borribles und Sam verließen den Common zusammen und rannten in einer dichtgedrängten Gruppe über die Hauptstraße und in eine Sackgasse, die zum Hintereingang des Bahnhofs führte. Hier waren wegen eines kleinen, aber modernen Haushaltsmarkts ein paar ältere Gebäude aufgegeben worden, hauptsächlich kleinere Backsteinhäuser. Vor einem davon hielten Stonkus und Napoleon an, und Stonkus fragte: »Das war's doch, oder?«

Das Gebäude war flach und langgestreckt; an drei Seiten hatte sich Müll angelagert, der schon so lange hier ruhte, dass er zu einer einzigen massiv-harten Substanz geworden zu sein schien. Die Fenster waren alle zerbrochen, wenn auch einige mit Brettern zugenagelt worden waren, um das Wetter abzuhalten. In besseren Tagen waren die Ziegel altweiß gestrichen gewesen, und über der Tür trug ein Schild, das nur noch an einem Nagel baumelte, die Worte: »Autovermietung Zack-Zack, Eigent. Ron Sheppard«.

Auf der Rückseite des verfallenden Hauses gab es eine Tür, die groß genug war, Sam einzulassen. Sie war zwar abgeschlossen, hing aber nur locker in den Angeln, und Stonkus hob sie ohne Mühe heraus. Nach kaum einer Minute waren das Pferd und die Abenteurer drinnen, und die Tür wurde von der Innenseite her wieder eingesetzt. Sydney öffnete sogleich einen Sack mit Futterkuchen für Sam und wischte ihm den Regen vom Rücken, während er fraß.

»Siehst du«, sagte sie, »jetzt geht's dir wieder besser. Die frische Luft hat dir sicher Appetit gemacht, hm?« Und wie als Antwort wieherte das Pferd leise, knabberte dem Mädchen sanft an der Schulter und kaute dann sein Fressen mit neu erwachtem Behagen. In der Zwischenzeit streiften Sydneys Kameraden die Rucksäcke ab und räumten einen Platz zwischen dem Müll und Schutt frei, der den Boden bedeckte, gerade genug, um sich zu setzen und auszuruhen. Stonkus brach ein paar Leisten aus dem Gips der Wand und zerkleinerte sie.

»Ich mach Feuer«, sagte er, »da können wir Suppe kochen. Braucht man nach so einer Nacht wie dieser.«

»Dann klauen wir besser auf dem Marsch noch einen Haufen Suppenkonserven«, sagte Chaline melancholisch, »denn solche Nächte wird's noch eine Menge geben, ehe wir da sind.«

Diese Bemerkung stimmte die Borribles sehr deprimiert, und erst später, als sie gegessen und sich ausgeruht hatten, wurden sie wieder munterer. Gegen Mittag erwachten sie und kochten Tee in einem Topf; die Blätter tanzten im kochenden Wasser. Dann, als sie dasaßen und sich die Hände an den dampfenden Emaillebechern wärmten, sahen sie einander an und lächelten langsam, einer nach dem anderen. Sie waren stolz auf das, was sie am vergangenen Tag geschafft hatten, und auf das, was sie sich vorgenommen hatten. Sie fühlten sich stark; fühlten, dass sie alles Erdenkliche vollbringen konnten, wenn sie nur sich selbst und dem treu blieben, woran sie glaubten. Ihre Herzen hoben sich. Es war nur ein winziger Moment, aber obwohl sie wussten, er würde vergehen, wussten sie, jetzt, in dieser elenden stinkenden Baracke, an deren Innenwänden der Regen hinabtroff, dass dieser Augenblick unbestreitbar und unwiderstehlich gegenwärtig war. Für sie war er ewig.

Und so verbrachten die Borribles den Tag, in den Schlafsäcken liegend, essend und trinkend, redend und schlafend. Nach Einbruch der Dunkelheit setzten sie ihren Marsch nicht gleich fort, denn noch waren die Straßen belebt. Sie beschlossen, erst um acht oder neun loszugehen. Dann würden die Leute von der Arbeit daheim sein und in ihren Sesseln hocken. Es war November, und wenn die Pendler einmal zu Hause waren, gingen sie nicht so schnell wieder raus. Am kommenden Morgen würde es um sieben noch dunkel sein, und bis dahin würden die Borribles wohl ein neues Versteck gefunden haben – neun Stunden auf dem Marsch, jede Nacht, das war wohl für jeden genug.

Doch die Zeit zum Aufbruch rückte rasch heran. Die Abenteurer rollten ihre Schlafsäcke zusammen, packten die Vorräte ein und kämpften sich in die Regenhäute. Ehe sie gingen, knipste Poch noch einmal seine Taschenlampe an und schaute auf den großen Stadtplan von London, den er mitgebracht hatte.

»Das ist die Strecke heute Nacht«, erklärte er, »nur für den Fall, dass wir getrennt werden. Durch diese Nebenstraßen zum Clapham Common, und wenn wir mal auf der anderen Seite sind, zurück auf die Straße und versuchen, nach Brixton zu kommen.«

»Da gibt's 'nen Markt«, sagte Bingo, »der ist nicht schlecht, müssen auf jeden Fall Borribles in Brixton wohnen.«

»Es liegt nicht auf dem Weg nach Neasden«, wandte Sydney ein, die Poch über die Schulter sah.

»Weiß ich«, sagte Poch und begann, die Karte zusammenzufalten. »Wir schwenken dann nach Brixton zum Fluss rüber, in der Nähe der

City, wo Snuffkin nicht damit rechnet, dass wir über die Themse gehen. Dann durchqueren wir den Norden von London. Das ist sehr viel weiter, aber ich glaube, auch sehr viel sicherer.«

»Der Borrible, der seinen Kopf hübsch drunten hält, behält die Ohren dran«, sagte Stonkus mit einem Zitat aus dem *Großen Buch der Borrible-Sprichwörter*, und indem er die Hintertür wieder aus den Angeln hob, beendete er das Gespräch und ging hinaus ins Dunkel, um zu sehen, ob die Luft rein war.

Es wurde kein überflüssiges Wort gesprochen, als der Borribletrupp um eine Ecke des Wandsworth Common bog und sich in die düsteren Straßen schlich. Ein kalter Winternebel hing über den Gehsteigen und hielt den Regen ab, und nur die schmalen Lichtstreifen, die man hinter dicken Vorhängen sah, zeigten den Abenteurern, dass überhaupt noch jemand in London am Leben war.

Die Borribles gingen nun zu zweien, in lang auseinandergezogener Reihe mit einem Abstand von mindestens zwanzig Yards zwischen den Paaren. Sydney ging mit Sam und Stonkus ziemlich in der Mitte der Gruppe. Die Anführer und die Nachhut hielten nach Gefahren Ausschau; beim leisesten Anzeichen ertönte ein Pfiff, oder ein Steinwurf warnte, und die Abenteurer und das Pferd verschwanden in der Dunkelheit eines Vorgartens, duckten sich hinter eine Hecke oder verbargen sich, an die Wand einer Garage gepresst.

Zuerst marschierten sie die Thurleigh Road hinunter, dann die Anhöhe gegenüber hinauf; nach links in die Wroughton Road, nach rechts in die Chatto Road. Dann über die Alfriston Road in die Culmstock Road, und endlich näherten sie sich verstohlen dem Rand der winddurchwehten Leere, die Clapham Common hieß, drangen in sie ein und sammelten sich bei einer in der Dunkelheit verschwimmenden Baumgruppe.

Sie waren nervös; Borribles sind es immer im Freien. Sie vermissen den Schutz der Straßen, die Wärme der Menschenmenge. Dann und wann sauste ein Auto auf der South Circular Road vorbei. Poch starrte hinüber. Die Straße war gut beleuchtet und breit – schon sie allein zu überqueren, war ein Problem, aber mit dem Pferd würden sie meilenweit zu sehen sein. Sie mussten ihren Augenblick mit großer List wählen.

Während die Borribles ihre Umgebung musterten, drang ein leises, dumpf-kratzendes Geräusch aus der Ferne an ihre Ohren; es klang wie eine schlecht geölte Maschine, die sich mit einer schweren Last plagt. Das Geräusch kam näher und wurde lauter.

Plötzlich sagte Bingo: »Duckt euch! Bullen, in einem Auto.«

Im nächsten Augenblick war kein Borrible mehr zu sehen. Alle hatten sich versteckt, nur ihre Stimmen waren noch zu hören, als sie flüsternd die Situation zu klären versuchten.

»Fährt sehr langsam.«

»Zu verdammt langsam. Der sucht nach uns.«

»Scheiße! Er hält!«

»Jetzt fährt er wieder an.«

»Schaut! Schaut! Er führt eine Lastwagenkolonne an. Muss irgend so ein Konvoi mit Überlänge sein oder was.«

»Diese langen Dinger dürfen nur nachts verkehren. Hat mit uns nichts zu tun.«

»Ein Wohnwagen kommt, und ein paar Lastwagen.«

»Kann jemand sehen, was es ist?«

Die Borribles sahen zu, wie der Polizeiwagen den Südring entlangkroch und nur ein paar Yards an ihren Verstecken vorbeifuhr – aber die Bullen schauten nur nach vorn und hinten und waren einzig an der Durchfahrt des Konvois interessiert. Hinter dem Polizeiauto kamen mehrere riesige Lastwagen mit monströs großen schwarzen Reifen, und als der erste an Bingo vorbeikroch, konnte er lesen, was an der Seite aufgemalt war: Buffonis Zirkus & Menagerie.

»Also ein Zirkus«, sagte Chaline, »ein Wanderzirkus. Wahnsinn! Sieht man nicht mehr oft heutzutage.«

»Ziemlich großes Unternehmen«, sagte Vulgo. »Ich kann schon sieben oder acht Wagen sehen.«

»Haufen Borribles machen bei 'nem Zirkus mit«, sagte Orococco. »Ein Vetter von mir ist zum Zirkus abgehauen.«

Die langsame Prozession wanderte weiter, und das Polizeiauto verschwand. Die riesenhaften Zirkuswagen fuhren mit angestrengtem Knirschen daher, als müssten sie einen steilen Anstieg bewältigen, und der Qualm von ihren Auspuffen schwebte in die dunklen Baumkronen über den Straßenlampen empor. Noch mehr Lastwagen erschienen, dann kamen auch Käfigwagen, deren Seiten aber mit Planen verhangen waren, sodass man keine Löwen oder Tiger zu Gesicht bekam. Zwischen den Lastern und den Käfigen schritten etwa ein Dutzend Gestalten einher, groß und schlank, die Gesichtszüge bei der Beleuchtung nicht zu erkennen. Sie trugen Sturmlaternen und führten kleine Gruppen von Tieren mit sich. Ein paar Kamele kamen vorbei, ein Elefant, einige Pferde und Ponys. Ein ganzes Dorf war auf dem Marsch.

Poch spähte hinter seinem Baum hervor. »He«, sagte er, »wisst ihr, was die vorhaben? Sie ziehen auf den Common, drüben an den Teich hin. Ich erinnere mich jetzt, da haben früher immer die Zirkuszelte gestanden.« Poch duckte sich aus dem Licht, als der Streifenwagen nun nach erfüllter Aufgabe in Gegenrichtung vorbeifegte, zurück zum Polizeirevier Lavender Hill.

Bingo lachte. »Ich hab's«, sagte er, »wir kommen jetzt ganz bequem über die Straße. Wir hängen uns einfach bei denen am Ende an, und sobald die drüben sind, verflüchtigen wir uns. Gute Nacht und danke schön.«

Die Idee gefiel den Borribles. Sie erhoben sich aus ihren Verstecken, scharten sich um Sam und führten ihn durch das Gras zu der hellerleuchteten Straße, wo sie sich der Zirkuskolonne anschlossen; in demselben Tempo, indem diese sich vorwärtsschob, folgten sie.

Laster um Laster, Anhänger um Anhänger bog die Zirkuskolonne von der Straße ab und bildete einen großen Kreis auf einem leeren, aschebestreuten Stück Land in der Nähe des Teiches, beim Mount Pond. Die Borribles, nun sicher auf der anderen Straßenseite, hatten eigentlich erst in die Dunkelheit davonlaufen wollen, doch nun, fasziniert von all dem Getriebe um sie her, versteckten sie sich unter ein paar Bäumen und schauten zu.

Als Erstes zogen und schoben die Zirkusarbeiter ihre Wagen und Käfige in die richtige Position und markierten die Standorte der Schaubuden für den kommenden Tag. Heute Nacht galt es, die Zelte aufzuschlagen, und es gab noch genügend anderes zu tun. Große Vorschlaghämmer krachten auf eiserne Pflöcke, und die wilden Tiere knurrten und brüllten, als man ihnen Futter und Wasser gab. Gleichzeitig wurden Lampen installiert, und Essen wurde zubereitet und roch wundervoll.

»Mir auch 'nen Schlag Suppe«, sagte Zwielicht.

Während er noch sprach, wurde ein Wohnwagen an seinen Ort gezogen und blieb nur wenige Yards vom Versteck der Abenteurer entfernt stehen. Die Tür flog sogleich auf, und um die acht kleine Gestalten warfen sich die Treppe hinunter, schreiend und rufend.

»Den Wohnwagen noch ein Stück weiter rein.«

»Wer macht eigentlich Essen?«

»Den Käfig her.«

»Die Heringe reinklopfen!«

Die Borribles duckten sich in den Schatten der Bäume. »Los, gehen wir«, sagte Poch.

Keiner antwortete. Die Abenteurer beobachteten alle die Leute, die sich nun vor ihnen im hellen Glanz der Flutlichtlampen mit ihrer Arbeit mühten. Sie waren so voller Energie und Enthusiasmus, stark und ausdauernd, glücklich bei ihrem Geschäft. Sie rannten und watzten auf starken, muskulösen Beinen hin und her; sie waren breitschultrig, und doch war keiner von ihnen größer als ein zwölfjähriges Kind, nicht einer überragte den durchschnittlichen Borrible.

»Wahnsinn«, sagte Vulgo. »Was haltet ihr von denen? Wer soll das sein? Sind die Borribles?«

»Könnte schon sein«, antwortete Orococco. »Wie gesagt, beim Zirkus gibt's Borribles, aber die haben auch Zwerge und Liliputaner. Mein Vetter hat einmal gesagt ... aber wenn man den Wohnwagen anguckt, steht drauf: Akrobaten, oder?«

»Ist mir gleich, wer das ist«, sagte Chaline leise. »Ich hab so ein Gefühl, wir sollten weitermarschieren.«

Noch viele Jahre später sollte Chaline sich an diesen Augenblick erinnern, als ihr Abenteuer eine Wendung nahm: Wenn sie nur nicht gezögert hätten, wäre alles vielleicht ganz, ganz anders gekommen.

3

»Borribles«, hob Inspektor Snuffkin an, der seine vorbereitete Ansprache ablas, »sind der Abschaum unserer Gesellschaft, der Ausschuss, der Abfall, und müssen als solcher unter den Teppich der Zwangsmaßnahmen gekehrt und glattgetreten werden. Ihr, Männer wie Zwerge, sollt die ausführenden Organe dieses Säuberungsprozesses sein.«

Snuffkin strahlte. Vor ihm standen die Truppführer der SBE, steif und stur wie eine Reihe Betonpfähle: große, stämmige Männer mit Haaren auf den Knöcheln, dicken roten Stiernacken und breiten, harten Stirnen und zolldicken Hirnschalen. Sie lauschten Snuffkin mit großäugiger Hingabe.

Vor diesen Männern und ein wenig zur Seite angetreten standen etwa zwanzig Zwerge. Sie hatten wohlgeformte Körper mit starken Gliedmaßen und heller Haut, und sie waren aus all den Bewerbern, die sich auf Snuffkins Anzeigen hin gemeldet hatten, auf Grund ihres jugendlichen Aussehens ausgewählt worden. Darüber hinaus waren sie gründlich ausgebildet und wussten genau, wie die Borribles lebten. Und auch sie lauschten dem Inspektor mit höchster Konzentration. Man hatte ihnen viel Geld für ihren Einsatz versprochen, und wenn sie es tatsächlich schafften, einen Borrible zu fangen, winkte eine riesige Prämie.

»Ihr Zwerge«, fuhr Snuffkin fort und lief im großen Versammlungsraum des SBE-Hauptquartiers hin und her, »habt eine wundervolle Gelegenheit beziehungsweise Chance erhalten, dem Gesetz zu dienen sowie der Ordnung. Ihr werdet unser Spähtrupp sein, unser Geheimdienst hinter den feindlichen Linien. Ihr seht bereits wie Borribles aus, und wenn erst diese speziell angefertigten spitzen Ohren, mit menschlicher Haut überzogen, auf eure eigenen Ohren geklebt sein werden, dann werden selbst Borribles euch für Borribles halten.« Der Inspektor lächelte und tanzte einen kurzen Fandango. Sergeant Hanks trat vor und hob beide Arme in die Höhe. In der einen Hand hielt er ein fleischfarbenes Borribleohr und in der anderen einen großen Topf Kontaktkleber.

»Es besteht«, sagte Snuffkin, »kein Grund für euch Hilfstruppen, euch wegen dieses Spezialklebstoffs zu sorgen. Sergeant Hanks verfügt über ein spezielles Lösungsmittel, das wir, wenn die Zeit gekommen sein wird, zum Einsatz bringen, und dann wird wie von Zauberhand alles wieder sein wie zuvor.«

»Bitte, Inspektor –«, einer der Zwerge hob die Hand. »Wenn wir von einem Ihrer Männer gefangen werden, und er kann uns nicht von den echten unterscheiden, wie können wir ihn dann davon überzeugen, dass wir in Wirklichkeit verkleidete Erwachsene sind?«

Snuffkin drehte sich rasch einmal um sich selbst und nickte mit der Miene eines Mannes, der auf jede je ersonnene Frage die Antwort parat hat. »Höchst einfach«, sagte er. »Jeder Einzelne von euch bekommt das Losungswort. Diese Losung wird nur euch und den Mitgliedern der SBE bekannt sein.«

»Jawohl, Sir! Wie heißt die Losung?«

Snuffkin warf seine kleinen Füße hin und her und sprach über seine Schulter. »Ja. Ganz recht. Wie heißt die Losung, Hanks?«

Hanks wurde tiefrot, senkte den Kopf und starrte das Ohr an, das er in der Hand hielt. »Jaa«, sagte er. »Ja … ähm … Wackelpudding. Das ist die Losung. Niemand darf da je dahinterkommen.«

Snuffkin zuckte mit dem Schnurrbart und stampfte drei Schritte nach rechts, dann drei Schritte nach links. Er deutete mit ausgestrecktem Arm auf die Zwerge wie ein »Sie sind gemeint«-Wahlplakat.

»Ihr habt alle eine gründliche Ausbildung bekommen«, sagte er, »und kennt die Anti-Borrible-Taktiken. Dies ist ein Kampf bis aufs Messer, keine Gnade. Borribles sind überall unter uns, traut niemandem. Ihr wisst, wie Borribles leben, leere Häuser, Stehlen auf dem Markt, kein fester Wohnsitz, Ladendiebstähle … also, ihr müsst es ebenso machen. Dem ganzen äußeren Schein nach müsst ihr Borribles werden.«

Er wirbelte, von seinen Mantelschößen umflattert, in einer Pirouette herum und sah auf eine mit kleinen Fähnchen übersäte Karte von London, die an die Wand geheftet war. Er hustete, und seine Hände, hinter dem Rücken verschränkt, rangen miteinander.

»Dutzende von Zwergen«, verkündete er, »sind bereits in Stellung, hängen an Straßenecken herum und latschen über die Märkte.« Snuffkin stemmte die Hände in die Seiten, und sein Schnurrbart spreizte seine Flügel wie ein Falter, der aus der Verpuppung kriecht. »Dies ist mein größter Plan, und er wird wie eine Quarzuhr funktionieren. Ich werde so viele wie möglich von euch jungen Zwergen an die Straßenfront schicken. Ich habe so ein Gefühl, so ein starkes Gefühl, dass ein paar von meinen Spitzeln schon mit dieser Bande von Ganoven Kontakt haben, dass sie so tun, als könnten sie ihnen dabei helfen, mit diesem Klepper durchzugehen, den wir dingfest zu machen wünschen.«

Snuffkin stampfte mit dem einen, dann dem anderen Fuß auf und wandte sich mit rascher Bewegung von der Karte ab. Seine Augen wurden schmal, seine Stimme tiefer, mit Churchill-Ton.

»Dieses Mal werden wir nicht unterliegen. Wir werden sie in den Straßen und den Seitengassen bekämpfen, in allen labyrinthischen Windungen der großen Metropole, wir werden um jeden Yard, jeden Fuß, jeden Zoll kämpfen. Hinter jedem von euch Zwergen, seid dessen eingedenk, stehen zehn Männer von der SBE. Ihr werdet siegen, und ihr werdet nie allein in den Kampf ziehen. Das ist das große Endspiel! Ich werde den Borribles einen gnadenlosen Elfmeter in den Kasten donnern. Sie werden nicht durchkommen. Wir werden ungesehen und unerkannt zuschlagen, und der Boden Londons wird mit abgestutzten Ohren wie mit Herbstlaub übersät sein.«

Sergeant Hanks grinste und stieß einen zustimmenden Jubelruf aus, doch Snuffkin hob ärgerlich eine Hand, um die Unterbrechung verstummen zu lassen.

»Und ich werde unter euch sein, Männer. Ich habe Vorkehrungen getroffen, dass mir ein eigener Wohnwagen zur Verfügung gestellt wird. Er wird privat und persönlich sein, ausgerüstet mit eigenem Bad und eigener Toilette! Ich werde dort einziehen und werde dort leben, bis diese Diebeshorden mitsamt ihrem Pferd gefangen genommen worden sind. Dort werde ich meine strategische Arbeit vollbringen, wie Montgomery in der Wüste Nordafrikas. Ich werde dafür sorgen, dass unsere Taten in die Geschichte eingehen.«

Snuffkins Schnurrbart drehte sich nun langsam, voll gebändigter Energie, wie eine Schiffsschraube. »Epochale Geschichte! Unsere größte Stunde! Welch eine Wendung! Der Wüstenfuchs! Folget mir nach! Niemals zuvor!«

»Gewiss«, sagte Hanks, zog einen Keks aus der Tasche und schob ihn sich in den Mund.

Snuffkin nahm militärische Haltung an, richtete sich zu seiner vollen Größe auf und deutete mit dem Daumen abrupt über seine Schulter auf die Karte. »Wo immer diese Fahnen am dichtesten stehen, werde ich im Gewühl dem Feind die Stirn bieten«, sagte er.

Hanks schwenkte das Ohr, das er in der Hand hielt, hoch in der Luft und rief Hurra, wobei er die erste Reihe der Zwerge mit einem feinen Regen von Speicheltröpfchen und Kekskrümeln besprühte. Snuffkin neigte leicht den Kopf, und die SBE-Beamten salutierten, machten rechtsum kehrt und marschierten aus dem Raum. Die Zwerge grüßten, nach einem Moment des Zögerns, ebenfalls und folgten ihnen.

Der Inspektor sah zu, wie sie abzogen. Sein Schnurrbart hob sich von seinen Zähnen wie eine Falltür und enthüllte ein Lächeln, das Lächeln eines Kaninchens mit scharfem Gebiss.

»Wenn uns nur jetzt der SPP sehen könnte«, sagte Hanks und stopfte sich noch einen Keks in den Mund. »Da wäre ich bereits Sir Sergeant Hanks mit mehr Dekorationen auf der Brust als ein Weihnachtsbaum. Was?«

Inspektor Snuffkin schniefte tadelnd. »Es ist ganz gut, Hanks, dass er uns nicht sehen kann«, sagte er. »Der Einsatz von Zwergen ist ein wenig irregulär, und der SPP würde mit etwas Irregulärem nichts zu tun haben wollen. Er würde uns nicht in den Arm fallen, verstehen Sie mich richtig, aber er will nichts zu tun haben damit. Und es muss alles, Hanks, wo wir schon dabei sind, streng geheim bleiben. In Zukunft müssen Sie sichergehen, dass in Berichten und Funkdurchsagen und so weiter die Männer von den Zwergen stets als … als …«

»Späher«, schlug Hanks vor.

»Als, wie ich bereits sagte, Spähern reden«, schloss Snuffkin. Er schaute wieder auf die Karte, und ein verträumter Ausdruck trat in seine Augen.

»Irgendwo in London sind sie, diese Borribles … irgendwo in London. Wo sie wohl stecken? Wo sie wohl stecken?«

Die Borribles standen im Dunkel unter den Bäumen. Es war wärmer geworden, und der Regen rann wieder herab, tropfte von den Bäumen und lief ihnen in den Nacken. Sam stieß mit dem Huf auf, ungeduldig, als wolle er jetzt weiterziehen.

»Wir können hier nicht bleiben«, sagte Sydney. »Sam wird sich erkälten, er zittert schon.«

Die Borribles schauten immer noch zu, wie die Akrobaten ihr Zelt aufschlugen, von der Geschwindigkeit und dem erfahrenen Geschick fasziniert, mit dem die Operation vonstatten ging.

Chaline berührte Poch. »Ja«, sagte sie, »wir packen's besser wieder.«

Poch sah auf die Uhr. Es war erst elf. Als er den Kopf hob, um zu antworten, prallte jemand von der Seite gegen ihn. Es war einer der Akrobaten, der, an einem Seil ziehend, rückwärts ging.

»Aufgepasst!«, rief der Neuankömmling. »Aus dem Weg, kannst du nicht sehen, dass ich das Haltetau hier festzurren will?«

Poch sagte nichts, aber er packte den Akrobaten mit einem raschen Griff am Hals. »Schnauze«, sagte er, »oder ich drück dir die Luft ab.«

»Lass los«, sagte der Akrobat. »Keine Spielchen jetzt. Warum langst du nicht auch hin? Ich lass dir gleich ...« Seine Stimme erstarb. Er hatte die anderen Borribles in der Dunkelheit unter den Bäumen gesehen und erschrak, solch eine Versammlung mitten in der Nacht auf dem Common zu finden. Stonkus näherte sich und ergriff von hinten seinen Arm.

»He!«, sagte der Akrobat ohne große Zuversicht. »Was soll das hier?«

»Gar nichts«, sagte Poch. »Wir wollen nichts, wir tun nichts. Wir wollen bloß über den Common, hübsch ruhig und leise.«

Der Akrobat schob sein Gesicht vor das von Poch und sah ihm gerade in die Augen. »Hört mal«, sagte er, »ihr seid genauso groß wie ich, alle, wie ihr da seid. Bist du auch ein Zwerg, oder seid ihr Kinder, daheim weggelaufen?«

Poch antwortete nicht, denn in diesem Moment rief eine Stimme aus der Richtung des halb aufgerichteten Zeltes: »He, Scooter, wach mal auf! Zieh an deinem blöden Seil, verdammt noch mal. Der Scheißmast wackelt wie ein Lämmerschwanz.«

»Ihr lasst mich mal besser los«, sagte der Scooter genannte Akrobat, »oder ihr habt alle von uns hier.«

»Also, mach zu«, sagte Poch, »aber mach keine Geschichten, wir sind zehn.«

»Ist das wahr!«, sagte Scooter. »Mein Gott, da fürcht ich mich ja zu Tode.« Und er schüttelte Poch und Stonkus ab, schlang das Seil in seiner Hand um den Stamm des nächsten Baumes und fing an zu ziehen – die Borribles sahen, wie sich die Mitte des Zeltes drüben hob. Als er fertig war, band Scooter das Ende des Seils an einen Ast und drehte sich zu den Borribles um, die Hände in die Seiten gestemmt und lächelnd. Er machte keine Anstalten, zu fliehen oder nach seinen Freunden zu rufen.

»Ihr solltet euch mal keine Sorgen machen«, sagte er, an alle gewandt. »Wir sind Fahrensleute. Zirkusvolk, Jahrmarktszigeuner. Wir würden euch nie an jemand verraten, an die Polypen zuallerletzt. Gegen unsere Tradition.«

»Ach nee«, sagte Poch. »Und woher wissen wir, dass das auch wahr ist?«

Scooter zuckte die Achseln. »Macht, was ihr wollt«, sagte er, »aber mich müsst ihr jetzt gehen lassen. Ich hab 'nen Haufen zu tun, und die anderen werden bald nach mir suchen.«

»Wir machen uns jetzt so oder so auf den Weg«, sagte Napoleon. »Ist zu unsicher hier. Und dich könnten wir mitnehmen, wenn wir wollten.«

»Meine Güte«, sagte Scooter.

»Wir sind auf dem Weg nach Brixton, das ist alles«, sagte Poch endlich.

Scooter verschränkte die Arme und lehnte sich gegen einen Baum. »Wir auch«, sagte er. »In drei Tagen brechen wir auf zum Brockwell Park, haben dort eine Vorstellung. Könntet mit uns reisen. Niemand würde euch im Wohnwagen sehen, und ein Pferd mehr würde keinem auffallen.«

»Nein«, sagte Poch, »wir gehen jetzt«, aber es war zu spät. Sechs Gestalten kamen plötzlich dicht auf die Borribles zu.

»Los doch, Scooter«, rief einer. »Warum tust du denn nicht auch deinen Teil, wir wollen alle ins Bett, Mensch.«

Die Borribles luden rasch ihre Schleudern und stellten sich unter den Bäumen Rücken an Rücken. Sydney hielt sich bereit, um das Pferd davongaloppieren zu lassen, aber Scooter bewegte sich immer noch nicht. »Bitte«, sagte er, »habt keine Angst. Schaut doch her.« Er drehte sich um und winkte seinen Kameraden. »Langsam!«, rief er. »Ich hab ein paar gefunden, die Hilfe brauchen können.«

Die heranrückenden Akrobaten hielten nur einen Moment inne und gingen dann vorsichtig weiter. Sie verteilten sich in einer Reihe vor der Baumgruppe und standen den Borribles gegenüber. Einer lehnte sich auf den Stiel eines Vorschlaghammers. Gegen das grelle Flutlicht der Zirkuslampen konnten die Borribles erkennen, dass er zwar nur so groß war wie sie, aber kräftig gebaut, bullig wie Stonkus. »Wer sind die?«, fragte er. »Was wollen sie?«

»Wir wollen gar nichts«, antwortete Chaline. »Wir gehen bloß über den Common.«

»Lass mal, Drillich«, sagte Scooter zu dem Akrobaten mit dem Hammer, »sind nur ein paar Kinder auf dem Zug nach Brixton … mit einem Pferd.«

»Einem Pferd!«, entgegnete Drillich lebhaft. »Ein Pferd, was? Da schau mal her.«

»Wieso, was ist mit dem Pferd?«, sagte Sydney, sofort verteidigungsbereit.

»Was ist damit?«, erwiderte Drillich. »Ich wette, ihr habt eins von unseren geklaut, das ist's. Frisbee, geh schnell und zähl sie ab.«

Einer von Drillichs Kameraden lief weg, und die anderen traten wachsam von einem Fuß auf den anderen, zu allem bereit.

»Nun lass es doch, Drillich«, sagte Scooter. »Sind wirklich bloß Kinder, wenn ich's dir sage. Und soweit ich sehen kann, würde ihnen eine anständige Mahlzeit ganz gut tun.«

»Die Pferde sind alle da«, ertönte Frisbees Stimme von der anderen Seite des halb aufgestellten Zeltes, und Drillichs Körper entspannte sich.

»Also, ist gut«, sagte er. »Können gern mit uns kommen, wenn sie wollen. Soll niemand sagen, dass die Fahrensleute nicht wissen, was Gastfreundschaft heißt.« Und mit diesen Worten drehte sich die untersetzte Gestalt um und schritt davon; seine Gefährten folgten ihm.

Die Borribles atmeten erleichtert auf und schoben ihre Schleudern in die hinteren Hosentaschen. Scooter lachte. »Ich hab's euch doch gesagt«, meinte er. »Jetzt kommt wenigstens mit und esst was mit uns, ehe ihr abhaut. Heut Nacht gibt's Irish Stew. Sobald wir mit der Arbeit fertig sind, heißt das.«

»Irish Stew«, sagte Bingo. »Mensch, das mag ich. Mit Klößen?«

»Aber ja«, sagte Scooter, »mit Klößen.«

Danach schien es keinen Grund mehr zu geben, warum sie im Regen hätten stehen bleiben sollen, und die Borribles gingen langsam zum Zelt hinüber, das nun solide wie eine Kirche aussah. Scooter zog ein Stück Segeltuch zur Seite, und Sam, gefolgt von den anderen Abenteurern, trat hinein.

Sie standen in einem Raum, der etwa dreißig Yards lang und zwanzig breit war. An der Schmalseite, gegenüber dem Eingang, stand eine aus Planken gefügte Bühne, welche die Akrobaten beinahe vollständig aufgebaut hatten. Die Borribles zögerten. Diese Zirkusleute mochten recht klein sein, aber es waren Erwachsene, und Borribles halten sich ungern in geschlossenen Räumen zusammen mit Erwachsenen auf.

Scooter war ihnen in das Zelt gefolgt und lachte angesichts ihres Missbehagens. »Ihr könnt den Rest der Nacht unter der Bühne verbringen, wenn ihr mögt«, sagte er. »Das Pferd auch. Ruht euch gut aus. Dann könnt ihr mit uns weiter, wenn wir aufbrechen. Macht sich einfacher, als bei Nacht durch die Straßen zu schleichen, und ist nicht so gefährlich.«

»Habt ihr irgendein richtiges Pferdefutter«, fragte Sydney, »für den Sam?«

»Sam, was?«, sagte Scooter. »O ja, wir haben schon Hafer oder so was. Wie heißt ihr denn?«

Die Borribles schauten einander an, zögerten und sagten es ihm dann. Bei jedem Namen zeigte Scooters Gesicht größere und größere Überraschung. Am Ende der Liste lächelte er breit. »Ich heiß Scooter«, sagte er, »aber eure Namen gefallen mir gut …« Seine Augen wurden schmal, und er schaute Poch fest an. »Ich würde gerne ihre Geschichte hören, irgendwann mal.«

Poch berührte die Schleuder in seiner Tasche. Scooter hatte soeben den denkbar freundlichsten Borriblegruß gebraucht. Er schaute aus den Augenwinkeln zur Bühne hinüber. Die sechs oder sieben von Scooters Kameraden, die bis jetzt hart gearbeitet hatten, waren nun still und schwiegen, die erhobenen Hämmer reglos in den Händen. Sie hatten diesen besonderen Satz gehört und warteten auf die Antwort.

Das Schweigen hielt an. Dann sagte Chaline: »Wir werden euch gern die Geschichten erzählen, und dein Name ist auch ein guter Name, Scooter, der muss auch eine gute Geschichte haben. Bevor wir gehen, musst du uns erzählen, wie du ihn dir geholt hast.«

Nun drang großer Lärm von der Bühne her: Die Akrobaten warfen ihre Werkzeuge weg, lachten, schrien und sprangen auf den Boden hinunter. Scooter lächelte wieder und hob die Hand zum Kopf: Langsam schob er seine Haare zurück, um spitze Ohren zu enthüllen, Borribleohren. Und die anderen Akrobaten kamen von der Bühne herüber und zeigten ihre, alles Borribleohren.

Poch schüttelte den Kopf in großem Erstaunen. Er musterte Scooters Ohren genau: Sie sahen richtig borriblemäßig aus.

»Ihr könnt keine Borribles sein«, sagte Napoleon, »ihr seht nicht danach aus.«

Drillich schlug dem Wendel auf die Schulter. »Sehn nicht danach aus, was soll das heißen, wir sehn nicht danach aus? Das sind meine Freunde, zwei Mädchen dabei, Mazzo und Lobda, und dann haben wir Pfannkuch, Sindbad, Knochel und Frisbee.«

»Es sind gute Namen«, sagte Poch, »wirklich, aber was Napoleon sagen will – ich meine, ihr seht nicht so aus wie Borribles, ich meine, die Ohren schon, aber …«

»Ihr seht zu stark aus«, sagte Chaline, »ein bisschen wie zu kurz geratene Erwachsene.«

Drillich lachte und schaute sich nach seinen Freunden um. »Natürlich tun wir das«, sagte er, »das macht der Zirkus. Die Arbeit als Akrobat, an den Seilen schwingen, das Zelt aufbauen, die Käfige rumschieben. Als Clown auftreten, da musst du in Form sein als Clown.«

»Und abgesehen davon«, sagte Scooter, »sehen nicht alle Borribles gleich aus, bei weitem nicht. Ihr habt zwei schwarze dabei, Napoleon sieht grün aus, und der da, Stonkus, schaut eher aus wie einer von uns, oder?«

Stonkus lächelte, was selten vorkam; es freute ihn, dass man seine Stärke bemerkt hatte.

Drillich legte Poch den Arm um die Schultern. »Macht euch nicht so viele Sorgen. Denkt dran, wir sind alle zusammen Borribles hier. Jetzt essen wir was, dann wird's euch besser gehn. Frisbee hat im Wohnwagen gekocht, er bringt's gleich rüber. Es gibt ein Festmahl! Und Hafer für das Pferd.«

Und so geschah's. Die Akrobaten bauten einen Tisch mit Brettern vom Bühnengerüst auf und improvisierten auch eine Bank. Die Borribles setzten sich, Drillich und Frisbee brachten einen riesigen Kessel mit Stew vom Wohnwagen herüber, und vor jeden wurden Suppenteller und Löffel gelegt. Großzügige Portionen wurden auf die Teller geschöpft, und die Abenteurer verloren keine Zeit dabei, alles zu verschlingen, was man ihnen vorsetzte, solchen Hunger hatten sie nach einer warmen Mahlzeit.

Gegen Ende des Mahls schaute Poch über den Tisch und hob sein Glas, um Chaline zuzutrinken. Sie erwiderte seinen Blick, doch ihr Gesicht war ernst und voller Zweifel. Sie neigte ihren Kopf kurz in die Richtung von Drillich und zuckte leicht die Achseln, fragend. War er der Anführer, oder war er nur die stärkste Persönlichkeit in der Gruppe? Die Hauptsache, die an ihm auffiel, war seine Stärke. Von den Abenteurern konnte sich ihm vielleicht nur Stonkus in einem fairen Kampf stellen mit einer Chance, zu gewinnen. Gut, wie das Sprichwort sagte: Wenn man dir keinen fairen Kampf lässt, dann kämpfst du am besten nicht mehr fair.

Chaline beobachtete den Akrobaten prüfend und musterte seine äußere Erscheinung auf der Suche nach einem Schlüssel zu seiner Persönlichkeit. Sein ingwerfarbenes Haar stand seitwärts ab wie die Borsten an einem Kaminfegerbesen. Er hatte ein rundes Gesicht, breit wie ein Kohlkopf, mit muskulösen Backen und einem großen, erwachsenen Mund. Das eine seiner Augen schien etwas weiter als das andere. Die Hände waren groß und kräftig; Finger wie Sperrbolzen mit sechseckigen Muttern als Knöcheln. Er trug einen gestreiften Jersey-Pullover aus dicker Wolle, an den Ellenbogen unregelmäßig abgeschnitten, und seine hellbraunen Hosen waren ölfleckig. Er sah aus wie ein Einbrecher, der gerade schlechte Zeiten erlebt. Chaline zuckte die Achseln: Borribles waren Einbrecher, wenn man's genau nahm.

Sie wandte ihre Aufmerksamkeit nun Scooter zu. Er war anders, er war nicht so stark gebaut wie Drillich, wenn auch immer noch breitschultrig und mit einem kräftigen Bizeps für einen Borrible. Er sah hart aus wie ein Kanaldeckel, aber irgendwie war sein Gesicht doch sorgloser, offener als das von Drillich. Sein schwarzes Haar glänzte wie Asphalt im Regen und reichte bis auf seine Schultern. Sein Kinn war spitz, seine Augen braun, und obwohl sein Gesichtsausdruck, wie der von Drillich, etwas Erwachsenes hatte, war er nicht unruhig oder grüblerisch, sondern frei und unverkrampft.

Chaline wischte einen Rest Stew mit einem Brotstückchen von ihrem Teller. Irgendwas stimmte nicht ganz, aber es entzog sich ihr, was. Sie schaute reihum jeden der Akrobaten an. Alle redeten und lächelten; sie erzählten die Geschichten ihrer Namen nach echter Borribleart, stellten Fragen über die Große Rumbeljagd und kratzten sich an den spitzen Ohren. Es war wohl alles in Ordnung.

So ging das Essen und das Reden fort, und die Akrobaten und die Abenteurer lernten sich langsam kennen, und das Misstrauen verging. Wie bei allen Borribles flogen zahllose Geschichten hin und her. Die Akrobaten erzählten eine um die andere Episode von ihren Reisen und den seltsamen Menschen, die sie in anderen Zirkusunternehmen und auf anderen Jahrmärkten getroffen hatten. Die Abenteurer erzählten auch Geschichten, vom Rumbelreich und von Eisenkopfs Schacht, aber sie gaben nicht preis, was es damit auf sich hatte, dass sie bei Nacht Clapham Common überqueren wollten und warum Sam das Pferd zu ihnen gehörte.

Schließlich begannen, nachdem jeder und jede ihren Teil zum Geschichtentausch beigetragen hatte, die ersten Köpfe zu nicken, und die

Akrobaten gingen zu ihrem Wohnwagen, die Abenteurer krochen unter die Bühne, wobei sie Sam mitnahmen. Sicher und warm in ihren Schlafsäcken, mit vollem Magen, schliefen sie rasch ein, und die Nacht um sie war dunkel und still bis auf das gelegentliche Geräusch eines Autos, das auf der regennassen Straße vorbeizischte, die den Common nur etwa hundert Meter vom Schlafplatz der Vagabunden entfernt durchschnitt.

Nur Napoleon lag wach, das Messer in der Hand, die Schleuder neben sich. Er war verwirrt. Er und Poch und Chaline und all die anderen hatten sich die Ohren der Akrobaten gründlich angesehen, um zu prüfen, ob sie auch waren, was sie zu sein behaupteten, aber die Zirkusleute hatten die Ohren der Abenteurer nicht angeschaut, und das war nicht borriblemäßig, kein bisschen borriblemäßig. Dieser Gedanke nagte die ganze Nacht an Napoleon, aber Napoleon hatte schon immer Schwierigkeiten damit gehabt, irgendjemand zu vertrauen, besonders, wenn man freundlich zu ihm war.

Was es auch immer mit Napoleons Verdacht auf sich haben mochte, die Nacht verging ohne Zwischenfall. Am Morgen weckten Scooter und Drillich bei Tagesanbruch die Abenteurer und brachten ihnen Hände voll Obst, frische Brötchen und Becher mit Tee. Als sie gefrühstückt hatten, ging Drillich zur Rückwand des Zelts, versicherte sich, dass die Luft rein war und hob dann die Zeltwand über Sams Kopf, dass das Pferd ins Freie hinausgehen konnte, wo es beglückt andere Pferde zur Gesellschaft fand und weiches grünes Gras, auf dem es unter Bäumen stehen konnte. Die Abenteurer zögerten, ihm zu folgen.

»Ist das nicht gefährlich?«, fragte Chaline.

»Mensch! Was glaubst du«, antwortete Drillich. »Keiner wird Zeit haben, sich nach dir umzudrehen, außerdem hängen immer Horden von Kindern um den Zirkus rum, ein paar mehr fallen da nicht weiter auf.« So gingen die Borribles beruhigt dem Pferd nach und sahen, was sie am vorigen Abend noch nicht hatten beschauen können.

Ringsumher standen die Laster und Anhänger, die all das tonnenschwere Gerät transportierten, das der Zirkus Buffoni benötigte, wenn er unterwegs war. Zelte und Taue, Generatoren und Meilen um Meilen schweres, wetterfestes Kabel, die Tierkäfige, die Futterbehälter und natürlich die großen vierrädrigen Wohnwagen, in denen die Zirkusleute wohnten, wenn sie auf Tournee waren.

Der Lärm der Dieselmotoren war ohrenbetäubend. Stämmige Männer in zerrissenen und verdreckten Jeans und Pullovern testeten alle Maschinen, und ein tiefes, pochendes Röhren drang aus allen Richtungen. Stimmen plärrten aus verschiedenen Lautsprechern gleichzeitig; die Aufbautrupps hämmerten Nägel ein und sägten Holzpflöcke zurecht. Es war das Chaos; es war überwältigend geschäftig und lebhaft.

Der Mittelpunkt all dieser Betriebsamkeit war das Große Zelt. Davor waren in einem Halbkreis die Schaubuden und die Käfige der Menagerie aufgebaut, die lange Reihen wie Wagenspeichen bildeten, mit dem Großen Zelt als Nabe, dass die Besucher auf und ab spazieren und alle Attraktionen genießen konnten.

»Ist nur ein kleines Großes Zelt«, erklärte Drillich, als sie davorstanden, »aber für uns groß genug. Wir kriegen vierhundert Leute rein.«

Napoleon witterte die Luft, als röche es nach Bullen, nun am Morgen ebenso misstrauisch wie in der Nacht. »All die Zirkusleute hier«, sagte er, »Erwachsene, oder nicht? Würden die euch nicht an die SBE verpfeifen, wenn sie spitzkriegen, dass ihr Borribles seid?«

Drillich lachte sein raues Lachen, das wie Kies knirschte. »Nein«, sagte er. »Erstens sind die Fahrensleute nicht gerade in die Polypen verliebt, das ist eine alte Geschichte, steckt in ihnen drin.«

»Und zweitens?«, fragte Poch. Er schaute zum Dach des Großen Zeltes empor und sah zu, wie sich am höchsten Mast ein großes Banner entfaltete. Er las die Wörter: BUFFONIS ZIRKUS: DER GRÖSSTE KLEINE ZIRKUS DER WELT.

»Zweitens«, sagte Drillich, »nun, die glauben, wir sind gewöhnliche Zwerge, so stehen wir auf dem Programm, so heißt es auf unserem Wohnwagen: BUFFONIS FLIEGENDE ZWERGE – DIE ATEMBERAUBENDEN AKROBATEN. Wir arbeiten am Trapez und auf dem Seil.«

»Dann müsst ihr ja Geld bezahlt bekommen«, sagte Chaline. »Das ist nicht borriblemäßig, oder? Wie bringt ihr das zusammen?«

»Guter Witz«, sagte Drillich. »Wenn wir irgendwoher Geld hätten, was wir nicht haben, dann müssten wir es Ronaldo Buffoni geben, der ist der Chef. Nur weil kaum jemand in diesem Zirkus seinen Lohn nimmt, geht die ganze Chose hier überhaupt weiter. Die ganzen Futterkosten, die Tiere, der Tierarzt, Kostüme, Lastwagen, Benzin! Unser armer alter Buffoni.«

»Ja«, sagte Scooter. »Als Drillich und ich uns zum ersten Mal begegnet sind, da sind wir einfach so dem Zirkus gefolgt. Konnte man ebenso gut den Bullen aus dem Weg gehen wie auf irgendeine andere Weise. Gab immer was zu essen und einen Platz zum Schlafen. Nach und nach haben wir die anderen Borribles getroffen … haben uns mit den Buffonis angefreundet, haben unterwegs ein paar Zirkustricks gelernt, vor Jahren schon. Dann sagt der gute Ronaldo eines Tages, wir können unsere eigene Bude aufmachen, solang es ihn nichts kostet. Hat er uns das Zelt und den Wohnwagen gegeben.«

»Arbeiten im Tausch gegen das Essen, das ist der Fuß in der Tür«, sagte Chaline. »So fängt's an, wie man's auch dreht und wendet.«

Drillich zuckte die Achseln. »Kommt schon irgendwie drauf an. Klauen ist auch Arbeit, muss man auch aufstehen und ans Geschäft gehen, oder? Obst vom Karren.«

Hier endete das Gespräch, denn Drillich und Scooter führten die Borribles nun durch die Reihen der kleinen Zelte und Buden mit ihren verschiedenen Angeboten und Darbietungen. Hier konnte man nach Glücksnummern angeln, dort warteten an einer Schießbude die beweglichen Ziele, Vögel und Pfeifen; es gab ein Zelt mit einer Dicken Dame, einen Hungerkünstler (»Der Dünne Mann«), eine Bärtige Dame (Drillich zufolge in Wirklichkeit auch ein Mann), einen siamesischen Schwertschlucker, ein Einmannorchester, das musizierend durch die Straßen der Nachbarschaft lief, um Besucher anzulocken. Ramona die Radfahrhexe jonglierte auf dem Einrad; es gab einen Feuerschlucker, Tanka, den menschenfressenden Tiger aus Bengalen, mit seinem Wärter Amurishi Patadi, ein paar Schimpansen und das einzige weiße Nashorn außerhalb der freien Wildbahn. Am Ende der ganzen Vielfalt gab es noch ein langsames Karussell für die Kinder und eine rasantere Berg- und Talbahn für Erwachsene.

»Aber wo kommen die ganzen Leute her?«, fragte Torricanyon, das Gesicht zu einer perplexen Grimasse verzogen. »Ich meine, mit allen diesen Arbeitern und Fahrern und Artisten ist ja bald kein Platz mehr in den Wohnwagen.

Scooter grinste. »Es sind immer wieder dieselben«, sagte er. »Sie fahren die Lastwagen, bauen die Zelte auf, füttern die Tiere, machen Eis und Popcorn, betreiben die Shows in den Buden und reparieren die Maschinen, wenn sie kaputtgehen.«

»So ist's«, sagte Drillich, »und heut Abend werden sie dann im Flitterkostüm in der Manege stehen und sich mit all diesen großartigen Namen schmücken. Tatsächlich sind sie fast alle untereinander verwandt, alles Buffonis – Onkel, Tantchen, Brüder, Schwestern, Vettern. Sie spielen alle verschiedene Rollen, Clowns und alles. Und wir auch.«

Vulgo schüttelte den Kopf. »Was ist mit dem Tiger? Der sieht recht wild aus.«

»Ach, der Tiger ist ganz harmlos. Er ist so wohlgenährt, dass Arthur ihn kaum dazu kriegt, auf den Stuhl zu klettern.«

»Arthur! Ich denke, der kommt aus Bengalen.«

»Bengalen!«, hohnlachte Drillich. »Das ist Arthur Buffoni, der da drüben mit dem Overall, der den Pflock in den Boden treibt. Jeden Abend muss er sich das Gesicht schwärzen und einen Turban aufsetzen. Diese Buffonis kommen alle aus der Hackney Road, reine Cockneys, der Name tut nichts zur Sache.«

Wie die Borribles sich von Arthur Buffoni wegdrehten, standen sie plötzlich direkt vor einem gut gebauten, fülligen Mann mit einer grell karierten Mütze, einem Tweedjackett und blanken Gamaschen. Er war nicht sehr groß, aber er sah kräftig aus, und seine Haut leuchtete vor Gesundheit, sein Körper schien vor Energie und Enthusiasmus bersten zu wollen. Seine Wangen waren sehr rund und sehr rot; der honigfarbene Schnurrbart sträubte sich lebhaft, und seine langen, buschigen Koteletten reichten ihm beinahe bis zum Kinn. Er trug einen Stock unter dem Arm und hielt sich wie ein Soldat. Das war Signor Ronaldo Buffoni, und es war für jeden, der sich die Mühe nahm, hinzusehen, ganz offensichtlich, dass er den Zirkus mit der ganzen Kraft eines generösen Herzens liebte. Seine Reise, seine Buden, seine Manege und die Menschen, die mit ihm arbeiteten, waren sein Leben. Er lächelte entzückt, als er die Abenteurer sah.

»Aha!«, sagte er und schlug sich mit dem Stöckchen leicht gegen das Bein. »Habt noch ein paar neue Kumpel mitgebracht, was? Schon mal beim Zirkus Buffoni gewesen?«

Die Abenteurer schüttelten die Köpfe, ohne etwas zu sagen.

»Dachte mir's. Ihr könnt heute Abend kommen, Eintritt frei. Du kannst dich drum kümmern, Drillich. Die Plätze werden doch nicht voll, nicht bei diesem Wetter. Verspätet euch nicht, pünktlich halb acht.« Und mit fröhlichem Winken schritt Signor Buffoni davon und die Stufen seines Wohnwagens empor.

Den Rest des Tages blieben die Abenteurer sich selbst überlassen. Die Akrobaten waren damit beschäftigt, den Buffonis bei der Vorbereitung der Abendvorstellung im Großen Zelt zu helfen, und sie mussten sich auch darum kümmern, dass alles für ihre eigene Show in ihrer Bude bereit war, die nach der großen Vorstellung stattfand.

Die Borribles waren mit diesem Verlauf der Dinge ganz zufrieden. Sydney lieh sich einen Striegel aus und bearbeitete Sam, bis er so gepflegt aussah, wie es nur je möglich sein würde, und ihre Gefährten beschäftigten sich ihrer Neigung entsprechend – einige machten ein Nickerchen in der Wärme des Wohnwagens der Akrobaten, andere tranken Tee und schwatzten im Zelt, der Rest schlenderte zwischen den Arbeitern und den Neugierigen umher.

»Wisst ihr was?«, sagte Zwielicht behaglich irgendwann an diesem Nachmittag. »Wenn der Rest der Reise auch so läuft, ist das eine reine Wolke.«

»Klar«, sagte Vulgo, »es bleibt immer schön trocken, bis es schifft.«

Langsam gingen die Stunden vorbei. Das schwache Tageslicht verlor sich, und der Himmel wurde dunkel. Es war Abend. Musik hallte aus den Zelten und war noch meilenweit entfernt zu hören – sechs verschiedene Melodien zugleich. Und die Dieselgeneratoren schüttelten und grollten und hielten die Lichter glühend, leuchtend wie Gold und rot wie Rubine. Immer mal wieder ließ sich die Stimme von Signor Buffoni dröhnend durch einen Lautsprecher vernehmen, um die Hauptattraktion des Abends anzukündigen: »Hereinspaziert, hereinspaziert, versäumen Sie nicht die größte Show der Welt, halb acht im Großen Zelt! Hereinspaziert.«

Die Menge drängte sich dichter und dichter, bis die zusammengekeilte Masse sich nur noch in jeweils einer Richtung voranbewegen konnte. Gras und Aschenstreu wurden zu einem einzigen Schlammfilm zertrampelt, und die Musik schepperte lauter, und die Berg- und Talbahn wirbelte rascher und rascher herum, bis die Passagiere ängstlich und angenehm aufgeregt kreischten.

Die Erregung von Geschwindigkeit und Musik teilte sich den Abenteurern mit, und sie konnten es kaum erwarten, bis die Vorstellung anfing; alle außer Napoleon natürlich. Er war auch aufs äußerste angespannt, aber vor Misstrauen. Er suchte sich Poch und nahm ihn beiseite, damit sie miteinander reden konnten, ohne belauscht zu werden. »Dieser Drillich«, sagte der Wendel mit verkniffenem Gesicht, »den hab ich den ganzen Nachmittag nicht gesehen, und das gefällt mir nicht.«

Poch nickte. »Ja«, sagte er, »ist mir auch aufgefallen. Immerhin, wie das Sprichwort sagt: ›Kratz nicht, wo's nicht juckt.‹ Sie waren gut zu uns … Ich glaub nicht, dass irgendwas dahinter steckt.«

»Hm!«, sagte Napoleon, »es gibt auch ein altes Wendelsprichwort. ›Wenn einer so gut ist, kann er gar nicht so gut sein.‹ Mein Lieblingsleitsatz.«

Trotz all seines Misstrauens traf Napoleon seine Freunde am Eingang des Großen Zeltes, wo er endlich Drillich erblickte, der neben einem der Zirkusleute stand und grell-orangefarbene Hosen trug, Schuhe wie Kindersärge und eine große rote Nase. Unter dem Arm hatte er einen dicken Stapel Programme, und er gab jedem Besucher eines, wie sie das Zelt betraten, um ihre Plätze einzunehmen. Als Napoleon ihn fragte, wo er den ganzen Nachmittag gesteckt habe, lächelte er nur und wischte sich in einer Pantomime der Erschöpfung imaginären Schweiß von der Stirn.

»Hab den ganzen Tag keine Ruhe gehabt«, sagte er. »Der alte Buffoni hat mich hierhin, dorthin, überallhin gehetzt.«

Napoleon ließ es für den Augenblick bei dieser Erklärung bewenden und ging mit den anderen Abenteurern in das Zelt, wo man ihnen eine Bank zeigte, die in der ersten Reihe für sie reserviert war … Von Minute zu Minute wurde das Publikum zahlreicher, und trotz Buffonis Bemerkung am Morgen war kaum ein freier Platz zu sehen. Der Lärm in dem Großen Zelt schwoll an, und nach kurzer Zeit wurden die Lichter gedämpft, und Signor Buffoni persönlich erschien in einem strahlenden Kreis silbernen Scheinwerferlichts – er sah überaus prächtig aus in einem roten Jackett, einer wie von Juwelen glitzernden Schärpe und einem schwarzen Zylinder. Er trug eine enorme Peitsche und schaffte Ruhe, indem er sie laut über seinem Kopf knallen ließ.

»Mei-ne *hoch* verehrten Herrschaften! DamnunHerren!«, rief er, und seine Stimme scholl auch ohne Mikrofon durch das ganze Zelt. »Ich heiße Sie herzlich willkommen zur grrrößten Show der Welt! Seien Sie im Namen des Zirkus Buffoni gegrüßt. Und nuun! Als Erstes heute Abend für Ihr Vergnügen und Ihr Entzücken, präsentiert vom Zirkus Buffoni … die wilden Rosse der russischen Steppe! Noch vor wenigen Monaten …! Haben sich diese Pferde frei in den endlosen Weiten von Asien getummelt! Und nuun …! Sind sie unter immensen Kosten hierhergebracht und unter der persönlichen Aufsicht des großen Mazeppa Buffoni …! Und seiner entzückenden Gattin Caterina dressiert worden! Verehrtes Publikum – hier sind nun – der große Mazeppa und Caterina.«

Bei diesen Worten knallte Signor Buffoni mit der Peitsche, die Lichter erloschen, und als sie einige Sekunden später wieder angingen, war der Direktor verschwunden, und drei Pferde, zwei Grauschimmel und ein Rappe, fegten um das Manegenrund, und hinterher rannten ein junger Mann und eine junge Frau, beide in Ballettrikots, die großzügig mit Flitter und Strass übersät waren.

Beinahe sofort hatten Mazeppa und Caterina die Pferde eingeholt und sprangen ihnen auf die Rücken, wo sie Handstand machten und von einem Tier zum anderen wechselten, alles mit atemberaubender Geschwindigkeit. Zum Beschluss der Nummer, um die bisherigen Leistungen noch zu überflügeln, stand Caterina auf den Schultern ihres Partners, mit dem Gesicht nach hinten, winkend und lächelnd. Die Borribles und der Rest des Publikums sahen gebannt zu.

Bald war die erste Nummer vorbei, und unter donnerndem Beifall verschwanden die Pferde; wieder trat Signor Buffoni in die Mitte der Manege.

»Uund nuun …! Meine Damen und Herren, möchte der Zirkus Buffoni unter nicht geringen Kosten für Ihre erstaunten Augen Amurishi Patadi und einen furchterregenden Tiger auftreten lassen, der noch vor kaum zwei Wochen …! in den üppigen Regenwäldern des unerforschten Bengalen umherstreifte. Hochverehrtes Publikum – Tanka der Tiger.«

Das Publikum gab keinen Laut von sich, als die Lichter ihre Farbe veränderten und ein halbes Dutzend Clowns einen großen Käfig in die Mitte der Manege schoben. Arthur Buffoni folgte ihnen mit einer kleinen Peitsche; er sah aus wie ein Maharadscha, das Gesicht korrekt zum Farbton starken Kaffees geschminkt und einen edelsteinbesetzten Turban auf dem Kopf.

Arthur verneigte sich vor dem Publikum und begann dann, auf Zehenspitzen um den Käfig herumzugehen, als nähere er sich einem halbverhungerten, menschenfressenden Raubtier. Er hielt sich die meiste Zeit etwa sechs Fuß von den Gitterstäben entfernt, aber manchmal sprang er näher, knallte mit der Peitsche und machte sofort wieder einen Satz zurück in die sichere Entfernung. Es sah nicht besonders gefährlich aus, und Tanka lag inzwischen ungerührt auf dem Boden des Käfigs und beobachtete mit einem Auge die Zuschauer; das andere war fest geschlossen.

Die Lautsprecher knackten, und Signor Buffoni sprach von irgendwo hinter der Szene: »Meine Damen und Herren, ich muss Sie natürlich nicht erst darauf aufmerksam machen, dass diese Bengalitiger gerade dann am gefährlichsten und tödlichsten sind, wenn sie am schläfrigsten wirken! Wir bitten die Zuschauer, keine Furcht zu haben! Alle notwendigen Sicherheitsvorkehrungen sind getroffen.«

Der Klang der Lautsprecher erstarb, und zwei Männer in weißen Overalls erschienen, beide mit Gewehren, und stellten sich in die Nähe des Käfiggitters. Langsam, unter Trommelwirbel, öffnete Arthur die Tür des Käfigs, und alle Zuschauer spürten ihr Herz pochen. Als Nächstes ergriff Arthur einen Stuhl und stieß Tanka damit an, als er den Käfig betrat. Das Publikum stöhnte auf. Dann knallte Arthur mit der Peitsche, und mit einem Aufbrüllen erhob sich Tanka, kletterte auf einen Podest, hob eine Tatze und brüllte wieder. Hingerissener Applaus, auf den hin Arthur Buffoni den höchsten Beweis seiner Tapferkeit lieferte, das Tier mit der Peitsche reizte und ihm dann frech den Rücken zukehrte und auf dem Boden niederkniete.

Das Publikum raste, aber Arthur war noch nicht fertig. Er stand wieder auf und legte als Finale beide Arme um den Hals des Tigers und küsste Tanka direkt auf die Nase. Die Zuschauer jubelten, verstummten dann aber angstvoll, als das Raubtier plötzlich in zornigem Knurren die Zähne zeigte. Die beiden Männer in den weißen Overalls entsicherten ihre Gewehre. Arthur ging langsam, langsam, rückwärts zur Tür des Käfigs, schlüpfte hindurch und warf sie hinter sich klirrend ins Schloss; dann drehte er einen großen Schlüssel um, den er in seine Tasche schob. Lächelnd verbeugte er sich mehrere Male tief vor den Zuschauern und genoss den großzügigen Lärm von Hunderten klatschender Hände. »Hurra!«, riefen die Kinder. »Bravo!«, röhrten die Eltern. »Weiter, weiter!«, schrien die Abenteurer.

Nach Tanka und Arthur folgten die Nummern rasch und zügig aufeinander. Es waren so viele, dass die Borribles nicht mehr mitzählen konnten, und alles Buffonis. Ramona auf ihrem Einrad, Marco der Starke Mann mit einem Schnurrbart wie eine angespannt vibrierende Sprungfeder und schließlich auch Marmaduke Buffoni, auf dem Hochseil der Schwerkraft spottend.

»Muss man ihnen schon lassen«, sagte Stonkus, »wenn man bedenkt, dass es immer dieselben in verschiedenen Kostümen sind. Man würde es nicht merken, wenn man's nicht weiß, hm?«

Die Pause kam nur allzu rasch, und die Borribles entspannten sich. Die Lichter glühten wieder auf, und von hinter der Manege kamen sechs oder sieben Clowns hereingelaufen, um das Publikum zu unterhalten, während es Eis und Hot Dogs verzehrte. Die Clowns waren große Männer, alles erfahrene Parterreakrobaten, und warfen sich gegenseitig durch die Manege, fielen um, fuhren in ihrem kaputten Auto und bespritzten sich mit gefärbtem Wasser aus einem langen Spritzschlauch. Alle Zuschauer waren hilflos vor Gelächter, sackten auf ihren Plätzen in sich zusammen, hielten sich die schmerzenden Bäuche.

»Also, da kann man nichts sagen«, sagte Bingo, dem die Lachtränen über das Gesicht liefen, »einfach urkomisch. Ich kann gar nicht mehr aufhören … und schaut mal, da kommen noch welche.«

Es stimmte: Etwa ein Dutzend Männer in Clownskostümen kamen durch die Segeltuchwand und gingen in die Manege. Aber sie blieben von den ersten Clowns getrennt stehen und nahmen an ihrem groteskkomischen Auftritt nicht teil. Auch ihre Maske war anders: Zwar hatten sie rote Nasen, aber die Gesichter waren grellweiß geschminkt, und die Münder waren breite blaue Schlitze, mit nach unten gezogenen Enden, Trauer und Elend ausdrückend.

Die ursprünglichen Clowns schienen erstaunt von den Neuankömmlingen, und nach und nach wurde ihre Nummer langsamer und kam zu einem Ende. Sie drängten sich in einer Gruppe zusammen und besprachen sich; sie wirkten ängstlich.

»Gehört alles zum Auftritt«, sagte Chaline. »Gleich gibt's ein Kämpfchen.«

»Haltet euch bereit«, sagte Napoleon. Er war halb aufgestanden und schaute nach hinten. »Es gefällt mir nicht. Schaut euch um, da hinten kommen noch mehr rein.«

Bingo drehte sich mühsam auf seinem Sitz um, immer noch lachend. Er zählte – es waren zu viele. »So viel Clowns hat dieser ganze Zirkus nicht«, sagte er, und sein Lachen vertrocknete wie ein Fleck Spucke im Ziegelstaub.

Poch sprang von seinem Platz und stieg in die Manege. Er hatte seine Schleuder in der Hand und lud sie. »Verdammte Scheiße«, fluchte er. »Sie haben Schlagstöcke, und schaut euch mal die Stiefel an. Es sind die Bullen. Jemand hat uns verpfiffen. Wir sind umzingelt.«

Nun standen Polizisten in geschlossenem Kreis an der Innenwand des Zeltes; eine lange Reihe stand hinten in der Manege, und mehrere Gruppen kamen die Gänge zwischen den Bankreihen herab. Das Publikum lachte; für sie gehörte das alles zum Zirkus – eine große Clownsschlacht stand bevor.

»Schleudern raus!«, schrie Poch und schoss auf einen großen Polizisten, den er in den Magen traf. Der Polizist griff konvulsivisch nach seinem Zwerchfell und ging zu Boden.

»Auf, los«, rief Chaline, »in die Manege, zielt auf die Lampen, das ist unsere einzige Chance.«

Chalines Idee war nicht schlecht. Die Abenteurer sammelten sich um Poch, und die Glühbirnen über ihren Köpfen zersprangen eine nach der anderen, wie sie zielten und schossen. Das Große Zelt wurde dunkler, und das Gelächter der Zuschauer erstarb, als Glasscherben auf ihre Köpfe herabzuregnen begannen.

Die Polizisten brüllten auf. »Borribles!«, riefen sie. »Haltet die Borribles, nehmt sie fest!«

Nun erhoben sich Schreckensschreie im Publikum, und die Erwachsenen umklammerten ihre Kinder fest mit den Armen, damit die Polizisten sie nicht aus Versehen fortschleifen konnten. »Borribles«, sagte einer zum anderen, die Stimme brüchig vor Angst, »die Kinder da sind Borribles.«

Chaline kämpfte Rücken an Rücken mit Poch. Sie zielte auf die hellste Lampe in der Mitte. Sie gehörte zu den besten Schleuderschützen, und sie fehlte nicht: Mit einer lauten Explosion versank das Zelt im Dunkel. Die Zuschauer kreischten noch lauter, die Kinder weinten.

»Lasst sie nicht entkommen!«, röhrte eine Stimme, die jedem Borrible im Zirkuszelt einen Schauer über den Rücken jagte. Es war die Stimme von Sergeant Hanks, und wo Hanks war, war Snuffkin nicht fern. »Lasst sie nicht entkommen, es sind gemeingefährliche Borribles!«

Sergeant Hanks hatte vielleicht damit gerechnet, dass er auf diese Weise seiner Sache nützen konnte, indem er sich der Unterstützung des Publikums versicherte, aber es kam anders. Der Ruf »Borribles!« wurde auf allen Seiten von den Zuschauern aufgenommen, das stimmte, aber sie gerieten in Panik, schnappten sich ihre Kinder und sprangen auf, um sich einen Weg zu den Ausgängen zu bahnen. Diese Verwirrung half den Abenteurern eine Weile. Es bedeutete, dass die Polizisten, die sich von der Zeltwand her einen Weg zu ihren Opfern bahnen wollten, gegen die nach draußen drängende Menge nicht vorrücken konnten. So mussten die Borribles nun nur den Polizisten entkommen, die sich bereits in der Manege befanden, unter dem Segeltuch hindurchtauchen und sich draußen in der Menge verlieren.

Dies war leichter gesagt als getan. In der Manege herrschte totale

Konfusion. Inspektor Snuffkin, der die SBE-Razzia vollkommen geheim halten wollte, hatte es nicht für nötig gehalten, Signor Buffoni oder irgendjemand sonst vom Zirkus über seinen Plan in Kenntnis zu setzen. Demgemäß waren die Clowns in der Manege, die richtigen Clowns, als sie sich von ihrer ersten Verblüffung erholt hatten, überaus wütend. Soweit sie die Sache betraf, war eine Gruppe Unbekannter im Clownskostüm in den Zirkus eingedrungen und hatte ihnen den Auftritt ruiniert, gerade als die Nummer gut lief. Waren das vielleicht ihre tödlichen Rivalen vom Zirkus Bernardo Mattamori u. Söhne? Solche Sachen waren schon vorgekommen.

Nun fingen in der vollständigen Dunkelheit die Polizisten an, nach rechts und links zu tasten und haschen, um die wendigen Borribles zu ergreifen und zu verhaften. Unglücklicherweise gelang es ihnen nur, eine Anzahl starker Zirkusartisten zu packen, die es nicht schätzten, wenn Unbekannte sie im Dunkeln zu umklammern suchten. Die Zirkusleute schlugen entschlossen um sich, entrissen den Polizisten die Knüppel und knallten sie ihnen auf die Schädel mit der ganzen Verve von Arbeitern, die es gewohnt sind, zehn Pfund schwere Vorschlaghämmer mit Freude zu schwingen. So begann nun eine regelrechte Schlacht, und obwohl die Männer vom Zirkus in der Minderzahl waren, waren sie ihren Angreifern mehr als gewachsen. Sie waren durch die harte Schule der Manegen im ganzen Land gegangen. Sie wussten, wie man zusprang, sich fallen ließ, sich drehte und wendete, den Gegner umwarf und sich zur Seite duckte. Die Beamten der SBE kamen, trotz Snuffkins Stolz auf ihre Ausbildung, nur auf den zweiten Platz.

Selbst in der Finsternis fanden die Clowns ihre Requisiten, und ein paar rannten hin und holten den Wasserschlauch. Sie drehten auf und durchnässten alle: Polizisten wie fliehende Zuschauer. Sie fanden einen Feuerlöscher und hüllten die SBE-Männer in klebrigen Schaum. Wie hart die Polypen auch zurückschlugen, wie laut sie auch schrien, sie seien Beamte der Polizei, die Clowns ließen sich auf nichts ein.

»Wer's glaubt!«, brüllten sie. »Ihr seid von Mattamori! Ein ehrlicher Clown braucht sich nix gefallen zu lassen.«

Auch Poch schrie laut: »Verteilt euch!«, brüllte er. »Trennt euch. Wir treffen uns beim Pferd, wenn's geht, und nehmen es mit. Geht zum Markt in Brixton und wartet dort. Los!«

Auf allen Seiten um die Abenteurer kämpften noch die Erwachsenen, zerrend und schwankend, fluchend und stolpernd, zu beschäftigt und zu wütend, um die schmalen Körper der Borribles zu bemerken, die sich vorbeischoben und -wanden, bis sie den Rand des Zeltes erreicht hatten. Poch fand sich neben Chaline gegen die Rückwand gepresst. Sie zog ihr Messer und schlitzte das Segeltuch auf. Ein Auge gegen den Schlitz gepresst, starrte sie hinaus.

»Jede Menge Volk«, sagte sie, »und alles schaut zu. Uniformen seh ich keine«, und ohne ein weiteres Wort schlüpfte sie aus dem Zelt, und Poch folgte ihr. Er hoffte, dass auch seine Freunde so leicht davonkommen würden; sein Optimismus sollte sich als unberechtigt erweisen.

Nach dem Tadel, den er vom SPP erhalten hatte, war Inspektor Snuffkin entschlossen: Diesmal musste es gelingen. »Auf Grund eingegangener Informationen«, wie er es umschrieb, wusste er genau, dass die Abenteurer an diesem Abend im Zirkus saßen, und um sie nicht zu warnen, trugen die meisten seiner Männer keine Uniform. Er hatte sie als Clowns, Würstchenverkäufer, Normalbürger verkleidet und, falls das nicht reichen sollte, einen äußeren Ring um den Zirkus gezogen, wo Polizeiwagen warteten, Beamte in Bäumen und im Gebüsch versteckt lauerten, entschlossen, dafür zu sorgen, dass niemand entkam.

Inspektor Snuffkin selbst stand auf dem Dach seines brandneuen schneeweißen Wohnwagens, ein Megaphon in der Hand. Die ganze Gegend war von Flutlicht taghell erleuchtet. Snuffkin war glücklich, er ignorierte die Regenschauer, die der Wind überallhin blies. Er schrie auf die Menge ein, genoss seine Machtbefugnis, seine Stimme hob und senkte sich in der stürmischen Luft.

»Dies ist Unternehmen Katzenfutter, Unternehmen Katzenfutter. Niemand wird den abgesperrten Bereich verlassen, ich wiederhole, niemand. Sie sind alle verhaftet, aber jeder, der einen Borrible dingfest macht und den Behörden übergibt, erhält eine Belohnung. Halten Sie die Augen nach Borribles offen.«

Tief in der Menge verborgen setzte Poch seine ganze Erfahrung ein: Er schlängelte, duckte, wand sich weiter in die Richtung, wo er das Pferd vermutete, gerade hinter den Schaubuden, unter den Bäumen. Chaline folgte dicht hinter ihm. Sie begriff es nicht: Diese Menge war nicht ein einziger großer Klumpen Ziellosigkeit, wie Menschenmengen sonst, diese Menge gab acht. Dann hallte Snuffkins Ankündigung durch die Nacht, und sie wusste, was los war – die Menge schaute nicht bloß so bei einem Spektakel zu, sie hielt Ausschau nach Borribles.

Chaline hielt inne, und das Herz wurde ihr zu Gelee. In ihrem ganzen

Leben hatte sie noch nie solche Angst und solche Hilflosigkeit empfunden. Vor ihr erhob sich lautes Gebrüll, und sie sah, wie Poch über die Köpfe der Menge in die Luft geschleudert wurde. Sein Gesicht glänzte im Flutlicht, es war vor Zorn und Angst verzerrt. Poch fiel und wurde wieder hochgeworfen; erregte Schreie ertönten. Chaline fluchte und schob sich durch einen Wald von Beinen. Sie kam zu dem Mann, der Poch festhielt, und schlug ihm die Zähne in den Schenkel. Der Mann kreischte und fuhr voll Schmerz mit den Händen nach seinem Bein. Poch stürzte neben Chaline zu Boden, wurde aber sofort von einem anderen Mann ergriffen. »Ich hab ihn«, schrie er. Dann umklammerten raue Hände Chaline und rissen sie zur Höhe der Erwachsenen empor.

»Mich beißen, ja?«, sagte eine Stimme, und ein Faustschlag traf sie ins Gesicht; sie wurde hochgeworfen, fiel, wurde wieder weitergeschleudert, und so wanderte sie in der Höhe von Hand zu Hand wie ein Zuschauer, der bei einem Fußballspiel bewusstlos geworden ist. Sie schrie und trat und kratzte, doch es nützte nichts. Raue Finger zerrten an ihrem Körper, und sie und Poch wurden durch die Lüfte auf den großen weißen Wagen zugerollt, auf dessen Dach Snuffkin in seinem langen Mantel stand, dessen Knöpfe wie Katzenaugen durch den Regenwind glühten.

Der Boden in der Nähe des Großen Zeltes war von Tausenden von Schuhen zu Schlamm zertrampelt worden; tiefer Schlamm, der wie Leim klebte. Napoleon kroch auf dem Bauch hinaus, ein Messer zwischen den Zähnen, sich mit den Händen weiterschiebend. Hinter ihm kam Bingo.

»Pass auf«, sagte Napoleon, »du gehst so rum ums Zelt und ich in der Gegenrichtung, und wir treffen uns auf der anderen Seite. Schneid alle Haltetaue durch, an denen du vorbeikommst, und der ganze Salat fällt in sich zusammen, das wird die Bullen bisschen beschäftigen.«

»Alles klar«, sagte Bingo und zog sein Messer.

Der Plan lief gut. Ohne die stabilisierende Spannung der Seile sank das riesige Zelt sanft in sich zusammen; seine tiefen, schweren Falten betteten sich auf die immer noch miteinander ringenden Clowns und Polizisten.

Bingo und Napoleon trafen sich wie vereinbart auf der anderen Seite, und da sie sahen, dass hier die Menge nicht so dicht war, setzten sie zu einem Spurt in Richtung der nächsten Baumgruppe an. Sie rannten schnell, schlugen Haken nach rechts und links um Menschengruppen herum, die nur erstaunt starren konnten, wie die Borribles vorbeiliefen. Endlich im Schutz der Dunkelheit unter den Bäumen angekommen, schauten sie außer Atem zum grellen Licht der Polizeischeinwerfer zurück.

»So eine Scheiße«, sagte Bingo. »Ich möchte wissen, wie die Bullen wissen konnten, dass wir hier sind.«

»Ganz einfach«, sagte eine Stimme hinter ihnen, »wir wissen eben alles«, und mit kräftigen Hieben wurden die beiden Borribles zu Boden gestreckt. Hände glitten über ihre Körper und nahmen ihnen Messer und Schleudern weg. Ihre Arme wurden auf den Rücken gezwungen, und man legte ihnen Handschellen an. Erst, als man sie auf die Füße zerrte, sahen sie, dass vier oder fünf Beamte von der SBE in Uniform um sie herumstanden. Hinter den Bäumen sahen sie den unbestimmten Umriss eines SBE-Transporters.

Bingo konnte nicht allein stehen. Der Schlag, der ihn getroffen hatte, hatte ihm die Luft genommen.

»Ihr Schweine«, sagte Napoleon. »Er ist bloß ein Junge.«

Die Polizisten lachten, und einer beugte sich vor und zog hart an Napoleons Ohr. »O ja«, sagte er, »bloß ein süßer kleiner Borriblejunge. Na, du wirst bald genug ein kleiner Junge sein, Freundchen, da kannst du was von halten, zurück ins Alltagsleben.«

Stonkus war stark, der stärkste unter den Abenteurern. Während der Verwirrung im Großen Zelt hatte er sich bei seinem Freund Torricanyon gehalten und ihnen beiden einen Weg durch den verrückten Mob kämpfender Erwachsener gebahnt. Draußen angelangt, hatten sie sich mit Glück unter eine Gruppe aus dem Publikum gemischt, die mit ihren Kindern zum äußeren Rund der Buden und Zelte vordrang. Die beiden Borribles waren mitgegangen, und zum richtigen Zeitpunkt waren sie rasch in das Dunkel zwischen zwei Schaubuden untergetaucht, wo sie stehen blieben, um Atem zu schöpfen und sich umzusehen.

Sie konnten alles hören – Snuffkins Stimme aus dem Megaphon und die Rufe und Hohnschreie der SBE, wie sie Borribles jagte und verhaftete, und ebenso die Zirkusleute, die sich zu verteidigen wagten. »Wir schaffen's nie zum Pferd rüber«, sagte Stonkus. »Wäre besser, wenn wir hier verschwinden und dann denen helfen, die sich durchschlagen.«

Torricanyon nickte, und die beiden Freunde zogen sich weiter aus dem Licht zurück und kamen zur Rückseite der Zeltreihe. Sie schauten hinüber: Das Dunkel erstreckte sich endlos, bis zum Rand des weiten Common.

»Auf«, sagte Stonkus, »lauf zu!«

Die beiden Borribles rannten abrupt los und liefen von ihrem Versteck auf die Bäume und das Gebüsch zu, die sie in nicht allzu weiter Entfernung sehen konnten. Sie kamen nicht weit. Erst zehn oder fünfzehn Yards hatten sie zurückgelegt, als ein Dutzend Schatten wie Trolle aus dem Boden wuchsen. Eine schnelle Bewegung durchglitt die Luft, und ein feinmaschiges Netz senkte sich auf die Fliehenden, und sie stürzten hin und zappelten wie gestrandete Fische. Orococco und Vulgo entkamen dem Großen Zelt und kämpften sich durch die Menge wie Entdeckungsreisende, die sich einen Weg durch den Urwald hacken. Es war ihnen nicht klar, dass die Menge mit Polizisten durchsetzt war, aber sie konnten fühlen, wie Hände nach ihnen griffen, als sie sich weiterduckten, und sie konnten Stimmen hören, die ihnen über ihren Köpfen nachschrien.

»Wir müssen zum Zelt der Akrobaten«, schlug Orococco vor, »das ist die einzige Chance. Tun, als ob wir zu denen gehören, die für den Zirkus arbeiten.«

Die beiden Borribles stießen sich weiter voran; sie traten und knufften gegen die Beine, die ihnen den Weg verstellten. Irgendwie gelang es ihnen, die Gefangennahme zu vermeiden, und sie erreichten das Zelt, das sie suchten. Daneben schien eine kleine Oase der Ruhe zu liegen; sie drängten sich in den Schatten. Während sie wieder Atem schöpften, hörten sie dicht in der Nähe die Stimme von Snuffkin.

»Lasst nicht nach in eurer Wachsamkeit, es müssen sämtliche Borribles verhaftet werden. Zirkusangehörige, die Polizeibeamte in der Ausübung ihrer Pflichten behindern, kommen ins Gefängnis. Die Genehmigung für den Zirkus wird eingezogen. Mister Buffoni, Mister Buffoni, Sie werden jetzt sofort zum Polizeihauptquartier an meinem Wagen kommen. Geben Sie allen Ihren Verwandten und Angestellten die Anweisung, in vollem Umfang mit der Polizei zu kooperieren. Mister Buffoni! Mister Buffoni!«

»Scheiße«, sagte Vulgo, »die Bullen sind gerade hier um die Ecke, da hinten.«

Orococco nickte. »Na prima, dann werden sie so nahebei gar nicht erst nach uns schauen. Rasch, ins Zelt, eh man uns sieht.«

Beide Borribles legten sich auf den Erdboden und rutschten unter der

Kante des Zelttuches durch, sich mit den Ellenbogen vorwärtsziehend. Innen im Zelt war es stockfinster, kein Laut war zu hören.

»Zur Bühne rüber«, flüsterte Orococco, »das haut hin.«

Die beiden Borribles hatten das Zelt halb durchquert, als ein lautes Klicken ertönte; es war, als habe man einen Schalter umgelegt. Das stimmte auch. Plötzlich war der ganze Innenraum von oben erleuchtet; zwanzig Glühbirnen schienen hell wie der Tag. Orococco und Vulgo sahen einander an und standen langsam vom Boden auf. Es hatte keinen Sinn mehr.

Auf jeder der beiden Längsseiten des Zeltes stand eine Reihe von SBE-Männern und -Frauen in Uniform, alle mit Knüppeln. Sie lächelten zärtlich. Vulgo stieß Orococco an und wies mit dem Kopf nach hinten. »Wir sind echt am richtigen Platz, Coco«, sagte er. »Da schau mal.«

Orococco schaute. Vor ihnen auf dem Boden ausgestreckt, fest gebunden und geknebelt, lagen alle acht Akrobaten, in säuberlicher Anordnung aufgereiht. Die Haare waren ihnen zurückgestreift worden, dass man die spitzen Ohren sah, und die Augen blinzelten in der plötzlichen Helle. Sie sahen angstvoll aus, die Körper schlaff und hoffnungslos, wie große rohe Würste auf einem Grill, schon mit der Gabel angestochen und bratfertig.

»Wie das wohl ist, wenn man erwachsen wird«, sagte Orococco, aber dann war keine Zeit mehr zu sprechen. Große Hände ergriffen ihn und Vulgo, und man band sie und warf sie zu Boden.

Als die Abenteurer in verschiedene Richtungen aus dem Großen Zelt davongerannt waren, war ein Mitglied der Gruppe zögernd zurückgeblieben. Gerade außerhalb des Zeltes im Dunkel zusammengekauert, starrte Sydney auf die wogende, gewalttätige Menge, vom Geschrei und vom Flutlicht wie betäubt.

Als das Riesenzelt zusammenzufallen begann, versuchten die Zirkusleute ihren Kameraden zu Hilfe zu kommen, die unter der stürzenden Zeltwand begraben waren. Da sie nichts von der SBE und ihren Plänen wussten, waren sie immer noch überzeugt, dass ihre Show von Mattamoris Leuten überfallen worden war, und sie konnten den Polizisten in Zivil nicht glauben, die darauf bestanden, dass sie Polizeibeamte waren! Die Zirkusleute schlugen erst zu und stellten anschließend Fragen.

Diese Feindseligkeiten gaben Sydney die Gelegenheit, auf die sie gewartet hatte. Indem sie sich so klein machte, wie sie konnte, schlich sie durch jenen Teil des Zirkusgeländes, wo der Kampf am heftigsten tobte, und kam schließlich bis zu dem äußeren Ring mit den Schaubuden, ohne dass man auf sie aufmerksam geworden wäre. Dort kroch sie unter die Theke einer Wurfbude, und da fand sie Zwielicht. Es war ihr in all dem Aufruhr gelungen, auf einen Freund zu stoßen.

Die beiden Borribles waren glücklich, einander gefunden zu haben, aber für Sydney gab es im Grunde nur einen Gedanken: Sam zu finden, das Seil durchzuschneiden, das ihn an seinen Baum band, und mit ihm hinaus auf den Common zu fliehen. Die Vorstellung, dass Snuffkin das Pferd wieder fangen und zur Arbeit einsetzen könnte, erfüllte sie mit Entsetzen, und ihr Herz schien kalt zu werden.

»Hast recht«, stimmte ihr Zwielicht zu, »ich komme mit und helf dir dabei. Und so oder so«, fügte er hinzu, »das Pferd ist doch auf jeden Fall der Punkt, wo wir uns treffen wollten?«

Der Weg zum Zelt der Akrobaten wurde ohne große Schwierigkeiten zurückgelegt – die beiden Freunde krochen einfach von Zelt zu Zelt und hielten sich auf der von der Menschenmenge entferntesten Seite. Als sie angekommen waren, suchten sie sich einen Platz, von dem aus sie das Akrobatenzelt beobachten konnten, und Snuffkin auch. Er tänzelte immer noch auf dem Wagendach herum und schrie aus Leibeskräften in sein Megaphon. Sein Stab stand in einer Gruppe unter ihm beieinander und starrte auf den tobenden Mob, der mit Panikrufen an ihnen vorbeiquirlte. Aber auf der anderen Seite einer ruhigen, offenen Fläche, hinter den Zelten und näher an den beiden Borribles als an den Polizisten, stand Sam unter ein paar Bäumen im Halbdunkel, unbeachtet, unbewacht und fest an seinen Baum gebunden.

Sydney zog ihr Messer. »Ich lauf rüber und schneid ihn los«, sagte sie. »Halt du Wache, Zwielicht, und wenn welche von den Bullen sich umdrehen und Gefahr besteht, dass sie mich sehen, also, dann musst du halt ihre Aufmerksamkeit auf dich lenken, dass sie dir nachgehen. Wenn ich das Pferd in die Bäume hineingeführt habe, kommst du nach. Alles klar?«

Das Mädchen wartete nicht auf die Antwort des Bangladeshi. Wie der Wind lief sie mit ausgestreckten Armen zu dem Pferd hinüber.

»O Sam«, flüsterte sie, als sie das Seil durchschnitt, »wir müssen uns rasch davonmachen, schnell, unter die Bäume.« Sie zog am Zügel, aber Sam rührte sich nicht. Er schüttelte wild den Kopf, schnob durch die Nüstern, und Sydney sah, dass die Füße des Pferdes mit starker

Nylonschnur fest zusammengebunden waren. Er konnte sich nicht bewegen.

»Diese Schufte«, sagte Sydney und kniete sich hin, um das Pferd loszuschneiden. Sie musste sich beeilen, sie war schon zu lange draußen im Freien. Wieder warf das Pferd den Kopf hin und her, und nun schob es sich mit kurzen Schritten rückwärts. »Ach, Sam«, sagte Sydney, »was ist denn, was haben sie mit dir gemacht?«

Sydney hatte nicht gesehen, was Sam hinter ihr gesehen hatte: Die schmale Gestalt von Zwielicht wurde ins Licht gezerrt, gefesselt und geknebelt, als Gefangener, und ein Ring dunkler Silhouetten schloss sich von den Zelten und den Bäumen her um das Mädchen. Aber nun erblickte sie die Verfolger und stöhnte laut auf, warf die Arme um den Nacken des Pferdes und klammerte sich dort wie ums liebe Leben fest.

»O Sam!«, rief sie. »Ich hab es nicht geschafft. Sie haben dich wieder. Es tut mir leid, es tut mir leid, es tut mir so leid.« Und Sydney war so niedergeschlagen, dass sie nicht hörte, wie die triumphierende Stimme über das Megaphon verkündete, dass alle Borribles und ihre Verbündeten gefangen waren und dass die Schlacht verloren beziehungsweise gewonnen sei! Sie spürte nicht, wie die großen Hände das Messer aus ihrem Griff wanden oder die Schleuder aus ihrer Tasche zogen, und sie fühlte nicht, wie sich die kalten Handschellen wie der Biss eines zuschnappenden Hundes um ihre Handgelenke schlossen. Alles, was Sydney vermochte, war um Sams Ende zu weinen, um das Pferd, das sie liebte, jetzt bald schon Katzenfutter.

4

Inspektor Snuffkin und Sergeant Hanks standen wie die Präsidentschaftskandidaten auf dem hinteren Balkon des weißen SBE-Wohnwagens. Unter ihnen, knöcheltief im Schlamm, standen die Abenteurer und die Akrobaten, in einer langen Reihe aneinandergefesselt, die spitzen Ohren deutlich sichtbar. Dahinter stand Sam das Pferd, weiter hinten standen die Zirkusclowns, ebenfalls in Handschellen, die Gesichter blutig und die Kleider zerrissen. Um alle herum stand ein dichtgedrängtes Regiment Polizisten, und ihre schwarzen Regenmäntel glühten phosphoreszierend in der Nacht wie feuchte Kohle.

Die SBE hatte schließlich die Ordnung wiederhergestellt. Die Zuschauer waren nach Hause geschickt worden, und die Zirkusleute hatte man in ihre Wohnwagen eingeschlossen und ihnen befohlen, sich dort bis auf weiteres ruhig zu verhalten, wenn sie nicht unter Arrest gestellt werden wollten. Eine große Stille herrschte, wo vorher lautes, panisches Chaos gewesen war. Niemand regte sich außer einigen wenigen Polizisten, die durch die Ruinen des großen Kampfes gingen und sich vergewisserten, dass sich nirgendwo noch ein Borrible unter dem Müllhaufen aus zerfetzter Zeltleinwand und zerschlagenen Buden versteckt hielt. Das Feld lag in vollkommener trauriger Verlassenheit da.

Inspektor Snuffkin blickte strahlend über die Szene hinweg wie ein Leuchtturm; es gelang ihm nicht, seine tiefe Befriedigung zu verbergen, und sein Lächeln brach immer wieder hervor. Seine Hände hatte er fester denn je hinter dem Rücken verklammert, und die Rechte versuchte, ihm die linke Schulter auszurenken, indem sie mit wilder Kraft an dem Arm zog. Seine Absätze hoben und senkten sich in getreulichem Trommelwirbel. Endlich hob er die Hand: Nun würde er reden.

»Männer«, begann er, »ich habe euch Blut, Schweiß und Tränen versprochen, doch zum Weinen war keine Zeit! Wir haben eine große Schlacht gewonnen, genau wie ich es vorhergesagt habe. Hier stehen die Gefangenen und ihre Helfershelfer vor uns, in Schmach und Schande aneinandergekettet. Missetäter, Miesepeter, die die Welt ändern wollen, weil sie ihnen nicht passt, die sich zu physischer Gewalt hinreißen lassen, wenn die Regeln der Gesellschaft unbequem werden. Nun haben wir die Rädelsführer, und unser Kampf ist beinahe zu Ende. Wir haben auch ihr Maskottchen, diesen mottenzerfressenen, x-beinigen, lahmknochigen, krummrückigen, einstmaligen Equus. Dieses elende Vieh ist das Symbol und Zentrum ihrer Revolte geworden! Nun, bis hierher und nicht weiter. Wenn dies Pferd das Herz der Bewegung ist, dann werde ich dies Herz mit beiden Händen ergreifen und entzweireißen. Ich befehle hiermit, dass das oben erwähnte Tier umgehend zu einem Schlachthaus oder -hof gebracht werden soll, wo man es bis zum Eintritt des Todes vor den Kopf schlagen wird, um es dann an den Hinterfüßen aufzuhängen. An einem Haken. Es wird mit einem langen Messer aufgeschlitzt und dann zu netten kleinen Dosenportionen für Kätzchen verarbeitet. Ich sage euch, Männer, das Unternehmen Katzenfutter ist ein voller Erfolg geworden. Wir werden eine Gedenkmedaille schlagen lassen.«

Sydney schrie auf und fiel auf die Knie in den Schlamm. Da sie mit den Handschellen so eng aneinandergefesselt waren, wurden Chaline und Zwielicht mit ihr zu Boden gezerrt.

»Nein!«, schrie das Mädchen, so laut es konnte. »Lasst doch Sam in Ruhe, es ist nicht seine Schuld. Stutzt uns die Ohren, wenn ihr müsst, aber lasst Sam draußen. Er ist nur ein Pferd, er hat nie was getan.«

Snuffkin lachte und tänzelte zufrieden, und seine Hände flatterten vor seiner Brust auf und ab, wie Elstern, die nach einem Landeplatz suchen. Hanks' Bauch wackelte vor Vergnügen, und er nahm ein Bonbon aus der Tasche und schob es in den Mund.

»Nun nimm es nicht so schwer«, sagte Snuffkin und neigte seinen Kopf in einer Geste ironischen Mitgefühls auf die Seite. »Sam wird bald aller irdischen Sorgen ledig sein, aber ihr und eure Akrobatenfreunde, ihr seid die, die in der Bredouille sitzen. Ihr werdet euch zu Tode schuften, sobald wir mit euren Ohren fertig sind. Ihr werdet nette normale Arbeitnehmer sein, für den ganzen Rest eures Lebens.«

Nun winkte der Inspektor mit der Rechten, und das Regiment Polizisten schlug mit soldatischer Präzision die Hacken zusammen.

»Bringt diese Borribles zum vereinbarten Ort«, befahl Snuffkin, »und diese Hampelmänner hier auch. Sperrt sie ein und erteilt ihnen eine Lektion. Morgen früh wird wegen so vieler Vergehen Anklage gegen sie erhoben, wie ich mir nur ausdenken kann. Weg mit ihnen.«

Wie die Borribles zu den Polizeitransportern gestoßen wurden, die neben dem SBE-Wagen bereitstanden, trat Poch aus der Reihe hervor; die Handschellen zwangen seine Gefährten, sich mit ihm zu bewegen. Er trat so nahe zu Snuffkin, wie er konnte, dann hob er die Hände über den Kopf, und die gefesselten Hände seiner Freunde wurden auch in die Höhe gezogen. Poch schüttelte seine Handfesseln, bis sie klirrten. Seine Wange war blutig, seine Kleider waren zerfetzt, sein Gesicht war wild vor Zorn.

»Ich bring dich um«, sagte er mit weißen Lippen. »Du warst das hier mit der Gewalt, Snuffkin, nicht wir. Ich lass nicht nach, bis du tot bist. Ich ...«

Poch konnte nicht weitersprechen: Ein Polizist schlug ihn hart gegen die Schläfe, und er wurde mit den anderen davongetrieben, stolpernd und im Schlamm rutschend. Selbst die Zirkusclowns wurden in einen Wagen gepfercht und nicht besser behandelt als die Borribles, sondern gestoßen, getreten und beschimpft. Mindestens zehn von ihnen waren unter Arrest, und sie boten einen traurigen Anblick. Einige hatten lange und hart unter dem Großen Zelt gekämpft, die andern hatte man verhaftet, als sie ihren Kollegen zu Hilfe kommen wollten. Keinen Augenblick hatten sie begriffen, was eigentlich los war. Während des verrückten Kampfes hatten sie geglaubt, ihr Zirkus würde angegriffen, und hatten sich nur verteidigen wollen. Nun würden sie, wenn das Gericht sie schuldig sprach, viele Monate im Gefängnis verbringen, vielleicht sogar ein, zwei Jahre.

Nicht nur das: Ihr Zirkus lag in Fetzen auf der Erde, ihre Kostüme waren zu kleinen Stücken zerrissen, und alle hatten sie blaue Augen, blutige Nasen und aufgeplatzte Köpfe. Es war mehr, als Zirkusleute ertragen konnten, und auch sie schrien Drohungen zu Snuffkin und Hanks hinüber, aber wie laut sie auch ihre Stimmen erhoben, es führte zu nichts. Man prügelte sie in die Gefangenenwagen, und die schweren Türen wurden hinter ihnen zweimal abgeschlossen. Auf Snuffkins Zeichen hin fuhren die Wagen über das Gras zur Hauptstraße, und von da wandte sich die Kolonne nach Süd-Clapham, unter schwerer Bewachung. Die Borribles waren gefangen, und Inspektor Snuffkin ging kein Risiko mehr ein.

Der Untergrundbahnhof Clapham Common South ist nur ein paar hundert Yards von jenem Teil des Common entfernt, wo Buffoni seinen Zirkus aufgeschlagen hatte. Als Snuffkins Wohnwagen hierhergezogen worden war, standen die Gefangenen auf dem Gehsteig, zusammengetrieben und von mehr als der doppelten Anzahl von Polizisten bewacht. Die Borribles warteten voll Unruhe auf Snuffkin – was hatte es mit dem »vereinbarten Ort« auf sich? Sie brauchten nicht lange zu warten, bis diese Frage ihre Antwort fand. In der Nähe ihres Standortes lag auf einer schäbigen kleinen Rasenfläche, die weder zum Common zu gehören schien noch Ödland war, direkt neben einer aus Backstein gebauten Reihe säuerlich riechender öffentlicher Toiletten, ein eigenartiges zementüberzogenes Gebäude, halb quadratisch, halb rund. Es wurde von einem hohen Drahtzaun gesichert und war groß und fensterlos, bedrohlich und düster.

Sobald der Wohnwagen ankam, marschierten Snuffkin und Hanks die Stufen hinunter und gingen durch ein Tor im Drahtzaun zu einer großen Eisentür, die sich in der Mitte des eckigen Teils des bizarren Gebäudes befand. Die Tür wurde nach außen geöffnet, ein Licht angeknipst, und die Gefangenen sahen einen unfreundlichen rechteckigen Korridor, groß und aus Betonplatten gefügt.

»Also, Männer«, sagte Snuffkin, »bringt die Gefangenen rein, macht zu, wir wollen nicht gesehen werden.«

Der Inspektor stand am Eingang und schaute zu, wie seine Befehle befolgt wurden. »Ich will zwanzig Mann vorausmarschieren sehen«, sagte er, »dann kommen in der Mitte die Gefangenen, und zwanzig Mann folgen mit Sergeant Hanks. Eine Wache von sechs Konstablern bleibt am Wohnwagen, und dann brauche ich noch zwei, die das Pferd ins Gefängnis von Wandsworth bringen, wo es eingekerkert wird, bis der Schinder es abholt. Der Rest fährt ins Hauptquartier zurück, aber ihr meldet euch morgen wieder hier, und zwar zeitig. Ist das alles klar?«

Die Männer grüßten, und Hanks verlor keine Zeit und teilte seine Streitkräfte ein. Als alles angeordnet war, ließ Snuffkin die große Eisentür schließen, und als der Klang der ins Schloss fallenden Tür verhallte, schloss er mit einem großen Schlüssel ab, den er dann in seiner Manteltasche barg, die er selbstzufrieden tätschelte.

Als Nächstes kauerte sich Snuffkin auf den Boden und zog einen anderen, kleinen Schlüssel aus einer anderen Tasche, mit dem er eine Stahlplatte in einem Schachtdeckel aufschloss, der am hinteren Ende des Korridors in den Boden einzementiert war. Er fingerte an einem Kombinationsschloss herum, und als die Sperren sich geöffnet hatten, befahl er sechs von seinen Leuten, den Deckel zu heben. Es war keine einfache Aufgabe. Der Schachtdeckel war dick und schwer, doch nach langem Keuchen und Schnaufen schwangen ihn die Polizisten in den Angeln zurück.

Snuffkin griff nun in den Schacht, der sich vor ihnen geöffnet hatte, legte einen Schalter um, und hunderte von Lampen flammten auf; wie aus meilenweiter Entfernung begann eine Luftumwälzungsanlage zu summen. Die Männer der SBE drängten sich um die Öffnung und starrten hinab. Vor Erstaunen holten sie tief Luft: Sie sahen eine Treppe, die sich endlos immer weiter in Spiralen hinabwand und erst verschwand, als sie für das Auge zu klein geworden war.

»Jawohl«, sagte Snuffkin stolz, als hätte er es selbst gebaut, »das ist das achte Weltwunder. Was im letzten Weltkrieg ein schlichter Luftschutzkeller für die gewöhnliche Bevölkerung war, ist nun tiefer und weiter ausgebaut worden, bis es den halben Clapham Common unterkellert. Was wir hier vor uns haben, ist eine ganze Stadt, die alles enthält, was man braucht, um unsere Zivilisation im Falle einer thermonuklearen Katastrophe zu sichern: Regierungsbüros, Kommandozentralen, Nahrung, Wasser, Toiletten – und ein Gefängnis. Ein großes. Wenn die totale Zerstörung kommt, muss das Überleben der Verwaltungsbeamten gesichert sein, sodass, was auch geschieht, Recht und Ordnung über den Jüngsten Tag hinaus fortexistieren. An Recht und Ordnung besteht immer Bedarf, Männer, wie ihr wisst. Leider wird selbst ein gründlicher Atomkrieg das Verbrechen nicht ausrotten.«

»Ist es ein schönes festes Gefängnis, Sir?«, fragte Sergeant Hanks.

»Gibt kein besseres«, antwortete der Inspektor, »deshalb sind wir heute Nacht hier. Kein Borrible, und sei er ein noch so begabter Ein- und Ausbrecher, kann sich hier verdünnisieren. Kein Clown, und sei's der komischste, wird das noch zum Lachen finden. Nun, Männer!«, sagte Snuffkin, der seine kleine Ansprache beendete, indem er auf die erste Stufe unter dem Schachtdeckel sprang, »folgt mir, es ist ein langer, langer Weg, also haltet euch ran.«

Mit einem Zucken seines Schnurrbartes entschwand der Inspektor ihren Blicken, und sofort folgte ihm das erste Kontingent seiner Männer und dann die Gefangenen. Diesen folgte wiederum Sergeant Hanks mit seinen zwanzig Beamten, deren letzter den Deckel schloss und von innen verriegelte. Wie Snuffkin gesagt hatte: Es gab kein Entkommen.

Mit jedem Schritt wuchs die Verzweiflung der Borribles. Schlimmer als die Unmöglichkeit zu fliehen war es, dass es nicht einmal die leiseste Hoffnung gab. Es gab nur einen einzigen Ausweg, der sorgsam bewacht wurde, und hier drunten bildeten die Korridore und Verbindungsgänge ein Labyrinth, in dem Snuffkin seine Gefangenen absichtlich kreuz und quer führte, um sie zu verwirren.

Auf jedem Stockwerk, an dem sie vorbeikamen, führten Tunnel in alle Richtungen, und von diesen Tunneln gingen andere ab und glänzend polierte Türen ohne Zahl, jede mit einer genauen Bezeichnung, die sie im Vorbeigehen lesen konnten: CIG5, MI5, MI6, Marineministerium, Innenminister, Auswärtiger Ausschuss, Kabinett/Sitzungssaal, Squashhalle, Geheimdienst, Premierminister, Schwimmbad, Verteidigungsministerium. Einige der Türen standen offen, und die Gefangenen erhaschten kurze Blicke auf große Zimmer mit Teppichboden, grünen Tischen und bequemen Sesseln. Viele der Räume waren mit großen Sofas, Bars und Bücherregalen ausgestattet, manche auch mit Betten und Chaiselongues, alle mit frisch gebügelten Kissenbezügen, bereit für den großen Tag von Armageddon.

Endlich aber wurden die Gefangenen, die nun vor Müdigkeit wie vor Niedergeschlagenheit nur noch dahinstolpern konnten, in einen breiten, nackten Korridor gebracht, der die unterste Basis der unterirdischen Zitadelle darzustellen schien – und hier gab es noch mehr Türen, diesmal aus massivem Stahl mit Riegeln oben und unten und Spionen, durch welche der Wärter die Insassen beobachten konnte. Snuffkin gab seine Befehle, und drei der Zellen wurden aufgerissen.

»Wird euch gefallen«, sagte der Inspektor. »Eiskalt ist's da drin.«

»Wie ist es mit was zum Essen?«, sagte einer von den Clowns. »Wir brauchen etwas.«

»Da bin ich mir gar nicht so sicher«, sagte Snuffkin, »auf jeden Fall nicht vor morgen. Ihr werdet viel hilfsbereiter sein, wenn ihr ein paar Tage ohne Nahrung hinter euch habt. Die meisten Leute sind's.« Er winkte, und seine Polizisten stießen die Clowns in zwei der Zellen, und dann wurden die Türen hinter ihnen verriegelt.

»Ach, Hanks«, sagte Snuffkin zu seinem Sergeanten gewandt, der gerade die Nachhut heranführte, »bringen Sie diese Borrible-Akrobaten mit zum Verhör, fesseln Sie sie von den anderen ab.«

Sergeant Hanks zog einen Schlüssel aus der Tasche und tat wie geheißen. »Wunderbar, Sir«, sagte er begeistert. »Nichts geht über ein kleines Verhör, um den Appetit anzuregen. Ich freue mich richtig drauf.«

Die Akrobaten versuchten, so gut es ging, gegen die Übermacht der Polizisten anzukämpfen, aber sie konnten ihrem Schicksal nicht entgehen. Drillich fluchte und trat wie ein Wilder, ebenso Scooter und Mazzo, aber die anderen verloren gänzlich die Nerven und wanden sich schreiend vor Angst auf dem Boden. Nichts half – lachend und höhnend zerrten die großen Polizisten mit ihren schinkengroßen Händen die Gefangenen an den Füßen davon, dass die Köpfe auf den harten Korridor aufschlugen, bis ihre Schreie in der Ferne schwächer und schwächer wurden und verhallten.

»So«, sagte Hanks, als er die Abenteurer in ihre Zelle trieb. »Wenn ihr morgen früh eure kleinen Sportsfreunde mit schön blutigen, fransigen Ohren seht, dann werdet ihr wunderhübsch brav sein, ihr sagt uns alles, was wir hören wollen, sollt mal sehen«, und der Sergeant hieb die Metalltür ins Schloss, und das Klirren klang in Echos die Korridore entlang. Dann schob er die Riegel vor und presste ein Auge gegen den Spion. »Da wärt ihr nun also«, sagte er, »alles schön ordentlich aufgeräumt und von der Straße runter. Morgen werden wir uns schön amüsieren, ich versprech's euch, lauter interessante Spielchen. Ihr werdet euch keine Minute langweilen.« Hanks lachte fröhlich vor sich hin und entfernte sich dann; das Stampfen seiner Füße verhallte in der Ferne.

»Jetzt sitzen wir drin«, sagte Zwielicht, »schön tief drin in der Scheiße.«

»Ja, Mann«, sagte Orococco, »tiefer drin waren wir noch nie. Tiefer geht's nicht.«

Im behaglichsten Wohnzimmer der unterirdischen Regierungskommandozentrale goss sich der SPP einen großen Gin Tonic ein, ließ seinen eleganten Körper vorsichtig in einen weichen Sessel sinken und sein Bein über die Lehne baumeln, dass ein Fuß sanft vor und zurück pendelte. Er hob sein Glas in feierlicher Siegesgeste. »Holen Sie sich auch einen Drink, Snuffkin, alter Junge«, sagte er, »bei Gott, Sie haben einen verdient. Sie haben die wildesten Erwartungen in Downing Street übertroffen.«

»Nein danke, Sir«, sagte Snuffkin und fingerte an seiner Krawatte. »Ich trinke niemals, Sir. Keinesfalls im Dienste.«

»Dienste, was?«, sagte der SPP und zog eine Augenbraue hoch. »Na, setzen Sie sich, Mann, sonst sieht's hier noch unordentlich aus.« Der SPP grinste über sein eigenes Scherzchen. Er war bester Laune.

Snuffkin durchquerte das Zimmer und hockte sich auf die Kante eines Armsessels, der mindestens drei Nummern zu groß für ihn war.

»Wundervoll hier unten, wie?«, sagte der SPP und nippte an seinem Drink. »Diese Weitsicht, diese Planung.«

»O ja, Sir!«, sagte Snuffkin, »der demokratische Konzensus muss gesichert bleiben.«

»Genau, Snuffkin, genau.«

»Wissen Sie, Sir, in gewisser Weise würde ich den Atomkrieg willkommen heißen. Man könnte reinen Tisch machen, alles ordnen. Weniger Leute zu disziplinieren, es wäre ein neuer Anfang.«

Der SPP nippte wieder an seinem Glas. »Jaja«, sagte er. »Ganz recht. Also, ich habe die Sache mit dem Innenministerium besprochen, und man möchte, dass ich Ihnen sage, wie sehr man dort damit zufrieden ist, wie sich alles entwickelt ...«

Snuffkin rutschte noch weiter auf seiner Sesselkante vor. »O wirklich, Sir?«

»Ja doch«, der SPP wedelte gönnerhaft mit einer schlaffen Hand. »Weiter wollen sie, dass Sie die Gefangenen hier so lange wie möglich festhalten. Sie wollen, dass diese Borriblegeschichte einfach unter ihrem eigenen Gewicht in sich zusammenfällt. Nachdem Sie jetzt die Rädelsführer und dieses blöde Pferd kassiert haben, wäre es vielleicht sinnvoll, das Tempo etwas zu drosseln.«

Snuffkins Schnurrbart senkte sich enttäuscht. »Darf ich fragen – wer im Innenministerium, Sir, mit allem Respekt?«

Der SPP setzte sich aufrecht hin. »Liebe Zeit, Snuffkin, seien Sie so gut. Fällt alles unter die Geheimhaltungsvorschriften. Aber ich kann Ihnen im Vertrauen sagen, dass das Finanzministerium sich große Sorgen über unsere Ausgaben macht. Sie wollen, dass wir uns mehr zurückhalten. Jetzt schauen Sie mich nicht so enttäuscht an ... Ist wahrscheinlich nur eine zeitweilige Anordnung ... sie sind wirklich alle ganz entzückt gewesen, und die anderen Angelegenheiten, von denen wir neulich gesprochen haben, nun, da muss die Suppe noch ein wenig kochen.«

»Die Suppe, Sir?«

»Adelstitel, Beförderungen und so weiter, definitiv angesagt. Vielleicht sogar was Erbliches, nicht bloß diese kurzfristigen Titulierungen auf Lebenszeit. Kinder, Snuffkin? Nein! Wie? Na, macht ja nichts, auch ganz gut so.«

Der SPP leerte sein Glas und erhob sich. »Nun machen Sie mit Ihrer segensreichen Arbeit weiter. Was haben Sie mit dem Pferd gemacht?«

»Nach Wandsworth geschickt, Sir, zwischenzeitlich. In ein, zwei Tagen wird es auf dem Weg ins Schlachthaus sein.«

Der SPP schaute zufrieden drein. »Ausgezeichnet, Snuffkin. Hat mir nicht gefallen, wie dieses Pferd immer wieder ins Bild kam ... merkwürdig. Also, halten Sie Verbindung, private Leitung zu Scotland Yard. Übrigens, es wird nichts in den Zeitungen stehn. Ich hab dafür gesorgt. Nur eine Rauferei auf dem Clapham Common, Flegel aus der Gegend mit Zigeunern ... grober Unfug.«

Snuffkin stand ebenfalls auf und zog einen braunen Briefumschlag aus der Tasche. »Mein vertraulicher Bericht, Sir.«

Der SPP streckte die Hand nach seinem Alpakamantel aus; er wirkte schockiert. »Liebe Güte, nein«, sagte er. »Keinerlei schriftliche Berichte – nicht einmal geheime. Ich will nicht wissen, wie Sie vorgehen, Snuffkin, niemals. Könnte alles sehr peinlich werden, wenn es schiefgeht. Diese ganze Borriblegeschichte hat inoffiziellen Charakter. Alles, was ich hören will, ist: Erfolg. Erfolg! Lassen Sie jetzt diese Kinder nicht entwischen. Sonst werden Sie nie Viscount. Immer auf Draht sein.«

Snuffkin drehte sich in den Knöcheln und wand sich in den Knien mit einer Bewegung, die eine Art Mittelding aus Knicks und Verbeugung war. »Sie können von hier unten unmöglich entkommen«, sagte er. »Unmöglich. Ich habe den Eingang oben mit Wachtposten besetzt.«

Der SPP besah den Inspektor voll Widerwillen und krabbelte seine Finger in graue Glacéhandschuhe. »Nein«, sagte er und durchquerte das Zimmer, um in den VIP-Lift zu treten, der ihn mit Höchstgeschwindigkeit zur Erdoberfläche hinaufbringen würde. Die Türen schlossen sich automatisch, und Snuffkin verschwand. Der SPP atmete erleichtert auf. Einige Sekunden später kam er aus einem verdeckten Ausgang neben dem Untergrundbahnhof hervor und ging – den Mantelkragen gegen den Regen hochgeschlagen – die wenigen Yards zu seinem in der Dunkelheit wartenden Rolls-Royce.

Der Chauffeur stand bereit und öffnete die Tür. Der SPP kroch in den Wagen und ließ sich in die weichen Polster des Rücksitzes sinken. Dann stieg der Chauffeur hinter das Lenkrad, ließ den Wagen an, und im nächsten Augenblick glitt die große Maschine in die ungestalte Nacht davon, lautlos wie eine Giftgaswolke.

In derselben Nacht und nicht sehr weit entfernt glänzten die Ruinen des Zirkus von der Nässe desselben Regens, der so kurz auf den SPP gefallen war. Im gelben Schein ihrer Notbeleuchtung überprüften die Angehörigen des Zirkus Buffoni das Ausmaß der Zerstörung und versuchten, den entsetzlichen Schaden zu beheben, den man ihnen zugefügt hatte. Es schien aussichtslos. Das Große Zelt war ein einziges Wrack, zerfetzt und zerrissen, die Haltetaue durchschnitten, der Hauptmast in verrücktem Winkel zur Seite geknickt, das Tuch nass und schwer wie die Segel eines gesunkenen Schoners.

Den Buden war es nicht besser ergangen – ihre Bretterwände waren zersplittert, die Leinwandseiten aus den Ösen gerissen, die Preise der Wurf- und Schießbuden in den Schlamm getrampelt. Die elektrischen Kabel waren aus den Steckkontakten herausgezerrt worden; die Bänke waren als Rammböcke gebraucht worden und lagen überall in Stücken herum. Verlorene Kleidungsstücke, Hüte, Halstücher und Handschuhe übersäten das Schlachtfeld, und der Eiswagen lag umgestürzt dazwischen, und Erdbeer-, Schokoladen- und Vanilleeis versickerten im Dreck.

Die Zirkusleute fühlten sich bis ins Innerste ihres Wesens beleidigt; geschmäht und erniedrigt. Und mehr noch, ihre Clowns – alles Freunde und Verwandte – waren verhaftet und fortgeschleppt worden. Keine Bitten und kein Zureden hatten bei Snuffkin und Hanks geholfen. Der Inspektor wollte Signor Buffoni nicht einmal sagen, wo die Clowns eingesperrt werden sollten, und der Zirkusdirektor war in seinen Wohnwagen gegangen und hatte das Gesicht in den Händen verborgen.

Aber Ronaldo Buffoni war nicht der Mann, der leicht unterzukriegen war. Jahrelang hatte er die Straßen der Welt befahren. Er war in Indien und Amerika gewesen, in Australien und auf den Falklandinseln, und zahlreich waren die Schwierigkeiten gewesen, die er hatte überwinden müssen. Und wenn er sich jetzt auch eine Weile seinem Kummer überließ – nach zehn Minuten kam er wieder hervor und versammelte seine Leute im Zelt der Akrobaten (es war das Einzige, das noch stand), und alle Anwesenden konnten sehen, dass Signor Buffoni vor Wut kochte. Er stieg auf die Bühne und wandte sich mit vor Leidenschaft zitternden Worten an seine Zuhörer; Feuer lag in seiner Stimme.

»Meine Familie, meine Freunde«, begann er, »niemals sind wir so beleidigt worden. Wir haben unsere Gastfreundschaft ein paar Reisenden geschenkt, die wie wir mittellos sind. Wir haben kein Gesetz gebrochen und niemandem etwas zuleide getan. Und doch sind wir angegriffen und misshandelt worden von sogenannten Vertretern von Gesetz und Ordnung. Unser Zirkus ist ruiniert, unser Lebensunterhalt dahin. Wir werden viele Wochen brauchen, bis wir wieder dort stehen, wo wir heute Morgen waren.« Signor Buffoni schob die Hände in die Hosentaschen; sein Bauch hing unglücklich über seinen Gürtel. Er dachte ein wenig nach, dann hob er den Kopf. »Aber wir haben schon Schlimmeres überstanden. Oder?«

Die Zirkusleute schauten einander an und begannen sich zu erinnern. »Ja!«, riefen einige. »Kannst du wohl sagen.«

Signor Buffoni lächelte. »Denkt an die Unruhen nach den Cricket-Meisterschaften in Neu-Delhi, denkt an den Taifun in der Javanischen See, denkt an den Schiffbruch am Barrierenriff. Was ist uns da die Schlacht von Clapham Common? ... Eine Bagatelle.«

Das Zirkusvolk schrie und jubelte zustimmend; sie schlugen sich gegenseitig auf die Schultern.

Signor Buffoni ballte die Fäuste und schüttelte sie in der Luft. »Und so, meine Familie, meine Freunde, müssen wir unsere Show wieder auf die Räder bringen, jetzt gleich, wie alles daliegt. Die Pfähle ausbessern, das Zelttuch flicken, die Taue neu knüpfen. Wir werden die Nacht durcharbeiten. Hämmern, leimen, nähen, seilern.«

»Ja!«, brüllte der Zirkus. »Wir zeigen's ihnen. So leicht können sie uns nicht von der Straße in den Graben stoßen.«

»Gut gesagt!«, schrie Signor Buffoni durch den Lärm. »Aber lasst uns nicht vergessen, dass sie unsere Clowns und unsere Akrobaten eingesperrt haben. Wir brauchen unsere Verwandten, wir wollen unsere Freunde frei sehen. Es kommt eine Zeit, wo selbst der gesetzestreue Bürger sich gezwungen sieht, die Gesetze zu brechen ... die ist jetzt da. Wir müssen etwas tun, und es muss gleich geschehen.«

Die Zirkusleute wollten eben wieder in Beifallsrufe für Signor Buffonis Rede ausbrechen, als sich der Zelteingang bewegte und Ramona auf ihrem Einrad durch die Öffnung des Segeltuches hereinfegte, fünf Meter vorfuhr, drei zurück, mehrere Male im Kreis, bremste und zu Boden sprang, das umfallende Rad am Sattel auffangend. »Ta-ra!«, rief sie aus alter Gewohnheit und verbeugte sich.

»Ist jetzt nicht die Zeit und nicht der Ort«, sagte die Dicke Dame. »Wir wollen jetzt gerade ernsthaft Mittel und Wege erörtern.«

Ramona wischte das mit einer Handbewegung beiseite. »Man kann die Mittel nicht erörtern, wenn man den Weg nicht kennt«, verkündete sie geheimnisvoll.

»Dann erzähl uns deine Geschichte«, sagte Signor Buffoni. »Wir hören dir zu.«

Ramona war nun glücklich, da sie die uneingeschränkte Aufmerksamkeit ihrer Kollegen hatte. Sie räusperte sich. »Wie ihr wisst«, sagte sie, »bin ich nicht gerade eine Heldin, aber blöd bin ich auch nicht. Ich hab mich dafür entschieden, dass die Prügelei nichts ist für mich, und hab mich ruhig in meinen Wohnwagen zurückgezogen und durchs Fenster die Chose betrachtet – das war schon ein Gekloppe, und ich hab zu meiner Zeit einiges gesehen. Als alles vorbei war, sehe ich, wie die Gesetzeshüter unsere Clowns und unsere Akrobaten in ihre Minnas laden wie der Metzger die halben Ochsen. So geht's nicht, sage ich mir, und ich schwinge mich aufs Einrad, zieh mir einen dunklen Regenmantel über, einen Schal ums Gesicht, und mit großer Geschwindigkeit den Polypen hinterher.«

»Wo sind sie hin?«, fragte Marco und ließ seine Muskeln spielen. »Ich werde diese Bullen wie Zeltpflöcke in den Boden treiben.«

Ramona hielt den Arm mit vorgestreckter Handfläche hoch: Geduld.

»Sie sind nicht weit, Freunde und Vettern. Nur ein paar Meter weiter hier den Südring hoch steht ein merkwürdig eckiges Gebäude mit einem Drahtzaun drumherum. Ich schätze, das ist eine Art Langzeitgefängnis, das einer breiten Öffentlichkeit unbekannt bleiben soll. Ein Geheimgefängnis, dessen Besuchszeiten nicht in der Morgenzeitung angegeben werden.«

»So was gibt's doch nicht«, sagte die Dicke Dame. »Woher weißt du, dass es ein Gefängnis ist?«

Ramona stemmte die Hand in die Seite und lachte ärgerlich. »Deshalb, Apfelbäckchen, aus dem ganz einfachen Grund, weil ich gesehen hab, wie unsere uniformierten Freunde unsere Mitbürger auf den Kopf gehauen und in den erwähnten entlegenen Knast hineingetrieben haben, worauf sie einen Schlüssel in einer kleinen Öffnung umgedreht haben, die man gewöhnlich als Schloss bezeichnet. Mir genügt das. Unsere Kumpel sind da drin und werden vielleicht ewig drinbleiben oder bis sie eingehen, was ihnen wohl lange genug vorkommen wird.«

»Hmmm«, sagte der Dünne Mann, »es könnte ein privater Eingang zum Untergrundbahnnetz sein.«

Ramona schüttelte mit Nachdruck den Kopf. »Seit wann schaffen die Plattfüße ihre Gefangenen mit öffentlichen Verkehrsmitteln in den Knast?«

»Also, worauf warten wir?«, fragte die Dicke Dame. »Auf, und befreit sie!«

Alle stießen zustimmende Rufe aus, aber Ramona hob wieder ihre Hand. »Wir müssen vorsichtig sein«, sagte sie, »es sind etwa dreißig oder vierzig Polizeibeamte mit den Gefangenen unter die Erde gegangen, und es stehen noch sechs andere auf Wache neben dem Wagen von dem Inspektor. Eine Weile später – denn ich hab hinter einem Baum versteckt die Sache noch ein wenig unter Beobachtung behalten – kommt dann noch ein Rolls-Royce mit Chauffeur an, und aus diesem Luxusgerät steigt so ein Nobeltyp aus und geht auch nach unten. Ich fürchte, dass da etwas Hässliches ausgekocht wird, in einer Küche, von der wir nichts wissen. Wir wissen nicht mal, was auf der Speisekarte steht.«

»Dann«, sagte Marco, »heißt das, je eher wir unsere Clowns und Akrobaten da rausholen, umso besser.«

»So ist es«, schrie Vespa der Bauchredner, und so erregt war er, dass er unwillkürlich seine Stimme so erklingen ließ, als käme sie von weit hinten, und alle drehten sich um, um zu sehen, wer da käme, und es herrschte die größte Verwirrung.

»Augenblick, Augenblick«, rief Signor Buffoni. »Falls wir das machen ...«

»Nicht ›falls‹«, riefen seine Zuhörer, »wenn wir's dann machen!«

»Wenn wir das dann machen«, fuhr Signor Buffoni fort, »müssen wir zuerst an die Sicherheit des Zirkus denken. Die größte Zahl muss hier bleiben und so rasch wie möglich alles aufladen, all die zerbrochenen Teile, alles ... wenn wir dann unsere Freunde rausgeholt haben, sind wir bereit, aufzubrechen und den Zirkus mitzunehmen, und anstatt nach Brockwell Park, wie wir's geplant hatten, gehen wir zurück nach Hackney und flicken dort alles zusammen. Wenn wir schnell genug machen, sind wir wieder daheim und von der Straße runter, ehe die Polizei noch weiß, dass wir überhaupt fort sind.«

Beifall und Zustimmung, und die Zirkusleute verließen sofort das Zelt und organisierten ihre Arbeiten. Eine große Gruppe wurde dazu bestimmt, den Zirkus reisefertig zu machen, und einer kleineren, einer Art Kommandotrupp, wurde die Verantwortung übertragen, ihre Kollegen, die Clowns, zu befreien.

»Was wir machen müssen«, sagte Signor Buffoni, der einst in der Armee gewesen war, wenn sich auch niemand ganz sicher war, in welcher, »was wir machen müssen, ist, uns eine Rückzugslinie sichern. Wir können es nicht brauchen, dass die Polizei uns nach Hackney folgt, wir brauchen mindestens ein paar Stunden Vorsprung.« Und ohne weitere Diskussion trennte sich die kleine Gruppe furchtloser Fahrensleute von ihren Freunden und Verwandten und zog durch das dunkle stille Gras des Common davon, von Baum zu Baum huschend, in direkter Richtung nach Clapham-Süd, geleitet von Ramona auf ihrem Einrad.

Etwa zwanzig Yards oder so von Snuffkins Wohnwagen entfernt sammelte sich das Kommandounternehmen hinter zwei, drei großen Bäumen. Im Licht einer entfernten Straßenlampe konnten sie drei Polizisten sehen, die sich frierend gegen den Drahtzaun lehnten, welcher das geheimnisvolle Gebäude umgab, das den Eingang zu der Untergrundfestung barg. Hinter ihm kurvte die leere Hauptstraße, auf der sich nichts regte, nach Westen davon, den langen Abhang nach Balham hinunter, und ein leichter Wind trieb den Regen aus den dunklen Bezirken Südlondons in kleinen Schauern über den Asphalt.

»Es waren sechs auf Wache, als ich gegangen bin«, flüsterte Ramona, »die anderen drei müssen im Wagen sein … und der Rolls ist weg.«

»Was sollen wir tun?«, fragte Signor Buffoni. »Wie sollen wir vorgehen?«

»Wir haben einen Plan«, sagte Marco, »Vespa und ich. Ihr braucht bloß zusehen«, und auf ein Zeichen Marcos hin lenkte der Bauchredner seine Stimme an den drei Polizisten vorbei gegen eine Wand, dass sie zurückprallte und von irgendwo in der Nähe des Untergrundbahnhofs zu kommen schien. Die drei Polizisten sprangen sofort auf und wandten sich um, sodass sie den Bäumen, wo die Zirkusleute verborgen waren, den Rücken kehrten. Es war kein Wunder, dass sie sich so rasch bewegten. Die Stimme, die der Bauchredner gebrauchte, klang exakt wie die von Inspektor Snuffkin.

»Hab ich euch bei einem Nickerchen erwischt, wenn ihr Wache halten solltet!«, sagte die Stimme. »Männer, ich habe euch gewarnt, auf der Hut zu sein! Das kann die Degradierung bedeuten! Hier rüber mit euch, ihr unzuverlässigen Penner.«

Die Polizisten starrten zum Bahnhof hinüber, doch sie konnten niemand sehen. Langsam kamen sie zum Straßenrand, in die Richtung gehend, aus der sie die Stimme zu vernehmen meinten; sie wagten es nicht, die Befehle ihres Vorgesetzten zu ignorieren.

Sobald sie sich in Bewegung gesetzt hatten, rannte Marco aus seinem Versteck hervor, lief hinter sie und schlug mit seiner Riesenkraft geschickt und hart ihre Köpfe gegeneinander, dass sie besinnungslos zu Boden fielen.

Sobald dies geschafft war, kamen die anderen Zirkusleute herbei und zogen die bewusstlosen Polizisten in das Dunkel neben Snuffkins Wohnwagen. Hier durchsuchte der Dünne Mann ihnen die Taschen und fand einen Satz Schlüssel zur Festung, die er sogleich Signor Buffoni weiterreichte.

»Wenn wir jetzt«, sagte der Zirkusdirektor, »noch die Männer in dem Wohnwagen zu fassen kriegten, dann wären wir im Geschäft.«

»Keine Bange«, sagte Vespa, und er ging dreist zu den Stufen des Wohnwagens hinüber und fing an, weitere Befehle zu geben, nicht nur mit Snuffkins Stimme diesmal, sondern auch mit der von Sergeant Hanks.

»Was treiben diese Männer in meinem Wohnwagen, Hanks? Ich will sie da raushaben. Eine Schande.«

»Jawohl, Sir, jawohl. Auf geht's, Konstabler, angetreten, bisschen Bewegung. Raus mit euch.«

Zuerst hörte man nur kleine Geräusche aus dem Inneren des Wohnwagens, doch als Vespa einen Strom von Befehlen folgen ließ, wurde es lauter und lauter. Nach wenigen Augenblicken öffnete sich die Tür des Wohnwagens, und die drei Polizisten, die sich in der Hast, dass keiner der Letzte sein wollte, gegenseitig schubsten, kamen die Stufen heruntergetrampelt.

Wieder schlug Marco zu. Seine große Faust tat drei Hiebe, und die Hüter von Recht und Ordnung fielen bewusstlos um.

»Ausgezeichnet«, sagte Signor Buffoni. »Fesselt sie alle mit Handschellen aneinander, knebelt sie, und dann sperren wir alle sechs in den Wohnwagen.«

»Genau«, sagte die Dicke Dame, »und die nehmen wir auch mit«, und sie riss allen sechs Polizisten die Funkgeräte von der Uniform und stopfte sie unter ihren weiten Pullover. »Wer weiß, vielleicht sind die noch ganz nützlich.«

Der Augenblick war da: Signor Buffoni benutzte die erbeuteten Schlüssel, um das Tor im Drahtzaun zu öffnen, und führte dann seine Truppen zu der massiven Stahltür, die er ebenso aufschloss. Innen fanden sie den schweren Schachtdeckel, und der Dünne Mann – dem man eine kriminelle Vergangenheit zutraute – machte kurzen Prozess mit dem Kombinationsschloss. Dann spuckte Marco in die Hände, rieb sie aneinander und stemmte allein den Deckel nach oben. Einen Augenblick lang waren die Zirkusleute sprachlos und glotzten hinunter auf die Treppe, die sich zu ihren Füßen ins Unendliche wand.

»Egal jetzt«, sagte Ramona, »wir können nicht zurück.«

»Gewiss nicht«, stimmte ihr Signor Buffoni zu. »Folgt mir nun und seid leise. Das Überraschungsmoment ist alles bei solchen Operationen.«

Die Buffonis brauchten Stunden, um zu entdecken, wo die Polizisten waren. Von jedem Treppenabsatz führten dutzende von Korridoren weg, und es gab dutzende von Treppenabsätzen. Alle Gänge mussten erforscht werden, damit man die Gefangenen nicht übersah. Als sie schließlich das unterste Stockwerk erreichten, hatten die Zirkusleute beinahe schon die Hoffnung aufgegeben, ihre Freunde wiederzufinden.

»Nicht verzweifeln«, sagte der Dünne Mann, »es gibt doch Lebenszeichen hier drunten. Da hängen Polizeimäntel an der Wand, da ist Schmutz auf dem Boden, da liegt ein Helm auf einem Stuhl. Hier haben wir's.«

Sie hatten es. Rasch gab Signor Buffoni seine Anweisungen. »Die Dicke Dame wird die Treppe abriegeln«, sagte er. »Lass niemand vorbei. Ihr anderen, folgt mir.«

Es war ein unbehagliches Gefühl, durch diese breiten Stahlkorridore zu gehen, ein klaustrophobisches Gefühl der Lethargie und Hoffnungslosigkeit. Die Zirkusleute spürten es, als sie schweigend auf Zehenspitzen hin und her schlichen und nach einer Spur suchten, die ihnen zeigen konnte, in welcher Zelle die Gefangenen waren. Doch es schien keine Lösung für ihr Problem zu geben, wenn sie nicht alle Türen öffnen und alle Polizisten wecken wollten – keine Lösung, bis Ramona plötzlich eine Idee hatte.

»Ist euch nicht aufgefallen, Jungs«, sagte sie zu Signor Buffoni und den anderen, »dass sich die Bullen hier unten so sicher fühlen, dass es keine

Wachen gibt? Sie glauben, keiner findet hier herein, schon gar nicht raus. Und es kommt hinzu, die ganze Affäre hier ist eine Art Hauptquartier, in dem unsere Oberhäupter nach dem großen Knall wohnen dürfen. All die Türen hier haben Spione, dass man sie als Gefängniszellen gebrauchen kann, wenn Krieg, Revolution oder andere Ausnahmefälle das notwendig machen. Wir wollten diese Gucklöcher nicht öffnen, damit uns nicht plötzlich ein Bulle von der anderen Seite her anstarrt, aber … diese Türen haben Außenriegel, einen oben, einen unten.«

»Und das heißt«, sagte der Dünne Mann, der nun begriff, wo es hinging, »dass unsere Arbeit hier doch am Ende recht einfach ist.«

»Ganz recht, mein Freund«, sagte Ramona, »ganz recht. Wir müssen bloß die geschlossenen Riegel öffnen und die offenen Riegel schließen, und Unrecht wird Recht, und Recht wird (zu Recht) zum Unrecht. Eine philosophische Umkehrung. Das Problem des Lebens in handlicher Form durch die Bewegung eines Riegels gelöst.«

Mit großer Vorsicht gingen die Zirkusleute zu jeder Stahltür im untersten Stockwerk und kehrten die Stellung der Riegel um. Am Ende dieser Übung gab es vier Türen, die sie öffnen konnten. Sie sahen einander an und lächelten.

»Na«, sagte Signor Buffoni, »es ist wohl an der Zeit, die Sache ins Rollen zu bringen.«

Sanft, tief Atem holend, zog Signor Buffoni die erste Türe auf. Innen war es so hell wie draußen, und es bot sich seinen Augen ein mitleiderregender Anblick. Die Abenteurer, ohne Bett, ohne Decken oder Kissen, lagen in tiefem Schlaf auf dem kalten Stahlfußboden, sich gegenseitig eng umarmend, um sich zu wärmen. Ihre Kleider waren zerrissen, die Gesichter zerschlagen und schmutzig, von verschlungenen Linien gezeichnet, wo Tränen herabgelaufen waren.

Signor Buffoni war sprachlos vor Mitleid. Ramona nicht.

»Hat man schon je so etwas gesehen!«, sagte sie. »Kinder in Handschellen.«

»Was machen wir mit denen?«, fragte der Dünne Mann. »Sind nicht unsere.«

»Nicht unsere!«, erwiderte Signor Buffoni. »Natürlich sind es unsere. Es sind Freunde unserer Akrobaten, sie sind in mein Zirkuszelt eingeladen worden, und, mehr noch, sie haben auf unserer Seite gekämpft. Das macht sie zu Buffonis ehrenhalber. Weckt sie auf und schickt sie auf den Weg.«

»Alles klar«, sagte Ramona, und sie schnappte sich den Schlüsselbund von dem Dünnen Mann und begann, die Handschellen an den Handgelenken der Abenteurer aufzuschließen, wobei sie einen nach dem anderen wachrüttelte.

Chaline öffnete als Erste die Augen und starrte an die Decke, ohne zu begreifen, wo sie war. Sie rieb sich mit den Händen das Gesicht, da sah sie, dass ihre Handgelenke frei waren. Sie starrte Ramona töricht an.

»Ich träume«, sagte sie, »ich träume.« Aber sie träumte nicht. Da waren die anderen, sie standen auf, massierten sich die schmerzenden Arme, und die Zellentür war auch offen, und fünf oder sechs Zirkusleute starrten herein.

»Beeilung«, sagte Signor Buffoni, »der Weg nach draußen ist frei, aber es ist keine Zeit zu verlieren. Wir müssen noch die Clowns und Akrobaten freilassen. Kommt.«

Die Abenteurer brauchten keine zweite Aufforderung. Noch halb betäubt und verwirrt, auch schwach vor Hunger, stolperten sie doch aus ihrer Zelle und rannten den Gang entlang, bis sie zum Fuß der Treppe kamen, die sie in die Freiheit führen sollte. Hier fanden sie die Dicke Dame Wache halten, doch sie sah sie kommen und schob, ehe sie noch etwas sagten, ihren massigen Leib beiseite.

Die Borribles sagten kaum Lebewohl und rasten gleich die Betontreppen der Zitadelle empor, so schnell sie nur konnten. Es schien ihnen allen, als würden sie nie den oberen Ausgang erreichen, als würden sie nie wieder den Wind im Gesicht spüren, aber endlich sahen sie doch die Öffnung des Schachtes über sich, und der Deckel war offen. Bald schoben und zogen sie sich die letzte Treppe hinauf, und einen Augenblick später sogen sie tiefe Züge Nachtluft in ihre Lungen.

Alles war leer um sie. Niemand bewegte sich auf dem Common oder auf den Straßen. Nur der Wind und der Regen raschelten in den Bäumen, und aus Snuffkins Wohnwagen drang kein Laut. Einen Augenblick lang schauten sie einander an und berührten sich mit den Händen.

»Lasst uns nicht länger hier rumstehen«, sagte Napoleon, sobald er wieder bei Atem war. »Bringt nichts, hier zu warten, bis wir geschnappt werden, wie?«

»Hast recht«, sagte Stonkus, »aber wohin?«

»Irgendwohin«, sagte Poch. »Aber lasst uns doch Richtung Brixton gehen. Wir wissen, da ist ein Markt, und wir brauchen was zu essen.«

Die Abenteurer einigten sich auf diesen Plan und liefen im Trab davon; sie schnitten eine Ecke des Common ab und rannten in die Richtung der südlichen Nebenstraßen, die sie nach Brixton führen würden. Ein überschäumendes Glücksgefühl erfüllte sie: Sie waren frei. Es war wundervoll, wieder im Freien zu sein – selbst der Regen fühlte sich wie etwas Besonderes an, wie ein Geschenk. Doch in diesem herrlichen Glücksmoment hatten sie eines vergessen: den Grund ihrer Reise. Nur Sydney dachte noch daran. Nur ihr Herz war schwer, und sie konnte nicht so rasch laufen wie die anderen. Die Füße versagten ihr den Dienst, die Tränen liefen ihr übers Gesicht. Am Rand des Common, als die Abenteurer gerade die Straße in Richtung der Häuser drüben überqueren wollten, hielt Sydney an und lehnte ihre Stirn gegen einen Laternenpfahl.

»Ich kann nicht«, sagte sie. »Ich kann nicht weiter. Wir sind entkommen, aber sie haben Sam. Ihr habt gehört, was Snuffkin gesagt hat. Sie haben ihn ins Gefängnis von Wandsworth gebracht … sie werden Katzenfutter aus ihm machen. O Sam!«

Die anderen umstanden Sydney und suchten sie zu trösten. »Was können wir tun, Sid?«, fragte Vulgo. »Was kann denn irgendjemand hier tun?«

»Ich weiß es nicht«, sagte Sydney. »Vielleicht könnte ich beim Gefängnis sein, wenn sie ihn rausbringen.«

Die anderen antworteten nicht. Es schien, als sei Sams Lage hoffnungslos. Chaline seufzte und fasste ihre Freundin an den Schultern, und dann, im Kreis der Borribles, unter der Straßenlampe und während der Regen sie immer noch alle durchweichte, sagte sie Sydney, wie es aussah.

»Es hat keinen Sinn, Sid, du musst mit uns kommen. Wir haben keine Chance, Sam aus dem Wandsworth-Gefängnis rauszuholen, aber wir können ihn vielleicht später retten. Jetzt ist die erste Pflicht die gegen uns selbst. Wir können Sam gar nicht helfen, wenn wir im Kittchen hocken, und Wandsworth ist der allererste Ort, wo Snuffkin nach uns suchen wird. Wir haben keinen Proviant, keine Messer, keine Regenhaut, nichts. Gar nichts. Wir müssen uns erst wieder mit allem ausrüsten, dann können wir dem Pferd helfen.«

Sydney schniefte und schob sich das nasse Haar aus den Augen. Sie sah ihren Freunden in die Gesichter, ihren Freunden, die hier so getreulich in der Mitte dieser Londoner Nacht auf sie warteten, und sie versuchte zu lächeln. »Was du sagst, stimmt schon alles. Nur hasse ich es so, mir vorstellen zu müssen, dass Sam in den Händen von Snuffkin und Hanks ist, oder gar dass er ins Schlachthaus kommt.«

»Wir holen ihn wieder«, sagte Zwielicht, »wir haben's schon mal gemacht, und wir machen's wieder, ich versprech's dir.« Und indem sie Sydney an den Händen und Armen fassten, zogen ihre Gefährten sie in raschem Lauf über die Straße, und die ganze Borriblebande verschwand in den stillen Seitenstraßen, wo die Morgendämmerung stets erst spät erschien.

5

Die ganze restliche Nacht hindurch marschierten und rannten die Borribles in langer Kette hintereinander weiter. Sie ließen den Common auf der Narbonne Avenue hinter sich, dann ging's über die Hambalt Road in die Abbeville Road, und als sie hier um die Ecke bogen, merkte Stonkus, der die Nachhut übernommen hatte, dass ihnen jemand folgte. Er pfiff ein leises Warnsignal, das weitergegeben wurde und immer weiter, bis jeder in der langen Reihe der Flüchtigen hinter der nächsten Mauer oder im nächsten Vorgarten Schutz gesucht hatte.

Stonkus kauerte sich neben eine Mülltonne und wartete, bis er zwei kleine Gestalten rasch an sich vorbeilaufen sah. Sobald sie vorüber waren, kam er aus seinem Versteck hervor und folgte ihnen. Der Nächste in der Reihe war Vulgo – er machte es genauso, und als die Fremden den dritten Borrible überholt hatten (das war Torricanyon), wurden sie angegriffen und schnell und lautlos zu Boden geschleudert.

»Aufhören«, rief eine Stimme, »wir wollten euch doch nur einholen, wir sind's, Drillich und Scooter.«

Stonkus gab den anderen ein Zeichen, und Drillich und Scooter konnten sich aufrappeln. »Wie habt ihr uns gefunden?«, fragte er.

»Die Buffonis haben uns gleich nach euch rausgelassen«, sagte Drillich. »Als wir oben an der Treppe waren, konnten wir euch grade noch am anderen Ende vom Common sehen, an der Laterne. Wir sind dann einfach hinterher … Den andern haben sie die Ohren gestutzt.«

Stonkus nickte. »Böse Sache«, sagte er, »aber wir haben keine Zeit zum Reden. Wenn es hell wird, müssen wir von der Straße runter sein. Die Bullen werden überall rumwimmeln, also bewegt euch jetzt und folgt den anderen.« Mit einem neuen Pfiff gab er das Signal, dass alles in Ordnung war.

Sogleich zogen die Borribles weiter, in vorsichtiger Entfernung von den Durchfahrtsstraßen und immer Deckung hinter parkenden Autos suchend. Auf diese Weise überquerten sie rasch die Clapham Park Road und kamen in ein Labyrinth kleiner Sträßchen zwischen den roten Ziegelfassaden von Appartementhäusern. Triangle Place, in die Nelson Road und wieder hinaus auf die Haselrigge Road, immer schneller, denn nun hoben sich langsam die schweren Nachtwolken, und ein Grau kroch langsam vom Himmel herab in die schmutzigen Straßen.

Poch schaute hinauf. »Müssen bald was finden«, sagte er zu sich, und eben in diesem Augenblick kam er aus einer Gasse hervor, die ihn hinter einem Block schlafender Häuser entlanggeführt hatte, und fand sich vor einem dreistöckigen Schulgebäude, dessen Fenster mit Maschendraht gesichert waren. Er las das Schild an der hohen Backsteinmauer, welche den Hof sicherte: *Aristotle-Road-Schule*, hieß es da, *Betreten verboten*. Poch grinste zufrieden. Das war genau der richtige Ort für sie – ein aufgegebenes Schulgebäude.

Die Abenteurer drangen ohne Schwierigkeiten in das Gebäude ein und machten es sich in einem kleinen Büro im obersten Stockwerk für den Rest des Tages bequem. Zuerst schliefen sie, denn während der letzten achtundvierzig Stunden hatten sie einen weiten Weg zurückgelegt und einiges durchgemacht, doch lange konnten sie nicht schlafen – ihr Hunger war zu groß, und die Schule war ungeheizt. Bald erschauerten sie vor Kälte.

Sie waren tatsächlich in einer elenden Lage: Die ganze Ausrüstung, die sie von Battersea mitgebracht hatten, war ihnen verlorengegangen – sie hatten keine eisernen Rationen mehr, keine Schutzkleidung, keine Schleudern und keine Messer. Sie waren waffenlos, und, schlimmer noch, sie konnten es nicht einmal wagen, sich auf die Straße zu stehlen, um nach Nahrung zu suchen: Snuffkin würde überall Polizisten stationiert haben, die nach ihnen suchen sollten. Jedes verdächtige Kind würde verhaftet werden, vor allem, wenn man es beim Diebstahl ertappte.

»Wir müssen uns erstmal tot stellen«, sagte Stonkus. »›Besser ein Tag ohne Fraß als ein Leben ohne Ohren.‹«

Die Borribles hörten das weise Sprichwort und versuchten, nicht ans Essen zu denken; sie kauerten sich enger aneinander, um der Kälte zu entgehen. Den Tag hindurch dösten sie und husteten und niesten – hin und wieder besprachen sie sich, fragten sich, ob die SBE irgendeine Vorstellung von ihrem Fluchtweg haben mochte, ob Snuffkin Sam wirklich schlachten lassen wollte, vor allem aber, wie Snuffkin wohl dahintergekommen war, dass die Borribles sich in einem Zirkus auf dem Clapham Common versteckt hatten.

»Na, das ist ziemlich klar«, sagte Napoleon und schaute grimmig einen nach dem anderen im Zimmer an. »Das hat ihm jemand geflüstert … und sehr wahrscheinlich jemand hier. Einer von uns ist ein Verräter.«

»Das ist unmöglich«, sagte Orococco. »Uns kannst du nicht im Verdacht haben.«

»Ich habe jeden im Verdacht«, sagte Napoleon stolz und deutete energisch mit dem Daumen auf die eigene Brust. »Der Borrible, der nicht mehr misstrauisch ist, ist kein Borrible mehr.« Er schaute zu Drillich und Scooter hinüber, die an die Wand gelehnt zusammen auf dem Boden saßen. »Was ist mit denen?«, sagte er, jedes Wort betonend. »Von denen wissen wir nicht sehr viel, oder?«

Die Borribles starrten die beiden Akrobaten stumm an.

Drillich sprang auf. »Ich bin so gut ein Borrible wie ihr, ich sag's euch«, rief er. »Hört auf damit. Ich bin ein Borrible, Menschenskind, schaut euch doch meine Ohren an, wo sollten die denn sonst herkommen? Und schaut euch Scooter hier an, habt ihr vielleicht schon mal einen gesehen, der mehr wie ein Borrible aussieht?«

»Ja«, sagte Scooter, »wir sind Borribles, ist doch klar, warum wären wir sonst hinter euch hergerannt … um uns anzuschließen natürlich. Der Borrible hilft dem Borrible.«

»Und was ist mit den anderen?«, fragte Napoleon höhnisch. »Wo sind denn die? Was ist geschehen, als Snuffkin euch alleine beiseitegenommen hat?«

Drillich schaute rasch von Napoleon zu Poch und dann zu Chaline. »Sie haben uns verhört«, sagte er. »Uns im Viereck herumgeprügelt. Sie haben den anderen die Ohren gestutzt, Mazzo, Sindbad, Knochel, Frisbee, Pfannkuch und Lobda … allen. Hanks hat's getan, man hat gemerkt, dass es ihm Spaß macht … man kann es spüren.«

»Ist doch Blödsinn«, sagte Torricanyon, »wie können die beiden Verräter sein, wenn sie mit uns zusammen gefangen genommen worden sind und dazu noch beinahe die Ohren verloren haben?«

»Wir können nicht mehr zum Zirkus zurück, selbst wenn wir wollten«, sagte Scooter. »Selbst wenn die Buffonis abhauen können, ehe Snuffkin ihnen auf die Spur kommt, findet er sie am Ende doch, und wenn er uns dann auch findet, dann heißt's schnipp-schnapp.«

»Schnipp-schnapp stimmt genau«, sagte Drillich. »Ich sag's euch, das waren nicht wir, die euch haben auffliegen lassen.«

Napoleon sah nicht überzeugt aus. »Jemand war's«, sagte er, »und wenn ich erst weiß, wer, kriegt jemand meine Klinge in die Buletten. Und eines sage ich euch: Wir brauchen eine neue Regel, bis das alles vorbei ist, die Aristotle-Road-Regel.«

»Und wie soll die sein?«, fragte Stonkus.

Napoleon sah sich im Zimmer um. »Die besagt Folgendes: Niemand geht irgendwo alleine hin. Wir müssen immer zu zweit oder zu dritt sein.« Er streckte den Arm aus und deutete mit dem Finger auf Drillich und Scooter. »Vor allem mit den beiden«, sagte er. »Ich trau ihnen nicht.«

»Lass doch den Quatsch!«, sagte Scooter. »Ums Haar wären wir selbst die Ohren losgeworden. Hanks war schon drauf und dran, als Snuffkin plötzlich weggeholt wurde, weil irgendein Typ von Scotland Yard ihn sprechen wollte. Hanks hat uns geschworen, er würd's am nächsten Morgen machen, und hat uns wieder in die Zelle geschmissen.«

»Es ist mir scheißegal, ob er euch ums Haar den Kopf abgeschnitten hätte«, sagte Napoleon, in dessen Stimme Zorn und Ungeduld stärker wurden. »Entweder beugt ihr euch der neuen Regel, oder ich weiß, was ich davon zu halten habe.« Er sah die anderen an. »Es ist besser, als nochmals verpfiffen zu werden, und was man auch hin und her dazu sagen kann, verpfiffen hat uns jemand, das könnt ihr nicht leugnen. Wer ist dafür?«

Bingo hob sofort die Hand. Er war Napoleons besonderer Freund. »Ich bin dafür«, sagte er.

Dann hob Poch seine Hand und langsam folgten alle anderen im Zimmer, selbst Drillich und Scooter. Die Aristotle-Road-Regel war angenommen.

Den ganzen Tag lang strömte Regen, vom Wind schräg dahergetrieben, über den Himmel und fiel auf die schwarzschimmernden Schieferdächer und den schwarzen Asphalt der Straßen der Stadt. Er fiel auf die wintertoten Gärten; er fiel in die Schornsteine. Er rann an den schmutzigen Schaufensterscheiben herunter, über die Gehsteige, in die Straßenrinnen. Die Abzugsrohre und Kloaken Londons waren voller Regenwasser, und die ganze Zeit ruhten sich die Borribles hinter den kahlen Mauern der Aristotle-Road-Schule aus. Sie kamen beinahe um vor Hunger, aber sie waren in Sicherheit. Kein einziges Mal hörten sie eine Polizeisirene, nie einen Hausmeister. Sie warteten nur, dass die Stunden vergingen und das Tageslicht schwächer würde. Wenn es dann wieder dunkel wäre, ginge die Reise weiter nach Brixton und – hofften sie – in Richtung Mahlzeit, und wenn es nur Abfälle aus den Mülltonnen sein würden.

Dann war es Nacht. Poch stand auf und reckte sich. Er ging ans Fenster und schaute auf die Straßenlampen und auf die durch die Bedford Road fahrenden Autos hinunter. »Jetzt warten wir noch, bis die Kneipen schließen«, sagte er, »und dann noch eine Stunde. Besser, wir sind ganz besonders vorsichtig. Snuffkin hat mir meine Karte weggenommen, aber wenn ich mich richtig erinnere, dann bringt uns die Bahnlinie da drüben direkt nach Brixton ... sind nur ein paar Meilen.«

Schlag Mitternacht verließen die Abenteurer die Schule, kreuzten einer nach dem anderen die Straße und bewegten sich wie Schatten durch einen Bauhof, der in tiefem Dunkel lag. Auf der anderen Seite kamen sie an die steile Böschung des Bahndamms, die sie bis zum Gleis hinaufkletterten. Dort hielten sie an und lauschten – alles war ruhig und unsichtbar, es schien kein Mond, und es leuchteten keine Sterne.

»Geht ganz vorsichtig weiter«, sagte Poch, »und haltet die Ohren offen. Hab nie einen Fahrplan für diese Linie gesehen, wenn ihr also einen Zug kommen hört, dann macht euch zeitig von den Schienen runter, und tretet nicht aus Versehen auf die unter Strom ... werdet sonst schwarz gebraten.«

Es war kein weiter Weg nach Brixton, nur zwei, drei Meilen, wie Poch gesagt hatte. An beiden Seiten des Bahndamms zogen sich lange Straßen mit Reihenhäusern hin, wo kein einziges Licht mehr zu sehen war. Alles schlief, und die Last des Schlafes lag auf der ganzen Stadt, und nichts regte sich in den Hinterhöfen außer den auf Raub ausziehenden Katzen, die im Dschungel des Gerümpels und Abfalls ihre Mäuse jagten.

Auf halbem Wege senkte sich der Bahndamm, bis die Gleise auf dem Niveau der Straße weiterliefen, und die Abenteurer gingen unter einem alten eisernen Steg hindurch, der eine Sackgasse mit einer anderen verband. Er war mit weißer Kreide und Farbe bekrakelt, und die Seiten waren mit Maschendraht verkleidet, damit die Kinder keine Steine auf die durchfahrenden Züge schmissen.

Zwielicht hielt einen Moment inne, um ein paar von den Sprüchen zu lesen, und entdeckte ein »Viva Borribles« mit einem Pfeil, der nach Brixton wies. »Das ist gut«, meinte der Bangladeshi, »das heißt, dass es hier in der Gegend doch ein paar Borribles gibt.«

»Genau«, sagte Bingo, »und hoffen wir, dass sie sanft und freundlich sind, wie die Wendels.«

Es war etwa zwei Uhr morgens, als die Abenteurer endlich am Bahnhof Brixton ankamen; Poch stieg auf einen Mauervorsprung, um in die Leere der Brixton Road hinabzuschauen. »Sieht aus, als ob alles klar wär«, flüsterte er, »gehn wir runter und schauen nach was Essbarem.«

Nach kurzer Suche fanden die Borribles den Bahnhofseingang und kletterten ohne Mühe über das versperrte Tor. Dann standen sie oben am Beginn von zwei steinernen Treppenfluchten, und als sie hinabgegangen waren, fanden sie sich beim Licht einer einzigen trüben Lampe unter einem niedrigen Brückenbogen, der auf die Straße hinausführte.

Poch hieß seine Gefährten warten und schlich zum Ende des Tunnels, um hinauszuspähen. Er konnte niemand entdecken – die Straße lag leer da, ohne dass sich irgendwo ein Mensch geregt hätte. Vom Markt des Tages war nur noch der knöcheltiefe Abfall zurückgeblieben, der die Gehsteige übersäte. Poch schaute auf zu den Straßenschildern: Atlantic Road, Electric Avenue. Er winkte den anderen, und sie traten zu ihm an den Rand der verlassenen Straße. Ein Auto fuhr in einiger Entfernung vorüber, aber es war kein Polizeiwagen.

»Wir müssen jetzt«, schlug Poch vor, »rasch mal diesen Schamott hier durchsehen und schauen, ob wir nicht was zu essen finden können, damit wir bei Kräften bleiben.«

Es gab eine Menge Obst auf dem Markt und ein paar halbzerquetschte Brotlaibe. Einige verbeulte Bohnenkonserven waren in einen Pappkarton geworfen worden und liegen geblieben, und eine Kiste überreifer Bananen hatte sich nicht verkaufen lassen. Hier lag ein Festmahl, beinahe mehr, als die zwölf Flüchtlinge tragen konnten.

»Auf geht's«, sagte Bingo, der jetzt Wache stand, »wir haben mehr als genug, rasch, die Straße hier runter.« Leichtfüßig wie stets führte der Borrible aus Battersea seine Freunde in die Electric Lane, vom Markt weg in eine, wie er hoffte, ruhigere Gegend, wo vielleicht ein paar leere Häuser stehen mochten und wo man einen Borrible oder zwei treffen könnte, die gerade Teewasser aufgesetzt hatten.

Als er sich diesen angenehmen Gedanken überließ, wurden Bingo plötzlich mit einem Tritt die Füße unter dem Leib weggezogen. Er fiel schwer zu Boden, und ein schmutziges Tuch verschloss ihm den Mund.

Bingo schlug um sich und kämpfte, aber zu viele hielten ihn nun fest. Ein Knie trat ihn hart in die Nieren, und der Atem verließ ihn, sein Körper wurde schlaff.

»Sei nur schön ruhig, Whitey«, sagte eine Stimme mit westindischem Akzent, »oder ich reiß dir den Kopf ab.«

Bingo gehorchte, es blieb ihm nichts anderes übrig. Er hörte das Trappeln rennender Füße, ein paar Schreie und das Geräusch einiger Schläge, dann herrschte wieder völlige Stille. Die Stimme, die Bingo über sich gehört hatte, sprach wieder.

»Jetzt fessle ich dich, Whitey, und wenn du Zicken machst, dann dreh ich dir den Hals um und häng dich am Seil an den nächsten Bus ... die fahren den ganzen Tag schön ruckweise durch die Stadt.«

Nachdem ihm die Arme fest auf den Rücken gefesselt worden waren, zerrte man Bingo auf die Füße und stieß ihn weiter. Er konnte sehen, dass ihn vier oder fünf Gestalten umringten – ihre Gesichter waren schwarz und gingen in der Nacht auf. Weiter hinten bewegten sich undeutliche Umrisse in der Dunkelheit. Er hörte einen Schrei und dann einen Schlag.

»Warum lasst ihr uns nicht zufrieden«, sagte Bingo, »wir tun niemand was, wir sind bloß auf der Durchreise.«

»So ist es«, sagte dieselbe Stimme. »Ihr werdet hier so rasch durchreisen, dass eure Füße gar nicht den Boden berühren werden, aber alles andere schon.« Bingo bekam einen Schlag zwischen die Schulterblätter. Er fluchte und stolperte. Er hörte, wie Napoleon Drohungen schrie. Ein Schlag ertönte, und Napoleon war still.

Die Gefangenen wurden nicht weit weggebracht. Noch vor dem Ende der Electric Lane bog die Gruppe ab in die Electric Avenue. Hier betraten sie eine alte viktorianische Ladenpassage mit zierlichen gusseisernen Säulen, und etwa hundert Yards die Passage hinunter, zwischen zwei Schaufenstern einer glasüberdachten Markthalle, lag eine schmale Eingangstür, verschlossen und verriegelt und mit Ketten gesichert. So schien es zumindest: Tatsächlich schwang ein Türchen innerhalb der schweren Tür auf, sodass eine einzelne Person auf Händen und Knien durchkriechen konnte.

»Na denn, Whitey«, sagte Bingos Bewacher, »folge mir nach.«

Es fiel Bingo schwer, durch den schmalen Eingang zu kommen, vor allem, da ihm die Hände auf den Rücken gefesselt waren, aber er schaffte es schließlich und stand in einem engen Korridor. Mehr konnte er nicht herausfinden – es war stockfinster hier drin, und seine Begleiter waren zwar ganz nah, doch völlig unsichtbar.

Einer nach dem anderen sammelten sich die Gefangenen hier mit ihren Bewachern, und sobald alle da waren, wurden weitere Befehle erteilt.

»Na denn«, sagte die Stimme wieder, »ihr geht jetzt nach oben. Ich mach eine Taschenlampe an ... aber versucht bloß nicht, hier irgendwas abzuziehen.«

Die Abenteurer folgten dem Licht zum Ende des Korridors und begannen, eine kahle Holztreppe hinaufzusteigen. Weiter ging es hinauf und weiter, bis schließlich, wohl im obersten Geschoss des Gebäudes, die Treppe sich zu einem breiten Flur erweiterte, von dem nach rechts und links Türen abgingen. Hier führte man die Gefangenen in einen Raum und ließ sie sich mit dem Rücken in einer Reihe gegen die Wand auf den Boden hocken.

Der Lichtstrahl der Taschenlampe fuhr hin und her durch die Dunkelheit, während die Borribles warteten; ein ständiges Kommen und Gehen. Bingo hörte Leute in einer Sprache reden, die er nicht verstand. Er prüfte die Stärke seiner Fesseln, aber sie gaben keinen Zoll nach. Dann ging ohne Vorwarnung plötzlich das Licht an.

Nun konnte Bingo die ganze Reihe seiner gefangenen Freunde sehen. Sie waren immer noch beisammen, doch alle trugen Spuren des Kampfes. Napoleon hatte über dem einen Auge eine Platzwunde, und das Blut lief ihm über das Gesicht. Stonkus war mit dem Dreck des Markts beschmiert, da er kämpfend auf dem Boden umhergerollt war, und Scooter hatte ein blaues Auge.

Bingo schaute sich nun die an, die ihnen den Hinterhalt gelegt hatten. Es waren etwa fünfzehn im Zimmer, die Hälfte Mädchen. Draußen auf dem Flur konnte er noch eine Menge anderer sehen, die hereinstarrten. Sie waren alle ohne Ausnahme schwarz und, soweit Bingo sehen konnte, alle Borribles.

Die Abenteurer warteten. Dann entstand Bewegung an der Tür, und der Borrible, der im Dunkeln zu Bingo gesprochen hatte, kam mit einigen seiner Adjutanten ins Zimmer. Er trug eine riesige Mütze wie ein Barett, die ihm auf der einen Seite des Kopfes herabhing; auf der anderen Seite fielen ihm lange, zu einer Rasta-Frisur geflochtene Haare auf die Schulter. Die Mütze war aus schwarzem Samt, doch sonst waren seine Kleider aus hellem, leuchtend buntem Material: orangefarbene Hosen mit blauen Kniestutzen, ein grünes Plastikjackett und darunter ein mauvefarbener Pullover. Seine Lippen waren voll, ein starker und großzügiger Mund; die kräftigen Zähne standen ein wenig vor. Er sah fröhlich aus, und als er die Gefangenen erblickte, lachte er entzückt und tauschte mit seinen Freunden klatschende Schläge auf die Handflächen. Es waren jetzt etwa dreißig Personen im Zimmer, und die einzigen Weißen fanden sich unter den Abenteurern.

Bingo schaute zu Poch hinüber, und Poch leckte sich unruhig über die Lippen. »Wir wollen keinen Streit«, sagte er. »Wir sind nicht hergekommen, um Schwierigkeiten zu machen.«

Der mit der schwarzen Mütze verlor sein Lächeln und trat Poch hart gegen die Brust. »Ihr könnt uns gar keine machen, Whitey, wir haben euch sauber verpackt. Ihr seid hier in unserem Revier … *ihr* seid in großen Schwierigkeiten.«

Chaline lachte ihn höhnisch an. »Sei doch nicht so blöd, du Arsch«, sagte sie, »wir sind Borribles, genau wie ihr auch.«

Ehe der Brixtoner Borrible antworten konnte, kämpfte sich Orococco auf die Füße und fing an zu reden, aber nicht so, wie ihn die Abenteurer je zuvor hatten sprechen hören. Er gebrauchte einen westindischen Dialekt, den die Schwarzen nur untereinander redeten, und Schwarze Mütze und seine Freunde hörten ihm genau zu, ohne ihn auch nur einmal zu unterbrechen, obwohl sie sich gelegentlich umwandten und die Gefangenen anstarrten, manchmal mit ernstem Blick, manchmal lächelnd und kopfschüttelnd.

Poch versuchte dem zu folgen, was da geredet wurde, aber es gelang ihm bloß, den einen oder anderen Ausdruck zu erhaschen. Um das Rumbelreich ging es einmal, dann war die Rede von Sam dem Pferd, dann wurden Inspektor Snuffkin und die SBE erwähnt. Orococco erzählte den größten Teil ihrer Geschichte, und es dauerte seine Zeit. Gegen Ende kam er auf seine gewöhnliche Sprache zurück und sagte: »Und das ist die Wahrheit, jede Einzelheit. Und du kannst dir unsere Ohren ansehen, Mann, wenn du willst. Poch Brandhand ist hier. Wenn du die Geschichte nicht glaubst, dann guck dir seine Hände an, die Brandwunden gehen über die Handflächen, und seinen Rücken kannst du dir auch ansehen. Wir brauchen bloß ein paar Tage Ruhe, was zu essen, und dann hauen wir wieder ab. Wir wollen bloß Snuffkin das Pferd wieder abknöpfen, und dann nach Hause. Der Borrible hilft dem Borrible, mein Lieber, vor allem, wenn einer sich gerade abstrampeln muss, und dass wir das im Augenblick tun, kannst du mir glauben.«

Der mit der schwarzen Mütze schaute seine Freunde an, und nach einer ganz kurzen Stille fingen sie an zu lachen, leise zuerst, dann lauter und lauter, und sie schlugen wieder ihre Handflächen gegeneinander. Aus einer gefährlichen Situation war eine höchst amüsante geworden.

»Ich heiße Bisto«, rief die schwarze Mütze laut durch den Lärm und schob mit einem langen Finger sein Haar zur Seite, dass ein spitzes Borribleohr sichtbar wurde, dessen Form große Intelligenz und List erkennen ließ. Dann zog er ein Messer, und nachdem er zuerst die Ohren jedes einzelnen Gefangenen geprüft hatte, zerschnitt er die Fesseln und hieß sie in Brixton willkommen.

Orococco, der sich mit den nun freien Händen die Arme rieb, um die Durchblutung wieder in Gang zu bringen, stellte die einzelnen Abenteurer vor und nannte ihre Namen und die Stadtteile, denen sie entstammten.

»Ich bin ein Totter von Tooting«, erklärte er, »Zwielicht ist aus Spitalfields, Chaline aus Whitechapel, Vulgo aus Stepney, Torri hier aus Hoxton, Sid kommt aus Neasden, das sind Drillich und Scooter vom Zirkus … und wir haben sogar einen Wendel dabei.«

»Ein Wendel!«, sagte Bisto, dessen Augen vor Neugier groß geworden waren. »Welcher ist das?«

»Ich«, sagte Napoleon und spannte seine Gesichtsmuskeln, dass sein hartes Gesicht noch härter aussah. Er wirkte klein gegen Bisto.

Bisto schrie vor Lachen auf und zeigte einigen von seinen Freunden den Wendel Napoleon. »He, herhören«, brüllte er, »das da ist ein Wendel. Also ich weiß nicht, immer hab ich gehört, dass das die furchterregendsten Kreaturen der Welt sein sollen, aber du bist ja kaum so hoch wie die Ladentheke. Da hab ich ja schon an der Schürze vom Metzger mehr Fleisch gesehen.«

Napoleon war kein bisschen eingeschüchtert. »Pass bloß auf, Schwarzwurst«, sagte er, das Gesicht wie eh und je kampfbereit-spöttisch verzerrt. »Komm mal mit mir auf eine Kahnpartie den Wandle rauf, über die Schlammbänke, dann wollen wir doch mal sehen, wie stark du bist, Bübchen.«

Bisto lachte wieder. »Schwarzwurst«, krähte er, Lachtränen in den Augen, »so herrlich hat mich noch nie jemand beleidigt, wundervoll«, und er legte den langen Arm um Napoleon und schüttelte ihn freundschaftlich und amüsierte sich so über Napoleons Worte, dass dieser nicht länger ärgerlich sein oder auch nur so tun konnte.

Als sie einmal in Freundschaft aufgenommen worden waren, war der Empfang überaus herzlich – sie fühlten sich, als seien sie nach Hause gekommen. Man verpflegte sie und brachte ihnen Kleider zum Aussuchen. Sie bekamen Regenmäntel, Südwester und Schleudern und Karten – insgesamt die komplette Ausrüstung, die sie für den weiteren langen Marsch nach Neasden brauchen würden.

In Brixton konnten sie sich nun frei bewegen. »Macht euch mal keine Sorgen wegen der alten SBE, Mann«, hatte Bisto mit einem großzügigen Schwenk seines Arms erklärt. »Die kommen nicht so gern hierher, geht nur hin, wo ihr Lust habt – mein Haus ist euer Haus.«

Die Zimmer über der Markthalle waren hoch und geräumig; anscheinend standen sie schon seit Jahren leer, die Fensterscheiben waren dunkel vor Schmutz. Nur die Erdgeschosse wurden als Läden und Lagerräume benutzt. Erwachsene stiegen nur selten die Treppen hinauf, und wenn das doch einmal vorkam, dann zogen die Bumpers von Brixton, wie die westindischen Borribles sich nannten, einfach durch die Öffnungen in den Häusermauern, die sie angelegt hatten, von Haus zu Haus weiter. Die ganzen drei Stockwerke des langen, sich weit hinschwingenden viktorianischen Häuserblocks waren ein Bienenkorb voll Zimmer und Gänge, herrlich zu bewohnen und leicht zu verlassen, wenn es zu fliehen galt. Dutzende, wenn nicht hunderte von Borribles mussten hier leben, und es war auch alles gemütlich eingerichtet. Die Wände waren mit fröhlichen Bildern bemalt, die Böden waren mit Teppichen belegt, die von den Müllkippen gerettet worden waren, und alte Sofas und Matratzen gab es in Hülle und Fülle. Überall standen Orangenkisten in den Ecken, die vor Büchern und Magazinen überquollen, die aus Mülltonnen und Abfallhaufen gefischt worden waren. Es war ein Borribleparadies.

Bisto und seine Kumpel bewohnten zwei Räume in diesem Block, oben in der Electric Avenue im dritten Stock. Es waren gute Borribles, die Bumpers, und manche der Freundschaften, die zwischen ihnen und den Abenteurern geschlossen wurden, sollten ein ganzes Borribleleben lang dauern. Dort wohnten Sorbet, Tüpfel und Strip, die Mädchen, und Dreirad, Motte, Dusch und Smoky – alle hatten den Abenteurern das Angebot gemacht, mit ihnen ihr Versteck zu teilen, solange sie nur bleiben wollten.

Zweifellos brauchten die Abenteurer Ruhe. Die meiste Zeit, die sie in Brixton blieben, verbrachten sie im Haus, auf Matratzen ausgestreckt, sich von ihrer Erschöpfung erholend. Im Halbschlaf hörten sie die Geräusche der großen Menschenmenge unten auf der Straße: Tausende, die in den Läden ein- und ausgingen und an den Marktständen umherliefen, und darüber erhoben sich die Rufe der Händler. Dieses Gewirr von Lauten ließ die Abenteurer sich wie zu Hause fühlen, sicher und behaglich.

Sie tauschten natürlich auch Geschichten mit den anderen und erzählten einander, wie sie sich ihre Namen erobert hatten, und gelegentlich gingen sie mit Bisto und seinen Freunden auf die Straßen Brixtons hinaus, wo all die Bewegung und Farbe sie erstaunten und entzückten.

Es war schön, vielleicht zu schön – hätte es nicht das Problem gegeben, was aus Sam werden würde, wären die Abenteurer möglicherweise für immer in Brixton geblieben. Doch das ging nicht. Ein Tag ging vorüber, ein zweiter, dritter. Sydney dachte unruhig an das Schicksal des Pferdes und fing an, die anderen daran zu erinnern. Dank den Bumpers hatten die Abenteurer nun alles, was sie für den Weitermarsch brauchten, und es gab keine Entschuldigung für einen weiteren Aufenthalt. Das Einzige, was ihnen fehlte, war ein Plan. War Sam noch im Gefängnis von Wandsworth, oder war er schon tot, wie Snuffkin es verkündet hatte, und lag in einer Reihe blanker Konservendosen in irgendeinem Supermarkt?

Sie diskutierten ihr Problem hin und her, und die Bumpers, denen man alles über die Große Rumbeljagd und die späteren Ereignisse erzählt hatte, wurden um Rat gefragt. Tüpfel hatte unter allen die beste Idee.

»Es gibt da einen Typ«, sagte sie, als sie am dritten Tag des Aufenthalts der Abenteurer beim Essen saßen, »der wohnt da drunten in der Rattray Road. Ist ein Freund von mir. Der ist so einer Familie ausgerückt, wo die Eltern was mit Telefontechnik zu tun hatten oder was – er ist auf jeden Fall total der kleine Praktikus, nur wegen ihm sind wir den Bullen immer 'ne Nase voraus. Er lebt da im Keller und hat sich zum Telefonkabel durchgegraben, hat sich überall eingeklinkt, der hört die ganze Welt ab, der hört alles.«

»Stimmt«, sagte Sorbet, »wenn irgendeiner weiß, was die SBE mit dem Pferd angestellt hat, dann Klingeling.«

»Können wir bei dem vorbeigehen?«, fragte Chaline. »Würd's ihm was ausmachen?«

Tüpfel lachte laut auf. Sie war ein breitschultriges Mädchen mit breitem, lebendigem Gesicht. »Nee, dem macht's nichts aus, solange ich mit euch mitkomme.«

Später am Abend nahmen Tüpfel und Sorbet Poch, Chaline und Vulgo mit zur Rattray Road. Die beiden schwarzen Borribles waren offensichtlich im Viertel gut bekannt, und viele Leute sprachen im Vorübergehen mit ihnen. Auch aus den Fenstern der Häuser, wo sie sich eingenistet hatten, winkten viele Borribles ihnen fröhlich zu, sie sollten doch hochkommen. Die beiden Bumper-Mädchen erwiderten lachend und winkend die Begrüßungen. »Seh dich dann auf dem Rückweg, Mann«, riefen sie. »Wir gehen grade wohin, wo die Musik voll aufgedreht ist.«

Sie hatten nicht weit zu gehen. An der Ecke Rattray/Saltoun Road stand ein heruntergekommenes altes Borriblehaus, dem das halbe Dach fehlte und dessen Fenster und Türen zugenagelt waren. Tüpfel führte sie zu einem Hintereingang und klopfte gegen die dicken Planken, die ein Fenster in Bodenhöhe bedeckten.

Die Bretter waren, wie sich nun zeigte, in Angeln beweglich und schwangen sogleich zurück: Ein schwarzes Gesicht erschien mit einer tief über die Ohren hinabgezogenen Borriblemütze. Dieser Borrible hatte schmale, konzentrierte Züge; die Augen standen weit auseinander, sie glitzerten hinter einer Nickelbrille.

»Ach, hallo, Tüpfel«, sagte er. Er lächelte und hörte im selben Augenblick wieder auf zu lächeln. Er schaute die weißen Borribles an. »Was soll das?«, fragte er. »Was haben die hier zu suchen?«

»Nur die Ruhe, Klingeling«, sagte Tüpfel, »das sind Borribles, auf der Flucht vor der SBE.«

»Ah ja«, sagte Klingeling und starrte die drei Abenteurer noch einen Moment an. »Ja, jetzt einen Augenblick – das muss Poch sein, da haben wir Sydney, nein: Chaline, und der Kleine da, der's Bein bisschen nachzieht, muss Vulgo sein.«

Poch warf Chaline und Vulgo einen raschen Blick zu, und seine Hand fuhr zur Schleuder. Es war unheimlich – wenn dieser Klingeling so viel wusste, dann konnte hier was nicht stimmen. Er musste für die Bullen arbeiten.

Sorbet lachte, als sie Poch und seine zwei Gefährten so bleich sah, und dann erschien auch auf Klingelings konzentriertem Gesicht ein Grinsen. »Keine Sorge«, sagte er, »ich hab mich in den letzten Tagen ins SBE-Hauptquartier eingeschaltet, und die haben über gar nichts anderes reden können als über dich und deine Freunde. Ich habe eure Personenbeschreibungen so oft gehört, dass ich euch im Dunkeln erkennen würde, und die anderen alle auch.«

»Können wir reinkommen?«, fragte Tüpfel. »Wir wollen mit dir reden.«

Klingeling nickte und trat vom Fenster zurück. Tüpfel kletterte voraus über den Sims und eine hölzerne Leiter hinunter. Schon waren die Borribles von der Straße aus nicht mehr zu sehen, und die Bretterverschalung hatte sich hinter ihnen geschlossen.

Sie standen in einem dunklen Raum, der unter dem Erdgeschoss des verlassenen Hauses ausgeschachtet war. Licht gab es nur von der elektrischen Beleuchtung, und nun sahen die Abenteurer, dass der ganze Raum mit Radiotechnik, Telefonen und Tonbandgeräten vollgepfropft war.

»Wo kommt denn das alles her?«, fragte Chaline.

Klingeling knipste einen Wasserkessel an und leerte eine Teekanne in die Spüle aus. »Hab ich Stück für Stück zusammengebaut«, sagte er. »Das meiste ist Kram, den mal irgendjemand rausgeschmissen hat, hier und dort ist natürlich auch mal 'ne Kleinigkeit geklaut, versteht sich.« Er zog ein paar Klappstühle unter seinem Bett hervor und lud alle ein, Platz zu nehmen. »Also, was wollt ihr jetzt?«

So kurz wie möglich erzählte Chaline Klingeling die Geschichte von Sam dem Pferd, und wie sie und die anderen versuchen wollten, ihn nach Neasden in Sicherheit zu bringen. »Mit Glück haben wir's geschafft, aus Clapham-Süd rauszukommen«, sagte sie am Ende. »Die meisten von den Zirkusborribles haben sie gestutzt, aber zwei sind entkommen und sind jetzt bei uns, Drillich und Scooter.«

»Wir wollen jetzt bloß wissen«, sagte Vulgo und drehte nervös den Kopf hin und her, »was Snuffkin mit dem Pferd gemacht hat. Hast du da was mit deiner Maschinerie mitgekriegt?«

Klingeling saß mit lang ausgestreckten Beinen da. Er deutete mit dem Daumen über die Schulter. »Ich habe jetzt eine permanente Schaltung ins SBE-Hauptquartier«, erklärte er, »die sind recht aufgeregt, seid ihr's in Clapham-Süd geschafft habt und abgehauen seid … recht aufgeregt.« Er schob seinen auf Rollen laufenden Bürostuhl ein wenig vor, sodass er eine Armatur mit vielen Schaltern erreichen konnte. Als er einen Knopf berührte, fing ein Tonband an, sich zu drehen. »Das hab ich gestern aufgenommen«, sagte er. »Vielleicht grade das, was ihr braucht.«

Das Band kreiste, und die Borribles lauschten. Draußen fuhr ein Wagen vorbei; jemand sprach auf der Straße. Eine Stimme drang aus Klingelings Lautsprecher: Es war die des SPP.

»... einfach hirnverbrannt, Snuffkin. Ich kriege vom Präsidenten die Zigarren kistenweise verpasst, und ihn hat Downing Street am Wickel. Er will mich über die Klinge springen lassen, und ich warne Sie, Snuffkin, wenn es mich den Kopf kostet, dann sind Sie derjenige, der zu Katzenfutter verarbeitet wird! Sie und dieser widerliche Hanks.«

»Jawohl, Sir«, antwortete Snuffkin, und Poch sah Chaline an. Es war höchst seltsam, den Inspektor so nahe sprechen zu hören, beinahe, als wäre er hier im Raum.

Die Stimme fuhr fort.

»Wir werden die Verbrecher bald gestellt haben, welche sie befreit haben, Sir. Ich weiß schon, wer es war, Sir, Zirkusvagabunden ...«

»Snuffkin!«, schrie der SPP, der nun sehr zornig war, »Sie Idiot! Es ist mir egal, wer es war. Entscheidend ist, dass die Borribles entwischt sind und wir beide in der Tinte sitzen. Ich muss zurücktreten, wenn Sie nicht herausfinden, wo sie stecken, ist Ihnen das klar? Und wenn ich zurücktrete, werde ich jedenfalls dafür sorgen, dass Sie zeit Ihres Lebens auf dem Sozialamt Schlange stehen! Also vergessen Sie das, wer sie rausgeholt hat aus dem Bunker, konzentrieren Sie sich voll und ganz mit aller Energie und mit all Ihren Leuten darauf, herauszufinden, wo sie hin sind. Das ist Ihre letzte Chance! Danach kommt Superintendent Birdlime zum Zug. Verstehen Sie mich?«

»O ja, Sir, ja«, sagte Snuffkin. »Ich verstehe, Sir. Ich werde sie finden, ich werde sie wieder in Gewahrsam nehmen. Ich habe für den Anfang bereits die Sache mit dem Pferd geregelt.«

Chaline verbarg ihr Gesicht in den Händen, und Poch wurde blass. Doch ehe er noch etwas sagen konnte, brüllte der SPP los wie ein Berserker.

»Sie haben was, Sie inkompetente kleine Null? Was haben Sie eigentlich im Schädel, Erbspüree? Was haben Sie da gemacht?«

»Sir, Sie waren doch in Clapham-Süd einverstanden, dass es geschlachtet werden sollte.«

»Sie haben als Hirn eine Banane, Snuffkin. Das war unter vollkommen anderen Umständen. Die Taktik ändert sich natürlich mit der strategischen Lage ... Clausewitz, völlig elementar. Als das Pferd noch am

Leben war, hatten wir jedenfalls die Sicherheit, dass die Borribles kommen und nach ihm suchen würden … das nennt man eine Falle, Snuffkin. Einen Hinterhalt nennt man das.«

»Ach, dann ist es ja in Ordnung, Sir.«

»In Ordnung? Nichts ist in Ordnung!«

»Doch, Sir. Sehen Sie, ich habe das Pferd erst heute Nachmittag ins Schlachthaus geschickt, sie werden es erst morgen früh drannehmen. Ich ruf an und lass das Pferd sicherstellen, Sir, die haben geräumige Stallungen dort.«

Eine ganze Weile schwieg das Tonband, während der SPP diese Neuigkeit verdaute. Vulgo sprang auf und rief Hurra. Chaline hob ihr Gesicht und lächelte Poch zu.

»Snuffkin«, fuhr der SPP schließlich fort, »Sie hätten mir beinahe einen Herzinfarkt verpasst. Wo haben Sie dieses Pferd?«

»Oh, ganz sicher, Sir. In einem Schlachthof in der Baynes Street, das ist in Camden Town, am Kanal.«

»Gut, gut, gut, wenigstens etwas. Lassen Sie es gut bewachen, Snuffkin. Solange wir's noch haben, haben wir auch eine Chance, diese Ihre Borribles zu fangen. Es scheint, als würden die für das Pferd schlechthin alles tun.«

»Ich weiß, Sir. Ich begreif's auch nicht.«

»Gut. Noch etwas, Snuffkin?«

»Nein, Sir. Meine Männer durchsuchen jede Straße in London, schauen in jedes leere Haus. Diese Borribles kommen nicht weit.«

»Das hoffe ich für Sie, Snuffkin. Wenn Sie mich bei dieser Sache im Stich lassen, dann sorge ich dafür, dass man Sie nicht einmal mehr in einem Supermarkt die Einkaufswagen einsammeln lässt. Bedenken Sie's, Snuffkin.«

»Jawohl, Sir! Ständig und immerzu.«

»Nun gut. Und jetzt zu etwas anderem. Wenn diese Borribles nicht wissen, dass das Pferd in Camden Town steckt, wie können sie dann versuchen, es zu befreien, hm? Beantworten Sie mir das bitte. Wenn sie glauben, dass das Pferd nur noch aus einem großen Haufen Fleischbrocken in einer Serie Konservenbüchsen besteht, dann werden sie nicht mehr an seine Rettung denken, oder? Was gedenken Sie in dieser Hinsicht zu unternehmen? Was?«

»Hm?«, sagte Snuffkin. »O ja, eine sehr gute Frage, Sir. Ich weiß auch nicht.«

»Wissen Ihre Borribles, dass das Pferd nach Wandsworth ins Gefängnis gebracht worden ist, Snuffkin? Wissen sie das?«

»Das wissen sie in der Tat, Sir. Ich habe es ihnen absichtlich mit aller Deutlichkeit gesagt, dass sie Bescheid wissen.«

»Gut. Dann können wir darauf zählen, dass sie einen Späher dorthin schicken, nur um die Lage auszukundschaften, aber stellen Sie ihnen dort keine Falle, Snuffkin, wir möchten sie alle haben. Hängen Sie einen Anschlag an das Gefängnistor, dass das Pferd nach Camden Town geschickt worden ist und dort seiner Hinrichtung entgegensieht, und hängen Sie solche Anschläge auch an allen Polizeistationen aus. Das sollte reichen. Setzen Sie das Datum für die Exekution auf einen Tag in drei, vier Wochen fest, lassen Sie ihnen Zeit, dort rüberzumarschieren, und dann beobachten Sie alle Brücken über den Fluss ... so müssen Sie sie schnappen.«

»Jawohl, Sir! Eine wundervolle Idee, Sir!«

»Und dass Sie mir das Pferd erst schlachten, wenn ich's Ihnen sage!«

»Jawoll, Sir!«

»Und rufen Sie mich an und halten Sie mich über alles auf dem Laufenden, wo ich auch gerade sein mag. Wo ist Ihr Wohnwagen?«

»Bei Camden, Sir. In der Nähe des Schlachthauses, aber nicht zu nah.«

»Ausgezeichnet. Also dann, Snuffkin, los geht's. Organisieren Sie ihren ganzen Kram und keine Fehler mehr. Wiedersehen.«

Die Leitung knackte, und Klingeling schaltete das Band ab. »Wie ist's damit?«, fragte er. »Bringt das was?«

Chaline klatschte in die Hände. »Klingeling«, rief sie, »du bist ein Zauberer. Dein Maschinchen hat uns genau das gesagt, was wir wissen wollten. Sam ist in Camden Town, und er lebt. Jetzt haben wir ein Ziel.«

»Hört sich nicht ungefährlich an«, sagte Sorbet. »Du hast sie ja gehört, es ist eine Falle.«

»Ja«, sagte Poch, »aber diesmal wissen wir, dass es eine Falle ist, das ist ein kleiner Vorteil für uns.«

Klingeling blätterte in einem Notizbuch. »Ich schreib mir auch ihre Funksprüche auf«, sagte er. »Und ich sag euch, wenn ihr nach Norden über den Fluss wollt, dann habt ihr zu tun. Abgesehen davon, dass sie jede Brücke bewachen, haben die Bullen überall noch sogenannte Späher im Einsatz.«

»Vielleicht«, überlegte Vulgo, »haben sie deshalb gewusst, dass wir beim Zirkus waren, vielleicht haben uns diese ›Späher‹ gesehen, als wir Wandsworth Common verlassen haben.«

Poch schüttelte den Kopf. »Wenn wir die Brücken nicht benutzen können, wird es schwierig, über den Fluss zu kommen.« Er goss sich Tee nach und trank seine Tasse aus. Die Besprechung war zu Ende. Die zwei Bumpers und die drei Abenteurer bedankten sich sehr bei Klingeling, wünschten ihm zum Abschied, er solle sich nicht erwischen lassen, und gingen dann langsam zur Electric Avenue zurück. Es gab viel, worüber man nachdenken musste, viel, was heute Abend beim Essen zu besprechen war.

»Das Hauptproblem ist die Themseüberquerung«, sagte Poch, der sich auf einem kaputten Sofa zurücklehnte und weiße Bohnen in Tomatensauce löffelte. »Eine Brücke ist das Blödeste, um sich erwischen zu lassen, kein Ausweg als runter ins Wasser.«

»Wir werden in eine Falle laufen«, sagte Chaline. »Dabei sollten wir leben wie die Bumpers hier. Die machen's richtig, sie leben an ihrem Markt und sind glücklich und zufrieden mit dem, was sie haben. Und schau uns an … immer unterwegs, im Kampf um die nackte Existenz. Es ist nicht borriblemäßig, und ich weiß es auch … aber wir können eben Sam nicht im Stich lassen, das ist die andere Seite. Schöner Krampf.«

Poch kratzte seine Bohnenkonserve leer und holte tief Atem. »Ich glaube, ich hab so ein, zwei Sachen drunten in Eisenkopfs Schacht gelernt, haben wir wohl alle, und als wir lebend wieder rauskamen, dachte ich mir, wie dumm diese Schatzgräberei war, und trotzdem war ich, ja, ein besserer Borrible, und ich denke, das hängt irgendwie alles mit Sam zusammen und dass wir ihn befreit haben, dass er nicht mehr bei Tautröpfchen den Karren ziehen musste. Vorher hatte er gar kein eigenes Leben, oder? Arbeiten, arbeiten, arbeiten, und danach genauso bei den Parkwächtern. Sam muss frei sein, wir müssen ihn vor Snuffkin beschützen, vor der Arbeit.«

Drillich, der auf dem Boden lag, drehte sich um auf den Bauch und sagte: »Haufen Aufregung wegen einem alten Pferd. Hatten wir Bessere im Zirkus. Ich hab an dem nichts Besonderes bemerkt.«

Sydney knallte ihren Becher auf den Fußboden. »Nichts Besonderes?«, rief sie mit aufsteigendem Zorn. »Er hat uns allen das Leben gerettet, das ist alles. Aber es kommt noch etwas hinzu … Wie Poch sagt, man kann es nicht genau beschreiben. Wir mögen ihn einfach. Er ist ein

Borrible, und er ist schön und … ach, ich weiß nicht, wie ich's sagen soll! Er ist einer von uns, und wir müssen ihm helfen, weil er sich nicht selbst helfen kann.«

Poch stimmte ihr zu. »Sid hat recht«, sagte er. »Sam muss nach Neasden, es geht jetzt nicht nur darum, ihn dort hinzubringen, es geht darum, Snuffkin zu schlagen. Irgendwie müssen wir jetzt zeigen, dass Borribles Borribles sind und sich nichts bieten lassen. Für mich hängt es jetzt mit dem Pferd zusammen, ein guter Borrible zu sein, aber nun hat Snuffkin ihn gefangen, und wenn es nach ihm geht, bringt er Sam um und freut sich dabei … Ich werde das verhindern, wenn ich kann.«

»Bist du hinter einem dritten Namen her?«, fragte Tüpfel und kniff ein Auge zu. »Ist es das, wonach du suchst?«

Poch lächelte bitter. »Früher vielleicht mal, jetzt nicht mehr. Ich suche keine großen Abenteuer, wir wollen nur zusammenhalten und uns umeinander kümmern. In diesem Fall um Sam. Das würd ich machen wollen, selbst wenn er uns nicht im Rumbelreich das Leben gerettet hätte. Snuffkin ist es, der uns nicht leben lassen will wie Borribles – will uns die Ohren stutzen, reißt unsere Häuser ein. Ich hasse Snuffkin, weil er uns zu etwas zwingen will, was wir nicht sein wollen. Dem wäre es ein Genuss, uns fertigzumachen.«

Es gab eine lange Stille nach diesen Worten. Chaline betrachtete das Teppichmuster vor sich auf dem Boden und dachte daran, wie Poch vor der Großen Rumbeljagd gewesen war. Er hatte sich wirklich sehr verändert. Das Einzige, was er damals im Kopf gehabt hatte, war, sich mehr Namen zu erobern als irgendein anderer Borrible. Jetzt war er bei weitem nicht mehr so egoistisch. Es gab offenbar mehr Möglichkeiten, borriblemäßig zu leben, als sie gedacht hatte, und Poch entwickelte sich langsam, aber stetig von einer Stufe zur anderen.

Das Schweigen wurde nun, seltsam genug, von Scooter gebrochen, der mit großer Konzentration jedem Wort Pochs zugehört hatte. Er sprang plötzlich auf und warf mit einem lauten Schrei seine leere Bohnenbüchse gegen die Decke, von wo sie klappernd zum Boden zurückprallte.

»Ein Hoch auf Poch!«, schrie er. »Und Sam und die Borribles überall.« Dann hielt er inne, wurde sich seines Benehmens bewusst und starrte verlegen auf seine Zehen.

Die Abenteurer und die Bumpers lachten über Scooters rotes Gesicht. Es war selten, dass man einen Borrible erröten sah, und bei seinen

Gefährten löste es immer große Heiterkeit aus. Nur Drillich lachte nicht mit.

»Einfach Blödsinn, sage ich«, brummte er, »all dieses Theater mit dem Pferd.«

Diesmal ignorierte ihn Poch. Er lehnte sich auf dem Sofa zurück und machte es sich bequem. »Ich will nur wissen«, sagte er, »ob es jemand gibt, der nicht mitmachen möchte … weil ich nicht weiß, wo ich hingehe … aber gehen tu ich.«

Vulgo legte den Kopf auf die Seite. »Wir haben's doch schon oft besprochen«, sagte er. »Die Partie darf Snuffkin auf keinen Fall gewinnen, ganz gleich, was kommt.«

Poch schaute zu Chaline hinüber, und sie spürte seinen Blick. »Wer könnte Poch etwas abschlagen?«, sagte sie. »Nicht, dass ich's wollte, weil ich glaube, dass er recht hat.«

»Okay, okay«, sagte Bisto plötzlich, und er durchquerte das Zimmer, sodass er alle ansehen konnte. »Ich habe jetzt was zu sagen, ich hab eine Idee. Ich hab jetzt da gesessen und euch zugehört, und die große Frage ist, wie kommt ihr über den Fluss, stimmt doch? Ohne dass man euch sieht, ja? Na, die Antwort liegt doch echt auf der Hand, ihr habt's doch schon mal gebracht auf dem Weg zum Rumbelreich. Man segelt den Fluss runter und landet zwischen zwei Brücken, wo es sicher ist, mitten in der Nacht.«

»Ach ja!«, sagte Bingo. »Und wo nehmen wir das Boot her? Ist ein langer Weg bis zum Battersea Park und dem Teich dort.«

»Ich hab das alles bedacht«, sagte Bisto, der breit lächelte: stolz auf seine Idee und beglückt, sie nun mitzuteilen. »Erstmal braucht ihr kein Boot, ihr nehmt stattdessen ein Floß, oder noch besser zwei, weil ein Floß, groß genug für euch alle, zu schwer zu tragen wäre.«

»Zu tragen?«, fragte Bingo.

»Tragen«, sagte Bisto zufrieden. »Das Floß zu bauen ist kein Problem. Jede Nacht sind die Straßen am Markt übersät mit alten Holzpaletten, Brettern, Draht, Nägeln, mit allem, was wir brauchen, um ein schönes, stabiles Floß zu bauen. Das eigentliche Problem ist der Transport zum Fluss, das sind zwei oder drei Meilen.«

»Das ist zu weit«, sagte Poch. »Bis wir dann mit den Flößen angekommen sind, sind wir schon zu schlapp, um zu paddeln, vor allem, wenn die Flut gegen uns ist.«

Bisto klatschte in die Hände. »Genau darum geht's, Mann, ich hab mal mit den Jungs und den Mädels geredet. Ihr tragt sie nicht, wir machen das, ihr trabt einfach nebenher und tragt euer eigenes Gepäck. Das wäre unser Beitrag hier an der Heimatfront.«

»Ihr …!«, sagte Chaline und sah Tüpfel kopfschüttelnd an.

Das westindische Mädchen blickte streng zurück. »Und warum nicht?«, fragte sie. »Seid ihr die Einzigen, die auf Abenteuer gehn? Wir machen's zu acht, zwei Flöße, vier Träger pro Floß … und für alle Fälle geht noch ein zweites Achterteam mit, falls wir müde werden. Die können auch gleich als Kundschafter gehen. Wir hier in Brixton rennen alle wie der Güterzug.«

»Rennen?«, fragte Poch.

»Klar«, sagte Bisto. »Wir müssen das rasch durchziehen. Erst nach Mitternacht können wir es wagen, rauszugehen. Wir müssen rüber zur Clapham Road, dann runter zur Wandsworth Road. Hinten am New Covent Garden vorbei und bei Nine Elms über den Fluss. Und ihr braucht noch die Dunkelheit, um überzusetzen, wir, um nach Haus zurückzulaufen. Wir müssen rennen. Na, was meint ihr?«

Die Abenteurer lachten begeistert.

»Bisto«, sagte Chaline, »es ist nicht nur der beste Plan, es ist der einzige, den es für uns gibt.«

»Also«, sagte Sorbet.

»Aber wann?«

Poch zog eine Augenbraue hoch. »Morgen Nacht«, sagte er.

»Morgen«, sagte Tüpfel. »Das ist knapp.«

»Wir sind schon drei Tage hier«, sagte Napoleon, »und morgen macht vier.«

»Und mit jedem Tag wird's für Sam gefährlicher«, sagte Sydney.

»Also, morgen Nacht steigt die Sache«, sagte Bisto. »Wir holen uns das Material heut Nacht und fangen morgen früh an, die Flöße zu bauen.«

Man nannte es später den Großen Floßlauf von Brixton nach Nine Elms – eines der glanzvollsten Kapitel in der Borriblegeschichte. Einige der namenlosen Bumpers gewannen in dieser Nacht ihren Namen – Namen wie Floßmann, Paletti und Schnellfuß. Es war ein richtig traditionelles altmodisches Borribleabenteuer.

Zwei große Paletten waren zum Bau jedes Floßes verwendet worden, wobei jeweils eine kreuzweise auf die andere genagelt und mit Draht festgebunden war; für den nötigen Auftrieb war das Innere mit weißen Styroporplatten vollgepackt worden, die aus alten Marktkisten stammten. Alle waren davon überzeugt, dass sie schwimmen würden, aber ausprobieren ließ es sich in Brixton nicht.

»Alles klar«, sagte Bisto, »nur eine Frage von schwimmen oder absaufen.«

Der Floßlauf begann um ein Uhr am nächsten Morgen. Da standen die Abenteurer in neuen warmen Kleidern und Regenmänteln. Sie hatten neue Rucksäcke auf, in denen der nötige Proviant und die ganze Ausrüstung verstaut waren. Die Bumpers hatten sie reichlich versorgt.

Die Bumpers selbst waren nur leicht gekleidet, mit dunklen Klamotten und schwarzen Turnschuhen. »Also, denkt dran«, sagte Bisto, als er den Abenteurern die letzten Instruktionen gab, »ihr geht zur Hälfte vor, immer schön mit Tempo, dann kommt Floß Nummer eins, dann Nummer zwei, dann der Rest von euch. Das Ersatzteam läuft, wenn es nichts zu tragen hat, auf den Flügeln und hält Ausschau. Wenn was schiefgeht, Flöße fallenlassen, verteilen, in die Seitenstraßen und wieder nach Brixton zurück, hier seid ihr sicher, und man kann's immer noch mal versuchen.«

So fing der große Floßlauf an, langsam zuerst, als die Borribles die Stille der Brixton Road in kleinen Gruppen durchquerten und wie Phantome in die dunklen Flecken der Nacht glitten. Als sie aber unter der Eisenbahnbrücke durchgekommen waren und den Anfang der Ferndale Road erreicht hatten, fingen sie an zu rennen, wie sie noch nie gerannt waren. Nicht ein einziges Mal hielten sie an, und das Glück war in dieser Nacht auf ihrer Seite. Niemand sah sie, ihre Herzen schlugen in merkwürdiger Erregung und in dem Vertrauen und der Freundschaft, die sie füreinander fühlten, ein Stamm für den anderen, Schwarz für Weiß, Freund für Freund. Sie triumphierten. Wenn auch nur für ein, zwei Stunden: Sie waren die Beherrscher des riesenhaften Stadt-Tiers, in dem sie lebten.

Von der Ferndale Road rannten sie in die Kimberley Road und weiter in die Clitheroe Road. Sie wurden etwas langsamer, als sie die Clapham Road überquerten, rasten weiter in die Union Road und wandten sich nach rechts in die Larkhall Lane; dann eilten sie den Priory Grove und den Landsdowne Way hinunter, kreuzten Wandsworth Road und tauchten in das Düster von Cowthorpe Road und Crimsworth Road, und da hielten sie in einer Gasse an, deren Häuser aus dunklen, stumpfen Backsteinen errichtet waren und die im Norden von einer hohen Mauer begrenzt wurde, wo Namen und Schimpfwörter in vielen Farben mit Sprühfarbe oder Kreide angemalt waren. Bisto lehnte sich keuchend an die Mauer. »Da wären wir«, sagte er. »Das ist der Hintereingang zum Covent Garden-Markt, und wenn wir da durch sind, sind wir auf der Nine Elms Road, direkt am Fluss.«

Die Paletten waren so zusammengebaut, dass man sie als Leitern verwenden konnte. Aufrecht gegen die Mauer gelehnt, die eine auf die Seite der anderen gestellt: so wurden die vertikal eingefügten Planken der Flöße zu Stufen, und die Borribles kletterten einer nach dem anderen bis zum Gipfel des steilen Backsteinkliffs. Oben angelangt, setzten sie sich rittlings auf die Mauer und umklammerten sie mit den Beinen, während sie die beiden kostbaren Flöße zu sich emporhievten, mit Stricken, die für diesen Zweck mitgebracht worden waren; auf der anderen Seite seilten sie sie ebenso wieder ab. Dann verschwanden die Borribles von der Mauer und ließen sich lautlos auf allen vieren in den weichen Rasenstreifen am Fuß der Mauer fallen.

Sie waren jetzt in New Covent Garden, einem unüberschaubar weit sich ausdehnenden Raum voll Eile und Geschäftigkeit, vor allem in den Nachtstunden, denn nach Covent Garden kommen die großen Lastwagen aus ganz Europa, bis zum Überquellen mit Gemüse und Obst beladen. Hier brennt die ganze Nacht das Licht, damit die Transporte durch die Tore der Lagerhäuser fahren können; hier wird gekauft und verkauft, abgeladen und aufgeladen.

Für die Borribles war es ein Ort voller Gefahren, aber sie duckten sich, und ihr Glück blieb ihnen treu. Es herrschte hier ein solches Hin und Her und ein solches Gedränge, dass ein paar Kinder, die etwas schleppten, was aussah wie alte Paletten, wohl als Brennholz gedacht, kaum bemerkt wurden – und wenn sie jemand bemerkte, ignorierte er sie völlig. Die Borribles waren froh – sie hielten sich am Rande der Erwachsenengeschäfte und umgingen die grellen Lampen. In weniger als einer Viertelstunde hatten sie den Markt durchquert und traten unbemerkt auf die Nine Elms Road hinaus. Auf der anderen Seite dieser Durchgangsstraße sahen sie ein offenes Tor; dort hindurch, und sie befanden sich in einem Werkhof am Flussufer mit eigenem Pier und – mehr noch – einer eigenen Eisenleiter, die vom Uferrand hinab zur Wasseroberfläche führte.

Die Themse ist in diesem Teil Londons unendlich weit und tückisch.

In der Düsternis der frühen Morgenstunden sah sie aus wie ein schwarzer Dämon, der zur Hölle gleitet und auf seinem Rücken hilflose Klumpen Müll dahinträgt wie verdammte Seelen. Der Fluss bewegt sich mit stetiger, muskulöser, drängender Kraft. Nichts kann ihm widerstehen, nichts gegen ihn ankämpfen. Die Themse ist ein Fluss, der Blut will; er sehnt sich, dich hinabzuschlingen.

Die Nacht des Großen Floßlaufs war keine Ausnahme. Es regnete noch immer nicht, aber die Luft war kalt und mörderisch wie eine Axtklinge, und der Mond, der sich hinter tiefen, nassen Wolken dahinstahl, berührte nur hie und da das Wasser mit einem silbernen Aufglitzern. Alles war dunkel wie der Tod. Kein Himmel, kein Horizont, keine Erde unter den Füßen. Es war der Rand der Welt.

Doch die Abenteurer wurden in ihrem Entschluss nicht schwankend; das Vertrauen, das sie während des langen Laufs von Brixton hierher verspürt hatten, trug sie weiter. Zusammen mit ihren Freunden, den Bumpers, ließen sie die Flöße zu Wasser, und der starke Geruch der Themse stieg ihnen in die Nase und verschlug ihnen den Atem. Es war ein alter Geruch, zusammengebraut aus Schimmel, Kot, Öl und Industrieabfällen.

Und jetzt kletterten die Abenteurer die metallene Leiter hinunter, denn es galt keinen Augenblick zu verlieren. Der Fluss warf scharfe kleine Wellen und schnappte nach den Flößen, doch sie schwammen mit starkem Auftrieb und sanken auch nicht ein, als sie mit ihrer Besatzung beladen waren, wenn auch die Gezeitenströmung zog und zerrte, als läge die ganze Macht des sich drehenden Planeten unter der Oberfläche der Themse und wollte den Reisenden übel. Es war Zeit zum Aufbruch.

Die Abenteurer schauten zum Pier hoch, und die Erregung, die sie in jener Nacht vorangetrieben hatte, erstarb wie ein kleines Kerzenflämmchen; an ihre Stelle trat eine melancholische Traurigkeit, tief und verderblich wie der Fluss selbst, und die Abenteurer brachten es nicht über sich, zu paddeln, sie trieben einfach vom Ufer weg, hatten nicht einmal den Mut, Lebewohl zu sagen. Und aus demselben Grund blieben die Bumpers an Land stumm und reglos.

Endlich brach Napoleon das Schweigen. »Auf denn«, sagte er und tauchte sein Paddel in das dunkle Wasser. »Ich fürchte mich vor keinem Wasser. Wenn wir jetzt nicht vorwärtsmachen, finden uns die Polizeipatrouillen bei Tageslicht.«

So stießen die Abenteurer vom Ufer ab und schauten zu ihren Freunden zurück, bis deren Schwärze im Schwarz der Nacht zerging und das »Lebt wohl!« der Bumpers aus dem Nichts kam.

»Macht's gut, ihr alle«, rief Bisto mit gedämpfter Stimme hinter ihnen her. »Und kommt auf jeden Fall bei uns vorbei, wenn alles gelaufen ist ... und lasst euch gottverdammt noch mal bloß nicht, Scheiße, bloß nicht erwischen! Verstanden?« Mit einem Schluchzen in der Stimme, das er vergeblich zu unterdrücken versuchte, drehte sich Bisto weg und begann den langen Lauf zurück nach Brixton; erst sah er kaum etwas vor Tränen, und seine Freunde liefen hinter ihm, und den ganzen langen Weg sagte niemand auch nur ein Wort.

6

Das mobile Hauptquartier von Inspektor Snuffkin war in einer schmalen Sackgasse zwischen St. Pancras Way und der Camden Road geparkt. Es war eine wenig befahrene, kaum bekannte ruhige Straße. In der Mitte erweiterte sie sich zu einer schäbig-verstaubten Grünanlage, wo ein paar bleiche Halme vertrocknetes Gras in einer geizigen, schalen Erde ums Leben kämpften. Um die Anlage lief ein Eisenzaun, der in alle Himmelsrichtungen zugleich wegsackte, wie ein Betrunkener. Um das Grün herum lief im Halbkreis eine Reihe hoher, dünner Häuser, eng und unordentlich aneinandergequetscht. Einige waren verlassen, in anderen wohnten Rentner, deren Familien ihre Adressen nicht mehr kannten. Die Fenster waren ohne Licht, und die Türen öffneten sich nie einem Besucher.

Snuffkins Wohnwagen stach von seiner armseligen Umgebung deutlich ab. Er war weißlackiert und auf Hochglanz gewienert, und die vier Polizisten, die mit dem Range Rover den Wohnwagen von Ort zu Ort zogen und über den Inspektor wachten, dass ihm nichts zustieß, hatten strikte Anweisung, den Wohnwagen einmal am Tag zu waschen, manchmal zweimal, wenn Snuffkin der Ansicht war, er sei schmutzig. So glänzte er über und über, und die Radkappen leuchteten wie vier Monde in einer frostigen Nacht.

Es war ein langer Wohnwagen, überaus geräumig und sehr stabil. Er hatte an jedem Ende einen kleinen Balkon, damit Snuffkin Ansprachen an seine Männer halten konnte. Innen war er makellos sauber. Der Teppich wirkte, als habe nie ein Fuß ihn betreten, die Wände, als habe sich nie jemand gegen sie gelehnt, die Fenster, als hätte nie ein Blick es gewagt, hindurchzusehen und seine vulgäre Spur dabei zu hinterlassen.

Am einen Ende des Wagens stand Snuffkins Schreibtisch, und dahinter war eine Flache abgeteilt worden, damit man für den Inspektor ein Bad und eine Toilette einbauen konnte – nur für seinen Gebrauch bestimmt. Wie im SBE-Hauptquartier in der Micklethwaite Road sollten diese Installationen vor der Befleckung durch irgendeine andere

Gegenwart als die des Inspektors bewahrt bleiben. Kein anderes Hinterteil durfte sich auf den plüschbezogenen Sitz der Toilette niederlassen; keinem anderen Leib war es gestattet, sich in der tiefen rosafarbenen Badewanne zu räkeln. Dies war Snuffkins Sanktum.

In der Mitte des Wohnwagens stand ein komfortables Sofa, das sich zu einem Doppelbett ausziehen ließ, dem kleinen und zierlichen Körper des Inspektors angemessen. Daneben stand auf einem Tischchen ein Computerterminal, von dem aus man in der Zentrale alle Kriminalakten abrufen konnte. Dann, an dem Snuffkins Toilette gegenüberliegenden Ende, kam die Kochnische und dann eine schmale Koje, in welche Sergeant Hanks seinen plumpen Leib zwängen musste, wenn er sich ausruhen wollte.

In der Kochnische standen ein Herd, eine Spüle und ein Tisch, wo der Sergeant sich seinen Tee machen und die von ihm bevorzugten fettigen Mahlzeiten zubereiten konnte: Frühstücksteller mit gebratenen Brotschnitten, Speck, Spiegeleiern und Blutwurst. Sergeant Hanks liebte es, zu essen, und die Beweise waren nur allzu deutlich: Flecken von goldenem Eigelb und weißem Schmalz paradierten über die breite Brust seines Uniformjacketts wie die Abzeichen von hundert Regimentern. Nächst dem Essen liebte er das Kochen, und der Polizeidienst musste sich geschickt zwischen diese beiden Aktivitäten einordnen. Eben in dem Moment, in dem die Abenteurer ihr Gefährt auf das gefährliche Wasser der Themse hinaussteuerten, schob Sergeant Hanks eine Scheibe Speck in seiner Bratpfanne hin und her und wartete darauf, dass das Teewasser kochte. Inspektor Snuffkin saß an seinem Schreibtisch – die Finger trommelten, die Füße klackten, er sann seiner misslichen Lage nach und wartete geduldig auf seinen Tee.

»Das Problem besteht darin«, sagte Snuffkin, »dass wir seit dem Ausbruch dieser Verbrecher aus dem Arrest in Clapham-Süd – wobei sie von diesen fahrenden Gesellen und Zigeunern unterstützt worden sind – jede Spur von ihnen verloren haben und nicht die geringste Ahnung haben, wo sie stecken.«

Das Wasser im Kessel kochte, und Hanks goss den Tee in einer großen braunen Kanne auf.

»Denn, sehen Sie«, fuhr Snuffkin fort, »die einlaufenden Berichte scheinen auf Brixton als ihren wahrscheinlichen und naheliegenden Bestimmungsort hinzudeuten, aber wir können es nicht verifizieren.«

»Schwierig«, sagte Hanks und goss seinem Vorgesetzten einen Becher Tee ein, schwarz und stark, keine Milch, keinen Zucker. »Brixton ist schwierig, ich meine, wir wollen da keine Unruhe reintragen, würde sich am Ende nicht lohnen, da was anzufangen.« Hanks zog sich etwas Saftiges aus der Nase, betrachtete es von allen Seiten und klebte es dann unter die Tischplatte, wo es sich dem Rest seiner Sammlung zugesellte, die bereits säuberlich getrocknet war.

»Ja«, sagte Snuffkin, »in Brixton dürfen wir uns auf nichts einlassen.«

Hanks rülpste. »Wie steht's mit den Zwergen? Haben die was Neues gemeldet?«

Snuffkin stand auf, stolzierte in die Kochnische, ergriff seinen Becher und hüpfte mit zierlichen Tanzschritten zu seinem Schreibtisch zurück, wo er sich setzte. Er nahm einen tiefen Schluck. »Ahh, schwarzer Tee, Hanks, ausgezeichnet. Ja, die Zwerge. Nun, das war eine Idee von mir, die schöne Früchte getragen hat.« Snuffkins Schnurrbart zuckte vor Lust und zitterte wie ein Blatt am Ende eines Zweiges. »Aber in Clapham-Süd haben diese Zirkuszwerge, die sich so gut geschlagen hatten, plötzlich die Lust verloren, sie wollten nicht mehr, sie stiegen aus.«

»Ja«, sagte Hanks. Er platzierte zwei Streifen Speck auf eine dick mit Butter bestrichene Scheibe Brot und sah zu, wie die Butter schmolz. »Bis auf die zwei, die wollten doch unbedingt weitermachen.«

Snuffkin nahm wieder einen Schluck Tee. »Völlig richtig, Hanks, und ich begreife einfach nicht, warum wir nichts von ihnen gehört haben. Wir hätten schon lange eine Botschaft, ein Zeichen, eine Nachricht bekommen sollen.«

»Vielleicht hat man ihnen schon die Gurgel durchgeschnitten«, sagte Hanks. Er legte eine Scheibe Brot auf den Speck, sodass ein Sandwich entstand. »Ich meine, wenn die Borribles herausfinden, dass es Spione sind, diese Zwerge, na, dann hätten sie nicht mehr lang zu leben, was?«

Snuffkin trommelte mit den Fingern auf die Schreibtischplatte und sah streng drein. »Nicht lange, stimmt, Hanks, nicht lange. Zwilch und Auto, oder wie sie hießen, liegen vielleicht jetzt schon irgendwo tot im Graben. Aber es war uns von Anfang an klar, was wir da für ein Risiko eingehen. Diese Borribles schrecken vor nichts zurück, wenn es darum geht, ihre sogenannte Unabhängigkeit zu behalten.«

»Vor nichts, Sir, Sie haben vollkommen recht.«

»Und dieses Pferd, das ist ja nun ein definitiver Stein des Zusammenstoßes zwischen mir und dem SPP. Ich würde es am liebsten gleich loswerden, aber der SPP will davon nichts hören, wir müssen es erst mal schonend aufbewahren, bis auf weiteres wenigstens muss so verfahren werden.«

»Geben schmackhafte Steaks ab, die Pferde«, sagte Hanks, und er setzte sich auf den Küchentisch und schob sich die Hälfte seines Sandwichs in den Mund.

Snuffkins Augen umflorten sich, und sein Schnurrbart bebte ekstatisch. »Ich habe einen Traum, Hanks, eine goldene Vision der Zukunft. Ich sehe alles klar vor mir. Ich habe diese Borribles gefangen, bis auf den letzten Mann. Ich hungere sie ein paar Tage lang aus, und dann serviere ich ihnen ein delikates Ragout, wirklich köstlich, unwiderstehlich. Sie schlingen es in sich hinein, und dann, während ich ihnen die Ohren stutze, teile ich ihnen mit, dass sie soeben ihr Lieblingspferd Sam verspeist haben. Ist das nicht wundervoll, Hanks? Ich würde meinen Adelstitel dafür hingeben. Wirklich.«

Hanks röhrte vor Lachen; halbzerkautes Brot und Speckfasern prasselten auf seine Uniform. »Ach, brillant, Sir, brillant! Sie müssten Polizeipräsident sein.«

Snuffkin hob seinen Becher wie zu einem Trinkspruch. »Ich werde es eines Tages sein, Hanks, ich werde es. Aber nur, wenn wir diese Vagabunden zur Strecke bringen und es ihnen ein für alle Mal besorgen. Verdoppeln Sie die Belohnungen, Hanks! Diese Simulanten werden mittlerweile den Aushang am Wandsworth-Gefängnis gelesen haben ... Wir dürfen damit rechnen, dass sie jeden Moment aus der Versenkung auftauchen.«

»Wir schnappen sie uns«, sagte Hanks. Er umarmte seinen Bauch, als er das Glücksgefühl der Ankunft des Specksandwichs genussvoll verspürte. Er zündete die Gasflamme an und ließ noch vier Speckstreifen in die Bratpfanne klatschen.

Snuffkin erhob sich und ging durch den Wohnwagen zu einem Spiegel mit vergoldetem Rahmen. Er schob sein Gesicht nahe an das Glas und betrachtete sich selbst, wobei sein Schnurrbart nur ganz sanft ausschlug. »Dieses Mal kriegen wir sie, Hanks, aber wir beeilen uns besser. Sonst laufen wir wieder Streife, und Superintendent Birdlime sagt uns, was wir zu tun haben. Stellen Sie sich vor!«

Hanks schob seinen Speck mit der Gabel umher. »Unvorstellbar, Sir«, sagte er. »Unvorstellbar.«

Die Abenteurer trieben auf einem weiten, stummen Meer. Für sie war die Wasserfläche unermesslich wie ein Ozean. Als sie in die Mitte des Flusses getragen wurden, floss die Strömung rascher daher, ergriff sie und zerrte sie mit, dass die Flöße sich um sich selbst drehten, dass die Borribles Schwindel empfanden und gezwungen waren, sich mit aller Kraft festzuklammern.

»Ich will weg hier«, sagte Drillich, »das ist gefährlich.«

»Schnauze, paddel lieber«, sagte Napoleon. »Ist nur Wasser.«

Die anderen Borribles sagten kein Wort. Keiner von ihnen hielt besonders viel vom Wasser, vor allem, wenn es kalt war und sie nur ein paar Zoll darüber auf schwachen Holzstücken saßen. Zu ihrem Glück war Napoleon eine Ausnahme. Er war ein Wendel und war am Unterlauf des Wandle aufgewachsen, er kannte sich aus mit Booten und mit den Gezeiten. Es brauchte mehr als den Fluss, damit ihm Angst wurde.

»Also!«, sagte er, die Stimme zu einem Flüstern gesenkt. »Zuerst müsst ihr für jetzt allen meinen Befehlen folgen, und zweitens müsst ihr aufhören zu reden. Die SBE hat vielleicht hier irgendwo ein Boot, nur ein paar Yards entfernt lauscht vielleicht jemand. Dann: Bindet die beiden Flöße aneinander, dass wir nicht getrennt werden, und jeder Einzelne von euch muss sein eigenes Seil nehmen und sich selbst am Floß festbinden. Wenn hier einer runterfällt, können wir nicht zurückkommen und ihn auflesen, selbst wenn wir was sehen würden – die Strömung ist viel zu gewaltig.«

Die Borribles verloren keine Zeit und taten, was Napoleon sie geheißen hatte; als sie fertig waren, sprach er weiter. »Also, jetzt denkt daran – ein Floß ist kein Boot. Kein Bug, kein Heck, nur ein Viereck. Haltet es schön ruhig und fangt an zu paddeln. Die Flut hilft uns, und wir fahren rasch … behaltet klaren Kopf … wenn ihr durchdreht, dann haut's das Floß nur immer im Kreis herum. Seid besonders vorsichtig unter den Brücken. Da werden wohl auf jeder die Bullen stehen, nehme ich an, aber in dieser Finsternis sehen sie uns nicht, selbst wenn sie direkt runterschauen … aber wenn sie uns hören, dann wird der Scheinwerfer angeknipst.«

»Es sollte jemand die Brücken zählen«, sagte Poch, »damit wir nicht zu weit fahren. Wer kennt sie am besten?«

»Ich«, sagte Vulgo, »Brücken sind mein Hobby.«

»Wir müssen zwischen Blackfriars und Southwark raus«, sagte Poch, »am Queenhithe Dock, sagt die Karte.«

»Gut«, sagte Vulgo, »macht sechs Brücken, wenn man die Hungerford Bridge mitzählt. Lasst mich nur machen, die nächste ist die Vauxhall.«

»Also gut jetzt«, sagte Napoleon, »es wird nicht mehr geredet. Von meinen Befehlen und Notfällen abgesehen ist es jetzt die ganze Strecke still!«

So war es auch. Als die beiden Flöße einmal ruhig lagen, das eine hinter dem anderen angebunden, fuhren sie stetig im Griff der Strömung, und die Besatzung, die mit langen, regelmäßigen Schlägen paddelte, hielt geraden Kurs. Hier inmitten des Stroms war es ganz dunkel, und die Lichter der Stadt schienen viele Meilen entfernt. Die Abenteurer schwankten vor und zurück, gruben ihre Paddel tief ins Wasser, atmeten mit offenem Mund, starrten ins Nichts. Schaum von den aufkräuselnden Wellen spritzte über sie, und bald waren sie bis auf die Haut durchnässt, aber kalt war es keinem, dazu mussten sie sich zu sehr anstrengen, und ihr eigener Schweiß hielt sie warm.

Es war dunkler auf dem Fluss als in der Welt eines Blinden, dunkler als am Ende einer unterirdischen Höhle, und doch ragte nach einer halben Stunde eine breite Masse, noch schwärzer als das Wasser, langsam über den Reisenden auf. Der Fluss wand und krümmte sich, und sein Wasser floss zu mächtigen Strudeltauen zusammen und zwängte sich zwischen massiven Steinsäulen hindurch, und die Fluten stiegen an wie ein Sturzbach, der sich aus einer Schleuse ergießt. Eine wuchtige Welle bog sich langsam höher und höher. Sie zauderte eine Sekunde, wurde reglos und brach dann krachend gegen eine gewaltige Säule, die hinauf ins Dunkel wuchs, ins Dach der Nacht hinein.

»Vauxhall Bridge«, sagte Vulgos Stimme.

Nun stürzten die Flöße in bewegungsloses Wasser – sie begannen sich zu drehen und außer Kontrolle zu geraten. »Paddeln, paddeln, ihr Schlappsäcke!«, schrie Napoleon. »Oder es zieht uns zurück, und ihr ertrinkt! Immer weiter paddeln.«

Und die Borribles paddelten nach Leibeskräften, bis sie endlich – der Schweiß lief ihnen in die Augen – der Gefahr der ersten Brücke entronnen waren und schweigend weiterfahren konnten. Sie holten Atem, ihr Herzschlag wurde langsamer, und sie fassten sich wieder. Napoleon kniete vorne auf dem ersten Floß und paddelte unentwegt, während er in das Dunkel starrte; sein Körper schwang anmutig hin und her, sein Gesicht war schön vor Erregung. Er liebte den Fluss.

Sydney, die dem Wendel am nächsten saß, fühlte, wie es sie überlief. Trotz all der gemeinsamen Erlebnisse, aus denen sie Napoleon kannte, ging es ihr immer noch so mit ihm. Er war seltsam; immer, bei jeder Gelegenheit, maß er sich mit sich selbst.

»Wonach schaust du?«, fragte sie ihn.

Napoleon wandte den Kopf nicht und paddelte weiter. »Schiffe«, sagte er. »Wenn wir ein paar Lastkähne treffen, dann müssen wir hübsch rasch ausweichen. Bei dieser Temperatur lebt man nicht lang im Wasser, nur ein paar Minuten.«

Weiter ging es den Fluss hinunter. Sie flogen durch die Brücken auf den gischtenden Wellen, immerzu paddelnd, Napoleons Befehlen sofort gehorchend: durch die Lambeth Bridge, durch die Westminster und die Hungerford, bis sie schließlich unter den gespenstisch sich wölbenden Bogen der weißen Waterloo-Brücke tauchten.

»Wir haben's beinahe«, sagte Vulgo, aber als er in Richtung Blackfriars sah, erblickte er ein helles Licht, das grell den Fluss heraufzog, direkt auf die beiden Flöße zu.

»Die Bullen«, sagte Orococco. »Muss 'ne Polizeipatrouille sein.«

»Schlimmer«, sagte Napoleon. »Das ist ein Schlepper mit etwa zwanzig Kähnen dahinter. Kommt so rasch daher wie ein Eisenbahnzug, direkt durch die Mitte. Paddelt wie die Affen zum Nordufer hin, wir müssen aus dem Weg.«

Das war leichter gesagt als getan. Der Fluss hatte sie im Griff seiner Riesenhand und zerrte sie unwiderstehlich auf den sich nähernden Schlepper zu. Die Borribles konnten nun das Geräusch der Maschinen hören, und das helle Licht blendete ihre so lang an das Dunkel gewöhnten Augen. Vor dem Boot, von ihm vorangeschoben, schäumte und kochte die Bugwelle – schmutzig-gelb, grinsend schnitt sie den Fluss entzwei und hob einen tiefen Graben aus, mehr als groß genug, die kleinen Flöße und die, die darauf fuhren, zu verschlingen.

Das Licht kam näher, hoch droben, wie ein Signalfeuer auf einem Bergfried. Unter dem Licht war eine Form des Nichts, das schwarze Schiff selbst. Das Klopfen der Maschinen wurde immer noch lauter. Die Bugwelle begann rückwärts dahinzuschießen, gegen die Strömung, über die Wasseroberfläche schneller als das Schiff dahinzischend, das sie geschaffen hatte, als hätten die Naturgesetze keine Gültigkeit mehr.

Die Borribles wollten vor Entsetzen schreien, doch sie konnten nicht. Die Maschinen pochten in ihren Ohren und raubten ihnen die

Kraft zu denken. Die Wellen hoben sich, Männerstimmen riefen sich durch den leeren Raum etwas zu, und hinter dem Schlepper kam das Heer der Kähne, eine schwimmende Stadt, halb so breit wie der Fluss.

Mit dem Mut und der Kraft der Verzweiflung arbeiteten die Abenteurer schneller und schneller mit ihren Paddeln, aber eine furchterregende Kraft zog das Wasser unter ihnen fort, und plötzlich paddelten sie Luft. Die Flöße waren himmelwärts geschleudert worden und standen nun vertikal. Jetzt schrien die Borribles und klammerten sich panisch aneinander. Die Flöße schlitterten, kippten beinahe hintenüber, dann raste die Bugwelle weiter, und die Flöße fielen, mit einem Krachen, das in dem allgemeinen Lärm kaum zu hören war, tief wie in einen Schacht hinab und bebten und schüttelten sich. Dann hob sich wieder eine Welle schwellend unter ihnen, und wieder trug es die Borribles in die Höhe, wieder schrien sie, doch als sie diesmal stürzten, waren sie an einem ruhigeren Ort. Die Bugwelle hatte sie aus der Hauptströmung hinausgetragen, wenn auch nicht aus der Gefahr: Die Kähne waren noch nicht vorüber.

Napoleon wusste es. »Nicht aufhören«, rief er, »weiterpaddeln! Weitermachen!«

Die Borribles folgten Napoleons Befehl, und jeder Schlag ihrer Paddel trug sie aus der Mitte des Flusses in die Sicherheit. Die Reihe der Schleppkähne lag nun hinter ihnen, und die hellen Lichter blendeten sie nicht länger, doch der Fluss war noch in Aufruhr. Die Wasser fluteten hin und her, mit groben, klatschenden Wogenschlägen. Ein lautes Zischen und Rauschen von sich kreuzenden Strömungen war zu hören, doch das Geräusch des Schleppers wurde nach und nach leiser, bis schließlich die starr dahinziehende Flotille der Kähne – wie ein Monstrum, das in seine Höhle kriecht – unter der Waterloo Bridge verschwand.

»Das war knapp«, sagte Zwielicht, »haben wir grade noch sauber geschafft.«

Napoleon brummte und vermehrte dann das Wasser um sie her, indem er hineinspuckte. »Wenigstens war niemand seekrank«, sagte er, »muss man ja wohl dafür dankbar sein.«

Die allerletzte Brücke war Blackfriars, und die Abenteurer steuerten ohne weitere Gefahr hindurch. Dann lösten sie sich wieder aus der Strömung und lenkten zum Nordufer, wo sie nach Pochs Angaben den alten aufgelassenen Pier zu finden hofften, der als »Queenhithe Dock« bekannt war.

»Wir müssen's ohne Taschenlampen finden«, sagte Napoleon, »für den Fall, dass jemand die Gegend beobachtet.«

Die Borribles trieben nun direkt an der Kaimauer – eine nackte Wand, bedeckt mit grünem Schleim, ohne Treppe oder Leiter. Hier war kein Hinaufkommen.

»Paddelt ruhig noch 'n bisschen weiter«, sagte Napoleon, »hier wird's irgendwo sein.«

Und da war es. Plötzlich wich die wie eine Bergwand aufragende Kaimauer zurück, und ein Streifen schlammiges Ufer verlor sich langsam ansteigend in der Dunkelheit. Die Borribles steuerten die Stelle an, und die beiden Flöße setzten auf Schlamm und Kies auf.

»Haltet es ruhig«, sagte Napoleon. »Ich steig an Land und zieh euch rein.«

Er sprang ans Ufer und versank sofort bis zur Hüfte in dem kalten Schlamm, der ihn weich wie Gelee einsaugte. Er achtete nicht darauf – schließlich war er ein Wendel, und Wendels waren Schlamm gewöhnt. Er packte die Seile, zog kräftig, und langsam glitten die Flöße ans Ufer und blieben dort liegen.

Die anderen Abenteurer standen auf, warfen Napoleon ihre Rucksäcke zu und sprangen dann hinterher. Da sie nicht die Erfahrung des Wendels hatten, stolperten und stürzten sie und bedeckten sich mit dem widerlichen klebrigen Uferschmutz.

»Schlamm«, sagte Vulgo. »Kommt mir bekannt vor. Was ein Gestank!«

Poch schob die Arme durch die Gurte seines Rucksacks und stapfte vorwärts. »Kommt schon«, sagte er, »gehn wir.«

Während Poch voranging, um nach dem Weg zu schauen, zerschnitt Napoleon das Seil, das die beiden Flöße verbunden hatte, und stieß sie in die Strömung zurück. »Wär nicht gut, wenn man sie zu nah hier findet«, erklärte er. »Southend wär nah genug.«

Er schob sein Messer in die Scheide; von oben ertönte Pochs Pfiff. Die Abenteurer luden sich ihr Gepäck auf und begannen den Marsch das Ufer hinauf – der Schlamm quatschte feucht unter ihren Schuhen, es war nicht leicht. Ihre Füße glitten aus und sanken bei jedem Schritt ein. Der Schlamm zertrat sich zu grünem Schleim, und der überall zu verspürende Kloakengestank wurde stärker, stieg als Dampf von unten auf und hing wie heißer Atem in der kalten Luft. Zumindest aber blieb keine Spur von den Borribles zurück. Wie sie die Füße aus dem zähen

Gallert zogen, glitt er augenblicklich wieder zurück und füllte die Löcher ihrer Tritte. Nach kürzester Zeit war die ganze Oberfläche des Uferstreifens so still und glatt wie nur irgendwann während des letzten Jahrhunderts.

So wateten die Abenteurer voran, bis sie auf Poch stießen, der am Fuß einer mit Algen überwucherten eisernen Leiter wartete. »Ich hab mir die Karte gut angesehen, ehe wir Brixton verlassen haben«, sagte er, »ich denke, wir schaffen es vor Tag noch bis King's Cross.«

»Warum müssen wir überhaupt nach King's Cross?« Das war Drillichs Stimme in der Dunkelheit.

»Weil«, antwortete Napoleons Stimme für Poch, »King's Cross ein Zentralbahnhof ist, und hinter so einem Bahnhof findet man immer Stücke Ödland, Stapelplätze, leere Eisenbahnwagen, alte Fabriken, lauter Verstecke. Sollte jeder alte Borrible wissen. Deshalb.«

»Was wir jetzt auch anstellen«, unterbrach ihn Scooter, »könnten wir mal aus dem Schlamm hier raus? Geht mir jetzt bald bis unter die Achseln und stinkt wie ein Mülleimer.«

»Gut, los«, sagte Poch, »aber denkt daran, wir rennen rasch, einer hinter dem anderen, und wir halten nicht an. Jetzt sind wir in der City von London, und viele Verstecke gibt es hier gerade nicht.«

Die Nacht war lang und mühselig. Nach der Strecke von Brixton zur Nine Elms Road und nach der Flussfahrt mit ihren Schrecknissen und ihrer Anspannung waren die Abenteurer schon erschöpft, ehe sie noch das Queenhithe Dock hinter sich gelassen hatten. Nun mussten sie wieder rennen, und zwar ebenso weit wie vorher.

Poch führte sie in schnellem Schritt – er führte die Reihe an, nicht, weil dies sein Teil von London gewesen wäre, sondern einfach weil er die Karte studiert und sich eingeprägt hatte und nun wusste, welche Straße wohin führte und welche sie mit den geringsten Schwierigkeiten an ihr Ziel bringen würde.

Sie rannten leise und rasch dahin, aus Sicherheitsgründen in weit auseinandergezogener Reihe, aber sie trafen niemanden. Gelegentlich holperte ein einsames Auto vorbei, dessen Scheinwerfer den Asphalt mit Gold bemalten, oder ein Lastauto knirschte einem fernen Marktplatz entgegen. Aber die Borribles hielten sich in den Seitenstraßen, wo zwischen den Lampen lange Strecken des Nichts lagen und wo sich die Teiche der Dunkelheit breit und tief erstreckten.

Hohe Gebäude ragten zu beiden Seiten neben den Dahinrennenden auf, wie steile Kliffs voll verlassener Wohnhöhlen, die Dächer eins mit dem endlosen Dunkel des Himmels. Kein Licht war in den Wolkenkratzern zu sehen oder in den vielgeschossigen Labyrinthen der Parkhäuser. Fast die einzigen Geräusche, welche die Borribles hörten, waren der leise Fall ihrer eigenen Schritte und das Klirren der Schnallen an den Rucksäcken.

Sie überquerten einen offenen Platz im Schatten der St. Paul's-Kathedrale; es ging durch Amen Court, wo der Frost bitterkalt war. Die Newgate Street und die Giltspur Street hinunter rannten sie, am Smithfield-Markt vorbei, wo tausend kalte Rinderviertel in langen Reihen hingen. Cowcross Street, Turnmill Street, die ganze Zeit parallel zur Farringdon Road, in leicht nordwestlicher Richtung, mit den Straßen über die Höhe Londons hinweglaufend.

In der Clerkenwell Road hielt Poch an und die anderen auch, sie kauerten hinter ihm, holten langsam wieder Atem und schauten links und rechts, vorne und hinten nach dem leisesten Anzeichen von Gefahr aus. Endlich waren sie beruhigt und rannten über die ungedeckte Straße hinweg, durch Back Hill und durch die Rosebery Street, huschende schwarze Schatten in einer Stadt, die so schwarz war wie sie.

Im Weiterhasten dachte Poch an Snuffkin, der nun irgendwo schlief, platt auf dem Rücken, den Mund fest geschlossen, der Schnurrbart zuckend wie ein giftiger Falter, der auf die Morgendämmerung wartet, um Gifteier zu legen. Und Hanks auch, der Bauch vom Körper weg überquellend, schnarchend, Speichel aufs Kopfkissen sabbernd, wo er einen sich langsam erweiternden dicken Fleck bildete, im Traum lächelnd, denn er träumte ja von den Frühstücken, die er gegessen hatte, und denen, die er noch verzehren würde.

Irgendwo in dieser großen Stadt war auch Sam das Pferd, im Stall eines Schlachthauses eingesperrt, den Geruch des Todes furchtbar in den weichen Nüstern. Mit Schwanz und Halfter an Ringen in der Wand angebunden, dass er sich nicht regen und nicht ausruhen konnte, nur noch die Kugel in den Schädel erwarten und das scharfe breite Messer, das seinen Hals aufschlitzen und dann seine Eingeweide auf eine Betonrampe leeren würde, die schon nass und schlüpfrig vom Blut der Millionen war, die schon vorher den Weg in die Katzenfutterdose angetreten hatten.

Diese Gedanken trieben Poch vorwärts, und er beschleunigte seinen Schritt, immer in Richtung Nordwest – Mount Pleasant, Phoenix Street hinunter, am Royal Free Hospital vorbei, und hier schien Licht aus den hohen Fenstern, und Schwestern bewegten sich hinter den Vorhängen und stützten Patienten in ihren Kissen, damit ihnen die letzten Atemzüge leichter würden. »Menschen sterben und haben nie borriblemäßig gelebt.« Der Gedanke erfüllte Poch mit Entsetzen; er lief schneller, seine Beine schmerzten, und das Gewicht seines Rucksacks kniff ihn in die Schultern. Doch der Schmerz ließ ihn nur die Zähne zusammenbeißen, und seine Gefährten rannten auch schneller hinter ihm her und verfluchten Poch von ganzer Seele, bis sie, zum Himmel aufschauend, den grauen Schimmer aufsteigen sahen und wussten, weshalb er so schnell rannte. Vor Tagesanbruch mussten sie schon am King's Cross-Bahnhof gut versteckt sein.

Die Straßen gingen weiter. Frederick Street, Acton, Swinton, Wicklow Street. Schließlich kamen sie auf die Euston Road hinaus, gerade an der Einmündung der Pentonville Road, und liefen jetzt auf die Türme des St. Pancras-Bahnhofs zu, die über den kleinen Gestalten dräuten wie die Türme eines schlimmen Zauberschlosses, wo Riesen wohnten, deren einziges Geschäft es war, auf der Lauer nach fortgelaufenen Kindern zu liegen, um ihnen die Knochen zu zerschmettern und Brot daraus zu mahlen.

Einer nach dem anderen überquerten die Borribles die Hauptstraße, liefen in die Schweigenszone zwischen den beiden großen Bahnhöfen, in die St. Pancras Road – ihr Ziel das öde Land dahinter. Poch bog um eine Ecke und lehnte sich gegen die Mauer. Die Bögen der Eisenbahnbrücke begannen hier. Die Straße hatte noch Kopfsteinpflaster; weiter drüben lagen das Gaswerk und die Müllhalden, ihr Geruch hing schwer in der Luft.

Poch konnte ein Lächeln nicht unterdrücken, als er seinen Körper gegen die Backsteinwand presste. Sie hatten's geschafft. Wie gut es war, zu leben und es zu wissen, die eigene Existenz auch als etwas Eigenes, Getrenntes zu empfinden, strahlend und frohlockend: Jawohl, sie hatten's geschafft. Die Reise von Brixton, über den Fluss und dann von Blackfriars bis nach King's Cross war ohne Verluste gelungen und ohne dass die SBE etwas über ihren Aufenthaltsort erfahren hätte. Es ging aufwärts.

Es war nun Morgen. Poch konnte die Fugen zwischen den Pflastersteinen zu seinen Füßen deutlich sehen. Er konnte die rußrote Farbe der Backsteine erkennen, aus denen die hohen Brückenbögen gebaut waren, welche die Eisenbahngeleise in die Höhe stemmten. Einer nach dem anderen fanden sich seine Gefährten ein. Einer nach dem anderen lehnte sich gegen die Mauer und ruhte sich nach den Anstrengungen der langen Nacht aus.

»Wir folgen diesen Brückenbögen«, sagte Poch. »Vielleicht ist eins von den Gewölben darunter leer, sonst müssen wir uns einen Stapelplatz aussuchen.«

Sie brachen wieder im Gänsemarsch auf, nur diesmal in langsamem Tempo. Beim Eingang jedes Brückenbogens – und es waren dutzende – hielt Poch an und prüfte die hohen halbkreisförmigen Tore.

»Abgeschlossen«, sagte er immer wieder. »Meistens Garagen oder Werkstätten.«

Nach hundert Metern oder so führte die Straße nach rechts an einigen Ampeln vorbei. Die Brückenbögen setzten sich weiter in die Ferne fort, einige mit sauber gestrichenen und sorgfältig verriegelten Toren, andere mit zersplitterten Torflügeln, die verquer in den Angeln hingen. Ein paar Autos fuhren vorbei, und Pendlerzüge rumpelten über ihnen dahin, häufiger nun, da der Stoßverkehr sich langsam steigerte. Rasch gingen die Abenteurer weiter; Napoleon, dessen Augen überall waren, kam als Nachhut. Die Borribles mussten von den Straßen runter.

Wie um die Dringlichkeit dieser Überlegung zu unterstreichen, hörte man das Heulen einer Polizeisirene weit weg auf der Euston Road. Dann eine andere, sogleich, wie ein Echo, drüben von der Caledonian Road.

Poch bog wieder nach rechts. Wieder hohe Bögen. Er ging auf einen zu, stolperte über einen losen Pflasterstein. Er hob den Arm, um nicht zu fallen, und stieß dabei gegen das mittlere Brett einer Tür. Es gab nach, drehte sich in einem Gelenk, als ob das so sein müsse. Dahinter lag totale Dunkelheit. Poch drückte stärker auf das drehbare Brett und steckte seinen Kopf in die Tür. Er sah nichts. Er lauschte angestrengt, aber der Lärm der Züge oben machte es unmöglich, irgendetwas anderes hören zu wollen.

Er zog den Kopf wieder ins Freie.

»Es ist so dunkel, dass ich überhaupt nichts sehen kann«, sagte er. »Riecht wie tote Ratten da drin. Ich geh mal rein und schau mich um.«

In diesem Moment hörten sie wieder eine Polizeisirene, näher diesmal. Reifen quietschten auf Pflastersteinen. Ein Streifenwagen war unten in die St. Pancras Road gefahren.

Napoleon spähte um die Wölbung des Bogens. »Der kommt hierher«, sagte er. »Wir müssen uns verstecken, bis er weg ist, was wir sonst auch machen.«

Wieder stieß Poch das Brett beiseite und zwängte sich durch die Lücke, während die anderen folgten, so rasch sie konnten. Napoleon kam als Letzter und schob das Brett wieder an seine Stelle. Innen war es dunkel, wie Poch gesagt hatte, und der Lärm der oben vorbeifahrenden Züge war ohrenbetäubend. Das Einzige, was die Abenteurer klar unterscheiden konnten, war der Geruch. Er war zu stark, als dass man ihn hätte ignorieren können: eine Verbindung aus schlechtem Atem, getrocknetem Urin und der käsigen Substanz, die zwischen menschlichen Zehen klebt.

»Meine Fresse«, sagte Sydney, »was ein kräftiger Duft.«

Kaum hatte das Mädchen das gesagt, begann Verschiedenes zu geschehen. Starke Körper schoben sich hinter die Borribles, zwischen sie und die hölzernen Türen. Formen pressten sich im Dunkeln gegen sie, und der entsetzliche Geruch kam näher, dick und greifbar, erstickend.

Die Borribles griffen nach ihren Schleudern, aber es gab keine Möglichkeit, sich zu verteidigen. Schwielige Hände hielten ihre Arme fest, so fest, dass es wehtat. Eine raue Stimme lachte gackernd und rief dann: »Gut!« Das Licht ging an, eine einzige Glühbirne an langem Kabel, die hoch oben unter der Decke des Bogengewölbes hing und schwankte, wenn die Züge vorbeifuhren.

»Scheiße«, sagte Napoleon und hörte auf, sich zu wehren. Noch nie hatten die Abenteurer je etwas so Furchteinflößendes zu Gesicht bekommen.

Sie waren in einem großen höhlenartigen Raum. Hoch über ihren Köpfen zog sich der große Schwung des Brückenbogens hin; die Backsteine waren dunkel und feucht. Überall tropfte Wasser, lange Streifen und Flecken moderiger Schimmelpilze und Flechten überzogen die Wände. All dies war schlimm genug, doch das, was die Höhle barg, ließ den Borribles das Herz kalt werden.

Dicht bei ihnen stand ein Dutzend Männer, doch Männer, die diesen Namen kaum mehr verdienten. Sie sahen fast nicht mehr menschlich aus. Die Gesichter waren aufgedunsen, rot, purpurn, blau unterlaufen, geplatzte Adern bedeckten die Oberfläche toter Haut, und diese Haut war voll schwarzer Risse und Löcher, Risse voll weichen Schmutzes und Löcher, die giftiger Alkohol und brennend heißer Schnaps tief eingegraben hatten. Ihre Zähne waren einzelne schwarze Stummel, die locker in schwammigem Zahnfleisch staken; die Augen tränten rot umrändert; die zerfressenen und umgestülpten Augenlider hingen auf die Wangen hinab, da die Muskeln abgestorben waren. Als Kleider trugen sie die Stücke und Fetzen, die sie aus den Müllkippen und Abfalltonnen gewühlt hatten, wo andere, stolzere Penner ihre Sachen fortgeworfen hatten. Die Hände, welche die Borribles hielten, waren von jahrealtem Schmutz bedeckt, und der Atem ihrer Lungen war warm und stinkend.

»Es sind Methylos«, sagte Poch wie betäubt, »Methylos.«

Die Borribles stöhnten auf. Poch hatte recht. Sie waren unter Menschen geraten, die zu den gefährlichsten Männern und Frauen Londons gehörten – den Trinkern von Methylalkohol und Spiritus. Diese Menschen machten vor nichts halt, ihr Hirn war zerstört, aufgefressen von Schnaps und Drogen. Methylos hatten kein Empfinden, was Gut oder Böse war. Sie würden ohne Bedenken in den Tod gehen, um in den Besitz einer Flasche Gin zu kommen, und ebenso bedenkenlos jemand ermorden, wenn sie so sich das Geld beschaffen konnten, eine zu kaufen.

Napoleon fluchte wieder und wies mit der Hand: Der Horror war nicht zu Ende. Vor den Borribles waren noch mehr Methylos, Männer und Frauen, dutzende. Einige ruhten unter Zeitungen auf dem Boden, der Wärme wegen so eng aneinandergedrängt, dass kaum mehr Raum war, einen Fuß dazwischenzusetzen, andere saßen auf leeren Bierkästen, die Hände gefaltet, den Kopf gesenkt, andere starrten in die Ferne – ihre Augen blinzelten nicht, als das Licht anging.

Die Borribles starrten in den Hintergrund des Gewölbes und weiter, wo andere Bögen zu beginnen schienen. So weit sie sehen konnten, lagen, standen, saßen Methylos, tranken, aßen, pissten gegen die Wand. Die meisten schienen lebendig, manche waren vielleicht tot. Sie wirkten wie Zombies, halbbelebte Untote. Das war der gewaltige Geruch, den die Borribles in die Nase bekommen hatten.

Plötzlich gab es an einem Eingang zur Linken der Höhle einen großen Tumult, und ein breitschultriger Mann erschien, eine Flasche in der Faust. »Aha!«, brüllte er. Er schwenkte die Flasche über dem Kopf und lachte, den Kopf zurückwerfend, dass man in einer breit klaffenden Wunde von einem Mund zwei oder drei große Zähne sehen konnte. Er kam auf die Gefangenen zu, hin- und herstolpernd, Männer und Frauen mit Tritten aus seinem Weg verscheuchend, hart zutretend.

Die Borribles drängten sich enger aneinander. Jemand schob eine Eisenstange vor und verschloss so die Tür der Höhle. Hände griffen und tasteten an den Abenteurern herum. Ihre Messer und Schleudern wurden fortgenommen und die Rucksäcke von ihren Schultern gerissen.

Der schreiende Mann brüllte lauter und verdoppelte die Wut seiner Tritte. »Lasst die Rucksäcke liegen!«, schrie er, und sein Gesicht wurde dunkelrot vor raschem Zorn. »Werft die Rucksäcke hier auf dem Boden auf einen Haufen, ich schneid dem die Kehle durch, der nicht folgt. Gerechter Anteil für alle, hört ihr mich? Da wird was drin sein, was Geld wert ist, und Geld ist Schnaps, und Schnaps ist Leben. Hab ich nicht recht, Freundchen?«

Immer noch um sich tretend und schreiend setzte der Mann seinen Weg fort und stand endlich vor den Borribles und denjenigen, die sie gefangen hielten. Zögernd warfen die Methylos die Rucksäcke auf den Boden.

»So ist's recht«, sagte der Mann und nahm einen Zug aus seiner Flasche. »Möchte einer von euch Engländern vielleicht mit mir auf die Matte gehen? Einer von euch Engländern sich vielleicht mit Hugh MacMungall anlegen, Mann gegen Mann? Ja? Antwortet! Mann gegen Mann, ja?«

Die Männer traten von einem Fuß auf den anderen und schauten auf die Köpfe ihrer Gefangenen hinunter.

»Dacht ich mir!«, schrie MacMungall. Er schwankte wieder. »Wer den Schottenrock beleidigt, kriegt den Schottendolch zu spüren!«, und mit diesen Worten zog MacMungall ein Brotmesser aus dem Gürtel und richtete die Spitze auf den nächststehenden Methylo. »Und vergiss es nie, Freundchen«, brüllte er – und das Wort »Freundchen« klang wie die gemeinste Beschimpfung –, »ich schneid dir die Gurgel durch, wenn du mich nur schief anguckst, ich schwör's bei Gott.« Er schwankte wieder stolpernd und starrte unstet vor sich hin; er versuchte, den Blick auf die Borribles zu richten.

»Ja, Jungs«, fuhr er mit ein wenig leiserer Stimme fort, »das habt ihr nicht schlecht gemacht. Mir scheint, die Kinder könnten gut und gern ein paar Shilling in der Tasche haben. Wertgegenstände in den Rucksäcken. Gleich und gerecht geteilt, Freundchen. Hälfte für dich, Hälfte für mich, so geht es im Hochland.« MacMungall nahm wieder einen Schluck aus seiner Flasche. »Ahh«, sagte er, als die Flüssigkeit in seinem Magen einschlug, »also, Jungs, durchsucht ihnen die Taschen, stülpt die Beutel um, aber denkt dran, wer versucht, etwas in die eigene Tasche zu schieben, hat's mit mir zu tun.«

Am Ende seiner Ansprache angelangt, schwankte MacMungall rückwärts und brach auf einem Bierkasten zusammen, der zu seinem Glück genau in der richtigen Position auf ihn gewartet hatte. Er schüttelte den Kopf in einem vergeblichen Versuch, wieder klarer zu sehen, trank nochmals aus der Flasche und schob das Messer unter seine Jacke.

Poch betrachtete MacMungall genau und vorsichtig. Er war sicherlich bei weitem nicht so hart, wie er tat, aber trotzdem groß und muskulös, mit breiten Schultern und langen, starken Armen und mit schaufelgroßen Händen. Er war wohl der stärkste Methylo hier in der Höhle, und deshalb gehorchten die anderen ihm so bereitwillig, aber wie sie war MacMungall in schlechter körperlicher Verfassung. Auch seine Augen sahen aus wie ausgefranste Löcher, die man ihm erst diesen Morgen in den Schädel geschossen hatte. Seine Lippen waren schlaff, seine Haut hatte die Textur eines schimmligen Steaks, und trotz all seiner tapferen Worte hatten seine Hände gezittert, als er die Flasche hob, dass die Hälfte jedes Schlucks, den er nahm, ihm über Kinn und Hals lief und unter einem dreckigen, alten grün-weißen Fußballschal versickerte.

Poch sah auch, dass die anderen Kleider MacMungalls kein bisschen besser waren als die seiner Kumpane. Er trug einen blauen Anorak voll Ölflecken, an den Taschen ausgefranst, und mehrere Hosen übereinander gegen die Kälte. Er hatte keine Socken, aber zwei verschiedene Schuhe, bei denen das Oberleder vom Sohlenrest abgeplatzt war, sodass man seine schmutzigen Füße in Ruhe betrachten konnte, und auf dem Kopf trug er eine Melone mit Tartan-Muster wie ein schottischer Fußballfan. Alles in allem, dachte Poch, ein schreckenerregender Anblick: ein Feigling ohne Gewissen.

Aber die Pause war vorüber, in welcher er hatte nachdenken können. Ohne Warnung wurden die Borribles vorwärtsgestoßen. Mit erregter Hast wurden die Gefangenen durchsucht, und ihre Rucksäcke wurden ausgeleert. Die meisten der Methylos, die dagelegen hatten, standen nun vom Boden auf und begannen, sich näherzudrängen, stöhnend und einander mit den Ellenbogen zur Seite drückend. Alle waren zerlumpt und schmutzig, Frauen wie Männer, die Kleider zerrissen und zusammengeknotet. Die Augen waren stumpf, in ihnen stand eine leere Verrücktheit, welche nur das Aufglitzern der Gier unterbrach. Vielleicht hatten diese Kinder Geld bei sich, Geld für Alkohol.

Die Methylos kämpften um einen Platz in der Nähe der Borribles, drängten sich an sie, zerrten an ihren Gliedmaßen, betasteten ihre Leiber und fetzten die Kleider auf, um zu sehen, ob Geld in ihnen eingenäht war. Die Rucksäcke wurden wieder kontrolliert, der Inhalt wieder aufgehoben und hingeworfen, und nach und nach wurden die Methylos immer wütender, in dem Maße, in dem ihre Enttäuschung sich vertiefte. Es war kein Geld da.

»Gebt es her«, schrien sie, und die den Borribles am nächsten standen, schlugen sie, so fest sie nur konnten, auf die Köpfe. »Gebt es her, ihr Rotzgören, oder wir ziehn euch die Haut ab und fressen euch lebendig.«

Das schiere Gewicht der Überzahl trennte die Borribles voneinander; einer nach dem anderen wurden sie zu Boden gedrückt, und die Methylos fielen auf sie und stießen und kratzten und fauchten und bissen, und wenn auch jeder und jede der Abenteurer kämpfte, so gut es ging, machte es am Ende keinen Unterschied. Es schien, als sollten sie hier alle ihr Ende finden, zerrissen in dem düsteren Brückengewölbe hinter dem King's Cross-Bahnhof. Die Methylos waren nun völlig außer Kontrolle. MacMungall war betrunken und war wie die Borribles zu Boden gestoßen worden, wo er nun unter ein, zwei Tonnen besinnungslosem Fleisch begraben lag.

Plötzlich ertönte ein schrilles Schreien, das sich über den Tumult der Methylos erhob und selbst den Lärm der Züge durchdrang. Die klammernden Hände fielen ab, und der widerliche Geruch wich zurück. Die Borribles rappelten sich auf die Füße, schlossen sich zusammen und wischten sich mit den Handrücken das Blut aus den Augen.

Wieder ertönte der Schrei; es waren Worte. »Hört auf damit!«, schrie eine Stimme. »Hört auf!« Die Methylos zogen sich weiter zurück, die Leidenschaft wich ebenso rasch aus ihren Gesichtern, wie sie dort aufgestiegen war. Hastig stolperten sie fort – die einen hockten sich gegen eine Wand, die anderen warfen sich platt auf den Boden, und alle überließen sich dem Schlaf und ihrer gewohnten Verzweiflung.

Mitten im Meer der Leiber stand eine Frau, wie die anderen eine Methyltrinkerin, aber größer und kühner, wenn auch genauso dreckig und wild. Sie trug seltsam altmodischen Prunk – Beute aus einem Koffer, der in einem der Bahnhöfe nebenan gestohlen oder gefunden worden war. Es war ein langes Kleid, das sie trug, Taft mit rosa-silbernen Stufen, ein Kleid, das einst der Sonntagsstaat einer Bronzemedaillengewinnerin bei einem Tanzturnier gewesen sein mochte. Jetzt war es fleckig und zerrissen, das Dekolleté zerfetzt. Unter dem struppigen Rock sahen Khaki-Hosen hervor, und an den Füßen trug die Frau ein Paar abgewetzter einstiger Stöckelschuhe, deren Absätze abgebrochen waren. Die Schuhe waren blau.

Um die Schultern hatte sie zwei, drei schwarz-wollene gestrickte Tücher geworfen, die sie mit breiten, starken Händen festhielt. Das Gesicht war flach und gemein, aber nicht schwächlich – die Nase ein Knopf mit offenen Nüstern, die Backen dick, der Mund ein tiefer Schlitz über dem runden Kinn. Das strohfarbene Haar wies schwarze und graue Strähnen auf und stand ihr wie ein gestärkter Nimbus vom Schädel ab. Sie sah aus wie eine Hexe, die sich in ein Schwein hatte verwandeln wollen und dann auf halbem Weg gezögert hatte. Es war für die Borribles sofort deutlich, dass alle in der Höhle diese Frau fürchteten.

»Bringt die Kinder hier rüber«, sagte sie mit einem befehlenden Kopfrucken. »Ihr Idioten. Vielleicht ist auf die eine Belohnung ausgesetzt, eine große Belohnung, und euch fällt nichts Besseres ein, als sie umzubringen. Bringt sie hierher.«

Sobald er konnte, wuchtete sich Hughie MacMungall auf die Füße, setzte sich seine Melone auf den Kopf und schob die Borribles durch das Gewölbe, eifrig bedacht, den Ruhm für den Fang solch bedeutender Gefangener einzuheimsen. »Möchte wetten, dass die Eltern ein Vermögen zahlen, damit sie die wiederkriegen, was, Madge?«, meinte er und spähte schlau unter seinen Augenbrauen hervor, wie eine Wasserratte unter dem Ufergras, um sicherzugehen, dass er auch das Richtige gesagt hatte.

Die Borribles sahen nun, dass bei der Tür, durch welche MacMungall vorher erschienen war, ein wackliger Tisch mit ein paar plastikbezogenen Lehnsesseln stand. Madge lehnte den Hintern gegen die Tischkante und fuhr sich mit der Hand durch das steife Haar. Sie sah die Borribles einen nach dem andern prüfend an, und währenddessen nahm sie MacMungall die Flasche weg und goss sich einen Teil des Inhalts in ihren geschlitzten Mund.

Drillich machte einen Schritt in ihre Richtung, er zitterte vor Angst und Wut.

»Ihr könnt mich hier nicht festhalten«, schrie er. »Es gibt ein Gesetz gegen Entführung, ich ruf die Polizei. Ich warne euch, ich bin ein …«

Madges Kopf stieß auf ihrem langen gekrümmten Hals vor wie eine Schlange auf ihr Opfer. »Du bist hier überhaupt nichts, mein Sohn«, sagte sie, »aber ich bin Leben und Tod. Wenn ich nicht grad aufgewacht wäre, hätten euch die Tiere in Stücke gerissen und dann verspeist. Die sind gelegentlich schon mal so besoffen, dass sie den Unterschied zwischen Fisch mit Pommes und Menschenfleisch nicht mehr draufhaben. Harte Zeiten, Junge, und Kannibalen sind hinterm King's Cross-Bahnhof nicht mehr unbekannt, kann ich dir sagen … also jetzt, was macht ihr hier? Die Wahrheit, oder ich klopf sie aus dir raus.«

»Wir sind von einem Heim weggelaufen«, sagte Bingo, der schon immer gut gelogen hatte, wenn es um Erwachsene ging, »ein Kinderheim.«

»Seid ein verdammt großer Haufen für ein einziges Heim«, sagte Madge misstrauisch.

»Es war eine große Anstalt«, sagte Bingo schmeichelnd-wimmernd, »wir wollten zusammen fortlaufen, deshalb haben wir auch kein Geld, wir hatten nie welches, wir würden es Ihnen sonst geben, ehrlich.«

»Ehrlich!«, rief Madge und spuckte den Borribles vor die Füße. »Ehrlich ist bloß ein Gerücht.«

»Schmeißt sie raus«, rief eine Stimme aus der Düsternis, »kann ja kein Mensch schlafen.« Eine Flasche klirrte gegen eine Mauer.

»Schnauze!«, röhrte MacMungall hin- und herschwankend. »Oder du kriegst meine Faust zu spüren, Freundchen. Ich bin hier der Chef.«

»Du bist wo der was?« Madge wandte sich langsam von den Borribles ab, stemmte die Hände in die Hüften und blickte ihren Partner drohend an. »Du könntest dich ohne Gebrauchsanweisung nicht mal am Arsch kratzen. Wer hat den Platz hier gefunden, hm? Das sag mir mal, Schottenröckchen. Wer schmiert die Bullen, dass sie hübsch weggucken? Hm? Das sag mir mal!« MacMungall wich den Augen der Frau aus und ließ sich in einen Sessel fallen. »Ach komm, Madge«, sagte er, »sei friedlich.«

Als nun MacMungall und Madge sich zu streiten begannen, verloren die Methylos, die bei den Borribles gestanden hatten, jegliches Interesse an ihren Gefangenen und schlurften davon, um sich zu ihren Kumpeln auf den Boden zu legen. Die Abenteurer hatten nun Gelegenheit, sich etwas umzuschauen.

Poch konzentrierte sich auf die großen Türflügel, die den Ausgang versperrten. Eine schwere Eisenstange verschloss sie fest. Das war nicht alles: Zwischen dem Ausgang und dem Punkt, wo sie nun standen, lag eine Reihe von Methylos nach der anderen. Wenn die Borribles auszubrechen versuchten, würden sie an Arm oder Fuß festgehalten werden, ehe sie drei Schritte getan hätten. Zunächst war es am besten, nichts zu unternehmen, vielleicht konnte man Madge überreden, sie freizulassen.

»Könnten wir nicht heimgehen, bitte, Missis«, sagte Bingo. »Wir wollten nicht hier rein, aber die Polizei war hinter uns her. Haben Sie nicht die Sirenen gehört? Wir wollten ja nichts Schlimmes.«

»Das Beste, was wir machen können«, sagte MacMungall, »ist, sie loszuwerden. Wenn die Bullen sie suchen, verfolgen sie vielleicht die Spur hierher. Wir können keine Schwierigkeiten brauchen. Allerdings, der kleine Paki da, der wär ein süßer Braten.«

»Ich bin ein Bangladeshi«, sagte Zwielicht.

MacMungall warf den Kopf zurück und zeigte lachend wieder seinen roten Mund. »Macht nichts!«, sagte er. »Ich habe da keine Vorurteile, mir ist es gleich, wen ich verzehre, Freundchen.«

»Du Blödmann«, sagte Madge und wischte sich schniefend mit dem Handrücken die Nase. Sie deutete auf die Rucksäcke und die Schleudern, die auf dem Boden verstreut lagen. »Was ist denn das, hm? Das sind Schleudern, mein Lieber, und Schleudern, das heißt nur eins ... das heißt Borribles, und Borribles heißt klauen. Schau unter die Mützen, schau dir ihre Ohren an, du Idiot. Wir haben's geschafft, wir können uns zur Ruhe setzen, wir haben zwölf Stück von den kleinen Strolchen, zwölf.«

MacMungall stemmte sich aus dem Stuhl und ergriff den nächsten Gefangenen – es war Torricanyon –, riss ihm die Mütze vom Kopf und befingerte die Ohren. »Aha!«, krähte er triumphierend und warf Torricanyons Mütze in die Luft. »Du bist ein Genie, Madge. Du hast recht! Borribles! Ein glattes Dutzend Borribles ... die können den Rest ihres Lebens für uns klauen gehn. Hurra! Gnade des Herrn. Tapferes Schottland!«

Ein Rinnsal Speichel sickerte aus MacMungalls Mund, als seine Geschmacksnerven zu arbeiten begannen. Er starrte vor sich hin und träumte von der Zukunft, spürte mehr Alkohol seinen Schlund hinunterspülen, als er es sich je vorgestellt hatte, fühlte, wie er seinen Bauch wärmte. Er hatte noch nie mit Bewusstsein einen Borrible gesehen, aber er kannte die Geschichten: Borribles waren die Meisterdiebe, die besten Einbrecher der Welt. Wenn man einen Borrible zwingen konnte, für einen zu stehlen, dann hatte man's in der Tat geschafft.

»O nein«, sagte Scooter, die Stimme bebend vor Angst. »Das hätt ich nicht gedacht, ich habe Angst, ich habe wirklich Angst.« Er schob sich näher an Chaline.

Chaline hatte selber Angst, aber sie legte den Arm um Scooters Schultern und sagte: »Keine Sorge, das sind keine richtigen Borribleräuber, nur Amateure.«

»Amateure, was?«, sagte Drillich. »Na, die alte Kuh macht das gar nicht schlecht für 'nen Amateur.«

Madge duckte sich ein wenig, die Muskeln spannend, und mit immenser Kraft ergriff sie Drillichs Haar und zerrte ihn rücklings über den Tisch; wie durch Zauberei erschien ein Messer an seiner Kehle. »Seid jetzt alle schön still«, knurrte sie, »oder sein Blut kleckert den ganzen Boden voll.«

MacMungall lehnte sich her und schaute prüfend in Drillichs Gesicht. »Was für ein verschlagenes kleines Teufelchen«, sagte er, »sieht er nicht schlau aus?«

»Ja«, sagte Madge und presste das Messer fester gegen Drillichs Nacken. »So sind sie alle. Kannst keinem Borrible trauen. Die bewegen sich rasch, rennen schnell und sind schlüpfrig wie die Aale. Schau nur, wie sie dich ansehen, Hughie, mein Lieber – Augen ganz ruhig, beobachten alles, merken sich alles, warten auf ihre Chance. Sind schon hunderte von Jahren alt, manche von denen, heißt es. Die wissen Bescheid, weise wie die Nacht, zäh wie alte Stiefel und gerissen wie der Herr Pfarrer.«

Stonkus hob seinen Arm und zeigte auf Drillich.

»Wenn ihr dem was tut«, sagte er, »wenn ihr diesem Borrible was tut, dann warne ich euch, dass wir euch dasselbe tun. Wir haben Schlimmeres als das hier gesehen und haben's überlebt. Gebt acht, oder es wird ein Signal durch die Stadt gehen.«

Madge schüttelte ihr Haar und kauerte sich ein wenig tiefer, aber sie hob das Messer nicht von Drillichs Hals. »Du dreikäsehoher kleiner Arsch«, sagte sie, »mir machst du keine Angst. Siehst du, wie viel von uns hier im Raum sind? Mehr als ihr schafft. Macht nur schön, was man euch sagt, und ihr überlebt's vielleicht. Macht mir Schwierigkeiten, und ihr sterbt auf sehr unangenehme Art und Weise.«

»Borribles!«, sagte MacMungall. »Warum verpfeifen wir sie nicht, ist sicher eine Belohnung ausgesetzt.«

Madge lachte. »Du strengst dich dein ganzes Leben lang an, bloß nie was zu denken, wie? Und es gelingt dir immer wieder. Vielleicht liefern wir sie ab, wenn wir fertig sind, aber nicht vorher. Wir müssen sie erst mal schön arbeiten lassen.«

»Arbeiten?«

»Na klar. Von jetzt an müssen wir nicht jeden Tag raus, in den Mülltonnen wühlen, in den Bahnhöfen rumlungern, betteln, schauen, wo wir was klauen können, was sich irgendwo finden lässt. Von jetzt an machen das diese kleinen Hüpfer hier für uns.«

Madge zog Drillich auf die Füße, aber sie ließ das Messer an seiner

Kehle. »Hol mal ein Stück Schnur, Hughie, binde dem da die Arme auf den Rücken, und dann kommt er drunten in den Käfig.«

»Das könnt ihr nicht tun«, schrie Scooter und warf sich auf MacMungall, so hart er konnte auf ihn einschlagend. »Das könnt ihr nicht machen, lasst ihn, er ist ja nicht mal …«

MacMungall war durch diesen Angriff überrascht, aber nur ein, zwei Sekunden lang. Er hob die große Faust und hieb sie Scooter ins Gesicht. Er schlug noch einmal zu, und Scooter fiel bewusstlos zu Boden.

»Ich hab euch gewarnt«, brüllte MacMungall. Er stand breitbeinig und geduckt da wie ein Preisboxer und sah die Borribles an. »Ich schlage geschwinde zu, Freundchen. Das Blut uralter Clans fließt in meinen Adern, Tod den Campbells!«

Als Drillich die Hände auf den Rücken gefesselt worden waren, befahl Madge einem halben Dutzend der kräftigsten Methylos, ihn und Scooter fortzuschleppen. »Steckt sie in den Käfig«, sagte sie, »ich mach's euch dann gut, bald gibt's für alle was zu schlucken.«

»Was soll das, Madge?«, fragte MacMungall. »Wieso das mit dem Käfig?«

Madge lachte. »Warum wohl, Hughie, mein Lieber? Als Geiseln, damit die anderen machen, was man ihnen sagt, damit sie fleißig für uns stehlen.«

»Aber die werden sofort wegrennen, bei der ersten Gelegenheit.«

»Ha!«, rief Madge. »Ich kenn mich aus mit Borribles. Die sind nicht wie wir. Die dürfen ihre Kumpel nicht im Stich lassen, denn sie wissen genau, wenn sie das tun, dann reich ich die an die Bullen weiter und die stutzen ihnen die Ohren, und das ist für sie dann das Ende.«

»Das Ende?«

»Aber immer. Sie würden erwachsen werden, wie wir, und kein Kind bei Verstand wird das wollen, was? Erwachsen werden wie wir.«

MacMungall lächelte. »Nee, wohl kaum. Was sollen wir dann mit den anderen machen?«

Madge warf sich das Ende eines ihrer Tücher um die Schultern und ließ ihr Messer verschwinden. »Schicken wir raus auf die Straße«, sagte sie. »Jetzt beginnt das wahre Leben, Hughie, mein Lieber. Wenn sie nicht mit Brieftaschen und Handtaschen und Koffern und Schnaps hier wieder anrücken, ja dann wären wir wohl gezwungen, ihre Freunde an die Polizei weiterzugeben.«

Und Madge lachte, und als sie sich selbst zu ihrer Schläue beglückwünschte, kam das halbe Dutzend Methylos zurück, die Drillich und Scooter in ihr Gefängnis gebracht hatten, und reichte ihr einen großen Schlüssel an einer Kette. »Aha! Gut!«, rief sie und riss ihn an sich. »Jetzt auf mit der Tür, ich schmeiß sie raus. Sie wissen, was sie zu tun haben.«

Die große Eisenstange wurde aus ihren Halterungen gehoben und einer der hölzernen Türflügel halb aufgedrückt. »Los, los«, sagte Madge, und sie und MacMungall fingen an, die Borribles aus der Höhle hinauszustoßen und -zutreten. »Bringt nur schön das Zeug hierher, Kinderchen, sobald ihr's geklaut habt, und lasst das Auge des Gesetzes nichts sehen. Denkt dran, wenn sie uns finden, liefern wir euch aus. Auf geht's!« Und mit einem letzten Tritt stieß Madge die Abenteurer auf den Gehsteig hinaus und schloss die Tür hinter ihnen.

Die Borribles blinzelten. Es war heller Tag draußen; dichter Verkehr rollte in ununterbrochenem Strom vorbei.

»Als uns so was das letzte Mal passiert ist«, sagte Poch, nach Steinchen auf dem Pflaster tretend, »war es Tautröpfchen, der Borribleräuber, und den mussten wir töten, um freizukommen.«

»Ich würde es wieder tun«, sagte Napoleon, »wenn es sein muss.«

»Ich würde es tun, um Sam zu retten«, sagte Sydney, »und wir müssen es vielleicht tun, wenn wir rechtzeitig weiterkommen wollen. Es heißt Madges Leben gegen das von Sam, wenn sie uns zu lang hier aufhält.«

»Was soll uns denn überhaupt hier noch halten?«, sagte Napoleon. »Drillich und Scooter bedeuten mir gar nichts. Ich hab immer gedacht, dass mit denen was nicht in Ordnung ist. Hier sind wir nun an der frischen Luft, auf halbem Weg nach Camden Town. Lasst uns gehen.«

»Es geht nicht, Nap«, sagte Chaline. »Es geht einfach nicht. Wir müssen einen Weg finden, sie zu befreien.«

»Was machen wir also?«, fragte Torricanyon. »Wir müssen uns nämlich was einfallen lassen.«

Orococco zuckte die Achseln. »Was können wir tun?«, sagte er. »Zunächst mal können wir bloß machen, was die sagen: in den Bahnhöfen klauen. Und in der Zwischenzeit müssen wir uns einen Plan ausdenken, einen wirklich astreinen Plan.«

»Ja«, sagte Poch, »du hast recht, Coco, aber ich sag's euch, dieser Plan muss wirklich was Besonderes sein, denn wir kriegen bei diesen Methylos nur eine Chance, eine einzige, und wenn wir die versauen, machen die mit unsern Knochen ihre Bierdosen auf.«

7

Die Tage ihrer Gefangenschaft am King's Cross-Bahnhof waren sehr seltsam. Nicht, dass die Borribles besonders Angst vor den Methylos gehabt hätten, das nicht. Es wäre ihnen ein Leichtes gewesen, jederzeit davonzulaufen und Drillich und Scooter einfach ihrem Schicksal zu überlassen. Aber sie konnten es nicht, sie wussten, es wäre unrecht, und wenn es auch als Möglichkeit diskutiert wurde, zogen sie es nie ernsthaft in Betracht. Kein Borrible lässt den anderen hängen.

Die Stehlarbeit war schlicht und einfach und gar nicht gefährlich. Es gab drei Bahnhöfe, unter denen man wählen konnte: King's Cross, St. Pancras und Euston, und jeder war vom frühen Morgen bis spät in die Nacht voll Menschengewühl. Taschendiebstähle waren simpel, und überall standen unbewachte Koffer herum, die einen endlosen Vorrat an Gegenständen enthielten, welche die Methylos verkaufen oder gegen Alkohol eintauschen konnten. Lebensmittel brauchte man sich buchstäblich nur zu nehmen, und während dieser Zeit ernährten sich die Borribles gut und nahmen zu.

Um ihren Job abzusichern, statteten sie sich selbst so weit wie möglich als Fahrgäste aus, mit eigenen Koffern, die sauber ausgefüllte Adressschildchen trugen. Wenn jemand vom Bahnpersonal Fragen stellte, antworteten sie stets, dass sie auf ihre Eltern warteten, mit welchen sie dann den und den Zug nach Soundso nehmen würden. Diese Strategie funktionierte sehr erfolgreich.

Trotz all dieser Vorteile waren sie natürlich zutiefst unglücklich. So wollten sie nicht leben. Sie stahlen für Fremde und stahlen um Geld. Schlimmer noch – sie wurden von ihrer Aufgabe abgehalten, Sam zu befreien, und mit jedem Tag, der verging, wuchs ihre Besorgnis. Snuffkin hatte vielleicht den Anweisungen des SPP nicht gehorcht und Sam trotzdem eigenmächtig abschlachten lassen. Sie mussten sich Klarheit verschaffen.

Müßig waren die Borribles jedoch nicht. Sie entdeckten, dass der Käfig, in dem Drillich und Scooter eingesperrt waren, ein alter Keller ganz hinten im Gewölbe war. Ein kleiner unterirdisch ausgemauerter Raum mit einer Falltür aus Eisengitter, der vor vielen Jahren zur Lagerung von wertvollem Wein benutzt worden war, vollkommen sicher.

Madge hatte den Schlüssel für die Tür kurz nach der Inbesitznahme des Gewölbes entdeckt, und sie gebrauchte den Käfig dazu, die Methylos einzusperren, die sich ihr nicht unterordneten. Er war gerade richtig für die zwei Geiseln gewesen, und der einzige Weg, sie dort herauszuholen, war, Madge den Schlüssel zu stehlen. Das würde nicht einfach sein. Madge hatte irgendwo ein geheimes Versteck für alle ihre Kostbarkeiten, und niemand, nicht einmal MacMungall, schien zu wissen, wo es war. Die Borribles beobachteten sie genau, einen Tag um den andern, aber Madge war zu schlau, um einen Fehler zu machen.

Während der meisten Zeit ihrer Gefangenschaft fühlten die Borribles sich nicht als Gefangene. Man schlug sie nicht, solange sie genügend Diebesgut nach Hause brachten, dass ihre Gastgeber betrunken blieben, und sie konnten mehr oder weniger kommen und gehen, wann sie wollten. Nur abends, wenn die Beute abgeliefert und geprüft worden war, überfiel sie eine große Traurigkeit.

Jede Nacht wurden sie in den kleinen Nebenraum gestoßen, der Madge und MacMungall gehörte, und an Händen und Füßen gefesselt. Selbst das war kein Problem. Gleich am ersten Tag hatten die Borribles neue Messer gestohlen und neue Schleudern gebaut – sie konnten sich befreien, wann immer sie wollten. Das war zweifellos ein gutes Gefühl, aber es war nicht genug. Sie mussten immer noch die Geiseln befreien und nach Camden Town weiterziehen, um das Schlachthaus zu finden. Sie brauchten einen Plan, und ein guter Plan war nicht leicht zu finden. Am Ende mussten sie zu dem Schluss kommen, dass ihre Weiterreise und die Befreiung des Pferdes nur möglich wäre, wenn sie MacMungall und Madge töteten, und nur die zufällige Ankunft der Großherzogin rettete sie vor dem Mord.

Eines Abends, als MacMungall und Madge die Tagesbeute inspizierten und die Borribles sich vor der Öffnung zum Nebenraum ausruhten und aßen, gab es einen Tumult am Holztor des Eingangs. Die gewohnten Laute der Höhle, Schnarchen, Husten, Räuspern, Spucken – alles wurde plötzlich still, und eine Welle der Bewegung lief über die Körper am Boden, als die meisten der Methylos den Kopf hoben.

MacMungall klappte den Deckel eines Koffers zu und schob rasch eine Brieftasche in seinen Gürtel. »Was ist?«, fragte er und schaute sich mit wildem Blick um. »Sind das die Polizisten? Wir dürfen uns nicht mit dieser Kollektion hier ertappen lassen. Das waren die Kinder, denen gehört das. Ich hab für dieses Land gekämpft, und zwar in einem Hochlandregiment!« Er warf den Koffer zu den Borribles hinüber.

»Schwachkopf«, sagte Madge. »Mach doch mal einer die Tür auf, ehe jeder Plattfuß in London den Lärm hört! Das ist die Großherzogin, verdammte Schlampe.«

»Die Großherzogin«, sagte MacMungall. Er holte sich den Koffer wieder. »Kommt natürlich gleich hier angeschissen, wenn wir was Hübsches organisiert haben. Wer hat's ihr wohl gesagt?«

Madge lachte höhnisch. »Wer kann schon wissen«, sagte sie, »wo sie als Nächstes auftauchen wird? Aber wenigstens bleibt sie nie lang an einem Ort.«

Neugierig gemacht durch dieses Gespräch kamen die Borribles aus den Schatten hervor und näher ins Licht, sodass sie die Ankunft dieser neuen Person sehen konnten.

»Die Großherzogin«, sagte Bingo. »Was um alles in der Welt soll das bedeuten?«

Seine Gefährten schüttelten verwundert die Köpfe, doch bald sollte es ihnen klarwerden. Einer der Methylos in der Nähe der Tür kroch auf die Beine und gehorchte Madges Befehl, indem er die Holztür öffnete, und aus der Regennacht, einen verbeulten alten Kinderwagen auf quietschenden Rädern vor sich herschiebend, kam eine höchst merkwürdige Gestalt herein.

Zunächst war von der Großherzogin nicht viel zu sehen. Ihr Kopf war in ein großes Stück durchsichtiger Plastikfolie eingewickelt, mit Regentropfen übersät. Ihr Körper, der eckig-untersetzt sein mochte, war durch einen weiten braunen Regenmantel nur als formloser Umriss zu erkennen; der Mantel hing bis auf die schwarzen Gummistiefel hinab. Ein alter Kartoffelsack war mit Sicherheitsnadeln um die Schultern befestigt, die er schützte und wärmte.

Im Kinderwagen, dessen Verdeck schon lange abgerissen war, stapelten sich hoch aufgehäuft ihre Besitztümer – auch sie mit einer Bahn Plastikfolie bedeckt. Die Großherzogin war auf alle Härten des Wanderlebens wohl vorbereitet, und die Höhle war nur einer unter vielen Haltepunkten einer niemals endenden Reise durch ganz London, von Norden nach Süden, von Osten nach Westen und wieder zurück. Es gab in der ganzen Metropole keine Straße, keine Gasse, kein Versteck, das die Großherzogin nicht kannte und nicht als ihr Eigentum betrachtet hätte.

Jedenfalls schob sie sich geradewegs in die Höhle, als wohne sie hier jeden Tag in der Woche, und fuhr mit dem Kinderwagen gegen die auf dem Boden liegenden Körper. Protestierendes Stöhnen erhob sich auf ihrem Weg, doch die Großherzogin beachtete es kaum und schrie nur auf ihre Opfer ein, mit einer Stimme wie eine klanglos-zersprungene Glocke, deren Hall durch das Gewölbe dröhnte und von Wand zu Wand zurückgeworfen wurde.

»Los, ihr Penner«, schrie sie, »macht ein wenig Platz für eine arme alte Lady. Macht ein wenig Platz.«

Sie setzte ihren Weg bis in die Mitte der Höhle fort, und dort angekommen räumte sie sich einen großen Kreis frei, indem sie mit den Füßen nach hinten trat und nach vorn mit ihrem Wagen stieß. Als sie genügend Platz zu haben glaubte, nahm sie den Sack von den Schultern und dann die Plastikfolie vom Kopf. Sie schüttelte von beiden das Wasser ab.

»He, Herzogin, pass doch auf mit dem Regen«, sagte eine Stimme vom Boden.

»Pass du nur auf«, erwiderte die Großherzogin, »lern du lieber ein wenig christliche Nächstenliebe, ehe ich dir das Gesicht eintrete. Und einen Drink brauch ich auch, bei all dieser ungesunden Feuchtigkeit.«

Während dieses Auftritts blieb Madge tief in ihren Sessel gekauert sitzen, doch MacMungall, der sich mutig fühlte, stand auf und schüttelte seine Faust. »Du staubst hier bei uns nichts zu trinken ab!«, brüllte er. »Wir haben genug zu tun, uns selbst durchzubringen, auch ohne dass du noch ankommst und hier rumbettelst.«

Die Großherzogin betrachtete MacMungall mit verzerrtem Grinsen; als sie Madge sah, wurde das Grinsen noch breiter. Die Borribles sahen zum ersten Mal ihr Gesicht.

»Mein lieber Mann«, sagte Orococco, »da kenn ich Gespenster in alten Häusern, die würden aus dem Fenster springen und rasch davonlaufen, wenn sie so was zu sehen kriegen.«

Die Großherzogin hatte eine dünne, eckige Nase wie ein Schraubenzieher, eine misstrauische Nase, die jeden Verrat roch. Ihre Augen saßen eng beieinander wie die eines Frettchens und waren ebenso scharf; einst waren sie blau gewesen, doch die Farbe war verblasst, ausgeblichen von der langen Anstrengung, auf dem Straßenpflaster nach Geld zu suchen und in den Mülltonnen nach Wertsachen. Das dunkelbraune Haar war schmutzig und glänzte vor Fett – hinten zu einem dicken Knoten geschlungen, wurde es mit einem festen Gummiband zusammengehalten. Ihr Kinn war spitz und tat sein Bestes, sich nach oben der Nase entgegenzurecken; die Haut war überall voll Falten und Vertiefungen wie ein Pfirsichstein, und in jeder Falte wuchs haarig schimmliges Grün.

Als Kleider trug sie ein Herrenjackett und einen weiten Rock, der aus einer Doppellage löchriger, grauer Wolldecken gemacht war. Ihre Hände steckten in fingerlosen wollenen Handschuhen, aus denen knorrige Finger mit schwarzen, gequetschten Nägeln ragten. Die Borribles saßen da und starrten sie an. Die Großherzogin zog nun eine Pfeife aus der Tasche und entzündete sie, und erst nachdem sie ein paar Züge Rauch in die Dunkelheit über ihrem Kopf geblasen hatte, gefiel es ihr, MacMungall zu antworten.

»Aber Hughie, alter Sack«, begann sie, »du kannst doch deine Buddel nehmen und sie dir ins Mauseloch schieben, und ich hoffe, das zaubert ein Lächeln auf dein Gesicht, weil es sonst wohl nicht mehr viel gibt für dich im Leben. Na, wenn nicht deine alte Mutti wäre, die da neben dir sitzt, wärst du doch schon längst verhungert, du weißt doch nicht einmal, wie man an die Wand pisst.«

Madge stand wütend auf; als Hughies Mutter bezeichnet zu werden, erfüllte sie mit langsam glimmendem Zorn. »Du alte Kuh!«, sagte sie. »Wir haben das letzte Mal schon genug gehabt von dir, hast uns alles weggesoffen, hast hier rumgetobt, bis die Polente kam. Du bist hier nicht bei der Heilsarmee.«

Die Großherzogin lachte höhnisch und zeigte Madge den aufgestellten Mittelfinger. Dann kramte sie in ihrem Kinderwagen herum und zog eine Flasche Methylalkohol hervor. »Ich hab mehr zum Trinken, als ich brauche«, sagte sie, hob die Flasche an den Mund und gluckte ein paar kräftige Schlucke hinunter. »Ich brauch keine milden Gaben, von dir schon gar nicht«, und mit diesen Worten nahm sie majestätisch auf dem Boden Platz.

Einstweilen schien der Streit vorbei, und die Höhle wurde nach diesem Ausbruch wieder still, doch den Borribles schlug das Herz ein wenig schneller. Sie sahen einander an, und eine Idee formte sich in ihren Blicken. Es bestand zwischen diesen Frauen eine offensichtliche Rivalität, die wohl schon lange Jahre zurückreichte – die, wie es aussah, auf die Verachtung zurückging, welche die Großherzogin für die sesshafte

Madge empfand, und auf die Furcht dieser vor der wanderlustigen Großherzogin. Was auch der Grund für diesen Hass sein mochte, die Borribles dachten sich, dass dieser Neuzugang vielleicht eine Verbündete sein könnte.

Ein Hilfsangebot für die Abenteurer kam viel rascher, als sie es erwartet hätten – schon am folgenden Tag. Die Gefangenen hatten sich alle getroffen, um auf einer Bank im Euston-Bahnhof verborgen hinter einem Stapel Transportkisten ihre Mittagsmahlzeit zu verzehren. Sie saßen mürrisch da, ohne zu lächeln. Wie stets beschäftigte sie die Frage, wie sie entkommen und die beiden Geiseln befreien konnten, die immer noch im Weinkeller hinten im Gewölbe eingeschlossen waren.

»Also, ich kann nur sagen«, meinte Napoleon und biss in ein gestohlenes Käsesandwich, »wenn wir in ein paar Tagen immer noch keine Lösung haben, dann zieh ich hier mit Madge und Hughie die Operation Tautröpfchen durch … die anderen Methylos machen mir keine Sorgen … denen schwimmt das Hirn in Sprit.«

»Weiß nicht«, sagte Vulgo. »Mir sind sie unheimlich.«

»Aufpassen«, sagte Zwielicht, der als Posten ein Auge offenhielt, »hier kommt wer, den wir kennen.«

In der Tat näherte sich – angekündigt vom Quietschen der Kinderwagenräder – die Großherzogin, wieder in Plastik und Sackleinen gehüllt, geräuschvoll in ihren alten Gummistiefeln einherschlurfend, die Augen starr zu Boden gerichtet, auf der Suche nach verlorenen Münzen.

Langsam kam sie auf die Borribles zu, und sie sahen sie wie hypnotisiert näher kommen. Endlich hielt die Großherzogin vor ihnen und hob die Augen. Sie sagte nichts. In der Ferne pfiffen Züge, und Fahrgäste trappelten eilig vorbei; eine Durchsage drang krachend und knisternd aus dem Lautsprecher. Endlich begann die Frau zu sprechen. »Rutscht mal«, sagte sie mit ihrer metallischen Stimme. »Will mich setzen. Ich hab euch was zu sagen, ja, jawohl, was zu sagen.«

Immer noch schweigend drängten sich die Borribles enger zusammen, dass die Großherzogin Platz zum Sitzen fand. Sie behielt den Kinderwagen in Reichweite, griff dann auch hinein und zog ihre Flasche heraus. Zwischen den einzelnen Sätzen nahm sie immer mal wieder einen Schluck.

»Ich hab heut rausgekriegt, was mit euch armen, ausgenutzten kleinen Kindern los ist«, sagte sie, »jawohl, bloß, ihr seid keine armen, kleinen ausgenutzten Kinder, nicht wahr? Ihr seid Borribles, gebt's nur zu, arschklar.«

»Na und?«, fragte Napoleon. »Willst du's der Polizei stecken?«

»Der Polizei!«, lachte die Großherzogin verächtlich. »Ich würde einem Bullen nicht ins Ohr pinkeln, wenn sein Helm in Flammen steht. Nee, ich will wissen, wie das kommt, dass ihr's so gut mit diesem Dreckbesen könnt, dieser Madge, und dem alten Ohrfeigengesicht, mit dem sie immer zusammensteckt, ihrem Freier. Ich weiß nicht viel von den Borribles, aber was ich so höre, dachte ich eigentlich, ihr wollt mit so Figuren nichts zu tun haben.«

»Wir haben auch nichts mit denen«, sagte Poch. »Wir sind neulich da reingerannt, weil die Streife schon um die Ecke kam. Madge hat uns geschnappt.«

»Verstehe«, sagte die Großherzogin. Sie spuckte mit großer Präzision zwischen Bingos Füße. »Na, warum haut ihr nicht einfach ab?«

»Aus dem einfachen Grund«, sagte Stonkus, »weil sie zwei von unseren Kumpeln hinten eingesperrt haben und wir ohne die nicht weiterkönnen.«

Die Großherzogin nickte. »Hmmm«, sagte sie, »ihr habt da noch nicht sehr viel rausgelassen, was? Steckt doch mehr dahinter ... ich bin ja eine alte Stadtstreicherin, von mir aus, aber dumm bin ich nicht. Was macht ihr denn hier unterwegs ... ist doch nicht euer Revier, seh ich doch. Keiner kennt sich in London aus wie ich.«

Sydney sah Chaline an und dann Poch. Poch nickte, und Sydney erzählte die Geschichte von Sam dem Pferd – die Reise zum Rumbelreich, die Flucht, Inspektor Snuffkin und Ben der Penner. Die ganze Saga.

Die Großherzogin zündete sich ihre Pfeife an, während sie zuhörte, und lauschte nachdenklich. Es war eine lange Geschichte, aber am Ende blies sie einen Rauchring und sagte: »Wahnsinn ... ist doch erstaunlich, was hinter deinem Rücken so alles vor sich geht. So was! Habt ihr ja ganz schön auf den Putz gehauen. Der Ben! Mit dem zusammen habe ich mir schon oft einen eingepfiffen, nächtelang, drunten in Feather's Wharf. Der hat nicht schlecht ausgesehen, als er jünger war. Und ich auch nicht. Bin oft Modell gestanden, eh ich auf die Walz bin. Hochgewachsen, gertenschlank und Augen groß wie Untertassen.«

Die Großherzogin klopfte den erloschenen Tabak aus ihrer Pfeife und zog die Lippen zusammen. Sie richtete sich kerzengerade auf und nahm eine würdevolle Haltung ein: Eine Entscheidung war gefallen.

»Im Grunde einfach«, sagte sie. »Heute Nachmittag, heute Abend, klaut ihnen überhaupt nichts anders als Alkohol … nichts zu essen. Das stärkste Zeug, das ihr finden könnt, wohlgemerkt, Whisky, Gin, Wodka. Wodka mögen sie, schmeißen ihn so rasch in sich rein, dass die Mundhöhle gar nicht feucht wird davon. Das wird sie alle in die Heia werfen, dann könnt ihr eure Freunde holen und euch absetzen.«

»Wir haben schon dran gedacht«, sagte Poch, »schon ewig lang, aber selbst wenn wir sie alle betrunken machen, ist da noch Madge, sie fällt vielleicht nicht darauf rein, und sie hat den Schlüssel, musst du bedenken – und wir wissen nicht, wo sie ihn versteckt. Nützt nichts, wenn wir nicht den Schlüssel finden.«

Die Großherzogin steckte die Pfeife weg, und ihre Nase krümmte sich begeistert, als drehe sie an einer unsichtbaren Schraube. »Besorgt genügend Stoff«, sagte sie, »und die Methylos pennen zwei oder drei Tage. Gehört zu ihrem Lebensstil. Und was Madge betrifft, die überlasst ihr mal mir. Mit der hab ich noch ein ganz altes Hühnchen zu rupfen.« Die Großherzogin starrte verträumt zum Dach der Bahnhofshalle hinauf und verfiel, vor sich hinredend, in eine Art Tagtraum. »Würd ihr am liebsten das Kreuz brechen, der Rotztulpe. Der schuld ich noch was. Hat mich mal sechs Monate lang einfahren lassen, hat mir die Bullen auf den Hals gebracht, so war's doch. Als ob ich das je vergessen hätte. Die überlasst nur mir. Und diese armen kleinen Schweine in dem Käfig. Alles voller Wasser da drunten. Die sterben ja an der Fäule, wenn sie da noch lange bleiben. Muss man erst mal durch die Mangel drehen, damit sie trocknen.«

Plötzlich brach die Großherzogin ab und kam zu sich. »Na!«, sagte sie. »Kümmert euch da nicht drum, aber ich meine, was ich sage; der schenk ich nichts.« Sie rückte sich in ihren Kleidern zurecht und schlug flappend die Falten aus der dicken Rock-Decke. »Jetzt muss ich weiter.«

Napoleon stand auf und schaute ihr ganz nahe ins Gesicht, ohne Scheu. »Könntest du mit deinem Kinderwagen zwischen den Bahnhöfen rumstehen?«

»Weshalb zum Teufel?«, sagte die Großherzogin. »Was soll das?«

»Na«, sagte Napoleon, »bloß, dass wir dort ein paar von unseren Flaschen deponieren können. Spart uns viel Zeit, und wir können mehr Alkohol in kürzerer Zeit abschleppen.«

Die alte Dame grinste, und ihr Kinn hob sich der Nase entgegen. »Mein Junge«, sagte sie, »du erinnerst mich an mich.«

Die Borribles gingen voll Eifer ans Werk. Endlich gab es einen Plan. Nicht einen detailliert ausgearbeiteten Plan für alle Fälle, aber zumindest taten sie etwas, und sie hatten eine Verbündete im feindlichen Lager.

Sie stahlen an diesem Tag eine riesige Menge scharfe Sachen, in endloser Abwechslung. Alles, was sich in Kiosken, Weinhandlungen und Supermärkten finden ließ, nahmen sie mit: Whisky aus Schottland und Irland, Wodka aus Russland und Polen, Stierblut aus Ungarn, Weißwein aus Deutschland, roten aus Bordeaux, Advocaat aus Holland und amerikanischen Bourbon und Slivovitz aus Jugoslawien. In wenigen Stunden hatten die Borribles genug Alkohol eingesammelt, um ein Schlachtschiff zum Sinken zu bringen und obendrein die Mannschaft zu ersäufen.

Eine große Zahl dieser Flaschen wurde in den Kinderwagen der Großherzogin geschmuggelt und sollte am Abend von ihr zurücktransportiert werden. Sie wollte auch noch was in Reserve haben, sagte sie, um es zum richtigen Zeitpunkt zu verteilen. Eine gewisse Menge wurde bereits im Laufe des Tages, sobald die Flaschen gestohlen waren, von den Borribles in die Höhle zurückgeschleust, damit sich die Methylos schon tagsüber kräftig einnebelten, doch der Hauptteil wurde auf einem Stück Ödland versteckt und bewacht, bis die Borribles mit ihren Vorräten zufrieden waren und glaubten, nun sei es genug für ihren Zweck.

An diesem Abend nach Ladenschluss zogen die Borribles schwer beladen in die Höhle zurück; die meisten mussten mehrere Male schleppen, ehe die ganze Beute abgeliefert war. Als sie mit dem Rest ihrer Last das Gewölbe betraten, stieg die Spannung: Schon war viel starker Alkohol geflossen, und die Methylos wollten nun mehr und immer mehr. Ihr einziger Wunsch war es, zu trinken, bis das Vergessen ihnen die Anstrengung des Lebens nahm – um der schweren Last der langsamen Zeit zu entgehen. Sie stöhnten und streckten die Hände aus, und die Borribles verteilten die Flaschen, so rasch sie konnten, und die Methylos sabberten und schnatterten vor Glück und Gier. Die aufgeplatzten roten Augenlider glänzten feucht. Noch nie hatten diese Bettelarmen so viel Markenalkohol gesehen.

MacMungall und Madge waren so gierig wie die anderen, und natürlich suchten sie sich das Beste der Beute aus, wie sonst auch immer. Der Tisch, der mit den Sesseln vor dem Nebenraum stand, war mit allen möglichen Flaschen und Gefäßen beladen, die sich Schulter an Schulter drängten. MacMungalls aufgedunsenes Gesicht glühte wie ein Warnlicht von der Hitze des Gins und des Whiskys, die er mengte, wie es kam. Die kleinen aufgeplatzten Äderchen seiner fleischigen Nase schienen alle aufs neue aufzubrechen, explodierten wie ein Feuerwerk gegen einen purpurdunklen Himmel. Seine Augen glänzten mit neuem Blut.

Die Ekstase des Nichts rückte heran.

Madge war misstrauisch, aber sie trank. Selbst sie konnte nicht einer leeren Bohnenkonservendose voll Portwein und Drambuie widerstehen, trotzdem schnappte sie Poch am Kragen und schüttelte ihn fest hin und her.

»Das sind ja Fässer voll«, sagte sie, »ganze Fässer. Was soll das Spielchen, hm? Uns betrunken machen? Na, es wird nicht klappen, Sonnenscheinchen. Ihr findet den Schlüssel nie, niemals.« Und Madge kippte nach hinten über ihren Sessel und zeigte ihre Khakihosen unter dem Taftkleid.

MacMungall saß inzwischen in strammer Haltung aufgerichtet da und griff sich eine neue Flasche vom Tisch vor sich. Sein Kopf rollte locker auf den Schultern hin und her, als sei sein Genick gebrochen; er war schon halb betrunken. »Bedenkt«, schrie er, »die Arbeit ist der Fluch der Alkoholklasse«, und er schraubte seine Flasche auf und goss sich auf einen Zug ein Drittel des Inhalts in die Gurgel.

Madge schrie fluchend auf ihn ein, lehnte sich aus ihrem Sessel zu ihm hinüber und hieb ihm mit einer steinharten Faust eins auf den Kopf. »Binde die Kinder, du Schnapsdrossel«, kreischte sie, »fessele sie, hörst du mich? Ich trau ihnen nicht.«

»Ach, Madge«, sagte MacMungall, »das geht schon so.«

Madge beugte sich wieder zu ihm und schlug ihm mit solcher Gewalt die Flasche aus der Hand, dass sie gegen die Wand fuhr und zerklirrte. »Tu, was ich sage«, flüsterte sie mit vor Wut zitternder Stimme, »oder ich schneid dir im Schlaf die Kehle durch, du Spatzenhirn, du.«

Die Borribles, die in Hörweite auf dem Boden saßen, waren durch dieses Gespräch nicht weiter beunruhigt. Sie hörten es – oder ein ganz ähnliches – jeden Abend. Im Augenblick war es für sie viel interessanter, die Resultate ihrer Arbeit zu betrachten, und ihre Münder blieben ihnen nach und nach ungläubig offen stehen.

Überall wälzten sich trunkene Methylos auf dem Boden, schreiend und kreischend vor Glück. Andere, eine ganze Menge, waren noch aufrecht, warfen die Beine hoch und sangen, sich in seltsamen stolpernden Tanzkreisen des Entzückens voranbewegend, die krächzenden Stimmen in einem wilden Preislied auf den Alkohol erhoben:

»Sauf nur, dann spürst du die Macht und hast Geld,
sauf nur, dann bist du bald Heiland und Held,
sauf, bis das Aug aus dem Schädel dir fällt,
    sauf dir, ja sauf dir die Hucke voll,
    beiz dir das Hirn in Alkohol,
bis du vergisst, was du bist auf der Welt.

Sauf nur, vergiss, wie das Leben hinkt,
sauf und vergiss, dass das Weltall stinkt,
sauf und vergiss, wer dort drüben dir winkt:
    Steht der Tod stumm im Eck,
    sauf – du siehst statt dem Dreck
den Arsch der Welt, herrlich als Clown geschminkt.

Sauf, und du kannst dich mit jedem messen,
sauf, und auch du hast das Glück besessen,
hast du auch drei Tage lang nichts mehr gefressen –
    heut kann uns nichts kränken,
    bloß nichts mehr denken!
Dann schmeckt uns noch einmal das große
    Vergessen.«

Es war eine unwirkliche, furchterregende Szene, ein Totentanz im schweflig trüben Licht der einzigen Glühbirne, die selbst schwanken und tanzen musste, wenn die Züge droben vorüberfuhren, einer Glühbirne, die groteske Schatten über die schimmelwuchernden Steinwände der hallenden Höhle ziehen ließ. Es war ein Friedhof, der seine Toten wieder preisgab.

Den Borribles war es nicht verstattet, dieses elende Schauspiel lange zu betrachten. Unter den unaufhörlichen Befehlen Madges schwankte MacMungall endlich aus seinem Sessel, taumelte um ihn herum und fing an, seine Gefangenen mit wuchtigen Tritten auf die Beine zu scheuchen, doch als er sprach, lag ein beinahe bittender Ton in seiner Stimme. Er wollte sichtlich möglichst rasch zu seinem Besäufnis zurück. »Auf geht's, ihr Gören, rein mit euch«, sagte er, »macht keinen Ärger, ihr wisst doch, wie wir aus dem Hochland sind, wenn uns der Zorn erfasst, das Hochlandblut ist explosiv, das müsst ihr doch wissen, wie Nitroglyzerin.«

Die Borribles taten wie befohlen. Sie hatten nicht die Absicht, in dieser Situation irgendetwas zu tun, was den Plan der Großherzogin hätte stören können. Unterwürfig ließen sie sich in den Nebenraum drängen und blieben still, während MacMungall sich hinkniete, um ihnen die Arme und Beine mit den für diesen Zweck herumliegenden Stricken zu fesseln, wenn er auch jammervoll schlechte Arbeit leistete.

»Ach, ihr seid schon in Ordnung, Kinder«, sagte er immer wieder, und sein Atem stank wie ein Abzugskanal, »Salz der Erde, das sind wir Schotten, ungeschliffene Diamanten. In hundert Jahren ist alles gleich, also können wir ruhig noch einen kleinen Drink ziehen, für den Heimweg!« Und damit wankte er wieder auf die Füße und stolperte zu seinem Sessel zurück, wo er mit schwerem Fall landete und sich im Sturz eine neue Flasche vom Tisch griff. »Schottland soll leben!«, schrie er. »So gefällt's mir.«

Sogleich nachdem MacMungall sie verlassen hatte, befreiten sich die Borribles und schlichen zur Türöffnung. Von hier aus konnten sie Madge im Auge behalten und auch die Großherzogin sehen, die mitten in der Höhle neben ihrem Kinderwagen hockte. Nun hieß es nur noch warten.

Weniger Methylos waren jetzt noch auf den Beinen. Die meisten strackten schon auf dem Boden – der Alkohol hatte ihnen die Füße weggezogen. Denen, die noch wach waren, gab die Großherzogin Flaschen aus ihrer eigenen geheimen Reserve. Bald würden sie alle wie überfütterte Schweine schlafen und nur aus ihren Träumen aufschreien, wenn sie versuchten, den Ungeheuern zu entkommen, die sie verfolgten und quälten.

Nach und nach, wie die Stunden verstrichen, wurde die Höhle stumm. Die Züge fuhren nicht länger über die Decke hinweg, als der Fahrplan sich in das Nichts der Morgenstunden vorangearbeitet hatte, und die Stille wurde tief und tiefer. Die Nacht tropfte, eine Sekunde nach der anderen, in die Leere davon, und jetzt, erst jetzt, entschloss sich die Großherzogin zum Angriff. Sie erhob sich, massiv wie ein Gasometer.

MacMungall schnarchte. Die Lider Madges zuckten, und sie hob ihre

Flasche an die Lippen und schimpfte im Halbschlaf. Die Großherzogin zog ihr sackleinenes Tuch fester um ihre Schultern und begann vorsichtig, sich einen Weg durch die Leiber der bewusstlosen Methylos zu suchen, lautlos: Doch Madge spürte, wie sich jemand bewegte, setzte sich ruckartig auf und reckte den Kopf mit dem steifen Haarnimbus weit vor auf ihrem langen Hals.

»Was willst du denn, du alte Schlampe?«, fragte sie, als die Großherzogin bei ihr angekommen war.

Die Großherzogin sah die Flaschen auf dem Tisch an – die meisten leer, manche noch voll.

»Ich will mir nur eine Flasche nehmen«, sagte sie. »Jeder hat heut Nacht eine Flasche gehabt außer mir. Der Gin da, der wird richtig sein. Tröpfchen Gin tut mir gut.«

»Hört euch die an«, sagte Madge höhnisch wie zu der ganzen Versammlung, obwohl außer den Borribles niemand wach war und sie hören konnte. »Schau dich mal im Spiegel an«, fuhr Madge fort. »Dir geb ich gar nichts, höchstens 'nen Schleier. Lass meinen Schnaps in Ruh, verstanden? Wenn ich dich hier beim Stehlen erwische, dann sorg ich dafür, dass du noch mal sechs Monate in Holloway einfährst.«

Das Gesicht der Großherzogin ließ erkennen, wie zornig sie diese Erinnerung an ihre Schande machte. Sie stemmte die Hände in die Hüften und rollte ihren Oberkörper in kreisenden Bewegungen hin und her, und dabei streckte sie ihr krummes Kinn vor, als wollte sie Madge einladen, ihr doch eins zu versetzen. »Das ist auch so ziemlich alles, was du bringst, die Leute verpfeifen und deine Kameraden ins Loch bringen.«

»Meine Kameraden«, erwiderte Madge verächtlich. Sie streckte die Beine mit gekreuzten Knöcheln von sich, tief in den Sessel zurückgelehnt, und trank aus ihrer Flasche. »Du gehörst ja kaum zur menschlichen Rasse. Für 'nen Penny brech ich dir das Kreuz wie eine faule Mohrrübe.«

»Ach ja?«, sagte die Großherzogin, und sie ballte die Fäuste und machte einen Schritt vorwärts. Ihre Stirn legte sich in Falten, als sie sich neue Beleidigungen überlegte – den gespannt zusehenden Borribles war klar, dass sie versuchte, Madge zu einem Kampf zu provozieren. »Pass bloß auf mit deinem großen Maul, du billige Nummer. Dein Freier hilft dir jetzt nichts, du Zweipennynutte, der ist sogar zum Davonlaufen zu besoffen.«

Madge schaute zu MacMungall hinüber. Er lag mit offenem Mund tief in seinem Sessel, die roten Augen schwammig verklebt, die Nase amethystglühend. Sie wandte den Kopf und starrte in die Höhle. Alles, was sie sah, war ein ungleichmäßig geschichteter Teppich von Menschenleibern, die sich nur leicht regten – eng gedrängt, warm, summend-schnarchend, wie dicke Fliegen auf totem Fleisch.

»Ich brauch keine Hilfe«, sagte Madge schließlich. »Nicht bei 'ner Gräte wie dir. Verpiss dich.«

»Das mach ich, das mach ich«, sagte die Großherzogin mit erhobener Stimme. »Vielleicht verpiss ich mich direkt auf die Wache und erzähl den Bullen, was sie hier alles an Diebesgut finden können ... und du wärst die, die sechs Monate im schönen Holloway verbringt. Da musst du dich waschen, Madge. Und nix zu trinken. Das wär meine Rache, dann wär ich entschädigt.«

Nun verlor Madge die Beherrschung. Sie stemmte sich aus dem Sessel, und obwohl sie ein wenig schwankte, ergriff sie eine der leeren Flaschen am Hals und zerschlug sie klirrend an der Tischkante; der Splitterrand war eine tödliche Waffe.

»Du erzählst niemand mehr was«, sagte sie, »du verdammte Hyäne. Ich schneid dir den Hals durch, pass auf.« Madge kam näher und hob die Flasche in ihrer vorgereckten Hand; ihre Augen waren wild, ihr Haar stand wirr um ihr Gesicht.

Die Großherzogin zog sich ein paar Schritte zurück, Madge weiterlockend und sie reizend. »Du versoffene alte Stute, dich machen sie wegen Kindermord fertig, da sorg ich dafür. Wenn die beiden Kleinen in dem Käfig drunten an Lungenentzündung eingehen, dann hab ich den Plattfüßen einiges zu erzählen.«

Madge hielt es nicht mehr aus. Sie kreischte wütend auf, mit der ganzen Kraft ihrer Lungen, und sprang auf ihre Feindin zu, mit aller Gewalt ihres Arms die zerbrochene Flasche nach dem Hals der Großherzogin stoßend. So schnell sie war, die Großherzogin war schneller. Sie glitt auf die andere Seite des Tisches und wich dem Angriff aus, und dann zog sie sich ihr Umschlagtuch, den alten Kartoffelsack, von den Schultern. Als Madge herumfuhr und von neuem zuschlagen wollte, wirbelte die Großherzogin den Sack um ihren Kopf und ließ eine Kante auf Madges Schläfe niedersausen. Madge stolperte; die Flasche entglitt ihrer Hand und zerschellte auf dem Boden. Wieder ließ die Großherzogin den Sack kreisen, zweimal, dreimal über ihrem Kopf, schneller, schneller, dann traf die Ecke Madge klatschend noch einmal an der Schläfe, und es gab einen knackenden Laut, wie wenn eine Kokosnuss platzt. Madge stolperte, fiel mit dem Gesicht nach unten zu Boden und wälzte sich noch einmal herum, und dann starrten ihre Augen blicklos in die Glühbirne. Sie blinzelte ein-, zweimal, Blut troff ihr aus der Nase; der letzte Atemzug dampfte in einem langen, rasselnden Keuchen aus ihrer Lunge. Madge war tot.

Langsam wuchs ein Lächeln über das Gesicht der Großherzogin. Sie schlug den Sack wieder um die Schultern und schritt zu dem Leichnam hin. Sie stieß mit dem Fuß dagegen; dann trat sie hart zu, zweimal. »Du Kuh«, sagte sie leise. »Ich hab's dir versprochen, dass ich dir's eines Tages noch besorge, und das hab ich auch. Niemand schickt die Großherzogin ins Gefängnis und kommt einfach so davon, niemand. Jetzt hast du deine letzte Flasche geleert und deinen letzten Kampf gekämpft. Fahr ab.«

Einer nach dem anderen traten die Borribles aus dem Nebenraum und standen nun neben dem Tisch, mit trockenem Mund auf den Boden starrend. MacMungall schnarchte immer noch; eine leere Flasche rollte aus seiner Hand und klackte auf den Boden, zerbrach aber nicht.

»Sie hat sie getötet«, sagte Zwielicht.

»Natürlich«, sagte Napoleon, »was hast du erwartet, drei faire Runden und einen Punktsieg?« Er kniete sich hin und betrachtete die Verfärbung an Madges Schläfe.

»Wie hast du das gemacht, Herzogin?«, fragte er. »Wie hast du sie mit einem alten Sack getötet?«

Die Großherzogin schniefte knapp-professionell und sagte: »Dieser alte Sack hat an der einen Ecke einen dicken Klumpen Blei eingenäht. Ich hab schon Männer getötet, die waren doppelt so breit wie die da, mein Junge. Ich muss es manchmal.«

Napoleon stand auf und sah die Großherzogin mit ganz neuem Respekt an. Auch zog er seine Schleuder aus der Tasche, nur zur Sicherheit. »Was glaubst du, wo der Schlüssel ist?«

Die Großherzogin betrachtete der Reihe nach alle Borribles. Jeder hatte eine behelfsmäßig gebastelte Schleuder in der Hand. Sie lächelte. »Heiliger Bimbam«, sagte sie, »ich bin stolz auf euch, ihr traut niemand übern Weg, und so soll's auch sein. Aber ich werd euch nicht aufs Kreuz legen. Kommt hier herüber.«

Sie führte sie zu der Ziegelmauer direkt hinter Madges Sessel und dann, nachdem sie ein Messer aus einer Tasche in ihrem Rock gezogen hatte, fing sie an, den Mörtel aus den Fugen zu kratzen. »Ich hab vor Jahren gesehen, wie sie hier was reingeschoben hat«, erklärte sie, »die alte Madge hat gedacht, ich bin betrunken, aber ganz so betrunken bin ich nie.«

Einer der Steine löste sich und dann noch einer. Die Großherzogin hebelte sie mit der Klinge des Messers heraus: Sie fielen zu Boden, und ein schwarzes Loch erschien. Die Frau lachte grellgackernd und schob ihren Arm bis zum Ellenbogen in das Loch, wo sie einige Augenblicke lang umhertastete. Endlich drehte sie sich triumphierend um und hielt einen großen eisernen Schlüssel. »Da haben wir's«, sagte sie, machte aber keine Anstalten, ihn herzugeben.

»Gib her«, sagte Napoleon, »wir wollen weiter.«

»Ja«, sagte die Großherzogin. Sie schielte schlau auf den Wendel hinunter. »Sicherlich, aber erst will ich, dass ihr mir versprecht, dass ihr nichts sonst aus dem Loch hier wollt ... das ist sozusagen der Lohn, dass ich euch den Schlüssel besorgt hab.«

»Natürlich nicht«, sagte Chaline voll Verachtung. »Wir wollen nichts von dem, was Madge gehabt hat, gar nichts.«

Die Großherzogin starrte Chaline tief in die Augen, bis sie zufrieden war, dann warf sie den Schlüssel in Napoleons ausgestreckte Hände. »Haben wir Glück, dass Borribles kein Interesse an Geld haben«, sagte sie, »sonst wär's hier nicht so freundlich abgegangen.«

Napoleon ignorierte sie nun und wandte sich an die Abenteurer. »Ein paar von euch sollten besser den alten Hughie in seinem Sessel festbinden«, sagte er, »nur falls er aufwacht und den Tapfren spielen möchte. Ich und Poch gehen hinter und holen Drillich und Scooter.« Ohne eine Antwort abzuwarten, drehte er sich auf dem Absatz um und machte sich, über die immer noch schlafenden Methylos hinwegsteigend, auf den Weg in den hinteren Bereich der Höhle. Poch folgte ihm, und in der dunkelsten Ecke fanden sie beim Licht der Taschenlampe einen Eisenring, mit dem sich ein Holzdeckel hochheben ließ. Den warfen sie beiseite, und darunter entdeckten sie ein Eisengitter mit einem schweren Schloss in der Mitte. Der Schlüssel passte und ließ sich leicht drehen, und indem sie mit allen Kräften zogen, konnten die beiden Borribles auch diese Tür heben und sie mit hallendem Klingen zur Seite drehen und zu Boden werfen. Die Methylos bewegten sich unruhig im Schlaf, doch sie erwachten nicht.

Poch ging nun voran, grün-schleimige Stufen hinunter, und seine

Taschenlampe schien schwach durch einen wie Dampf aufsteigenden weißlich-dicken Nebel, der nach Schimmelpilzen roch.

Am Fuß der Treppe standen Poch und Napoleon in einer Zelle – es gab zwei Pritschen übereinander und einen Eimer, und das war alles. Schwarzes Wasser sickerte durch die Wände herab und sammelte sich in großen Pfützen auf den unebenen Pflastersteinen. Auf jeder Pritsche lag, in eine zerfetzte Decke gehüllt und vor Kälte zitternd, eine zusammengekauerte, leise wimmernde Gestalt. Drillich und Scooter hoben die Köpfe, als sie das Licht sahen; in ihren entsetzten Augen spiegelte sich der Strahl der Taschenlampe.

»Lass uns, Madge.« Es war Drillichs Stimme, gepresst, dem Brechen nahe. »Wir haben nichts getan.«

»Wir sind es«, sagte Poch, »wir kommen euch rausholen.«

Scooter rollte sich von seiner Pritsche, und seine Füße klatschten auf den Boden. »O Poch, endlich. Ich dachte, ihr würdet am Ende kommen, aber es war so lang, es schien wie Jahre.«

»Es waren sechs Tage«, sagte Napoleon, »schneller ging's nicht.«

Poch ging auf die andere Seite hinüber und half Drillich von der oberen Pritsche. Er war überrascht, wie leicht der Akrobat war – wie ein Sack Reisig, und er zitterte, ohne aufhören zu können.

»Kommt«, sagte Poch, »wir müssen euch nach oben bringen und in trockne Kleider stecken. Wundert mich, dass ihr noch lebt.«

»Mich auch«, sagte Drillich, »mich auch.«

Die beiden Gefangenen wurden aus dem Kerker hinauf halb gestützt, halb getragen und zu den restlichen Abenteurern gebracht, die keine Zeit verlieren wollten und nach ihren Rucksäcken suchten. Drillich und Scooter ließen sich auf den Boden sinken. Man fand warme Kleider für sie und gab ihnen zu essen und zu trinken. Die Großherzogin flößte ihnen ein wenig Kognak ein und fläzte sich dann bequem in Madges Sessel und sah dem sickernden Blut zu, das aus der Nase ihres Opfers schlich, die Wange hinunter und auf den Boden.

»Was ist das?«, rief Drillich und zeigte auf die Leiche.

Die Großherzogin lachte und verschränkte zufrieden die Arme. »Das ist Madge«, sagte sie, »beziehungsweise, sie war's. Ungewohnt still, was? Ich musste ihr eins auf die Omme geben.«

»Das ist Mord«, sagte Drillich.

»Da kannst du was davon halten«, sagte die Großherzogin, »außerdem war es Gerechtigkeit. Es hieß sie oder ihr, Junge. In ein paar Wochen wärt ihr tot gewesen da drunten im Burgverlies. Ihr solltet euch mal sehen.«

Sie hatte recht. Drillich wie Scooter sahen gespenstisch aus mit ihren blassen Gesichtern, eingefallenen Wangen und ihrer Haut, die schon einen Anflug von Schimmel zeigte. Sie zitterten unablässig und waren so schwach, dass sie ohne Hilfe nur kurze Zeit aufrecht stehen konnten. Es war gewiss, dass sie erst nach einer Ruhepause von einigen Tagen größere Strecken würden zurücklegen können.

»Und was ist das?«, fragte Drillich wieder. Er zeigte auf eine große Ledertasche, die bequem auf dem Schoß der Großherzogin ruhte.

Sie lachte wieder und löste ihre verschränkten Arme. »Das ist Madges Sündensold«, sagte sie und zog den Reißverschluss der Tasche auf. »Hier gibt's mehr Geld als in der Bank von England. Sie muss es über Jahre hinweg beiseitegebracht haben. Die Methylos beklaut, Obdachlose vom Bahnhof weggelockt, ihren Kram gestohlen, wenn sie betrunken oder eingeschlafen waren, sie auch umgelegt, nehm ich an.«

»Was machst du jetzt damit?«, fragte Drillich. Er sah über seine Schulter, aber die Abenteurer versuchten immer noch, den Rest ihrer Ausrüstung zusammenzusuchen.

»Was ich damit mache?«, wiederholte die Großherzogin. »Das spar ich mir für meine alten Tage, Herzblatt. Schmuck ist auch dabei, genug, dass ich den Rest meines Lebens üppig abwickeln kann.«

»Hm«, sagte Drillich, »genug um zu teilen, oder?«

Die Großherzogin starrte Drillich an, und ihre Nasenspitze zuckte. »Nein«, sagte sie, »nicht genug.« Sie stand auf und ließ die Tasche unten in ihrem Kinderwagen verschwinden, wo sie sie mit einem Stück alter Decke verhüllte. »Ich pack's jetzt besser«, sagte sie, »hier ist die Hölle los, wenn die anderen aufwachen und merken, dass Madge tot ist und ihr Schatz fort. Da möchte ich in möglichst weiter Entfernung sein, etwa in Australien.«

»Wir auch«, sagte Poch. Er kam zu Drillich und Scooter und warf beiden je einen Regenmantel zu. »Zieht die an«, sagte er, »wir müssen wieder auf die Straße. Draußen ist's dunkel.«

Vulgo hinkte zu Poch heran, und hinter ihm kamen die anderen Abenteurer, alle gerüstet, ihre Reise fortzusetzen.

»Wie siehst du's, Poch? Was können wir tun?«

Poch kratzte sich den Kopf. »Keine große Wahl«, sagte er. »Läuft im Grund aufs selbe raus. Wir sind nicht weit von Snuffkins Schlachthof weg, aber wir können für Sam nichts tun, solange Drillich und Scooter in diesem Zustand sind. Am besten wär's, wenn wir in der Nähe hier ein leeres Haus fänden, und während die beiden sich ausruhen, gehen wir auf Kundschaft und versuchen uns umzutun. Das ist wohl das Beste.«

Die Großherzogin sah von ihrem Kinderwagen auf, in dem sie gerade ihr Hab und Gut reisefertig verstaute. Sie hatte schon ihren Regenmantel an, und die Plastikfolie war um ihren Kopf gebunden. »Ich weiß, wo ihr euch verstecken könnt«, sagte sie. »Nicht weit von hier. Ha, keiner kennt London wie ich. Jeden Winkel.«

»Wo?«, fragte Napoleon.

»Hier raus nach rechts, unter der Eisenbahn durch, kommt ihr zum York Way, kommt eine hohe nackte Wand. Wieder rechts in die Wharfdale Road, hinten am Kanal, dann in die Balfe Street. Da seht ihr einen alten Häuserblock, Riesending, soll abgerissen werden und steht leer, alles zugenagelt. Hab schon oft dort übernachtet, kommt nie ein Bulle hin … haben Schiss. Sind wohl ein paar von eurer Sorte drin – Borribles … sehn komisch aus. Sind aber in Ordnung, haben mich immer zufriedengelassen.«

Napoleon schwang sich den Rucksack auf die Schultern. »Gut, wir haben jetzt allen Proviant und alles Zeug, was sich hier finden lässt«, sagte er. »Wir können gradeso gut gehen.«

Die Abenteurer gingen vorsichtig zur Tür und stiegen leise über die Methylos hinweg, um sie nicht zu wecken. Die große Eisenstange, welche die beiden Türflügel versperrte, ruhte gerade über ihren Köpfen in ihrer Fassung.

»Kein Problem«, sagte Stonkus, »wir stellen uns drunter und schieben auf der einen Seite nach oben, dann geht's auf der anderen Seite nach unten.«

Die Abenteurer folgten seiner Anweisung genau, und mit gemeinsamen Kräften ließ sich die Eisenstange leicht verschieben, und die Türflügel öffneten sich. Wie zu erwarten, weckte der dumpfe Hall des Eisens und das Kreischen der rostigen Türangeln ein paar der Methylos aus ihrem trunkenen Schlaf, aber ihre Augenlider zwinkerten nur einen Moment, und wenn sich der Anblick der fliehenden Borribles ihrem müden Hirn überhaupt mitteilte, so löste er dort keine Reaktion aus. Sie stöhnten, drehten sich auf die andere Seite und schliefen wieder ein. Noch tagelang würden sie betrunken sein.

Einer aber erwachte, und er entdeckte, dass er in seinem eigenen Sessel fest gefesselt war. Hughie MacMungalls Kopf hellte sich nach und nach auf, und er stellte fest, dass vor ihm die Großherzogin stand, die Hände am Griff ihres Kinderwagens und ausgehbereit angezogen. Er leckte sich die Lippen und sagte: »Gib mir 'nen Drink, Weib, ich kann mich nicht regen. Mein Körper ist vor Durst gelähmt.« Doch dann sah er an sich hinunter und erkannte, was mit ihm geschehen war, und er bemerkte das triumphierende Lächeln der Großherzogin. Sie lachte jetzt und ging zum Tisch, wo sie eine Rotweinflasche ergriff. Die Borribles zögerten auf der Schwelle der offenen Tür, hinter sich die schwarze Nacht, und sahen zu. MacMungall schüttelte den Kopf hin und her, und seine Augen rollten hilflos, als wären alle ihre Muskeln durchschnitten. »O Madge«, murmelte er mit leiser, fast rührender Stimme, »o Madge, wo bist du, meine Liebe, mein Leben?«

Einen Augenblick lang dachten die Borribles, die Großherzogin könnte den hilflosen Mann mit der Flasche schlagen, doch das war nicht ihre Absicht. Sie schraubte den Verschluss auf, trat dicht zu MacMungall und ließ den Inhalt einfach über seinen Kopf, sein Gesicht strömen, dass die rote Flüssigkeit über ihn klatschte, seine Augen füllte, in seinen Mund und aus seinem Mund rann und ihm über die Brust lief.

MacMungall schrie schwach auf und wollte sich aufrecht hinsetzen, was ihm aber unmöglich war. »O, wo ist meine Madge?«, winselte er. »Wo ist mein kleines Mädel, wo ist sie? Ich kann nicht leben ohne sie.«

Die Großherzogin schmiss die leere Flasche zu Boden, wo sie zersplitterte. »Musst du wohl, mein Alter«, sagte sie, trat einen Schritt zurück und wies auf Madges Leichnam, der halb unter dem Tisch lag. Das Blut auf dem Gesicht der Leiche war nun dick geronnen.

MacMungall, immer noch trunken, traute kaum seinen eigenen Augen. Sein Mund blieb offen stehen, er blinzelte einige Male, dann begann er zu weinen und zu seufzen. »O nein«, rief er, »o nein! Herzogin, du warst es, du hast sie getötet, wie soll ich jetzt leben? Wer kümmert sich um mich? Ich kann nicht leben ohne sie, Herzogin. Ich kann's nicht. Der Haufen hier wird sich ohne sie gegenseitig umbringen und mich auch. O Madge, meine Liebe, meine Liebe, wie soll ich ohne dich leben? Wie leb ich jetzt weiter?«

Die Großherzogin zuckte die Achseln und schob ihren Wagen davon. »Du kommst schon zurecht, Hughie«, sagte sie. »Ich muss jetzt jedenfalls los.«

MacMungall kämpfte gegen die Schnur an, die ihn festhielt. »Verdammt, Großherzogin«, fluchte er, »lass mich nicht so hier sitzen, mit ihr tot unter dem Tisch. Weißt du nicht, was die anderen machen werden, wenn sie zu sich kommen?«

Die Großherzogin hielt an und schaute über die Schulter zurück. »Die reißen dich in Stücke, nehm ich an«, sagte sie, »oder sie lassen dich einfach auf deinem Stuhl verhungern.«

MacMungall spannte sich wieder gegen seine Fesseln. »Das wär noch das Beste«, sagte er. »Mach mich los, mach mich los!«

Die Großherzogin schüttelte den Kopf. »Tut mir leid, Hughie. Mach ich dich los, versuchst du vielleicht einen von deinen kleinen Tricks. Kann ich mir nicht leisten.«

»Herzogin«, schrie MacMungall, »wenn du mich in diesem Sessel lässt, hättest du mir genauso gut gleich die Kehle durchschneiden können.«

»Ich weiß«, sagte die Großherzogin, und sie schob ihren Kinderwagen weiter zur Tür, über ein, zwei schlafende Methylos hinweg, die Rufe MacMungalls, der immer weiter um Gnade schrie, nicht beachtend.

An der Tür traten die Borribles beiseite, um die alte Frau durchzulassen, und sie lächelte ihnen mit ihrem krummen Mund zu; Nase und Kinn versuchten immer noch, einander zu erreichen.

»Wo gehst du jetzt hin?«, fragte Napoleon.

Die Großherzogin wandte sich hinaus in die Regennacht und sog die Luft durch die Nase, als könne sie witternd entscheiden, in welche Richtung es gehen sollte. »Nach Norden«, sagte sie, »aber ich weiß nicht, wie weit.« Sie drehte sich um und schaute auf den Wendel hinab. »Aber keine Sorge, Sonnenschein, ich seh euch schon noch wieder. Ich hab so ein blödes Gefühl im Urin.« Und ohne weiteres Lebewohl schob die Großherzogin ihren Wagen aus der Höhle und latschte in Richtung Mornington Crescent die Straße hinunter.

»Nein, Herzogin, nein!«, brüllte MacMungall, als sie verschwand. »Lass mich nicht so sitzen, sie schneiden mich in Stücke, o komm zurück! Komm zurück!« Doch die Großherzogin kam nicht zurück, und alles, was man noch von ihr hörte, war das Quietschen ihres Kinderwagens, das langsam in der Ferne leiser wurde.

MacMungall war nun völlig verzweifelt, der Speichel lief ihm aus dem Mund, seine Augen irrten hin und her wie im Wahn; dann richtete er sie auf die Abenteurer, die ihn immer noch vom Eingang her beobachteten. Er flehte sie an: »Lasst mich nicht so, Kinder, nicht so.« Er weinte nun, Tränenfluten liefen die Schluchten seines Gesichts hinab. »Ich hab euch nichts richtig Schlimmes getan, nichts Schlimmes.«

»Wir können nicht die ganze Nacht hier rumstehen«, sagte Zwielicht. »Was machen wir?«

Chaline schaute zu Poch und der nickte.

Napoleon schüttelte den Kopf. »Lasst es«, flüsterte er. »Wer wird den vermissen?« Aber Poch nickte nochmals, und Chaline zog ihr Messer und ging zu MacMungalls Sessel zurück.

»Ich lass dich frei«, sagte sie, »wenn du's auch nicht verdienst. Du hättest uns für immer hierbehalten, wenn's nach dir gegangen wäre.«

»Nein, Mädel, nein!«, sagte MacMungall. »Ich hätt dafür gesorgt, dass ihr gehen könnt, irgendwann, ehrlich.«

»Ehrlich ist bloß ein Gerücht«, sagte Chaline, Madge zitierend. »Hör zu, Hughie, ich schneid deine Fesseln jetzt durch ... wenn du irgendwas im Sinn hast, machen wir dich fertig. Wir sind bewaffnet.«

MacMungall drehte mühsam den Kopf zur Seite und sah, dass die Borribles nun alle geladene Schleudern hielten. »Ich wollt euch nichts Schlimmes«, sagte er, »ich wollt euch nichts Schlimmes. Macht mich nur los. Jemand muss nach der armen Madge schauen, jemand muss nach ihr sehen.«

Chaline beugte sich über den Sessel und zerschnitt die Fesseln, die MacMungall festhielten, um dann mit einem raschen Schritt aus seiner Reichweite zurückzutreten. Doch der elende Mann machte keinen Versuch, sie zu ergreifen; er war gebrochen. Er taumelte aus seinem Sessel und stürzte zu Boden, wo er Madges Körper umfasste und Kopf und Schultern in seine Arme bettete. Dann hob sich seine Stimme in einem lauten, langen Stöhnen, und auf den Knien langsam hin- und herschwankend, fing er an, weinend eine Totenklage zu singen.

Chaline ging, so schnell sie konnte, zu ihren Gefährten an der Tür zurück. »Er dreht durch«, sagte sie, »wir gehn jetzt besser.«

Es gab nichts mehr zu sagen oder zu tun. Vorsichtig und ohne einen weiteren Blick zurück in die entsetzliche Höhle traten die Borribles in die Nacht hinaus, die nicht mehr lange währen würde. Irgendwo nördlich hörten sie die Räder am Kinderwagen der Großherzogin quietschen, und ihre raue Stimme ertönte in einem Lied unabhängigen Trotzes: Einen Augenblick lang lauschten die Abenteurer und versuchten, den Worten zu folgen, die in den Wölbungen der Brückenbögen widerhallten.

»Gebt mir einen dreckigen Wartesaal,
einen Hinterhof, ein Gebüsch am Kanal,
am Bahndamm neben den Schienen ein Plätzchen,
da bin ich schon zufrieden, Schätzchen.
Ich wohne nach eigener Wahl.
Zeigt mir nur ein leeres Herrenklo,
drunten am Hafen irgendwo,
ich zahl keine Miete,
kommt nicht in die Tüte,
ich lebe mein Leben auch so.«

Dann verstummte das Lied, und die Abenteurer wandten sich nach Süden und folgten den geborstenen Gehsteigen in Richtung Caledonian Road, Drillich und Scooter mit sich tragend; rasch vergaßen sie den Klang des Liedes.

Eines aber würden sie nie vergessen. Das war der Laut, mit dem Hughie MacMungall um seine Liebe klagte, die blutigen Schweinszüge im Schoß haltend und seinen Kummer, hin- und herschwankend, mit immer denselben Worten hervorschluchzend, die Stimme schmerzerstickt: »O Madge, wie soll ich leben ohne dich? Wie soll ich leben ohne dich? Wie soll ich leben ohne dich? Sag mir nur, Madge, wie soll ich leben ohne dich?«

Die Borribles versuchten, die furchtbare Klage nicht zu hören, und liefen rasch für immer vom Gewölbe der Methylos davon, so schnell ihre Füße sie trugen.

8

Die Borribles marschierten, so rasch es mit Drillich und Scooter voranging, doch sie wollten diese Nacht keine große Entfernung zurücklegen. Die beiden Akrobaten brauchten vor allem Ruhe und Erholung. Mit diesem Gedanken zogen sie rasch durch ein Labyrinth von Seitensträßchen und dreckigen Durchfahrten und kamen schließlich zu einer breiteren Straße, dem Goods Way, der sie zu einer Hauptstraße brachte, gerade an dem Punkt, wo diese auf der Maiden Lane Bridge den Grand-Union-Kanal überquerte. Hier wandten sie sich, den Anweisungen der Großherzogin folgend, nach rechts und dann nach links. So kamen sie durch die Balfe Road in die New Wharfdale Road, welche hinten an einem langen, nicht mehr benutzten Abschnitt des Battlebridge Basin-Kanals entlangführte. An diesem Kanalbecken stand ein großer, düsterabweisender Häuserblock hinter einem hohen hölzernen Sperrzaun; die einstigen Bewohner waren schon lange an freundlichere und sauberere Orte gezogen. Auf der anderen Straßenseite, keine hundert Meter entfernt, sammelten sich die Borribles im türlosen Eingang einer Fabrikruine und spähten hinein in die dichte Finsternis.

»Kann keine Lichter sehen«, sagte Vulgo, »aber gäbe ja auch keine, wenn da Borribles drin sind.«

»Borribles, was?«, sagte eine fremde Stimme hinter ihnen. »Na, dann ist's ja gut, wir sind nämlich auch Borribles.«

Stonkus wirbelte herum und knipste seine Taschenlampe an. In ihrem breiten Lichtstrahl sahen die Abenteurer zwei Gestalten nebeneinander auf einem alten Ölfass, nur ein paar Meter entfernt. Als das Licht auf sie fiel, sprangen die Fremden auf und kamen zu ihnen. »Wir haben nach euch Ausschau gehalten«, sagten sie im Herüberkommen. »Eine Menge von uns.«

Die Abenteurer drängten sich aneinander. »Was soll das heißen, nach uns Ausschau gehalten?«, fragte Napoleon misstrauisch. Seine Hand tastete nach der Schleuder.

Immer noch im Lichtkegel von Stonkus' Lampe hielten die Neuankömmlinge an. Sie sahen seltsam genug aus, und die Abenteurer starrten sie an. Beides Mädchen, waren sie viel exotischer gekleidet, als die meisten Borribles es schätzen. Normalerweise legen es Borribles darauf an, möglichst unauffällig zu wirken: Diese beiden waren da anders. Sie trugen Lederjacken – an vielen Stellen zerrissen und dann mit dutzenden von Sicherheitsnadeln repariert –, weite Khakihosen, Metallgürtel und Gummistiefel mit abgeschnittenen Schäften. Auch hatten beide ihre Haare mit leuchtenden Farben gefärbt, die eine trug sie scharlachrot, die andere hatte ihr Haar blau gesprayt, und breite goldene Streifen liefen durch die Farbe. Das Haar stand starr und stachlig in alle Richtungen, wenn auch noch genügend über die Ohren gekämmt war, um die Spitzen sicher abzudecken.

»Mein Name ist Switch«, sagte das Mädchen mit dem Scharlachhaar, »und das ist meine Freundin, heißt Treld.«

Ein langes Schweigen folgte dieser Erklärung, dann schob sich Chaline in die vordere Reihe der Abenteurer. »Mein Name ist Chaline«, sagte sie, »aus Whitechapel, und das ist Sydney aus Neasden. Eure Namen sind gute Namen, wir hoffen, ihr werdet uns eines Tages ihre Geschichte erzählen.«

Treld nickte, und ihr Haar funkelte goldglitzernd im Lampenlicht. »Und hinter euren Namen stehen sicher auch gute Geschichten … wie vielleicht die Große Rumbeljagd.«

»Woher hast du davon gehört?«, fragte Orococco.

»Wir haben euch auf unseren Bahnhöfen beobachtet«, erklärte Treld. »Wir kennen auch die gute Großherzogin … hat uns gesagt, dass euch Madge kassiert hat, und wie ihr abhauen würdet. Sie hat auch was von Wandsworth gesagt, von einem Pferd und Ben dem Penner. Wir hören auch dies Gerücht und jene Geschichte, selbst hier in King's Cross … Wir würden gern die ganze Geschichte hören, wir haben auf euch gewartet.«

»Die könnt ihr gern von uns hören«, sagte Chaline, »und ein paar andre obendrein, aber im Augenblick müssen wir erst mal ein paar Tage untertauchen.«

»Kein Problem«, sagte Treld, »das ist unser Block da drüben, und nur etwa die Hälfte ist bewohnt.«

»Ihr könnt jeder ein eigenes Zimmer haben, wenn ihr wollt«, sagte Switch. »Und zu futtern haben wir genug.«

Switch und Treld gehörten zu einem Borriblestamm, der seinen Namen von der Caledonian Road hatte. Sie nannten sich die Caledonian Conkers, kurz: Conkers. Sie kontrollierten den ganzen Häuserblock, und zur Überraschung der Abenteurer bestand der Stamm ausschließlich aus Mädchen. Die meisten hatten die Haare gefärbt und trugen bizarre Kleidung. Aber wie Chaline sagte: »Was macht's, solang man ihrem Wort trauen kann?« Und das konnte man.

Noch in dieser Nacht quartierten sie die Abenteurer in zwei ineinandergehenden leeren Wohnungen im dritten Stock des Zentralblocks ein, und Drillich und Scooter wurden bequem auf alte Matratzen gebettet und mit Stapeln alter Decken gewärmt. Das Essen folgte beinahe sofort: Ragouts und Suppen, die auf kleinen Feuern gekocht worden waren, Wurstbrote und so viel Obst, wie sie nur verzehren konnten. Es gab sogar ein paar Dosen Bier.

Während die Abenteurer aßen und sich ausruhten, kam ein Mädchen von den Conkers nach dem anderen in ihre Doppelwohnung, und jede brachte noch mehr mit, dass die Reisenden sich wohlfühlen sollten. Jede hatte ein Geschenk dabei, sei es auch noch so klein. Orangenkisten, alte Kissen und Sessel, noch mehr Matratzen und noch mehr Decken. An diesem freundlichen Ort schien das Licht sicher hinter Verdunklungsgardinen, und als in jedem Kamin ein Feuer brannte, dauerte es nicht lange, bis alle sich warm und glücklich fühlten und die Erinnerung an die schlimme Madge und ihre Methylo-Armee etwas weit Entferntes schien.

Bald war ihr Versteck gedrängt voll, denn die Conkers waren begierig, die Geschichten von der Großen Rumbeljagd und vom Kampf zwischen Zoff und Eisenkopf zu hören. Sie saßen im Schneidersitz auf dem Boden und quetschten sich in jeden Winkel, und sie boten einen exotischen, schönen Anblick, wie Besucher aus einem anderen Land.

Ihr Haar hatte alle möglichen Farben und Formen: grün, blau, gelb, silber, und es war zu Spitzen gedreht, in hohen Büschen aufgekämmt oder mit regenbogenfarbenem Metallstaub bestreut. Manche trugen polierte Fahrradketten um die Taille oder Sicherheitsnadeln an den Hosen; die Jacken von manchen waren völlig bedeckt mit Buttons, vorn und hinten. Andere waren blass geschminkt und hatten sich die Gesichter auf der Stirn oder über den Wangen mit leuchtenden Farbstreifen bemalt.

»Die Geschichten, die Geschichten!«, schrien sie, und ehe die Abenteurer schlafen gehen konnten, mussten sie reihum ihre Namensgeschichten und die Geschichten ihrer großen Abenteuer erzählen.

Und manche davon waren komisch, manche traurig; manche waren alt, manche noch jung, und alle lachten und weinten und klatschten Beifall, als solche Sagas erzählt wurden.

Und die Abenteurer konnten sich kaum all die neuen Namen merken, die ihnen nun zuwirbelten, sie behielten höchstens die Hälfte. Da kamen Wazo und Spreißel, Igel und Terpentina, Chevrolet und Klinke, Vanille und Keffa, Spinnste, Dalli, Yarmouth, Zwecke, Tram und Vendredi. Aber es kam im Augenblick auch nicht so genau darauf an, sich die Namen einzuprägen, weil alle so beschäftigt waren mit Reden und Lachen, Lauschen und Rufen, wenn auch die Abenteurer melancholisch wurden, als die Rede auf Sam kam, denn seine Geschichte erinnerte sie nur daran, wie viele Hindernisse sie noch überwinden mussten, ehe sie das Pferd vor Snuffkin und Hanks retten und sicher nach Neasden bringen konnten.

Nach ein, zwei Stunden war alles vorbei, und die Conkers standen schließlich auf, um die Abenteurer schlafen zu lassen. »Na«, sagte Switch, die als Letzte unter der Tür stehen blieb, »wir freu'n uns, dass wir euch gefunden haben, und wenn ihr irgendwie Hilfe braucht, um Sam aus diesem Schlachthaus rauszuholen, dann braucht ihr's nur sagen. Das ist genau unser Ressort, Blut und Kaldaunen«, und ihr wildes rotes Haar schwenkend, verließ sie das Zimmer.

Poch folgte dem Mädchen auf den Gang, und vom Balkon des Treppenhauses sah er, dass die Morgendämmerung eben über der endlosen Stadt aufging und der Verkehr in den Straßen langsam begann. Poch schaute in die Ferne zum Südufer des Flusses und über die scharf gezackten Silhouetten der Häuser und Bürogebäude hinweg bis zum unendlich verschwimmenden Horizont, wo sich Blau und Grau, Nebel und Himmel in Regen und Rauch vermengten. Eine Möwe glitt durch sein Blickfeld und landete unten auf einem leeren Stück Land, wo sie nach Abfall herumzukratzen begann. Ein Frühzug rollte auf den Bögen der Eisenbahnbrücke entlang in den King's Cross-Bahnhof, gleich hinter den Gaskesseln mit ihren goldenen Dachhülsen.

»Schön, hm?«

Poch sah auf; Chaline stand ein paar Yards entfernt an der Brüstung des Balkons.

»Ja«, sagte er, »die meiste Zeit. Ich hab mich gefragt, gerade eben, wie es in den nächsten Tagen gehen wird ... wenn wir uns nach Snuffkin und seinem Schlachthof umsehen.«

»Es wird gefährlich«, sagte Chaline, »sehr gefährlich.«

»Weiß ich«, sagte Poch, »und ich bin auch nicht besonders scharf drauf … aber andrerseits fällt mir sonst nichts ein. Dir?«

Chaline starrte über die Stadt. »Nein«, sagte sie. »Nichts … aber ich wünschte, es fiele mir was anderes ein.«

Als Poch nach langem und erholsamem Schlaf erwachte, war es später Nachmittag und beinahe schon dunkel. Es war ruhig, und alle anderen, außer Napoleon, schliefen. Napoleon lag halb auf Wache, sein Körper war auf der Türschwelle ausgestreckt. Poch lächelte bei sich: Selbst wenn Napoleon jemand vertraute, traute er ihm doch nicht. Poch kroch aus seinen Decken und ging zu dem Wendel hinüber.

»Ich will mich mal ein bisschen mit Switch und Treld besprechen«, sagte er. »Kommst du mit?«

Napoleon nickte.

Eine Treppe tiefer im Zentralblock fanden die beiden Abenteurer die Conkers gerade damit beschäftigt, Tee zu machen.

»Auch 'ne Tasse?«, fragte Treld und griff, ohne die Antwort abzuwarten, in eine Orangenkiste, um zwei große Becher rauszuholen.

Poch und Napoleon machten es sich auf dem Boden bequem.

»Ich muss nach Camden Town«, sagte Poch, »ich muss rausfinden, wo Snuffkin ist, und muss das Schlachthaus ausbaldowern. Sehen, wie die Falle aussieht, ohne reinzutreten.«

Treld goss ihnen Tee ein. »Leicht, nach Camden Town zu kommen«, sagte sie. »Der Rest ist nicht so leicht.«

»Wir sind uns ziemlich sicher, wo das Schlachthaus ist«, sagte Napoleon, »in einer Seitengasse der Baynes Street, dicht am Kanal.«

»Und Snuffkins Wohnwagen kann nicht weit von da weg sein«, fügte Poch hinzu. »Ihr müsst uns nur auf der Karte zeigen, wo's langgeht.« Er schob die Hand in die Tasche und zog seinen großen Stadtplan hervor: London A-Z.

Treld sah Poch an und lächelte, dann nahm sie seinen Stadtplan, schlug die richtige Seite auf und legte den Finger direkt auf den Punkt.

»Wann wollt ihr gehen?«, fragte Switch.

Poch trank seinen Tee. »Ich will gehen, sobald ich was gegessen hab. Es dauert noch ein paar Tage, bis Drillich und Scooter wirklich reisefertig sind. Deshalb dachte ich, es wäre eine gute Idee, schon mal ein Spähtruppunternehmen zu organisieren.«

Switch und Treld tranken ihren Becher leer und standen auf. »Auf geht's«, sagte Switch. »Wir schnappen uns schnell noch was, und dann ab die Post.«

Poch verschluckte sich an seinem Tee. »Moment noch«, hustete er, »dort droben ist eine Falle für uns, da wird's gefährlich.«

»Kein Problem«, sagte Switch. »Wir folgen dem Kanal. Im Westen haben wir St. Pancras und King's Cross, im Osten einen Stapelplatz und einen Haufen Fabriken. Fast wie Niemandsland. Wir marschieren so schon die ganze Zeit zum Camden Markt, ganz billige Übung.«

Poch und Napoleon grinsten: Es war beschlossen. Sie packten nur noch etwas zum Essen zusammen und bestückten ein paar Gurte mit guten Schleudersteinen, dann brachen die vier Borribles auf. »Ich hab Nachricht hinterlassen«, sagte Switch, als sie den York Way überquerten, »die anderen brauchen sich nicht lange fragen, wo wir sind.«

Der Marsch war so einfach, wie Switch und Treld angekündigt hatten. Als sie einmal über die hohe Backsteinmauer geklettert waren, die an der einen Seite der Hauptstraße entlanglief, befanden sich die Borribles in einem Land, das tausend Meilen von London entfernt schien. Es war dunkel und ruhig, und sie konnten nichts erkennen, wenn sie auch, wie die Mädchen sagten, bei Tage den Kanal zwischen aufgegebenen Fabrikgebäuden auf der einen und einer leeren Fläche auf der anderen gesehen hätten. Ein Niemandsland, das niemandem gehörte und in dem die Borribles sicher waren.

Nachdem sie beinahe eine Stunde gegangen waren, hielt Switch am Fuß einer Steintreppe an. Oben erkannte man ein eisernes Tor und hörte Verkehrslärm.

»Das droben ist Royal College Street«, erklärte sie; sie stieg die Treppe hinauf, bis ihr Kopf auf der Ebene des Straßenpflasters war. Die anderen konnten im Schein einer Straßenlampe sehen, wie sie ihnen winkte, hinaufzukommen.

»Die Luft ist rein«, sagte sie, und die Borribles traten auf die Straße, gingen nach rechts und bogen wieder rechts ab in eine schmale Straße ohne Verkehr und mit wenigen Straßenlaternen.

»Na, wie bin ich als Pfadfinderin?«, fragte Treld zufrieden. »Das ist Baynes Street, und hier irgendwo muss das Schlachthaus sein. Folgt uns.«

Ohne Zögern übernahmen die beiden Conkers die Führung, und Poch und Napoleon folgten den Mädchen. Am Ende der Straße, wo sie in den St. Pancras Way mündete, hielt Treld an. »Habt ihr's gesehen?«

»Ja«, sagte Napoleon. »Eine Sackgasse, rechts, scheint zum Kanal runterzuführen. Da war ein großes Gebäude, und davor stand ein SBE-Transporter, aber ohne Kennzeichnung.«

»Ganz recht«, sagte Treld, »das muss das Schlachthaus sein. Wir schauen's uns mal auf dem Rückweg an, mal sehen, ob man von der Kanalseite rankommt.«

»Gehen wir weiter«, sagte Poch, »bloß nicht hier rumhängen, hier muss es von Plattfüßen wimmeln, wenn wir auch nur ein klein wenig verdächtig aussehen, ist's passiert.«

Switch stimmte zu. »Wir laufen bloß ein paar von den Seitenstraßen auf und ab«, sagte sie. »Wenn da das Schlachthaus ist, kann Snuffkins Wohnwagen nicht weit sein.«

»Welche Richtung?«, fragte Treld.

Poch kratzte sich am Ohr. »Da drüben, das sieht kurios aus«, sagte er. »Mal angucken.«

Die Borribles gingen über die Straße und zwischen zwei hohen Häusern hindurch, die wie die Pfeiler eines Tors den Eingang zu einer schmalen Straße flankierten. Nachdem sie fünfzig Meter oder so in diese Straße hineingegangen waren, sahen sie, dass sie sich zu einem kleinen Platz erweiterte, in dessen Mitte ein Rondell mit schäbigem Grün lag. Hier stand auch eine matte Straßenlampe, und darunter glänzte weiß und chromstrahlend ein massiver Wohnwagen mit enormen Reifen, aus dessen Fenster helles Licht drang.

»Das ist es«, sagte Poch, »das ist's.«

Napoleon spähte in die dunklen Ecken der Sackgasse. »Hier gefällt's mir gar nicht«, sagte er, »nur ein Weg raus, und der liegt hinter uns.« Er starrte zu den dunklen Häusern hinauf. Sie waren hoch, gesichtslos; freundlich wie Gletscher.

Die Borribles blieben einige Augenblicke bewegungslos stehen, besorgt wegen der unmittelbaren Nähe von Snuffkins Wohnwagen und unruhig wegen ihres Gefühls, dass es ringsherum nach Polizei roch. Als sie sich wieder aufraffen wollten und sich zum Rückzug umdrehten, war es zu spät. Vier Polizisten standen hinter ihnen, ihre Hände streckten sich aus, um die Flüchtlinge beim Kragen zu fassen, und so überrascht waren die Borribles, dass es ihnen nicht einmal einfiel, noch Widerstand zu leisten. Es hätte auch nichts genützt – hinter den vier Polizisten standen nochmals vier, und hinter diesen wer weiß wie viel mehr. Sie waren in der Dunkelheit da gewesen, hatten in den Hauseingängen gelehnt, waren leise auf Gummisohlen umhergegangen. Pochs Herz erstarb, und seine Knie wurden schwach. Sollte es so töricht enden? Sam unerlöst; die Abenteurer ahnungslos, wo er und Napoleon waren, für immer getrennt, ohne auch nur ein Lebewohl, ohne Kampf gefangen. Es war fast peinlich.

»Na, wen haben wir denn da«, sagte endlich einer der Polizisten. »Seid ihr auch mal bei uns vorbeigekommen? Das ist schön, schön, sehr nett von euch.«

»Wir wollten nur gucken«, sagte Switch, »nur mal gucken.«

»Natürlich«, sagte der Polizist, »und wir freuen uns, dass ihr euch hier umschaut. Unser Inspektor will so viel wie möglich von euch Liliputanern. Ihr kommt am besten mit und wartet bei den andern. Ich hätt nie gedacht, dass es so viele gibt.«

Die Borribles wurden zum Wohnwagen geschoben, und der Griff an ihren Kragen ließ keinen Moment nach.

Poch verfluchte dies Missgeschick. Seine Idee war es gewesen, in einem so dicht von Polizei bewachten Gebiet auf Kundschaft zu gehen. Er hatte gewusst, dass es gefährlich sein würde. »Tut mir leid«, sagte er zu Switch. »Das geht euch nichts mehr an. Wenn ihr die Chance habt, versucht wegzulaufen.«

Wie Poch noch sprach, wurde er mit den anderen am Ende des Wohnwagens vorbeigeschoben und konnte nun sehen, was vorher verborgen geblieben war. Auf der anderen Seite, zwischen dem Wohnwagen und dem Vorderzaun der nächsten Häuser, standen zwei unauffällige Polizeiautos ohne Kennzeichnung, verschiedene uniformierte Polizisten und eine Reihe von etwa zwanzig Borribles, komplett ausgerüstet mit Wollmützen und Schleudern. Im milden Licht der einen Straßenlaterne sah alles ruhig und ordentlich aus.

»Geht rüber und wartet in der Reihe«, sagte einer der Plattfüße, und die vier Gefangenen fühlten sich mit einem Schubs in den Rücken losgelassen. Die vier Polizisten ließen sie stehen und gingen um die Ecke des Wohnwagens zurück zu ihrem Posten am Eingang der Sackgasse.

»Sollen wir jetzt abhauen?«, fragte Treld.

»Nein«, sagte Poch. »Wartet mal, bis die vier Bullen weiter weg sind, hier geht irgendwas vor. Wir müssen ...«

Doch Poch hatte keine Zeit, mehr zu sagen. In diesem Augenblick näherte sich den vieren ein anderer Polizist mit einem Clipboard in der Hand. »Also«, sagte er, den Kugelschreiber über dem Papier bereithaltend, »habt ihr euch schon einen Borriblenamen ausgedacht, ihr Hübschen? Denn mit dem werdet ihr bei uns geführt, in den Akten und vor allem auch auf dem Lohnstreifen.«

»O ja«, sagte Switch. »Switch nenn ich mich.«

Der Polizist schrieb es auf. »Switch«, sagte er, »na, passt irgendwie gut zu dem roten Haar. Und die hier, mit ihrer Stachelschweinfrisur?«

»Ich heiße Treld«, sagte Treld, »ich hab mir extra das Haar speziell frisiert.« Sie lächelte und wand sich eine der Stachel-Strähnen um den Finger.

Poch schaute Napoleon an, und sie verstanden einander. Sie konnten es nicht wagen, ihre eigenen Namen zu benutzen – die waren der SBE zu gut bekannt, vielleicht die bekanntesten aller Borriblenamen.

»Na«, sagte der Polizist, wieder den Kugelschreiber gezückt haltend, »was ist dein Name?«

»Rückhand«, sagte Poch.

»Sprazi«, sagte Napoleon.

»Sprazi!«, sagte der Polizist. »Klingt ausländisch, was soll denn das bedeuten?«

Napoleon legte die Hand an die Schleuder. »Bedeutet 'nen Sixpence«, sagte er, »war wohl vor Ihrer Zeit.«

Der Polizist lächelte. »Wahrscheinlich«, sagte er, »freches Stück. Also, prima. Geht dann mal da rüber und stellt euch bei den anderen Liliputanern an. Gleich kommt ihr rein zum Inspektor, immer vier auf einmal. Er gibt euch die Befehle und erklärt euch alles. Während ihr wartet, bekommt ihr die Plastikohren verpasst.«

»Plastikohren?«, fragte Switch.

Der Polizist stemmte die Fäuste in die Hüften. »Damit ihr ausseht wie Borribles, natürlich. Die würden euch sonst schön langsam umbringen, wenn sie rauskriegten, dass ihr nicht echt seid. Auf geht's, da drüben warten.«

Poch und Napoleon gingen verwirrt in die angegebene Richtung und gehorchten dem Polizisten, obwohl sich ihnen der Kopf drehte.

»Was soll das alles heißen?«, fragte Treld. »Ich begreif's nicht. Wer sind die alle? Was machen die mit den Bullen? Und Plastikohren?!«

Napoleon sah Poch an, und Poch gab den Blick zurück; seine Augen waren kalt wie Grabsteine. Vieles wurde jetzt langsam klar. Napoleons Gesicht verzerrte sich böse. »Die sind keine Borribles«, sagte er, »die sind was andres.«

»Aber sie haben die richtige Größe«, sagte Treld.

»Die haben sie«, sagte Napoleon, »und das ist auch alles, was die haben. Davon abgesehen sind's Erwachsene.«

Poch fluchte vor sich hin. Das war es, weshalb man sie so leicht auf dem Clapham Common gefangen hatte; so hatte man Sam geschnappt. Die Zirkusborribles waren am Ende gar keine gewesen. Das war es. Sie waren Zwerge oder Liliputaner, wie die hier, arbeiteten für die SBE und Snuffkin. Wie hatte er nur drauf reinfallen können! Poch stampfte auf. »Scheiße!« Selbst jetzt hatten sie es nur durch Zufall entdeckt. Hätte er es nur eher gewusst, dann hätte er Drillich und Scooter bei den Methylos am King's Cross zurückgelassen.

»Dir ist wohl klar, was das bedeutet«, sagte Napoleon, der ebenso zornig war wie Poch; er hasste es, wenn man ihn für dumm verkaufte. »Es bedeutet, dass wir uns die ganze Zeit am King's Cross um die Ohren geschlagen haben, um uns Verrätern gegenüber schön loyal und treu zu zeigen. Wir hätten sie einfach dort lassen können.«

»Wen?«, fragten Switch und Treld gleichzeitig verwundert.

»Die zwei, die wir mitgebracht haben«, sagte Poch, »die bei den Methylos eingesperrt waren, also, das sind keine Borribles, es sind Zwerge, wie die hier, Spione.«

Napoleon war außer sich vor Unruhe. »Und unsere Kumpel wissen's nicht«, sagte er. »Wir müssen in den Block zurück, ehe diese Liliputaner noch mehr Unheil stiften.«

Wieder ein Polizist, der ihnen etwas zurief und nun auf die vier Borribles zugeschlendert kam. Er hatte eine Hand voll kleiner Päckchen bei sich. »Da habt ihr sie«, sagte er, »die werden euch traumhaft stehen. Passen hervorragend, und hier ist Kleber«, und er drehte sich auf dem Absatz um und ging zu den Streifenwagen zurück.

Die Borribles warteten ein paar Sekunden und öffneten dann die Päckchen, die er ihnen ausgehändigt hatte. In jedem lagen säuberlich eingeschlagen zwei Borribleohren aus fleischfarbenem Plastik, perfekte Nachahmungen, innen hohl, damit sie nichts wogen, und mit Einbuchtungen für den Spezialkleber. Sie waren von den echten Ohren nicht zu unterscheiden.

»Mensch«, sagte Napoleon, »wie zum Teufel können wir gleichzeitig zwei Paar Ohren tragen, Scheiße noch mal? Jetzt sind wir verratzt.«

»Es ist ein dickes Risiko«, stimmte ihm Poch zu, »aber ich hab das Gefühl, wenn wir jetzt versuchen, abzuhauen, werden wir geschnappt, aber wenn wir tun, als seien wir Liliputaner, und das hier durchziehen, dann schaffen wir's.«

Der Polizist mit dem Clipboard rief wieder jemand auf, und die Reihe schob sich weiter.

»Es gibt nur eins«, sagte Switch, »wir müssen diese Plastikottos in die Tasche schieben und tun, als ob unsere richtigen Ohren aus Plastik sind.«

»Genau«, sagte Treld, »und während wir hier warten, tun wir so, als kleben wir's uns an.«

»Wenn sie uns nun erkennen, Poch«, sagte Napoleon, »dann fällt der Vorhang, hm?«

Poch schüttelte den Kopf. »Ich glaub's kaum«, sagte er. »Snuffkin hat uns nur ein einziges Mal gesehen, bedenke, als wir auf dem Clapham Common gefangen worden sind, aber da waren wir alle von oben bis unten mit Schmutz bedeckt, die ganzen Kleider, das ganze Gesicht. Du musst dich bloß ein wenig höflicher geben, Nap.«

»Weiß nicht, ob ich das packe«, antwortete Napoleon, »aber ich weiß, dass wir noch nie so eine Chance gehabt haben, diesen Snuffkin loszuwerden, wie Tautröpfchen damals. Wie wär's, Poch? Dann könnte er Sam nicht töten.«

Wieder schüttelte Poch den Kopf. »Es würde nichts nützen«, sagte er, »es würde nur jemand anders Sam töten, und wir wären gefangen und könnten die andern nicht warnen wegen der Zwerge. Nein, die Hauptsache ist, dass wir lang genug am Leben bleiben, um zu den Conkers zurückzukommen.«

»Und uns mit Drillich und Scooter zu befassen«, sagte der Wendel.

»Ja«, sagte Poch, »das kannst du wohl sagen.«

Als sie dem Wohnwagen langsam näher rückten, fingen die Borribles mit großem theatralischen Aufwand an, sich scheinbar die Ohren anzukleben; es war kaum der Mühe wert, da nicht einer der Polizisten in der Nähe sich im geringsten um sie kümmerte. Die Zwerge andererseits, die vor ihnen warteten, zeigten großes Interesse.

»He«, sagte einer zu Switch, »du hast deine ja echt toll montiert, kannst du mir mit meinen helfen?«

»Mir auch«, sagte ein anderer, »das wird 'nen guten Eindruck beim Inspektor machen.«

Switch ließ sich nicht lange bitten – sie war nur allzufroh, ihren nervösen Fingern etwas zu tun zu geben, und Poch dachte sich auch, dies wäre kein schlechter Moment, ein paar Fragen zu stellen. Er schaute den Zwerg an, der ihm zunächst stand, und es gefiel ihm nicht, was er sah: ein Gesicht, weder erwachsen noch kindlich, nicht alt und nicht jung – ein seltsam leeres und neutrales Gesicht, ein wenig wie das von Drillich. Poch zwang sich zu einem Lächeln.

»Wie bist du zu dem Job gekommen«, fragte er, »bist doch nicht bei der Polente, oder?«

»Wohl kaum«, sagte der Zwerg. Er fingerte an seinen frisch angeklebten Ohren, und Poch musste zugeben, dass sie sein ganzes Aussehen veränderten. »Sie haben in den Schaustellerzeitschriften annonciert, wir machen's nur fürs Geld. Rasch kassiert, rasch wieder weiter.«

»Ist es viel Geld?«, frage Napoleon, der unauffällig näher trat.

»Na«, sagte der Zwerg, »das hängt ja ganz davon ab, wie viel Borribles wir fangen, Sonderprämien und so. Aufregend wird's werden, durch die Stadt latschen, bei Nacht spionieren. Das sind Mörder, wisst ihr. Haben einen armen alten Lumpensammler umgebracht und seinen zurückgebliebenen Sohn ... in Southfields. Sie haben's uns gesagt.«

»Diese Schufte«, sagte Napoleon.

»Das sind die wirklich«, sagte der Zwerg. »Hast jetzt aber keine Angst, oder?«

Poch lachte. »Ich glaub's beinah, schaut her, er ist ganz bleich geworden.«

Ehe Poch weitere Fragen stellen konnte, hockte sich der Polizist mit dem Clipboard zu ihnen und inspizierte bei allen die Ohren, erst bei den Zwergen, dann bei den Borribles.

»Die sind sehr schön hier«, sagte er, »mit die besten, die ich je gesehen habe. Meine Güte, wenn ich nicht wüsste, ihr seid keine, würde ich schwören, ihr wärt welche, selbst vor Gericht. Ausgezeichnet.« Und damit trieb er die Gruppe der Zwerge in den Wohnwagen, und die Borribles mussten am Eingang zu Snuffkins Wohnwagen warten, allein.

Es dauerte nicht lange. Keine zehn Minuten, und die vier Zwerge wurden schnell auf ihre Mission geschickt, und nun waren Poch, Napoleon, Switch und Treld an der Reihe, zu Sergeant Hanks hochzusteigen, der an der offenen Tür des Wohnwagens neben den Eingangsstufen stand und sie zu Inspektor Snuffkin hinüberwinkte.

Die vier Borribles traten tapfer vor und mussten sich in einer Reihe dem großen Schreibtisch gegenüber aufstellen. Snuffkin saß dahinter und wirkte winzig, wie er seine Akten durchblätterte. Über ihm an der Wand hingen als neu hinzugekommene Vervollständigung der Einrichtung zwei einander ansehende Fotos: eins von Feldmarschall Montgomery, eins von Feldmarschall Rommel. Beide lächelten.

Ein kleines Stück neben den Borribles sprudelte ein Teekessel, gerade vor ihnen lehnte Sergeant Hanks gegen seine Bettkoje, die fetten Arme verschränkt. Das Doppelbett war weggeklappt, und an seiner Stelle saß ein Polizist an einem Behelfsschreibtisch und protokollierte alles, was gesagt wurde.

»Dies sind die Letzten heute Abend«, sagte er und las die Namen vor: »Switch, Treld, Rückhand und Sprazi.«

Ohne aufzusehen, schrie Snuffkin plötzlich: »Und was sagt ihr, wenn ihr einen Borriblenamen hört?«

»Ähm … was für ein guter Name, ich hoffe, ich werde eines Tages hören, wie du ihn dir gewonnen hast«, sagte Poch mit trockenem Mund.

»Gut«, sagte Snuffkin. »Denkt daran, ihr müsst alle, jetzt und in Zukunft, leben und denken wie ein Borrible. Wenn sie eure wahre Identität auch nur ahnen, ist euer Leben keine gebrauchte Erdnuss mehr wert. Andererseits … für jeden gewöhnlichen beziehungsweise gemeinen Borrible, den ihr fangt, zahle ich die Summe von zweihundert Pfund. Wenn per Zufall spätere Untersuchungen und Verhöre dieses eures Gefangenen uns zu einem der Mörder von Southfields führen sollten, erhaltet ihr weitere tausend Pfund. Wenn aber einer von euch selbst für die Ergreifung eines Mitglieds dieser Rotte von Gesetzesbrechern verantwortlich sein sollte, nun, das bedeutet dann eine Belohnung von fünftausend Pfund.« Snuffkin lehnte sich vor, und sein Schnurrbart zitterte. »Überlegt, was das heißt! Ich besitze Informationen, dass in dieser Southfieldsbande gegen zehn Missetäter organisiert sind … sodass es nicht ganz ausgeschlossen ist, dass ihr euch summa summarum fünfzigtausend Pfund einfangt. Das genügt, um nach Portugal zu ziehen und dort von der Substanz zu leben, mehrfach.«

Poch wusste nicht, wie sich die anderen fühlen mochten, aber er war noch nie im Leben so nervös gewesen. Der Schweiß lief ihm von der Stirn in die Augen. Er schluckte und fuhr sich mit dem Jackenärmel übers Gesicht; dann schob er die Hände auf dem Rücken ineinander, damit sie still waren. Er sah sich aufmerksam im Wohnwagen um. Es war alles so sauber. Das Holz stank nach Politur, die Chrombeschläge waren blank gewienert und der Teppich fleckenlos; wo er mit seinen Gefährten stand, war eine Plastikfolie ausgebreitet, um den Schmutz vom Boden fernzuhalten.

»Also!«, fuhr Snuffkin fort und wandte sein zuckendes Gesicht zu Hanks. »Was halten Sie von denen?«

Der Sergeant schob sich in eine stehende Haltung. »Nun, Sir, ich hab sie mir mal angeschaut, wie sie hier reingekommen sind. Die schauen gewiss aus wie Borribles«, sagte er. »Tatsächlich sehen sie mehr wie Borribles aus als manche Borribles.«

»Ausgezeichnet«, sagte der Inspektor, und er sprang auf und wetzte agil um den Schreibtisch herum, wie ein Matador, der dem Stier ausweicht. Er tat kleine, zarte, aber dringliche Schritte; im Walzertakt kam er nun auf die Borribles zu und hielt schwankend vor ihnen an. Dort ballte er die Hände zu Fäusten, reckte die Schultern zur Decke und ließ seinen Schnurrbart von einer Seite auf die andere zucken, als wolle er sich damit an den Ohrläppchen kratzen. All diese Anstrengung ließ seine Augen im hellen Feuer des Wahns strahlen.

»Ich möchte, dass ihr Freiwilligen begreift«, sagte er, »welche Verantwortung ihr habt und in welche Gefahren ihr geht. Borribles sind tückisch, Borribles sind Feinde der Gesellschaft, doch vor allem geht es um diese Mörder von Southfields, und die will ich hier haben, hier vor mir aufgereiht, und ihre Ohren auf dem Teppich verstreut. Ihre Namen sind mir ins Herz gegraben … Ich kenne sie alle: Poch, Chaline, Napoleon, Orococco, Bingo, Stonkus, Zwielicht, Vulgo, Torricanyon, aber vielleicht am schlimmsten von allen …« Snuffkins Stimme hob sich zu einem Kreischen, er schwang die Faust und hüpfte auf und ab, sein Speichel spritzte wie Säureregen über die vier Borribles: »… ist diese Tierfreundin Sydney. Aber, ha! Ich habe das Pferd, und nie wird sie es wiedersehen! Sicher im Schlachthaus untergebracht, mit Schwanz und Kopf an die Wand geschnürt. Und es ist eure Pflicht, ihr meine Zwerge, die Straßen zu durchstreifen und zu sehen, dass kein Borrible sich diesem Pferd nähern kann. Dieses Pferd ist schmutzig und verkommen, und die Borribles lieben es, es ist ihr Stolz und ihre Wonne, und ich habe geschworen, es vom Angesicht der Erde verschwinden zu lassen.«

Snuffkin holte tief Atem und schob sein Gesicht nahe vor das von Poch. »Hab ich dich nicht schon einmal gesehen, Zwerg?«

»Ich glaube nicht, Sir«, erwiderte Poch. Sein Verstand stand still vor Angst.

»Es ist doch nur, weil wir uns so wie Borribles aufgemacht haben«, unterbrach Treld und berührte ihr golden-blaues Haar, »da denken Sie nun, wir seien welche, und das macht Sie jetzt unruhig.«

»Ihr seid genau, was ich meine«, sagte Snuffkin, der seine Aufmerksamkeit nun den Mädchen zuwandte. »Ich meine, ihr seht widerlich und abstoßend genug aus, um die Gesellschaft eigenhändig zu unterminieren. Die Borribles werden euch zu schätzen wissen, sicherlich, und schaut euch nur diese Ohren an. Oh, Hanks, noch nie hab ich so zauberhafte Lauscher gesehen.« Er lehnte sich vor und betrachtete Napoleon genau. »Schauen Sie her, Hanks, wiederum exzellent. Mit solchen Zwergen in den Straßen der Stadt werden mir die Borribles nicht mehr entgehen.« Ein ganz, ganz schwaches Lächeln flackerte eine Millisekunde lang auf Snuffkins Lippen, ehe es wie ein gebrochener Faden in einer Glühbirne erstarb. Er drehte sich zweimal auf den Absätzen herum und gelangte so vor die große Karte von London, die eine Wand bedeckte.

Der Inspektor zeigte auf die Gegend südlich vom Fluss. »Diese Tagediebe«, begann er, »sind zuletzt an einem definitiven Ort zwischen Clapham-Süd und der Brixton High Road gesehen worden. Wir haben gute Gründe dafür, anzunehmen, dass die erwähnten Lumpen sich auf Umwegen einem gewissen Schlachthof nähern, welcher hier liegt.« Snuffkin deutete auf die Baynes Road. »Hier also«, fuhr er fort, »ist der fragliche Equus eingesperrt, um seine schlussendliche Umwandlung in Katzenfutter zu garantieren. Er wird Tag und Nacht von zwanzig Mann bewacht, mit fünfzig weiteren in Rufweite, und dann noch die Zwerge … mir nicht ganz klar, wie viele das sind … ein Haufen jedenfalls.« Snuffkin holte tief Atem, verbeugte sich vor der Karte wie vor einem großen Publikum und pirouettierte in eine Position, in der er den Sergeanten ansah. »Habe ich alles gesagt, Hanks?«, fragte er.

Hanks lehnte sich wieder von der Wand weg, und seine mächtigen Hände strichen über den enormen Bauch, und der zitterte vor Vergnügen. »Nur noch wegen der zwei Zwerge, die verschwunden sind, Sir, lohnt eine Erwähnung, Sir, sage ich immer. Wir sollten uns nach den Leichen umsehn.«

»Ganz recht«, sagte Snuffkin. »Ich wollte Sie gerade erinnern, mich doch daran zu erinnern.« Wieder wandte er sich an die Borribles. »Zwei von eurer Sorte haben Spitzeninformationen beigebracht – und jetzt sind sie verschwunden. Haben kein Wörtchen von ihnen gehört, seit sie in Clapham-Süd abgezogen sind …«

»Aristotle-Road-Regel«, murmelte Napoleon.

»Ganz recht«, sagte Snuffkin, der nicht verstand, was der Wendel gesagt hatte. »Ich fürchte, man hat ihnen die Kehle durchgeschnitten …«

»Kommt alles noch«, murmelte Napoleon wieder.

»Ja«, sagte Snuffkin, »wenn ihr Dralle und Scotty findet, dann gebt ihnen jegliche Unterstützung, bringt sie zu mir zurück. Sie werden massenhaft Informationen haben, und die brauch ich.«

»Die kriegen Sie bald zurück«, sagte Napoleon. »Ich kümmere mich schon drum.«

»Gut«, sagte Snuffkin, und er schlug mit den Ellenbogen wie ein Hahn mit den Flügeln. »Das war's, Hanks, schicken Sie sie los. Sagen Sie ihnen, sie sollen über Telefon berichten, Geheimleitung«, und mit dieser Bemerkung kreiselte der Inspektor zu seinem Platz zurück, mit dem Bewegungsablauf eines Mannes, der mit allen drei Musketieren auf einmal ficht. Am Schreibtischstuhl angelangt, ließ er sich hineinfallen und schloss erschöpft die Augen. Nun bewegte sich nichts mehr an ihm außer dem kleinen Schnurrbart, der immer noch skeptisch auf seiner Oberlippe zitterte, wie eine Schwalbe, die sich nicht recht entschließen kann, nach Süden zu fliegen.

Der Polizist am Tisch fing an, seine Akten zusammenzuräumen, und Hanks rollte zur Tür des Wohnwagens und öffnete sie.

»Auf, ihr Zwerge«, sagte er, »hinaus. Der Inspektor hat einen sehr arbeitsreichen Tag, er macht nie Pause. Er muss sich jetzt ausruhen, und ich muss was essen. Übrigens geb ich euch besser noch das Passwort … es lautet ›Wackelpudding‹.«

»Wackelpudding«, wiederholte Poch, »wofür ist das gut?«

»Für uns«, sagte Hanks. »Seht ihr, wir müssen ja unterscheiden können, wer ihr seid, oder wir halten euch noch für richtige Borribles. Das wär euch sicher nicht angenehm. Wenn also ein Polizist denkt, ihr seid Borribles, dann sagt einfach ›Wackelpudding‹ zu ihm, und er sieht ein, dass ihr zu uns gehört, und lässt euch los.«

Napoleon lächelte abgründig-listig. Poch hatte ihn noch nie so breit grinsen sehen. »Sie meinen«, sagte der Wendel, der kaum zu glauben wagte, was Hanks ihm da erzählte, »Sie meinen, wir müssen bloß ›Wackelpudding‹ sagen, und Ihre Bullen lassen uns laufen?«

»Genau«, sagte Hanks. »Genau das ist der Grundgedanke.«

»Na«, sagte Napoleon, »das ist spitze. Wirklich, das ist spitze.«

Hanks nickte abwesend, seine Gedanken kreisten bereits ums Essen. Er schob die Borribles durch die Tür und die Stufen hinunter. »Weiß ich«, sagte er, »ist meine Erfindung«, und mit diesen Worten ging er in den Wohnwagen zurück, um sich das Abendessen zu kochen, nachdem er erst einmal die Tür fest hinter sich geschlossen hatte. Er war sehr, sehr hungrig.

9

Es war nach Mitternacht, als Poch und Napoleon und ihre zwei Conkers-Gefährtinnen den grobgezimmerten Bretterzaun erreichten, der den Häuserblock an der Caledonian umschloss. Zwei Wachen ließen sie mit wenigen Worten durch; sie durchquerten den lichtlosen Hof, stiegen schweigend in den dritten Stock und kamen in die Wohnung, wo die Abenteurer auf sie warteten. Sie hatten besorgte Gesichter; Chaline lächelte erleichtert, als die vier Kundschafter das Zimmer betraten. Das Lächeln verging wieder, als sie Pochs Gesichtsausdruck sah. Er ging zum Tisch, zog die Hand aus der Tasche und warf zwei Plastikohren auf die Platte. Allen im Zimmer entrang sich ein erstauntes Aufstöhnen. Switch und Treld warfen ebenfalls Plastikohren auf den Tisch und gingen dann in die Küche, um sich dort Brot zu holen. Napoleon schloss die Wohnungstür hinter sich und lehnte sich mit verschränkten Armen dagegen. Niemand würde ohne seine Einwilligung hinausgehen. Alles schwieg. Die Abenteurer standen mit großen Augen auf.

»Ohren!«, sagte Bingo. »Von welchem armen Schwein sind die denn?«

Poch zeigte mit dem Finger darauf; sein Gesicht war grimmig. »Die sind von niemand«, sagte er, »aber sehn hübsch echt aus, was? Das ist Snuffkins neuester Trick, und wir sind alle drauf reingefallen. Von A bis Z. Ein Wunder, dass wir noch leben.«

»Stimmt«, sagte Napoleon. »Snuffkin hat Liliputaner und Zwerge in ganz London verteilt, überall, alle mit diesen Ohren, und tun, als seien sie Borribles … und das Schlimmste ist, wir haben zwei davon die ganze Zeit dabeigehabt … und für sie den Hals riskiert.« Chaline nahm eins von den Ohren in die Hand. »Drillich und Scooter«, sagte sie.

»Ganz recht«, sagte Napoleon, »und was mich betrifft, fliegen die jetzt gleich aus diesem Fenster raus und so rasch nach unten, dass sie glauben, sie seien gusseiserne Tauben. Wo sind sie?«

»Weg«, sagte Stonkus. »Grade waren sie noch da, dann den nächsten Augenblick weg.«

»Wir dachten, sie seien bloß rasch nach was zum Essen gegangen«, sagte Sydney.

Napoleon fluchte und schüttelte die Faust gegen alle im Zimmer. »Ihr Idioten!«, rief er. »Und was ist mit der Aristotle-Road-Regel? Diese Zwerge sollten doch eben grade nicht allein rumwalzen … jetzt sitzen wir in der Scheiße, ihr einmaligen Trantüten.«

»Wie konnten wir noch misstrauisch sein, nachdem sie das alles bei Madge durchgemacht hatten?«

»Ja«, sagte Torricanyon. »Sie sind uns nach der Flucht in Clapham-Süd gefolgt, sie sind mit uns über den Fluss, wenn sie auch Angst hatten.«

»Das war ihr gottverdammter Job«, kreischte Napoleon. »Sie hatten nichts anderes zu tun, als bei uns zu bleiben und Snuffkin zu sagen, wo wir sind und was wir machen.«

Wieder herrschte eine Weile Schweigen. Vulgo ging in die Küche, um Tee zu machen, und Orococco sagte: »Wie war's denn bei euch? Habt ihr was rausgefunden?«

Poch fiel aufseufzend auf einen Stuhl. »Einiges«, sagte er. »Wir haben den Schlachthof gefunden, und wir sind ziemlich sicher, dass Sam dort ist, aber er wird von etwa zwanzig Bullen bewacht, und fünfzig stehen in Reserve. Wir müssen an denen vorbei.«

»Und was ist mit Snuffkin«, fragte Chaline, »wo ist der?«

Poch schaute sie an und lächelte. »Wir sind in einen Haufen von Zwergrekruten reingeraten«, sagte er. »Man hat uns direkt in den Wohnwagen gebracht, und da war er … so sind wir zu unseren Ohren gekommen.«

»Ihr habt Snuffkin gesehen?«, rief Chaline.

Poch nickte. »Und Hanks. Wir waren ewig da drin. Wir mussten uns eine lange Ansprache anhören, wie es ist, wenn wir uns selbst dann gefangen haben. Er wusste alles von uns, die Namen, alles.«

»Es war zum Fürchten«, sagte Switch, die aus der Küche zurückkam. »Sie haben sich sogar unsere Ohren angesehen … ich dachte, jetzt ist es aus.«

Vulgo ging herum und gab Tee aus; Napoleon riss einen Becher vom Tablett und trat mitten in den Raum. »Wir können nicht hier rumquasseln«, sagte er, »wir müssen packen und auf und davon sein, ehe diese beiden Zwerge mit der halben Polizei von London hier antanzen, denn das machen die, müsst ihr wissen.«

»O nein, das machen sie nicht«, sagte eine Stimme mühsam von der Tür her, und die Borribles sahen Scooter am Eingang lehnen.

Ehe noch jemand anderes sich bewegen konnte, hatte Napoleon seinen Tee fallen lassen, war durchs Zimmer gerannt und hatte Scooter bei der Gurgel ergriffen. Er schüttelte den Zwerg, als wollte er seine Zähne lockern, und warf ihn in einen Sessel. »Ich bring dich um, Sonnenschein«, sagte der Wendel, »ein für allemal.« Er hob die Faust, um seinem Gefangenen einen Schlag zu versetzen, aber Chaline sprang auf und legte die Hand auf Napoleons Arm.

»Warte«, sagte sie, »er ist verwundet.« Als die Borribles genauer hinschauten, sahen sie tatsächlich einen dunklen Blutfleck an Scooters linkem Oberarm, der sich langsam ausbreitete. Chaline zog dem Zwerg die Jacke aus, und dann schnitt sie mit ihrem Messer den Pullover und das Hemd auf – beides war klatschnass von Blut. Ein tiefer Schnitt saß in der Schulter.

»Ich hol Wasser«, sagte Sydney, »wir müssen das Bluten stillen«, und sie ging in die Küche.

Napoleon hohnlachte. »Mach dir keine Mühe«, sagte er. »Wenn ich mit ihm fertig bin, braucht er kein Blut mehr.«

»Lasst uns hören, was er zu sagen hat«, sagte Chaline. »Dann wird entschieden. Zwerg, sag was.«

Scooter sah sich im Kreis um und fand keine Freundschaft in den Gesichtern. Sydney kam mit einem Kessel voll kaltem Wasser aus der Küche zurück und wusch die Wunde. Als sie sauber war, verband sie sie mit Streifen von einem alten weißen Hemd. Der Zwerg verzerrte das Gesicht vor Schmerz, doch dann begann er: »Drillich sagte, wir müssen fortlaufen«, sagte er, »weil er dachte, ihr findet die Wahrheit über uns heraus, wenn ihr zu Snuffkins Wohnwagen kommt …«

»So war es«, sagte Poch, »wir wissen Bescheid.«

»Aber ich wollte warten, bis ihr zurückkämt, also haben wir uns am Kanal versteckt. Wir sahn euch dann auch kommen, und wir hörten genug, um zu wissen, dass ihr uns durchschaut habt …«

»Worauf warten wir eigentlich? Zeitverschwendung«, sagte Torricanyon, »er gibt's ja zu. Nap hat recht … raus aus dem Fenster.«

Poch hob mahnend die Hand. »Scooter, hast du uns auf dem Clapham Common verpfiffen, habt ihr der SBE gesagt, wo wir sind, und habt ihr die Bullen Sam fangen lassen?«

Scooter ließ den Kopf auf die Brust sinken und schloss die Augen. »Ja«, sagte er.

Die Borribles wurden ganz, ganz still. Chaline biss sich auf die Lippen und wusste nichts zu sagen. Sydney hörte auf, die Wunde des Liliputaners zu verbinden.

»Er muss weg«, sagte Napoleon; er hob die Arme und ließ sie dann fast hilflos wieder fallen. »Wir können ihm nicht trauen. Er ist ein Spion, und wir wissen alle, was mit Spionen passiert.«

»Hört zu«, sagte Scooter plötzlich, »ich bin zurückgekommen, um euch das zu sagen ... Ich hätt nicht kommen müssen. Ich könnte schon auf und davon sein.«

»Also, sprich weiter«, sagte Chaline. »Muss jetzt aber echt gut sein.«

Scooter nickte. »Drillich hat uns den Job verschafft. Er hat die Anzeige gesehen, er ist erst zu Snuffkin, und als er uns dann davon erzählt hat, da hat er es sehr aufregend gemacht, könnt's euch schon denken, Spezialausbildung, geflohene Kriminelle fangen. Drillich hat uns auch die Ohren angeklebt, hat uns erzählt, was Snuffkin gesagt hat, und wir Akrobaten haben's alle geglaubt, jedes Wort, woher hätten wir was anderes wissen sollen?«

»Weil man niemals was einfach so glauben soll«, sagte Vulgo bitter, »daher.«

»Ich weiß es jetzt«, sagte Scooter, »aber damals hat Drillich uns alle überzeugt. Er hatte es satt, ein Zirkuszwerg zu sein, wo die Leute über ihn lachen. Er hat gesagt, es gibt eine hohe Belohnung, wenn man euch fängt. ›Niemand lacht über dich, wenn du die Taschen voll Geld hast‹, hat er gesagt.«

»Und niemand lacht, wenn du tot und begraben bist«, sagte Napoleon.

Scooter fuhr mit seiner Erzählung fort. »›Das ist die Lösung für mich‹, hat Drillich gesagt, ›Ich lauf nicht mehr lange als Clown durch die Gegend‹, und er hat uns gesagt, was wir tun sollen, wenn ihr auftaucht. Dann hat er Snuffkin angerufen, und während des Kampfs haben wir dem gezeigt, wo das Pferd ist, und dann hat man so getan, als seien wir auch gefangen worden wie ihr anderen ... Snuffkin, wisst ihr, der wollte uns noch einsetzen, euch auszuhorchen, nach den Verhören und so, deshalb hat er uns in die Zelle zurückgesteckt, als wir was zu essen bekommen hatten ... damit ihr uns am Morgen seht ... aber die anderen wollten nach Hause, und als die Buffonis uns freiließen, sind sie auch heim.«

»Ach, Scooter«, sagte Sydney, Tränen in den Augen, »wie konntest du so gemein sein? Was hat dir Sam je getan? Ihn für Geld an Snuffkin zu verraten … dass er zu Katzenfutter zerhackt wird. Ich begreif's nicht.«

Der Zwerg senkte den Kopf, das Gesicht schamglühend. »Ich dachte, ich arbeite für Gesetz und Ordnung«, murmelte er.

Napoleon schaute sich im Zimmer um. »Ich nehm ihn gerne mit raus, wenn niemand anders Lust hat. Ihr findet den Rest morgen früh im Kanal.«

Scooter hob den Kopf; eine Träne rann über die schmutzige Haut seines Gesichts, Blut sickerte in den halbfertigen Verband. »Ich hab euch damals nicht gekannt. Ich hab nicht gewusst, wie viel euch Sam bedeutet, was Sam war. Ich war damals nicht euer Freund. Jetzt bin ich es.«

»Freund!«, sagte Orococco verachtungsvoll. »Schöner Freund.«

»Es ist mein Ernst. Ich bin gern mit euch zusammen gewesen, selbst als wir auf der Flucht waren. Ich hätte Snuffkin nie etwas gesagt, wenn ich euch von Anfang an gekannt hätte, und ich glaube, Drillich auch nicht … nur …«

»Nur was?«, fragte Napoleon.

»Er konnte halt an nichts anderes mehr denken als an das Geld, und dass er nicht mehr in der Zirkusbude arbeiten müsste, dass die Leute nicht mehr über ihn lachen würden.«

Chaline trat näher zu dem Zwerg und legte ihm die Bandage an seiner Schulter vollends an. »Wie kommst du zu der Wunde?«, fragte sie.

»Drillich und ich haben uns heute Nacht gestritten. Es ist immer schlimmer mit ihm geworden, seit Madge uns in dem Keller eingesperrt hat. Es war, als würde er für alles euch verantwortlich machen, die Borribles. Die ganze Zeit da drunten hat er mir immer zitternd und fluchend vorerzählt, wie er euch dafür zahlen lassen würde, wie er den Rest seines Lebens im Luxus leben würde und dabei an euch denken wollte, mit gestutzten Ohren, wie ihr älter werdet und arbeiten müsst – Erwachsene, genau wie wir.«

»Worüber habt ihr euch gestritten?«, fragte Poch. »Erzähl uns das.«

»Also, ich bin zuerst mit ihm fortgelaufen, weil ich Angst davor hatte, was ihr mit uns machen würdet, wenn ihr alles herausfindet. Ich wollte nur weg, aber Drillich wollte die Sache fortsetzen, euch alle in Gefangenschaft bringen. Ich sagte, ich mach's nicht, wir hätten mit euch zusammen so viel durchgemacht, wir wären jetzt wie ihr … ihr würdet uns vertrauen. Ich war dafür, zurückzugehen und euch zu warnen, da hat er das Messer gezogen und mich gestochen und in den Kanal geworfen. Er hat eine Weile zugesehn, wie ich gezappelt hab, dann hab ich mich sinken lassen und getan, als ertrinke ich und gehe unter. Dann ist er auf dem Weg am Kanal Richtung Camden Town gerannt.«

»Um Snuffkin zu holen«, sagte Poch. »Wir müssen weg.«

»Nein«, sagte Scooter, »er will es der SBE nicht gleich sagen, er hat mir doch seine Pläne erzählt. Er glaubt, wenn er jetzt Snuffkin sagt, wo ihr seid, schnappen euch die Plattfüße, und Snuffkin steckt alles Verdienst ein. Er will direkt nach Camden und welche von den anderen Zwergen zusammenholen, es gibt noch jede Menge, die Snuffkin nicht jung genug ausgesehen haben, die sind ganz schön zäh. Drillich will euch selber fangen. Auf diese Weise könnte er so viel Geld wie möglich aus Snuffkin herauspressen. Er will den Ruhm und die ganze Belohnung.«

Als er verstummte, flackerten Scooters Augen, und ihr Licht erlosch. Er griff konvulsivisch nach seinem Magen, kippte vorwärts und fiel bewusstlos von seinem Sitz auf den Boden. Frisches Blut färbte seinen Verband dunkel.

Chaline kniete neben ihm. »Er hat wahrscheinlich den Bauch voll Kanalwasser«, sagte sie. »Das bringt einen um. Gebt mal den Tee da rüber.«

»Scheiß auf den Tee«, sagte Napoleon, »seht ihr denn nicht, dass das alles eine einzige große Tüte Stunk ist. Eine Messerwunde, eine Runde im Kanal. Leicht zu machen. Ich wette, das ist alles nur so eingefädelt, dass sie wieder einen Spitzel in unseren Reihen haben.« Das Gesicht des Wendels wurde hart. Er lehnte sich vor, schob Chaline zur Seite und packte die falschen Plastikohren, die Scooter immer noch trug, um sie abzureißen, eins nach dem andern, so wütend daran zerrend, dass der starke Klebstoff die echte Haut mitzog und beide Ohren oben zu bluten begannen. »Seht her«, sagte Napoleon, »er ist ein Erwachsener, ein Liliputaner, ein Spion, ein Verräter.«

Chaline stellte sich breitbeinig über Scooters Körper. »Ich glaube ihm«, sagte sie. Sie stand inmitten ihrer Freunde und schaute in ihre Gesichter. »Diese Wunde in der Schulter, das war kein Spaß, die ist tief und hört nicht auf zu bluten, die ist voll dreckigem Kanalwasser. An ihr könnte er sterben. Seine Temperatur ist sehr niedrig, er zittert. Das lässt sich nicht alles mimen. Er musste nicht zurückkommen, um uns zu warnen.«

»Was wir auch tun«, sagte Poch, »wir können nicht mehr in seiner Gegenwart reden.«

Bingo schaute auf den blutenden Körper hinab. »Müssen wir nicht«, sagte er. »Bis der wieder zu sich kommt, sind wir meilenweit fort.«

»Vom Grund des Kanals aus könnte er uns auf keinen Fall folgen«, sagte Napoleon.

»Augenblick mal«, sagte Chaline, und in ihrer Stimme lag eine solche schockierte Verblüffung, dass die anderen sofort aufmerksam wurden. Sie kniete nieder und versuchte, das Blut, das aus den Ohren des Zwergs floss, zu stillen. »Seht her! Unter den falschen Ohren sind sie gewachsen, seine Ohren, schaut … spitz. Sie sind spitzer als die Ohren eines Normalen, aber nicht so spitz wie unsere. Ich hätte es nie für möglich gehalten, ein Erwachsener wird zum Borrible! Vielleicht hat er doch die Wahrheit gesagt.«

Die Abenteurer drängten sich um Scooter und betrachteten prüfend die Indizien. Chaline stand voll Erstaunen auf und fand Pochs verwirrten Blick auf sich gerichtet. »Das ist unmöglich«, sagte er, »Erwachsene können nicht mehr Borribles werden.«

Chaline warf sich das Haar über die Schultern. »Ich weiß«, sagte sie, »aber vielleicht hat kein Erwachsener je so viel Zeit mit den Borribles verbracht wie Scooter. Wer weiß? Ich weiß es nicht.« Sie schaute ihn verwundert an. »Aber denk nur, was das bedeuten könnte.«

»Es könnte eine ganze Menge bedeuten«, sagte Torricanyon, »aber wir können nicht die ganze Nacht hier rumstehn und verhandeln. Was machen wir mit ihm?«

»Wir lassen ihn hier«, sagte Poch, »wie Bingo gesagt hat. Wir sagen's den Conkers, sie sollen auf ihn achten.«

Nach diesem Beschluss liefen alle rasch und entschlossen durch die beiden Wohnungen: Rucksäcke wurden gepackt, Schleudern und Steine kontrolliert, die wärmste Kleidung ausgewählt. Am Grand-Union-Kanal entlang würde es tödlich kalt sein, und die Borribles würden jedes bisschen Schutz brauchen können.

Während dieser hektischen Vorbereitungen verschwanden Switch und Treld, die der Auseinandersetzung über das Schicksal Scooters mit großem Interesse gefolgt waren, ein Weilchen, und als sie zurückkamen, trugen sie so viel Nahrung, wie sie nur hatten finden können, von den verschiedenen Mitgliedern des Conkerstammes zusammengeschnorrt.

»Nehmt's nur«, sagten sie, als die Abenteurer Einwände machten.

»Versteckt euch in einer der leeren Fabriken am Kanalweg, und wir bringen euch morgen noch mehr.«

»Morgen?«, fragte Chaline und stopfte einen Regenmantel oben in ihren Rucksack. »Was meint ihr mit morgen?«

Treld grinste und fuhr sich mit den Fingern durch ihr blaugelbes Stachelhaar. »Wir meinen«, sagte sie, »dass es keinen Weg gibt, wie ihr Sam ohne Hilfe aus dem Schlachthaus rausbringen könnt. Wir haben's gesehen, sind zu viele Bullen.«

Switch lachte, und die Sicherheitsnadeln vorne an ihrer Jacke klingelten. »Seht ihr, wir Conkers wollen euch helfen, das Pferd rauszuholen. Also kommen wir alle hin, sorgen ein bisschen für Ablenkung. Wird mal wieder was los sein.«

»Was los?«, sagte Poch. »Ihr könntet gefangen werden. Und wie ist es heute Nacht? Was ist, wenn die Bullen hierherkommen?«

»Mach dir mal keine Sorgen, Poch, alter Freund«, sagte Switch. »Das ist nicht der einzige Häuserblock, den wir zum Wohnen haben. Ihr brecht jetzt einfach mal auf, und wir holen euch morgen ein, gleich hinter den Gaskesseln. Sucht einen schönen Platz mit einem Dach drüber, und wir halten ein Festmahl.«

Wenn sie nun auch wieder auf der Flucht waren und sich jede Minute weiter der Gefahr des Schlachthauses näherten, waren die Abenteurer doch erleichtert – die Haltung der Conkers heiterte sie gewaltig auf. Sie schoben die Arme durch die Riemen der Rucksäcke, löschten die Lichter und schlichen langsam die Treppen hinunter, in die Kälte hinaus und ins Dunkel.

Direkt am Rand des Hofs, der zum Zentralblock gehörte, verabschiedeten sich die Conkers, und die Abenteurer, wieder allein, hievten sich über die hohe Mauer am York Way und betraten das Niemandsland, das sich ohne Unterbrechung von King's Cross bis Camden Road hinzog.

Es war nun schon weit nach Mitternacht in den frühen Morgenstunden. Alles war still, bis auf das leise Klatschen des Kanalwassers und den Laut des eisigen Winds, der durch die bröckelnden Mauern der toten Fabriken pfiff. Vorsichtig, einen Fuß sorgfältig prüfend vor den anderen setzend, zogen die Abenteurer in das Dunkel am Kanalweg. Sie hatten keine Taschenlampen in den Händen, nur die geladenen Schleudern. Die Borribles waren auf alles gefasst, weil sie wussten, dass sie das auch sein mussten.

Es war eine harte Nacht, kalt und freudlos, und die Abenteurer verbrachten sie in der hohlen Ruine eines großen Lagerhauses. Sie wussten nicht, wo sie in der Dunkelheit waren, doch sie konnten im Süden das Vakuum eines leeren Docks spüren – sie konnten hören, wie der schwarze Schlamm geräuschvoll an den zerbrochenen Resten halbbedeckter Kähne und Boote lutschte.

Dieser Teil Londons war tot, wie ein Ort, wo die Cholera alles hinweggerafft hatte, nicht nur im Wasser, auch in der Luft und auf dem Erdboden. Selbst das Lagerhaus hatte einen Todesgeruch, und er hielt die Borribles wach, da sie fürchteten, aus einem Schlaf hier nicht mehr aufzustehen. Wachsam saßen sie zusammengedrängt, um sich zu wärmen, Seite an Seite gegen eine Mauer gelehnt, im Dunkeln die Knie aneinanderrückend und in die Leere starrend, erwarteten sie die Morgendämmerung.

Als es dämmerte, zog der Morgen kälter auf, als die Nacht gewesen war, und schob sich frostknarrend über diesen unbewohnten Teil Londons. Es war eine Morgendämmerung, blass und blutlos wie ein Leichnam, eine schmutzige und krebszerfressene Leiche. Die Borribles standen auf, reckten sich, gingen zu den Löchern in der Wand, die einst Fenster gewesen waren. Sie rieben sich die Beine und schlugen einander auf den Rücken, um ihre Körper zu wärmen; sie starrten auf die Landschaft hinaus, die sie auf allen Seiten einschloss, und alles, was sie sahen, waren kirchenhohe Fabrikgebäude, deren Träger wie gebrochene Knochen aufragten, und Häuser, die zu schmutzigen Stücken verrotteten und jenen Geruch von sich gaben, der schlimmer war als krankes Fleisch.

Es war, als lebe man auf der fernen Seite eines toten Planeten, unentdeckt und ungeliebt. Keine einzige Kreatur regte sich hier – kein Mensch, keine Katze, kein Hund, kein Vogel. Nur die tiefen grauen Wolken bewegten sich, plump und schwer von ihrer Last schmutzigen Wassers, durch den Himmel torkelnd ohne ein Ziel.

Poch seufzte. »Wir bleiben heute besser hier«, sagte er. »Das Schlachthaus ist nur noch ein, zwei Meilen weiter, und wir können erst heute Nacht losschlagen.«

Vulgo fing an, Feuerholz vom Boden aufzulesen, alte Leisten und Bretter, die aus Wänden und Decken gefallen waren. »Kann geradeso gut jetzt mal Tee machen«, sagte er. »Niemand hier, der den Rauch bemerken könnte, und 'ne Tasse wird uns allen gut tun.«

Bingo hockte sich auf den Bretterfußboden und malte zur Probe ein paar Kreidezeichen mit einem Stück Gips. »Die SBE findet uns hier nicht«, sagte er, »aber ich mach, glaub ich, besser mal ein paar Borriblezeichen am Kanal entlang, dass die Conkers wissen, wo wir stecken«, und er duckte sich durch einen verfallenen Türrahmen und war fort.

»Ich hoffe, die Conkers kommen«, sagte Chaline, als sie Bingo nachsah. »Wir könnten ihre Hilfe brauchen. Tatsache ist, dass ich gar nicht sehe, wie wir ohne sie irgendeine Chance haben.«

Stumm stimmten ihr die anderen Abenteurer zu. Sie wandten sich von den Fenstern weg und schauten zu, wie Vulgo einen Topf aus seinem Rucksack zog und ihn an einem alten Wasserhahn, der mitten im Raum auf einem aufragenden Leitungsrohr saß, volllaufen ließ. Dann hockten sie um das Feuer, das er gemacht hatte, und warteten, bis das Wasser kochen würde. Es gab nichts anderes zu tun.

Die Borribles blieben den ganzen Tag in Deckung – es gab nichts, was sie in die öde Landschaft hätte hinauslocken können –, doch gegen Abend, nach Stunden des Dösens und, dank Vulgo, Teetrinkens, brachte sie Bingos Stimme auf die Beine, der vom Kanalweg heraufrief, wo er immer noch Wache hielt.

»Sie kommen«, rief der Borrible aus Battersea, »und sie sehen wunderschön aus, kommt und schaut's euch an.«

Draußen hatten sich die harten Ränder des Himmels auf die Erde herabgedrückt. Aus den Wolken fegte der Regen in schrägen Stößen, scharf wie ätzende Säure, und lange Schattenecken waren über alles gefallen. Die Oberfläche des Kanals war schwarz, die Umrisse der gestrandeten Kähne wieder undeutlich, hinabgesunken in den schwarzen Schlamm, der sie nie mehr loslassen würde.

Doch den Kanalweg entlang, in einer Entfernung von dreihundert Metern, kam eine lange Reihe menschlicher Gestalten hintereinander heranmarschiert, und jede trug eine goldene Taschenlampe, und jede Lampe sengte ein feuerhelles Loch in das Düster der Abenddämmerung. Es waren die Conkers, alle, die den Abenteurern zu Hilfe kamen, die heranmarschierten, um mit ihnen Sam das Pferd zu befreien.

Chaline kam zum Fenster und stellte sich neben Poch, und die anderen auch. »Oh«, seufzte sie, »es ist wirklich wunderbar.«

Näher und näher kamen die Conker-Mädchen, die Taschenlampen hoch erhoben. Jetzt waren sie dicht bei den Abenteurern, stiegen vom

Rand des Kanals empor, über die Mauertrümmer und durch das bröckelnde Eingangstor in das Lagerhaus, die Lampen über den Köpfen im Kreis wirbelnd, dass Lichträder in der Luft standen.

Sie waren in den schönsten Klamotten gekleidet, die sie hatten finden können, und das Lampenlicht spiegelte sich in ihren Fahrradketten und ihren barbarischen Broschen und Ohrgehängen. Ihr seltsames Stachelhaar glitzerte in allen Farben des Regenbogens und strahlte von silbernen Sternen. Vorne und hinten auf ihren Lederjacken und auf den Beinen ihrer zerfransten Hosen waren Zeichen und Bilder aufgesprüht. Ihre Gesichter trugen grellfarbene Strichbemalungen. Alle grinsten vor glücklicher Aufregung. Kampfbegierige Kriegerinnen, lachten sie untereinander über die Verwunderung auf den Gesichtern der Abenteurer und zogen aus den Taschen, die sie trugen, riesige Mengen zu essen und trinken hervor. Schließlich, nachdem sie die Fensterhöhlen des Lagerhauses mit alten Säcken zugehängt hatten, setzten sie sich hin und luden ihre Freunde ein, dies auch zu tun.

Die Abenteurer hatten sich seit Brixton nicht mehr so glücklich gefühlt. Es gab reichlich zu essen und trinken, sicher, doch etwas anderes war noch wichtiger: Hier saßen fünfzig oder sechzig Freundinnen, die gekommen waren, ihnen bei ihrem Tagewerk zu helfen, bei dem Befreiungsversuch. Es war eine Feier des Borriblemäßigen.

»Eins ist da allerdings noch«, sagte der ewig vorsichtige Napoleon, »wir sollten nicht allzu sehr feiern, Fell des Bären und so – haben wir überhaupt einen Plan?«

Die Abenteurer sahen sich ratlos an. Switch und Treld lauschten dem Schweigen eine Weile, lächelten dann, und Switch sagte: »Wie ich es sehe, ist es das Beste, wenn wir Conkers so viel Krach schlagen und Verwirrung stiften wie möglich, rund um den Schlachthof – haben die Bullen erst mal eine Beschäftigung.«

»Genau«, sagte Treld, »und während sie hinter uns her sind, müsst ihr euch drauf konzentrieren, das Pferd rauszuholen und damit abzuhauen.« Treld hatte ihr Haar heute Nacht anders gefärbt: Es war nun leuchtend orange und sah im Schein der Taschenlampen wie eine lodernde Flamme aus. Um die Augen hatte sie sich grüne Kreise gemalt.

Napoleon schüttelte den Kopf. »Ist euch nicht klar«, wandte er ein, »dass Snuffkin abgesehen von seinen Wachen vor Ort noch Wagenladungen voll Reservebullen um die Ecke stehen hat?«

Switch trank eine Bierdose leer und warf sie über die Schulter weg.

»Das ist genau das, wo wir euch helfen können«, sagte sie. »Also, der Schlachthof grenzt hinten an den Kanal, wir haben ein Zeichen gemacht, dass ihr seht, wo es ist, aber vorn ist nur ein schmaler Hof. Ihr steigt vom Kanal her über die Mauer, sucht euch das Pferd, raus durch das Schlachthaus durch, die Seitenstraße runter und auf die Hauptstraße raus. Wir sollten euch 'nen Vorsprung von sagen wir zehn Minuten rausholen, Zeit genug, dass ihr bis Camden Town kommt und nach Chalk Farm. Da gibt's ein paar gute Borribles droben, in einem Schrottlager, die wissen, dass ihr kommt, weil wir 'ne Botin rübergeschickt haben. Sie werden euch ein paar Tage verstecken, und inzwischen sorgen wir dafür, dass die Bullen hinter *uns* her sind.«

»Es wird nicht so leicht gehen«, beklagte sich Sydney. »Wir werden bemerkt werden, lange ehe wir an Sam rankommen.«

»Nee, eben nicht!«, rief Poch und schlug sich auf den Schenkel. »Ich hab's ganz vergessen, euch zu sagen ... wir kennen das Passwort, bei dem die Bullen denken, wir sind Zwerge.«

»Jippiiii!«, schrie Vulgo. »Wie heißt es?«

»Wackelpudding«, sagte Poch. »Wackelpudding heißt die Parole.«

»Wackelpudding! So werden die Plattfüße auch aussehen!«, rief Orococco und hob seine Bierdose hoch, um dann einen tiefen Zug zu nehmen.

Da sprangen alle Borribles mit lauten Rufen auf und hielten ihre Flaschen und Dosen hoch, die Gesichter freudestrahlend.

»Sam, das Pferd!«, riefen sie. »Lang lebe Sam das Pferd!« Und der Ruf hallte von den kahlen Backsteinwänden des verlassenen Lagerhauses wider und machte sie glücklich. Nichts konnte sie nun aufhalten.

Um halb vier war es an diesem Nachmittag schon tief dunkel, und die Borribles machten sich an ihre letzten Vorbereitungen für den Angriff auf das Schlachthaus. Ganz zum Schluss, als alles andere erledigt war, wurden die Schleudern und die Munition kontrolliert und die Lampen gelöscht, doch eben, als Treld die Abenteurer nach draußen führen wollte, glitt leise Chevrolet, eine von den Wachtposten der Conkers, ins Lagerhaus und befahl flüsternd, alle sollten sich sofort zu Boden werfen und so still wie nur möglich liegen bleiben. Auf keinen Fall sollte einer sprechen oder auch nur husten.

So dringlich klang diese Anweisung, dass es glücklicherweise keinem auch nur einen Augenblick lang einfiel, nicht zu gehorchen. Die Abenteurer und die Conkers warteten unbeweglich, mit dem Gesicht nach unten auf den schmutzigen Brettern liegend. Fünf Minuten vergingen, zehn Minuten, dann hörten sie das Stapfen marschierender Füße, direkt unten auf dem Kanalweg, und lauter als das Getrappel ertönte die Stimme von Drillich, dem Zwerg, der Kommandos brüllte.

»Auf geht's«, brüllte er. »Links, rechts, links, rechts. Kommt doch, sie sind vielleicht noch dort. Wir müssen herausfinden, wo sie sind, und hinterher. Denkt an die Belohnung. Auf geht's, links, rechts.«

Nach und nach verklang der Lärm in der Ferne, doch die Borribles bewegten sich nicht und sprachen nicht, bis Chevrolet, mit einem geflüsterten Befehl, sie sollten bleiben, wie sie waren, durch ein Fenster verschwand. Nach zwei, drei Minuten kam sie zurück und ging zu Switch.

»Ich war ein Stück den Kanal hoch«, erklärte sie. »Glück gehabt, dass ich aufgepasst und gelauscht hab, und Glück, dass die so einen Heidenlärm machen. Die waren etwa so groß wie wir, aber ich dachte, das können keine Borribles sein bei diesem Krach, oder?«

»Nein«, sagte Switch.

»Zwerge«, sagte Napoleon. »Ekelhafte kleine Spitzel und Verräter.« Im Dunkeln streckte er sich zu seiner vollen Größe.

»Es müssen etwa zwanzig oder dreißig gewesen sein«, fuhr Chevrolet fort. »Der eine, der mit euch in unsrem Block war, der weggelaufen ist, der hat sie angeführt. Ich hab seine Stimme erkannt.«

»Ich auch«, sagte Napoleon. »Wo sind sie hin, wieder zurück?«

»Ja«, sagte Chevrolet, »zur Caledonian Road.«

Poch sah zu Chaline hinüber. »Ich mag gar nicht denken, was Drillich mit Scooter anstellt, wenn er ihn findet.«

»Die werden ihn eben nicht finden«, sagte Switch, »die Wachen haben ihn mittlerweile schon woanders hingebracht.«

Napoleon zog sich den Rucksack bequemer auf die Schultern hoch. »Mir egal, was sie mit dem anstellen«, sagte er. »Wenn es die Zwerge vierundzwanzig Stunden anderswo beschäftigt, dann können sie den kleinen Arsch von mir aus durch den Wolf drehen … umso besser.«

Wie Poch gesagt hatte, war es vom Versteck bis zu dem Schlachthaus nicht mehr weit, und nachdem sie dem Kanalweg etwa eine halbe Stunde gefolgt waren, sahen die Abenteurer das Kreidezeichen der Conkers zu ihrer Rechten an einer verfallenen Ziegelmauer leuchten. Die

Mauer war einst hoch und fest gewesen und hatte den Hinterhof des Schlachthauses vom Kanalufer getrennt, doch das Wetter und die Kinder hatten sie im Lauf der Jahre abgeschliffen, und sie ging nun einem Erwachsenen nur noch ein wenig über die Knie, und der Zugang – durch einen Streifen Ödland hindurch – zu den Hallen des Schlachthauses und den Straßen dahinter war kein Problem. Die Abenteurer hielten an und kauerten sich hinter den Trümmerstumpf der Mauer, um ihre Umgebung auszuspähen. Endlich waren sie am Schlachthaus angelangt, endlich sahen sie es – und rochen es.

Wenn auch das Winterdunkel sich schon lange auf London gesenkt hatte, war es doch erst früher Abend, und die Männer im Schlachthaus waren noch an der Arbeit. Grelles elektrisches Licht strömte aus zwei riesigen Toren, die in der Mitte eines langen, niedrigen, fensterlosen Gebäudes auf der anderen Seite des gepflasterten Hofes offen standen. Ein Mann, gegen das Licht nur ein Schattenriss, spülte Blut mit einem Schlauch über das Pflaster fort, mit Wasser, das dicker schien als Leim und dunkler als die schwarze Dunkelheit. Es floss ins Maul eines Abflussrohrs. Er pfiff bei der Arbeit eine tonlose Melodie, und der Laut wurde von der feuchten, todesgesättigten Luft zu den Borribles getragen.

Irgendwo wieherte ein Pferd, und aus dem Wiehern wurde ein kreischender Schrei, und der Schrei endete, als ein Metallbolzen durch die lebende Schädeldecke geschossen wurde und in das warme, weiche Hirn drang. Ein Leib fiel, Beine schlugen. Der Mann im Hof bediente pfeifend weiter seinen Schlauch, als wieder dampfendes Blut durch das Tor floss; er spülte es weg. Seine breite Lederschürze glänzte feucht, seine Gummistiefel quatschten. Die Borribles starrten über die Mauer, schluckten trocken und knirschten mit den Zähnen. Sydney fluchte.

»Dafür besorg ich's ihnen«, sagte sie. »Junge, werd ich's denen dafür zeigen.«

Die Borribles beobachteten den Hof. Links parkten dicht beieinander in einer Reihe drei riesige Laster. Aus dem ersten drang das Blöken von Schafen, verrückt vor Angst, aus dem zweiten das panische Grunzen von Schweinen, die der Blutgeruch schreckte, und aus dem dritten rollte das tiefe Muhen von Kühen, die wussten, dass ihr Leben zu Ende war. Hinten troff aus jedem Wagen stetig scharf stinkender Urin auf den Boden. Neben den Führerhäusern standen wartend und sich suchend umsehend zwei Polizisten. Drei andere standen rechts am Eingang der Gasse, die zur Baynes Street führte und zur Vorderseite des Gebäudes.

Hinter den Lastwagenriesen zog sich quer über den Hof eine Reihe von Stalltüren, etwa fünfzehn, alle von außen verriegelt.

Sydney kroch in der Deckung der Trümmermauer zu Poch und Chaline. Sie deutete hinüber: »Diese Stalltüren«, flüsterte sie, »ich wette, da haben sie Sam.«

Poch nickte und schaute auf die Uhr. »Wir fangen am besten an«, sagte er. »Chaline und Nap und ich gehn rüber und reden mit den Bullen. Stonkus, Torri, Vulgo und Coco können hier hinter der Mauer in Reserve bleiben, die anderen sollen mal hinter diesen Lastwagen rumschleichen und schauen, ob Sam in den Ställen steckt. Wenn ihr ihn findet, ruhig bleiben, bis die Conkers vorne ihre Schau abziehen, und dann gehen wir durchs Schlachthaus raus. Haltet euch zusammen und lasst euch nicht erwischen.«

Mit einem letzten nervösen Lächeln für seine Freunde stand Poch auf und stieg über die niedrige Mauer. Napoleon und Chaline schlossen sich an; ihre Herzen schienen wie Presslufthämmer zu schlagen. Als die Borribles ins Licht traten, hörten die Polizisten sie und drehten sich, zusammenfahrend, herum.

»Na, was haben wir denn da?«, sagte Polizist Nummer eins, sich von seiner Überraschung erholend, und kreuzte die Arme mit unübertrefflicher Selbstgefälligkeit.

»In der Tat«, sagte Polizist Nummer zwei, »und wo kommt ihr so plötzlich her?« Auch er verschränkte die Arme und nahm eine Pose unübertrefflicher Überlegenheit ein, dazu noch mit einer besonderen Note à la ›Das ist eine ernste Angelegenheit, und ich verbitte mir alle Frechheiten‹. Beide Männer starrten aus großer Höhe herab.

»Liliputaner«, sagte Napoleon.

»Zwerge«, sagte Poch.

»Wackelpudding«, fügte Chaline hinzu.

Die beiden Polizisten nickten weise. »Wackelpudding«, wiederholten sie.

»Wir sind gestern rekrutiert worden«, erklärte Poch, »von Inspektor Snuffkin, in seinem Wohnwagen in Rochester Gardens.«

»Alles schön und gut«, sagte Nummer eins. Er fing an, sich langsam auf den Absätzen vor und zurück zu schaukeln wie ein pompöser Polizist in einer Varieté-Pantomime. »Aber wir haben hier alles unter Kontrolle. Es werden keine Zwerge gebraucht.«

Aus dem Schlachthaus drang ein Schrei, ein Ausbruch von Flüchen und Gelächter, das Blöken von Schafen und dann das Geräusch kleiner Hufe, die nervös über Beton tanzten. Wieder strömte Blut aus dem großen Tor, und der Mann pfiff und spritzte mit seinem Wasserschlauch.

Poch wischte sich mit dem Handballen den kalten Schweiß von der Stirn. Hoffentlich würde ihm nicht schlecht. Der Geruch war entsetzlich, und die Winternacht schien plötzlich heiß und klebrig. Er schaute zu den Polizisten hoch und lud seine Stimme mit einer vollen Dosis Ehrlichkeit auf.

»Man hat uns befohlen, den Kanal zu kontrollieren. Wir sollten oben in Camden Town anfangen und uns nach King's Cross rüberarbeiten. Der Inspektor meinte, die Borribles würden vielleicht vom Kanalweg kommen und Sie überraschen.«

»Uns überraschen?«, sagte Nummer eins. Er hörte auf, sich vor und zurück zu schaukeln, verblüfft von der Dreistigkeit der Bemerkung. »Braucht's mehr als ein paar Borribles, Kleiner, um die SBE zu überraschen. Ich hab da drüben drei Mann und noch etwa zwanzig an der Vorderseite, und wenn das nicht reicht, haben wir noch vierzig in Reserve.«

Nummer zwei löste seine Arme und stemmte die Hände in die Hüften. »Wenn diese Borribles versuchen, an das Pferd ranzukommen«, grinste er, »dann werden die selbst Katzenfutter. Sind ja bloß zehn. Wenn sie es wagen, sich hier blicken zu lassen, häng ich sie alle wie sie da sind in einer Reihe am Kinn an die Fleischerhaken.«

»Recht so«, sagte Chaline und schluckte schwer.

In diesem Moment drang erneut Lärm aus dem Schlachthaus. Die Schafe blökten wieder um ihr Leben. Der Gestank des Todes saß ihnen in den Nüstern, und der Instinkt sagte ihnen, dass sie bald gar nichts mehr riechen würden – sie würden selbst Teil des Geruchs geworden sein. Poch kontrollierte wieder seine Uhr. Die zehn Minuten waren beinahe vorbei. Die Conkers mussten jetzt jeden Moment angreifen.

»Na gut«, sagte er, »dann gehn wir weiter unsere Strecke. Wenn wir zwischen hier und King's Cross was sehen, sagen wir Bescheid.«

»Mach das, Steppke«, sagte Nummer eins und sog den Atem durch die Zähne ein, »aber ihr werdet nichts sehen. Möchte wetten, dass die Borribles meilenweit weg sind und sich in einer anderen Stadt verkriechen.«

Als Poch und seine zwei Gefährten sich abwandten, hörte man schwach in der Ferne das Geräusch von zersplitterndem Glas. Dann ertönten Schreie, und das Funkgerät, das Nummer eins am Revers seiner Uniformjacke stecken hatte, begann zu knistern und zu sprechen. »Achtung! Bereithalten!«, sagte eine Stimme. »Haben hier ein paar Punkzwerge, die durchdrehen. Passt auf eurer Seite auf! Wir rufen die Verstärkung. Kein Grund zur Beunruhigung.«

In ebendiesem Moment sprangen mit hervorragendem Tuning Torricanyon und Stonkus auf die Kanalmauer und schossen mit ihren Schleudern auf die Polizisten, mit denen Poch gesprochen hatte, wobei sie vorbeizielten.

Napoleon streckte geduckt, halb umgewandt, den Arm vor: »Da!«, rief er. »Borribles! Sehen Sie doch! Hinterher!«

Die beiden Polizisten, wütend, auf solche Weise angegriffen zu werden, rannten zur Kanalmauer und riefen gleichzeitig ihren drei Kollegen zu, sie sollten an der Ecke zur Gasse auf Posten bleiben. Torricanyon und Stonkus schossen jeder noch einmal und sprangen dann hinab und rannten nach Osten in Richtung King's Cross, wo sie aus dem Licht in die Dunkelheit verschwanden. Ohne zu zögern, sprangen die beiden SBE-Männer über die Mauer und setzten ihnen nach, dichtauf hinterherrennend und ihnen zurufend, sie sollten sich ergeben und sie seien unter Arrest.

Sie kamen nicht weit. Ein Stück alter Draht, unsichtbar von Vulgo und Orococco straff über den Kanalweg gespannt, ließ beide stolpern. Polizist Nummer eins, der voranlief und ein eindrucksvolles Tempo vorlegte, spürte, wie seine Füße unter ihm weggezogen wurden, während der Rest seines Körpers sich immer noch mit alarmierender Geschwindigkeit voranbewegte. Nicht in der Lage, seine Balance wiederzugewinnen, segelte er in elegantem Bogen über den Rand des Kanals und klatschte mit einem Ruf der Überraschung in die dreckigen Fluten des Grand-Union-Kanal. Der Ruf wurde in einem Sekundenbruchteil abgeschnitten, als sein Mund unter der Wasseroberfläche verschwand und etwa zwei Liter ungeklärtes Abwasser aufnahm.

Polizist Nummer zwei, der dicht hinterherkam, unternahm eine beträchtliche Anstrengung, dem Schicksal seines Kollegen zu entgehen, und hatte auch beinahe Erfolg. Er sah seinen Freund gegen den Draht prallen und versuchte, in die Höhe zu springen und gleichzeitig auszuweichen, doch auf dem schmalen Weg gab es keinen Raum, in den er hätte ausweichen können. Links war die Fabrikmauer, rechts der Kanal.

Er stieß sich mit den Füßen am Boden ab, um in die Höhe zu fliegen, doch da er den Körper mitten in seiner Bahn krümmte, schlug er gegen die Mauer, prallte ab und schwankte dann recht lange Zeit am äußersten Rand des Weges, die Arme ausgebreitet, auf Zehenspitzen wie ein Tänzer. Vulgo tauchte aus seinem Versteck auf und schob mit einer Hand den stocksteif balancierenden Polizisten in den Kanal, in ebendem Augenblick, als Kollege Nummer Eins wieder auftauchte und große Mengen Wasser wie eine Fontäne in die Luft spie. Vulgo schrie triumphierend, und Orococco stellte sich mit breitem Lächeln neben ihn.

Die beiden Polizisten schwammen nun, mit Armen und Beinen ausholend, auf das Ufer zu, das sie gerade verlassen hatten. Da zog Vulgo seine Schleuder; Orococco auch. Vulgo schoss einen Stein ins Wasser, und er klatschte dicht beim Gesicht von Nummer eins auf.

»Schwimmt auf die andere Seite«, schrie Vulgo, »oder wir zielen richtig, und dann kommt ihr da nicht lebend raus.«

Zu Vulgo und Orococco gesellten sich nun Stonkus und Torricanyon, die von ihrer gespielten Flucht zurückkamen, und alle vier beobachteten, wie die Polizisten davonschwammen, um auf den gegenüberliegenden Uferweg zu klettern, wo sie ihre Fäuste schüttelten und zu ihren Feinden hinüberfluchten. Doch dieser Mut konnte nicht von langer Dauer sein. Das Wasser des Kanals, dem Gefrierpunkt nahe, hatte den beiden Beamten den größten Teil der Lebenswärme geraubt, und heftig zitternd verließen sie die Szene, um ein geheiztes Refugium und trockene Kleider zu suchen.

Sobald sie verschwunden waren, rief Stonkus seine Gefährten, ihm zum Schlachthof zu folgen. »Denn dort«, sagte er, »wird dieser Kampf entschieden.«

Am Schlachthof hatte sich die Situation völlig geändert, und es herrschte totales Chaos. In der rechten Ecke des Hofes, an dem Punkt, wo die schmale Gasse von der Front des Gebäudes her einmündete, standen in dichten Reihen die Conkers, deren grelle Haarschöpfe nach da und dort schwankten, während sie etwa ein Dutzend Polizisten abwehrten. Sie schrien und brüllten und schossen ihre Schleudern ab, so schnell sie konnten. »Conkers vor! Conkers vor!«, hob sich ihr Schlachtruf, und sie rannten vorwärts und wichen zurück, immer dicht zusammen, mindestens vierzig, immer unter lautem Geschrei.

Stonkus überblickte das Schlachtfeld, als er mit seinen drei Kumpanen über die Mauer kletterte. Die Polizisten, welche die Ecke bewacht hatten, die nun die Conkers verteidigten, hatten dicht hinter dem großen Tor des Schlachthauses eine neue Position bezogen. Sie waren dort festgenagelt – und für den Augenblick hilflos unter dem stetigen und präzisen Beschuss von den Schleudern Pochs, Napoleons und Chalines. Stonkus rief Vulgo, Orococco und Torricanyon etwas zu, und sie rannten alle über den Hof und verstärkten das Feuer ihrer Gefährten.

Ohne sich umzudrehen, fragte Poch: »Was treiben die beiden Bullen?«

»Sind nass geworden«, antwortete Stonkus. »Was kommt jetzt?«

Poch wies mit einem Kopfrucken hinüber: Hinter den drei Lastwagen standen die Stalltüren weit offen, von Sydney, Bingo und Zwielicht entriegelt. Neunzehn, zwanzig Pferde stampften und sprangen nun hervor, ihre Hufe trappelten auf den Pflastersteinen. Sie wieherten laut in verrückter Erregung, hysterisch durch die Nähe des Blutgeruchs.

Eines davon war tatsächlich Sam, und während Sydney ihn beruhigte, hielten Bingo und Zwielicht ihre Schleudern auf die Lastwagenfahrer gerichtet, die in ihren Kabinen geschnarcht hatten und nun blass-verschlafen und verblüfft durch die Windschutzscheiben starrten: Eine unbegreifliche Schlacht tobte um sie her, und sie hatten keine Lust, sich da einzumischen.

»Mach die Lastwagen hinten auf, Stonkus!«, sagte Poch. »Die Verriegelung war zu fest für uns, aber du bist stark. Lass die Tiere frei.«

Stonkus nickte und rief seinen Freund Torricanyon, damit er mitginge. »Ich muss mich auf deine Schultern stellen, Torri«, erklärte er, »dass ich an die Riegel komme.«

Poch sah sie zum Ende des ersten Lastwagens rennen. Er stand auf. »Pass mir auf die Bullen da auf«, rief er Chaline zu, »ich geh zu Switch. Wird Zeit, dass wir hier abhauen.«

Poch rannte zur Ecke des Hofes und stieß sich mit den Ellenbogen durch die Horde der Punks. Er fand Switch mitten in der kämpfenden Menge, schreiend, singend, die Schlacht mit Anweisungen dirigierend; sie schoss ihre Schleuder ab, so rasch sie sie wieder geladen hatte. »Wackelpudding!«, schrie sie. »Kommt und holt euch euren Wackelpudding ab!« Dann sah sie Poch. Ihre Augen leuchteten hell auf, und sie lächelte sogar. »Bester Rabatz meines Lebens«, sagte sie.

Poch spähte über die Köpfe des Conkertumultes hinweg. Halbwegs die Gasse hinunter sah er eine dichte Linie von etwa zwanzig Polizisten unter dem Feuer der Schleudern zurücktaumeln, aber er konnte auch sehen, dass hinter ihnen Verstärkung anrückte und Schutzschilde und Helme ausgegeben wurden. Das würde die ganze Lage ändern.

Der Kampf ließ einen Augenblick nach. Poch zog Switch zur Seite; sie hatte eine Platzwunde am Kopf, und das Blut lief ihr übers Gesicht, aber sie lachte noch immer.

»Switch«, sagte Poch, »was jetzt?«

Switch lachte gutmütig-spöttisch. »Keine Angst«, sagte sie, »ich habe Treld und zwanzig andere vorne ins Schlachthaus reingeschickt. Sie haben die Tiere freigelassen und die Arbeiter rausgejagt ... Barrikaden gebaut und alles, und das ist der Weg, den ihr gehen werdet, da hindurch.«

»Da hindurch!«, rief Poch durch den Lärm. »Und wie?«

»Mit den Tieren«, erklärte Switch. »Wir ziehen auch so viel wie möglich hier in der Straße zusammen und jagen sie in einer Stampede auf die Plattfüße zu, klassischer Western. Wir rennen hinterher, ihr macht drüben dasselbe.«

Poch schaute über die Schulter. Stonkus hatte zwei der Lastwagen geöffnet, und Schafe und Schweine rasten die Klapprampen hinunter, hüpfend, quiekend und blökend, wahnsinnig vor Furcht. Mit Torricanyon zusammen attackierte er nun den dritten Laster, in dem die Kühe warteten – große, schwere Tiere wie Panzer, mit tödlichen spitzen Hörnern. Poch wandte sich wieder zu Switch. »Wie lange haltet ihr noch durch?«, fragte er. »Stonkus hat gleich den letzten Laster auf.«

Switch wischte sich das Blut aus dem Gesicht. Ihr Scharlachhaar triefte selbst in dieser kalten Nacht vor Schweiß. »Solang die Munition reicht«, sagte sie, »und bis sie mit den Schilden anrücken.«

»Also gut«, sagte Poch, »wenn alle Tiere frei und wir bereit sind, dann schieß ich diese Lampe aus.« Er deutete mit einer raschen Bewegung auf die Leuchte über seinem Kopf. »Dann jag deine Stampede die Straße runter, und wir gehen durchs Schlachthaus raus, okay?«

Ein Gebrüll erhob sich in der Gasse. Switch und Poch schauten hinaus. Eine neue Einheit SBE-Beamter rückte vor. Nun trugen sie ihre Schutzschilde, und die Köpfe waren unter glänzend schwarzen Helmen geborgen; in den Händen hielten sie Knüppel.

»Schießen«, schrie Switch, »weiterschießen!« Sie stieß Poch an. »Euer Pferd schon gefunden?«

»Ja«, sagte Poch, und er verließ sie, um zu den andern zurückzugehen, aber das war jetzt nicht mehr so einfach.

Während Poch sich mit Switch besprochen hatte, war es Stonkus gelungen, die Tür des letzten Lasters zu öffnen, und dutzende von Kühen waren aus dem Wagen hervorgebrochen, um ihr Gewicht in die Masse der Schafe, Schweine und Pferde zu werfen, die schon in alle Richtungen durcheinanderrannten, verzweifelt einen Ausweg suchend, irgendeinen, der sie aus diesem Tumult und dem Gestank des Massakers fortführen würde.

Poch musste sich jeden Zoll des Weges erkämpfen und trat, stieß und schob sich durch den Hof. Es war eine schreckliche Mühsal. Noch nie hatte er sich so ohnmächtig gefühlt, noch nie so sehr um sein Leben gebangt. Er stolperte, stürzte halb, packte eine Handvoll Vlies und zog sich wieder auf die Füße, schwankte und wäre beinahe von neuem gefallen. Endlich war er, halb reitend auf einem massiven Mutterschaf, bei seinen Freunden angelangt, die sich an der Seite eines Lastwagens Schutz suchend drängten und kämpfen mussten, um nicht auf dem Boden zertrampelt zu werden.

Der Lärm war furchterregend. Die Schweine grunzten und stießen mit den Köpfen die Schafe brutal zur Seite; ihre heißen Augen brannten, und dicker Speichel troff aus ihren Mäulern. Die Schafe waren vor Angst von Sinnen – sie rammten ihre Köpfe gegen alles, was ihnen in den Weg kam, sie kletterten übereinander, schlegelten mit ihren Beinen durch die Luft und blökten wie Wahnsinnige. Die Pferde wieherten und stiegen wie wilde Hengste, und die Kühe, von allen die gefährlichsten, senkten das Gehörn und rannten schräg hüpfend daher wie Kampfstiere, die in der Arena verzweifeln. Ein kochender, rollender Strudel aus Fleisch und Lärm umgab die Borribles, erbarmungslos und nur mit einem Ziel. Wer unter diese scharfen Hufe stürzte, fand sein Ende – einen qualvollen Tod, schrecklich verstümmelt.

Poch konnte nun sehen, dass Sam dicht bei dem Laster Schutz suchte; Sydney ritt auf ihm, und Chaline saß hinter ihr. Das Pferd bebte vor Angst, und die beiden Mädchen versuchten, das Tier mit ihren Händen zu besänftigen. Poch deutete auf die Lampe in der Ecke des Hofes und brüllte ihnen seinen Plan zu; seine Stimme drang schwach durch den ganzen Krach.

»Ich schieß das Licht aus, das ist das Zeichen für Switch und für uns. Treibt so viele Tiere, wie ihr könnt, durch das große Tor! Die Conkers brettern gleichzeitig die Gasse runter, und wir treffen uns am Vordereingang. Bleibt eng zusammen, und wir brechen alle durch und dann durch die Straßen. Chalk Farm ist der Sammelpunkt.«

Chaline, hoch droben auf dem Pferd, lud ihre Schleuder. Sie blinzelte

Poch zu, Kampfesfreude erfüllte sie; ihr Ziel kaum ins Auge fassend – sie war eine vorzügliche Schützin – schoss das Mädchen aus Whitechapel einen Stein ab, aus der Hüfte feuernd, und mit einer krachenden Gasexplosion und dem Klirren von Glas erlosch das Licht an der Ecke.

Als das Signal gegeben wurde, zogen sich die Conkers sogleich zurück und teilten sich in zwei Gruppen, die sich in den Hof zurückzwängten. Als es ihnen weit genug schien, drehten sie sich auf einen Ruf von Switch hin um und fassten sich an den Händen, in einer langen Linie, die hunderte von Tieren einschloss. Dann fingen sie an zu schreien und zu rufen, zu treten und langsam vorwärtsgehend eine große und gefährliche Herde vor sich her zu treiben.

Die Reihen der SBE, die durch die schmale Gasse vorrückten, waren durch den plötzlichen Rückzug der Conkers ermutigt und gingen rascher vorwärts, siegesgewiss ihre Knüppel schwenkend. Doch so schnell hatten die Conkers ihr Manöver durchgeführt, dass die Polizisten, ehe sie noch die Ecke erreicht hatten, wo die Gasse in den Hof mündete, sich einer soliden Wand aus Fleisch und Knochen gegenübersahen, die im Amoktempo auf sie zukam. Endlich, endlich hatten die armen Tiere des Schlachthauses einen Ausweg aus dem furchtbaren Ort vor sich, wo sie über alles Maß der Verzweiflung gefangen gehalten und gequält worden waren. Mit lautem Brüllen und Schreien und Quieken rasten sie heran, von den Conkers getrieben, die hinter ihnen dreinliefen und aus Leibeskräften immer noch »Wackelpudding, Wackelpudding!« schrien.

Die vorderste Linie des SBE-Einsatzkommandos bestand nicht aus Supermännern. Als diese Gesetzeshüter erkannten, dass dutzende von Tieren ihnen entgegendonnerten, unaufhaltsam und voll Wut, angeführt von zornigen, tückisch starrenden Kühen mit sichelförmigen Hörnern und gefolgt von vierzig Borriblepunks, die ihre Steine schossen, da drehten sie um und rannten weg.

Unglücklicherweise konnten die Polizisten in den Reihen dahinter nicht sehen, was vor sich ging. Sie waren überzeugt, dass das erste rasche Vorrücken den bevorstehenden Sieg bedeutete. »Wir haben sie«, röhrten sie und stürmten die Gasse mit geschwungenen Knüppeln hinunter, triumphierend auf ihre Schilde trommelnd.

Die zwei Gruppen von Männern prallten, in Gegenrichtung rennend, aufeinander. Im Dunkel, im allgemeinen Lärm und bei der durch die Plastikschirme der Helme verringerten Sicht kam es zu Hieben und lauten Flüchen. Es reichte nicht zu einer Verständigung: Keine Kugeln, kein Feuer würden die näher kommenden Tiere auch nur eine Sekunde aufhalten. Von den Conkers vorangetrieben, brauchten sie doch keine Treiber, nur diesen Weg ins Freie.

Die zweite Reihe der Konstabler stürzte unter die rennenden Füße ihrer fliehenden Kameraden. Chaos. Eine dritte Reihe lief zu Hilfe, nur um über die schon auf dem Boden zappelnden Männer zu fallen. Und ehe sie sich aufrappeln konnten, wurden sie von den genagelten Stiefeln der ersten Reihe auf die Pflastersteine getreten und getrampelt, die für niemand, Freund oder Feind, innehielten. Aber selbst jene verloren das Gleichgewicht, als sie versuchten, über die Arme und Beine zu springen, die ihnen im Weg waren, und nun ergoss sich die Stampede über den ganzen strampelnden Menschenklumpen, unwiderstehlich wie ein Lavastrom und mörderisch wie eine Lawine. Nichts lag mehr zwischen den Tieren und der Front des Schlachthauses, beziehungsweise dem Eingang zur Baynes Street. Aus der schmalen Mündung der Gasse dröhnten sie hervor, kreischend und tobend, der Hölle entfahrene Dämonen.

Vor dem Schlachthof standen noch mehr Polizisten, mindestens zwanzig, um ihre Streifenwagen und Transporter herumlungernd, die sie unbekümmert halb auf den Gehsteig geparkt hatten. Hier waren auch Snuffkin und Hanks zu finden, die diese Operation kommandierten, mit welcher, wie sie glaubten, die endgültige Zerschlagung der seit Monaten verfolgten Borriblebande besiegelt sein würde. Der Inspektor und der Sergeant waren zufrieden. Sie hatten soeben zugesehen, wie drei Reihen SBE-Elitetruppen um die Ecke verschwunden waren, um eine Rotte Borriblepunks zu verfolgen. Die Punks hatten es ohnehin nur geschafft, in die Nähe des Schlachthauses zu kommen, weil sie das Passwort kannten, doch nun gab es auf keinen Fall mehr ein Entkommen. Reserven warteten in der Royal College Street, und weitere Einheiten näherten sich den Kanal entlang aus beiden Richtungen. Snuffkin schlug seine Handschuhe zusammen und schaute auf seine Männer. »Bald haben wir ihre Ohren«, sang er vergnügt, »bald haben wir ihre Ohren.«

In diesem Moment hörten er, Hanks und die Männer, die bei ihnen standen, ein Geräusch, das sie noch nie zuvor vernommen hatten – den Lärm von über hundert daherrasenden Tieren. Das war nicht alles: Man hörte nun die Schmerzensschreie von Männern, die zu Boden geschleudert wurden und auf deren Körper scharfe, schwere Hufe traten. Dann brach ins Gesichtsfeld des erstaunten Snuffkin eine Herde von Schweinen und Schafen und Pferden und Kühen, schräg in die Kurve gelegt daherfegend, Augen und Hörner drohend glitzernd, und dem Inspektor wurden die Eingeweide zu Wasser: Die Stampede zielte genau auf ihn.

Snuffkin war klein und agil, und Snuffkin verschwendete nie seine Zeit. Ohne auch nur eine Sekunde zu überlegen, drängte er sich an seinem Sergeanten vorbei und krabbelte wie ein Eichhörnchen blitzschnell auf das Dach seines Wagens und rettete sich aus der Gefahr.

Hanks selbst war trotz seines riesenhaften Umfangs gar nicht langsam, wenn es darum ging, seinen Leib vor möglichen Verletzungen zu schützen. Er konnte nicht klettern wie der Inspektor, doch er riss die Wagentür auf und warf sich quer über den Rücksitz, den Kopf mit den Armen schützend und vor Entsetzen zitternd. Die anderen Polizisten waren keine Feiglinge, aber mit einer Stampede lässt sich nicht diskutieren. Man kann sie nicht einmal verhaften oder mit dem Knüppel auf den Kopf hauen. Bewundernswert einsichtsvoll rannten die meisten der Sicherheit der breiteren Straßen zu.

Snuffkin tanzte auf dem Metalldach des Wagens umher und versetzte vor Wut der Luft Fausthiebe; sein Schnurrbart zog sich wie schmerzlich verletzt in sich zusammen. Er traute seinen Augen nicht. Die Crème der Polizei floh vor einem Haufen Vieh.

»Kommt sofort zurück!«, kreischte er. »Kommt zurück. Verhaftet diese Vagabunden, fordert Verstärkung an.« Gerade da erreichte die Flutwelle Snuffkins Wagen und schoss an beiden Seiten daran vorbei, ließ das Auto wild hin- und herschwanken, stieß mit den Köpfen krachend gegen die Türen, kickte mit Hufen gegen den Lack.

»Helft mir, Männer«, röhrte der Inspektor, doch niemand hörte ihn in dem Lärm, und er schwankte nun gefährlich oben auf dem Wagen, fiel schließlich auf Hände und Knie, um nicht ganz abgeworfen zu werden, wo er auf dem Boden unter den wirbelnden Hufen den Tod gefunden hätte. Doch auch der Wagen hüpfte und ruckte wie eine leere Konservendose auf hoher See. Snuffkins Hände kratzten über die Lackoberfläche, doch es gab nichts, woran er sich hätte fest halten können. Langsam glitt er auf den Rand des Daches zu. Er hob sein schmales, verzerrtes Gesicht voll Angst zum Himmel, Hilfe suchend, doch nur ein rußiger Wassertropfen fiel in sein Auge. Es wollte wieder regnen.

Sobald Chaline die Lampe an der Ecke des Hofes zur Gasse zerschmettert hatte, stieß sie Sam die Absätze in die Seiten, und sie und Sydney versuchten, das Pferd in die Richtung des großen Tors zum Schlachthaus zu lenken. Sam leistete zunächst Widerstand, erschreckt bei der Vorstellung, ein solches Haus des Bluts betreten zu sollen, doch Sydney lehnte sich auf den Hals des Pferdes vor und sprach beruhigende Worte zu ihm, und da er seinen Borriblefreunden mehr als sonst irgendjemand auf der Welt vertraute, ging er schließlich mit sicherem Schritt vorwärts. Auf beiden Seiten des Pferdes rannten in weitem Bogen die anderen Abenteurer, schreiend und mit schrillen Rufen und geschwenkten Armen die rasende Herde vorantreibend, die vielen Tiere durch das Tor zwingend, das nun eng schien und in dem sich die Fliehenden quetschten.

Als alle Tiere einmal in das Schlachthaus gejagt waren, zog Poch die großen Torflügel zu und legte die Riegel vor. Dann sprang er hoch auf einen Hackklotz und betrachtete, die Hände in die Hüften gestemmt, die Verwirrung um sich herum. Nie hatte er etwas Vergleichbares gesehen, es war wie ein Fiebertraum, ein grelles Gemälde des Wahnsinns.

Das Schlachthaus war mit Lebenden und Toten gefüllt, die sich eng aneinanderdrängten. An langen Haken eines Fließbands an der Decke hingen die gehäuteten und rot glänzenden Kadaver von Kühen und Schweinen, Schafen und Pferden, dampfend noch von der sich verströmenden Wärme ihres Lebensblutes, jeder Leichnam nur noch ein verkrüppelter Torso seiner einstigen Form, ohne Kopf, ohne Füße, ohne Eingeweide, ohne Haut – Katzenfutter.

Am selben Fließband hingen – an ihren eigenen Handschellen aufgehängt – Seite an Seite mit den furchtbaren Leichnamen kopfunter die drei SBE-Beamten, die hier Zuflucht gesucht hatten, als Switchs Conkers zuerst die Gasse an der Seite des Gebäudes herabgestürmt waren. Hier, wo sie sich sicher gefühlt hatten, waren sie zum zweiten Mal überrascht worden, als Treld und ihre Bande durch den Vordereingang des Schlachthofs eingedrungen waren. Das Gewicht der Überzahl hatte die Polizisten zu Boden geworfen, und sie waren überwältigt, mit Schlägen betäubt und wie Truthähne gebunden und hochgehängt worden.

Nun wanden sie sich hin und her, sich im Kreis drehend, mit roten Gesichtern und dem Erbrechen nahe, dem plötzlichen Ansturm der Tiere ausgeliefert; den Tieren, die, in diesem Raum mit seinem Gestank nach Innereien, seinem Todesversprechen, wie wahnsinnig waren. Als die Stampede an ihnen vorbeiwirbelte, wurden die Körper der Polizisten von harten Knochen getroffen und von den Hörnern gestreift. Ihre Gesichter und Uniformen glänzten vor Speichelstreifen und Klumpen von Rotz – wie aufblühende Blumen explodierte es aus den Mäulern und Nüstern der verzweifelten Tiere über sie hin.

Poch schaute weg, suchte nach Treld. Endlich sah er sie und den Rest ihrer Gruppe. Die Conkers hatten sich hoch droben in den kreuz und quer laufenden Eisenträgern und -sprossen unter dem Dach postiert und hingen nun rufend und winkend dort oben. Treld selbst ließ sich, sobald sie Poch sah, auf einen Laufgang hinunterfallen und glitt dann ein Lüftungsrohr hinunter, um geschickt nur ein paar Meter von Pochs Standort entfernt auf einer Eisenstrebe zu landen. Sie sah ihn an und grinste durch das sie trennende Chaos hinüber – ein Grinsen vollständigen Triumphes. »Gut hier!«, schrie sie durch den Tumult. Poch starrte sie an. Treld war bedeckt mit Schmutz und Öl. Ihre schönen Punkklamotten hingen in Fetzen, und es war unmöglich, zu sehen, welche Farbe ihr Haar einmal gehabt hatte – all die Spitzen hingen ihr nun schlaff am Kopf herab. Die Schminke war auch aus ihrem Gesicht verschwunden, durch Dreck ersetzt, und eine Wange trug einen tiefen Schnitt, aber ihre Augen glühten lebendig und freudig, und ihr ganzer Körper schien energiegeladen. Sie schüttelte sich, und ihre Anhänger und Buttons klimperten.

»Wo sind die Metzger?«, brüllte Poch.

Treld wies mit einem Ruck ihres Daumens über die Schulter. »Als wir reingekommen sind, haben sie sich in den großen Eisschränken da drüben verkrochen … Wir mussten bloß noch die Tür zumachen. Feiglinge. Na ja, der Anblick, wie zwanzig Punkmädels direkt auf sie zuwatzen, schien ihnen wohl nicht vertrauenerweckend. Müssen halt cool bleiben.« Sie lachte über ihren Witz.

Poch schaute hinunter. Er konnte sehen, dass Chaline und Sydney immer noch auf Sam saßen, aber Schwierigkeiten hatten, ihn ruhig zu halten. Die anderen Abenteurer hatten sich wie Poch Plätze gesucht, die ein Stück vom Fußboden entfernt waren, und klammerten sich an Metallträger, Ketten und Haken, voll Angst, in das Chaos drunten hinabzufallen. Kein einziger Quadratzoll des Schlachthausbodens war sichtbar. Die Kühe drangen auf die Pferde ein, die sich wild aufrichteten; die Schweine schnappten nach den Schafen, die in engen Kreisen umherrasten oder die Wände hochzugehen versuchten.

Treld schrie Poch wieder etwas zu. »Gehn wir jetzt. Wir müssen bloß das Seil da drüben runterklettern und die Tür öffnen. Kein Bulle der Welt hält die Tiere auf, wenn sie mal in Bewegung sind.«

»Los, aufs Fahrrad!«, schrie Poch, und Treld grinste wieder und gab ihren Freundinnen unter dem Dach ein Zeichen; dann rannte sie, vollkommen furchtlos, eine Metallstrebe entlang und glitt an dem Seil, das sie vorher gezeigt hatte, hinunter, bis sie auf der Höhe eines großen Riegels war. Vom Seil aus sich hinüberlehnend, zog sie ihn zurück und stieß mit dem Fuß gegen die Tür.

Die Schafe fanden den Spalt sofort und pressten sich hinein. Die Schweine fühlten den Druck in dieser Richtung nachlassen und liefen los. Die Pferde folgten, ihnen folgten die Kühe, und die Conkers jubelten und schrien, die Tiere ermunternd. Der Sturzbach war wieder auf seinem Weg, und sobald es sicher war, ließen sich die Borribles von ihren Kletterplätzen herab auf den Boden fallen. Sie sammelten sich um Sam, das Pferd, und luden ihre Schleudern zum Kampf. Die nächsten fünf Minuten würden entscheiden, ob sie entkommen würden oder nicht – sie mussten nur hinter ihrer unaufhaltsamen Kriegsmaschine herziehen und das Beste hoffen.

Eben, als die zweite Stampede aus dem Schlachthaus hervorrollte, fiel Snuffkin vom Dach seines Wagens und schrammte sich die Knie, als er ungeschickt auf den Pflastersteinen aufschlug. Der Inspektor rappelte sich, so rasch er konnte, auf die Füße, doch sofort rammte ihn ein wütendes Schwein in die Leistengegend, und der Schmerz verschlug ihm den Atem. Er fiel wieder zu Boden, und diesmal spürte er unter seinem Körper etwas Weiches und Wässriges, auch unter seinen Händen und – das Schlimmste – unter seinem Gesicht.

Was es auch war, es stank unerhört. Dann wurde es Snuffkin schlagartig klar. Natürlich! Mit Hunderten von Tieren im Zustande höchster Aufregung musste die ganze Straße damit bedeckt sein – eine ganz spezielle Exkrementenmischung: von Kühen, Schweinen, Schafen und Pferden.

Der Hass des Inspektors auf jeglichen Schmutz ließ ihn seine Pein vergessen, und wieder sprang er auf. Das war ein Fehler. Wenn auch die letzten Tiere der ersten Stampede nun um die Ecke in die Baynes Road verschwunden waren, war die zweite aus dem Schlachthof hervorgebrochen und schien wie die erste – so sah es Snuffkin – in jedem einzelnen Tier direkt auf ihn zu zielen. Schlimmer noch – vierzig Punkmädchen, aus der Gasse herausrennend, hatten seine Uniform entdeckt und schossen ihre Schleudern ab, so rasch sie konnten. Steine pfiffen an seinem Kopf vorbei, ein Wagenfenster zersprang, ein Scheinwerfer zerklirrte.

Es gab keine Wahl. Trotz des Drecks, der das Pflaster überzog, ließ Snuffkin sich wieder zu Boden fallen. Er presste sein Gesicht dichter hinein und zwängte seinen Körper unter den Wagen. Der wilde Geruch ließ ihn würgen. Er hörte sein Jackett an einer Muffe zerreißen. Der Auspuff des Wagens brannte ein Loch durch seine Hose und versengte ihm das Bein. Snuffkin wimmerte. Er konnte nicht glauben, dass das ihm geschah. Wo waren seine Männer, seine stolzen Bataillone? Tränen stiegen ihm in die Augen, Tränen frustrierter Wut. Er wollte sie abwischen und schmierte sich Schmutz ins Auge. Er schluchzte laut und trommelte mit den Füßen auf die Straße wie ein kleines Kind, das sich in einem Wutanfall auf dem Teppich wälzt. »Dafür werden sie mir büßen«, heulte er, »diese Wilden und ihr Pferd.«

Doch in all dem Aufruhr hörte – außer Hanks – niemand den Inspektor oder wusste auch nur, wo er war. Die Tiere donnerten gegen den Wagen und beschädigten ihn gründlich. Die Borribles schrien triumphierend und riefen, und alles was Snuffkin aus seiner Perspektive sehen konnte, waren Füße und Hufe, die um ihn tanzten und ihm immer noch mehr Kot ins Gesicht warfen, wohin er es auch drehte.

Hanks hörte die Stimme seines Inspektors deutlich, doch Hanks bewegte sich nicht. Er glaubte sich in Sicherheit und duckte sich auf dem Rücksitz in sich zusammen, mit den Händen die fest zugekniffenen Augen bedeckend, den Himmel anflehend, nun sei er doch sicher außer Gefahr – doch er war es nicht.

Wie die Tiere an beiden Seiten des Autos vorbeifegten, wurde die Karosserie durch den wilden Ansturm verbeult und eingeschlagen. So brutal waren die Erschütterungen, dass das Chassis an irgendeinem Punkt plötzlich riss oder sich verzog: Die beiden hinteren Türen flogen ohne Vorwarnung auf und ließen Sergeant Hanks völlig ungeschützt.

Noch im selben Moment erblickte das erste der fliehenden Schafe die Lücke und sprang blitzschnell in die eine Tür und zur anderen wieder hinaus. Sofort folgten andere Schafe und auch Schweine, die alle mit ihren scharfen Hufen auf Hanks einstießen und -stachen.

Der Sergeant schrie um Erbarmen, doch es half nichts. Immer mehr Tiere wählten diesen Weg, sabbernd und niesend und keuchend und rotzend, sodass Hanks am Ende einem alten runden Felsblock glich, über den die ganze Nacht ein Heer von Schnecken hinweggekrochen ist, dass er nun im Morgenlicht über und über silbern erglänzt.

Treld schwang an ihrem Seil, als das letzte der Tiere das Schlachthaus verließ, und sah zu, wie ihre Genossen sich um Sydney und Chaline und Sam das Pferd sammelten. »Auf dann!«, rief sie. »Rasch raus jetzt!«

Die Borribles waren durchaus bereit, in diesem Sinne zu handeln, doch als sie sich vorwärtsbewegten, fanden sie ihren Weg von einer Reihe aus etwa zwanzig Polizisten blockiert, Schilde und Sichtschirme in Position, Knüppel bereit. Diese Männer waren den Verletzungen der anderen entgangen, indem sie sich draußen hinter den großen zurückschwenkenden Torflügeln versteckt hatten, wohin sie die Gewalt der Stampede gefegt hatte. Sie waren unversehrt, frisch, und zur Rache entschlossen.

»Ach du Scheiße!«, rief Sydney.

»Schleudern raus!«, schrie Chaline.

Treld, unbemerkt oben im Eisengerüst, schwang an ihrem Seil in eine andere Richtung, neigte sich im Flug vor und löste die Sperre an einem riesigen Metallbehälter, der über dem Eingang hing. Es war ihr vorher schon klargeworden, was das war, als sie den Riegel der Tür weggeschoben hatte.

Es war ein Zylinder, etwa doppelt so hoch wie ein Mann und sechs Fuß breit. Das Öffnen der Sperre ließ die Unterseite herabfallen, dass sich der Inhalt auf die Ladefläche eines wartenden Lastwagens entleeren konnte – nur stand dieses eine Mal kein Wagen bereit, und die schwere Last fiel herab und verschüttete vollkommen die gerade zum Angriff losspringenden Polizisten. Es waren etwa anderthalb Tonnen klebriger Innereien und Abfälle: zinnoberrote Lungen und purpurne Leber, grell farbene Kutteln und dunkelblaue Gedärme, alle verflochten mit Herzen und Nieren, Schwänzen und Zungen, Schweinsfüßen und Haut, Mägen und Augen, Zähnen, Knochen und Hirn, und alles insgesamt schlüpfrig von rasch gerinnendem Blut.

Die Borribles wichen überrascht und angewidert zurück. Eine weiche rote Explosion hatte die Polizisten verschlungen, sie waren weg. An ihrer Stelle lag ein sich windender, wogender Treibsand aus schwammigem Rot. Große Tropfen Blut prasselten warm und schwer wie ein Tropenregen herab. Selbst die Conkers hielten die Arme übers Gesicht, um sich zu schützen, und einige schrien. Auch Treld schrie, doch vor Freude.

Poch sah hinauf und begriff, woher diese schreckliche Rettung gekommen war, und er sah, wie das Mädchen ihr Seil verließ, ein Rohr entlangrannte, einen Eisenträger hinunterrutschte und in seiner Nähe landete. Sie wies mit einem Kopfrucken auf den sich bewegenden Haufen dampfender Klumpen und rieb sich die Hände.

»Das sollte sie einen Augenblick lang beruhigen«, sagte sie. »Jetzt gehen wir aber besser, ehe sie ärgerlich werden.«

Niemand lachte, und einen Augenblick lang hörte man nur das Geräusch, wie Chaline würgte; sie saß schwankend auf dem Pferd, das Gesicht wie eine fleckige, löchrige Maske.

Doch was sie auch fühlen mochten, hier konnten sie nicht bleiben. Mit einem lauten Schrei voll Genugtuung klatschte Treld Sam auf den Hintern, und sich vorsichtig den Weg um die Masse Abfallfleisch suchend, schritt das Pferd, die Nüstern beim Gedanken an die Freiheit freudig gebläht, ins Freie hinaus. Die Conkers folgten, die Abenteurer auch, und draußen – so rasch folgten die Ereignisse – kamen sie gerade rechtzeitig, um sich mit den ersten Mädchen aus Switchs Abteilung zu treffen, die hinter der anderen Stampede hergerannt waren.

Unter jubelnden Rufen begrüßten sich Freundinnen und Freunde. Poch trat beiseite und musterte die Szene. Vor dem Schlachthaus waren, soweit er sehen konnte, keine Polizisten zu erblicken. Es standen drei Streifenwagen da, doch das waren zerbeulte Wracks mit platten Reifen, zerschmetterten Windschutzscheiben und Scheinwerfern, lose hängenden Türen. Dahinter liefen die allerletzten von den Tieren durch den Eingang zum Hof und galoppierten in die Baynes Road.

Treld zeigte hinüber. »Wir müssen ihnen folgen und uns so dicht bei ihnen halten wie möglich«, sagte sie, »es ist unsere einzige Chance.«

Poch nickte und rief die Abenteurer. »Versucht, eng bei Sam zu bleiben«, sagte er, »folgt ihm nach Chalk Farm.«

»Wackelpudding!«, rief Treld.

»Wackelpudding!«, schrie Switch.

»Wackelpudding!«, riefen alle Conkers, und Sydney sprach noch einmal zu Sam, und das Pferd wieherte wie ein Schlachtross aus alten Heldenkämpfen, warf den Kopf hin und her und zeigte die Zähne. Zu allem bereit, setzte er sich zur Straße hinüber in Bewegung, und Sydney klammerte sich grimmig entschlossen an seiner Mähne fest. Hinter ihr schlang Chaline die Arme um Sydneys Hüften und presste den Kopf gegen die Schulter ihrer Freundin. »Ich hoffe, ich fall nicht runter«, sagte sie.

Es war nun keine Zeit mehr, sich Sorgen zu machen. Sam wurde schneller, und die Borribles, alle siebzig, bildeten einen Schutzwall um ihn und schwärmten voraus in die Baynes Road und dann in die Royal College Street, ihr Tempo zum Galopp steigernd.

Die Attacke war unaufhaltsam, und kein Polizeikordon hätte ihr standgehalten, doch es war nicht das geringste Zeichen von Gesetz und Ordnung zu sehen. Die SBE hatte ihre Anstrengungen auf das Innere und die unmittelbare Umgebung des Schlachthofes konzentriert und kaum an die Möglichkeit gedacht, dass die Abenteurer ihre Verteidigung durchbrechen könnten – und nicht im Traum wäre es ihnen eingefallen, dass sie, selbst bei einem erfolgreichen ersten Angriff, nochmals würden ausbrechen können. Vor allem hatte Inspektor Snuffkin weder die Conkers noch die Tiere des Schlachthauses in seine Pläne miteinkalkuliert. Unter solch einem unerwartet gewaltigen Angriff waren seine Truppen, Schutz suchend, geflohen. So eilten nun die Borribles den fliehenden Viehherden nach, ohne dass irgendjemand sie gehindert hätte, auf die hohen Eisenbahnbrücken von Royal College Street und Camden Road zu – und welch ein Anblick bot sich ihnen da!

Es war der Höhepunkt der Stoßzeit, und tausende von Menschen waren mit dem Bus, dem Auto oder zu Fuß auf dem Heimweg. Züge ratterten auf den Brücken durch den Himmel, und es war so dunkel, dass das Licht der Straßenlampen kaum durch die überall entlangfegenden Regenwände drang. Durch diesen geschäftigen Verkehr war die Stampede gerast, und nun war alles in völliger Unordnung.

Lastwagen, Autos und Busse waren, zu raschem Ausweichen gezwungen, von der Straße gegen Laternenpfähle gekracht oder auf den Gehsteigen gelandet. Die Fahrer begannen eben, sich von ihrem Schock zu erholen, aus ihren Wagen zu klettern, und sie schrien und brüllten sich gegenseitig an. Fußgänger standen wie betäubt herum und hatten den Regen vergessen, starrten nur den Tieren nach, wie sie um die Ecke rannten und die Camden Road hinab Richtung Camden Town zogen – die Schweine quiekten lauter denn je, die Schafe blökten, die Pferde wieherten, und die Kühe schüttelten noch immer ihre gefährlichen Hörner.

Die Leute, die die Camden Road hinaufgingen, konnten ihren eigenen Augen nicht trauen. Sie waren gerade aus der Untergrundbahn heraufgestiegen und eilten dem Tee zu Hause entgegen, den Kopf gegen den Regen und das blendende Licht der Autoscheinwerfer gesenkt, als plötzlich aus dem Dunkel der Nacht eine Woge von Lärm und Panik über sie hinwegzugehen drohte.

Alle Passanten auf der menschenwimmelnden Straße rannten in die nächste Einfahrt, zwängten sich in einen Ladeneingang oder liefen die nächste Nebenstraße hinunter, oder sie stiegen über eine Mauer in Reichweite. Der Verkehr brach sofort vollständig zusammen und blieb stehen, und die Fahrer schätzten sich glücklich, in ihren Gefährten sicher zu sitzen, egal, wie schwer die Karre beschädigt wurde. Auch sie trauten ihren Augen nicht. Im Auto sitzend, mitten auf einer der Hauptstraßen Londons, sah man ringsum, soweit die Blicke reichten, nichts als Tiere – ein Meer von Tieren. Der ganze Verkehr stoppte bis nach Kentish Town und staute sich noch weiter zurück, bis zum Regent's Park und zur Albany Street und bis zum Mornington Crescent. Und die Fahrer weiter hinten konnten nicht begreifen, warum es nicht mehr voranging, und hupten und stiegen aus und riefen die Polizei und die Feuerwehr an, doch dies machte die Sache nur noch schlimmer, da nun weitere Fahrzeuge versuchten, ins Zentrum der Stockung zu fahren, und der Stau total und unbeweglich wurde.

Die Conkers waren entzückt. Sie rannten die Gehsteige entlang, als Wache Sam und die Abenteurer vor den Blicken schützend, ihre Schleudern schwenkend, bereit, jedem Erwachsenen eine deutliche Warnung zu verpassen, der die Flucht hindern wollte. Doch kein Erwachsener wagte einzugreifen – sie waren viel zu verwirrt und geschockt, um sich hier starkzumachen. In ihren eigenen Straßen hatten sie eine Stampede gesehen und dann, nur Sekunden später, war eine Horde verrückter Kinder erschienen, alle anscheinend Mädchen, die Gesichter dreckverschmiert und blutbespritzt, die Kleider zerfetzt und besudelt.

Weiter rannten die Borribles mit drohend-herausforderndem Geschrei, und sie liefen, wohin die Tiere sie führten, und die Tiere führten sie nach Camden Town, wo fünf breite Straßen in einer sternförmigen Kreuzung zusammenlaufen. Auch hier stand der Verkehr dicht gedrängt, Autos und Busse Stoßstange an Stoßstange, glänzend im Regen, der im Lichtschein der Lampen aufglitzerte. Pendler, die aus dem Untergrundbahnhof kamen, rannten, um sich in Ladeneingängen unterzustellen. Sie glotzten verwundert, dass so viele Scheinwerfer strahlten, die sich nicht weiterbewegten.

Wie sie da standen, hörten sie etwas: ein fernes Schreien und Rufen, ein Donnern von Füßen, ein Blöken, Quieken und Heulen. Sie sahen einander nervös an. War dies das oft verheißene Ende der Welt? Ehe sie die Frage beantworten konnten, beantwortete sie sich selbst, denn die Stampede kam in Sicht, die abschüssige Camden Road herunterrasend, direkt auf den Untergrundbahnhof zu.

Es waren nun nicht mehr so viele Tiere. Einige waren in Nebenstraßen abgewandert, andere waren in Restaurants gerannt oder hatten sich in Hinterhöfen gefangen, aber es waren immer noch genug, den meisten Zuschauern den Schreck ihres Lebens einzujagen, mit ihrem verrückten Tempo und dem Geschrei, das sie vollführten. Doch dies war nicht alles. Hinter der Herde, unerbittlich einhergaloppierend wie die Geister der Nacht, kamen zwei blutbespritzte Mädchen auf einem feueräugigen Hengst, die Haare im Wind flatternd, und um sie herum rannte eine zerlumpte Horde barbarischer Kinder.

Die Pferde wieherten und galoppierten weiter, dass sich die Pendler tiefer in die Eingänge der Läden drückten, und sie führten die Flucht in den Bahnhof Camden Town an, und ohne Zögern folgten ihnen die Schafe und Schweine und Kühe. In den Eingang des Untergrundbahnhofs liefen sie, schlugen eine Bresche in die abendlichen Passagiere, warfen Telefonzellen um und demolierten die Bude des Kartenkontrolleurs. Dann drehten sie ab und schlitterten wie in einem Wagenrennen wieder aus dem Ausgang heraus, die Richtung wechselnd und nach Norden die Chalk Farm Road hinunterlaufend, am Markt vorbei.

Die Marktstände hatten Glück. Die meisten waren auf einer Seite der Straße, und nur drei oder vier wurden umgeworfen. Nichts hätte den Borribles besser passen können, und im Vorbeirennen bückten sie sich und hoben Händevoll Obst auf, genügend Nahrung, dass sie eine Woche davon leben konnten.

»Obst vom Karren!«, schrie Poch.

»Obst vom Karren!«, schrien die Conkers.

Schließlich lag der Markt hinter ihnen, und die Borribles verlangsamten ihr Tempo etwas und versuchten sich über ihre Lage klarzuwerden. Die Richtung, der sie nun folgten, würde sie bald über die Kanalbrücke führen und weiter auf das alte LMR-Depot zu, das westlich hinter dem alten Lokomotivschuppen lag, den man das Roundhouse nannte. Im Osten waren die Nebenstraßen dunkel und leer, wenn auch die Hauptstraße selbst, Chalk Farm Road, immer noch mit Autos vollgepfropft stand, die sich wegen des großen Staus auf der Kreuzung von Camden Town keinen Zoll bewegen konnten.

Endlich war der Tumult der Stampede leiser geworden, und es war ganz still, als die Tiere die Borribles weit hinter sich gelassen hatten und begannen, den Haverstock Hill hinauf nach Hampstead Heath zu ziehen. So zügelte Sydney nun Sam das Pferd, und der verlangsamte sein Tempo zum Schritt und blieb dann stehen. Die Abenteurer und die Conkers sammelten sich, kamen wieder zu Atem und begannen ihre prekäre Lage rasch und nervös zu besprechen. Sie mussten zu einem Ergebnis kommen. Wenn einmal der Weg wieder frei war, würde ihnen die SBE auf den Fersen sein, daran bestand kein Zweifel.

Chaline sah die Straße hinauf und hinunter. »Wir können nicht lange hierbleiben«, sagte sie zu Bingo, der am Kopf des Pferds stand. »Ist zu offen hier. Zu viele Leute.«

Der ganze Borriblehaufen war nun an der Ecke der Ferdinand Street versammelt, in die Schatten gelehnt; sie versuchten, möglichst unauffällig zu wirken, aber das war unmöglich – sie waren zu zahlreich. Erwachsene hielten auf der anderen Straßenseite an und sahen verwundert herüber; Leute starrten aus Geschäften. Sie würden nur zu bereitwillig der SBE alles berichten, was sie gesehen hatten.

Poch schob sich in die Mitte der Gruppe. Switch und Treld waren an seiner Seite; der Regen hatte ihnen die Haare an den Kopf geklebt, die hellen Farben waren verlaufen und fleckten ihnen die Gesichter.

»Wenn wir hierbleiben«, sagte Poch, »werden wir geschnappt, so sicher, wie die Katze Junge kriegt.«

Switch hob die Hand. »Keine Panik«, sagte sie. »Ich hab's mir alles überlegt. Wir Conkers gehn noch weiter bis nach Hampstead. Ich nehm an, die meisten Pferde sind da raufgaloppiert, wir werden uns bald wieder anhängen können. Und dann teilen wir uns in Gruppen auf, und jede Gruppe schnappt sich ein Pferd und haut in einer anderen Richtung ab. Auf diese Weise kriegt die SBE so viele Berichte über Kinder und Pferde, dass der alte Snuffkin nicht mehr weiß, was sein Arsch ist und was sein Ellbogen.«

Chaline hob ihr Bein über Sams Rücken und ließ sich zu Boden gleiten. »Großartig, aber was ist mit uns?«, fragte sie. »Wir sind entkommen und alles, aber jetzt müssen wir von der Straße runter, und zwar bisschen plötzlich.«

Treld wischte sich mit dem Handrücken die Nase. Sie sah mit dem Blut im Gesicht wie eine Wilde aus. »Wir haben auch daran gedacht«, sagte sie. »Wir gehn jetzt die Straße rauf bis zum Roundhouse. Dahinter ist ein Depot und ein großes Stück Ödland. Ein Teil davon ist ein enormer Schrottplatz, riesig. Da leben ein paar Borribles, die Schrotter. Bei denen könnt ihr untertauchen.«

»Warum hauen wir nicht einfach ab«, schlug Zwielicht vor, »und legen so viel Strecke wie möglich zurück?«

»Weil«, sagte Switch, »wir erst mal für euch abhauen müssen. Ist dir nicht klar, Snuffkin wird jeden Bullen in London heut Nacht und die ganze nächste Woche auf eure Spur setzen. Das Beste ist, wenn er verschiedene Pferde durch die ganze Stadt verfolgt. Das gibt euch die Chance, euch nach Neasden durchzuschleichen. Ist jetzt nicht mehr weit ... Swiss Cottage, Kilburn, Dollis Hill, das wär's schon.«

»Wir haben's *beinahe* geschafft«, rief Sydney, und sie lehnte sich über Sams Nacken und tätschelte ihn fest.

»Wenn ›beinahe‹ schon ›alles‹ wäre, dann könnte man das Obst vom Laternenpfahl pflücken«, zitierte Napoleon das Buch der Borriblesprichwörter und spuckte auf den Boden.

»Ja«, sagte Poch, »und: Ein Borrible, der lange zögert, kriegt kurze Ohren.«

Dem war nichts hinzuzufügen, und unter den Augen neugieriger Passanten setzten die Borribles ihren Eilmarsch nach Chalk Farm fort, und Sam galoppierte mit. Als sie vor dem Roundhouse angekommen waren, bildeten die Conkers eine dichte Sperre quer über den Gehsteig, den sie ganz blockierten, dass die Erwachsenen gezwungen waren, auf die andere Straßenseite zu gehen. Im Schutz dieser Blockade hebelten die Abenteurer ein Eisentor auf, das in der Mauer neben dem Gebäude hing, und verschwanden. Im letzten Augenblick, als das Tor sich wieder schloss, fiel Chaline etwas ein. Sie hielt an und umklammerte die Eisenstäbe mit beiden Händen und schob ihr Gesicht dicht in den Zwischenraum. Switch und Treld warteten draußen, traurig, aber lächelnd, und dahinter standen dicht gedrängt dutzende ihrer Gefährtinnen, sich wachsam umsehend.

»Augenblick noch«, sagte Chaline, »wir sehn euch ja nicht mehr.«

Switch schaute rasch zu Boden, seltsam verlegen. »Ach, eine Weile nicht«, sagte sie, »aber wenn all die Aufregung vorbei ist, kommt ihr auf dem Heimweg wieder hier durch, und wir sehn euch. Wehe, wenn nicht.«

Treld legte ihre Hand auf die von Chaline. »Switch hat recht«, sagte sie, »sei nicht traurig. Bringt Sam sicher nach Neasden und lasst euch nicht erwischen. Denk dran, wie wir jetzt mit hundert Pferden durch London jucken, und der arme alte Snuffkin weiß nicht mehr, ob er eigentlich Bulle oder Cowboy studiert hat. Das wird dich aufheitern.«

Chaline nickte niedergeschlagen. Stunden voll Aufregung, Freudenstimmung und Gefahr, und nun nichts als Ernüchterung und Enttäuschung und die Leere eines wie endgültigen Abschieds von neuen, aber treuen Freundinnen. Sie versuchte, tapfer zu sein, und zitierte seufzend ein Borriblesprichwort: »›Kein Kennenlernen ohne Abschiednehmen.‹« Ein Pfiff ertönte hinter ihr.

»Lauf zu«, sagte Treld. »Denk dran, das geht in die Borriblegeschichte ein, was? ›Die Große Schlachthausbefreiung des Pferdes Sam‹. Ich sag's dir, so was hat Camden Town noch nie erlebt.«

»Ich auch noch nicht!«, sagte Chaline, und mit einem melancholischen Lächeln drehte sie sich um und ging ihren Freunden nach. »Ach, Switch und Treld und all ihr Conkers«, rief sie im Weggehen, »lasst euch bloß nie erwischen, niemals.«

10

Nach dem Kampf im Schlachthof und der raschen Flucht die Camden Road hinunter war es seltsam ruhig hinter dem Roundhouse. Kein einziger Laut drang von den Straßen herüber, kein Licht war zu sehen, ein fernes Glühen an irgendwelchen Eisenbahngeleisen nach Primrose Hill ausgenommen. Auch kam es den Abenteurern merkwürdig vor, plötzlich ohne die Gesellschaft der Conkers dazustehen. Es waren gute Freundinnen gewesen, gute Borribles.

Doch sie konnten es sich nicht leisten, über Vergangenes lange nachzudenken, und entschlossen gingen sie über den unebenen, ungepflasterten Boden weiter, den die schweren Winterregen glitschig durchnässt hatten. Orococco und Zwielicht pirschten voran und versuchten, den hohen Wellblechzaun zu finden, der, wie Switch ihnen gesagt hatte, die Grenze zum Schrottplatz markierte, und Sydney führte Sam dicht an der sich langsam rundenden Ziegelmauer des Roundhouse entlang, während Stonkus mit einer halbverdeckten Taschenlampe den Weg zeigte. Die anderen Abenteurer folgten.

Es war für die Flüchtlinge beinahe unmöglich, zu glauben, dass sie sich noch in London befanden. In der schwarzen Nacht fühlten sie sich gewichtslos, von allem abgeschnitten. Es gab nichts, wonach man die Hand hätte ausstrecken können, nichts zu sehen.

»Ist fast unheimlich, hm?«, sagte Torricanyon. »Wie durch die Luft zu schweben.«

»Es wird auf der anderen Seite schlimmer sein«, sagte Poch. »Zwischen hier und Swiss Cottage werden die Straßen verdammt vornehm, kann man sich nirgends verkriechen. Wir müssen ganz rüber nach Kilburn, da wird's besser.«

Als sich die Marschlinie den Eisenbahnschienen näherte, schwebte von der anderen Seite ein Borriblepfiff herüber. Zwielicht tauchte plötzlich vor ihnen auf.

»Das war Coco«, sagte er. »Er hat mich rübergeschickt, damit ich euch sage, dass wir über die Schienen müssen: Der Schrottplatz ist zwischen dem Gleis hier und einem weiter hinten. Ist wie ein großes Quadrat im Ödland. Er sagt, es ist kein Schwanz zu sehn.«

Einer nach dem anderen und mit äußerster Vorsicht stiegen die Borribles über das Gleis. Als sie sicher waren, dass drüben alles in Ordnung war, führte Sydney das Pferd hinüber, und sie marschierten weiter. Auf dieser Seite war der Boden noch morastiger, beinahe ein Sumpf, es war unmöglich, sich leise zu bewegen. Jeder Schritt verursachte ein lautes, schmatzendes Geräusch, und das Pferd machte mehr Lärm als alle Borribles zusammen. Poch fluchte über ihren geräuschvollen Anmarsch, doch es war nichts zu machen. Nach hundert Metern oder so sahen sie – fühlten ihn eher in der Dunkelheit – einen hohen Zaun, der sich vor ihnen erhob; man erriet ihn nur, weil er ein wenig dunkler als die Nacht gegen den Himmel stand. Ein Zug fuhr auf einer weit abliegenden Strecke vorbei, auf einem Bahnhof westlich von ihnen schlugen Türen, und Orococco kam grinsend aus dem Dunkel.

»Der Schrottplatz hier geht meilenweit«, sagte er. »Ich hab niemand gesehen, aber das will nicht heißen, dass sie nicht da sind.«

»Gewiss nicht«, sagte eine unbekannte Stimme, und die Abenteurer duckten sich am Boden zusammen und zogen ihre Schleudern.

»Schleudern, was?«, sagte dieselbe fremde Stimme. »Macht euch nicht die Mühe. Erstens seid ihr umzingelt; zweitens wussten wir, dass ihr kommen wolltet, diese Conkers haben's uns gesteckt.«

»Wir sind Borribles«, sagte Chaline, »auf der Flucht. Seid ihr die Schrotter?«

»Jawohl, wir sind die Schrotter«, sagte die Stimme, »und wir wissen auch, wer ihr seid. Weiß jetzt wohl langsam bald jeder Borrible in London.«

»Wir brauchen ein Versteck«, sagte Poch, »nur ein paar Stunden, dann ziehen wir weiter.«

Zwei Schatten bewegten sich oben am Zaun. Poch glaubte, Köpfe und Schultern zu erkennen. Man hörte das Geräusch, wie jemand zu Boden sprang, dann, wie eine große Wellblechbahn angehoben wurde und zurückfiel. Poch spürte jemand nahe bei sich, jemand, den er nicht kannte. Er spannte sich wachsam.

»Ganz ruhig«, sagte die bekannte Stimme. »Folgt uns jetzt einfach ein Stück den Zaun entlang. Da kommt eine größere Lücke, da können wir das Pferd durchholen, und kommt auf keine dummen Ideen mit den Schleudern. Ihr könnt uns nicht sehen, aber wir sind alle da.«

Die Abenteurer gehorchten und folgten dem Geräusch, das der dahinstapfende Sam machte, bis über die Fußgelenke im Schlamm.

»Warum ist's hier so dreckig?«, fragte Stonkus. »Mir geht's fast bis zum Hals.«

»Warte, bis du drinnen bist«, sagte der Schrotter. »Schlamm gehört zum Leben hier. Die Maschinen und Lastwagen wühlen ihn immer wieder auf, kannst drin schwimmen.«

Das Geräusch der Schritte stockte, und wieder wurde ein großes Wellblech zurückgeschoben, das sich in Angeln drehte; Sam wurde in den Schrottplatz geführt.

Die Abenteurer blieben dicht bei ihm.

»Willkommen«, sagte der Schrotter, »auf dem größten Schrottplatz der Welt.«

Die Abenteurer merkten gleich, dass ihr neuer Gefährte nicht übertrieben hatte, was den Schlamm anging. Innerhalb des Zauns war es in der Tat viel schlimmer – das Gehen war mehr ein Waten, und das Waten ließ einen lang verschlossenen Geruch in die Luft aufsteigen, einen schalen, alten Geruch nach Schmieröl und Müll, gewürzt mit einem Mief nach schimmligem Teppich.

Orococco pfiff leise durch die Zähne. »Das muss einer der großen Gerüche Londons sein«, sagte er, »na, wenigstens regnet's nicht.«

Die Abenteurer trotteten weiter. Sie waren nun elend müde und konnten die Füße nur mit großer Anstrengung heben. Erst vor ein paar Stunden hatten sie das Lagerhaus verlassen, um den Schlachthof anzugreifen, doch es schien viel länger – Tage, Wochen. Wie weit entfernt Battersea war! Wie weit Brixton! Ein Leben lang.

Obwohl sie nun sehr müde waren, waren sie doch glücklich. Sie hatten Sam zurückgeholt, sie waren immer noch alle zusammen und konnten nun endlich sehen, wo's hinging. An strategischen Punkten waren Lampen installiert, hoch oben an den Kabeln von den Mechanikern aufgehängt, die tagsüber auf dem Schrottplatz arbeiteten, und jetzt von der Abenddämmerung bis zum Morgen für den Nachtwächter eingeschaltet – einen Nachtwächter, der die ganze Nacht mit einer Wärmflasche in seinem Schuppen verbrachte.

»Macht uns nie Schwierigkeiten«, sagte der Schrotter, »noch kein einziges Mal.« Er schwenkte einen Arm über sein weites Reich hin. »Es ist hier wie unsere eigene Stadt«, fuhr er fort, und seine Stimme war stolz. Die Abenteurer mussten ihm recht geben. Der Schrottplatz war schon ein höchst ungewöhnlicher Ort – mit dem Grundriss einer Stadt angelegt, doch erbaut aus den Wracks von Personen- und Lastwagen.

Die Autos – hunderte und aberhunderte – waren, zerfetzt und verbeult, fünf oder sechs übereinander aufgehäuft; die Stapel stützten sich gegenseitig ab. Es war ein sauber aufgeräumter Schrottplatz, der sich unendlich weit zu erstrecken schien. Die Abenteurer, die nun durch das Innere wanderten, konnten nicht erkennen oder auch nur erahnen, wo seine Grenzen lagen. Es war jedoch klar, dass der Schrotter sich in diesem Labyrinth auskannte, wie ein gewöhnlicher Borrible sich in seinem Heimatviertel zurechtfinden würde, trotz der Anzahl der Straßen und aus Autos geschichteten Hochhäuser, die oben im Regendunkel verschwanden.

Die am besten erhaltenen der Autowracks waren zu Borriblehäusern ausgebaut, und an den Fenstern hingen Säcke oder Teppiche, um den Regen draußen, die Wärme drinzuhalten. In den höchsten Wagen saßen die Späher, und wie die Kolonne der Abenteurer vorbeistampfte, erklangen warnende Pfiffe durch die Dunkelheit, die wie Katzenmaunzen über die metallenen Dächer widerhallten.

Endlich hatte der Schrotter die Abenteurer in eine Sackgasse geführt, die sie zu dem Wellblechzaun zurückbrachte. Diese Straße war so hoch und schmal, dass sich im fünften oder sechsten Stock die Autos, zur Mitte gesackt, berührten und ein bedrohlich aussehender Tunnel entstanden war.

Napoleon hielt an und packte den Schrotter am Arm. »Das gefällt mir nicht!«, sagte er. »Das ist 'ne Sackgasse, und dort kriegt man am Ende eins auf den Sack. Das ist sprichwörtlich.«

Der Schotter grinste spöttisch und deutete in die Dunkelheit. »Das hier ist der sicherste Fleck im ganzen Schrottplatz«, sagte er, »deshalb kriegt ihr ihn ja zum Schlafen. Glaubt's mir nur, wir wollen nicht, dass euch die Bullen finden … würde uns gar nicht gut tun.«

Napoleon starrte in die Richtung, in welche der Schrotter zeigte, und sah im trüben Halbdunkel – denn die nächste Lampe war ein gutes Stück entfernt –, dass am Ende des Tunnels quer geparkt die Überreste eines Londoner Doppeldeckerbusses standen.

»Von draußen«, fuhr der Schrotter fort, »sieht's echt hart aus, aber innendrin haben wir's schön gemütlich eingerichtet, und wenn ihr rasch raus müsst, dann habt ihr hinten ein Schlupfloch, das direkt vor einer Öffnung im Zaun rauskommt. Ihr könntet beim ersten Anzeichen von Gefahr abhauen.«

Napoleon befingerte seine Schleuder. »Na gut«, sagte er, doch es klang nicht sehr überzeugt.

Poch war auch nervös. Er schaute nach oben und sah, dass über ihnen etwa ein Dutzend Schrotter Wache standen, mit schussbereiten Schleudern.

Der Schrotter lächelte. »Wir gehn immer durch die Wagen«, erklärte er, »von einer Straße in die andre, oben über die Dächer ... fangt hier besser nix an.«

Poch nickte. »Wollen wir gar nicht«, sagte er. »Wir möchten bloß ins Trockene und ein paar Stunden schlafen. Ich fühl mich so durch und durch nass wie eine tote Katze im Kanal.«

Der Schrotter lachte und führte sie zum hinteren Eck des Busses, wo er einen Schalter berührte. Mit einem Preßluftzischen faltete sich eine Tür auf. »Ist groß genug, dass ihr das Pferd reinkriegt«, sagte er. »Unsre Jungs mögen Pferde und haben ihm was in einer Tierhandlung in Chalk Farm geklaut. Wir haben auch was zu essen für euch.« Der Schrotter ging ein paar Schritte weiter und tastete im Dunkel, dann ging schwach ein Licht an, das langsam stärker zu glühen begann.

Sydney nahm Sam am Zügel und half ihm, die hohe Stufe in den alten Autobus zu ersteigen. Das Pferd stolperte vor Erschöpfung, und Chaline musste von hinten schieben. »Armer Kerl«, sagte sie. »Hat sicher jeden Moment gedacht, das ist sein letzter, die ganze Zeit, wo er im Schlachthof war. Muss jetzt wirklich am Ende sein.« Dann hörte sie zu reden auf und schaute nur noch mit großen Augen. Die anderen folgten und blieben neben ihr stehen, froh, endlich dem Wind und der Nässe entkommen zu sein.

»Schaut euch das an«, sagte Bingo, »wer hätt's gedacht?«

Das Innere des Doppeldeckers war völlig verändert. Alle Sitze waren vom Boden abgeschraubt und dann an den Wänden aufgereiht worden; in der Mitte stand ein Küchentisch mit ein, zwei Stühlen. Auf dem Tisch lagen Plastiktüten, aus denen Lebensmittel hervorquollen. Die Schritte versanken in dicken Lagen von Teppichen, und hier und dort standen Stühle und kleine Sessel, von Müllhalden abgeschleppt. Was Sydney mehr als alles andere freute, war der Anblick des großen Haufens sauberen Strohs und des Sacks mit Hafer, die man hinten am Ende des Fahrersitzes erkennen konnte.

»Nun komm, Sam«, sagte sie und führte das Pferd vorwärts, »hier hast du's gut getroffen, hier geht es dir prima.«

Der Schrotter stemmte die Hände in die Hüften und strahlte alle zufrieden an. »Die Conkers haben uns neulich eine Botin geschickt«, sagte er, »da haben wir gedacht, wir machen's euch so bequem wie möglich. Oben findet ihr Matratzen für alle ... bald habt ihr's warm und trocken.«

Die Abenteurer ließen sich, stöhnend vor Ermüdung, auf die langen Polstersitze des Busses fallen. Nun konnten sie einander im Licht der Zwölf-Volt-Lampen sehen.

»Mein lieber Alter«, sagte Torricanyon, »wir sehen vielleicht aus.«

Es stimmte: Ausnahmslos waren die Abenteurer bis zu den Hüften mit einer dicken Schmutzschicht bedeckt, und der Rest ihrer Körper war reichlich damit bespritzt, auch ihre Gesichter und selbst ihre Wollmützen. Unter dem Schlamm saß das Blut aus dem Schlachthaus, und darunter der alte fettige Dreck aus dem Gewölbe am King's Cross und vom Kanalweg. Die Kleider waren voller Risse, und ihre Stiefel und Schuhe waren dem nicht enden wollenden Regen zum Opfer gefallen: Das Oberleder klaffte von den Sohlen weg.

Chaline zog ihren Regenmantel aus und berührte den Schrotter, der sie geführt hatte, an der Schulter. »Wir wissen, wie euer Stamm heißt, ihr seid die Schrotter«, sagte sie, »aber was hast du für einen Namen?«

Der Borrible grinste. »Zündholz«, sagte er.

Chaline nickte. »Also, Zündholz, du hast einen sehr schönen Namen, und ich hoffe, du hast die Zeit, solang wir hier sind, uns zu erzählen, wie du dazu gekommen bist ... mein Name ist Chaline, und der hier ...«

»Du bist Chaline«, sagte Zündholz, »hab ich mir beinahe gedacht. Ich hab schon von dir gehört. Die Große Rumbeljagd, was? Wir kennen die Geschichten. Das ist dann also Sam das Pferd, das ist Poch, und der kleine Misstrauische da, das muss der Wendel sein, Napoleon.«

Während Zündholz sprach, kamen zwei seiner Freunde mit Plastikcontainern in den Bus gestiegen, in denen schwer Flüssigkeit schwappte. »'Ne heiße Brühe«, sagten sie. »Wir haben sie mit Gemüse vom Camden-Markt gemacht«, und sie gossen große Becher voll, welche sie gleich mitgebracht hatten. Die Abenteurer wärmten sich die Hände an den heißen Gefäßen und betrachteten die Fremden, die das Essen austeilten, mit prüfenden Blicken. So ist es Brauch, wenn Borribles andere Borribles treffen.

Eigentlich glichen die Schrotter den Mitgliedern jedes anderen Stammes, wenn sich auch aus ihrer seltsamen Lebensweise gewisse Unterschiede ergaben. Sie waren, soweit das möglich war, noch schmutziger als die meisten anderen Borribles, denen die Abenteurer begegnet waren, aber das kam eben vom Leben in alten, ölverschmierten Autowracks, und aus demselben Grund war ihre Kleidung abgerissener. Nicht, dass von der im Winter viel zu sehen gewesen wäre – denn dann trugen die Schrotter immer gelbes Ölzeug über den Kleidern, mit Südwestern und Gummistiefeln. Da, wo sie lebten, waren Schlamm und Wasser allgegenwärtig.

Doch diese merkwürdigen Borribles waren äußerst findig. Wie zu erwarten, waren sie höchst geschickte Mechaniker und konnten aus Metall nahezu alles herstellen, Dieselgeneratoren eingeschlossen. Manche der Autos, in denen sie wohnten, waren kleine Wunder behaglicher Einrichtung, mit Radios und sogar mit Fernsehgeräten. Fast alles, was sie benötigten, fertigten sie aus dem Schrott, nur mit ihren geschickten Händen.

Unglücklicherweise war nur sehr wenig von dem, was sie schufen, von längerer Dauer – dafür sorgte ihre sich ständig verändernde Heimat. Der Schrottplatz war dazu da, aufgegebene Autos zu sammeln, alles auszubauen, was an ihnen noch wertvoll sein mochte, es am Eingang zu verkaufen und den Rest auf die Schrotthalden zu stapeln. Man brauchte nur drei, vier Arbeiter für dieses Geschäft, doch die machten ihre Arbeit gründlich und drangen systematisch durch den Schrottplatz vor, wo sie alles zerlegten, bis nur noch leere Stahlkarosserien übrig blieben, die schließlich in die Presse kamen, wo sie am Ende zu einem massiven Metallklumpen zusammengequetscht wurden, nicht größer als eine Orangenkiste.

Jeden Tag kamen die Arbeiter, und jeden Tag hielten die Schrotter wachsam Ausschau und verlegten nur, wenn es nötig war, ihre Verstecke von einer Seite des Platzes auf die andere. Das war glücklicherweise nicht so unbequem, wie es zunächst scheinen mochte – der Schrottplatz war so groß, dass ein Schrotter im Lauf von zwei, drei Monaten sein Heim nur ein- oder zweimal verlegen musste. Die Arbeiter ignorierten die Schrotter, so lange sie ihnen nicht im Weg waren, und das Beste an der Sache war, dass die SBE keine Ahnung hatte, dass jemand auf dem Platz wohnte. Unter normalen Bedingungen, mit normalem Glück, würde man die Schrotter nie entdecken.

Das bedeutete natürlich auch, dass die Abenteurer sicher waren, bis die hektische Suche nach und nach einschlafen würde. Kabrio und Jaguar, die Schrotter, welche die Suppe gebracht hatten, erklärten ihnen das alles, und die Anspannung der Abenteurer ließ langsam nach. Allmählich wurde der seltsame lange Raum wärmer, unter dem Summen des batteriebetriebenen Heizgerätes. Den Abenteurern kam dieser bizarre Bus, verirrt in London zwischen zwei Eisenbahngeleisen, wie ein Palast vor. Bald hatten sie ihre Überkleider ausgezogen und zum Trocknen aufgehängt, und nur einen Augenblick später lagen sie alle in tiefem Schlaf, verrenkt in den unbequemsten Stellungen, zu müde, um auch nur nach oben zu den Matratzen zu gehen, die für sie bereitlagen. Napoleon, der letzte, der abfiel, versuchte sich noch einmal aufzurichten, ehe ihn das Bewusstsein verließ. Er rieb sich die Augen und schüttelte den Kopf.

»Es muss jemand auf Wache«, murmelte er.

Zündholz, der gerade dabei war, eine Decke über Stonkus zu breiten, schaute den Wendel an. »Keine Sorge«, sagte er, »wir drei halten Wache … ihr braucht jetzt bloß zu pofen. Auf geht's, schlaf du nur.«

Beruhigt folgte Napoleon seiner Aufforderung, und bald war alles still und friedlich, sodass Zündholz und seine Gefährten die Beleuchtung ausknipsten und auf das obere Deck des Autobusses stiegen, um dort abwechselnd zu ruhen und zu wachen – mit scharfen Augen über die schweigende, groteske Schrottlandschaft hinausspähend. Die ganze Nacht lösten sie sich ab; die Wachen starrten durch einen Regen, der schnurgerade herabnagelte. Ein Regen, der das Blut von den Pflastersteinen vor dem Schlachthof in der Baynes Road wusch und das schwarze Wasser des Grand-Union-Kanals kräuselte.

Und auf dem Schrottplatz selbst rasselte derselbe Regen auf die Blechdächer von Tausenden von ausgeräumten Autoleichen und drang halb in den Schlaf der Schrotter, die fest zusammengerollt unter den Dächern lagen. Und weiter drunten rührte der Regen die Schlammoberfläche auf, ließ sie picklig und blasig erscheinen und strich doch die Erde glatt, schlug sie fest und löschte die Fußspuren von allen, die durch die Stadt der Autowracks gezogen waren, bis schließlich an keinem Zeichen mehr zu erkennen war, dass ein Borrible oder ein Pferd vorbeigegangen war, in dieser Nacht oder in irgendeiner anderen.

Am Morgen drang das müde Licht der Dämmerung nur zögerlich in jene Ecke des Schrottplatzes, die den kaputten Autobus barg. Der Regen strömte immer noch aus dem tiefhängenden Himmel, doch nun war er dünner und ließ sich von unruhigen Windstößen hierhin und dorthin wehen. Die Abenteurer schliefen und schliefen; ihre Körper mussten sich von den Anstrengungen der letzten vierundzwanzig Stunden erholen.

Sie hätten gut und gern noch vierundzwanzig Stunden schlafen können, wenn man sie gelassen hätte, aber schließlich unterbrach das Zischen des Türmechanismus die tiefe Stille im Bus, und Zündholz erschien mit einem großen Krug voll kaltem Wasser. Er ging zu Chaline hinüber und schüttelte sie wach.

Das Mädchen aus Whitechapel setzte sich sofort blinzelnd auf. »Scheiße«, stöhnte sie, »mir tut alles weh.«

»Du weckst jetzt besser mal die andern«, sagte der Schrotter. »Es dauert nicht mehr lang, bis die Arbeiter anrücken, und dann müssen deine Kumpel bereit sein, sich abzusetzen. Man weiß nie.«

»Ja«, sagte Chaline. »Alles klar. Regnet's noch?«

Zündholz antwortete seinerseits mit: »Scheiße! Natürlich tut's das. Und die Vorhersage meint, das bleibt auch so für die nächsten zwanzig Jahre.«

Chaline lächelte und fing an, ihre Freunde zu wecken, während Zündholz einen Teekessel mit dem Wasser aus seinem Krug füllte und anschaltete. »Ich mach mal Tee«, sagte er zu niemand im Besonderen.

Sobald Sydney erwachte, setzte sie sich im Stroh auf, wo sie die Nacht verbracht hatte, und schaute nach Sam, der neben ihr lag. Das Pferd schlief immer noch fest, die Beine von sich gestreckt, seine Nervosität verflogen. Sydney lächelte und streichelte das Tier; sie streifte mit der Hand den getrockneten Schlamm von seiner Flanke. »Ruh dich aus, Sam«, sagte sie, »ist jetzt nicht mehr weit nach Neasden.«

Das Teewasser kochte, und Zündholz goss den Tee in einer großen Metallkanne auf. Es gab vom Vorabend noch reichlich Obst und anderes Essen, und die Borribles frühstückten ausgiebig. Während sie aßen, kam immer wieder ein Ausguck von den Schrottern in den Bus und berichtete Zündholz, was draußen vor sich ging. Offensichtlich, sagten sie, arbeiteten die Männer heute am anderen Ende des Schrottplatzes, und die Flüchtlinge konnten sich ausruhen. Zündholz war hochzufrieden:

»Seht ihr«, sagte er, »hier ist's schön ruhig und friedlich, wenn man ein bisschen die Augen offenhält.«

Die Abenteurer verbrachten den Rest des Tages damit, sich auszuruhen und zu essen, denn es war ihnen klar, dass sie für die letzten Meilen nach Neasden den letzten Rest der ihnen verbliebenen Kräfte brauchen würden. Sie dösten vor sich hin, schwatzten, knöchelten (was eins ihrer Lieblingsspiele ist). Und sie fragten sich, wie es wohl ihren Freundinnen, den Conkers, ging.

»Kam ein wenig heut' morgen im Radio«, erzählte Zündholz, »aber Borribles erwähnen die ja nie – wahrscheinlich soll die Erwachsenenwelt nicht beunruhigt werden. Jedenfalls hat's nur geheißen, dass eine Menge Tiere aus Lastwagen in Camden Town entkommen sind und dass man die meisten in der Nacht wieder eingefangen hat, außer ein paar Pferden, die noch in Hampstead Heath und noch weiter entfernt rumtoben.«

»Aha«, sagte Orococco, »das werden Treld und Switch und die anderen sein. Das sind schon welche! Ich hoffe bloß, sie schaffen's, sauber abzuhauen.« Und dieser Hoffnung schlossen sich alle Anwesenden an.

So verstrichen die Stunden faul, und am Abend brachten Zündholz, Jaguar und Kabrio den Abenteurern sogar noch mehr zu essen vom Markt in Camden Town, und viele ihrer Schrottergenossen kamen und brachten Vorräte mit, bereit, an einem ausgedehnten und lauten Festmahl teilzunehmen.

»Versteht ihr, die haben immer einen harten Tag«, erklärte Kabrio, »dauernd rumrennen und Vorräte ranschaffen. Und nachts, da lassen sie sich's gern mal gutgehen.« Und das taten sie dann auch. Sie streckten sich auf den Sitzen im Autobus aus, drehten die Heizung hoch und langten gründlich zu. Sie waren alle gekommen, um während des Essens Geschichten zu hören: erst die Namensgeschichten und dann die Geschichte, wie die Abenteurer in diesen Teil von London gereist waren – vor allem aber wollten sie die Geschichte von der Großen Rumbeljagd hören und alles, was sich seitdem begeben hatte.

Angesichts der Gastfreundschaft, die ihnen zuteil geworden war, war es nur recht und billig, dass die Abenteurer ihre Geschichte erzählten, vor allem, da es die berühmteste Borriblegeschichte überhaupt war. So begann Poch – »Weil«, erklärte er und lächelte Chaline ein wenig verlegen zu, »ich auf dieser ersten Fahrt ja eigentlich der Geschichtsschreiber sein sollte, weißt du noch?« Und er räusperte sich und nahm einen Schluck Bier.

Er begann die Saga, indem er erzählte, wie die Rumbels sich in den Battersea Park gewagt hatten und wie die große Expedition aufgebrochen war. Er erzählte von der Reise den Fluss hinauf, und wie sie auf Adolf gestoßen waren, und die anderen führten Stück um Stück die Geschichte fort, und Vulgo erzählte, wie er das Oberhaupt der Rumbels getötet hatte, und Bingo berichtete von seinem großen Kampf in der Bibliothek. Weiter ging es und weiter, jeder Teilnehmer an der Großen Rumbeljagd erzählte sein Kapitel so, wie es ihm oder ihr gefiel, und die Schrotter saßen dabei, nickten und stellten Fragen, denn es ließ sich viel lernen aus dieser Geschichte, und sie wollten kein bisschen davon versäumen.

So erzählten sie weiter, wie sie Sam in King George's Park zurücklassen mussten, erzählten von der Expedition, ihn wieder zu retten, und von der Befreiung der Gefangenen aus Eisenkopfs Schacht und von dem Kampf auf Leben und Tod zwischen Eisenkopf und Zoff, und wie schließlich Sam nach Battersea gebracht worden war, mit der Hilfe von Ben, dem Penner, und seinem Freund Knibbs.

Als alles erzählt war, alle Fragen gestellt worden waren, war es spät in der Nacht, doch die Schrotter lehnten sich in ihren Sitzen zurück, klatschten Beifall, pfiffen durch die Zähne und sahen einander kopfschüttelnd an. »Was für Geschichten«, sagte Zündholz, »ich hätt nie gedacht, dass ich einmal solche Geschichten zu hören kriege. Ihr habt Glück, dass ihr noch am Leben seid.«

»Da hast du recht«, sagte Chaline. Ihr Gesicht war traurig. »Aber Adolf ist nicht mehr am Leben, und das ist nicht borriblemäßig. Es ist ein großes Abenteuer, klar, aber es ist eins, auf das wir uns gar nicht hätten einlassen dürfen. Wir müssten nun nicht ständig unsere Ohren riskieren, wir würden verstohlen leben, listig, in aller Ruhe, wie die Bumpers in Brixton, die Conkers von der Caledonian Road, wie die Schrotter vom Schrottplatz, daheim auf unseren eigenen Märkten, hübsch im Trockenen. Aber jetzt ist es, was wir auch tun, immer das Abenteuer, das uns weiterzerrt, das uns hinter sich herschleppt.«

»Wir können Sam jetzt nicht zurücklassen«, sagte Zwielicht, »jetzt nicht mehr.«

Chaline nickte dem Bangladeshi zu. »Du hast völlig recht. Das ist das Paradox. Um borriblemäßig zu leben, müssen wir Sam retten; um Sam zu retten, müssen wir immer wieder Sachen machen, die nicht borriblemäßig sind.«

Vulgo wiegte den Kopf mit dem ihm eigenen Ausdruck von schlauer Erfahrung. »Eins sag ich euch, sobald Sam in Neasden ist, sicher vor Snuffkin, dann mach ich sofort nach Shoreditch rüber, ich schwör's euch, so schnell, dass ihr euren Augen nicht traut. Und dann beginnt wieder das schöne runde Borribleleben. Alles schön ruhig und unauffällig, paar Geschichten, gerade so viel klauen, wie man zum Leben braucht.« »Wunderbar«, sagte Napoleon, »aber wie lebt man als netter ruhiger Borrible, wenn einem ständig Snuffkin und Hanks auf die Hacken treten?«

Orococco seufzte. »Borribles haben's immer schwer gehabt, sind immer auf der Flucht gewesen«, sagte er, »so weit man zurückdenken kann. Und ich seh auch nicht, dass sich das jemals ändert, außer wir machen alle zu Borribles.« Er lachte. »Und das braucht wohl ein paar Borribleleben lang.«

Chaline warf ihr Haar zurück, und ihre Augen glänzten. »Woher wollen wir das wissen?«, fragte sie in kriegerischem Ton. »Vielleicht werden ständig mehr und mehr zu Borribles. Wahrscheinlich sogar. Wir können uns nur darum kümmern, dass wir borriblemäßig leben und Borribles bleiben, dass man uns nicht fängt und zu Erwachsenen macht. In Deckung bleiben und einer dem anderen helfen. So einfach ist's im Grunde.«

Alle schwiegen eine Weile und hingen ihren eigenen Gedanken nach, die Schrotter auch. Die Stille dauerte lange, bis Chaline sagte: »Nur so geht's, glaubt's mir.«

Sydney hob den Kopf. Sie saß neben Sam, der lang ausgestreckt auf seinem Stroh ruhte. »Nur so, stimmt«, sagte sie, »und deshalb müssen wir auch Sam helfen. Er ist ein Borrible und hat uns mal geholfen, jetzt müssen wir ihm geben, was wir haben, und alles, was wir haben, ist die Chance, ihn vor Snuffkin und vor der jahrelangen Sklaverei zu retten … oder davor, zu Katzenfutter verarbeitet zu werden, im Grund das Gleiche. Wir schulden es Sam, dass wir dafür sorgen, dass er sein Leben lang gut behandelt wird. Es ist egal, was Snuffkin für Lügen über uns erzählt, dass wir Mörder sind und so. Wir wissen, es stimmt nicht, was er sagt, der würde über jeden, der nicht seiner Meinung ist, alles Mögliche erzählen.«

Sydney holte tief Atem, als sie geendet hatte. Es war die längste Rede, die sie im Leben gehalten hatte. Sie errötete.

»Richtig!«, sagte Stonkus und wurde auch rot.

»Und deshalb«, sagte Poch, »müssen wir überall, wo wir hinkommen, unsere Geschichte erzählen, damit die Leute merken, wie wichtig das ist.«

Kabrio lehnte sich in seinen Bussitz zurück und stieß den Atem durch die geschlossenen Zähne aus. »Junge!«, sagte er dann. »Das ist alles zu hoch für mich. Ich leb halt wie ein Borrible, weil ich ein Borrible bin.«

»Das ist es«, sagte Zündholz. »Stell dir mal vor, wie ein Erwachsener zu leben! Arbeiten, arbeiten, arbeiten, und dann sterben, sterben, sterben. Die müssen doch völlig bescheuert sein.«

Beifälliges Gemurmel folgte; die Diskussion hätte sich sicherlich fortgesetzt, wenn nicht ein plötzliches Geräusch von der Tür herübergedrungen wäre: Das Zischen des sich öffnenden Mechanismus. Die Tür faltete sich auf, und ein regennasser Windstoß fegte in das warme Innere des Borribleverstecks und brachte zwei schlammverschmierte Schrotter in Ölzeug mit. Zwischen sich trugen sie etwas, das wie ein nasses, dreckiges Lumpenbündel aussah. Die beiden Schrotter ließen es zu Boden fallen, und einer stieß mit dem Fuß dagegen, während der andere in das Windgebrüll hinausging und in die Dunkelheit zurückkehrte.

»Was ist, Klinker?«, fragte Kabrio, »gibt's Ärger?«

Klinker zog sich den Südwester vom Kopf, dass man ein listiges, von jahrealtem Schmutz dunkles Gesicht sah. Er schniefte und goss sich einen Becher Tee aus der großen braunen Kanne ein, die auf dem Boden stand. Wieder trat er gegen das Bündel, ohne sich mit seiner Antwort besonders zu beeilen.

»Das da haben wir in der Nähe vom Roundhouse rumschleichen sehen«, sagte er schließlich. »Die Sache hat uns nicht gefallen, also haben wir's bisschen abgebürstet und hergebracht, um's euch zu zeigen. Er stöhnt oft, muss verletzt sein.«

Zwielicht, der zunächst saß, kniete sich neben den bewusstlosen Gefangenen und betrachtete ihn genau. »Erkenn den Burschen nicht«, sagte er. »Geb mir mal einer ein feuchtes Tuch, dann kann ich ihm ein wenig den Dreck aus der Visage wischen.«

Bingo stand auf und tauchte einen Baumwollfetzen in einen Eimer Wasser, um ihn Zwielicht zu reichen, der sanft das schlammbedeckte Gesicht abzuwischen begann. Poch und Napoleon kamen herüber und stellten sich hinter den Bangladeshi, um zuzusehen.

Plötzlich fluchte Napoleon. »Verdammte Scheiße«, sagte er, »es ist

Scooter, Menschenskind! Das könnte heißen, dass alle Liliputaner Europas hinter uns her sind … und die SBE ihnen auf dem Fuße folgt. Ich hab's euch gesagt, wir hätten ihn töten sollen.«

Alle im Raum griffen unruhig und überrascht nach ihren Schleudern. Ein oder zwei der Borribles zogen sich sogar die Regenmäntel an, zur Flucht bereit.

Chaline ließ sich nicht aus der Ruhe bringen. Sie schob Napoleon beiseite und beugte sich über den verwundeten Zwerg. »Lass mal, Napoleon«, sagte sie, »schau dir nur seine Ohren an. Die aus Plastik sind weg, weißt du noch? Du hast sie abgerissen, und die anderen haben jetzt zu bluten aufgehört, und sie sind sogar noch spitzer als vorgestern.«

Selbst das tiefe Misstrauen des Wendels schwand angesichts dieses Beweises ein wenig, doch er sagte nichts.

Vulgo dagegen rief: »Schaut euch das an! Seine Ohren sind fast so spitz wie unsere.«

»Schaut mir wie ein Borrible aus«, sagte Kabrio, der vom Rande des Kreises, der nun den Gefangenen umgab, herüberspähte.

Poch starrte Chaline an. »Er hat recht«, sagte er, »wenn er auch noch nicht ganz ein Borrible ist, er wird auf jeden Fall grade einer, und wie wir alle wissen, ist das unmöglich.«

Napoleon schob sich nach vorn. »Gesichtschirurgie!«, sagte er. »Ihr wisst doch, dass Snuffkin vor nichts Halt machen würde, um wieder einen Spion bei uns einzuschmuggeln.« Er kniete sich hin und befühlte die Ohren des Zwergs. »Ich weiß auch nicht«, fuhr er nach einer Pause fort, »wie sollen wir's denn wissen, wir sind keine medizinischen Sachverständigen. Die können die tollsten Sachen bringen heutzutage. Herzverpflanzungen, Nieren, Lungen, sogar Arme … alles. Warum nicht auch Ohren?«

»Red keinen Quatsch«, sagte Chaline. »Es wär so kurz nach einer Operation auf jeden Fall eine Narbe zu sehen. Diese Ohren verändern sich, weil aus ihm ein Borrible wird, da bin ich sicher.«

»So war's bei uns allen mal, vor langer Zeit«, sagte Stonkus.

»Ja doch!«, sagte Napoleon. »Natürlich, aber wir waren Kinder, es passiert nur bei Kindern. Diese Nulpe hier ist ein Zwerg, ein Liliputaner, klein wie wir, aber erwachsen, ein Normaler.«

»Ich weiß auch nicht«, sagte Poch, angestrengt nachdenkend und mit tiefgefurchter Stirn. »Vielleicht ist das, was Coco vorher im Scherz gesagt hat, doch möglich? Vielleicht können sogar normale Menschen, wenn sie es sich stark genug wünschen, Borribles werden. Wer weiß? Viele Sachen, wo wir denken, die sind unmöglich, sind vielleicht doch möglich, da möchte ich wetten.«

»Und was ist dann mit Drillich?«, fragte Napoleon, das Gesicht hart und scharf. »Er war lang genug bei uns, und es hat ihn nicht zu einem netten Spielkameraden gemacht. So weit ich sehe.«

»Das kommt, weil er hinter dem Geld her ist«, sagte Chaline. »Das macht den Unterschied.«

Ein Stöhnen kam von der Gestalt, die auf dem Boden lag, dann ein zweites, längeres, tieferes Aufseufzen. Scooters Augenlider zuckten in der Schlammmaske, die sein Gesicht überzog, und seine Zungenspitze versuchte, die Lippen sauberzulecken. Er hustete, wieder flatterten seine Lider, und nun blieben die Augen offen. Er lächelte zu Chaline hoch.

»Hallo«, sagte er. »Ich wusste, dass ich euch finden würde. Habt ihr meine Ohren gesehen? Ich bin jetzt einer von euch.«

Chaline nickte. »Wir haben's gesehen«, antwortete sie. »Ich muss sagen, eigentlich haben wir so was überhaupt noch nie gesehen.«

»Einen Moment mal!«, unterbrach sie Napoleon. »Du solltest drüben auf der anderen Seite von King's Cross sein. Wir haben den Conkers gesagt, sie sollen dich mitnehmen oder unter Bewachung stellen. Was ist da passiert?«

Scooter stützte sich auf einen Ellenbogen und schaute zu dem Kreis von Gesichtern hinauf. »Sie haben mich bewacht«, sagte er, »haben mich in einen anderen Häuserblock gebracht, gleich nachdem ihr weg seid, aber sie haben gesehen, wie sich meine Ohren verändern, und haben gesagt, das sei nicht ihr Job, einen Borrible zu bewachen, der nichts getan hat, da haben sie mich laufen lassen.«

»Na bitte«, sagte Bingo, »das ist doch auch ein Beweis.«

»Klar«, erwiderte Napoleon höhnisch, »ein Beweis, dass die Wachen bei den Conkers mehr Vertrauen haben als Verstand. Vertrau nie jemand, wenn du nicht musst, und auch dann nicht sehr, so heißt das Sprichwort.«

»Wie geht's deiner Schulter?«, fragte Chaline.

»Steif«, sagte Scooter, »ziemlich steif, aber es wird besser. Es geht mir jetzt so gut, dass ich mit euch kommen kann, ehrlich. Lasst mich nicht mehr ...«, und wie er noch sprach, erloschen die Augen des Liliputaners wieder, und sein Kopf sank auf den Boden zurück.

Poch beugte sich hinunter und ergriff Scooter unter den Armen. »Nimm die Füße, Bingo«, sagte er, »und wir machen's ihm warm und trocken. Er ist gar nicht gut dran, was er auch sagt.«

Scooter wurde auf eine der langen Sitzbänke des Busses gelegt, und man machte es ihm möglichst bequem. Anstatt der nassen Kleider bekam er trockene, und Chaline besah sich die Wunde des Zwergs. Sie war rot und stark entzündet. Mit einem Blick zu Zündholz sagte sie: »Wir brauchen was zum Desinfizieren.«

Jaguar stand in Hörweite, den Regenmantel schon angezogen. »Ich hol euch, was ihr braucht«, sagte er, »in der Hütte von den Arbeitern steht ein Erste-Hilfe-Kasten, das bringt's genau.« Er nickte ihnen kurz zu und verschwand.

»Gut«, sagte Chaline, »jetzt trichtern wir dem Typ hier am besten mal was zu essen ein. Soll mal jemand die Suppe warmmachen, ich säubere so lang diesen Stich hier in seiner Schulter.«

Scooter schlug wieder die Augen auf. »Was zu essen wär gut«, sagte er. »Lasst mich nicht zurück. Ich versprech's euch, ich bin wirklich gesund genug, mitzukommen.«

»Ach ja?«, sagte Napoleon, der, seit der Zwerg in den Bus gebracht worden war, immer in seiner Nähe geblieben war. »Und was ist mit deinen Zwergkumpanen und der Belohnung? Bist du sicher, dass dir niemand gefolgt ist?«

Scooter schaute Napoleon starr an und antwortete sofort; seine Augen waren fiebrig, aber die Aufrichtigkeit glühte durch den Schmutz auf seinem Gesicht: »Mir ist niemand gefolgt«, sagte er. »Da hab ich verdammt gut aufgepasst. Ich bin jetzt ein Borrible.« Und damit schloss der Zwerg die Augen und fiel in den tiefen Schlaf der Erschöpfung.

Poch nahm Chaline beim Ellenbogen und führte sie ein Stück von Scooters Lager beiseite. »Was meinst du?«, fragte er.

Das Mädchen zuckte die Schultern. »Wir wissen auch nicht alles, nicht einmal über Borribles«, sagte sie. »Zunächst mal glaub ich seine Geschichte.«

»So!«, knurrte Napoleon. »Also gut, ich gebe zu, die Ohren sehen koscher aus, aber Aristotle-Road-Regel ab jetzt, ja? Er muss überwacht und beobachtet werden, bis wir uns völlig sicher sind.«

In diesem Augenblick sprang die Tür auf, und der Regensturm fegte Jaguar wieder in den Bus. Unter dem Arm trug er einen kleinen weißen

Erste-Hilfe-Kasten, den er nun Chaline reichte, doch abwesend, mit einer automatischen Bewegung. Er sah besorgt drein.

»Ich hab mit ein paar von den Posten gesprochen«, sagte er. »Sie sagen, es geht da was Schräges vor. Sie sind sich nicht ganz sicher, was genau, aber es gehen Meldungen ein, dass ein paar kleine Typen in den Schrottplatz reinkommen ... zwei Dutzend vielleicht. Borriblegroß, schätzen sie, wahrscheinlich die Zwerge, von denen ihr erzählt habt. Die müssen nach euch und dem Pferd suchen.«

»Die Zwerge«, sagte Napoleon. »Ich hab's doch gesagt, dieses Schwein Scooter hat uns verraten! Erste Hilfe? Was der braucht, hab ich hier.« Der Wendel ballte die Fäuste.

»Dazu ist jetzt keine Zeit«, sagte Zündholz, »können wir nachher machen. Wir ziehen uns am besten an, suchen uns diese Zwerge und befördern sie mit einem Arschtritt aus unserem Revier.«

»Es geht nicht so sehr um die Zwerge«, sagte Napoleon, »sondern darum, ob nicht dicht hinter ihnen die SBE anrückt.«

Von Scooters Bett her kam ein Geräusch; er setzte sich auf. Er starrte direkt vor sich hin. Seine Lippen waren trocken.

»Er fiebert«, sagte Chaline.

Der Zwerg beachtete sie nicht. »Nein«, sagte er. »Nicht die SBE, nur Drillich. Er will die Belohnung ganz alleine haben, er sagt der Polizei nichts, weil er glaubt, dass er sich alles selber holen kann. Keine SBE diesmal ... das nächste Mal dann wieder mit der SBE.«

Chaline rannte zu dem Zwerg hinüber und zwang ihn wieder auf sein Bett. Dann holte sie das Desinfektionsmittel aus dem Erste-Hilfe-Kasten und goss etwas davon über seine Wunde. »Hoffentlich ist das nicht zu spät«, sagte sie. »Er schaut mir sehr krank aus, wir müssten einen Arzt haben, der ihn sich ansieht.«

Napoleon streifte einen Regenmantel über und machte seine Schleuder schussfertig. Er wies mit dem Daumen auf Scooter. »Aristotle-Road-Regel!«, sagte er. »Wer bleibt bei ihm?«

»Ich«, sagte Chaline. »Muss ohnehin jemand nach ihm schauen.«

»Und ich bleib bei dir«, sagte Sydney. »Zwei ist besser, wenn hier ein Angriff kommt. Ich kann auch gleich das Pferd bereitmachen, vielleicht müssen wir uns rasch durchschlagen.«

»Gut«, sagte Napoleon. Er drehte sich zu Zündholz. »Ihr seid hier zu Haus«, sagte er. »Wie machen wir's?«

Der Schrotter kalkulierte die Stärke seiner Truppen. »Acht von euch und etwa dreißig von uns, die noch nicht Posten stehen. Ihr teilt euch in drei Gruppen, und dann kommen bei jeder zehn von uns mit. Wir verteilen uns, die Wachen lenken uns in die richtige Richtung.«

Kabrio knöpfte seinen Mantel zu und zog sich den Südwester ins Gesicht. »Die schnappen wir uns«, sagte er. »Ist ein ganz eigener Ort hier, in der Nacht.«

Torricanyon zog sich ein geliehenes Paar Gummistiefel an. »Weißt du was?«, sagte er. »Das glaub ich dir aufs Wort.«

Draußen lasteten die dichten Regenwirbel schwer auf der Erde, als lägen hundert Faden Ozean über ihren Köpfen. Eine zerfranste Wolke rollte tief über die schiefen Autostapel dahin und füllte die schwach beleuchteten Straßen und Gassen des Schrottplatzes mit Nebelfetzen. Der Wind stieß und knuffte nach allen Richtungen um sich wie ein streitsüchtiger Raufbold. Die hohen Türme aus Altmetall schwankten und stöhnten wie die Türme einer im Meer versunkenen Stadt. Schwarze Gestalten glitten durch die Schatten, die Gliedmaßen regten sich wie in Zeitlupe. Bleiche Fischgesichter schwebten an den Fenstern der kaputten Autos vorbei und verschwanden wieder. Es würde in dieser Nacht nicht einfach sein, Freund und Feind voneinander zu unterscheiden.

Napoleon zwinkerte sich den Regen aus den Augen; der Schlamm schlürfte saugend um seine Füße. Hinter ihm kam Poch, der im Düster nach rechts und links spähte, dahinter marschierten Zündholz und Kabrio und zwei, drei andere Schrotter. Der Rest der Abenteurer und die anderen Schrottertrupps waren anderswo, ohne Verbindung, abgeschnitten.

Napoleon fluchte vor sich hin. »Wo sind diese Liliputaner?«, sagte er. »Wo sind sie?«

Seine Frage beantwortete sich, als er um eine Ecke bog und von Angesicht zu Angesicht vor fünf Zwergen stand, die sich im selben Moment umdrehten und davonrannten, als der Wendel erschien. »Mir nach«, rief Napoleon ohne das geringste Zögern und lief dem Feind nach, ohne auch nur auf Poch zu warten. Napoleon wollte Drillich haben.

Poch wurde durch den plötzlichen Vorstoß seines Freundes völlig überrascht, doch rannte er rasch hinterher, im Lauf eine Warnung rufend. »Pass auf!«, brüllte er. »Das kann eine Falle sein!«

Und es war eine Falle.

Napoleon, der mit der Geschicklichkeit eines Wendels durch den klebrigen Schlamm lief, holte rasch gegenüber den Zwergen auf, doch gleichzeitig ließ er Poch hinter sich, und Zündholz, Kabrio und die anderen Schrotter waren ein großes Stück zurück. Nach kürzester Zeit war Napoleon allein weit voraus, und seine Gefährten sahen ihn nur schwach von ferne.

Als die Zwerge überzeugt waren, dass Napoleon nun isoliert war, hielten sie in ihrer Flucht an, wandten sich um und blieben stehen, bereit, den Verfolger anzugreifen. Sie machten einen schlimmen Fehler. Wer den Wendel gut kannte und etwas über seine Lebensgeschichte wusste, hätte ihnen sagen können, dass er ein Verhältnis von eins zu fünf gerade für fair und angemessen hielt oder sogar die Chancen ein wenig zu seinen Gunsten einschätzte.

Napoleon verringerte sein Tempo nicht; im Lauf schoss er seine Schleuder ab. Zuerst stürzte ein Zwerg, dem ein Stein gegen den Solarplexus geprallt war, dann fiel einer mit einem zerschmetterten Backenknochen. Immer noch rannte Napoleon weiter und erhob seine Stimme zu einem furchtbaren Wendelkampfruf, der durch die leeren Autos klang und hallte. Am Ende sprang er durch die Luft, horizontal daherfliegend, und stieß einen der Zwerge mit dem Kopf bewusstlos, während er im Flug einem anderen gegen die Kehle hieb. Der letzte übriggebliebene Zwerg verlor nun die Nerven und machte keine Anstalten, seinen Kameraden zu helfen, sondern rannte pfeilgeschwind davon. Er kam nur zehn Meter weit. Dann war Napoleon auf die Füße gekommen und hatte den Fliehenden mit einem wohlgezielten Stein zwischen die Schulterblätter gefällt. Als Poch ankam, lehnte Napoleon an einem Auto und kratzte sich mit dem Griff seiner Schleuder den Schlamm von den Kleidern.

»Alles klar?«, fragte Poch keuchend.

»Kein Problem«, sagte Napoleon. Er lächelte wie ein Block Zement. »Bin froh, dass du nicht früher hier warst, es wären nicht genug für uns beide da gewesen.«

Poch zählte die fünf Opfer. »Freut mich, dass du auf meiner Seite bist«, sagte er.

In diesem Augenblick schnappte die Falle zu; die fünf Zwerge hatten ihre Aufgabe geschickt gelöst. Ihre Rolle war es gewesen, Napoleon und Poch an diese Stelle zu locken, und das war ihnen gelungen. Während die beiden Borribles sich noch überlegten, was es als Nächstes zu tun galt, kam von oben, über ihren Köpfen, ein Ruf, und von überall um sie her erschienen Zwerge.

Poch lud seine Schleuder, Napoleon folgte ihm. »Jetzt wird's richtig«, sagte er.

»Ist nicht mehr komisch«, erwiderte Poch, »die haben auf uns gewartet, da oben sitzen noch jede Menge.«

»Ruf nach den anderen«, schlug Napoleon vor. »Dieses Pack hier wird nicht mehr so tapfer sein, wenn noch ein paar Borribles mitmischen.«

Poch warf den Kopf zurück und schrie laut, doch die Hilfe ließ auf sich warten, und Napoleon und Poch fanden sich in höchster Gefahr. Das Schlimmste war, dass sie kaum ein Ziel für ihre Steine fanden – in der Dunkelheit erhaschten sie immer nur hier und da eine Bewegung, und doch hörten sie ringsum das Scharren und Stapfen von Händen und Füßen, als die Zwerge durch die Autos herbei und an ihnen herunter näher und näher krochen.

»Rücken an Rücken«, sagte Poch.

Nun zerrten und zogen Hände an den Borribles, versuchten, sie zu trennen, sie in die Gefangenschaft fortzuholen.

»Borribles vor!«, schrie Poch und schoss, ohne zu zielen, einen Stein ab; er hörte einen Schmerzensschrei. Er griff nach seiner Taschenlampe und knipste sie an: nahe vor sich sah er ein Gesicht, doch dann ging ein Schlag mit einer Metallstange auf seinen Arm nieder, und er hörte die Lampe in den Schlamm klatschen. Poch hieb mit seiner Faust ins Leere. Dann streifte ihn ein harter Schlag an der Stirn.

»Sie schmeißen Zeug von oben runter«, sagte er und stolperte ein Stück vorwärts, sodass er den Kontakt mit Napoleon verlor, doch der packte ihn am Kragen und zog ihn wieder auf die Füße.

Weitere Gegenstände fielen herab, mehr und mehr, ein Regen von Altmetall, der durch den wirklichen Regen klirrte – Schrauben und Muttern, Lenkräder, Pedale, Türgriffe, Autositze, sogar Scheinwerfer, die wie Granaten barsten.

Wieder stolperte Poch, dem aus der Stirnwunde Blut über das Gesicht sickerte. Napoleon hielt ihn mit dem Arm aufrecht. Auch ihm schlug nun etwas hart und scharf auf die Schulter. »Wir müssen in einen Wagen rein«, sagte der Wendel, einen Schmerzensschrei unterdrückend. »Die steigen hier wirklich recht massiv in die Sache ein.«

Die beiden Borribles sprangen in das nächste Autowrack. Napoleon hieb im Dunkeln nach rechts, links und vor sich in die Mitte; man hörte, wie Leiber aus den Fenstern krochen. Er knipste seine Taschenlampe an und schwenkte sie in einem weiten Kreis: Die Borribles sahen ringsum in den Wagen Gesichter, so weit der Schein der Lampe reichte.

Napoleon machte das Licht aus. »Am besten, man sieht sie nicht alle«, sagte er philosophisch. »Nimm du die Seite, ich nehm die andere. Wenn sich was bewegt, brenn ihm was drauf.«

In diesem Moment begann eine von allen Seiten koordinierte Attacke auf das Auto der Borribles, und wieder klapperten Geschosse herab. Ein großer Bolzen flog im Dunkeln durch ein Fenster herein und traf Napoleon unten am Rücken. Er ertastete ihn, hob ihn rasch auf und benutzte ihn als Waffe, indem er mit großer Wirkung in die Dunkelheit hieb. »Wendels vor! Wendels vor!«, brüllte er bei jedem Schlag.

Endlich fand ihr Hilferuf eine Antwort. Taschenlampen blinkten draußen auf der Straße auf; die Zwerge zogen sich zurück. Sie kletterten unter Rufen hin und her nach oben und formierten sich wieder auf den obersten Wagendächern. Ein Lichtstrahl blendete Poch und Napoleon. »Stimmt alles mit euch?«, fragte eine Stimme. Es war Stonkus.

»Wo habt ihr denn gesteckt?«, fragte Napoleon. »Wir durften den ganzen Kampf alleine durchziehen.«

»Tatsache?«, sagte Stonkus und senkte die Taschenlampe. »Na, da muss ich wohl bei einem ganz anderen Kampf dabei gewesen sein.«

Poch kauerte auf dem Boden des Autos und wischte sich das Blut vom Kopf. »Wie viel hast du mitgebracht?«, fragte er. »Sind mehr Zwerge hier, als wir dachten.«

Stonkus schniefte, als ein großer Klumpen Metall von der Seite des Autos abprallte. »'Ne ganze Menge, ja«, sagte er, »aber die sind nicht besonders gut. Ich meine, laufen immer weg, wenn man nahe rankommt ... Ich hab Torri dabei und draußen noch Zündholz und ein paar Schrotter.«

»Hat jemand Drillich gesehen?«, fragte Napoleon. »Wenn du ihn sehen solltest – den will ich haben.«

Wie als Antwort auf Napoleons Frage brüllte eine Stimme von einem Autostapel auf der anderen Straßenseite herunter. Es war die Stimme von Drillich. Napoleon und Poch krochen aus ihrem Wagen und schauten empor, die Augen mit der Hand gegen den Regen schirmend. Zwei oder drei der Taschenlampen, die die Schrotter dabeihatten, kreuzten ihre Strahlen durch den Himmel und suchten nach dem Anführer der Zwerge. Nicht sehr weit entfernt, vielleicht hundert Meter, ertönte Kampfgeräusch; mindestens zwei, drei verschiedene Schlachten.

Drillichs Stimme brüllte wieder: »Ihr könnt jetzt gradeso gut aufgeben, ihr da drunten! Ich hab euch mit meinen Leuten umzingelt. Hier kommt ihr nicht raus.«

Poch spürte, wie Napoleon vor Zorn bebte. Der Wendel schritt ins Freie hinaus und verließ den Schutz der überhängenden Autowracks. Er schüttelte die Faust über dem Kopf und schrie dem Zwerg zu, obwohl er ihn nicht sehen konnte: »Komm runter, Drillich! Komm runter, du Winzling, du abgebrochener Pygmäe. Komm runter, und ich nehm dich auseinander!«

»Ich hab's nicht nötig, mit dir zu kämpfen, mein kleiner Grießbrei«, brüllte Drillich. »Ich brauch dich bloß einsammeln und zu Snuffkin bringen, und das werd ich auch tun, so oder so.«

Dann hörte man von hoch oben eine andere Stimme, schwach und vom Wind verzerrt. »Nein, tust du nicht, Drillich, das wäre nicht recht. Du hast dich immer beklagt, dass man dich anders behandelt, weil du so klein gewachsen bist, warum behandelst du sie jetzt anders, weil sie Borribles sind? Warum lässt du sie nicht in Ruhe?«

Napoleon leuchtete mit seiner Taschenlampe nach oben. »Was zum Teufel!«, sagte er. »Das hört sich an wie Scooter.«

Nach und nach leuchteten immer mehr Taschenlampen in den strömenden Regen hinauf, als mehr und mehr Schrotter herbeikamen, die ihre Kämpfe gewonnen hatten. Es kamen jetzt auch mehr von ihnen über die Autodächer herbeigeeilt, und bald würden die Borribles nicht mehr in der Minderzahl sein. Orococco, Zwielicht und Vulgo kamen und stellten sich zu Poch und Napoleon; auch sie starrten nach oben in den Himmel.

Drillich gab einen Moment lang keine Antwort. Er hatte geglaubt, sein einstiger Zirkuskollege läge auf dem Grund des Kanals, doch er blieb nicht lange stumm und überwand sein Erstaunen. Er kam ins Licht, gerade eben erkennbar am Rand eines schwankend aufragenden Stapels von Autoruinen. »Ach!«, höhnte der Zwerg. »Du lebst also noch, du Borriblefreund! Na, dann muss ich dich wohl auch an Snuffkin weiterreichen, was? Du Idiot!«

Als Drillich aufhörte, bewegte sich etwas in einem Wagen zuoberst auf einem Turm, der etwas weiter unten an der Straße stand. Einige Lichtkegel schwangen hinüber und zeigten, wie Scooter unter großen Schwierigkeiten mühsam aus einem Fenster stieg und auf das Dach des obersten Wagens hinaufkletterte. Dort richtete er sich auf und stand nun im prasselnden Regen, im Wind schwankend und die Hand auf seine Schulterwunde gepresst. Jemand hatte ihm einen Regenmantel gegeben, der einige Nummern zu groß war, und der hartnäckige Wind hatte ihn ihm fast vom Leib gerissen, denn er flatterte nun wie ein zerfranstes Banner von seinem Rücken.

»Hört mir zu«, rief Scooter, gegen den Wind anschreiend, »hört mich an, Zwerge, hört auf mit dem, was ihr da tut. Die Borribles haben euch nichts getan und wollen nichts Böses. Es sind keine Mörder, wie Snuffkin behauptet. Wenn ihr nur …«

Drillich unterbrach seine Rede mit einem kreischenden Wutschrei. »Unsinn«, schrie er. »Quatsch! Glaubt ihm kein Wort. Die Borribles sind Diebe und Mörder. Die auf sie ausgesetzte Belohnung ist enorm! Scooter ist ein Überläufer, ein Verräter. Glaubt ihm nichts!«

Weitere Taschenlampen waren nun auf Drillich gerichtet, und in ihrem Licht sah man, wie er über den Zwischenraum hinwegsprang, der ihn vom nächsten Autostapel trennte, und über den nächsten, und die Lichtkegel folgten ihm, und Poch und die anderen sahen ihn dicht bei Scooter aufsetzen, und die Autos schwankten und zitterten von der Wucht seiner Landung.

»Haltet ihn auf«, rief eine Stimme, »Drillich wird ihn umbringen.« Poch sah nach rechts: Da kam Chaline, ohne Regenmantel, das Haar nass am Kopf klebend, die Kleider durchweicht, das Gesicht vor ängstlicher Besorgnis verzerrt.

Sobald er in Reichweite war, begann Drillich, mit aller Kraft Scooter auf den Kopf zu schlagen, und brachte ihn so prügelnd zum Verstummen. Scooter war zu schwach, um sich zu verteidigen. Er hob seinen gesunden Arm, um die Schläge abzuwehren, und stolperte rückwärts. Er glitt aus, fiel beinahe, und doch gelang es ihm irgendwie, von Drillich fort auf einen benachbarten Stapel Autos zu fliehen. Doch Drillich folgte ihm entschlossen, versessen darauf, Scooter zu Tode zu bringen, seinen einstigen Freund in die Tiefe hinabzuschleudern, in den Schlamm drunten.

Chaline zog ihre Schleuder. »Tut doch was!«, rief sie und schoss und schoss wieder, und Poch und Napoleon und alle anderen unten auf dem Erdboden taten es ihr nach – doch das Ziel war, wenn auch nicht weit entfernt, schwierig: Das unsichere Taschenlampenlicht und der starke Wind und der Regen waren hinderlich. Die Steine, die den Zwerg erreichten, hatten nur noch schwache Kraft, und Drillich bemerkte sie nicht.

Endlich kletterte ein Trupp Schrotter in die höchsten Stockwerke auf der Drillich gegenüberliegenden Straßenseite und nahm ihn aus dieser geringen Entfernung mit den Schleudern unter Beschuss; so wurde er ein-, zweimal stärker getroffen.

Drillich erkannte die Bedrohung und sprang aus der Gefahrenzone. Scooter, zu keiner Gegenwehr mehr fähig, brach bewusstlos zusammen. Dann rief Drillich seine Zwerge zu sich und ließ sie einen wilden Hagel aus Schrott hinabschleudern, während er und ein paar andere gegen den Wagen, auf dessen Dach Scooter lag, traten und stießen.

Dieser Wagen, nur leicht auf den ganzen Stapel aufgesetzt, schwankte und begann zu rutschen. Noch mehr Zwerge halfen nun, und der ganze Bau geriet in gleitende Bewegung. Da begannen die Abenteurer, die Wurfgeschosse, die ihnen um die Köpfe und Schultern regneten, ignorierend, den Aufstieg durch einen anderen Autostapel, Hand über Hand. Sie schossen ihre Schleudern ab, wann immer sie die Gelegenheit hatten, doch die Zwerge blieben in Deckung, und der Turm, auf dem hoch droben der schutzlose Scooter lag, wackelte und schwankte immer stärker.

»Verdammt, verdammt, verdammt«, zischte Napoleon, als er hinaufkletterte, sich die Hände ritzte, die Knie zerkratzte. »Dieses Schwein Drillich!«

Doch als Napoleon und die andern den Gipfel erreicht hatten, trennte sie noch immer eine breite Schlucht von den Feinden, und selbst die Schrotter, die auf der richtigen Straßenseite vorrückten, hatten große Schwierigkeiten, näher an Drillich heranzukommen, da ihn so viele Zwerge schützten.

Die Abenteurer traten an den Rand der Schlucht und starrten durch die im Sturm zuckenden Regenwirbel. Sie konnten erkennen, wo Scooter lag, auf dem Rücken hingestreckt; der Regen prasselte ihm in das blutleere Gesicht. Napoleon schoss seine Schleuder auf Drillich ab, doch der Wind verwehte den Stein. »Du!«, brüllte der Wendel. »Wenn du dem Scooter dort etwas tust, ich schwör dir's, dann bring ich dich um, wenn es auch das Letzte ist, was ich tue.«

Drillich hörte die Drohung nicht – nicht nur wegen des Windeslärms, sondern auch deshalb, weil genau in diesem Augenblick der Wagen, gegen den er trat und stieß, von seinem Turm rutschte und mit furchtbarem Krachen und Knirschen und dem Klirren von Metall gegen Metall hinab zu Boden stürzte und Scooter mit sich riss.

Chaline konnte nicht glauben, was sie gesehen hatte. Sie senkte den Kopf in die Hände, und ein Klageschrei stieg ihr tief aus der Kehle empor. »O der Wahnsinn«, stöhnte sie, »all der Wahnsinn.«

Es kam noch schlimmer. Nachdem nun das Gewicht des einen Fahrzeugs fehlte, verlor der Stapel, auf dem es gelegen hatte, das Gleichgewicht und verschob sich in der Mitte, um schließlich wie eine Lawine aus verbogenem Walzstahl umzufallen. Die Autos in den Türmen zur Rechten und zur Linken, nicht länger abgestützt, glitten seitlich weg und brachen mit lautem Klirren und Dröhnen wie Hochhäuser bei einem Erdbeben in sich zusammen. Windschutzscheiben barsten und sprühten diamantenglitzernde Glasteilchen wie in Fontänen durch die Luft; Auspuffrohre krümmten sich und brachen, Türen sprangen auf. Eine breite Front des ganzen Schrottplatzes war umgekippt und hatte sich in den Schlamm gegraben.

Die Zwerge schrien und jubelten in lautem Triumph. Drillich reckte die Arme empor und verschränkte wie ein Schwergewichtschampion die Hände über dem Kopf. »Da!«, brüllte er in den Sturm, »Tod euch allen. Ich gehe jetzt ... aber ich komm zurück, und das nächste Mal fangen wir euch!« Und mit dieser Herausforderung begann Drillich, über die nassen Dächer wegzuklettern, und unter ihm, in der Burg aus Autokadavern, krochen seine Soldaten von Wagen zu Wagen und folgten ihm.

Die Schockwellen des Sturzes liefen überallhin, und die Abenteurer spürten, wie der Turm unter ihren Füßen zu beben und zu schwanken begann. Sie bewegten sich rasch und flohen von den gefährlichen Gipfeln hinab zur Sicherheit des Erdbodens, wo es viel zu tun gab, wie sie wussten, wollte man Scooter retten. Es herrschte überall Chaos und Verwirrung; viele Autos lagen auf dem Dach oder auf der Seite – ein gefährlicher Schrottsalat, wo jede Metallkante rasiermesserscharfe Zacken hatte.

Die Borribles zögerten nicht; es war keine Zeit. Zündholz organisierte sofort seine Schrotter und schickte die meisten auf die Verfolgung der Zwerge, um sicherzugehen, dass sie den Platz verließen, aber auch, um es noch einigen von ihnen zu besorgen, wenn das möglich war. Der Rest des Stammes fing zusammen mit den Abenteurern an, nach Scooter zu suchen, oder, wie Napoleon sagte, nach dem, was vielleicht von ihm noch übrig war.

Es war eine mühevolle Unternehmung. Sie rutschten und strauchelten auf den herabgestürzten Fahrzeugen, die unter ihrem Gewicht schaukelten und schwankten. Die Taschenlampen stachen in die Dunkelheit. Sie steckten die Köpfe durch zersplitterte Fenster und zerschmetterte Windschutzscheiben; sie zerschnitten sich die Hände an rostigen Kanten und tasteten unter der Oberfläche des zähen Schlamms, wo Scooter liegen und ertrinken mochte. Die Suche setzte sich von Minute zu Minute verzweifelter fort, bis Chaline ihn endlich fand, wo seine Beine unter einem Autowrack hervorragten, rührend-hilflos wie die Beine eines zerquetschten Frosches.

»Hierher!«, rief Chaline, und die Strahlen der Taschenlampen vereinigten sich bei ihr. »Ich hoffe, das ist er. Ich bin nicht sicher.«

Stonkus blickte hinunter. »Wenn er unter dem Wagen liegt«, sagte er, »dann ist er erstickt.«

»Ich erkenn seine Schuhe wieder«, sagte Bingo, »rasch!«

»Alle an der Seite vom Auto entlang aufstellen«, befahl Stonkus, der die Führung übernahm. »Jetzt schnappt euch was zum Festhalten, wir versuchen, das Ding hochzuheben. Wenn sich was tut, Chaline, ziehst du ihn raus.«

Stonkus ging in die Knie und ertastete sich einen festen Griff am Dach des auf dem Rücken liegenden Autos. Seine Gefährten folgten ihm, und auf das Kommando zerrten sie ihre Arme nach oben und stießen sich mit den Beinen nach unten ab. Die Last war entsetzlich schwer, und die Gesichter aller Borribles verzerrten sich vor Anstrengung und liefen rot an.

»Rauf damit, verdammt, macht doch, rauf!«, schrie Stonkus, und der stärkste aller Borribles zerrte und stieß und fluchte, und jeder Abenteurer und Schrotter tat dasselbe. Endlich, als es schon schien, als wolle der Wagen sich niemals regen, bewegte er sich, sparsam, nur ein, zwei Zoll, mit einem langsamen Schlürfen, als er sich vom Schlamm löste. Chaline kauerte daneben und zog den Körper vorsichtig ins Freie; eine große Luftblase quoll mit hervor.

»Wir sind draußen«, schrie sie, als sie mit Scooter unter dem Auto hervorgekrochen war, und nach einer weiteren Sekunde gab Stonkus wieder das Kommando, und der Wagen glitt wieder in die alte Lage zurück.

Chaline kniete auf der Erde; sie hielt Scooters Kopf mit der einen Hand und versuchte mit der anderen, ihm den Schlamm aus dem Gesicht zu kratzen. »Atmet er noch?«, fragte sie.

Stonkus beugte sich nieder und schob einen Arm um die Schultern des Liliputaners. »Nehm mal einer die Füße«, sagte er, »bringen wir ihn aus dem Regen raus.«

Der schlaff hängende Körper wurde zum nächsten soliden Auto halb getragen, halb gezogen, wo man ihn sanft auf den Rücksitz legte. Chaline zwängte sich auf den schmalen Platz, der noch frei blieb, und fuhr fort, das zerschlagene Gesicht mit dem Tuchfetzen zu säubern, den Stonkus gefunden hatte. Die anderen Abenteurer steckten die Köpfe durch die Fensteröffnungen. Die Schrotter hielten Wache.

»Ist er's?«, fragte Poch.

»Ja«, sagte Chaline, »er ist es, aber ich glaub, er ist tot.« Sie wischte Scooters Ohren mit dem Fetzen ab. »Der einzige Erwachsene, der je zum Borrible geworden ist, und der muss sterben. Scheißspiel.«

»Snuffkins Spielregeln«, sagte Poch.

Chaline schob Scooters Kopf zurück und legte ihren Mund auf den seinen; sie atmete aus, und Scooters Brust hob und senkte sich abrupt. Seine Augenlider zuckten. »Er lebt noch«, sagte Stonkus.

Scooter schlug die Augen auf und sah Chaline an. Der Regen ratterte auf das Autodach. »Tut mir leid«, sagte er, die Stimme ein gebrochenes Flüstern. »Ich dachte, ich krieg ihn dazu, aufzuhören, dass er die andre Seite verlässt und zu uns kommt … aber es ist die Belohnung … hat ihn wahnsinnig gemacht.«

»Sprich jetzt nicht«, sagte Chaline. »Wir müssen dich hier rausbringen, nach dir schauen, dich an einen sicheren Ort schaffen.«

Scooters Augen schlossen sich vor Schmerz, Blut floss blasig über seine Lippen. »Es tut weh, Chaline«, sagte er, »drinnen. Mir geht's nicht gut.«

Chaline senkte den Kopf auf die Brust, damit Scooter ihre Tränen nicht sehen konnte. Napoleon wandte sich ab und starrte in den Regen. »Was können wir tun?«, fragte er Poch. »Ich taug hier zu nichts.«

Poch schüttelte bleich den Kopf. »Weiß nicht«, sagte er. »Weiß nicht.«

Scooters Augen öffneten sich wieder. Er sah in die Runde, in die Gesichter der Abenteurer an den Wagenfenstern, ernst im gelben Licht ihrer eigenen Taschenlampen, das von unten ihre Züge scharf hervortreten ließ. »Na, wie sind meine Ohren?«, fragte er, und ein blasses Lächeln erschien auf seinen Lippen. Ein Regentropfen fiel vom Dach und klatschte auf sein Gesicht; Chaline lehnte sich weiter vor, um die Tropfen mit dem Rücken abzufangen. Sie berührte sanft seine Ohren.

»Die sind schön«, sagte sie. »Du hast zwei von den schönsten Ohren, die ich je gesehen hab … besser als die von Poch, sogar besser als die von Napoleon.« Sie wollte sehr weinen, aber sie hielt es zurück.

Scooters Gesicht glänzte nun in einem breiten Lächeln. »Das ist gut«, sagte er, »das ist dann ja gut.« Sein Atem ging rasselnd. »Ich hätte nie mit Drillich mitgemacht, wisst ihr, am Anfang, wenn ich über Borribles Bescheid gewusst hätte.«

Plötzlich stieß Scooter einen Schmerzensschrei aus und setzte sich kerzengerade auf, die Augen weit aufgerissen, ohne etwas zu sehen. »Bin froh, dass ich ein Borrible bin!«, rief er mit einer Stimme, die hundert Meilen weit herzukommen schien. »Jetzt werd ich nie alt, niemals!« Dann brach blasig ein Schwall Blut über seine Lippen und färbte seine Zähne mit hellem Rot, und er fiel in Chalines Arme wie ein alter schlaffer Sack halb voll Sand.

Chaline barg seinen Kopf in den Armen und wischte das Blut aus dem Gesicht. »Macht die Lampen aus«, sagte sie, »ich will's nicht sehen.« Dann begann sie wirklich zu weinen; ohne viel Geräusch, aber mit vielen Tränen.

Nacheinander erloschen die Taschenlampen, und die Abenteurer standen reglos, die Arme an den Seiten herabhängend. Sie sagten nichts, bis schließlich Poch das Weinen nicht mehr ertragen konnte, und es war nicht nur Chaline, die weinte. Poch spürte die Tränen auf dem eigenen Gesicht; Stonkus schüttelte den Kopf, sein Gesicht war feucht, nicht nur vom Regen. Napoleon, Orococco, Zwielicht, Bingo, Vulgo und Torricanyon. Ein großer Kummer war über alle gekommen. Ein neuer Borrible war sofort wieder gestorben.

So holte Poch tief Luft und versuchte, mit fester Stimme zu reden. »Der Drillich«, sagte er. »Dieser Drillich. Ich versprech's euch mit jedem Borribleschwur, den es je gegeben hat, bei jedem Abenteuer, das wir erlebt haben, den seh ich noch tot.«

»Ich auch«, sagte Napoleon.

»Ich auch«, sagte Stonkus.

»Ich mit«, sagte Zwielicht.

Chaline stöhnte und hob den Kopf. »Nein«, sagte sie. »Begreift ihr nicht? Es ist, wie ich vorher gesagt hab. Die Abenteuer, da tun wir immer mehr, was nicht borriblemäßig ist. Wenn es keine Rumbeljagd gegeben hätte, gäb's keine SBE, sie hätten Sam nicht versklavt, und wir wären jetzt nicht hier. Ich will nach Hause. Wir alle wollen nach Hause.«

Poch duckte sich ins Innere des Autos und zog Scooters Körper aus Chalines Griff, und Stonkus lehnte sich hinein und half ihm, die Leiche durchs Fenster zu schieben. Dann verschränkten die Abenteurer paarweise die Hände, und Stonkus legte den Leib auf ihre Arme, und so trugen sie ihn fort. Poch blieb neben Chaline auf dem Rücksitz, er berührte ihre Schulter.

»Komm«, sagte er, »lass uns diesen verdammten Ort verlassen. Wir sind bald daheim. Versuch, an die guten Dinge zu denken. Scooter ist ein Borrible geworden, er hat uns etwas gezeigt, was wir nicht geglaubt hätten, wenn wir's nicht mit eigenen Augen gesehen hätten ... das ist wichtig, sehr wichtig. Wer weiß, was es bedeuten kann.«

Chaline schüttelte den Kopf. »Es hätte nicht sein müssen«, sagte sie, »es war meine Schuld. Wenn ich vernünftig gewesen wäre, wär Scooter nie aus dem Bus rausgekommen. Ich meine, nachdem ihr gegangen seid, hinter den Zwergen her. Er wachte nämlich plötzlich auf, fieberte nicht mehr. Ich hab ihm erzählt, was passiert ist, und er schien wieder gut beieinander. Hat sich einen Regenmantel angezogen und gesagt, er könnte mit Drillich reden. Ihm sagen, was recht ist, was falsch ist. Dass es besser wär, ein Borrible zu sein, als für Snuffkin zu arbeiten, oder für irgendjemand andren.«

»Es war nicht deine Schuld«, sagte Poch, »unter Freunden gibt es so was wie Schuld nicht. Du konntest nicht wissen, was geschehen würde.«

Chaline schüttelte wieder den Kopf. Ihre Augen waren geschwollen, aber nun trocken. »Ich wusste, dass er eigentlich nicht gesund genug war, es war nur, weil ich dachte, wenn er den Kampf beenden könnte, wenn wir Drillich dazu kriegen könnten, dass er das Ganze anders sieht, ihn vielleicht zu einem Borrible machen, also, ich dachte eben, es ist einen Versuch wert ... alles, nur diesem Unsinn ein Ende machen.«

»Es *war* den Versuch wert«, sagte Poch. »Scooter war ganz offensichtlich der Meinung.«

»Und als er die Rufe gehört hat – ›Borribles vor! Borribles vor!‹ – da war er nicht zu halten, ›Ich bin jetzt ein Borrible‹, sagt er, ›Ich bin ein Borrible, und kein Borrible soll zögern, wenn ein anderer Borrible ruft‹, er wollte uns alle retten, ist dir das klar?«

Chalines Stimme stockte hier, sie konnte nicht weiter. Gleichzeitig kam Napoleon zurück und schob seinen Kopf abrupt durch ein Fenster herein.

»Wir haben ihn begraben«, sagte er, wobei seine nassen Augen dem rauen, knappen Tonfall widersprachen. Er zog den Kopf zurück und wollte wieder gehen, doch dann hielt er inne und schaute Chaline an.

Man hatte Napoleon sich noch nie bei irgendjemand entschuldigen hören, doch er tat es in dieser Nacht, zum ersten und einzigen Mal. »Der Scooter«, sagte er, »bei dem hab ich mich getäuscht. War ein echter Borrible, einer von den besten«, und dann wurde Napoleon rot und zog seinen Kopf aus dem Auto.

Poch kratzte sich am Kinn. »Hätt nie gedacht, dass ich den Tag erlebe, wo Nap so was sagt«, meinte er. »Es beweist wohl, dass du recht hast damit, dass Scooter etwas verändert hat, meine ich.«

Dieser Gedanke rührte Chaline, und sie lächelte. »Ja, Poch, wir haben uns alle geändert. Du sicherlich«, sagte sie, dann: »Wir können hier nicht bleiben, oder? Wir packen's jetzt besser.« Sie stand auf und zwängte sich vorsichtig ins Freie.

Napoleon wartete draußen. Er deutete mit dem Daumen über die Schulter. »Die anderen holen unseren Kram. Die Schrotter gehn sicher, dass Drillich und seine Horde wirklich Leine ziehen, aber eins ist ganz klar, jetzt holt sich Drillich die SBE. Je schneller wir wieder auf dem Marsch sind, desto besser würde mir die Chose gefallen.«

Chaline leuchtete mit ihrer Taschenlampe umher und sah sich um: die Schrottautos, der zertrampelte Schlamm, das Strömen des Regens. »Den Ort vergess ich nie«, sagte sie. »Es ist mir, als hätten sich alle Straßen Londons verschworen, uns hierherzuführen.« Sie knipste die Lampe aus und schaute Napoleon an. »Wo habt ihr ihn begraben?«

Napoleon blinzelte. Er sah müde aus, als hätte er eine Woche lang nicht geschlafen. »Wir haben halt ein Loch in den Boden hinter dem Bus gegraben, eine Sitzbank aus dem Bus reingelegt, dass wir ihn drauf betten konnten, dann haben wir eine alte Plane drüber, die wir gefunden haben, und den Schlamm zugeschaufelt. Mehr konnten wir nicht tun.«

Chaline holte tief Atem. »Ja«, sagte sie, »ich weiß.«

11

Die anderen warteten am westlichsten Ausgang des Schrottplatzes. Das war nicht das Haupttor, das die Schrottplatzarbeiter benutzten – das lag weiter südlich unter einer Eisenbahnbrücke, dies war ein Borribleausschlupf, gerade groß genug, um Sam hindurchzuführen.

Die Abenteurer standen zusammengedrängt mit dem Pferd neben dem Durchlass. Der Zusammenstoß mit den Zwergen und der Tod Scooters hatten sie niedergeschlagen und unruhig gemacht. Gerade, als sie sich auf eine lange Nacht des Ausruhens gefreut hatten, waren sie wieder zum Kampf hinaus in Wind und Regen gerufen worden, und um einen sterben zu sehen. Und jetzt war ihre Sicherheit wieder zu Ende: Sie mussten weitermarschieren, fort durch die Nacht, ohne zu wissen, wohin. Als Poch, Napoleon und Chaline sich näherten, schauten sie auf. Jedes Geräusch ließ sie zusammenfahren, bei jedem Windstoß sahen sie über die Schulter.

Zündholz kauerte mit Kabrio und Jaguar im Schutz eines Wageninneren. Er pfiff Poch und den beiden anderen ein Zeichen, und sie gingen zu ihm hinüber.

»Ich hab eure Rucksäcke«, sagte er und hielt sie hoch.

»Euer Zeug ist komplett.«

»Was macht ihr denn jetzt?«, fragte Poch. »Angenommen, die SBE rückt hier an, und das wird sie wohl auch, seid euch drüber im Klaren.«

Zündholz zuckte die Schultern. »Ist höchst kompliziert, einen Schrottplatz zu durchsuchen«, sagte er. »Ich meine, wir könnten euch mit Leichtigkeit verstecken, wenn das Pferd nicht wär. Wir haben Rückzugslager für den Notfall unter der Erde. Wenn's das auch nicht bringt, dann gehn wir einfach ein paar Tage woanders hin. Zurückkommen können wir dann immer wieder.«

»Wo sind all die andern?«, fragte Chaline. »Ich seh gar niemand sonst.«

»Sind alle auf Wache«, sagte Zündholz, »nur für den Fall, dass die Plattfüße sich heimlich anschleichen wollen. Wenn sie sich auch nur auf zwei Meilen nähern, weiß ich's sofort.«

»Wir machen uns wegen uns keine Sorgen«, unterbrach ihn Kabrio, »um euch und das Pferd geht's, das ist das Problem.«

»Ja«, sagte Poch und schaute zu seinen Freunden, die mit Sam warteten, hinüber. »Und wenn wir mal vom Eisenbahngelände runter sind, fängt's nach Westen hin an, scheißvornehm zu werden, nicht viel leere Häuser oder Schulen. Ich weiß nicht, was wir anfangen sollen.«

»Ich hab so was wie einen Plan«, sagte Zündholz. »Wenn ihr hier aus dem Schrottplatz rauskommt, habt ihr die Bahnlinie von der Liverpool Street her zur Rechten. Folgt den Geleisen durch den Primrose-Hill-Bahnhof durch ...« (er sah auf die Uhr) »... da wird jetzt um vier Uhr früh niemand sein. Noch eine halbe Meile weiter, und die Bahnlinie geht in einen Tunnel, und wenn sie drüben wieder rauskommt, führt sie unter 'ner anderen durch, die läuft nach Norden, von Marylebone her. Der folgt ihr weiter, und nach einer Weile geht die auch in einen Tunnel, dann schwenkt sie genau nach Westen, den Metropolitan- und Bakerloo-Linien parallel ... und wisst ihr, wo sie rauskommt?«

»Wandsworth Bridge«, sagte Napoleon.

»Keine Witze jetzt. Nein. Sie führt durch West Hampstead, Kilburn, Willesden Green, Dollis Hill und dann nach ...«

»Ja!«, sagte Poch.

»Neasden«, sagte Zündholz. »Ganz einfache Kiste. Könntet bis zum Morgen wahrscheinlich bis nach Kilburn kommen und euch dort verstecken, ist nicht vornehm da.«

Chaline sah Poch an. »Ich seh keine andere Chance für uns«, sagte sie. »Snuffkin kann nicht neben allen Straßen auch noch die Bahnlinien überwachen lassen. Vor allem, wenn er immer noch all die Conkers mit ihren Pferden durch Hampstead Heath jagen muss.«

»Ich glaub, ihr schafft's«, sagte Zündholz, und er stand auf und kam aus dem Wagen heraus. Kabrio und Jaguar folgten. Draußen zog Zündholz seinen gelben Südwester vom Kopf und gab ihn Chaline. »Ist nicht viel«, sagte er, »aber da kannst du dran denken, dass ihr wieder mal hierher kommt ... aber wenn ich euch nicht mehr sehn sollte, also, ein gutes Leben.«

Chaline zerrte sich die eigene Wollmütze vom Kopf und gab sie ihrerseits Zündholz. »Und du kriegst meine«, sagte sie. »Das soll euch an uns erinnern, und an das, was heute Nacht geschehen ist. Wir sehn euch dann.«

Dann war es Zeit zu gehen. Man schüttelte sich die Hände, tauschte Versprechen, wünschte einander, dass man sich nicht erwischen lassen würde. Eher, als ihnen lieb war, fanden sich die Abenteurer wieder allein auf der Straße – einer Straße, die sie, wie es schien, schon ewig entlanggelatscht waren. Sie waren es im Innersten müde, vor Snuffkin davonzulaufen, und es war ihnen zweifelhaft, wie weit sie noch gehen konnten. Die Angst vor der SBE und die Treue zu Sam waren die einzigen Antriebe, welche sie stetig weiterziehen ließen.

Jenseits des Schrottplatzes war es düster, und sie schritten über unebenen Boden, doch wenigstens hatte der Regen kurz aufgehört. Die Marschordnung wurde festgelegt, und Stonkus und Torricanyon gingen als Späher voraus, während Napoleon und Bingo die Nachhut machten. An den Flanken gingen Orococco und Zwielicht, und Sydney führte das Pferd, während die anderen sich um sie scharten.

Als sie vorrückten, kamen auf jeder Seite Eisenbahngeleise heran und flossen zu einer Bahnlinie zusammen; die Borribles bildeten nun eine dichtere Gruppe und folgten dem Gleis bis zum Bahnhof Primrose Hill.

Der war, als sie ankamen, völlig verlassen, wie Zündholz gesagt hatte. Die Signale hingen reglos, die Wartesäle waren abgeschlossen, und nirgendwo brannte ein Licht. Die Borribles stahlen sich vorbei, die Bahnsteige über ihren Köpfen, und Sam trat zierlich zwischen die hölzernen Schwellen.

Ein wenig weiter, vielleicht nach etwa hundert Metern, lief die Bahnlinie durch einen tiefen Einschnitt hinter den blinden Rückwänden zweier hoher, distinguierter Häuserreihen entlang. Fenster ragten hoch über den Borribles auf, aber keine Lichter gingen an, niemand schrie von den Gartenmauern herab, und kein Auto bewegte sich auf dem Asphalt der nahen Straßen.

Nun war die Dunkelheit dicht und entsetzlich, wie etwas Boshaftes, das hunderte von Jahren lang ungestört angeschwollen war. Sie wurde noch stärker, als die Abenteurer sich dem Tunnel näherten, der hier hinter Primrose Hill in die Erde einfuhr, und sie überflutete ihre Augen und Gehirne, als wollte sie die Borribles für immer blenden. »Wir gehn da doch nicht rein, oder?«, fragte Zwielicht; er nahm die Mütze ab und fuhr sich nervös durch das strähnige Haar. »Schaut her, selbst Sam gefällt's nicht.«

Es stimmte. Sams Beine waren steif, und er zerrte rückwärts gegen den Zügel in Sydneys Hand. Er schnaubte und wieherte vor Furcht, und die Abenteurer mussten stehen bleiben.

Glücklicherweise scherte sich Napoleon nicht um das Dunkel eines Tunnels, und bald hatte er seine Freunde wieder weitergetrieben, sich aus seiner Nachhutposition nach vorne drängend. »Meine Fresse«, höhnte er, »was ist denn mit euch los? Seid ihr noch die Gleichen, mit denen ich über den Wandle bin? Auf geht's, ihr Schlappsäcke.« Und der Wendel spuckte in hohem Bogen in die Luft und marschierte, ohne sich umzusehen, ob jemand folgte, in den Tunnel, wo ihn augenblicklich die Dunkelheit umschloss.

Poch ruckte sich das Gepäck auf seinen Schultern zurecht. »Also«, sagte er, »es gibt keine Wahl«, und mit einem ermunternden Wort zu Sam folgte er den Schritten Napoleons, und der Rest der Abenteurer kam hinterher, Sydney als Letzte, und die zog das widerstrebende Pferd nach.

Es war ein langer Marsch, und die Abenteurer tasteten sich im Schneckentempo voran. Nun, da sie sich vor unmittelbarer Bedrohung geschützt fühlten, ließ ihre innere Anspannung nach, und sie merkten erst, wie müde sie waren, wie arg sie sich an den scharfen Metallkanten der Schrottplatzautos zerkratzt und geschnitten hatten, wie steif und zerschlagen sie sich nach der Schlacht gegen Drillichs Zwerge fühlten. Sie ruhten häufig aus; die Rucksäcke wurden ihnen immer schwerer. Sie stolperten auf den Geleisen daher, strauchelten über die Schwellen.

Ihre Geschwindigkeit war Poch nicht gut genug, und er versuchte, sie voranzudrängen. Immer besorgter sah er alle Augenblicke wieder auf die Uhr.

»Wir müssen uns beeilen«, wiederholte er. »Wenn wir's bis zum Morgenanbruch nach Kilburn schaffen, finden wir vielleicht dort Borribles, die uns verstecken. Der ganze Rest in der Nähe hier ist eher rumbelmäßig.«

Sein Schimpfen und Locken half wenig. Nur Napoleon schien noch etwas Energie übrig zu haben – er lief voran und kehrte immer wieder zu seinen Gefährten zurück, um zu melden, dass der Weg frei war, aber schließlich kam er mit einer anderen Botschaft. »Macht die Lampen aus«, sagte er. »Da in der Ferne ist was Seltsames, und ich weiß nicht, was. Geht besser so leis', wie ihr könnt.«

Als die Taschenlampen ausgeschaltet waren, konnte man erkennen, was Napoleon gesehen hatte. Weit, weit in der Ferne glomm ein Lichtschein, ein goldenes Licht. Keine elektrische Beleuchtung, sondern eher wie das Licht eines offenen Feuers.

»Werd ich nicht schlau draus«, sagte der Wendel. »Was hat ein Feuer in einem Tunnel verloren, hm? Das sag mir mal einer.«

Vorsichtig schlichen die Borribles weiter, und das Feuer wurde größer und heller, als sie sich näherten. Es gab schließlich keinen Zweifel mehr daran, dass es wirklich ein Feuer war, doch in anderer Hinsicht hatte Napoleon sich geirrt: Es war nicht im Tunnel, es lag weiter draußen.

Sobald er im Freien war, blieb Napoleon stehen und wartete auf die anderen Abenteurer, und er schaute so lange in den Himmel empor und merkte, wie die dichte Dunkelheit sich langsam löste. Was schwarz gewesen war, war nun nur noch ein tiefdunkles Blau. Es war noch nicht die Morgendämmerung, doch ein neuer Tag rollte von der anderen Seite der Welt herbei und würde hier in Swiss Cottage nicht mehr lange auf sich warten lassen.

Einer nach dem anderen sammelten sich die Borribles. Direkt vor ihnen, beinahe über ihren Köpfen, stand die riesenhafte Brücke, die den Bahnverkehr von Marylebone nach Norden trug. Das war die Linie, welcher zu folgen ihnen Zündholz geraten hatte. Die Geleise, die aus dem Tunnel der Borribles herausliefen, führten unter der Brücke durch und verloren sich nach der Helle des Feuers in den tiefen Schatten Richtung South Hampstead-Bahnhof. Das Feuer selbst war nicht besonders groß, ein kleines Lagerfeuer, das energisch unter der Brücke flackerte, etwas abseits am Rand einer kleinen Nische. In dieser saß jemand und wärmte sich die Hände.

»Da hockt irgendwas Unangenehmes«, sagte Napoleon und lud seine Schleuder. »Gleich hinter dem Feuer, in der Dunkelheit.«

»Kann nichts sehen«, sagte Zwielicht.

»Wendelaugen«, meinte Sydney. »Ist es eine Falle?«

Ein raues, gackerndes Gelächter brach durch die Nacht und hallte durch den Tunneleingang. Dann hob sich eine Stimme, die die Borribles wiedererkannten, in einem Lied aus der Finsternis:

»Der dicke Bankier drückt sich den Hintern platt,
der feine Pinkel prahlt mit dem Geld,
und sie glauben, ihnen gehört die Stadt,
weil denen die dümmste Kacke gefällt.
Mensch, ist dieses reiche Pack ahnungslos,
ich lass ihnen ihre Komfortbüros,
ihre Konten und Aktien und die vornehmen Kreise,
denn das ist nicht London – das ist bloß Scheiße!
Mir gehört die richtige Welt!«

Und am Ende des Gesangs gackerte das Lachen wieder, noch länger. »Na bitte«, sagte die Stimme, »ich hab euch ja gesagt, wir sehn uns wieder, und hab ich nicht recht? Ich seid ja echt schwer unterwegs, kommt 'ne Menge rum, fast so gut drauf wie ich, was? Tunnel und Bahnlinien, lernt all die Tricks. Seid zu schlau für die Plattfüße, viel zu gerissen.«

Chaline stöhnte überrascht auf. »Die Großherzogin!«, sagte sie. »Die würd ich überall wiedererkennen.«

Ein wenig beruhigt gingen die Borribles auf den Lichtschein zu und stellten sich im Halbkreis um das Feuer. Auf dessen anderer Seite ruhte, fröhlich betrunken, die Großherzogin mit all der majestätischen Würde ihres Titels auf dem Boden, den Rücken gegen einen Metallpfeiler gestützt und den Kinderwagen bei der Hand, und in den Augen der entsetzlichen Vagabundin spiegelte sich das Gold der Flammen mit amüsierter Bosheit.

»Na, prost Neujahr«, sagte sie, »ich dacht mir's schon, dass ihr noch mal auftaucht. Gibt nicht so viele Wege durch London, wenn man nicht gesehen werden will, was?« Sie schwenkte die Flasche in ihrer Rechten und kippte sich dann etwas aus ihrem Inhalt in den Schlund. »Aah«, sagte sie, »gut für die alten Knochen.« Sie schniefte und wedelte wieder mit ihrer Flasche.

»He, jetzt bin ich aber geplättet«, fuhr sie fort, »ist das nun ein Pferd, was ich da vor mir sehe, oder fällt das schon unter die weißen Mäuse? Damit kommt ihr nicht besonders weit, oder? Ich meine, der erste Bulle, der euch mit dem Ross hinterdrein die Straße runterkommen sieht, wird ein wenig misstrauisch reagieren, wenn er noch so ein Flachkopf ist. Oder ihr tut so, als sei es ein irischer Wolfshund oder wie. Kann euer Pferd zufällig bellen? Das wär dann doch 'ne große Hilfe.«

Die Borribles ignorierten das und setzten sich in die Nähe des warmen Feuers, um von ihrem Proviant zu essen.

»Was treibst du hier, Großherzogin?«, fragte Napoleon und sah die alte Frau mit zusammengekniffenen Augen misstrauisch an, die nun wieder einen Zug aus ihrer Flasche nahm.

»Ich?«, sagte die Großherzogin mit würdevoll-herablassender Miene. »Ich! Warum soll ich nicht hier sein? Das ist eins von meinen Stammplätzchen. Sieht man nix von der Straße, vorm Regen geschützt. Bin schon ewig hier. Tagsüber muss man in dem Loch hier hocken, sonst wird man allerdings vom Zug aus gesehen.« Ihre flinken Augen waren plötzlich misstrauisch. »Einen Moment mal, hier könnt ihr nicht bleiben, der Gaul auch nicht. Kein Platz hier in der Nische … He, sagt mal, bei euch fehlen ja zwei, oder? Haben sie denen die Ohren gestutzt?«

»Einer ist für immer fort«, sagte Chaline.

»Und der andere ist fort zu den Bullen«, sagte Stonkus.

»Jesses«, sagte die Großherzogin. »Wenn die Sache so ist, dann mach ich mich am besten selber fort. Die können einem keine Fragen stellen, wenn man nicht da ist, hm? Das sag ich immer. Na, jetzt wär 'ne gute Zeit, um mal bei meinen Verwandten in Yorkshire reinzuschauen, meinen Wagen mit Fressalien und was zu gurgeln vollzuladen … und ihr … was habt ihr vor?«

»Wir müssen nach Neasden«, sagte Poch. »Wir müssen nur noch einen Tag untertauchen, morgen Nacht schaffen wir's dann, die Bahnlinie lang.«

»Stimmt«, sagte die Großherzogin, kratzte sich ihr krummes Kinn und kaute mit ihren zahnlosen Kiefern auf und ab, »nur noch fünf, sechs Meilen von hier, mehr nicht.«

»Könnte wie fünfhundert sein«, sagte Orococco, »wenn man die Plattfüße hinter sich hört.«

»Ist schon immer dasselbe«, bestätigte die Großherzogin, »sollte sich mal jemand ein schönes Hobby für die Bullen ausdenken, dass die endlich von der Straße runterkommen.«

Sie schob die Hand unter ihren braunen Regenmantel und zog eine große runde Taschenuhr hervor. »Leuchtzifferblatt«, sagte sie. »Hat mal Madge gehört. Na, die braucht sie jetzt nicht mehr, die hat jetzt die Ewigkeit vor sich, da, wo sie ist.« Die Großherzogin lachte kurz auf und verstaute ihre Uhr. »Nein …«, sagte sie und hörte abrupt auf zu lachen, »ihr habt die Zeit nicht mehr heut' Nacht, rüberzukommen. Ihr habt gerade noch Zeit, abzutauchen. Das Pferd ist das Problem.« Sie hob die Flasche an den Mund, und die Borribles rochen den Sprit. Unruhig traten sie von einem Fuß auf den anderen. Die Dunkelheit unter der Brücke war nicht mehr so sehr dunkel. Sie konnten nun die Großherzogin deutlich sehen, und nicht nur wegen des Feuerscheins. Sie sollten aufbrechen, gewiss. Aber wohin?

»Wir verschwenden Zeit«, sagte Poch. »Wir müssen uns verstecken.«

Die Flasche gluckte und verschwand dann im Wagen. Die Großherzogin drohte Poch mit einem langen Finger. »Nicht so hastig, Schlauberger«, sagte sie, »und wohin wollt ihr denn gehn?« Sie erhob sich und ordnete die Tuch- und Plastikfetzen, die ihr als Bedeckung dienten, bequemer um ihren Leib, zerrte den Rock zurecht und zog sich die Unterkleider aus dem Schritt. »So ist's schon besser«, verkündete sie und schwenkte die Hüften. »Immer locker, so bin ich nun mal.«

»Kommt«, sagte Napoleon, »das hat keinen Sinn hier.«

»Da droben«, fuhr die Großherzogin fort, die diese Unterbrechung nicht beachtete und in die Höhe zeigte, »läuft ein Fußweg am Rand der Marylebone-Linie, für die Streckenwärter, und der geht direkt in den anderen Tunnel.«

Chaline nickte. »Das hat uns Zündholz gesagt.«

»Leck mich mit Zündholz«, sagte die Großherzogin, »hört mir zu. Der Tunnel geht bis zum Bahnhof Finchley Road und läuft am Metropolitan/Bakerloo-Tunnel entlang, von Swiss Cottage bis runter zu St. John's Wood ...«

»Was bringt das alles!«, sagte Napoleon. Er wies mit einem Ruck des Daumens auf den sich stetig aufhellenden Himmel. »Wir können uns nicht in einem Tunnel verstecken. Wir würden überfahren oder einen Schlag kriegen.«

»Himmelarsch«, sagte die Großherzogin, »kannst du nicht die Schnauze halten, du schriller kleiner Furz? Ihr würdet überfahren, wenn ihr im Haupttunnel bleibt ... aber es gibt noch einen, kapiert, der eine Linie mit der anderen verbindet, dass sie die Züge umleiten können, wenn es einen Unfall oder einen Defekt gibt. Also.«

»Also was?«, fragte Napoleon.

»Der Tunnel wird nie benutzt«, sagte die Großherzogin ungeduldig, »und wenn du mich jetzt fragst, Spatzenhirn, wieso ich das weiß, dann sag ich's dir. Ist auch ein Stammplatz von mir. Da hab ich den Winter einundachtzig verbracht, den ganzen Winter, der war verdammt hart, zwanzig minus, und niemand hat mich gestört und nie hab ich gefroren. Wie der Mops im Paletot.«

»Na gut«, sagte Poch; jetzt war er an der Reihe, misstrauisch zu reagieren. »Warum erzählst du uns das alles? Du schuldest uns keinen Gefallen, und du bist erwachsen.«

»Einfache Sache«, sagte die alte Frau, »weil ich nicht will, dass euch die Bullen kassieren, versteht ihr? Ihr wollt nach Neasden, und, zum Teufel, dann will ich auch, dass ihr's nach Neasden schafft, in einem Stück, ohne dass euch irgendwelche Fragen gestellt werden von denen, die so gern Fragen stellen. Ich meine, ihr wisst doch genügend von mir, damit ich ein, zwei Jahre in den Bau gehe, oder? Schnieke Zelle und kein Tropfen zu trinken.«

Sydney trat unter der Brücke hervor und schaute zum Himmel hinauf, der nun von blasserem Blau war. »Wir haben keine Wahl«, sagte sie, »lasst sie's erzählen.«

»War gerade dabei«, sagte die Großherzogin und fing an, ihre Habseligkeiten zusammenzusuchen. »Geht 'ne halbe Meile rein in den Tunnel. Dann seht ihr einen zweiten, der rechts abzweigt. Der ist es. Folgt ihm ein Stückchen, und er verbreitert sich zu 'nem Doppelgleis, und ihr seht ein altes Stellwerk. Sie haben auch für alle Fälle ein paar Ersatzzüge da drin stehen. Hinter dem Stellwerk ist 'ne große, viereckige Ausbuchtung in der Mauer, war mal 'ne Werkstatt oder was, ist warm da drin. Groß genug für alle und euer Pferd dazu.«

»Was ist, wenn man nach dem Stellwerk weitergeht?«, fragte Napoleon.

»Würd ich nicht machen«, sagte die Großherzogin, »da stolpert ihr in den Untergrundbahnhof Swiss Cottage, sieht man euch auf jeden Fall. Nee, ihr bleibt schön hinter dem Stellwerk, versteckt euch tagsüber, und morgen Nacht folgt ihr einfach den Schienen nach Neasden. Nur fünf Meilen.«

»Nur fünf Meilen«, sagte Sydney und streichelte den Hals des Pferdes. »Hörst du, Sam? Morgen früh um diese Zeit sind wir da.«

»Also«, sagte Poch, an alle gewandt, »was machen wir?«

»Was können wir schon machen«, sagte Stonkus, »als das mal auszuprobieren. Noch eine halbe Stunde, und es ist heller Tag.«

»Von den Zügen ganz abgesehen«, sagte die Großherzogin, »bald hobeln die über euch weg«, und sie packte den Griff ihres Kinderwagens und fing an, ihn einen steilen Pfad hochzuziehen, der an der Seite der

Brücke zur Marylebone-Linie aufstieg. »Kommt mit, ich zeig euch die richtige Route.«

Die Borribles ließen sich nicht länger bitten und folgten der alten Vagabundin dichtauf; eilig vor dem drohend aufziehenden Morgen fliehend, schoben sie den Wagen von hinten. Oben holte die Großherzogin ein paar Mal tief Atem, keuchend und hustend, wobei ein Geräusch entstand, als riebe man zwei Ziegelsteine gegeneinander. »Meine Lunge!«, erklärte sie zwischen den Keuchlauten, »hab nicht mehr die Puste wie früher.« Sie presste eine Hand gegen die Brust, während sie mit der anderen deutete – die Borribles sahen dem Fingerzeig nach.

Keine hundert Meter entfernt begann der neue Tunnel; darüber erhoben sich hohe Häuserblocks, in deren Fenster jetzt die ersten Lichter erschienen. Sonst lag alles im Dunkel.

»Da habt ihr's«, sagte die Großherzogin, »und könnt euch glücklich schätzen, dass ich's euch gesteckt hab. Niemand wird euch da finden.« Sie wandte sich ab und fing an, ihren Kinderwagen den Weg in der anderen Richtung entlangzuschieben, entgegengesetzt der, welche die Borribles nun einschlagen mussten.

»He!«, sagte Napoleon. »Mir wär wohler, wenn du mitkommen würdest.«

Die Großherzogin hielt an und grinste über die Schulter zurück. »Aber mir nicht«, sagte sie. »Ich will so weit entfernt von eurem Haufen sein, wie's nur geht. Keine Ahnung, wie viel die Bullen wissen, aber wenn sie euch auf die Schliche kommen, dann haben sie bald die ganze Wahrheit. Andrerseits, finden sie mich alleine, dann bin ich im Reinen, nur eine versoffene alte Pennerin auf dem Weg nach Yorkshire ... und so will ich's haben.« Sie blinzelte ihnen zu und ging weiter.

Die Borribles sahen ihr nach, bis sie verschwand, und dann drehten sie sich weg und gingen auf den Tunnel zu. Sie hatten die ganze Nacht nicht geschlafen und waren nun verzweifelt müde; ihre Köpfe dröhnten. Die Zeit lief ihnen weg. Sie mussten den Seitentunnel finden, den ihnen die Großherzogin verraten hatte, ehe die ersten Züge kamen und sie überfuhren und sie alle und Sam dazu zerschmetterten.

Sie gingen ins Dunkel, diesmal ohne Zögern. Jeder der Abenteurer wusste, dass ihr Leben von den nächsten paar Minuten abhing. Sie marschierten, so schnell sie nur konnten, angestrengt lauschend, ob das Nahen eines Zuges zu hören war, das ihr Verderben bedeutet hätte.

Das Geräusch blieb aus, und es war alles, wie die Vagabundin gesagt hatte. Sie fanden den zu ihrer Rechten abzweigenden unbenutzten Tunnel, und wie sie einmal dort eingetreten waren, fühlten sie sich außer Gefahr. Doch es war ein trübseliger Ort, der ihre Stimmung niederdrückte. Niemand außer der Großherzogin war hier seit Jahren gewesen.

Die Taschenlampen zeigten ihnen lange Girlanden aus schwarzem Schmutz, die von der Wölbung der Decke baumelten. Ihre Füße gingen durch zolltiefen Staub, der weich wie Ruß und fein wie Grafit war. Er bedeckte die rostigen Schienen, die unter ihm unsichtbar geworden waren; er hob sich in die Luft, als die Borribles vorbeimarschierten, und ließ sie niesen und husten.

Bald wurde der Tunnel breiter, und die Borribles kamen, wie versprochen, zum Stellwerk. Dahinter lag ein tief in die Mauer reichendes Viereck – auch dick mit Staub bedeckt –, das einst als Werkstatt gedient hatte. Nichts war abgebaut worden: Werkbänke standen herum, eine Menge rostiger Werkzeuge lagen da, wo man sie hatte fallen lassen, neben Stapeln von Backsteinen und Zementsäcken. Die Lampen und Lichtschalter reagierten nicht mehr, da es keinen Strom mehr gab, doch – das war das Beste – ein Wasserhahn funktionierte noch.

Das Stellwerk war eine massive, rechteckige Bude, aus demselben schmutzigen Ziegelstein aufgemauert wie die Tunnelwände, und hinter ihm wurde die Tunnelwölbung weiter und wirkte weniger verkommen. Das war der Abschnitt, den die Londoner U-Bahn noch benutzte, und hier standen jetzt auf zwei parallelen Gleisen zwei alte Untergrundbahnzüge nebeneinander auf Rente, jeder sechs Wagen lang. Von weiter hinten hörte man in der Ferne das hallende Grollen der frühmorgendlichen Pendlerzüge, die auf dem Weg ins Innere Londons auf der Stanmore-Linie durch Swiss Cottage kamen.

Einst war dieser Verbindungstunnel für den Notfall, in dem die Borribles nun Zuflucht gesucht hatten, sehr wichtig gewesen und hatte lebhaften Verkehr gesehen. Das Stellwerk war die Kommandozentrale eines ganzen Streckenabschnitts gewesen. Noch jetzt waren seine Innenwände mit Reihen über Reihen großer, altmodischer Schalthebel bedeckt, die man mit beiden Händen bediente. Ein Diagramm des Schienensystems der Bakerloo-Linie hing an der Wand, und auf Telefonen und Alarmknöpfen, einem Tisch und einem Dutzend Stühlen lag der dicke schwarze Staub, der alles erstickte und unbrauchbar machte.

Die Borribles schälten sich aus den Riemen der Rucksäcke und aus den Regenmänteln und begannen, es sich hinter dem Stellwerk so bequem wie möglich zu machen – außer Sicht für den unwahrscheinlichen Fall, dass ein Trupp Arbeiter vorbeikommen sollte. Die meisten waren so erschöpft, dass sie sich nur noch auf den dreckigen Boden werfen und die Augen schließen konnten; aber einige konnten noch die Stühle ausfindig machen und stellten sie neben die Werkbänke, damit man wenigstens irgendwo sitzen und den Rest des Proviants essen konnte.

Poch, ausgepumpt, mit schmerzenden Füßen und Beinen, ließ sich auf seinen Rucksack fallen und hockte mit dem Rücken gegen die Wand gelehnt da, die Ellbogen auf die Knie gestützt und das Gesicht in den Händen. Er starrte zu Boden und hing seinen eigenen Gedanken nach; als eine Hand seine Schulter berührte, wurde er beinahe ohnmächtig vor Angst, so gespannt waren seine Nerven. Er schaute auf und sah, wie Chaline zu ihm herabsah.

»Was hast du, Poch?«, fragte sie.

»Schwer zu sagen«, antwortete er. »Ich hab das Gefühl, dass da draußen in den Tunneln etwas wartet, dass in der Nähe etwas ist, das sein Bestes tut, dass wir alle gefangen und zu Katzenfutter verarbeitet werden, und ich kann nichts dagegen tun … Ein Albtraum. Es muss der Tod von Scooter sein, dass er so gestorben ist, wir fühlen uns alle beschissen.«

Chaline erschauerte und sah sich um; es war nichts zu sehen. Sie hob die Hand von Pochs Schulter und berührte sein Haar. »Ich hoffe, du irrst dich«, sagte sie. »Nach allem, was wir durchgemacht haben, hoff ich nun wirklich, dass du dich irrst.«

Nach dem großen Kampf um den Schlachthof war Snuffkins Wohnwagen zu einem neuen Posten in Hampstead gebracht worden, auf den Parkplatz des Verteilerpostamts in Rosslyn Hill.

Die Stampede hatte bei dem Inspektor und seinem Sergeanten einen nachhaltigen Eindruck hinterlassen. Nicht nur ihre Körper hatten verschiedene Quetsch- und Schürfwunden davongetragen, auch ihr Stolz war schwer verletzt worden. Nach dem, was sie erlitten hatten, waren beide Männer sehr wütend und nun entschlossener denn je, den Borribles ihre Kühnheit heimzuzahlen.

Als man ihn unter seinem Streifenwagen hervorgezogen hatte, war Inspektor Snuffkin verrückt vor Zorn. Noch nie in seinem Leben war so viel Schmutz ihm so nahe gekommen. Er zitterte vor Wut; seine Hände bebten, ohne dass er sie unter Kontrolle hätte bringen können, und seine Füße trommelten wie zwei Presslufthämmer auf die Pflastersteine. Seine Männer standen mit gesenkten Köpfen vor ihm, als er sie anschrie. Er war nicht wiederzuerkennen: Sein Gesicht war von wahnsinniger Wut verzerrt. Er kreischte, tanzte, versuchte wie ein von Dämonen Besessener, sich die besudelten Kleider vom Leibe zu reißen. Sein ganzes Wesen ging in einem ungeheuerlichen Anfall infernalisch tobender Wut auf. Er schäumte vor Ekel.

Tatsächlich gab es für ihn Grund genug zu schäumen. Seine Kleider waren von den scharfen Kanten an der Unterseite des Wagens zerfetzt. Er hatte im Getümmel seine Mütze verloren, und seine Haare und Hände und sein Gesicht waren mit dem festen und flüssigen Unrat beschmutzt, den die fliehenden Tiere überall verspritzt hatten. Snuffkin war zerkratzt, geknufft und zu Tode erschreckt worden.

Doch schlimmer noch als all dies: Er hatte eine totale Niederlage erlitten. Man hatte ihn lächerlich gemacht, er war zum Gespött geworden. Seine Streifenwagen waren zertrümmert, mit verbeulten Seiten und zerschlagenen Fenstern und Windschutzscheiben. Die Ledersitze seines eigenen Wagens, auf denen Hanks Zuflucht gesucht hatte, waren von den scharfen Hufen der Schafe und Schweine zu dreckigen Lumpen zerfetzt worden. Der Gestank des Misthaufens schwebte über allem. Er hing in seiner Uniform, in seinen Ärmeln, seiner Hose. Es war mehr, als er ertragen konnte, und er wusste auch, dass der SPP ihn bei der Nachricht von diesem Debakel von seinem Posten ablösen und dass das Kommando der SBE an Superintendent Birdlime übergehen würde.

Beim Gedanken an Birdlime erhob der Inspektor qualvoll seine Stimme und röhrte die Männer an: »Schafft mich hier weg, ihr Idioten, bringt mich fort. Ich muss aus diesen Kleidern. Ihr Blödiane! Ich bring euch alle wieder aufs Fahrrad, zurückgestuft, entlassen! Auf den Korridoren des Arbeitsamts werdet ihr hocken! Ich halt's nicht mehr aus. Ich brauch ein Bad, eine Dusche. Wasser!«

Hanks, der in keinem besseren Zustand als sein Herr und Meister war, kroch aus seinem Versteck, bebend, als befände er sich im letzten Stadium einer tödlichen Nervenkrankheit. Er konnte sich kaum aufrecht halten, so hatten ihn die Tiere durchgerüttelt; er spürte einen Schmerz in jedem Quadratzoll seines umfangreichen Leibes, er war ein Kontinent des Wehs.

Snuffkin schwankte und verlor fast die Besinnung, als er einen Hauch des Geruchs erhaschte, der von seinem Adjutanten aufstieg, denn Hanks hatte lange Zeit auf dem Wege von dutzenden geängstigter Tiere gelegen. Der Sergeant sah aus wie eine gründlich zertrampelte, matschige Ecke einer schmutzigen Wiese, auf der schon seit undenklichen Zeiten Rinder mit chronischem Durchfall weideten. Er roch wie die letzte Schaufel voll verrottetem Mist vom Grunde eines alten und gut abgelagerten Komposthaufens.

Snuffkin taumelte unter der Attacke dieses Geruchs, doch seine Männer stützten ihn und geleiteten ihn zu einem Krankenwagen. Drinnen entfernte man seine Kleider; er wurde direkt zu seinem Wohnwagen gefahren. Hier nahm er stundenlang ein Bad nach dem anderen, wobei er das Wasser mindestens dreimal wechselte und sich in der Wanne ausruhte. Man hatte ihm frische Wäsche gebracht, und jetzt, zwei Tage später, saß er an seinem Schreibtisch – in einer steifgestärkt knisternden, brandneuen Uniform und, abgesehen von einem blauen Fleck an der rechten Wange, ohne Spuren des Kampfes. Er hatte den Telefonhörer in der Hand und gab Befehle an seine neuen Polizeiwagen, die durch den ganzen Norden von London patrouillierten. Neben dem Schreibtisch stand, voll Bewunderung wie stets und dies eine Mal so sauber wie sein Chef (denn er hatte auf einem Polizeirevier auch ein Bad abbekommen), Sergeant Hanks.

»Na, dann fahnden Sie weiter!«, sagte Snuffkin gerade. »Ich will jedes Pferd, das Sie finden können, vorgeführt bekommen. Es ist mir gleich, was es für eine Farbe hat, diese Borribles sind imstande und färben es grün. Und irgendwelche Kinder, die aufgegriffen werden, auch zu mir. Und traut keinen Zwergen … es könnten Borribles sein, die so tun, als seien es Zwerge, die so tun, als seien sie Borribles, die in Wirklichkeit Zwerge sind … Was? Ich begreife es schon, Sie Schwachkopf.« Der Inspektor knurrte böse und schmiss den Hörer mit solcher Gewalt auf die Gabel, dass der Krach Hanks abrupt Haltung annehmen und salutieren ließ. Als er merkte, dass ihm da ein Fehler unterlaufen war, schritt er zum Wasserkessel hinüber und goss den sprudelnden Inhalt in die Teekanne.

»Wie wär's mit einer schönen Tasse Tee, Herr Inspektor?«, fragte er. »Tut Ihren Nerven gut.«

Snuffkin fuhr aus seinem Stuhl auf wie eine Sprungfeder, die durch den Sofabezug birst. »Ja, Hanks, ja«, sagte er und schüttelte sich selbst hinter seinem Rücken die Hand, während er im Stechschritt auf dem Teppich auf und ab rannte. »Das Problem ist«, fuhr er fort, »der SPP ist mit dieser Schlachthofgeschichte überhaupt nicht zufrieden, und er hat ganz recht … aber wie hätten wir wissen sollen, dass uns so viele Borribles attackieren würden, was, Hanks? Wie hätten wir es ahnen können?«

»Es war massenhafte Gewalttätigkeit und Nötigung«, sagte Hanks, und er watschelte durch den Wohnwagen und stellte Snuffkins Becher auf den Schreibtisch. Dann kehrte er in die Kochnische zurück, wo er eine schmierige Papiertüte hervorzog; er holte ein ausgereiftes Schinkensandwich heraus und schob es sich zur Hälfte in den Mund.

Snuffkin hörte auf zu marschieren und nippte geziert an seinem Tee. »Der SPP hat uns eine letzte Chance gegeben, Hanks. Er hat die größten Schwierigkeiten mit Downing Street, sehr tief in der Tinte … Er hat mir gesagt, wenn ich nicht innerhalb von zwei Tagen alles säuberlich abschließe, restlos aufgelöst, geklärt und bewältigt, mit den zehn Rädelsführern hinter Schloss und Riegel, dann kann ich mir gleich eine Stelle bei einem Sicherheitsbüro suchen, wo ich Lohntüten auf die Baustellen bringen darf. Dem SPP ist es gleich, Hanks, wie wir es anstellen, solange wir's nur rasch abwickeln.«

Snuffkin hielt einen Augenblick inne und schnippte ein Staub-Atom von seinem Ärmel; dann schritt er wieder durch den Wohnwagen auf und ab. »Wie stehe ich vor meinen Vorgesetzten da, wenn meine Eliteeinheiten mit Kutteln und Gedärm bedeckt sind?« Der Inspektor hörte zu marschieren auf und blickte anbetungsvoll auf die Bilder der beiden Generäle an der Wand hinter seinem Schreibtisch. »Hat Rommel solche Probleme mit dem Afrikakorps gehabt? Oder Montgomery mit seinen Wüstenratten? Natürlich nicht.« Er ging zu seinem Tee zurück, nahm ein Schlückchen, und sein Schnurrbart flatterte über der Oberfläche des Getränks, wie ein Wasserkäfer über den Teich huscht. »Und die vielen Beschwerden aus den Restaurants in Camden, Hanks … überall Tiere eingedrungen, haben Tische umgeworfen, Geschirr zerschlagen, mit den Hörnern Damen in den … nun ja.«

»Ich habe stark den Eindruck«, unterbrach ihn Hanks und leckte sich die Lippen, »dass eine Menge von den Schafen, die in die türkischen und griechischen Restaurants gelaufen sind, schon Kebab mit Rosmarin waren, ehe sie noch den Hinterausgang erreichen konnten.«

Snuffkin seufzte. »Ist denn in dieser bejammernswerten Gesellschaft jedermann unehrlich?«, fragte er und stellte seinen Teebecher wieder auf den Schreibtisch. »Man könnte daran verzweifeln, diese Welt reformieren zu wollen.«

Snuffkin wäre vielleicht mit höchst moralischen Betrachtungen fortgefahren, doch Unruhe vor dem Wohnwagen ließ ihn abbrechen. Man hörte ein dumpfes Aufschlagen, das Geräusch eines Hiebes und dann einen Wasserfall von Flüchen, zuerst von einem Mann, dann von einer Frau. Hanks stellte nun ebenfalls seinen Tee beiseite und bewegte sich, wie auf Rollen laufend, zur Tür. Dort angelangt, riss er sie auf.

»Was geht hier eigentlich vor?«, fragte er würdevoll. »Der Inspektor ist mit aufreibenden Forschungen beschäftigt.«

»Verzeihung, Sir«, sagte eine keuchende Stimme, »aber diese Person ist in Arrest genommen worden, und der Inspektor hat gesagt, er will alles sehen, was irgendwie verdächtig ist, Kind oder Zwerg, Schaf oder Pferd, Fisch oder Vogel ... obwohl, was man hierzu sagen würde ... ich weiß auch nicht.«

Snuffkin lehnte seinen Hintern gegen die Schreibtischkante und verschränkte seine Arme so fest, dass sie wie zwei Schnüre eines einzigen Taus ineinandergeflochten waren. »Herein damit«, rief er. »Ist es sauber?«

»Es ist nicht sauber, weit davon entfernt«, sagte Hanks, der von der Tür zurücktrat, »aber es hat Handschellen an.«

Die Gefangene wurde vorwärtsgeschoben, und es gab einen aufquietschenden Schmerzensschrei, als sie gegen die Stufen des Wohnwagens stolperte und hinfiel. »Au!«, schrie eine raue weibliche Stimme. »Lasst mich doch zufrieden! Ich bin eine freie Bürgerin und geh meinen legalen Geschäften nach, oder?«

»Keineswegs«, sagte Snuffkin und ging hinter seinen Schreibtisch. Er griff sich ein dickes juristisches Werk und legte es auf seinen Stuhl, wodurch er selbst, als er Platz nahm, fünf Zoll größer wirkte. Danach nahm er seine Mütze vom Haken und setzte sie präzise und gerade auf den Kopf; er legte sein Gesicht in eine undurchdringliche Miene und schaute drein wie die Wand. »Ich bin bereit«, rief er, und die abgerissene und schmutzige Gestalt der Großherzogin wurde in den Raum gestoßen; die Plastikfetzen hingen ihr kaum noch am Leibe. Da sie Handschellen trug, konnte sie das Gleichgewicht nicht mehr halten und plumpste auf den Teppich zwischen der Tür und dem Schreibtisch.

»Ooooh«, rief Snuffkin mit schwacher Stimme, einen Augenblick lang seine überlegene Haltung vergessend. »Heben Sie sie auf, Hanks, und holen Sie ihr eine alte Zeitung zum Draufstehen.«

Man zerrte die Großherzogin auf die Füße und folgte der Anweisung des Inspektors, was die Unterlage anging. Der Polizeibeamte, der die Verhaftung vorgenommen hatte, betrat den Wohnwagen und stellte sich neben den Computer, bereit, Fragen zu beantworten. Der Inspektor nickte ihm zu: »Sie dürfen anfangen, Konstabler Blume, erzählen Sie mir, was soweit bekannt ist.«

Der Polizist schaltete den Bildschirm ein und rief die entsprechende Akte ab. »Vivienne Shooster«, las er laut vor, »alias Die Großherzogin oder Die Herzogin, heute auf der Finchley Road aufgegriffen, betrunken einen Kinderwagen lenkend. Frühere Verurteilungen u.a. wegen obszöner Äußerungen, die öffentliche Ordnung gefährdenden Benehmens (z.B. des Ausziehens ihrer Unterhose, welche sie vor dem Gesicht unschuldiger Passanten schwenkte) …«

»Gibt es auf der Welt kein Schamgefühl?«, sagte Snuffkin leise. Er öffnete eine Schublade seines Schreibtisches und holte etwas Riechsalz hervor. Er öffnete das Fläschchen. »Die riecht wie Camembert«, fügte er hinzu.

Hanks schnüffelte kennerisch. »Jawohl«, meinte er, »ich wette, sie hat Preiselbeeren in den Achselhöhlen.«

Polizist Blume hustete und fuhr fort: »… groben Unfugs und Beunruhigung der Öffentlichkeit auf offener Straße durch Singen und Tanzen auf dem Trafalgar Square, schwerer Körperverletzung, Beschädigung von Polizeieigentum, indem Flaschen durch die Windschutzscheibe von Streifenwagen geschleudert wurden, sowie wegen ungebührlichen Hinabfegens der Fleet Street mit dem Kinderwagen während des Umzugs des Bürgermeisters von London, wobei es zu der Äußerung kam: ›Ich bin von altem Adel‹.«

Polizist Blume führte eine Hand zum Munde und hustete wieder. »Die Gefangene ist weiterhin allen Polizeirevieren von London als Vagabundin und Störenfriedin bekannt, geistig instabil und wurde oft in der Gesellschaft von Methyltrinkern in der Gegend um King's Cross angetroffen, obwohl sie auch im Norden lange …«

»Halt!«, sagte Snuffkin plötzlich, und er lehnte sich vor und setzte die Ellenbogen auf den Schreibtisch, flocht seine Finger ineinander und legte sein spitzes Kinn auf die solcherart geformte Brücke. Er hatte eine winzige Regung von Schuldbewusstsein über das Gesicht der Großherzogin huschen sehen.

»King's Cross«, sagte Snuffkin. Er lächelte zärtlich, wie ein tödliches Nachtschattengewächs, das sich als Veilchenstrauß tarnt. »Ich glaube,

Abteilung C hat einen ungelösten Mordfall in dieser Gegend«, sagte er. »Geben Sie's ein, Blume, ist vielleicht interessant.«

Blume drückte einen Knopf seines Geräts, und der Bildschirm leuchtete auf. Seine Stimme hob sich wieder. »Richtig, Sir. Mord … Opfer eine Methyltrinkerin, bekannt unter dem Namen Madge. Keine Zeugen, oder, besser gesagt, alle Zeugen bewusstlos und mit Alkohol betäubt. Ein gewisser Hugh MacMungall als Tatverdächtiger sistiert, später auf freien Fuß gesetzt. Motiv vermutlich Raub, da verschiedene Wertgegenstände, wahrscheinlich Diebesgut, vermisst werden. Allgemeiner Suchruf: Vivienne Shooster, alias Die Großherzogin, alias Die Herzogin, als Zeugin zu vernehmen, vermutlich beteiligt. Jedenfalls von MacMungall während seiner Vernehmung der Tat bezichtigt … und sehen Sie hier, Sir … MacMungall redet auch davon, dass Kinder oder Borribles in der Nacht des Mordes anwesend waren. Schaut so aus, als hingen sie alle zusammen drin!«

Blume war fertig mit seinem Vortrag, und ein tiefes, lastendes Schweigen senkte sich über den Wohnwagen. Die Großherzogin begann zu weinen, und Snuffkin stand langsam von seinem Stuhl auf, und sein deutend vorstechender Finger glühte wie ein Schneidbrenner, der sich durch Metall frisst.

»Ich hab dich in der Hand, Großherzogin«, sagte er, »und du wirst mir alles erzählen, was ich wissen will … und eins steht fest, wenn du nicht mithilfst, dann sorg ich dafür, dass du doppelt so lange ins Gefängnis wanderst, wie du noch zu leben hast.«

»Ich weiß doch nix«, sagte die alte Frau, »ich weiß doch nix. Der Hughie MacMungall hat 'nen Pik auf mich, das ist alles, der würde sich alles Mögliche ausdenken, um mir eins auszuwischen.«

Snuffkin kroch hinter seinem Schreibtisch hervor und verzerrte sein Gesicht seitwärts. »Es gibt etwas, was du unbedingt wissen musst, Großherzogin«, sagte er. »Ich hasse Borribles. Das Einzige, was ich noch mehr hasse, sind Erwachsene, die Borribles helfen. Doch andererseits, Großherzogin, kann sich jeder, der mich in meinem nicht nachlassenden Kampf gegen diese kleinen Feinde der Menschheit unterstützt, in der Sonne meines Wohlwollens wärmen.«

»Ich hab nichts damit zu tun gehabt«, sagte die Großherzogin. Sie faltete die Hände, fiel vor Snuffkin auf die Knie und sah auf in sein Gesicht. »Ich hab da 'n paar Kinder gesehen, jawohl, aber ich hab nie gewusst, dass das Borribles sind oder was. Und ich bin gar nicht mehr lang bei Madge geblieben, weil sie und Hughie betrunken waren und zum Streit aufgelegt … bin ich gegangen.«

»Schau, Großherzogin«, fuhr der Inspektor fort, »es ist mir gleich, ob du diesen Mord begangen hast oder nicht. Ich will nur eins: Informationen über die Borribles. Ich esse, trinke und atme Borribles, und ich kann sie eine Meile weit riechen, und ich rieche sie an dir. Du hast was mit ihnen gehabt, Großherzogin, versuch nicht erst, das abzustreiten.«

Die Großherzogin rang die Hände und wimmerte.

Snuffkin schaukelte auf den Absätzen vor und zurück. »Erzähl mir, was du weißt«, sagte er, »und du gehst als freie Frau aus diesem Wohnwagen, aber wenn du störrisch an deinen schlimmen Verhaltensweisen festhältst, Großherzogin, dann bist du dran. Ich schick dich in eine Anstalt für die gefährlichen Gestörten, Herzogin, mit einer gemütlichen Gummizelle und jeder Menge Tropfen und Pillen, die man dir eintrichtern wird, um sicherzugehen, dass du ruhiggestellt wirst. Wie ein Gemüse. Du wirst nicht mehr die Großherzogin sein, die Geißel Londons, nur noch ein Kohlkopf.«

»Jawohl«, stimmte Hanks zu. »Nur noch ein Blumenkohl.«

»Sicherlich«, sagte Polizist Blume. »Blumenkohl.« Er seufzte. »Man stelle sich vor, wenn alle Blumenkohl wären – die Welt ein einziger Garten.«

Die Großherzogin hob flehend die Hände. Ihr wirres graues Haar fiel ihr in das runzlige Gesicht, und ihre faltigen, knorpeligen Lippen schoben sich in schrecklicher Qual über den Zähnen hin und her.

»Ach, Inspektor«, schrie sie klagend, »ich weiß doch nichts von diesem Mord, ich versprech's Ihnen, bei meinem Leben. Aber ich weiß, Sie haben die Macht, das zu tun, was Sie gesagt haben, und ich würde schon im Leben sterben, wenn man mir die Straßen wegnimmt … ich liebe die Straßen, Sir, mehr wie mein Leben, ja.«

Snuffkin grinste vor Genugtuung und stieß seine Hände hinter den Rücken, wo sie sich wie lang getrennte Freunde umklammerten. Er schaute Hanks triumphierend an, machte zackig kehrt und gelangte wieder zu seinem Schreibtisch zurück, wo er Platz nahm und sich vorbeugte, um die kniende Gefangene zu fixieren. Sein Schnurrbart krümmte sich lustvoll. »Hast du irgendwelche Kontakte oder Beziehungen irgendeiner Art oder Weise mit Borribles oder irgendwelchen ihrer Verbündeten oder Komplizen gehabt? Antworte, oder es geht für immer ins Gefängnis.«

Die Großherzogin stand furchtsam auf. »Ich bin eine schwache alte Dame«, begann sie, »kann in meinem Alter nicht mehr arbeiten und kann keine Sozialhilfe bekommen, weil ich keinen festen Wohnsitz habe. Mich können leicht jüngere und stärkere Leute, Euer Ehren, zu etwas zwingen. Ich hab die Borribles in King's Cross getroffen, und sie haben mich bedroht und mich arg geschlagen, Inspektor, gemeine kleine Schweine, und sie haben auch fortgenommen, was ich an Geld hatte, obwohl sie ja sagen, damit haben sie nie was am Hut ... aber meines haben sie sich rasch genug gegriffen, zack, und weg war es.«

»Ja«, sagte Snuffkin, der nickte wie ein gelangweiltes Kind zu einer oft wiederholten Geschichte.

»Weiter.«

»... und deshalb bin ich, sobald ich nur konnte, aus dem Brückengewölbe rausgerannt. Ich hab meinen Wagen genommen und bin auf und davon, und danach hab ich sie nie mehr gesehen, ehrlich. Bei meinem Leben, nicht mehr, seither.«

Hanks trat hier einen Schritt vor und versetzte der Großherzogin mit dem ganzen Gewicht seines mächtigen Armes einen Schlag auf den Hinterkopf, dass sie auf ihre Hände und Knie fiel. Einer ihrer wenigen Zähne biss auf ihre Unterlippe, und Blut lief ihr über das Kinn.

Snuffkin lehnte sich in seinem Stuhl zurück. »Es taugt nichts«, sagte er ruhig. »Glaubst du, wir Polizisten sind so unintelligent, wie es im Volke in törichten Geschichten herumerzählt wird? Der Geruch der Borribles hängt dir an, sage ich – er ist in die Lumpen eingewoben, die du trägst, du Rinnsteinhexe. Hör zu, du alte Vettel, sag mir die Wahrheit oder du fliegst schnurstracks in die Klapsmühle! Ein Leben lang Karbol und Putzmittel, ein Leben ohne Gin und Vino. Sag mir's schön laut und deutlich, Herzogin, oder ich sperr dich mit Lichtgeschwindigkeit ein.«

»Ja«, sagte Hanks, »schnell.«

Die Großherzogin blieb auf Händen und Knien und starrte auf den Teppich; Tränen liefen ihr über die Wangen und vermischten sich mit dem Blut am Kinn. »Ach, helf mir doch einer«, stöhnte sie, »ich will es nicht, es ist nicht das, was ich will. Ich hab nie der Polente was erzählt, nie im Leben. Warum muss ich jetzt anfangen damit?«

Snuffkin betrachtete prüfend seine Fingernägel. »Du musst das anders sehen«, sagte er. »Schau, denk dir einfach, es sind Kinder, arme kleine Waisen, und wir wollen nur ihr Bestes. Wir sind sozusagen die von der Gesellschaft beauftragten Vertreter, wir übergeben sie den kompetenten Instanzen, Großherzogin, genau wie wir dich vielleicht weiterleiten müssen.«

Die Großherzogin hob ihr beflecktes Gesicht, aus dem jede Hoffnung gewichen war. »Sie verstecken sich im alten Verbindungstunnel zwischen der Marylebone-Linie und der Bakerloo-Linie bei Swiss Cottage«, sagte sie, »nur heute, dann gehen sie nach …«

Snuffkin kreischte vor Entzücken auf und kletterte über seinen Schreibtisch hinweg. Er sprang auf dem Boden auf und ab, die Beine steif gestreckt, die Fäuste geballt.

»Diesmal! Diesmal«, schrie er, »hab ich sie, Hanks. Wir stutzen ihnen die Ohren.«

»Das ist eine großartige Nachricht«, sagte Polizist Blume und salutierte.

Hanks zog sich zur Feier der großen Stunde etwas aus einem Nasenloch und hielt es prüfend vors Auge, um es mit den Hunderten anderer Exemplare weicher kleiner Objekte zu vergleichen, die er dort in der Vergangenheit gefunden hatte. Abwesend wischte er sich den Finger an den Fetzen ab, die den Rücken der Großherzogin bedeckten. »Kein schlechtes Stück«, sagte der Sergeant. »Erstaunlich, wo die alle herkommen.« Dann packte er die alte Vagabundin am Haar und zerrte sie auf die Beine. »Was soll ich mit der Gefangenen tun, Sir?«, fragte er.

Snuffkin hörte auf, seine Absätze gegen den Fußboden klacken zu lassen, und starrte die Großherzogin ein paar Sekunden lang an, während er überlegte. »Nun«, sagte er schließlich, »die muss natürlich rüber zu Abteilung C, sie ist des Mordes verdächtig.«

Ein lauter Schrei ertönte, und die Großherzogin war ohnmächtig geworden und aus Hanks Umklammerung geglitten. Sie lag auf dem Boden, das alte Gesicht ein massiver Totenschädel mit tiefen, schwarzen Höhlen.

Polizist Blume salutierte wieder. »Verzeihung, Sir«, sagte er. »Abteilung C? Abteilung C ist Birdlimes Abteilung, Sir. Nun, also, warum sollten wir dem irgendeinen Gefallen tun? Für ihn sieht das hervorragend aus, wenn er den Mord von King's Cross aufklärt … aber wenn wir die Borribles fangen, sind wir unschlagbar, Sir.« Der Polizist senkte die Stimme, damit ihn die Großherzogin nicht hören konnte, obwohl sie auch so fast bewusstlos wirkte und nichts mehr aufzunehmen schien. »Wir behalten die alte Schnalle hier, während wir ihre Geschichte überprüfen, und wenn sich herausstellt, dass es stimmt, dann können wir sie laufen lassen, für eine Woche oder zwei, und dann wieder einsammeln. Auf die Weise schnappen wir die Borribles, und nach einer angemessenen Pause lösen wir Birdlimes Mordfall, den er nicht schafft. Wir stehen frisch gebügelt da, und er wirkt wie ein ungemachtes Bett.«

Snuffkin hörte auf, seinen Körper hoch- und niederzuschnellen und stemmte die Hände in die Hüften. Er näherte sich langsam dem Polizisten.

»Blume«, sagte er, das Gesicht starr vor Staunen, »Sie sind ein Gedankenleser von hohen Graden. Ich muss zugeben, dass Sie in hervorragender Darlegung auseinandergesetzt haben, was mir soeben und gerade durch meinen Kopf gegangen ist. Mein Vorschlag war nur ein Test Ihrer gedanklichen Fähigkeiten, eine Erprobung Ihrer Loyalität gegenüber der SBE und Ihres Esprit de corpus. Denken Sie an meine Worte, wenn all das vorbei ist, dann sind Sie Sergeant Blume. Hanks kann einen Assistenten brauchen.«

»Danke, Sir!«

Der Inspektor feierte seine jüngste Leistung mit einem Tangoschritt und trabte dann zu seiner Karte von London hinüber. »Hören Sie gut zu«, sagte er, »die Befehle sind wie folgt. Ich möchte die Bahnhöfe vor und hinter Swiss Cottage abgeriegelt haben, und den Eingang und Ausgang zum Tunnel der Marylebone-Linie auch. Rufen Sie die U-Bahn an und sagen Sie, dass eine Bande Übeltäter sich in Swiss Cottage eingeigelt hat und dass in diesem Abschnitt der Strom von der Stecke muss, bis wir sie haben. Schicken Sie Beamte zu jedem einzelnen Bahnhof auf der Bakerloo-Linie und halten Sie die Pendler aus den Zügen draußen. Lassen Sie Verstärkung von Scotland Yard kommen und, Hanks, trommeln Sie alle Zwerge zusammen, die Sie kurzfristig finden können. Schaffen Sie mir diesen Droll her.«

»Die Zwerge, Sir?«

»Ja, Hanks – warum sollen unsere Männer das ganze Risiko auf sich nehmen? Ich schick die Zwerge als Sturmtruppen voraus, so hätte das Rommel auch gemacht … rausfinden, wo die Borribles stecken, sie ins Freie locken. Wenn unsere Jungs nachrücken, haben die Zwerge schon die halbe Arbeit gemacht. Diesmal will ich keine Fehler. Meine größte Stunde.«

»Natürlich, Sir! Brillanter Gedanke. Soll ich den SPP informieren?«

»Nein, nein, nein! Auf keinen Fall, Hanks. Der SPP will nicht wissen, wie es vor sich geht, er will bloß wissen, dass es vor sich gegangen ist. Vor allem will er nichts von den Zwergen wissen … sehen Sie zu, dass den Männern das klar ist, was auch geschieht. Er will am Ende des Tages vollendete Tatsachen sehen. Klar? Klar. Gibt's noch Fragen?«

»Jawohl, Sir«, sagte Hanks. »Was sollen wir mit der Gefangenen tun?« Er wies auf die reglose Gestalt auf dem Boden.

»Ha! Ja«, sagte Snuffkin. In seiner Erregung hatte er die Großherzogin vollkommen vergessen. »Behaltet sie in Gewahrsam, bis wir sicher sind, dass die Borribles auch dort stecken, wo sie gesagt hat, dann schmeißt sie wieder raus auf die Straße. Es gibt jetzt grade Wichtigeres zu tun.« Der Inspektor griente und blickte zu den Fotografien von Rommel und Montgomery auf. »Diesmal braten wir ihnen eins über«, sagte er und schlüpfte rasch in seinen langen Mantel, und er verließ den Wohnwagen, um seine Männer zu versammeln und seine Streifenwagen und Mannschaftstransporter zu organisieren.

Sobald der Inspektor verschwunden war, packte Polizist Blume die Großherzogin am Kragen, zerrte sie auf die Füße und schob sie auf die offene Tür zu. Sergeant Hanks nahm das Telefon und fing an, mit Scotland Yard zu sprechen, den eifrigen Finger dabei in einem weit geblähten Nasenloch. Die Abenteurer wussten es nicht, doch die größte Gefahr, der sie je gegenübergestanden hatten, kam näher und immer näher.

12

Dieselbe Dunkelheit wie zuvor erfüllte den gesperrten Tunnel, und die Abenteurer fühlten sich unruhig in diesem Dunkel. Es war schwierig, in dieser erdrückend weichen Finsternis warten zu müssen, doch die Flüchtlinge versuchten, sich damit abzufinden. Sie hatten keine Wahl und keinen anderen Ausweg. Jetzt war es hell, und auf den Straßen droben würde sich kein Versteck für sie oder für das Pferd finden. Nun konnten sie nur noch den Rest ihrer Vorräte essen, das metallisch schmeckende Wasser aus dem alten Hahn trinken und Hölzchen ziehen, wer schlafen und wer Wache stehen sollte.

Lange Zeit war es still in dem vergessenen Raum hinter dem alten Stellwerk, eine seltsame, prickelnde Stille, die nur der ferne Donner der Züge auf der Bakerloo-Linie brach; und nur hie und da ließ dieses Donnern ein Rinnsal feinen Staubs aus den lockeren Steinen der Deckenwölbung strömen, das sich mit dem tiefen Teppich aus Schmutz und Steinmehl auf dem Boden vermengte.

Schließlich gingen ein paar der Abenteurer zu den zwei verlassenen Zügen hinüber, die auf den Abstellgeleisen vor sich hin rosteten, und untersuchten sie. Sie hatten bald entdeckt, dass die geschlossenen Türen sich gewaltsam öffnen ließen und dass in den Wagen die langen, breiten Sitze bequeme Betten abgaben, die ihnen den besten Schlaf seit dem Aufbruch in Battersea boten.

Die Wachenden saßen an den grob-schmutzigen Werkbänken, die Köpfe in die Hände gestützt, und sprachen leise miteinander; sie ließen ihre Taschenlampen ausgeschaltet und wagten nicht einmal, daran zu denken, dass Neasden nur noch einen Nachtmarsch entfernt lag.

Zwei der Borribles gingen auf Patrouille, Napoleon auf der anderen Seite der Züge, wo er um eine Kurve zu den Lichtern des Untergrundbahnhofs Swiss Cottage hinüberstarrte, und Bingo, der die Hintertür bewachte und in die Schwärze des Tunnels spähte, wo in dem Tunnel, den sie hergekommen waren, die Bahnlinie von der Marylebone Road nach West Hampstead verlief. Jetzt galt es, jede Unachtsamkeit zu vermeiden – sie wollten nicht so kurz vor dem Ziel überrascht werden, und wenn sie diesen Tag hinter sich gebracht haben würden, gab es nur noch die letzte Strecke. Unglücklicherweise sollte es nicht so leicht sein, nicht so einfach.

Gegen elf Uhr morgens an diesem Tag hob Poch den Kopf: Er hatte einen Borriblepfiff aus Napoleons Richtung gehört. Auch hörte er jemand in der Dunkelheit fluchen, und nun kam der Wendel rasch um das Stellwerk gerannt. Poch drehte sich auf seinem Stuhl zum Eingang, wie auch die anderen, die bei ihm saßen: Chaline, Vulgo und Zwielicht.

Napoleon knipste seine Lampe an und rasch wieder aus, nur um sein Gesicht sehen zu lassen. Es war wütend.

»Habt ihr's gemerkt?«, fragte er.

»Was bemerkt?«, fragte Poch.

»Die Züge«, sagte Napoleon. »Sie fahren nicht mehr. Ich hab seit einer halben Stunde keinen mehr gehört.«

»Du hast recht!« sagte Sydney. Sie saß an die Wand gelehnt auf dem Boden, neben dem Pferd.

»Ich bin bis dicht an den Bahnhof ran, als mir das klargeworden ist«, fuhr Napoleon fort, »ganz dicht ... da stehn eine Menge Typen auf dem Bahnsteig, welche in Uniform, hunderte.«

»Man hat uns verpfiffen«, sagte Chaline.

»Da hast du nur allzu verdammt recht«, stimmte Napoleon ihr zu. »Die Großherzogin! Wer sonst? Ich hab gleich gesagt, wir hätten sie mitnehmen sollen. Oder ihr die Gurgel durchschneiden.«

»Vielleicht können wir auf dem Weg raus, den wir reingekommen sind«, sagte Chaline, »ehe sie den Tunnel dort abriegeln.«

Es war ihre einzige Chance, doch die wurde ihnen durch die Ankunft Bingos in diesem Augenblick genommen, der so schnell er konnte herbeirannte; der Lichtkegel der Taschenlampe stach durch die Dunkelheit. »Ich bin den Tunnel hoch«, keuchte er, »mich umsehen ... hab Geräusche gehört, und dahinten, wo der Tunnel in den von Marylebone geht, da stehen Scheinwerfer, eine Barrikade, Typen in Uniform. Bullen. Was ist auf der anderen Seite los?«

»Wir sitzen wie Ratten in der Falle«, sagte Napoleon. »Es gibt nur diesen Tunnel, und wir sind mittendrin, und an beiden Enden die Bullen. Endstation.«

»O nein!«, rief Sydney. »Nicht jetzt, nicht, wo wir's schon beinahe geschafft haben. Jetzt kriegen sie Sam. Wegen mir selbst ist es mir gleich ...«

»Mir nicht«, sagte Napoleon. »Ich lege großen Wert auf mich selbst.«

Vulgo schlug mit der Faust auf die Bank. »So weit gelaufen und so hart gekämpft, um jetzt hier zu enden … in diesem Dreckloch unter der Erde, nur, um hier in der Scheiße zu sterben.«

»Na«, sagte Zwielicht, »wenigstens haben wir Sam rausgeholt und Snuffkin geprellt. Sam hat ein wenig Freiheit gehabt, wenn auch nur kurze Zeit.«

Poch stand auf und nahm seine Munitionsgurte mit den Steinen vom Tisch, um sie über die Schultern zu streifen. »Das ist nicht genug«, sagte er. »Wir sollten nicht sterben müssen, nicht unsere Ohren verlieren müssen, und Sam sollte nicht zu Katzenfutter werden, aus keinem Grund auf der Welt. Es ist nicht recht.«

»Eins ist hier unser Vorteil«, sagte Napoleon, »sie müssen im Dunkeln gegen uns kämpfen, das wird ihnen gar nicht leichtfallen.« Und wie Napoleon das sagte, ging ein schnarrendes Sausen durch das Deckengewölbe, und ein blasses, kränkliches Licht flackerte über die Borribles hin, verschwand, kam zögernd wieder und wurde dann zu einem bleichen Schein, der keinen Schatten warf. Die Abenteurer sahen empor. Droben an der Decke leuchteten lange Neonröhren, die, so weit das Auge reichte, im Tunnel weiterliefen, wie Leuchtspurmunition.

Die Abenteurer schauten einander an; das Blut war ihnen aus den Gesichtern gewichen in diesem Licht, das mitleidlos war. Nun konnten sie sehen, wie wüst verwahrlost der Ort war, an den sie ihr Schicksal geführt hatte, sahen den Schmutz und den Staub, die zerbrochenen und weggeworfenen Werkzeuge, die Schutthaufen und die alten Zementsäcke.

Es kam noch schlimmer: wieder ein Geräusch, diesmal ein metallenes, winselndes Heulen, welches das weiße Licht zerteilte. Die Borribles sprangen auf, und wieder kam der Lärm, es summte und knisterte laut, ehe das Geräusch schließlich mit einem klagenden Pfeifen verstummte. Dann klopfte jemand gegen ein Mikrophon, blies hinein, klopfte wieder. Eine Stimme hallte durch ferne Lautsprecher, sie zählte: »Eins, zwei, drei, vier. Achtung. Kontrolle. Könnt ihr mich hören?« Es war Snuffkins Stimme, und sie strich an den Tunnelwänden entlang, heulte und hallte und überschlug sich, um schließlich kreischend den Borribles gegen die Trommelfelle zu knallen, die vor Angst und Erstaunen reglos erstarrt waren.

»Könnt ihr uns hören, Borribles?«, dröhnte Snuffkins Stimme. »Wir wissen nämlich genau, dass ihr da drinsteckt, eure Freundin, die Großherzogin, hat es uns erzählt. Man kann sich eben auf niemand verlassen, wie?« Ein Prusten brach durch Snuffkins Worte; er lachte, und es war ein seltsames, dünnes Gelächter, das durch die Luft peitschte wie sich aufwickelnder Stacheldraht.

»Jetzt hört her«, fuhr Snuffkin fort, nachdem er sich erholt hatte, »diesmal ist kein Entkommen möglich. Ich habe Männer an diesem Ende und Männer hinter euch, hunderte, und alle Reserven, die ich brauche. Legt die Schleudern nieder und marschiert ordentlich direkt hierher zum Bahnhof Swiss Cottage und ergebt euch. Ihr werdet gut versorgt werden, und es wird euch nichts geschehen ... abgesehen natürlich von der vorschriftsmäßigen Entfernung des unvorschriftsmäßigen Geöhrs, aber das versteht sich ja von selbst.« Snuffkin schwieg einen Moment, als erwarte er eine Antwort durch das Mikrophon. Als er keine erhielt, sprach er weiter.

»Ihr habt fünf Minuten, um euch zu ergeben«, sagte er. »Kommt hier in den Bahnhof, die Hände hinter dem Kopf verschränkt. Wenn ihr euch dieser Aufforderung fügt, wird euer Pferd verschont und in ein spezielles Pferdeheim gebracht werden, wo es bis ans Ende seiner Tage in Ruhe grasen kann. Glückliches Pferd!«

»Quatsch«, sagte Napoleon.

»Jedoch«, fuhr die Stimme fort, »wenn diese fünf Minuten verstreichen sollten, ohne dass ihr euch ergeben habt, ziehe ich mein Angebot in Bezug auf das Pferd zurück, und dann kennt ihr sein Schicksal so gut wie ich. Er wird wie versprochen als Katzenfutter enden, in Dosen, die – wie aus der Werbung bekannt ist – zwischen zweihundert Gramm und fünfzig Gramm wiegen. Noch fünf Minuten, und ich schicke die erste Welle Sturmtruppen vor, um euch aus euren Rattenlöchern zu treiben. Dralle und seine Zwerge stehen voll Eifer bereit, euch zu suchen ... doch, Freunde, lasst es nicht so weit kommen. Ergebt euch und vermeidet Blutvergießen.«

Ein Schweigen, dem ein Klicken folgte: Die Lautsprecher waren tot.

Poch zog seine Schleuder aus der hinteren Hosentasche; die anderen taten es ihm nach. »Das ist unser letzter Kampf«, sagte er. »Hat jemand einen Plan, ich nämlich nicht. Ich weiß nicht, was wir tun sollen. Ich hab mich noch nie im Leben so total beschissen gefühlt.«

Schritte näherten sich dem Stellwerk, und Stonkus, Torricanyon und

Orococco kamen. Sie hatten in den Zügen geschlafen, aber die Lichter hatten sie geweckt. Auch sie hatten Snuffkins Rede gehört und wussten, in welcher Gefahr sie sich befanden.

»Nichts zu machen«, sagte Stonkus, »nur noch kämpfen und sicherstellen, dass diese stinkenden Zwerge sich nicht allzu toll vorkommen.«

»Ich kann es nicht glauben, dass das jetzt passiert«, sagte Chaline in einem klagenden Aufschrei. »Ich kann es nicht glauben. Wie ist das alles gekommen?«

»Gekommen? Einfach so«, sagte Napoleon bitter. »Ich bin dafür, wir gehen nach vorn zu den Zügen und warten auf Drillich und seine Freunde. Sydney kann hier mit Sam bleiben, da kann sie uns pfeifen, wenn jemand was von hinten will.«

»Müsste den Versuch wert sein, Mann«, sagte Orococco.

»Einen Versuch, und mehr kriegen wir nicht«, sagte Poch. Seine Stimme klang leer, ohne Hoffnung. »Die Zwerge sind bloß da, um uns auszupowern. Wenn dann die Bullen kommen, haben sie Helme und Plastikschilde und alles. Unsere Schleudern richten da nichts mehr aus.«

»Versteckspiel bis zum Tod«, sagte Napoleon.

»Und Sam«, sagte Sydney, »ist das auch für ihn das Ende?«

Chaline seufzte. »Heute kommen eine Menge Dinge an ihr Ende, Sid«, sagte sie, »wir alle und Sam. Alles, was du tun kannst, ist ihn da drüben an der Wand verstecken, hinter dem großen Schutthaufen … dann bewach den Tunnel für uns. So bist du wenigstens bis zum Ende bei Sam.«

»Auf geht's«, sagte Stonkus, »ziehen wir's durch.«

»Wenn's schlimm wird«, sagte Poch, »ziehen wir uns vors Stellwerk zurück, so sehen wir sie aus beiden Richtungen kommen, und wir haben eine Mauer im Rücken.«

Es gab keinen besseren Plan, alle stimmten sofort zu. Stumm nahmen die Borribles ihre Positionen ein und gingen auf den Tunnel nach Süden zu, woher der erste Angriff kommen musste. Wie sie auf das Schlachtfeld zugingen, beschlossen die drei Freunde, sich wie auf dem Schrottplatz in drei Gruppen aufzuteilen: Orococco, Zwielicht und Bingo in der ersten Gruppe, Torricanyon, Stonkus und Vulgo in der zweiten, Chaline, Poch und Napoleon in der dritten Gruppe.

»So sind wir sicher«, erklärte der Wendel, »dass diese Zwerge nicht genau wissen, wo wir hocken.« Er schaute an den anderen vorbei auf das

Dach eines Zugwagens, das Gesicht voll List. »Und wir drei könnten uns da oben verstecken«, sagte er.

Nun, da die Lichter angeschaltet worden waren, hatte man tatsächlich von den Dächern der Züge aus ein gutes Sichtfeld. Die beiden Abstellgleise lagen an einer Stelle, wo der Tunnel breiter wurde, und vor den Wagen lag eine freie Fläche, etwa siebzig Meter im Quadrat, hinter der sich das Tunnelgewölbe wieder zu einem einzigen Schienenstrang verengte, der zu Swiss Cottage und der Bakerloo-Hauptlinie führte.

Allerdings konnten die Abenteurer nicht sehr weit in den Swiss-Cottage-Tunnel sehen. Zwar war er wie der Streckenabschnitt am Stellwerk mit Neonröhren beleuchtet, aber auf dem Weg zum Bahnhof machte der Tunnel eine relativ scharfe Kurve. Wenn der Feind anrückte, würde man ihn erst etwa zweihundert Schritte von dem Punkt entfernt, an dem die Borribles warteten, um die Ecke kommen sehen.

Poch und Chaline folgten Napoleon auf das Dach des Bahnwagens, den er ausgewählt hatte, und alle drei legten sich auf den Bauch. Unter sich konnten sie auf der einen Seite sehen, wie Zwielicht, Orococco und Bingo hinter zwei großen Kisten in Deckung gingen, die achtlos gegen die Tunnelwand gestellt worden waren. Links irgendwo verbargen sich Torricanyon, Stonkus und Vulgo hinter den Rädern des zweiten Zuges.

»Lasst sie erst schön weit rauskommen, ehe wir schießen«, rief Poch, »wollen die kleinen Ärsche nicht verschrecken.« Dann legte er sich hin und wartete, und mit ihm warteten seine Gefährten.

Snuffkins fünf Minuten waren rasch verstrichen, und die Zwerge ließen nicht lange auf sich warten. Als sie kamen, geschah es lautlos: Vorsichtig bewegten sie sich die Schienen entlang, und die dicke Schicht aus Steinstaub verschluckte ihren Tritt. Sie gingen von Schwelle zu Schwelle, durchsuchten jede Nische in den Wänden und spähten in jeden Schatten. In den Händen hielten sie lange Holzknüppel, und grüne Jacken aus leuchtendem Plastik sollten verhindern, dass die Polizisten sie im Eifer des Gefechts für Borribles hielten.

Die Zwerge – es schienen an die zwanzig – wurden von Drillich selbst ans Ende des Tunnels geführt. Als er am Rand der freien Fläche ankam, hielt er an, hob die Hand und starrte misstrauisch auf die beiden Züge, die vor ihm standen.

»Wir wissen, ihr seid da drin, Borribles«, schrie er, »ihr könnt ebenso gut aufgeben, ihr seid umzingelt und in der Minderzahl!«

Es kam keine Antwort. Jeder Borrible lag bewegungslos, Gesicht nach unten, Schleuder und Stein bereit, an dem Ort, wo er sich versteckt hatte. Drillich wartete. Dann schrie er wieder:

»Ihr könnt nicht gegen uns alle kämpfen, wir sind stärker als ihr! Gebt's auf!«

Immer noch kam keine Antwort, und da hob Drillich wieder die Hand, und die Zwerge kamen aus dem Tunnel hervor, drangen nach rechts und links vor und näherten sich in einer Reihe den Zügen, wobei sie beim Übersteigen der sich kreuzenden Geleise die Füße hoch über die Strom führende Schiene hoben, obwohl sie alle wussten, dass der Strom abgestellt war. Die Knüppel hielten sie bereit, ihre Augen zuckten dahin und dorthin.

Sie kamen endlich bis auf die Höhe der großen Kisten, und immer noch blieb alles ruhig. Etwa zehn Meter vor den ersten Bahnwagen gab Drillich noch einmal laute Befehle.

»Denkt dran, Leute. Rückt ihnen zu Leibe. Lasst sie nicht ihre Schleudern einsetzen!«

»Ach nein?«, schrie Bingo und fuhr plötzlich aus seinem Versteck auf, die Schleuder bereit. »Dann lass dir das mal schmecken!« Und damit schoss er auf Drillich, und ein Stein schlug dem Anführer der Zwerge vor die Brust, dass er zurücktaumelte. Als Bingo schoss, tauchten auch Zwielicht und Orococco auf, und ihre Geschosse trafen je einen Zwerg und ließen denen die Kühnheit vergehen.

Ehe die Zwerge sich in Deckung flüchten oder sich auch nur auf den Boden werfen konnten, kamen Vulgo, Torricanyon und Stonkus unter den Zügen hervor und feuerten ebenfalls, und andere Zwerge stolperten unter dem scharfen Aufprall spitzer Steine. Gleichzeitig standen Poch, Chaline und Napoleon auf und nahmen den Feind von oben unter Beschuss, und es fielen noch mehr von den Zwergen, betäubt, sich stöhnend die Köpfe haltend.

»Für Scooter!«, schrie Chaline und lud und schoss, so rasch sie konnte.

Die Zwerge fielen verwirrt zurück, und wäre Drillich nicht gewesen, hätten sie vielleicht in diesem Augenblick die Flucht ergriffen, doch der war, was immer er sonst sein mochte, kein Feigling. Er kommandierte seine Truppen selbst im vollen Feuer des Borribleangriffs.

»Zu den Zügen rüber!«, brüllte er. »Unter die Züge, da stecken sie! Sie können im Nahkampf nicht gegen uns an, denkt an die Belohnung!« Und Drillich rannte tief geduckt los und brachte sich mit einem

Sprung hinter den großen Rädern eines Eisenbahnwagens in Sicherheit. Seine Männer folgten ihm, doch Bingo, Zwielicht und Orococco schossen hinter ihnen her, und noch zwei Zwerge strauchelten und fielen mit zerschmetterten Kniescheiben.

Auch die anderen Borribles waren nicht müßig gewesen. Vulgo, Torricanyon und Stonkus feuerten auf den Deckung suchenden Feind, und die Zwerge waren nun voll blauer Flecke und Schürfwunden. Poch und seine beiden Gefährten schossen von oben; ein weiterer Zwerg brach zusammen. Drillichs Truppen, denen man versichert hatte, das mit den Borribles sei eine einfache Sache, wussten nun, dass ihnen ein Kampf bevorstand.

Poch stand auf. »Wir müssen sie uns vom Leib halten«, sagte er. »Denkt daran, es sind Erwachsene, stärker als wir.«

Napoleon grinste wie einst sein schlaues Wendelgrinsen. Er kniff ein Auge zu, und das andere glänzte vor Kampfeslust. »Bin ich gar nicht so sicher«, sagte er. »Ich rutsch jetzt mal da runter und versuche, an die Zwerge ranzukommen, vielleicht so tun, als wollte ich mich ergeben, mich an Drillich ranmachen. Wenn der weg ist, laufen die anderen wie die Hasen«, und Napoleon öffnete sein Auge wieder und kletterte über den Rand des Wagendaches. Dann ließ er sich, die Schleuder zwischen den Zähnen, lautlos zu Boden fallen.

Poch erschrak. Er ging zum Dachrand und schaute hinab. »Komm zurück, Nap«, flüsterte er, »es sind zu viele hier an diesem Ende.«

Der Wendel antwortete nicht, er winkte nur, grinste und verschwand, unter einen Wagen schlüpfend.

Poch fluchte. »Verdammt«, sagte er, »wir können ihn nicht allein gehen lassen.« Er stand ratlos am Rand des Daches, Chaline neben ihm.

»Nein«, sagte sie, »können wir nicht.«

In diesem Augenblick erschien Napoleon wieder und kam unter dem Zug hervor, bewegte sich langsam rückwärts und hielt die Hände in einer Geste der Unterwerfung hoch; ihm folgten zwei Zwerge. Drillich war nicht dabei.

»Ich ergebe mich«, sagte Napoleon, »ehrlich. Seht her, da ist meine Schleuder«, und er warf die Waffe zu Boden. »Ich hab genug, wirklich, bringt mich zu Snuffkin. Ich will ein normales Leben führen, tut mir nichts, tut mir bitte nicht weh.«

Die Zwerge kamen näher, wachsam die Knüppel erhoben, bereit, Napoleon eins über den Kopf zu ziehen, sobald sie ihm nahe genug gekommen wären. Der Wendel faltete die Hände, fiel auf die Knie und hob den Blick zum Himmel; er blinzelte, als er Poch und Chaline sprungbereit auf dem Dach stehen sah. »O tut mir doch bitte nichts«, sagte er, »ich ertrag's nicht.«

»Auf geht's«, sagte Poch, und er nahm Chaline beim Arm und sprang vorwärts, das Mädchen mitziehend. Wie die beiden Zwerge ihre Waffen über den knienden Napoleon hoben, wurden sie plötzlich von der Wucht des Gewichtes der beiden heranfliegenden Borribles zu Boden geschleudert, die mit den Füßen voran auf ihren Nacken landeten. Sie brachen vollkommen in sich zusammen, wie alte Gebäude, die mit einer Dynamitladung zerlegt werden.

Chaline und Poch rollten sich im Staub ab und sprangen sogleich auf die Füße. Auch Napoleon richtete sich auf, zu allem bereit, doch die Zwerge lagen übereinander zu Boden gestreckt da, der eine mit dem Gesicht nach unten, der andere mit leerem Blick ins Neonlicht starrend.

»Rückgrat gebrochen«, sagte Napoleon, und er beugte sich hinab und nahm die Knüppel der Zwerge, um einen davon Poch zu geben. »Man verwendet das, um jemand zu hauen«, erklärte er mit einem theatralischen Augenzwinkern. »Ich will diesen Drillich«, fuhr er fort, »mehr als irgendwas sonst auf der Welt«, und ihnen noch einmal zublinzelnd, rannte er den Zug entlang bis zum Ende des ersten Wagens. Auch dort hielt er nicht an, sondern lief weiter in den freien Raum vor dem Tunneleingang hinaus. Poch und Chaline folgten dem Wendel bis zum Zugende, doch hier machten sie halt und duckten sich in den Schatten des letzten Rades.

»Er dreht durch«, sagte Chaline.

Es sah in der Tat so aus. Napoleon rannte auf und ab, und immer wieder beugte er sich hinunter und hieb mit seinem Knüppel, so hart er konnte, auf eine Schiene; der Klang dröhnte meilenweit die Krümmungen der vibrierenden Geleise entlang. Und er schrie: Eine provozierende Herausforderung an den Erzverräter Drillich.

»Komm raus, Drillich«, brüllte der furchtlose Borrible, »dich will ich haben, Drillich, zier dich nicht ... komm mal ran und kämpf mit einem Wendel.«

Und so kam Drillich endlich. Er rannte nicht, er schrie auch nicht, er erschien einfach auf der anderen Seite der Züge, und zwei seiner Kumpel waren neben ihm.

Napoleon hörte sofort auf herumzuspringen und ließ entzückt seinen

Knüppel wirbeln. »Hallo, Drillich«, sagte er, und sein Gesicht sah aus wie ein Stein mit einem breiten Sprung.

Chaline flüsterte Poch ins Ohr: »Er ist verrückt! Es sind drei.«

»Schon in Ordnung«, sagte Poch, »wir sind auch drei, wenn die's auch noch nicht wissen.« Er lud seine Schleuder, und Chaline folgte seinem Beispiel. »Nimm du den rechts, ich ziel auf Drillich.«

Nun waren die drei Zwerge bis auf ein paar Meter an Napoleon herangekommen, selbstsicher in dem Bewusstsein, dass es drei zu eins stand. Sie lachten – der Wendel sah so hilflos aus.

»Schaut mal, was wir hier haben«, sagte Drillich und griente zu seinen Begleitern hin, »merkwürdiges kleines grünes Gewächs.«

Napoleon spuckte auf den Boden. »Ich würd dir das Gehirn zu Brei schlagen«, sagte er ruhig, »wenn ich wüsste, wo du's versteckst. Du bist 'ne einzige Platzverschwendung, Drillich. Das bist du.«

Die Zwerge gaben keine Antwort und kamen näher: Sie wollten den Wendel von drei Seiten zugleich angreifen. Sie kamen nicht weit. Poch und Chaline traten unter dem Zug hervor und schossen ihre Schleudern ab. Chaline hatte völlig sicher gezielt, und der Zwerg stürzte; Poch hatte nicht so viel Glück und fluchte, als er den Stein abschoss. Drillich hatte sich im letzten Augenblick zusammengeduckt und war weitergegangen, und der ihm zugedachte Stein verfehlte sein Ziel um ein paar Zoll – wenn das Geschoss auch glücklicherweise (zumindest für die Borribles) nicht ins Leere ging. Hinter Drillich stand der dritte Zwerg, und Pochs Stein schlug gegen seine Schläfe, dass er mit einem schmerzerfüllten Aufheulen rückwärts über die Schienen zusammenbrach und, wie Chalines Opfer, bewusstlos liegen blieb.

Der Anführer der Zwerge wandte sich halb um, erschrocken, seine Gefährten mit solcher Präzision ausgeschaltet zu sehen. Er wandte seinen Blick nur eine Sekunde lang von Napoleon ab, doch das war genug.

»Ring frei«, rief der Wendel, schwang blitzschnell den erbeuteten Knüppel und versetzte Drillich einen Schlag seitlich gegen den Kopf. Der Zwerg stolperte, glitt an der Schiene aus und sank auf ein Knie.

Napoleon schlug wieder zu, aber Drillich war kein Schwächling und parierte den Schlag. Seine Muskeln hatte der Zirkus trainiert, und seine Reaktionen waren schnell und sicher. Drillich würde nie nachgeben, und Poch und Chaline, die den Kampf aus ihrem sicheren Versteck beobachteten, wussten dies nur zu gut. Mann gegen Mann im Nahkampf war selbst Napoleon dem Zwerg nicht gewachsen.

»Hierher!«, schrie Poch. »Wir decken dich, kriegst Feuerschutz! Komm schon!«

Napoleon nahm aus Stolz oder einfach aus dem Begehren, Scooters Tod ganz allein zu rächen, keine Notiz von der Einladung seines Freundes. Er ließ seinen Knüppel wieder wirbeln, und als Drillich aufstand, tanzte er um ihn herum, dass es dem Zwerg schwindlig wurde, als Napoleon immer wieder scharfe Stöße gegen seine Rippen und auf seinen Bauch führte.

Poch schaute sich um. Die Kampfgeräusche kamen näher. Er sagte zu Chaline: »Wir werden in diesem Kampf so oder so getötet oder gefangen, Chal, also ist's auch egal, ob wir fair kämpfen. Ich schieß Drillich von hinten über den Haufen, ehe seine beiden Kollegen wieder aufwachen, und du musst mich von hier aus decken.« Poch lief los und kreuzte die Geleise: Vor ihm ging Napoleons Kampf weiter, wie er begonnen hatte – der Wendel focht und sprang hin und her, und der Zwerg schritt ihm geduldig nach und wusste, wenn er den Borrible einmal in die Hände bekäme, dann würde er ihn erwürgen.

Als Poch noch zwanzig Meter von dem Zwerg weg war, hielt er an und spannte das Gummiband seiner Schleuder bis zum Ohr, mit größter Sorgfalt auf Drillichs Hinterkopf zielend. In diesem Moment hieb Napoleon, der sich unter die Abwehr seines Gegners geduckt hatte, dem Zwerg einen harten Schlag über den Bauch; es klang fest und kompakt wie eine Axt, die in Holz fährt.

Drillich fiel auf die Knie, und der Knüppel fiel ihm aus der Hand, doch selbst jetzt half ihm seine unglaubliche Stärke. Im Fallen zerrte er Napoleons Knüppel aus den Händen des Wendels und warf ihn ihm hart ins Gesicht. Napoleon stolperte schwankend zurück, geblendet vom Schmerz und von dem Blut, das ihm aus der Stirn sprang und in die Augen lief.

Ehe Poch schießen konnte, warf sich Drillich mit einem Aufbrüllen des Triumphes vorwärts und schleuderte mit seinem vierschrötigen, schweren Leib den Wendel wuchtig zu Boden. Dann – mit rascher, sicherer Bewegung – zog er ein langes Messer aus dem Gürtel, hob es hoch in die Luft und stach hinab.

Poch konnte nicht glauben, was er sah. »Nein!«, rief er. »Nein!« Er schoss seinen Stein ab, doch Drillich und Napoleon rangen wütend miteinander, und er verfehlte sein Ziel. Er lief hinüber, er musste Drillich fortziehen. Plötzlich hörte er ein Geräusch zu seiner Rechten und schaute: Einer von Drillichs Gefährten hatte sich aufgerappelt und war nur ein paar Meter entfernt, mit voller Geschwindigkeit auf ihn zurennend, Pochs Tod suchend. Der wagte den Blick nicht von seinem Feind zu wenden, aber aus dem Augenwinkel sah er Drillichs Messer wie einen langen Silberzahn aufblinken, als dieser es wieder hob. Doch es war keine Zeit mehr: Poch ließ die Schleuder fallen und zog seinen Knüppel.

Der Angreifer hatte den Borrible beinahe erreicht. Sein Mund stand offen; die Augen glühten vor Hass. Poch versuchte sich an all das zu erinnern, was er vor so langer Zeit über den Kampf mit dem Rumbelspeer gelernt hatte; er wusste, er würde alle Schläue brauchen, die er besaß, um dies zu überleben.

Ganz plötzlich flog ein Stein wie eine Flintenkugel an seinem Gesicht vorbei, so dicht, dass er dachte, seine Haut müsse aufgerissen sein. Im Augenblick war der Zwerg bei ihm. Stark und stämmig, war er doch nicht durch die Schule des Zirkus gegangen, er war plattfüßig und voll falschem Selbstvertrauen.

Im allerletzten Moment warf sich Poch auf die Seite, streckte ein Bein vor und ließ seinen an ihm vorbeisausenden Gegner stolpern. Rasch fand er sein Gleichgewicht wieder und stand geduckt und kampfbereit da; es war nicht nötig. Das eigene Tempo hatte den Zwerg über das Gleis fliegen lassen, und Poch sah und hörte, wie sein Kopf auf den massiven Stahl einer rostigen Schiene schlug. Er bewegte sich nicht mehr. Reglos lag er da, der Kopf aufgeplatzt wie eine verfaulte Rübe.

Dann wurde Poch gewahr, wie Drillichs zweiter Gefährte langsam auf die Füße kam, und er drehte sich um und erwartete den nächsten Angreifer. Doch der Zwerg machte keine Anstalten, heranzukommen – er zögerte, starrte töricht an Poch vorbei, und dann schrie er und rannte zu den Zügen, zu seinen Freunden, um Hilfe rufend. Poch schaute dorthin, wohin der Zwerg den Blick gerichtet hatte, doch er begriff nicht, was er sah. Drillich lag über Napoleon, doch weder Zwerg noch Borrible bewegten sich.

Nun brach Chaline aus ihrer Deckung hervor und sprang über die Schienen zu Napoleon, ihr Haar flatternd, die Beine im Sprung gestreckt, eine Schleuder in der Hand, das Gesicht heroisch. Poch vergaß nie, wie sie in diesem Augenblick aussah, und dieses Bild des Mädchens blieb für den Rest seines Lebens unverändert in seinem Gedächtnis, wie eine wunderbare Statue des Kriegs und der Rache.

Doch es kam jetzt nicht auf seine späteren Erinnerungen an. Chaline war bei Napoleon angelangt; sie ergriff Drillichs Schultern und zerrte ihn grob, brutal weg von dem Wendel. Drillich rollte auf den Rücken, sein rechter Arm sackte schlaff auf die Schienen, und sein eigenes Messer ragte ihm aus der Brust. Seine grüne Jacke war mit hellem Blut befleckt, seine leblosen Augen starrten in die leere Wölbung des Untergrundbahntunnels. Er war tot wie ein Sargdeckel.

Chaline kniete neben Napoleon, und Poch hielt Wache. Kein Laut drang aus dem Swiss-Cottage-Tunnel, die Polizisten warteten immer noch ab – doch drüben auf den Dächern der beiden Züge konnte Poch kämpfende Gestalten sich bewegen sehen, und aus dem Zwischenraum zwischen den Wagenreihen kamen Rufe und das Geräusch von laufenden Füßen auf dem Schotter.

Chaline sagte: »Er ist sehr schwer verwundet. Es fließt viel Blut aus seiner Brust. Entsetzlich. Er braucht einen Arzt.«

»Zwei Messerstiche«, sagte Poch. Er sah sich wachsam um; hier im Freien waren sie leicht anzugreifen. Der geflohene Zwerg würde bald mit Verstärkung zurückkehren.

Chaline schüttelte den Kopf. »Nein«, sagte sie, »nur einer. Als der andere auf dich los ist, hab ich geschossen und Drillich am Hinterkopf erwischt, ehe er Napoleon noch einen Stich versetzen konnte. Ich hätte beinahe dich getroffen, du warst im Weg. Deshalb konnte Napoleon ihm das Messer entreißen, nehm ich an.«

Poch biss sich auf die Lippen. »Wir können nicht hierbleiben«, sagte er, »hier draußen im Freien.« Er kniete sich hin und zog Drillich die grüne Jacke vom Körper, um sie – mitsamt den Blutflecken – anzuziehen. Eine Idee begann sich ganz von ferne in seinem Kopf zu formen.

»Wir müssen Nap zurück zum Stellwerk tragen«, sagte Chaline. »Da ist ein Tisch, wo wir ihn hinlegen können. Nimm seine Beine.«

Poch gehorchte, und die beiden Borribles hoben, so vorsichtig sie konnten, den verwundeten, bewusstlosen Wendel gemeinsam hoch. Sie schritten mit Sorgfalt über die Schienen und gingen zwischen den Zügen hindurch, immer innehaltend, um sich verstecken zu können, wenn die Kampfgeräusche zu nahe kamen.

Sie hatten Glück und erreichten das Stellwerk ohne Zwischenfall. Und dort, in dieser seltsamen Ziegelbude, eine halbe Meile unter den Straßen von London, ruhte Napoleon von der Schlacht. Das Blut lief ihm aus der Brust.

Chaline beugte sich über ihn und zog die Kleider beiseite, um die Wunde zu betrachten. Napoleons Augenlider zitterten; er schlug die Augen auf. Seine grünliche Haut war bleich. Er schaute hinauf, an Chalines besorgtem Gesicht vorbei, und starrte auf die Reihen von Schaltern und Hebeln und die große Diagrammkarte des Untergrundbahnsystems. Er wirkte erstaunt; dann erinnerte er sich.

»Hab ich ihn erwischt?«, fragte er, und als Chaline nickte, lächelte der Wendel und schloss die Augen wieder. »Gut«, sagte er, »der kleine Stiesel. Was hat der eigentlich gedacht, wer er ist? Hm? Was hat der gedacht, wer er ist?«

Die Vorstellung, dass Napoleon starb, ließ Poch daran verzweifeln, dass jemals das Leben wieder recht sein könnte. Nie hatte er gedacht, es würde ihn etwas so verletzen oder so traurig machen. Es war seltsam, dass ihre Freundschaft – über die sie nie gesprochen hatten – immer stärker geworden war in den langen Monaten, seit sie sich zuerst voll misstrauischer Abneigung getroffen hatten. Nun spürte Poch, dass ein großer Teil seines eigenen Wesens wie ein lebendiger Klumpen Fleisch von ihm gerissen würde, wenn der Wendel starb, und dass er nie mehr derselbe wäre. Er, Poch, würde sich tief in seiner Seele ändern. Napoleon – wie er am Tag, als vor der Rumbeljagd die Namen verteilt wurden, geprahlt hatte – hatte seinen Namen mit Ruhm bedeckt. Es gab keinen Borrible wie ihn. Poch schluckte ein Schluchzen hinunter. Er fühlte Hass und Liebe in seiner Brust aufsteigen, Liebe für den sterbenden Wendel verschlang sich mit Hass auf die Gründe für Tod und Schmerz auf der Welt.

Poch wischte sich die Tränen aus den Augen und sah Chaline an. Sie schüttelte den Kopf; dann küsste sie Napoleon auf den Mund, und als sie ihn küsste, spürte sie, wie seine Lippen kalt wurden, und sie sah sein Leben verblassen wie dünnes Sonnenlicht, das sich hinter einer endlosen grauen Wolkenwand verliert.

Poch ertrug es nicht, zuzusehen, und stolperte aus der Tür; die Tränen liefen ungehindert über sein Gesicht. Napoleon, der Wendel, tot. Wie sollte er damit je leben? Napoleon tot, während um Snuffkin immer noch seine Zwerge höhnten und lachten. Napoleon tot, der den Tod Scooters gerächt hatte, des ersten Erwachsenen, der je zum Borrible geworden war. Napoleons Name würde so lange dauern wie die Welt. Poch lächelte grimmig und wischte sich das Gesicht. »Ich schau jetzt besser mal nach ein paar Zwergen«, sagte er laut, doch ehe er sich in Bewegung setzen konnte, kam ein Geräusch von der Ecke des Stellwerks, und Sydney erschien, atemlos vor Erregung.

»Ich hab so einen alten Transformatorenraum gefunden«, sagte das Mädchen aus Neasden, »in die Mauer gegraben, groß genug, dass wir uns verstecken können, Pferd auch. Der ist halb angefangen, und dann haben sie's gelassen. Vielleicht wär das die Lösung, wenn wir uns einmauern könnten.« Sydney war von ihrer Neuigkeit so aufgeregt, dass sie kaum die Worte richtig bilden konnte. Ihre Augen strahlten vor Glück; sie lächelte. Poch sagte ihr nichts von Napoleon – sie würde es früh genug hören, außerdem war er dankbar für die Hoffnung, die sie mitbrachte, dankbar, an etwas anderes denken zu können.

»Gut«, sagte er, »bring das Pferd rein und mach 'ne Portion Zement an … ich hab Maurerkellen liegen sehen … mach zu, rasch. Es ist kein Augenblick zu verlieren.«

Sydney nickte; die in ihr aufsteigende Freude ließ sie mit einem kleinen Gurgeln auflachen. »Gut!«, sagte sie und war fort.

»Also«, sagte Poch, »nun zu den Zwergen.«

Er musste nicht lange suchen. Als er zwischen die Züge zurückrannte, sah er vier der Feinde in der Ferne. Sie sahen Poch auch, aber wegen seiner grünen Jacke blieben sie stehen und winkten dem Borrible, zu ihnen zu kommen.

Poch lächelte im Lauf. Napoleon töten, ja? Vier gegen einen, was? Das kam gerade richtig … mit weniger hätte er sich nicht zufriedengegeben.

Ein Stein pfiff an seinem Ohr vorbei, wie er dahinrannte, und verfehlte ihn knapp. Er ließ jede Vorsicht außer acht, doch es war ihm gleich. Sein Hirn nahm den Stein nicht mehr als Gefahr wahr, dachte nicht, dass Steine töten können. Wieder einer, der über ihm von der Zugwand abprallte und als Querschläger dahinsauste, doch ihn konnte nun nichts mehr aufhalten.

Die Zwerge warteten, froh, ihre Kampfstärke vergrößern zu können. Poch rannte schneller und schneller, und das grüßende Lächeln seiner Feinde wurde starr, als sie ihn nicht erkannten, doch zögerten sie noch immer, als Poch mit einem furchtbaren Schrei den Nächsten ansprang und mit seinem Knüppel zuhieb, dass der unglückliche Zwerg besinnungslos fiel.

Poch hielt nicht an. Seine Beschleunigung warf ihn auf den zweiten Zwerg, und wieder stieg ein Schrei auf, ein Schrei, der weit durch die

Tunnel hallte und denen, die ihn hörten, das Blut kalt werden ließ, dass Verzweiflung sie erfüllte und dass sie an die Nähe des Todes erinnert wurden.

Der zweite Zwerg stürzte mit zerschmettertem Kopf. Poch wirbelte herum, um sich den beiden Überlebenden zu stellen, doch die hatten genug von diesem Wahnsinnigen. Sie warfen ihre Waffen weg und rannten davon, während sich Poch schwach gegen ein Rad lehnte und ihnen nachsah. Er fühlte sich plötzlich müde und schwindlig; seine ganze Leidenschaft wich in einem Augenblick von ihm. Er hatte das Kämpfen satt.

Doch was er auch empfinden mochte, der Kampf tobte weiter, und er musste seine Rolle darin spielen. Eine Stimme brach in seine Gedanken und zog ihn in die Wirklichkeit zurück; sie kam vom Dach des Bahnwagens hinter ihm.

»Solltest bisschen besser aufpassen, Poch, wenn du unbedingt mit so 'ner grünen Jacke rumwetzen musst. Ich hab zwei Steine auf dich geschossen, eh' mir klar wurde, dass du kein Zwerg bist. So kann man glatt zu Tode kommen.« Poch schaute auf: Es war Stonkus. Neben ihm stand Torricanyon.

Poch nickte und strich sich mit dem Handrücken über die Stirn. Nun sahen seine beiden Genossen den schrecklichen Kummer in seinem Gesicht, und ihre Mienen wurden selbst angstvoll-besorgt. Sie ließen sich rasch und geschickt zu Boden fallen.

»Was ist?«, fragte Torricanyon. »Du siehst furchtbar aus.«

Poch schüttelte den Kopf. Er brachte es nicht über sich, jetzt von Napoleons Tod zu erzählen. Er wusste, davon zu sprechen wäre, als ließe er es noch einmal geschehen. »Ist nichts«, sagte er, das Gesicht starr vor Elend. »Hört mal, nehmt den beiden Zwergen da mal die grünen Jacken ab. Ich glaub, ich hab eine Idee, aber ganz klar ist mir's noch nicht.«

Stonkus kniete sich hin und tat, wie Poch gesagt hatte. Er stand auf und reichte Poch die Jacken. »Wo sind die anderen?«, fragte er. »Alles in Ordnung?«

»Ich weiß nicht«, sagte Poch, »aber wir müssen sie zusammenholen. Ich will alle versammeln, ehe die Bullen einmarschieren. Mein Plan könnte gerade noch hinhauen.«

»Dann suchen wir sie besser«, sagte Stonkus. »Sie können nicht weit sein, nicht hier drunten.«

Stonkus hatte recht. In ebendiesem Augenblick stand Vulgo vorne an den Zügen und schoss mit seiner Schleuder auf eine Gruppe von vier Zwergen, die auf Drillichs Leichnam hinabsahen. Sie waren zornig und hatten Angst – da lag die Leiche ihres Anführers, die Augen weiß und leblos, das Blut nässte durch das Hemd.

»Fangt diesen Mörder!«, schrien sie, und alle vier, die nur einen mageren Borrible vor sich sahen, rannten mit geschwungenen Knüppeln auf Vulgo zu.

Das war genau, was er wollte. Als die Zwerge nahe genug waren, drehte er sich um und rannte davon, an den Wagen entlang, die Verfolger, die rasch aufholten, dicht hinter sich.

Vulgo hinkte dahin, so rasch er konnte, aber er hatte nicht die Absicht, weit zu laufen. Er war nur ein Köder und lockte den Feind genau dahin, wo Bingo, Orococco und Zwielicht im Schatten unter dem Zug kauerten.

Als die Zwerge an ihrem Versteck vorbeirannten, zogen die drei Borribles an einem Seil, dessen anderes Ende an einem Signalkasten in der Tunnelwand festgemacht war. Das Seil war mit Staub und Schottersteinen bedeckt, und die beiden ersten Zwerge, die, so schnell sie konnten, hinter Vulgo herrannten, konnten es unmöglich sehen. Es schnappte straff gespannt nach oben, und die beiden stürzten und verletzten sich schwer beim Aufprall auf den steinigen Boden. Das nächste Paar konnte gerade noch rechtzeitig innehalten und sehen, was geschah, dann flohen sie mit erschrecktem Geschrei und überließen ihre Gefährten ihrem Schicksal.

Als der Feind aufgehalten war, drehte sich Vulgo auf dem Absatz um und rannte denselben Weg zurück. Er stürzte sich auf den nächsten der Zwerge, hob einen Knüppel vom Boden auf und fing an, ihn damit auf den Kopf zu schlagen. Bingo, Orococco und Zwielicht krochen ins Freie und erledigten den anderen Zwerg. Es wurden keine Gefangenen gemacht.

Die beiden Überlebenden ließen keine Lust erkennen, sich noch am Kampf zu beteiligen, sondern setzten ihre Flucht fort. Sie wären wahrscheinlich in einem Zug den ganzen Weg zum Bahnhof zurückgerannt, wenn nicht in diesem Augenblick Poch, Stonkus und Torricanyon direkt vor ihnen aufgetaucht wären und ihren Rückweg abgeschnitten hätten.

Mit einem erneuten Schreckensschrei schlitterten die Zwerge zum

Halt, und als sie über sich eine offene Tür sahen, kletterten sie an der Seite des Zuges hinauf und verschwanden. Orococco und Zwielicht folgten ihnen.

Die Zwerge hatten in der Kabine des Fahrers Zuflucht gesucht, in der sehr wenig Platz war. Sie versuchten fieberhaft, die Tür auf der anderen Seite des Wagens zu öffnen, um nach draußen zu fliehen, doch in ihrer erregten Angst konnten sie die eingerostete Klinke nicht bewegen. Sie mussten sich stellen und kämpfen.

Die Vorteile lagen eigentlich alle auf ihrer Seite. Sie waren kräftiger als die beiden Borribles, von denen ihnen der Angriff drohte, und sie hatten im Gegensatz zu Zwielicht und Orococco ihre Knüppel. Doch sie hatten keinen Mut mehr zu kämpfen. Sie hatten den toten und blutigen Drillich gesehen, ihren besten Krieger; sie hatten ihre Kameraden in den Staub stürzen sehen. Die Courage hatte sie verlassen. Sie kämpften nur noch aus Schreck und Verzweiflung, wild mit Fuß und Faust und Knüppel um sich stoßend.

Auch Zwielicht und Orococco stießen zu, doch es war kaum Raum genug, einen Schlag zu landen. Ihre Kleider blieben an Schaltern und Hebeln hängen und zerrten die Armaturen hierhin und dorthin. Die Zwerge kletterten hastig auf das Schaltpult hinauf; ihre Füße trampelten über die dutzende von bunten Knöpfen. Sie schwangen ihre Knüppel abwärts, zielten auf die Köpfe ihrer Feinde, und die beiden Borribles duckten sich, fluchten, duckten sich wieder.

Endlich umklammerte Zwielicht den Knöchel eines der Zwerge und zerrte daran. Der Zwerg verlor das Gleichgewicht, stürzte rückwärts hin, und sein Knüppel schlug auf den Türgriff, der sich nicht hatte bewegen lassen. Nun flog die Tür seltsamerweise ganz leicht auf, und der Zwerg fiel hinaus, um verblüfft neben den Schienen auf die Füße zu fallen.

Orococcos Gegner zögerte nicht. Sobald er die winzigste Möglichkeit zur Flucht erkannte, ließ er seine Waffe fallen und sprang über die Köpfe der Borribles hinweg ins Freie. Er landete neben seinem Gefährten, und beide rasten in Richtung Swiss Cottage davon und brüllten, so laut sie konnten, nach den anderen Zwergen, dass sie ihnen folgen sollten.

»Auf, hinterher«, sagte Zwielicht kampfeseifrig.

Ehe Orococco antworten konnte, kam von hinten Pochs Stimme. Er stand an den Schienen, nur sein Gesicht war auf einer Höhe mit dem Boden des Führerhauses zu sehen. »Gibt niemand, dem man hinterher müsste«, sagte er, »die Zwerge haben genug, sind alle fort, außerdem glaub ich, dass ich einen Plan gefunden habe. Kommt mal hier runter.«

Die Abenteurer gingen zum Anfang der Züge zurück, wo sie den Tunneleingang beobachten und lauschen konnten, ob die Polizei vorrückte, die bald kommen würde, diese letzte Schlacht zu beenden. Poch schaute seine Freunde an, die sich um ihn drängten. Nicht einer war ohne Wunden, alle hatten Blut an den Händen. Sie waren schmutzbedeckt, und vor Erschöpfung und Mangel an Nahrung waren ihre Gesichter leer von Hoffnung und Energie. Poch wusste, dass sie tapfer waren und weiterkämpfen würden, wenn es keine andere Möglichkeit gab, aber Poch wollte, dass es eine andere Wahl geben sollte, er wollte sichergehen, dass sie davonkamen, und er glaubte, den Weg dazu gefunden zu haben.

Er schaute zu dem Eingang hinüber, der zum Swiss-Cottage-Bahnhof führte. Der eigentliche Kampf hatte noch nicht begonnen. Bald würde die Elite der SBE aus dem Tunnel hervormarschieren, und dann wäre alles vorbei. Poch seufzte. Es gab Zeiten, wo bloße körperliche Tapferkeit töricht war, wo nur die List half. Das sah er nun deutlich ein, und er war gewiss, dass er und seine Gefährten in ihrem Abenteuer an diesem Punkt angelangt waren. Er sehnte sich danach, seine Freunde vor dem ihnen drohenden Schicksal gerettet zu sehen. Er würde dafür alles und jeden opfern, aber er musste zu diesem Zweck alle List und alle Erfahrung zusammennehmen.

Seine Gedanken gingen zurück zu Zoff: Zoff, dem Zorneszahn, und ein halbes Lächeln flatterte über sein Gesicht. Ja, Zoff. Das war das Kaliber von List, das er nun brauchte, und es war, als käme der Geist des verschlagenen Borribles in dieser Stunde der Not, um Poch zu helfen, und eine Idee entfaltete sich in ihm, und seine Stimme sprach mit einer Sicherheit, die einem anderen zu gehören schien.

»Wir können nicht kämpfen und siegen«, begann er, »nicht heute, aber wie schulden es Sam, zu überleben und auch dafür zu sorgen, dass wir weiter und weiter überleben. Das Pferd kann nicht einfach als Katzenfutter verkauft werden, bloß weil Snuffkin sich das so denkt, und um Sam zu retten, müssen wir uns selbst retten. Es gehört beides zusammen. Jetzt hört zu: Sydney hat einen halb zugemauerten Transformatorenraum hinter dem Stellwerk gefunden. Sie hat das Pferd schon reingebracht.«

Poch spähte in den Tunnel, aber es war nichts von der SBE zu sehen oder zu hören. »Ihr müsst jetzt nach da hinten gehen, und zwar sofort.

Sie braucht Hilfe mit dem Zement und so. Ich werde euch einmauern. Ist nämlich wichtig, dass ich zusehe, dass der Mörtel auch alt wirkt, sonst findet man euch alle. Muss von außen Staub drüber.«

»Jetzt Moment mal«, sagte Bingo. »Wir sind drin, und du bist draußen. Das ist nicht recht. Snuffkin schnappt dich.«

»Nein, tut er nicht«, sagte Poch, »er schnappt mich nicht. Es ist einfacher für einen, sich zu verstecken, als für uns alle und dann noch ein Pferd.« Er schaute wieder in den Tunnel. Immer noch nichts. Er holte tief Atem. Nun war der Moment da. Er fühlte, wie ihm das Herz brach. »Napoleon ist tot.« Er stieß es hervor. »Drillich hat ihn getötet.«

Bingos Gesicht wurde innerhalb einer Sekunde blutleer. Seine Augen zogen sich zu kleinen Kristallen von Schmerz zusammen, sein Mund klaffte entsetzt. Er machte einen Schritt zu Poch hin und packte ihn mit beiden Händen am Hals, schüttelte ihn. »Du lügst«, schrie er, »du lügst! Niemand schafft Napoleon. Ich liebe ihn.«

Stonkus legte seine starken Arme vorsichtig um Bingo und zog ihn weg von Poch. Orococco vergrub das Gesicht in den Händen, und Zwielicht wandte sich ab und starrte in den Tunnel, um seine Tränen vor den Augen zu verbergen, die ebenso weinten wie seine. Vulgos zusammengepresste Lippen krümmten sich hasserfüllt nach unten; er schüttelte ungläubig den Kopf. Torricanyon weinte und verfluchte die Welt.

Bingo zitterte haltlos und legte den Kopf auf Stonkus' Schulter. Von allen Abenteurern war er Napoleon am nächsten gewesen, schon seit sie das Boot für die Große Rumbeljagd gestohlen hatten, und später hatten sie Seite an Seite in der Bibliothek im Rumbelreich gekämpft und einander vor dem Feuer gerettet. Und nun war er fort. Sein Wendelspott – fort. Seine Zähigkeit, seine planende List, fort, seine raue Wandsworth-Stimme für immer verstummt. Dass der Tod so nahe kam, ließ es den Abenteurern scheinen, als stürben sie alle zusammen im selben Moment, die Herzen auf diesen einen Kummer gespießt.

Poch war untröstlich. Wie er es vorher gespürt hatte, war es ihm nun, da er seinen Freunden von Napoleons Tod erzählt hatte, als trüge er Schuld daran, als wäre er, der Überbringer der schlechten Nachricht, der Urheber des Unheils. Doch wusste er nun auch, dass er schließlich Napoleon ebenso geliebt hatte wie Bingo, und das war wichtig, weil ganz zu Anfang er und der Wendel einander viel stärker gehasst hatten, als es je zwei Borribles hätten tun sollen. Und er wusste, dass Napoleons Tod zu etwas nutze sein musste, er durfte nicht verschwendet sein. Er musste dazu dienen, die Abenteurer dazu zu überreden, nicht bis zum bitteren Ende zu kämpfen. Sie mussten überzeugt werden, dass sie sich verbergen mussten: Sie mussten Sam retten und weiterleben, um den Kampf vielleicht ein anderes Mal wieder aufzunehmen.

»Was ist mit Drillich?«, sagte Stonkus, die Arme immer noch um Bingo gelegt. »Was ist mit dem? Ich könnte es ihm zeigen.«

»Napoleon hat ihn geschafft«, sagte Poch, »Chaline hat dafür gesorgt, dass er's erfahren hat ... er hat noch gelebt ... sie hat nach ihm geschaut, in der Kabine ... die Wunde war entsetzlich.«

»Dass Drillich hat dran glauben müssen, gleicht es nicht aus mit Napoleon«, sagte Bingo. »Nichts kann es.«

»Vielleicht, wenn Snuffkin dran glaubt«, sagte Vulgo zähneknirschend und schüttelte wieder den Kopf.

»Nein«, sagte Poch. »Und wenn wir alle tot oder gestutzt sind, und Sam kleingehackt, was nützt das dann? Was nützt es Napoleon? Wer wird am Leben sein, um den andern von ihm zu erzählen und davon, was er für ein Borrible war? Wer schreibt es dann alles ins Borriblebuch, hm? Wer widerlegt die Lügen von Snuffkin? Das sagt mir mal! Seht ihr's nicht ein? Er wäre dann wirklich tot, wenn keiner weiß, was er getan hat, und dann ist er umsonst gestorben, und wir sind umsonst gestorben, und genau das ist es, was Snuffkin will.«

Stonkus senkte den Kopf wie ein großer Hund, der vor einer verschlossenen Tür nicht weiterweiß. Bingo schaute auf, sein Gesicht zerknittert und aufgeweicht wie eine alte Papiertüte; er wollte etwas sagen, aber Poch hob die Hand und deutete in den Tunnel. »Wir haben keine Zeit für Streitgespräche«, sagte er. »Ihr müsst mir trauen. Nur dies eine Mal. Ich weiß, ich hab recht ... es hängt so ein Hauch von Zoff ums Ganze. Sydney hat das perfekte Versteck gefunden, ein Geschenk des Zufalls. Sterben bringt's nicht. Die Ohren gestutzt bekommen, bringt's nicht, aber Sam retten und uns selbst, das ist es.«

Es gab keine Auseinandersetzung. Poch schaute in die leeren Gesichter seiner Freunde. Der maßlose Kummer hatte ihnen allen den Atem genommen, und indem er jetzt auf sie eingeredet hatte, hatte er verhindert, dass dieser Kummer sich zu einem noch größeren Zorn wandelte. Er spürte seinen Verstand tanzen, spürte ihn wie einen riesigen elektronischen Chip, ruhelos summend mit der Energie von Abermillionen von Teilchen.

»Orococco«, sagte Poch, und der schwarze Borrible drehte sich um.

Poch hatte ihn noch nie so leblos gesehen. »Ich möchte, dass du mit Torri den Tunnel bewachst, bis die Bullen kommen. Wenn ihr sie seht, schießt einen Haufen Steine ab und schreit. Versucht, sie so lang wie möglich aufzuhalten.«

Torricanyon trat vor, bereit, aufzubrechen.

»Aber lasst sie nicht an euch ran, macht sie nur langsamer. Wir brauchen Zeit, um die Mauer zuzugipsen und so, das ist alles. Sobald sie näher rankommen, haut ab und kommt zu den anderen.«

»Ist gut«, sagte Orococco. »Mal schauen, ob wir ein paar Schädel knacken können. Komm, Torri.«

Die beiden Borribles rannten leichtfüßig über die Schienen und bezogen links und rechts vom Tunneleingang Stellung. Sie zogen ihre Schleudern und warteten.

»Und was ist mit uns?«, fragte Bingo. »Müssen wir jetzt weglaufen und uns verstecken? Du kannst uns nicht sagen, was wir zu tun haben, Poch, auch wenn du dir das gerne einbildest.«

Poch ließ das Kinn auf die Brust sinken und starrte zu Boden. »Ach Bingo! Du kannst in ein paar Monaten auf den Straßen viel mehr tun als hier drunten mit gestutzten Ohren.«

Stonkus zeigte sich, wieder einmal, als unerschütterlich verlässlich. Er schob sich vor Bingo und unterbrach den Streit. »Was willst du haben?«, fragte er. »Ich seh zu, dass es gemacht wird.«

»Gut«, sagte Poch. Er hob den Kopf. »Geh zurück zum Stellwerk und hol Chaline, sie ist schon viel zu lange dort mit Nap. Dann such Sydney. Sie sollte jetzt eigentlich den Zement fertig haben, vielleicht hat sie schon die halbe Mauer hochgezogen. Wenn sie nicht fertig ist, macht ihr's … lasst noch eine Öffnung von einigen Steinen. Das ist es, das wär auch alles … beeilt euch jetzt bloß.«

Stonkus machte eine Befehlsgeste mit dem Daumen, und Zwielicht führte Bingo weg, Vulgo folgte. Sobald die drei außer Hörweite waren, schaute Stonkus Poch mit zusammengekniffenen Augen an. »Ich bin vielleicht 'n bisschen langsam«, sagte er, »aber doof bin ich nicht. Was kommt dann noch?«

Poch schaute ihn fest an. »Ich hab keine Zeit jetzt, Stonkus, aber es klappt, glaub mir. Und sieh zu, dass Chaline mit euch geht. Wenn sie fragt, wo ich bin … sag, ich komm dann zum Schluss, um die Mauer zu schließen. Ich komme, ich versprech's euch. Nun lauf, Stonkus. Lauf.«

Es gefiel Stonkus nicht. Er wollte eigentlich noch einiges geklärt haben, doch er vertraute Poch, deshalb nickte er nur und rannte, so schnell er konnte, hinter den anderen her. Vielleicht war ein andermal Zeit, zu reden, und vielleicht nicht. Jetzt auf keinen Fall.

Sobald er alleine war, begann Poch hastig mit seinen Vorbereitungen. Er kontrollierte die grünen Jacken, die er über dem Arm trug: Es waren zwei. Dann rannte er rasch dorthin, wo die Opfer des Seiltricks lagen. Keiner regte sich, und er beugte sich hinunter und zog die Jacken von den langsam erstarrenden Körpern. Das waren vier. Wieder beugte er sich herab, um die Zwerge davonzuzerren, bis er sie über die große eckige Schiene gezogen hatte, die früher den Strom geführt hatte.

Damit fertig, zog er sich zu einer offenen Wagentür hoch, stieg in den Zug, durchquerte ein Abteil und ließ sich auf der anderen Seite wieder zu Boden fallen. Dort fand er die Leichen der beiden Zwerge, denen er und Chaline ins Genick gesprungen waren, und er zog ihnen die Jacken aus. Das machte sechs.

Doch war noch viel zu tun. Er musste schauen, ob noch mehr Zwerge auf dem Schlachtfeld lagen. Damit sein Plan gelingen konnte, musste die Zahl richtig sein; überzählige würde er begraben müssen.

Rasch, mit einer Geschwindigkeit, die jeden Borrible neidisch gemacht hätte, rannte Poch zwischen den Zügen auf und ab, dann außen an dem einen Zug entlang, dann am anderen. Er schaute unter die Züge, kontrollierte jeden Wagen. Es lagen keine Leichen mehr da. Eine Jacke fehlte.

Die Zeit lief ab. Er rannte wieder zum Kopf der Züge. Orococco und Torricanyon waren auf ihrem Posten, schrien Verwünschungen und schossen ihre Schleudern ab. Hinter ihnen sah Poch noch etwas: Eine lange Reihe Polizisten, drei, vier hintereinander gestaffelt, Schilde bereithaltend, schwarze Helme auf den Köpfen und die Gesichter von silbernen Sichtschirmen verborgen.

»Auf geht's!«, rief Poch. »Ihr macht da jetzt am besten die Fliege!«

Orococco winkte, und nach einer letzten Salve Steine begannen er und Torricanyon, sich zurückzuziehen. Die Polizisten schienen die Änderung kaum zu bemerken und machten sich auf jeden Fall nicht die Mühe, ihre Taktik zu ändern – sie schritten im selben bedächtigen Tempo weiter voran. Sie hatten keine Eile, und sie hatten keine Lust, in irgendeine Falle zu rennen.

Dann sah Poch es: Das, was er vergessen hatte. Drillich lag noch da, wo er gefallen war, über die Stromschiene gestreckt. Poch hatte ihm schon die Jacke abgenommen; er trug sie am Leibe. Das waren sieben. Aber direkt bei Drillich lag die Leiche des Zwergs, den Poch hatte stolpern lassen – der, der sich den Schädel an der Schiene eingeschlagen hatte. Seine Jacke war noch nicht eingezogen worden.

Poch lachte. Er rannte vorwärts und traf bei den Leichen auf Orococco und Torricanyon. Er kniete sich hin und zog das letzte grüne Kleidungsstück fort. Das waren acht – die magische Zahl.

Orococco wies mit dem Daumen über die Schulter. »Häng hier nicht mehr lang rum«, riet er, »da sind höllisch viel Bullen drin, wie bei 'ner königlichen Hochzeit oder so einem Scheiß.«

Poch stand auf und zog die Jacke aus, die er getragen hatte; er gab sie mit den anderen zusammen Torricanyon. »Nimm die mit zum Transformatorenraum und vergrab sie dort tief«, sagte er. »Die darf nie jemand finden. Sag den anderen, ich komm in Kürze. Stonkus weiß, was zu tun ist, jetzt ab dafür, Beine unter'n Arm.«

Poch sah ihnen nach und hatte einen Kloß im Hals. Er würde sie nie wiedersehen. Den Gedanken verdrängte er. Dort durch den Tunnel, nun schon an der großen Kurve vorbei, kamen die Polizisten angerückt. Poch leckte sich über die Lippen und schaute auf Drillichs Leiche hinunter. »Verdammich«, sagte er. »Ohne dich wären wir vielleicht durchgekommen, und Napoleon wär noch am Leben.« Er runzelte die Stirn. »Aber andererseits«, fuhr er fort, »sorgst du mit deinen Leuten vielleicht dafür, dass unser Haufen am Ende doch noch überlebt, Drillich, mein Junge. Jedenfalls liegen acht von euch Zwergen tot, und das muss eine bestimmte Bedeutung haben, denn acht plus ich selbst plus Napoleon macht zehn, und zehn Borribles ist genau das, was Snuffkin zu finden erwartet.«

Und rasch und leicht dahinrennend, getragen von dem Gedanken, dass er, Poch, am Ende siegen würde, glitt der Borrible leise zwischen die Züge und lief davon.

13

Poch beobachtete die Tür des Stellwerks von seinem Standort hinter dem letzten Wagen des zweiten Zuges aus. Er duckte sich plötzlich rasch. War das bloße Einbildung gewesen, oder hatte sich eben jemand durch die Tür gedrückt? Poch nagte an seiner Lippe. Er musste vorsichtig sein. Vielleicht war ein Plattfuß drin, Teil eines Spähtrupps aus der anderen Richtung, vom Marylebone-Tunnel her.

»Verdammt«, sagte Poch. Er hatte sie nicht so früh erwartet. Wenn er nicht hier eindringen konnte, brach sein ganzer Plan zusammen. Poch schlich sich näher, seine Füße glitten lautlos über den Steinstaub. Er ging vorsichtig zum Fenster, doch die Scheiben waren trüb-verschmutzt. Er trat an die Tür und spähte hinein.

Im Licht der Glühbirne sah Poch, dass die Leiche Napoleons immer noch auf dem Tisch lag, die Arme wie ein mittelalterlicher Kriegerkönig über der Brust gekreuzt. Hinter dem Tisch stand eine zweite Gestalt, die Hände zu der großen Schalttafel hochgestreckt: Hauptschalter Licht, Notbeleuchtung, Energie Verbindungstunnel, Notaggregat, Fahrstühle, Energie Hauptstrecke Nord, Energie Hauptstrecke Süd. Poch erkannte die Gestalt sogleich. Es war Chaline.

Poch stöhnte erschrocken auf und wollte eine Warnung rufen, doch seine Kehle war trocken vor Angst. Chalines Hände lagen auf den Hebeln, die, einmal umgelegt, tausende von Volt durch das ganze Stromnetz dieses Streckenabschnitts der Londoner Untergrundbahn schicken würden.

Poch versuchte wieder zu sprechen, doch Chaline ließ ihm keine Zeit. Es gab ein lautes Klacken, als sie den ersten Schalthebel nach unten zog, und der elektrische Strom floss begierig durch das Metall, das nun den Stromkreis schloss. Dann legte Chaline einen weiteren Hebel um, dann noch einen und noch einen, und so die ganze Reihe entlang, große und kleine Schalthebel, alle wurden angeworfen.

Die Lichter im Tunnel draußen und die Glühbirne in der Kontrollkabine wurden ruckartig schwächer, als müsste die Elektrizität tief Atem holen, ehe sie aufzuleben begann. Von den Geleisen draußen kam ein murmelndes Summen, als der neue Strom den kalten Widerstand von Meilen und Meilen Metall beiseite schob, und die schwarzen Kabeltaue, die an der Wölbung der unterirdischen Mauern drapiert hingen, knisterten und schwollen an voll Tod.

Und diese geheimnisvolle Kraft lief überallhin und suchte hier und dort mit einer zauberischen Geschwindigkeit. Es war ein Sturzbach hervorbrechender, glitzernder Kraft, unwiderstehlich, die sich schlangengleich in jeden Winkel und jede Ecke wand. Es gab kein Entkommen. Sie war stark, sie war unsichtbar, und sie war tödlich.

Die Stahlschienen entlang rann sie, in die alten Motoren der beiden abgestellten Züge und in die Körper der besiegten Liliputaner, wo sie das weiche Fleisch aufbrach und von den Knochen hob, welche sie durchglühte, und wo sie das Mark schwarz buk. Die Leiber zuckten und tanzten wild, als wollten sie entkommen, doch das war unmöglich: Die Kraft hielt sie fest.

Poch bewegte sich endlich. »Chaline!«, rief er. »Nicht!«

Chaline fuhr wie ein wildes Tier herum, als sie ihren Namen hörte. Ihr schmutziges Haar fiel ihr ins Gesicht, ihre Augen glänzten mit einem verrückten Leuchten, als hätte die Elektrizität die Schalthebel übersprungen, sich in ihre Hände ergossen und glühe nun in ihrem Hirn. Alle ihre Muskeln waren zum Sprung gespannt. »Poch!«, rief sie. »Ich dachte, du bist tot.«

Der Geruch brennender Leichen kam durch die Tür; Poch würgte es. Er schwankte und streckte eine Hand aus, sich festzuhalten. »Du Närrin«, keuchte er, »du verdirbst alles.«

Chaline achtete nicht darauf, was Poch sagte; sie streckte die Arme vor der Schalttafel aus, als sei sie bereit, sie mit ihrem Leben zu verteidigen. »Stonkus hat mir deine Nachricht gebracht«, sagte sie, »aber je öfter er wiederholt hat, dass du zurückkommst, desto weniger hab ich's geglaubt. Es klang so, als wärst du bereits erledigt ... da hab ich geschworen, dass ich's Snuffkin besorge ... Snuffkin, sagte ich, Snuffkin für Napoleon und Scooter und Poch. Ich hab genug vom Fortrennen, und nirgendwo Ruhe. Ich weiß, es gibt keine Chance, davonzukommen, deshalb bin ich hergekommen, um ein paar Bullen schmoren zu lassen, eh' sie uns die Ohren stutzen ... und wenn es auch schön ist, dass du noch lebst, es kommt im Grund auf dasselbe heraus.«

Poch versuchte zu antworten. Er wollte Chaline sagen, dass es gut war. Er wollte den Strom wieder abschalten. Das musste er; es war nie Teil seines Plans gewesen, irgendwelche Beamte der SBE zu töten. Im Gegenteil, er wollte sie in dem Glauben lassen, dass sie einen leichten Sieg errungen hatten, dann würden sie nicht auf den Gedanken kommen, das Schlachtfeld allzu genau zu untersuchen und das letzte Versteck der Abenteurer finden. All dies wollte er eigentlich sagen, aber die einzigen Worte, die aus seinem Mund kamen, waren: »Der Strom – der Strom.«

Er hob eine Hand und stolperte weiter in die Kabine hinein. In diesem Augenblick hörte er ein entsetzliches Stöhnen und Klirren. Das Neonlicht flackerte wieder, und man hörte, wie Stahl sich ohrenbetäubend an Stahl rieb. Licht sprang in den Wagen draußen an, und langsam begannen die großen Räder sich zu drehen. Qualm stieg von den Bremsklötzen auf. Einer der Untergrundbahnzüge setzte sich in Bewegung. »Die SBE!«, schrie Chaline. »Sie haben auch den Strom angeschaltet. Sie müssen die Züge rausholen, damit sie hier besser suchen können.«

Diese neue Gefahr brachte Poch zur Besinnung. »Rasch dann«, sagte er. »Wir müssen zu den anderen. Schnell! Und pass vor allem auf die Stromschiene auf.« Und Poch legte einen Arm um Chalines Schultern, und die beiden müden Borribles gingen durch die Tür des Stellwerks und durchquerten die ehemalige Werkstatt, um schließlich hinter einem der hohen Schutthaufen zu verschwinden.

Poch konnte es nicht ahnen – und niemand anders ahnte es –, doch niemand lenkte diesen Zug. Er fuhr sich selbst, bewusstlos und unbesiegbar, die Räder wirbelten die Strecke entlang.

Im Führerhaus, wo Orococco und Zwielicht mit den beiden Zwergen gekämpft hatten, hatten Fäuste und Füße und Knüppel auf die Knöpfe und Schalter geschlagen – Kurzschlüsse waren entstanden, Verbindungen hatten sich hergestellt. Sobald die Elektrizität sich wieder frei fühlte und dahinfloss, drängte sie den alten Zug vorwärts, langsam zuerst, dann schneller und immer schneller, und wie die Metallbremsen sich langsam lockerten, so nahm die lange Wagenreihe ständig Geschwindigkeit auf.

Inspektor Snuffkin, Sergeant Hanks und Konstabler Blume standen auf dem Bahnsteig in Swiss Cottage und lauschten den Rufen und Schmähungen von Orococco und Torricanyon, die aus dem Tunnel hervorbliesen.

»Ich sage Ihnen, Hanks«, sagte Snuffkin, »das ist der Mut der Verzweiflung. Es können nach dem Kampf mit den Zwergen nicht mehr viel am Leben sein. Übrigens, Blume, haben Sie die Zwerge ausgezahlt, und sind wir sie jetzt los?«

»O ja, Sir, und eine hübsche Summe wurde denen ausgehändigt.«

»Und haben Sie genau kontrolliert, dass keine Borribles darunter waren?«

»Natürlich, Sir. Ganz genau.«

»Gut«, sagte der Inspektor. »Ich bin froh, dass wir sie endlich aus dem Weg haben. Haben mich sehr nervös gemacht. Es hätte das Ende meiner Karriere bedeutet, wenn der SPP dahintergekommen wäre, dass wir bei diesen Scharmützeln Hilfstruppen einsetzen. Hört ihr das, Hanks, Blume? Es darf diese geheime und vertrauliche Information auf keinen Fall den höheren Instanzen zu Ohren kommen. Dieser delikate Tatbestand würde sie nur reizen und beunruhigen.«

»Nein, Sir«, sagte Blume. »Sie haben's uns gesagt, Sir, und wir haben's nicht vergessen.« Er nahm Haltung an und klemmte sich sein Clipboard fester unter den Arm.

Hanks zuckte zweimal rasch nacheinander mit den Nasenflügeln, als versuche er, etwas Saftiges, Substanzielles zu lockern. »Haben eine Menge gekostet, diese Zwerge«, sagte er. »Ich hätte schwören mögen, dass ein paar sich noch mal hinten angestellt haben und zweimal abkassiert haben. Konnte man ja nicht mehr auseinanderhalten bei all dem Blut und Schmutz und Öl. War schon zu sehen, dass es da heiß hergegangen ist.«

»Waren jeden Penny wert, den wir ihnen ausbezahlt haben, Hanks«, sagte Snuffkin und rieb sich zufrieden die behandschuhten Hände. »Sie haben die Borribles hervorgelockt, die meisten auch getötet, nach dem, was man hört. Jetzt brauchen unsere Männer nur noch durchmarschieren und die Reste einsammeln ... Es wird kein einziger Polizist verletzt werden. Unsere Operation wird ein voller Erfolg. Wundervoll!«

»Es scheint mir«, sagte Blume, nachdem er diskret gehustet hatte, um die Aufmerksamkeit seines Vorgesetzten auf sich zu ziehen, »dass das Geschrei aufgehört hat. Ich würde sagen, unsere Männer haben mittlerweile ihre Aufgabe erfüllt, etwaige Überlebende zu sistieren. Soll ich das ermitteln, Herr Inspektor? Ich könnte eine Anfrage über Funk durchgeben.«

Snuffkin richtete sich zu seiner vollen Größe auf und schaute zu Blume hoch, als sähe er auf ihn hinunter. »Blume«, sagte er und verdrehte seine Arme auf den Rücken, als besäße er entscheidende Informationen, die er sich selbst durch die Folter entlocken müsste, »Blume, Sie haben meinen augenblicklichen Gedanken vollkommen getroffen, gerade als ich ihn äußern wollte. Man hat mich dahingehend informiert, dass sich auf dem Streckenabschnitt, der hinter jenem Tunnel liegt, ein kleiner Abstellbahnhof befindet, wo zwei alte Züge in Reserve bereitgehalten werden. Dahinter, heißt es, schließt der Marylebone-Tunnel an. Wie Sie sich erinnern werden, habe ich Männer postiert, welche diesen möglichen Fluchtweg überwachen, und einige von diesem Kontingent stoßen vor, um sich mit denen zu vereinigen, die von diesem Bahnsteig abmarschiert sind. Unsere Borribles stecken in der Mitte und werden das Opfer einer Zangenbewegung. Der klassische linke Haken, wie Monty zu sagen pflegte, wenn er sich mit dem Wüstenfuchs maß. El Alamein, meine Herren! El Alamein. Hier ist El Alamein.«

Hanks starrte auf das Bahnhofsschild, das in zwei Fuß hohen Lettern »Swiss Cottage« meldete. »Hier steht ›Swiss Cottage‹, Sir«, sagte er.

Snuffkin ignorierte diese Bemerkung und fuhr in seiner Rede fort, wobei er gleichzeitig versuchte, sich einen Halbnelson anzulegen. »Ich wünsche diesen meinen größten Augenblick des Triumphes auf keinen Fall zu versäumen. Ich will diese Kapitulation sehen, sie erleben, sie genießen. Ich will diese Borribles zu meinen Füßen im Staub um Gnade winseln hören. Ich möchte in einem Liegestuhl ruhen und zuschauen, wie der Polizeichirurg die spitzen Enden ihrer Ohren entfernt. Ich will das Rumpeln hören, mit dem die Welt erleichtert in ihre normale Bahn zurückfällt. Mit einem Wort, Hanks, ich beabsichtige, zwischen den Schienen entlangzugehen und persönlich und eigenhändig zu meinen Männern zu gelangen.«

Snuffkin fing an – gesagt, getan –, den Bahnsteig entlangzuschreiten; die Beine zuckten steif und gerade vor ihm her. Hanks rollte neben dem Inspektor voran, den rechten Zeigefinger im rechten Nasenloch und mit einem verträumten Lächeln. Es hatte sich etwas Lohnendes dort oben gefunden. Blume, der immer noch mit hartem Griff sein Clipboard umklammerte, ging respektvoll einen Meter hinter Snuffkin, dessen Haltung er in jeder Einzelheit nachahmte. Er sehnte sich danach, so erfolgreich zu werden wie sein Vorgesetzter.

Am Ende des Bahnsteigs, kurz ehe er sich zu dem in den Tunnel führenden Schotterweg hinabsenkte, fuhr Snuffkin auf dem Absatz herum und wechselte abrupt die Richtung wie ein Boxauto. Sein Mantel bauschte sich flatternd wie das Cape eines Stierkämpfers und enthüllte seine liebevoll gebürsteten Stiefel, die wie frisch lackiert glänzten.

»Konstabler Blume«, sagte er, »als ich soeben nach droben telefoniert habe, habe ich Instruktionen hinterlassen, dass der SPP endlich von unserem Erfolg in Kenntnis gesetzt werden soll. Ich erwarte seine Ankunft in der nächsten halben Stunde! Ich möchte, Blume, dass Sie ihn hier auf dem Bahnsteig begrüßen, wenn er eintrifft. Sie werden ihn über unseren vollständigen Sieg informieren, und wenn ich noch nicht zurück sein sollte und er tatsächlich Lust dazu hat, dürfen Sie ihn an die Front bringen, wo er die Kapitulation der Borribles verfolgen kann und die Kulmination und Erfüllung des magnum octopus von Inspektor Francis Snuffkin.«

»Francis«, sagte Hanks. Er zog einen grünen Popel aus der Nase und betrachtete ihn nachdenklich. »Wusste nie, dass er Francis heißt«, und enttäuscht von der Ernte an seinem Finger schob er das Produkt wieder an seinen Ort zurück, damit es größer und farbiger werden sollte. In demselben Moment machte Snuffkin schnell auf einem Fuß rechtsum kehrt, wie ein aufgezogener Blechsoldat, und schaute nun in die andere Richtung. »Kommen Sie, Hanks!«, sagte er.

Hanks watschelte hinüber, um sich zu seinem Meister zu gesellen, und zusammen stiegen die beiden Männer den kleinen Abhang hinunter, der sie auf Gleishöhe brachte. Nur ein Schienenstrang lief in den Verbindungstunnel, und so gingen der Inspektor und der Sergeant Seite an Seite zwischen den Schienen dahin. Die Wände traten hier eng zusammen und wölbten sich schon bald zu einer relativ niedrigen Decke. Jedes Wort rief ein hallendes Echo hervor, jeder Schritt klang wie zehn, und trotz des Neonlichts hatte der Ort etwas Spukhaftes. Die glasierten Ziegelsteine des Tunnels glitzerten wie von klammem, giftigem Schweiß.

Diese bange Atmosphäre förderte die Unterhaltung nicht, und die beiden Männer schritten eine Zeitlang schweigend aus, doch nach etwa einer Viertelmeile begann Snuffkin zu reden. »Sagen Sie, Hanks«, meinte er, »wie viel beträgt die Distanz zwischen den Punkten A und B in unserem Falle, und wie lange dehnt sich diese Kurve? Ich kann hinter uns Swiss Cottage nicht mehr sehn und vor uns nicht unseren Bestimmungspunkt.«

Hanks war wegen der seinem Körper ganz ungewohnten Bewegung fast ohne Atem – er war noch nie zuvor in seinem Leben eine Viertelmeile zu Fuß gegangen, trotzdem gelang es ihm, Snuffkin zuliebe eine

Antwort hervorzukeuchen: »Ich glaube ... uhhh ... etwa eine halbe Meile ... uuhhh, Sir, aber ... uhh ... ich bin nicht sicher ... aber ich könnte auf jeden Fall jetzt eine schöne Tasse Tee und ein Schinkensandwich niedermachen.«

»Ssst!«, befahl Snuffkin und hob die Hand. »Ich höre etwas Ungewöhnliches, das von Punkt B herdringt. Lauschen Sie und atmen Sie leiser, Hanks.«

Snuffkin und Hanks horchten, und wie das Geräusch ihres Atmens sich minderte und das Echo ihrer Schritte verhallte, spannte sich das stromführende Schienenteil zu ihrer Rechten und spie orangefarbene Funken, und die Lichter des Tunnels schwanden und wurden wieder stärker und verblassten wieder. Aus weiter Ferne kamen Rufe: Die schwachen Rufe von SBE-Beamten, die um Hilfe schrien. Doch hinter diesen verzweifelten Schreien kam ein anderes Geräusch, schlimmer und bedrohlicher. Es war das langsam grollende Vorwärtsrollen von Stahlrädern, das Dröhnen eines ganzen sich in Bewegung setzenden Zuges. Unter ihren Füßen spürten die beiden Polizisten die Schwellen erbeben, und die Schienen wanden sich, als die tonnen- und abertonnenschweren Vehikel in der Ferne anfuhren.

Hanks sah nervös über die Schulter. Snuffkin machte einen scharfen Schritt vorwärts, überlegte es sich und tat einen noch schärferen zurück.

»Es scheint sich da ein Zug zu bewegen, Hanks«, sagte der Inspektor, dessen Stimme noch knapper und präziser artikulierte als gewöhnlich, um die in ihm aufsteigende Besorgnis zu verbergen. »Das ist ungehörig, Hanks. Ich versichere Ihnen, dass ich strikte Anweisung gegeben habe, dass keine Züge sich von A nach B, oder auch nur von C nach D bewegen sollen, bis ich den Befehl selbst und persönlich aufhebe.«

»Jawohl, Sir!«, sagte Hanks. »Aber was machen wir nun, Sir?«

»Gute Frage, Hanks. Wir müssen ein Ausweichmanöver einleiten. Unverzüglich – ich will hier nicht als Chateaubriand enden.«

»Ich ebenso wenig, Sir«, sagte Hanks, dem der Schweiß aus den Achselhöhlen zu rinnen begann. »Was immer das ist.« Der Sergeant stolperte, als er sich umdrehte. »O Gott«, rief er. »Schütz uns der Himmel.«

»Zurück zu Punkt A!«, sagte Snuffkin. »Dieser Zug hört sich so an, als bewege er sich vergleichsweise langsam, insofern werden wir uns schnell bewegen. Mit anderen Worten, Hanks, laufen Sie um Ihr Leben.«

Die Männer rannten los; ihre Füße knirschten auf dem lockeren Schotter zwischen den Schwellen. Snuffkin rannte mit eiserner Entschlossenheit, einer Entschlossenheit, die alles andere ausschloss und kein Hindernis duldete. Hanks andererseits, bereits außer Atem, rannte voll Verzweiflung, als sei über sein Schicksal schon am Morgen seiner Geburt entschieden worden. Sein Atem durchriss ihn stechend. Er fühlte, wie eine stumpfe Säge ihm die Lungen zerfetzte. Sein massiver Bauch schwappte so wild von einer Seite auf die andere, dass er Hanks jeden Augenblick aus dem Gleichgewicht zu zerren drohte. Seine Knie verloren ihre Spannkraft, und Ermüdung überkam ihn; sein Kopf rollte lose hin und her in seiner Panik, und die Kontrolle über seine Eingeweide versagte. Er spürte, wie sich etwas Hässlich-Feuchtes in seiner Hose formte, doch das Allerschlimmste war: Snuffkin ließ ihn zurück. Schon lagen zwanzig Meter zwischen den beiden Läufern.

»O Herr Inspektor!«, rief Hanks und reckte einen Arm nach vorn. »Warten Sie auf mich!«

Snuffkin hielt an und drehte sich um. Er stemmte die Hände in die Hüften und musterte Hanks verächtlich, als er hinter seinem Bauch angekeucht kam.

»Ich warte dann auf dem Bahnsteig auf Sie, Hanks«, rief der Inspektor, und er wandte sich um, um seinen Sprint fortzusetzen, doch in diesem Moment drang der fahrerlose Zug in das andere Ende des Tunnels ein, und sein undeutliches Grummeln wurde zu einem mächtigen Brüllen, als alle die einzelnen Geräusche zu einem Röhren zusammengequetscht und vor dem ersten Wagen einhergefegt wurden wie ein riesiger Haufen Backsteinschutt und klirrende Metallstangen.

Die beiden Hälften von Snuffkins Schnurrbart zuckten wie Radioantennen vor. Die aufgefangene Nachricht war nicht gut: Der Zug wurde schneller.

Hanks winselte auf wie ein Schlossgespenst, und seine Angst verlieh ihm eine Energie, die all die Güterwagen voll Fressalien in seinem bisherigen Leben ihm nicht hatten geben können. Sein Leib wurde leicht und straff, seine Muskeln spannten sich zu Stahlfedern, und ehe Snuffkin noch seiner Gefahr innewerden konnte, geschweige denn seine Flucht fortsetzen, war Hanks über ihm und hatte den rechten Arm des Inspektors mit beiden Händen umklammert.

Snuffkin, der es stets hasste, berührt zu werden, noch dazu von etwas so Großem und Abstoßendem wie Hanks, versuchte sich loszumachen, mit aller Kraft zerrend und mit beiden Stiefeln sich gegen die Schwellen stemmend.

»Hanks!«, kreischte er. »Lassen Sie los! Hören Sie mich? Das ist ein Befehl. Unterlassen Sie diese Pflichtvergessenheit! Ich bring Sie vors Kriegsgericht.«

Hanks achtete nicht auf seine Worte. Er hörte nichts mehr; sein Griff war für die Ewigkeit. Sein ganzes Hirn füllte nun das Geräusch des nahenden Zuges. Dieser eine Ausbruch von Kraft hatte ihn erledigt, er konnte nicht mehr weiter, doch allein dableiben würde er nicht. Er hing an Snuffkins Arm wie am Leben selbst.

»Verlassen Sie mich nicht, Sir«, bat er, »bringen Sie mich nach Hause! Ich will zu meiner Mutter.«

Snuffkin trat wild mit seinen Füßen gegen seinen Sergeanten. Er stieß und zerrte, er argumentierte, lockte und brüllte. Nichts nützte etwas. Hanks hielt fest, und das Geräusch des Zuges rollte durch die Kurve des Tunnels heran und wuchs und wuchs und erfüllte den ganzen Raum von einer Seite zur anderen und vom Boden zur Decke. Snuffkin kreischte nun schrill, um sich über das Gedröhn hinweg Gehör zu verschaffen, doch Hanks hing fest und flehte und bat um Rettung und verhinderte doch die ganze Zeit jene Flucht, die er so innig ersehnte.

Mit einem plötzlichen Ruck schwoll die Woge des Lärms noch höher, und aus der Kurve hervor raste der Zug, hoch, lang, glühend wie ein Drache, der aus seiner Höhle stürmt, Licht und Feuer aus seinem furchtbaren Kopf speiend. Majestätisch kam er heran, die Fenster leuchteten silbern und golden.

Hanks hob wieder seine Stimme und röhrte wie ein Walfisch, und der Schrei war so laut, dass er bis an die Ohren von Konstabler Blume auf dem Bahnsteig von Swiss Cottage drang und ihm das Wasser in der Blase gerinnen ließ.

»O mein Gott!«, schluchzte Hanks, zu spät zur Besinnung gekommen, »wir müssen fort.«

»Sie Kretin!«, schrie Snuffkin, der seinen Sergeanten liebend gerne getötet hätte, wäre eine Waffe zur Hand gewesen. »Runter vom Gleis, suchen Sie eine Nische! Unsere einzige Chance!«

Mit diesem Ratschlag versuchte Snuffkin auch gleich zu handeln und wollte Hanks auf seine Seite des Tunnels herüberziehen. Hanks, dessen Gehirn nun wie ein Klumpen Rührei arbeitete, glaubte, seine Seite sei näher, und mit neuer Energie riss er Snuffkin von den Füßen und zog ihn rücklings über die Schienen.

Snuffkin geriet in Panik. Er wusste, dass Hanks sich in die Richtung der Stromschiene bewegte. Hanks nahm nur noch die Regungen eines tierischen Überlebensinstinkts wahr. »Hanks! Nein!«, brüllte Snuffkin.

Es war zu spät. Hanks warf sich dem heranrasenden Monstrum aus dem Weg, wobei er immer noch Snuffkins beinahe brechenden Arm hielt. Er stolperte, von den hellen Lichtern, die auf ihn eindrangen, geblendet und verwirrt. Er sah die Stromschiene und erkannte, was das war – er sprang hinüber, landete sicher auf der anderen Seite und stieß einen Triumphschrei aus, der in seiner Kehle stecken blieb. Snuffkin wimmerte und wusste um sein Ende. Er versuchte, seinen Körper wegzukrümmen, in die Höhe zu schweben, doch er konnte es nicht. Hanks zog ihn vorwärts, und das Bein des Inspektors streifte die entsetzliche Schiene, und das genügte.

Die Elektrizität liebt den menschlichen Körper. Im Bruchteil einer Sekunde kann sie durch jede Ader und jedes Gewebeteilchen hüpfen, das du besitzt, jedes Haar versengen und die Zehennägel wie Neonreklamen aufleuchten lassen. Elektrizität, die sechzig Tonnen Untergrundbahn bewegt, macht sich einen Spaß aus Beinen und Armen, und an diesem Tag sprang sie freudig vergnügt in den Leib des Inspektors, ohne das Hindernis des Fleisches wahrzunehmen und ohne das kleine Leben zu bemerken, das sie auslöschte. Sie verbrannte sein Blut, briet seine Lunge und versengte sein Herz zu einem Stückchen Koks. Und immer noch voller Eifer lief sie weiter auf der Suche nach neuen Streichen und fand den stolzen kleinen Schnurrbart und grillte ihn zu einem schmutzig knisternden Stückchen Asche, das sich auf Snuffkins schwarz gebrannter Oberlippe kräuselte.

Und in diesem Moment erfasst der Strom Hanks' Hand, die immer noch den Arm seines Vorgesetzten umklammert hielt, und die Elektrizität freute sich und drang in Hanks ein, und wieder sengte und brannte und briet sie, und alle seine Fettschichten zischten und schäumten. Und sechshundert Volt suchten sich die in den dunklen Gängen der Nase des Sergeanten blühenden Popel und kochten sie, bis sie sich wie heiße Speckschwarte wanden und drehten.

Und als dieses Spiel vorbei war, lief der Strom davon und suchte neuen Raum, den es mit Kraft zu füllen galt, und ließ eine merkwürdige rauchende Skulptur zurück – Snuffkin und Hanks, trockene Hülsen, aneinandergeschweißt. Doch der große Zug kam und warf die Skulptur um und zerbrach sie. Snuffkin und Hanks waren tot – nur noch warme, schwarze Asche, die sich mit altem, mürbem Staub vermischte.

Auf dem Bahnsteig Swiss Cottage hörte der wartende Beamte Blume das ferne Grollen eines fahrenden Zuges. Er hörte auch mehrere schrille Schreie und entsetztes Kreischen. Er umklammerte seine Hände hinter dem Rücken, seinen Inspektor imitierend, und schaute zu der Gruppe von SBE-Beamten nahebei hinüber. Blume zögerte und fragte sich, was wohl zu tun wäre. Offensichtlich war da etwas nicht in Ordnung, durchaus nicht in Ordnung. Ein großer Lärm hallte aus dem Tunnel und verstärkte sich von einer Sekunde zur anderen.

Blume begann, den Bahnsteig hinauf zum Tunneleingang zu gehen, wo Snuffkin und Hanks verschwunden waren. Vielleicht sollte er ihnen doch zu Hilfe kommen, trotz seiner Anweisung, auf den SPP zu warten. Blumes Stirn überzog sich mit angestrengten Sorgenfalten, doch er hätte sich die Abwägung ersparen können. Eine Entscheidung wurde für ihn getroffen.

Ein enormes Brüllen donnerte heran, und inmitten einer Lichtwolke brach der fahrerlose Zug mit Höchstgeschwindigkeit ins Freie, von einer Seite verrückt auf die andere schwankend. Polizist Blume stolperte verblüfft zurück und verhedderte seine Füße, sodass er rückwärts fiel und schwer auf dem Beton des Bahnsteigs aufschlug, wo er sich die Ellenbogen prellte. Er blieb hilflos liegen, wo er lag, und sah zu, wie der Zug an ihm vorbeiraste.

Nun der Enge des schmalen Tunnels entronnen, fing der Zug zu taumeln und nach den Seiten zu sacken an. Die Wagen krachten gegeneinander und wurden von hinten knallend vorwärtsgestoßen, dröhnten gegen die Kachelwand und schrammten an der Bahnsteigkante daher.

Nach einigen Sekunden gaben die ersten Wagen unter all den Stößen und dem Druck nach und bäumten sich auf. Sie kratzten an der Decke des U-Bahnhofs entlang und rissen ein langes Stück herab. Weitere Wagen sprangen aus den Schienen und versuchten, links oder rechts auszubrechen, doch sie schlugen nur noch härter gegen die Wand oder kippten auf den Bahnsteig. Ihre Fenster zersprangen zu Myriaden von Splittern, die Türen bogen sich ächzend und sprangen ab. Räder flogen aus ihren Verankerungen und zerrissen die Schienen.

Der Krach war ohrenbetäubend: Ein Bersten und Klirren und Stöhnen zerreißenden Metalls, dass es einem das Trommelfell sprengen wollte. Der Lärm schwoll wie ein Tornado – ein Aufheulen, das nicht enden wollte, das einen zum Wahnsinn treiben konnte, und die Beamten der SBE wandten sich zur Flucht und stießen sich gegenseitig aus dem Weg, um sich nur schnell auf der nächsten Treppe nach oben in Sicherheit zu bringen. Nur nicht zu blutigen Klumpen zerquetscht werden unter dieser splitternd einherrollenden Lawine aus Eisen und Stahl!

Konstabler Blume blieb sitzen, wo er war, und versuchte nicht, auf die Füße zu kommen. Er bedeckte seine Ohren mit den Händen, aber es war nicht vorüber. Die zerbrochenen Wagen knirschten bis ganz ans Ende des Bahnsteigs, und dann, quer gestellt weiterschlitternd, krachten sie gegen die Tunnelöffnung auf der anderen Seite. Eine Explosion von lautem Geräusch, noch gewaltiger und furchterregender als zuvor, erhob sich: Die Wagen schoben sich in rascher Folge auf- und ineinander, sich immer höher häufend, als suchten sie oben einen Ausweg in die Freiheit, um dann nach und nach, als kein Entkommen war, zurückzurutschen und, sich überschlagend, wegzurollen in eine Stille, erschöpft und demoliert, während große rote und gelbe Flammen in hohen Bögen über dichtem schwarzem Rauch flackerten und dem ganzen Bahnhof das Aussehen und den Geruch der Hölle verliehen.

Poch und Chaline hörten auch das Geräusch des Aufpralls, doch für sie war es ein ferner Donner, und sie waren sich nicht sicher, was das sein mochte. Sie standen hinter einem großen Haufen aus alten Ziegelsteinen und anderem Mauerschutt und lauschten, als das rollende Dröhnen erstarb. Chaline starrte niedergeschlagen, lustlos vor sich hin. Sie hatte, seit sie aus dem Stellwerk gekommen waren, kein Wort gesprochen.

»Bald ist die Polizei da«, sagte Poch. »Wir gehen jetzt besser rein zu den anderen, hoffen wir, dass der Plan funktioniert.«

Er ging ein, zwei Schritte weiter. Hier sah es seltsam aus: Er war in einer weiten Höhlung mit einer schrägen Decke, und genau da, wo die Decke schräg auf den Boden traf, sah Poch, was Sydney entdeckt hatte: Eine alte Türöffnung, aus der der hölzerne Rahmen herausgerissen worden war. Auf dem Boden in der Nähe lagen alle möglichen Werkzeuge herum, Abschnitte von grobem Bauholz und Zementsäcke. Einer dieser Säcke war aufgerissen, und ein kleines Häufchen frisch angemachter Gips, eine Maurerkelle mittendrin, schimmerte im Neonlicht.

Als er dicht an die Türöffnung herantrat, konnte Poch sehen, dass sie beinahe bis obenhin zugemauert war, sodass nur noch Raum blieb, dass ein Borrible sich hindurchzwängen konnte. Der neue Mörtel zwischen den Steinen glänzte hell und feucht und ließ genau erkennen, wo der alte Türdurchgang gewesen war. Hier musste man noch etwas unternehmen.

Poch ging zur Mauer und machte mit den Händen den Steigbügel. »Auf geht's, Chal«, sagte er und ließ seine Stimme fröhlich klingen, »geh du vor, ich komm dann.«

Chaline nickte, kam her und stellte ihren rechten Fuß auf Pochs Hand. Er stieß sie nach oben, sie zog sich hoch, und Stonkus erschien in der Öffnung und half ihr, über die Mauer zu verschwinden.

Dann bückte sich Poch und schichtete einige von den übriggebliebenen Backsteinen aufeinander, um dann hinaufzusteigen, sodass er durch das Loch sehen konnte. Stonkus' Gesicht starrte ihn an.

»Kommst jetzt besser rein hier«, sagte Stonkus, »und wir ziehn die Mauer vollends hoch.«

Poch war das Herz schwer. Die Ungeheuerlichkeit seines Vorhabens wurde ihm plötzlich ganz bewusst. Er fühlte sich einsam, ganz einsam. Er senkte die Stimme. »Ich kann nicht reinkommen, Stonkus«, sagte er. »Stell dir bloß mal vor, wie's von hier draußen aussehen würde. Ein Tritt aus den Steinen, wo ich reingeklettert bin, eine Ladung Zement, eine Kelle und frischer Mörtel zwischen den Backsteinen.«

Bingos Gesicht erschien abrupt neben dem von Stonkus. »Ich hab das gehört«, sagte er. »Was hast du vor?«

»Jemand«, erklärte Poch, »muss hier die Beweise verschwinden lassen. Es ist klar, dass die Bullen hier alles auf den Kopf stellen … jemand muss den Mörtel beseitigen, die Mauer von dieser Seite zu Ende bringen, aber vor allem die Fugen schmutzig machen, Staub reinreiben … es ist unsere einzige Chance, sonst finden sie euch, und eure Ohren sind ab, ehe ihr noch Scheiße sagen könnt.«

»Du wirst geschnappt«, sagte Bingo, »es gibt draußen kein Versteck!«

Poch versuchte geringschätzig zu lachen. »Sag das nicht! Ich hab 'ne gute Chance. Ich kann sie von diesem Ort hier weglocken, vielleicht an ihnen vorbeischleichen. Ich bin vor euch in Neasden, pass auf.«

Poch konnte das Gespräch nicht mehr länger ertragen. Er war sich nicht gewiss, wie fest sein Entschluss war. Er liebte seine Freunde wie das Leben selbst und wollte sie nicht verlassen. Er sprang von seinem Backsteinstapel herunter und griff sich die Kelle, kratzte Mörtel auf, nahm einen Stein und stieg wieder hoch. Er strich Mörtel auf die oberste Lage, schön dick, und legte den Stein an seine Stelle. Die Gesichter von Stonkus und Bingo starrten ihn an. Sie sagten nichts, und Poch stieg gleich wieder hinab, mehr Mörtel und einen neuen Stein zu holen. So ging es einige Male, und langsam wurde das Loch oben in der Mauer kleiner, bis

Poch wusste, dass drei, vier weitere Steine die Öffnung endgültig schließen würden.

Er zögerte. Er lauschte, doch aus der Richtung der Gefahr kam nur ein Schweigen. Er wollte gerade Stonkus und Bingo zum Abschied zulächeln, als ihre Gesichter plötzlich schwankten und verschwanden. Sie waren grob von dem, worauf immer sie standen, heruntergestoßen und -gezogen worden. An ihrer Stelle stand Chaline; ihre blauen Augen waren stumpf, ihre Wangen noch mit Napoleons Blut beschmiert.

»Poch!«, sagte sie. »Was glaubst du eigentlich, was du da abziehst, spiel hier verdammt noch mal nicht den Helden.« Sie fing an, gegen die Steine zu drücken, die Poch gerade vermauert hatte. »Komm hier rein zu uns, du Idiot. Schnell.«

Poch schlug mit der Kelle zu, und Chalines Knöchel sprangen auf. »Haltet sie!«, rief er. »Holt sie weg, oder sie schmeißt die Mauer ein.«

Chaline wurde von der Öffnung fortgezerrt. Man hörte Stimmen, dann erschien sie wieder. »Schon gut«, sagte sie, nach hinten gewandt, »ich will nur reden. Lasst mich.«

Poch sprang wieder zu Boden, holte sich die Steine, die heruntergefallen waren und schob sie an ihren Platz zurück. Er brachte noch einen an seine Stelle. Noch drei, dann war die Mauer fertig.

Chalines Stimme war tonlos, als ob sie bis ans Ende des Lebens gereist wäre, um nichts dort zu finden. »Warum, Poch«, fragte sie, »warum musst du draußen bleiben und dich fangen lassen?«

Poch klatschte Mörtel auf einen Stein. »Weil's nur so geht, Chaline. Das ist ein gutes Versteck, aber es ist kein Streichholz wert, wenn man's nicht von draußen tarnt.« Poch setzte den Stein ein und stieg hinab, um sich Mörtel und noch zwei Steine zu holen: Das war alles. Nun konnte er durch die Öffnung nur noch das halbe Gesicht Chalines sehen. Sie starrte ihn an, und er spürte, dass er es nicht ertrug, sie zu verlassen. Gleichzeitig wusste er, dass alle Abenteurer und das Pferd verloren waren, wenn er es nicht tat. Er breitete die letzte Kelle voll Mörtel aus und schaute in das dreckige Gesicht des Mädchens.

»Kommt alles in Ordnung, Chal«, sagte er. »Ich treff euch in Neasden.«

»Lass mich mit dir kommen«, sagte Chaline. Ihr Gesicht wirkte kleiner, beinahe fern, durch das nur noch einen Backstein große Loch. »Wir können beide die Bullen in die Irre führen. Zusammen.«

Pochs Herz dehnte sich und stieß gegen seine Rippen. Nichts wäre ihm lieber gewesen. »Nein, Chaline«, sagte er. »Ich hab jetzt die Mauer hochgezogen, und wir haben keine Zeit, sie runterzuhauen und eine neue zu bauen. Die Bullen sind jetzt jeden Augenblick da. So gibt es eine Chance, dass ihr alle davonkommt. Ich will nicht gefangen werden, gewiss nicht, aber es wär mir noch schlimmer, wenn ihr mit mir gefangen würdet.«

Chaline presste ihr Gesicht eng an das Loch und schaute Poch fest an. »Du bringst hier nicht so einen Trick à la Zoff?«, fragte sie. »Du bist nicht hinter einem dritten Namen her – Poch Brandhand vom Schlachthof?«

Poch schüttelte den Kopf. »Das ist alles vorbei, Chaline. Ich hab drunten in Eisenkopfs Schacht ziemlich viel nachgedacht. Wenn es nicht wegen Snuffkin wäre, immer hinter unserem Pferd her, dann wär ich gar nicht hier.«

»Was ist es dann?«, fragte Chaline hartnäckig. »Ich kenn dich so genau. Du hast etwas vor, und wenn du willst, dass ich hier drinbleibe bei den anderen und nichts unternehme, dann musst du mir's sagen, oder diese Mauer fällt, Stonkus oder nicht, Bullen oder keine.«

Poch lauschte. Kein Geräusch einer Bewegung kam aus den Tunneln. Etwas musste das Vorrücken der Polizei aufgehalten haben. Er sah Chaline wieder an. »Da draußen liegen acht tote Zwerge«, begann er, »und ich hab sie alle so hingeschoben, dass sie die Stromschiene berühren. Als ich zur Kontrollkabine zurückgekommen bin, da wollte ich nur den Saft auf dieser Strecke hier einschalten, wo die Zwerge lagen, nur ein, zwei Sekunden, sie zu Kohle verbrennen. Ich wollte nicht, dass der Strom hier überall angeht und vielleicht die ganze SBE brät. Ich wollte es so haben, dass die Bullen die toten Zwerge nicht von toten Borribles unterscheiden können. Sie werden den armen alten Napoleon erkennen, der da drinnen liegt, und mich, wenn ich mich im Tunnel zeige, und dann, verstehst du, sollen die mich erst mal erwischen. Acht und Nap und ich sind zehn. Das ist die Anzahl, die Snuffkin zu finden erwartet. Ich hoffe, er denkt, er hat uns alle geschafft, und wenn sie sich dann mal umgesehen haben, verschwinden sie. Ihr müsst da drin zwei oder vielleicht drei Tage warten, ihr werdet Hunger kriegen, aber am Leben sein. Wenn ihr glaubt, es ist sicher, dann brecht die Mauer nieder und kommt raus. Nur ein paar Stunden Marsch durch den Tunnel, und ihr seid in Neasden, und alles ist vorüber. Bleibt eine Weile untergetaucht, und dann könnt ihr alle nach Hause.«

»Wenn du dir so sicher bist, dass du Snuffkin in den Tunneln entwischen kannst«, sagte Chaline, »dann könntest du doch selber zurückkommen und uns sagen, wann wir wieder rauskommen können.« Die Hälfte ihres Gesichts, die Poch sehen konnte, trug eine ironische Miene.

»Ja«, sagte Poch, »klar. Das ist es.«

»Du lügst«, sagte Chaline. »Ich weiß, dass du lügst.«

»Als Adolf im Rumbelreich verbrannt ist«, sagte Poch leise, »wusste ich, es ist meine Schuld. Es hätte nie geschehen dürfen, aber in jenen Tagen konnte ich bloß an den Schatz denken und an einen zweiten Namen. Mit Adolf verglichen, war ich nicht mal ein richtiger Borrible. Du erinnerst dich, Adolf hat Vulgo rausgetragen, und weil das noch nicht genug war, ist er umgekommen, als er mich gerettet hat. Und Napoleon, denk mal dran, hat sich gegen Eisenkopf stellen müssen, gegen seinen eigenen Stamm, damit er uns retten konnte.«

Die Verzweiflung wich aus Chalines Augen, doch Tränen begannen in ihnen zu schimmern. »Und du bist mit den anderen in dem Wandletunnel geblieben«, sagte sie, »damit wir mit dem Boot entkommen konnten.«

Poch schüttelte den Kopf. »Das war wegen des Rumbelschatzes und für den Namen«, sagte er, »ich wollte bloß gewinnen. Ich hab es nicht für andere Borribles getan. Sieh doch ein, ich muss etwas tun. Es nützt nichts, wenn wir alle zusammen hier drunten gefangen werden, nicht, wenn ich euch davor bewahren kann.«

Chalines Tränen flossen nun. »O Poch«, sagte sie, »ich will nicht, dass sie dich fangen und stutzen. Ich will nicht, dass du alt wirst und stirbst.«

Poch blinzelte und wog den letzten Stein in der Hand. »Ich weiß«, sagte er, »aber du und die anderen, ihr müsst überleben, und das ist die einzige Möglichkeit, die mir einfällt. Sam muss Snuffkin entkommen, und ihr müsst alle in eure eigenen Viertel zurück, damit ihr immer wieder die Geschichte erzählen könnt und die anderen Borribles die Wahrheit erfahren. Denk nur an das, was die SBE in Umlauf setzen wird. Wenn wir nicht erzählen, wie es war, wird's niemand tun. Die Borribles müssen hören, dass sie Borribles bleiben sollen, und vor allem müssen sie das mit Scooter erfahren. Wenn Erwachsene zu Borribles werden können … dann kann alles noch kommen … stell dir das vor! Kannst du glauben, dass Snuffkin das irgendjemand erzählt, selbst wenn er's wüsste? Das würde streng geheim gehalten. Komm, Chaline, du weißt, so ist es richtig, und besser als ich. Wenn es irgendeine Möglichkeit gibt, dass ihr hier lebend rauskommt, dann müsst ihr's tun. Ihr wisst mehr darüber, wie man borriblemäßig lebt, als irgendjemand sonst.«

Chaline senkte den Kopf, und das, was von ihrem Gesicht noch zu sehen war, verschwand im Schatten. »Ach, Poch«, sagte sie. »Ich liebe dich.«

Poch schluckte. »Und ich dich«, sagte er, »und all die anderen. Deshalb tu ich's. Es mag jetzt so aussehen, als ob wir gegen Snuffkin verlieren, aber das stimmt nicht, im Gegenteil.«

»Ich weiß, Poch, aber was machst du, wenn sie dir die Ohren stutzen?«

Poch tat, als lachte er. »Die haben keine Chance, mich zu fangen«, sagte er, »nicht die geringste ... aber wenn, dann glaub ich, ich würde so viel wie möglich von unserer Geschichte aufschreiben, ehe die Erinnerung verblasst, ehe sie mich zum Vergessen zwingen. Das würde den Leuten zeigen, was es heißt, ein Borrible zu sein und wie wir für Sam gekämpft haben und so. Das würde ich machen.«

Es war eine Weile still, als Poch mit seiner Rede zu Ende war, aber Chaline hob rasch wieder ihr nasses Gesicht und sah ihn an; er konnte seine Trauer nicht länger verbergen, und seine Tränen flossen, und er ließ sie fließen.

»Leb wohl, Chaline«, sagte er, »leb wohl, und lass dich nie erwischen.« Seine Stimme brach, und er schluchzte, und mit dem Aufschluchzen schob er den letzten Stein in die Öffnung und schmierte mit dem Daumen den Mörtel ringsherum und sah Chaline nicht mehr. Dann sank er auf die Knie und lehnte die Stirn gegen die Mauer. »Lebt wohl, ihr alten Halunken«, flüsterte er, »leb wohl, Sam. Bleibt Borribles, bleibt Borribles.«

Ein paar lange Minuten blieb Poch, wo er war, und regte sich nicht, obwohl er im Innersten wusste, dass er keine Zeit hatte, sich seiner Traurigkeit zu überlassen. Die Polizei konnte jeden Moment kommen, und er hatte noch viel zu tun.

Mit einem tiefen Seufzen stand er auf und wischte sich mit der Manschette die Augen ab. Als er klarer sehen konnte, nahm er die Kelle und grub ein großes Loch, in das er den Rest des frischen Mörtels hineinkratzte; dann vergrub er die Kelle selbst und füllte das Loch mit Erde und Schutt. Dann hob er Fäuste voll Schmutz und Staub und warf sie gegen die eben errichtete Mauer, dass nach und nach der hellere, feuchte Zement denselben Farbton wie die ihn umgebende Mauer annahm und sich nicht mehr unterscheiden ließ – die Mauer war nur noch irgendein Teil der Backsteinhaut, welche die Untergrundbahn Londons umhüllte.

Poch war noch nicht zufrieden. Er hockte sich nieder und glättete den Boden mit den Fingern und verstreute dann überall Hände voll Staub und Splitt, um die Fußspuren der Abenteurer auszulöschen. Als dies geschehen war, holte er eine alte Bank, eine kaputte Leiter und eine Menge altes Werkzeug und legte und lehnte alles vor die Mauer, sodass es, wie er hoffte, zufällig weggestellt aussah. Endlich trat er zurück und besah sein Werk, und er musste zugeben, dass selbst im grellen Neonlicht die SBE schon sehr viel Glück haben musste, um den Eingang zu dem alten Transformatorenraum zu entdecken. Poch lächelte. Ja, mit ein klein wenig Glück würden die Abenteurer davonkommen.

Ein rauer Schrei in der Ferne brach in seine Gedanken, und mit einem raschen Blick in die Runde rannte Poch zur Kontrollkabine, sprang auf das Gleis und spähte in den Tunnel nach Norden. Nun kamen die Dinge in Gang. Man konnte von weitem die zweite Hälfte von Snuffkins Zangenbewegung sehen – Lampen, blaue Uniformen, Helme und Plastikschilde, in einer Reihe quer über die Schienen langsam vorrückend.

Ohne Zögern sprang Poch vor, dass man ihn sehen konnte, schwenkte die Arme über dem Kopf und schrie, bis er sicher war, dass man ihn bemerkt hatte. Sobald das geschehen war, drehte er sich um und rannte an dem zurückgebliebenen Zug entlang, ohne innezuhalten, bis er den ersten Wagen erreicht hatte. Dort schaute er vorsichtig um die Ecke, um zu sehen, was im Tunnel zum Bahnhof Swiss Cottage geschah.

Was hier vor sich ging, war etwas verwirrend. Am Eingang standen etwa fünfzig Polizisten in kleinen Gruppen beisammen und besprachen sich, ohne vorzurücken oder auch nur das Terrain abzusuchen. Sie wirkten erschrocken und beunruhigt. Ein rauchiger Staub schwebte in der elektrisch aufgeladenen Luft über ihren Köpfen, und in seinem Glanz vibrierte noch die Erschütterung des großen Aufpralls.

Poch uberlegte ratlos. Was war geschehen? Die Polizisten machten einen verschreckten Eindruck, als sei ihnen ein großes Unglück zugestoßen. »Die müssen wir mal an ihre Berufspflichten erinnern«, sagte er sich und sprang wieder hinaus, dass man ihn sah, und schoss eine Salve von Steinen ab; ohne abzuwarten, was dies für Gegenmaßnahmen auslösen würde, schrie er eine Verwünschung und fegte davon.

Seltsamerweise gab es keine Verfolgung. Poch verlangsamte seinen Schritt, trabte eine Weile dahin und ging schließlich bis zum Stellwerk. Er sah durch die Tür: Die Leiche Napoleons lag immer noch allein und mit gekreuzten Armen auf dem Tisch. Poch betrat den Raum, setzte sich auf einen Stuhl und starrte seinen toten Freund an. »Dann bleibe ich bei Napoleon«, sagte er laut, »und lass sie mich hier finden.«

Und wie Poch wartete, kam wieder die furchtbare Einsamkeit über ihn, und er dachte an Chaline und die anderen, die in ihrem Versteck auf ihre Zeit warteten. Er hatte Chaline nicht alles gesagt, längst nicht alles. Sein Plan hatte einen schwachen Punkt, der ihm Kopfschmerzen machte. Snuffkin müsste sich eigentlich Gedanken über die fehlenden Zwerge machen. Ob er sie nicht alle beim Einmarsch in den Tunnel, beim Rückzug gezählt haben würde? Poch hoffte nicht. An jenem Abend, als er, Napoleon, Switch und Treld als Zwerge in den Wohnwagen gekommen waren, schien sich Snuffkin nicht besonders viel um die tatsächliche Anzahl seiner Hilfstruppen zu scheren oder auch nur um ihre Namen. Vielleicht war das immer noch so.

Poch hatte diesen Schwachpunkt absichtlich für sich behalten; er hätte seinen Versuch, Chaline zu überreden, noch schwieriger gemacht, sie hätte sich noch mehr gesträubt, ihn gehen zu lassen. Poch lehnte sich vor und glättete Napoleons Jackenkragen und strich ihn richtig hin. Er wusste, dass sein Plan nicht die geringste Aussicht auf Erfolg hatte, wenn nicht er, Poch, gefangen und erkannt würde und bei dem Verhör dann Snuffkin wissen lassen konnte, dass die anderen Borribles tot waren. Aber er durfte nicht zu übereifrig vorgehen. Im Gegenteil, er würde darauf bestehen, dass die Borribles entkommen waren, und Snuffkin – seiner Natur entsprechend – würde mit Misstrauen reagieren. Dann würde Poch unter den nun folgenden Drohungen zusammenzubrechen beginnen und genau das sagen, was die Polizisten hören wollten, aber er würde es so sagen, als sei es das Letzte, was er sie wissen lassen wollte. Es war die einzige Methode, Snuffkin davon zu überzeugen, dass die SBE gewonnen hatte. Es würde ein schreckliches Opfer sein, das höchste, sich selbst so auszuliefern, und Poch wusste, dass am Ende für ihn der lebende Tod stehen würde – aber es gab sonst nichts, gab keinen Weg.

Er legte den Finger an Napoleons kalte Wange und dachte an die

Vergangenheit – die Große Rumbeljagd, den Wandlefluß und Eisenkopfs tiefen Schacht, an den Kampf des Wendelhäuptlings mit Zoff ... jetzt beide tot ... und Napoleon auch tot. Wer hätte es nach so viel Abenteuern für möglich gehalten, mit all dem Leben, das in ihm steckte? »Verdammte SBE«, sagte Poch, »wenn sie uns nur in Ruh' gelassen hätten.«

Pochs Kopf begann zu nicken. »Ich muss sichergehen«, sagte er, »ich muss sichergehen, dass ich mich an jede Einzelheit dieser Abenteuer erinnere. Ich darf's nie vergessen. Diese Geschichte darf nicht verlorengehen.« Und Poch nahm Napoleons Hand und legte seinen Kopf auf den Arm des Wendels. Er schloss die Augen, nur für eine Sekunde, um sein wehes Herz zu stillen und alles Böse der Welt auszuschließen, doch erschöpft durch den Mangel an Nahrung und durch all die Kämpfe und Rennereien war er gleich tief eingeschlafen.

Er erwachte, als eine grobe Hand ihn brutal an der Schulter schüttelte. Als er erwachte, griff sich eine andere Hand einen großen Büschel seines Haars. Poch wurde vom Stuhl gezerrt, und als seine Augen sich öffneten, sah er, dass die Kontrollkabine gedrängt voll war mit den Männern der SBE, die Schirme auf die Helme hochgeklappt, grinsend ihre großen viereckigen Zähne zeigend und mit siegesstrahlenden Gesichtern.

»Komm schon, du gottverdammter Mörder, her mit dir«, sagte eine Stimme, und Pochs Arme wurden ihm auf den Rücken gezogen, und dann wurden ihm Handschellen angelegt.

»Wie heißt du?«, sagte der zunächststehende Polizist und drehte seine Hand tiefer in Pochs Haar.

»Poch«, sagte Poch, »und hör auf, mich am Haar zu ziehen.«

»Wer zieht dich denn hier am Haar?«, sagte der Polizist und zog noch stärker.

Ein anderer Polizist kam um den Tisch herum und schob die Hand unter Napoleons Kopf, den er in die Höhe hob, um ihn genauer ansehen zu können. »Welcher ist das?«, fragte er. »Gemeine Visage hat der Typ.«

»Das ist Napoleon«, sagte Poch. »Er ist jetzt tot, brauchst keine Angst zu haben.«

Pochs Kopf wurde nach hinten gerissen, und man drängte ihn zur Tür. »Raus hier, Freundchen«, sagte der, der ihn gefangen hatte. »Raus und keine so kesse Lippe, oder ich bring dir persönlich Manieren bei.«

Mit dieser Warnung wurde Poch aus der Tür des Stellwerks gestoßen und draußen von oben bis unten durchsucht. Seine Schleuder und sein Messer wurden gefunden; dann teilte man ihm eine Wache von vier Männern zu, die ihn im Polizeigriff die Schienen entlang Richtung Swiss Cottage führen sollten. Als Poch vorwärtsgedrängt wurde, sah er überall Gruppen von Polizeibeamten, wie sie die Züge durchsuchten und unbekümmert über die Schienen gingen, die nun, nachdem der Strom abgestellt worden war, wieder sicher waren.

Die Hand zog ihn wieder am Haar. »Du sagst uns mal besser, wo deine Kumpel stecken«, sagte der Polizist, der ihn verhaftet hatte.

Poch drehte seinen Kopf herum, so weit es ging. »Weit weg, Plattfuß, weit weg, wo ihr sie niemals findet.«

»He!«, sagte ein anderer von den Polizisten, hielt Poch an und hockte sich vor ihn, dass sein Gesicht auf einer Höhe war mit dem des Borribles. »Das warst nicht vielleicht zufällig du, der den Strom angeschaltet und den Zug in Gang gesetzt hat?«

Poch zögerte und fragte sich, was er hier wohl am besten antworten sollte. Wenn sie ihn fragten, hieß das, dass sie es nicht selbst getan hatten, wie er geglaubt hatte. Er könnte sagen, Napoleon sei verantwortlich gewesen ... aber die SBE-Beamten wollten lieber einen lebendigen Gefangenen als einen toten, wollten jemand, an dem sie ein wenig ihr Mütchen kühlen konnten. Poch sah dem Polizisten in die Augen – er sah rundlich, eigentlich beinahe freundlich aus. Ein kleines Speichelbläschen saß auf seinen Lippen. »Ich war's«, sagte Poch, »ich hab den Strom angeschaltet und hab ihn dann angelassen.«

Der Polizist lächelte wie ein Gehirntumor und stand langsam auf; seine großen Knie knackten. Die anderen drei Beamten kamen näher und bildeten einen Kreis um den kleinen Borrible. Poch schaute hinauf in ihre Gesichter.

»Hoho!«, sagte der, der ihm gerade die Frage gestellt hatte. »Du kommst direkt in den Bau. Dir stutzen sie die Ohren, und dann musst du arbeiten, bis du tot umfällst. Du kommst nie mehr raus!« Und das Lächeln erstarb auf seinen Lippen und wich einem Ausdruck ungeheuren Zorns. »Ich bin froh, dass wir dich lebend gefasst haben«, sagte er. »Du bleibst 'nen Monat in der Luft, mit dir spielen wir Handball. Du hast Inspektor Snuffkin und Sergeant Hanks umgebracht. Sie im Tunnel an einem Stromschlag sterben lassen und dann den Zug drübergefahren. Das ist Mord, Freundchen, Mord! Und dafür zahlst du den Rest deines Lebens.«

Poch starrte reihum in die großen Gesichter über ihm und fragte sich, ob sie die Wahrheit sagten. Angst rührte an sein Herz, das stolpernd einen Schlag ausließ. Jetzt würden sie's ihm besorgen, er würde so lang wie möglich leiden müssen. Aber dann ließ die Angst nach, und er dachte an Chaline, und die Angst wurde zu Stolz. Chaline hatte, ohne dass sie es direkt beabsichtigt hatte, geschafft, was niemand sonst geglückt war. Durch reinen Zufall, verzweifelt und frustriert, hatte sie für alle Borribles überall einen starken Schlag gelandet. Poch lächelte; Chaline hatte immer einer seltsamen Weisheit gehorcht.

Ein harter Streich fegte ihm das Lächeln vom Gesicht und warf ihn zu Boden. »Da lachst du drüber, was?«, sagte einer der Bewacher. »Du herzloses Schwein. Dir vergeht noch das Grinsen, bevor wir mit dir fertig sind. Los, weiter!«

Wieder wurde Poch an den Haaren hochgezerrt und vorangetrieben. Oft stolperte er, und der Hieb schmerzte ihn noch stark, aber sein Herz sang. Wenn die anderen das erfuhren!

Wenn sie das hörten!

Am Ende des Zuges kamen Poch und seine vier Wachen auf die freie Fläche, wo Napoleon mit Drillich gekämpft hatte. Hier standen noch mehr SBE-Beamte und in ihrer Mitte ein hochgewachsener Mann, wunderschön adrett gekleidet und auf einen ordentlich aufgerollten Regenschirm gelehnt. Es war der SPP, und er trug einen breitkrempigen Homburg und einen dunkelblauen Nadelstreifenanzug. Achtlos wie ein Cape um die Schultern geworfen hing ein marineblauer Alpakamantel.

Hinter dem SPP suchten dutzende von Polizisten den Boden ab und schauten in jedes Eckchen und jeden Winkel. Immer mehr trafen jeden Augenblick aus allen Richtungen ein und brachten Nachrichten auf kleinen Zetteln, die der SPP studierte, ehe er sie an einen Konstabler mit einem Clipboard weiterreichte, der in seiner Nähe stand. Poch konnte sehen, dass man am Eingang des nach Süden führenden Tunnels einige verkohlte Leichen zusammengetragen hatte. Das mussten die Zwerge sein.

Es herrschte große Aufregung unter den lebhaft aufeinander einredenden Polizisten, als Poch mit seinen vier Bewachern erschien. Der SPP sah aufmerksam zu, wie sich die Gruppe näherte. Als er die Distanz für gering genug hielt, hob er seinen Regenschirm und zeigte auf den zerzausten und schmutzigen Borrible.

»Was ist das Ding da?«, fragte er, und seine Upper-Class-Stimme quetschte die Vokale flacher als Kopfkissenbezüge in der Mangel.

»Das ist ein Rädelsführer, Sir«, sagte eine von Pochs Wachen. »Poch ist sein Name. Der war von Anfang an dabei. Diese Geschichte in Southfields, Tautröpfchen und Sohn, Mord, Sir. Aus der Präventivhaft in Clapham-Süd entsprungen. Wieder ein Mord am King's Cross. Die Liste ist endlos. Indem wir den hier sichergestellt haben, haben wir die Nabe aus den Speichen rausgeschlagen, Sir. Sozusagen. Er gibt auch zu, dass er den Schalter umgelegt hat, der den Strom ausgelöst hat, mit welchem der Zug gefahren ist ...« – der Polizist senkte respektvoll die Stimme – »der Inspektor Snuffkin und Sergeant Hanks umgebracht hat.«

Der SPP zog eine Augenbraue hoch. »Das war der, was?«, sagte er nasal. »Nun, dann schulden wir ihm einiges und müssen schauen, dass er auch alles bekommt, wie? Und seine kleinen Freunde, wo sind die?«

Konstabler Blume sah auf sein Clipboard und mischte sich in die Unterhaltung. »Nach Inspektor Snuffkins Notizen«, sagte er, »die auf streng geheimen Berichten von gewissen asozialen Elementen beruhen und die er in unserem Borriblecomputer gegeneinander gecheckt hat, Sir, also diesen Informationen zufolge haben wir zehn Borribles verfolgt, Rädelsführer aus vielen Stämmen. Das hier muss Poch aus Battersea sein.«

Der SPP nahm Blume das Clipboard aus der Hand und blätterte flüchtig in den einzelnen Papieren, ehe er es wieder zurückreichte. »Was bedeutet das Wort ›Drillich‹ in diesem Zusammenhang?«, fragte er. »Kommt ständig vor in den Berichten.«

Poch fühlte, wie sich der Polizist neben ihm verkrampfte: Die Finger in seinem Haar spannten sich.

»Ah ja, Drillich, Sir.« Blume blätterte in seinen Berichten herum und tat so, als suche er eifrig nach etwas. »Ah! Jawohl, Sir. Hier haben wir's. Drillich war der Codename für den Computer, Sir. Der hieß Drillich.«

Der SPP nickte und vergaß das Ganze. Er hatte nur irgendeine Antwort haben wollen. Wieder wandte er sich zu Poch und blickte auf ihn hinunter.

»Und wo sind deine Komplizen, guter Mann? Schwere Vergehen, die dir da zur Last gelegt werden. Kein Ausweg, mein Lieber, es gibt da keinen Ausweg. Aber ich könnte mir mildernde Umstände überlegen, wenn du hilfsbereit bist. Die Ohren müssen runter, selbstverständlich, aber es gibt so was wie Anästhesie. Wir könnten die Anklage auf Totschlag anstatt auf Mord lauten lassen, du wärst nur halb so lang drinnen, aber dann musst du jetzt auch alles laut und deutlich verpfeifen, was du weißt. Könntest du das?«

Poch schüttelte den Kopf. »Die anderen sind durchgekommen«, sagte er. »Mehr sag ich nicht, die fangt ihr nie.«

Ein Schlag hieb auf den Borrible, und er stolperte gegen den Körper des Polizisten, der ihn immer noch am Haar festhielt. »Sag ›Sir‹, wenn du dem SPP antwortest«, sagte eine Stimme.

»Leck mich«, sagte Poch und fing sich einen weiteren Schlag ein.

Der SPP gähnte und hob eine Hand. »Schon gut«, sagte er. »Nicht in meiner Gegenwart, wenn es euch nichts ausmacht, Leute. Also, Blume, wie ist das mit den Komplizen?«

Blume sah wieder auf sein Clipboard. »Acht Leichen gefunden«, sagte er, »alle mit spitzen Ohren, aber alle durch Stromstoß verbrannt und nicht mehr zu identifizieren.«

»Tatsächlich«, sagte der SPP, und diesmal zog er beide Augenbrauen hoch. »Sie scheinen nicht nur Snuffkin, sondern auch sich selbst durch die elektrische Eisenbahn beseitigt zu haben. Wie ordentlich.« Er ließ ein-, zweimal zufrieden seinen Regenschirm wirbeln. »Acht Leichen, und der hier, macht neun … einer läuft noch frei herum, was?«

Einer von Pochs Bewachern trat vor. »Verzeihung, Sir, aber – nein, Sir. Es liegt noch eine Leiche im Stellwerk, etwas weiter drüben. Definitiv ein Borrible. Spitze Ohren, einwandfrei tot. Napoleon mit Namen, gemeines Stück aus Wandsworth, was sie, glaub ich, einen Wendel heißen. Das macht zehn.«

»Sie sind geflohen, sie sind durchgekommen«, sagte Poch. »Die Leichen, das sind keine Borribles, ihr wisst, das stimmt nicht, es ist jemand anders. Ich nehme an, Napoleon ist im Kampf gegen einen Computer gefallen, hm?«

»Was geht hier vor?«, fragte der SPP. Wieder zeigte er mit dem Regenschirm auf Poch.

Blume starrte Poch drohend an, als wollte er ihn auf der Stelle töten. »Hat nichts zu bedeuten, Sir«, sagte er. »Ich glaube, dieser Borrible ist ein wenig verrückt, Sir, nachdem er alle seine Freunde auf so schreckliche Weise verloren hat. Er hat wahrscheinlich seit Tagen nichts gegessen. Borribles halten es nicht lang ohne Nahrung aus, Sir.«

Der SPP ließ mit einer Handbewegung eine blendend weiße Manschette aufblinken und sah auf die Uhr. »Ich auch nicht«, sagte er, »oder ohne einen Rotwein. Können wir jetzt voranmachen? Ich muss sagen, es käme mir sehr gelegen, wenn ich so bald wie möglich einen hübschen Bericht, klar und eindeutig, in Downing Street vorlegen könnte. Gut! Zehn Borribles, das ist geklärt. Was ist jetzt mit dem Pferd? Ist nicht auch das Pferd wichtig?«

Blume legt den Kopf bedeutungsvoll schief. »Sehr wichtig, Sir, aber das ist schon längst geklärt«, erläuterte er. »Wir sind der Überzeugung, dass das Pferd nicht vom Schlachthaus hierhergebracht worden ist. Die meisten der Tiere sind hinauf nach Hampstead Heath entkommen, Sir, obwohl es Berichte über Kühe und Pferde bis hinüber nach Potter's Bar gibt. Jedenfalls sind alle wieder eingefangen und zurück in den Schlachthof gebracht worden. Und das wär's. Alle geschlachtet, Sir, und das Pferd der Borribles sicherlich darunter. Die sind ihr Maskottchen los, und die Mordfälle von Southfield sind endlich geklärt.«

»Hervorragend«, sagte der SPP. »Tut einem leid um das Pferd, aber was will man machen. Jede Katze braucht ihr Katzenfutter, was? Das gehört zu den merkwürdigen Widersprüchen der Verantwortung, wir müssen manchmal grausam sein, um besser zu helfen. Noblesse oblige und so weiter, was?«

»Jawohl, Sir«, sagte Blume, und hob sich ein-, zweimal auf die Zehenspitzen.

Der SPP betrachtete Poch noch einmal. »Also«, sagte er schließlich, »sieht so aus, dass er der einzige Überlebende ist. In diesem Fall, Blume, schauen Sie zu, dass er ins SBE-Hauptquartier kommt und wie üblich verhört wird, dann die Ohren stutzen und in Verwahrung. Wenn er alt genug ist, ins Gefängnis.«

»Jawohl, Sir! Sofort!«

»Und was die Medien angeht, erwarte ich von Ihnen hier hübsch sorgsame Schachzüge, Blume. Es gäbe eine Panik, wenn die Leute erfahren würden, wie viel Borribles es tatsächlich gibt und was sie alles anrichten. Die Regierung *insistiert* auf strengstem Stillschweigen, was diese ganze Chose angeht. Die Geschichte, die an die Öffentlichkeit geht, und schreiben Sie sich das gut hinter die Ohren und ihren Leute auch, ist, dass eine Bande Skinheads oder Punks oder wie immer die sich heutzutage nennen hier heruntergekommen ist und sich eine Schlacht mit einer anderen Gang geliefert hat, Junkies, Schnüffler, was weiß denn ich. In dieser Art. Kein einziges Wörtlein über Borribles! Bedenken Sie, mein lieber Blume, die besten Lügen hören sich so vernünftig an, dass es ein absurdes Fehlurteil wäre, sie nicht zu glauben. Es macht die Leute nervös, wenn sie von etwas hören, das sie nicht begreifen. Soweit es den einfachen Mann auf der Straße betrifft, gehören die Borribles in die Welt der Hobbits, Elfen, Wichtel und Osterhasen, und da müssen sie bleiben. Man darf niemals an sie glauben.«

Blume machte sich eine Notiz auf seinem Clipboard. »Ich hab nie an sie geglaubt, Sir«, sagte er. »Mein Vati hat mir eins auf den Kopf gegeben, wenn ich Borribles auch nur erwähnt hab.«

Der SPP schob mit seinem glänzend blank geputzten Schuh ein loses Steinchen zur Seite. »Eben, eben«, sagte er. »Im Übrigen werde ich eine lange Verlautbarung über Snuffkin und Hanks an die Presse geben. Sie kennen das ja – wie stolz Snuffkin gewesen wäre, der Ehrgeiz seines Lebens in seiner größten Stunde erfüllt, so wenige, so vieles für so viele erkämpft, tapferer Tod unter den Straßen Londons in einer Schlacht, um ebendiese Straßen sauber zu halten und in Ordnung. Rückgrat der Nation, ein Beispiel für uns alle ... der ganze Riemen, was?«

Konstabler Blume lächelte leer. Er sah verblüfft aus, und der SPP trat näher zu ihm hin und senkte die Stimme.

»Schauen Sie nicht so geschmerzt, Blume, Sie wissen doch, es ist immer besser, einen toten Narren zu loben, als sich um einen lebenden zu scheren.« Der SPP lachte laut über seinen eigenen Esprit, ließ seinen Regenschirm kreisen und zwinkerte Poch zu. »Ihr Borribles seid nicht die Einzigen mit einem Schatz von Sprichwörtern, wie man sieht«, sagte er und lachte wieder in sich hinein, ehe er fortfuhr:

»Sehen Sie, Blume, je mehr wir Snuffkin und Hanks rühmen, desto mehr Ruhm fällt für uns dabei ab. Deshalb muss der Inspektor postum einen Orden bekommen und einen Nachruf in der *Times*, und Hanks wird in Tagesbefehlen speziell erwähnt und kriegt ein Militärbegräbnis mit dem Sarg auf der Lafette, keine Kosten gescheut. Alles hübsch ordentlich und aufgeräumt, nur ein kurzer kleiner Geheimbericht von mir an das Regierungsoberhaupt. Und später wird es dem Kabinett natürlich klarwerden, dass ich die richtigen Männer mit dieser Aufgabe betraut habe, einfach, weil sie bereit waren, in Ausübung ihrer Pflicht zu sterben, und weil ich solchen Scharfblick bewiesen habe, werde ich schließlich und endlich geadelt. Ich war der richtige Mann, der am richtigen Ort das Richtige gesagt hat, Blume.«

Blume schniefte trotzig und machte sich Notizen. Er wirkte nun nicht nur verblüfft, sondern auch beleidigt, was der SPP bemerkte. Er legte dem Konstabler sanft die Hand auf den Ellenbogen.

»Mein lieber Blume«, sagte er, »dieser Satz gilt nicht nur für mich, sondern auch für Männer Ihres Ranges. Auch Sie befinden sich zur richtigen Zeit am richtigen Ort. Wie Sie wissen, benötige ich einen neuen Kommandanten für die SBE, und er ist bereits erwählt: Superintendent Birdlime ist in diesem Augenblick auf dem Wege hierher, um den Befehl über die Männer zu übernehmen ... aber ich weiß, er wird einen Assistenten brauchen, und ich bezweifle nicht, dass er in dieser Angelegenheit meinem Rat folgen wird, vor allem, wenn ich ihm sage, dass ich genau den richtigen Mann habe ... einen Mann voll Diskretion und Energie. Ja, Blume, Sie sind's. Nein, danken Sie mir nicht. Ich weiß, Sie werden auf diesem Posten ganze Arbeit leisten. Wir haben Sie immer im Auge behalten, wissen Sie. Es ist die erste Sprosse der Leiter.«

Konstabler Blume errötete und wurde mindestens zwei Zoll größer. Er schaute stolz auf die vier Polizisten, die immer noch Poch bewachten. »O danke, Sir«, sagte er, »o, ich danke Ihnen.«

»Ja, natürlich«, sagte der SPP. »Jedoch – ich muss Ihnen gleich sagen, dass sich die Dinge ein wenig ändern werden. Birdlime ist ein neuer Besen und muss einiges fortkehren. Snuffkin hatte verschwenderische Angewohnheiten und gab zu viel Geld für diese Anti-Borrible-Operationen aus, und Sie wissen, wie sehr diese Regierung auf Sparsamkeit achtet. Jedenfalls müssen wir uns nun, da die Rädelsführer der Borribles beseitigt sind, einschränken ... das ist Ihr Job, Blume, Ihrer und der von Birdlime. Verstehen Sie mich? Weniger Männer, weniger Streifen, weniger Mannschaftswagen. Wir müssen die Fühler ein wenig einziehen.«

Blume strahlte immer noch. »Wird gemacht, Sir, ich kann's Ihnen versprechen. Wir haben das eigentliche Borribles-Problem hinter uns, da bin ich sicher.«

Der SPP nickte und schaute zufrieden drein. »Ich wusste, Blume, ich kann auf Sie zählen, ich wusste es.« Sein Blick fiel wieder auf Poch. Er hob den Regenschirm und deutete damit auf die vier Wachen. »Führt den Gefangenen ab, Leute, und seid vorsichtig mit ihm. Den muss ich dem Minister zeigen. In Whitehall machen Sie sich nichts aus Katastrophen und Desastern, Blume, solange am Abend des langen Tages Leichen und Gefangene vorgezeigt werden können. Das lehrt die Nation, dass solche Kalamitäten eigentlich ein Segen sind, weil man etwas davon hat, wenn es auch im Grunde nur ein Schlag ist, den man sich auf die eigene Nase versetzt. Gut! Also! Lasst diesen Straßenläufer nicht entkommen, der ist sehr wichtig. Nun, Blume, ich muss mir jetzt den Rest der Leichen ansehen, folgen Sie mir.« Und mit einem letzten schneidigen Wirbeln des Schirms ging der SPP zum Stellwerk hinüber, wobei er zierlich über die Schienen hinwegschritt, Blume an seiner Seite. Das Gesicht des Polizisten zeigte grenzenlose Zufriedenheit; er sah überaus glücklich aus.

Er wäre vielleicht nicht ganz so selbstzufrieden gewesen, wenn er es noch der Mühe wert gefunden hätte, einen Blick auf Poch zu werfen, den die vier Wachen wegeskortierten. Auch auf dem Gesicht des Borribles lag ein entzücktes Lächeln, und er schritt zuversichtlich und froh dahin. Pochs Herz fühlte sich nicht mehr winzig eingeschrumpft an – jeden Augenblick schwoll es mehr vor Glück. Sein Plan hatte besser funktioniert, als er es sich in seinen kühnsten Träumen erhofft hatte. Kein Snuffkin, kein Hanks und eine kleinere SBE – vor allem eine SBE, die glaubte, die Abenteurer und Sam seien tot, wo sie doch am Leben und in Sicherheit waren. Poch konnte es kaum glauben. Er war so glücklich. Er hielt den Kopf hoch, seine Seele schien zu schweben, und so müde er war, seine Haltung zeigte es nicht. Er marschierte eifrig voran, so eifrig, dass die vier Polizisten sich beeilen mussten, um Schritt zu halten. Er kam an der Stelle vorbei, wo Snuffkin und Hanks unter einer Plane lagen, unter der ein verkohlter Stiefel hervorragte; weiter ging es durch den Tunnel zum Bahnhof Swiss Cottage, und endlich wurde er auf den Bahnsteig geführt, in den Anfang einer entsetzlichen Gefangenschaft – einer Gefangenschaft, aus der ihn nur der Tod befreien würde –, und doch stockte sein Schritt kein einziges Mal, und seine Entschlossenheit gab kein einziges Mal nach. Poch wusste, dass er gewonnen hatte, und er wusste auch, dass seine Freunde, die Borribles, die ihn liebten, frei waren und lebten, für immer.

14

Etwa um neun Uhr abends am dritten Tag, nachdem Poch gefangen worden war, drehte sich Orococco, im Dunkeln liegend, um. »›Nichts‹, sagt das Sprichwort«, meinte er, »›ist kein Ersatz für ein ordentliches Essen.‹« Er hatte recht: Die überlebenden Borribles waren nun ganz schwach vor Hunger, und sie wussten, dass sie sich bald auf den Weg machen mussten, weil sie sonst gar nicht mehr in der Lage sein würden, die Reise fortzusetzen. Und ihr Aufbruch musste leise und vorsichtig geschehen. So zogen sie für den Anfang mit so wenig Geräusch wie möglich einen Stein ganz unten aus der Mauer heraus, die sie gebaut hatten, und lauschten durch das Loch auf irgendwelche Geräusche von Menschen oder Zügen. Sie hörten nichts.

Nachdem sie geduldig eine Stunde oder so gewartet hatten, stemmte Orococco, der sagte, er sei von den anwesenden Borribles der schnellste und der schwärzeste, noch ein paar Steine aus der Wand und schlüpfte als Erster hinaus, um die Lage auszuspähen. Nach einer weiteren Stunde kam er zurück. Es war Nacht, sagte er, die Züge fuhren nicht mehr, und alle Spuren des Kampfes waren beseitigt. Es war Zeit zu gehen.

Wenn die Borribles auch schwach vor Hunger waren und von dem Mangel an frischer Luft, brauchten sie nicht lange dazu, die restliche Mauer einzureißen, und Sydney führte Sam durch den Staub des aufgegebenen Verbindungstunnels, und die Gefährten folgten. Sobald sie draußen waren, gingen sie sogleich zu dem Wasserhahn und füllten den Eimer, aus dem das Pferd reichlich trinken durfte, sowohl um seinen Durst zu stillen wie um den nagenden Hunger etwas zu unterdrücken. Aus dem gleichen Grund tranken die Borribles selbst tief, und sobald sie bereit waren, marschierten sie davon, um wieder auf die Bahnlinie zu kommen, die sie nach Nordosten führen würde: Finchley Road, West Hampstead, Kilburn, Willesden Green, Dollis Hill und das Ende ihres Zuges – Neasden.

Es war kein schwieriger Marsch, nur noch vier oder fünf Meilen bis zu ihrem letzten Ziel, und glücklicherweise konnten sich die Abenteurer die ganze Nacht Zeit lassen. »Ist auch gut so«, sagte Torricanyon, »ich bin so wacklig auf den Beinen, dass ich nicht rennen könnte, und wenn die gesamte SBE hinter mir her wäre.«

An den leeren Geleisen entlang und durch die öden Bahnhöfe stolperten die acht Freunde, unter großen Schmerzen weiterschleichend, jeder Schritt eine große Willensanstrengung, ohne noch Energie zum Sprechen zu haben. Orococco ging als Späher voran und Zwielicht als Nachhut, doch sie trafen auf keine Gefahren und kamen an keine Fallen. Dank Poch war die SBE sicher, dass die Abenteurer und das Pferd ganz gewiss umgekommen waren. Was die Polizei betraf, war die Bedrohung durch die Borribles erledigt.

So trafen die Fliehenden auf keine Feinde, und irgendwo, noch vor der Morgendämmerung, stieg der enge Tunnel zur Oberfläche der Stadt empor, und die Borribles standen endlich wieder im Freien. Statt der tiefen, erdrückenden Düsternis und der verbrauchten Luft der Untergrundbahn standen sie nun in dem hohen Dunkel der sich wie eine Kathedrale wölbenden Londoner Nacht; die leise Berührung frischer Feuchtigkeit streifte ihre Gesichter. Gelegentlich rissen die Wolken, und eine Sekunde lang blinkte der silberne Rand des Mondes wie eine Klinge auf, verschwand und blitzte wieder hervor. Sam spitzte froh die Ohren, schritt leichter aus und wieherte zufrieden. Auch er schien zu wissen, dass das Ende der langen, langen Reise bevorstand.

»Ja, Sam«, sagte Sydney, als sie ein Stück weitergelaufen waren, »jetzt ist es nicht mehr weit.« Und sie ging mit Sam neben sich an die Spitze der Kolonne; sie brauchte kein Licht und keine Karte, um sich hier zurechtzufinden – das war ihr Revier, und es war nur recht, dass sie die Führung übernahm.

Sie führte sie weiter, bis die Abenteurer durch den Bahnhof Neasden schritten, und alle Straßen und Gassen Londons schwiegen auf allen Seiten, und ein großes Triumphgefühl überkam die Borribles allein deshalb, weil sie nun nach allem, was sie durchgemacht hatten, an diesem Ort waren, wenn der auch nach gar nichts Besonderem aussah.

»Ist nur Neasden«, sagte Sydney und hielt einen Augenblick auf dem Gleis an. »Ist wie überall anderswo auch, aber ich liebe es hier, und ich hab genau den richtigen Platz für Sam … und da gibt's auch was zu futtern. Nur noch eine halbe Meile.«

Sydney hörte sich nun fröhlich an, und ihre Stimme forderte den Gefährten noch eine letzte Anstrengung ab. Es war zwischen den Dächern noch dunkel und zwischen den Wolken, aber hoch am östlichen Rand des Himmels waren die Sterne verblichen, und ein Hauch perlgrauen Lichts wurde langsam kräftiger.

Sydney ging stets weiter und führte die Abenteurer bis zu der Bahnfabrik nördlich der Hauptlinie, doch ihr Ziel lag nicht in dieser Richtung, und sie bog nach Süden ab, in einen Teil der Stadt, der auf der Karte weiß und ohne Bezeichnung erscheint, ein Areal, das den Normalbürgern unbekannt ist und nie von ihnen betreten wird.

Die Borribles folgten ihr ohne Zögern. Sie vertrauten dem Mädchen aus Neasden und wussten, dass sie sich hier auskannte. Mit sicherem Schritt führte sie das Pferd einen abschüssigen Pfad hinab, durch struppiges Gras und bis zu einer alten Bahnarbeiterhütte aus massiven Holzplanken. Dort, vom Bahndamm her nicht zu sehen, setzten sich die Flüchtlinge mühsam hin und lehnten nebeneinander die Rücken gegen die rauen Bretter der verlassenen Hütte. »Wartet hier!«, sagte Sydney. »Ruht euch aus, aber schlaft mir nicht ein.«

Langsam wurde es Tag. Ein Zug, der erste dieses frühen Morgens, raste vorbei wie in panischer Hast, wieder in die langen dumpfen Tunnel unter der Erde zurückzukehren. Nur halb wach sahen die Borribles zu, wie das schwache Licht stärker wurde und sich Zoll für Zoll über diesen abgelegenen Teil des Planeten schob. Es war ein solch merkwürdiger Ort, an den sie hier gekommen waren: so weit, so leer, vom Rest der Welt abgetrennt, ungesehen und ungedacht.

Es war ein Areal, das aussah, als wäre es auf Grund einer Reihe sprunghafter Entschlüsse bebaut und gleich wieder vergessen worden. Ein paar seltsame Gebäude standen verloren und halb fertig da, verlassen und fensterlos, Höhlen, in denen der Wind pfeifen durfte; im Osten begrenzte die weite Kurve der North Circular Road das Gebiet, und im Süden und Westen lagen der Fluss Brent und der Sportpark von Tokyngton. Rechts durchschnitt die Marylebone-Eisenbahnlinie die weite Fläche, und links lief ein dumpf stehender Wasserarm, ein Zufluss des Grand-Union-Kanals, denn auch der Kanal hatte all die Meilen zurückgelegt und die Themse am Limehouse Basin verlassen, um im Bogen nach Norden ihr wieder bei Brentford zu begegnen. Hier hatte Sydney herkommen wollen, und dies war es, wo Sam in Sicherheit sein würde – es war ideal, hatte sie gesagt.

Das Tageslicht wurde stärker. Etwa fünfzig Meter entfernt von der Bahnarbeiterhütte stand ein alter Mann in einem ausgebleichten blauen Anorak, einem Overall mit dem Schriftzug »Gemeindeverwaltung Brent« und alten Gummistiefeln. Neben ihm standen Sam und Sydney; Sam fraß dem Alten etwas aus der Hand. Hinter dem alten Mann waren noch zehn andere Pferde und an die zwanzig Esel zu sehen, die das wilde Gras und die Disteln abweideten, welche hier wuchsen. Noch weiter entfernt standen Ziegen und lagen schlafende Hunde.

Die nassen Wolken schälten sich ab und zeigten eine neue Schicht Himmel. Die Borribles erschauerten. In der Ferne, vielleicht eine Meile weg auf der anderen Seite dieses großen leeren Dreiecks, konnten sie sehen, wo die Schlachtreihen der Häuser und Straßen weiterzogen. Zwischen diesen Straßen und der Bahnarbeiterhütte lagen die düsteren Vorratshaufen und die aufgehäuften Geräte, die den Straßenarbeitern der Gemeinde gehörten – Loren für Kies, rostige fahrbare Mülltonnen und große, gelbe Maschinen zum Ausheben von Erdlöchern und zum Hin- und Herschieben des Erdreichs. Von allen Seiten dröhnte jetzt der Autoverkehr, der zur Arbeit fegte. Oben am Himmel kreischten und jaulten Düsenmotoren, als die fetten Jets sich auf den Flughafen Heathrow senkten. London fing einen neuen Tag an.

Der Mann wandte sich um und ging tiefer in das Ödland hinein, seinen Weg durch die Pferde und Ziegen, Esel und Hunde hindurch suchend. Sydney winkte den Borribles, dann folgte sie dem Mann, und Sam folgte ihr. Die Borribles stöhnten, kamen mühevoll auf die Füße und zwangen sich, voranzugehen, doch es war ein kurzer Weg. Nach nur zwei-, dreihundert Metern standen sie vor einem langen, niedrigen Schuppen aus gewellten Asbestplatten. Die Türen fehlten und waren durch zusammengebundene Säcke ersetzt. An der Südseite des Schuppens stand eine Bank, und einige der Abenteurer setzten sich hin, während die anderen sich der Länge nach auf den Boden warfen, nicht mehr in der Lage, auch nur noch einen Schritt zu tun. Es machte nicht viel aus: Sie lagen in einer kleinen Senke und fühlten sich sicher. Kein Gebäude stand so, dass es sie überragte, niemand konnte sie von der Straße oder der Bahnlinie her sehen.

Eine kurze Zeit nach ihrer Ankunft kam Sydney mit einem halben Sack Pferdefutter auf der Schulter wieder aus dem Schuppen; sie leerte ihn auf den Boden, und Sam fing an zu fressen. Innen hörte man, wie eine Pfanne auf eine Kochplatte klirrte, und dann verbreitete sich der Geruch von Speck und gebratenem Brot. Sydney verschwand wieder und kam nach einer Weile zurück: Diesmal trug sie ein aus einem Brett gesägtes Stück Holz, auf dem acht alte Bohnenbüchsen standen, alle voll mit dampfendem Tee, und sie reichte sie weiter.

Der heiße Tee wärmte die Abenteurer. Sydney trank aus ihrer Büchse und schaute ihre Freunde an. Ihre Gesichter waren schmutzüberkrustet und ölverschmiert, sodass es unmöglich war, ihre Müdigkeit zu erkennen, doch Sydney spürte sie – die Bewegungen waren steif, wie rheumatisch; keiner sprach, es flogen keine Sticheleien. Sydney starrte auf die Kratzer und Schnitte an ihren eigenen Handrücken, schaute sich die Überbleibsel der Kleider an, die sie am Leibe trug – zerfetzt, ausgefranst und dreckbesudelt.

»Sie nennen ihn Mick den Spinner«, sagte sie zu den anderen und hockte sich auf die Erde, Sam zusehend und ihm hie und da den Kopf streichelnd, »und der Platz hier heißt Mad Mick's, aber er spinnt nicht, keine Spur. Er kümmert sich nur gern um alte Pferde und Esel und so. Er rettet sie vor dem Abdecker. Die Leute bringen ihm Essen und Sachen, die er braucht, manchmal werfen sie was über die Mauern da hinten. So können wir helfen, solang wir hier sind, indem wir an den Mauern entlang das Zeug aufsammeln. Der Gemeinderat weiß, dass er hier lebt, aber hier ist so viel Platz ...«

Mick der Spinner schlurfte aus seinem Schuppen, das Brett vor sich hertragend. Diesmal lagen große Erdnussbutter-Sandwichs drauf. »Speck ist in der Pfanne«, sagte er und ging wieder.

Die Borribles warfen sich wie Wilde auf das Essen, aßen und tranken den Tee dazu in großen Zügen. Während sie aßen, sprach Sydney. Es war, als müsse sie alles erklären, nach dem, was es gekostet hatte, hierherzukommen.

»Er ist schon seit Jahren hier«, sagte sie mit vollem Mund, »aber das kümmert keinen, außer uns. Er gibt uns was zu essen, wenn wir knapp sind, und wenn er knapp dran ist, gehn wir hin und klauen was für ihn.«

»Sagen tut er nicht viel«, sagte Torricanyon.

»Braucht er nicht. Er spricht die ganze Zeit mit den Tieren. Immerhin hat er mir gesagt, dass ihr bleiben könnt, solange ihr wollt, bis ihr wieder ganz erholt seid und mal wieder wirklich gutes Essen im Magen habt.«

»Ich seh keinen Markt und keine Geschäfte«, sagte Torricanyon. »Was zu essen brauchen wir, da kannst du was von halten.«

Sydney schwenkte den Arm. »Da drüben liegen Willesden und Stonebridge«, sagte sie, »und dort Neasden, wo ich lebe. Ich kann immer hierherkommen und Sam besuchen, ist gar keine Entfernung.«

Wie sie das sagte, kam Mick der Spinner aus seiner Hütte und trug noch mehr Sandwiches herbei und verteilte sie, die ganze Zeit nickend, aber ohne etwas zu sagen. Als alle versorgt waren, ging er, um noch mehr zu machen.

»Wenn wir alle ausgeruht sind«, sagte Stonkus, »und ehe wir gehn, sollten wir uns drum kümmern, dass Mick einen Vorrat für die nächsten zwölf Monate hat. Sieht wirklich sicher aus hier.«

»Sag bloß noch nichts vom Gehen, Mann«, sagte Orococco. »Ich bin müde, und meine Beine tun weh.«

»Ich rede nicht vom Gehen«, sagte Chaline und kam plötzlich auf das Thema, an das alle dachten, das aber niemand erwähnt hatte. »Ich werde auf Poch warten.«

Stonkus holte tief Atem, tief aus dem Bauch herauf. »Wenn er nun nicht hier ankommt«, sagte er, »was dann?«

»Er kommt«, sagte Chaline. »Braucht's mehr als Snuffkin, um ihn zu fangen.«

Stonkus saß auf der Bank und schaute auf den Boden zwischen seinen Füßen, starrte an der Büchse vorbei, die er in beiden Händen hielt. »Hör mal«, sagte er, »als ich das letzte Mal mit ihm geredet habe, da hat er sich so angehört, als glaubte er nicht, dass er zurückkommt, als hätte er einen Plan ... einen Plan, der es Snuffkin zeigt, aber bei dem er selbst vielleicht auch den Löffel abgibt.«

Zwielicht trank den Rest seines Tees und spuckte ein Teeblatt zwischen den Zähnen hervor. »Du hast auch mit ihm geredet, Chaline, durch das Loch in der Mauer. Was hat er dir gesagt?«

Chaline schaute hinter sich und beobachtete die Pferde, die ihre Köpfe hin- und herwarfen und mit den eleganten Schwänzen zuckten. Sie waren so schön, ein merkwürdiger Kontrast zu ihrer öden Umgebung, und Sam, dessen weiches braunes Fell nun vom Regen von jeder Spur der Farbe Knibbsies und der Schuhcreme Sydneys reingewaschen war, war auch schön. Es war richtig gewesen, ihn herzubringen, ein gutes Unternehmen für Borribles, all den Kampf und das Opfer wert.

Chaline schniefte. Sam hatte sein Futter gefressen und lief mit leichten Bewegungen zu den anderen Pferden hinüber, die an dem rauen Gras knabberten, das in Büscheln neben einem Asphaltrechteck wucherte, das einmal der Boden eines Gebäudes gewesen war. Das Pferd war nun glücklich und für immer sicher. Es war nach Hause gekommen und hatte Freunde gefunden. Chaline schaute zurück zu Zwielicht und antwortete auf seine Frage. »Er hat gesagt, es gebe nur einen Weg, wie er Snuffkin davon überzeugen könnte, dass wir alle tot sind. Snuffkin muss glauben, dass all die Leichen, dass das wir sind, und Poch meinte, er könne es schaffen, indem er die Leiche von Napoleon liegen lässt, damit ihn die Bullen finden, und wenn er sich dann selbst zeigt und sich von denen durch die Tunnel jagen lässt. ›Acht plus zwei macht zehn‹, hat er gesagt.«

»War kein schlechter Plan«, sagte Bingo.

»Ob er sich absichtlich hat fangen lassen?«, sagte Vulgo. »Damit er sich scheinbar zwingen lassen konnte, Snuffkin eine Lüge aufzubinden, und ihn gleichzeitig denken machen, gerade das sei die Wahrheit.«

»So muss es gewesen sein«, sagte Bingo, »warum wären wir sonst so leicht weggekommen!«

»Das ist es«, pflichtete ihm Zwielicht bei. »Die SBE wusste, wir mussten irgendwo aus der U-Bahn raus, aber kein Schwanz von denen war zu sehen. Kein Wagen, keine Uniform, nicht eine Sirene.«

Es war eine Zeitlang still; alle dachten über das nach, was Zwielicht gesagt hatte.

Torricanyon kratzte sich den Kopf. »Was können wir machen?«, fragte er. »Wir haben Sam hierhergebracht, wir haben den Kampf gewonnen, aber wir haben zwei von den Besten verloren, zwei von den Aller-, Allerbesten. Was können wir machen?«

Chaline rieb sich die roten Augen und stand auf. Sie schüttelte ihr schmutziges Haar frei.

»Poch hat gesagt, wir müssen in unsere eigenen Viertel zurück. Er sagte, ohne das Pferd wird das einfach … zurück zum normalen Borribleleben. Er sagte, wir müssen die Geschichte von unserem Abenteuer erzählen, alles, gerade so, wie es geschehen ist, wann und wo auch immer, normalen Kindern so wie den Borribles. Nach solchen wie Scooter schauen, hat er gesagt.«

»Scheißdrillich«, sagte Orococco.

»Wir mussten Snuffkin hindern, Katzenfutter aus Sam zu machen, was wir auch sonst wollten«, fuhr Chaline fort. »Sam durfte nicht in Dosen im Supermarkt enden.«

»Was hat er noch gesagt?«, fragte Stonkus. »Was noch?«

»Er hat gesagt, weitermachen, wie wir's gewohnt sind, teilen, was wir klauen, in Bewegung bleiben, unterwegs, uns verstecken ... sich nichts bieten lassen. Wegbleiben von der Arbeit und vom Geld, sagte er, das ist der Tod für den Borrible. Seid Borribles und lebt für immer.«

»Wir haben viel gesehen«, sagte Sydney und schaute sich im Kreis ihrer Freunde um; sie nickten.

Chaline machte einen Schritt nach vorn und reckte die Arme über den Kopf, weit über London hinsehend; von der Stadt konnte man nun, wo die Regenwolken sich gehoben hatten, viele Quadratmeilen erkennen, und das alte graue Tageslicht lag wie Silber auf einer Million Dächern verstreut, jeder Dachziegel und jede Kachel, jeder Backstein und jeder Kamin hob sich scharf und genau ab. Sie wischte sich die Augen frei, eine neue Härte schien durch den Schmutz ihres Gesichts.

»Poch hat gesagt, wir sollen all das hinter uns lassen und neu anfangen. Steckt den Kummer weg, hat er gesagt, und erinnert euch an die guten Dinge, und die besten Dinge seien, einfach hier zu sein und sich daran zu freuen, es zu genießen, am Leben zu sein und borriblemäßig zu leben.«

Stonkus erhob sich und stellte sich neben Chaline. Die anderen standen auch auf und sammelten sich in einer Gruppe um das Mädchen aus Whitechapel. Sie sahen zu Sam und den anderen Pferden hinüber, und dahinter zum entferntesten Rand der Stadt, wo sie blau und undeutlich verschwamm.

Stonkus legte den Arm um Chalines Schultern. »Hat er gesagt, was er macht, wenn sie ihn fangen?«, fragte er, und seine Stimme brach, und er senkte den Kopf und trat mit der Schuhspitze gegen den Boden.

»Ja«, antwortete sie. »Er sagte, wir sollten nicht nach ihm suchen. Wenn er entkommt, findet er uns ... und wenn sie ihn erwischen ... es gab etwas, was er dann tun wollte.«

»Tun!«, sagte Vulgo. »Was?«

»Er wollte unsere Geschichte auf der anderen Seite erzählen, das wäre das Einzige, was es noch für ihn gibt. Die Geschichte erzählen, ehe er ganz vergisst, wie es war, ein Borrible zu sein ... ihr versteht, wenn sie ihn arbeiten lassen.«

»Scheiße«, sagte Orococco.

Chaline schüttelte Stonkus' Arm fort und ging ein paar Schritte weg von den anderen und weinte allein, ein, zwei Minuten. Dann sog sie tief den Atem ein und schluckte, um das in ihr aufsteigende Schluchzen zum Verstummen zu bringen. Es gab so viel, was sie noch sagen wollte.

Die Abenteurer bewegten sich nicht; sie standen mit ihren eigenen Tränen vor London. Die Wolken waren nun heller, und ein grober Wind fetzte sie auseinander, schlug auf sie ein und legte das weiße Licht dahinter bloß und schrubbte tiefe Furchen frischer Farbe über den Himmel. Die Luft war noch feucht und schwer, aber nirgends regnete es auf die Stadt, und über der stumpf schimmernden Themse war ein kleiner Fleck tiefes Blau zu sehen.

»Der war wirklich der beste Borrible. Poch«, sagte Sydney. Sie schüttelte wild ihren Kopf, um wieder klar sehen zu können. »Er hat Sam gerettet und hierhergebracht, er war der Beste von allen Borribles.«

Chaline stemmte die Hände in die Hüften und drehte sich langsam wieder zu ihren Freunden um, die müde und niedergeschlagen in der traurigen Öde bei Micks Schuppen hinter Neasden standen. Ihre Augen waren endlich trocken und glänzten von einem merkwürdigen und mächtigen Lächeln.

»Er *war* es nicht, Sydney«, sagte sie, »*ist*, vergiss das nicht.« Sie erhob eine Hand, und ohne sich umzusehen, deutete sie hinter sich auf das große hässliche Chaos Londons. »Poch ist es«, sagte sie, »er ist es.«

N
T
H
E
Putney Bridge
RUMBELREICH
PARKSIDE
Thursley Gardens
Albyn Rd.
Seymour Road
Bathgate Road
Somerset Road
Augustus Road
Albert Drive
Bluegate-Kiesgrube (aufgelassen)

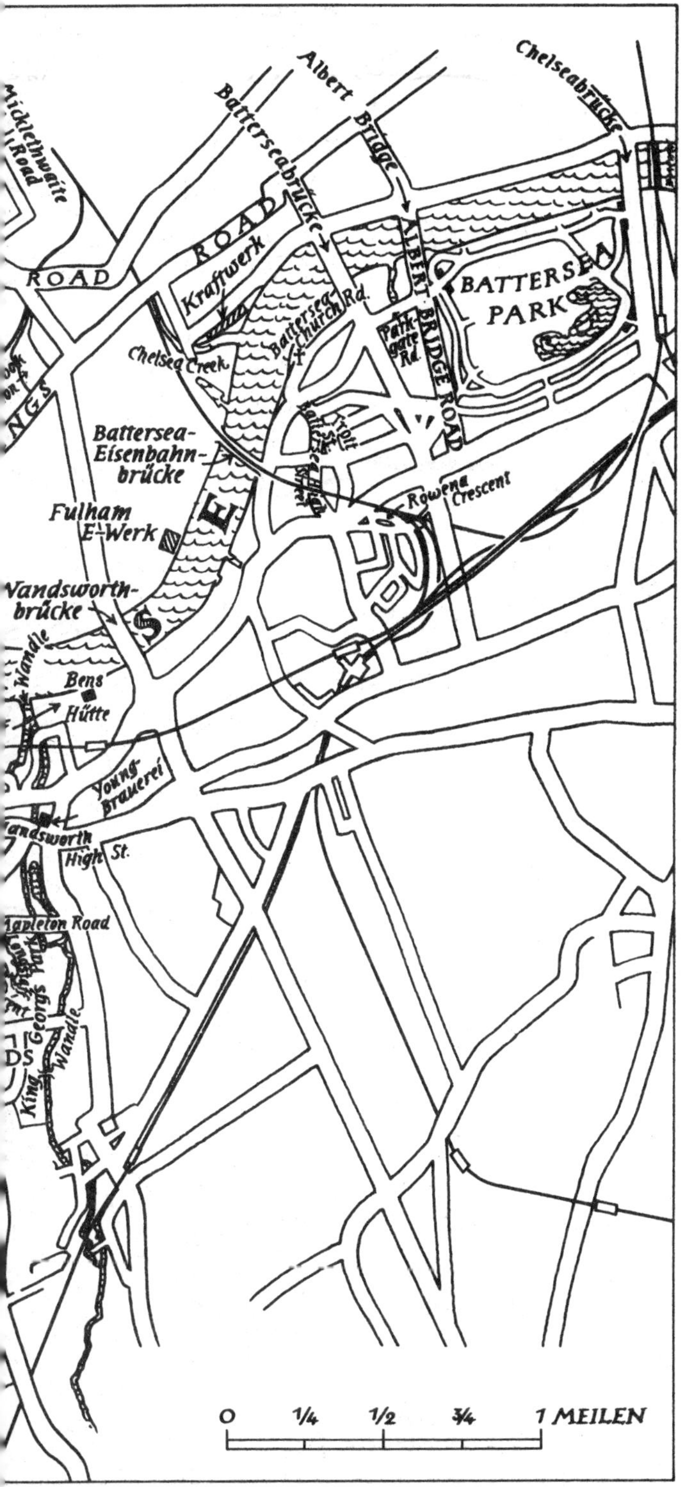

Chelseabrücke
Albert Bridge
Batterseabrücke
ROAD
ROAD
Kraftwerk
BATTERSEA PARK
ALBERT BRIDGE ROAD
Battersea Church Rd.
Parkgate Rd.
Chelsea Creek
Battersea-Eisenbahnbrücke
Fulham E-Werk
Rowena Crescent
Wandle
Bens Hütte
Young-Brauerei
High St.
Wandle
0 1/4 1/2 3/4 1 MEILEN